中国诗歌发展史

［上］

张国伟 著

河北出版传媒集团
河北教育出版社

图书在版编目（C I P）数据

中国诗歌发展史 / 张国伟著 . -- 石家庄 : 河北教育出版社 , 2013.12
ISBN 978-7-5545-0695-0

Ⅰ . ①中… Ⅱ . ①张… Ⅲ . ①诗歌史－中国
Ⅳ . ① I207.209

中国版本图书馆 CIP 数据核字 (2013) 第 304888 号

书　　名　**中国诗歌发展史**
作　　者　张国伟

策　　划　杨　才　张　辉
责任编辑　刘相美　何春雅　刘亚飞
出版发行　河北出版传媒集团
　　　　　河北教育出版社 http://www.hbep.com
　　　　　（石家庄市联盟路 705 号，050062）
印　　制　山东临沂新华印刷物流集团
排　　版　河北九易数字技术有限公司
开　　本　787mm × 1092mm　1/16
印　　张　94.5
字　　数　1500 千字
版　　次　2015 年 3 月第 1 版
印　　次　2015 年 3 月第 1 次印刷
书　　号　ISBN 978-7-5545-0695-0
定　　价　280.00 元（全三册）

序

张国伟研究员毕多年之功，完成了一部长达150多万字的《中国诗歌发展史》。时间将证实：这部著作的问世，会是当代中国诗学研究界的一件大事。

大型文学史有两条撰写路子可走。一条路是团队性的，由主编拟定宗旨，列出提纲，然后若干人分头去写，最后由专人统稿。这样撰写往往能做到：内容的包容量多，篇幅大，完成的速度也快。不过，这样做也会使学术思路很难真正统一，写作风格很难有机融合，一不小心，会弄成学术拼盘。另一条路是个人性的，从思路的确立、角度的选择、材料的收集，到一页页文稿的写成，一竿子到底。这样撰写能使学术思路得到真正统一，独立性程度高，且更能使文本风格有机融合。但个人要付出昂贵代价，经年累月守尽寒窗，备尝艰辛。当今学界，团队撰写之风盛行，这当然是好的，更能拓展学术疆土。不过我以为，文学研究这事儿同科学研究毕竟有所不同，我更欣赏个人著作。因此，我要对张国伟研究员致以敬意。他以虚弱的身体，古稀的高龄，犹敢占领这个学术领域，完成这部大著，堪称学界壮举。

《中国诗歌发展史》由于是个人著作，所以既容易摆脱诗歌史传统撰写模式的牵制，也便于充分发挥自主意识，坚定个人学术思路，来综合梳理、分析论评几千年来中国诗歌的发展历程。张国伟写作这部著作的总体优势也正是在这方面。他凭借个人撰写具有独立性的有利条件，使全书的体例显得新颖，立论有更高的原创性。有关这些，可从三个方面见出：

首先，《中国诗歌发展史》在对中国诗歌整体演变规律的探求上，是独树一帜的。韦勒克·沃伦在《文学理论》这部著作中论及文学史编撰问题时，对大多数文学史著作“仅只是把文学视为图解民族史或社会史的文献”这种状况很不以为然，批评了“要么是社会史，要么是文学作品中所阐述的思想史，要么只是写下对那些多少按编年顺序加以挑剔的具体文学作品的印象和评论”等等做法，从而提出：须以语言变革为依据来对诗歌自身的演进规律做历史书写。张国伟对中国诗歌发展的这场历史书写似乎是和韦勒克·沃伦的言说不谋而合的。他在给我的信中就这样说过：“文学的发展有其内在因素，有其自身规律，这绝对不会与帝王的朝代变迁同步进行。因此，采用写历史的方法来编写文学史有很大的缺陷，无法说清文学本身的发生、发展与变化的情况，难以展示文学的发展规律。为此，我以为有必要把文学史从历史的框架中解放出来，重新构建一个符合文学本身发展规律的新框架，让文学史摆脱历史本位的桎梏，回归文学本位。”唯此，使张国伟决定在这部著作中改变以朝代更替来定诗歌演变阶段的传统，而致力于从中国诗歌自身演进的规律中去找这种依据。从体例上看，已显示出这个特色。我手头有两部中国诗歌史著作。一部是我国最早出版的这方面的著作——陆侃如、冯沅君的《中国诗史》。它分古代诗史、中古诗史和近代诗史，共三卷，每卷按帝王朝代细分，如中古诗史卷共四篇：《三国诗》《六朝诗》《初盛唐诗》《中晚唐诗》。这全是以政治经济体制为依据来为中国诗歌分期的。还有一部是最近刚出版的首都师范大学中国诗歌研究中心赵敏俐、吴思敬主编的十一卷本《中国诗歌通史》，它分《先秦卷》《汉代卷》《魏晋南北朝卷》《唐五代卷》等，更明显地是按朝代来为中国诗歌分期。这种按社会历史左右诗歌发展的思维方式来撰写诗歌史当然可以，且有便于读者接受的优点，但比较而言，难以更真实地体现诗歌自身演变的规律。张国伟是一位坚持让诗歌研究回归到研究诗歌上来的学者，所以他这部著作的框架不同于上述两部，是以诗歌自身演变规律为依据的，共分五个阶段：创始期、探索期、鼎盛期、裂变期、衰落期。每期又细分成若干篇，如鼎盛期分为“起步时期”、“高亢的盛唐之音”，“波谷现象”、“再度辉煌”、“无可奈何花落去”。与这样一个框架相应合的是他于此中展开“史”的描述时，也尽力避免“既是文学的又是历史的”（韦勒克·沃伦语）那种不伦不类的追求，而纯作诗歌自身演变规律的寻踪与描述。如写到中国诗歌从创始期转向探索期，谈其内驱力何在时，他提出来自语言及由语言变革所决定的题材、主题及艺术手法、形体格式的变异，并因此引出了一场把“赋”写进诗歌史中的话题。在这部著作和他给我的信中，张国伟都十分看重屈原把体现中原文化的《诗经》语言和楚方言词语融成一体，完成楚辞——骚体诗写作这件事，认为是中国诗歌自身发展的一个重要环节。在他看来，两类语言结合的直接作用是使中国诗歌创始期的语言有了散文化倾向，并促成《离骚》等骚体诗比《诗经》语言的容量要扩大得多，这使它能为文本抒叙中意象化艺术的呈现和旋律化体式的确立提供更多的“物质”条件，而中国诗歌也因此出现了赋化迹象，以致使骚体诗演进为汉赋。基于这样的认识，张国伟完全不同于陆侃如、冯沅君在《中国诗史》中所做的那样，根本不提“赋”在中国诗歌史中的地位。他则十分重视“赋”，并以四章的篇幅写进了《中国诗歌发展史》中。在他看来，赋正是中国诗歌从创始期向探索期演进过程中一个绝对忽略不得的环节，并具体提出了它对中国诗歌发展做出的两大贡献：其一是拓宽了题材，认为探索期以后的诗中“有不少题材和主题，首先在赋中出现”，且举了不少例子，如宋玉的《高唐赋》、枚乘的《七发》等开启了后世的山水诗，班彪的《北征赋》开启了纪行诗，张衡的《归田赋》开启了田园归隐诗，王粲的《登楼赋》开启了羁旅诗，贾谊的《吊屈原赋》开启了怀古咏史诗，司马相如的《长门赋》开启了宫怨诗，等等。其二是由于语言容量的增大，促成中国诗歌的表现艺术有了很大的提高，不仅在诗歌体式方面从四言推向五言、七言起了积极作用，还促进诗人们注重词句的锤炼雕琢，力求声调和谐优美，致力于句式对偶等等。鉴于种种，张国伟下了一个断语：由诗推向赋，再由赋推向探索期的诗，是中国诗歌发展中一段极重要的历程。所以我们说，张国伟这部著作在对中国诗歌自身演变规律的探求上是别树一帜的。

其次，这部著作致力于考察诗人诗思意识的觉醒，且显得细致而又深入。《中国诗歌发展史》对诗歌世界有个总体把握，或者说围绕人性的觉醒对不同阶段诗思意识的觉醒有着动态的描述。可贵的是，张国伟牢牢抓住了每一阶段主导的诗思意识在史的演进格局中的作用，对阶段间这种觉醒的推延关系做出了颇为合理的解释。这里须要提及的是，我们一再说到的有关诗思的实际内涵。简要地说，诗思就是心灵意识。诗是心灵的事业，而诗人是心灵的雕塑家，这已是众所周知的事。《隋书·经籍志》中早就有过“诗者，所以导达心灵、歌咏情志者也”的话。黑格尔在《美学》第一卷的开头这样谈心灵：“只有心灵才是真实的，只有心灵才涵盖一切。所以一切美只有在涉及这较高境界，而且由这较高境界产生出来的，才真正是美的。”人是万物之灵，心灵只有人才具有。所以，人性意识的心灵化是人性的最高境界，也是诗美创造的最高境界。从这个意义上说，判断诗歌的审美价值，最重要的依据是人性意识的心灵化层次。把心灵化了的人性意识简化为心灵意识，并用之于诗美创作中，也就是所谓的诗思意识。进而言之，诗中人性意识的心灵化层次也就是诗思意识觉醒的层次。张国伟在这部著作中对中国诗歌发展的各阶段显示出来的诗思意识觉醒的程度方面做了重点考察。这场考察大不同于诸多文学史、诗歌史中那样，喋喋不休地谈诗歌运动、诗人诗作所出现的社会背景及其所体现出来的政治意义及现实价值。有关这方面的考察，在此做全面介绍是不可能的，我只想提一提前三个阶段的情况，即张国伟对创始期、探索期和鼎盛期中国诗人诗思意识的觉醒及推进脉络所做的考察与表述。在创始期，张国伟着重抓屈原，通过对他的诗思意识的考察来凸显这阶段诗人们一场宇宙共融意识的觉醒。对此，值得一提的是他对《诗经》与《楚辞》的比较。张国伟认为，被儒家捧上显学地位的那些“显学”门徒，为人处世都是很实际的，“都主张克制自已，抑制人性”；楚辞时代不同，以屈原为代表的骚体诗作者，“所表现的多数为超越人事、充满想象与幻想”的，因此有一种超现实想象抬头，以致在《湘夫人》《山鬼》中都显出人神之恋的表现，这正是以宇宙共融具现的诗思意识的觉醒。在探索期，张国伟着重通过《古诗十九首》以及阮籍、陶渊明来做诗思意识的考察，凸显出这阶段诗人们对生命存在意识的觉醒。值得我欣赏的是他对《古诗十九首》及组诗《咏怀》《归园田居》《饮酒》等做的分析，深究了“人生天地间，忽如远行客”、“人生无根蒂，飘如陌生尘”、“丘墓蔽山冈，万代同一时”等等感受，从而获得了这场生命存在意识的觉醒。诚如他在论阮籍时所说的，这些体现诗思意识觉醒的诗是“贯穿着对人生问题的思考，对生命价值的探索”的。在鼎盛期，张国伟着重抓李白，通过对李白诗思意识的考察来凸显这阶段中国诗歌中主体自主意识的觉醒。他为此以李白的《酒中八仙歌》为例来展示这位诗人在诗中的自我放纵表现，也举了《陪侍郎叔游洞庭醉后》来展示这位诗人把山水在诗中任意摆布的那种张扬主观性的性格，从而显示出了以强烈的自主精神具现的诗思意识的觉醒。在鼎盛期开始走下坡路的中晚唐，张国伟则抓住李商隐，通过对他的诗思意识的考察来凸显这阶段中国诗歌中人性本能意识的觉醒。为此，他着重举了李商隐的无题诗来分析，认为这位诗人由于理想追求屡遭挫折而人生极其苦闷压抑，甚至使其心灵触角所及的对象也“有很大的变化”了，即“由外部世界摄取转为更多地向内心世界搜索”——其中特别具现为多情诗人对爱情的寻求，以用来消解自己人生舞台上的失意之痛，而这也使诗人的人性本能意识有了抬头。但求爱同样失望，于是“想到年华已逝，在爱情与事业两方面都深遭挫折，理想如晓梦般迅速幻灭”，“往事如烟，唯剩盈盈珠泪”，从而拿一批“意极悲，语极艳”的无题诗来宣告以人性本能意识具现的诗思意识的新觉醒。张国伟在对中国诗人诗思意识的觉醒做分阶段描述与论析中，狠抓各阶段觉醒了的诗思意识的主要内容，概括力极强。不过在我看来，更可贵的还在于他竟能凭以上四类诗思意识的觉醒为线索，来显示中国诗歌从创始到探求再到鼎盛以及盛极而衰的演变轨迹。所以，单从上古到唐代这一段漫长的中国诗歌发展时段看，《中国诗歌发展史》一书关于这场诗思意识演进的考察，是具有对诗歌本体内在演变做历史的概括的深刻性的。这条演变轨迹所显示的其实是一条从心灵的觉醒发展为灵肉共融的生命存在意识的觉醒，再转而为个体生命价值在肉性世界中做本能寻求的意识觉醒。所以我们说，张国伟找出了一条中国诗歌的抒情轨迹线，且这条线已被他很准确又很清晰地描画出来。

再次，这部著作在对诗人创作的论析方面也很见功力。我向来认为，诗歌史的撰写要建立在诗潮、诗人、诗作的基础上。如果说诗潮是诗歌演进的脉络，那么诗人诗作的论评则是基础。只有把基础工程夯实，诗歌史的分量才会显得厚重。在这点上，张国伟的实践似乎与我的想法不谋而合。这大概同我们都出身于南京大学有关。南大中文系的文学研究历来重作家论评，作品分析追求事事落于实处，不习惯于做天马行空式的高言大论。正是这一点，深深地影响着我们学术研究的思路与方法。在《中国诗歌发展史》一书中，对诗人的论评并没有被生平事迹烦琐的考证、记账式的介绍所湮没。张国伟挑选入史的诗人依据的条件看来有两个：审美层次是否高格，抒情个性是否鲜明。他并不看重某些诗作高产者和诗歌活动家，一切以艺术成就所达到的层次为准。因此，即使像只传下来两首诗的张若虚，仅凭其《春江花月夜》而具有“顶峰上的顶峰”的审美价值被他大书特书。他对诗人的论评是建基于抒情个性的，抒情个性大致说是一种个人习惯地拥有的艺术思路与表现风格的综合。张国伟论评杜甫这位大诗人时，就抓其抒情个性，用了相当多的篇幅来探讨杜甫沉郁顿挫兼备的情韵、阳刚阴柔统一的风姿及其诗作中体现的、以一蕴涵万有的典型化、以景兴托抒情的烘染法。而这些正是这位杰出诗人具现出来的抒情个性特征。《中国诗歌发展史》一书中对这种抒情个性的探讨，还深刻体现在论评屈原、陶渊明、李白、苏轼、李清照、姜夔、纳兰性德等诗人的篇章。正由于对这些杰出诗人能做出比较切实的论评，才使一代代风骚格局、一代代诗美主导风尚以及后者对前者的决定性作用，有合理而又科学的阐述，也使得这场书写更切近于一部诗史书写的真实。与此相应合的是张国伟对一些精品——特别是已成为经典的作品所做的分析更是到位。从某种意义上说，他的以抒情个性考察为基础的诗人论评是建基于他对作品精当的分析上的。这里我想特别提一提张国伟对《离骚》的分析，如下几点就很有新意：第一，他首先分析《离骚》的诗题。一般研究者只把诗题当作诗作的标志性符号，特别是由于出现了像李商隐的《无题》《锦瑟》这样的诗题，更让人有充足理由说诗题乃符号而已。其实，有些经典诗歌的诗题是绝对忽略不得的。《离骚》《天问》就是这样。它们的诗题埋着引人进入作品深层处的密码。我浏览过一些文学史，谈《离骚》都不谈诗题，甚至名气很大的那本陆侃如、冯沅君的《中国诗史》也如此。但例外也有。首都师大的《中国诗歌通史·先秦卷》中，著者李炳海先生对此就十分重视。早在这以前，前辈学者胡小石先生讲授文学史时，对此更重视。犹记得整整六十年前，我和张国伟同受业于南京大学中文系，听胡先生讲授中国文学史。当讲到《离骚》时，他就首先用整整一节课讲诗题，引了古今学者的种种解释。我保存着当年的听课笔记，查阅了胡先生的授课记录，其中有一句特别吸引我。他这样说："《离骚》这题目可能是屈原自己定的。取这个题目和《诗》三百篇不同，是把诗的内容抽出来而命名的。"这话极好，说明诗题与文本整体内容有密切关系。看来胡先生的教导使张国伟同我一样重视诗题。不过胡先生倾向于扬雄的"牢骚"说，而张国伟倾向于班固在《离骚赞序》中解作"遭忧"一说。这个题意表明：这首诗系诗人遭遇到一场生命忧患而做的感受抒发。我觉得这样解比受政治斗争排挤而发一通牢骚的世俗化理解意味要更高远深长一些，不至于把这首堪称"千古绝唱"的经典诗看成只为一时一地政治斗争服务的政治抒情诗了。第二，他继而分析《离骚》的结构。历来的楚辞研究中，或者文学史上，《离骚》结构的分析倒是普遍的，问题在于以什么为依据来分段和理解结构。有些研究者以事件为依据划分出多个段落，也有以思想内容的层次进展为依据而划分多个段落的。张国伟有自己独特的分段方法，即以"岂余心之可惩"为分水岭，分之前与之后为两大部分。这就不同于众。如此划分的依据也很特别，即以现实表现与超现实表现之不同为凭。前半部分写的是自述身世，回首辅佐君王之往事；追溯历史，正视忠邪争斗的社会。这些全是现实的。后半部分写的是腾飞上天，探求美政于帝乡而无门；驾车远游，寻觅美人于四方而无路。这些全以神话传说呈现，是超现实的。所以，《离骚》结构反映出来的生活概括倾向也就显示为基于现实精神的浪漫主义抒情。第三，他再进一层分析《离骚》文本构成的独特性。这进一层的分析是从文本构成现象上的不平衡、不遵矩度为切入点的。张国伟既探讨了这个文本现实与幻想并存于生存状态中所显示出来的不平衡，又探讨了这个文本现实与理想属于同一方位的单极强化——上下求索皆无路的彻底绝望所显示出来的文本构成不遵矩度。据此可见，张国伟为这个文本确立起一个营建体系，以反中庸之道为逻辑起点深入展开，强化抒情主人公在大幻灭、大痛苦中犹能大坚忍、大拼搏——“上下而求索”的精神，凸显出一位殉道者的悲壮造型，从而使《离骚》的文本营建能于不平衡中显出大和谐，于不遵矩度中显出有机性，于“流于跌宕怪神”中显出文本的“其旨甚晌”——让“不与恶势力妥协，为理想战斗而宁死不屈，闪烁着崇高的人性光彩”这个主旨，得到了有力而鲜明的体现。这样深入的作品分析，又何止《离骚》？对李白、杜甫、杜牧、李商隐、李煜、陆游、姜夔等人的一些经典作品分析，这般的精彩也都可以见到。这样做不仅使一些杰出诗人的杰出成就在审美价值的平台上有了出色的亮相，也使每一时期统领诗坛的审美主导倾向在中国诗歌发展史上得以更具概括性的表现。说张国伟这部著作具有“史”的厚实、“识”的深刻，从诗人诗作的论评中即可见出。

根据以上这些读后印象，我想已可以为《中国诗歌发展史》做出如下的定位了：这是一部具有相当高学术水准的著作，它将以对中国诗歌历史书写的全面性、系统性、资料丰富性、见解新颖性和论析深刻性而为其作者——张国伟研究员在文学史的研究和著作中树立起一块新的里程碑，为中国当代诗学的探求提供典范。

前已提及，我和张国伟是南京大学中文系的同学，在南大的南园宿舍同室四载，至今已有一个甲子的同窗之谊。因此，我对他有较多了解。他是一位典型的中国传统知识分子。他对世俗社会清高超脱，对人际交往真诚谦逊；一生手不释卷，广泛涉猎，博闻强记，知识积累丰富，并能以别具一格的见解而在学生时代就已畅行于学术研究领域。他在求学期间就已确立了一个理想：写一部多卷本的中国诗歌史。几十年来他历尽世事沧桑而未改初衷，而今终于在他望八之年以一部规模庞大的《中国诗歌发展史》的出版了此夙愿，我为他高兴，也要对他表示热烈祝贺。我讲这些话无非想证实如下这点：在终于盼到了的开明时代里，一个知识者只要肯自强不息，诚恳对待自己为之奋斗的事业，理想迟早会成为现实的。

我这样深信。

骆寒超

2013年4月8日晚写毕于浙江大学求是村

目　录

绪　论 / 1

第一卷　创始期

概　说 / 7

第一编　诗的萌生 / 9

　　第一章　起源 / 9

　　第二章　古代歌谣 / 17

第二编　茁壮成长 / 19

　　第一章　第一部诗歌总集诞生 / 19

　　第二章　《诗经》的内容 / 21

　　第三章　《诗经》的艺术特色 / 33

　　第四章　《诗经》对后代的影响 / 36

第三编　崭露头角 / 39

　　第一章　中国第一位大诗人为什么诞生在“蛮荒”之地 / 39

　　第二章　千古绝唱——《离骚》 / 43

第三章　屈原的其他作品 / 50
第四章　屈原赋的特色及对后代的影响 / 56
第五章　宋玉和其他楚辞作家 / 58

第二卷　探索期

概　说 / 67
第一编　赑屃现象 / 74
第一章　赋的兴起 / 74
第二章　汉赋 / 75
第三章　建安、魏晋南北朝赋 / 82
第四章　赋对诗歌发展的作用 / 88
第二编　路漫漫其修远兮 / 90
第一章　楚歌与汉诗 / 90
第二章　汉乐府民歌 / 99
第三编　为伊消得人憔悴 / 116
第一章　对建安前的回顾 / 116
第二章　诗歌勃兴的建安时期 / 118
第三章　稳步前进中的曹魏、西晋诗歌 / 134
第四编　那人正在灯火阑珊处 / 160
第一章　大踏步前进的东晋南北朝前期 / 160
第二章　陶渊明与田园诗 / 162
第三章　谢灵运与山水诗及其他 / 169
第四章　鲍照的成就 / 175
第五章　谢朓永明新体诗及其他 / 185

第六章　北朝诗坛 / 211
第七章　南北朝民歌 / 219
第八章　不可缺少的过渡阶段——隋代 / 235

第三卷　鼎盛期

概　说 / 247
第一编　起步时期 / 257
第一章　从南北朝走过来 / 257
第二章　中国古典诗格律化的完成 / 265
第三章　洗尽六朝脂粉 / 277
第二编　高亢的盛唐之音 / 287
第一章　先驱三杰 / 287
第二章　千山竞秀 / 305
第三章　双峰插云 / 363
第三编　波谷现象 / 408
第一章　王、孟馀波 / 409
第二章　江宁嗣音 / 416
第三章　少陵遗响 / 420
第四章　大历十才子 / 425
第五章　大历、贞元间其馀诗人 / 444
第四编　再度辉煌 / 456
第一章　白居易与新乐府运动 / 458
第二章　韩愈和韩孟派 / 500
第三章　刘禹锡与柳宗元 / 543

第四章　杜牧与李商隐 / 567
第五编　无可奈何花落去 / 618
第一章　关心现实，意存讽喻 / 620
第二章　其他著名诗人 / 647

绪 论

撰写这部《中国诗歌发展史》的主要目的，就是要为文学史一类的书籍的著撰，建立一个完全符合文学本身发展状况的崭新的体例，从而扭转历来采用历史本位来撰写文学史类书籍的不合理现象，使文学史类书籍的编著彻底摆脱历史本位的桎梏，回归到文学本位上来。

自从清末黄人的《中国文学史》和林传甲的《中国文学史》，在1900年至1914年间出版以来，迄今已有上百年历史了。在这段时间里，文学史、诗史、小说史、散文史等各式各样的有关著作也不下百部；其格式体例在总体框架上，却大体相同，都以帝王朝代为经线，用写历史的方法来编写文学史。一翻开这些文学史一类书籍，满目都是哪朝哪代有哪些重要的诗人、作家以及哪些重要作品，记账式地按部就班加以介绍。这种用历史本位的方法来写文学史，固然可以看清某一历史时期的文学概况，也可以看到社会文化和政治对文学的影响；但很难看清文学本身的发展情况，更看不清其发展规律，这就难免有只见树枝不见树干之弊。我们知道，帝王朝代的变迁，固然对文学的发展会产生一定的影响，但这是外因，文学的发展有其内在因素，有其自身的规律，这绝对不会与帝王的朝代变迁同步进行。因此，采用写历史的方法来编写文学史，有很大的缺陷，无法说清文学本身的发生、发展与变化的情况，难以揭示文学的发展规律。为此，我认为有必要除旧立新，把文学史从历史本位的框架中解放出来，重新构建一个符合文学本身发展规律的新框架。本书旨在除旧立新，能为今后研究文学史开拓一条新思路，能为撰写文学史创建一个新体例。如此，我愿足矣。

文学史应该按照文学本身的发展规律来写，这样才不至于形成材料堆砌，成为记流水账。但由于文学的体裁不同，其起源与发展情况也很不相同，因此要深入探讨其发生与发展规律，最好还是分体裁来写。基于这种想法，我决定着手写这部《中国诗歌发展史》。我之所以从诗史入手写，原因有三：首先，在中国各种文体中，诗产生最早，源远流长，其发展变化的脉络最清晰；其次，在各体文学作品中，诗有着特殊的作用，易于阅读背诵，能为大众接受，而且诗可以帮助人们陶冶性情，提高素质，铸造灵魂，为此人人都应该了解诗，熟悉诗；再次，我对诗歌偏爱，也更熟悉，从童年起，我就开始读诗，到十二三岁时又开始学写诗，因此选择诗史来写，更得心应手。所以，要为文学史的著述重新构建框架，建立一个全新的体例，我决定先从撰写"诗史"开始。

本书的编写，首先，突破传统的束缚，摆脱历史本位的桎梏，回归到文学本位上来，帝王的朝代只作为参考系数存在。其次，突破把文学的繁荣归结为主要由经济发展所致的传统思路，扬弃那种搬用经济基础决定论、把文学的发展全部归结为由经济发展所致的观点。我以为文学的发展繁荣，其中经济发展虽有一定影响，但只是一个外因，起一定的促进作用，但不是决定因素，不然中国的第一位大诗人为什么不出现在当时经济发达、文化先进的齐国，也不出现在当时的政治先进、军事强盛的秦国，却偏偏出现在当时被中原各国视为"蛮夷之地"的楚国；而且又为什么不出现在楚国强盛之时，偏偏出现在楚国衰落之际？再如两汉时期，经济上无疑比起春秋战国时期有很大发展，社会秩序也比较稳定，却出不了一个像样的诗人；反而在衰落与动乱的建安时期与分裂的东晋南北朝，倒出了不少有成就的诗人。文学的兴衰不全在于经济因素，而是另有原因。这经济以外的原因，正是本书要着重探讨的。

一定要把文学的发展，从历史本位和经济基础决定论的桎梏中解放出来。文学的进步发展跟人性和当时的思想潮流，特别是审美意识，密不可分。人性的发展和审美意识的变化，促进了文学的发展。好的诗既要体现人性中普遍性，即人民大众共有的思想感情，又要具有鲜明的个性，这个性既要炽烈又要十分纯真，切忌沾满功利的污泥浊水，并且一定要经得起时间的考验，要为不同时代、不同地点、不同人群共同接受。有些诗一时一地为少数人欣赏，年深日久以后，常常湮没无闻；也有些诗当时并不被人赏识，而到后代却越来越被人推崇。这样的现象，无论在中国以至在世界上，都不在少数。中国东晋时的颜延之和陶渊明，就是这两极的典型代表人物。

本书力图顺应文学本身的发展规律，建立一个全新的体例。我在这里把“五四”以前的中国诗歌的发展历程，分为五个阶段：

第一阶段为创始期，经历了秦以前（史称先秦）一段漫长的历史时期。

第二阶段为探索期，是从秦汉至隋末一千一百多年的时间。经过一千多年的长期探索，诗歌从内容到形式以及艺术手法，都建立起了一套比较完备的体系。

第三阶段为鼎盛期，包括有唐一代，这时各类题材具备，格律完善，名家辈出，并出现了中国诗歌史上最负盛名的大诗人李白和杜甫。

第四阶段为裂变期，包括五代及宋、元两代，诗由重情韵变为主理趣，同时派生出了词与散曲。

第五个阶段为衰落期，包括明、清两代，这时无论是诗、词还是散曲，都逐渐成了强弩之末，到“五四”以后终于被新诗取代。

我把“五四”以后新诗的兴起称为“革新期”，应该是中国诗歌发展的第六个阶段，但这不在本书叙述范围之内。新诗诞生至今还不满百年，很不成熟，尚在探索中，也许再过百年，才略有头绪，这已不是我辈所能见到的了。

第一卷·创始期

概　说

邈远太古，苍茫大地，草木丛生，禽兽恣行。先民生息其间，条件异常恶劣，环境十分凶险，生活极度艰难，物质匮乏，既缺果腹蔽体之衣食，又无遮风挡雨之房屋。荒野之中，危机四伏，常有虫蛇肆虐，屡见禽兽为害，更有寒暑之疾，水旱之灾；个个惶惶不安，人人朝不保暮。当此际，他们终日忙于觅食，时刻设法避害，一切为了争取生存，无暇顾及其馀。历经数万年，逐渐进化，先由斗猛兽，驯禽畜，从狩猎进入畜牧；进而披荆斩棘，芟芜垦荒，由采集进入种植，至此衣食渐有保障。不断前进，不断开化，懂得制造工具，知道建筑房屋，生产渐渐发展，生活慢慢安定。为了便于交流思想、总结经验，终于产生语言，创造文字，逐步摆脱蒙昧，文明曙光临照。知喜怒，懂爱憎，感情萌生，人性苏醒，诗歌艺术随之诞生。诗者，因情而生，随意而发。情与意，无时不在，随处可生，或因劳动，或为爱情，或见景而喜，或遇事而悲；感情迸发，意志萌生，诗乃产生。因此，关于诗歌起源，不必执著一端，泥于一点。善纳百川，方成大海，诗歌之源，亦千头万绪。

歌谣诞生，早于文字。既无文字，难以记录，无人知晓。相传仓颉造字，于史无证；及至商、周二代，始见甲骨文钟鼎文，至今犹存。既有文字，便有记载，《尚书》《礼记》《周易》，均能散见歌谣。最初诗歌不分，音乐、舞蹈、歌谣，三位一体，存在民间。周设采诗之官，分赴诸侯国，采诗以观民情，上察政治得失，下知民风习俗。迨至春秋中叶，出现《诗》三百篇，或云曾经孔子删改，苦无实证。《诗》三百篇面世后，备受尊重，奉为经典，从此士人竞相引用，大至从政治国，小至日常生活，无不引为信条。从此无论士子贵族，只有引用资格，没有创作权利，以致二百多年，不见再有新诗出现。

火山沉寂，实为积聚力量；再度喷发，其势定然更猛。中国诗坛，沉寂二百多年，直至战国后期，终于在南方，传来一声惊雷，宣告华夏大地，第一位大诗人诞生。南国文化，彪炳千古，屈原大名，光耀万代。楚国虽称“蛮夷”，但对人性较少压抑，个性自由张扬，故能有大诗人诞生。《楚辞》影响后世，或在三百篇之上。《诗经》《楚辞》，同为中国诗歌之祖，哺育后代诗人，世世不绝。

第一编　诗的萌生

第一章　起源

在远古时候，没有单纯的文学，更不会有单纯的诗。常常是歌与舞混合在一起，载歌载舞，这里有音乐、舞蹈，还有原始的诗（歌词）。在那时，文学与艺术是分不开的，因此，我们说诗的起源，实际上包含在文学艺术的起源这总体中。

关于文学艺术的起源，一直为大家所关心，古今中外有不少学者进行研究、深入探讨。而且，这不仅是文学史家、文艺理论家所关心的事，也为历史学家、人文学家等社会科学研究者所关心。由于这个问题为各方面的学者关注，进行深入研究的历来不乏其人，因此众说纷纭、学派林立。尽管如此，我们把这些学说归纳起来，大约可分为五种说法，即：起源于祭祀与宗教活动说，起源于娱乐游戏说，起源于模仿说，起源于神话说与起源于劳动说。下面，我们来分别辨别一下谁是谁非。

一、起源于祭祀与宗教活动说

在中国，不少人喜欢引用汉代学者王充的话来证明文学艺术起源于原始宗教、巫术及祭祀。王充在《论衡·乱龙篇》中说："上古之神，有神荼、郁垒者，昆弟二人，性能执鬼，居东海度朔山上，立桃树下，简阅百鬼……故今县官斩桃为人，立之户侧，画虎之形，著之门阑。”在中国诗中，最早的诗是《诗经》中的《颂》，这是王室对祖先祭祀的颂词。其中《周颂》最早，为西周初的作品，是公元前11世纪时的产物，这就成了主张“诗起源于祭祀”说的物证。西方许多学者则把原始巫术与原始宗教作为同一体来进行研究，他们认为史前人类有过受巫术统治的时代，旧石器时代的岩画，就是出于巫术的动机而创作出来的。我认为这些说法都不尽然。其实，从我们看到的原始岩画来说，诚然有一部分与宗教巫术有关，但并非都有关系，也有单纯摹画先民的生活起居或简单的一兽一物。根据艺术发展由简到繁的规律来看，那些单画一物的岩画，应该比具有宗教巫术内容的画要早得多。具体到诗来看，今天我们看到的记载在古籍上的诗，都是后人记下来的。《风》《雅》中作者难道就没有比《颂》的作者更早的，谁能说清？而且口头文学都早于有文字记载的文学，诗的起源应该早于文字的诞生。那些文字诞生以前的诗，到文字产生时，有些恐怕早就湮没无闻了。因此，此说实在是靠不住。

二、起源于娱乐、游戏说

在中国，成书于战国末的《吕氏春秋》，在《古乐篇》中有这样的记述：“昔葛天氏之乐，三人操牛尾，投足以歌八阕。”有人据此证明歌舞以及文学艺术起源于游戏。在西方，德国大作家席勒根据康德在《判断力批判》一书中“一切游戏”属于“快适的艺术，或者是美的艺术”的论点，引申说，人们为发泄剩馀的精力“企图创造一个自由的形式”，从“物质的游戏，进入审美的游戏”，这就产生了艺术和诗。这说法，其实漏洞不少。首先，葛天氏是古代传说中的部落，是否确实存在，已是问题，葛天氏之乐只是传闻，并不可靠。其次，《吕氏春秋》成书时，中国古代的诗、乐、舞都已具有一定水平，距离原始的诗、乐、舞的产生，已有几千年了，因此这里描述的只是战国末年人想象中的原始乐、舞，不能据此说明歌、舞等文学艺术的起源。至于席勒所说，疑点更多。首先，原始社会生产力低下，先民不可能有多少“剩馀精力”需要发泄。其次，照席勒的说法，艺术和诗是在游戏中有意识地创造出来的，目的是为了“发泄剩馀精力”，从“物质的游戏，进入审美的游戏”，这种有意识有目的地进行诗和艺术的创作，当然不是起源，而是起源以后的创作活动。起源时，人们对诗和艺术还没有认识，创作只是在无意中进行的。

三、起源于模仿说

在我国，有人根据《吕氏春秋·古乐篇》记载的“帝尧立，乃命质为乐。质乃效山林溪谷之音以作歌，乃以麋輅置缶而鼓之，乃拊石击石，以象上帝玉磬之音……”，认为这足以证明诗歌、音乐、舞蹈起源于对自然的模仿。但是，我们看到，显然是已经有了“乐”以后，帝尧才会“命质为乐”；同样，显然已经有了磬，听到过磬声，才能“拊石击石”、“以象上帝玉磬之音”。其实，这根本不能说明音乐的起源，只能说明已经有了音乐之后的一次有意识的创作活动。在西方，古希腊哲学家德谟克利特认为，“在许多重要事情上，我们是模仿禽兽，做禽兽小学生的。从蜘蛛我们学会了织布和缝补，从燕子学会了造房子，从天鹅和黄莺等歌唱的鸟学会了唱歌”。很明显，模仿鸣禽类的啼鸣，只能是简单地摹声，这样既成不了歌也成不了诗，只能成为口技一类东西。请允许我套用一句马克思的话：最蹩脚的诗人与歌唱家从一开始就比最灵巧的天鹅、黄莺高明的地方，就是他在歌唱以前，已经在自己的头脑中把曲谣构思完整。（马克思在《资本论》第一卷里有这样一句话：“最蹩脚的建筑师从一开始就比最灵巧的蜜蜂高明的地方，是他在用蜂蜡建筑蜂房以前，已经在自己的头脑中把它建成了。”）

四、起源于神话说

在中国，据《山海经·大荒西经》记载："西南海之外，赤水之南，流沙之西，有人珥两青蛇，乘两龙，名曰夏后开（启）。开（启）上三嫔于天，得《九辩》与《九歌》以下。此天穆之野，高二千仞，开（启）焉得始歌《九招》。"《山海经》成书于战国与西汉时期，而当时在楚国民间早已流传《九歌》《九辩》。如果说这是夏启时候的音乐，那么应该存在于宫中，流行于中原地区。事实上，中原各国的宫廷里与中原各国的民间，却并无此曲此歌。显而易见，应是先有《九歌》《九辩》流行于楚国，然后才有写《山海经》的人写下这一条，而且《九歌》《九辩》也决非原始乐曲与歌词，不是音乐诗歌的起源。在西方，因为古希腊神话中有这样的记载，说天神宙斯跟记忆女神生了九个统称为缪斯的女儿，她们掌管着文艺和科学，其中第六位名叫埃拉托的女儿掌抒情诗，第九位名卡利俄珀的专管史诗，因此说诗产生于神话。且不说神话是纯属虚构的，即使是实有其事，也必然是先有了诗，然后才有专职掌管诗的女神啊！而且凡事凡物都是先有具体事物然后才有名称，在诗诞生之前，也就不可能有诗这个名称，更不可能分成"抒情诗"、"史诗"。有诗这个名称，而且还有专职掌管者，这只能在诗产生以后。因此，无论从哪一个角度来说，神话都不是诗的源头。

五、起源于劳动说

这在中国当前是最普遍最时髦的说法，不少人还竭力到马克思主义经典著作中找论点，企图拉着大旗当虎皮，借以把自己的说法打造成不刊之论。

诗歌起源于劳动的论据之一是引用恩格斯在《自然辩证法·劳动在从猿到人转变过程中的作用》里的几句话："语言是从劳动中并和劳动一起产生出来的。""首先是劳动，然后是语言和劳动一

起，成了两个最主要的推动力，在它们的影响下，猿的脑髓就逐渐地变成了人的脑髓。”（《马克思恩格斯选集》第三卷）

论据之二是引用普列汉诺夫在《艺术论》中的几句话：“劳动先于艺术，总之，人最初是从功利观点来观察事物和现象，只是后来才站到审美的观点上来看待它们。”

论据之三是引用鲁迅在《门外文谈》里的几句话：“我们的祖先的原始人，原是连话也不会说的，为了共同劳作，必需发表意见，才渐渐地练出复杂的声音来，假如那时大家抬木头，都觉得吃力了，却想不到发表，其中有一个叫道‘杭育杭育’，那么，这就是创作；大家也要佩服、应用的，这就等于出版；倘若用什么记号留存了下来，这就是文学；他当然就是作家，也是文学家，是‘杭育杭育派’。”

如果我们从“劳动创造人”这个根本出发，说明人类社会的一切都是劳动创造的，当然其中也包括文学艺术。这种说法，谁能不同意！语言都是从劳动中产生出来的，作为语言艺术之一的诗，当然无疑是在劳动中产生出来的。这样说，似乎振振有词，合情合理。不错，是“劳动创造了人本身”，但我们不能因此把人类的一切活动都归于劳动。语言确是伴随劳动而产生的，但语言是交流思想的工具，不是每一句话都可以成为诗，这也是显而易见的。日常交流用的语言与成为诗的语言有很大的差别，因此上述说法不足以证明文学艺术是在劳动中直接产生出来的。普列汉诺夫的话，只是说明产生的先后问题，没有涉及源流问题。何况早产生的事物未必就是后产生的事物的源头，譬如在中国，诗歌的产生先于小说，难道能说小说起源于诗歌吗？至于鲁迅这段话，首先是出于一篇杂文，不是严格意义上的学术论文；其次，在这里说的抬木头齐呼“杭育杭育”，是根据想象而设的一个假设，并非在远古实有其事；再次，鲁迅在这里不是严肃论证，而是充满调侃意味。其实鲁迅说的“大家抬木头”云云，是根据他那时的情况说的，原始人恐怕不存在这情况，用石刀石斧只能砍伐些小树小枝，绝对砍不下大树，砍伐大树，要等发明了锯以后才有可能，而且原始人不盖高楼大厦，要太大的木头也没有用。等到大家抬木头喊“杭育杭育”的时候，原始诗歌在这之前恐怕早已诞生了。还有人举《淮南子·道应训》中的话：“今夫举大木者，前呼‘邪许’，后亦应之，此举重劝力之歌也。”用以进一步印证鲁迅的话，认为这是艺术起源于劳动的有力证据。这段记载确实与鲁迅的话有十分相似之处，我想鲁迅的话也许是受这段话的启发后写出来的。但是细心的读者别忘了这前面的“今”字，这是说“举重劝力之歌”是发生在作者写书时。《淮南子》成书于西汉中期，这时《诗经》《楚辞》早已诞生，这呼“邪许”的“举重劝力之歌”，能说是原始起源时的诗歌吗？其实，《淮南子》在这里只是记述了当时一些民谣的产生情况，并不是在说明诗歌的起源。

六、对文学艺术起源的五种流行说法辨析

我在前边一一做了否定，那么，文学艺术（特别是诗歌）究竟起源于什么？在述说诗歌起源之前，让我们先来简单了解一下先民的生活情况吧！在远古时代，到处是幽幽森林，莽莽荒原，地广人稀。人们按部落分居在这块广袤的土地上，在华夏大地上，部落当数以千计，经过几度兼并，在西周初尚有“诸侯国”（实际上是部落）800多个。部落之间，起初除了战争，平时很少来往，老子说的“鸡犬之声相闻，老死不相往来”，大约就是指这时的实际情况说的，远处的更不用说了。古代交通不便，大江南北，黄河上下，山川阻隔，信息难通，如果起先甲部落出现了一首民歌，其他部落很难知道，因此不能把这定为诗歌的源头。也许就在这时候，乙部落也产生了一首民歌，同样也不为其他部落知道，当然也不能认定这是诗歌的源头。就《诗经》而言，是从很多地方采集来的，我们不能把《周南》《召南》与《豳风》《秦风》看成是出于同一

个源头。当然，《诗经》与《楚辞》更不会是同出一源。因此，对诗歌的起源，我们不能泥于一端，只认定一个源头，而应该承认是多源头的。譬如太平洋里的水，你说是从哪里流进来的？源头究竟在哪里？是长江、黄河，是黑龙江、红河，还是哥伦比亚河或科罗拉多河？我说都是，也都不是。这是所有流入太平洋的江河汇聚在一起，才形成了太平洋里的汹涌澎湃的波涛，单靠一两条河是无济于事的。人类的起源也一样，不能认死一个源头。现在有不少人都认定人类起源于非洲。不错，在非洲发现了最古的人类遗骸，但不能因此认定这就是人类的起源，世界各地的人都由此繁衍而来。古代交通不便，古代人决不能跨越重重阻隔的山川，非洲的先民很难到达亚洲、欧洲，更到不了美洲、大洋洲，此其一。再说从语言、骨骼与遗传因子来看，非洲人与亚洲人、欧洲人的差别实在太大了，光从语言来看，毫无相同之处，因此也不可能是出于同一个源头，此其二。我想其他地方不一定就不存在跟非洲同样远古的人类遗骸，只是开发早的地方，在远古人类活动中，早已遭到了破坏而已。目前那些吵吵闹闹的争论，实在是违反事实本源的。

显然诗歌的起源也一样，应该存在多个源头，不应执著一点、泥于一端。也许在差不多时期，有人打猎归来，提着大量猎物，高高兴兴地唱着："断竹，续竹；飞土，逐肉。"另有人躺在林子旁边，看到仙鹤在林荫处起舞和鸣，不由得想起了心爱的人儿，于是唱起了："鸣鹤在阴，其子和之。我有好爵，吾与尔靡之。"同时有个女孩，失恋了，在忧伤地唱着："麦秀渐渐兮，禾黍油油。彼狡童兮，不与我好兮。"也许就在那个晚上，有人走出洞穴，看到满天星斗，皓月当空，星月之光照在身上，感到很兴奋，于是高兴地哼着："明明上天，烂然星陈。日月光华，弘于一人。"还有很多别的情况，都可能产生诗歌，但是喊几声"杭育杭育"是不可能成为诗的源头的，因为照这样说，那么，有几个人一起上山，突然遇到大雨，雨大路滑，他们都从小山上滚下来，其中有一人痛得直喊“哎唷，哎唷”，于是别人也跟着喊“哎唷，哎唷”，难道这也成了文学，创建了“哎唷，哎唷”派什么的，我想总不能说“诗歌起源于跌跤”吧！同样，我们不能把鲁迅的一句调侃的话，拿来当理论根据。

关于诗的产生，我们可以用一句话来概括，那就是“因情而生，随意而发”，一个人有了激情，就有了诗的灵感，把它变化成一个意念，用一种特殊的语言形式表达出来，这就成了诗。真挚的、纯洁的感情是诗的灵魂。

既然如此，那么，热烈的情感不只是在劳动中才能产生，人们在生活中的各种活动都可能激发出热情，都可能由此产生诗。尤其是男女两情相悦，更容易激发热情。所以我们不难理解，为什么在我们看到的民歌中大部分是情歌。当然，我这样说，并不等于我主张诗歌起源于爱情。我认为热烈情感在人类的各种各样的活动中随处都有，随时都有，这些情感用一定的语言形式表达出来就成了诗。因此，对诗歌的起源，任何执著一点、泥于一端的说法都是机械的，不真实的。诗歌的起源应该是多源头的，如果一定要用一句话来概括，那就是我前边说的“因情而生，随意而发”这八个字，即诗发端于情，成于意，情与意是不可分割的二位一体，二者不可缺一。

我国诗歌产生的时间，应该在西周以前。由于当时文字还没有形成，最早的诗歌只靠口头流传，年深日久后也就湮没无闻了。今天我们见到的，无论是《诗经》里的诗，还是散见于其他古籍中的歌谣，都已经不是最古老的源头了。

第二章　古代歌谣

中国第一部诗歌总集是《诗经》，但是《诗经》里的诗，并不是我国最早的诗。最早的诗应该产生在文字诞生之前，是先民的口头创作。因为当时还没文字，无法记录下来，只能由口头传播，日长月久之后，有的就湮没无闻，有的则在传唱过程中被改得面目全非。真正最早产生的诗，早已不复存在了，我们在今天很难想象出其真面目来。

《诗经》中最早的诗产生在西周初年，而这些诗已不是粗糙的民谣可比，诗的起源应该比这早得多，西周以前（前1046年以前）才是中国诗的起源时期。因此，中国诗的源头应该到《诗经》以外去寻找。在《诗经》以外的先秦古籍中，零零碎碎地记载了一些古代歌谣，其中有一些诗明显早于《诗经》。虽然这些歌谣在记录下来时，不免被加工整理过，但比起《诗经》里的诗来，仍然显得更古朴、更原始，也就是说更接近诗的源头。

今天我们能见到的古代歌谣，可惜大多属于后人伪托。例如在《古诗源》中，被沈德潜称为“肇开诗声”的《击壤歌》：“日出而作，日入而息。凿井而饮，耕田而食。帝力于我何有哉！”此歌见于皇甫谧的《帝王世纪》，据说在尧帝时，一个80岁的老人唱此歌。但是皇甫谧是晋代人，距离传说中的尧帝有两千年以上，他怎么能听到这位80岁老人那时唱的歌？而且这首歌中表现出来的“凿井”、“耕田”是农耕社会的经济生活，这与“帝力于我何有哉”的思想，都不可能产生于以狩猎为主的没有帝王的原始社会，因此这首诗绝不是“肇开诗声”之作。

《周易》是一部较早的作品，虽非一时一人之作，但最早的可溯源到殷周之际。在《易传》中，有不少实为当时的歌谣，例如：“鸣鹤在阴，其子和之。我有好爵，吾与尔靡之。”显然，这原是一首情诗。再如：“女承筐，无实；士刲羊，无血。”这是写夫妻共同劳动。再如：“乘马班如，泣血涟如。”这是写一个人进退维谷，手足无措，唯知伤心哭泣。又如：“其亡其亡，系于苞桑。”这是说一个人处事要有忧患意识，才能立于不败之地。可以看到，《周易》中那些歌谣，涉及范围很广，有劳动的内容，但大多与劳动关系不大。

《礼记》虽是西汉人编定，但多数采自先秦旧籍，因此可视为较古老的书，其中有伊耆氏《蜡辞》：“土反其宅，水归其壑，昆虫毋作，草木归其泽。”这是古人祈求平安、祈求丰年的祝祷辞。《史记》中引用的《麦秀歌》，假托箕子所作，涂上一层政治色彩，但这明显是一首情诗，是少女失恋时唱的歌：“麦秀渐渐兮，禾黍油油。彼狡童兮，不与我好兮。”这里已采用兴的手法，其产生年代不会比《诗经》更早。倒是《吴越春秋》中的《弹歌》显得更古朴一些：“断竹，续竹；飞土，逐肉。”这分明是一首二言诗，应早于四言诗。

总之，在《诗经》以前，应该还有更古朴更原始的诗，这才是中国诗的源头。随着考古的不断发现，在钟鼎文、甲骨文中，我们也许会发现更古老的诗。

第二编　茁壮成长

第一章　第一部诗歌总集诞生

《诗经》是我国第一部诗歌总集。《诗经》的诞生，标志着我国的诗歌已茁壮成长起来。有人把《诗经》与巫、史联系在一起，我认为这未免失之偏颇，如果用来说明《大雅》和《颂》倒也还能说得过去，但绝对不能概括整部《诗经》，因为这说法并不适用于《国风》和《小雅》中的民歌。

《诗经》原名为《诗》或称“诗三百”，相传经过孔子删改，列为儒家“六经”之一。至汉武帝时，罢黜百家，独尊儒家，崇《诗》为“经”，称为《诗经》，这个名称就一直沿用至今。不过，今天我们虽然仍称之为《诗经》，已不再有“经”的观念，而是纯粹当作文学作品来看待了。

《诗》被尊为《诗经》，究竟是幸还是不幸？幸运的是，地位抬高了，得到大家的重视，可永远避免被焚之灾。不幸的是，明明是文学作品，却用它来说教，失去了原来的文学意义，什么《关雎》为美后妃之德、《螽斯》美后妃子孙多，等等，一通牵强附会，极大地歪曲了诗的原来意义。今天我们读这些诗，一定要拨开迷雾，还其本来面目。

《诗经》不是一时一地一人之作。其中最早的《周颂》，为西周初的作品；最晚的是《陈风·株林》，产生在周定王八年以后，时间跨度长达五百年。地域上，除《周南》《召南》为江汉流域的诗外，其馀均为黄河流域的诗，遍及今陕西、甘肃、山西、山东、河南、河北等广大地区。从作者情况来看，可查考的只有尹吉甫、家父（家甫）、寺人孟子、公子奚斯等四五人，传说还有周公旦、许穆夫人等十几人，但并不可靠。这305首诗基本上出于无名氏之手，十五国国风则基本上是民歌民谣。相传古代有采诗制度，据说为了解风土人情、考察政治得失，同时也为了娱乐的需要，中央政府每年派人到全国各地搜集民歌民谣，然后由乐师进行加工整理，配上乐曲，献给天子。《诗经》就是前后经过五六百年采集、整理、筛选，最后编订成书的。但在流传过程中，古代乐谱逐渐失传，这305篇也失却了作为唱词的意义，而成了单纯的文学作品。

《诗经》的编排，按音乐性质的不同，分为风、雅、颂三类。

“风”是从诸侯国采集来的不同地区的歌谣，其中包括周南、召南（合称“二南”）、邶风、鄘风、卫风、王风、郑风、齐风、魏风、唐风、秦风、陈风、桧风、曹风、豳风，总称十五国风，诗160篇。

“雅”是周王朝直接统治地区的音乐，即所谓“正声”。又按照音乐的不同，分为《大雅》和《小雅》，共105篇。《小雅》中有少量民歌，其馀大都是贵族文人的作品。

“颂”是宗庙祭祀的舞曲，分《周颂》《商颂》和《鲁颂》，其中《商颂》并非殷商时的作品，而是殷商的后代宋国的诗，产生于公元前七八世纪，晚于《周颂》。三颂共有诗40篇。

《诗经》在先秦成了贵族教育中普遍使用的文化教材，学习《诗经》成为贵族人士必需的文化素养。贵族学习《诗经》主要是为了美化语言，所谓“不学《诗》，无以言”。在平日交谈中，引用几句诗，以示高雅；特别在外交场合，常常需要摘引《诗经》中的诗句，曲折表达自己的意思。当然，《诗经》的教育还有政治和道德意义，可惜独独不把它当作文学作品来学习与鉴赏。《诗经》被套上了一件神圣的外衣，使得此后数百年，在文学创作上，成了一片空白。从《诗经》编成到“楚辞”诞生前，见不到新创作的诗。

在秦始皇焚书坑儒中，《诗经》也遭到了焚毁，但由于《诗经》是当时贵族学文化时普遍使用的教材，大家已烂熟于胸中，也幸亏秦朝是一个只有15年的短命朝代，到西汉后《诗经》又得以广泛流传，汉武帝时又被尊为儒家“六经”之首，对中国文学发展产生深广影响，一直流传到今天。

第二章　《诗经》的内容

《诗经》既是中国的第一部诗歌总集，又是先秦社会生活的百科全书，内容十分广泛丰富，对后世影响非常深远。

第一，在《诗经》里，展示出了先秦时经济生活的画卷。在这方面最完备的是《豳风·七月》，全诗8章，每章11句，是《诗经》中最长的诗篇，呈现在我们面前的是一个奴隶制农耕社会：

> 七月流火，九月授衣。一之日觱发，二之日栗烈。无衣无褐，何以卒岁？三之日于耜，四之日举趾。同我妇子，馌彼南亩。田畯至喜。
>
> 七月流火，九月授衣。春日载阳，有鸣仓庚。女执懿筐，遵彼微行，爰求柔桑。春日迟迟，采蘩祁祁。女心伤悲，殆及公子同归。
>
> 七月流火，八月萑苇。蚕月条桑，取彼斧斨，以伐远

扬，猗彼女桑。七月鸣鵙，八月载绩。载玄载黄，我朱孔阳，为公子裳。

四月秀葽，五月鸣蜩。八月其获，十月陨萚。一之日于貉，取彼狐狸，为公子裘。二之日其同，载缵武功，言私其豵，献豜于公。

五月斯螽动股，六月莎鸡振羽。七月在野，八月在宇，九月在户。十月蟋蟀入我床下。穹窒熏鼠。塞向墐户。嗟我妇子，曰为改岁，入此室处。

六月食郁及薁，七月亨葵及菽。八月剥枣，十月获稻。为此春酒，以介眉寿。七月食瓜，八月断壶，九月叔苴，采荼薪樗，食我农夫。

九月筑场圃，十月纳禾稼。黍稷重穋，禾麻菽麦。嗟我农夫，我稼既同，上入执宫功。昼尔于茅，宵尔索绹。亟其乘屋，其始播百谷。

二之日凿冰冲冲，三之日纳于凌阴。四之日其蚤，献羔祭韭。九月肃霜，十月涤场。朋酒斯飨，曰杀羔羊，跻彼公堂，称彼兕觥，万寿无疆。

一个农奴家庭的家长带领着妻子儿女在田间劳动，他们是为“公”和“公子”劳动的，女儿还担心被“公子”强迫带回家去。我们看到，当时已经有稻、黍、菽、麦等农作物，而且已经有蚕桑和采茶，农业经济已相当发达，今天的重要农作物，当时几乎都有了，同时当时已经会酿酒。

从《小雅·无羊》中我们可以看到，当时畜牧业也很发达：

谁谓尔无羊，三百维群。谁谓尔无牛，九十其犉。尔羊来思，其角濈濈。尔牛来思，其耳湿湿。

或降于阿，或饮于池，或寝或讹。尔牧来思，何蓑何笠，或负其糇。三十维物，尔牲则具。

尔牧来思，以薪以蒸，以雌以雄。尔羊来思，矜矜兢兢，不骞不崩。麾之以肱，毕来既升。

牧人乃梦，众维鱼矣，旐维旟矣。大人占之，众维鱼矣，实维丰年。旐维旟矣，室家溱溱。

在这首诗里，描绘了一幅草原放牧图，唱出了一曲远古时代的牧歌。这里还写了牧人希望改善生活的梦想，而牧主则希望家产增加，人丁兴旺，形象生动，惟妙惟肖。

第二，写出了下层劳动人民对上层统治者的怨恨。例如：

坎坎伐檀兮，置之河之干兮，河水清且涟猗。不稼不穑，胡取禾三百廛兮。不狩不猎，胡瞻尔庭有县貆兮。彼君子兮，不素餐兮。

坎坎伐辐兮，置之河之侧兮，河水清且直猗。不稼不穑，胡取禾三百亿兮。不狩不猎，胡瞻尔庭有县特兮。彼君子兮，不素食兮。

坎坎伐轮兮，置之河之漘兮，河水清且沦猗。不稼不穑，胡取禾三百囷兮。不狩不猎，胡瞻尔庭有县鹑兮。彼君子兮，不素飧兮。

——《魏风·伐檀》

《毛诗·序》说："《伐檀》刺贪也。在位贪鄙，无功而受禄。"这首诗言辞激烈，怨愤之情溢于言表。又如：

硕鼠硕鼠，无食我黍。三岁贯女，莫我肯顾。逝将去女，适彼乐土。乐土乐土，爰得我所。

硕鼠硕鼠，无食我麦。三岁贯女，莫我肯德。逝将去女，适彼乐国。乐国乐国，爰得我直。

硕鼠硕鼠，无食我苗。三岁贯女，莫我肯劳。逝将去女，适彼乐郊。乐郊乐郊，谁之永号。

——《魏风·硕鼠》

《毛诗·序》说："《硕鼠》刺重敛也。国人刺其君重敛，蚕食于民，不修其政。"如果说《伐檀》斥责的还只是一般官吏，那么《硕鼠》则把矛头直指国君。这首诗里的所谓"乐土"、"乐国"、"乐郊"，是农奴对理想生活的向往，可以说这是后世乌托邦思想的滥觞。再如：

交交黄鸟，止于棘。谁从穆公。子车奄息。维此奄息，百夫之特。临其穴，惴惴其栗。彼苍者天，歼我良人。如可赎兮，人百其身。

交交黄鸟，止于桑。谁从穆公。子车仲行。维此仲行，百夫之防。临其穴，惴惴其栗。彼苍者天，歼我良人。如可赎兮，人百其身。

交交黄鸟，止于楚。谁从穆公。子车针虎。维此针虎，百夫之御。临其穴，惴惴其栗。彼苍者天，歼我良人。如可赎兮，人百其身。

——《秦风·黄鸟》

这首诗反映出用活人陪葬的悲惨情景。在奴隶制社会中，奴隶主死了，常常用活人陪葬，殉葬的人为奴隶与奴隶主未曾生育的姬妾。这是一个十分残酷的制度，诗里写的是穆公死后，"以子车氏三子为殉"一事。此制度到秦末仍有沿袭，据《史记·秦始皇本纪》记载，秦始皇死后，"后宫非有子者……皆全从死，死者甚众。"诗人对用活人殉葬的制度十分痛恨，进行愤怒斥责、严词抗议。

有杕之杜，有晥其实。王事靡盬，继嗣我日。日月阳止，女心伤止，征夫遑止。

有杕之杜，其叶萋萋。王事靡盬，我心伤悲。卉木萋止，女心悲止，征夫归止。

陟彼北山，言采其杞。王事靡盬，忧我父母。檀车幝幝，四牡痯痯，征夫不远。

匪载匪来，忧心孔疚。期逝不至，而多为恤。卜筮偕止，会言近止，征夫迩止。

——《小雅·杕杜》

这是写服役带给人民的苦难，征夫长期服征役，终日奔波，不得休息，露宿旷野，有家难归，怀念父母，思念妻子，忧心忡忡，无限伤悲。

第三，反映古代人民对国家的感情。

岂曰无衣，与子同袍。王于兴师，修我戈矛，与子同仇。

岂曰无衣，与子同泽。王于兴师，修我矛戟，与子偕作。

岂曰无衣，与子同裳。王于兴师，修我甲兵，与子偕行。

——《秦风·无衣》

朱熹在《诗集传》中说：“秦人之俗，大抵尚气概，先勇力，忘生轻死。故见于诗如此。”诗中表现了勇于抵抗外侮、同仇敌忾的精神。

彼黍离离，彼稷之苗。行迈靡靡，中心摇摇。知我者，谓我心忧，不知我者，谓我何求。悠悠苍天，此何人哉。

彼黍离离，彼稷之穗。行迈靡靡，中心如醉。知我者，谓我心忧，不知我者，谓我何求。悠悠苍天，此何人哉。

彼黍离离，彼稷之实。行迈靡靡，中心如噎。知我者，谓我心忧，不知我者，谓我何求。悠悠苍天，此何人哉。

——《王风·黍离》

平王东迁，宗周（指西周）灭亡，周大夫行役，经过原来西周的宗庙宫室，见其尽为离黍，心怀悲闵，写了这首诗。以后，“故宫离黍”成了一个成语，表示对故国怀念的情思。

第四，关于爱情婚恋问题。

这类诗在《诗经》里数量最多，也最为出色。其中尤为出色的如：

静女其姝，俟我于城隅。爱而不见，搔首踟蹰。
静女其娈，贻我彤管。彤管有炜，说怿女美
自牧归荑，洵美且异。匪女之为美，美人之贻。

——《邶风·静女》

该诗把一个赴约幽会的男子的神情心态，一一跃然于纸上。对一枝茅草爱不释手，因为这是“美人之贻”，真是爱屋及乌，恋人们常有此等心态，写得入木三分。再如：

蒹葭苍苍，白露为霜。所谓伊人，在水一方。溯洄从之，道阻且长。溯游从之，宛在水中央。

蒹葭凄凄，白露未晞。所谓伊人，在水之湄。溯洄从之，道阻且跻。溯游从之，宛在水中坻。

蒹葭采采，白露未已。所谓伊人，在水之涘。溯洄从之，道阻且右。溯游从之，宛在水中沚。

——《秦风·蒹葭》

这首诗写出了对美好的爱情、理想中的“伊人”的追求，这“伊人”可望而不可即，充满了企望、期盼。从人的心理上来看，得不到的常常要比得到的更美；看不十分清楚的，也要比看得十分真切的要美，雾里看花、水中望月，充满了朦胧美。

又如：

泛彼柏舟，在彼中河。髧彼两髦，实维我仪。之死矢靡他。母也天只，不谅人只。

泛彼柏舟，在彼河侧。髧彼两髦，实维我特。之死矢靡慝。母也天只，不谅人只。

——《鄘风·柏舟》

该诗表达了一个热恋中的少女大胆无畏，跟反对他们恋爱的母亲抗争，并发誓至死不渝。又如：

将仲子兮，无逾我里，无折我树杞。岂敢爱之，畏我父母。仲可怀也，父母之言，亦可畏也。

将仲子兮，无逾我墙，无折我树桑。岂敢爱之，畏我诸兄。仲可怀也，诸兄之言，亦可畏也。

将仲子兮，无逾我园，无折我树檀。岂敢爱之，畏人之多言。仲可怀也，人之多言，亦可畏也。

——《郑风·将仲子》

从这首诗里，我们看到在当时，男女之间相爱并不那么自由，父母、诸兄与邻人都可横加干涉，说三道四，对恋爱中的少女形成压力，令她畏惧，受着各种人言的制约，使人的本能欲望受到压抑。这是社会与人性的矛盾，具有普遍意义。

《诗经》中有两首著名的弃妇诗《邶风·谷风》和《卫风·氓》。特别是《氓》，是一首叙事成分非常浓的诗，叙述了一个完整的故事，这在以抒情诗为主体的中国古典诗中，实在弥足珍贵：

氓之蚩蚩，抱布贸丝。匪来贸丝，来即我谋。送子涉淇，至于顿丘。匪我愆期，子无良媒。将子无怒，秋以为期。

乘彼垝垣，以望复关。不见复关，泣涕涟涟。既见复关，载笑载言。尔卜尔筮，体无咎言。以尔车来，以我贿迁。

桑之未落，其叶沃若。于嗟鸠兮，无食桑葚。于嗟女兮，无与士耽。士之耽兮，犹可说也。女之耽兮，不可说也。

桑之落矣，其黄而陨。自我徂尔，三岁食贫。淇水汤汤，渐车帷裳。女也不爽，士贰其行。士也罔极，二三其德。

三岁为妇，靡室劳矣。夙兴夜寐，靡有朝矣。言既遂矣，至于暴矣。兄弟不知，咥其笑矣。静言思之，躬自悼矣。

及尔偕老，老使我怨。淇则有岸，隰则有泮。总角之宴，言笑宴宴。信誓旦旦，不思其反。反是不思，亦已焉哉。

中国自奴隶制社会以来，妇女一直处在社会的底层，即使是贵族妇女，她们也受到贵族男子的控制；在奴隶家中，妇女则是奴隶的奴隶，受压迫、遭凌辱。无论贵贱，妇女都有可能被遗弃，造成她们悲惨的遭遇。在《氓》与《谷风》这两首诗里，所写妇女被遗弃的原因虽然不同，但受凌辱被遗弃的结果相同，在那样的社会里，具有普遍意义。这两首诗中，特别是《氓》的故事性很强，人物形象鲜活生动，对心理揭示也很深刻，叙述、描写、抒情交错进行，具有浓郁的叙事诗成分，这在《诗经》中还不多见。那些叙述周部族的产生与发展的诗中，虽然也有大量叙事成分，但都是粗线条的，没有像这首诗那样细致而生动地叙述了一个完整的故事，因此这实为中国叙事诗的滥觞。

第五，周部族的史诗。这部分诗确与巫、史关系密切。

这主要是《大雅》中的《生民》《公刘》《绵》《皇矣》《文王》《文王有声》与《大明》七首，记述了周族从始祖后稷诞生，直到武王灭商这一段历史的传说和英雄事迹，构成了一部周族的发迹发展史。在这些诗里，把周族的始祖尽量神圣化，从而说明周的兴盛完全是受命于天：

厥初生民，时维姜嫄。生民如何，克禋克祀，以弗无子。履帝武敏歆，攸介攸止，载震载夙，载生载育，时维后稷。

诞弥厥月，先生如达。不坼不副，无菑无害。以赫厥灵，上帝不宁，不康禋祀，居然生子。

诞置之隘巷，牛羊腓字之。诞置之平林，会伐平林。诞置之寒冰，鸟覆翼之。鸟乃去矣，后稷呱矣，实覃实讦，厥声载路。

诞实匍匐，克岐克嶷，以就口食。蓺之荏菽，荏菽旆旆，禾役穟穟，麻麦幪幪，瓜瓞唪唪。

诞后稷之穑，有相之道。茀厥丰草，种之黄茂。实方实苞，实种实褎，实发实秀，实坚实好，实颖实栗，即有邰家室。

诞降嘉种，维秬维秠，维穈维芑。恒之秬秠，是获是亩。恒之穈芑，是任是负，以归肇祀。

诞我祀如何。或舂或揄，或簸或蹂。释之叟叟，烝之浮浮。载谋载惟，取萧祭脂，取羝以軷，载燔载烈，以兴嗣岁。

卬盛于豆，于豆于登。其香始升，上帝居歆。胡臭亶时，后稷肇祀，庶无罪悔，以迄于今。

——《大雅·生民》

在这里充满了神话色彩，以此说明后稷非同凡响，给他戴上了一个神圣的光环，说明周族的兴起是上应天命的。后稷时代乃是一个由畜牧业完全转入农耕的时代，后稷本人就是一个出色的庄稼汉。同时，这里还叙述了周族最初定居有邰（今陕西武功一带）的史实。

笃公刘，匪居匪康，乃埸乃疆，乃积乃仓。乃裹糇粮，于橐于囊，思辑用光。弓矢斯张，干戈戚扬，爰方启行。

笃公刘，于胥斯原，既庶既繁，既顺乃宣，而无永叹。陟则在巘，复降在原。何以舟之，维玉及瑶，鞞琫容刀。

笃公刘，逝彼百泉，瞻彼溥原。乃陟南冈，乃觏于京。京师之野，于时处处，于时庐旅，于时言言，于时语语。

笃公刘，于京斯依。跄跄济济，俾筵俾几。既登乃依。乃造其曹，执豕于牢，酌之用匏。食之饮之，君之宗之。

笃公刘，既溥既长，既景乃冈，相其阴阳，观其流泉，其军三单。度其隰原，彻田为粮。度其夕阳，豳居允荒。

笃公刘，于豳斯馆。涉渭为乱，取厉取锻。止基乃理，爰众爰有。夹其皇涧，溯其过涧。止旅乃密，芮鞫之即。

——《大雅·公刘》

为了寻求更大的发展，后稷之后数百年，周族的领袖公刘率领全族迁往豳地（今陕西旬邑西南）。这次迁居，为周族开辟了一个迅速发展的新环境，并为周族的兴盛发达奠定了基础。全诗六章依次写出公刘成为周族领袖后，图谋发展，不肯苟安，开拓进取，奋发图强，率部迁徙，营建新邑。

绵绵瓜瓞。民之初生，自土沮漆。古公亶父，陶复陶穴，未有家室。

古公亶父，来朝走马。率西水浒，至于岐下。爰及姜女，聿来胥宇。

周原膴膴，堇荼如饴。爰始爰谋，爰契我龟，曰止曰时，筑室于兹。

乃慰乃止，乃左乃右，乃疆乃理，乃宣乃亩，自西徂东，周爰执事。

乃召司空，乃召司徒，俾立室家。其绳则直，缩版以载，作庙翼翼。

救之陾陾，度之薨薨，筑之登登，削屡冯冯，百堵皆兴，鼛鼓弗胜。

乃立皋门，皋门有伉。乃立应门，应门将将。乃立冢土，戎丑攸行。

肆不殄厥愠，亦不陨厥问。柞棫拔矣，行道兑矣。混夷駾矣，维其喙矣。

虞芮质厥成，文王蹶厥生。予曰有疏附，予曰有先后，予曰有奔奏，予曰有御侮。

——《大雅·绵》

这是写公刘之后数百年，周族在古公亶父的带领下，又一次举族迁徙，由豳地迁至周原（今陕西岐山），成就王业，由农业部落发展成周王国。全诗依次写出古公亶父从未有家室到娶姜女为妻，找到了土肥水美的一马平川周原。于是在这里开辟农田，种植庄稼，大兴土木，修筑房舍，建造宫室，安身立命；修通道路，与外部交好，国力逐渐强盛，夷狄远遁，虞、芮归顺。更值得庆贺的是，古公亶父有一位了不起的孙子文王，使周王国大治。

《皇矣》《文王》《文王有声》都是描写文王功绩的。文王继承祖业，上承天命，下施德泽，迁于丰（今陕西省西安市长安区西南），筑城建宫室，周族得到极大的发展。这些篇章意在说明文王是应天命降生的，而且他总是“小心翼翼”、“在帝左右”、“昭事上帝”。嗣后武王克绍箕裘，周王国更加强大，再度迁都至镐京（今陕西省西安市长安区韦曲乡）。《大明》则描述王季（古公亶父之子，文王之父）以及文王的婚姻、家庭，以及武王伐纣灭商，取得辉煌胜利，建立周王朝。七篇诗连起来看，构成了一部周族的发展史，由后稷为始祖，中间经过公刘、古公亶父、王季、文王等人不断努力，周族逐渐发展壮大，到武王时终于灭商，成为天下共主，形成“四海之内，莫非王土；率土之滨，莫非王臣”。

第六，赞颂的诗。

这些诗，集中在《大雅》与三《颂》中，《小雅》中也有一部分。这类诗数量不少，约占《诗经》总数的四分之一以上，主要赞美神权、王权与贵族。受到赞美最多的是文王，颂其德赞其功。对其祖先后稷、古公亶父、王季，对其子孙武王、宣王，也有很多赞美。在这些诗里都尽量美化，以至神圣化周族的祖先（特别是文王）。

第三章　《诗经》的艺术特色

《诗经》是一部以抒情诗为主体的诗歌总集，即使有一些史诗性质的、叙事成分比较浓的诗篇，也不是严格意义上的叙事诗，不像荷马的《伊里亚特》和《奥德赛》、但丁的《神曲》那样有完整的故事情节，而是只有片段的叙述，因此，《诗经》的第一个艺术特色是抒情性。

现实性，这应该是《诗经》的第二特色。《诗经》里所反映的都是人们的日常生活及日常经验，是人世间的种种事情和平常人的情感世界，没有凭空想象的东西，没有超现实的神话世界，没有凭幻想虚构的世界。造成这种情况的原因，不外乎以下几种：一是《诗经》里的诗歌基本产生于黄河流域，在中国的北方，这里的环境比较艰苦，生存条件较差，人们忙于日常的生产与斗争，没有时间也没有闲心思去凭空想象，进行大量虚构。二是虽然孔子删诗之说已被否定，但孔子整理过《诗经》这是确切无疑的。孔子是一个特别注重现实的人，反对凭空虚构，幻想、虚构与神话是遭到孔子排斥的，所谓“思无邪”（《论语·为政》）、“子不语怪、力、乱、神”（《论语·述而》），那些充满幻想、那些涉及神怪的诗歌，肯定要被孔子删改。孔子在整理《诗经》时，用“乐而不淫，哀而不伤”（《论语·八佾》）以及“诗，可以兴、可以观、可以群、可以怨。迩之事父，远之事君；多识于鸟兽草木之名”（《论语·阳货》）作为诗教，崇尚中庸之道，学诗只是为了掌握兴（感发志意）、观（考见得失）、群（群居相切磋）、怨（怨刺上政），从而更好地侍奉父母，进而效忠君主。学诗还可以更多地知道鸟兽草木的名称。从这些话里，我们可以看到，孔子把《诗经》大则当作从政的信条，小则当作常识教科书，独独没有把它当文学作品来看待，这就不难理解为什么在《诗经》里没有荷马史诗式的诸神和英雄，没有超乎常人的形象与脱离日常生活的经历，即使原来作品中有，孔子在整理时必定会根据他的诗教一一加以修改。

由于《诗经》是孔子根据儒家的观点来修改整理的，必然要求符合儒家的道德规范，符合儒家的政治信条，因此具有显著的道德与政治色彩。

中庸平和，这是《诗经》的第三个特色。由于儒家提倡“乐而不淫，哀而不伤”，还有“怨而不怒”的中庸之道与“克己复礼”的信条，因此《诗经》里的诗都显得很克制，很平和，没有大悲大喜，没有情绪愤激难平的激烈感情，没有充分张扬的个性，没有过分突出的抒情主人公的形象。

采用赋、比、兴的表现手法，这是《诗经》的第四个特色。这加强了诗的形象性与生动性，产生了很好的艺术效果。

赋是“敷陈其事而直言之”（朱熹《诗集传》），“叙物以言情，谓之赋，情尽物也”（王应麟《困学纪闻》）。用今天的话来说，就是直白其事，直抒其情。

比是“以彼物比此物”（《诗集传》），“索物以托情，谓之比，情附物也”（《困学纪闻》）。用今天的话来说，就是比喻。

兴是“先言他物，以引起所咏之辞”（《诗集传》），“触物以起情，谓之兴，情动物也”（《困学纪闻》）。这是触景生情的意思，看到眼前事物联想起了所咏之物，于是借用眼前物做铺垫引出所咏之物。最早的兴只是一个发端，跟所咏之物并无意义上的关系，如“关关雎鸠，在河之洲”，借雎鸠以引出所思的淑女，而雎鸠和淑女毫无关系。兴在应用中，逐渐发展，成为不是单纯的兴起，而是兼有比喻、象征、烘托、寄托等种种功能。于是后人对兴又有多种说法：“兴者，起也”（刘勰《文心雕龙·比兴》），这就是通常说的“兴起”，在《诗经》里被大量应用；“文已尽而意有馀，兴也”（钟嵘《诗品·序》），这是在诗的结尾处用兴，形成“兴结”；“比中兴也”（吴沆《环溪诗话》），这是兴而兼有比喻的意思；“兴则环譬以托喻”（《文心雕龙》），这是在兴中又具有象征、寄托等意思。

《诗经》的第五个特色是常常采用叠章形式，即在重复的几章之间，多数只在字面做少量改变，也有在意义上做了少量改变，这样反复吟唱，有一唱三叹之妙。前边我们所举的例子如《伐檀》《硕鼠》《黄鸟》等等，无不如此。这是歌谣体的特点，借以强化所抒发的感情，突现主题。这在《国风》和《小雅》中的民歌里普遍使用，在《颂》《大雅》和《小雅》里的政治诗中几乎不存在。

《诗经》的第六个特色是以四言为基本句式，间或杂以一言直至九言各种句式，但是杂言句式所占比例很小。

第四章 《诗经》对后代的影响

《诗经》是我国第一部诗歌总集，后代的诗人无不深受其影响，继承其优秀传统。《诗经》里所题咏的一切，大多成了原型意象，深深地积淀在后代诗人的心底，对后世的影响十分深远。

首先，在中国的诗坛上打下了坚实的现实主义基础，后代诗人大都沿着《诗经》开辟的道路进行创作。像杜甫、白居易这样现实主义大诗人自然无须多说，就是被称为浪漫主义的大诗人李白也未尝不受《诗经》影响，他在《古风五十九首》中的第一首开头说："《大雅》久不作，吾衰竟谁陈？《王风》委蔓草，战国多荆榛……正声何微茫，哀怨起骚人。"这里所说的《大雅》《王风》，都是指整部《诗经》而言，这是采用借代的手法，以部分代全体。在这里，诗人显然以继承《诗经》自任，李白诗中的不少现实主义作品，正是他继承《诗经》的实践。

其次，《诗经》中题材广泛，表现手法多样化，给后代诗人在创作中启发思路，提供借鉴。

《邶风·新台》《齐风·南山》《陈风·株林》以及我们在前边引用过的《伐檀》《硕鼠》《黄鸟》等等，开启了后世的讽喻诗。《小雅·采薇》是我国最早的边塞诗；《唐风·鸨羽》《魏风·陟岵》《豳风·破斧》《豳风·东山》《秦风·无衣》等等是我国最早出现的从军诗；《王风·君子于役》《卫风·伯兮》《周南·卷耳》是早期的思妇怀远诗，为后世闺怨诗之祖；《卫风·氓》《邶风·谷风》则是最早写弃妇的诗；至于情诗，在《诗经》中更是举不胜举。

写景，描写田园、山水，在《诗经》里也都已微露端倪。

再次，《诗经》中的赋、比、兴成为后代诗歌创作中最基本的表现手法。

赋是《诗经》中最常用的手法，这里有具体描述的，也有直接抒议的。如《小雅·无羊》（见前引，此处省略）。这首诗纯用具体描述，写出牛羊的欢蹦活泼，牧人带着雨具干粮来放牧，表现了牛羊驯服温顺，牧人精力充沛，最后写出了牧人的丰收梦。

相鼠有皮，人而无仪。人而无仪，不死何为。
相鼠有齿，人而无止。人而无止，不死何俟。
相鼠有体，人而无礼。人而无礼，胡不遄死。
——《鄘风·相鼠》

这首诗用直接抒议法，对不顾礼仪、寡廉无耻、沉迷于荒淫作乐的统治者进行尖锐指责，厉声怒斥。

比是比拟与比喻，在《诗经》中也被普遍运用，包括明喻、暗喻、借喻、拟人拟物、托寓等等。

兴的运用在《诗经》中较多，如《周南·桃夭》：

桃之夭夭，灼灼其华。之子于归，宜其室家。
桃之夭夭，有蕡其实。之子于归，宜其家室。
桃之夭夭，其叶蓁蓁。之子于归，宜其家人。
——《周南·桃夭》

这首诗的前两句是兴起，在这里不仅引出了后边所咏之词，还烘托新娘的美丽容貌与欢乐心情，使全诗充满了喜庆。

其他还有夸张、借代、映衬等手法，有双声、叠韵、叠字的运用，这些都对后代的诗歌创作产生很大影响。在这里，我们还要特别提一下对比，在《诗经》里运用对比的地方不少，如：“昔我往矣，杨柳依依；今我来思，雨雪霏霏”（《小雅·采薇》）、“不见复关，泣涕涟涟；既见复关，载笑载言”（《卫风·氓》）。这种手法被后人继承下来，形成了诗中的对仗。

《诗经》在风格上也多种多样，有蕴藉含蓄的，有直露无遗的，有如闺中淑女，有如关西大汉，有如南山高耸，有如曲江缓流，有如春阳和煦，有如西风怒号，不一而足，对后世产生了各种各样的影响。总之，《诗经》不愧为中国文学的一个光辉起点，哺育着后世一代又一代的诗人。

第三编　崭露头角

第一章　中国第一位大诗人为什么诞生在“蛮荒”之地

《诗经》中最晚的一首诗是《陈风·株林》，这是写陈灵公与夏姬私通，导致陈灵公被夏姬之子夏南（夏征舒）所杀，这件事发生在周定王八年（前599）。从这年距离屈原诞生（约前340），中间相隔近300年，在中国诗坛上这段时间一片空白，这是什么原因？因为时值春秋（前770—前476）后期到战国（前475—前221）后期，这时的士人忙于到处鼓舌游说，百家争鸣，无心顾及诗歌创作。当时周王室衰微，无力派采诗官去各地采风，各诸侯国则忙于你争我夺，一心称霸称雄，无心派人在国内采风。总之，当时文士只热衷发表政治见解，发表治国方略，无心写诗；民间即使有歌谣也无人采集，终归湮没无闻。

战国时，秦国经商鞅变法后，已成为政治制度较完善的军事大国，而东方的齐国经济发达，威王、宣王又优礼聘请各国的贤士学者，当时的著名学者聚集于齐国，居于稷下城，各派学者在此著书讲学，形成了著名的百家争鸣，齐国成为当时首屈一指的经济大国和文化大国。其他中原各国也各有优势。而楚国则处于被视为蛮荒之地的南方，当时不仅中原各国把楚国看作蛮夷之国，就是楚国国君自己也承认是蛮夷之国，楚武王三十五年曾对随人说：“我蛮夷也。”（见《史记·楚世家》）可是中国的第一位大诗人，不出在齐国，不出在秦国，也不出在中原其他四国，偏偏出在这“蛮夷”之邦楚国，这是什么原因？

先说楚国以外的六国出不了大诗人的原因。首先，当时六国的士人热衷于到处游说，一旦主张被哪一国的国君采用，就可位列上卿，施展才能，实现主张。他们治国的主张，无非是王道、霸道，仁政、法治，后期还有合纵连横。他们热衷于争鸣，但争论的内容都离不开对治国的主张与基本的世界观。当时的“显学”是儒、墨、法，虽然他们的政治主张与世界观各不相同，但对诗歌不重视则是一致的，儒家虽然学《诗经》，但目的不是为了学习写诗，没有把《诗经》当文学作品来读，而是为了从中揣摩为政之道。其次，“显学”的门徒，为人处世都很实际，不允许有想象与幻想，“子不语怪、力、乱、神”，而诗歌偏偏需要奇突的想象，要有神话世界。再说当时的“显学”都主张克制自己，抑制人性，要求合乎礼合乎法，而诗歌恰恰需要高扬人性，具有鲜明的个性，因为只有闪耀着人性光芒的诗才具有震慑读者心灵的魅力。人性受到压制，个性的泯灭，必然带来了诗的泯灭。另外，《诗》在这时已被奉为经典，是儒家“六经”之首，被用于神圣的宗教祭祀，还用作特殊的言谈交往工具，“不学诗何以言”，特别是在外交场合，说话时都要引几句诗，为自己的意见找有力的根据，同时也显示自己的水平。《诗》成了真理的依据、道德的楷模，成为从政的规范、生活的指南、士人学习的教科书，唯独忽略了它的文学性。既然是“经典”，那就十分神圣，至高无上，无人可以企及，当时的人们都只有引用的资格，没有创作的权利。因此两百多年来，不见有新诗出现。由于这种种原因，在楚国以外的六国产生不了诗，更产生不了大诗人。

再说楚国的情况。长江流域跟黄河流域一样，也是华夏文明的摇篮。江、汉流域一带是各种族杂处之地，由于各种族间的文明程度不同，而且民风民情与文化都与黄河流域迥异，因此被黄河流域的各部落视为异类，以“蛮夷”目之。然而在西周初年，芈姓氏族崛起，周成王时，其后人熊绎受封于楚蛮，居丹阳（今湖北秭归东南），始立为国。一代代筚路蓝缕，辟土开疆，至春秋时，已兼并了长江流域中部的许多邦国。熊通自立为武王，势力向中原扩展，开濮地，与中原抗衡。其子文王迁都郢（今湖北江陵北），已相当强盛，“陵江汉间小国，小国皆畏之”。楚庄王时，已不甘心独霸南方，他窥视中原，成为春秋五霸之一，曾陈兵周郊，问鼎于周室。至战国时，楚国东灭吴越，西抵汉中，成为在战国诸雄中，疆土最大，人口最多的国家。就当时的国力而论，楚国也有统一全国的可能，但最后却为秦所灭。楚亡后，楚国民心不服，有“楚虽三户，亡秦必楚”之说。后来楚地的反秦起义最终推翻了秦王朝，项羽、刘邦都是楚地起义军的首领。汉王朝建立，可以说是楚人的胜利，最终完成了南北文化融汇，形成了“汉族”。

楚国长期以来，一直是各族杂处，由多种文化相互影响，不断融合，逐渐形成了具有自身特色的楚文化。江南土地肥沃，气候适宜，物产丰富，生存条件优于北方。当时楚国的居民，被北方人称为“蛮夷”，没有北方那种严密的宗法政治制度，也没有严格的礼教，因此对人性压制较少。楚地的宗教习俗也与中原不同，是“民神杂糅”、“民神同位”，巫文化发达，有很多超现实的想象，神可以具有人性，人神可以往来，还可以恋爱，给楚文化蒙上了一层神秘色彩。各部族的融会，也给楚文化增添了活力。同时，楚文化也吸收了中原文化。这构成了楚文化在人性上较少受到压制，较为宽松自由，能够拥有极为广阔的想象天地；在文化上，既有楚地本土各部族的相互交融，又有中原文化的影响和渗透。多种文化互相影响，以至融合而形成楚文化，因此更显得丰富多彩。我想正是这种种原因，才致使先秦时中国诗的高峰——中国的第一位大诗人出现在被中原视为“蛮夷”之邦的楚国。

中国第一位大诗人屈原（约前340—约前278），名平，楚国人，是楚王的同姓贵族。楚武王的一个儿子名瑕封在屈地，称屈瑕，其后代子孙便以屈为氏。另外还有景氏、昭氏。屈、景、昭为楚国三大家族，合称为“三户”或“三闾”。楚国设三闾大夫，管理王族，据说屈原曾任此职。据《史记》记载，屈原年轻时，颇得怀王信任，官至左徒。他“博闻强志，明于治乱，娴于辞令。入则与王图议国事，以出号令；出则接遇宾客，应对诸侯”，成为楚国内政外交的核心人物。

当时，楚国内外矛盾日趋尖锐，危机四伏。在屈原看来，这种政治危机是由于楚国统治集团本身的腐败造成的，他们对内争权夺利，唯利是图，求索不厌，贪图享乐，不求进取，排挤正人，任用宵小；对外则屈服于强秦，苟且偷安。因此，楚国政治日益败坏，国势日渐衰微。屈原一心要革新楚国政治，使楚国强盛起来，能够完成统一六国的使命。

后有上官大夫妒忌他，在怀王面前进谗，“王怒而疏平”。在外交上，怀王受秦使张仪之骗，破坏了屈原奉行的联齐抗秦政策，与齐绝交，从此孤立无援，深受秦国欺压，结果怀王受诱骗入秦，死在秦国。怀王入秦后，其子顷襄王继位，任命他的弟弟亲秦派子兰为令尹（相当于宰相）。第七年，竟与秦国联姻，以求苟安。屈原对此持反对态度，并斥责子兰对其父怀王屈辱而死于秦国负有责任。子兰大怒，指使上官大夫在顷襄王面前诽谤屈原，顷襄王怒而流放屈原。

关于屈原的流放问题，有人说前后流放过两次，即怀王时一次、顷襄王时一次。但据《史记》记载，怀王听了上官大夫的谗言后，“王怒而疏平”，只是疏远不信任屈原，并未流放。在顷襄王时，由于上官大夫的进谗，“顷襄王怒而迁之”，屈原被流放到沅、湘一带。屈原被疏被迁，原因有二：一则是楚国统治者腐败无能，得过且过，不图革新；二则是屈原的政治主张与当局不合，而屈原又生性耿直，缺少迂回周旋、从容应付的能力。凡是个性很强、诗人气质浓的人，必然要造成与环境的矛盾，互不相容。在中国文学史上，成功的诗人往往是失败的政治家，政治上的失败却造就了他们在文学上的成就，李白、杜甫、苏轼、陆游、辛弃疾，等等，无不如此，李煜更是这样。

屈原的作品，在《史记·屈原贾生列传》中提到的有《离骚》《天问》《招魂》《哀郢》《怀沙》，其中《怀沙》还全文引录。《汉书·艺文志》载屈原赋25篇，但未列篇名。东汉王逸《楚辞章句》所辑录的也是25篇，为《离骚》《九歌》（共11篇）、《天问》《九章》（共9篇）、《远游》《卜居》《渔父》，把《哀郢》《怀沙》归入《九章》中，把《招魂》列于宋玉名下。宋朱熹《楚辞集注》从王逸。现代研究者多数认为《招魂》应遵从《史记》，为屈原作品，先师胡小石先生对此曾进行多方论证。《远游》《卜居》《渔父》3篇，现代的多数研究者认为非屈原之作。

《楚辞》是中国诗的另一个源头，跟《诗经》并无继承关系。当然，在南北文化交流中，屈原也不可避免地受到《诗经》的一定影响。

第二章　千古绝唱——《离骚》

《离骚》是屈原的代表作，全诗373句，2400馀字，是中国古代最杰出最宏伟的抒情诗，前无古人，后无来者，是千古绝唱。屈原的诞生、《离骚》的问世，使中国诗歌跃上了一个永远令人仰望的顶峰。

《离骚》的篇名，历来有多种不同的解释，司马迁在《屈原贾生列传》中解作“离忧”，班固在《离骚赞序》中解作“遭忧”，王逸解作“别愁”，扬雄解作“牢骚”，现代有人解作排遣忧愁，也有人以为是歌曲名。比较各家说法，我以为班固的解释较为确切。《离骚》的写作年代，司马迁在《史记》中说：“屈平既嫉之，虽放流，睠顾楚国，系心怀王，不忘欲反，冀幸君之一悟，俗之一改也。其存君兴国而欲反覆之，一篇之中三致志焉。”这里的“一篇”就是指《离骚》而言。时间应在怀王被秦国拘留后，顷襄王即位之初。这首诗是诗人的“自叙传”，曲折尽情地写出了他大半生的思想和行为。全文如下：

帝高阳之苗裔兮，朕皇考曰伯庸。摄提贞于孟陬兮，惟庚寅吾以降。皇览揆余初度兮，肇锡余以嘉名。名余曰正则兮，字余曰灵均。纷吾既有此内美兮，又重之以修能。扈江离与辟芷兮，纫秋兰以为佩。汩余若将不及兮，恐年岁之不吾与。朝搴阰之木兰兮，夕揽洲之宿莽。日月忽其不淹兮，春与秋其代序。唯草木之零落兮，恐美人之迟暮。不抚壮而弃秽兮，何不改乎此度？乘骐骥以驰骋兮，来吾道夫先路！

昔三后之纯粹兮，固众芳之所在。杂申椒与菌桂兮，岂维纫夫蕙茝？彼尧舜之耿介兮，既遵道而得路。何桀纣之昌披兮，夫唯捷径以窘步！惟党人之偷乐兮，路幽昧以险隘。岂余身之惮殃兮，恐皇舆之败绩。忽奔走以先后兮，及前王之踵武。荃不察余之忠情兮，反信谗而齌怒。余固知謇謇之为患兮，忍而不能舍也。指九天以为正兮，夫唯灵修之故也。曰黄昏以为期兮，羌中道而改路！初既与余成言兮，后悔遁而有他。余既不难夫离别兮，伤灵修之数化。余既滋兰之九畹兮，又树蕙之百亩。畦留夷与揭车兮，杂杜衡与芳芷。冀枝叶之峻茂兮，愿俟时乎吾将刈。虽萎绝其亦何伤兮，哀众芳之芜秽。众皆竞进以贪婪兮，凭不厌乎求索。羌内恕己以量人兮，各兴心而嫉妒。忽驰骛以追逐兮，非余心之所急。老冉冉其将至兮，恐修名之不立。朝饮木兰之坠露兮，夕餐秋菊之落英。苟余情其信姱以练要兮，长颇颔亦何伤。掔木根以结茝兮，贯薜荔之落蕊。矫菌桂以纫蕙兮，索胡绳之纚纚。謇吾法夫前修兮，非时俗之所服。虽不周于今之人兮，愿依彭咸之遗则。

长太息以掩涕兮，哀民生之多艰。余虽好修姱以鞿羁兮，謇朝谇而夕替。既替余以蕙纕兮，又申之以揽茝。亦余心之所善兮，虽九死其犹未悔。怨灵修之浩荡兮，终不察夫民心。众女嫉余之蛾眉兮，谣诼谓余以善淫。固时俗之工巧兮，偭规矩而改错。背绳墨以追曲兮，竞周容以为度。忳郁邑余侘傺兮，吾独穷困乎此时也！宁溘死以流亡兮，余不忍为此态也！鸷鸟之不群兮，自前世而固然。何方圜之能周兮，夫孰异道而相安！屈心而抑志兮，忍尤而攘诟。伏清白以死直兮，固前圣之所厚。悔相道之不察兮，延伫乎吾将反。回朕车以复路兮，及行迷之未远。步余马于兰皋兮，驰椒丘且焉止息。进不入以离尤兮，退将复修吾初服。制芰荷以为衣兮，集芙蓉以为裳。不吾知其亦已兮，苟余情其信芳。高余冠之岌岌兮，长余佩之陆离。芳与泽其杂糅兮，唯昭质其犹未亏。忽反顾以游目兮，将往观乎四荒。佩缤纷其繁饰兮，芳菲菲其弥章。民生各有所乐兮，余独好修以为常。虽体解吾犹未变兮，岂余心之可惩。

女嬃之婵媛兮，申申其詈予。曰鲧婞直以亡身兮，终然夭乎羽之野。汝何博謇而好修兮，纷独有此姱节？薋菉葹以盈室兮，判独离而不服。众不可户说兮，孰云察余之中情！世并举而好朋兮，夫何茕独而不予听！依前圣之节中兮，喟凭心而历兹。济沅湘以南征兮，就重华而陈词启《九辩》与《九歌》兮，夏康娱以自纵。不顾难以图后兮，五子用失乎家巷。羿淫游以佚畋兮，又好射夫封狐。固乱流其鲜终兮，浞又贪夫厥家。浇身被服强圉兮，纵欲而不忍。日康娱而自忘兮，厥首用夫颠陨。夏桀之常违兮，乃遂焉而逢殃。后辛之菹醢兮，殷宗用而不长。汤禹严而祗敬兮，周论道而莫差。举贤而授能兮，循绳墨而不颇。皇天无私阿兮，览民德焉错辅。夫维圣哲以茂行兮，苟得用此下土。瞻前而顾后兮，相观民之计极。夫孰非义而可用兮，孰非善而可服。阽余身而危死兮，览余初其犹未悔。不量凿而正枘兮，固前修以菹醢。曾歔欷余郁邑兮，哀朕时之不当。揽茹蕙以掩涕兮，沾余襟之浪浪。

跪敷衽以陈辞兮，耿吾既得此中正。驷玉虬以乘鹥兮，溘埃风余上征。朝发轫于苍梧兮，夕余至乎县圃。欲少留此灵琐兮，日忽忽其将暮。吾令羲和弭节兮，望崦嵫而勿迫。路曼曼其修远兮，吾将上下而求索。饮余马于咸池兮，总余辔乎扶桑。折若木以拂日兮，聊逍遥以相羊。前望舒使先驱兮，后飞廉使奔属。鸾皇为余先戒兮，雷师告余以未具。吾令凤皇飞腾兮，又继之以日夜。飘风屯其相离兮，帅云霓而来御。纷总总其离合兮，斑陆离其上下。吾令帝阍开关兮，倚阊阖而望予。时暧暧其将罢兮，结幽兰而延伫。世混浊而不分兮，好蔽美而嫉妒。朝吾将济于白水兮，登阆风而绁马。忽反顾以流涕兮，哀高丘之无女。溘吾游此春宫兮，折琼枝以继佩。及荣华之未落兮，相下女之可贻。吾令丰隆乘云兮，求宓妃之所在。解佩纕以结言兮，吾令蹇修以为理。纷总总其离合兮，忽纬纆其难迁。夕归次于穷石兮，朝濯发乎洧盘。保厥美以骄傲兮，日康娱以淫游。虽信美而无礼兮，来违弃而改求。览相观于四极兮，周流乎天余乃下。望瑶台之偃蹇兮，见有娀之佚女。吾令鸩为媒兮，鸩告余以不好。雄鸠之鸣逝兮，余犹恶其佻巧。心犹豫而狐疑兮，欲自适而不可。凤皇既受诒兮，恐高辛之先我。欲远集而无所止兮，聊浮游以逍遥。及少康之未家兮，留有虞之二姚。理弱而媒拙兮，恐导言之不固。世混浊而嫉贤兮，好蔽美而称恶。闺中既以邃远兮，哲王又不寤。怀朕情而不发兮，余焉能忍与此终古！

索琼茅以筳篿兮，命灵氛为余占之。曰两美其必合兮，孰信修而慕之？思九州之博大兮，岂唯是其有女？曰勉远逝而无疑兮，孰求美而释女？何所独无芳草兮，尔何怀乎故宇？世幽昧以昡曜兮，孰云察余之善恶？民好恶其不同兮，唯此党人其独异。户服艾以盈要兮，谓幽兰其不可佩。览察草木其犹未得兮，岂珵美之能当？苏粪壤以充帏兮，谓申椒其不芳。欲从灵氛之吉占兮，心犹豫而狐疑。巫咸将夕降兮，怀椒糈而要之。百神翳其备降兮，九疑缤其并迎。皇剡剡其扬灵兮，告余以吉故。曰：勉升降以上下兮，求矩矱之所同。汤禹俨而求合兮，挚咎繇而能调。苟中情其好修兮，又何必用夫行媒？说操筑于傅岩兮，武丁用而不疑。吕望之鼓刀兮，遭周文而得举。宁戚之讴歌兮，齐桓闻以该辅。及年岁之未晏兮，时亦犹其未央。恐鹈鴂之先鸣兮，使百草为之不芳。何琼佩之偃蹇兮，众薆然而蔽之。唯此党人之不谅兮，恐嫉妒而折之。时缤纷其变易兮，又何可以淹留！兰芷变而不芳兮，荃蕙化而为茅。何昔日之芳草兮，今直为此萧艾也？岂其有他故兮，莫好修之害也。余以兰为可恃兮，羌无实而容长。

委厥美以从俗兮，苟得列乎众芳。椒专佞以慢慆兮，樧又欲充其佩帏。既干进而务入兮，又何芳之能祗？固时俗之从流兮，又孰能无变化？览椒兰其若兹兮，又况揭车与江离。唯兹佩之可贵兮，委厥美而历兹。芳菲菲而难亏兮，芬至今犹未沫。和调度以自娱兮，聊浮游而求女。及余饰之方壮兮，周流观乎上下。

灵氛既告余以吉占兮，历吉日乎吾将行。折琼枝以为羞兮，精琼靡以为粻。为余驾飞龙兮，杂瑶象以为车。何离心之可同兮，吾将远逝以自疏。邅吾道夫昆仑兮，路修远以周流。扬云霓之晻蔼兮，鸣玉鸾之啾啾。朝发轫于天津兮，夕余至乎西极。凤皇翼其承旂兮，高翱翔之翼翼。忽吾行此流沙兮，遵赤水而容与。麾蛟龙以梁津兮，诏西皇使涉予。路修远以多艰兮，腾众车使径待。路不周以左转兮，指西海以为期。屯余车其千乘兮，齐玉轪而并驰。驾八龙之婉婉兮，载云旗之委蛇。抑志而弭节兮，神高驰之邈邈。奏《九歌》而舞《韶》兮，聊假日以偷乐。陟升皇之赫戏兮，忽临睨夫旧乡。仆夫悲余马怀兮，蜷局顾而不行。

乱曰：已矣哉！国无人莫我知兮，又何怀乎故都！既莫足与为美政兮，吾将从彭咸之所居。

全诗可分为两大部分共八段。第一部分从开始到“岂余心之可惩”。在这一部分中，诗人回首往事，追溯历史。这部分又可分为三段，第一段从开头到“来吾道夫先路”，他叙述了家世出身，生辰名字和自幼的抱负。第二段从“昔三后之纯粹兮”到“愿依彭咸之遗则”，叙述诗人辅助楚王进行政治改革，遭到群小的陷害，楚王听信谗言，不信任他。他内心十分痛苦，但这绝不是担心自身“惮殃”，而是“恐皇舆之败绩”。忧国忧民之心可以“指九天以为正”。但这不能为国君理解，虽然如此，自己也永不改初衷。第三段从“长太息以掩涕兮”到“岂余心之可惩”，写他遭受迫害以后的心情，表示自己纵然遭到迫害，但决不向恶势力屈服，坚持理想，忠贞不移，自己认定的真理，一定要为之努力奋斗，甚至“虽九死其犹未悔”。不顾路途遥远，不辞艰难，开始在世上“求索”。

第二部分从“女媭之婵媛兮”到结束，叙述诗人对未来道路的探索，不像前半部那样多从现实出发进行描述，而主要通过想象与幻想来展开。在人间求索失败后，去沅湘向已故的重华（舜）陈词，上天去叩打天帝之门，不断上下求索。奇幻诡谲，异彩纷呈。这一部分又可分为五段，第一段从“女媭之婵媛兮”到“沾余襟之浪浪”，写女媭劝告他不要“博謇好修”，应该明哲保身。抒情主人公听后，不以为然，去向重华陈辞，列举夏桀和殷纣骄奢淫逸、放荡无度，招来亡国杀身之祸；同时举出禹、汤和周代文、武四位贤明先王，他们举贤授能，依法治国，赢得皇天的青睐，享有天下，以此印证自己的政治理想的正确，从而坚定自己的信念。第二段从“跪敷衽以陈辞兮”到“余焉能忍与此终古”，写向重华陈辞后，自信正确，但无人理解，幻想上天入地去寻觅知音。第三段从“索琼茅以筳篿兮”到“周流观乎上下”，写找不到知音，心情抑郁苦闷，去找灵氛占卜，巫咸降神，请他们指示出路，产生了留在楚国与离开楚国的矛盾，这也正是古代知识分子普遍的思想矛盾。第四段从“灵氛既告余以吉占兮”到“蜷局顾而不行”，写准备听从灵氛的占卜，出世思想占据了上峰，准备离开楚国，远走他乡，正在升腾远逝时，却看见了祖国的大好河山，终于不忍离去。第五段为“乱曰”，表明要以身殉理想，完善自己崇高的人格，除死以外，在这黑暗的现实面前，已别无选择。

《离骚》篇幅宏大，文辞优美，想象丰富，气势恢宏，充满爱国激情，表明不与恶势力妥协，为理想战斗而宁死不屈，闪烁着崇高的人性光辉，是一篇浪漫主义的巨著。宋朱熹在《楚辞集注·序》中从封建礼教出发说：“原之为人，其志虽或过于中庸，而不可以为法。……其辞旨虽或流于跌宕怪神，怨怼激发，而不可以为训。”而鲁迅在《汉文学史纲要》中则说，屈原的《离骚》“逸响伟辞，卓绝一世……较之于《诗》，则其言甚长，其思甚幻，其文甚丽，其旨甚明，凭心而言，不遵矩度……其影响于后来之文章，乃甚或在三百篇以上”。其实，正因为《离骚》超越了中庸之道，敢于“暴君之恶”，怨而至怒，“流于跌宕怪神，怨怼激发”，“不遵矩度”，思想较少束缚，人性不受抑制，每字每句都是真情袒露、心血凝结，才成就了这真、善、美三者完美结合的不朽诗篇。

第三章　屈原的其他作品

屈原其他的重要作品还有《九歌》《九章》与《天问》。

《九歌》是一组祭神的乐曲，并非9篇，而共有11篇。11篇中，除最后一篇《礼魂》是送神曲外，其馀每篇各主祀一神，所祭神灵可分三类：一类是天神：东皇太一（天帝）、云中君（云神）、大司命（主管寿命）、少司命（主管子嗣）、东君（太阳神）。一类是地祇：湘君和湘夫人（湘水之神）、河伯（黄河之神）、山鬼（山神）。一类是亡灵：国殇（阵亡将士之魂）。这些诗不像《诗经》中的祭祀乐歌那样庄重而板滞，质木无文，《九歌》中的诗生动活泼，深情委婉，形象丰满，打破了人与神的界限，亲切可爱。如果说《离骚》明显有受中原地区的政治与伦理等文化影响较深的烙印，那么《九歌》中所体现出来的则纯属于楚文化独具的特色，显得绚丽多姿，想象奇特，打破人神的界限，奇幻神秘，具有浓郁的浪漫主义色彩。其中，《湘夫人》与《山鬼》二篇尤为出色：

帝子降兮北渚，目眇眇兮愁予。袅袅兮秋风，洞庭波兮木叶下。登白薠兮骋望，与佳期兮夕张。鸟何萃兮蘋中，罾何为兮木上？沅有芷兮澧有兰，思公子兮未敢言。慌忽兮远望，观流水兮潺湲。麋何为兮庭中。蛟何为兮水裔？朝驰余马兮江皋，夕济兮西澨。闻佳人兮召予，将腾驾兮偕逝。筑室兮水中，葺之兮以荷盖。荪壁兮紫坛，播芳椒兮成堂。桂栋兮兰橑，辛夷楣兮药房。罔薜荔兮为帷，擗蕙櫋兮既张。白玉兮为镇，疏石兰兮为芳。芷葺兮荷屋，缭之兮杜衡。合百草兮实庭，建芳馨兮庑门。九嶷缤兮并迎，灵之来兮如云。捐余袂兮江中，遗余褋兮澧浦。搴汀洲兮杜若，将以遗兮远者。时不可兮骤得，聊逍遥兮容与！

——《湘夫人》

若有人兮山之阿，被薜荔兮带女萝。既含睇兮又宜笑，子慕予兮善窈窕。乘赤豹兮从文狸，辛夷车兮结桂旗。被石兰兮带杜衡，折芳馨兮遗所思。余处幽篁兮终不见天，路险难兮独后来。表独立兮山之上，云容容兮而在下。杳冥冥兮羌昼晦，东风飘兮神灵雨。留灵修兮憺忘归，岁既晏兮孰华予！采三秀兮于山间，石磊磊兮葛蔓蔓。怨公子兮怅忘归，君思我兮不得闲。山中人兮芳杜若，饮石泉兮荫松柏。君思我兮然疑作。雷填填兮雨冥冥，猿啾啾兮狖夜鸣。风飒飒兮木萧萧，思公子兮徒离忧。

——《山鬼》

这两篇与其说是祭神乐曲，毋宁说是恋歌，写的是人神之恋，无论是湘夫人也好，山鬼也好，我们看后，都会忘却她们是神，只觉得这是失恋的少妇与少女，那么亲切可爱，那么痴情感人，充满人情味。这种纯真的爱情，对唐代李商隐的影响尤深。

《国殇》在《九歌》中是比较特殊的一篇，不是祭神，而是悼念阵亡将士。诗中写在敌我力量悬殊的情况下，楚国将士英勇战斗，视死如归，为国捐躯，虽死犹荣：

操吴戈兮被犀甲，车错毂兮短兵接。旌蔽日兮敌若云，矢交坠兮士争先。凌余阵兮躐余行，左骖殪兮右刃伤。霾两轮兮絷四马，援玉枹兮击鸣鼓。天时怼兮威灵怒，严杀尽兮弃原野。出不入兮往不反，平原忽兮路超远。带长剑兮挟秦弓，首身离兮心不惩。诚既勇兮又以武，终刚强兮不可凌。身既死兮神以灵，魂魄毅兮为鬼雄。

《九章》并非屈原作品的原名，是西汉人把屈原在不同时期写的九篇作品汇编在一起后所加的名，其中包括《惜诵》《涉江》《哀郢》《抽思》《怀沙》《思美人》《惜往日》《橘颂》和《悲回风》等9篇。这9篇中，除《橘颂》外，其馀8篇的主题大致和《离骚》一致，只是表现手法不同，体现了屈原作品艺术风格的多样性。《橘颂》是我国文学史上第一首咏物诗。历来认为咏物诗贵在不取形而取神，不用事而用意，要离形得似，在似与不似之间，托意隶事，了无痕迹，借物以寓性情，看似咏物实为咏怀。《橘颂》一诗就是这样形神兼备，玲珑剔透，为后世咏物诗的典范：

后皇嘉树，橘徕服兮。受命不迁，生南国兮。深固难徙，更壹志兮。绿叶素荣，纷其可喜兮。曾枝剡棘，圆果抟兮。青黄杂糅，文章烂兮。精色内白，类任道兮。纷缊宜修，姱而不丑兮。

嗟尔幼志，有以异兮。独立不迁，岂不可喜兮。深固难徙，廓其无求兮。苏世独立，横而不流兮。闭心自慎，终不过失兮。秉德无私，参天地兮。愿岁并谢，与长友兮。淑离不淫，梗其有理兮。年岁虽少，可师长兮。行比伯夷，置以为像兮。

《天问》是《楚辞》中的一篇奇文，前无古人，后无来者。全诗由问句组成，一口气提出了172个问题，范围极广，涵盖了自然、历史、社会及神话传说各个方面，充满怀疑精神，对传统观念大胆挑战，对儒家奉为神圣的尧、舜也敢于质疑：

曰：遂古之初，谁传道之？上下未形，何由考之？冥昭瞢暗，谁能极之？冯翼唯像，何以识之？明明暗暗，唯时何为？阴阳三合，何本何化？圜则九重，孰营度之？唯兹何功？孰初作之？斡维焉系？天极焉加？八柱何当，东南何亏？九天之际，安放安属？隅隈多有，谁知其数？天何所沓？十二焉分？日月安属？列星安陈？出自汤谷，次于蒙汜。自明及晦，所行几里？夜光何德，死则又育？厥利维何，而顾菟在腹？女歧无合，夫焉取九子？伯强何处？惠气安在？何阖而晦？何开而明？角宿未旦，曜灵安藏？

不任汩鸿，师何以尚之？佥曰何忧，何不课而行之？鸱龟曳衔，鲧何听焉？顺欲成功，帝何刑焉？永遏在羽山，夫何三年不施？伯禹腹鲧，夫何以变化？纂就前绪，遂成考功。何续初继业，而厥谋不同？洪泉极深，何以填之？地方九则，何以坟之？河海应龙，何尽何历？鲧何所营？禹何所成？康回冯怒，地何故以东南倾？九州安错？川谷何洿？东流不溢，孰知其故？东西南北，其修孰多？南北顺椭，其衍几何？昆仑县圃，其居安在？增城九重，其高几里？四方之门，其谁从焉？西北辟启，何气通焉？日安不到，烛龙何照？羲和之未扬，若华何光？何所冬暖？何所夏寒？焉有石林？何兽能言？焉有虬龙，负熊以游？雄虺九首，倏忽焉在？何所不死？长人何守？靡萍九衢，枲华安居？一蛇吞象，厥大何如？黑水玄趾，三危安在？延年不死，寿何所止？鲮鱼何所？鬿堆焉处？羿焉弹日？乌焉解羽？

禹之力献功，降省下土四方。焉得彼涂山女，而通之于台桑？闵妃匹合，厥身是继。胡为嗜不同味，而快朝饱？启代益作后，卒然离蘖。何启惟忧，而能拘是达？皆归射鞠，而无害厥躬。何后益作革，而禹播降？启棘宾商，《九辩》《九歌》？何勤子屠母，而死分竟地？帝降夷羿，革孽夏民。胡射夫河伯，而妻彼雒嫔？冯珧利决，封豨是射。何献蒸肉之膏，而后帝不若？浞娶纯狐，眩妻爰谋。何羿之射革，而交吞揆之？阻穷西征，岩何越焉？化为黄熊，巫何活焉？咸播秬黍，莆雚是营。何由并投，而鲧疾修盈。白蜺婴茀，胡为此堂？安得夫良药，不能固臧？天式从横，阳离爰死。大鸟何鸣，夫焉丧厥体？萍号起雨，何以兴之？撰体胁鹿，何以膺之？鳌戴山抃，何以安之？释舟陵行，何之迁之？惟浇在户，何求于嫂？何少康逐犬，而颠陨厥首。女歧缝裳，而馆同爰止。何颠易厥首，而亲以逢殆？汤谋易旅，何以厚之？覆舟斟寻，何道取之？桀伐蒙山，何所得焉？妹嬉何肆，汤何殛焉？舜闵在家，父何以鳏？尧不姚告，二女何亲？厥萌在初，何所亿焉？璜台十成，谁所极焉？登立为帝，孰道尚之？女娲有体，孰制匠之？舜服厥弟，终然为害。何肆犬豕，而厥身不危败？吴获迄古，南岳是止。孰期去斯，得两男子？缘鹄饰玉，后帝是飨。何承谋夏桀，终以灭丧？帝乃降观，下逢伊挚。何条放致罚，而黎服大说？

简狄在台，喾何宜？玄鸟致贻，女何喜？该秉季德，厥父是臧。胡终弊于有扈，牧夫牛羊？干协时舞，何以怀之？平胁曼肤，何以肥之？有扈牧竖，云何而逢？击床先出，其命何从？恒秉季德，焉得夫朴牛？何往营班禄，不但还来？昏微遵迹，有狄不宁。何繁鸟萃棘，负子肆情？眩弟并淫，危害厥兄。何变化以作诈，后嗣而逢长？成汤东巡，有莘爰极。何乞彼小臣，而吉妃是得？水滨之木，得彼小子。夫何恶之，媵有莘之妇？汤出重泉，夫何罪尤？不胜心伐帝，夫谁使挑之？

会朝争盟，何践吾期？苍鸟群飞，孰使萃之？列击纣躬，叔旦不嘉。何亲揆发，定周之命以咨嗟？授殷天下，其位安施？反成乃亡，其罪伊何？争遣伐器，何以行之？并驱击翼，何以将之？昭后成游，南土爰底。厥利维何，逢彼白雉？穆王巧梅，夫何周流？环理天下，夫何索求？妖夫曳炫，何号于市？周幽谁诛，焉得夫褒姒？天命反侧，何罚何佑？齐桓九会，卒然身杀。彼王纣之躬，孰使乱惑？何恶辅弼，谗谄是服？比干何逆，而抑沉之？雷开何顺，而赐封之？何圣人之一德，卒其异方？梅伯受醢，箕子详狂。稷维元子，帝何竺之？投之于冰上，鸟何燠之？何冯弓挟矢，殊能将之？既惊帝切激，何逢长之？伯昌号衰，秉鞭作牧。何令彻彼岐社，命有殷国？迁藏就岐，何能依？殷有惑妇，何所讥。受赐兹醢，西伯上告。何亲就上帝罚，殷之命以不救？师望在肆，昌何识？鼓刀扬声，后何喜？武发杀殷，何所悒？载尸集战，何所急？伯林雉经，维其何故？何感天抑地，夫谁畏惧？皇天集命，惟何戒之？受礼天下，又使至代之？初汤臣挚，后兹承辅。何卒官汤，尊食宗绪？

勋阖梦生，少离散亡。何壮武厉，能流厥严？彭铿斟雉，帝何飨？受寿永多，夫何久长？中央共牧，后何怒？蜂蛾微命，力何固？惊女采薇，鹿何祐？北至回水，萃何喜？兄有噬犬，弟何欲？易之以百两，卒无禄？薄暮雷电，归何忧？厥严不奉，帝何求？伏匿穴处，爰何云？荆勋作师，夫何长？悟过改更，我又何言？吴光争国，久余是胜。何环穿自闾社丘陵，爰出子文？吾告堵敖以不长，何试上自予，忠名弥彰？

第四章　屈原赋的特色及对后代的影响

《楚辞》与《诗经》没有继承关系，屈原赋是中国诗的另一个源头。当然，在南北文化长期交流中，屈原受到《诗经》的影响，这是无疑的。但是，《楚辞》显著地比《诗经》迈进了一大步。我们不妨把《楚辞》与《诗经》来做一番比较：

第一，《诗经》的作者大多无从查考，是无名氏的集体创作，只有共性，缺乏个性。《楚辞》中的主要作品均为屈原所作，个性鲜明突出。

第二，《诗经》篇幅较短，像《豳风·七月》这样的长诗也只有8章88句，352字，短小的如《周颂·维清》才5句共18字。《诗经》常常采用叠章，反复吟唱。《楚辞》篇幅较长，一篇《离骚》竟有273句，2400馀字，是《维清》的133倍多，且不采用叠章，全诗一气直下，“思绪曲折，文澜往复”，百转千回，富有艺术魅力。

第三，《诗经》多数为四言，形容词多用叠字，文笔质朴，情感平和。《楚辞》字数参差不齐，形容词多用骈字，文笔纵恣，灵活多变，富有表现力，情感激荡，动人心魄。

第四，《诗经》中所写的多数为人事，反映现实世界。《楚辞》所表现的多数为超越人事，充满想象与幻想，显得丰富多彩，绚丽多姿。

第五，《楚辞》充满怀疑精神，这也是《诗经》所缺乏的。

第六，《楚辞》更广泛地运用比兴手法，并发展成为象征，形象生动，意蕴含蓄，更具艺术魅力。

总之，《楚辞》比起《诗经》来具有显著的进步，因此“其影响于后来之文章，乃甚或在三百篇以上”。

屈原对完美人格的追求，对人性的张扬，积极的浪漫主义风格，崇高的悲剧精神，都深深地影响着后代，其影响力远远超过了《诗经》。

第五章　宋玉和其他楚辞作家

据《史记·屈原贾生列传》记载："屈原既死之后，楚有宋玉、唐勒、景差之徒者，皆好辞而以赋见称。然皆祖屈原之从容辞令，终莫敢直谏。"其中唐勒据《汉书·艺文志》载有赋4篇，但不见于《楚辞章句》。至于景差，王逸在《楚辞章句》中《大招》一篇下说："《大招》者屈原之所作也。或曰景差，疑不能明也。"朱熹在《楚辞集注》中，定为景差所作。然因其中有秦以后语，今人以为系汉儒所作。这样一来，可以论述的，只有宋玉一人了。

宋玉为战国后期楚国人，稍晚于屈原，曾为顷襄王的文学侍臣，政治地位不高，因此对昏庸的顷襄王，他恐怕不是"莫敢直谏"，而是没有多少发言权。当时小人掌权，他难以有所作为。他的作品有《九辩》《风赋》《高唐赋》《神女赋》《登徒子好色赋》等传世，代表作品为《九辩》：

悲哉，秋之为气也！萧瑟兮，草木摇落而变衰。憭慄兮，若在远行。登山临水兮，送将归。泬寥兮，天高而气清。寂漻兮，收潦而水清。憯凄增欷兮，薄寒之中人。怆怳懭悢兮，去故而就新。坎廪兮，贫士失职而志不平。廓落兮，羁旅而无友生。惆怅兮而私自怜。燕翩翩其辞归兮，蝉寂漠而无声。雁廱廱而南游兮，鹍鸡啁哳而悲鸣。独申旦而不寐兮，哀蟋蟀之宵征。时亹亹而过中兮，蹇淹留而无成。

悲忧穷戚兮，独处廓。有美一人兮，心不绎。去乡离家兮，徕远客。超逍遥兮，今焉薄。专思君兮，不可化。君不知兮，可奈何。蓄怨兮，积思。心烦憺兮，忘食事。

愿一见兮，道余意。君之心兮，与余异。车既驾兮，朅而归。不得见兮，心伤悲。倚结軨兮，长太息。涕潺湲兮，下沾轼。慷慨绝兮，不得。中瞀乱兮，迷惑。私自怜兮，何极？心怦怦兮，谅直。

皇天平分四时兮，窃独悲此廪秋。白露既下百草兮，奄离披此梧楸。去白日之昭昭兮，袭长夜之悠悠。离芳蔼之方壮兮，余萎约而悲愁。秋既先戒以白露兮，冬又申之以严霜。收恢台之孟夏兮，然欿傺而沈藏。叶烟邑而无色兮，枝烦挐而交横。颜淫溢而将罢兮，柯仿佛而萎黄。萷櫹槮之可哀兮，形销铄而瘀伤。唯其纷糅而将落兮，恨其失时而无当。揽骈辔而下节兮，聊逍遥以相佯。岁忽忽而遒尽兮，恐余寿之弗将。悼余生之不时兮，逢此世之俇攘。淡容与而独倚兮，蟋蟀鸣此西堂。心怵惕而震荡兮，何所忧之多方。卬明月而太息兮，步列星而极明。

窃悲夫蕙华之曾敷兮，纷旖旎乎都房。何曾华之无实兮，从风雨而飞飏。以为君独服此蕙兮，羌无以异于众芳。闵奇思之不通兮，将去君而高翔。心闵怜之惨凄兮，愿一见而有明。重无怨而生离兮，中结轸而增伤。岂不郁陶而思君兮，君之门以九重。猛犬狺狺而迎吠兮，关梁闭而不通。皇天淫溢而秋霖兮，后土何时而得漧。块独守此无泽兮，仰浮云而永叹。

何时俗之工巧兮，背绳墨而改错。却骐骥而不乘兮，策驽骀而取路。当世岂无骐骥兮，诚莫之能善御。见执辔者非其人兮，故駶跳而远去。凫雁皆唼夫粱藻兮，凤愈飘翔而高举。圜凿而方枘兮，吾固知其鉏铻而难入。众鸟皆有所登栖兮，凤独遑遑而无所集。愿衔枚而无言兮，常被君之渥洽。太公九十乃显荣兮，诚未遇其匹合。谓骐骥兮安归，谓凤凰兮安栖。变古易俗兮，世衰。今之相者兮，举肥。骐骥伏匿而不见兮，凤皇高飞而不下。鸟兽犹知怀德兮，何云贤士之不处。骥不骤进而求服兮，凤亦不贪喂而妄食。君弃远而不察兮，虽愿忠其焉得。欲寂漠而绝端兮，窃不敢忘初之厚德。独悲愁其伤人兮，冯郁郁其何极。

霜露惨凄而交下兮，心尚幸其弗济。霰雪雰糅其增加兮，乃知遭命之将至。愿侥幸而有待兮，泊莽莽与野草同死。愿自直而径往兮，路壅绝而不通。欲循道而平驱兮，又未知其所从。然中路而迷惑兮，自厌按而学诵。性愚陋以褊浅兮，信未达乎从容。

窃美申包胥之气盛兮，恐时世之不固。何时俗之工巧兮，灭规矩而改凿。独耿介而不随兮，愿慕先圣之遗教。处浊世而显荣兮，非余心之所乐。与其无义而有名兮，宁穷处而守高。食不偷而为饱兮，衣不苟而为温。窃慕诗人之遗风兮，愿托志乎素餐。蹇充倔而无端兮，泊莽莽而无垠。无衣裘以御冬兮，恐溘死不得见乎阳春。

靓杪秋之遥夜兮，心缭悷而有哀。春秋逴逴而日高兮，然惆怅而自悲。四时递来而卒岁兮，阴阳不可与俪偕。白日晼晚其将入兮，明月销铄而减毁。岁忽忽而遒尽兮，老冉冉而愈弛。心摇悦而日幸兮，然怊怅而无冀。中憯恻之凄怆兮，长太息而增欷。年洋洋以日往兮，老嵺廓而无处。事亹亹而觊进兮，蹇淹留而踌躇。

何泛滥之浮云兮，猋壅蔽此明月。忠昭昭而愿见兮，然露曀而莫达。愿皓日之显行兮，云蒙蒙而蔽之。窃不自料而愿忠兮，或黕点而污之。尧舜之抗行兮，瞭冥冥而薄天。何险巇之嫉妒兮，被以不慈之伪名。彼日月之照明兮，尚黯黮而有瑕。何况一国之事兮，亦多端而胶加。

被荷裯之晏晏兮，然潢洋而不可带。既骄美而伐武兮，负左右之耿介。憎愠惀之修美兮，好夫人之慷慨。众踥蹀而日进兮，美超远而逾迈。农夫辍耕而容与兮，恐田野之芜秽。事绵绵而多私兮，窃悼后之危败。世雷同而炫曜兮，何毁誉之昧昧！今修饰而窥镜兮，后尚可以窜藏。愿寄言夫流星兮，羌倏忽而难当。卒壅蔽此浮云兮，下暗漠而无光。尧舜皆有所举任兮，故高枕而自适。谅无怨于天下兮，心焉取此怵惕。乘骐骥之浏浏兮，驭安用夫强策？谅城郭之不足恃兮，虽重介之何益。邅翼翼而无终兮，忳惛惛而愁约。生天地之若过兮，功不成而无效。愿沈滞而不见兮，尚欲布名乎天下。然潢洋而不遇兮，直怐愗而自苦。莽洋洋而无极兮，忽翱翔之焉薄。国有骥而不知乘兮，焉皇皇而更索。宁戚讴于车下兮，桓公闻而知之。无伯乐之善相兮，今谁使乎誉之。罔流涕以聊虑兮，唯著意而得之。纷纯纯之愿忠兮，妒被离而鄣之。

愿赐不肖之躯而别离兮，放游志乎云中。乘精气之抟抟兮，骛诸神之湛湛。骖白霓之习习兮，历群灵之丰丰。左朱雀之茇茇兮，右苍龙之躣躣。属雷师之阗阗兮，通飞廉之衙衙。前轻辌之锵锵兮，后辎乘之从从。载云旗之委蛇兮，扈屯骑之容容。计专专之不可化兮，愿遂推而为臧。赖皇天之厚德兮，还及君之无恙。

这是一首自述性质的长诗，从中我们可以看到其明显受屈原的影响。《九辩》的主旨，王逸说是屈原的弟子宋玉“闵惜其师忠而放逐”，朱熹从其说。但说宋玉是屈原的弟子，没有根据。从作品本身来看，完全是宋玉借悲秋为由，抒发“贫士失职而志不平”的感慨，他受到朝中群小的排挤，怀才不遇，坎坷零落，流离在外，贫苦孤凄，生活悲凉，而与屈原并无多大关系。

《九辩》虽远远不如《离骚》，但明显深受屈原的影响，能结合自己的身世，抒发自己真实的思想情感，表现了鲜明的个性。在艺术手法上，不光是继承和模仿了屈原，而且有所发展，有所创新，其感觉细致，语言精巧，又胜过屈原。诗中抒情，不像《离骚》那样直接抒议，而是描绘一个典型环境，选择具有特征的景物，创造一个意境，营造一种氛围，借此抒发感情，以景托情，情景交融，浑然一体。全诗以秋景、秋色、秋容为衬托，把萧瑟的秋气与幽怨的情绪融为一体，烘托出在阴暗时代里被压制的心情。用远行中的漂泊感与登山临水时的空寂感，衬托失意零落的情绪，匠心独具，极富艺术表现力。这首诗向散文化迈进了一步，成为由楚辞向汉赋的过渡。全诗句式长短参差，错落有致。语气词“兮”字，不像《离骚》那样一律用在句末，而是不断变换位置，全篇的语言节奏十分灵活。诗中用了不少双声、叠韵、叠字，使不整齐的散文化句式，也能具有音乐美。

宋玉的《风赋》是一篇比较特别的作品，全文如下：

楚襄王游于兰台之宫，宋玉、景差侍。有风飒然而至，王乃披襟而当之曰：“快哉此风！寡人所与庶人共者邪？”宋玉对曰；“此独大王之风耳，庶人安得而共之？”王曰：“夫风者，天地之气，溥畅而至，不择贵贱高下而加焉，今子独以为寡人之风，岂有说乎？”宋玉对曰：“臣闻于师，枳句来巢，空穴来风。其所托者然，则风气殊焉。”

王曰：“夫风始安生哉？”宋玉对曰：“夫风生于地，起于青蘋之末。侵淫溪谷，盛怒于土囊之口。缘泰山之阿，舞于松柏之下。飘忽淜滂，激扬熛怒。耾耾雷声，回穴错迕。蹶石伐木，梢杀林莽。至其将衰也，被丽披离，冲孔动楗，眴焕灿烂，离散转移。故其清凉雄风，则飘举升降。乘凌高城，入于深宫。邸华叶而振气，徘徊于桂椒之间，翱翔于激水之上，将击芙蓉之精。猎蕙草，离秦衡。概新夷，被荑杨。回穴冲陵，萧条众芳。然后倘佯中庭，北上玉堂。跻于罗帷，经于洞房。乃得为大王之风也。故其风中人状，直惨凄惏栗，清凉增欷。清清泠泠，愈病析酲，发明耳目，宁体便人。此所谓大王之雄风也。"

王曰："善哉论事！夫庶人之风，岂可闻乎？"宋玉对曰："夫庶人之风，塕然起于穷巷之间，堀堁扬尘。勃郁烦冤，冲孔袭门。动沙堁，吹死灰。骇混浊，扬腐馀。邪薄入瓮牖，至于室庐。故其风中人状，直憞混郁邑，殴温致湿。中心惨怛，生病造热。中唇为胗，得目为蔑。啖齰嗽获，死生不卒。此所谓庶人之雌风也。"

在《风赋》中，借"大王之雄风"和"庶人之雌风"所经过的地方不同，描述两种生活的不同状况，大王的豪华玉堂与庶人的陋室穷庐形成鲜明对比，从而写出了人民的悲惨疾苦，寄寓讽谏。

宋玉的其他几篇作品，也都具有一定特色，如《登徒子好色赋》善用比喻，描写细腻，为人称道；《高唐赋》《神女赋》都是极为优美的散文诗。宋玉赋对后代文学影响很大，汉司马相如的《子虚赋》《上林赋》就是模仿宋玉《高唐赋》等赋，《九辩》更是直接影响后代文人写出了许多伤春悲秋的作品，而其表现手法也为后代诗人广泛运用。

第二卷 · 探索期

概　说

屈原以后，华夏诗坛上楚声独领风骚。这时虽然作品不多，但这少量的诗却全是楚歌楚调，北方则一直沉寂无声。及至公元前221年，秦王嬴政统一全国，建立了中国历史上第一个中央集权的封建帝国。他以为功高盖世，前无古人，并妄想秦国的统治万世不绝，因此自称始皇帝。为巩固其统治，实行了空前未有的暴政，推行严刑酷法。他企图控制思想，大力推行文化专制政策，“燔灭文章，以愚黔首”，采纳李斯的意见，实施了骇人听闻的焚书坑儒暴行，焚灭书籍，摧残文人士子。凡民间所藏《诗》《书》及“百家语”，一律强行收缴焚烧，还禁止谈论“诗”、“书”，有违禁谈论者，一概处以死刑。此外，还一举坑杀儒生（并非全是儒家，而是泛指读书人，其中多数为方士）460馀人，而且坑儒也并非一次。这些在中国历史上，造成了旷古未有的文化浩劫，开启了后世不断出现的文字狱。秦始皇死后，二世胡亥继位，也继承了乃父的暴政，残暴无比，奢侈无限，以致税赋无度，劳役不止，阶级矛盾迅速尖锐化，终于引来了一场农民起义，六国的残馀贵族也乘机而动，秦王朝迅速崩溃。秦王朝从建立到灭亡，为时不过15年。在这种情况下，秦代在学术与文学上，一片荒芜，诗坛上更是寸草不生（在晋人杨泉的《物理论》中记载了一首秦时歌谣：“生男慎勿举，生女哺用脯。不见长城下，尸骸骨支拄？”实际上这四句是把建安时陈琳的《饮马长城窟行》中的四句加以改造而成。在陈琳诗中，前两句与此相同，后两句为七言："君独不见长城下，死人骸骨相撑拄。"再说，在秦代也不可能出现这样整齐的五言四句的诗）。但秦始皇统一文字，对以后的文化发展起到了积极作用，使中华文化不再支离破碎。秦朝的一统，给文学灌注了大一统的宏伟气概，具备了伟大的气魄。

经过长达5年的楚汉之争，公元前206年，刘邦终于依靠张良等人的计谋与韩信等人的军事力量，打败了强有力的对手项羽，重新统一了中国，建立了汉王朝。

幸好秦代是个短命的王朝，中国文化虽然经受了一场大劫难，但还不至于灭绝。西汉王朝建立后，汲取秦王朝短期覆灭的教训，放松了对广大人民的压迫，减轻了剥削，因此社会出现了安定的局面，生产有了发展。在刑法和文化控制方面，采取了较为简约宽松的政策，废除了秦代的"挟书律"，还"大收篇籍，广开献书之路"，并且废除了所谓"诽谤妖言之罪"，允许各家学说流行，因此社会思想比较活跃，各种哲学观点得以自由表达，从而促进了学术文化的发展。不过汉初崇尚黄老思想，主张"清静无为"、"与民休息"，减少国家对社会生活的干涉与骚扰，以利于发展生产。至于在文化方面，一则由于秦始皇的残暴摧毁，元气大丧，一时恢复不过来；二则在西汉王朝的领导层中，除张良等少数人外，或为武人，或为小吏出身，并没有认识到发展文化的重要性，而刘邦又"不好儒"，还常常轻慢甚至侮辱儒士；三则经过秦代的暴政，随后又是一场战乱，对生产破坏很大，汉初的工作重心是恢复和发展生产，无暇顾及文化。

经过了近30年的休养生息，生产发展了，人民生活有了很大改善，据《汉书·食货志》记载："孝惠、高后之间，衣食滋殖。"到文、景时代，减轻劳役、赋税，促进了农业生产发展，也活跃了工商业，社会经济大为发展，社会安定，人民得以安居乐业，出现了所谓"文景之治"。文学创作随之也逐渐复苏。汉初统治集团中的主要成员大多数来自楚地，对楚文化有着本能的依恋，“高祖乐楚声”，楚文化因此得以蔓延。在文学创作上，继承楚辞的馀绪，逐渐发展成汉赋。文、景之世，汉赋已崭露头角。到汉武帝即位后，西汉王朝已经过了六七十年的发展，经济力量已相当雄厚，进入了一个全盛时期。为巩固统治，加强了对社会思想文化的控制，采纳了董仲舒的建议，实行“罢黜百家，独尊儒术”的政策，从此结束了百家争鸣的局面，思想定于一尊，纳入了儒学的轨道。事实上，董仲舒倡导的儒学已截然不同于先秦的孔、孟儒学，只是吸收了其中若干对统治者有用的成分，又糅合阴阳家和法家的思想，形成了一种新的儒学。此种新儒学就其实质而言，实为伪儒学。董氏儒学是融政治、宗教、伦理、刑法为一体的实用之学，目的在于维护皇权的绝对性，巩固封建统治政权。从此，不仅人们的世界观、政治思想等方面被牢牢地纳入新儒学的轨道上，不能有丝毫的偏离，而且成为一种礼仪成规，注射进人们的日常生活和行为的每一个细节之中，紧紧钳制着人们的思想，禁锢人们的自然人性。同时，在两汉，文学尚无独立地位，而是附庸于经学。今文经学的烦琐与迷信完完全全制约着文学，大大阻碍了文学的发展，以至两汉在建安前没能产生较出色的诗人。

武帝好辞赋，围绕在他身边的一批“言语侍从之臣”也经常献纳新作，因此这时辞赋有了很大发展，盛极一时，出现了最大的辞赋家司马相如。但是诗歌创作却毫无起色，一些宫廷文人的诗作，没有什么文学价值。赋虽然脱胎于楚辞，但到武帝时大赋已是面目全非了。正如龙生九子，虽然赑也是龙的儿子，却长成了龟的形状。由楚辞演化成赋，正是一种赑现象。武帝以后，西汉王朝盛极而衰。后来虽有宣帝中兴而且亦好辞赋，因而辞赋又兴盛一时，然而此时的辞赋只是帝王与贵族的娱乐品，并无多少文学价值。西汉末年，扬雄是最大的辞赋家，起初他模拟司马相如，使汉赋走上模拟的道路。后来他因仕途失意，淡化了从政意识，希望成为立德兼立言的圣人，否定辞赋，认为这是“雕虫小技”，遂不再作赋，转而仿《论语》《周易》而作《法言》《太玄》。但刻意仿古，未免失之古奥，令人难以首肯，很快被人遗忘。而且模仿的东西，即使模仿得十分相像，也是复制品，毫无价值。

西汉覆灭后，刘秀利用农民起义军，依靠豪强势力，建立了东汉王朝。光武帝、明帝、章帝三代历经半个多世纪，保持兴旺势头。但东汉王朝一建立，光武帝即提倡今文经学，深信谶纬，使在西汉已经阴阳五行化的今文经学，加速朝烦琐而迷信的方向迈进。以谶纬之学为主的今文经学，成为东汉统治思想的主体，在思想上和文化上，强化纲常伦理的封建道德，正常的人性受到压抑，扼杀了自由的学术空气与文学精神。因此，虽然当时出现了经济上的兴旺，却不能带动文学（特别是诗歌创作）上的兴旺。和帝以后，东汉中叶，连续出现了几个幼年登基的皇帝，造成权力真空。同时，当时官学和私学都很发达，士人集团壮大，皇权与士人集团之间的矛盾日益加深，出现了外戚、宦官与士人集团的激烈斗争，使国家机器濒于瘫痪，社会极其黑暗，终于导致了黄巾起义，整个王朝土崩瓦解，维护统治的新儒学也动摇了。今文经学衰落，古文经学抬头，人们的观念有所改变，对思想的钳制终于松动了，从而迎来了建安时期的中国文学史上第一个文人创作诗的高潮。

汉代自武帝以后，一直是新儒学占统治地位，紧紧钳制着人们的思想，压抑着人性。辞赋家大多数为御用文人，其身份与倡优等同，人性被扭曲成了奴性，没有自由意志，缺乏个性，创作辞赋只是为了取悦统治者。而且，他们整天围着帝王与贵族转，生活狭隘，因此他们的作品既无充实的思想性，也无高度的艺术性与审美价值。两汉所以出现不了大诗人，根本原因也就在于此。东汉末年，社会的巨大变动导致了社会思想的变化，被禁绝了的战国时的各家思想纷纷抬头，思想界呈现了一种自由解放的趋势，一批庶族士人崛起，登上了文坛，创作了大量优秀的诗歌。由于当时的作家摆脱了董氏儒学的禁锢，心胸和眼界较为开阔，能够不受拘束地进行创作，独具个性，显示出两汉以来少有的生气。当时社会动乱，民生疾苦，因此诗中反映出了忧国忧民的心绪，显得慷慨悲凉。与表达这种情绪相一致，在语言上则刚健俊爽，构成为后世称道的“建安风骨”。

建安时期所以出现中国诗歌史上第一次文人创作的高潮，除了儒家思想大一统的局面消失，士人思想上的枷锁被打破外，还在于文学的意义被肯定，文士的地位也相应有了提高。自西汉以来，散文与辞赋有了很大发展，逐渐自成体系，经学已经包容不了。在东汉出现了“文章”这个概念，以区别于经学，贾谊、司马迁、司马相如等被称为文章家，以致后世有“文章西汉两司马”之说。《后汉书》在《儒林传》之外，特立《文苑传》，把文章家与经学家分了开来，文章与文章家至此有了独立的地位，不再是经学与经学家的附庸。文学在观念上有了很大改变，地位大大提高，不再是扬雄所说的“雕虫小技，壮夫不为”，而是曹丕在《典论·论文》中所说的“盖文章，经国之大业，不朽之盛事”。文学的地位提高了，也就激发了士人的写作热情。

从东汉末到隋代统一，其中历经魏晋南北朝，约400年的时间，除西晋初年有过二三十年的短期统一外，我国社会长期处于分裂和动荡不安的局面。400年来，先是三国鼎立，其后有西晋二三十年的短暂统一，接着又出现了连年混战，引来了“五胡乱华”，导致晋室南渡，出现了南北大分裂，形成了南北朝，直到公元589年，隋灭陈统一全国。这是中国历史上分裂时间最长的时期。同时，政权频繁更迭，南北朝时期，除东晋和北魏存在时间超过100年外，其中南朝的齐，北朝的西魏、北齐、北周，都只有20余年，北朝的东魏更是只有17年。其间，外部南北对立，内部祸乱不断，动乱不安，充满杀气。不仅普通百姓蒙受巨大的灾难，许多上层人士也难免杀身之祸，一批著名文士也不断被杀害。民族矛盾也比较突出，北朝统治者为少数民族首领，在统治区内对汉族民众进行残酷压迫。当时在政治生活中，还存在一个极为重要的现象，那就是士族门阀制度的存在。士族，又称世族，高门大族，与之相对立的是庶族、寒门。他们之间的根本对立，不在于官职大小与财产多少，而是基于宗族的血统。门阀制度初步形成于汉代，经过汉末大乱，豪门大族不断得到发展，成为具有很强独立性的社会力量，他们有自己的庄园、私人武装，大量农民依附于他们，任何统治者对其都不敢忽视，甚至不得不依赖他们。曹丕代汉以后，更是采用“九品官人法”制度，也称“九品中正”。所谓“九品”，就是把士人分为九个等级，最高为上上，最低为下下，由朝廷依次录用。品第人物的标准主要不是根据德或才，而是根据门第的高下。曹丕这样做的目的，是企图用承认士族拥有政治上的特权来换取豪门支持。但在实际用人上，他仍然沿用曹操的“不计门第”、“唯才是举”的原则。然而到曹芳时，司马懿专权，任用世族豪门，以“家世”为选用标准，从此“上品无寒门，下品无势族”，九品中正制成为豪门世族操纵政权的工具，形成士族对政治权力的垄断，即使改朝换代，政权更迭，也毫不影响他们的政治权力。显然这是极不合理的，一个人一生下来根据他的家族出身就确定了他的品第，出身豪门世族，不用努力，也可稳居高品第；出身寒门庶族，再努力也只能屈居低品第。直到隋代，隋文帝取消世族制，改为科举制，才改变了这种不合理制度。

尽管如此，当时也并不是漆黑一片，相反还有不少亮点。首先，局部地区，特别是江南，不断出现短暂的统一与安定，因此，以农业和小规模手工业生产为主的自然经济仍在不断发展。其次，随着晋室南迁，大量人才流向江南，南方得到了很好开发，建成了较为发达的经济、文化；中国的经济文化重心从黄河流域逐渐转移到了长江流域。再次，北方的各个少数民族，逐渐汉化，与中原原有的汉族融合为一体；少数民族原有的文化经融合后，大大丰富了汉族文化。最后，由于中央的权力削弱，不存在绝对的思想控制，儒家的一统思想被打破，老庄哲学以一种新的面貌出现；同时以老庄学说结合儒家经义而产生了玄学；还有佛教在两汉之际传入中土，当时一直没有多少社会影响，但到了东晋迅猛发展起来，对中国文化产生了广泛深远的影响。因此总体来说，当时的思想非常活跃，也比较自由，为文学发展提供了良好的条件。由于道教、佛教兴盛，上至帝王下至庶民，都有不少人虔诚膜拜，不少统治者还大力提倡，不遗馀力，兴建寺庙，雕刻神佛像，因此，雕塑、绘画、音乐、舞蹈乃至园林建筑等都有很大发展，对文学产生了不小影响。受梵文的启示，沈约把古已有之的汉语字音分别声调，归纳为四声，著《四声谱》，又创“四声八病”说，诗中讲究声律、对仗，为中国古代格律诗的创立打下基础。自曹丕在《典论·论文》中提出文章是“经国之大业，不朽之盛事”后，大大提高了文学的社会地位，后来陆机在《文赋》中对各种文体的特点进行了细致区分，对文学的某些特性做了更全面的概括，还对文学创作过程的思想特点进行了探讨。从此，文学观念已相当明确，文学创作也由不自觉变成了自觉。这样，必然会迎来一个文人创作的高潮。由此，我们不难理解，为什么长期统一的强大的汉朝没能出现较为有成就的诗人，而在长期分裂动乱的魏晋南北朝反而诗人辈出。

秦汉魏晋南北朝，在中国诗歌发展史上是一个特殊时代，中间走过不少弯路，出过不少偏差，但始终在探索前进，披荆斩棘，奋勇向前，为诗歌发展开辟出新的道路，开拓了新的领域。诗歌创作从此由不自觉转向自觉，思想上由束缚变为解放，成为自由创作的时代，创作出了丰富多彩的作品，收获巨大，成就卓著，为唐诗的繁荣，开辟了广阔的道路，打下了坚实的基础。

第一编　赑屃现象

第一章　赋的兴起

历来写诗史的人，不写关于赋的情况，其实“赋者，古诗之流也”（班固《两都赋序》）。赋是由楚歌演变而来，所以刘勰在《文心雕龙·诠赋》中说：“然赋也者，受命于诗人，拓宇于楚辞也。”辞赋是文人在学习楚辞的基础上演变而成，但汉赋与楚辞相比较，已是面目全非了，如同龟形的赑屃竟是龙的儿子。汉赋与楚辞关系密切，血肉相连，这里有的是模拟楚辞的传统风格和体式，有的是从楚辞中孕育脱胎出来，但都只学到楚辞的皮毛，没有学到其精神实质。因此我们说，汉赋虽脱胎于楚辞，但并未继承楚辞——特别是屈原赋的精神，可以说汉赋是楚辞的不肖之子。

在西汉，辞、骚、赋三者分得不很清楚，常常骚赋并称，称屈原的作品为“赋”，《史记·屈原贾生列传》：屈原“乃作怀沙之赋”。《汉书·贾谊传》：“屈原……作《离骚》赋。”贾谊吊屈原之作为骚体，《史记·屈原贾生列传》说贾谊“为赋以吊屈原”。

最早以“赋”命名自己的作品的是荀况，在《荀子》中有《赋篇》，其中有《礼》《知》《云》《蚕》《箴》五则，行文质木简略，没有文采。其后有宋玉，竭力学习并模仿屈原。他的赋比荀况的雅致得多，但与屈原相比，未免“为文而造情”（《文心雕龙·情采》）。尽管如此，真正的赋体从此确立。宋玉是文学侍臣，因此从他开始，赋体在结构和语言形式上走向文人化，在内容上则逐渐宫廷化。宋玉赋实开汉赋之先河，汉赋家只是步其后尘。

第二章　汉赋

“楚虽三户，亡秦必楚”，推翻秦王朝的主力正是楚人。秦亡后，楚人占据了中国政治舞台的中心，楚歌楚乐也就成为当时上层社会最为流行的歌曲，无论是汉王朝的宫廷，还是诸侯王国的宫廷，无不盛行楚歌。在楚文化的独特氛围包裹中，四言体诗逐渐衰退，赋体迅速兴盛，在汉代出现不少著名赋家，主要有贾谊、枚乘、司马相如、枚皋、刘歆、扬雄、班固、张衡，等等。

西汉前期，楚辞影响还在，流行骚赋，作者中以贾谊取得的成就较高。

贾谊（前200—前168），洛阳（今河南洛阳）人，“年十八，以能诵诗属书闻于郡中”，“文帝召以为博士，是时贾生年二十馀，最为年少……超迁，一岁中至太中大夫”（《史记·屈原贾生列传》）。文帝还准备升任他为公卿，但受到朝中元老的诋毁，被贬为长沙王太傅。被贬后，他在长沙写了《吊屈原赋》和《鵩鸟赋》。这两篇都为骚体赋，虽不及《离骚》，但尚有屈原的遗韵。两赋在《史记·屈原贾生列传》中均全文引录。《吊屈原赋》是作于贾谊被贬去长沙时，渡湘水，想起了屈原，有同病相怜之感，于是借吊屈原，以抒发内心的郁闷。《鵩鸟赋》的写作动机《史记》

中写得很明白："贾生既以谪居长沙，长沙卑湿，自以为寿不得长，伤悼之，乃为赋以自广。"（这里的"广"作宽慰讲）

西汉前期赋作家中影响较大的还有枚乘（？—前140）。枚乘字叔，淮阴（今江苏淮阴）人，武帝即位后，召他入宫，派"安车蒲轮"去接他。但因年老，死于途中。据《汉书·艺文志》记载，枚乘赋9篇，现在只有《七发》《柳赋》与《菟园》3篇，后两篇又被人怀疑是伪作，这样他的赋流传至今的只有《七发》一篇，然而这一篇却标志着汉代新赋的正式形成，奠定了汉赋的基础。《七发》由骚体的楚辞演化而来，但有很大变化，首先，在内容上，楚辞主要是抒情的，抒发诗人对现实的鞭挞和自身的愤懑之情；而这篇新体赋则主要是对帝王的歌功颂德和对宫廷豪华的描述，"劝百而讽一"。其次，在形式上进一步散体化，成为一种专事铺叙的有韵散文。全赋用虚构的故事框架以问答体展开，假借楚太子因安居深宫，纵欲享乐，以致卧病不起，"吴客"前往探病，说七事以启发之，最后以"要言妙道"打动楚太子，而使太子"霍然病已"。后代不断有模仿，号为"七体"，如傅毅有《七激》，张衡有《七辨》，曹植有《七启》，等等，到唐代为止，多达40馀家，唐以后仍有仿作，但其中很少有出色的作品。文学作品贵在创新，模仿是一条永远不会有出路的死胡同。

西汉前期，辞赋家主要活动于南方的诸侯国。武帝即位后，因他爱好辞赋，所以开始召集文人，中央宫廷集中了一批文人，形成了辞赋的极盛时期，广泛地流播于全国。这时期最重要的代表作家是司马相如，西汉末年有扬雄，东汉主要有班固、张衡等。

一、司马相如

司马相如（约前179—前118），蜀郡成都（今四川成都）人。景帝时，他曾任武骑常侍，后因病免官，前往梁国，与邹阳、枚乘等同为梁孝王门客，著《子虚赋》。梁孝王死后，他回到蜀郡临邛

（今四川邛崃）。武帝读《子虚赋》，大为赞赏，感叹说："朕独不得与此人同时哉！"狗监（替皇帝养狗的太监）杨得意是他的同乡，乘机向武帝推荐他。武帝召见他，从此他成了宫廷文学侍从。《子虚赋》《上林赋》是他的代表作，极尽铺张的能事，比《七发》有进一步发展，气势宏大，波澜壮阔，描写帝王贵族田猎之盛，皇家苑囿之大，显示大一统中央皇朝无可比拟的气魄与声威。另外，司马相如还著有《大人赋》《长门赋》《哀秦二世赋》等骚体赋。我们来具体看看为汉武帝赞赏的《子虚赋》：

楚使子虚使于齐，王悉发车骑与使者出畋。畋罢，子虚过姹乌有先生亡是公存焉。坐定，乌有先生问曰："今日畋乐乎？"子虚曰："乐。""获多乎？"曰："少。""然则何乐？"对曰："仆乐齐王之欲夸仆以车骑之众，而仆对以云梦之事也。"曰："可得闻乎？"

子虚曰："可。王车驾千乘，选徒万骑，畋于海滨。列卒满泽，罘网弥山。掩兔辚鹿，射麋脚麟。骛于盐浦，割鲜染轮。射中获多，矜而自功，顾谓仆曰：'楚亦有平原广泽游猎之地，饶乐若此者乎？楚王之猎孰与寡人？'仆下车对曰：'臣，楚国之鄙人也。幸得宿卫十有馀年，时从出游，游于后园，览于有无，然犹未能遍睹也，又焉足以言其外泽乎？'齐王曰：'虽然，略以子之所闻见而言之。'

"仆对曰：'唯唯。臣闻楚有七泽，尝见其一，未睹其馀也。臣之所见，盖特其小小者耳。名曰云梦。云梦者，方九百里，其中有山焉。其山则盘纡岪郁，隆崇嵂崒，岑崟参差，日月蔽亏。交错纠纷，上干青云。罢池陂陀，下属江河。其土则丹青赭垩，雌黄白附，锡碧金银。众色炫耀，照烂龙鳞。其石则赤玉玫瑰，琳珉昆吾。瑊玏玄厉，瑌石碔砆。其东则有蕙圃，衡兰芷若，芎䓖菖蒲，茳蓠蘪芜，诸柘巴苴。其南则有平原广泽，登降陁靡，案衍坛曼。缘以大江，限以巫山。其高燥则生葴菥苞荔，薛莎青薠。其埤湿则生藏莨蒹葭，东蔷雕胡。莲藕觚卢，庵闾轩于。众物居之，不可胜图。其西则有涌泉清池，激水推移。外发芙蓉菱华，内隐钜石白沙。其中则有神龟蛟鼍，玳瑁鳖鼋。其北则有阴林，其树楩柟豫章。桂椒木兰，檗离朱杨。楂梨梬栗，橘柚芬芬。其上则有鹓雏孔鸾，腾远射干。其下则有白虎玄豹，蟃蜒貙犴。

"'于是乎乃使专诸之伦，手格此兽。楚王乃驾驯驳之驷，乘雕玉之舆。靡鱼须之桡旃，曳明月之珠旗。建干将之雄戟，左乌号之雕弓，右夏服之劲箭。阳子骖乘，孅阿为御。案节未舒，即陵狡兽。蹴蛩蛩，辚距虚。轶野马，穗陶駼。乘遗风，射游骐。倏眒倩浰，雷动猋至，星流霆击。弓不虚发，中必决眦。洞胸达掖，绝乎心系。获若雨兽，掩草蔽地。于是楚王乃弭节徘徊，翱翔容与。览乎阴林，观壮士之暴怒，与猛兽之恐惧。徼𠜱受诎，殚睹众物之变态。

"'于是郑女曼姬，被阿緆，揄纻缟。杂纤罗，垂雾縠。襞积褰绉，纡徐委曲，郁桡溪谷。衯衯裶裶，扬袘戌削，蜚襳垂髾。扶舆猗靡，噏呷萃蔡。下摩兰蕙，上拂羽盖。错翡翠之威蕤，缪绕玉绥。眇眇忽忽，若神仙之仿佛。

"'于是乃相与獠于蕙圃，媻姗勃窣，上乎金堤。掩翡翠，射鵔鸃。微矰出，孅缴施。弋白鹄，连驾鹅。双鸧下，玄鹤加。怠而后发，游于清池。浮文鹢，扬桂枻。张翠帷，建羽盖。罔玳瑁，钩紫贝。摐金鼓，吹鸣籁。榜人歌，声流喝。水虫骇，波鸿沸。涌泉起，奔扬会。礧石相击，硠硠礚礚。若雷霆之声，闻乎数百里之外。

“‘将息獠者，击灵鼓，起烽燧。车按行，骑就队。缅乎淫淫，般乎裔裔。于是楚王乃登云阳之台，怕乎无为，憺乎自持。勺药之和具，而后御之。不若大王终日驰骋，曾不下舆。脟割轮淬，自以为娱。臣窃观之，齐殆不如。’于是齐王无以应仆也。”

乌有先生曰：“是何言之过也！足下不远千里，来贶齐国，王悉发境内之士，备车骑之众，与使者出畋，乃欲戮力致获，以娱左右，何名为夸哉？问楚地之有无者，愿闻大国之风烈，先生之馀论也。今足下不称楚王之德厚，而盛推云梦以为高，奢言淫乐而显侈靡，窃为足下不取也。必若所言，固非楚国之美也。有而言之，是彰君之恶；无而言之，是害足下之信也。彰君恶，伤私义，二者无一可，而先生行之，必且轻于齐而累于楚矣。且齐东陼巨海，南有琅邪。观乎成山，射乎之罘。浮渤澥，游孟诸。邪与肃慎为邻，右以汤谷为界。秋田乎青丘，彷徨乎海外。吞若云梦者八九，于其胸中曾不蒂芥。若乃俶傥瑰玮，异方殊类。珍怪鸟兽，万端鳞崒。充牣其中，不可胜记。禹不能名，卨不能计。然在诸侯之位，不敢言游戏之乐，苑囿之大。先生又见客，是以王辞不复，何为无以应哉？”

司马相如成为文学侍从后，又专门为武帝写了一篇《上林赋》，这可以说是《子虚赋》的续篇，司马迁在《史记》中把两篇记录在一起，不加区分。作品中用“子虚”、“乌有”为人名，暗示并无此事。后来“子虚乌有”成了一个成语，用以表示纯属虚构。以上《子虚赋》引文引自李善注《文选》，并参考了《史记·司马相如列传》中的引文。

武帝时的汉赋作家还有东方朔、枚皋、朱买臣、严助、吾丘寿王、主父偃等，其中东方朔较为重要。另外董仲舒有《士不遇赋》，对后世影响不小，仿效的人很多。西汉后期重要的辞赋作者有王褒、刘歆、扬雄。

二、扬雄

扬雄（前53—后18），字子云，蜀郡成都（今四川成都）人。赋学司马相如，因此扬马并称。扬雄的赋据《汉书·艺文志》记载有12篇，今存《甘泉赋》《河东赋》《羽猎赋》《长杨赋》《反离骚》《解嘲》《解难》等7篇，另有《蜀都赋》《太玄赋》《逐贫赋》等几篇残文，其中《甘泉赋》《河东赋》《长杨赋》《羽猎赋》4篇是他的代表作。因他十分倾慕同乡前辈司马相如辞赋的宏博艳丽，作赋时明显模拟《子虚赋》《上林赋》，具有司马相如式的宏伟气魄，而对语言的锤炼则过之。

东汉著名的辞赋作者有班彪、班固、张衡等。班彪字叔皮，扶风安陵（今陕西咸阳）人，班固之父。他在东汉初年写的《北征赋》，记述了他在西汉末年的社会大动乱中，离开长安到天水避乱的行程，感情沉郁悲愤，语言精丽整齐，成为纪行赋的名作。

三、班固

班固（32—92），字孟坚，是著名的历史学家，也是著名的文学家，他的《两都赋》是写京都赋中的名作，相传写成后，大家争相传抄，致使洛阳纸贵。

四、张衡

张衡（78—139），字平子，南阳西鄂（今河南南阳）人，是我国古代伟大的科学家和著名文学家，他最著名的赋是《二京赋》，比班固的《两都赋》描写更细致，篇幅更巨大，而且还包含了某些批判性的内容，更具现实性，改变了以前在大赋中“劝百讽一”的做法。辞赋至此，有了一个新的转变。张衡另有《归田赋》，开启了东汉写抒情小赋的风气，并且一直延续到魏晋南北朝。抒情小赋的盛行，表明赋又逐渐向诗回归。西汉的辞赋作者基本不写诗，偶然一见，也多数为楚歌；东汉的辞赋作者中有不少人同时写诗。我想，这与大赋离诗太远，小赋更接近诗，不无关系。

东汉写抒情小赋较著名的，除张衡外，还有赵壹、蔡邕、祢衡。赵壹，字元叔，汉阳西县（今甘肃天水）人。他恃才傲物，狂放不羁，名显于当世而不得重用。他的代表作是《刺世疾邪赋》，对整个历史都进行了无情的批判，同情“生民”，指斥“唯利己”的统治者。这种强烈的批判精神是汉赋中前所未有的，对后代影响不小。蔡邕（132—192），字伯喈，陈留圉（今河南杞县）人。少时即有文名，博学善辞章，并通音律。桓帝延熹二年（159），当时他27岁，被迫应召入京，行至偃师，“称疾而归”，写了《述行赋》，记叙这次途中的见闻，直面现实，进行尖锐批判，为前所未有。所以鲁迅说看了《述行赋》，才能明白蔡邕“并非单单的老学究，也是有血性的人”。（《题末定草》）他这种精神直接影响到建安文学。祢衡，字正平，平原般（今山东临邑）人。他生于东汉末年军阀混战的年代，“少有才辩”、“气尚刚傲”，不畏强暴，好侮慢权贵，终为黄祖所杀，时仅26岁。他的《鹦鹉赋》以鹦鹉自况，抒写了才人志士生于末世，屡遭迫害的感慨。赋中自始至终以鹦鹉喻人，达到物我混一的境界，开后世咏物诗的先河。还有张华的《鹪鹩赋》，也是以物喻人，借以抒发时局的险恶。但总的说来，抒情小赋在建安以前为数不多。

辞赋本来主要是受楚辞楚歌的影响发展而形成的，但至汉代产生了骋辞大赋，远离了楚辞的轨道，龙的儿子成为赑屃。直到东汉后期，张衡为先导，蔡邕继起，抒情小赋逐渐兴起，到建安以后代替了骋辞大赋。抒情小赋向诗靠拢，“拓宇于楚辞”的赋，至此终于向楚辞回归了。

第三章　建安、魏晋南北朝赋

公元196年，曹操拥汉献帝移都许昌，改元为建安。他挟天子以令诸侯，企图重新统一全国。由于当时社会动荡，发生变革，汉武帝建立起来的以儒家思想为核心的统治思想发生了动摇，士人们渐渐挣脱了禁锢思想的枷锁，突破儒家重群体轻个体的思想，正视自身的价值，注重表现个人的生活与情志，抒情文学从而得以复苏，造成辞赋作者诗人化，辞赋作品诗化。于是我们不难理解，为什么在汉赋全盛时的辞赋大家如司马相如等都不是诗人，而到东汉后期从张衡开始，特别是到建安以后，著名的辞赋作者同时又是诗人。

建安时期，曹操出于政治的需要，笼络了大批文人，从而形成了一个以曹氏父子为核心的文人集团，进行了大量的文学创作。汉代毕竟是一个以辞赋为主流的时代，因此，即使到了汉末以至魏晋南北朝，辞赋创作依然绵绵不绝。三曹中，曹操有赋4篇，曹丕有赋19篇，曹植更是有赋22篇，其中曹植的《洛神赋》尤负盛名。

一、曹植的《洛神赋》

黄初三年，余朝京师，还济洛川。古人有言，斯水之神，名曰宓妃。感宋玉对楚王神女之事，遂作斯赋。其辞曰：

余从京域言归东藩。背伊阙，越轘辕。经通谷，陵景山。日既西倾，车殆马烦。尔乃税驾乎蘅皋，秣驷乎芝田。容与乎阳林，流眄乎洛川。于是精移神骇，忽焉思散。俯则未察，仰以殊观。睹一丽人，于岩之畔。乃援御者而告之曰："尔有觌于彼者乎？彼何人斯，若此之艳也？"御者对曰："臣闻河洛之神，名曰宓妃，然则君王所见，无乃是乎？其状若何？臣愿闻之。"

余告之曰："其形也，翩若惊鸿，婉若游龙。荣曜秋菊，华茂春松。仿佛兮若轻云之蔽月，飘飖兮若流风之回雪。远而望之，皎若太阳升朝霞；迫而察之，灼若芙蕖出渌波。襛纤得衷，修短合度。肩若削成，腰如约素。延颈秀项，皓质呈露。芳泽无加，铅华弗御。云髻峨峨，修眉联娟。丹唇外朗，皓齿内鲜。明眸善睐，靥辅承权。环姿艳逸，仪静体闲。柔情绰态，媚于语言。奇服旷世，骨像应图。披罗衣之璀粲兮，珥瑶碧之华琚。戴金翠之首饰，缀明珠以耀躯。践远游之文履，曳雾绡之轻裾；微幽兰之芳蔼兮，步踟蹰于山隅。

"于是忽焉纵体，以遨以嬉。左倚采旄，右荫桂旗。攘皓腕于神浒兮，采湍濑之玄芝。余情悦其淑美兮，心振荡而不怡。无良媒以接欢兮，托微波而通辞。愿诚素之先达兮，解玉佩以要之。嗟佳人之信修，羌习礼而明诗。抗琼珶以和予兮，指潜渊而为期。执眷眷之款实兮，惧斯灵之我欺。感交甫之弃言兮，怅犹豫而狐疑。收和颜而静志兮，申礼防以自持。

"于是洛灵感焉，徙倚彷徨。神光离合，乍阴乍阳。竦轻躯以鹤立，若将飞而未翔。践椒涂之郁烈，步蘅薄而流芳。超长吟以永慕兮，声哀厉而弥长。

“尔乃众灵杂遝，命俦啸侣。或戏清流，或翔神渚。或采明珠，或拾翠羽。从南湘之二妃，携汉滨之游女。叹匏瓜之无匹兮，咏牵牛之独处。扬轻袿之猗靡兮，翳修袖以延伫。体迅飞凫，飘忽若神。陵波微步，罗袜生尘。动无常则，若危若安。进止难期，若往若还。转眄流精，光润玉颜。含辞未吐，气若幽兰。华容婀娜，令我忘餐。

“于是屏翳收风，川后静波。冯夷鸣鼓，女娲清歌。腾文鱼以警乘，鸣玉鸾以偕逝。六龙俨其齐首，载云车之容裔。鲸鲵踊而夹毂，水禽翔而为卫。

“于是越北沚，过南冈。纡素领，回清阳。动朱唇以徐言，陈交接之大纲。恨人神之道殊兮，怨盛年之莫当。抗罗袂以掩涕兮，泪流襟之浪浪。悼良会之永绝兮，哀一逝而异乡。无微情以效爱兮，献江南之明珰。虽潜处于太阴，长寄心于君王。忽不悟其所舍，怅神宵而蔽光。

“于是背下陵高，足往神留。遗情想像，顾望怀愁。冀灵体之复形，御轻舟而上溯。浮长川而忘反，思绵绵而增慕。夜耿耿而不寐，沾繁霜而至曙。命仆夫而就驾，吾将归乎东路。揽騑辔以抗策，怅盘桓而不能去。”

这是一篇优美的抒情小赋。赋中对神女的容貌、情态刻画得十分细致生动，前所未有。全篇想象丰富，描写细腻，辞采流丽，神话色彩浓郁，抒情意味强烈，有很强的艺术魅力。围绕在曹氏父子周围的文人，形成了邺下文人集团〔邺是现在的河北南部临漳。汉献帝建安十八年（213）曹操封魏公，都邺〕，其中建安七子成绩尤为显著。建安七子中，首推王粲。

二、王粲

王粲（177—217），字仲宣，山阳高平（今山东邹县）人，在七子中，他成就最高，《文心雕龙·才略》称他为“七子之冠冕”。他能诗善赋，特别是因避乱而滞留在荆州时，登当阳城楼所写的《登楼赋》（《文选》第十一卷选了此赋）颇负盛名，这是一篇出色的抒情小赋，抒发了生逢乱世、羁旅他乡、怀才不遇的郁闷情怀。这篇赋脱尽了汉赋铺陈堆砌、冗长呆板的习气，篇幅短小，语言精美流畅，多用骈句，写景与抒情紧密结合，具有浓郁的诗意。至此，赋已向诗回归了。刘熙载在《艺概·赋概》中指出：“楚辞风骨高，西汉赋气息厚，建安乃欲由西汉而复于楚辞者。”

七子中的其馀几人，据记载，其中应玚有赋12篇，陈琳有赋9篇，徐干有赋8篇，阮瑀有赋3篇，刘桢有赋1篇；而年辈最长的孔融，虽然曹丕在《典论·论文》中说他“及其所善，扬班俦也”，似乎善于作赋，但并没有赋流传下来。“七子”以外，以杨修现存的赋最多，共有7篇。这时多为抒情小赋，骋辞大赋罕有问津者。

建安以后至司马炎篡魏前，建安馀波逶迤流转，京殿大赋也悄悄崛起，二者争艳斗巧，并驾齐驱。当时的重要作家有何晏、何祯、嵇康、阮籍、应贞、缪袭等。其中嵇康、阮籍又是著名诗人，关于他们二人的情况，我们将在后边作为诗人来介绍，在此从略。以下凡遇到既是赋家又是著名诗人者，一律在诗人一栏中介绍，因为赋只是诗的变异。

两晋的统治者，都不像曹氏父子那样喜爱诗文，崇尚文辞。西晋开国者司马炎质朴无文，继承人司马衷更是近于白痴，不像曹魏诸帝，不仅大力提倡辞赋创作，而且还身体力行，作诗写赋，其中曹操、曹丕都是杰出的诗人，而司马氏父子都不懂诗文。尽管如此，由于西晋初年曾出现了一个短期统一的局面，比较安定，而且魏末时的文人还在，进入西晋后，他们不仅自己仍积极从事辞赋创作，而且还培养了一批年轻人。西晋统一全国后，又接纳了一批南方的人才，吸收了南方文化。因此，西晋的辞赋创作呈现出繁荣景象。据统计，西晋有赋家90来人，赋作近400篇，著名的作者有张华、左思、潘岳、陆机、陆云、傅玄、挚虞、成公绥等，其中多数人同时又是著名诗人。只是好景不长，公元280年，晋武帝司马炎灭吴统一全国后，只经历了11年，至291年，司马炎逝世，其子司马衷继位，这便是历史上著名的傻皇帝晋惠帝。由于惠帝弱智低能，贾后趁机与楚王司马玮合谋，杀死太傅杨骏，并尽灭其亲属党羽，废皇太后，独掌朝政大权，从而引来了赵王司马伦之乱。公元300年4月，赵王伦杀贾后、贾谧及其党羽数十人。301年，赵王废惠帝自立。当时，张华、石崇、潘岳、欧阳建等一批文人被赵王伦杀害。为争夺皇权，不久出现了长达十馀年的八王之乱。居住在北方的少数民族乘虚而入，形成了“五胡乱华”，洛阳、长安陷落，怀、愍二帝被掳，迫使晋室南迁，318年，司马睿在建邺（今江苏南京）即帝位，史称东晋。这时原先在北方的文人，一部分死于祸乱，一部分南迁，从此文化中心南移。安定下来后，文人们重整旗鼓，纷纷写诗作赋，诗赋的创作舞台移到江南，同时又出现了一批江南籍的作家。江南风物给诗赋带来了新的题材。

两晋辞赋继承了建安辞赋的传统，又有发展，主要是在题材上有了很大开拓。第一，由京都、宫殿、人事转向大自然，诸如天象、山川、田园等都进入了赋家视野。第二，动植物中也由鹦鹉、白鹤、孔雀以及桑、槐、芙蓉等扩展到螳螂、青蝇等低等昆虫与荠、菽等草本植物。第三，吊古怀祖之作增多。第四，江南的山川风物纷纷入赋，从而也影响到诗歌创作，山水诗、田园诗兴起；第五，具有浓郁的忧患意识与愤世嫉俗思想，两晋时，只在西晋初期有过一二十年短期的繁荣，基本上处在内忧外患危机四伏中，当时动乱不断，战祸连年，帝王昏庸，社会黑暗，士人罹难，生灵涂炭，此时的士人不是惨遭杀害，便是遁世隐居，如张华被害，陶潜归耕陇亩。

到了南北朝，辞赋已是强弩之末。以后虽然还不断有人写赋，但已没有专心写赋的人了，写赋只是因某种需要或一时兴起，偶尔为之。例如在唐代，李白、杜甫都写过赋，但与他们的诗不成比例，因此尽管他们两人都有赋8篇，但没有人认为他们是赋家，只承认他们是最伟大的诗人，他们的赋也很少有人提到。唐代以后，尽管还不断有人写赋，但赋再也不是重要的文体了。

南北朝的赋上承魏晋，但又有自己的特色。南朝帝王大多爱好文学，不仅大力提倡，而且自己也亲自写作。辞赋作者多数为士族贵族出身，后又成为君王近臣或藩邸僚属，宫廷风尚与藩邸好恶，都深深影响着辞赋创作，因此当时的赋有着深刻的宫廷化贵族化烙印。赋在当时既然是贵族文学，所以在形式上也有很多追求，具有唯美倾向，显得辞采华丽，锤炼字句；对偶工丽，形成骈赋；音韵和美，声调谐畅。北朝前期多承袭魏晋，后期受南朝文化影响渐深，不少南朝赋家出使北朝被扣留，从而加入到了北朝赋家的行列中。因为他们是被迫留在北朝，因此都怀有浓厚的故国之思，所以他们写的赋既不同于南朝赋家的纤丽轻柔，也不同于北朝赋家的质朴无华，而是高亢悲凉，哀婉动人，其中最著名的就是庾信的《哀江南赋》。南北朝赋，特别是南朝赋，还有一个特征就是逐渐诗化，进入了诗赋合一的轨道。首先是骚体赋完全诗化，以至诗赋难分，这在晋代的作品中已出现，如夏侯湛的《春可乐》《秋可哀》《秋夕哀》，王廙的《春可乐》既被作为赋收入了《全晋文》，又被作为诗收入了《先秦汉魏晋南北朝诗》。以后这种现象就更多了，如谢庄的《怀园行》《山夜忧》，既被作为赋收入《全宋文》，又被作为杂言诗收入《先秦汉魏晋南北朝诗》。其后如江淹的《应谢主簿骚体》《刘仆射东山集学骚》《山中楚辞》六首，沈约的《岁暮愍衰草》，朱异的《田饮引》，梁元帝萧绎的《秋辞》（《文苑英华》作《秋风摇落》），等等，无不如此。其次，从沈约开始，在赋中出现了整齐的五、七言句，如《愍衰草赋》（即《岁暮愍衰草》）的后半篇（从“风急峭道难”起）一连串有12个整齐的五言句，下边夹杂4个楚调句后，又一连出现了6个五言句，直到篇末。至于他的《天渊水鸟应诏赋》，则更是全用五言句组成，如果题中没有“赋”字，简直就是一首五言古体诗。至于萧悫的《春赋》，完全是用五言诗句与七言诗句交替组合而成：“落花无限数，飞鸟排花度。禁苑至饶风，吹花春满路。岩前片石迥如楼，水里连沙聚作洲。二月莺声才欲断，三月春风已复流。分流绕小渡，堑水还相注。山头望水云，水底看山树。舞馀香尚在，歌尽声犹住。麦陇一惊翚，菱潭两飞鹭。”由此，我们看到“拓宇于楚辞”的赋，走过了一条长长的曲折之路，终于向诗回归了。但是这不是简单地绕了一大圈又回到了起点，而是螺旋形上升，原本脱胎于楚歌楚调，最终回归到了五、七言体的诗上。此时的赋终于露出了龙形的一鳞半爪，已不完全是蝨虱了。到唐代形成的律赋，就更加接近于诗了。

第四章　赋对诗歌发展的作用

总的说来，赋本身的成就不大，基本上是一些对统治者阿谀颂扬之辞，内容贫乏，缺乏风骨；形式上堆砌雕琢，毫无生气。但在诗歌的发展中，赋又并非只是走了一条曲折的路，徒然热闹一番，而是有不小作用的。我以为赋对诗歌发展的贡献，最大一点就是拓宽了题材。我们可以清楚地看到，两汉以后的诗中，有不少题材和主题，首先在赋中出现，这样的例子太多了，不妨举几个来看看。

例如宋玉的《高唐赋》、枚乘的《七发》等，开启了后世的山水诗；纪行诗始于班彪的《北征赋》；田园归隐诗源于张衡的《归田赋》；王粲的《登楼赋》开创了游览、羁旅诗；贾谊的《吊屈原赋》开怀古咏史诗的先河；司马相如的《长门赋》启发了后世的宫怨诗；王褒的《洞箫赋》则为后世描写音乐诗的先导；祢衡的《鹦鹉赋》以鹦鹉喻人，达到物我混一的境地，为后世的咏物诗提供了范例；公孙乘的《月赋》、路乔如的《鹤赋》也为后世咏物所借鉴；赵壹的《刺世疾邪赋》影响着后世的讽喻诗；朱穆的《郁金赋》、张英的《芙蕖赋》启动了后世吟咏花卉草木的诗……这样的例子实在太多了，不胜枚举。

赋对诗歌发展的另一个作用，是重视对美的追求，诗不仅仅要抒情达意，在形式上也尽量追求艺术美。在词句上，注重雕琢锤炼；在声韵上，注重和谐优美；同时，还注重对偶精工，等等，大大提高了诗的表现力与艺术性。

总之，由诗异化为赋，不是白白走了一段曲折的路，而是诗发展过程中的一个历程。

第二编　路漫漫其修远兮

第一章　楚歌与汉诗

第一节　楚歌

“楚虽三户，亡秦必楚。”在秦末，这则民谣应验了，楚人成为推翻秦王朝的主要力量，无论是项羽还是刘邦，都是楚人。随着楚人的胜利，占据了政治舞台，成为中国新的统治力量，楚乐楚歌也就流行起来。据记载，汉初最早的诗是项羽的《垓下歌》：

力拔山兮气盖世，时不利兮骓不逝。
骓不逝兮可奈何，虞兮虞兮奈若何！

据《史记·项羽本纪》记载：“项王军壁垓下，兵少食尽，汉军及诸侯兵围之数重。夜闻汉军四面皆楚歌，项王乃大惊曰：‘汉皆已得楚乎？是何楚人之多也！’项王则夜起，饮帐中。有美人名虞，常幸从；骏马名骓，常骑之。于是项王乃悲歌慷慨，自为诗曰……歌数阕，美人和之。项王泣数行下，左右皆泣，莫能仰视。”这首诗出于《史记》，历来都深信不疑。但仔细想起来，我以为有不少可疑之处。据记载，这首诗是项羽深夜起来在军帐中唱的，能听到的首先是虞姬，其次是左右亲信侍从。项羽兵败后，这些人都死了，没有被俘，更没有叛逃的，那么这首项羽被困垓下，深夜在军帐中唱的歌，怎么流传出来的？外人、后人又是怎么知道的？我以为这多半是当时或稍后的人为怀念项羽这位失败英雄而编出来的。再后来，有人干脆把“美人和之”的和歌也编了出来：“汉兵已略地，四面楚歌声。大王意气尽，贱妾何乐生！”这首诗显然是后人伪托的，连清人沈德潜都看出来了，在编《古诗源》时，“为其太似唐人绝句”而不入选。

汉初第二首楚歌，当数刘邦的《大风歌》：

大风起兮云飞扬，威加海内兮归故乡。安得猛士兮守四方？

这是“落魄刘郎作帝归，樽前慷慨大风诗”（宋·张安道《歌风台》）。小人得志，衣锦还乡，自然前呼后拥，一言一行都有人记载。当然记下来后，难免经过加工。不过，无论怎么样，《垓下歌》和《大风歌》都产生在汉初，出现在《史记》之前，这是毫无疑问的。汉初流行楚歌，这也可以得到证实。直到汉武帝刘彻著名的《秋风辞》，仍然是楚歌：

秋风起兮白云飞，草木黄落兮雁南归。
兰有秀兮菊有芳，怀佳人兮不能忘。
泛楼船兮济汾河，横中流兮扬素波。
箫鼓鸣兮发棹歌，欢乐极兮哀情多，
少壮几时兮奈老何？

《垓下歌》写出了一位失败英雄走投无路的哀号。《大风歌》写出了一位成功者的心事，他虽然登上皇位，但能否久保江山，有谁能为他守卫四方，对此，他充满困惑与无奈。《秋风辞》写出一位强大帝国至高无上者内心的虚弱，他乐极生悲，深感人生无常，功业再煊赫，权力再大，都难免要老去，最终逃不出死神的手掌。三个煊赫一时的人，虽然经历与处境不同，但心境相似，在命运面前都充满困惑与无奈。对此，在以后的作品有更深入的思考，主题由浅层进入深层次。

汉初，虽然楚歌流行，然而其他诗歌形式也同时存在，如刘邦的另一首《鸿鹄歌》（见《史记·留侯世家》）：

鸿鹄高飞，一举千里。羽翼已就，横绝四海。
横绝四海，又可奈何。虽有缯缴，将安所施。

《史记》中说这是刘邦为戚夫人唱的“楚歌”，也许当时是用楚声唱的楚调，但从形式上看是一首整齐的四言诗，与中间加“兮”字的楚歌不一样。戚夫人有《舂歌》：

子为王，母为虏。终日舂薄暮，常与死为伍。相离三千里，当谁使告女？

这首诗，虽然有人也把它列入楚歌，但其中没有用具有楚歌特征的“兮”字，而且除了开头两句为三言外，其馀都是五言诗句。本来戚夫人为齐地定陶（今山东西南部）人，未必稔知楚歌。再后来，在武帝时有李延年的《歌》：

北方有佳人，绝世而独立。一顾倾人城，再顾倾人国。宁不知倾城与倾国，佳人难再得。

作者系中山（今河北省定州市）人，离楚歌的原产地更远，形式上也不同于常见的楚歌，全篇除第五句之外，全为五言诗句。西汉后期，成帝的后宫嫔妃班婕妤有一首《怨歌行》（一作《怨诗》或《咏扇诗》）：

新裂齐纨素，皎洁如霜雪。
裁成合欢扇，团团似明月。
出入君怀袖，动摇微风发。
常恐秋节至，凉风夺炎热。
弃捐箧笥中，恩情中道绝。

这已经是一首完整的五言诗了。从这3首诗中，我们可以看到，在社会上层，诗的形式已在不自觉地向五言过渡。如果这首《怨歌行》确确实实不是伪托，那么这是中国文学史上第一首出自社会上层的完整的五言诗。虽然这以前有所谓卓文君的《白头吟》、李陵与苏武的赠别诗都为完整的五言诗，但这些都是后人伪托的。

西汉有作者名姓可查的诗很少，文人诗更少，只有司马相如的《琴歌》二首勉强还能看得过去，他的另外两首诗《封禅颂》和《美人歌》（《美人赋》中的系歌），都是代人立言，没有自我个性，无可取之处。倒是我们在前边列举的几首社会上层的诗（除李延年的《歌》以外），都并不为写诗而写诗，只是为了一吐作者胸中的块垒，因此都很有个性。项羽的《垓下歌》，即使是后人代写（也在《史记》成书以前），也很能体现项羽的个性，仍不失为好诗。当时，社会上层写的诗多数为楚歌，但在楚歌盛行时，上层社会中五言诗也在悄悄萌芽成长，进行缓慢过渡。在内容上，不论是楚歌还是五言诗，都体现了“言志”这一特点。

第二节　汉诗

一、班固的咏史诗

到了东汉，文人诗逐渐多了起来，虽然多数还是楚歌，但班固笔下出现了中国诗歌史上第一首文人写的完整的五言诗。班固是班婕妤的侄孙，字孟坚，扶风安陵（今陕西咸阳）人，活动于光武帝后的明帝和章帝时期。他作有五言诗《咏史》：

三王德弥薄，惟后用肉刑。
太苍令有罪，就逮长安城。
自恨身无子，困急独茕茕。
小女痛父言，死者不可生。
上书诣阙下，思古歌《鸡鸣》。
忧心摧折裂，《晨风》扬激声。
圣汉孝文帝，恻然感至情。
百男何愦愦，不如一缇萦。

这首诗写的是西汉文帝时，少女缇萦上书救父，感动文帝，从此废除肉刑。全诗虽然质木无文，但这样的冷静叙述，简明扼要，对后世诗歌还是有一定影响的。班固是当时著名的文学家和史学家，影响比较大，他写了第一首文人五言诗，标志着五言诗体正式登上了文人的诗坛，逐渐取代楚歌。同时，“咏史”也为后世开辟了新的题材，从此题咏不绝，出现了不少咏史名篇。

由五言诗体取代楚歌，这个过程是缓慢的，与班固齐名的崔骃和傅毅仍在写楚歌和四言诗，班固本人的诗除《咏史》之外，也多为楚歌和四言诗。其后有石勋的《费凤别碑诗》，看来也可能是一首五言诗，可惜没有完整保存下来。第二首完整保存下来的文人五言诗是张衡的《同声歌》。

二、张衡的五七言诗

张衡博学多才，不仅是著名的文学家，同时也是杰出的科学家，创造了浑天仪、地动仪，有《张河间集》传世。《同声歌》写女子新婚时的欢乐心情，不同于以往习见的宫怨诗（如班婕妤的《怨歌行》）与弃妇诗（如《诗经》中的《氓》与《谷风》等），而且这首诗在语言技巧上比班固的诗更为成熟，其中“思为……”与“愿为……”两两对偶，设想奇特，很好地表达了女子的一片痴情：

邂逅承际会，得充君后房。
情好新交接，恐栗若探汤。
不才勉自竭，贱妾职所当。
绸缪主中馈，奉礼助烝尝。
思为苑蒻席，在下蔽匡床。
愿为罗衾帱，在上卫风霜。
洒扫清枕席，鞮芬以狄香。
重户结金扃，高下华灯光。
衣解巾粉御，列图陈枕张。
素女为我师，仪态盈万方。
众夫所希见，天老教轩皇。
乐莫斯夜乐，没齿焉可忘！

他还有一首《四愁诗》也很有特色：

我所思兮在太山，欲往从之梁父艰。侧身东望涕沾翰。美人赠我金错刀，何以报之英琼瑶。路远莫致倚逍遥，何为怀忧心烦劳。

我所思兮在桂林，欲往从之湘水深。侧身南望涕沾襟。美人赠我金琅玕，何以报之双玉盘。路远莫致倚惆怅，何为怀忧心烦伤。

我所思兮在汉阳，欲往从之陇坂长。侧身西望涕沾裳。美人赠我貂襜褕，何以报之明月珠。路远莫致倚踟蹰，何为怀忧心烦纡。

我所思兮在雁门，欲往从之雪纷纷。侧身北望涕沾巾。美人赠我锦绣段，何以报之青玉案。路远莫致倚增叹，何为怀忧心烦惋。

文人笔下的情诗恋歌写得如此热烈真切，前所未有。这首诗具有浓郁的民歌风格，既有楚歌的遗响，又有《诗经》的叠章手法，把南北民歌融为一体，十分巧妙得体。这首诗除了每章第一句中间有“兮”字，显出了楚歌的痕迹外，其馀都是整齐的七言句，预示着七言诗的萌生。虽然这之前有崔骃的《七言诗》，但只有三句，而且十分平淡，实在算不上诗。因此张衡的《四愁诗》，应该算是中国文学史上第一首文人写的七言诗。这首诗对后世有不小影响，鲁迅还有一首仿效这首诗写的打油诗。

自张衡以后，写五言诗的人渐渐多起来了，同时也陆续有人写七言诗，五言诗、七言诗正在悄悄地发展着。到了建安以后，五言诗终于全面取代了楚歌和四言诗。张衡以后建安以前写的五言诗，完整保存下来的有郦炎的《诗二首》、秦嘉的《赠妇诗三首》、赵壹的《秦客诗》与《鲁生歌》、蔡邕的《饮马长城窟行》与《翠鸟诗》、孔融的《临终诗》、辛延年的《羽林郎》和宋子侯的《董娇娆》。特别是《饮马长城窟行》《羽林郎》和《董娇娆》三首，都是在乐府民歌影响下文人创作的乐府诗，既有民歌的朴素明朗，又有文人诗的精巧，比起张衡的五言诗来又迈进了一大步。

三、蔡邕等人的仿“乐府”

青青河畔草，绵绵思远道。
远道不可思，宿昔梦见之。
梦见在我傍，忽觉在他乡。
他乡各异县，辗转不相见。
枯桑知天风，海水知天寒。
入门各自媚，谁肯相为言？
客从远方来，遗我双鲤鱼。
呼儿烹鲤鱼，中有尺素书。
长跪读素书，书中竟何如？
上言加餐饭，下言长相忆。

——蔡邕《饮马长城窟行》

昔有霍家奴，姓冯名子都。
依倚将军势，调笑酒家胡。
胡姬年十五，春日独当垆。
长裾连理带，广袖合欢襦。
头上蓝田玉，耳后大秦珠。
两鬟何窈窕，一世良所无。
一鬟五百万，两鬟千万馀。
不意金吾子，娉婷过我庐。
银鞍何煜爚，翠盖空踟蹰。
就我求清酒，丝绳提玉壶。
就我求珍肴，金盘脍鲤鱼。
贻我青铜镜，结我红罗裾。
不惜红罗裂，何论轻贱躯！
男儿爱后妇，女子重前夫。

人生有新故，贵贱不相逾。
多谢金吾子，私爱徒区区。

——辛延年《羽林郎》

洛阳城东路，桃李生路旁。
花花自相对，叶叶自相当。
春风东北起，花叶正低昂。
不知谁家子，提笼行采桑。
纤手折其枝，花落何飘飏。
请谢彼姝子："何为见损伤？"
"高秋八九月，白露变为霜。
终年会飘堕，安得久馨香？"
"秋时自零落，春月复芬芳。
何如盛年去，欢爱永相忘？"
吾欲竟此曲，此曲愁人肠，
归来酌美酒，挟瑟上高堂。

——宋子侯《董娇娆》

我们不难看出，这三首诗是文人仿作的乐府诗，因此既有民歌的朴素、明快，含有不少叙事成分，叙述与对话穿插；同时又有文人诗的巧妙精致，一波三折，曲折有致。二者密切结合，增强了艺术性。

七言诗的发展，在汉代较缓慢，虽然据记载有汉武帝时的《柏梁诗》，但这首诗是伪托的，南宋王应麟在《困学纪闻》中已提出了怀疑，清初名家顾炎武在《日知录》第21卷中对此进行了详细阐述。这首诗的序中说作于武帝元封三年，但在联句的作者中，有好几人在元封三年前已死了，有些官名在元封三年以后才有，如此等等，总之漏洞百出，无疑是后人伪托的。因此，我们定张衡的《四愁诗》是第一首完整的文人七言诗，只是尚有明显的楚歌的痕迹。其后，完整的七言诗也就是马融在《长笛赋》中的系诗，这首诗水平不高，但已完全消除了楚歌的痕迹，比起《四愁诗》来，这也是一种进步。此后，直到建安以前，未见有完整的文人七言诗。

有人把七言诗的起源与成熟定在五言诗之前，而说只是发展得比五言诗慢。这种说法是把楚辞楚歌说成是七言诗的来源。我不同意这种说法，因为楚辞楚歌中的七字句与七言诗中的七字句，在语言结构上截然不同，这只要把二者放在一起稍作比较就看得很清楚。显然，在七言诗中，七个字都有效；在楚辞楚歌中，虽然也常常出现七字句，但只有六个字有效，其中的“兮”只是一个衬字。其实七言诗在两汉还只是一个萌芽阶段，到建安以后才缓慢发展成长起来。

中国的诗，由《诗经》时以四言为主体，发展到东汉后逐渐被五言诗所取代，这不是简简单单的每句增加了一个字，而是一次飞跃，大大增强了表现力，扩大了内容含量；字句组合上摆脱了四言诗二二的呆板形式，变化成二一二（池塘生春草）、二二一（馀霞散成绮）、一二二（苟必有终极）、二三（误哉秦穆公）、三二（富贵者称贤），等等，在一首诗里交替使用，显得灵活多变。而七言诗的表现力又强于五言诗，字句组合也更为灵活多变，因此，由五言诗体发展为七言诗体又是一次飞跃。所以，我以为先有五言诗，然后才有七言诗，这才是符合发展规律的。

第二章　汉乐府民歌

在先秦，民歌发达，文人创作不发达。春秋前留下了民歌创作的结集——《诗经》，但不见有文人作品。直到战国末年，才产生了大诗人屈原，然而继屈原者，人数寥寥，更无佳作。到两汉这种现象重又出现，文人诗不多，但却留下了丰富的民间作品——汉乐府民歌。

早在先秦就有掌管音乐的官方机构，叫什么名称，在古籍中未发现。迄今为止，称这种机构为“乐府”，最早见于秦代。1977年在秦始皇陵附近出土的编钟上，铸有“乐府”二字，可见当时已有这种名称了，至于这以前是否存在，尚无实据。汉承秦制，汉初也有专门的乐府机构，据史书记载，惠帝时设有“乐府令”一职，主管音乐。到武帝时，乐府机构的规模大大扩大了，当然职能也增多了，具体任务有制定乐谱、训练乐工、搜集民歌和制作歌辞，等等。后来，遂以乐府官署所采集并保存下来的诗歌称之为“乐府”。今天我们看到的，当时文人创作的歌辞，无非是歌功颂德之词，并无文学价值，数量也不多。倒是从民间采集来的歌辞极有价值，是“国风”以后的又一瑰宝。为了与文人所作的歌辞区分开来，习惯上称之为“乐府民歌”。

乐府机构采集民歌，主要是为了丰富新歌曲歌词，满足娱乐需要，但也用以观民情知民俗、考察政治措施的得失，作为统治之借鉴，正如《汉书·艺文志》所记载：“自孝武立乐府而采歌谣，于是有赵、代之讴，秦、楚之风，皆感于哀乐，缘事而发，亦可以观风俗，知薄厚云。”当时采集的地区很广，几乎遍及全国，数量也不少，据记载，西汉乐府民歌有138首，在数量上已接近“国风”，东汉的还不算在内。不过现在只存下三四十首了。到目前为止，宋人郭茂倩所编的《乐府诗集》，是收罗乐府歌辞最完备的一部总集，其分类方法也被后人所沿用。他把自汉至唐的乐府按曲调的不同，共分为12类。其中有3类都包含汉代民歌：首先是“相和歌辞”，其中包含最多；其次是“杂曲歌辞”，再其次是“鼓吹曲辞”。虽然现在留存下来的汉乐府民歌为数不多，但从诗歌的角度来看，比起《诗经》来，还是有不小的变化与发展。从题材与特色来看有：

第一，爱情。这是文学中一个永恒的题材，只要社会上有少男少女，就有两情相悦，产生爱情。《诗经》里的爱情诗如《静女》《将仲子》等，我们看到的是一个个天真无邪的小儿女。汉乐府民歌里则不然，如《上邪》：

上邪！我欲与君相知，长命无绝衰。山无陵，江水为竭，冬雷震震，夏雨雪，天地合，乃敢与君绝！

很显然，我们在这里感受到的是一个比较成熟的女性，她感情炽烈，意志坚定。诗中前三句是叙述，用平声韵，语气比较舒缓。后六句是爱情的誓言，用入声韵，短促有力，无可更改。誓言中，接连用了五种不可能出现的自然现象，表达了不可动摇的决心。

当然，爱情也不总是热烈的，一帆风顺的，其中有挫折，甚至还有背叛，在《诗经》里就有《氓》与《谷风》，充满哀怨忧伤与对往日两情相好时的回忆，在汉乐府民歌中却毫无留恋之意，如《有所思》：

有所思，乃在大海南。何用问遗君？双珠玳瑁簪，用玉绍缭之。闻君有他心，拉杂摧烧之。摧烧之，当风扬其灰。从今以往，勿复相思，相思与君绝！鸡鸣狗吠，兄嫂当知之。秋风肃肃晨风飔，东方须臾高知之。

在这里，我们看到的是一位刚毅坚强的女性，一听说对方“有他心”，不像《谷风》那样还要思念“宴尔新婚”之时，或像《氓》那样思念他们曾经有过的“信誓旦旦”，却是彻底决裂，毫不留恋，绝无哀怨之意，对男子当日所赠之物“摧烧之”，还“当风扬其灰”，态度十分坚决：“勿复相思，相思与君绝！”要爱就爱得坚定，要断就断得坚决，毫不拖泥带水，更不犹豫不定。这就是汉乐府民歌中对爱情的态度。即使是弃妇，汉乐府中也没有那种呼天号地怨天尤人的悲恸，而是出奇的平静。如《上山采蘼芜》：

> 上山采蘼芜，下山逢故夫。长跪问故夫：“新人复何如？”“新人虽言好，未若故人姝。颜色类相似，手爪不相如。“新人从门入，故人从阁去。”“新人工织缣，故人工织素。织缣日一匹，织素五丈馀。将缣来比素，新人不如故。”

这里写的是弃妇与故夫在途中相遇，两人一段平静的对话，这里没有弃妇的怨恨，也没有故夫的嫌弃，相反却是弃妇对故夫的牵挂，故夫对弃妇的怀念。可见夫妻感情并未破裂，那么这其中定有更深的社会与封建礼教的因素，深沉含蓄，可由读者慢慢体会。

第二，反映社会生活。民歌来自民间，必然要反映当时的社会生活，从中我们可以看到在两汉社会里，广大人民大众的生活状况与思想情感。例如《妇病行》：

> 妇病连年累岁，传呼丈人前一言。当言未及得言，不知泪下一何翩翩。“属累君两三孤子，莫我儿饥且寒！有过慎莫笪笞，行当折摇，思复念之。”
>
> 乱曰：抱时无衣，襦复无里。闭门塞牖，舍孤儿到市。道逢亲交，泣坐不能起。从乞求与孤儿买饵。对交啼泣，泪不可止。“我欲不伤悲不能已！”探怀中钱持授交。入门见孤儿，啼索其母抱。徘徊空舍中，“行复尔耳，弃置尔复道！”

西汉中期以后，社会矛盾加深，豪强加紧兼并，对劳动人民的剥削加重，贪官、暴吏不断鱼肉人民，人民生活无着，以至“贫民常衣牛马之衣，食犬彘之食”，“卖田宅，鬻子孙以偿债”，更有甚者，与牛马同栏出卖自身及妻子作奴婢。这首《妇病行》就反映了这样一个典型的事例。诗里写了三个生活场面：第一个是久病的妇人临终前对丈夫的嘱咐，要他善待孩子，不要让孩子受饥寒挨笪笞。第二个场面写妻子死后，孩子无衣无食，丈夫到市上去给孩子买些吃的，路遇熟人，满怀悲痛地乞求帮助。第三个场面写丈夫从市上回家，见无知的孩子不懂得母亲已经死了，还在啼哭着要母亲抱。从这普通人的普通生活中，我们看到当时的下层人民饥寒交迫的悲惨情景。通过这一典型事件，深刻反映了封建社会里下层人民的生活状况。又再如《艳歌行》：

翩翩堂前燕，冬藏夏来见。
兄弟两三人，流宕在他县。
故衣谁当补？新衣谁当绽？
赖得贤主人，览取为我组。
夫婿从门来，斜倚西北眄。
语卿且勿眄，水清石自见。
石见何累累，远行不如归。

豪强兼并，农民失去土地，不得不背井离乡，流浪到他乡去打工。衣衫破了，幸得女主人好心替他们缝补，却遭到男主人的猜疑。流浪者满腹委屈，深感出门在外的难处，感到“远行不如归”。但归去又怎么样呢？本来就是为生活所迫才外出打工的。归去的景况，也许在那首《悲歌》里可以回答这问题：

悲歌可以当泣，远望可以当归。思念故乡，郁郁累累。欲归家无人，欲渡河无船。心思不能言，肠中车轮转。

原来流浪者已家破人亡，无家可归了，何况路途遥远，山川阻隔，无法归去。满腹悲痛，难以用言语表达。还有一首《古歌》，表达了同样的思想。著名的《孤儿行》则反映了另一种情况：

孤儿生，孤子遇生，命独当苦。父母在时，乘坚车，驾驷马。父母已去，兄嫂令我行贾。南到九江，东到齐与鲁。腊月来归，不敢自言苦。头多虮虱，面目多尘。大兄言办饭，大嫂言视马。上高堂，行取殿下堂，孤儿泪下如雨。

使我朝行汲，暮得水来归。手为错，足下无菲。怆怆履霜，中多蒺藜。拔断蒺藜，肠月中，怆欲悲。泪下渫渫，清涕累累。冬无复襦，夏无单衣。居生不乐，不如早去，下从地下黄泉。

春气动，草萌芽。三月蚕桑，六月收瓜。将是瓜车，来到还家。瓜车反覆，助我者少，啖瓜者多。愿还我蒂，兄与嫂严，独且急归。当与校计。

乱曰：里中一何譊譊，愿欲寄尺书，将与地下父母，兄嫂难与久居。

富豪人家，为了独霸家产，兄嫂残酷虐待小兄弟，像奴隶一样使唤剥削，缺衣少食，超常役使，残酷折磨，必欲置之死地而后快。在财产面前，什么骨肉兄弟，什么孝悌仁爱，一切都不顾，只剩下一副狰狞凶残的面目，这就是封建社会中豪门富户的面目，真是为富不仁。那么，当时的广大下层人民难道能够忍受压迫剥削吗？我们来看这首《东门行》吧：

出东门，不顾归。来入门，怅欲悲。盎中无斗米储，还视架上无悬衣。拔剑东门去，舍中儿母牵衣啼。

“他家但愿富贵，贱妾与君共餔糜。上用仓浪天故，下当用此黄口儿。今非！”“咄！行！吾去为迟，白发时下难久居。”

这是写人民生活不下去了，不得不铤而走险，奋起反抗。这里有妻子的担心与劝阻，有丈夫反抗的决心，形象逼真，令人如见其形，如闻其声，这是一幕“逼上梁山”的真实写照。另外，社会动乱、战争也给人民带来很大的痛苦，如《战城南》：

战城南，死郭北，野死不葬乌可食。为我谓乌：“且为客豪，野死谅不葬，腐肉安能去子逃？”水深激激，蒲苇冥冥，枭骑战斗死，驽马徘徊鸣。

梁筑室，何以南？何以北？禾黍不获君何食？愿为忠臣安可得？思子良臣，良臣诚可思：朝行出攻，暮不夜归。

全篇假托战死者自诉，战死沙场，暴尸荒野，葬身乌腹，其情本极悲愤，却故作豪迈慷慨语，令人欲哭无泪，更显表达深刻，揭露有力。还有一首《十五从军征》：

十五从军征，八十始得归。道逢乡里人：“家中有阿谁？”“遥望是君家，松柏冢累累。”兔从狗窦入，雉从梁上飞。中庭生旅谷，井上生旅葵。舂谷持作饭，采葵持作羹。羹饭一时熟，不知贻阿谁？出门东向望，泪落沾我衣。

这首诗从另一个角度反映战争给人民带来痛苦，同时揭露了当时兵役制度的黑暗。通过老兵的自述，写出他一生的悲惨遭遇，十五应征八十还乡，几乎终身服役。穷老归来，亲属死尽，家园成了废墟，孤苦伶仃，无人抚恤，深刻揭露了统治者对人民的奴役和战争对人民生活的破坏。不管怎么样，这个老兵最后还算是回家了，更有终身服役，回不了家，流落异乡的。如《古歌》：

秋风萧萧愁杀人，出亦愁，入亦愁，座中何人，谁不怀忧？令我白头！胡地多飙风，树木何修修。

离家日趋远，衣带日趋缓。心思不能言，肠中车轮转。

从“座中何人，谁不怀忧”来看，流落胡地的士兵不止一人，而是一批。这些战士在对胡作战中，没入胡中，有国难投，有家难归，人人怀着浓郁的乡愁，对故乡亲人深深思念之情，使他们愁肠百结，“肠中车轮转”，苦不堪言。虽说“心思不能言”，但“此时无声胜有声”，有力地控诉了战争与徭役带给人民的无限痛苦。上述这些汉乐府民歌中，至少有两点比起《诗经》来前进了一大步。

第一，在感情上突破了“温柔敦厚”、“怨而不怒”的模式，吸收了楚辞中激烈的情感表达，在感情表达上显得那么愤激急切。

第二，《诗经》在表达感情时，概括性比较强，而汉乐府则注重抓住生活中的典型事例，重视细节描写，窥一斑而见全豹，生活气息显得更为浓郁，唐代杜甫的诗得益于此不小。

第三，奠定了中国古代叙事诗的基础。一部中国诗歌史是从抒情诗开始的，不像古希腊那样，一开始就出现了两大部荷马史诗。先秦诗歌中，抒情诗占压倒优势，《诗经》中虽有几篇叙事诗，但很不成熟，只是笼统叙述一些历史事件，缺乏生动的形象。汉乐府民歌中，虽然抒情仍占主流，但具有叙事性的作品已约占三分之一，比例大还在其次，主要是出现了情节结构完整的叙事诗，特别值得提出来的是《陌上桑》与《孔雀东南飞》二诗。先看《陌上桑》：

日出东南隅，照我秦氏楼。秦氏有好女，自名为罗敷。

罗敷善蚕桑，采桑城南隅。青丝为笼系，桂枝为笼钩。头上倭堕髻，耳中明月珠。缃绮为下裙，紫绮为上襦。行者见罗敷，下担捋髭须。少年见罗敷，脱帽著帩头。耕者忘其犁，锄者忘其锄。来归相怒怨，但坐观罗敷。

使君从南来，五马立踟蹰。使君遣吏往，问是谁家姝。“秦氏有好女，自名为罗敷。”“罗敷年几何？”“二十尚不足，十五颇有馀。”使君谢罗敷：“宁可共载不？”罗敷前致辞：“使君一何愚！使君自有妇，罗敷自有夫。”

“东方千馀骑，夫婿居上头。何用识夫婿？白马从骊驹。青丝系马尾，黄金络马头。腰中鹿卢剑，可值千万馀。十五府小史，二十朝大夫。三十侍中郎，四十专城居。为人洁白皙，鬑鬑颇有须，盈盈公府步，冉冉府中趋。坐中数千人，皆言夫婿殊。”

这是汉乐府民歌中十分著名的叙事诗，写一个聪明美丽的女子，巧妙地拒绝太守调戏的故事。这首诗非常有特色，艺术手法十分高明，前二十句着力刻画罗敷的美，但无一字从正面直接描写，全从侧面衬托。这样写，给读者以更大的想象馀地，每个人都可以根据自己的审美观点来想象罗敷的美。接下来从“使君从南来”到“罗敷自有夫”，写太守调戏罗敷，遭罗敷拒绝。但在当时，有权有势的太守，并不管你女方有没有丈夫，他看上了就要设法占为己有，所以又引出了后边的十八句来，写罗敷夸夫，罗敷分别从丈夫的事业、地位、才貌等方面加以夸说，处处胜过太守，在气势上压倒太守，使太守自惭形秽，狼狈不堪。当然，一个采桑女的丈夫事实上未必真的如此显赫，这只是为了对付太守这样的恶吏而发的，有意让他出丑。这首诗对后代影响很大。让我们再来看看《孔雀东南飞》（又名《古诗为焦仲卿妻作》）：

汉末建安中，庐江府小吏焦仲卿妻刘氏，为仲卿母所遣，自誓不嫁。其家逼之，乃投水而死。仲卿闻之，亦自缢于庭树。时人伤之，为诗云尔。

孔雀东南飞，五里一徘徊。

“十三能织素，十四学裁衣，十五弹箜篌，十六诵诗书。十七为君妇，心中常苦悲。君既为府吏，守节情不移，贱妾留空房，相见常日稀。鸡鸣入机织，夜夜不得息。三日断五匹，大人故嫌迟。非为织作迟，君家妇难为！妾不堪驱使，徒留无所施。便可白公姥，及时相遣归。”

府吏得闻之，堂上启阿母：“儿已薄禄相，幸复得此妇，结发同枕席，黄泉共为友。共事二三年，始尔未为久。女行无偏斜，何意致不厚？”

阿母谓府吏：“何乃太区区！此妇无礼节，举动自专由。吾意久怀忿，汝岂得自由！东家有贤女，自名秦罗敷，可怜体无比，阿母为汝求。便可速遣之，遣去慎莫留！”

府吏长跪告："伏惟启阿母，今若遣此妇，终老不复娶！"

阿母得闻之，槌床便大怒："小子无所畏，何敢助妇语！吾已失恩义，会不相从许！"

府吏默无声，再拜还入户，举言谓新妇，哽咽不能语："我自不驱卿，逼迫有阿母。卿但暂还家，吾今且报府。不久当归还，还必相迎取。以此下心意，慎勿违我语。"

新妇谓府吏："勿复重纷纭。往昔初阳岁，谢家来贵门。奉事循公姥，进止敢自专？昼夜勤作息，伶俜萦苦辛。谓言无罪过，供养卒大恩；仍更被驱遣，何言复来还！妾有绣腰襦，葳蕤自生光；红罗复斗帐，四角垂香囊；箱帘六七十，绿碧青丝绳，物物各自异，种种在其中。人贱物亦鄙，不足迎后人，留待作遣施，于今无会因。时时为安慰，久久莫相忘！"

鸡鸣外欲曙，新妇起严妆。著我绣夹裙，事事四五通。足下蹑丝履，头上玳瑁光。腰若流纨素，耳著明月珰。指如削葱根，口如含朱丹。纤纤作细步，精妙世无双。

上堂拜阿母，阿母怒不止。"昔作女儿时，生小出野里，本自无教训，兼愧贵家子。受母钱帛多，不堪母驱使。今日还家去，念母劳家里。"却与小姑别，泪落连珠子。"新妇初来时，小姑始扶床；今日被驱遣，小姑如我长。勤心养公姥，好自相扶将。初七及下九，嬉戏莫相忘。"出门登车去，涕落百馀行。

府吏马在前，新妇车在后，隐隐何甸甸，俱会大道口。下马入车中，低头共耳语："誓不相隔卿，且暂还家去；吾今且赴府，不久当还归，誓天不相负！"

新妇谓府吏："感君区区怀！君既若见录，不久望君来。君当作磐石，妾当作蒲苇，蒲苇韧如丝，磐石无转移。我有亲父兄，性行暴如雷，恐不任我意，逆以煎我怀。"举手长劳劳，二情同依依。

入门上家堂，进退无颜仪。阿母大拊掌，不图子自归："十三教汝织，十四能裁衣，十五弹箜篌，十六知礼仪，十七遣汝嫁，谓言无誓违。汝今何罪过，不迎而自归？"兰芝惭阿母："儿实无罪过。"阿母大悲摧。

还家十馀日，县令遣媒来。云有第三郎，窈窕世无双，年始十八九，便言多令才。

阿母谓阿女："汝可去应之。"

阿女含泪答："兰芝初还时，府吏见叮咛，结誓不别离。今日违情义，恐此事非奇。自可断来信，徐徐更谓之。"

阿母白媒人："贫贱有此女，始适还家门。不堪吏人妇，岂合令郎君？幸可广问讯，不得便相许。"媒人去数日，寻遣丞请还，说有兰家女，承籍有宦官。云有第五郎，娇逸未有婚。遣丞为媒人，主簿通语言。直说太守家，有此令郎君，既欲结大义，故遣来贵门。

阿母谢媒人："女子先有誓，老姥岂敢言！"

阿兄得闻之，怅然心中烦，举言谓阿妹："作计何不量！先嫁得府吏，后嫁得郎君，否泰如天地，足以荣汝身。不嫁义郎体，其往欲何云？"

兰芝仰头答："理实如兄言。谢家事夫君，中道还兄门。处分适兄意，那得自任专！虽与府吏要，渠会永无缘。登即相许和，便可作婚姻。"

媒人下床去，诺诺复尔尔。还部白府君："下官奉使命，言谈大有缘。"府君得闻之，心中大欢喜。视历复开书，便利此月内，六合正相应。良吉三十日，今已二十七，卿可去成婚。交语速装束，络绎如浮云。青雀白鹄舫，四角龙子幡，婀娜随风转。金车玉作轮，踯躅青骢马，流苏金镂鞍。赍钱三百万，皆用青丝穿。杂采三百匹，交广市鲑珍。从人四五百，郁郁登郡门。

阿母谓阿女："适得府君书，明日来迎汝。何不作衣裳？莫令事不举！"

阿女默无声，手巾掩口啼，泪落便如泻。移我琉璃榻，出置前窗下。左手持刀尺，右手执绫罗。朝成绣夹裙，晚成单罗衫。晻晻日欲暝，愁思出门啼。

府吏闻此变，因求假暂归。未至二三里，摧藏马悲哀。新妇识马声，蹑履相逢迎。怅然遥相望，知是故人来。举手拍马鞍，嗟叹使心伤："自君别我后，人事不可量。果不如先愿，又非君所详。我有亲父母，逼迫兼弟兄，以我应他人，君还何所望！"

府吏谓新妇："贺卿得高迁！磐石方且厚，可以卒千年；蒲苇一时韧，便作旦夕间。卿当日胜贵，吾独向黄泉！"

新妇谓府吏："何意出此言！同是被逼迫，君尔妾亦然。黄泉下相见，勿违今日言！"执手分道去，各各还家门。生人作死别，恨恨那可论？念与世间辞，千万不复全！

府吏还家去，上堂拜阿母："今日大风寒，寒风摧树木，严霜结庭兰。儿今日冥冥，令母在后单。故作不良计，勿复怨鬼神！命如南山石，四体康且直！"

阿母得闻之，零泪应声落："汝是大家子，仕宦于台阁，慎勿为妇死，贵贱情何薄！东家有贤女，窈窕艳城郭，阿母为汝求，便复在旦夕。"

府吏再拜还，长叹空房中，作计乃尔立。转头向户里，渐见愁煎迫。

其日牛马嘶，新妇入青庐。奄奄黄昏后，寂寂人定初。“我命绝今日，魂去尸长留！”揽裙脱丝履，举身赴清池。

府吏闻此事，心知长别离，徘徊庭树下，自挂东南枝。

两家求合葬，合葬华山傍。东西植松柏，左右种梧桐。枝枝相覆盖，叶叶相交通。中有双飞鸟，自名为鸳鸯，仰头相向鸣，夜夜达五更。行人驻足听，寡妇起彷徨。多谢后世人，戒之慎勿忘！

这是中国古代第一首叙事长诗，全诗353句，共1765字，是中国古代诗歌中罕见的长篇叙事诗。诗中写的是封建社会中常见的家庭悲剧，具有普遍意义。诗一开头着力描写女主人公刘兰芝聪明、能干、勤劳、善良、美丽，同时也写出夫妻恩爱，情意深厚，但不容于婆婆，被遣回娘家。在封建礼教的迫害下，夫妻双双自尽，酿成悲剧。这首长诗故事情节完整，剪裁布局得当，人物刻画生动，注意运用环境描写进行衬托、渲染，并运用抒情性的穿插，加强艺术感染力。最后富有浪漫主义的结尾，对后世的文学作品影响也很大。

第四，成熟的五言诗。在西汉，五言诗已经萌芽成长，到东汉出现了文人创作的五言诗，如班固的《咏史》，但只是平直地叙述孝女缇萦上书救父的事迹，全诗质木无文，比较粗糙。后来又有张衡的《同声歌》，写女子新婚时的欢乐心情，虽然比班固的诗前进了一大步，但在艺术上还不是很成熟的。标志着五言诗完全成熟的是东汉末年无名诗人写的《古诗十九首》。这是十九首纯抒情诗，跟乐府民歌具有很浓的叙事成分截然不同。诗里反映出来的思想内容很复杂，有闺人怨别、游子怀乡、游宦无成、人生无常、及时行乐，等等，看来非一人一时之作。这一组诗，艺术成就很高，历来为人称赞，刘勰在《文心雕龙》中誉之为“五言之冠冕”，钟嵘在《诗品》中则称之为“一字千金”。这19首诗，奠定了五言诗的基础。《古诗十九首》最大的特征是长于抒情，在抒情时不采用直接抒议的办法，而是往往辅以其他手段，或融情入景，或借景传情，情景交融，这是中国以后的成功的抒情诗的最大特征，《古诗十九首》提供了很好的范例。如：

去者日以疏，来者日以亲。出郭门直视，但见丘与坟。古墓犁为田，松柏摧为薪。白杨多悲风，萧萧愁杀人。思还故里闾，欲归道无因。

——其十四

这首写游子思乡的诗，从“但见”以下接连5句借景抒情，写出长期漂泊的痛苦，欲归无路的烦恼，情景交融，准确无误地传达了感情。这是第一个特色。其次，采用神话传说，发挥想象，借用事物来烘托感情，显得生动自然。如：

迢迢牵牛星，皎皎河汉女。纤纤擢素手，札札弄机杼。终日不成章，泣涕零如雨。河汉清且浅，相去复几许。盈盈一水间，脉脉不得语。

——其十

这是借牛郎织女的神话故事，发挥想象，营造氛围。全诗只写想象中的银河两岸的风光，并点出织女的离愁，其中流溢一片愁绪，很自然地传达出男女离别之情、相思之苦。末二句尤觉委婉缠绵，情寓景中，情景交融，水乳难分，含蕴不尽。再次，善用比兴手法，映衬烘托。游国恩等主编的《中国文学史》中称其：“着墨不多，而言近旨远，语短情长，含蓄蕴藉，馀味无穷。例如‘胡马依北风，越鸟巢南枝’，‘浮云蔽白日，游子不顾反’（‘行行重行行’），‘南箕北有斗，牵牛不负轭’（‘明月皎夜光’）等句都是。尤其温丽清新、自然贴切，富于‘风’、‘骚’意味的莫过于‘涉江采芙蓉’、‘冉冉孤生竹’、‘庭中有奇树’等首。‘冉冉孤生竹’既以孤竹结根于泰山起兴，又以菟丝附于女萝为比，下面‘伤彼蕙兰花，含英扬光辉；过时而不采，将随秋草萎’四句，则是比中之比，层出不穷，既有新婚少妇光华艳丽的形象，又有草木零落，美人迟暮的感慨，深沉含蓄，而不尽之情自在言外。”最后，语言自然、精练。游国恩等主编的《中国文学史》还指出《古诗十九首》的另一个特点是“语言不假雕琢，浅近自然，但又异常精练，含义丰富，十分耐人寻味……例如说‘相去日已远，衣带日已缓’（‘行行重行行’），‘同心而离居，忧伤以终老’（‘涉江采芙蓉’），‘置书怀袖中，三岁字不灭。一心抱区区，惧君不识察’（‘孟冬寒气至’），一种真挚深厚的感情可以想见。‘洛中何郁郁，冠带自相索’（‘青青陵上柏’），官僚们钻营驰逐的情况可以想见。‘不念携手好，弃我如遗迹’（‘明月皎夜光’），失望的心情可以想见。写景如‘四顾何茫茫，东风摇百草’（‘回车驾言迈’），‘回风动地起，秋草萋已绿’（‘东城高且长’），叠字如‘青青河畔草’和‘迢迢牵牛星’，双关如‘客从远方来’的‘著以长相思，缘以结不解’，都是语言方面的特点。”

《古诗十九首》的高度艺术成就，标志着五言诗已经完全成熟。在这些诗中，突出了世俗感性生命的欲望与对爱情的渴求，突破了从汉武帝以来的董氏儒学正统意识形态的束缚，张扬人性，逐渐远离儒家诗教，对后世产生了很大影响。

另外，还有一组标明苏武、李陵的五言诗，通称“苏李诗”，但明显是后人伪托的，其产生年代与《古诗十九首》相去不远，风格也近似，清人王士祯在《渔洋诗话》中说："河梁之作与十九首同一风味。"

第五，创立了杂言诗歌行体。我们在前边举过的例子如《上邪》《有所思》《病妇行》《孤儿行》《东门行》《战城南》等，都是杂言诗，还有后边加"行"字的歌行体，后来在唐代得到了极大的发展，出现了不少著名诗篇。

第六，开启寓言诗的创作，开创后世的象征诗。最典型的莫过于《枯鱼过河泣》：

> 枯鱼过河泣，何时悔复及。
> 作书与鲂鲊，相教慎出入。

这首诗设想奇幻，鱼干（枯鱼）不仅会哭泣，而且还会写信给其他鱼，真是匪夷所思。更重要的还在于其象征意义，诗里一定有所影射和寄托，这给诗蒙上了一层神秘色彩，赋予了深沉的蕴涵。其他如《乌生》《古绝句四首》等，都有相似情况。

第七，突破常规用韵。这以《江南》一诗最为典型：

> 江南可采莲，莲叶何田田。鱼戏莲叶间，鱼戏莲叶东，鱼戏莲叶西，鱼戏莲叶南，鱼戏莲叶北。

这首诗前两句是严格叶韵的，放宽一些，第三句也算叶韵，但后边四句不叶韵，然而读起来一点也不拗口别扭，关键是后边几句构成了一组排比句，末尾的字虽不叶韵，却密切关联，同为方位词，所以读起来非常顺畅。这首诗情绪欢畅轻快，也为古代诗歌中少有。

第三编　为伊消得人憔悴

第一章　对建安前的回顾

建安是东汉最后一个皇帝献帝的年号，从公元196年至220年共25年。建安年间，在我国诗歌发展史上，出现了第一个文人创作高潮，作者之多与质量之高，都是空前的。这个高潮的来临，不是突然之间冒出来的，而是有其必然原因。

东汉立国之初，继承了汉武帝独尊儒术的思想，大力提倡今文派经学与谶纬之学，整个学术文化领域充满了愚妄和迷信。其实，当时的儒学早不是孔孟的儒学，而是在儒学的外衣遮盖下，脱离了真正的儒家经书，讲什么阴阳灾异，天人感应，专门伪造种种神秘妖异的预言，荒诞不经，迷信可笑。当然，越荒诞也就越容易被人看穿，东汉初年就出现了王充（27—约97），他著有《论衡》85篇，以朴素唯物主义的观点，有力地批判了当时统治者提倡的对于天道神权命运的迷信，对“华而不实、伪而不真”的文风也进行了尖锐的批判，并提出了自己的主张，对后来的文艺思想产生了极大影响。王充的朴素唯物主义思想，对当时的今文经学与谶纬之学产生了有力冲击。其实在西汉末年，就有以刘歆为代表的古文派经学已经对今文派进行揭发批判；同时庄学盛行，对董仲舒们的伪儒学也构成了很大冲击。王充的学识也不是凭空而来，是在古文经派与庄学对董仲舒儒术的批判中发展起来的。当然，这些只是在思想学术上的冲击，还有更大的冲击在后边。汉灵帝中平元年（184）发生了声势浩大的黄巾起义，从根本上动摇了东汉皇朝的统治。这场大规模的农民起义虽然被镇压下去了，但作为统一的汉皇朝已不复存在，两汉的政治制度与经学体系双双崩溃。在政治制度方面，地方军阀割据，中央则先有董卓后有曹操“挟天子以令诸侯”，皇帝成为傀儡。在经学体系方面，作为统治思想的董氏儒学也被彻底冲垮了。以上还是外部条件，从文学发展的内部条件来看，也逐渐成熟。由于西汉时辞赋与散文兴盛发展，经学再也无法对其限制包容了。到东汉，开始出现了“文章”的概念，文学从经学中分离出来，不再是经学的附庸，而是与经学平等并列，《后汉书》在《儒林传》之外，特立《文苑传》，经学家入《儒林传》，文章家入《文苑传》，大大提高了文章家的地位。汉灵帝光和六年（183）立鸿都门学，这是一所国立高等学府，专习辞赋书画，学生由州、郡和三公举送，多至千人，出校后都授予高级官职，文人地位得到很大提高。范文澜在《中国通史简编》中曾指出，汉灵帝在政治上是个昏君，在文学艺术上却是个有力的变革者，建安文学“以情纬文，以文被质”（《宋书·谢灵运传》）的新气象，是在他代表的变革派的努力下出现的。还说：“东汉辞质，建安文华，鸿都门下诸生其转易风气关键欤！”（《文心雕龙·时序》范文澜注）。东汉末年，政治集团演变成了文人集团，政治上的领袖人物成了文坛上的领袖，在他们的倡导之下，文人焕发出了很大的创作热情。从文化文学本身的条件来看，经过由秦至两汉400年的发展变化，一切条件也都具备了。第一，天下统一，南北文化交流加强。第二，秦汉都有过大规模的人口迁移，促进了南北融合。第三，汉初曾大收天下篇籍，使诸子百家的学说得以流传。第四，汉代学宫的建立，加速了人才培养与文化交流。第五，与匈奴交往以及通西域，吸收了外族文化。在楚文化与北方文化的交汇融合下，产生了汉乐府。同时，五言诗到东汉末年也由萌芽发展至完全成熟。两汉诗人虽然不多，但毕竟有人在写诗，特别是一些名望较高的人如班固、张衡等都写了好几首诗，这对后人不能不说是一种鼓励，对文人写诗风气的形成起到了促进作用。还有很重要的一点，根据马尔库塞在《爱欲与文明》中提出的，各种文明诞生之前都是被压制的。我想这完全适用于建安时期文人创作高潮的出现。从秦到东汉末，残酷的压制是有目共睹的，秦始皇采用的是暴力摧残文化，汉武帝采用的是倡导董氏伪儒学来钳制文人的思想，最后，终于产生了巨大的反作用，把压制的力量冲得粉碎。压制的力量愈强大愈久长，反抗的力量也愈强大，反作用的力量常常与作用的力量成正比，一有机会就会突然爆发。由于人性长期受到压制，到建安时期，一股追求个体精神自由、要求高扬人性的力量如同火山爆发一样喷薄而出，形成无比壮丽、灿烂的景象。

第二章 诗歌勃兴的建安时期

建安时期迎来了我国文学史上第一个文人创作的高潮，涌现出了大量的作家和作品，各种文体都得到了发展，尤其是诗歌方面，打破了两百年沉寂的局面，在体裁上，五言诗开始兴盛，七言诗也在这时奠定了基础，在内容上形成“汉魏风骨”。这个时期的文学以曹魏集团为中心，与之鼎立的蜀汉和孙吴集团在文学上成就都不高，在诗歌方面尤其如此。建安十八年（213），曹操封魏公，都邺（今河北临漳），于是邺便成了以曹氏父子为核心的文人集团的聚会、活动地。这个邺下文人集团主要包括曹氏父子和“建安七子”，这是中国文学史上第一个文人团体。

第一节　曹氏父子

一、曹操

曹操（155—220），字孟德，沛国谯（今安徽亳州附近）人。父亲曹嵩是宦官曹腾的养子，官至太尉。曹操凭借家庭的势力，年满20即举孝廉，步入官场。黄巾起义时，他参与镇压。董卓之乱中，他加入了讨卓联军。在战斗中，建立了军事力量。公元196年，他奉汉献帝迁都许昌，改元“建安”，自任大将军和丞相，从此挟天子以令诸侯，成为北方的实际统治者。他招纳人才，主张“唯才是举”，不注重外在名节，看重一个人的真才实学，这对儒家重视虚名的传统观点是一种有力的冲击。在他招纳的人才中，除军事政治人才外，还有大批文士，形成了一个文学中心。他“外定武功，内兴文学”，不仅是一个杰出的政治家、军事家，同时也是一位杰出的诗人，是建安文学新局面的开拓者和领导者。曹操戎马倥偬，横槊赋诗，以诗写所见所闻，以诗表达抱负、吐露情怀，不受束缚，真情流露。沈德潜在《古诗源》中称其诗“沈雄俊爽，时露霸气”。后世盛赞的“建安风骨”，也主要体现在曹操诗中。他存诗20馀首，有四言诗、五言诗和杂言，全用乐府古题。

我们知道，我国第一部诗总集《诗经》的基本形式是四言体。这以后，虽然陆续有人写四言诗，但都不很出色。曹操四言诗虽不多，但写得很成功，最著名的是《短歌行》：

对酒当歌，人生几何！譬如朝露，去日苦多。
慨当以慷，忧思难忘。何以解忧？唯有杜康。
青青子衿，悠悠我心。但为君故，沉吟至今。
呦呦鹿鸣，食野之苹。我有嘉宾，鼓瑟吹笙。
明明如月，何时可掇？忧从中来，不可断绝。

越陌度阡，枉用相存。契阔谈宴，心念旧恩。
月明星稀，乌鹊南飞。绕树三匝，何枝可依?
山不厌高，海不厌深。周公吐哺，天下归心。

这是《短歌行》之一，其中大段引用了《诗经》中的《郑风·子衿》，这原是一首情诗，曹操在引用时，对它进行了改造，变成对人才的渴求。在诗的结尾，他自比周公。尽管有不少人把曹操定为法家，但从这首诗里，我们看到他思想上有很深的儒家烙印。虽然曹操很希望成为周公式的“治世之能臣”，但他生于乱世，最终却成了“乱世之奸雄”。还有其二（周西伯昌），是一首咏史诗，是颂赞周文王和齐桓公的，无疑这是两个他最向往的历史人物，他渴望自己有朝一日也能成为那样的人物。另有一首《步出夏门行》，其中四章全为四言体：

一章《观沧海》：

东临碣石，以观沧海。水何澹澹，山岛竦峙。
树木丛生，百草丰茂。秋风萧瑟，洪波涌起。
日月之行，若出其中；星汉灿烂，若出其里。
幸甚至哉，歌以咏志。

二章《冬十月》：

孟冬十月，北风徘徊。天气肃清，繁霜霏霏。
鹍鸡晨鸣，鸿雁南飞。鸷鸟潜藏，熊罴窟栖。
钱镈停置，农收积场。逆旅整设，以通贾商。
幸甚至哉，歌以咏志。

三章《河朔寒》：

乡土不同，河朔隆寒。流澌浮漂，舟船行难。
锥不入地，蘴籁深奥。水竭不流，冰坚可蹈。
士隐者贫，勇侠轻非。心常叹怨，戚戚多悲。
幸甚至哉，歌以咏志。

四章《龟虽寿》：

神龟虽寿，犹有竟时。腾蛇乘雾，终为土灰。
老骥伏枥，志在千里；烈士暮年，壮心不已。
盈缩之期，不但在天；养怡之福，可得永年。
幸甚至哉，歌以咏志。

在曹操以后，虽然也还有人写四言诗，但没有很出色的，因此，我们可以说四言诗在曹操笔下发展到了极致，四言诗至此攀上了一个新的高峰，此后四言诗几成绝响，间或有之，也未见有可观的诗篇。曹操的创作，成为四言诗光辉的总结，为中国诗史上的四言诗画上了一个圆满的句号。这是曹操最大的贡献。在五言诗和杂言诗的创作上，曹操多用乐府古题以抒写当时的情景，如《薤露行》《蒿里行》都是当时历史的实录，具有诗史性质。他怀着统一天下、建立不朽功业的雄心，感慨良多，形成了慷慨悲凉、深沉雄壮的风格。他用五言形式，写出不少很成功的作品，例如：

惟汉二十世，所任诚不良。
沐猴而冠带，知小而谋强。
犹豫不敢断，因狩执君王。
白虹为贯日，己亦先受殃。
贼臣持国柄，杀主灭宇京。

荡覆帝基业，宗庙以燔丧。
播越西迁移，号泣而且行。
瞻彼洛城郭，微子为哀伤。

——《薤露行》

关东有义士，兴兵讨群凶。
初期会孟津，乃心在咸阳。
军合力不齐，踌躇而雁行。
势利使人争，嗣还自相戕。
淮南弟称号，刻玺于北方。
铠甲生虮虱，万姓以死亡。
白骨露于野，千里无鸡鸣。
生民百遗一，念之断人肠。

——《蒿里行》

这两首诗真实记录了东汉末年这一段动乱的历史，前一首写何进谋诛宦官失败，导致董卓之乱，京城洛阳被焚，董卓逼献帝西迁长安。后一首写关东各州郡合兵讨伐董卓，然联军各怀异心，战事失败，中原遭劫，致使战祸连年，大批百姓惨死，展现了一幅生动的历史画卷。曹操的诗，气魄宏大，感情沉郁，形成了慷慨悲凉、深沉雄壮的格调，被称为“建安风骨”。他采用乐府古题来写当时的时事，反映社会现实，这在乐府诗中前所未有，为乐府诗的发展，做出了贡献。另外，我们在前边引的《观沧海》，是我国诗歌史上第一首完整的山水诗。

在政治上和军事上，曹操工于心计、善于权谋，可以说是一个奸诈小人；然而在文学上，我们不能不承认他确确实实是一位高大的巨人。

二、曹丕

曹丕（187—226），字子桓，曹操次子。依靠其父曹操的势力，建安十六年（221）任五官中郎将、副丞相。建安二十二年立为魏太子。建安二十五年（220）嗣位为丞相，袭封魏王。同年冬受“汉禅”称帝，在位7年，死后谥魏文帝。他博学多识，勤于著述，重视文学创作，为邺下文人集团的核心人物。他的诗歌创作形式多样，而以五言体与七言体成就较高。他的诗有相当一部分沿用民歌题材，善写游子思乡、思妇怀远之情，语言也带有明显的民歌特点，通俗流畅，写得比一般民歌精致。他工于言情，写得细腻，抒发感情，以委婉细致见长。沈德潜在《古诗源》中说：“子桓诗有文士气，一变乃父悲壮之习矣。要其便娟婉约，能移人情。”其诗以七言《燕歌行》二首最为著名：

秋风萧瑟天气凉，草木摇落露为霜。群燕辞归雁南翔，念君客游思断肠。慊慊思归恋故乡，君何淹留寄他方。贱妾茕茕守空房，忧来思君不敢忘。不觉泪下沾衣裳，援琴鸣弦发清商。短歌微吟不能长，明月皎皎照我床。星汉西流夜未央，牵牛织女遥相望，尔独何辜限河梁？

——其一

别日何易会日难，山川悠远路漫漫。郁陶思君未敢言，寄声浮云往不还。涕零雨面毁容颜，谁能怀忧独不叹。展诗清歌聊自宽，乐往哀来摧肺肝。耿耿伏枕不能眠，披衣出户步东西，仰看星月观云间。飞鸧晨鸣声可怜，留连顾怀不能存。

——其二

这是我国诗史上保留完整的最早的七言诗，张衡的《四愁诗》尚有明显的楚歌痕迹，而曹丕的《燕歌行》已是比较成熟的七言诗，为七言诗的发展奠定了坚实的基础。

曹丕的另一大贡献就是开创文学批评的风气，大大提高了文学的社会地位，他在《典论·论文》中提出："盖文章，经国之大业，不朽之盛事。年寿有时而尽，荣乐止乎其身，二者必至之常期，未若文章之无穷。"他把包括诗、赋在内的"文章"提高到与传统经典同样高的地位，从此，文士写诗由不自觉到自觉，写诗不是偶尔为之，而是当作一项事业来做，从而推动了后世诗歌创作的繁荣。同时，他还提出了"诗赋欲丽"的主张，从理论上把文学作品与经学和实用文章（如奏章、文告等等）区分开来。《典论·论文》还开启了文学批评的风气，后代多如牛毛的诗话、词话之类，实发端于此，而众多的诗话、词话又大大推动了诗词创作。

三、曹植

曹植（192—232），字子建，曹丕同母弟。他是建安时期最负盛名的文学家，《诗品》称之为"建安之杰"。他自幼聪明，才华出众，受到其父曹操的赏识，曾考虑立他为太子，因此引发他和曹丕围绕继承权的一场明争暗斗。但最终由于他"任性而行，不自雕励，饮酒不节"，缺乏政治家的才干而失败。曹操死后，他受到曹丕的忌恨，虽名为王侯，行动却不得自由，还动辄获咎，形同囚徒。曹丕死后，曹叡继位，他的处境虽有改善，但仍得不到信任，未能重用，空怀壮志，无从施展，终于郁郁而死。他的诗流传至今的有80多首，其馀辞赋、散文完整的与残缺不全的有40馀篇，从作品的数量来说，是空前的。在曹植的诗中，五言诗占60多首，是中国诗史上第一个致力于写五言诗的人，量多质高，把五言诗提高到一个新的水平，为两晋南北朝时五言诗的发展与诗人辈出起了先导作用。南朝的文人对他推崇备至，且多溢美之词，钟嵘在《诗品》中誉之为“文章之圣”，因为《诗品》中所录“止乎五言”，因此，这里实际是说曹植是五言诗之圣。他称曹植的五言诗“骨气奇高，词采华茂，情兼雅怨，体被文质，粲溢今古，卓尔不群。嗟乎！陈思之于文章也，譬人伦之有周孔，鳞羽之有龙凤……”。谢灵运则说：“天下才共有一石，曹子建独得八斗，我得一斗，自古及今同用一斗，奇才敏捷，安有继之？”（见李翰《蒙求集注》引）这就是成语“才高八斗”的出典。今天看来，这样的评价都不仅言过其实，简实有些胡言乱语，明显把曹植拔高了。不过当时五言诗形成不久，好诗还不多，少见多怪，也是难免的。单从五言诗来说，曹植的作品在当时确实算得上顶级。曹植在当时五言诗的领域里，确实可以说前无古人，但说“安有继之”，实在太过分了。只能说空前（这也只限于五言诗），但决不能说“绝后”，社会总是在不断进步的，后人必然会超过前人，事实也确实如此，不要说唐代的李白、杜甫，就是王维等人也远远超过曹植。

曹植的五言诗最大的特色就是富有个性特色，在公元220年以前，他因深得其父宠爱，生活优裕，因此在诗中更多地抒发个人的志向与抱负，也有少量反映当时现实社会的作品，现存有《送应氏》与《秦山梁甫行》两篇。其中《送应氏》更为出色：

步登北邙阪，遥望洛阳山。
洛阳何寂寞，宫室尽烧焚。
垣墙皆顿擗，荆棘上参天。
不见旧耆老，但睹新少年。
侧足无行径，荒畴不复田。
游子久不归，不识陌与阡。
中野何萧条，千里无人烟。
念我平常居，气结不能言。

——二首其一

洛阳是东汉的都城，曾经繁华无比，但经过董卓之乱，成了一片废墟。“千里无人烟”，这实际上已远远超出洛阳，而是整个汉末社会的一个缩影。220年以前曹植的代表作有《名都篇》《白马篇》《虾槫篇》《薤露篇》等，我们先来看看《白马篇》：

白马饰金羁，连翩西北驰。
借问谁家子，幽并游侠儿。
少小去乡邑，扬声沙漠垂。
宿昔秉良弓，楛矢何参差。
控弦破左的，右发摧月支。
仰手接飞猱，俯身散马蹄。
狡捷过猴猿，勇剽若豹螭。
边城多警急，胡虏数迁移。
羽檄从北来，厉马登高堤。
长驱蹈匈奴，左顾凌鲜卑。
弃身锋刃端，性命安可怀？
父母且不顾，何言子与妻？
名编壮士籍，不得中顾私。
捐躯赴国难，视死忽如归。

这是一首写游侠的诗，描写今河北、山西一带的游侠少年武艺高超、斗志昂扬，充满爱国主义精神，能公而忘私，视死如归：“捐躯赴国难，视死忽如归。”作者正是通过这样一位英勇的少年来寄托理想，观照自身。在曹植看来，建功立业是第一位的，文学创作只是“雕虫小技”；他本不甘心仅仅成为诗人，但在争夺继承人的斗争中失败了，最终在政治上无所作为，只能仅仅成为诗人，这是曹植的悲哀。再来看他的《薤露篇》：

天地无穷极，阴阳转相因。
人居一世间，忽若风吹尘。
愿得展功勤，输力于明君。
怀此王佐才，慷慨独不群。
鳞介尊神龙，走兽宗麒麟。
虫兽犹知德，何况于士人？
孔氏删诗书，王业粲已分。
骋我径寸翰，流藻垂华芬。

《薤露》原为乐府古题，与《蒿里》并为丧歌，据崔豹《古今注》曰："言人命奄忽，如薤上露，易晞灭也。"今存汉乐府《薤露》："薤上露，何易晞？露晞明朝更复落，人死一去何时归！"情调比较哀伤，曹植运用乐府古题，大胆进行改造，从人生短促，引发出要积极进取，及时建功立业，化消极哀悼为奋发向上。

公元220年，曹操逝世，曹丕继位。由于兄弟二人曾明争暗斗，争夺太子位，因此曹丕对他很不放心，处处防范，凡与他亲近的人都遭到迫害，为此他极度痛苦，诗风发生了变化，充满怨恨失望与痛苦，向往自由生活，为白白消耗生命而悲哀。这时的代表作有《吁嗟篇》《野田黄雀行》《美女篇》《赠白马王彪》《杂诗七首》《七哀诗》等。

高树多悲风，海水扬其波。
利剑不在掌，结友何须多？
不见篱间雀，见鹞自投罗。
罗家得雀喜，少年见雀悲。
拔剑捎罗网，黄雀得飞飞。

飞飞摩苍天，来下谢少年。

——《野田黄雀行》

美女妖且闲，采桑歧路间。
柔条纷冉冉，落叶何翩翩。
攘袖见素手，皓腕约金环。
头上金爵钗，腰佩翠琅玕。
明珠交玉体，珊瑚间木难。
罗衣何飘摇，轻裾随风还。
顾盼遗光采，长啸气若兰。
行徒用息驾，休者以忘餐。
借问女安居，乃在城南端。
青楼临大路，高门结重关。
容华耀朝日，谁不希令颜？
媒氏何所营？玉帛不时安。
佳人慕高义，求贤良独难。
众人徒嗷嗷，安知彼所观？
盛年处房室，中夜起长叹。

——《美女篇》

南国有佳人，容华若桃李。
朝游江北岸，夕宿潇湘沚。
时俗薄朱颜，谁为发皓齿。
俯仰岁将暮，荣耀难久恃。

——《杂诗七首》其四

我们看到，曹植在诗中，或借黄雀或托美人抒发自己对自由的向往，吐露怀才不遇的悲愤，写出美人迟暮的哀婉。这时他虽然处境很坏，但仍然不死心，渴望能建功立业，并不甘心一辈子只在写诗作赋中度过。他的五言诗原脱胎于汉乐府，但有很大的发展与创造，使五言诗脱离乐府而成为一种独立的诗体，为五言诗的发展开辟了道路。曹植借用乐府的形式抒发自己的感情，使之具有鲜明的个性，与汉乐府那种叙事成分比较浓和个性不明显的情况完全不同。他的五言诗，辞藻丰富华美，“骨气奇高”与“词采华茂”密切结合，改变了汉乐府古朴的风格。他的五言诗很少平铺直叙，大多结构精致，运用比喻对偶，注重炼字，语句警策。他的五言诗中有较多的自然景物的描写，这在汉代民间乐府中很难见到。由于曹植的努力，使五言诗走向成熟。曹氏父子三人，在三个不同领域里做出了杰出的贡献，为中国诗的发展开辟了一条宽广的大道。

第二节　建安七子

建安七子指孔融、王粲、陈琳、阮瑀、徐干、应玚、刘桢七人。其中孔融（153—208）年辈较高，比曹操还大两岁。他学识渊博，才智过人，性情孤傲，对曹操阴怀篡逆之心常借题嘲讽、挖苦，为曹操所忌恨，终为曹操所杀。他与其馀六人依附于曹操不同，其实孔融不是邺下文人集团中的成员。

在邺下文人集团中，成就最大的是王粲。王粲（177—217），字仲宣，山阳高平（今山东邹城西南）人。少有才气，博闻多识，曾为蔡邕器重。年轻时避乱荆州多年，未被刘表重视，后投奔曹操，深得重用，官至侍中。他的诗文辞赋都很有成就，刘勰在《文心雕龙》中誉之为“七子之冠冕”。他的《登楼赋》很有名，是在荆州登麦城城楼所作，写羁旅的愁思和怀才不遇的悲哀。全赋篇幅短小，语言精美，多用骈句，写景与抒情紧密结合，开魏晋抒情小赋的先声。王粲的代表作是《七哀诗》三首，今录两首于下：

西京乱无象，豺虎方遘患。
复弃中国去，委身适荆蛮。
亲戚对我悲，朋友相追攀。
出门无所见，白骨蔽平原。
路有饥妇人，抱子弃草间。
顾闻号泣声，挥涕独不还。
未知身死处，何能两相完？
驱马弃之去，不忍听此言。
南登霸陵岸，回首望长安。
悟彼下泉人，喟然伤心肝。

——其一

荆蛮非我乡，何为久滞淫。
方舟溯大江，日暮愁我心。
山冈有馀映，岩阿增重阴。
狐狸驰赴穴，飞鸟翔故林。
流波激清响，猴猿临岸吟。
迅风拂裳袂，白露沾衣襟。
独夜不能寐，摄衣起抚琴。
丝桐感人情，为我发悲音。
羁旅无终极，忧思壮难任。

——其二

前一首写从关中到荆州的一路见闻，军阀混战，造成人民流离失所，弃尸野外，惨不忍睹。诗中把自身的不幸与当时人民大众的苦难结合起来，感人至深。第二首作于荆州，与《登楼赋》内容相似。这两首诗很注重整体布局，也重视锻炼诗句，辞采华丽，对仗工整，音韵和谐，穿插典型细节，具体生动，为五言诗的艺术提高做出了贡献。

其他如陈琳的《饮马长城窟行》与阮瑀的《驾出北郭门行》均较为出色，对后世也颇有影响。

第三节　七子以外的诗人

当时，除七子之外，有名的诗人还有蔡琰、繁钦、缪袭、应璩等人。其中，蔡琰是汉末著名文学家蔡邕之女，字文姬，以字行，通常称蔡文姬。汉末军阀混战中，她被董卓的军队掳走，后流落塞外，嫁南匈奴左贤王，滞留12年，生二子。曹操与蔡邕为旧交，念邕无后，遂出重金赎回，重嫁士人董祀。在她名下有诗三篇，即五言体《悲愤诗》、骚体《悲愤诗》和《胡笳十八拍》。但能确定是她作品的却只有五言《悲愤诗》一篇。即使只凭此一篇也足以表明她是我国古代一位杰出的女诗人。《悲愤诗》是一首长篇抒情诗，共108行，540字：

汉季失权柄，董卓乱天常。
志欲图篡弑，先害诸贤良。
逼迫迁旧邦，拥主以自强。
海内兴义师，欲共讨不祥。
卓众来东下，金甲耀日光。
平土人脆弱，来兵皆胡羌。
猎野围城邑，所向悉破亡。
斩截无孑遗，尸骸相撑拒。
马边悬男头，马后载妇女。
长驱西入关，迥路险且阻。
还顾邈冥冥，肝脾为烂腐。
所略有万计，不得令屯聚。

或有骨肉俱，欲言不敢语。
失意几微间，辄言毙降虏。
要当以亭刃，我曹不活汝。
岂复惜性命，不堪其詈骂。
或便加棰杖，毒痛参并下。
旦则号泣行，夜则悲吟坐。
欲死不能得，欲生无一可。
彼苍者何辜，乃遭此厄祸。
边荒与华异，人俗少义理。
处所多霜雪，胡风春夏起。
翩翩吹我衣，肃肃入我耳。
感时念父母，哀叹无穷已。
有客从外来，闻之常欢喜。
迎问其消息，辄复非乡里。
邂逅徼时愿，骨肉来迎已。
己得自解免，当复弃儿子。
天属缀人心，念别无会期。
存亡永乖隔，不忍与之辞。
儿前抱我颈，问母欲何之？
人言母当去，岂复有还时！
阿母常仁恻，念何更不慈？
我尚未成人，奈何不顾思。
见此崩五内，恍惚生狂痴。
号泣手抚摩，当发复回疑。
兼有同时辈，相送告离别。
慕我独得归，哀叫声摧裂。
马为立踟蹰，车为不转辙。
观着皆歔欷，行路亦呜咽。

去去割情恋，遄征日遐迈。
悠悠三千里，何时复交会？
念我出腹子，胸臆为摧败。
既至家人尽，又复无中外。
城郭为山林，庭宇生荆艾。
白骨不知谁，从横莫覆盖。
出门无人声，豺狼号且吠。
茕茕对孤景，怛咤糜肝肺。
登高远眺望，魂神忽飞逝。
奄若寿命尽，旁人相宽大。
为复强视息，虽生何聊赖。
托命于新人，竭心自勖历。
流离成鄙贱，常恐复捐废。
人生几何时，怀忧终年岁。

诗人在这里用饱含血泪的笔，记叙了自身的一段痛苦经历。诗中记述了她被掳入胡直到被赎回国的经历，将胡兵的残暴、人民的悲惨与自身的痛苦，写得淋漓尽致，用血泪绘成了一幅历史画卷，感人至深。后来，杜甫的《咏怀》《北征》等名作，都在一定程度上受其影响。

第三章　稳步前进中的曹魏、西晋诗歌

第一节　正始文学

曹魏前期，还是建安馀波。风气发生变化，是在正始以后，称为“正始文学”。“正始”是废帝曹芳的年号，由公元240年至249年，但通常说的“正始文学”，不仅仅指这9年之内，而是包括由此至魏亡（265）20多年的时间。这时，政治形势严酷，司马懿用政变手段诛杀共同辅政的曹爽后，独揽朝政，控制曹魏政权，后其子司马师、司马昭相继执政，更加专横，加紧篡权，酝酿朝代更替，以至“司马昭之心，路人皆知”。为了扫清篡政夺权的障碍，他们大量杀戮异己，造成恐怖的气氛，当时许多著名文人因不合司马氏的心意而惨遭杀害，以至“天下名士，少有全者”。同时，司马氏为掩饰自己的行为，并为夺取政权制造舆论，竭力提倡儒家的礼法，造成严重的道德虚伪现象。士人们以其清醒、敏感和理智，面对恐怖与虚伪的现实，内心十分悲痛，又无力改变，因此异常痛苦，采取了消极对抗。他们崇老庄以反对虚伪的礼法，导致玄学开始盛行，主张“越名教而任自然”，倡导精神自由，于是出现了“正始名士”与“竹林七贤”，前者成就主要在哲学方面，我们在这里不谈，后者才是我们要研究的对象。“竹林七贤”指阮籍、嵇康、山涛、王戎、向秀、刘伶、阮咸七人，其中以阮籍、嵇康的文学成就最高，是我们要重点探讨的对象。

一、阮籍

阮籍（210—263），字嗣宗，陈留尉氏（今河南开封）人，为建安七子中阮瑀之子。早年“好《诗》《书》”，又“博览群籍，尤好《庄》《老》”。为人狂放不羁，任情自适，鄙弃礼法。他生活在魏晋易代之际，看到官场的黑暗与危机四伏。但为保全自身，又不能不时时应付统治者的拉拢，与当权者采取若即若离的态度，有时不得不应召任职。晚年当过步兵校尉，故世称“阮步兵”。为避免卷入政治漩涡，他采用醉酒佯狂来躲避。阮籍年轻时“有济世之志”，但在黑暗的现实中，宏愿难酬，还要时时小心避祸，内心的痛苦可想而知。于是他到玄学里去寻求解脱，去寻求个性自由。尽管如此，他的骨子里却有一种磨灭不掉的儒家的入世精神，始终丢不下“济世之志”。然而在他身上这又与庄子的自由不羁、高洁雄视的精神结合在一起，与当时污浊虚伪的现实形成了强烈的反差，产生了尖锐的矛盾冲突，难以实现其“济世之志”。这就构成了他诗中的沉郁、悲怆的基调。他的文学成就主要是《咏怀诗》，其中四言诗13首，五言诗82首。他的82首五言诗《咏怀诗》十分著名，对后世影响很大。这些诗反映了他的政治思想、生活态度，特别是对人生的反复思考。由于当时处境险恶，他不敢直言，只有用隐蔽的象征手法来表达思想情感，用笔曲折，含蕴隐约，以至与他时代比较接近的钟嵘在《诗品》里感叹道：“厥旨渊放，归趣难求。”形成了中国诗史上最早的“朦胧诗”，增加了几分神秘感。以后学他的人很多，最成功的应推唐代陈子昂与张九龄的《感遇》。

一题之下82首诗，第一，这规模是空前的，这样大规模的组诗就是一大发展。第二，这82首诗，虽然内容不同，但贯穿着对人生问题的思考，对生命价值的探索，都带有较深的哲理性，视野开阔，内涵深沉，使中国古代的抒情诗摆脱了民歌的浅近，显得旨远情深，变浅近为厚重。第三，运用象征手法，曲折含蕴，扑朔迷离，隐约缥缈，令人有一种恍惚朦胧之感，诱导人们去反复体味，不断思索，言有尽而意无穷，含不尽之意于言外。第四，抒发忧愤伤时之情，受其影响，这些常见于后世文人的笔下。第五，借古喻今，赋予咏史诗以新的现实的内容。总之，阮籍的82首《咏怀诗》在中国诗歌发展史上有着重要的地位，我们在这里，不可能把这82首诗全部抄录下来，只能略举一些以见一斑：

夜中不能寐，起坐弹鸣琴。
薄帷鉴明月，清风吹我襟。
孤鸿号外野，翔鸟鸣北林。
徘徊将何见，忧思独伤心。

——其一

嘉树下成蹊，东园桃与李。
秋风吹飞藿，零落从此始。
繁华有憔悴，堂上生荆杞。
驱马舍之去，去上西山趾。
一身不自保，何况恋妻子。
凝霜被野草，岁暮亦云已。

——其三

昔闻东陵瓜，近在青门外。
连畛距阡陌，子母相钩带。
五色曜朝日，嘉宾四面会。
膏火自煎熬，多财为患害。
布衣可终身，宠禄岂足赖。

——其六

湛湛长江水，上有枫树林。
皋兰被径路，青骊逝骎骎。
远望令人悲，春气感我心。

三楚多秀士，朝云进荒淫。
朱华振芬芳，高蔡相追寻。
一为黄雀哀，泪下谁能禁。

——其十一

昔年十四五，志尚好诗书。
被褐怀珠玉，颜闵相与期。
开轩临四野，登高望所思。
丘墓蔽山冈，万代同一时。
千秋万岁后，荣名安所之。
乃悟羡门子，噭噭令自嗤。

——其十五

徘徊蓬池上，还顾望大梁。
绿水扬洪波，旷野莽茫茫。
走兽交横驰，飞鸟相随翔。
是时鹑火中，日月正相望。
朔风厉严寒，阴气下微霜。
羁旅无俦匹，俯仰怀哀伤。
小人计其功，君子道其常。
岂惜终憔悴，咏言著斯章。

——其十六

悬车在西南，羲和将欲倾。
流光耀四海，忽忽至夕冥。
朝为咸池晖，蒙汜受其荣。
岂知穷达士，一死不再生。
视彼桃李花，谁能久荧荧。

君子在何许，叹息未合并。
瞻仰景山松，可以慰吾情。

——其十八

西方有佳人，皎若白日光。
被服纤罗衣，左右佩双璜。
修容耀姿美，顺风振微芳。
登高眺所思，举袂当朝阳。
寄颜云霄间，挥袖凌虚翔。
飘飖恍惚中，流盼顾我傍。
悦怿未交接，晤言用感伤。

——其十九

于心怀寸阴，羲阳将欲冥。
挥袂抚长剑，仰观浮云征。
云间有玄鹤，抗志扬哀声。
一飞冲青天，旷世不再鸣。
岂与鹑鷃游，连翩戏中庭。

——其二十一

驾言发魏都，南向望吹台。
箫管有遗音，梁王安在哉。
战士食糟糠，贤者处蒿莱。
歌舞曲未终，秦兵已复来。
夹林非吾有，朱宫生尘埃。
军败华阳下，身竟为土灰。

——其三十一

一日复一夕，一夕复一朝。
颜色改平常，精神自损消。
胸中怀汤火，变化故相招。
万事无穷极，知谋苦不饶。
但恐须臾间，魂气随风飘。
终身履薄冰，谁知我心焦。

——其三十三

洪生资制度，被服正有常。
尊卑设次序，事物齐纪纲。
容饰整颜色，磬折执圭璋。
堂上置玄酒，室中盛稻粱。
外厉贞素谈，户内灭芬芳。
放口从衷出，复说道义方。
委曲周旋仪，姿态愁我肠。

——其六十七

从这些诗中我们看到，第一首表达的是生活在黑暗现实中内心的苦闷，看不到希望看不到出路，只有满腹忧思，伤心无限。第二首借自然景物的荣枯来象征曹魏政权的盛衰，值此司马氏专权谋篡之际，正直之士多遭横祸，自身难保，无力顾家。第三首写秦东陵侯召平在秦亡后失侯，于是种瓜于长安城东事，感叹富贵不长，不如平民生活安稳。第四首托言楚地，写魏主曹芳临幸平乐观，大将军司马师借口谓其荒淫无度，搞宫廷政变，废芳为齐王，迁之河内（今河南境内黄河以北地区），群臣送者皆为流涕。第五首回顾少时好学不倦，及至老大名利虚幻。第六首用隐晦曲折的词语写司马师为把持朝政，废曹芳为齐王，立年仅13岁的高贵乡公曹髦为魏主，作者深为时局担忧。第七首感叹时光匆促，人生无常，不由仰慕常青的松树。第八首运用象征比兴手法，写男女两情相悦，但无由交往接触，以表达自己壮志难酬、理想无法实现的苦闷。第九首写时光匆匆流失，自己建功立业的宏愿落空了，徒剩哀叹。这里用冲天哀鸣的玄鹤比喻自己，高洁孤傲，不与俗流合污。第十首借古喻今，写统治者享乐腐化，士兵生活艰苦，贤士得不到重用，统治者终致败亡。第十一首写时光匆促，不断更替，催人衰老；社会动荡不安，危机四伏，变幻无常，再多智谋也不足以应付，令人焦虑不堪，如胸怀汤火；社会的险恶，岁月的促迫，令人终身如履薄冰，灾祸与死亡，无法一一躲过，深刻揭示了诗人内心的焦虑与忧惧。第十二首揭露当时倡导儒家礼法的虚伪性。在现实中，司马氏处心积虑蓄谋篡政代魏，为夺取政权制造舆论，竭力提倡儒家的礼法，用礼法掩盖充满血腥的权力斗争。这首诗就是抨击这种道德的虚伪性，不过在当时恶劣的环境下不敢明写，只有曲折表达，蕴含不露。从上面的12首诗中，我们可以看到阮籍的《咏怀诗》题材广泛，表现手法多样，视野开阔，内涵深沉，使在学习汉乐府中形成的五言诗完全摆脱了对民歌的模仿。不错，曹植对五言诗的发展、成熟做出过很大贡献，但他的诗还常采用汉乐府古题，留有很多民歌痕迹，而在阮籍的82首《咏怀诗》中，完全消除了残留的民歌痕迹，五言诗至此完全摆脱民歌的影响而独立。

二、嵇康

嵇康（223—262），字叔夜，谯郡铚（今安徽宿县）人。他是魏宗室的姻亲，曾任魏中散大夫，世称“嵇中散”。他深受道教影响，崇尚老庄，并精通音乐。他与阮籍友好，同样反对虚伪的礼教，而且比阮籍更坚决、更激烈，在理论上形成体系，提出“越名教而任自然”（《释私论》）。他追求个性自由的思想，促进了文学特别是诗的发展。因为没有人性，不能突现个性，就不会产生真正的诗。在性格上他与阮籍不同，阮籍与司马氏若即若离，虚与周旋，以求自保；他却坚决不合作，而且“刚肠疾恶，轻肆直言，遇事便发”，缺乏自我保护意识，终于招来了杀身之祸。在钟会的怂恿下，司马昭借故杀了他。据说在临刑时，有太学生三千请愿，要求赦免他，并以他为师，可见他声望之高。他存诗61首和两个残篇。历来为人称道的是《赠兄秀才入军》18首和《幽愤诗》，都是四言，誉之者称赞这些诗“或矫健超迈，或清丽婉转，虽多仿效《诗经》的体格，而谋篇布局，独具匠心，传神写态，尤多会心独到之语”。就诗论诗，这些话说得原也不错，但与曹操的四言诗相比较，他却未能出其右，这倒不是嵇康的才情不够，而是四言诗到这时已是强弩之末了。他也写五言诗，跟阮籍一样，也摆脱了民歌的痕迹，但在内容上，他出世思想较浓，如《述志诗》二首，下面，我们来看看其中的第二首：

斥鷃擅蒿林，仰笑神凤飞。
坎井蝤蛙宅，神龟安所归。
恨自用身拙，任意多永思。
远实与世殊，义誉非所希。
往事既已谬，来者犹可追。
何为人事间，自令心不夷。
慷慨思古人，梦想见容辉。
愿与知己遇，舒愤启幽微。
岩穴多隐逸，轻举求吾师。
晨登箕山巅，日夕不知饥。
玄居养营魄，千载长自绥。

此诗反映了他的孤高，鄙视世俗，藐视“义誉”。他寻找知己，渴求隐居岩穴，修身养性。这些出于他对当时的现实极度不满所产生的思想，不能斥之为消极，这正是对黑暗现实的反抗。不过比起阮籍来，他在创作上的贡献不大，他的贡献在于他藐视虚伪的礼法，反对儒学传统，“非汤武而薄周孔”，追求个性自由，而诗的发展正有赖于人性的觉醒、个性的发展。在汉武帝接纳董仲舒的意见把儒家定为一尊后，儒家的礼法、名教就成为套在广大士人头上的紧箍，束缚思想，阻碍诗的发展。中国诗要得到发展，必须坚决扬弃董氏儒学思想，抗击司马氏倡导的虚伪礼教。在这方面，嵇康比阮籍更坚决、更彻底，因此也更能促使人性觉醒，对后世有很大影响。

三、反颓废的诗人

在魏末西晋初，文学上出现了一股衰颓之风，原因有三：一是司马氏篡魏之时，为排除异己，杀了不少著名文士，嵇康就是被司马昭杀害的。二是在司马氏的淫威下，有一部分文士屈服了，去依附他们，如“竹林七贤”中的山涛就是其中之一，司马氏对这些依附者既利用又不信任，时加迫害，使得这些依附者深感恐惧、苦闷，有一种没落感，反映到诗里必然是颓废的。三是在这样黑暗的社会里，大部分文士看不到希望，找不到出路，只能去招隐、游仙，并由悲叹人生到哀悼人死。同时，此时也出现了反颓废的诗人，写出了积极向上的诗，这就是傅玄和张华。

傅玄（217—278），字休奕，北地泥阳（今陕西铜川）人，仕魏、晋两代，出身寒微，晋初晋爵为子，累迁至侍中、御史中丞，转司隶校尉，性刚直，多有针砭时弊的谏议，史称他“性刚劲言直”，“谔谔当朝”，“使台阁生风，贵戚敛手”。他精通音乐，今存诗篇大多数是乐府，主要写男女爱情与妇女的不幸，语言比较朴素，诗风明显表现出由魏向晋的过渡。但他的诗大多数缺乏新意，感情也平弱，其中以《豫章行·苦相篇》较好：

苦相身为女，卑陋难再陈。

男儿当门户，堕地自生神。
雄心志四海，万里望风尘。
女育无欣爱，不为家所珍。
长大逃深室，藏头羞见人。
垂泪适他乡，忽如雨绝云。
低头和颜色，素齿结朱唇。
跪拜无复数，婢妾如严宾。
情合同云汉，葵藿仰阳春。
心乖甚水火，百恶集其身。
玉颜随年变，丈夫多好新。
昔为形与影，今为胡与秦。
胡秦时相见，一绝逾参辰。

这首诗写一个女子从出生、成长到出嫁和婚后的生活，以及年老色衰后，丈夫喜新厌旧，离开了她，反映了封建社会妇女的不幸。很明显，这是继承了汉乐府的传统。用乐府诗来反映现实，也正是对曹操乐府诗的继承。他其馀的乐府诗如《青青河畔草篇》《艳歌行·有女篇》《怨歌行·朝时篇》《明月篇》《车遥遥篇》《昔思君》等都还颇有情趣，艺术性也较高，取譬巧妙，情意缠绵，文辞婉转，开晋诗风气之先。

张华（232—300），字茂先，范阳方城（今河北固安西南）人。他是西晋的名臣，历任中书令、侍中、中书监等要职，官至司空，封壮武郡公。少时孤贫，尝一面牧羊一面读书，曾作《鹪鹩赋》寄意，为阮籍赏识，叹曰："王佐之才也！"他尽忠王室，奖掖后进，对西晋初年的政治清明、社会安定做出了很大贡献。他思想上不像傅玄那样有明显的儒家烙印，而较之开明，因此在文学创作上也较傅玄进步。他因拒绝与阴谋篡权的赵王伦及孙秀合作，而惨遭杀害。他为官清廉，身死之日，家无馀财，唯有大批书籍，而且多为世所罕见的珍奇图书。有《博物志》和《张司空集》传世。他诗中的反颓废内容为当时诗人所罕有，如著名的《轻薄篇》：

末世多轻薄，骄代好浮华。
志意既放逸，赀财亦丰奢。
被服极纤丽，肴膳尽柔嘉。
僮仆馀粱肉，婢妾蹈绫罗。
文轩树羽盖，乘马鸣玉珂。
横簪刻玳瑁，长鞭错象牙。
足下黄金履，手中双莫耶。
宾从焕络绎，侍御何芬葩。
朝与金张期，暮宿许史家。
甲第面长街，朱门赫嵯峨。
苍梧竹叶清，宜城九酝醝。
浮醪随觞转，素蚁自跳波。
美女兴齐赵，妍唱出西巴。
一顾倾城国，千金宁足多。
北里献奇舞，大陵奏名歌。
新声逾激楚，妙妓绝阳阿。
玄鹤降浮云，鲟鱼跃中河。
墨翟且停车，展季犹咨嗟。
淳于前行酒，雍门坐相和。
孟公结重关，宾客不得蹉。
三雅来何迟？耳热眼中花。
盘案互交错，坐席咸喧哗。
簪珥咸堕落，冠冕皆倾邪。
酣饮终日夜，明灯继朝霞。
绝缨尚不尤，安能复顾他？

留连弥信宿，此欢难可过。
人生若浮寄，年时忽蹉跎。
促促朝露期，荣乐遽几何？
念此肠中悲，涕下自滂沱。
但畏执法吏，礼防且切磋。

诗中把当时大贵族的腐化堕落赤裸裸地揭露了出来，在文学上影响很大，不难看出，唐人那些描写京城大贵族腐化堕落的诗都深受其影响。张华的5首《情诗》也很有名：

北方有佳人，端坐鼓鸣琴。
终晨抚管弦，日夕不成音。
忧来结不解，我思存所钦。
君子寻时役，幽妾怀苦心。
初为三载别，于今久滞淫。
昔耶生户牖，庭内自成阴。
翔鸟鸣翠偶，草虫相和吟。
心悲易感激，俯仰泪流衿。
愿托晨风翼，束带侍衣衾。

——其一

明月曜清景，昽光照玄墀。
幽人守静夜，回身入空帷。
束带俟将朝，廓落晨星稀。
寐假交精爽，觌我佳人姿。
巧笑媚欢靥，联娟眸与眉。
寤言增长叹，凄然心独悲。

——其二

清风动帷帘，晨月照幽房。
佳人处遐远，兰室无容光。
襟怀拥虚景，轻衾覆空床。
居欢惜夜促，在戚怨宵长。
拊枕独啸叹，感慨心内伤。

——其三

君居北海阳，妾在江南阴。
悬邈修涂远，山川阻且深。
承欢注隆爱，结分投所钦。
衔恩笃守义，万里托微心。

——其四

游目四野外，逍遥独延伫。
兰蕙缘清渠，繁华荫绿渚。
佳人不在兹，取此欲谁与？
巢居知风寒，穴处识阴雨。
不曾远别离，安知慕俦侣。

——其五

题名《情诗》为前所未有，这是一个大胆的举措，是对封建礼教的冲击。诗中表达了恩爱夫妻离别后，女子独守空闺，苦苦相思，抚琴消愁，不成音调；听户外鸟鸣虫吟，倍感悲戚；身入空帷，难以入眠，月照幽房，兰室无光，衾覆空床。想昔日居欢时常惜夜促，如今独宿悲戚怨恨宵长，抚枕独叹，感慨伤心。诗人用细腻的笔触，营造了典型环境，揭示了抒情主人公的内心世界，深情幽怨，感情真挚，开后代闺怨诗之先河。

张华为人正直，博学多才，勤于著述，地位高，名声大，又勤于选拔推举人才，实为当时文坛领袖，对当代与后世多有影响，特别是促使太康文学的兴盛，他的功绩不小。

第二节　西晋文学

晋武帝于公元280年灭吴统一全国，结束了近百年的战乱和分裂，形成了西晋初年的暂时稳定，同时当局还采取了一些发展生产的措施，因此出现了一个所谓的“小康”局面。这使统治阶级得意忘形，司马炎不知励精图治，而荒淫怠惰，恣意享乐，一班文士追随其后，歌功颂德，粉饰太平，在文学创作上发展了形式主义诗风。在太康、元康时期，文坛上出现了一批作家，著名的有三张（张载、张协、张亢）、二陆（陆机、陆云）、两潘（潘岳、潘云）、一左（左思）等人。其中作品多、影响大，能代表一代文学风气的是陆机。

一、陆机

陆机（261—303），字士衡，吴郡华亭（今上海松江）人。祖父陆逊、父亲陆抗，均为东吴名将，地位显赫。晋灭吴后，他与弟陆云以文才被召入洛阳，很受北方士大夫器重。惠帝时，宗室相争，他为成都王司马颖率大军讨伐长沙王司马乂，兵败，被司马颖杀害。有《陆士衡集》传世。

陆机被称为才冠当世，他在诗文、辞赋几方面都有一定成就。特别是赋体的文艺批评著作《文赋》，是文论中的名篇，其形式是前所未有的。另有历史著作《晋纪》、地理著作《洛阳记》，可惜均已亡佚。

钟嵘在《诗品》中说他的诗“其源出于陈思”，他是曹植以后的又一个关键人物。其《文赋》则可以说是曹丕《典论·论文》

后又一篇重要的文论著作，继承发展了曹丕的理论。以前评论文学作品只重视其对现实的反映，十分强调教化作用，诗赋附庸于政治与伦理，诗的全部精神实质被归结为“兴观群怨”四个字。而陆机十分重视文学作品的想象与虚构，指出“精骛八极，心游万仞”，“观古今于须臾，抚四海于一瞬”，因此能“笼天地于形内，挫万物于笔端”。他还明确提出“诗缘情而绮靡，赋体物而浏亮”，发展了曹丕“诗、赋欲丽”的观点，把它具体化，并把诗和赋区分开来，指出诗“缘情”、赋“体物”。他把“情”和诗直接联系起来，强调了“情”对诗的重要性，诗必须“缘情”而生，离开情，就不成其为诗，这是一。诗还要求“绮靡”，即华丽细腻。这就跟干巴巴的政治说教与宣扬伦理道德的作品区分开来，诗再也不是政治、伦理的附庸了，文学创作逐渐由自发到自觉。同时，陆机的理论促使诗歌文人化、贵族化，诗风从此一变，走向“绮丽”，变得华丽雅致。陆机自己的诗具体体现了他的理论，他的诗最为人赏的是《赴洛道中作》二首，尤其是第二首：

远游越山川，山川修且广。
振策陟崇丘，安辔遵平莽。
夕息抱影寐，朝徂衔思往。
顿辔倚嵩岩，侧听悲风响。
清露坠素辉，明月一何朗。
抚枕不能寐，振衣独长想。

诗中描写他离别亲人故土，应召北上踏上仕途时一路上看到的景象及感受到的迷茫与哀伤，突出了孤单寂寞的心情。写景抒情，以景传情，情景交融，用清绮的语言抒发深沉的感情。但是，陆机现存的100多首诗并非都是这样的，常有顾此失彼之感，令人有“绮靡”有馀，“缘情”不足之叹，语言虽华美内容却较贫乏。例如，他写了不少乐府诗，大多是严格遵循乐府古题的题义，仿照早期歌辞写成，缺乏自身的情志与生活内容。另有《拟古诗》12首，仿照《古诗十九首》的内容，用不同的语言重写一遍，都无新义。只有少数几篇在传统主题中隐约掺杂了他自身的忧患，如《猛虎行》《苦寒行》《门有车马客行》等。这些模拟的诗在修辞上十分用力，遣词造句常常胜过原作，这也是一个进步。他写诗在修辞上用力，有时故意借以表现才能、标榜学问，就不避繁文赘辞，因此显得文辞繁缛。关于这一点，张华已经看到了，《世说新语》刘孝标注引张华对陆机的评论说："人之作文，患于不才；至子为文，乃患太多也。"应该说，这样的评论是中肯的。陆机的诗语言华美典雅，在词汇选择上，注重色彩和声调，又多用书面语和古书中的成句，且加以精心雕琢，使原是民歌的乐府变得文人化，具有贵族文化的特征，同时原本可以歌唱的乐府变成脱离音乐而只供阅读，使诗与音乐分家。他常常把乐府民歌加以改造，如《罗敷艳歌》对罗敷的美不像乐府歌辞那样全用侧面烘托，而是直接描写，辞采华丽丰富，如"玉泽"、"翠翰"、"金雀"、"丹唇"，色彩斑斓；再如"秀色可餐"、"婉媚巧笑"，用语典雅，截然不同于汉乐府《陌上桑》。陆机的诗多用排偶，前人也有偶句，但只是偶然一见，不像陆机诗中往往占一半以上，如《苦寒行》20句中，有12个偶句；《班婕妤》八句中，首尾四句不是偶句，中间四句为偶句对仗，有些像唐代以后的律诗，这不能不说对后代律诗的形成有一定的影响。陆机上承曹植，下开南朝诗风，起到了承上启下的作用。

二、潘岳

潘岳（247—300），字安仁，荥阳中牟（今河南中牟）人。他少有才知，美姿仪，为中国古代的著名美男子。曾任河阳令，在县中遍种桃李，一时传为美谈。但他太热衷于仕进，媚事权贵贾谧，为文章二十四友之一，其人品颇遭非议。历任著作郎、给事黄门侍郎等职，总觉仕途不得意，未能登要津，故常常苦恼，甚至想高蹈避世，但又舍不得弃官，后在赵王司马伦作乱时被杀。他长于诗赋，与陆机齐名，文风华丽，喜欢铺排。但他的语言较浅近，不像陆机那样深奥，文句连接也比较紧密。南朝人认为潘诗较和畅，陆诗较深芜。但他很少有陆机那样精美工致、深于锤炼的诗句，语言显得比较平庸，缺乏创造性。其诗文均以善写哀情著称，这对后世影响不小，有不少人仿作，其中以唐代元慎悼亡妻韦丛之作最为成功。今录其《悼亡诗》第一首于下：

荏苒冬春谢，寒暑忽流易。
之子归穷泉，重壤永幽隔。
私怀谁克从？淹留亦何益。
黾勉恭朝命，回心反初役。
望庐思其人，入室想所历。
帏屏无仿佛，翰墨有馀迹。
流芳未及歇，遗挂犹在壁。
怅恍如或存，回遑忡惊惕。
如彼翰林鸟，双栖一朝只。
如彼游川鱼，比目中路析。
春风缘隙来，晨溜承檐滴。
寝息何时忘，沉忧日盈积。
庶几有时衰，庄缶犹可击。

全诗从时空的变化推移写出了物是人非之感，表达了对亡妻持久的深切思念。诗中善用比喻，善于抓住典型景物来抒情，语浅情深，一景一情出自肺腑，呈现于目前，深情无限，真切动人。

三、张协

张协（具体生卒年代不详），字景阳，约小于潘岳，也是活动在太康时期的诗人。安平（今河北安平）人，曾任河间内史、秘书郎、中书侍郎等职，发生八王之乱时，他归隐乡里，曾召为黄门侍郎，托病不就。他的诗，文辞华丽，构思精巧，工于状物，精于锻炼。钟嵘在《诗品》中列为上品，评说："其源出于王粲。文体华净，少病累，又巧构形似之言。雄于潘岳，靡于太冲，风流调达，实旷代之高手。辞采葱蒨，音韵铿锵，使人味之，亹亹不倦。"他存诗13首，10首《杂诗》是其代表作。这10首诗内容广泛，诗意浓郁，状物工巧，细腻真切，造语清新，警秀简净，不仅胜过其兄与弟，也超过潘、陆，是太康时期成就较突出的诗人之一。我们来具体看看他的《杂诗》：

秋夜凉风起，清气荡暄浊。
蜻蛚吟阶下，飞蛾拂明烛。
君子从远役，佳人守茕独。
离居几何时，钻燧忽改木。
房栊无行迹，庭草萋以绿。
青苔依空墙，蜘蛛网四屋。
感物多所怀，沉忧结心曲。

——其一

朝霞迎白日，丹气临旸谷。
翳翳结繁云，森森散雨足。
轻风摧劲草，凝霜竦乔木。
密叶日夜疏，丛林森如束。
畴昔叹时迟，晚节悲年促。

岁暮怀百忧，将从季主卜。

——其四

前一首为思妇怀远之作，写得真切感人，虽然没有多少华丽的辞藻，但善于抓住生活中的细节营造气氛，烘托思妇独处的孤寂及此时此刻的幽怨心曲，着力铺排，描写细腻，在前人同类诗中不多见，实为唐人闺怨诗的先导。后一首写人到暮年，壮志未酬，心情郁闷。全诗借景传情，情景交融，辞采华茂，韵味悠长。题名《杂诗》，其实是阮籍《感怀诗》之类，但内容更为广泛。

四、左思

左思（约250—305），字太冲，临淄（今山东淄博）人。出身寒素，曾自称生于“蓬户”。妹左芬也有文才，武帝时被选入宫，左思也随之移家至洛阳。曾为权臣贾谧门下“二十四友”之一。入京之初他急切求仕进，但终为门阀制度阻遏，官止于秘书郎。贾谧被诛后，他退出官场，居宜春里。后齐王冏辟为记室，辞不就。太安中避乱移家至冀州，数岁后卒于此。

左思工诗赋，在当时以《三都赋》闻名京师，豪贵之家视为至宝，争相抄写，乃至“洛阳纸贵”，一时传为佳话。现存诗14首，《咏史》8首是他的代表作，今录其中一首于下，以见一斑：

郁郁涧底松，离离山上苗。
以彼径寸茎，荫此百尺条。
世胄蹑高位，英俊沉下僚。
地势使之然，由来非一朝。
金张藉旧业，七叶珥汉貂。
冯公岂不伟，白首不见招。

——其二

咏史题材由东汉班固首创，建安以后，有不少人仿作，但都实咏史事，针对所咏之事略抒感慨。左思之作都为托古讽今，借古人史事以抒写自己的怀抱，以泄满腔不平。上边这首诗就是揭示门阀制度的不合理，所谓“上品无寒门，下品无世族”。生于寒门纵然是英才俊杰，也只能沉于下僚，生于世族即使是平庸之徒，也能登上高位。譬如茂密的松树虽枝干高百尺，但生于低卑的涧底，反而被生于高山上的粗不过一寸的小草所覆盖。再以世代华贵的金、张与白首不得重用的冯唐对比，发出了不平之鸣。明代胡应麟在《诗薮》中说：“咏史之名，起自孟坚，但指一事。魏杜挚《赠毌丘俭》，叠用八古人名，堆垛寡变。太冲题实因班，体亦本杜，而造语奇伟，创格新特，错综震荡，逸气干云，遂为古今绝唱。”说是“绝唱”有些过誉，但咏史诗发展至左思笔下，是一个新的起点，一个新的里程碑，这样说，大致不错。除《咏史诗》外，其他如《娇女诗》《招隐诗》等也很有特色：

吾家有娇女，皎皎颇白皙。
小字为纨素，口齿自清历。
鬓发覆广额，双耳似连璧。
明朝弄梳台，黛眉类扫迹。
浓朱衍丹唇，黄吻澜漫赤。
娇语若连琐，忿速乃明愫。
握笔利彤管，篆刻未期益。
执书爱绨素，诵习矜所获。
其姊字惠芳，面目灿如画。
轻妆喜楼边，临镜忘纺绩。
举觯拟京兆，立的成复易。
玩弄眉颊间，剧兼机杼役。

从容好赵舞，延袖像飞翮。
上下弦柱际，文史辄卷襞。
顾眄屏风画，如见已指擿。
丹青日尘暗，明义为隐赜。
驰骛翔园林，果下皆生摘。
红葩掇紫蒂，萍实骤抵掷。
贪华风雨中，倏忽数百适。
务蹑霜雪戏，重綦常累积。
并心注肴馔，端坐理盘槅。
翰墨戢函按，相与数离逖。
动为炉钲屈，屣履任之适。
心为茶荈剧，吹嘘对鼎䥶。
脂腻漫白袖，烟熏染阿锡。
衣被皆重池，难与沉水碧。
任其孺子意，羞受长者责。
瞥闻当与杖，掩泪俱向壁。

——《娇女诗》

杖策招隐士，荒涂横古今。
岩穴无结构，丘中有鸣琴。
白雪停阴冈，丹葩曜阳林。
石泉漱琼瑶，纤鳞或浮沉。
非必丝与竹，山水有清音。
何事待啸歌，灌木自悲吟。
秋菊兼糇粮，幽兰间重襟。
踌躇足力烦，聊欲投吾簪。

——《招隐诗》其一

经始东山庐，果下自成榛。
前有寒泉井，聊可莹心神。
峭茜青葱间，竹柏得其真。
弱叶栖霜雪，飞荣流馀津。
爵服无常玩，好恶有屈伸。
结绶生缠牵，弹冠去埃尘。
惠连非吾屈，首阳非吾仁。
相与观所尚，逍遥撰良辰。

——《招隐诗》其二

《娇女诗》中把小女孩的爱打扮、好吃贪玩还不时要撒娇，写得细腻生动，使两个女儿的天真娇憨之态跃然纸上，呈现于读者面前，情趣盎然。专写儿童的诗，在以前从未有过，《娇女诗》是一个开创，由此也可见当时已摆脱了诗教的束缚，平凡的日常生活也可入诗，诗的题材扩展了。《招隐诗》虽然以前不断有人写，但都没有像这两首诗那样具体描绘了山野林泉的秀色，令人有回归大自然的乐趣，并在其中陶醉。这里对山水的描写，对南朝的山水诗有一定的启示。综观当时的诗坛，左思的成就最高，张协其次。

五、刘琨

刘琨（271—318），字越石，中山魏昌（今河北无极）人。出身于世族，少有诗名，曾与石崇、陆机等人以文章事贾谧，时称“二十四友”。怀帝永嘉年间（307—313），北方边境异族作乱，他出任并州刺史，投身卫国战争，思想上起了变化，诗歌风格也变为悲壮雄健。前期诗已佚，后期诗也仅存3首，即《扶风歌》《答卢谌》《重赠卢谌》，另有一首《艳歌行·扶风歌》是否为刘琨之作，尚有争议。

《扶风歌》记述了刘琨赴并州的经历。当时“胡寇众多”，他便“以少击众，冒险而进，顿伏艰危，辛苦备尝”。此时正值并州饥荒，百姓四散，他征募了一千多人，边战边进，总算辗转打到并州。他在诗中记述了这段经历，并表达了他伤时忧愤之情：

朝发广莫门，暮宿丹水山。
左手弯繁弱，右手挥龙渊。
顾瞻望宫阙，俯仰御飞轩。
据鞍长叹息，泪下如流泉。
系马长松下，发鞍高岳头。
烈烈悲风起，泠泠涧水流。
挥手长相谢，哽咽不能言。
浮云为我结，归鸟为我旋。
去家日已远，安知存与亡？
慷慨穷林中，抱膝独摧藏。
麋鹿游我前，猿猴戏我侧。
资粮既乏尽，薇蕨安可食？
揽辔命徒侣，吟啸绝岩中。
君子道微矣，夫子固有穷。
惟昔李陵期，寄在匈奴庭。
忠信反获罪，汉武不见明。
我欲竟此曲，此曲悲且长。
弃置勿重陈，重陈令心伤。

愍帝建兴三年（315），他受命都督并、幽、冀三州军事，被羯族石勒打败，投奔幽州刺史段匹磾，相约共扶晋室。后因其子刘群叛段，他受牵连，被拘留，写了《答卢谌》与《重赠卢谌》二诗。其中《重赠卢谌》为他的代表作：

握中有悬璧，本自荆山璆。
惟彼太公望，昔在渭滨叟。
邓生何感激，千里来相求。
白登幸曲逆，鸿门赖留侯。
重耳凭五贤，小白相射钩。
能隆二伯主，安问党与仇！
中夜抚枕叹，想与数子游。
吾衰久矣夫，何其不梦周？
谁云圣达节，知命故无忧。
宣尼悲获麟，西狩泣孔丘。
功业未及建，夕阳忽西流。
时哉不我与，去乎若云浮。
朱实陨劲风，繁英落素秋。
狭路倾华盖，骇驷摧双辀。
何意百炼钢，化为绕指柔。

诗中表达了他愿为国效力的愿望，然而抱负无法施展，自悲理想难以实现，寄希望于卢谌，激励他追步先贤，完成救国使命。诗中表达出来的爱国思想为当时所少有，在他以前的五言诗中也不多见，他开启了一个优良传统。他的诗刚健清新，悲壮慷慨，受到了普遍好评，钟嵘在《诗品》中说他“善为凄戾之词，自有清拔之气”。刘勰在《文心雕龙》中说他“雅壮而多风”。

六、郭璞

郭璞（276—324），字景纯，河东闻喜（今山西闻喜）人。他是一位学者型的诗人，博学多识，喜阴阳卜筮之术，特别关爱神话传说，注《穆天子传》《山海经》，同时爱屈原之作，为《楚辞》作注。西晋灭亡时，他随晋室渡江，曾任殷祐和王导的参军，历任著作佐郎、尚书郎。后为王敦的记室参军，因劝阻王敦谋反被杀，时49岁。郭璞是西晋末东晋初的一位颇有影响的诗人，今存诗14首，代表作为《游仙诗》10首（另有9首为残篇）。

西晋末年，社会陷入混乱局面，一部分人产生了避世思想，于是到老庄哲学中去求解脱，道家思想盛行。东汉末年，道教形成，游仙诗随之兴起。至西晋末，道家思想与道教已融合，产生了宣扬道家思想与憧憬神仙的玄言诗与游仙诗。当时，多数人的游仙诗只是玄言诗的一种表现形式，或描述超尘绝俗、羽化登仙的幻境，或宣扬玄谈虚寂的人生哲学。然而郭璞却赋予游仙诗以新的内容，借以感时伤世、抒情咏怀，正如钟嵘在《诗品》中说的“游仙之作，词多慷慨，乖远玄宗……乃是坎壈咏怀，非列仙之趣也”。例如：

京华游侠窟，山林隐遁栖。
朱门何足荣，未若托蓬莱。
临源挹清波，陵冈掇丹荑。
灵溪可潜盘，安事登云梯。
漆园有傲吏，莱氏有逸妻。
进则保龙见，退为触藩羝。
高蹈风尘外，长揖谢夷齐。

——《游仙诗》其一

这首诗肯定了山林隐逸之处与蓬莱仙境，用以否定世俗朱门的荣华富贵。诗中把隐逸生活与游仙混同，可见并非真正的游仙，只是借以咏怀，否定浊世的虚荣。又如：

青溪千馀仞，中有一道士。
云生梁栋间，风出窗户里。
借问此何谁，云是鬼谷子。

翘迹企颍阳，临河思洗耳。
阊阖西南来，潜波涣鳞起。
灵妃顾我笑，粲然启玉齿。
蹇修时不存，要之将谁使。

——《游仙诗》其二

诗中运用想象描绘了一个多姿多彩的神仙世界，这与当时黑暗的现实世界形成了鲜明的对比，诗人用特殊的方法来批判现实，歌颂理想。他希望能远离当时的乱世，“高蹈风尘外”，“永偕帝乡侣，千龄共逍遥”。（《游仙诗》其十）

郭璞的游仙诗形象鲜明生动，抒发真切的情怀，不同于当时流行的玄言诗，开创了以游仙诗形式抒情咏怀寄托理想的先例。

第四编　那人正在灯火阑珊处

第一章　大踏步前进的东晋南北朝前期

东晋南北朝时期，对汉族来说，首先是丢了北方半壁江山，出现了由汉族统治的南朝与以少数民族政权为主的北朝，南北对峙，还经常发生战争。同时，无论是南朝还是北朝，内部也不稳定，朝代更替频繁。但是，南北朝也并非只是混乱，漆黑一片，也有不少亮点，有不少适合诗歌发展的条件。首先，在南北分裂的大格局下，南朝或北朝都有局部的统一，有一定时间的安宁。晋室南渡，大批北方的士人南迁，加速了南方的开发，农业与手工业得到了发展，中国的经济与文化重心从黄河流域逐渐转移到长江流域。各民族长期接触，由矛盾战斗到和睦相处，形成了民族大融合，丰富了汉族的文化。其次，秦汉以来的思想禁锢在这时得到进一步摆脱。佛教在东汉传入以后，此时得以盛行，而且按照中国人的观念加以改造，使佛教本土化。在东汉形成的道教，这时也有了进一步发展，老庄思想盛行。由此，终于彻底打破了儒家的一统天下，形成儒、道、释三教并行的局面。三教具有三种截然不同的观念，儒家重入世，道、释讲究出世；但道、释也有差别，道教重今生，寻求长生不老，佛法重来世，讲究轮回转世……不同的观念形成了不同的哲学思想，还发生争论，因此这一时期的社会思想显得自由活跃，提出了许多新问题，出现了不少新观点、新看法。特别是当时出现了一股重视个体价值的社会思潮，促进了社会思想和学术文化的多样化。到这时，文学已完全独立，得到了空前重视，不仅写作诗歌的人多了，而且评论也多了，文学的地位得到极大的提高，文学的本质也得到了更多更明确的阐述。自从曹丕提出了“盖文章，经国之大业，不朽之盛事”，并且身体力行致力于写诗后，两晋与南朝的许多帝王与宗室权贵都热心于文学创作，特别是写诗，同时还有不少人进行文学批评，产生了很大影响。在士族中，有更多人重视文学，还以能文善诗赋自矜。当时在理论上，进一步提高文学的自觉性，更注重辞采的绮丽华美，重视声调韵律之美，从而推动文学大踏步前进。当时还由于翻译佛经，受梵文启发，完善了汉语的声调音律，在齐永明年间（483—493），周颙创四声说，沈约提出文章八病，从此中国古典诗逐渐走向格律化，被称为近体诗的绝句与律诗逐步形成，至唐代完全成熟，并发展到顶峰，完成了长期的艰巨探索。

魏晋时兴起玄学清谈，这也极大地影响了诗歌创作。在玄学直接影响下产生的大量玄言诗大都枯燥乏味，“理过于辞，寡情少味”（钟嵘《诗品》），没有文学趣味。但在另一方面，玄学是一种超世的哲学，在他们看来每一个人即为一个精神主体，这个精神主体不是在社会中存在，而是直接面对宇宙而存在。他们发挥老庄精神，反对经学，挣脱政治束缚，崇尚自然，认为人是自然的一部分，人与自然一体，人生的根本意义在于精神的超越升华，对世界对生命的彻底把握，因此要求人们不必计较世俗的荣辱得失，而是要顺应自然，养自然之神，保自然之性，全自然之形，修自然之道。这就引导出对自然的体悟、追求，以达到人与自然的和谐统一；而要达到这种境界最好的途径便是回归自然，到山林中去，因此玄学家的道路不是去朝廷当官，而是隐逸于山林田园之中，在政治上跟统治者离心离德。玄言诗的兴起，使诗不再依附于政治，而具有争取独立的品格，成为山水诗、田园诗的先导。玄学家率真任性，放浪形骸，完全不受拘束地纵情于山水之间，这实际上是对当时黑暗社会的反抗，对两汉400年礼教的反抗。当时的诗人全身心投入自然，或在饱览山水的极度兴奋中得意忘形，或在迷恋田园的宁静中不为五斗米折腰，充分体现出了人性的觉醒，个性的解放。晋室南渡时北方的士人来到江南，看到江南山水秀丽、田园优美，他们不禁沉湎其中，"神超形越"，饮酒作诗，山水诗、田园诗由此兴起。

山水诗、田园诗，其名为二，实质是一体，都是崇尚自然，欣赏自然之美，歌唱自然之美，都是由玄言诗变化而来。后来在主要发挥庄子精神中，又旁通儒学与佛学，援儒入道，以道化佛，形成了以道为主，兼取儒、释之长的综合思想体系。特别是以得意忘形、得意妄言、言不尽意等空灵玄妙境界与释氏的冥心真境相合，使山水诗、田园诗富于禅意、禅境，至唐人王维笔下达到极致。

第二章　陶渊明与田园诗

陶渊明（365—427），字元亮，一说名潜字渊明，浔阳柴桑（今江西九江）人。其曾祖陶侃是东晋初的名将，出身寒门，以军功都督八州军事，握强兵镇守长江中游，封长沙郡公，死后追赠大司马，但仍为世族所不齿，讥为"溪狗"、"小人"。祖父陶茂曾任太守，父亲亦曾出仕。在他父亲去世后，家境逐渐衰败，生活贫苦。他从29岁起开始出仕，任江州祭酒，因不满官场污浊，辞官归隐。36岁时他第二次出仕，任桓玄的幕僚，次年借口丁母忧，辞去官职。40岁时第三次出仕，陆续任镇军参军与建威参军。从29岁到40岁这11年里，他过着时隐时仕的生活。晋义熙元年（405）他41岁时，任彭泽令，历80馀天，便弃职而去，彻底离开了官场，过着隐逸生活。这是他一生中前后期的分界线，在此以前，他时仕时隐，在矛盾中痛苦挣扎；在此之后，他便决心当起了隐士，一直过着隐居乡村躬耕陇亩的生活，并不断写诗，成为我国诗史上第一个真正的隐逸诗人。他之所以这样做，并不是对政治从来就不感兴趣，而是出于对当时政治腐败官场黑暗的不满，同时也与当时士人追求精神自由的风气有关，因此不愿为五斗米折腰。从此，他在家乡过了20多年的耕读生活，写了大量优秀的诗，成为整个魏晋南北朝最杰出的诗人。

历来在人们的心目中，陶渊明是一个“田园诗人”或“隐逸诗人”，事实也确实如此。在他现存的120多首诗中，为人们传诵最多的，大多是描述农村景色和村居生活的作品。在归隐以前他就已在诗中表现出了对这种生活的向往，在归隐以后，经过躬耕陇亩的实践，在思想上得到进一步发展，在诗中表达得更为明确。他的代表作都是归隐以后所写，其中尤以《归园田居》五首最为著名，相应的还有《饮酒》二十首。《归园田居》组诗五首中第一首是自传式的诗：

少无适俗韵，性本爱丘山。
误落尘网中，一去三十年。
羁鸟恋旧林，池鱼思故渊。
开荒南野际，守拙归园田。
方宅十馀亩，草屋八九间。
榆柳荫后檐，桃李罗堂前。
暧暧远人村，依依墟里烟。
狗吠深巷中，鸡鸣桑树颠。
户庭无尘杂，虚室有馀闲。

久在樊笼里，复得返自然。

这首诗是他辞去彭泽令后不久所写。诗里充分抒发了回到田园生活的愉悦心情，热情歌颂了田园景物的美好，写出了对隐居生活的热爱。诗人在这首诗里把官场与田园生活对立了起来，在诗人心目中，仕途是“尘网”，是“樊笼”，辞官归隐则如出笼的小鸟自由快乐地返回自然。在他看来，当时恬静的农村是世上唯一的净土，因此不禁热情歌颂：十馀亩方宅盖了八九间草屋，还有村里的炊烟、深巷中的犬吠、桑树上的鸡鸣，这是再普通不过的了，但在诗人心目中却无不充满诗情画意。这些农村景物虽然平常，但它纯真、质朴，蕴含着自然美。诗人在诗中把它与污浊的官场对照，衬托出诗人离开“尘网”、“樊笼”后呼吸到自由空气的欣喜，表达了诗人不愿与世俗同流合污的志趣和情操；反过来，诗人的诗又给自然景物增添了生气，显示了自然美。诗源于生活，又高于生活，自然景色的美经过诗人的提炼后再反映到诗里，就更集中更完美了。这首诗一共20句，却用了6组对偶句，共12句，占全诗的百分之六十，为后来排律的形成起到了先导的作用。《归园田居》第三首向来是一首脍炙人口的诗：

种豆南山下，草盛豆苗稀。
晨兴理荒秽，带月荷锄归。
道狭草木长，夕露沾我衣；
衣沾不足惜，但使愿无违。

这首诗里，诗人以愉悦的心情描写了从早到晚参加农业生产劳动的景象，以极大的热情歌咏体力劳动。当然，这里也写到了体力劳动的艰辛，但在心理上已得到满足，无违吾愿，显示出归隐的决心与理想获得实现的愉快。把日常生活诗化，是陶渊明诗的最大特色，他总是把普通的农村景象和平常的生活写得诗意盎然。另外，《饮酒诗》二十首中的第五首也是一首脍炙人口的诗，是陶渊明诗中最著名的一首，传诵千古：

结庐在人境，而无车马喧。
问君何能尔，心远地自偏。
采菊东篱下，悠然见南山。
山气日夕佳，飞鸟相与还。
此中有真意，欲辨已忘言。

这是一首富有哲理的诗，在看似平淡自然中却有极丰富的内涵。前四句说虽然不离“人境”，却能免除车马之喧的侵扰，关键在于要心境旷远，无论在什么地方，都能获得如同身居偏远处一样的宁静。下边两句“采菊东篱下，悠然见南山”，是千古名句。后一句历来在理解上有分歧，但无论是在采菊时悠然看到了南山，还是看到了悠然的南山，都同样表达了目光与南山相遇是在不经意中，也表达了此刻心态的恬静，悠然忘情。接着表达傍晚山岚缭绕，倦鸟结伴归林，从中感受到了造物的奥秘，参透了人生的真谛，并悟出了返朴归真的哲理，显示出归隐理想获得实现的欣慰。然而诗人对此都不明说，而故意说“欲辨已忘言”，实在“忘”得好，留给读者去深思，加深了诗的内涵。他追求的是自然质朴，淡泊宁静。当时社会不安定，既有尖锐的民族矛盾和阶级矛盾，还有统治集团内部争权夺利的斗争，因此他向往一个平安宁静、无争无斗、没有压迫和剥削的社会，在那里人与人真诚相处，没有尔虞我诈，一心追求淳朴真诚、淡泊高远的人生，其核心是道家的崇尚自然。这在他的《归园田居》《饮酒》及其他很多诗中都表现了出来，而最典型的就是《桃花源诗》并记：

晋太元中，武陵人捕鱼为业。缘溪行，忘路之远近。忽逢桃花林，夹岸数百步，中无杂树，芳草鲜美，落英缤纷。渔人甚异之。复前行，欲穷其林。林尽水源，便得一山，山有小口，仿佛若有光。便舍船，从口入。初极狭，才通人。复行数十步，豁然开朗。土地平旷，屋舍俨然，有良田美池桑竹之属。阡陌交通，鸡犬相闻。其中往来种作，男女衣着，悉如外人。黄发垂髫，并怡然自乐。见渔人，乃大惊，问所从来。具答之。便要还家，设酒杀鸡作食。村中闻有此人，咸来问讯。自云先世避秦时乱，率妻子邑人来此绝境，不复出焉，遂与外人间隔。问今是何世，乃不知有汉，无论魏晋。此人一一为具言所闻，皆叹惋。馀人各复延至其家，皆出酒食。停数日，辞去。此中人语云："不足为外人道也。"既出，得其船，便扶向路，处处志之。及郡下，诣太守，说如此。太守即遣人随其往，寻向所志，遂迷，不复得路。南阳刘子骥，高尚士也，闻之，欣然规往。未果，寻病终。后遂无问津者。

嬴氏乱天纪，贤者避其世。
黄绮之商山，伊人亦云逝。
往迹浸复湮，来径遂芜废。
相命肆农耕，日入从所憩。
桑竹垂馀荫，菽稷随时艺；
春蚕收长丝，秋熟靡王税。
荒路暧交通，鸡犬互鸣吠。
俎豆犹古法，衣裳无新制。
童孺纵行歌，斑白欢游诣。
草荣识节和，木衰知风厉。
虽无纪历志，四时自成岁。

怡然有馀乐，于何劳智慧！
奇踪隐五百，一朝敞神界。
谆薄既异源，旋复还幽蔽。
借问游方士，焉测尘嚣外。
愿言蹑清风，高举寻吾契。

《桃花源记》其实只是《桃花源诗》的一个序言，但后来其影响反而超过了诗本身。不过要窥探陶渊明思想的全貌，二者结合起来读就更为清楚。这里描写的是一个典型的自给自足、全封闭的社会，正是道家倡导的“小国寡民”。在这样的社会里大家都和平相处，真诚相待，其乐融融，特别是“秋熟靡王税”，无剥削、无压迫，使经历了几千年封建社会的人民无限向往。一个多么美好的“乌托邦”，比英国人莫尔在1516年写的《乌托邦》早出一千多年。

陶渊明大多数田园诗所描述的境界以冲淡平和为主，因此前人对他得出一个“静穆”的评语。但他还有一些直接涉及现实政治或直接表现内心强烈情绪的诗篇。特别值得一提的是《咏荆轲》与《读山海经》中的一些篇章。先让我们来看《咏荆轲》：

燕丹善养士，志在报强嬴。
招集百夫良，岁暮得荆卿。
君子死知己，提剑出燕京。
素骥鸣广陌，慷慨送我行。
雄发指危冠，猛气冲长缨。
饮饯易水上，四座列群英。
渐离击悲筑，宋意唱高声。
萧萧哀风逝，淡淡寒波生。
商音更流涕，羽奏壮士惊。

心知去不归，且有后世名。
登车何时顾，飞盖入秦庭。
凌厉越万里，逶迤过千城。
图穷事自至，豪主正怔营。
惜哉剑术疏，奇功遂不成。
其人虽已没，千载有馀情。

诗中对暴秦的反对，对荆轲的赞扬，溢于言表，特别是最后四句对荆轲刺秦的失败，表示了无限惋惜。再看《读山海经》十三首之十：

精卫衔微木，将以填沧海。
刑天舞干戚，猛志固常在。
同物既无虑，化去不复悔。
徒设在昔心，良晨讵可待？

精卫是传说中海上的小鸟。据说炎帝之少女名曰女娃，游于东海溺而不返，其魂化为精卫，为报被淹死之仇，不断衔西山的木石来填东海。刑天原是天神，因与天帝争位，天帝断其首。“乃以乳为目，以脐为口，操干戚以舞。”（《山海经》）诗人在这里热情歌颂精卫与刑天至死不屈、不断抗争的英雄气概，所以鲁迅先生指出陶渊明不只是一味“静穆”“悠然”，还有“金刚怒目”的一面。尽管如此，陶渊明对后世影响最大的还是由他开创的田园诗。田园诗拓宽了诗歌的题材，平常的农村景色，日常的农业劳动，不仅都可入诗，而且都能写成富有情趣的独具审美特色的诗。

由虚幻的游仙到实实在在的隐逸，陶渊明可以说是中国文学史上第一位真正的隐逸诗人。在当时尚华丽重雕琢的诗风下，他却独独追求古朴、清新、自然、淡雅、本色的诗风，没有浓艳的色彩、夸张的语调、深奥的语汇、生僻的典故、黏滞的句子，重视诗艺的整体性，追求意趣浑成，如清水芙蓉，美而不艳，形成了“自然”、“淡雅”的诗风，一直影响着后世，唐代王维、孟浩然、储光羲、韦应物一派诗人，就深受他的影响。而宋代苏轼则在陶诗的质朴平淡中看到了另一面，他认为陶诗“质而实绮，癯而实腴”（《与苏辙书》）。就是说在朴素中见绮丽，在平淡中见警策，这构成了陶诗的特殊魅力。他的隐逸生活对后世也产生了很大影响。隐逸主要是出于对现实的不满，是与统治者不合作的行为，在他以前还没有一个士人真正做到隐逸。从屈原到嵇康都对现实极端不满，这些人最终或自杀或被杀，没有一人是真正隐退的。其实，儒家虽然重进取，但也有“道不行，乘桴浮于海”（《论语·公冶长》）的说法，还明确提出“天下有道则见，无道则隐”。至于道家，庄子更是重隐退，曾盛赞许由不接受尧的禅让，还在惠施面前把宰相之位比作腐鼠，陶潜把儒、道两家的隐逸思想融为一体，真正实践了隐逸生活并体现在诗里。因此，他是中国历史上第一个真正的隐士，也是第一位隐逸诗人。从文学上的成就和对后世的影响来看，陶渊明无愧为整个魏晋南北朝时期最杰出的诗人，是屈原以后最有成就、影响最大的诗人。

第三章　谢灵运与山水诗及其他

公元420年，刘裕取代东晋建宋，史称南朝宋。在北方，拓跋焘于公元423年嗣立为北魏帝，不久统一了北方。南北双方经过一段时间的征战，都无所获，于是进入了相对稳定时期。当时朝代更替频繁，除北魏维持了149年外，其馀都只有几十年。但这些朝代更替没有经过大规模的战争，而是政变式的，因此破坏不大，经济、文化仍不断发展，特别是南朝，江南得到迅速开发。南朝的几代皇帝中，又不乏在创作上或文学批评上有一定成就的人，而许多宗室也都喜爱文学，并招纳文士。这种最高阶层对文学的提倡，必然形成一种风气，从而有力地刺激了文学的繁荣和发展。南朝文学的风气，最为突出的是求新求变，因此在不算很长的时间内，文学的面貌发生了不小变化，新题材、新形式、新风格不断出现，为唐诗的繁荣铺路架桥，开拓了广阔的道路。

刘宋时，诗坛上首先发生的重大变化是东晋末年一度盛行的玄言诗逐渐淡出，山水诗兴起。人类与自然的关系是不断变化的，总体说来是由对峙到亲善。远古时代，人类对自然是惧怕、敬畏，觉得山山水水都有神灵在主宰，自然的力量是人类无法抗拒的。但随着生产力的进步，人类开始局部驾驭自然。再后来则对自然有了进一步认识，并能把握自然。人类处于畏惧自然时，当然欣赏不了自然美，也就产生不了山水诗。到人类能局部驾驭自然时，才逐渐发现了自然美，在诗歌中也就出现了一言半语的对自然景物的描绘与赞美。只有人类在思想上认识了自然，把握了自然，与自然有了进一步沟通，才能产生把山水作为审美对象的山水诗。因此山水诗的产生，意味着人类在征服自然中的一次飞跃，也是人类思想认识上的一次飞跃。东晋初，北方的士大夫随晋室南迁，看到江南山水秀丽可人，引起了他们很大的兴趣。随着江南的不断开发，士人对山水的兴趣更浓，不少人达到沉湎的程度。

山水诗的开创者是东晋的零陵太守庾阐，他现存诗20首，专写山水的有6首，其馀有《游仙诗》10首，也常常涉及山水，《采药诗》和《江都遇风诗》中涉及山水更多。他的山水诗总体说来质木少文，形象性不强。例如《观石鼓诗》："命驾观奇逸，径骛造灵山。朝济清溪岸，夕憩五龙泉。鸣石含潜响，雷骇震九天。妙化非不有，莫知神自然。翔霄拂翠岭，绿涧漱岩间。手澡春泉洁，目玩阳葩鲜。”这是一首记述游览石鼓山的诗，已开始摆脱玄言诗的抽象成分，加入了不少自然景物的描写。这首诗虽然不出色，只客观描述了游山时所见所闻的景物，但已具有写景时注重词句锤炼、讲究色调鲜明、声音铿锵、句子对仗等六朝人写景的特色。谢灵运的山水诗正是在此基础上改进和发展起来的，并彻底扭转了东晋时期玄学侵入文学后，造成文学所呈现出的枯寂乏味现象。对此刘勰在《文心雕龙·明诗》中说得好：“宋初文咏，体有因革。庄老告退，而山水方滋。俪采百字之偶，争价一句之奇；情必极貌以写物，辞必穷力而追新。”

一、谢灵运

谢灵运（385—433），祖籍陈郡阳夏（今河南太康附近）。出身于东晋最显赫的世族家庭，其祖父是淝水之战的主将谢玄。他年轻时即袭封康乐公（入宋后依例降为侯爵），故世称谢康乐。他门第既高，又资质过人，然性格高傲，政治上企望也大，然而缺乏政治家的素质与涵养，显得敏感、外露、急躁，因此常遭失败。少帝时，因卷入了最高层的权力之争，加以他常诋毁执政大臣徐羡等人，因此被遣，出为永嘉（在今浙江省）太守，不久称疾隐居。后又出任临川（在今江西省）内史，他的山水诗大多是在外放期间写的。据《宋书·谢灵运传》记载：“灵运因父祖之资，生业甚厚，奴僮既众，义故门生数百。……寻山陟岭，必造幽峻，岩嶂千重，莫不备尽。”还说“所至辄为诗咏，以致其意焉。……每有一诗至都邑，贵贱莫不竞写，宿昔之间，士庶皆遍，远近钦慕，名动京师”。由此可见谢灵运的山水诗在当时影响很大，跟他差不多同时的陶渊明却无此殊荣。尽管在唐代以后，陶渊明的名声远远盖过谢灵运，但陶渊明的田园诗在当时并无多大影响，原因是多方面的。首先，在语言风格上，谢灵运以富丽精工的语言模山范水，因此他更能迎合当时社会尚华美的风气。其次，在内容上，奇丽的山川比平常的田园更吸引人，特别是贵族，对普通的田园景色是不屑一顾的。再次，身份地位不同，谢灵运出身于东晋最显赫的豪门世族，这是陶渊明所无法比拟的，地位高当然容易受到贵族的重视。谢灵运最重要的贡献是完成了从玄言诗到山水诗的演变，开创了中国古典诗歌中最重要流派之一的山水诗派。而且由诗影响到画，中国画在此之前都是人物肖像画，在此以后才出现了山水画，同时还产生了诗画结合的题画诗。

谢灵运之功在于开创山水诗派，使诗从玄言诗向山水诗演变，创作了大量山水诗。他注重对山水的感性美的刻画，人性觉醒在诗里的表现得到进一步深化，人跟大自然进一步亲和。但毕竟处于开创时期，从整体来看，他的诗还不够完美，对景物刻画虽然逼真细致，但过于雕琢堆砌，正如钟嵘在《诗品》中所说的“颇以繁富为累”。他的山水诗不少是记述游历经过，记得烦琐，似写日记如流水账，缺少概括提炼。他的诗从玄言诗演变过来，但是变得不够彻底，因此写景之后，常常还拖一个粗长的玄言尾巴，或宣扬老庄哲理，或述说佛学，显得枯燥乏味，令人不愿卒读。他还喜好掉书袋，多用典故，用语也深奥，读起来既拗口又费解，不像陶诗那样明白流畅。我们不妨来读一读他毛病较少的名作：

潜虬媚幽姿，飞鸿响远音。
薄霄愧云浮，栖川怍渊沉。
进德智所拙，退耕力不任。
徇禄反穷海，卧疴对空林。
衾枕昧节候，褰开暂窥临。
倾耳聆波澜，举目眺岖嵚。
初景革绪风，新阳改故阴。
池塘生春草，园柳变鸣禽。
祁祁伤豳歌，萋萋感楚吟。

索居易永久，离群难处心。
持操岂独古，无闷征在今。

——《登池上楼》

朝搴苑中兰，畏彼霜下歇。
暝还云际宿，弄此石上月。
鸟鸣识夜栖，木落知风发。
异音同至听，殊响俱清越。
妙物莫为赏，芳醑谁与伐。
美人竟不来，阳阿徒晞发。

——《石门岩上宿》

羁心积秋晨，晨积展游眺。
孤客伤逝湍，徒旅苦奔峭。
石浅水潺湲，日落山照曜。
荒林纷沃若，哀禽相叫啸。
遭物悼迁斥，存期得要妙。
既秉上皇心，岂屑末代诮。
目睹严子濑，想属任公钓。
谁谓古今殊，异代可同调。

——《七里濑》

客游倦水宿，风潮难具论。
洲岛骤回合，圻岸屡崩奔。
乘月听哀狖，浥露馥芳荪。
春晚绿野秀，岩高白云屯。
千念集日夜，万感盈朝昏。
攀崖照石镜，牵叶入松门。

三江事多往，九派理空存。
灵物吝珍怪，异人秘精魂。
金膏灭明光，水碧缀流温。
徒作千里曲，弦绝念弥敦。

——《入彭蠡湖口》

以上几首是谢诗中较为出色的山水诗，我们所说的毛病少一些，但也还存在。其优点在于着力模山范水，重视形似，注重做到形象逼真；赋予山水以一定的人格精神，在山水诗中透露出他那种超拔俗流、孤芳自赏的情怀；注重锤炼词句，诗中常有优美、精致的句子，如“池塘生春草，园柳变鸣禽”、“鸟鸣识夜栖，木落知风发”、“春晚绿野秀，岩高白云屯”等。在这些诗里我们看到，谢灵运和陶渊明的诗风截然不同，并由此开创了两种不同的诗风。陶渊明体现了高古、质朴、自然、淡雅的诗风，谢灵运则开创了清新、华美、精致、典雅的诗风，尽管如此，山水诗也好，田园诗也好，二者都以自然景物为审美对象，因此后世把田园诗与山水诗合二为一，到唐代形成了以王维、孟浩然为代表的山水田园诗派。

二、颜延之

颜延之（384—456），字延年，琅邪临沂（今山东临沂）人。少孤贫，居陋室，喜读书，无所不览，年30犹未完婚。先仕于晋，入宋后官至光禄大夫，故世称颜光禄。他居身清约，不营财利，自奉节俭，布衣蔬食。同时，他又好饮酒，性情疏诞，恃才傲物，不肯曲阿权要。儿子颜竣为宋武帝器重，做了高官，但他仍过着俭朴的生活，不受儿子资助，还常对儿子说：“平生不喜见要人，今不幸见汝。”他在当时诗坛上名噪一时，与谢灵运并称颜、谢。颜延之的诗作与他的性格之间存在一个奇怪的矛盾现象，反差极大。他虽然为人清高节俭，不贪图名利，不曲阿权要，而他现存的诗却大多为应诏侍宴之辞、应酬唱和之作以及一些拟古乐府的诗歌，这些诗突出地卖弄学问显示才华，因此语言艰深，大量使用典故，爱铺陈，重藻饰，喜对仗，形成了繁密深重、华美典雅的风格，极端发展了陆机的诗歌修辞化倾向，《南史》本传引鲍照对他的评论："铺锦列绣，亦雕绘满眼。"颜延之与谢灵运同时，正是玄学清谈盛行之时，他不受这股风气影响，而是信仰儒学，诗中大量引用的典故都出于儒家经典。崇尚儒学，正是当时皇权政治的需要，刘义隆即位后，大肆鼓吹儒学，确立以儒学为核心的主流意识形态，颜延之的诗正是在这股潮流中形成的"诵美之章"。颜诗的锤炼词句，在艺术上刻苦追求，对后世还是产生了一定的影响。他与谢灵运、鲍照合称"元嘉（文帝刘义隆年号，424—453）三大家"，但三人诗风不同，生活年代与诗歌创作活动时间亦先后有别，由此可看出元嘉诗风不断流变的过程。颜延之介于谢、鲍之间，代表一种不同的诗潮存在。他也有比较平易的诗，如《登景阳楼诗》，俨然是一首五言诗：

风观要春景，月榭迎秋光。
沿波被华若，随山茂贞芳。

第四章　鲍照的成就

鲍照（约414—466），字明远，祖籍上党（今山西长治一带），后迁去东海（今山东苍山），家居建康（今江苏南京）。他出身寒微，自称"家世贫贱"，"负锸下农"（《谢秣陵令表》）。虽也步入仕途，但在南朝那种"上品无寒门，下品无世族”的社会里，他注定一生不得意。20多岁时，他在临川王刘义庆门下，因献诗被赏识，擢为王国侍郎。后任秣陵令，文帝时为中书舍人。最后任临海王刘子顼的参军，故世称“鲍参军”。在刘子顼举兵叛乱失败时，他死于乱军中。他虽与谢灵运、颜延之合称“元嘉三大家”，但成就高于谢、颜，是刘宋时成就最高的作家。然而在当时名声却没有谢、颜大，以至钟嵘在《诗品》中叹息道：“嗟其才秀人微，故取湮当代。”不过在后世，他却越来越受到重视。钟嵘曾指出他的诗“其源出于二张。善制形状写物之词，得景阳之諔诡，含茂先之靡嫚。骨节强于谢琨，驱迈疾于颜延之。总四家而擅美，跨两代而孤出。”沈德潜在《古诗源》中评介说：“明远乐府，如五丁凿山，开人世所未有。”这主要是因为他的乐府体汲取民歌的特点，造成华艳、浅俗、雄放的风格，对齐梁文学产生了很大影响。也就是说，鲍照的诗上承二张下开齐梁，起到了承上启下的作用。鲍照的诗歌创作，明显可分成五言古体与乐府体两大类。五言古体大致有记述行旅、赠答酬唱、拟古仿效和咏物诗，一般产生于某种特定经历与交往中。其中有几首山水诗，但没能在谢灵运的基础上有所突破，往往也在记述完山水美景后拖一个玄言的尾巴，当然这个尾巴比起谢灵运山水诗中的要小多了，这也算是一个小小的进步吧。鲍照的主要成就是乐府体。他的乐府体从内容上说，无论是那些按乐府题意写的还是那些抒写生活经历的感受，都涉及有关人生和社会方面具有普遍意义的问题。在形式上，自建安以后，文人诗逐步与民歌分离，而鲍照则走上一条重新与民歌结合的道路，这些诗虽辞藻比较华美，但不乏强劲骨力，显得俊逸豪放。杜甫曾称他为“俊逸鲍参军”（《春日忆李白》）。陈绎在《诗谱》中评说：“六朝文艺衰缓，唯刘越石、鲍明远有西汉气骨。李、杜筋取此。”总的看来，他的乐府诗用词警策，色泽浓郁，节奏奔放，显示出感情的冲动、激荡与紧张，极少有松弛平淡，造成前所未有的、富于刺激性的奇矫凌厉的总体印象。他真诚坦率，决不矫揉造作，虚情假意。他出身寒微，当时的门阀制度限制了他的发展，因此他奋力抗争，但个人的力量终究无力回天，因此他郁郁不得志，生活道路上充满了悲剧色彩。纵然如此，他一直不甘屈服，竭力抗争。在他以前，那些出身寒微的士人对门阀制度都十分不满，抗争的结果只能走归隐这条路，实际上是逃避。鲍照则不然，他毫不掩饰对人世间的种种追求，他要建功立业，希望得到荣华富贵，能及时享乐，并且认为凭自己的才华应该得到这一切。在《拟行路难十八首》中有若干首表现出他希望建功立业的愿望，然而因出身寒微，难以被重用，因此对门阀制度怀着强烈的不满与反抗。例如其六：

> 对案不能食，拔剑击柱长叹息。丈夫生世能几时，安能蹀躞垂羽翼。弃置罢官去，还家自休息。朝出与亲辞，暮还在亲侧。弄儿床前戏，看妇机中织。自古圣贤尽贫贱，何况我辈孤且直。

这首诗的前两句写内心的愤懑；三、四句写时世环境的限制，使他壮志难酬，很不甘心。下边六句写被朝廷弃置罢官，只得回家守着父母妻儿，满腔怨恨之情在末两句中喷薄而出。“孤”指门第寒微，势单力薄；“直”指自己禀性耿直。“自古圣贤尽贫贱”，那么“孤且直”的人也只有贫贱了。满朝富贵者尽是些什么人，他尽在不言中，直到唐代杜甫的笔下才一言道破：“自古圣贤多薄命，奸雄恶少皆封侯。”（《锦树行》）再看他的一首乐府诗：

> 忆昔少年时，驰逐好名晨。
> 结友多贵门，出入富儿邻。
> 绮罗艳华风，车马自扬尘。
> 歌唱青齐女，弹筝燕赵人。

好酒多芳气，肴味厌时新。
今日每想念，此事邈无因。
寄语后生子，作乐当及春。
——《代少年时至衰老行》

这首诗追忆了年轻时在京城结交贵族，过着奢华风流的生活，车马宴席，秦楼楚馆，令他无限留恋思念。末句点明主旨，就是要趁年轻及时行乐。此外，还有几首诗表达了这种思想，如《代堂上歌行》，说得十分坦率，毫不遮遮盖盖。这正是扬弃儒家礼教，张扬人性，显示个性的结果。儒家讲克己复礼，董记伪儒学更是死死钳制人们的思想，要求人们极大地克制自己。根据马克思在《1844年经济学哲学手稿》中的意见，认为“自我克制，对生活和人的一切需要克制”，必然导致一个人异化本质，也就是说越来越丧失人的本性。自我克制的结果就是抑制真实的人性，出现一副虚伪的面目。经过建安与两晋，老庄显扬，儒学隐退，到鲍照时已用不着克制自己，不必虚情假意地去遵循儒家礼教，他敢于赤裸裸地袒露自己的真情实感，这对齐梁文风也有很大影响。

鲍照生于贫贱，但不甘心安于贫贱，希望能得到富贵，年轻时曾结交贵族，与贵族一起游乐，后来对此还深情思念，无限留恋。他一方面羡慕富贵，另一方面却又鄙视富贵，矛盾的心态造成了他某些乐府诗内涵的复杂性，上边我们列举的《拟行路难》第六首就是一例。再如《代结客少年场行》：

骢马金络头，锦带佩吴钩。
失意杯酒间，白刃起相仇。
追兵一旦至，负剑远行游。
去乡三十载，复得还旧丘。
升高临四关，表里望皇州。

九涂平若水，双阙似云浮。
扶宫罗将相，夹道列王侯。
日中市朝满，车马若川流。
击钟陈鼎食，方驾自相求。
今我独何为，坎壈怀百忧。

这是一首游侠题材的诗，诗人借此来书写自己的情志。主要写侠士避祸他乡30年后归来所见，描绘了居高临下俯视京城所看到的景象，对所看到的将相王侯家钟鸣鼎食的情况既存羡慕之心，又含讥刺之意，结尾自伤穷困不遇。又有《代贫贱苦愁行》：

湮没虽死悲，贫苦即生剧。
长叹至天晓，愁苦穷日夕。
盛颜当少歇，鬓发先老白。
亲友四面绝，朋知断三益。
空庭惭树萱，药饵愧过客。
贫年忘日时，黯颜就人惜。
俄顷不相酬，恧怩面已赤。
或以一金恨，便成百年隙。
心为千条计，事未见一获。
运圮津涂塞，遂转死沟洫。
以此穷百年，不如还窀穸。

这首诗里，已没有羡慕富贵之意了，而是从各个角度描述贫贱者的艰难困苦、孤独无援，虽千方百计寻求摆脱，最终却一事无成，以致辗转死于沟洫之中。最后痛彻心扉地说，照这样穷困一生，还不如立刻命归黄泉。

鲍照还写了若干首边塞诗，有意识地写边塞题材，他在南朝是最早的一人。当然，生活在南朝的鲍照，未必到过蓟北、云中这些地方，诗里写的应是想象中的边塞情况，因此他的边塞诗并不是对战争实况的写照，而是一种对英雄主义精神的颂扬，完全是理想化的，主要是借此来抒情达意。请看其《代出自蓟北门行》：

羽檄起边亭，烽火入咸阳。
征师屯广武，分兵救朔方。
严秋筋竿劲，虏阵精且强。
天子按剑怒，使者遥相望。
雁行缘石径，鱼贯度飞梁。
箫鼓流汉思，旌甲被胡霜。
疾风冲塞起，沙砾自飘扬。
马毛缩如猬，角弓不可张。
时危见臣节，世乱识忠良。
投躯报明主，身死为国殇。

诗中侧重写敌人装备精良、阵容强大，明显呈现敌强我弱之势，加上边塞自然环境恶劣，边疆将士的生活十分艰苦，“时危见臣节，世乱识忠良”，从而写出了边疆将士誓死卫国的决心，情调激昂，气壮山河。诗人借以表达自己建功立业的愿望，同时显示了自己的审美情趣。他有意识地通过边塞风光、军旅生活与迎战强敌等动人心魄的内容，呈现出高度紧张、富于刺激、雄壮有力的诗情，用以激励自己、感染他人。再如《代陈思王白马篇》。陈思王曹植有《白马篇》一首，写“捐躯赴国难，誓死忽如归”的边塞游侠，带有自我写照色彩。鲍照此诗为拟曹植的诗，在这个边塞壮士形象中，也带有他自我写照的色彩，寄寓着渴望建功立业的雄心壮志。鲍照的边塞诗影响了一批梁、陈诗人，他们对此情有独钟，重视边塞题材的独特审美价值，这对唐代诗人产生了很大影响。在此影响下，唐代开创了边塞诗派。

鲍照的乐府体诗特别是《拟行路难》18首中，有若干首是采用杂言诗写的，此外还有《代雉朝飞》等五六首杂言诗。这种杂言式七言歌行体，鲍照是开创者。此类诗音节灵活多变又错综有序，显得雄健奔放又瑰丽多姿，如《拟行路难》：

奉君金卮之美酒，玳瑁玉匣之雕琴。
七彩芙蓉之羽帐，九华蒲萄之锦衾。
红颜零落岁将暮，寒光宛转时欲沉。
愿君裁悲且减思，听我抵节行路吟。
不见柏梁铜雀上，宁闻古时清吹音。

——其一

洛阳名工铸为金博山，千斫复万镂。
上刻秦女携手仙，承君清夜之欢娱。
列置帏里明烛前，外发龙鳞之丹彩，
内含麝芬之紫烟。如今君心一朝异，
对此长叹终百年。

——其二

璇闺玉墀上椒阁，文窗绣户垂罗幕。
中有一人字金兰，被服纤罗蕴芳藿。
春燕差池风散梅，开帏对景弄春爵。
含歌揽涕恒抱愁，人生几时得为乐。
宁作野中之双凫，不愿云间之别鹤。

——其三

君不见河边草，冬时枯死春满道。

君不见城上日，今暝没尽去，明朝复更出。
今我何时当得然，一去永灭入黄泉。
人生苦多欢乐少，意气敷腴在盛年。
且愿得志数相就，床头恒有沽酒钱。
功名竹帛非我事，存亡贵贱付皇天。

——其五

君不见少壮从军去，白首流离不得还。
故乡窅窅日夜隔，音尘断绝阻河关。
朔风萧条白云飞，胡笳哀急边气寒。
听此愁人兮奈何，登山远望得留颜。
将死胡马迹，宁见妻子难。
男儿生世坎坷欲何道，绵忧摧抑起长叹。

——其十四

君不见柏梁台，今日丘墟生草莱。
君不见阿房宫，寒云泽雉栖其中。
歌妓舞女今谁在，高坟垒垒满山隅。
长袖纷纷徒竞世，非我昔时千金躯。
随酒逐乐任意去，莫令含叹下黄垆。

——其十五

君不见冰上霜，表里阴且寒。
虽蒙朝日照，信得几时安。
民生故如此，谁令摧折强相看。
年去年来自如削，白发零落不胜冠。

——其十六

君不见春鸟初至时，百草含青俱作花。
寒风萧索一旦至，竟得几时保光华。
日月流迈不相饶，令我愁思怨恨多。

——其十七

这样的形式特别适宜表达激荡不平的感情，如滚滚洪流冲决大堤，奔腾向前，无阻无挡，大有一泻千里之势。唐代李白特别爱用这种形式写诗，气势非凡，一股郁闷不平之气喷涌而出，吐尽胸中块垒。

汉乐府是当时的民间歌谣，虽然有的粗糙一些，但毕竟是老百姓自己的诗歌，读起来十分亲切，富有生气。到建安时，曹植、王粲等人写的乐府诗开始雅化。后来，陆机、潘岳进一步雅化，渐渐远离闾里歌谣的特色。到谢灵运、颜延之则向典雅深密发展，特别是颜延之，他的诗重藻饰，善雕琢，“铺锦列绣，亦雕绘满眼”，他笔下的拟古乐府体诗也不例外，完全失去了民歌的清新生动，变得堆金垒玉，毫无生气。鲍照返璞归真，他的乐府诗重新走上与民歌结合的道路，但这种结合并非两汉文人作法的重复，而是有所发展，有所创新。他把汉魏乐府的质朴刚健与江南民歌的艳丽浅近结合起来，再加上文人创作的辞采，做到刚柔兼济，华艳与浅俗交织，在语言风格上显示出新的特点。再加上他扬弃儒家礼教，从不克制自己，使人性得以解放，个性得以张扬，因此他的诗总是富于力度，充满激情，主观感情色彩浓厚，自我形象鲜明。这些特点极大地影响了唐代的李白、杜甫、高适、岑参等诗人。胡应麟在《诗薮》中说他“上挽曹、刘之逸步，下开李、杜之先鞭”，主要也是指他的乐府诗而言。

五言四句的诗最早一首应是汉乐府《枯鱼过河泣》，但发展得不算快，到两晋时才重新出现，特别在南方的吴歌中大量涌现，光是《子夜歌》就有42首之多，《子夜四时歌》多达75首，其他还有《团扇郎》《奥侬歌》等等，共有几十首。比起民歌来，文人的此类创作显然落后得多。最早可靠的文人五言四句之作，是东汉诗人张衡的《歌》，以后虽然不断有人写五言四句的诗，但数量都极少。鲍照学习江南民歌写了《吴歌》3首、《采菱歌》7首、《幽兰》5首等共31首。他是诗史上第一个大量写五言四句之作的文人作者，为五言绝句的形成做出了贡献。

顺便提一下，鲍照有一篇《芜城赋》颇负盛名，这是以夸张的笔法把广陵昔日的繁华与刘宋时遭到两次兵祸后的荒凉景象加以对比，悲叹战争破坏的惨重与世事变迁的无常，从中既透露出了沉重的时代伤感，也警示权贵们繁华如梦。在写战后景象一节中，作者在客观景物中寄寓着主观情感，使主观情绪渗透其中，因此在描绘这座荒弃的城市时，显得语调悲怆，气势峭拔，形象阴森狞厉，令人毛骨悚然。

与鲍照同时代的还有一位诗人汤惠休，生平不详，只知他字茂远，起初当过和尚，宋孝武帝爱其才，让他还俗，官至扬州刺史。他的作品大多已佚，只存诗11首，其中10首为乐府诗。他也致力于学习江南民歌，语言华艳浅俗，有四首五言四句的诗。其中《江南思》一诗“幽客海阴路，留戍淮阳津。垂情向春草，知是故乡人”，双句叶平声韵，单句不叶韵，句末为仄声，已颇有些五言绝句的样子。在当时，他与鲍照并提，有“鲍休”之称，但从现存的诗来看，他远不如鲍照。不过他原有集四卷，也许确可与鲍照媲美。他的诗与鲍照的一样，明显体现出了吴声、西曲那种委婉妩媚的韵致。他与鲍照一样是最早写七言四句之作的人，鲍照的《夜听妓诗》二首之二“兰膏消耗夜转多，乱筵杂坐更弦歌。倾情逐节宁不苦，特为盛年惜容华”，显得很粗糙，在情和韵上都和唐人心目中的七绝相去甚远。再看汤惠休的《秋思引》：“秋寒依依风过河，白露萧萧洞庭波。思君末光光已灭，眇眇悲望如思何！”显然比鲍照的高出一筹，已接近唐人心目中的七绝了，可以说这是文人七绝的滥觞。

第五章　谢朓永明新体诗及其他

刘宋统治60年后，到顺帝升明三年（497），政权落入了萧道成手中，建立了齐。南朝齐是一个更短命的朝代，一共才24年。齐朝立国时间虽短，然而在诗歌发展史上却占有重要的一席。但齐朝毕竟立国太短，不少在齐已崭露头角的诗人在齐亡后都入梁。再加上梁代文学延续了齐代文学的发展趋势，因此习惯上“齐梁文学”并称。梁朝立国56年，其中武帝萧衍当政达48年之久，是整个魏晋南北朝政权稳定时间最长的时期，为文学的繁荣提供了较为良好的条件。从齐武帝次子竟陵王萧子良开始，爱好文学，网罗文人，形成了一个庞大的文学集团。其中最著名的有萧衍、沈约、谢朓、王融、萧琛、任昉、范云、陆倕等8人，号称“竟陵八友”。到梁代后，梁武帝萧衍本人就是“竟陵八友”之一，其子萧统、萧纲、萧绎也都爱好文学，并都有一定的创作成就和理论建树。萧统就是主持编选《文选》的昭明太子。《文选》又称《昭明文选》，是我国现存最早的一部诗文总集。萧纲就是倡导宫体文学的简文帝。他们的作为激发了文学兴盛，因此梁代成为南朝文风最盛的时期。陈代在公元557年代梁，当时的主要作家大多在梁代就开始了创作，而且与梁代几个重要的文学集团有着各种关系，因此，陈代文学基本上是沿着梁代文学的道路继续发展的，所以我们在这里可以把齐、梁、陈当作一个整体来看待。

在齐代，出现了两个重要的文学现象，一是“永明体”出现，另一是艳体诗露头。永明是齐武帝年号（483—493）。“竟陵八友”中的沈约与竟陵藩邸中的另一文人周颙都是声韵学家，他们把考辨四声的学问运用到诗歌创作中，并创四声八病说。“竟陵八友”中的谢朓、王融、范云等人也积极参与这种新诗体的创作，从而使古体诗向格律诗演变，这是一次关键性的转折。后经梁代诗人的努力，大致到了陈代，五言律诗已基本成熟。

艳体诗产生的直接原因是对南朝民歌的模仿。南朝民歌在形式上语言华美，色彩浓艳；在内容上多写男女之情。在这些情诗中，有委婉含蓄的，如“朝登凉台上，夕宿兰池里。乘月采芙蓉，夜夜得莲子”（《子夜四时歌·夏歌》）；但也有不少相当直露，赤裸裸地描写两情相交，如“情知三夏热，今日偏独甚。香中拂玉席，共郎登楼寝”（同上）、“开窗秋月光，灭烛解罗裳。含笑帷幌里，举体兰蕙香”（《子夜四时歌·秋歌》），实在是绮丽香艳得很。在南朝，儒家礼教早被扬弃，人性得以张扬，个性得以凸显，鲍照已敢于赤裸裸地袒露自己的真情实感，而且诗风华艳，再加以受民间风情小调的熏染，因此在他的诗中已有不少艳情成分。至齐代谢朓、沈约等人，有了进一步发展，已完全是艳情诗了，如谢朓的《赠王主簿诗》二首之二：“清吹要碧玉，调弦命绿珠。轻歌急绮带，含笑解罗襦……”真有些左拥右抱寻欢作乐的味道。沈约的《六忆诗》四首之四：“忆眠时，人眠强未眠。解罗不待劝，就枕更须牵。复恐旁人见，娇羞在烛前。”把男女间的事赤裸裸地写了出来，其性感方面实在超过了后来梁代的大多数宫体诗。梁代宫体诗兴起的原因，除了南朝民歌与谢、沈的艳诗为先导外，还受到当时文学理论的导引。梁简文帝萧纲在《诫当阳公大心书》中说：“立身之道，与文章异：立身先须谨重，文章且须放荡。”所谓“放荡”，就是无拘无束，自由表达真情实感，人性不受压抑，个性不被拘束，要表达真性情，男欢女爱也是人之常情，完全可以毫无顾忌地表达。因此至梁代，艳体诗发展成为“宫体诗”，风靡了梁、陈、隋、初唐；至晚唐又有所抬头，五代及其后的诗词中仍不断留有痕迹。

一、谢朓

谢朓（464—499），字玄晖，陈郡阳夏（今河南太康）人，与谢灵运同族，均擅长山水诗，因此后人“大小谢”并称。他于永明（483—493）初出仕，先在京城任职，经常出入竟陵王萧子良的藩邸，为“竟陵八友”之一，在文学上享有很高声誉，他是“永明体”的代表诗人。后出任荆州随王萧子隆幕僚，很受赏识。这一段时间，他的处境比较好。永明十一年（493），他遭受谗言，被召回京师，逐渐陷入困境。这时武帝逝世，齐政权不稳，由于他的家庭与个人的声誉，篡政夺权者都企图拉拢他为羽翼，使他深感危险。从萧鸾（明帝）专权至篡政，到始安王萧遥光谋废东昏侯自立，都曾拉拢他。他的官职也不断提升。从宣城太守到尚书吏部郎，但危险也越来越逼近，终因有意泄露了萧遥光的阴谋，被诬陷下狱而死，时仅36岁。

在世族门阀制度中，王谢两家的门第最高，作为显赫世族的谢氏，在上层权力之争中，不可能置身于外，由于过多地卷入，就不断有人死于非命，他的前辈诗人谢灵运就是因此被杀的，他的两个伯伯在刘宋时被杀，他的父亲谢纬也差一点牵连进去。因此，他虽出身世族，开始时仕途也颇顺利，但对当时险恶的政治现实却深怀畏惧。他生性软弱谨慎，处事不果断，唯求自保，他的性格决定了他诗歌中流露出来的感情，大多表现为迷惘、忧伤，写景也大多清丽悠远，极少有强烈激荡的情绪，也极少有刺目的色彩和跳动不宁的形象。他曾对沈约说：“好诗圆美流转如弹丸。”这确是他的诗歌特点，概括地说，谢朓的诗秀丽、清新、灵动、轻盈。

在永明前期，他任职于京师，并成为“竟陵八友”之一，主要在建康（今江苏南京）活动，所做的诗一为出游，二为侍宴酬唱。写出游的诗中，《游东田》一首一直被人赞赏。我们先来看看这首诗：

戚戚苦无悰，携手共行乐。
寻云陟累榭，随山望菌阁。
远树暧阡阡，生烟纷漠漠。
鱼戏新荷动，鸟散馀花落。
不对芳春酒，还望青山郭。

在这首诗中，“远树”以下四句，特别为人激赏。这是写在台榭上俯视四周所见，前两句是说只见远树郁郁葱葱，烟雾缭绕。后两句一是说水中鱼儿嬉戏，使得新生的荷叶不停晃动；下一句说停在花树上的鸟儿四散飞起，使得树上落英缤纷。这全是眼前物、平常景，诗人却善于从寻常景物中发现新鲜动人的美，紧紧抓住最具美感的景物构造清丽的意象。永明十一年以后，他出为宣州（今安徽省宣城市）太守，在离京赴宣州途中，把一路所见所思写了一首《晚登三山还望京邑》：

灞涘望长安，河阳视京县。
白日丽飞甍，参差皆可见。
馀霞散成绮，澄江静如练。
喧鸟覆春洲，杂英满芳甸。
去矣方滞淫，怀哉罢欢宴。
佳期怅何许，泪下如流霰。
有情知望乡，谁能鬒不变。

这首诗里充满了浓郁的愁绪，这不仅是离乡的伤感，也掺杂着对复杂的政治无可奈何的心情，蕴含着对自己仕途的忧虑。谢朓以写景见长，这首诗写登三山所见，从巍峨的皇宫、浩瀚的长江到洲渚上的禽鸟与花草，一一写来，语言自然流畅，景色清丽多姿，写得鲜明生动。其中“馀霞散成绮，澄江静如练”两句，十分脍炙人口，成千古名句。李白有诗曰：“解道澄江静如练，令人长忆谢玄晖。”在出任宣州太守途中，他还写过一首《之宣城郡出新林浦向桥》，也很有名：

江路西南永，归流东北骛。
天际识归舟，云中辨江树。
旅思倦摇摇，孤游昔已屡。
既欢怀禄情，复协沧洲趣。
嚣尘自兹隔，赏心于此遇。
虽无玄豹姿，终隐南山雾。

看来他是乘船去宣州上任的，诗中先写江行所见的景色，再写此时心情，感到远离京城出仕外郡，也未尝不是一件可喜的事。离开这嘈杂污浊的环境（指京城），远隔尘嚣，喜爱的生活将从此时此地开始，诗中含有远害全身的思想。这首诗同样以写景见长，其中“天际识归舟，云中辨江树”也是千古名句。宋代柳永在《八声甘州》中略加改造，写成“想佳人妆楼颙望，误几回天际识归舟？”更觉悱恻委婉，情意绵绵。

谢朓对山水诗的发展有突出的贡献，他的山水写景诗继承了谢灵运的山水诗，吸收了其中细致观察与逼真描写自然景物的特点，克服了谢灵运诗的情、景、理三者分离之弊，避免了谢灵运晦涩、平板之病，在写作方法上改变了谢灵运一一记述游历过程、寓目成句、随意铺排的做法，而更多地对所见景物进行一番选择、提炼、精心安排，摆脱了以往文人诗中常见的冗长、深芜、文辞繁缛、隐晦曲折的弊病，显得清新优美、简洁明白、自然流畅。他是由晋诗到唐诗的过渡人物，严羽在《沧浪诗话》中说：“谢朓之诗，已有全篇似唐人者。”因此他深受唐人的喜爱，即使高傲如李白，也对他一而再再而三地赞扬，在其《金陵城西楼月下吟》中说：“解道澄江静如练，令人长忆谢玄晖。”在《新林阻风寄友人》中说：“明发新林浦，空吟谢朓诗。”在《酬殷明佐》中说：“我吟谢朓诗上语，朔风飒飒吹飞雨。”在《宣城谢朓楼饯别校书叔云》中说：“蓬莱文章建安骨，中间小谢又清发。”真是“一生倾倒谢玄晖”。杜甫也很推崇谢朓，在《寄岑嘉州》中说：“谢朓每篇堪讽诵。”可见谢朓对后世影响之大，非南朝他人可比。

二、沈约

沈约（441—513），字休文，吴兴武康（今浙江德清）人。家世仕宦，其父沈璞于刘宋元嘉年间（424—453）被杀，他潜逃得免，后遇赦，然家道已衰败，孤贫无助，而笃志好学，博通群籍，善诗文。仕宋、齐、梁三代，在齐与萧衍同属“竟陵八友”，因此萧衍谋篡时，他参与决策大计，为佐命之臣，梁立国后，官至尚书令，封建昌县侯。天监十二年卒，时72岁。沈约学兼文史，在齐梁为文坛领袖，一直是领风气之先。他倡导声律，并与谢朓等创“新体诗”，称“永明体”，讲究声律对仗，使中国古代的诗歌由较为自由的古体诗，发展成为讲究格律的近体诗（指律诗与绝句），为唐诗的成熟，准备了先决条件，打下了坚实的基础。他主张诗歌语言应当浅近易懂，注重雅俗结合，并在自己的创作中进行实践，写了很多模仿民歌的作品。现存诗196首，这些诗正如胡应麟在《诗薮》中所说：“诸作材力有馀，风神全乏。”指他的诗在辞藻音韵、学识素养各方面都绰绰有余，但感人的东西不多。因此作为诗人，他并不出色，然而对建立中国古代格律诗，他立了头功。他还著有《四声谱》和《宋书》。当然，沈约的诗也并非毫无可取之处，并不是全都缺乏的“风神”，有的诗还是很有真情的，如《别范安成》：

生平少年日，分手易前期。
及尔同衰暮，非复别离时。
勿言一樽酒，明日难重持。
梦中不识路，何以慰相思？

此诗情真意切。人在少时，视离别为寻常事；及至衰暮之年，因来日不多，唯恐一别之后，再难相见了。莫小看这区区一樽送别之酒，明日就再也不能这样对饮了。结尾处不说相逢在梦里，而是说梦中也难以相逢，更觉深情无限。他的几首写景诗很有特色，非一般泛泛之作，我们来看看下边这三首诗：

危峰带北阜，高顶出南岑。
中有陵风榭，回望川之阴。
岸险每增减，湍平互浅深。
水流本三派，台高乃四临。
上有离群客，客有慕归心。
落晖映长浦，焕景烛中浔。
云生岭乍黑，日下溪半阴。
信美非吾土，何事不抽簪。

——《登玄畅楼诗》

眷言访舟客，兹川信可珍。
洞澈随清浅，皎镜无冬春。
千仞写高树，百丈见游鳞。
沧浪有时浊，清济涸无津。
岂若乘斯去，俯映石磷磷。
纷吾隔嚣滓，宁假濯衣巾。

愿以潺湲水，沾君缨上尘。

——《新安江至清浅深见底贻京邑游好诗》

夙龄爱远壑，晚莅见奇山。
标峰彩虹外，置岭白云间。
倾壁忽斜竖，绝顶复孤圆。
归海流漫漫，出浦水溅溅。
野棠开未落，山樱发欲然。
忘归属兰杜，怀禄寄芳荃。
眷言采三秀，徘徊望九仙。

——《早发定山诗》

第一首一开头就如奇峰突起，扑面而立，于悬崖峭壁外，又有平川险岸，缓促相间，迂徐有节，令人读来不至于太紧张，也不至于太平淡，缓促有序，紧扣心弦。第二首也有上述特点，而景色更觉美妙。第三首意境优美，语言清秀明丽，声韵和谐，属对自然，开唐人排律之先声。再如《登北固楼》：

六代旧山川，兴亡几百年。
繁华今寂寞，朝市昔喧阗。
夜月琉璃水，春风柳色天。
伤时为怀古，垂泪国门前。

这首诗在韵律上已接近五律，比唐人写的拗律还正规不少。五律由此不断改进，渐趋成熟。

三、范云

范云（451—503），字彦龙，南乡舞阴（今河南泌阳）人。

他也是“竟陵八友”之一，萧衍篡齐时，他也参与决策，梁立国后，官至尚书右仆射，封霄城县侯。他以能诗见称，特色正如钟嵘在《诗品》中指出的那样：“范诗清新宛转，如流风回雪。”例如《之零陵郡次新亭》：

江干远树浮，天末孤烟起。
江天自如合，烟树还相似。
沧流未可源，高飘去何已。

这首诗是到零陵（今湖南零陵）上任时写的，写零陵景色如绘，用语浅近而不俗，“江”字两次明现一次暗现（沧流也是指江），音节、意象衔接回环，婉转优美。末两句使境界拓阔，悠远潇洒，绵延不绝。又如《送别》：

东风柳线长，送郎上河梁。
未尽樽前酒，妾泪已千行。
不愁书难寄，但恐鬓将霜。
望怀白首约，江上早归航。

这首诗用浅语表达深情，以女子的口吻来写，显然是有意学南朝民歌，委婉缠绵，深情无限。再看他的《巫山高》：

巫山高不极，白日隐光辉。
霭霭朝云去，溟溟暮雨归。
岩悬兽无迹，林暗鸟惊飞。
枕席竟谁荐，相望空依依。

这首诗用的虽然是乐府旧题，咏巫山神女的故事，但在韵律上、写法上已十分接近五律，由此可见古体诗正逐步向近体诗过渡。

四、江淹

江淹（444—505），字文通，济阳考城（今河南兰考）人。父亲做过县令，早逝，因此江淹少孤而家贫。他爱文学，善诗赋，有才名。刘宋时入仕，并不得志，只辗转于诸王幕府。齐立国后，萧道成赏识他的才华，于是逐渐显达，后依附萧衍，在梁朝官至金紫光禄大夫，封醴陵伯。高官厚禄后，养尊处优，缺乏创作激情，也懒于锤炼词句，因此为诗“绝无美句，时人谓之才尽”（《南史》本传）。这就是“江郎才尽”典故的由来。江淹是以一篇《别赋》出名的，他的诗虽然被称为“幽丽精工”，平心而论其实并不很出色，但在当时代表了一种倾向。我们知道在永明以后，诗歌越来越注重韵律，逐步由自由化的古体向格律化的近体过渡，在这股潮流中，江淹却是逆向而行。他的诗主要是模仿前人，其文集中公开标明模拟前人的就有《学魏文帝诗》《效阮公诗十五首》，还有《杂体诗三十首》。在自序中标明是学习汉魏以来各名家的，其中大多数从内容、篇制、用词等多方面，确能酷肖前人，有的几可乱真，可见他在钻研、体会前人作品上下了很大功夫。但模拟得再像，也无非在被模拟者名下增加几篇相似的作品，没有创新，因而也就没有多少价值。由于性格、教养、经历与审美情趣的不同，一个作家要惟妙惟肖地学习并掌握各种风格，毕竟是十分困难的。仿制的东西，造得再像，也仍然是仿制品。模仿是没有出路的，诗的出路在创新。当然江淹的诗也并非一无可取，他的诗在当时充满绮丽之辞的文坛上弹唱了一曲别调，有的诗在流丽中带有峭拔苍劲之气，显得苍凉厚重，如少数几首山水诗就是这样，可惜为数不多。我们来看看他的《步桐台》吧：

客子畏霜雪，忧至竟悠哉。
绮帷生网罗，宝刀积尘埃。
思君出汉北，鞍马登楚台。
岁彩合云光，平原秋色来。
寂听积空意，凝望信长怀。
蕙芬自有美，光景讵徘徊。
山中忽缓驾，暮雪将盈阶。

五、何逊

何逊（？—约518），字仲言，东海郯（今山东郯城）人。8岁能诗，少时即为范云赏识，结为忘年交。20岁左右举为州秀才。曾为梁武帝宠信，但不久即失宠。一生中主要为诸王幕僚，卒于庐陵王萧续记室任上，有《何记室集》，存诗90馀首。诗的内容多羁旅与酬答，又往往二者结合在一起。这些诗工于写景抒情，讲究声律，格调清新，语言精练，文辞浅中见雅，在当时绮艳流荡的诗风中能独标一格。他的诗在格调上常有谢朓风致，但谢诗常常以出语天然取胜，深得李白喜爱；而何诗主要以修辞的简练精当擅长，为杜甫所赞赏。杜甫曾有诗云"颇学阴何苦用心"（《解闷》之七），又云"能诗何水部"（《北邻》），一直对他念念不忘。他与谢朓一样善于写景，但谢诗中常常把自然景物单纯作为欣赏对象来描绘，而何诗中常把景物与主观情绪融为一体，写景服从抒情的需要，以景传情。从语言、声律、意象选择与抒情的配合等诸方面来看，何诗向唐诗又迈进了一步，更为接近，中国古代诗歌的发展历程，就是一步一步向唐诗靠拢。让我们来读几首何逊的诗吧。先看《野夕答孙郎擢》：

山中气色满，墟上生烟露。
杳杳星出云，啾啾雀隐树。

虚馆无宾客，幽居乏欢趣。
思君意不穷，长如流水注。

这首诗前四句写景，后四句抒情，用比喻结尾，颇似唐人律诗的写法，当然韵律未协，颇有些唐人拗律的味道。其他如《赠王左丞》《敬赠王明府》《日夕出富阳浦口和朗公》《从镇江州与游故别》等等，都有类似情况。特别是《日夕出富阳浦口和朗公》一诗，中间两联属对工稳，已完全是五律的韵律和格调了："山烟涵树色，江水映霞晖。独鹤凌空逝，双凫出浪飞。"再来看他的另一首诗《入西塞示南府同僚》：

露清晓风冷，天曙江晃爽。
薄云岩际出，初月波中上。
黯黯连嶂阴，骚骚急沫响。
回楂急碍浪，群飞争戏广。
伊余本羁客，重睽复心赏。
望乡虽一路，怀归成二想。
在昔爱名山，自知欢独往。
情游乃落魄，得性随怡养。
年事以蹉跎，生平任浩荡。
方还让夷路，谁知羡鱼网。

这首诗中的第三、四句，后来杜甫在《宿江边阁》一诗中加以改造翻新成"薄云岩际宿，孤月浪中翻"。虽然只改动了4个字，但显得更为生动。特别是前一句，把"出"字改成"宿"字，虽然只一字之差，但把云人格化了。后一句原来显得较平静，经杜甫一改，显得活泼生动，很有声势。其他如《慈姥矶》：

暮烟起遥岸，斜日照安流。
一同心赏夕，暂解去乡忧。
绕岸平沙合，连山远雾浮。
客悲不自已，江上望归舟。

这也是何逊的一首名作，很接近唐诗的风格，同时，展现了他的诗中屡屡出现的浓得化不开的乡愁。暮色、夜景、客悲、乡忧经常出现在他的诗中，此景此情巧妙结合，相互映衬。他的几首小诗写得也不错，如：

客心已百念，孤游重千里。
江暗雨欲来，浪白风初起。

——《相送》

这是辞别送行者的诗，是他的小诗中最为著名的一首，已完全接近唐人的五言古绝了。后两句刻画细腻，对江面上"雨欲来"时的景色写得十分真切。另外，他有五绝形式的《闺怨诗》两首，对唐人影响也很大，唐代不少著名诗人如李白、王昌龄、王维等都写过很有名的闺怨诗。他还有《咏舞妓》《咏娼妇》等诗，一写舞女的美妙情态，一写娼妇的优美睡态，这种描写女性的美和表现艳情的内容，对后来宫体诗的产生与盛行不能不说是起了先导作用。

六、吴均

吴均（469—520），字叔庠，吴兴故鄣（今浙江安吉）人。出身寒门，仕途不利，一生沉居下僚，官只至奉朝请，是无职无权的闲散官员。他精于史学，晚年受命撰通史，未成而卒。在梁代，他与何逊齐名，但两人诗歌风格不同。他的五言诗语言较质朴，对仗不务工巧，追求一种雄健豪迈的气势。《南史·吴均传》说："均文体清拔有古气，好事者或教之，谓为‘吴均体’。”例如《咏宝剑》：

我有一宝剑，出自昆吾溪。
照人如照水，切玉如切泥。
锷边霜凛凛，匣上风凄凄。
寄语张公子，何当来见携。

这首诗虽有齐梁时组织严密、多用对仗的特点，但句法、语言、格调却接近汉魏古风。在当时绮丽柔美的诗风下，透出一股刚健雄迈的气势，独标一格。这种刚健清拔的风格很适宜于写边塞诗，因此吴均继续走鲍照走过的路，写了不少边塞诗。例如《从军行》：

男儿亦可怜，立功在北边。
阵头横却月，马腹带连钱。
怀戈发陇坻，乘冻至辽边。
微诚君不爱，终自直如弦。

从当时实际情况来看，梁离北方的陇辽边塞很遥远，因此这首诗里写的也与鲍照一样，全是想象中的事，借以抒发自己的豪情壮怀，颂扬英雄主义精神。最后两句令人深思，这正是吴均写他自己的品格与遭遇，暗暗流露出对当时统治者的不满。梁代还有不少人写边塞诗，但都没有像他的边塞诗那样雄壮。这样雄壮豪迈的边塞诗，上承鲍照，下开唐代高岑的边塞诗派。吴均还有《行路难》五首，前两首通体是七言，后三首前边穿插一两句六言或九言外，基本上也是七言。至今保存下来的最早的完整的七言诗是魏文帝曹丕的《燕歌行》，是一韵到底，而吴均这组《行路难》属于转韵七言体，四句一韵，很整齐。以《行路难五首》中的第一首为例，以见一斑：

洞庭水上一株桐，经霜触浪困严风。
昔时抽心曜白日，今旦卧死黄沙中。
洛阳名工见咨嗟，一剪一刻作琵琶。
白璧规心学明月，珊瑚映面作风花。
帝王见赏不见忘，提携把握登建章。
掩抑摧藏张女弹，殷勤促柱楚明光。
年年月月对君子，遥遥夜夜宿未央。
未央彩女弃鸣篪，争先拂拭生光仪。
茱萸锦衣玉作匣，安念昔日枯树枝。
不学衡山南岭桂，至今千载犹未知。

曹丕写了一首七言诗后，直到梁代以前，写五言体已成风气，写七言体的人却很少，吴均以后才见到萧纲、萧绎兄弟写的七言诗。吴均与萧氏兄弟虽然都是梁代人，但吴均死时，萧纲17岁，萧绎才12岁，都还不是能写诗的年岁，很明显，二萧写七言诗受了吴均的影响。因此，吴均的几首七言诗在七言歌行的发展史上，是有一定的地位的。另外，吴均还有《杂绝句》四首，这是我们看到的文人笔下首先出现的绝句这个名称。

七、萧衍

萧衍（464—549），即梁武帝，字叔达，南兰陵（今江苏常州）人。与齐皇室为同宗。齐武帝死后，萧鸾专权，连废二帝，终于篡位，但在位仅5年。死后，其子东昏侯继位，朝政日非，萧衍举兵攻东昏侯，立和帝，旋即夺取帝位，在位48年。晚年，东魏降将侯景叛乱，攻破都城，他被困宫中，饥饿而死。在齐时，他是“竟陵八友”之一，称帝后，对文学的爱好仍然不衰。他精通音乐，爱好民歌。存诗90馀首，半数以上是乐府诗，大多数为模仿南朝民歌，其中《子夜四时歌》16首，模仿得惟妙惟肖。还有《江南弄》七曲，每首都由三个七言句与四个三言句组成，有固定格式，因此后人写词曲史在论及词曲起源时，追溯及此。其实这是错觉，这绝非词的源头。让我们来看看他的《江南弄·采菱曲》：

（和云：菱歌女，解佩戏江南。）

江南稚女珠腕绳，金翠摇首红颜兴，桂棹容与歌采菱。

歌采菱，心未怡，翳罗袖，望所思。

这首诗节奏轻快优美，曼妙悠扬，色彩鲜明，真切地写出了一个情窦初开少女的神情体态。

八、萧统

萧统（501—531），字德施，武帝长子，立为太子。早卒，谥“昭明”，后世称之为“昭明太子”。他十分爱好文学，史称其“引纳才学之士，赏爱无倦，恒自讨论坟籍。或与学士商榷古今，继以文章著述，率以为常”。当时围绕他的太子东宫，曾形成一个兴旺的文学集团。《文心雕龙》的作者刘勰也曾是其中一员。今存诗30馀首，都较一般，倒是由他主持编纂的《文选》，对后世影响很大，成为后世学子学习诗文的范本，杜甫曾嘱咐他儿子要“熟精《文选》理”（《宗武生日》）。

《文选》又称《昭明文选》，是我国现存最早的一部诗文总集。所录诗文始于先秦迄于梁代，其中最早的是屈原的作品，最迟的有江淹、丘迟等梁代人的作品。《文选》注意到了文学与非文学的区别，因此除诗、赋二大类外，对于文章，主要选能独立成篇而又富有文采的作品。儒家的经书、诸子著作与历史著作，均被排除在外，连《诗经》也不予入选。对入选的作品，按题材分类编排。一部《昭明文选》，哺育着后世一代又一代的文人。

九、萧纲

萧纲（503—551），即简文帝，字世缵，武帝第三子。萧统死后，他被立为太子。武帝去世后，他做了两年傀儡皇帝，终于被侯景杀害。他是宫体文学的倡导者，影响很大，风靡了梁、陈、隋、初唐，而且在晚唐、五代再度泛滥，在其后的诗词中继续留下了它的痕迹。对宫体文学，不管后人如何评价，它的存在与影响都是不容忽视的。

“宫体文学”首先是指诗歌而言，即所谓“宫体诗”。“宫”是指太子东宫，在萧纲为太子时，围绕他形成一个以东宫僚属为主要成员的文学集团，他们的一部分诗歌专门写男女之情以及女子的容貌、举止、情态，兼及她们的生活环境、使用器物等等，形成显著特征，这类诗统称为“宫体诗”，其影响颇为广泛。在语言风格上，宫体诗辞采秾丽，描写精细，音乐性强。其五言诗普遍注重声律的和谐，是永明新体的发展；七言诗轻快流转，具有民歌风格。与传统的表现女性的文学作品相比，在描写女性方面，更直率、更单纯，不必伴随一个道德性的主题来掩掩盖盖，这与萧纲的文学主张是一致的。他反对文学作品生硬地去模仿儒家经典，主张“寓目写心，因事而作”（《答张缵谢示集书》），提出“立身之道与文章异，立身先须谨重，文章且须放荡”（《诫当阳公大心书》）。不像传统的表现女性美的诗，多用比喻、象征手法，有意拉大读者与作品间的距离，宫体诗作者用切近的眼光和真实、细致的笔法来直接表达，使读者如见其形，如闻其声，十分贴近。宫体诗那种直率的表达，毫无掩饰的描绘，完全不要虚饰的道德主题，违背了传统的儒家诗教，因此从唐代开始，一直受到严厉批判。其实宫体诗并非像人们想象的那样，是反映当时宫廷的荒淫生活。南朝固然出了不少荒淫的皇帝，其中尤为甚者如宋前废帝刘子业、齐东昏侯萧宝卷等，说来令人发指。但是萧纲的生活态度还是比较检点，史传对他评价不低，《梁书·简文帝纪》称其："养德东朝，声被夷夏，洎乎继统，实有人君之懿。"从宫体诗来看，也并非满纸"淫哇"之声，并无多少"色情"的成分。单纯表现女性体态之美，这是继田园、山水之后，审美领域进一步扩展的结果，不必大惊小怪，在文学中应该允许存在。萧纲是宫体诗的倡导者，他的《咏内人昼眠》，历来被认为是一首典型的宫体诗，可作为宫体诗中的代表作，让我们来具体观察一下这首诗：

北窗聊就枕，南檐日未斜。
攀钩落绮障，插捩举琵琶。
梦笑开娇靥，眠鬟压落花。
簟文生玉腕，香汗浸红纱。
夫婿恒相伴，莫误是倡家。

这首诗细致地描绘了一个年轻女子的睡态美，写得那么直率，描绘得那么精细，让人看到一个鲜活的睡美人，但这里丝毫不涉及淫乱。而且为了不过分越轨，末两句还点明，这是一个良家妇女，在一旁相伴的是她的丈夫。因此，这首诗在道德上并无可指责之处。萧纲的宫体诗，大体都是如此，没有色情描写。萧纲还有不少咏物诗，都以纤巧细腻见长。例如《咏烟》：

浮空覆杂影，含露密花藤。
乍如落霞发，颇似巫云登。
映光飞百仞，从风散九层。
欲持翡翠色，时吐鲸鱼灯。

诗中把我们常见的烟写得如此细致入微，真是难能可贵。还有常被人们引用的《赋得入阶雨》，也明显具有这样的特点。应该肯定，这也是一种美，这是从平常事物中发现的一种美。其实美到处都存在，就看我们有没有一双善于发现美的眼睛了。

萧纲还写了不少七言诗，写得都比较轻快流畅，对促进七言诗的发展与成熟有一定的贡献。他的《上留田行》为七言四句之作，虽音律未协，但为七言绝句的形成探索了道路。

宫体诗向来被斥为“浮艳淫靡”，被一笔抹杀。有人说“在梁陈宫体诗中”存在“表现淫荡生活内容的作品”，我以为这说法并不确切，其实宫体诗中并无多少色情描写，要说写得比较轻浮的作品是有，但还不能斥之为淫荡。它之所以历来备受斥责，全在于它有悖于儒家诗教。其实宫体诗注重描写女性的体貌美，扩展了审美范围，丰富了诗的内容，因此不应该全盘否定。当然，宫体诗也有其本身的弱点，那就是过于纤细柔弱，而且诗里所表现的女性美，全是男人眼中的女子，女性完全成为审美的物品出现。加上齐梁陈都是偏安江南的短命朝代，萧纲、萧绎、陈叔宝都是失败的政治家，他们当政之时，不图振作有为，只热衷于鉴赏女性美，沉湎于男女之情。“英雄气短，儿女情长”，作为常人来说可以谅解，作为政治家却是致命的弱点。在艺术上，在诗歌旳发展过程中，宫体诗是有贡献的，它汲取了吴歌西曲的艺术形式，继续了“永明体”的探索，十分注重辞藻、对偶和声律，使中国古典诗更趋格律化，从而促进了近体诗（律诗和绝句）的形成，为唐诗的繁荣提供了一定的条件。

为张扬其文学主张，萧纲曾命徐陵编了一部诗歌总集《玉台新咏》，专收自汉迄梁关于男女爱情和描写女性的诗，重点是当时兴起的宫体诗。这部书与《昭明文选》形成鲜明对比：《文选》崇雅，《玉台》趋俗；《文选》不重视民歌，《玉台》收录了大量民歌；《文选》多收魏晋作品，《玉台》多收当代诗歌。许多《文选》未收的优秀作品赖此书得以保存，其中最为杰出的有《古诗为焦仲卿妻作》（即《孔雀东南飞》），还有《日出东南隅行》（即《陌上桑》）等，这些优秀叙事诗对后世都产生了不小影响。

十、萧绎

萧绎（508—554），即梁元帝，字世诚，武帝第七子。初封湘东王，镇守江陵。时侯景作乱，幽死武帝，杀简文帝，自称汉皇帝。在平定侯景之乱后，萧绎即位于江陵。三年后，在西魏军攻破江陵时被杀。他的文学观与创作风格均与萧纲接近，他们的文学理论都是把政治与文学彻底分开，主张文学不必受政治制约，更不是政治的附庸，有绝对的自由，不妨“放荡”，文学自身的独立价值得到了肯定，拓宽了文学自由发展的空间。但是文学与政治彻底分离后，诗也就不再是“言志”的载体，也就失去了作为“经国之大业”的价值，满纸“绮筵公子，绣幌佳人”，这样的诗能有多少分量，岂不真成了“雕虫小技”！这是二萧的文学理论可能会产生的负面影响，也许这是他们始料不及的。我想这也正是在唐以后他们受到严厉批判的原因吧。他与围绕他的文学集团，也可归入宫体诗派。他的咏物诗也与萧纲一样纤巧细腻，如《咏雾》：

三晨生远雾，五里暗城闉。
从风疑细雨，映日似游尘。
乍若飞烟散，时如佳气新。
不妨鸣树鸟，时蔽摘花人。

他又有七言诗14首，风格也大多与萧纲近似。其中有《燕歌行》一首则接近吴均的《行路难》，也是一首转韵诗：

燕赵佳人本自多，辽东少妇学春歌。
黄龙戍北花如锦，玄菟城前月似蛾。
如何此时别夫婿，金羁翠眊往交河。
还闻入汉去燕营，怨妾愁心百恨生。
漫漫悠悠天未晓，遥遥夜夜听寒更。
自从异县同心别，偏恨同时成异节。
横波满脸万行啼，翠眉渐敛千重结。
并海连天合不开，那堪春日上春台。
乍见远舟如落叶，复看遥舸似行杯。
沙汀夜鹤啸羁雌，妾心无趣坐伤离。
翻嗟汉使音尘断，空伤贱妾燕南垂。

这也是一首宫体风格的诗作，全诗音节流荡，风情摇曳。全篇可分为五小节，除开头一节六句外，其馀均为四句一转韵，转韵时第一句起韵，整齐中见变化，增强了诗歌的音乐感。此诗上承吴均，下开后世长篇歌行四句一转韵的格式，唐人张若虚著名的《春江花月夜》即用此格式。

十一、徐陵

徐陵（507—583），字孝穆，东海郯（今山东郯城）人。年轻时，与其父徐摛一起出入萧纲门下，为宫体文学集团的核心人物之一。曾奉萧纲之命编了一部专收艳情诗的诗歌总集《玉台新咏》。入陈以后，他颇受重用，历任吏部尚书、尚书左仆射、太子少傅，封建昌县侯。曾与庾信并称“徐庾”，而且“徐庾体”被作为宫体诗的代名词。他在当时实为“一代文宗”，据《南史·徐陵传》载：“国家有大手笔，必命陵草之，其文颇变旧体，缉裁巧密，多有新意。每一文出，好事者已传写成诵，遂传于周、齐，家有其本。”可见当时他的名声很大。他的宫体诗和咏物诗也跟萧纲一样和婉流畅、纤巧细腻。他有《杂曲》一首，是七言歌行体，四句一转韵，平仄韵相间。七言转韵歌行体，梁代吴均、萧绎都写过，但都不是平仄韵相间，不像徐陵的诗那样有规则。采用平仄韵相间，更觉和谐婉转。当时与他同赋的还有几人，其中傅縡的《杂曲》，也严格采用四句一转韵，平仄韵相间，这奠定了初唐歌行体的基本格式。徐陵还有几首乐府题的边塞诗也很有特色，其中《关山月》二首的第二首尤为出色：

月出柳城东，微云掩复通。
苍茫萦白晕，萧瑟带长风。
羌兵烧上郡，胡骑猎云中。
将军拥节起，战士夜鸣弓。

前四句写景，点明环境，渲染气氛。五、六句交代战争起因与作战对象，说明外族入侵骚扰的情况。最后两句是全诗的重点，把前边的叙述逐步凝聚到一点。这是一场自卫反击战，因此从将军到战士都斗志昂扬。从全诗来看，前六句蓄势，聚焦到最后两句上。这种结构方式后来在唐诗中很常见。

十二、陈叔宝

陈叔宝（553—604），字元秀，史称陈后主，吴兴长城（今浙江湖州）人。太建元年（569）立为皇太子，太建十四年（582）即位，在位7年，灭于隋。他缺乏政治才干，但颇具文才，能诗，围绕他形成了一个宫体文学集团，宫体诗进入鼎盛时期。他的《玉树后庭花》一曲，一直被斥为“亡国之音”：

丽宇芳林对高阁，新妆艳质本倾城。
映户凝娇乍不进，出帷含态笑相迎。

妖姬脸似花含露，玉树流光照后庭。

《隋书·乐志》称其“绮艳相高，极于轻荡。男女唱和，其音甚哀”。这首诗确实“绮艳”，当然谈不上庄重，但并不淫荡，说是“亡国之音”，恐怕完全因为陈后主是个亡国之君。当然，作为一国之君，若一味沉湎于声色之中，难免要招致亡国，至于这首诗与亡国实则并无必然联系。他的仿民歌小诗写得清新流丽，他的山水诗描写景物如画，如《同江仆射游摄山栖霞寺》：

时宰磻溪心，非关狎竹林。
鹫岳青松绕，鸡峰白日沉。
天迥浮云细，山空明月深。
摧残枯树影，零落古藤阴。
霜村夜乌去，风路寒猿吟。
自悲堪出俗，讵是欲抽簪。

这首诗从第三句开始一共用八句来描写景物，读后如见其形、如闻其声。陈叔宝与围绕在他身边的一群宫体诗人的诗，辞采更艳丽，音律更流畅，为唐诗的兴盛起到添砖加瓦的作用。

十三、张正见

张正见（具体生卒年代不详），字见赜，清河东武城（今山东武城）人。历仕梁、陈两代，官阶不高，在两朝都任过通直散骑侍郎。太建（569—582）中卒，时49岁。原有集14卷，今存诗40馀首，历来评价不高，文学史上提到他的不多。但他写的大量五言诗格律严整，明代王世贞在《艺苑卮言》中说：“张正见律法已严于四杰，特作一二拗语为六朝耳。”虽然拿唐人标准的格律来衡量，还没有一首完全合律的诗，但相差已不大，例如《秋河曙耿耿》：

耿耿长河曙，滥滥宿云浮。
天路横秋水，星衡转夜流。
月下姮娥落，风惊织女秋。
德星犹可见，仙槎不复留。

他的五言诗大致如此，除前两句外，基本合律，属对也工稳。自齐永明年间开始的诗歌律化，至此已接近完成，张正见在格律诗的形成中功不可没。再来看看他的《度关山》：

关山度晓月，剑客远从征。
云中出迥阵，天外落奇兵。
轮摧偃去节，树倒碍悬旌。
沙扬折坂暗，云积榆溪明。
马倦时衔草，人疲屡看城。
寒陇胡笳涩，空林汉鼓鸣。
还听呜咽水，并切断肠声。

这首诗虽然用乐府旧题，但在写法上与前人不同。这首诗除了开头两句与结尾两句外，中间10句组成5组对偶句。他还有大量这样的诗，这样的形式实开唐人五言排律之先河。

十四、阴铿

阴铿（具体生卒年代不详），字子坚，武威姑臧（今甘肃武威）人，曾仕梁，入陈后，徐陵荐其诗才，为文帝赏识，累迁至晋陵太守，员外散骑常侍。与何逊齐名，称“阴何”，杜甫有诗云：“颇学阴何苦用心”（《解闷》之七）。阴、何诗歌风格近似，阴铿也以写景见长，笔力较何逊稍弱，诗中写景成分较何逊更多，语言雕琢痕迹较浅，显得清灵自然。他写诗不刻意追求好句，而是注重通篇完整。例如《晚出新亭》：

大江一浩荡，离悲足几重。
潮落犹如盖，云昏不作峰。
远戍唯闻鼓，寒山但见松。
九十方称半，归途讵有踪！

这首诗除了少数字不合律外，已接近律诗，对律诗的形成做出了贡献。再如《渡青草湖》：

洞庭春溜满，平湖锦帆张。
沅水桃花色，湘流杜若香。
穴去茅山近，江连巫峡长。
带天澄迥碧，映日动浮光。
行舟逗远树，度鸟息危樯。
滔滔不可测，一苇讵能航！

这首诗除开头结尾外，中有4组8个对偶句，对唐人五言排律的形成有推动作用。

十五、江总

江总（519—594），字总持，济阳考城（今河南兰考）人。出身世族，仕梁任太子中舍人。入陈后，为后主宠幸，是陈后主时宫中有名的“狎客”，官至尚书令。他身居相位，却不持政务，唯与后主游宴为乐，因此史书责之为“君臣昏乱，以至于灭”。然而，作为诗人，他的才华却为后世所重。

自魏晋以来，文人诗作中，以五言体为主，偶有写七言体的，为数都不多，一两首而已，江总一人却有七言体诗17首之多，而且篇幅也加大，其中《宛转歌》长达38句，为南朝七言歌行体中最长的一首，从中可看出梁、陈七言歌行体的演变与发展。江总的诗，无论五言也好、七言也好，常常开头两句就采用对偶句，全篇除结尾外，全由对偶句组成，例如：“汉曲天榆冷，河边月桂秋”（《七夕》开头）、“万里音尘绝，千条杨柳结”（《折杨柳》开头）、“翠盖承轻雾，金羁照落晖”（《长安道》开头）、“洛浦流风漾淇水，秦楼初日度阳台”（《新入姬人应令》开头）、“兔影脉脉照金铺，虬水滴滴泻玉壶”（《内殿赋新诗》开头）、“七夕天河白露明，八月涛水秋风惊”（《宛转歌》开头），至于《春夜山庭》一篇，几乎通篇对偶。这在六朝很少见，到唐代才普遍存在。下面，我们来看一首完整的《闺怨篇》：

寂寂青楼大道边，纷纷白雪绮窗前。
池上鸳鸯不独自，帐中苏合还空然。
屏风有意障明月，灯火无情照独眠。
辽西水冻春应少，蓟北鸿来路几千。
愿君关山及早度，念妾桃李片时妍。

这是一首闺怨诗，女子思念远在辽西的征人，并自伤青春易逝。这本是汉乐府和古诗以后最常见的题材，只是此诗末两句反映了残酷的现实与强烈的愿望，颇能打动人心，为以前所少有。这首诗辞采艳丽，平仄和顺，音节流荡，讲究对仗，实开唐人七言排律之体。

第六章 北朝诗坛

晋室南渡后，江南迅速得到开发，经济逐渐繁荣；大量北方士人迁往江南，江南的文化也显著高于北方；江南秀丽的景色深深吸引着南迁的士人，激发起他们的创作热情；加上南朝几代帝王都酷爱文学，大力提倡，因此，南朝的文学艺术一直兴旺发达。而在北朝，士人大量流失，文化萎缩；北朝帝王大多是少数民族首领，本身缺乏文化素养，更谈不上对文学艺术进行提倡；战争不断，政局动荡，经济萧条，生存艰难，人们无暇顾及文学艺术的创作，因此北朝的诗文成就远不如南朝。自公元317年晋室南渡后，北方陷入混乱的十六国时期，历经100多年，直至北魏统一北方，社会才逐渐安定。至471年，孝文帝即位，迁都洛阳，推行汉化政策，重用汉族士人，促进了各民族文化的融合。“南风”北渐，至此文学也开始出现了转机。当时活跃在北方诗坛的诗人可分为两个部分：一部分是生长在北方的文人，主要是史称“北地三才”的温子昇、邢邵与魏收，他们在写作上模仿南朝作家，受南朝文风影响较大；另一部分原是南朝的文人，由于各种原因流入北方，其中著名的有王褒、庾信，他们能结合南北文风之长，给后代文学开辟了新的道路，为后来唐诗的兴盛提供了条件。

第一节 “北地三才”

一、温子昇

温子昇（495—547），字鹏举，济阴冤句（今山东曹县西北）人，系东晋大将温峤之后。他生长于北方，仕北魏、东魏，官至散骑常侍、中军大将军。后见疑，下晋阳狱，饿死。他少年好学，博览百家，善诗文，颇有名望，梁武帝曾誉之为“曹植、陆机复生于北土”（《魏书》本传）。今存诗不多，他的诗明显模仿南朝文风，如《春日临池》：

光风动春树，丹霞起暮阴。
嵯峨映连璧，飘飖下散金。
徒自临濠渚，空复抚鸣琴。
莫知流水曲，谁辩游鱼心。

这首诗在八句中，前六句采用对仗，这是我们在南朝诗中习见的。再如《捣衣》：

长安城中秋夜长，佳人锦石捣流黄。
香杵纹砧知近远，传声递响何凄凉。
七夕长河烂，中秋明月光。
蠮螉塞边绝候雁，鸳鸯楼上望天狼。

可以看到，这首诗明显受梁代歌行体的影响。诗中描写了妇女为外出征戍的丈夫准备寒衣的情况，并含蓄地抒发了独守空闺的女子长夜不眠、相思怀远之情。全诗音节流畅，诗意委婉，情深意切，韵味绵长，被认为是其艺术上最为成熟的一首诗。

二、邢邵

邢邵（496—？），字子才，河间鄚（今河北任丘）人。年少时居洛阳，不到20岁便名倾京师。北魏时，官至中书侍郎。东魏时官至给事黄门侍郎。入齐后，任中书监，国子祭酒。他还是一位无神论思想家，指出“人死则神灭”。他写诗特别钦佩沈约，深受南朝齐梁宫体诗影响。他的《思公子》明显接近齐梁文人从南朝民歌中脱胎出来的五言绝句：

绮罗日减带，桃李无颜色。
思君君未归，归来岂相识。

这首诗委婉曲致，深沉蕴藉。然而他的《冬日伤志篇》却又较多保存了魏晋遗风：

昔时惰游士，任性少矜裁。
朝驱玛瑙勒，夕衔熊耳杯。
折花步淇水，抚瑟望丛台。
繁华夙昔改，衰病一时来。
重以三冬月，愁云聚复开。
天高日色浅，林劲鸟声哀。
终风激檐宇，馀雪满条枚。
遨游昔宛洛，踟蹰今草莱。
时事方去矣，抚己独伤怀。

三、魏收

魏收（505—572），字伯起，下曲阳（今河北晋州西）人。由魏入齐，官至尚书右仆射，监修国史，著成《魏书》。这部史书有失信史的原则，他借修史来酬恩报怨，多不实之词，被称为“秽史”。但因其中保存了大量较为原始的北魏史料，收录了不少北魏诗文，因而不失其价值。他写诗受南朝宫体诗影响较深，风格与齐梁诗相近。他的诗中最值得一提的是《挟琴歌》：

春风宛转入曲房，兼送小苑百花香。
白马金鞍去未返，红妆玉箸下成行。

这首诗色泽明丽，音节流荡，语调轻快，比汤惠休的《秋风引》、萧纲的《上留田行》更接近唐人绝句。明代杨慎在《升庵诗话》中说："此诗缘情绮靡，渐入唐调。李太白、王少伯、崔国辅诸家皆效法之。"

第二节　流入北方的南朝诗人

一、王褒

王褒（约513—576），字子渊，琅琊临沂（今山东临沂）人。他与萧绎有交情，因此萧绎即位后，委以重任，拜吏部尚书、右仆射。西魏攻陷江陵，他到了北朝，因门第与文才受到重视，北周时，官至太子少保、少司空。他与庾信同为北方文坛宗匠。他本为南朝宫体诗人，到北朝后，风格有所转变，多写故国之思与边塞风情。在梁朝时，他作七言《燕歌行》一首，梁元帝萧绎与诸文士唱和者甚众，但一般认为，在诸篇中以王褒原作为佳：

初春丽景莺欲娇，桃花流水没河桥。
蔷薇花开百重叶，杨柳拂地数千条。
陇西将军号都护，楼兰校尉称嫖姚。
自从昔别春燕分，经年一去不相闻。
无复汉地关山月，唯有漠北蓟城云。
淮南桂中明月影，流黄机上织成文。
充国行军屡筑营，阳史讨虏陷平城。
城下风多能却阵，沙中雪浅讵停兵。
属国小妇犹年少，羽林轻骑数征行。
遥闻陌头采桑曲，犹胜边地胡笳声。
胡笳向暮使人泣，长望闺中空伫立。
桃花落地杏花舒，桐生井底寒叶疏。

试为来看上林雁，应有遥寄陇头书。

诗中极写江南春色秀丽，塞北荒凉苦寒，闺妇怀远，征夫思乡。全诗辞采华艳，情调凄切，两相结合，颇具特色。再如《渡河北》：

秋风吹木叶，还似洞庭波。
常山临代郡，亭障绕黄河。
心悲异方乐，肠断陇头歌。
薄暮临征马，失道北山阿。

这是王褒诗中最著名的一篇，沈德潜在《古诗源》中说此诗“起调甚高”，也有人誉之为“警绝”。秋天北渡黄河，北方秋色肃杀，不禁想起故国洞庭。黄河边上布满防御工事，一片边塞景象，深悲远离故土，流落异乡。听到异乡乐曲，想起《陇头歌》，让人肝肠断绝。暮色苍茫，在异国他乡曲折的山道上迷了路，不知该向何方。这两句富有象征意义，“薄暮”指其年岁已近暮年，“失道”指迷失人生的方向，不知所归。此诗语言凝练，格调苍凉，由此可见南北朝时诗风的演变，由南朝的纤巧绮艳渐变为深沉雄健。他还有不少边塞诗，也显示了与南朝不同的特色，例如《关山篇》：

从军出陇坂，驱马度关山。
关山恒掩蔼，高峰白云外。
遥望秦川水，千里长如带。
好勇自秦中，意气多豪雄。
少年便习战，十四已从戎。
辽水深难渡，榆关断未通。

这里写的边塞风光，不全是苍凉，而是颇为壮阔，从军者也颇有豪气。这首诗未必到北方以后才写，而是就乐府诗题虚构的，由此可看出王褒在南朝时已与人有不同处。

二、庾信

庾信（513—581），字子山，南阳新野（今河南新野）人。梁中书令庾肩吾之子，自幼聪敏，博览群书。肩吾是著名宫廷文人，他自幼随父入宫廷，15岁为萧统的东宫讲读，19岁为萧纲的东宫学士，与徐陵共事，同为宫体诗的重要作家，两人风格相近，称“徐庾体”。侯景之乱时，他逃往江陵，辅佐梁元帝，任御史中丞，封武康县侯。后奉命出使西魏，在此期间，西魏攻占江陵。北朝君臣一向倾慕南方文学，庾信又素负盛名，因此被强行扣留，授予官职，官至车骑大将军，开府仪同三司。北周代魏后，迁骠骑大将军，开府仪同三司，封义成县侯。时陈与北周通好，流寓北朝的人士大多许还故国，唯庾信与王褒不得回南方。庾信在北朝，一方面身居要职，十分显贵，被尊为文坛宗师，受皇帝礼遇，与诸王结交；另一方面却深切思念故国乡土，并为自己身仕敌国而羞愧，因不得自由而怨愤。终郁郁至老，死于隋文帝开皇元年。

庾信的文学创作，以他42岁时出使西魏为界，明显分为两个时期，前期在梁时，他是文学侍臣，作诗写文完全是为了取悦于君王，供奉君主娱乐消遣，因此其作品多数为宫体诗性质，大体轻艳流荡，辞采华美。羁留北朝后，所作诗赋多为抒发怀念故国乡土的情绪以及对身世的感伤，风格变得苍劲悲凉。杜甫曾评说：“庾信文章老更成，凌云健笔意纵横。”（《戏为六绝句》之一）他是南北朝最后一位重要作家，他的作用在于把南方诗歌创作的艺术成就带到北方的同时，吸取了北方文化中刚健的精神，创造了新的风格，在一定程度上体现了南北文学合流的趋势，促进了南北文学的融合，开创了新的局面。因此，他可以说是总结了六朝传统并“启唐之先鞭”（杨慎《升庵诗话》），是一位承上启下的著名诗人。

庾信前期在梁时的作品大多毁于战火，留存不多，且大部分是唱和之作以及关注女性的诗。这些诗大致与萧纲的诗风近似，善于观察，描写细致入微。后期诗中有《拟咏怀》27首，应该说是这一时期的代表作，倪璠在《庾子山集注》中说：“皆在周乡关之思，其辞旨与《哀江南赋》同矣。”例如：

俎豆非所习，帷幄复无谋。
不言班定远，应为万里侯。
燕客思辽水，秦人望陇头。
倡家遭强聘，质子值仍留。
自怜才智尽，空伤年鬓秋。

——其三

惟忠且惟孝，为子复为臣。
一朝人事尽，身名不足亲。
吴起常辞魏，韩非遂入秦。
壮情已消歇，雄图不复申。
移住华阴下，终为关外人。

——其五

榆关断音信，汉使绝经过。
胡笳落泪曲，羌笛断肠歌。
纤腰减束素，别泪损横波。
恨心终不歇，红颜无复多。
枯木期填海，青山望断河。

——其七

这几首诗都从不同角度表达了他被强留在北方，不得回归故国的苦闷。他是一个有才华有抱负的人，现在被"强聘"，身陷异国他乡，眼看自己"红颜无复多"，南归无望，"终为关外人"，雄图难展，令人"恨心终不歇"。这就是杜甫说的"庾信平生最萧瑟，暮年诗赋动江关"（《咏怀古迹》五首之一）。他的一些用乐府旧题写的诗，如《王昭君》《昭君辞应诏》《出自蓟北门行》等，已十分接近唐人的五言排律了。还有一首《燕歌行》，想来是与王褒唱和之作，从整首诗的内容与气势来看，弱于王褒原作，但属对比王褒工稳，更接近唐人的七言排律。另有《咏屏风诗》25首，都是题咏屏风上的图画，如第十三首："玉柙珠帘卷，金钩翠幔悬。荷香熏水殿，阁影入池莲。平沙临浦口，高柳对楼前。上桥还倚望，遥看采菱船。"每一句都呈现出鲜明的画面，这实开后世题画诗的先声。

庾信还有五言绝句54首，七言绝句3首。其中五言绝句有的已接近唐代的"律绝"了，如《秋日诗》："苍茫望落景，羁旅对穷秋。赖有南园菊，残花足解愁。"再如《伤往诗二首》其一："见月长垂泪，看花定敛眉。从今一别后，知作几年悲。"前一首完全符合平起首句不入韵的五绝格式，后一首完全符合仄起首句不入韵的五绝格式。这是以后唐人常用的两个五绝格式。至于三首七绝，离七言律绝还有不小差距。

一部中国诗歌发展史，以唐诗为中心。唐以前，我们看到如何一步一步迈向唐诗，步步逼近唐诗，到庾信这里，离中心已经不远了。唐以后，我们看到如何从唐诗生发开来，千变万化，但不管如何变化，都可以看出其深受杜甫或李白的直接或间接的影响。盛唐以后的诗人大多直接或间接学杜，少数则受李白影响，宋代以后，除学李杜外，还有学李商隐的、学白居易的，更有学贾岛等人的，但都离不开唐人，特别是杜甫的光环，一直笼照着中国古典诗的诗坛。

第七章　南北朝民歌

唐代以前，民歌在中国诗歌的发展史上，一直有着举足轻重的地位。战国以前，是民歌的一统天下；直到战国末年，才出现了文人诗，而且呈现出强劲之势。然而从秦到东汉末年，虽然不断有文人诗出现，但从总体情况来看，文人诗不如民歌，汉乐府古诗明显优于文人诗。直到建安时代，才出现了大量文人诗，而且质量上也有显著提高。魏晋南北朝期间，涌现出了大量高质量的文人诗，产生了不少著名诗人，如陶渊明、二谢、鲍照等等。这时，民歌也大量涌现，而且文人大多学习民歌，创作上明显地受民歌影响，因此南北朝的民歌在中国诗歌发展史上有着重要的地位。唐代以后，民歌的作用才逐渐减弱。

南北朝民歌是南朝民歌与北朝民歌的合称，二者产生的条件不同，因此风格迥异。

南朝地处江南，山川秀丽，气候湿润，物产丰饶，经济繁荣，商业发展，城市兴旺，优美的环境陶养了居民热烈而浪漫的情怀，且追求享乐，喜爱艳丽优美的艺术。北朝地处黄河流域以至大漠南北，自然条件艰苦，各民族间经常发生战争，生活不安定，陶养了居民粗犷率直的性情；且生存不易，谈不上享乐，然富于斗争性，艺术上质朴刚健。

从东汉末年以来，儒家思想受到很大冲击，传统的道德规范失去了束缚力，思想比较开放。南朝从士大夫到平民，追求人生的享乐，感情的满足，不仅男子逾矩不驯，女子也不再循规蹈矩。北朝居民中，除汉人外，北方的各少数民族纷纷定居中原，在进入中原前，大多是游牧部落，因此他们的民歌中，隐然有草原风光和游牧气息。

南朝贵族不少人酷爱文艺，他们在物质享受外，对精神享受的追求，对艺术的兴趣，都空前强烈，不少帝王不仅大力提倡，而且还身体力行；他们不仅进行文学创作，而且还发表可贵的见解，对扬雄、曹植等对文学的菲薄表示不满，认为“罪在不赦”；提出自己的见解，明确指出诗是因对生活感悟，抒发情感而产生的，“寓目写心，因事而作”；反对宗经复古，提倡“吟咏情性”；主张雅俗结合，重视民歌。由于他们的特殊地位和影响，促使对民歌的重视与采集。北朝的统治者，由于生活环境与条件不同，对南方文学产生反感，提出革除南方文学的“浮华”之弊，西魏宇文泰曾命文士苏绰仿《尚书》体作《大诰》，从根本上否认文学有存在的价值，否认实用文章与文学作品的区别，企图把文学重新拉回到经学附庸的地位，但历史不容倒退，宇文泰的企图注定要失败。

第一节　南朝民歌

南朝民歌可分为两大类，产生在长江下游今江浙一带的称“吴声歌曲”，现存340馀首；产生在以江陵为中心的长江中游地区的称“西曲歌”，现存130馀首。不论是“吴声歌曲”还是“西曲歌”，大多写男女之情（占百分之九十以上），且大多数是以女子口吻来写，表达女子对男子的爱慕之意与相思之情。此外，还有写男女幽会的、写女子体态容貌美丽的、写江南四时景色的等等。这些民歌风物描写秀丽，感情缠绵，温润柔软。由于这些民歌大多产生于城市，不少是由歌女在宴会等各种场合演唱的，因此可从中窥见南朝治区（特别是城市）的民风民俗、社会状况，同时也反映了当时统治者的生活情趣。南朝民歌对农村反映的很少，这是它的不足之处。

一、吴声歌曲

南朝“吴声歌曲”中，为数最多的是《子夜歌》，今存42首，加上其变曲《子夜四时歌》75首，《大子夜歌》2首，《子夜警歌》2首，《子夜变歌》3首，共124首。《子夜歌》在东晋时已经流行，据说一个名叫子夜的女子造此歌曲，这是由曲名附会而产生的传说。《旧唐书·音乐志》说：“《子夜歌》者，晋曲也。晋有女子名子夜，造此声，声过哀苦。”它的曲调在今天已听不到了，从现存的歌词来看，有哀苦的，也有并不哀苦的。例如：

宿昔不梳头，丝发被两肩。
婉伸郎膝上，何处不可怜。

——其三

自从别郎来，何日不咨嗟。
黄蘗郁成林，当奈苦心多。

——其十

朝日照绮钱，光风动纨素。
巧笑茜两犀，美目扬双蛾。

——其四十二

这三首诗中，只有第二首可以说是“哀苦”的，第一首写一个女子在撒娇，最后一首显然更不是哀苦之辞。《子夜四时歌》是以四时景物为衬托，其辞采艳丽、描写精致，更胜于《子夜歌》。例如：

杜鹃竹里鸣，梅花落满道。

燕女游春月，罗裳曳芳草。

——春歌

朝登凉台上，夕宿兰池里。
乘月采芙蓉，夜夜得莲子。

——夏歌

秋风入窗里，罗帐起飘扬。
仰头看明月，寄情千里光。

——秋歌

寒云浮天凝，积雪冰川波。
连山结玉岩，修庭振琼柯。

——冬歌

《子夜歌》及其变曲，还有《上声歌》《欢闻变歌》《前溪歌》《团扇歌》《七日夜女郎歌》等等，每首都是整齐的五言四句，首句大多不起韵，唐代盛行的五言绝句大多依照这样的格式。另有《懊侬歌》14首，大多数为五言四句，也有五言三句的，还有三句并非全为五言的，首句起韵，唐人仿此较少。例如：

山头草，欢少。四面风，趋使侬颠倒。

——其十三

懊恼奈何许，夜闻家中论，不得侬与汝。

——其十四

后有《华山畿》25首，为《懊侬歌》的变曲，相传在华山（今江苏丰县境内）有一少女殉情而死，死前作此歌。第一首为传说中少女死前所唱；其馀为情歌，但与此传说无关。除第一首为五句，第二首为四句，其馀均为三句，字数不等。例如：

华山畿，君既为侬死，独生为谁施！
欢若见怜时，棺木为侬开。

——其一

隔津叹，牵牛语织女，离泪溢河汉。

——其十一

又有《读曲歌》89首，《古今乐录》曰："读曲歌者，元嘉十七年，袁后崩，百官不敢作声歌。或因酒宴，止窃声读曲细吟而已。"或云"读"也作"独"，为不配乐的徒歌。两种说法，一个意思，即只吟不唱。与《懊侬歌》《华山畿》一样，《读曲歌》语言比较朴素，不像《子夜歌》那样辞采华丽。例如：

思欢久，不爱独枝莲，只惜同心藕。

——其五

打杀长鸣鸡，弹去乌臼鸟，
愿得连冥不复曙，一年都一晓。

——其五十五

这种在句法上不太规则的诗，在形式上对后世的影响不如五言四句有规则的诗影响大。

二、西曲歌

南朝的“西曲歌”大部分是舞曲，小部分是倚歌。所谓“倚歌”是乐曲的一种，据《古今乐录》称：“凡倚歌悉用铃鼓，无弦有吹。”“西曲歌”不像“吴声歌曲”那样集中，下边我们择取数例，以见一斑：

风流不暂停，三山隐行舟。
愿作比目鱼，随欢千里游。

——《三洲歌》

冶游采桑女，尽有芳春色。
姿容应春媚，粉黛不加饰。

——《采桑度》

青荷盖绿水，芙蓉披红鲜。
下有并根藕，上生并头莲。

——《青阳度》

吴中细布，阔幅长度。我有一端，与郎作裤。

——《安东平》

巴东三峡猿鸣悲，夜鸣三声泪沾衣。

——《女儿子》

君子防未然，莫近嫌疑边。
瓜田不蹑履，李下不正冠。

——《来罗》

望欢四五年，实情将懊恼。
愿得无人处，回身与郎抱。

——《孟珠》

布帆百馀幅，环环在江津。
执手双泪落，何时见欢还。

——《石城乐》

闻欢下扬州，相送楚山头。
探手抱腰看，江水断不流。

——《莫愁乐》

可怜乌臼鸟，强言知天曙。
无故三更啼，欢子冒暗去。

——《乌夜啼》

朝发襄阳城，暮至大堤宿。
大堤诸女儿，花艳惊郎目。

——《襄阳乐》

夜相思，望不来，人乐我独愁。

——《寿阳乐》

从以上的例子我们可以看到，西曲歌的辞采没有《子夜歌》及其变曲艳丽，也不像《懊侬歌》《读曲歌》那样过于质朴，而是介于二者之间。

另有“杂曲歌辞”十馀首，其中《西洲曲》非常出色，《乐府诗集》称之为“古辞”，《玉台新咏》置于江淹名下。这大约是南朝民歌，经文人加工过。全诗五言32句，大多数为4句一换韵，可为一解，像用8首五言绝句连缀而成的组诗。然而语语相承，段段相缩，上下照顾，首尾相应，浑然一体，不可分割。换韵时，首句起韵，而且往往用“钩句”、“顶真”承接，音节美妙，声调婉转，悠扬摇曳，连绵不绝。全诗写一个女子对情人的思念，情意缠绵，辞采清丽，馀音袅袅，达到相当高的艺术境界，是南朝民歌最成熟、最精致的产品。全诗如下：

忆梅下西洲，折梅寄江北。
单衫杏子红，双鬓鸦雏色。
西洲在何处？两桨桥头渡。
日暮伯劳飞，风吹乌臼树。
树下即门前，门中露翠钿。
开门郎不至，出门采红莲。
采莲南塘秋，莲花过人头。
低头弄莲子，莲子清如水。
置莲怀袖中，莲心彻底红。
忆郎郎不至，仰首望飞鸿。
鸿飞满西洲，望郎上青楼。
楼高望不见，尽日栏杆头。
栏杆十二曲，垂手明如玉。
卷帘天自高，海水摇空绿。
海水梦悠悠，君愁我亦愁。
南风知我意，吹梦到西洲。

在“杂曲歌辞”里有一首《长干曲》，虽然写的也是吴地景观，但很有特色，是风土诗中出色的作品。这里写的也是一个女子，是扬子江上的弄潮女：

逆浪故相邀，菱舟不怕摇。

妾家扬子住，便弄广陵潮。

从这首诗里，我们看到了生动逼真的南朝水乡的生活画面，呈现出一个顶风逆浪、在风浪里搏击的勇敢无畏的劳动妇女形象，这截然不同于我们在“吴声歌曲”与“西曲歌”里看到的柔情绵绵、体态娇弱的女子形象。在音韵上，也与“吴声歌曲”、“西曲歌”那种五言四句首句不起韵，只有二、四句叶韵不同，这首诗首句起韵，一、二、四叶韵，在音节上，平仄调配和谐优美，完全符合五言律绝的格式，即仄起，首句入韵式：

仄仄仄平平，平平仄仄平。平平平仄仄，仄仄仄平平

●　　○　　○●　　●　　○

（下边有“●”表示平仄可灵活变通，下边有“○”表示叶韵。）

三、南朝民歌的影响

南朝民歌无论在内容或形式上，影响都十分深远。中国诗歌从产生以来，都在探索一条发展前进的道路。《诗》三百首产生后，被儒家奉为经典，还用一套诗教来加以规范，造成了几百年不再出现诗的局面。战国末年产生了《楚辞》，同时也产生了中国文学史上第一位大诗人，《楚辞》里既有屈原用楚调仿楚歌写的诗，也有采用当时楚国民间歌谣加工而成的，其中有雅有俗。西汉初年，楚歌流行，雅俗都有。但在学《楚辞》的过程中逐渐变了样，汉赋兴起，龙的儿子中出现了赑屃。加上汉武帝采用董仲舒的建议，实施“罢黜百家，独尊儒术”的政策，从此董氏儒学成了广大文人头上的紧箍，扼杀了人性，束缚了自由，以致汉代无诗人，只有少数写诗的人。另一方面，乐府机构从民间采集来大量优秀的民歌，这就

是著名的“汉乐府民歌”。不少有见识的文人把目光投向汉乐府民歌。在学习汉乐府民歌的基础上，建安时期迎来了中国古代文人诗的第一次高潮。但在魏、晋时期，停止了对民歌的采集，文人与民歌疏远了，文人诗逐渐雅化。这一方面使诗更锤炼，辞采更优美，提供了不少新东西；但另一方面却带来文辞深奥艰涩、繁复芜杂、掉书袋、缺乏真情、毫无生气等弊病。南朝民歌的兴起并在上层流播，无疑对文人的诗歌创作输入了新鲜血液，为中国诗歌的发展开辟了新的道路。从鲍照到齐、梁文人的诗，雅俗结合逐渐成为主导方向，改变了诗歌的面貌。这也为唐诗的兴盛铺平了道路，唐代有成就的诗人，走的都是雅俗结合的道路。

南朝民歌对五言绝句的形成起了极大的推动作用，在内容上也深深地影响着唐代文人，不用说崔国辅、崔颢、储光羲等人的不少五言绝句深深打上了南朝民歌的烙印，就是李白、王维等人的很多短诗也都显得清新自然，也是学习南朝民歌的收益。李白的名篇《静夜思》显然脱胎于《子夜四时歌》秋歌中“秋风入窗里”一篇；王维的《莲花坞》也明显有南朝民歌的痕迹；刘方平的《采莲》，我们也可一眼看穿它与“杂曲歌辞”里《长干行》的渊源关系。此后，历代文人受南朝民歌影响，直接模拟南朝民歌的诗始终没有断绝，也写出了不少优美的小诗。

第二节　北朝民歌

生长在北朝的文人，他们的诗歌大多模仿南朝风格，却远不及南朝文人的作品。而北朝民歌却显现出与南朝民歌的迥异风格。北朝民歌中充满了豪爽之气，足可与南朝民歌分庭抗礼。

北朝民歌产生的地域广阔，背景复杂多样，现存诗歌虽然数量上远较南朝民歌为少，但所反映的生活内容却远比南朝民歌广泛，涉及社会各个方面。南朝民歌虽多，但很少涉及社会与政治；北朝民歌虽少，但有不少涉及社会与政治的诗歌。这是一大特色。由于北朝民歌涉及面广，我们不能一一细说，只能大略分成几类来加以介绍。

第一类，涉及社会与政治的诗。例如：

可怜咸阳王，奈何作事误？
金床玉几不能眠，夜起踏霜露。
洛水湛湛弥岸长，行人那得渡。

——《咸阳宫人为咸阳王禧歌》

肥鲜不食，丁庸不取。裴公贞惠，为世规矩。

——《河北民为裴侠歌》

快马常苦瘦，剿儿常苦贫。
黄禾起羸马，有钱始作人。

——《幽州马客吟歌辞》五曲之一

男儿可怜虫，出门怀死忧。
尸丧狭谷中，白骨无人收。

——《企喻歌辞》四曲之四

陇头流水，流离山下。念吾一身，飘然旷野。

——《陇头歌辞》三曲之一

第一首批判咸阳王骄奢淫逸，结果自取灭亡。《魏书·咸阳王禧传》："高祖崩，禧受遗辅政。性骄奢，贪淫财色，姬妾数十，意尚不已。昧求货贿，奴婢千数。田业盐铁遍于远近。世宗览政，禧意不安，遂谋反。禧被擒获，送华林都亭。世宗亲问事源，遂赐死私第。”这首诗是咸阳王禧死后，其宫人所歌，字里行间充满对咸阳王禧的嘲讽、控诉与斥责，表达了愤恨之情。第二首是对清官的赞扬。《北史·裴侠传》：“裴侠，大统中为河北郡守，躬履俭素，爱民如子。郡旧有渔猎夫三十人以供郡守，侠悉罢之。又有丁三十人供郡守役，侠亦不私。并收庸为市官马，岁时既积，马遂成群。去职之日，一无所取。”第三首道出无钱的苦痛，连像样做人都不能够，暗含对财富的渴求，这是当时大众的心态。后二首写当时北方战乱频繁，社会不安定，致使人民流离失所漂泊异乡，甚至转死沟壑，抛尸荒野。第四首以嘲弄的口吻悲叹死亡，在明快豪爽中包含着复杂的情绪。最后一首则痛切苍凉，叹息孑然一身，飘零在旷野，面临死亡。后两首写的虽然都是生活无着，面临死亡，但不是长吁短叹，悲惨凄切，而是在苍凉中显出旷达，不失男儿本色，这与南朝民歌的愁苦凄切大不相同。

第二类，关于爱情与婚姻的民歌。这在北朝民歌中是为数最多的一类，但与吴歌、西曲中同类民歌相比，存在着明显的差异。例如：

肃肃河中育，育熟须含黄。
独坐空房中，思我百媚郎。

——《淳于王歌》其一

问女何所思，问女何所忆。
阿婆许嫁女，今年无消息。

——《折杨柳枝歌》四曲其四

驱羊入谷，自羊在前。
老女不嫁，蹋地唤天。

——《地驱乐歌》四曲其二

门前一株枣，岁岁不知老。
阿婆不嫁女，那得孙儿抱。
——《折杨柳枝歌》四曲其二

谁家女子能行步，反著夹禅后裙露。
天生男女共一处，愿得两个成翁妪。
——《捉搦歌》四曲其二

腹中愁不乐，愿作郎马鞭。
出入擐郎臂，蹀座郎膝边。
——《折杨柳歌辞》五曲其二

月明光光星欲堕，欲来不来早语我。
——《地驱乐歌》

第一首写一个女子的相思，写得非常直率，没有南朝民歌中那种悲切哀伤、柔肠寸断的感觉。接下来的三首都是写大龄女思嫁的，也不像南朝民歌那样悲痛欲绝，而是大胆陈述，强烈要求出嫁。第二首坦诚相告，并抱怨阿婆为什么不信守诺言。第三首中，不能出嫁的“老女”求嫁心切，对不能出嫁提出强烈的谴责与抗议，愤怒到“蹋地唤天”的地步。第四首，抓住阿婆抱孙儿心切的心理，提出自己该出嫁的要求。第五、六首具有盟誓性质，表明两情相悦，永不分离，白头到老。最后一首写情人约期幽会，一方却不至，这里没有一丝哀怨忧伤，而是直截指责对方，这与南朝民歌的情调也大不一样。北方的这些关于爱情与婚姻的民歌，既没有羞羞答答、扭扭捏捏的地方，也没有愁苦哀怨之辞，都是以口道心，直截了当，毫无遮掩，毫不修饰，坦诚直率至极。

第三类，反映尚武精神。自晋永嘉之乱后，北方各少数民族纷纷入主中原，形成了“五胡乱华”。“五胡”都属于游牧部落，社会组织是军事化的，尚武是他们的一贯传统。当时留在北方的汉人不断反抗异族的残暴统治，在长期不息的战斗中，也磨炼出了刚健勇敢的精神品格。因此当时北方的民众不论是汉人还是胡人，都具有勇悍好强的尚武精神，反映在民歌里也别具一种风貌。例如：

新买五尺刀，悬著中梁柱。
一日三摩娑，剧于十五女。

——《琅琊王歌辞》八曲之一

健儿须快马，快马须健儿。
跶跋黄尘下，然后别雄雌。

——《折杨柳歌辞》五曲之五

男儿欲作健，结伴不须多。
鹞子经天飞，群雀两向波。

——《企喻歌》四曲之一

第一首写出北地健儿的特殊感情，爱刀胜于爱少女，这对南方少年来说，真是匪夷所思。第二首反映游牧部族的习尚，以驾驭快马的技能来判断一个人的才能，这是北方特有的识别人才的标准。第三首赞扬孤胆英雄，以少胜多，前两句直抒其意，后两句用两种鸟做比喻，那雄健的鹞鹰以经天纬地的气魄在天空奋飞，吓得怯弱的群雀躲向两侧像颓波难挽，以此赞美男儿敢于单身抗击敌众的英雄气概。

第四类，描写北方草原风光，反映游牧生活的民歌。这类作品虽然不多，但十分出色，尤其是《敕勒歌》，堪称此类作品中的绝唱：

敕勒川，阴山下。天似穹庐，笼盖四野。
天苍苍，野茫茫，风吹草低见牛羊。

全诗语言质朴，意蕴醇厚，向人们展示了阴山下广阔的大草原苍茫无际，从而显示了开阔的胸襟、豪迈的情怀。牧场水草丰美，牛羊成群，透露出牧人对这片大地的热爱，充满自豪感。全诗不加修饰，不用华艳的辞采，只用平常口头语，展示了一幅壮阔的画面，质朴自然，混沌苍莽，浑然天成，呈现出前所未有的辽阔和宁静，不需要感叹，也不必激动，只需要沉稳平静地记下这自然风光，遂成千古名篇。后世有人将这首诗的作者署名为斛律金，这是不正确的。斛律金为北齐贵族，曾唱过这首诗，但并非作者，这原是一首鲜卑语的民歌，作者已不可考。

最后，我们来谈一首特殊的诗《木兰诗》。这首诗在宋人郭茂倩所编的《乐府诗集》中收入《梁鼓角横吹曲》。在宋初编的《文苑英华》中题作唐韦元甫作。韦元甫是中唐人，在《全唐诗》中却不收这首《木兰诗》，而收入另一首题为《木兰》的诗。多数研究者认为这是北朝民歌。认为唐人所作的，主要根据之一是“天子坐明堂”一句，“明堂”始建于武则天时；根据二是“策勋十二转”一句，十二转勋制始于唐，唐以前的人不可能这么说。至于认为是北朝民歌的，主要根据是：其一，诗中不仅说“天子”，还称“可汗”，这不是汉人的常用称呼，而正是北方游牧部落对领袖的通称；其二，从诗中的征兵制度及扩边活动来看，“反映了拓跋魏早期军事斗争的史实”，以及“北魏早期的国家特征”；其三，从诗的风格来看，也更接近于北朝民歌。所以不少人认为这原是北朝民歌，后经唐代文人加工润饰过，一般都把它看作是北朝民歌中最杰出的作品。全诗如下：

唧唧复唧唧，木兰当户织。不闻机杼声，唯闻女叹息。问女何所思，问女何所忆。女亦无所思，女亦无所忆。昨夜见军帖，可汗大点兵。军书十二卷，卷卷有爷名。阿爷无大儿，木兰无长兄。愿为市鞍马，从此替爷征。东市买骏马，西市买鞍鞯，南市买辔头，北市买长鞭。朝辞爷娘去，暮宿黄河边。不闻爷娘唤女声，但闻黄河流水鸣溅溅。旦辞黄河去，暮至黑山头。不闻爷娘唤女声，但闻燕山胡骑鸣啾啾。万里赴戎机，关山度若飞。朔气传金柝，寒光照铁衣。将军百战死，壮士十年归。归来见天子，天子坐明堂。策勋十二转，赏赐百千强。可汗问所欲，“木兰不用尚书郎，愿驰千里足，送儿还故乡”。爷娘闻女来，出郭相扶将。阿姊闻妹来，当户理红妆。小弟闻姊来，磨刀霍霍向猪羊。开我东阁门，坐我西阁床。脱我战时袍，著我旧时裳。当窗理云鬓，对镜帖花黄。出门看火伴，火伴皆惊惶。“同行十二年，不知木兰是女郎”。雄兔脚扑朔，雌兔眼迷离。双兔傍地走，安能辨我是雄雌。

这是一首叙事诗，与《孔雀东南飞》合为我国古典叙事诗中的双璧。当然，两首诗的题材与风格完全不同，《孔雀东南飞》叙述的是一个爱情的悲剧，《木兰诗》则是一首雄壮的军歌，诗里塑造了一个光彩照人的女英雄木兰。全诗语言浅近通俗，语调流畅轻快，穿插在全篇中的对话纯粹口语化。诗里有不少对偶句与排比句，还有比喻、夸张和顶真等修辞手法，且运用自如，铺叙与概括运用得也很得当。木兰的形象鲜明生动，个性突出，有血有肉，为后世叙事诗提供了一个范例。

第八章 不可缺少的过渡阶段——隋代

公元581年，杨坚代北周称帝，开创了隋代。经过8年征战，在589年灭陈，统一了全国。从东晋永嘉之乱开始，经过了270多年的南北分裂与对峙，至此全国复归统一。虽然这统一是短暂的，但如同短暂的秦王朝为汉王朝的长期统一与兴盛做了准备一样，隋王朝也为唐王朝的长期统一打下了基础。隋王朝的统一时间虽短，但进行了很多改革，促进了社会发展。

首先，隋朝开始废除魏晋以来的九品中正制，实行科举，虽然尚有不少不足之处，但终归打破了上品士族把持朝政的局面，使寒门士人有参政的机会。对封建门阀等级制度的改革，延续到唐代，大大促进了唐代政治经济文化的发展。其次，在隋统一前，南方的经济文化一直高于北方，隋王朝统一了南北，开凿运河，促进南北交流，南方文化成为主体，促进迁居中原的各少数民族进一步汉化，与汉族融为一体。隋炀帝潜邸置学士分类修书，为后世类书所祖。隋统一后，着手搜集汇总南北朝官私秘藏珍典，并分类编目，为唐代文化教育的发展准备了条件。此外，隋文帝在政治上厘定官制、兵制等各种行政制度，后为唐代所承袭，如同汉承秦制一样，唐承隋制，为唐代的全面繁荣打下了基础。当时还有一件事必须一提，就是文士颜之推、薛道衡和陆法言等人综合古今语音的异同，斟酌南北方言的特点，汲取前人韵书的成就，撰著《切韵》，统一书面音韵，使唐代的律诗和绝句的音调声律有了依据，为唐诗的繁荣提供了条件。尽管如此，隋朝在文学创作方面却并无创建，而是承袭南朝文风，以诗来说，隋代的诗人基本上是从南北朝过来的，习惯于写绮艳的诗。隋统一后，文帝在政治经济方面兴利除弊的同时，也准备改革文风，于584年曾诏令“公私文翰，并宜实录”。

据《隋书·高祖本纪》记载："高祖初统万机，每念斫雕为朴，发号施令，咸去浮华。"但风气未及扭转他就死了。继承人炀帝却对梁陈宫体诗情有独钟，大力提倡，因此笼罩当时文坛的依然是南朝文风。为此，我在这里不像历来编写的文学史那样，把隋唐放在一起，而是把它置于南北朝之后，因为隋代的文风实为南北朝特别是南朝的馀绪。但由于文帝有改革文风之举，在文学创作上也发生了变化，出现了一些刚健质朴之作。在隋代存在两群风格迥异的诗人，一群是由北朝入隋的几位诗人，有卢思道、薛道衡和杨素；另一群是围绕在杨广周围的宫廷文人。

第一节　由北朝入隋的诗人

一、卢思道

卢思道（535—586），字子行，范阳（今河北涿州）人。少时师事著名学者邢邵，历仕北齐、北周与隋。他的诗受齐梁诗影响很深，纤艳多文采，多游宴酬赠之作。如《采莲曲》：

曲浦戏妖姬，轻盈不自持。
擎荷爱圆水，折藕弄长丝。
珮动裙风入，妆销粉汗滋。
菱歌惜不唱，须待暝归时。

诗写采莲女风姿体态，颇有南朝宫体诗的香艳。他的《听鸣蝉篇》颇负盛名，《北史·卢思道传》："周武帝平齐，授思道仪同三司，追赴长安，与同辈杨休之等数人作《听鸣蝉篇》。词意清切，为时人所重。新野庾信遍览诸同作者而叹美之。"全诗如下：

听鸣蝉，此听悲无极。群嘶玉树里，回噪金门侧。

长风送晚声，清露供朝食。晚风朝露实多宜，秋日高鸣独见知。轻身蔽数叶，哀鸣抱一枝。流乱罢还续，酸伤合更离。暂听别人心即断，才闻客子泪先垂。故乡已超忽，空庭正芜没。一夕复一朝，坐见凉秋月。河流带地从来崄，峭路干天不可越。红尘早弊陆生衣，明镜空悲潘掾发。长安城里帝王州，鸣钟列鼎自相求，西望渐台临太液，东瞻甲观距龙楼。说客恒持小冠出，越使常怀宝剑游。学仙未成便尚主，寻源不见已封侯。富贵功名本多豫，繁华轻薄尽无忧。讵念嫖姚嗟木梗，谁忆田单倦土牛。归去来，青山下，秋菊离离日堪把。独焚枯鱼宴林野，终成独校子云书，何如还驱少游马！

这首诗从内容上看并无多少新意，无非是游子怀乡之类。但诗中描摹蝉鸣情深意切，用词清新，属对工稳，在诗艺上有不少可取之处。他有边塞生活的经历，善作边塞诗，代表作是《从军行》：

朔方烽火照甘泉，长安飞将出祁连。
犀渠玉剑良家子，白马金羁侠少年。
平明偃月屯右地，薄暮鱼丽逐左贤。
谷中石虎经衔箭，山上金人曾祭天。
天涯一去无穷已，蓟门迢递三千里。
朝见马岭黄沙合，夕望龙城阵云起。
庭中奇树已堪攀，塞外征人殊未还。
白雪初下天山外，浮云直上五原间。
关山万里不可越，谁能坐对芳菲月？
流水本自断人肠，坚冰旧来伤马骨。
边庭节物与华异，冬霰秋霜春不歇。
长风萧萧渡水来，归雁连连映天没。

从军行，军行万里出龙庭，
单于渭桥今已拜，将军何处觅功名！

这是一首七言歌行体，诗中写了少年从军征战边塞与闺中思妇的怨艾，这里有少年从军的豪情，有边塞风光，有军旅生活，有思妇的深情。从这些内容来说，在梁、陈诗中已很流行，但梁、陈时的边塞诗多数为五言歌行体，而且色彩过于艳丽，情调偏于低沉，而卢思道这首诗是七言歌行体，情调豪迈，一扫梁、陈的纤柔，透露出北人的刚健。在表现手法上，此诗在时空上腾挪迭换，从而展示出恢宏辽阔的境界，语言清丽流畅，句式灵活多变，句法多用对偶，韵脚流转，平仄韵交叉使用，全诗显得气势充沛，节奏活泼爽朗，实开初唐七言歌行体的先河。

二、薛道衡

薛道衡（540—609），字玄卿，河东汾阴（今山西万荣）人。历仕齐、周、隋，隋初为内事舍人，迁吏部侍郎。炀帝即位，转为播州刺史，入朝任司隶大夫，不久因逆炀帝意，被害。他的文学创作与卢思道有相似之处，也深受齐梁诗影响，诗多以富丽精巧见长。他的《昔昔盐》颇负盛名：

垂柳覆金堤，蘼芜叶复齐。
水溢芙蓉沼，花飞桃李蹊。
采桑秦氏女，织锦窦家妻。
关山别荡子，风月守空闺。
恒敛千金笑，长垂双玉啼。
盘龙随镜隐，彩凤逐帷低。
飞魂同夜鹊，倦寝忆晨鸡。
暗牖悬蛛网，空梁落燕泥。

前年过代北，今岁往辽西。
一去无消息，那能惜马蹄？

这是一首闺怨诗，并无多少新意，但抒情委婉细致，辞采华丽，发挥了南朝诗的长处。其中“暗牖悬蛛网，空梁落燕泥”一联，为人赞赏，因其能抓住特征，通过环境的细节描写，烘托女子独居的凄清孤寂，从而揭示出女子内心的哀怨愁苦。薛道衡也善写边塞诗，慷慨有力，体现了北方文人所重的气质。如《出塞二首·和杨素》其二：

边庭烽火惊，插羽夜征兵。
少昊腾金气，文昌动将星。
长驱鞮汗北，直指夫人城。
绝漠三秋暮，穷阴万里生。
寒夜哀笛曲，霜天断雁声。
连旗下鹿塞，叠鼓向龙庭。
妖云坠虏阵，晕月绕胡营。
左贤皆顿颡，单于已系缨。
绁马登玄阙，钩鲲临北溟。
当知霍骠骑，高第起西京。

全诗雄浑悲壮，截然不同于南朝诗。同时，也与卢思道的《从军行》一样，结尾微露讽喻，这为唐代白居易《秦中吟》和“新乐府”所本。他还有一首著名的小诗《人日思归》：

入春才七日，离家已二年。
人归落雁后，思发在花前。

这首诗的后两句很精彩，思家之情委婉真切又蕴含不露，启人遐想。

三、杨素

杨素（？—606），字处道，弘农华阴（今陕西华阴）人。少落拓，有大志，逸群绝伦，有文武全才之称。初仕北周，累迁至大都督，车骑大将军仪同三司，汴州刺史，徐州总管，以平定北齐有功，进位柱国，封清河郡公。隋文帝受禅后，加上柱国。他以开国元勋，有安邦定国之功，封越国公，官至尚书右仆射。炀帝即位，迁尚书令，拜太子太师，改封楚国公。存诗19首，皆劲健质朴，少有齐梁纤巧柔弱之风，不用过于艳丽的词汇，显得“雄深雅健”（刘熙载《艺概》）。刘熙载称：“齐、梁文辞之弊，贵清绮不重气质，得此可以矫之。”由此可知他是由南朝诗向唐诗的过渡人物。代表作有《出塞》二首：

漠南胡未空，汉将复临戎。
飞狐出塞北，碣石指辽东。
冠军临瀚海，长平翼大风。
云横虎落阵，气抱龙城虹。
横行万里外，胡运百年穷。
兵寝星芒落，战解月轮空。
严鐎息夜斗，骍角罢鸣弓。
北风嘶朔马，胡霜切塞鸿。
休明大道暨，幽荒日用同。
方就长安邸，来谒建章宫。

——其一

汉虏未和亲，忧国不忧身。

握手河梁上，穷涯北海滨。
据鞍独怀古，慷慨感良臣。
历览多旧迹，风日惨愁人。
荒塞空千里，孤城绝四邻。
树寒偏易古，草衰恒不春。
交河明月夜，阴山苦雾辰。
雁飞南入汉，水流西咽秦。
风霜久行役，河朔备艰辛。
薄暮边声起，空飞胡骑尘。

——其二

这两首诗辞气清苍，风骨刚健，透出一股克敌制胜的豪迈之气，为唐初的边塞诗奠定了基调。他南征北战，为隋王朝统一全国立下了汗马功劳。他兵权在握，功高震主，见忌于炀帝，在《赠薛播州》十四章中，含而不露地道出了他的隐忧。如其最后一章云：

衔悲向南浦，寒色黯沉沉。
风起洞庭险，烟生云梦深。
独飞时慕侣，寡和乍孤音。
木落悲时暮，时暮感离心。
离心多苦调，讵假雍门琴。

第二节　杨广的诗

杨广（569—618），即隋炀帝，为隋文帝次子。弘农华阴（今陕西华阴）人。开皇元年（581）封晋王，后以阴谋设计废太子勇，开皇末得立为太子，5年后（604）趁父病重，与杨素勾结，害死其父自立，在位12年，为宇文化及所杀。他爱文学，为晋王时便喜爱招引文学之士，登基后，这些人大多成为他的文学侍臣。这班人都是由陈入隋的，文风绮丽，作品大多是“应制”、“奉和”一类应酬之作，没有多少可取的，倒是炀帝本人的诗尚有可观之处。由于炀帝生活荒淫，又爱南朝艳诗，所以不少人把他归入宫体诗人之列，他写的诗自然也被列入淫词艳曲，其实并非如此。先来看看被认为“无异于南朝宫体”的《喜春游歌》二首。其中第一首很平淡，只是说他春游时有善舞能歌的宫妃伴随着他。我们着重看其第二首：

步缓知无力，脸曼动馀娇。
锦袖淮南舞，宝袜楚宫腰。

这首诗专门描绘了一个娇弱的舞女，诗格显得纤细柔弱，但也够不上“淫艳绮靡”。再如《春江花月夜》二首，这本为陈后主所创的曲调，但原词今已不传，炀帝这两首是今存《春江花月夜》中最早的作品，我们来看其一：

暮江平不动，春花满正开。
流波将月去，潮水带星来。

这四句无非是写春江月夜的景色，把诗题中五个字或明或暗分别嵌入四句中。平心而论，从诗的角度来看，写得并不出色，但为我们保存了乐府诗题，也算是一功吧。到唐代，张若虚运用此诗题，写出了一首千古绝唱。

杨广早年曾带兵征战，因此他的边塞诗内容充实，气势雄壮，主要作品是《饮马长城窟行》和《白马篇》，让我们来看后一首：

白马金贝装，横行辽水傍。

问是谁家子，宿卫羽林郎。
文犀六属铠，宝剑七星光。
山虚弓响彻，地迥角声长。
宛河推勇气，陇蜀擅威强。
轮台受降虏，高阙剪名王。
射熊入飞观，校猎下长杨。
英名欺卫霍，智策蔑平良。
岛夷时失礼，卉服犯边疆。
征兵集蓟北，轻骑出渔阳。
进军随日晕，挑战逐星芒。
阵移龙势动，营开虎翼张。
冲冠入死地，攘臂越金汤。
尘飞战鼓急，风交征旆扬。
转斗平华地，追奔扫大方。
本持身许国，况复武功彰。
曾令千载后，流誉满旗常。

沈德潜在《说诗晬语》中说，隋炀帝“边塞诸作，铿然独异，剥极将复之候也”。《古诗源》中评说：“二章气体自阔大，而骨力未能振起，故知风格初成，菁华未备。”这可视为向唐人边塞诗的过渡。他还有几首写景诗也很有特色：

碧海虽欣瞩，金台空有闻。
远水翻如岸，遥山倒似云。
断涛还共合，连浪或时分。
驯鸥旧可狎，卉木足为群。
方知小姑射，谁复语临汾。

——《望海》

寒鸦飞数点，流水绕孤村。
斜阳欲落处，一望黯消魂。

——《野望》

前一首气势宏大，境界开阔，有气魄，有声势，有意境，截然不同于南朝艳丽纤巧之作。后一首写河畔小村的黄昏景色，意象选择得当，配置巧妙，画面清晰，富有情趣，情景交融，浑然一体。宋代秦观的名作《满庭芳》中点化了这首诗的前两句，借景抒情，生动自然，可见这首诗的影响深远。杨广还有一首《江都宫乐歌》：

扬州旧处可淹留，台榭高明复好游。
风亭芳树迎早夏，长皋麦陇送馀秋。
渌潭桂楫浮青雀，果下金鞍跃紫骝。
绿觞素蚁流霞饮，长袖清歌乐戏州。

这首诗跟初唐那些“风格初成，菁华未备”的七律诗比较，已经相去不远了。

总的说来，隋诗虽无多大成就，但确实是由六朝诗至唐诗中间必不可少的过渡阶段。隋朝文学呈现出来的南北文风融合的征兆，更为唐诗确定了前进的方向。魏徵在《隋书·文学传序》中说：“江左宫商发越，贵于清绮；河朔词义贞刚，重乎气质。气质则理胜其词，清绮则文过其意。理深者便于时用，文华者宜于咏歌。此其南北词人得失之大较也。若能缀彼清音，简兹累句，各去所短，合其所长，则文质彬彬，尽善尽美矣。”一条引导中国古典诗歌通向顶峰之路，在脚下展现了。

第三卷 · 鼎盛期

概　说

一

中国古典诗发展至唐代，已经完全成熟。诗歌研究者与文学史家普遍认为唐代是中国古典诗的黄金时代，唐诗代表中国诗的最高成就，鲁迅曾说："一切好诗，到唐已被作完。"诸如"高峰"、"黄金时代"之类话，在中国文学史上随处可见。在《中国大百科全书》中的"隋唐五代诗"（当然在这里把隋与五代跟唐放在一起是不恰当的）条也写道："隋唐五代是中国诗歌史上的黄金时代，其主体唐诗更标志着中国古典诗歌成就的最高峰。"其中尤其是盛唐被后人推崇备至，李白、杜甫是这时期的代表人物，也是整个唐诗的代表作家，是高峰上的两颗最为璀璨的明珠，光耀千古，被后人视为难以逾越的高峰。

中国诗走过漫长探索的道路，到唐代才完全成熟，这当然不是偶然形成的，而是有其必然的原因。大多数人把主要原因归结为唐代（特别是盛唐）经济空前繁荣。其实，经济的繁荣与文学（特别是诗歌）的繁荣从来不是同步的，不然曾经强盛繁荣过的汉朝不仅出不了屈原这样的大诗人，就是像陶渊明、鲍照这样的诗人也出不了。反而在这之前，六国纷争时被视为"蛮夷"之地的楚国出了大诗人屈原；在这之后，同样战乱频仍的东晋南北朝出了陶渊明、谢灵运、谢朓、鲍照等比较杰出的诗人。只能说经济繁荣有助于文学繁荣，但不起决定性作用。唐诗之所以跃上了中国古典诗歌成就的高峰，原因是多方面的。

第一，唐代是一个开放的社会，内部三教并存，虽然各个时期有所偏重，但儒、道、释三教并存的大格局始终存在。社会环境宽松，思想自由、活跃，人性不受压制，为诗歌的发展提供了有利的条件。宋代洪迈在《容斋续笔》中说："唐人诗歌，其于先世及当时事，直辞咏寄，略无避隐。至宫禁嬖昵，非外间所应知者，皆反复极言，而上之人也不以为罪……今之诗人不敢尔也。"诗歌不受政治左右，很少有诗人因写诗而获罪，诗人可以毫无顾虑地写诗表达自己的思想感情。政治基本上不干预文学，这是历朝历代所少有的。比较自由、活跃、宽松的政治思想环境，人性不受压抑，个性得以自由张扬，这正是诗歌繁荣、发展的先决条件。

第二，文学特别是诗歌的地位提高。在东汉以前，文学只是经学的附庸，诗赋只能作为政教的工具。到东汉末年，开始出现了"文章"这个概念，文章家入《文苑传》，经学家入《儒林传》，文学有了独立的地位，并与经学并列。到汉末魏初，曹丕在《典论·论文》中提出了"盖文章，经国之大业，不朽之盛事"，把文学提到了空前未有的高度。同时，他还提出了"诗赋欲丽"的主张，十分明确地把诗赋与其他文章区分开来，使诗赋不再担任政治说教工具的角色，把美的创造定为它的首要任务。曹丕以帝王之尊提的意见，其作用与影响是十分巨大的。此后，晋代陆机在《文赋》中，进一步提出了"诗缘情而绮靡，赋体物而浏亮"。以往一直诗赋并提，在这里则又进一步把诗与赋区分开来，二者担当了不同的任务，赋予诗以抒情的内涵与辞采华丽的外形，明显不同于要求明晰清朗状物的赋。诗抒情、赋状物，分工明确，至此诗有了独立的地位。接着在齐梁间，钟嵘在《诗品·序》里对"欲丽"与"绮靡"进一步发展，对"缘情"有更高要求，诗里的抒情必须强烈到"感荡心灵"，强调强烈的抒情是诗美的重要标志。梁代萧纲、萧绎弟兄俩接受了陆机的观点，把“流连哀思”、“情灵摇荡”视为诗歌的本质属性，除此之外，更提出了“文章且须放荡”的观点，主张情感张扬，个性解放。在唐代，真正做到了这一点，然而又不忘“诗言志”的诗教，把诗既作为表达政治理想的载体，又不被政治紧紧束缚，赋予文学创作以自由表达思想的功能。把文学作为“经国之大业”与“且须放荡”有机地融合在一起，这样，文学（特别是诗）既不失其崇高地位，又不受儒家诗教制约，为中国古典诗登上顶峰提供了保证。唐代又把诗列入进士考试的必试科目，虽然说那些应试诗几乎没有可取的，但这样规定毕竟引起了全社会的重视，激发了士子学诗写诗的热情，大大推动了诗歌的繁荣和发展。

第三，中国古典诗自身的发展，到唐代趋向成熟。中国诗歌自先秦萌生以来，经过两汉魏晋南北朝的长期探索，到隋代，一些先决条件几乎都已具备，从内容到形式、从题材到表现手法、从声韵到格律，等等，应有尽有，只是有待于完善。唐代诗人善于吸收继承，勇于开拓创新。他们在继承前人的成就上，有兼容包举的魄力和胆识，但不是生搬硬套，全盘接受，而是推陈出新，有继承有扬弃，尽去前朝诗质木与纤弱的弊病，而取其精华，将建安风骨与南朝诗的绮丽融为一体，形成了雄健刚劲的风骨、高远浑成的意境、清水芙蓉的自然美，韵味醇厚，蕴涵深远，令人一唱三叹。

第四，经济繁荣，国力强盛。虽然文学的繁荣与经济的繁荣不是同步的，但关系是极为密切的。经济发展了，人民富裕了，才能使更多的人有条件接受教育，诗人队伍才得以壮大。魏晋南北朝比起两汉来，诗人队伍有显著的扩大，但当时的诗歌创作者主要局限于宫廷和士族，唐代却不同，诗歌的作者不仅有帝王将相与高级官员、豪门贵族，还有大量的下级官吏与寒门士子，更有和尚、道士、优伶、妓女、役夫、走卒与卖浆者流等也参与了诗歌创作，显然没有文化的普及这是达不到的。同时，只有国力强盛，人们才能精神振奋、乐观高昂、充满信心，在这样的精神状态下，雄健刚劲的盛唐之音才得以产生。国家空前规模的统一，南北文化得以交流融汇，在交流中扬长避短，产生了新的文化。还有，当时社会安定，交通发达，诗人们有“行万里路，读万卷书”的条件，大大开阔了眼界，解放了思想，只有这样才能写出内容充实的诗来。当时的大诗人如李白、杜甫，在年轻时，都有过在国内漫游、造访名川大山的经历，其他不少诗人也有同样的经历。此外，入幕府与贬谪外放，也同样增加了跟外界的接触。诗人只有眼界开阔、思想解放、见多识广，才能有诗境的开阔、诗思的清新、诗意的充实。

第五，豪门贵族受到打击，一大批出身低微的士人逐渐抬头，不少人还身居要职。诗坛不再是宫廷与豪门士族把持的天下，他们失去了在诗坛上的主导地位，大批门第不高、政治地位也并不显赫的人，如从初唐四杰、吴中四士、陈子昂、孟浩然到李白、杜甫，以及刘禹锡、柳宗元、杜牧、李商隐等，都出身庶族，政治地位不高，但驰骋诗坛，“千首诗轻万户侯”，睥睨公卿，名重千古。庶族士人由于出身不高，长期接触下层社会，洞悉社会矛盾，熟知民众生活，因此能写出大量反映社会现实的好诗。

第六，重视对外交流，从异族乃至异国的文化中吸取养分，成为新鲜血液。特别是西域文化，从安西乃至波斯、大宛、大胝、罗马；还有南亚与东南亚，特别是印度，都有很好的沟通。另外，与日本、朝鲜等也来往频繁。在不断地沟通与交流中，以汉文化为主体的中国文化得到了很大的丰富与发展。

二

我们之所以说唐代是中国诗发展中的鼎盛期，唐诗是中国古典诗的高峰，是有充分的理由的，主要有以下几个方面：

其一，作品与诗人的数量比先唐的总和还多。清人编纂的《全唐诗》及后人辑录的《全唐诗逸》《全唐诗外编》共收录了近52000首诗，有姓名的作者达2300多人。当然数量与质量不是一回事，但是没有数量，也就谈不上质量。

其二，质量高。中国古典诗的顶级人物李白、杜甫都是盛唐诗人，还有白居易、王维等不少享有崇高声誉的诗人，并有一大批名家，如初唐四杰、吴中四友、陈子昂、张说、张九龄、王昌龄、高适、岑参、韩愈、柳宗元、刘禹锡、杜牧、李商隐等等灿如繁星，照耀着唐代诗坛。唐代产生了大量传诵千古的名篇，如张若虚的《春江花月夜》，李白的《梦游天姥吟留别》《蜀道难》及一些绝句名篇，杜甫的“三吏”、“三别”、《兵车行》《自京赴奉先县咏怀五百字》《北征》及一些律诗名篇，王昌龄、刘禹锡的七绝，白居易的《长恨歌》《琵琶行》及“新乐府”中的一些诗篇，等等，都脍炙人口，光耀千古。

其三，题材广泛，种类繁多。唐人生活的每一个领域都有反映，大至国家兴衰、朝政得失、民生疾苦，小至生活起居、花鸟鱼虫，无不入诗，题材极为广泛。在内容上种类繁多，有政治诗、哲理诗、山水诗、田园诗、边塞诗、隐逸诗、题画诗、寓言诗、咏史诗、言情诗、饯别送行诗、羁旅思亲诗，等等，不一而足；在诗里反映出来的有济世安民的雄心、立功边陲的壮志，也有落魄淹蹇的牢骚、壮志难酬的愤懑，还有不计得失的洒脱、安贫乐道的达观，唐人的各种心态一一呈现在诗中，一部唐诗勾画出了唐代的社会众生相。在体裁上，中国古典诗的各体到此时已具备。正如胡应麟在《诗薮·外编》中说，到唐代“则三、四、五言，六、七杂言，乐府歌行，近体、绝句，靡不备矣”。虽然这些体裁在唐以前已经出现，但其中不少是到唐代才完善的，至于律诗则是到唐代才正式形成的，五言律、七言律与排律完全是唐人的创新，唐以后不见再有新的体裁出现。

其四，风格多样，流派纷呈。具有鲜明的独特的风格，个性突出，这是创作成熟的标志。对此，明代高棅在《唐诗品汇·总叙》中，有较为详细的述说：“略而言之，则有初唐、盛唐、中唐、晚唐之不同。详而分之，贞观、永徽之时，虞、魏诸公稍离旧习，王、杨、卢、骆因加美丽，刘希夷有闺帷之作，上官仪有婉媚之体，此初唐之始制也。神龙以还，洎开元初，陈子昂古风雅正，李巨山文章宿老，沈、宋之新声，苏、张之大手笔，此初唐之渐盛也。开元、天宝间，则有李翰林之飘逸，杜工部之沉郁，孟襄阳之清雅，王右丞之精致，储光羲之真率，王昌龄之声俊，高适、岑参之悲壮，李颀、常建之超凡，此盛唐之盛者也。大历、贞元中，则有韦苏州之雅澹，刘随州之闲旷，钱、郎之清赡，皇甫之冲秀，秦公绪之山林，李从一之台阁，此中唐之再盛也。下暨元和之际，则有柳愚溪之超然复古，韩昌黎之博大其词，张、王乐府得其故实，元、白序事务在分明，与夫李贺、卢仝之鬼怪，孟郊、贾岛之饥寒，此晚唐之变也。降而开成以后，则有杜牧之之豪纵，温飞卿之绮靡，李义山之隐僻，许用晦之偶对；他若刘沧、马戴、李频、李群玉辈，尚能黾勉气格，将迈时流，此晚唐变态之极而遗风馀韵犹有存者焉。”当然高棅的概括并非完全精确，但对唐代诗坛风格多样的情况，为我们大致勾画出了一个轮廓。

在唐以前，虽也有流派存在，但不像唐代那样众多而且突出。在唐代诗坛上，主要的大流派就有王维、孟浩然的山水田园诗派，高适、岑参的边塞诗派，韩愈、孟郊的险怪派，元稹、白居易的通俗派，等等，不一而足，李白、杜甫二公卓尔不群，一为浪漫主义旗手，一为现实主义师表，万世景仰。

风格与流派关系密切，流派是由风格相近、主张相同或相似的同时代人结合而成，风格是流派的基础，不同风格形成了不同流派，多种多样的风格形成了多种多样的流派。唐代诗坛上风格多样决定了当时必然流派纷呈。

其五，高度的思想内容与完美的艺术形式相结合。唐代完成了中国古典诗歌的格律化，各种体裁具备，表现什么样的思想感情，适合用什么样的形式，唐人对这一点是很讲究的。五古常常用于表现较为严肃的政治性比较强的题材，例如陈子昂、张九龄的《感遇》，李白的《古风》，杜甫的《前出塞》《后出塞》《自京赴奉先县咏怀五百字》《北征》等，都是政治思想性强、艺术性高，二者完美统一的作品，尤其是杜甫，在用韵上也很讲究，《咏怀》与《北征》都是用入声韵，读起来令人有一种压抑感与愤激感。当然同是五古，各家风格也不相同，有的追踪汉魏，颇具风骨，显得高古遒劲，如陈子昂、高适、王昌龄、李颀等人的作品；有的效法陶潜，貌似清淡，其实韵味醇厚，如张九龄、孟浩然、王维、韦应物、柳宗元等人的作品。七古、七言歌行体容量比较大，适合表现起伏跌宕的感情与曲折离奇的事件，或铺张排比，或流丽婉转，或飘逸豪宕，或豪迈激荡，或奇幻多变，或沉郁顿挫，或遒劲刚健，或奇崛拗峭，或声情凄婉，表现力极强，如张若虚的《春江花月夜》，卢照邻的《长安古意》，刘希夷的《代悲白头翁》，王维的《老将行》《洛阳女儿行》，高适的《燕歌行》，岑参的《白雪歌送武判官归京》，李白的《梦游天姥吟留别》《蜀道难》《将进酒》，杜甫的《兵车行》《丽人行》《哀江头》《茅屋为秋风所破歌》，白居易的《长恨歌》《琵琶行》，元稹的《连昌宫词》，等等，都是七古与七言歌行体（包括杂言体）中的佼佼者。律诗是唐人的创新。五律虽然在南朝陈代已接近成熟，但实际上到初唐四杰时，仍未尽合律。七律则完全是在唐代创立的，到杜甫笔下才完全成熟。律诗是在南朝永明体讲究声律、重视清新流畅、主张“好诗圆美流转如弹丸”的基础上，吸收骈文注重骈偶，形成声调和谐、句法关联、平仄相对、词义对仗等程式化要求，从而加以定型，形成五言八句的五律、七言八句的七律以及排律，同时还影响到绝句，形成了律绝。律诗声调和谐，句法关联，圆顺流畅，对仗工稳，跳跃性大，时空转换灵活，便于写景抒情，常常情景融合，浑然一体。唐人给我们留下了很多优秀的律诗，其中尤为著名的五律有王勃的《送杜少府之任蜀州》、张九龄的《望月怀远》、杜审言的《和晋陵陆丞早春游望》、王湾的《次北固山下》、孟浩然的《临洞庭湖赠张丞相》、王维的《山居秋暝》、李白的《渡荆门送别》、杜甫的《春望》和《登岳阳楼》、白居易的《赋得古原草送别》等，七律有崔颢的《黄鹤楼》、李白的《登金陵凤凰台》、杜甫的《登高》和《蜀相》、李商隐的《锦瑟》及《无题》等。绝句有古绝与律绝之分，大致上唐人五绝多用古绝，七绝则多用律绝。唐人绝句大都能谱乐歌唱，所以沈德潜在《说诗晬语》中说："绝句，唐乐府也。"初唐绝句，音律未谐，韵度尚乏，因此没有太出色的绝句。盛唐绝句，兴象玲珑，句意深婉，情景浑成，不假雕饰，无工可见，无迹可寻。李白、王昌龄擅长，他们的作品一直被视为绝句中的正宗，其他如王维、孟浩然、高适、岑参、王翰、王之涣、崔国辅、崔颢、储光羲等，也各有至处，离正宗不远；只有杜甫与众不同，偏离正宗，大胆革新，另辟蹊径。中唐绝句，以意为主，情致委婉，效法杜甫，探求创新，精工打造，韵味隽永，李益、刘禹锡独步，其他如韩翃、韩愈、白居易、元稹、柳宗元、韦应物、张籍、张仲素、李贺等也不落人后。晚唐绝句警秀深微，委婉多致，语言秀丽，议论精警，杜牧、李商隐称胜，其他如张祜、温庭筠、韦庄、崔橹、韩偓、许浑、张乔等也多有好诗。

其六，精湛的语言。唐以前的文人诗，读者理解起来常常有一定的难度，特别是颜延之等人的诗芜杂深奥，令人难以卒读，有些诗虽能读懂，但令人感到总隔一层，缺乏亲切感。那些优秀的唐诗则不然，语言作为情感符号，融进了全民族的文化，传达着全民族的心声，人人读起来都能心领神会，如同从自己的肺腑里流出来一般。唐诗的语言，超越历史，成为中华民族全民族的语言，很多诗无须注释，受过中国文化熏陶的人都能理解，而且感到十分亲切，常读常新。不要说一些写日常生活的诗人们容易理解，如李白的"床前明月光，疑是地上霜。举头望明月，低头思故乡"、孟浩然的“春眠不觉晓，处处闻啼鸟。夜来风雨声，花落知多少”，难道用得到多少注释（这里李白诗中的“床”应注明指井上的围栏，有人说是板凳或马扎，不妥，当然更不该理解成今天我们用来睡觉的床，因为这首诗中所写的环境应该是庭院，不是室内），甚至搞什么“今译”，岂非多余！就是一些反映当时社会现实的诗，人们也易于理解，如杜甫的“朱门酒肉臭，路有冻死骨”、白居易的“地不知寒人要暖，少夺人衣作地衣”等等，即使不了解多少当时的时代背景，读者也完全能够理解。甚至那些富有哲理的诗，也无须多做注释就能读懂，如张若虚的“江畔何人初见月？江月何年初照人？人生代代无穷已，江月年年只相似”、柳宗元的“沉舟侧畔千帆过，病树前头万木春”，这些也是无须注释，人们一般都能读懂。唐诗语言的平易、生动、凝练、概括，千古常新，一直为人赞赏。

其七，体现了中国人共通的审美理想。千百年来中国人养成了一种与西方人截然不同的审美习性，不太喜欢一泻千里恣意汪洋的铺张，不喜欢把话说得太直太露，不欣赏溢于言表的直抒情怀，而是更偏重于欣赏委婉曲折、含蓄深沉，讲究神龙藏首与尺幅千里，对诗来说常常寻求言外之意，弦外之音，要求“不著一字，尽得风流”，追求含蓄、朦胧、沉稳之美和恬静、超脱的诗歌意境。唐诗正好符合中国人传统的审美习性。唐诗特别是唐人绝句晶莹明净，剔透玲珑，只可意会，难以言传，如水中之月、镜中之花，可以感悟到，但不可触摸，在朦胧中透出了几分神秘，令人如醉如痴。这就是唐诗的魅力，让人常读常新，百读不厌。

三

在中国诗的发展过程中，除唐代，再也没有一个朝代独立成为一个发展阶段。把隋和五代跟唐放在一起是不恰当的。因为隋是由南北朝至唐朝的一个过渡期，而五代则是由唐到宋的一个过渡期，跟唐诗都有明显的差别。

唐诗发展，大致可分为五个时期：

第一，从武德元年（618）至先天元年（712），是起步时期。

第二，从开元元年（713）至大历五年（770，杜甫去世），是全盛时期。

第三，从大历六年（771）至贞元中期（800前），是过渡期。

第四，从贞元后期（800，白居易初露头角）至大中末（858前后，李商隐去世），是再度辉煌时期。

第五，从大中末（858以后）至天祐四年（907）朱温篡位，唐王朝灭亡，是衰落结束时期。

第一编　起步时期

第一章　从南北朝走过来

公元618年3月，隋炀帝在扬州被宇文化及杀害，5月李渊逼隋炀帝的孙子杨侑在长安演了一出禅让的闹剧，当上了皇帝，拉开了唐王朝的序幕。经过七年战斗，隋末的农民起义军与地主武装割据势力被一一削平，武德七年（624）唐朝统一了中国，建立了比隋朝更加强大的中央集权的封建国家。

李渊初称帝时，一切制度多承隋制。那时忙于征战，对文学事业顾不上关注。全国统一后两年，即武德九年（626）传位于次子李世民。李世民就是被史学家称为一代英主的唐太宗，他开创的“贞观之治”是后世文人所神往的一个神奇时代，一个强大帝国正在崛起，一个鼎盛时代来临。当时，皇帝励精图治，政策得宜，君臣遇合，政治开明，国家强盛，社会富裕，经济空前繁荣，因此，文学事业也被提到了日程上。但是文学的变革，常常落后于政治经济，唐初的诗歌还存在着严重的陈隋遗风，辞采华丽，声韵和顺，而气骨较弱。尽管如此，已不同于齐梁陈隋的宫体诗。已往我们能见到的“文学史”的编著者，几乎都把初唐的诗歌，一律称为“齐梁馀风”，根据之一是“当时文士诗人陈叔达、袁朗、杨思道、虞世南、孔绍安、李百药等人，俱为陈、隋旧人。他们的文风，决不能因为政治上换了一个朝代，便能立刻有所改变”。根据之二是“唐太宗本人对齐梁文风也很爱好。他自己就带头写淫靡浮艳的宫体诗，富丽呆板的宫廷诗”。其实，这种说法是不符合事实的，是不公正的。下面，让我们具体看看当时的诗人们的诗，特别是李世民的诗。

一、李世民

贞观年间（627—649），以唐太宗李世民和围绕在他周围的一批宫廷文人为主体，形成了当时的文学中心，影响并领导着全国。

唐太宗李世民（599—649），可以说是中国历史上最著名的君主，史学家都许以杰出的政治家。他在位23年，文治武功在中国封建社会中臻于极盛，史称“贞观之治”，一直被视为封建社会中盛世的典范，他也被公认为最负盛名的明君。然而在诗歌创作上，基本上是受到贬斥的，甚至被视为陈后主、隋炀帝之流，他的诗被牢牢地钉在“宫体诗”的耻辱柱上，以“淫靡浮艳”四字一笔抹杀。那么，果真如此吗？《全唐诗》录存李世民诗86题，共98首，其中多数为纪行、写景、咏怀、咏物诗，写得好坏，这是艺术造诣的问题，我们且不说，从内容上说，还没有一首轻浮地描写女性的诗，他的咏物诗中有写风、雨、雪的，还有写柳、桃、兰、菊、帘、弓、烛、小山与琵琶的，没有宫廷特殊的器皿与女人专用之物，也就是说，他的全部诗作中，没有一首可称为宫体诗。有的诗虽然写得比较呆板，不够精练，但这完全是艺术水平问题，与宫体诗无关。其实有些诗写得还是不错的。翻开《全唐诗》，首先映入眼帘的就是他的《帝京篇》10首，这是描写帝京长安的诗，前面有个序，其中有这样的话：“至于秦皇、周穆，汉武、魏明，峻宇雕墙，穷侈极丽，征税殚于宇宙，辙迹遍于天下，九州无以称其求，江海不能赡其欲，覆亡颠沛，不亦宜乎……释实求华，以人从欲，乱于大道，君子耻之，故述帝京篇以明雅志云尔。”

由此，可以看到一个帝王对历史的深刻反思，对秦皇、汉武等的穷奢极欲的批判。在序里，还提出了“庶几以尧舜之风，荡秦汉之弊；用咸英之曲，变烂漫之音”。由此可看到一代英主的襟怀抱负。诗中对长安的地理形势、宫馆庭园和自然景色一一进行了描写，十分雄伟壮观。这10首诗，全引篇幅太大，我们来看其中第一首：

秦川雄帝宅，函谷壮皇居。
绮殿千寻起，离宫百雉馀。
连甍遥接汉，飞观迥凌虚。
云日隔层阙，风烟出绮疏。

雄伟的山川，巍峨的宫殿，交相辉映，十分壮观，显示出帝京的气魄，从而烘托出唐王朝的声威，展现了一个开国帝王的胸襟，截然不同于陈后主纤弱无力的作品。

李世民的《还陕述怀》一诗，也很有代表性。这首诗气概豪迈，壮怀激烈，抚今思昔，回忆昔日创业艰辛，欣喜今日宇宙升平，显示了他雄视天下的气魄，济世安民的胸怀：

慨然抚长剑，济世岂邀名。
星旗纷电举，日羽肃天行。
遍野屯万骑，临原驻五营。
登山麾武节，背水纵神兵。
在昔戎戈动，今来宇宙平。

李世民有《过旧宅》两首，是在统一全国后还乡时所写。但这里没有小人得志、衣锦还乡的穷酸相，也没有“威加海内兮归故乡”那种趾高气扬的样子，而是“一朝辞此地，四海遂为家”的宽广胸怀和“八表文同轨，无劳歌大风”的自信。其他如《经破薛举战地》《春日望海》《登三台言志》等，都健笔凌云，很有气魄。从这里，我们应该看到其变化，已逐渐摆脱了宫体诗阴魂，从南北朝的诗风中走了出来。李世民写的不是宫体诗，李世民更不能称为宫体诗人。

二、虞世南

虞世南（558—638），字伯施，越州余姚（今浙江余姚）人。他是前朝旧人，年轻时就笃志勤学，诗文兼擅，受到陈朝著名诗人徐陵的赏识。曾以文学仕陈朝，陈亡后，便与其兄虞世基同入隋京长安，在隋朝官秘书郎，为隋炀帝杨广的重要文学侍臣，曾写过宫体诗《应召嘲司花女》。入唐后，任秦王李世民王府参军，转记室，迁太子中舍人，为秦王府十八学士之一。李世民即位后，历任弘文馆学士、秘书监，封永兴县公，世称“虞永兴”。太宗称其德行、忠直、博学、文辞、书翰为“五绝”。曾手诏魏王李泰曰：“世南当代名臣，人伦准的。”可见他深受太宗器重。但因他在隋朝写过宫体诗，由此不少人得出了唐太宗“沉溺”于宫体诗，甚至说“他自己就带头写淫靡浮艳的宫体诗”，这实在是以不实之词诬陷古人。正如前文所说，在唐太宗今存的98首诗中，我们还找不出一首宫体诗来，而虞世南入唐以后，也没有写过宫体诗。说他“入唐以后的作品几乎全部是奉和、应诏、侍宴等类的作品”，这也与事实不符。虞世南今存诗32首，其中奉和、应诏、侍宴诗包括在隋代作的共16首，恰好一半。其他有《从军行》两首、《拟饮马长城窟》《出塞》《结客少年场行》《怨歌行》《门有车马客》等，虽然多半属于乐府旧题，但绝非宫体诗，而且其中有好几首显示了豪迈雄浑的特色。这些诗里所描写的，或为长年征战在边塞的将士，历经艰辛，却得不到朝廷关怀；或为重义轻生的少年侠客，决心以身报国，显得生气勃勃，豪气逼人；或写将士为国出征，远赴边塞，长途跋涉，历尽艰辛，坚韧不拔等等。他的这些诗正体现他不满前代的华靡，一洗纤秾之色，实现他诗要“雅正”的主张。《唐音癸签》卷五引徐献忠的话说他“意存砥柱，拟浣宫艳之旧，故其诗洗濯浮夸，兴寄独远。虽藻彩萦纡，不乏雅道，治世之音，先人而后兴者也”。治世要有治世之音，诗风逐渐由华靡纤细向“雅正”转变。说到“兴寄独远”，在虞世南的诗中，一首《蝉》堪当：

垂緌饮清露，流响出疏桐。
居高声自远，非是藉秋风。

这首诗同后来骆宾王和李商隐的同题之作，被后人推为唐人咏蝉诗中的“三绝唱”。

三、杨师道及陈子良、李百药

在宫廷诗人中，当时较有成就的还有杨师道、陈子良、李百药等。

杨师道（？—647），字景猷，弘农华阴（今陕西华阴）人，清警有才思。入唐，尚桂阳公主，封安德郡公。贞观中，任侍中，参与朝政，官至中书令。常与名士宴集，歌咏自适，因文思敏捷，深得太宗器重。现存诗21首。长于写景抒怀，刚柔相济，既有韵味，又颇具骨力。如《陇头水》：

陇头秋月明，陇水带关城。
笳添离别曲，风送断肠声。
映雪峰犹暗，乘冰马屡惊。
雾中寒雁至，沙上转蓬轻。
天山传羽檄，汉地急征兵。

阵开都护道，剑聚伏波营。
于兹觉无渡，方共濯胡缨。

他的奉和、应诏诗不少，但这些诗不像一般人那样呆板无生气，颇具韵味，而且时有佳句，如“白云飞夏雨，碧岭横春虹。草绿长杨路，花疏五柞宫”（《赋终南山用风字韵应诏》），“雁声风处断，树影月中寒。爽气长空净，高吟觉思宽”（《初秋夜坐应诏》），“洪波回地轴，孤屿映云光。落日惊涛上，浮天骇浪长”（《奉和圣制春日望海》），“日落横峰影，云归起夕凉。雕轩动流吹，羽盖息回塘。剃草生还绿，残花落尚香”（《奉和夏日晚景应诏》）。此外还有“池塘藉芳草，兰芷袭幽衿。雾中分晓日，花里弄春禽。野径香恒满，山阶笋屡侵”（《春朝闲步》），“芳草无行径，空山正落花。垂藤扫幽石，卧柳碍浮槎。鸟散茅檐静，云披涧户斜”（《还山宅》），这些都算得上是写情描景俱佳。

此外，陈子良的诗简净流畅，李百药的诗“藻思沉郁”，也都各具特色。陈子良虽有《赋得妓》《酬萧侍中春园听妓》，写了宫中的歌妓舞女，但着重写姿容和技艺，并无轻薄浮艳之词，绝非宫体诗。李百药一生坎坷，在隋时曾被夺爵远谪，几经囚黜，屡遭凶险。入唐后虽有改善，唐太宗重其名，任中书舍人，授太子右庶子。但不幸的遭遇使他一直郁积在胸，挥之不去，形成了他沉郁的特点，他的不少诗哀婉动人，他现存的26首诗中，都没有宫体诗的痕迹。在官员中，还有一位不是诗人，但他的诗很值得注意，那就是魏徵。

四、魏徵

魏徵（580—643），字玄成，巨鹿曲阳（今河北晋州）人。少孤贫，落魄有大志，曾出家为道士。隋末参加李密起义军，后投归唐朝，为太子洗马。太宗即位后，任谏议大夫、秘书监。官至侍中，封郑国公。因患目疾，请求辞职，但加特进，拜太子太师，仍知门下省事。他是唐初名臣，以敢于直谏著名。他本是政治家，不是诗人，但他在诗歌发展上，首先提出了融合南北的主张，为唐诗的发展指明了正确的方向："掇彼清音，简兹累句，各去所短，合其两长。"（《隋书·文学传序》）他的诗《述怀》被认为启盛唐之音的先声，沈德潜在《唐诗别裁集》中说："气骨高古，变从前纤靡之习，盛唐风格，发源于此。"全诗如下：

中原初逐鹿，投笔事戎轩。
纵横计不就，慷慨志犹存。
杖策谒天子，驱马出关门。
请缨系南粤，凭轼下东藩。
郁纡陟高岫，出没望平原。
古木鸣寒鸟，空山啼夜猿。
既伤千里目，还惊九逝魂。
岂不惮艰险，深怀国士恩。
季布无二诺，侯嬴重一言。
人生感意气，功名谁复论。

这是魏徵归唐之初，渴望在统一战争中能建功立业，主动请缨赴山东（指华山以东）招抚李密旧部，在出潼关时所作。诗中叙述了他的抱负与征途艰险，倾吐自己此行不图功名，而是"深怀国士恩"，重义气，守信用，一心报国的慷慨情怀。全诗语言朴实，用典简明贴切，显示出五言古诗由典雅庄重向雄浑苍劲转变的趋势，预示着唐诗未来的发展方向。徐增在《说唐诗》中评价说："唐发始一篇古诗，笔力遒劲，词采英毅，领袖一代诗人。"

五、山野诸诗人

初唐时，除了上述的宫廷诗人以外，还有一些游离于山野的诗人，其中有隐逸诗人王绩，僧侣诗人王梵志、寒山和拾得。其中以王绩成就最高。

王绩（约589—644），字无功，号东皋子，绛州龙门（今山西河津）人，一说太原祁人，隋代大儒文中子王通之弟。性旷达，嗜酒如命。隋末，授秘书省正字，不乐在朝，求为六合丞，嗜酒不任事，不久罢还乡里，过隐居生活。唐初，以原官待诏门下省，时太乐署史焦革家善酿，求为太乐丞。不数月，焦革死，但焦妻袁氏仍时常送好酒给他。一年多后，袁氏又死，再也得不到好酒了，便弃此小官还乡，从此隐居不出。他出身世家，在隋在唐，官职都不高，自叹“才高位下”，一生基本上在隐逸与醉酒中度过。他的思想接近道家，反对束缚身心的封建法度与名教，不满儒家，景仰嵇康、阮籍、陶潜一类人，他的诗深受陶潜熏染，多以田园的闲适情趣为内容，在语言上也摆脱南北朝的雕饰华靡习气，趋于自然平淡，为盛唐王、孟田园诗派的先驱。他的诗如《黄颊山》：

别有青溪道，斜亘碧岩隈。
崩榛横古蔓，荒石拥寒苔。
野心长寂寞，山径本幽回。
步步攀藤上，朝朝负药来。
几看松叶秀，频值菊花开。
无人堪作伴，岁晚独悠哉。

在新王朝崛起，社会正处于上升之际，他却远离社会，徜徉在青山绿水的田野，沉醉于明月清风的怀抱，回归大自然，回归陶潜的田园境界。他最著名的诗是《野望》：

东皋薄暮望，徙倚欲何依？
树树皆秋色，山山唯落晖。
牧人驱犊返，猎马带禽归。
相顾无相识，长歌怀采薇。

这首诗写秋天薄暮，眺望山野景色。其中三、四句最为人赞赏，到处是一片秋色，让夕阳馀晖一烘托，显得无比萧瑟。在这样的环境中，牧人与猎马归来，显示出了生气。中间四句，勾画出了一幅山家秋日的晚景图，色彩鲜明，远景近景结合，动态静态搭配都恰到好处，洋溢着幽旷深远的情趣。还有一点要说明的，这首诗写于律诗定型之前，却完全是唐律的格调，这是十分可贵的，说明律诗的定型，条件已经成熟。

王梵志是一位白话诗人，他用村言俚语来写诗，这在雕琢华靡的风气下，无疑令人耳目一新，但影响不大，《全唐诗》正编里没有收录他的诗，历来选本中也都不选他的诗。不过，他可以说是“打油诗”的先行者，如“他人骑大马，我独跨驴子。回顾担柴汉，心下较些子”，“世无百年人，强作千年调。打铁作门限，鬼见拍手笑”。

第二章　中国古典诗格律化的完成

唐诗的发展是从内容和形式两个方面进行的，武德、贞观年间，在内容上给予较多关注，想扭转南北朝不合“雅正”的诗风，“变从前纤靡之习”。在形式上，虽然已有“四声”、“八病”之说，词句也渐趋整饬，王绩还写出了符合唐律的《野望》，但这只是一种自发行为，偶一为之，缺乏自觉性与理论指导。诗歌格律化任务的完成，落到了贞观以后的诗人身上，主要由上官仪、杜审言、沈佺期、宋之问等人来完成。

第一节　文章四友

一、上官仪

上官仪（约605—665），字游韶，陕县（今河南陕县）人。贞观进士，官弘文馆直学士、西台侍郎等职。高宗时，为秘书少监，颇受宠幸，宫中每有宴会，他都得以参加并应诏赋诗。他的诗多在这样的环境下写成，故绮错婉媚、华丽精工，时称“上官体”。有人以上官仪的《八咏应制》为例，说明太宗之世诗风仍然“淫靡浮艳”。其实上官仪显贵是在龙朔二年（662），“上官体”的流行更在这以后，而唐太宗是在649年去世的，其间相隔十多年，怎么能把这算在十多年前已经去世了的唐太宗账上？其实上官仪对诗歌的发展是有一定贡献的，他总结归纳了六朝以来诗中运用对仗的写作技巧，提出了“六对”与“八对”之说，在探讨律诗的形式与丰富对仗的表现手法上做出了贡献。《全唐诗》存其诗20首，大多数为应制、应诏、奉和侍宴等应酬之作。他的诗“文辞婉丽，属对工稳”，如“晓树流莺满，春堤芳草积”（《早春桂林殿应诏》）、“密树风烟积，回塘荷芰新”（《安德山池宴集》）、“云飞送断雁，月上净疏林”（《奉和山夜临秋》）、“晚云含朔气，斜照荡秋光。落叶飘蝉影，平流写雁行”（《奉和秋日即目应制》）、“残红艳粉映帘中，戏蝶流莺聚窗外。洛滨春雪回，巫峡暮云来”（《八咏应制》）、“蔡女菱歌移锦缆，燕姬春望上琼钩。新妆漏影浮轻扇，冶袖飘香入浅流”（《咏画障》）等。尽管“上官体”在当时有不少人效法，但在他现存的20首诗中，为后人传咏的却是一首五言绝句《入朝洛堤步月》，这是一首即兴诗，并无太多修饰，语言较平实，不像一般“上官体”那样“文辞婉丽”，然这首诗“音韵清亮”，善于用事，写景如画，情寓景中，情景交融：

脉脉广川流，驱马历长洲。
鹊飞山月曙，蝉噪野风秋。

二、杜审言

杜审言（约645—约708），字必简，原籍襄阳（今湖北襄樊），后其祖父迁居巩县（今河南巩义），定居于此，其子孙遂为巩县人。高宗咸亨元年（670）登进士第，历任隰城尉、洛阳丞等小官。武则天时，授著作郎，迁膳部员外郎。中宗神龙初（705），因依附张易之兄弟，被流放峰州（今为越南河西省一带，唐代在大唐帝国版图内，属岭南道），不久又召还，授国子监主簿，迁修文馆直学士。他与李峤、苏味道、崔融合称“文章四友”，四人中他的成就最高，但官最小，苏、李二人都官至宰相。他善诗文，但过于自负，以至于狂妄，曾有“吾文章当得屈宋作衙官”的狂言。今存诗40余首，其中律体居多数，五律已达到成熟境地，七律还未完全谐调。他的主要贡献在于推进律诗格律化，特别是五律的定型。他的五言律诗如《和晋陵陆丞早春游望》：

独有宦游人，偏惊物候新。
云霞出海曙，梅柳渡江春。
淑气催黄鸟，晴光转绿蘋。
忽闻歌古调，归思欲沾巾。

这首诗中间两联对仗工整，全诗音韵和谐，风格清丽，明人胡应麟在《诗薮》中称赞这首诗说：“初唐五言律‘独有宦游人’第一。”清人王夫之在《姜斋诗话》中说：“近体，梁、陈已有，至杜审言始叶于度。”其他如五律《登襄阳城》，人们对他的颔联“楚山横地出，汉水接天回”颇为欣赏。另外，他的七绝《渡湘江》也历来为人们赞赏：

迟日园林悲昔游，今春花鸟作边愁。
独怜京国人南窜，不似湘江水北流。

这首诗是杜审言流放峰州时写，通首运用反衬、对比的手法，很有特色，标志着七言绝句已走向成熟。胡应麟在《诗薮·内编》中说，初唐七绝“变梁、陈，音律未谐，韵度尚乏。唯杜审言《渡湘江》《赠苏绾》二首，结皆作对，而工致天然，风味可掬”。他的七言律诗如《守岁侍宴应制》《大辅》两首也已完全符合唐七律的规格，比上官仪的七律明显进了一步。

杜审言的另一个贡献就是改变了梁、陈以来华艳靡丽的诗风，变得或刚健浑厚，或清丽华美，用闻一多的话来说，他的诗“已转变为纯粹的唐代诗风”。清丽华美的如我们上边举的《和晋陵陆丞早春游望》即是；刚健浑厚的如我们在前边举过的《登襄阳城》的颔联，境界开阔，笔力劲健，已属唐代诗风。

三、苏味道和李峤

“文章四友”中的苏味道（648—705），虽曾高居相位，但只知媚附武则天的弄臣张易之兄弟，处事圆滑，无政绩可谈，诗作大多平平，只有一首《正月十五夜》，颇为人传诵，为咏灯节的名篇，是初唐较好的五律：

火树银花合，星桥铁锁开。
暗尘随马去，明月逐人来。
游伎皆秾李，行歌尽落梅。

金吾不禁夜，玉漏莫相催。

李峤（644—713），四友之一，也曾高居相位，早年尚称正直，后媚附武则天的男宠张易之兄弟，为人所鄙夷。有文才，与苏味道齐名，并称“苏李”，为御用文人。他曾有咏物五律120首，刻画虽工细，但了无生气，只是在初唐五律尚未定型，写律诗还不很普遍，他以宰相之尊，写了160多首五律，对律诗的发展无疑起了推动作用。

四、崔融

崔融（653—706），四友之一，曾任崇文馆学士，太子侍读，官至凤阁舍人（为皇帝拟写诏诰），也因依附张易之兄弟而被贬，嗣后又召回，任国子监司业。他擅长写文章，存诗不多，仅18首。但他的边塞诗很有特色，如《关山月》《拟古》《西征军行遇风》《塞垣行》《从军行》《塞上寄内》等，这些诗或气势宏大，笔力劲健；或状写塞外景色，生动真切；或写征夫怀乡思亲之情，真挚感人。这些诗是盛唐边塞诗的先声。在这里，让我们来读一读他的《关山月》吧：

月生西海上，气逐边风壮。
万里度关山，苍茫非一状。
汉兵开郡国，胡马窥亭障。
夜夜闻悲笳，征人起南望。

上官仪与“文章四友”在律诗的形成过程中，起到了一定的推动作用，但真正使律诗定型的是沈佺期与宋之问，并称“沈宋”。

第二节　另一类“四杰”

一、宋之问

宋之问（约656—约713），一名少连，字延清，虢州弘农（今河南灵宝）人，一说汾州（今山西汾阳）人。上元二年（675）进士，与杨炯分直习艺馆，并与沈佺期、杨炯一起预修《三教珠英》，历任虢州参军、尚方监丞，也因媚附张易之兄弟，贬泷州，后逃归。时武三思用事，太平公主受宠，他又谀媚太平公主，起为鸿胪丞，转考功员外郎，转越州长史。太平公主败亡，他坐徙钦州（今广西钦州），不久赐死。他在当文学侍臣时的诗大体上与沈佺期相仿，多为歌功颂德，点缀升平，辞采华丽绮靡，有浓重的南朝遗风。但他几度贬斥、流放，阅历丰富，感受也深，因此写了不少有真情实感、艺术成就较高的诗篇，脍炙人口。《旧唐书·文苑中》本传称“之问再被窜谪，经途江、岭，所有篇咏，传布远近”。宋之问的诗作中，“传布远近”的有：

岭外音书断，经冬复历春。
近乡情更怯，不敢问来人。

——《渡汉江》

乡心新岁切，天畔独潸然。
老至居人下，春归在客先。
岭猿同旦暮，江柳共风烟。
已似长沙傅，从今又几年。

——《新年作》

卧病人事绝，嗟君万里行。
河桥不相送，江树远含情。

别路追孙楚，维舟吊屈平。
可惜龙泉剑，流落在丰城。

——《送杜审言》

阳月南飞雁，传闻至此回。
我行殊未已，何日复归来。
江静潮初落，林昏瘴不开。
明朝望乡处，应见陇头梅。

——《题大庾岭北驿》

逍遥楼上望乡关，绿水泓澄云雾间。
北去衡阳二千里，无因雁足系书还。

——《登逍遥楼》

宋之问的诗不仅韵律和顺，而且在遣词造句上也颇见功力。他善于锤字炼句，因此诗中有不少名句，如“寒露衰北阜，夕阳破东山”（《初到陆浑山庄》）、“泉晚更幽咽，云秋尚嵯峨。药栏听蝉噪，书幌见禽过”（《别之望后独宿蓝田山庄》）、“气冲落日红，影入春潭碧”（《初至崖口》）、“风恬鱼自跃，云夕雁相呼”（《洞庭湖》）、“地阔八荒近，天回百川澍”（《景龙四年春祠海》）、“白云遥入怀，青霭近可掬”（《游陆浑南山自歇马岭到枫香林以诗代书答李舍人适》）、“草树饶野意，山川多古情”（《奉使嵩山途经缑岭》）、“野含时雨润，山杂夏云多”（《夏日仙萼亭应制》）、“鸟归沙有迹，帆过浪无痕”（《江亭晚望》）、“去国夏云断，还乡秋雁飞”（《送李侍御》）、“路逐鹏南转，心依雁北还”（《晚泊湘江》）、“楼观沧海日，门对浙江潮。桂子月中落，天香云外飘”（《灵隐寺》）等，写景状物，细腻逼真；抒情达意，委婉真切。看似寻常口语，情意蕴含其中，耐人寻味。

二、沈佺期

沈佺期（约656－713），字云卿，相州内黄（今河南内黄）人。与宋之问为同年进士，历任通事舍人、考功员外郎、给事中。因谄附张易之兄弟，流驩州（今越南荣市一带）。后遇赦还京，历任中书舍人、太子少詹事。他是宫廷文学侍臣，诗的内容多为歌功颂德，点缀升平；辞采华丽绮靡，未挣脱六朝诗风的影响。沈佺期诗较宋之问少，但也有一些为人称赞的诗，如：

闻道黄龙戍，频年不解兵。
可怜闺里月，长在汉家营。
少妇今春意，良人昨夜情。
谁能将旗鼓，一为取龙城。

——《杂诗三首》之三

独游千里外，高卧七盘西。
山月临窗近，天河入户低。
芳春平仲绿，清夜子规啼。
浮客空留听，褒城闻曙鸡。

——《夜宿七盘岭》

卢家少妇郁金香，海燕双栖玳瑁梁。
九月寒砧催木叶，十年征戍忆辽阳。
白狼河北音书断，丹凤城南秋夜长。
谁为含愁独不见，更教明月照流黄？

——《独不见》

这些诗都格律严密，属对工稳，文气流畅，为初唐律诗的佼佼者。从上面三首诗中，我们可以看到沈佺期遣词造句的功力和属对工稳，像“九月”、“十年”和“白狼”、“丹凤”，在自然中颇见功力。其他如“远望河流缓，周看原野绿”（《临高台》）、“秋变铜池色，晴添银树光”（《九日临渭亭侍宴应制得长字》）、“月明三峡曙，潮满九江春”（《巫山高》）、“燕来红壁语，莺向绿窗啼”（《杂诗三首》之二）、“树接前山暗，溪承瀑水凉”（《乐城白鹤寺》）、“树悉江中见，猿多天外闻”（《十三四时尝从巫峡过他日偶然有思》）、“汉家宫阙疑天上，秦地山川似镜中”（《从幸香山寺应制》）等等。

沈、宋的贡献并不在于写了几首较好的诗，而是作为初唐律诗奠基人载入史册的。自齐梁以来，经过不少诗人的探索、改进，经过沈、宋的努力，五言律诗终于完全成熟，《新唐书·宋之问传》说：“魏建安后，迄江左，诗律屡变。至沈约、庾信，以音韵相婉附，属对精密。及之问、沈佺期，又加靡丽，回忌声病，约句准篇，如锦绣成文。学者宗之，号为沈、宋。”（转引自胡震亨《唐音癸签》卷五）

在沈、宋同时，对律诗的成熟做出过重大贡献的，还有两人，那就是王勃与杨炯。他们二人与卢照邻、骆宾王合称“王、杨、卢、骆”，为初唐“四杰”。据闻一多先生在《四杰》中说：“诗中的四杰是唐诗开创期中负起了时代使命的四位作家……诗中的四杰并非一个单纯的、统一的宗派，而是一个大宗派中包孕着两个小宗派。而两个小宗派之间，同点恐怕还不如异点多。”“首先，卢、骆擅长七言歌行，王、杨专工五律，这是两派选择形式的不同……卢、骆与王、杨选择形式的不同，是由于他们两派的使命不同……宫体诗在卢、骆手里是由宫廷走到市井，五律到王、杨的时代是从台阁移至江山与塞漠……五言八句的五律，到王、杨才正式成为定型，同时完整的真正唐音的抒情诗也是这时才出现的。”“王、杨与沈、宋也是一脉相承，李商隐早无意地道著了秘密：‘沈宋裁辞矜变律，王杨落笔得良朋……’（《漫成章》）以沈、宋与王、杨并举，实在是最自然最合理的看法……就奠定五律基础的观点看，王、杨与沈、宋未尝不可视为一个集团，因此也有资格承受‘四杰’的徽号……”我赞同闻一多先生的意见，因此把“王杨卢骆”分开来说，而“王杨”与“沈宋”合在一起，作为“奠定五律基础”的“四杰”（即沈宋王杨）来论述。

三、王勃

王勃（650—676），字子安，绛州龙门（今山西河津）人，是王绩的哥哥王通的孙子。他自幼聪敏过人，15岁时，曾上书右相刘祥，畅论国家利害、帝王纲纪，并对当时的大政提出三项建议。刘祥读后，叹为“神童”，立即上表推荐。翌年，即乾封元年（666），对策及第，授朝散郎，因献《宸游东岳颂》和《乾元殿颂》而文名大显，为沛王李贤所知，召入王府为编修。不久因一篇戏作《檄英王鸡》，惹怒高宗李治，被逐出王府，对他打击不小。后经朋友陆季友举荐，任虢州（今河南灵宝）参军，因擅杀官奴，被免职；其父也受牵连，被贬为交趾（今越南河内，唐代也在版图内，属岭南道）令。上元三年（676），王勃往交趾探望父亲，渡海时堕水惊悸而死，时仅27岁。他是一位才高学富的青年诗人，还写过大量学术著作，可惜天不假年。他现存诗90馀首，五、七言小诗较多，而其五律尤为精湛，其中最为人传诵的无疑是《送杜少府之任蜀州》：

城阙辅三秦，风烟望五津。
与君离别意，同是宦游人。
海内存知己，天涯若比邻。
无为在歧路，儿女共沾巾。

这首属于初唐律诗，韵律尚未完全精工，但从内容上看，已从台阁中走了出来，显示了唐音抒情诗的特色。其他比较著名的诗有：

明月沉珠浦，风飘濯锦川。
楼台临绝岸，洲渚亘长天。
飘泊成千里，栖遑共百年。
穷途唯有泪，还望独潸然。

——《重别薛华》

东园垂柳径，西堰落花津。
物色连三月，风光绕四邻。
鸟飞村觉曙，鱼戏水知春。
初晴山院里，何处染嚣尘。

——《仲春郊外》

长江悲已滞，万里念将归。
况属高风晚，山山黄叶飞。

——《山中》

江送巴南水，山横塞北云。
津亭秋月夜，谁见泣离群！

——《江亭夜月送别二首》其一

四、杨炯

杨炯（650—？），华阴（今陕西华阴）人，幼聪敏博学，善属文。11岁时，举神童，授校书郎，为崇文馆学士，迁詹事司直。

恃才倨傲，不容于人，一直沉于下僚，武则天长寿二年（693）前后，卒于盈川县令任所。现存诗33首，数量与质量虽都远不及王勃，但他的五律已较成熟，如：

烽火照西京，心中自不平。
牙璋辞凤阙，铁骑绕龙城。
雪暗凋旗画，风多杂鼓声。
宁为百夫长，胜作一书生。

——《从军行》

侠客重周游，金鞭控紫骝。
蛇弓白羽箭，鹤辔赤茸鞦。
发迹来南海，长鸣向北州。
匈奴今未灭，画地取封侯。

——《紫骝马》

塞北途辽远，城南战苦辛。
幡旗如鸟翼，甲胄似鱼鳞。
冻水寒伤马，悲风愁杀人。
寸心明白日，千里暗黄尘。

——《战城南》

从上述王勃与杨炯的诗中，我们可以看到，五律诗已完全成熟，他们所写的五律跟沈宋一样，已有固定的格式，在声调上平仄相间相对，已有一定法度；在写法上，中间四句严格对仗；在内容上，已从应制、奉诏等台阁中的呆板应酬之作，移至江山与边塞，真正抒发自身情感，“才有低回与怅惘，严肃与激昂”，成为“完整的真正唐音的抒情诗”（闻一多语）。王、杨这样做，并不是自发现象，而是自觉地、有意识地要改革当时宫廷文学的风气，王勃以“开辟翰藻，扫荡文场”（《山亭思友人序》）自命，杨炯在《王勃集序》中说：“尝以龙朔初载，文场变体，争构纤微，竞为雕刻。……骨气都尽，刚健不闻。思革其弊，用光志业。”矛头直指当时的宫廷文学，扫荡其没有骨气的纤弱文风。七律诗在这时虽然还未完全成熟，但已有定型的五律作参照，也正逐步走向成熟，沈佺期的《独不见》虽还未完全符合成熟后的唐人七律的规律，但已十分接近，可以说七律的完全成熟定型，为时已经不远了。在中国古典诗格律化的进程中，“宋、沈、王、杨”在吸取总结前人经验的基础上，终于完成了五律最后定型的工作，为建造中国古典五言格律诗的宫殿盖上了最后一片瓦。

第三章　洗尽六朝脂粉

唐诗的演进开始是从形式和内容分头进行的，等到二者汇合时，盛唐之音也就此产生了。上一节主要说形式上的变化，也就是律诗的成熟与定型。这一节主要是说在内容上如何摆脱南朝宫体诗的影响，确立了真正的唐代风格。

把宫体诗说成是“低级趣味的艳情诗”，这似乎过分了一些。宫体诗虽不能说是淫词滥调，但过于纤弱柔艳，格调不高，缺乏风骨，与欣欣向荣、蒸蒸日上的唐代社会，不免有些格格不入，需要改革，这已是当时的一种社会趋势。但这改革不可能一夜之间面目全非，诗风改变需要一个过渡，需要有一个过程。完成这使命的是卢、骆、刘、张，闻一多先生称之为“另一组四杰”，闻一多先生说他们“是宫体诗的改造者”，“用以毒攻毒的手段，凭他们那新式宫体诗，一举摧毁了旧式的‘江左馀风’的宫体诗，因而给歌行体芟除了芜秽，开出一条坦途来”（《四杰》）。

一、卢照邻

卢照邻（约630—680后），字昇之，号幽忧子，幽州范阳（今河北涿州）人，曾任邓王府典签，这虽然只是相当于文书一类小官，但邓王府藏书丰富，正合他的心意，他博览群书，学识日渐广博，加上他本来很有才华，深得邓王赏识。高宗麟德二年（665），邓王病死，他便离开了王府。后任新都（今四川新都）县尉，不幸患“风疾”，多方医治无效，辞官，住在太白山中，因误服丹药中毒，手足残废。后迁居阳翟具茨山（在今河南禹州），终因贫病交迫，自沉颍水而死。现存诗90馀首，其中以《长安古意》最为著名：

长安大道连狭斜，青牛白马七香车。
玉辇纵横过主第，金鞭络绎向侯家。
龙衔宝盖承朝日，凤吐流苏带晚霞。
百尺游丝争绕树，一群娇鸟共啼花。
游蜂戏蝶千门侧，碧树银台万种色。
复道交窗作合欢，双阙连甍垂凤翼。
梁家画阁中天起，汉帝金茎云外直。
楼前相望不相知，陌上相逢讵相识？
借问吹箫向紫烟，曾经学舞度芳年。
得成比目何辞死，愿作鸳鸯不羡仙。
比目鸳鸯真可羡，双去双来君不见！
生憎帐额绣孤鸾，好取门帘帖双燕。
双燕双飞绕画梁，罗帏翠被郁金香。
片片行云着蝉翼，纤纤初月上鸦黄。

鸦黄粉白车中出，含娇含态情非一。
妖童宝马铁连钱，娼妇盘龙金屈膝。
御史府中乌夜啼，廷尉门前雀欲栖。
隐隐朱城临玉道，遥遥翠幰没金堤。
挟弹飞鹰杜陵北，探丸借客渭桥西。
俱邀侠客芙蓉剑，共宿娼家桃李蹊。
娼家日暮紫罗裙，清歌一啭口氛氲。
北堂夜夜人如月，南陌朝朝骑似云。
南陌北堂连北里，五剧三条控三市。
弱柳青槐拂地垂，佳气红尘暗天起。
汉代金吾千骑来，翡翠屠苏鹦鹉杯。
罗襦宝带为君解，燕歌赵舞为君开。
别有豪华称将相，转日回天不相让。
意气由来排灌夫，专权判不容萧相。
专权意气本豪雄，青虬紫燕坐春风。
自言歌舞长千载，自谓骄奢凌五公。
节物风光不相待，桑田碧海须臾改。
昔时金阶白玉堂，即今惟见青松在。
寂寂寥寥扬子居，年年岁岁一床书。
独有南山桂花发，飞来飞去袭人裾。

二、骆宾王

骆宾王（约638—？），字观光，婺州义乌（今浙江义乌）人。7岁时随口吟成《咏鹅》：“鹅鹅鹅，曲项向天歌。白毛浮绿水，红掌拨清波。”被誉为神童。初任道王府属，后随薛仁贵等出征边塞，此后游宦蜀中多年。曾任武功主簿，调任长安主簿。仪凤三年（678），入朝任侍御史，多次上疏讽谏武则天，被弹劾下狱，在狱中写《在狱咏蝉》：“西陆蝉声唱，南冠客思侵。那堪玄鬓影，来对白头吟。露重飞难进，风多响易沉。无人信高洁，谁为表予心。”这首诗咏物言志，蕴藉含蓄，寄托深远，为人赞赏。出狱后，贬为临海县丞。徐敬业起兵时，他奔赴扬州，参加徐的幕府，并写下了著名的《讨武曌檄》，一时传诵，连武则天都赞赏其文采，慨叹道：“宰相安得失此人！”徐敬业兵败后，他不知所终。有清代陈熙晋的《骆临海集笺注》十卷传世。他的小诗中最为人传诵的是《于易水送人》：“此地别燕丹，壮士发冲冠。昔时人已没，今日水犹寒。”寥寥20字，十分传神，荆轲的慷慨悲壮，英气勃勃，千古犹存。此诗气骨健劲，音调雄浑，截然不同于当时那些绮靡纤丽之作。但骆宾王的代表作应该是《帝京篇》，被人誉为“绝唱”：

山河千里国，城阙九重门。不睹皇居壮，安知天子尊。皇居帝里崤函谷，鹑野龙山侯甸服。五纬连影集星躔，八水分流横地轴。秦塞重关一百二，汉家离宫三十六。桂殿嵚岑对玉楼，椒房窈窕连金屋。三条九陌丽城隈，万户千门平旦开。复道斜通鳷鹊观，交衢直指凤凰台。剑履南宫入，簪缨北阙来。声名冠寰宇，文物象昭回。钩陈肃兰戺，璧沼浮槐市。铜羽应风回，金茎承露起。校文天禄阁，习战昆明水。朱邸抗平台，黄扉通戚里。平台戚里带崇墉，炊金馔玉待鸣钟。小堂绮帐三千户，大道青楼十二重。宝盖雕鞍金络马，兰窗绣柱玉盘龙。绣柱璇题粉壁映，锵金鸣玉王侯盛。王侯贵人多近臣，朝游北里暮南邻。陆贾分金将宴喜，陈遵投辖正留宾。赵李经过密，萧朱交结亲。丹凤朱城白日暮，青牛绀幰红尘度。侠客珠弹垂杨道，倡妇银钩采桑路。倡家桃李自芳菲，京华游侠盛轻肥。延年女弟双凤入，罗敷使君千骑归。同心结缕带，连理织成衣。春朝桂尊尊百味，秋夜兰灯灯九微。翠幌珠帘不独映，清歌宝瑟自相依。且论三万六千是，宁知四十九年非。古来荣利若浮云，人生倚伏信难分。始见田窦相移夺，俄闻卫霍有功勋。未厌金陵气，先开石椁文。朱门无复张公子，灞亭谁畏李将军。相顾百龄皆有待，居然万化咸应改。桂枝芳气已销亡，柏梁高宴今何在。春去春来苦自驰，争名争利徒尔为。久留郎署终难遇，空扫相门谁见知。当时一旦擅豪华，自言千载长骄奢。倏忽抟风生羽翼，须臾失浪委泥沙。黄雀徒巢桂，青门遂种瓜。黄金销铄素丝变，一贵一贱交情见。红颜宿昔白头新，脱粟布衣轻故人。故人有湮沦，新知无意气。灰死韩安国，罗伤翟廷尉。已矣哉，归去来。马卿辞蜀多文藻，扬雄仕汉乏良媒。三冬自矜诚足用，十年不调几邅回。汲黯薪逾积，孙弘阁未开。谁惜长沙傅，独负洛阳才。

闻一多先生在《宫体诗的自赎》中，把上官仪等人写的“没有筋骨”的辞藻华丽的诗，比喻成“细弱的虫吟”，卢照邻的《长安古意》（当然也包括骆宾王的《帝京篇》）的出现，是“在窒息的阴霾中……忽然一声霹雳，接着是狂风暴雨！虫吟听不见了……”闻一多先生认为“卢、骆的歌行，是用铺张扬厉的赋法膨胀过了的乐府新曲，乐府新曲又是宫体诗的一种新发展，所以卢、骆实际上是宫体诗的改造者……他们的使命是以市井的放纵改造宫廷的堕落，以大胆代替羞怯，以自由代替局缩，所以他们的歌声要大开大阖的节奏，他们必须以赋为诗”（《四杰》），还说这是“以更有力的宫体诗救宫体诗……是以毒攻毒”，“从五言四句的《自君之出矣》，扩充到卢、骆二人洋洋洒洒的巨篇，这也是宫体诗的一个剧变。仅仅篇幅大，没有什么，要紧的是背面有厚积的力量撑持着。这力量，前人谓之‘气势’，其实就是感情。有真实感情，所以卢、骆的来到，能使人们麻痹了百馀年的心灵复活。有感情，所以卢、骆的作品，正如杜甫所预言的‘不废江河万古流’”。

虽然闻一多先生称卢、骆的两篇诗为“更有力的宫体诗”，其实这与传统的旧式的宫体诗有着本质上的差别，旧式宫体诗写的宫廷生活，是站在欣赏的角度，多赞美之词；卢、骆的歌行体写的是帝京长安的市井生活，虽然对长安建筑的宏伟、社会的繁荣尽情刻画，但对贵族的骄奢淫逸生活写得淋漓尽致，揭露了统治阶级的腐朽本质，寓意讽刺。旧式宫体诗矫揉造作，堆砌辞藻，缺乏真实感情；卢、骆的诗富有真情实感，能激动人心。旧式宫体诗规模小，力量弱，柔弱无力，没有筋骨；卢、骆的诗规模宏大，极有气势，具有雷霆万钧之力。因此，闻一多先生把它比作“狂风暴雨”，其力量足以摧枯拉朽，涤荡南朝宫体诗的残脂剩粉。

暴风雨来了，以后会怎么样？闻一多先生在《宫体诗的自赎》中说：“从来没有暴风雨能持久的。果然持久了，我们也吃不消，所以我们要它适可而止。因为，它究竟只是一个手段，打破郁闷的手段，也只是一个过程，达到雨过天晴的过程。手段的作用是有时效的，过程的时间也不宜太长，所以在宫体诗的园地上，我们很侥幸地碰见了卢、骆，可也很愿意能早点离开他们——为的是好和刘希夷见面。”

三、刘希夷

刘希夷（651—约679），字廷之，一字庭芝，汝州（今河南临汝）人。上元二年（675）举进士。好饮酒，善弹琵琶，少有文华，但一生落魄。长于写歌行体，多写闺情，言辞婉丽华美，且多伤感情调。刘希夷的歌行体已不是卢、骆那种狂飙式的猛烈，而是以宫体诗来表达一种痴情，一种无奈，如“与君相向转相亲，与君双栖共一身。愿作贞松千岁古，谁论芳槿一朝新。百年同谢西山日，千秋万古北邙尘”（《公子行》），“缄书远寄交河曲，须及明年春草绿。莫言衣上有斑斑，只为思君泪相续”（《梼衣篇》）。刘希夷的代表作是《代悲白头翁》（一作《白头吟》）。闻一多先生比之为“卢、骆的狂风暴雨后宁静爽朗的黄昏”：

洛阳城东桃李花，飞来飞去落谁家？
洛阳女儿惜颜色，坐见落花长叹息。
今年花落颜色改，明年花开复谁在？
已见松柏摧为薪，更闻桑田变成海。
古人无复洛城东，今人还对落花风。
年年岁岁花相似，岁岁年年人不同。
寄言全盛红颜子，应怜半死白头翁。
此翁白头真可怜，伊昔红颜美少年。
公子王孙芳树下，清歌妙舞落花前。
光禄池台文锦绣，将军楼阁画神仙。
一朝卧病无相识，三春行乐在谁边？
宛转蛾眉能几时，须臾鹤发乱如丝。
但看古来歌舞地，唯有黄昏鸟雀悲！

这是一首惜春诗，从怜惜一年中的春天，推广到应怜惜一生中的青春。韶华易逝，青春难留，富贵无常，感慨良多。这首诗抒情婉转，气韵流畅，柔丽优美，确实跟卢、骆的诗大不相同。诗中“今年花落颜色改”至“岁岁年年人不同”八句尤为警精，闻一多先生说这里“悟到宇宙意识”，“从蜣螂转丸式的宫体诗一跃而到庄严的宇宙意识，这可太远了，太惊人了！这时的刘希夷实已跨近了张若虚半步，而离绝顶不远了”。在《宫体诗的自赎》一文中，闻先生又说：“如果刘希夷是卢、骆的狂风暴雨后宁静爽朗的黄昏，张若虚便是风雨后更宁静更爽朗的月夜。”

四、张若虚

张若虚（约660—约720），扬州（今属江苏）人。曾当过兖州兵曹一类小官。与贺知章、贺朝、万齐融、邢巨、包融等吴越之士，俱以文辞俊秀扬名京都。又与贺知章、张旭、包融合称“吴中四士”。存诗不多，仅两首，一首五古《代答闺梦还》，没有什么特色，平平之作。七古《春江花月夜》却是剔透玲珑，完美的艺术珍品，成为千古绝唱。张若虚也被认为“孤篇横绝”，奠定了他在中国诗史上的大家地位，使他名垂千古。全诗如下：

春江潮水连海平，海上明月共潮生。
滟滟随波千万里，何处春江无月明。
江流宛转绕芳甸，月照花林皆似霰。
空里流霜不觉飞，汀上白沙看不见。
江天一色无纤尘，皎皎空中孤月轮。
江畔何人初见月？江月何年初照人？
人生代代无穷已，江月年年只相似。
不知江月待何人，但见长江送流水。
白云一片去悠悠，青枫浦上不胜愁。
谁家今夜扁舟子？何处相思明月楼？
可怜楼上月徘徊，应照离人妆镜台。
玉户帘中卷不去，捣衣砧上拂还来。
此时相望不相闻，愿逐月华流照君。
鸿雁长飞光不度，鱼龙潜跃水成文。
昨夜闲潭梦落花，可怜春半不还家。
江水流春去欲尽，江潭落月复西斜。
斜月沉沉藏海雾，碣石潇湘无限路。
不知乘月几人归，落月摇情满江树。

隋炀帝曾用这诗题写过宫体诗两首，虽然诗并无色情的成分，但很平庸，篇幅也小，是两首准五绝。到张若虚笔下却洋洋洒洒，成了36句七言歌行体。全诗从“明月共潮生”写到“落月”，月生于海，复沉于海；从春江涨潮着笔，到潮尽月落情溢于海作结。时空跳跃，想象飞腾，空灵婉转，情景交融，意境深远，辞采清丽，音律和美，韵味无穷。诗人在这首诗里，把体察人生哲理和宇宙奥秘都融进了诗情画意之中，剔透玲珑，美妙无比。这首用宫体诗题写的诗，既无色情堕落的成分，也不显纤弱艳丽，开头四句只见春江涨潮，与大海连成一片，茫茫海上升起一轮明月，令人只觉得满目流光溢彩。接下来写明月临照长江，江天一色，澄澈空明，引人遐想，顿生思古的幽情，不禁产生“江畔何人初见月，江月何年初照人”的感叹。由明月到人生，联想到“人生代代无穷已，江月年年只相似”。时间绵绵不断，人生代代无穷，充满对人生的赞美，透出了一股青春向上的活力。接下来却变换了空间，先用四句写望月生情，闺中人思念游子，游子思念闺中人。先写江上游子想象明月此刻正照着闺中人的妆镜台，接着写闺中思妇思念游子，产生了“愿逐月光流照君”的幻想。这里写男女互相思念，似乎与前边关系不大，但这一男一女是不确定的，实际是“人生”的具体化，这也是此后在唐诗中常见的思妇与游子的互相思念，这里围绕着一个“家”，思妇希望游子早日还家，游子也在深深思念着家。闺中人思念游子，游子思念闺中人，这成为唐诗中的普遍意象。最后用“落月摇情满江树”作结，完成了这首诗从月出写到月落，终于把月光之情、游子思妇之情和诗人之情交织到了一起，摇曳生姿，馀音袅袅，不绝如缕。这首诗，意境鲜明如画，诗情浓郁，哲理深长，融诗情画意与哲理为一体。这里以景而言：有月光照耀下的春潮、大海，有旷野、沙滩，有枫树、落花，有白云、流霜，有扁舟、高楼、镜台、砧石，还有长飞的鸿雁、潜跃的鱼龙，等等。以情而论，则有诗人对春江花月夜的热爱，有游子闺中人互相思念的儿女之情和对家的眷恋，有对人生的哲理思考，有对宇宙奥秘的探索，这些都笼罩在一片朦胧的月光之中，营造了一个惝恍迷离的艺术氛围，呈现出一个无比美妙的意境，幽美恬静，似梦似幻，宛如仙境，从而增添了无限艺术魅力。如果说刘希夷的诗是惜春之作，对韶华易逝人生短暂慨叹伤感，那么张若虚的诗转而对春天热烈讴歌，对“代代无穷已”的人生热情礼赞，充满青春向上的气息。诗里透出了比刘希夷更为丰富的哲理，“更复绝的宇宙意识！一个更深沉更寥廓更宁静的境界！在神奇的永恒前面，作者只有错愕，没有憧憬，没有悲伤”。闻一多先生还说：“在这种诗面前，一切的赞叹是饶舌，几乎是渎亵。”

最后，我想引用闻一多先生的《宫体诗的自赎》的结束语来结束这一节：“这里一番神秘而又亲切的，如梦境的晤谈，有的是强烈的宇宙意识，被宇宙意识升华过的纯洁的爱情，又由爱情辐射出来的同情心，这是诗中的诗，顶峰上的顶峰。从这边回头一望，连刘希夷都是过程了，不用说卢照邻和他的配角骆宾王，更是过程的过程。至于那一百年间梁、陈、隋、唐四代宫廷所遗下了那份最黑暗的罪孽，有了《春江花月夜》这样一首宫体诗，不也就洗净了吗？向前替宫体诗赎清了百年的罪，因此，向后也就和另一个顶峰陈子昂分工合作，清除了盛唐的路——张若虚的功绩是无从估计的。”从整个唐诗来看，在李白、杜甫诞生之前，称张若虚为顶峰，并不过分。

第二编　高亢的盛唐之音

第一章　先驱三杰

从唐王朝建立起，就不断有人想改变南朝遗风，曾在隋代写过宫体诗的虞世南就是其中一人，提出诗要“雅正”。魏徵更是具体提出了对南北朝诗“各去所短，合其两长”，主张融合南北。不仅如此，他还写了一首全然不同于前朝诗风的《述怀》，被认为“气骨高古”，启盛唐之音的先声。尽管如此，但要扭转一代诗风，谈何容易，靠少数人努力，更是不够的。其后，“江左馀风”一直在蔓延着，到上官仪那里，更有发展趋势，形成了绮错婉媚的“上官体”，沈、宋虽然在诗歌格律化上做出过重大贡献，但在诗歌内容上还存在浓重的“江左馀风”。而且他们所描写的大多数为宫廷生活或贵族官吏之间的宴游交往。到了卢、骆、刘、张时期，他们用自己的优秀诗篇极大地冲击了宫体诗，他们用“以毒攻毒”的手段，大获成功，特别是张若虚的《春江花月夜》一出，可以说是洗净南朝脂粉。张若虚虽然写下了这首被闻一多先生誉为“诗中的诗，顶峰上的顶峰”的诗，但缺乏理论上的指导，没有能给人指明方向。要完成诗风的彻底革新，必须有明确的新的文学理想，自觉地倡导，从理论与实践两个方面同时体现革新，只有这样才能开一代新的诗风。陈子昂、张说和张九龄三人接力赛式地努力，最终才完成了这一光荣使命。

第一节　陈子昂

陈子昂（659—700），字伯玉，梓州射洪（今四川射洪）人。出身富豪之家，少时任侠使气，18岁始专心读书，21岁入长安，游太学，初试落第。24岁登进士第，后诣阙上《大周受命颂》，向武则天献媚，得武则天欢心，亲自召见，并授麟台正字，后迁右拾遗。但他为人还是比较正直，当谏官时，直言敢谏，力陈时弊，屡次上书痛斥酷吏，极谏淫刑。延载元年（694）陷冤狱，获释后随建安王武攸宜东征契丹，任参谋，决心以身报国。因直言进谏，为武攸宜所憎恶，遭打击，登蓟北楼，慷慨悲歌：

> 前不见古人，后不见来者，
> 念天地之悠悠，独怆然而涕下。

后人为之题曰《登幽州台歌》，这首诗雄浑悲壮，苍劲有力，体现了盛唐之音，成为千古名篇，是陈子昂写得最成功的一首诗。圣历元年（698）辞官回乡，仍不容于武家，权贵武三思指令射洪县令段简诬陷他，下狱死。有《陈拾遗集》传世，存诗120馀首，其中《感遇》38首是他的代表作，具体体现了他的诗风革新的主张。他的《与东方左史虬修竹篇并序》中明确地提出了革新理论，这是他比前人进步的地方。他说："文章道弊，五百年矣。汉魏风骨，晋宋莫传，然而文献有可征者。仆尝暇时观齐梁间诗，彩丽竞繁，而兴寄都绝，每以永叹。思古人，常恐逶迤颓靡，风雅不作，以耿耿也。一昨于解三处，见明公《咏孤桐篇》，骨气端翔，音情顿挫，光英朗练，有金石声。遂洗心饰视，发挥幽郁。不图正始之音，复睹于兹，可使建安作者，相视而笑。"他在这里打着"复古"的旗帜，行革新之实；标举"风骨""兴寄"作为诗歌发展的方向，这是根据诗歌本身的特点提出来的，切实可行，因此容易被人接受，不像以前儒家诗教那样乏味。当然，在陈子昂的理论上，也不无偏颇，把五百年来的文坛彻底掀翻，把齐、梁以来的诗一笔抹杀，是不够客观的。因此，他自己的诗往往质胜于文。他的38首《感遇》题材广，内容丰富，气骨高古，义存兴寄，但文采不足，显得质木枯燥。让我们来具体读几首他的《感遇》吧：

兰若生春夏，芊蔚何青青。
幽独空林色，朱蕤冒紫茎。
迟迟白日晚，袅袅秋风生。
岁华尽摇落，芳意竟何成。

——其二

朝入云中郡，北望单于台。
胡秦何密迩，沙朔气雄哉。
藉藉天骄子，猖狂已复来。
塞垣无名将，亭堠空崔嵬。
咄嗟吾何叹，边人涂草莱。

——其三十七

上面这两首诗，前一首采用兴寄手法，抒发怀才不遇，“美人迟暮”的感慨。后一首采用直接抒议手法，写出突厥猖狂，边患严重，边民蒙难，并指明造成这状态的原因在于守边将帅无能，后来王昌龄的“但使龙城飞将在，不教胡马度阴山”，也是这个意思。宣言有了，方向也指明了，但是当时追随陈子昂的人不多，可以说他生前十分寥落。造成这原因的主要是：首先，在当时陈子昂可以说是人微言轻，缺乏感召力；其次，要扭转一代诗风，不是一朝一夕一个人说几句话可以完成的；再次，陈子昂的理论本身有偏颇；

最后，陈子昂自身的创作不完美，质胜于文。他真正的好诗不多，可以说也就是一首《登幽州台歌》，其馀诗都平平，他的《感遇》显得枯燥乏味；他的创作偏于五古，虽也写了一些五律，但比起沈、宋、王、杨来，没有新的建树，影响不大，幸好他手中的接力棒很快传给了张说。虽然如此，陈子昂首创之功不可没，正如韩愈在《荐士》诗中说的："国朝盛文章，子昂始高蹈。"

第二节　张说

张说（667—731），字道济，又字说之，洛阳（今河南洛阳）人。永昌（689）时，举贤良方正，得第一，授太子校书郎，转右补阙，迁凤阁舍人，不依附武则天的男宠张易之兄弟，惹怒武则天，被流放钦州（今广西钦州）。中宗复位后，召回任兵部员外郎，遣兵部侍郎、黄门侍郎等职。睿宗景云二年（725）进同中书门下平章事（宰相），监修国史。劝睿宗以太子李隆基监国。又请玄宗决策，诛杀策划谋废太子的太平公主。以功封燕国公，任中书令。因与姚崇意见不合，被排挤出朝，贬为相州（今河南安阳一带）刺史，再贬为岳州（今湖南岳阳）司马。开元九年（721）姚崇去世，他复职为宰相。翌年出任朔方军节度使。此后10年，他出将入相，屡建功勋。开元十三年（725），玄宗改丽正书院为集贤书院，扩大规模，增设学士，以时任中书令的张说兼知院事，他成为名副其实的文坛领袖。张说是玄宗长期信任的辅弼大臣，私人关系也不错，是儿女亲家，次子张埱尚宁亲公主。张说对玄宗的文艺观点起着很大的影响，据《新唐书·文艺传》说："玄宗好经术，群臣稍厌雕琢，索理致，崇雅黜浮，气益雄浑。"他协助玄宗阻遏了专事辞藻雕饰的浮华倾向。

张说能诗擅文，他的诗各种体裁具备，五古与五律已到纯熟的境地，七绝和七律在当时尚未成熟，他运用这两种体裁，也写出了不少佳作，对这两种形式的形成和发展做出了贡献。张说尤以文章著称，他文辞俊丽，用思精密，气势宏伟，刚健朗爽，当时朝廷重要文诰多出其手，与苏颋（袭封许国公）齐名，人称“燕许大手笔”。他是唐代杰出的政治家与文学家，他一生经历多，功业多，曾“三登左右丞相，三作中书令”（张九龄《张说墓志铭》），又三遭谪贬，还三次总戎临边，屡建战功，真是内秉均衡，外膺疆寄。同时他还长期执掌“文学之任”，被誉为“当朝师表，一代词宗”（《大唐诏令》）。他为人正直，敦气节，重然诺，“喜延纳后进”（《旧唐书》本传），据《旧唐书·韦述传》载：“说重词学之士，述与张九龄、许景先、袁晖、赵冬曦、孙逖、王翰常游其门。”除此之外，他奖掖过的文学之士还有贺知章、王湾、徐坚、徐浩、徐安贞、齐瀚、王丘、裴漼、尹知章、吕向、常敬宗、崔沔、康子元、敬会真以及韦述兄弟6人、赵冬曦兄弟6人等，另外如房琯、李沁、刘晏等人后来虽非文学著称，但当时也曾以文学受知于张说。他还跟杨炯、崔融等年长文人交好。张说以自己的理论与创作，影响当时，开启盛唐诗风。据《大唐新语》卷八“文章第十八”载：“张说、徐坚同为集贤学士十馀年，好尚颇同，情契相得。时诸学士凋落者众，唯说、坚二人存焉。说手疏诸人名，与坚同观之，坚谓说曰：‘诸公昔年皆擅一时之美，敢问孰为先后？’说曰：‘李峤、崔融、薛稷、宋之问，皆如良金美玉，无施不可。富嘉谟之文，如孤峰绝岸，壁立万仞，丛云郁兴，震雷俱发，诚可畏乎！若施于廊庙，则为骇矣。阎朝隐之文，则如丽色靓妆，衣之绮绣，燕歌赵舞，观者忘忧；然类之风雅，则为俳矣。’坚又曰：‘今之后进，文辞孰贤？’说曰：‘韩休之文，有如太羹玄酒，虽雅有典则，而薄于滋味。许景先之文，有如丰肌腻体，虽秾华可爱，而乏风骨。张九龄之文，有如轻缣素练，虽济时适用，而窘于边幅。王翰之文，有如琼林玉斝，虽灿然可珍，而有玷缺。若能箴其所缺，济其所长，亦一时之秀也。’”在这里，张说生动形象地描述了10位作者不同的文章风貌，做了总体评述。对年轻作者更是肯定长处，又恳切地指出不足，提出希望。他的理论不像陈子昂那样偏颇，重质轻文，而是文质并重。

他论诗文尊风雅、尚气势、重风骨、崇典则、讲实用，同时也不排斥华美、秀丽，重视文采，要求有韵味，文质并重，在创作中，他贯彻了这主张。即使是在一般人笔下比较枯燥呆板的应制一类诗，他有时写得也形象鲜明，生动活泼，清新流丽，颂扬得体，并无阿谀奉迎之感，如《奉和圣制同刘晃喜雨应制》：

青气含春雨，知从岱岳来。
行云避师出，洒雨待车回。
厌浥尘清道，空蒙柳映台。
最宜三五夜，晴月九重开。

这首诗从乌云酿雨，写到下雨时的景象，再想到经过一场春雨的冲刷，道路干净了，柳条泛绿了，到十五的夜晚，晴空万里，高悬着一轮满月，真是景色迷人。

张说曾三次统兵到塞北，两次使蜀，还有两次被贬外放，这几次离开京城，离开宫廷，使他呼吸到了新鲜空气，开阔了眼界，熟悉了军旅生活，体验到了边塞的艰苦，战斗的惊心动魄。被贬外放，本来并不是好事，特别是后一次，他由位极人臣的中书令一贬再贬，最后在岳州任五品以下的闲官，深切体验到了宦海沉浮、世态炎凉，同时岳州的秀丽风光陶冶了他，使他的诗风有很大转变，被认为“得山水之助”。在这时有不少好诗，显得意境开阔，气势宏伟，如《岳阳石门墨山二山相连有禅堂观天下绝境》《同赵侍御乾湖作》《岳州西城》《游洞庭湖》等等。他在岳州写的诗中，尤为人赞不绝口的，却是一首小诗《送梁六自洞庭山作》：

巴陵一望洞庭秋，日见孤峰水上浮。
闻道神仙不可接，心随湖水共悠悠。

这首诗不渲染，不雕琢，即目所见，随手写来，却情韵双绝，令人心驰神往。前两句写洞庭湖和君山，开阔壮丽。湖上君山称之为孤峰，孤独之情，是诗人自身此刻的感受，送走友人，一人独自留在异乡客地，其孤一也；被逐出朝廷庙堂，流落在湖湘，其孤二也。因此，诗人此刻的心情只有一个“孤”字可说明。关于洞庭湖，有不少传说，特别是湘君湘夫人的传说，尤其令人神往，身处其境，在孤独中自然要想到她们，但是这又何其渺茫，实在是“不可接”；友人远去，也成“不可接”；友人此去入朝，九重帝居也如神仙，贬谪之臣也深感“不可接”，只有“心随湖水共悠悠”了。这一结，蕴涵无穷，这就是盛唐兴象。在当时，七绝还未成熟之时，这首诗却以独有的兴象和丰神情韵，使七言绝句“渐入盛唐矣”（胡应麟《诗薮》）。

五绝在那时比较成熟，像虞世南的《蝉》、上官仪的《入朝洛堤步月》、宋之问的《渡汉江》、骆宾王的《于易水送人》、王勃的《山中》等都是相当出色的五言绝句。但这些绝句的特色崇尚质朴真率，浑然天成，“只是陈、隋遗响”（胡应麟《诗薮》内编）。而张说的《蜀道后期》显然不同于初唐绝句：

客心争日月，来往预期程。
秋风不相待，先至洛阳城。

这是张说使蜀时思念家乡之作，对此历来赞不绝口。这首诗构思巧妙，一个“争”字贯穿全诗，客心与日月“争”，可见归心之切；秋风复与客心“争”，秋风抢先，以见“后期”之恨，又反衬出归心急切。这首诗完全符合元代人杨载在《诗法家数》中说的“绝句之法要婉曲回环，删芜就简，句绝而意不绝，多以第三句为主，而第四句发之……工夫全在第三句，若于此转变得好，则第四句如顺流之舟矣”。在五、七言绝句方面，张说这两首诗实开盛唐之先声。

张说在使蜀与贬谪岳州时，写了不少山水诗，如五律《过蜀道山》：

我行春三月，山中百花开。
披林入峭蒨，攀磴陟崔嵬。
白云半峰起，清江出峡来。
谁知高深意，缅邈心幽哉。

还有五言排律《岳州作》《游洞庭湖》等，都写景如画，五古《游洞庭湖湘》则透露出一股哀婉之情，七古《同赵侍御乾湖作》则更是境界开阔，气象宏大，慷慨悲凉、豪放沉郁兼而有之，中间有大量对偶句，开七言排律之先声：

江南湖水咽山川，春江溢入共湖连。
气色纷沦横罩海，波涛鼓怒上漫天。
鳞宗壳族嬉为府，弋叟罛师利焉聚。
欹帆侧柁弄风口，赴险临深绕湾浦。
一湾一浦怅邅回，千曲千溠恍迷哉。
乍见灵妃含笑往，复闻游女怨歌来。
暑来寒往运洄洑，潭生水落移陵谷。
云间坠翮散泥沙，波上浮槎栖树木。
昨暮飞霜下北津，今朝行雁度南滨。
处处沟洚清源竭，年年旧苇白头新。
天地盈虚尚难保，人间倚伏何须道。
秋月皛皛泛澄澜，冬景青青步纤草。

念君宿昔观物变，安得踌躕不衰老。

张说曾三次总戎临边，出镇过幽州、并州，写了不少边塞诗，表达了他为国安边、建功立业的雄心壮志，吐露了他“剑舞轻离别，歌酣忘苦辛。从来思博望，许国不谋身”（《将赴朔方应制》）的慷慨豪情，这些边塞诗中，尤为出色的有：

凉风吹夜雨，萧瑟动寒林。
正有高堂宴，能忘迟暮心。
军中宜剑舞，塞上重笳音。
不作边城将，谁知恩遇深。

——《幽州夜饮》

去岁荆南梅似雪，今年蓟北雪如梅。
共知人事何常定，且喜年华去复来。
边镇戍歌连夜动，京城燎火彻明开。
遥遥西向长安日，愿上南山寿一杯。

——《幽州新岁作》

去年六月西河西，今年六月北河北。
沙场碛路何为尔，重气轻生知许国。
人生在世能几时，壮年征战发如丝。
会待安边报明主，作颂封山也未迟。

——《巡边在河北作》

这三首边塞诗各具特色，第一首五律，起得挺拔，接下来颔联却透出了迟暮的悲凉；颈联却又一转显示守边将士的豪迈；尾联“不作边城将，谁知恩遇深”寓意深沉，结得十分深婉。第二首七律，首联轮回以梅雪两个意象，显出了强烈的对比；颔联悲中有喜；颈联又是一个强烈对比；尾联表明自己身在边塞；心存魏阙。第三首七古，前两句写出转战边疆；中间四句，慷慨激昂，直抒“轻生许国”的豪情，不辞毕生征战的壮志；最后写出“安边报主”的赤诚。由此，我们不能不说张说的边塞诗对盛唐的边塞诗起到了推动作用，以写《凉州词》驰名的王翰曾游其门下。

张说还写了不少咏史诗，吟咏各种杰出人物，对历史上的樊姬、商山四皓和庾信等都深表仰慕之忱。对当代的一些功名显赫的人物，他也直接讴歌，他的组诗《五君咏》采用一人一首的形式，对5位著名前辈逐一讴歌，后来杜甫的《八哀诗》在很大程度上就是受其启发。在咏史诗中，他最著名的、被认为是这方面代表作的是《邺都引》：

君不见魏武草创争天禄，群雄睚眦相驰逐。
昼携壮士破坚阵，夜接词人赋华屋。
都邑缭绕西山阳，桑榆汗漫漳河曲。
城郭为虚人代改，但有西园明月在。
邺傍高冢多贵臣，娥眉曼睩共灰尘。
试上铜台歌舞处，唯有秋风愁杀人。

这首诗写得豪放悲壮，借古喻今，用缅怀古人的壮举伟业来为自己的理想怀抱写照。论者以为“比起初唐卢、骆等人的歌行，此诗变铺陈为简洁凝练，意象更见集中，以气运词的飞跃力量也更为充沛”。沈德潜在《唐诗别裁集》中对这首诗评说：“声调渐响，去王杨卢骆体远矣。”这是说，这首诗明显不同于初唐四杰的歌行体，而是已接近盛唐歌行体的风格。事实也是如此，当我们在读这首诗时，会自然而然想到李白的歌行体。

张说对盛唐诗人的影响是多方面的，从内容到形式，从体裁到风格，都哺育了盛唐诗人。开元十九年（731）张说逝世，接力棒传到了由他赏识提携的张九龄手中。

第三节　张九龄

张九龄（678—740），字子寿，一名博物，韶州曲江（今广东韶关）人。自幼聪颖，7岁能文。神功元年（697）举进士，后又以"道侔伊吕科"策高第，历任左拾遗、中书舍人、秘书少监、集贤院学士等职，于开元二十一年（733）授中书侍郎同中书门下平章事（宰相），次年迁中书令（中书省的最高职位）。他是玄宗朝极有声誉的宰相，是开元盛世最后一个名相。他为人正直，在朝直言敢谏，举贤授能，卓有政绩。著名奸相李林甫受到玄宗重用后，妒九龄才能，忌其正直，竭力排挤，开元二十五年（737）张九龄被罢相，贬为荆州长史。九龄罢相，标志着"开元之治"宣告结束。苏轼在《张九龄不肯用张守珪、牛仙客》一文中说："唐开元之末，大臣守正不回，唯张九龄一人。九龄既已忤旨罢相，明皇不复闻其过，以致禄山之乱。"可见张九龄罢相后，朝中再也没有"守正不回"坚持原则的大臣了，奸佞得势，唐代的开明政治从此完结。因此不少历史学家把张九龄看成是盛唐最后一名贤明宰相。张九龄任宰相时，曾预言安禄山必反，主张早除祸患，玄宗不听。后来安禄山果反，玄宗在避居西蜀时，悔不听九龄之劝，时常泣下，曾遣使去韶州祭奠，并厚币恤其家属。

在文学方面，张说去世后，张九龄成了实际领袖。他工诗能文，名重一时，张说尝誉之为"后出词人之冠"。他的文章与人格，对文士有着双重影响，王维、孟浩然等盛唐著名诗人都跟他友好，并受过他的奖掖。他的诗，词采清丽、温润淡雅。被贬谪后，诗风趋于质朴遒劲，雄浑刚健。他的代表作是《感遇》12首，由此他常被人与陈子昂并称，沈德潜在《说诗晬语》中说："射洪、曲江，起衰中立，此为胜、广云。”这里充分肯定了他们在诗歌领域里的革命作用，把他们比作陈胜、吴广。他的《感遇》12首是远继阮籍，近承陈子昂而又有所发展的佳作，让我们来具体看几首：

兰叶春葳蕤，桂华秋皎洁。
欣欣此生意，自尔为佳节。
谁知林栖者，闻风坐相悦。
草木有本心，何求美人折。

——其一

孤鸿海上来，池潢不敢顾。
侧见双翠鸟，巢在三珠树。
矫矫珍木巅，得无金丸惧。
美服患人指，高明逼神恶。
今我游冥冥，弋者何所慕。

——其四

江南有丹橘，经冬犹绿林。
岂伊地气暖，自有岁寒心。
可以荐嘉客，奈何阻重深！
运命唯所遇，循环不可寻。
徒言树桃李，此木岂无阴？

——其七

这几首诗在清代蘅塘退士孙洙编选的《唐诗三百首》中，被置于卷首（次序略有不同），从而一向为人熟知。这几首诗全用比兴手法，托物言志，因此弥觉委婉蕴藉。第一首以芬芳的春兰秋桂喻贤者，他们的行为都出于本性，并非为了取悦于人，以此显示其高洁品格。引诗的第二首，以孤鸿喻贤者，以翠鸟喻奸佞小人。翠鸟虽依托于珍木高枝，得意忘形，岂不知猎人的金弹已在身后。孤鸿遨游于茫茫太空之中，远离利害，因此也就无所畏惧。第三首用屈原《橘颂》之意，强调丹橘常绿并非得益于“地气暖”，而是“自有岁寒心”，是由坚贞的本质决定的。当时诗人因守正不阿，遭到小人妒忌，被排挤出朝廷，自有一腔愤懑之情郁结于心，同时看到当时奸佞把持朝政，日趋腐败黑暗，自己无力挽狂澜于将倒，更是痛心疾首，因此诗风渐趋沉郁。他的《感遇》虽说与陈子昂一脉相承，但在风格上的差异也是明显的，沈德潜在《唐诗别裁集》中说：“陈正字起衰而诗品始正，张曲江继续而诗品乃醇。”还说：“正字古奥，曲江蕴藉。”陈子昂的《感遇》模仿前人的痕迹较重，由于“古奥”，因此在语言上也显得比较质木。张九龄的《感遇》不像陈子昂直抒胸臆，而是采用比兴，“出于《骚》”，寄托大多不着痕迹不露圭角，语言圆润清新，风格温雅醇厚，颇具沉郁深情。因此，我们可以这样说，陈子昂尚在“盛唐之音”的门外徘徊，张说已经跨进门槛了，而张九龄则已进入室内，他的诗风更多直接影响着盛唐名家。张九龄的影响是多方面，首先，他以一代名相的威望与文坛领袖的尊严影响着广大士子；其次，他在创作上也很有成就，在表现手法上，张说多直抒胸臆，而张九龄以兴寄为主，显得委婉蕴藉，比张说更进一步洋溢着盛唐气象，呈现盛唐风格；再次，他跟不少诗人关系密切，如王维、孟浩然等，都是盛唐诗人中的佼佼者。

张九龄跟张说一样写了不少优秀的山水诗，例如：

疾风江上起，鼓怒扬烟埃。
白昼晦如夕，洪涛声若雷。
投林鸟铩羽，入浦鱼曝鳃。
瓦飞屋且发，帆快樯已摧。

不知天地气，何为此喧豗。

——《江上遇疾风》

万丈洪泉落，迢迢半紫氛。
奔飞流杂树，洒落出重云。
日照虹蜺似，天清风雨闻。
灵山多秀色，空水共氤氲。

——《湖口望庐山瀑布泉》

这二首诗落笔惊奇，气势宏大，神采飞动，意境雄浑，显示出他胸襟开阔，感情激昂，抱负远大，豪情满怀，读后令人激情澎湃，神旺气壮，不禁想到李白、杜甫的山水诗。但是张九龄更多的山水诗却是另一副面目，如果前两首可称为豪放的话，那么他的大多数山水诗可称之为婉约。他常用清淡的笔墨来描山绘水，把自己一种恬淡、雅静的情趣融进里边，构成清新幽远的意境，韵味醇厚。如：

江林多秀发，云日复相鲜。
征路那逢此，春心益渺然。
兴来只自得，佳气莫能传。
薄暮津亭下，馀花满客船。

——《春江晚景》

遥夜人何在，澄潭月里行。
悠悠天宇旷，切切故乡情。
外物寂无扰，中流淡自清。
念归林叶换，愁坐露华生。
犹有汀洲鹤，宵分乍一鸣。

——《西江夜行》

落日催行舫，逶迤洲渚间。
虽云有物役，乘此更休闲。
暝色生前浦，清晖发近山。
中流澹容与，唯爱鸟飞还。

——《自湘水南行》

征鞍穷郢路，归棹入湘流。
望鸟唯贪疾，闻猿亦罢愁。
两边枫作岸，数处橘为洲。
却记从来意，翻疑梦里游。

——《初入湘中有喜》

乘夕棹归舟，缘源路转幽。
月明看岭树，风静听溪流。
岚气船间入，霜华衣上浮。
猿声虽此夜，不是别家愁。

——《耒阳溪夜行》

这几首诗写景如画，有的几乎全篇写景，融情入景，清幽、恬淡、柔美、蕴藉，截然不同于前边看到的二首，邢昉在《唐风定》中评《自湘水南行》一诗说："闲淡幽远，王孟一派，曲江开之。"其实这里引的五首诗都可以用"闲淡幽远"来评论，所以胡应麟在《诗薮·内编》着眼于总体来说："唐初承袭梁、隋，陈子昂独开古雅之源，张子寿首创清淡之派。盛唐继起，孟浩然、王维、储光羲、常建、韦应物，本曲江之清淡，而益以风神者也。"

张九龄跟张说一样，他们的山水诗已跳出了六朝那种模山范水的圈子，而是寓情于景，情景交融，写山水诗不是为了给山水画像，而是为了传达自己的感情，因此他们的山水诗形象生动，或气势宏大，境界开阔，神采飞扬；或闲淡幽远，清新柔美，恬静蕴藉。盛唐李、杜得其豪雄奇险，王、孟得其清淡幽远。最后，让我们再读一读张九龄的一首名作《望月怀远》：

海上生明月，天涯共此时。
情人怨遥夜，竟夕起相思。
灭烛怜光满，披衣觉露滋。
不堪盈手赠，还寝梦佳期。

这首诗起势雄浑博大，涵盖天地，结尾蕴藉含蓄，情韵悠远。全诗展现澄澈柔美的夜景，深挚绵远的情思，情景交融，浑然一体，自然流畅，韵味无穷，令人赞叹不绝。

南北朝以前无题画诗，直到南北朝后期，由梁入魏，后又仕周的庾信写了《咏画屏风诗》25首，总算有了开头，但这25首诗写得都比较简单，涉及山水的很少，张九龄写了一首《题山水画障》，洋洋洒洒24行，开创了题山水画的先例，而且在这里，他还表达了自己的艺术追求，即“言象会自泯，意色聊自宣”（《题画山水障》），重在象外之象，言外之意；赞扬“良工适我愿”，做到以形写神，画画是用来表达情意，题画诗当然也是借形传神，无疑为山水画和题山水画的诗指明了方向。李白、杜甫继承了这一精神，并加以发扬光大，使题画诗发展到登峰造极的地步。

张九龄还写了不少咏物诗，著名的有《咏燕》《庭梅咏》等，这些诗摆脱了对所咏之物精工细雕、绘形绘色的刻画，而是妙用比兴，重在有所寄托，这对后代的咏物诗也产生了不小影响。

第四节 盛唐之音兴盛的历程

大唐帝国的建立，结束了400年的南北分裂与社会动乱，唐太宗的“贞观之治”，把人们长期以来所向往的封建社会的理想政治变成了现实。人们在欢欣之馀，不免对数百年来历史进行反思，深入思考历来的利害关系，认为自齐、梁以来的几代君主“偏尚淫丽之文”，“无救乱亡之祸”（《陈书·后主本纪》），牢记这深刻教训，因此把革除浮靡文风作为革新政治的一项重要内容提到了日程上来。但改革后的诗文应该是怎样的，大家在认识上并不很清楚，而且也不一致，有一部分人求救于儒家诗教，把六朝以来的诗文一律否定。但枯燥的用儒学来说教的诗文是不受欢迎的，没有出路的。针对杜淹、薛收笼统提出“糠秕魏晋”和齐梁的主张，太宗的重臣魏徵主张将江左的清绮文采与河朔的贞刚气质结合起来，“合其两长”（《隋书·文学传序》）。应该说这主张是比较正确的。话虽这么说，但他仅仅从辞采上着眼，看到了二者的不同，没有从精神实质上来区分二者，更没有能从精神实质上来对建安文学与齐梁文学加以区分，因此显得笼统、模糊，令人难以把握其尺度。后来虽然有不少诗人在创作上做出了很大努力，特别是张若虚用清绮的文采展现了博大宽广的意境，情韵悠扬，可以说是做到了尽善尽美，但是理论问题仍然没有解决，缺乏明确的目标。

陈子昂举起“复古”的旗帜，在“复古”的口号下进行革新，并有了明确的目标，提倡风雅兴寄，强调“汉魏风骨”，突出“建安作者”。他认为，汉魏风骨就是要在诗里寄托匡时济世的人生理想，只有这样，诗歌的风雅传统才不仅能恢复，而且还能发扬光大。他就这样第一次把建安风骨和齐梁文风从精神实质上加以区分开来，而且还把风雅比兴和建安精神统一起来，从理论上明确了长期得不到解决的问题。但陈子昂在理论上也出现了偏颇，把建安以后五百年的作品一笔抹杀，无视齐梁以后诗歌艺术的发展，对华美文采一概否定，因此他在创作上也就出现了两个问题：一是质木无文，二是模仿的痕迹太深。正如叶燮在《原诗·内篇上》所说的："子昂古诗，尚蹈袭汉魏蹊径，竟有全似阮籍《咏怀》之作者，失自家体段。""失自家身段"，这对作品来说，是致命的缺点，可见陈子昂在创作上不算很成功，因此在当时诗坛上影响也不很大。幸好有两位实力派人物继起，才使这场革新运动不仅得以继续下去，而且彻底改变了诗风，开启了盛唐之音，那就是张说和张九龄。

张说与张九龄都是开元时的名相，都为人正直，重气节，喜延纳后进，奖拔寒素，提倡风雅，是盛唐文人所敬仰的文宗和时哲，对当时的诗风影响最大最直接。张说也提倡风骨、风雅，但他的见解显然比陈子昂通达和全面，主张文质并重，并鼓励多样化的内容和风格。他指示的道路比陈子昂指示的宽广得多、明丽得多。他勾勒出了他理想中的艺术风貌，即"奇情新拔"、"天然壮丽"的风格和"属词丰美，得中和之气"的旨趣相结合，这在后来为盛唐诗人的艺术实践所体现。他在《巡边在河北作》中说的"重气轻生知许国"的精神是他诗歌的风骨所在，这也成为盛唐之音的最强音。张说曾出将入相，以其一生的文治武功所充实的创作实践来弘扬建安精神，为盛唐诗人做出了表率，他诗中表现出来的建功立业的王霸之气正是盛唐气象的核心。张九龄是张说最出色的继承人，在政治上同样追求王霸之业，在文学上寻求革新之路。张九龄虽然继张说之后成为文坛领袖，同时也贵为中书令，但执政时间不长，政治主张还没有彻底实现就被有名的奸相李林甫排挤出朝，而且看到从此朝政日非，自己却回天无力，不能总高唱"感恩身既许，激节胆犹尝"（《饯王尚书出边》），贬谪荆州后，可以说"轻生许国"都无门了，只有叹息"宦成名不立，志存岁已驰"、"怃然忧成老，空尔白头吟"（《在郡怀秋》），感悟到要灵活应对，应时而变："道家贵至柔，儒生何固穷；终始行一意，无乃过愚公。"

(《杂诗》五首之五)因而产生了乘时而起,功成身退的想法:“当须报恩已,终尔谢尘缁”(《使还都湘东作》),“避世辞轩冕,逢时解薜萝”(《商洛山行怀古》);更有达则兼济天下,穷则独善其身的想法:“时哉苟不达,取乐遂吾情”《南还湘水言怀》,“雄图不足问,唯想事风流”(《经江宁览旧迹至玄武湖》)。这一思想对盛唐诗人影响很大,李白、王维、孟浩然等常流露这种思想。张九龄作为盛唐诗风先驱中的最后一人,他既继承了陈子昂与张说的诗风革新思想,又对他们的偏颇进行了纠正。他纠正了陈子昂的质木无文,略嫌枯燥之弊;也改变了张说“诗率意多拙”(胡震亨《唐音癸签》卷五)的不足,因此胡震亨说“独曲江诸作,含清拔于绮绘之中,寓神俊于庄严之内……同时燕许皆莫及”(同前,卷十)。张九龄作为开元盛世的最后一名贤相,其人品为人敬仰,其思想深深陶冶着盛唐诗人,而其诗文也为人所赞美,他的诗“独能超出一格”,为王、孟奠基,为李、杜开先。在曲江诗中,王、孟得其清淡,李白得其自然,杜甫得其沉郁。

第二章　千山竞秀

自唐初魏徵开始到开元末期的张九龄,经过了100多年,数十位诗人的不断努力革新,在创作和理论上有了充分准备,迎来了盛唐时期中国古典诗歌的黄金时代。盛唐时期是唐诗繁荣的顶峰时期,著名诗人就有数十位,呈现出百花齐放、争春斗艳的局面。在唐诗人中,除了李白、杜甫二公以外,按思想倾向、题材内容和艺术风格的不同,大致可分为两大派:其一,诗风清淡委婉,习惯上通称山水田园诗派,以王维、孟浩然为代表,因此也称王孟派;其二，诗风雄浑悲壮，习惯上通称边塞诗派，以高适、岑参为代表，因此也称高岑派。当然，另外还有一些难入这两派但也写过一些好诗的诗人，也需要在这里介绍给大家，便于对这个中国古典诗黄金时代有更多、更全面的了解。

第一节　王维和山水田园诗

在盛唐诗人中，习惯上划分入这一派的除王维、孟浩然外，著名的还有储光羲、裴迪、綦毋潜、丘为、祖咏、常建、卢象、张子容等，这些人都写过优秀的山水田园诗，但他们的诗不仅仅是山水田园诗，其他题材的诗还多于山水田园诗，而且也很优秀，王维就是一位这样的诗人。他们不仅在诗风上有很多相似之处，而且还有相似的经历与思想。这一派诗的特点就是胡应麟在《诗薮·内编》卷二中说的："张子寿首创清淡之派，盛唐继起，孟浩然、王维……本曲江之清淡，而益以风神者也。"这派诗人大多有隐居的经历，但又不甘心隐居，所谓身在江湖，心存魏阙，怀着建功立业的抱负。他们彼此交往颇深，常互相唱和，相互影响，因此风格很接近，形成一派。

关于山水田园诗，有人把它的源头说得很远，找到《诗经》《楚辞》里。在《诗经》《楚辞》里确实有一些描写山水田园的优秀诗句，但大多有句无篇，山水诗与田园诗的正式形成是在晋宋间，第一个称得上田园诗人的是东晋的陶渊明，而第一个称得上山水诗人的是南朝宋的谢灵运，应该说田园诗和山水诗到他们那里才正式形成，不过以后虽不断有人写山水田园诗，但除南朝齐的谢朓以外，都只是偶尔为之，直到盛唐孟浩然、王维等人才写下了大量优秀的山水诗和田园诗，形成了"山水田园诗派"。他们虽祖述陶、谢，但并不是生硬模仿，而是有发展、有创新。首先，他们把山水与田园紧密结合起来，成为二者不可分割的山水田园诗；其次，他们的诗中既有隐居田园的情趣，又有欣赏山水的美感，把二者融合在一起，创造出新的境界，去掉谢灵运的艰涩芜杂，改变了陶诗的清淡简朴，显得更为清新幽美。

一、孟浩然

孟浩然（689—740），名不详（一说名浩，但根据不足），以字行，襄阳（今属湖北）人。少好节义，喜为邻里救患释纷。40岁以前主要在家乡隐居，闭门读书，努力为参加科举考试做准备。40岁始赴长安，游秘书省，与诸名士联诗，浩然曰："微云淡河汉，疏雨滴梧桐"，举座皆叹其清绝，为之搁笔。在长安应进士试，落第而归，于是漫游吴越一带，历时多年，到过很多山水名胜之地，写了不少山水诗。开元二十五年（737），张九龄贬为荆州长史，召孟浩然为从事，后又辞归故里隐居。开元二十八年，王昌龄自岭南北归，过襄阳，与浩然重逢，相得甚欢，不久病逝，终年52岁。孟浩然一生几乎没有当过官，以布衣终老。因此直到现在人们还都说他"终身不仕"，其实他一直是很想出仕的，所以确切地说他是"终身未仕"，不是"不仕"。他虽一生沦落，却名重当世。当时人把他看成是一个不入世俗的高人隐士，李白在《赠孟浩然》诗中说："吾爱孟夫子，风流天下闻。红颜弃轩冕，白首卧松云。醉月频中圣，迷花不事君。高山安可仰，徒此揖清芬。"其实他不是"弃轩冕"，而是被"轩冕弃"。他一直想出仕，曾应过进士试，落第回乡后，仍不悔心，而是"魏阙心恒在，金门诏不忘"（《自浔阳泛舟经明海作》），暮年在病中还说"壮图哀未立，斑白恨吾衰"（《家园卧疾毕太祝曜见寻》）。他生当盛世，却不能一展抱负济世安民，成为他终生遗憾。在山水田园诗人中，除王维官阶较高外，大多数虽出仕，但官阶不高，有抱负，但难以施展。因此不少人都跟孟浩然一样，存在入世与隐居的矛盾。

孟浩然现存诗263首，多数为五言诗，七言诗总共只有17首。

从内容上看，山水诗大多是漫游吴越湖湘时所作，其中对浙江山水和洞庭湖似乎情有独钟；田园诗大多写于隐居家乡时。另外，还有大量跟朋友交往的诗，其中跟张九龄交往赠和的诗独多，有近10首，可见他对张九龄仰慕之深，两人交往之密。因此他的诗风也深受张九龄的影响，以清淡为主，时露闲远之情。他落第后漫游吴越，为南国优美的山水吸引，暂时忘却了落第的苦恼，显出一种轻松悠闲之情，如：

潮落江平未有风，扁舟共济与君同。
时时引领望天末，何处青山是越中。

——《渡浙江问舟中人》

落景馀清晖，轻桡弄溪渚。
泓澄爱水物，临泛何容与！
白首垂钓翁，新妆浣纱女；
相看似相识，脉脉不得语。

——《耶溪泛舟》

垂钓坐盘石，水清心亦闲。
鱼行潭树下，猿挂岛藤间。
游女昔解佩，传闻于此山。
求之不可得，沿月棹歌还。

——《万山潭作》

移舟泊烟渚，日暮客愁新。
野旷天低树，江清月近人。

——《宿建德江》

这四首诗，除了最后一首外，调子都比较轻快。第一首诗反映出他对越州的无限向往，那山阴道上，千山竞秀，万壑争流，使人应接不暇的景色，深深吸引着他，恨不得早一刻到达。第二首在越州若耶溪上泛舟，若耶溪是当年西施浣纱的地方，不仅景色秀丽，还有美丽的传说，因此在此所见到的一切都是那么亲切，特别是见到“新妆浣纱女”，勾起了对西施的缅怀，因此有似曾相识之感。第三首写在家乡游万山潭，不仅记录下了那里优美的景色，更引起了美丽的遐想。第四首虽然出现了“愁”字，但也是淡淡的客愁。然而孟浩然也不总是那么悠闲恬静的，他最著名的诗《望洞庭湖赠张丞相》又是另一番景象：

八月湖水平，涵虚混太清。
气蒸云梦泽，波撼岳阳城。
欲济无舟楫，端居耻圣明。
坐观垂钓者，徒有羡鱼情。

这首诗气象恢宏，极有声势，尤其是颔联气势磅礴，为千古名句。从后四句中可看出，他并非甘心隐居终老的，希望张九龄能援引他，然而措辞不卑不亢，无寒乞之相，十分得体。求援引的话既十分委婉含蓄，又清楚明白。历来评孟浩然的诗都离不开“清淡幽雅闲远”这几个字。话说得最重的，莫过于闻一多了，他在《唐诗杂论·孟浩然》中，以《万山潭作》为例说：“淡到看不见诗了，才是真正孟浩然的诗；不，说是孟浩然的诗，不如说是诗的孟浩然，更为准确。”然而，孟浩然的诗也不全是如此清淡，我们再来看看他另外两首诗：

太虚生月晕，舟子知天风。
挂席候明发，渺漫平湖中。

中流见匡阜，势压九江雄。
黯黮凝黛色，峥嵘当晓空。
香炉初上日，瀑布喷成虹。
久欲追尚子，况兹怀远公。
我来限于役，未暇息微躬。
淮海途将半，星霜岁欲穷。
寄言岩栖者，毕趣当来同。

——《彭蠡湖中望庐山》

东旭早光芒，渚禽已惊聒。
卧闻渔浦口，桡声暗相拨。
日出气象分，始知江湖阔。
美人常晏起，照影弄流沫。
饮水畏惊猿，祭鱼时见獭。
舟行自无闷，况值晴景豁。

——《早发渔浦潭》

清人潘德舆在《养一斋诗话》中说孟诗“精力浑健，俯视一切”。当然，这不是孟浩然诗的主流，但至少可说明他的诗不全是清淡，还有浑健的一面。虽然从主体来说，他的诗还是清幽恬静、悠闲自得。不过淡归淡，也不全是“淡到看不见诗了”。让我们再来读几首他的名诗：

山寺钟鸣昼已昏，渔梁渡头争渡喧。
人随沙岸向江村，余亦乘舟归鹿门。
鹿门月照开烟树，忽到庞公栖隐处。
岩扉松径长寂寥，唯有幽人夜来去。

——《夜归鹿门山歌》

故人具鸡黍，邀我至田家。
绿树村边合，青山郭外斜。
开轩面场圃，把酒话桑麻。
待到重阳日，还来就菊花。

——《过故人庄》

春眠不觉晓，处处闻啼鸟。
夜来风雨声，花落知多少。

——《春晓》

这几首诗虽然体裁不同，但都体现了“清远”、“闲淡”的特点，可见这是孟浩然的本色。一个人一时虽然会有喜怒哀乐的不同表现，但日常的心态总是一样的。第一首是七言歌行体，通篇只是把夜归的行程一路写来，不加修饰，不事铺张，语言简约，体制规模恰似近体诗，然而又突出了歌行体的蝉联句法，如流水行云。以写近体诗之法写歌行体，无铺陈之弊，去臃肿之景，更显洒脱自在，诗中透出了一股孤寂、清幽之气。第二首是五律，但通篇只是侃侃叙来，在说家常、聊闲天，正如闻一多说的：“孟浩然几曾做过诗？他只是谈话而已。”然而在这白描之中颇见匠心，不见锤炼的痕迹却有其实效，在平淡中充满韵味，这就是沈德潜在《唐诗别裁集》中说的“篇法之妙，不见句法”、“语淡而味终不薄”。没有深厚的艺术功力，是做不到这样的。最后一首更是无华丽修饰之词，无精雕细刻之痕，只是平常语随口道来，却悠远深厚，独入妙境，不故弄玄虚，不装腔作势，景真情真，妙趣横生，韵味无穷。

孟浩然的诗虽然风格不尽相同，但有一点是相同的，就是不事铺张、不假雕饰、天然自成；没有禅意，没有玄言，明白易懂；情景交融，和谐顺畅，剔透玲珑，晶莹可爱，单纯明净，而又韵味醇厚。这说明他有极高的艺术技巧，“无意于工而无不工”。后来李白在诗歌的艺术技巧上，颇得益于此。

二、王维

王维（701？—761），字摩诘。祖籍太原祁县（今山西祁县），其父迁居蒲州（在今山西永济），遂为河东人。少时即有才名，能诗善画，妙解音律，书法上兼长草、隶各体，多才多艺。父早亡，母崔氏虔诚奉佛30多年，对他的思想影响颇深。开元九年（721）举进士，任太乐丞，因受伶人舞黄狮子事件牵连，贬为济州司仓参军。张九龄任宰相后，爱其才，召回任右拾遗，迁监察御史，激起了他的政治热情。他在《献始兴公》《上张令公》两首诗中，一方面盛赞张九龄“致君光帝典，荐士满公车……匈奴遥俯伏，汉相俨簪裾”和“所不卖公器，动为苍生谋”的政绩和品德，充满对张九龄奉行的开明政治的拥护以及表达自己的理想追求，这时，他很有进取心。后来他曾奉命出使边塞，并在凉州河西节度使幕府兼任判官，对边塞生活有真实体验。正在他满怀信心准备建功立业的时候，不幸的事发生了，开元二十五年（737）张九龄被排挤出朝廷，朝政大权落到了著名的奸相李林甫手中。这是唐代政治上关系到兴衰的大变动，是开明与腐败的分界线，也是王维一生中由积极进取到消极避祸的分界线，更是他诗歌风格的一个分界线。这之前，他怀着积极进取的人生态度，写了不少意气风发，充满豪情的诗篇。张九龄罢相后，他在政治上失去了靠山，腐败的朝政使他看不到前途。张九龄喜欢选拔贤才，厌恶结党营私；而李林甫的作风恰恰相反，他口蜜腹剑，结党营私，嫉贤妒能，由于他自己无文少才缺德，因此尤忌文学之士。这时王维在朝为官，如履薄冰，时时防备遭暗算，从此走上明哲保身、远祸自全的道路，思想日趋消极。40岁后，他开始过着亦官亦隐的生活，先隐居终南山，后在蓝田购得宋之问的辋川别业。他信佛，思想低沉，自然也会影响诗风，早已没有当年的豪情了。天宝十五年（756），安禄山攻陷长安后他被俘，曾被迫接受伪职。肃宗回京后，对接受伪职的失节官员分别论罪，他因在陷贼时写过《菩提寺禁裴迪来相看，说逆贼等凝碧池上作音乐，供奉人等举声便一时泪下，私成口号诵示裴迪》一诗，其中有“万户伤心生野烟，百官何日更朝天”之句，肃宗嘉之，当时他弟弟王缙深得肃宗信任，任刑部侍郎之职，请求肃宗削己职以赎兄罪，因此得到了宽赦。后累迁至给事中，终尚书右丞，世称“王右丞”。

这时候，中国古典诗歌已是诸体齐备，王维于诸体无所不长，是一个全才。《全唐诗》存诗380多首，五言诗居多，人称“五言宗匠”。王维的诗题材也比较广泛，对后世影响最大的自然是山水田园诗，由于这一类诗表现出了他惊人的才华与卓越的艺术创造性，掩盖了他别的方面的成就，其实他的边塞诗不比列入边塞诗派中的人差。另外，他关于朋友送别、思念家乡亲人、抒写相思与闺怨等诗，都有传世名篇。既然他的山水田园诗最有名，我们当然首先要看看这类诗。王维的山水田园诗，从远的说，受陶渊明影响很深，他在19岁时，因深爱陶渊明的《桃花源记》，依据其中的记述进行再创作，写了一首七言歌行体《桃源行》。这首诗也很有名。从近处说，他受同时代年岁较大的孟浩然的影响，两人风格相近，当然，对他影响最深的还是张九龄。虽然张九龄不是田园诗人，但他清淡的诗风很接近陶渊明，适宜于写山水田园诗。尽管王维诗的主流是山水田园诗，人们普遍认为他的诗风清淡闲静，其实这不够全面。我们看到王维的田园诗还不是全然像陶渊明那样质朴、平淡（虽然苏轼说陶诗是“绚烂之极”的平淡，但陶诗在外观上还是显得比较平淡），而王维的诗里融入了谢灵运和谢朓诗的刻画细腻与典雅精致，他把两种看来似乎截然不同的风格融为一体，因此王维的田园诗在外观上也不同于陶诗，而时时显出了高雅华贵的气度。在开元二十五年以前，他还写了不少别的题材的诗，这些诗跟他后来写的田园诗在风格上有显著的差异，更不能单纯用清淡来概括，很少有受陶诗影响的痕迹。就是他在19岁时，受陶渊明影响写的那首《桃源行》，也跟他后期的田园诗有很大不同：

渔舟逐水爱山春，两岸桃花夹古津。
坐看红树不知远，行尽青溪不见人。
山口潜行始隈隩，山开旷望旋平陆。
遥看一处攒云树，近入千家散花竹。
樵客初传汉姓名，居人未改秦衣服。
居人共住武陵源，还从物外起田园。
月明松下房栊静，日出云中鸡犬喧。
惊闻俗客争来集，竞引还家问都邑。
平明闾巷扫花开，薄暮渔樵乘水入。
初因避地去人间，及至成仙遂不还。
峡里谁知有人事，世中遥望空云山。
不疑灵境难闻见，尘心未尽思乡县。
出洞无论隔山水，辞家终拟长游衍。
自谓经过旧不迷，安知峰壑今来变。
当时只记入山深，青溪几曲到云林。
春来遍是桃花水，不辨仙源何处寻。

诗里呈现出来的是一个美丽、奇妙的神仙境界，那里是那么静谧、安详、和谐、古朴。渔人“尘心未尽”，出洞后却终于“不辨仙源何处寻”，又显得那么神秘、虚幻，但十分令人向往。他在16岁时曾写过一首《洛阳女儿行》：

洛阳女儿对门居，才可容颜十五馀。
良人玉勒乘骢马，侍女金盘脍鲤鱼。

画阁朱楼尽相望，红桃绿柳垂檐向。
罗帏送上七香车，宝扇迎归九华帐。
狂夫富贵在青春，意气骄奢剧季伦。
自怜碧玉亲教舞，不惜珊瑚持与人。
春窗曙灭九微火，九微片片飞花琐。
戏罢曾无理曲时，妆成只是熏香坐。
城中相识尽繁华，日夜经过赵李家。
谁怜越女颜如玉，贫贱江头自浣沙。

这首诗意存讽刺。诗中极写贵族豪家的奢华生活，贵族女儿的娇慵，并与美貌的贫女作对比。洛阳女儿只是薄有姿色，却如此骄奢，贫贱的越女虽“颜如玉”，却要辛勤劳动，相比之下，何等不平！唐人常用贫女来喻寒士，这首诗实际上也是为寒士鸣不平。庸才高官厚禄，才华出众的寒士却沦落江湖，这社会是何等不公平。还有一首《西施咏》也是意存讽刺：

艳色天下重，西施宁久微。
朝为越溪女，暮作吴宫妃。
贱日岂殊众，贵来方悟稀。
邀人傅脂粉，不自著罗衣。
君宠益娇态，君怜无是非。
当时浣纱伴，莫得同车归。
持谢邻家子，效颦安可希。

诗中写一个原本是贫贱女子，一旦得志竟完全换了一副姿态，原是一个浣纱的劳动妇女，受宠后却连“傅脂粉”、“着罗衣”都自己不动手了。恃宠骄横，蛮不讲理。最后两句令人想到鲁迅的话：“人一阔，脸就变。”这是借咏西施，实际上在讽刺那些寒士，一旦中举升官，脸立刻变了。这首诗虽然笔调冲和，但讽刺之意十分明显。在王维早年写的诗中，更为出色的还是写游侠少年与边塞的诗，如《少年行》四首，尤其是第二首：

出身仕汉羽林郎，初随骠骑战渔阳。
孰知不向边庭苦，纵死犹闻侠骨香。

这首诗写少年游侠，报国从军，满怀豪情，以身许国，视死如归，为国捐躯，虽死犹荣。再看他的《从军行》：

吹角动行人，喧喧行人起。
笳悲马嘶乱，争渡金河水。
日暮沙漠陲，战声烟尘里。
尽系名王颈，归来献天子。

这还真有点英雄气概，名将风度。这时，大约他正跟随张九龄，准备为国出力，大干一场。这种奋发向上、积极进取的精神与后来"晚年唯好静，万事不关心"（《酬张少府》）的精神状态，真是判若两人。在边塞诗中，比较著名的有《使至塞上》与《出塞》，都是在任监察御使出使边塞时所写，其中前一首"大漠"一联，以粗犷的笔触勾画出广袤无垠的塞外特有的雄奇景色，向来为人赞不绝口。

单车欲问边，属国过居延。
征蓬出汉塞，归雁入胡天。
大漠孤烟直，长河落日圆。
萧关逢候骑，都护在燕然。

——《使至塞上》

居延城外猎天骄，白草连山野火烧。
暮云空碛时驱马，秋日平原好射雕。
护羌校尉朝乘障，破虏将军夜渡辽。
玉靶角弓珠勒马，汉家将赐霍嫖姚。

——《出塞作》

还有两首写将军的诗比较著名，一首是《老将行》，主要赞美老将一心许国，不计个人得失的高贵品质，同时也揭露了统治者赏罚不明，冷酷无情，竟让有功之臣穷困潦倒。另一首是《观猎》，写观看将军打猎的情况，开头突兀而起，气势磅礴；颔联用流水对，写狩猎场面栩栩如生，成为脍炙人口的名句。后四句写打猎归来，颈联用典自然，并显示打猎将军的名将风度；尾联用“射雕处”，暗示将军系“射雕手”，末句写出打猎归来的时间。全诗如流水行云，一气直下，承转自如，十分流畅，艺术手法极高，沈德潜在《唐诗别裁集》中赞叹说：“章法、句法、字法俱臻绝顶。盛唐诗中亦不多见。”

少年十五二十时，步行夺得胡马骑。
射杀山中白额虎，肯数邺下黄须儿。
一身转战三千里，一剑曾当百万师。
汉兵奋迅如霹雳，虏骑崩腾畏蒺藜。
卫青不败由天幸，李广无功缘数奇。
自从弃置便衰朽，世事蹉跎成白首。
昔时飞箭无全目，今日垂杨生左肘。
路傍时卖故侯瓜，门前学种先生柳。
苍茫古木连穷巷，寥落寒山对虚牖。
誓令疏勒出飞泉，不似颍川空使酒。
贺兰山下阵如云，羽檄交驰日夕闻。

节使三河募年少，诏书五道出将军。
试拂铁衣如雪色，聊持宝剑动星文。
愿得燕弓射天将，耻令越甲鸣吴军。
莫嫌旧日云中守，犹堪一战取功勋。

——《老将行》

风劲角弓鸣，将军猎渭城。
草枯鹰眼疾，雪尽马蹄轻。
忽过新丰市，还归细柳营。
回看射雕处，千里暮云平。

——《观猎》

以上这些诗都不能用诗风清淡、闲静来概括。然而，在王维诗中数量最多、艺术技巧最高的却是山水田园诗。在这类诗中，好诗名篇实在太多了，任你怎么举例，也只能尝鼎一脔。王维既是诗人，又是画家，他的诗有个很大的特点就是“诗中有画”，他也常常用画画的技法来写诗，因此透过他的山水诗，常常让人们看到一幅绝妙的山水画。例如著名的《终南山》：

太乙近天都，连山到海隅。
白云回望合，青霭入看无。
分野中峰变，阴晴众壑殊。
欲投人宿处，隔水问樵夫。

这首诗就是综合运用了中国山水画独特的移动视点透视法，使视角一直在不断变化，有仰观、俯瞰、平视、回望、入看等，分别写出了终南山高峻、广袤，山间岚霭变幻，众多山壑阴晴不同，从而充分展示了这座山岭的全貌。当然山水诗不能与山水画完全吻合，诗里应该有更丰富的想象与更浓的韵味，如《汉江临泛》：

楚塞三湘接，荆门九派通。
江流天地外，山色有无中。
郡邑浮前浦，波澜动远空。
襄阳好风日，留醉与山翁。

这首诗的首联把远望所见与想象相结合，让三湘与九派连成一气。九派是指长江中游的九条支流，在汉江当然是不可能真正看到，而且这九条支流历来说法不一，因此这里完全属于想象。颔联历来为人赞赏，这里把实景虚化，令人有一种似真似假、如梦如幻的感觉，从营造距离中产生美感。颈联收回远眺的目光，写出眼前波澜壮阔之景，这里明明是船在水面颠簸，却说城郭在水面浮动，明明是江中波涛汹涌，却说“动远空”，这跟坐在火车里向窗外眺望一样，明明火车在向前飞驰，却看到车窗外的树木房屋等等都在急速后退。写的是错觉，却赋予静物以动感，这些都是画笔难以描绘的。我们再来看看他的另一首山水诗名篇《山居秋暝》：

空山新雨后，天气晚来秋。
明月松间照，清泉石上流。
竹喧归浣女，莲动下渔舟。
随意春芳歇，王孙自可留。

诗中写出了秋天新雨后傍晚的山中景色，幽清明净，如世外桃源，充满诗情画意。在自然美中，寄托着诗人理想中的社会之美，当然也衬托出了诗人的人格美。其实，要说到诗人在自然美中寄托理想中的社会之美的诗，莫过于《辋川集》20首与《皇甫岳云溪杂题》5首，这25首诗可以说是字字珠玑，篇篇珍品，每一首都像是一盆精致小巧的盆景。我们不可能把这25首诗全录，只能挑几首，窥豹一斑，尝鼎一脔：

空山不见人，但闻人语响。
返景入深林，复照青苔上。

——《鹿柴》

轻舸迎仙客，悠悠湖上来。
当轩对尊酒，四面芙蓉开。

——《临湖亭》

吹箫临极浦，日暮送夫君。
湖上一回首，青山卷白云。

——《欹湖》

飒飒秋雨中，浅浅石溜泻。
跳波自相溅，白鹭惊复下。

——《栾家濑》

清浅白石滩，绿蒲向堪把。
家住水东西，浣纱明月下。

——《白石滩》

独坐幽篁里，弹琴复长啸。
深林人不知，明月来相照。

——《竹里馆》

木末芙蓉花，山中发红萼。

涧户寂无人，纷纷开且落。

——《辛夷坞》

人闲桂花落，夜静春山空。
月出惊山鸟，时鸣春涧中。

——《鸟鸣涧》

日日采莲去，洲长多暮归。
弄篙莫溅水，畏湿红莲衣。

——《莲花坞》

春池深且广，会待轻舟回。
靡靡绿萍合，垂杨扫复开。

——《萍池》

王维少时深受虔诚奉佛的母亲的影响，在他的思想上也深深打上了佛教的烙印。中年后，遭到挫折和屈辱，精神苦闷，努力到佛教中去寻求解脱，因此他的诗中除了有画外，还加上了禅。这时他心境淡泊、虚静、不含杂念，全身心融入山水景物之中，对山中万物看似随手写来，但处处包含着诗人的性情，显得那么超脱、从容、宁静，并且处处流露着禅意。在这些诗里，我们常常于空灵宁静中参出勃勃生机、奕奕神采，把对山水的外在感受深化为对宇宙时空的顿悟。他的诗显示出淡雅宁静之美，并蕴含禅意和禅趣。王维诗艺术技巧高超处在于不着意刻画，只是对自然景物做客观描绘，却蕴涵极深，使他的诗变得精微、幽深，蕴含不露，真是“不著一字，尽得风流”。

王维其他题材的诗中，也不乏脍炙人口的佳作，处处显示出他的诗情韵隽永悠远。王维是一个性情中的人，无论对朋友对兄弟或所爱之人，都满怀深情，常常在看似平常自然直率的话语中，饱含着深情厚谊，令人一唱三叹。如：

独在异乡为异客，每逢佳节倍思亲。
遥知兄弟登高处，遍插茱萸少一人。

——《九月九日忆山东兄弟》

渭城朝雨浥轻尘，客舍青青柳色新。
劝君更尽一杯酒，西出阳关无故人。

——《送元二使安西》

山中相送罢，日暮掩柴扉。
春草年年绿，王孙归不归？

——《山中送别》

红豆生南国，秋来发几枝。
愿君多采撷，此物最相思。

——《相思》

君自故乡来，应知故乡事。
来日绮窗前，寒梅著花未？

——《杂诗三首》其二

相传上面第一首诗是诗人17岁时写的。诗中不说自己孤身在外思念家乡兄弟，而说兄弟们在登高时想念在外孤身作客的自己。这样写，似直而实曲，使诗意更进一层。诗中第二句，看似朴素无华，却凝聚了多少年来人们共同的感受，因此成为历来不断被人传诵和引用的名句。第二首是送别诗中的名篇，当时便被谱上乐曲，称《阳关三叠》，唐、宋时，每有送行常唱此曲，可见其影响之深。第三首构思独特，明明是送别诗，却不写送行之时，而写送别归来，最后一问更是意味深长。第四首写相思，不写相思之情，只写红豆以寄托情思，却深情无限。最后一首是思念故乡的诗，但面对从故乡来的人，不询问亲朋好友，却只问绮窗前的寒梅，真是别出心裁。试想对寒梅尚且如此关心，殷切询问，那对故乡的亲朋故旧、山川景物的怀念，自然不用细说了。这里的寒梅只是一个符号一种征象，包含着故乡的一切。王维写诗，还善于抓住幻觉来表达，这也是他成功之处。如：

轻阴阁小雨，深院昼慵开。
坐看苍苔色，欲上人衣来。

——《书事》

荆溪白石出，天寒红叶稀。
山路元无雨，空翠湿人衣。

——《阙题二首》其一

这两首小诗神韵天成，意趣横生。翠绿色能“上人衣”，甚至“湿人衣”，可见这不仅仅是绿色，而且十分水灵鲜艳，苍翠欲滴，绝美至极。王维诗的艺术成就在盛唐诗坛上，可以说除李、杜之外，一人而已。他的山水田园诗融汇陶渊明的平淡自然与谢灵运的精工秀丽于一体，他既继承了前人，又高于前人，有很多新的开拓，对后世产生了深远影响。《红楼梦》第四十八回中，黛玉教香菱写诗时说：“你若真心要学，我这里有《王摩诘全集》，你且把他的五言律诗一百首细心揣摩透熟了，然后再读一百二十首老杜的七言律，次再李青莲的七言绝句读一二百首……”这是说，学写诗应从学王维的诗入门，他与李白、杜甫同成为后世学诗的楷模。

当时还有一批和王、孟诗风比较接近的诗人，后世统称为“山水田园诗派”，他们有过理想追求，大多数人出仕过，只是地位并不高。理想难以实现时，就过隐逸生活，他们信奉儒家的“达则兼济天下，穷则独善其身”的教导，他们隐居田园，到山水自然环境中去找寻精神上的安慰，在吟咏自然美景中求得乐趣。著名的有以下一些人。

三、储光羲

储光羲（约707—约762），润州延陵（今江苏丹阳）人，郡望兖州。开元十二年（724），与丁仙芝同为太学诸生，十四年（726）举进士，与崔国辅、綦毋潜等同榜。历任汜水、安宜等县尉，后迁太祝。天宝九年（750）前后，升任监察御史。安史之乱时，陷贼中，受伪职，肃宗还京后，被系下狱，后贬谪岭南，宝应元年（762）五月遇赦，未及返回而卒。他是盛唐山水田园派诗人中一重要作家，与孟浩然、王维、裴迪、綦毋潜、祖咏、丁仙芝等都有交往。他善于以质朴淡雅的笔调，描写淳朴恬静的田园风光。殷璠在《河岳英灵集》中称其诗“格高调逸，趣远情深，削尽常言。扶风雅之言，浩然之气”。后人还把他与王维、孟浩然、韦应物、柳宗元并称，这未免过誉。清人李慈铭在《越缦堂读书记》卷八中有比较符合实际的评论，说他“远逊王、韦，次惭孟、柳”。他的诗以五古为多，但尤为人赞赏的却是他的五绝《江南曲》四首，尤其是第三首：

> 日暮长江里，相邀归渡头。
> 落花如有意，来去逐轻舟。

此诗历来赞声不断，评论颇多，但说得最透彻的还是俞陛云，他在《诗境浅说续编》中说：“此诗与崔国辅之《采莲曲》、崔颢之《长干曲》，皆有盈盈一水，伊人宛在之思。但二崔之诗皆着迹象，此诗则托诸花逐船流，同赋闲情，语尤含蓄。”他的代表作有《田家杂兴八首》《同王十三维偶然作十首》《田家即事》等，另外《杂咏五首》《樵父词》《渔父词》《牧童词》等也为人赞赏。

春至鸧鹒鸣，薄言向田野。
不能自力作，黾勉娶邻女。
既念生子孙，方思广田圃。
闲时相顾笑，喜悦好禾黍。
夜夜登啸台，南望洞庭渚。
百草被霜露，秋山响砧杵。
却羡故年时，中情无所取。

——《田家杂兴八首》其一

种桑百馀树，种黍三十亩。
衣食既有馀，时时会亲友。
夏来菰米饭，秋至菊花酒。
孺人喜逢迎，稚子解趋走。
日暮闲园里，团团荫榆柳。
酩酊乘夜归，凉风吹户牖。
清浅望河汉，低昂看北斗。
数瓮犹未开，明朝能饮否？

——《田家杂兴八首》其八

他在诗中表达出一种悠闲自得之趣。娶邻女为妻，生养子孙，扩大田圃，反映了小农经济社会中农民的普遍愿望。植桑种黍，衣食丰足，会亲访友，共饮为乐，无忧无虑，通达超脱。他在诗中，描绘了一幅幅农村风情画，色调柔和，古朴恬静，充满农家乐趣。这种情调，在他的诗中处处可见，如《同王十三维偶然作十首》之九：

空山暮雨来，众鸟竟栖息。
斯须照夕阳，双双复抚翼。
我念天时好，东田有稼穑。
浮云蔽川原，新流集沟洫。
裴回顾衡宇，僮仆邀我食。
卧览床头书，睡看机中织。
想见明膏煎，中夜起唧唧。

这当然不是普通农民的生活，是一个超然脱俗的隐士，而且还薄有家产。他的《杂咏五首》之四《钓鱼湾》也是一首表达隐居生活乐趣的小诗：

垂钓绿湾春，春深杏花乱。
潭清疑水浅，荷动知鱼散。
日暮待情人，维舟绿杨岸。

这首诗写出了钓鱼湾的旖旎风光，潭清水浅，荷动鱼散，刻画得细致入微，生动逼真。在这春意浓浓、宁静安谧的环境中钓鱼，真是一种享受。然而这时的垂钓者，其意却并不在鱼，而是等待情人来赴约，表面镇静垂钓与掩饰不住的内心的焦躁不安形成鲜明对比。最后用“维舟绿杨岸”作结，令人生出许多悬念，读完诗，只觉得馀意未尽，馀音袅袅。这首诗跟他的大多数田园诗不尽相同。总的说来，他的诗风主要是真朴直率，正如《四库全书总目》中所说：“源出陶潜，质朴之中，有古雅之味。”

储光羲在当时交往甚广，不仅跟王维及山水田园诗派的其他诗人如綦毋潜、丁仙芝等有交情，跟杜甫、高适、岑参、薛据等也有来往，曾一起登慈恩寺塔，并以《同诸公登慈恩寺塔》为题，各有题咏，仇兆鳌称储作"风秀熨帖，不愧名家"，可见他在当时是有一定影响的诗人。

四、裴迪

裴迪（生卒年不详），关中（今陕西）人，一说绛州闻喜（今山西闻喜）人。早年与王维、崔兴宗俱隐居终南山。后王维得辋川别业，他常为座上客，弹琴赋诗，啸咏终日。安史之乱时，王维陷贼中，他常去看望。唐肃宗时，王维弟王缙任蜀州刺史，他也入蜀为佐史，时杜甫在蜀中，二人相遇，常同游。今存诗29首，其中与王维唱和的《辋川集》就有20首，均为五绝。艺术风格与王维相似，崇尚自然清新，诗有超俗出尘的逸致，如《青龙寺昙壁上人院集》：

灵境信为绝，法堂出尘氛。
自然成高致，向下看浮云。
迤逦峰岫列，参差闾井分。
林端远堞见，风末疏钟闻。
吾师久禅寂，在世超人群。

裴迪的《辋川集》20首，虽然从总体来说逊于王维，没有王维诗中那种隽永悠远的情韵与空灵高远的境界，但也有足可与王维媲美，甚至个别有胜于王维的。如《木兰柴》："苍苍落日时，鸟声乱溪水。缘溪路转深，幽兴何时已。"王维的同题诗："秋山敛馀照，飞鸟逐前侣。彩翠时分明，夕岚无处所。"前两句裴诗不如王诗生动，后两句裴诗却比王诗情韵悠远。再看同题《茱萸沜》，裴诗："飘香乱椒桂，布叶间檀栾。云日虽回照，森沉犹自寒。"王诗："结实红且绿，复如花更开。山中倘留客，置此芙蓉杯。"显然王诗不如裴诗意境鲜明，韵味悠扬。明人吴逸一在评论《辋川集》时说："王多于题外属词，裴就题命意，伎俩自别。"可谓一语中的，两人着眼点不同，构思有别，因此同写一题，却有很大差异。

五、綦毋潜

綦毋潜（约692—约749），字孝通，一说季通，荆南（今湖北江陵）人，一说虔州（今江西赣县）人。与王维颇有交情。早年应试落第后，王维有《送綦毋潜落第还乡》诗。开元十四年（726）登进士第，授宜寿（今陕西周至）尉，后入朝为集贤院待制，迁右拾遗，终著作郎。其诗多以山林隐逸为题，工于写幽寂的山林景色，多有方外之情。诗风清丽隽永，淡远超脱，殷璠在《河岳英灵集》中评其诗曰："屹崒峭蒨足佳句，善写方外之情。"举其《题鹤林寺》之"松覆山殿冷"与《题灵隐寺山顶院》之"塔影挂清汉，钟声和白云"，誉为"不可多得"、"历代未有"的佳句。代表作为《春泛若耶溪》：

幽意无断绝，此去随所偶。
晚风吹行舟，花路入溪口。
际夜转西壑，隔山望南斗。
潭烟飞溶溶，林月低向后。
生事且弥漫，愿为持竿叟。

若耶溪在今浙江诸暨，相传为古代越国美女西施浣纱处，故又称浣纱溪。此地本来山清水秀，已十分吸引人，复有西施的传说，更令人神往，前往游览泛舟的文人墨客颇多，孟浩然就有《耶溪泛舟》诗，綦毋潜到此春游，自然少不了也要泛舟溪上，不觉流连忘返，且顿生归隐之念，愿在此持竿垂钓，不问世事。

六、丘为

丘为（约694—约789），苏州嘉兴（今浙江嘉兴）人。屡试不第，于是归山读书数年。后于天宝二年（743）举进士，时已50岁左右。历任主客郎中、司勋郎中，迁太子右庶子，以左散骑常侍致仕，给俸禄之半养老。时已80岁，犹有老母在堂。卒时96岁，存诗13首，诗多幽远闲静之气，如《寻西山隐者不遇》：

绝顶一茅茨，直上三十里。
扣关无僮仆，窥室唯案几。
若非巾柴车，应是钓秋水。
差池不相见，黾勉空仰止。
草色新雨中，松声晚窗里。
及兹契幽绝，自足荡心耳。
虽无宾主意，颇得清净理。
兴尽方下山，何必待之子。

在诗中，我们没有见到隐者的身影，但却又确确实实看到了这位遗世独立、生活简朴的高人隐士。不见隐者，又无僮仆，只有简陋空屋，然而茅屋无人胜有人。寻者不以寻人不遇为恨，而是乘兴而来，兴尽而归，何等旷达、超脱，真有王徽之雪夜访戴逵的遗风。

七、祖咏

祖咏（约699—约746），洛阳（今河南洛阳）人。开元十二年（724）登进士第，仕途不得志，后移居汝水北（今河南临汝、汝阳一带）的别业，混迹渔樵。王翰任汝州长史时，与当地名士聚饮游猎，祖咏常在座，与王维、储光羲等友善。诗多写山水景色及田园隐逸生活。他的名篇是《终南望馀雪》：

终南阴岭秀，积雪浮云端。
林表明霁色，城中增暮寒。

相传此诗为应试之作，按规定应是一首6韵12句的五言排律，但作者写了这4句就交卷，问他为什么不写足12句，他回答说“意尽”（见《唐诗纪事》卷二十）。历来对此诗赞不绝口。这首诗最能体现他的山水诗语言简洁、叙景逼真、含蕴深厚的特点。他还写过一首边塞诗《望蓟门》，这是他唯一的一首七言律：

燕台一去客心惊，笳鼓喧喧汉将营。
万里寒光生积雪，三边曙色动危旌。
沙场烽火连胡月，海畔云山拥蓟城。
少小虽非投笔吏，论功还欲请长缨。

无独有偶，这首诗又是写“望”，但二者风格迥异，这首诗气韵豪迈，刚健明快，爱国之情跃然纸上。

八、常建

常建（约708—约765），长安（今陕西西安）人。开元十五年（727）与王昌龄同榜进士，但此后仕途颇不得意，直到天宝十二年（753）前后才得任盱眙（今江苏盱眙）尉，后去职，隐居于鄂渚（今湖北武昌），放浪琴酒，漫游山水，以吟咏为乐。他虽仕途失意，但在当时诗名很大。殷璠编《河岳英灵集》，以他为首，给予极高评价。评论者以为他“诗似初发通庄，却寻野径。百里之外，方归大道。其旨远，其兴僻。佳句辄来，唯论意表，沦于一尉，士论悲之”。他的代表作是《题破山寺后禅院》：

清晨入古寺，初日照高林。
曲径通幽处，禅房花木深。
山光悦鸟性，潭影空人心。
万籁此俱寂，但馀钟磬音。

这首诗，殷璠欣赏其颈联，以为“警策”；欧阳修欣赏其颔联，以为“幽深”。颔联意境清幽，颈联颇有禅宗理趣，各有所爱。常建大多数诗以田园生活、山水风光为题材，这部分诗正如胡震亨在《唐音癸签》卷九中所说：“常建语极幽玄，读之使人泠然，如出尘表。”他的山水诗幽僻凄冷，透出一股逼人的阴森之气，这对李贺、孟郊有一定影响。他还有8首边塞诗，词悲调苦，且爱以议论入诗，如“左贤未遁旌竿折，过在将军不在兵”（《塞下》），“富贵安可常，归来保贞素”（《古意》）,这对中晚唐诗也有一定影响。

九、卢象

卢象（生卒年不详），字纬卿，祖籍范阳（今河北涿州），居汶上（今山东汶上）。开元中登进士第，初任秘书省校书郎，转右卫仓曹掾。张九龄执政时，擢左补阙（一说左拾遗），转河南府司录，复入为司勋员外郎。名高气盛，恃才傲物，为流言所中，天宝四年（745），贬为齐州司马，又转汾、郑二州司马。后入为膳部员外郎。安史之乱时，在洛阳陷贼，受伪职。肃宗还京后，贬为果州长史。乾元二年（759）再贬为永州司户。其时，李白在零陵，有交往。后移为吉州长史，又召为主客员外郎，在还京赴任途中，卒于武昌。工诗，多写山水田园，与王维、李颀、綦毋潜、祖咏、李白等诗人都有交往。存诗28首，却有5首与王维诗相混，盖因二人风格近似。他存诗虽不多，但经历的地方却较多，因此在他笔下的山水诗也呈现出不同的风貌，如：

江南冰不闭，山泽气潜通。
腊月闻山鸟，寒崖见蛰熊。
柳林春半合，荻笋乱无丛。
回首金陵岸，依依向北风。

——《竹里馆》

长风起秋色，细雨含落晖。
夕鸟向林去，晚帆相逐飞。
虫声出乱草，水气薄行衣。
一别故乡道，悠悠今始归。

——《永城使风》

这两首诗写南国秋冬景色，笔触细腻，形象逼真，能抓住自然景物的特征来显示南国特色。写三峡景色却又是另一种样子，另一个调子，如《峡中作》：

高唐几百里，树色接阳台。
晚见江山霁，宵闻风雨来。
云从三峡起，天向数峰开。
灵境信难见，轻舟那可回。

这首诗写三峡的雄伟壮险，笔触雄放，健劲有力，在“云从三峡起，天向数峰开”的雄奇变幻中，又有“高唐”、“阳台”神秘奇妙，把三峡的现实与神话传说交织到一起，刚中有柔，空灵高致，情韵悠长。

第二节　高适、岑参边塞诗

写边塞战争一类诗，由来已久，在汉乐府诗中，有不少这样题材的诗，以后文人中也不断有人仿写，出现过不少好诗。但习惯上，人们只把唐代的这类诗称为“边塞诗”。这类诗通常包括写边塞战争、从军出征、边塞的风土民情以及征人思乡等等。中国本土自古以来一直受到北方游牧部落的侵扰，所以战争不断。虽然汉武帝时把北方侵扰最厉害的匈奴彻底打败，平静了一段时间，但以后还是不断有侵扰，西晋末年更出现了“五胡乱华”，造成了几百年的南北分裂。李唐王朝初立国时，忙于削平隋末以来的割据势力，进行统一全国的战争，无暇顾及周边的游牧部落。为了求得国家安宁，朝廷多采用送礼求和，但这些部落酋长年年侵扰，岁岁索取。唐太宗即位后，国力强盛，采用武力对付强盛骄横的突厥，贞观初年使东突厥降服，俯首称臣。另有吐蕃、契丹等部也不时侵扰，唐朝的皇帝想安边治内，所以在边疆不断有战争发生。盛唐时，因国力强盛，边塞战争中常常得胜，建立边功的人有的封侯晋爵，因此从军边塞成为当时不少人建功立业的好机会，也激发了诗人们从军报国的自豪感，一些仕途失意的人更把这作为一条出路。在边塞的征战中，诗人们有了真切的体验，产生了不少边塞诗。唐代的边塞诗对前代写战争等题材的诗有继承，更有开拓，由于国力的强弱不同，同是写边塞战争的诗，唐以前多慷慨苍凉，盛唐的多慷慨雄壮。

盛唐著名的边塞诗人有高适、岑参、王昌龄、王之涣、王翰、李颀、崔颢等人。他们之中虽然不少人有较丰富的实际边塞生活经历，诗中所反映的大多是他们的亲身体验，有真情实感，然而更有不少人写的边塞从军一类诗，并不是自身的实际经历，而是纯属想象，借以表达英雄主义的情怀与对建功立业的渴望。但不论写的是真实体验还是纯属想象，他们的诗都感情真挚，激昂慷慨，雄浑高亢，充满阳刚之气，与山水田园诗显示出来的阴柔之美截然不同。

一、高适

高适（约700—765），字达夫，一字仲武。他的籍贯《旧唐书》说“渤海蓨人也”，《新唐书》说“沧州渤海人”。因此后来不少人说他是今河北景县人。其实《唐书》上说的是郡望，他实际籍贯无法确定。据史书记载，他年轻时家贫落魄，没有谋生的固定职业，长期在梁宋间（今河南开封、商丘一带）流浪，过着乞讨生活（《旧唐书》说他“以求丐取给”）。史书说他在梁宋间或“隐居博徒”，或“混迹渔樵”，可以说是个无业游民。直到40岁才发愤勤学，也算是大器晚成。这时他的诗名渐著，天宝三年（744），与李白、杜甫相识，一起漫游，结下深厚友谊。天宝八年（749），由名相张九龄之弟宋州刺史张九皋推荐，举有道科，任封丘尉，始入仕途，时已近50岁。应该说这时候他已经有诗名了，如果他仍然是一个乞丐或赌徒，李白、杜甫不会跟他结伴漫游，张九皋更不会推荐他，因此《旧唐书》说他“年过五十，始留意诗什”，与事实不符。他的名作《燕歌行》序中说写的是开元二十六年（738）的事，当时他40岁左右。任县尉时间不长，就弃官客河西。他弃官的原因在他的《封丘作》诗中透露了出来：“拜迎长官心欲碎，鞭挞黎庶令人悲。”天宝十一年（752），他投身河西节度使哥舒翰幕下，任左饶卫兵曹参军，掌书记。这是他第三次到边塞，并且有了真正的军旅生活。安史之乱爆发时，他任左拾遗，转监察御史，协助哥舒翰守潼关。哥舒翰兵败，潼关失守后，他奔赴行在，谒见肃宗，陈述当时的军事形势，都切中时弊，深得赏识，任侍御史，又迁升为谏议大夫，“负气敢言，权幸惮之”。他反对玄宗分封诸王，这对巩固肃宗李亨的皇位有利，因此深得李亨赞赏，至德二年（757）升任淮南节度使，迁剑南西川节度使。

最后官至散骑常侍，加银青光禄大夫，进封渤海侯。世称高常侍。他是唐代著名诗人中少数的几个显贵者之一。

高适半生流浪，沦落失意，有较多机会接触下层人民，因此在他的诗里，时常表现出了怀才不遇的悲愤、对贫士的同情以及对农民悲惨遭遇的关怀。他曾漫游赵、燕，多次到过边塞，后又在军中任职，熟悉边塞，写了不少优秀的边塞诗，是唐代边塞诗人中的杰出代表，与岑参齐名，并称“高岑”。他长于写歌行体，其代表作为《燕歌行》，在诗的前边有一个小序：“开元二十六年，客有从元戎出塞而还者，作《燕歌行》以示适，感征戍之事，因而和焉。”（据刘开扬《高适诗集编年笺注》校正）《全唐诗》及流行的选本中，“元戎”都作“御史大夫张公”，据此，都说是为讽刺张守珪而作。此说有误，傅璇琮、蔡义江等先生对此已做详细辨析，以明其决非刺张守珪，笔者完全同意傅、蔡两先生的意见。其实诗中反映的是当时的普遍现象，若断定为个别情况，反而贬低了这首诗的典型意义。至于这个“客”是谁，所作的《燕歌行》是什么样的，都已不可考，高适的和诗如下：

汉家烟尘在东北，汉将辞家破残贼。
男儿本自重横行，天子非常赐颜色。
摐金伐鼓下榆关，旌旆逶迤碣石间。
校尉羽书飞瀚海，单于猎火照狼山。
山川萧条极边土，胡骑凭凌杂风雨。
战士军前半死生，美人帐下犹歌舞。
大漠穷秋塞草衰，孤城落日斗兵稀。
身当恩遇恒轻敌，力尽关山未解围。
铁衣远戍辛勤久，玉箸应啼别离后。
少妇城南欲断肠，征人蓟北空回首。
边风飘飘那可度，绝域苍茫更何有。

杀气三日作阵云，寒声一夜传刁斗。
相看白刃血纷纷，死节从来岂顾勋。
君不见沙场征战苦，至今犹忆李将军。

这是一篇具有深刻的现实意义和深远的历史意义的边塞诗杰作，诗中反映出当时边将骄傲轻敌，只顾自己寻欢作乐，不恤士兵，致使出征士兵大量牺牲。诗人对广大士兵无限同情，并愤怒鞭笞了骄横失职的边将。由此可见在安史之乱发生时，唐军为什么节节败退，完全是有原因的。全诗笔力矫健，感情沉重，气氛悲壮，主旨深刻含蕴，历来为人称赞。这首诗确实体现了遒劲的建安风骨，语言简朴直率，犀利有力，上承汉魏歌行体的雄浑苍劲，下继初唐以来歌行的骈散相间，用韵平仄互换，嘹亮徐缓交替，飞跃自如；而其气势雄浑，动荡排阖，又非前人可比，沈德潜在《唐诗别裁集》中许以李白、杜甫外，“七言古中最矫健者”。

他的古体诗受张说影响较深，仿张说的五古《五君咏》，他写了五古《三君咏》，形式和主旨完全相同；仿张说的七古《邺都引》，他写了七古《古大梁行》。当然，他在对前人的继承中，有开拓，有创造，常在雄浑中有婉转，在淘洗藻饰的简朴中显出形象生动而意境鲜明，形式整饬而不害流畅。这从《燕歌行》中，我们可以清楚看到这一点。他的边塞诗中《蓟门五首》《蓟中作》《塞下曲》等都比较出色。特别是《蓟门五首》，是边塞诗中的力作，反映了当时边境不宁，边将不得其人等弊端，最后喊出了“羌胡无尽日，征战几时归”，希望任用良将安边保国，这是当时的普遍愿望，大多数边塞诗中都出现这问题。高适在《塞上》中也写道：“转斗岂长策，和亲非远图。唯昔李将军，按节出皇都。总戎扫大漠，一战擒单于。”

同情农民，也是高适诗另一重要内容，如“滴沥檐宇愁，寥寥谈笑疏。泥涂拥城郭，水潦盘丘墟。惆怅悯田农，悲回伤里闾。

曾是力井税，曷为无斗储……”（《苦雨寄房四昆季》），“朝从北岸来，泊船南河浒。试共野人言，深觉农夫苦。去秋虽薄熟，今夏犹未雨。耕耘日勤劳，租税兼舄卤。园蔬空寥落，产业不足数……”（《自淇涉黄河途中作十三首》之七）。看到“霖霪溢川原，澒洞涵田畴……傍沿钜野泽，大水纵横流……稼穑随波澜，西成不可求……农夫无倚著，野老生殷忧”，大声疾呼“田租应罢收”（《东平路中遇大水》），直接写农民的苦难，替农民呐喊。还有在《蓟门五首》与《燕歌行》中所反映的士兵艰苦生活（“戍卒厌糟糠”、“铁衣远戍辛勤久”），在以往的文人诗中不多见，高适在这里开了个好头。

高适擅长写七言歌行体，这似乎是评论家的共识，以为这也最能体现他诗歌的特色，王世贞在《艺苑卮言》中称其“气骨遒大”，“磊落奇俊”。其实他的七言绝句也很不错，常常显得境界阔大，格调劲健，风骨凛然，意气飞扬。如：

营州少年厌原野，狐裘蒙茸猎城下。
虏酒千钟不醉人，胡儿十岁能骑马。
——《营州歌》

雪净胡天牧马还，月明羌笛戍楼间。
借问梅花何处落？风吹一夜满关山！
——《塞上听吹笛》

千里黄云白日曛，北风吹雁雪纷纷。
莫愁前路无知己，天下谁人不识君。
——《别董大》

前一首写边塞风光，形象逼真，边民尚武，气概豪迈。中间一首写戍卒思乡，用曲笔侧写，无悲怆之意，有旷达之情，使荒漠添壮美，绝塞增亲切。后一首送别诗，一反通常那种凄凉悲戚、黯然伤神的离情别绪，而是代之满怀信心的劝勉，慷慨豁达，鼓舞人心，实远胜于“西出阳关无故人”的那种凄凉暗淡离情。明代胡应麟在《诗薮·内编》中对他的七绝用“雄浑”二字来评论，这是司空图《二十四诗品》中的第一品。当然，高适的主要成就毕竟还是七言歌行体，因此历来也都根据这些诗对他进行评论，总的说来，他的歌行体不以文采华丽取胜，而是纵横跌宕，气骨高古，显得朴实遒劲，沉雄浑厚，慷慨悲壮。

二、岑参

岑参（约715—770），江陵（今湖北荆州市荆州区）人。祖籍南阳（今河南南阳），出身于官僚家庭，曾祖文本、伯祖长倩、伯父羲都当过宰相，父植也曾做过两任刺史。岑参15岁丧父，家道中落，因此史书说他少孤贫。曾隐居嵩阳寺（在今河南登封嵩山东峰，宋仁宗时改名嵩阳书院）刻苦读书，遍览经史。20岁时到长安求仕，献书阙下，但没有结果。此后十年，往来于两京之间。开元二十九年（741），北游河朔。天宝三年（744）登进士第，授右内率府兵曹参军。天宝八年（749）到安西（今新疆库车），在安西节度使高仙芝幕府掌书记，后移镇武威。两年后，回到长安。天宝十三年（754），到安西北庭（今新疆吉木萨尔），任安西北庭节度判官，后到轮台（今新疆轮台），往来于北庭轮台间，深得安西北庭节度使封常青的信任。安史之乱时，封常青被朝廷召回，他留在轮台，任安西北庭度支副使。肃宗至德二年（757），因杜甫等人的推荐，回朝任右补阙。代宗大历元年（766）出任嘉州（今四川乐山）刺史，世称“岑嘉州”，后因事罢官，大历五年（770）客死于成都。

岑参是与高适齐名的盛唐边塞诗人的杰出代表，尽管他在早年出塞前及第一次出塞回京居于长安期间，写过不少其他题材的诗，写过山水之美、隐居山林之乐及慨叹仕途失志的苦闷。晚年罢官后，也写过一些写景之作，蜀中山水在他笔下清新俏丽。但由于他两次出塞，写了70多首优秀的边塞诗，这些边塞诗成就之高，掩盖了其他诗的成就。他的边塞诗想象丰富，气势磅礴，色彩奇丽，历来为人赞赏。他的边塞诗中，最为人赞赏的当首推《白雪歌送武判官归京》：

北风卷地白草折，胡天八月即飞雪。
忽如一夜春风来，千树万树梨花开。
散入珠帘湿罗幕，狐裘不暖锦衾薄。
将军角弓不得控，都护铁衣冷难着。
瀚海阑干千尺冰，愁云惨淡万里凝。
中军置酒饮归客，胡琴琵琶与羌笛。
纷纷暮雪下辕门，风掣红旗冻不翻。
轮台东门送君去，去时雪满天山路。
山回路转不见君，雪上空留马行处。

这是一首送别诗，但诗中大量笔墨却用来描写边塞雪景的奇观，“忽如”两句，想象丰富、比喻新奇，使荒塞绝域的严寒冬天春意盎然，令人对严寒的边塞不感到可畏，而备感可亲可爱。全诗场面恢宏，意境壮阔，绚丽壮美，豪迈乐观，令人昂扬奋发。而且，他的几首最著名的边塞诗，都跟送行有关，例如：

轮台城头夜吹角，轮台城北旄头落。
羽书昨夜过渠黎，单于已在金山西。
戍楼西望烟尘黑，汉兵屯在轮台北。
上将拥旄西出征，平明吹笛大军行。

四边伐鼓雪海涌，三军大呼阴山动。
虏塞兵气连云屯，战场白骨缠草根。
剑河风急雪片阔，沙口石冻马蹄脱。
亚相勤王甘苦辛，誓将报主静边尘。
古来青史谁不见，今见功名胜古人。

——《轮台歌奉送封大夫出师西征》

君不见走马川，雪海边，平沙莽莽黄入天。
轮台九月风夜吼，一川碎石大如斗，
随风满地石乱走。
匈奴草黄马正肥，金山西见烟尘飞，
汉家大将西出师。
将军金甲夜不脱，半夜军行戈相拨，
风头如刀面如割。
马毛带雪汗气蒸，五花连钱旋作冰，
幕中草檄砚水凝。
虏骑闻之应胆慑，料知短兵不敢接，
车师西门伫献捷。

——《走马川行奉送出师西征》

这两首诗都是送将士西征的，前一首写天气奇寒，后一首突出狂风飞沙走石。这两首诗写法上虽不同，但同样烘托唐军的英勇气概，无畏的精神，克敌制胜的勇气。诗中把战争写得有声有色，威武雄壮，充满英雄气概。这两首诗根据不同内容的需要，不断换韵，在节奏的夭矫多姿中，显示出感情的起伏跌宕。所不同的是，前一首两句一转韵，最后四句一韵，仄起平收。后四句是对封常清的赞美，语调需平稳，所以用平声韵。后一首突破了双句押韵的惯例，以三句为一个用韵单位，平仄互换，平起仄收，具有激励性质，语调需激越。这也是岑参在前人基础上的发展。

岑参也以擅长歌行体著称，除排律以外，各体都有佳作。他虽然以边塞诗著名，其实山水诗写得也很出色，不过他的山水诗不像王维他们那样清幽恬静，而是有一种气势，显示出他奇峭的特点。如《早上五盘岭》：

平旦驱驷马，旷然出五盘。
江回两崖斗，日隐群峰攒。
苍翠烟景曙，森沉云树寒。
松疏露孤驿，花密藏回滩。
栈道谿雨滑，畲田原草干。
此行为知己，不觉蜀道难。

他的七言绝句佳作也不少，胡应麟在《诗薮·内编》中，称之为“秾丽”，其实用这二字来概括并不十分贴切，如：

东望望长安，正值日初出。
长安不可见，喜见长安日。
——《忆长安曲二章寄庞漼》其一

此地曾居住，今来宛似归。
可怜汾上柳，相见也依依。
——《题平阳郡汾桥边柳树》

故国东望路漫漫，双袖龙钟泪不干。
马上相逢无纸笔，凭君传语报平安。
——《逢入京使》

洞房昨夜春风起，遥忆美人湘江水。
枕上片时春梦中，行尽江南数千里。

——《春梦》

梁园日暮乱飞鸦，极目萧条三两家。
庭树不知人去尽，春来还发旧时花。

——《山房春事二首》其二

从以上五首诗里，我们看到大部分没有什么修饰，如谈话，只娓娓道来，却深情委婉，感人肺腑。第一首寄情于日，表达对长安的思念。第二首寄情于柳，以见对家园之热爱，没有真情，没有深情，是说不出这样的话来的。第三首看似信口而成，不假雕琢，而一片深情尽在其中；离家西行，越走越远，而且又来到边塞异域，正不知有多少话要说，但戎马倥偬，无暇细说，安慰家人也无过于“平安”二字，这实在远胜千言万语。第四首前两句写梦前所思，后两句写思后所梦，千里江南“片时”即到，既切梦境恍惚，又显示思美人之切，对美人之情深。这首诗对后人影响不小，后来戎昱的《旅次寄湖南张郎中》、武元衡的《春兴》以至宋代晏几道的《蝶恋花》（梦入江南），都有明显的受此诗影响的痕迹。最后一首吊古伤今，运用反衬手法，意在言外。沈德潜在《唐诗别裁集》中，在这首诗的诗尾，针对后两句评说：“后人袭用者多，然嘉州实为绝调。”

岑参是与高适齐名的盛唐边塞诗人的杰出代表，因此历来评论时，也常把高、岑放在一起来评，如宋代严羽在《沧浪诗话·诗评》中说：“高、岑之诗悲壮，读之使人感慨。”胡应麟在《诗薮·内编》中也说：“高、岑悲壮为宗。”其实这样评论是以高诗涵盖了岑诗，并不恰当。当然也有不少人看到其间的不同，论者也不少，我以为其中《唐音癸签》卷五引《吟谱》中的评论说得最好：“高适诗尚质主理，岑参诗尚巧主景。”这是说高适的诗质朴直率，直接抒情与议论；岑参诗绚丽委婉，多寓情于景，好用比兴。高诗常常起势雄浑，结得深沉；岑诗则起势奇丽，结得隽永，各有特点。总的说来，岑参的歌行体奇丽委婉，劲健雄壮。

三、王昌龄

王昌龄（？—约756），字少伯，京兆长安（今陕西西安）人，家境贫寒。开元十五年（727）进士及第，授秘书省校书郎。开元二十二年（734）又登博学宏词科，转汜水尉。开元二十七年（739），贬岭南，经襄阳，会见孟浩然。翌年北归，又经襄阳，与孟浩然重聚，两人相得甚欢。同年冬，出任江宁（今江苏南京）丞，故世称“王江宁”。约于天宝六年（747）秋，又以所谓“不护细行”被贬为龙标（今湖南洪江西）尉，故又称“王龙标”。安史之乱时，他避难至江淮一带，被濠州刺史阎丘晓杀害，结束了悲剧的一生。他不仅位卑，而且两次远贬，然而才高名著。他是盛唐最负盛名的诗人之一，在当时就有“诗家天子王江宁”之称，实际上说他是“诗王”。他与当时的著名诗人几乎都有交往，孟浩然、李白、岑参等等，都有写给他的赠诗，他也有给张九龄的赠诗。

王昌龄最擅长的是七绝，他与李白是盛唐七绝的代表作家，一直饮誉诗坛。清代卢世漼在《紫房馀论》中说：“天生太白、少伯以主绝句之席，勿论有唐三百年，两人为政，亘古今来，无复有骖乘者矣。”这是说高得无人能逾越。从题材来看，他写得最多也最成功的有三类，即边塞诗、闺情宫怨诗、送别诗。其中边塞诗尤为出色，其馀两类也不乏佳作。先看第一类，例如被明人李攀龙推为唐人绝句压卷之作的《出塞》：

秦时明月汉时关，万里长征人未还。
但使龙城飞将在，不教胡马度阴山。

中国西北部和北部广阔的边陲，历来就是游牧部落与中原农耕社会人民争夺之地，自先秦以来，就不断发生浴血战争，这是不同群体部落间残酷的生存竞争，千年不息，难以摆脱，所以这首诗一开头就把镜头推向了遥远的古代。明月依旧，关塞长存，战斗不息，征人未还。后两句与高适《燕歌行》的结尾“君不见沙场征战苦，至今犹忆李将军”同一意思，希望朝廷任用良将，希望有汉代“飞将军”李广那样的良将固守边塞，能让匈奴闻名退避，边境不战自安。这里既有对良将的渴求，也有对当时朝廷不能任用良将及边将无能的不满，更有对和平的渴望，意蕴丰厚。这首诗以明快的语言表达了极深刻的思想，意在言外，内涵深沉。施补华在《岘佣说诗》中说这首诗“意态雄健，音节高亮，情思悱恻，令人百读不厌也”。在他的边塞诗名作中，还有七绝《从军行》7首。这几首小诗是否同时写成，不得而知，但放在一起，倒很像组诗，不过这7首诗的排列顺序，不同的版本顺序也不同。在这里，我们不一一抄录下来了，只录下中间3首：

青海长云暗雪山，孤城遥望玉门关。
黄沙百战穿金甲，不破楼兰终不还。

——其四

大漠风尘日色昏，红旗半卷出辕门。
前军夜战洮河北，已报生擒吐谷浑。

——其五

胡瓶落膊紫薄汗，碎叶城西秋月团。
明敕星驰封宝剑，辞君一夜取楼兰。

——其六

组诗中的前三首是写久戍战士思家，然后过渡到我们上面所录的“其四”，前两句承前两首思家之情，后两句却翻进一层，战士虽思家，但并不急归，而是“不破楼兰终不还”，写出边塞将士以身许国的豪情和坚如磐石的报国决心。“其五”、“其六”写唐军高昂的斗志与必胜的决心。王昌龄的边塞诗常常激情饱满，豪情昂扬，大气磅礴，并有历史的厚重感。

王昌龄的闺情宫怨诗写得也非常出色，一点不比他的边塞诗逊色，而且写得细腻委婉，深沉含蓄。让我们先来看看他那首久负盛名的《闺怨》吧：

闺中少妇不曾愁，春日凝妆上翠楼。
忽见陌头杨柳色，悔教夫婿觅封侯。

这里写一个无忧无虑娇憨的少妇，从“不曾愁”到愁，由愁而生悔，人物刻画得细腻传神。这首诗跟边塞有密切关系，少妇所思念的人正是久戍边塞的将士。再看《采莲曲二首》其二：

荷叶罗裙一色裁，芙蓉向脸两边开。
乱入池中看不见，闻歌始觉有人来。

这首诗意境优美，色彩明丽，少女如花，花如少女，少女隐入荷花丛中，只闻其声，不见其人，欲见难见，心驰神往，遐想无穷，从而生出无穷韵味。

王昌龄的宫怨诗更有名，特别是《长信秋词五首》其三，历来赞不绝口，被清代著名诗人王士祯推为唐人七绝压卷之作：

奉帚平明金殿开，且将团扇共徘徊。

玉颜不及寒鸦色，犹带昭阳日影来。

这首诗借用汉成帝嫔妃班婕妤的故事，来表达失宠嫔妃宫女的幽怨之情，将汉喻唐，借古讽今。诗中把玉颜与寒鸦放在一起比较，二者一白一黑、一美一丑，反差极大，甚至有些不伦不类，但说得入情入理。寒鸦带着昭阳日影来，真是愈说愈奇，这全是设想，是幻觉。丑陋的寒鸦尚能沐浴恩泽，美貌的玉颜反而无缘，更显出不平。在这首诗中，正因为诗人捕捉住了这种幻觉，才显得独特，摆脱了六朝以来写宫怨诗中常见的孤独的感叹和成串的眼泪，而是不明言怨恨而怨恨极深，正如俞陛云在《诗境浅说》续编中所说："以多情之人，而不及无情之物。设想愈痴，其心愈悲矣。"独特的构思造就这首诗独特的魅力和无穷的韵味。王昌龄有名的宫怨诗还有不少，大体都是不直说怨苦悲愤，而是托物言情，委婉、含蓄、深刻，显得韵味悠长。

王昌龄的送别诗也很有特色，他常用寒雨、孤月来烘托离情别绪，少数用秋与暮来烘托，使别离时的景色显得凄清迷惘，从而增添了离愁。在这类诗中，最著名的是《芙蓉楼送辛渐二首》其一：

寒雨连天夜入吴，平明送客楚山孤。
洛阳亲友如相问，一片冰心在玉壶。

这是王昌龄在任江宁丞时，送朋友辛渐北上，辛拟由润州（今江苏镇江）渡江，取道扬州去洛阳。当时诗人正遭谤议，心情凄切，满腹委屈。诗的前两句把送别的气氛造足，寒雨孤山，一片凄凉。"楚山孤"象征送别友人后，自己也如同楚山一样孤独。这里不仅有别情的黯然，还有被贬谪的怨愁，更有遭谤议的委曲与愤懑。按常情，后两句应进一步渲染离情别绪，或写友人去后自己的孤寂，或托友人代向亲友问好，这在高手笔下，也会写得很生动，像我们在前边看到的王维、高适诗那样写。然而这首诗却思出常规，把眼前的送别一笔宕开。更出人意表的不是让友人向洛阳的亲友问候，或报告自己的生活起居与健康状况，而是用“一片冰心在玉壶”做回答，让朋友代为剖白，自明心迹，玉洁冰清，永不更改。这首诗写景则气势雄浑，抒情则空灵委婉，在送别诗中别开生面。

王昌龄写的三类题材，虽然自汉魏六朝以来不断有人写，但王昌龄不单纯是继承了前人，而是在表现手法上有很大开拓与发展。以往的边塞诗都长于铺陈，多正面直接写战场与战斗，王昌龄则善于提炼，抓住特征，场景描写只作为激发感情的依托。闺情宫怨诗也一样，对女子的孤寂哀怨等不做正面描写，总是精心构思，抓住特征来写，委婉、含蓄。送别诗则十分重视环境衬托，不直接写离情别绪，而是常常用凄冷幽暗的环境来烘托，移情于景，借景抒情。

四、王之涣

王之涣（688—742），字季凌，原籍晋阳（今山西太原），后徙居绛郡（今山西新绛）。幼聪颖，不到20岁即精于文章，为人以孝义著称，但仕途很不得意。始任冀州衡水（今河北衡水）主簿，遭人诬构，拂衣而去，优游山水15年，足迹遍及黄河南北。开元二十年（732）前，曾流寓蓟门，与高适交游。后又出任文安县（今河北文安）尉，卒于任所。据靳能的《王之涣墓志铭》说：“慷慨有大略，倜傥有异才。”还说其诗“尝或歌从军，吟出塞”，“传乎乐章，布在人口”。可惜作品多佚，今仅存6首。其中以《凉州词二首》其一与《登鹳雀楼》最负盛名。先看由著名的“旗亭画壁”故事渲染而传为美谈的《凉州词二首》其一：

黄河远上白云间，一片孤城万仞山。
羌笛何须怨杨柳，春风不度玉门关。

这首诗首先给我们展示了一座处于绝域的孤城，矗立在苍茫云海之中，四周围绕着万仞高山，其荒凉可见，而且在这里永无春色，守在这里的将士其艰苦情况不用再说。但这首诗气势雄伟，境界阔大，声调从容，情绪豪迈，丝毫没有悲切凄凉之感，这就是盛唐气象。最后一句，另有寄托，杨慎在《升庵诗话》中说："此诗言恩泽不及于边塞，所谓君门远于万里也。"原来是暗指唐王朝不体恤边塞战士。吴逸一在《唐诗正声》中说这首诗："满目征人苦情，妙在含蓄不露。"这正是诗人艺术技巧高超处，因此李锳在《诗法易简录》中称赞这首诗"神韵格力，俱臻绝顶"。"黄河"一作"黄沙"，现在不少选本都取"黄沙"，但这样只觉得满目荒凉，诗中辽阔壮美的意境荡然无存了。

王之涣另一首著名的诗是《登鹳雀楼》：

白日依山尽，黄河入海流。
欲穷千里目，更上一层楼。

这也是一首千古名篇，白日运转，照遍群山；黄河奔流，泻入大海。全诗境界壮阔，气势恢宏，涵盖天地。语言浅显而蕴含深刻，通篇对偶而自然流畅。后两句只在前边写景的基础上，水到渠成，自然产生，无意说理，然而哲理自深。此诗后两句，正因盛唐人无意说理，故全诗显得雄浑醇厚；若似宋人有意说理，便成尖新。人们普遍说这首诗是写黄昏景色，这完全是由对第一句误解产生的。其实这里的"尽"字并不是说日落西山，而是说遍照群山。再说鹳雀楼分明在中条山之西，登楼东望才看到山，西望看到的是黄河，向东眺望，怎会看到日落西山的景象呢？

五、王翰

王翰（生卒年不详），字子羽，并州晋阳（今山西太原）人。少时豪放不羁，喜纵酒。想必出身于富豪之家，因此枥多名马，家蓄乐妓，写歌词，自歌舞。发言立意，自比王侯。睿宗景云元年（710）登进士第。开元五年（717），张嘉贞任并州长史，爱其才，礼遇甚厚。开元八年（720），张说镇守并州，礼遇益加。张说入相，召为秘书正字，升通事舍人，再升驾部员外郎。开元十四年（726），张说遭姚崇排挤，罢相，王翰也出为汝州长史，又改任仙州别驾。在州常与祖咏等饮酒吟诗，游猎作乐，于是再贬为道州司马。约卒于开元末天宝初。工诗，多壮丽之词，名重一时，在文坛颇受后辈尊重，杜甫年轻时，曾深得他的青睐，杜甫也以“王翰愿卜邻”为荣。今存诗14首，其中边塞诗三首：乐府歌行体《饮马长城窟行》与《凉州词》两首。尤以《凉州词》二首之一最著名：

> 葡萄美酒夜光杯，欲饮琵琶马上催。
> 醉卧沙场君莫笑，古来征战几人回。

在荒漠僻壤的边塞，物资匮乏，生活极为艰苦，难得有一次宴饮，还有葡萄美酒，大家何不畅饮，来个一醉方休？虽然明知出征难免战死，但既然从军征战，早就准备马革裹尸了。这首诗一气流转，壮丽俊爽，壮怀磊落，刚健旷达，感情激荡，开朗奔放，气氛热烈，节奏明快，体现了盛唐之音的特点。

以上三王，都擅长绝句，他们的边塞绝句，可谓一时之冠，无人可与之争胜。

六、李颀

李颀（？—约753），籍贯不详，或云赵郡（今河北赵县）

人，长期居住在颍阳（今河南登封），在东川有别业。早年有过游侠生活，后折节读书，开元二十三年（735）登进士第，曾任新乡尉，后去职归隐家园，往返于洛阳、长安之间。他跟当时的著名诗人王维、高适、王昌龄、崔颢、张旭等等都有交往。其诗题材广泛，尤以边塞诗著名。殷璠在《河岳英灵集》中评论他的诗说："颀诗发调既清，修辞亦秀，杂歌咸善，玄理最长。……惜其伟才，只到黄绶。"这是叹惜他才高位卑。他的诗以古诗和歌行体见长，最著名的是《古从军行》：

白日登山望烽火，黄昏饮马傍交河。
行人刁斗风沙暗，公主琵琶幽怨多。
野云万里无城郭，雨雪纷纷连大漠。
胡雁哀鸣夜夜飞，胡儿眼泪双双落。
闻道玉门犹被遮，应将性命逐轻车。
年年战骨埋荒外，空见蒲桃入汉家。

这首诗在形式上偶散相间，押韵平仄互换，继承了卢、骆以来的歌行体。但从卢、骆到高、岑的歌行体大致上都是从一个切面深入下去，而李颀则场景变换较多，纵横捭阖，气势动荡，在继承前人的基础上有新的发展。内容上也不同于一般边塞诗只写战争，李颀则写了历史上胡汉关系中和亲和交战的反复出现，对战争予以批判，他不仅同情汉家的戍卒，对被征讨的胡儿也寄予深切同情。最后两句如千钧重锤，砸向为满足一己之私欲的统治者。

他还有几首写音乐的诗，很有特色，把不可名状的比较抽象的音乐写得有声有色，如《听安万善吹觱篥歌》是这样描写乐声的："……枯桑老柏寒飕飗，九雏鸣凤乱啾啾。龙吟虎啸一时发，万籁百泉相与秋。忽然更作渔阳掺，黄云萧条白日暗。变调如闻杨柳春，上林繁花照眼新。"在《听董大弹胡笳声兼寄语弄房给事》

中写了一种与觱篥完全不同的乐器声，他是这样写的：“……先拂商弦后角羽，四郊秋叶惊摵摵。……空山百鸟散还合，万里浮云阴且晴。嘶酸雏雁失群夜，断绝胡儿恋母声。川为净其波，鸟亦罢其鸣。乌孙部落家乡远，逻娑沙尘哀怨生。幽音变调忽飘洒，长风吹林雨堕瓦。迸泉飒飒飞木末，野鹿呦呦走堂下。……”用诗状摹音乐，李颀在唐代是第一人，对后来的李贺、白居易等人有很大影响，他们继承并加以发展，有李贺的《李凭箜篌引》和白居易著名的《琵琶行》。

七、崔颢

崔颢（？—754），汴州（今河南开封）人。开元十一年（723）登进士第。曾任太仆寺丞，官终尚书司勋员外郎，天宝十三年（754）卒。年轻时，是一个轻薄少年，好饮酒赌博，娶妻唯择美者，稍不惬意即弃之。早期诗多写妇女生活，后历边塞，诗风变得雄浑奔放。殷璠在《河岳英灵集》中说：“颢年少为诗，属意浮艳，名陷轻薄。晚节忽变常体，风骨凛然，一窥塞垣，说尽戎旅。”

崔颢在当时诗名很大，常与王维并提，如独孤及在《皇甫公集序》中说：“沈、宋既殁，而崔司勋颢、王右丞维复崛起于开元、天宝间。”他的边塞诗名篇有《古游侠呈军中诸将》和《赠王威古》等，这两首都是五言古体诗。我们来看看被殷璠称为“可与鲍照并驱”的《赠王威古》：

三十羽林将，出身常事边。
春风吹浅草，猎骑何翩翩。
插羽两相顾，鸣弓新上弦。
射麋入深谷，饮马投荒泉。
马上共倾酒，野中聊割鲜。

相看未及饮，杂虏寇幽燕。
烽火去不息，胡尘高际天。
长驱救东北，战解城亦全。
报国行赴难，古来皆共然。

这首诗慷慨豪迈，雄浑奔放，称得上“风骨凛然”。诗中写将军的英武豪放全通过狩猎来表现，对一场激战却写得十分轻松，只有“战解城亦全”五个字，然而从对将军在狩猎时的描写中，可看到将军的英武和气概，有这样的将军必然能克敌制胜。这样来表现战争的胜利，是这首诗的独特处，也是崔颢的独到处。

但是崔颢诗中最负盛名的是七律《黄鹤楼》：

昔人已乘黄鹤去，此地空馀黄鹤楼。
黄鹤一去不复返，白云千载空悠悠。
晴川历历汉阳树，芳草萋萋鹦鹉洲。
日暮乡关何处是，烟波江上使人愁。

相传李白登黄鹤楼，想写一首诗留念，但因见到这首诗而搁笔，并感叹道：“眼前有景道不得，崔颢题诗在上头。”于是这首诗名声大振，后来也不断有人交口赞誉。严羽在《沧浪诗话·诗评》中竟说：“唐人七言律诗，当以崔颢《黄鹤》为第一。”沈德潜在《唐诗别裁集》中评这首诗说：“意得象先，神行语外，纵笔写去，遂擅千古之奇。”这首诗气韵涵浑，婉转流畅，一气旋转，顺势而下，无阻无滞，自然浑成。但平心而论，用严格的律体来衡量，基本上“不合格”。首先律诗的颔联应该对仗，这首诗却是两个散句。颈联从字面上看似乎是对仗，其实也不成其为对，“晴川”与“芳草”对，实在太勉强，而“汉阳树”是指汉阳的树，“鹦鹉洲”却是一个地名，实在不能这样对。律诗的第一个原则中间两联必须对仗，这里没有做到；其次，一般不应出现重字，这里前三句连用三个“黄鹤”；再次，这是平起式，首句第六个字要求必须是平声，而这里却是仄声，不合诗律。但当时诗律刚逐渐形成，要求还没有那么严，此诗原不以格律整饬见长，全以气韵取胜，势若贯珠，旋转连绵，无意于工而工者，自然流畅，格调优美，馀音不绝，当然是好诗，但说是唐人七律第一，未免过誉了。

崔颢还有不少闺情诗，也很引人关注，常与崔国辅并称。在崔颢的闺情诗中，尤以《长干曲四首》最为著名：

君家何处住，妾住在横塘。
停舟暂借问，或恐是同乡。

——其一

家临九江水，来去九江侧。
同是长干人，生小不相识。

——其二

全诗全用寻常口语，却生动活泼，寥寥几笔，就使人物、场景一一跃然纸上，历来博得不少赞誉。吴乔在《围炉诗话》中说：“绝无深意，而神采郁然。”王夫之在《姜斋诗话》中更是盛赞：“墨气所射，四表无穷，无字处皆其意也。”

八、张谓

张谓（？—约778），字正言，河内（今河南沁阳）人。早年读书于嵩山，博览群籍。天宝二年（743）登进士第。24岁从军，在东北边塞十载，曾立过功，因将军得罪累及他，遂流落于蓟门一带。天宝后期，在安西节度副使封常清幕府任职。乾元元年（758）秋，以尚书郎出使夏口，时李白流放夜郎，途经此地，故友重逢，相得甚欢。大历二年（767）前后，出任潭州刺史，与元结有交往。后入朝任太子左庶子，迁礼部侍郎，曾主持大历七年至九年的贡举。工诗，辛文房在《唐才子传》中称其诗“格度严密，语致精深，多击节之音”。他的边塞诗代表作为《代北州老翁答》：

负薪老翁往北州，北望乡关生客愁。
自言老翁有三子，两人已向黄沙死。
如今小儿新长成，明年闻道又征兵。
定知此别必零落，不及相随同死生。
尽将田宅借邻伍，且复伶俜去乡土。
在生本求多子孙，及有谁知更辛苦。
近传天子尊武臣，强兵直欲静胡尘。
安边自合有长策，何必流离中国人。

这首诗反映当时的统治者穷兵黩武给老百姓带来了巨大的灾难和无限痛苦，诗中大胆指责统治者安边无策，只知驱使老百姓去送死。这首诗的格调与我们在前边看到的高、岑、王的诗截然不同。高、岑、王的诗或慷慨悲壮，或奇丽劲健，这首诗却平实质朴，哀怨动人。

然而张谓的知名却不在他的边塞诗，而在于两首小诗，特别是七绝《早梅》：

一树寒梅白玉条，迥临村路傍溪桥。
不知近水花先发，疑是经春雪未销。

历来咏梅的诗不少，但这些诗大多着眼梅花本身，或怜其风姿绰约，或尊其品格超凡，或颂其神韵独出，这首诗则只从“早”字做文章，写得轻灵委婉，特别是后两句用了“不知”与“疑是”，把实在之物虚化，拉开了距离，变得恍惚迷离，形成了朦胧美。他还有一首与《早梅》格调全然不同的诗《题长安壁主人》：

世人结交须黄金，黄金不多交不深。
纵令然诺暂相许，终是悠悠行路心。

这首诗采用直接抒议法，明白晓畅，语言警策尖锐，对势利的小人、冷酷的社会，揭露深刻，入木三分。诗里反映出来的虽是当时的人情世态，事实上后世也未尝不是如此，是千古社会人情世态的一面明镜。

九、刘湾

刘湾（生卒年不详），字灵源，郡望彭城（今江苏徐州），西蜀（今四川成都）人。天宝年间登进士第，曾任侍御史，安史之乱时居衡阳（今湖南衡阳），后官至职方郎中。与元结友善。他的《出塞曲》很有特色：

将军在重围，音信绝不通。
羽书如流星，飞入甘泉宫。
倚是并州儿，少年心胆雄。
一朝随召募，百战争王公。
去年桑干北，今年桑干东。
死是征人死，功是将军功。
汗马牧秋月，疲卒卧霜风。
仍闻左贤王，更将围云中。

这首诗质朴平实，没有夸饰铺张，只用白话把事情经过说清，明白晓畅，却一针见血揭示了战争的实质。这跟高适等人的边塞诗也有很大不同，显得哀怨动人，愤懑不平。“死是征人死，功是将军功”，说得这样直率、这样明白，去盛唐已远，接近中唐了。

十、张敬忠

张敬忠（生卒年不详），字与籍贯都不详，只知中宗时任监察御史，神龙三年（707），被朔方军总管张仁愿召入幕府，分判军事。累迁为吏部郎中。开元七年（719）升任平卢节度使，约在开元十二三年，任剑南节度使。存诗两首，其《边词》一诗较著名：

五原春色旧来迟，二月垂杨未挂丝。
即今河畔冰开日，正是长安花落时。

这首边塞诗与我们在前边见到的截然不同，没有滚滚黄沙，没有刀光剑影，不见烽火烟尘，此时边塞显得十分宁静。诗中只把五原之春与长安做一对比，而以平和心态来对待边塞苦寒，却暗寓对长安的怀念。这是用另一种笔调写边塞诗。

第三节　群山罗列

在盛唐，还有一批有一定成就的诗人，但归纳不进田园山水诗派或边塞诗派，因此我们只好另做介绍。

一、贺知章

贺知章（659—约744），字季真，自号“四明狂客”，越州永兴（今浙江萧山）人。证圣元年（695）进士，初授国子四门博士，迁太常博士。开元十年（722），张说为丽正殿修书使，奏请贺知章等入院修书。开元十三年（725），迁礼部侍郎，加集贤院学士，又充皇太子侍读，官至太子宾客兼秘书监，世称“贺监”。天宝三年（744），上疏请为道士，求还乡里，不久病逝在故乡，享年86岁。他好饮酒，与李白、张旭等友善，合称“饮中八仙”。李白在《对酒忆贺监》诗中说：“四明有狂客，风流贺季真。”杜甫在《饮中八仙歌》中说：“知章骑马似乘船，眼花落井水底眠。”工书法，尤善草隶。其诗以七绝见长，著名的有《回乡偶书》二首其一：

少小离乡老大回，乡音无改鬓毛衰。
儿童相见不相识，笑问客从何处来。

离家五十多年，重返故里，世事沧桑，年华易逝，当年的年轻人，此刻已成白发老翁，自有无限感慨。儿童笑问，看似轻松，实则无比沉重，有令人哭笑不得之感，寓无穷感慨于轻松笔调之中，唐人七绝中并不多见。因此，这首看来明白如话的诗，却蕴含着诗人的独创精神。他还有一首著名的七绝是《咏柳》：

碧玉妆成一树高，万条垂下绿丝绦。
不知细叶谁裁出，二月春风似剪刀。

这首诗咏早春杨柳，语意清新可爱，显示了早春的一片盎然生机。但这首诗与上一首不同，上一首是全用平常口语，从肺腑中自然流出，朴实无华，纯乎天籁。这首诗虽无雕琢，但比喻新颖巧妙。春风与剪刀，本是风马牛不相及的两物，但一经诗人点化，遂不觉其生硬，只觉其巧妙。这样的比喻也是由贺知章首先采用，对后人很有影响，宋代梅尧臣在《东城送运判马察院》诗中说：“春风骋巧如剪刀，先裁杨柳后杏桃。”由此可见诗坛的继承关系。

二、苏颋

苏颋（670—727），字廷硕，京兆武功（今陕西武功）人。武则天朝进士，授乌程尉。中宗时曾任中书舍人；睿宗时，任工部侍郎，袭父爵许国公。开元初曾居相位四年，与宋璟共理政事。工文，与燕国公张说并称“燕许大手笔”，朝廷重要文件都出自二人之手。能诗，以五绝《汾上惊秋》最为著名：

北风吹白云，万里渡河汾。心绪逢摇落，秋声不可闻。

这首诗明为写景，实为咏史。开元时，唐玄宗雄心勃勃，大有步汉武帝之意。因此诗的前两句化用汉武帝《秋风辞》的诗意；后两句暗示对唐玄宗做法的不认同，从而产生深切的感慨。咏史诗不写史实，而与咏怀融合，这是苏颋首创。

三、张旭

张旭（生卒年不详），字伯高，苏州吴县（今江苏苏州）人。曾任常熟尉，后迁任金吾长史，世称“张长史”。与贺知章、李白等友善，同为“饮中八仙”，工书法，尤精草书，有“草圣”之称，每大醉呼叫狂走，然后下笔，或以头濡墨而书，时称“张颠”。杜甫在《饮中八仙歌》中说：“张旭三杯草圣传，脱帽露顶王公前，挥毫落纸如云烟。”时以李白诗歌、张旭草书和裴旻剑舞为“三绝”。亦能诗，长于七绝。

隐隐飞桥隔野烟，石矶西畔问渔船。
桃花尽日随流水，洞在青溪何处边？

——《桃花溪》

山光物态弄春晖，莫为轻阴便拟归。
纵使晴明无雨色，入云深处亦沾衣。

——《山中留客》

春草青青万里馀，边城落日见离居。
情知海上三年别，不寄云间一纸书。

——《春草》

他的诗意境清幽，情趣清远，有不食人间烟火之感。语浅情深，委婉含蓄，有弦外之音、言外之意，令人味之无极。孙洙在《唐诗三百首》中说第一首诗“四句抵得一篇《桃花源记》”。黄生在《唐诗摘钞》中说这三首绝句“恬雅秀润，盛唐高手无以过也”。这些评价都不为过分，张旭这几首诗确实墨香四射，极富艺术魅力。

四、王湾

王湾（生卒年不详），洛阳（今河南洛阳）人，先天年间（712—713）登进士第。曾任洛阳尉。他文名早著，尝往来吴、楚间，多有著述。存诗10首，以《次北固山下》最著名：

客路青山外，行舟绿水前。
潮平两岸阔，风正一帆悬。
海日生残夜，江春入旧年。
乡书何处达，归雁洛阳边。

这首诗风格壮美，境界开阔，殷璠在《河岳英灵集》中誉之为“诗人以来，少有此句”。相传张说任宰相时，曾亲笔将此诗的颈联题于政事堂，让朝中文士作为楷式。胡应麟在《诗薮·内编》中说：

“形容景物，妙绝千古。”可见其对当时与后世影响都不小。

五、贾至

贾至（718—772），字幼邻，洛阳（今河南洛阳）人。玄宗时，明经擢第，始任校书郎，出为单父县尉。天宝末，任中书舍人。安史乱起，随玄宗入蜀。肃宗即位，奉玄宗命作传位册文，并随房琯等使灵武，肃宗任之为起居郎知制诰，迁中书舍人，后出为汝州刺史。乾元二年（759）贬为岳州司马。时李白在流放途中遇赦东还，经岳阳，与贾至同游洞庭，赋诗唱酬。代宗即位，复为中书舍人。后历任尚书左丞、礼部侍郎、集贤院待制、京兆尹等职，位终右散骑常侍。工诗，能文，名著当世，与李白、杜甫、王维、岑参等都友善。其诗以七绝最佳，其中《初至巴陵与李十二白裴九同泛洞庭湖三首》，其二尤佳：

枫岸纷纷落叶多，洞庭秋水晚来波。
乘兴轻舟无近远，白云明月吊湘娥。

这首诗是与李白唱和之作，李白的《陪族叔刑部侍郎晔及中书贾舍人至游洞庭》五首之一后两句为“日落长沙秋色远，不知何处吊湘君”，这是化用《楚辞·九歌》之意。同游三人，均为放逐之臣，李白罪最重，因受永王牵连，曾流放夜郎，此时虽遇赦，但仍为待罪之臣，所以诗中惆怅至极。贾至只是意见不合而贬官，贬官仍然是官，只是官阶低了，而且极有希望还朝，因此显得洒脱。这首诗情景交融，浑然无痕，情含景中，悠然不尽。其馀如《巴陵夜别王八员外》，写尽人情淡薄，《送李侍郎赴常州》与《岳阳楼重宴别王八员外贬长沙》，显然受王维《送元二使安西》的影响，这也是一种继承关系。

六、刘方平

刘方平（生卒年不详），洛阳（今河南洛阳）人。工诗，善画山水，活动于开元、天宝时期。天宝前曾应进士举，不第。怀才不遇，遂隐居颍水、汝河之滨，终生未仕。曾客游淮上，与李颀、元德秀、皇甫冉友善。其诗多写闺怨、乡思与山水，在艺术上颇有特色。存诗26首，绝句几乎占一半，在他的诗中，也以绝句更为出色。如：

落日晴江里，荆歌艳楚腰。
采莲从小惯，十五即乘潮。

——《采莲曲》

飞雪带春风，徘徊乱绕空。
君看似花处，偏在洛阳东。

——《春雪》

更深月色半人家，北斗阑干南斗斜。
今夜偏知春气暖，虫声新透绿窗纱。

——《夜月》

纱窗日落渐黄昏，金屋无人见泪痕。
寂寞空庭春欲晚，梨花满地不开门。

——《春怨》

上面第一首用乐府旧题，写江南采莲女，先写其美貌与动人歌声，再写其勤劳勇敢，一个貌美、心灵美的采莲少女呈现在读者面前。俞陛云在《诗境浅说续编》中说：“诗既妍雅，调亦入古。”这“古调”就是乔亿在《大历诗略》里说的“六朝小乐府之遗”。

第二首意存讥讽，却蕴含不露。洛阳为唐时东都，当时富贵之家都住在城东。春雪落在贫穷百姓居处，不免寒冷难忍，而在富豪聚居处，非但不寒，而且当花来欣赏，围炉赏雪，其乐无穷，怎知贫者饥寒。这样委婉曲折、蕴藉含蓄，有他在艺术上的独创性。第三首，写初春月夜的宁静，这时不免有些寒意，然而在绿纱窗外初次传来阵阵虫声，知道春天了。对自然界的轻微变化，小动物往往比人敏感，即使是在春寒料峭的月夜，昆虫比人先感知春天的到来。最后一首是宫怨诗，诗中用重叠渲染、反复勾勒的手法，烘托出了一个凄凉孤寂的环境，从而突出宫人被禁闭在这与世隔绝的环境中的悲惨处境。这首诗情景交融，深曲委婉，富弦外之音。

七、景云

景云（生卒年不详），天宝时诗僧，与岑参有交往，现存诗三首，其馀情况不清楚。存诗中，以《画松》最为出色：

画松一似真松树，且待寻思记得无？
曾在天台山上见，石桥南畔第三株。

这是一首题画诗，但不写其形，只传其神。张谦宜在《絸斋诗谈》中说："一气承接如话，不惟工于赞画，连追想神情，声口俱活，极明快，却有蕴藉风味。"这首诗妙在把假的说得比真的还真，还说亲眼见到过，而且连具体地方都说得明明白白。然而又有几个人到过天台山的石桥南畔？在到过的人里边，又有谁留意过这"第三株"？恍恍惚惚、扑朔迷离，在这自然明快处，却呈现出朦胧美，产生了极大的艺术魅力。这就是这首诗在艺术上的高超之处。

盛唐时期，在创作上有一定成就的，还有不少人，其中比较著名的还有薛奇童、丁仙芝、张纮、薛维翰、沈如筠、刘昚虚、孙逖等等，他们都有受人赞赏的作品传世。这一大批诗人，如群山罗列，一山挨着一山，令人目不暇给。

读盛唐诗，如置身于崇山峻岭之间，只见山峦起伏，或雄伟，或秀丽，千姿百态，令人叹为观止。然举目仰望，只见双峰高耸，直插云霄，回首众山，如众星捧月。这双峰，就是李白与杜甫。

第三章　双峰插云

盛唐时期，中国古典诗歌的发展进入鼎盛期，诗人数量之多，作品质量之高，都是空前的。王维、高适、王昌龄、岑参等一批杰出的诗人都活跃在当时。但是在这众多杰出诗人中，成就最高的是李白与杜甫，他们是千嶂万峰中两座耸入云霄的最高峰。

李白与杜甫是盛唐诗人的代表，是同时矗立在中国诗坛上的两座丰碑，他们的诗不仅是唐诗的最高成就的代表，也是中国古典诗的最高成就的代表。这是两座最高峰，大有“一览众山小”之势。至于李、杜二公，他们代表了不同风格，代表了不同方面的最高成就，不必把他们一分高下，硬要把他们分出优劣，那只是庸人自扰。正因为他们的风格截然不同，成就的方面也各有侧重，才呈现出气象万千之势。

第一节　李白

李白（701—762），字太白，号青莲居士，自称原籍陇西成纪（今甘肃静宁西南），这是出于自我标榜为西凉王李暠之后，与唐王朝李家是同宗同祖。关于他的出生地，有很多不同记载，或曰蜀中，或曰山东，或曰条支（在今伊拉克境内），现在一般采用郭沫若的西域碎叶城（在今吉尔吉斯斯坦境内）说。这些在现在中国境外的地方，唐代属安西都护府管辖。关于他的祖先与出生地，其实至今仍是一个未解之谜。在他5岁时，其家迁居绵州彰明（今四川江油）。其父李客（其实“客”不是名字，是表示外来者的意思），不求仕禄而家境富裕，所以人们都推测他为富商。李白少时，在蜀中度过20多年，这时期主要是学习，“览千载，观百家”（《上安州李长史书》）。他自称“五岁诵六甲，十岁观百家，轩辕以来，颇得闻矣”（《上安州裴长史书》）。他广泛阅读，精通经史百家，同时他还尚气任侠，儒、道、墨、纵横等各家兼收并蓄，养成了他的独特个性。开元十三年（725），他从水路离蜀，“出游襄、汉，南泛洞庭，东至金陵、扬州，更客汝海，还憩云梦”，开始了一段漫游生活。后来娶故相许圉师的孙女，遂留在安陆一段时间（旧说十年，不确切）。他在《上安州裴长史书》中说：“许相公家见招，妻以孙女，便憩迹于此，至移三霜焉。”大约真的也就三年，到开元十八年，他入长安，居于终南山，广为交游。他希望出仕，实现他的政治理想，“奋其智能，愿为辅弼，使寰区大定，海县清一”（《代寿山答孟少府移文书》）。但又不屑于参加科举，希望能遇到赏识他的王公贵人，一经荐引，便名满天下，并建不世之功。那时玄宗之妹玉真公主在终南山设有别馆，经常有文人雅士如王维、储光羲等人去做客。李白结识了这位公主，但未能如愿，约耽搁了三年，终于怏怏离去，进行再一轮漫游，从长安沿黄河东下。他以安陆为中心，时而出游，时而回家，他游历的范围很广，东游齐鲁登泰山，南游吴越，北游洛阳、龙门、嵩山、太原，游踪所及，几乎半个中国。在游历中，结识了不少隐者与道士，这些人对他影响不小，还与道士一起炼过丹，过了一段真正的道士生活。同时，当时正值“开元盛世”，国家兴旺，人民富足，激发了他的政治热情，对前途充满幻想，加上他饱览了祖国名山大川，壮丽江山更激起了他的豪情，因此，他的诗雄壮豪迈，慷慨激越。

机会终于来了，天宝元年（742）秋，因玉真公主的推荐，李白被唐玄宗征召入京，并受到隆重的礼遇。他满以为大展宏图的机会到来了。当时李白所得的官职是翰林供奉，其实这是皇帝的文学侍从，是个无实权的闲官，有违他兼济天下、建功立业的初衷。这时，他处身于达官贵人间，却偏偏傲视权贵；生活上狂放不羁，与贺知章等常烂醉如泥，“李白斗酒诗百篇，长安市上酒家眠。天子呼来不上船，自称臣是酒中仙”（杜甫《饮中八仙歌》）。因此，他不免招来权贵的谗毁，皇帝的厌弃，终于被“赐金放还”，在天宝三年（744）春，被排挤出长安。他沿商州大道东行，到了洛阳，结识了杜甫，两人志趣相投，遂成知交。当时，李白44岁，杜甫33岁。两人结伴东行，到汴州游梁园，与盛唐另一位大诗人高适相遇，三人很投机，一起遍游梁、宋胜迹。李白在入长安之前，已将家小移居东鲁，所以在次年告别了高适，和杜甫一起到山东齐州。他与杜甫时分时聚，常在北海太守李邕处聚会。这时，他们的友谊更深，“醉眠秋共被，携手日同行”（杜甫《与李十二白同游范十隐居》）。

当时李林甫、杨国忠擅权，早没有张九龄当政时那种开明政局了。他们结党营私，排挤正直大臣，诛杀异己，朝政日非。对日趋险恶的政局，他越来越有深刻认识，因此已没有早年那种走入仕途的梦想了。这时他以东鲁为中心，再度四处漫游，北游燕赵，到过幽蓟边塞；南游广陵，往来于宣城、金陵等地。他纵酒求仙，放浪形骸，曾在济南的道教紫极宫接受高天师所授的道箓，正式成了道士。当然，他是不会真当道士的，只是想求得精神寄托。他表面上生活放浪豪宕，其实内心并没有忘怀国事民生，这不仅在他的诗里反映出来，在他以后的行动中，也可看出他并没有真的看破红尘。

天宝十四年（755），是唐帝国历史上的一个转折点。那年爆发了安史之乱。当时隐居在庐山的李白看到国家动乱、生灵涂炭，早已不忍袖手旁观了，希望自己能为国平叛，也可实现早年建功立业的愿望。不久，机会终于来了，玄宗的第十六子永王李璘率师由江陵东下去平叛，途经庐山，征召李白参加幕府。也许是因为李白名声很大，因此李璘对他十分重视，“辟书三至”（《与贾少公书》），以复兴大业的名义，恭请李白参与其戎幕，李白就满怀热忱地毅然从戎。哪知祸起萧墙之内，李亨怕李璘得势，夺取他的皇位，派大军征讨，李璘兵败身死。李白以附逆罪名被捕入浔阳狱中，几乎被杀，幸得郭子仪营救，改判长流夜郎（今贵州遵义的正安西北）。中途遇赦，东还，漂泊于江夏、岳阳、浔阳一带，而后往来于金陵宣城间。上元二年（761），李白已61岁，且多病，但闻李光弼出镇临淮，征讨史朝义叛军，他不顾自身年老多病，由当涂北上，准备去临淮请缨杀敌，但行至金陵，因病重折回。次年，即宝应元年（762），病逝于族叔当涂令李阳冰家，享年六十有二。初葬采石矶，直至元和十二年（817），宣、歙、池州观察使范传正遵其遗愿，迁葬青山（即当涂谢公山）。他的诗最先由李阳冰编成《草堂集》，并作序，当时他的作品已“十丧其九”。但就是这部十存其一的《草堂集》也已佚，今传《李太白集》乃是北宋时宋敏求搜集编辑而成，比起《草堂集》来又不知十丧其几了。

一、李白诗的题材

李白今存诗近千首，在盛唐诗人中，除杜甫以外，他是存诗最多的，题材多样，内容丰富，大致有以下几方面：

李白诗第一个显著内容是表达他强烈的建功立业的愿望，他渴望能像姜尚、鲁仲连、张良、韩信、诸葛亮那样建立不世的功业，他歌颂崛起于草泽之中的英雄，风云际会，成就匡时济世的大业。如《梁甫吟》：“长啸《梁甫吟》，何时见阳春？君不见朝歌屠叟辞棘津，八十西来钓渭滨。宁羞白发照清水，逢时壮气思经纶。广张三千六百钓，风期暗与文王亲。大贤虎变愚不测，当年颇似寻常人。”这里明写姜尚，其实是在以姜尚自喻。在安史之乱时写的《猛虎行》：“秦人半作燕地囚，胡马翻衔洛阳草。一输一失关下兵，朝降夕叛幽蓟城。巨鳌未斩海水动，鱼龙奔走安得宁。颇似楚汉时，翻覆无定止。朝过博浪沙，暮入淮阴市。张良未遇韩信贫，刘项存亡在两臣。暂到下邳受兵略，来投漂母作主人。贤哲栖栖古如此，今时亦弃青云士。”显然是自比张良、韩信，希望在战乱时期能所有作为。由此可见，尽管他蔑视循规蹈矩、皓首穷经的儒生，其实他受儒家思想的影响还是比较深的，年轻时满怀着儒家“入世”、“建功立业”的抱负。虽然他身上有一股“仙气”，但还没有到不食人间烟火、“遗世特立”的地步，他向往建功立业，飞黄腾达，青云直上。

第二类与以上第一类有连带关系的，就是表达对怀才不遇的苦恼。现实与理想存在巨大的反差，使他愤懑不平，悲痛不已，内心充满矛盾，如《古风》其十五：“奈何青云士，弃我如尘埃！珠玉买歌笑，糟糠养贤才。方知黄鹤举，千里独徘徊。”《行路难》三首中的前两首，都是表达了他对怀才不遇的苦恼，甚至愤懑，在表面的旷达之中，包含着满腔悲愤。在这些诗中最著名的当然是《宣州谢朓楼饯别校书叔云》：

弃我去者，昨日之日不可留。
乱我心者，今日之日多烦忧。
长风万里送秋雁，对此可以酣高楼。
蓬莱文章建安骨，中间小谢又清发。
俱怀逸兴壮思飞，欲上青天揽明月。
抽刀断水水更流，举杯销愁愁更愁。
人生在世不称意，明朝散发弄扁舟。

第三类为赞美祖国的大好河山。李白一生，几度漫游，足迹遍及中国东南各地。他热爱祖国壮丽的河山，用如椽大笔描绘名山大川的雄伟奇丽景象，祖国各地的秀美风光。这也是他诗中一个极为重要的内容。如黄河，在他笔下总是那么气势磅礴、雄伟壮丽："君不见，黄河之水天上来，奔流到海不复回"（《将进酒》）；"黄河西来决昆仑，咆哮万里触龙门"（《公无渡河》）；"西岳峥嵘何壮哉，黄河如丝天际来。黄河万里触山动，盘涡毂转秦地雷"（《西岳云台歌送丹丘子》）；"我浮黄河去京阙，挂席欲进波连山"（《梁园吟》）。他的《横江词六首》，写长江流域的一些支流，也很有气势："一风三日吹倒山，白浪高于瓦官阁"（其一）；"横江西望阻西秦，汉水东连扬子津。白浪如山那可渡，狂风愁杀峭帆人"（其三）；"海神来过恶风回，浪打天门石壁开。浙江八月何如此，涛似连山喷雪来"（其四）。然而，诗人笔下的洞庭湖却澄明宁静，他有《陪族叔刑部侍郎晔及中书贾舍人至游洞庭五首》："南湖秋水夜无烟，耐可乘流直上天"（其二）；"帝子潇湘去不还，空馀秋草洞庭间。淡扫明湖开玉镜，丹青画出是君山"（其五）。李白笔下的山，多数是雄伟、高峻、奇丽："巫山高不穷，巴国尽所历。日边攀垂萝，霞外倚穹石。……青天若可扪，银汉去安在？"（《自巴东舟行经瞿塘峡，登巫山最高峰，晚还题壁》）诚然，李白山水诗中，最具有代表性的莫过于《蜀道难》与《梦游天姥吟留别》二诗。他的七绝《望庐山瀑布》更是脍炙人口的写景名篇：

日照香炉生紫烟，遥看瀑布挂前川。
飞流直下三千尺，疑是银河落九天。

第四类为反映当时的社会现状。李白初出蜀时，正是大唐帝国全盛时期，所谓"开元之治"的盛世，这在他的诗中，自然也会有所反映。他用诗对这封建社会的全盛时期进行颂扬，从不同角度加以反映，如在《君子有所思》中描绘帝都长安的雄伟壮丽，从而反映出当时国家的强盛富足。《南都行》写南阳商业发达富庶："白水真人居，万商罗鄽阛。高楼对紫陌，甲第连青山。此地多英豪，邈然不可攀。陶朱与五羖，名播天壤间。"《赠清漳明府侄聿》反映当时乡村的富足安乐："牛羊散阡陌，夜寝不扃户。……举邑树桃李，垂阴亦流芳。河堤绕绿水，桑柘连青云。赵女不冶容，提笼昼成群。缲丝鸣机杼，百里声相闻。"《赠宣城宇文太守兼呈崔侍御》写出当时江南水乡宣城的富有："君从九卿来，水国有丰年。鱼盐满市井，布帛如云烟。"

李白所处的"开元盛世"是封建社会的全盛时期，但在辉煌后边有阴影。特别在张九龄罢相后，李林甫、杨国忠相继专权，弄得朝政日非，上下腐败，这个阴影逐渐挡住了光辉。因此，在李白诗中有不少揭露上层统治集团腐朽昏庸的诗，对权贵的骄横跋扈，他表现出了强烈的不满与高度蔑视。如《古风》第四十六首："一百四十年，国容何赫然。隐隐五凤楼，峨峨横三川。王侯象星月，宾客如云烟。斗鸡金宫里，蹴鞠瑶台边。举动摇白日，指挥回青天。"揭露了在繁荣掩盖下的腐败，斗鸡、蹴鞠之徒恃宠骄横，气焰嚣张。《古风》第五十一首则借古喻今，反映天宝年间，玄宗信用奸佞李林甫，滥杀异己，连左相李适之也被迫服毒自尽。《远别离》借娥皇、女英泣血潇湘及尧幽囚、舜野死的传说，以迷离惝恍的文笔，表达了对权奸弄权、政局危艰的担忧。奸佞得势的结果是"君失臣兮龙为鱼，权归臣兮鼠变虎"。李白在不少诗中表达对权贵的蔑视，著名的当然要数《梦游天姥吟留别》中的"安能摧眉折腰事权贵，使我不得开心颜"。

第五类是反映他对战争的态度。李白也写过一些边塞诗以及涉及战争的诗，从总体上说，他反对战争，热爱和平，但也并非反对一切战争。虽然他不一定像我们那样清楚地把战争划分为正义战与非正义战，但凭感觉，他还是能够区分的，而且用不同的态度来对诗。他有《塞下曲六首》，表达了想立功边陲的愿望。还有《塞上曲》一首，追美唐太宗派兵击败突厥颉利可汗，洗雪渭北之耻。其他有《胡无人》《关山月》《出自蓟北门行》《北上行》《从军行》等边塞诗，其中最著名的莫过于《战城南》：

去年战桑干源，今年战葱河道。
洗兵条支海上波，放马天山雪中草。
万里长征战，三军尽衰老。
匈奴以杀戮为耕作，古来唯见白骨黄沙田。
秦家筑城避胡处，汉家还有烽火燃。
烽火燃不息，征战无已时。
野战格斗死，败马号鸣向天悲。
乌鸢啄人肠，衔飞上挂枯树枝。
士卒涂草莽，将军空尔为。
乃知兵者是凶器，圣人不得已而用之。

第六类是关爱劳动人民。李白几度漫游，对社会生活面接触很广，对劳动人民有相当了解，因此反映劳动人民的思想和生活，关爱劳动人民，也构成了他诗中一个重要的组成部分。例如《丁都护歌》是一曲替船工诉苦的悲歌："云阳上征去，两岸饶商贾。吴牛喘月时，拖船一何苦。水浊不可饮，壶浆半成土。一唱都护歌，心摧泪如雨。万人凿盘石，无由达江浒。君看石芒砀，掩泪悲千古。"《宿五松山下荀媪家》反映农家生活的寒苦，劳动人民待人的真挚："我宿五松下，寂寥无所欢。田家秋作苦，邻女夜舂寒。跪进雕胡饭，月光明素盘。令人惭漂母，三谢不能餐。"再如《秋浦歌十七首》中，其十三写采菱女夜归，其十六写农家捕鱼捉鸟，其十四尤为著名："炉火照天地，红星乱紫烟。赧郎明月夜，歌曲动寒川。"这里写出了冶银炼铜的场面，反映劳动者进行繁重的劳动，但情绪乐观，精神饱满。

第七类是关注妇女。李白对妇女的生活和命运特别关注和同情，上至宫中嫔妃宫女，下至广大劳动妇女，这些不同的妇女形象都在他的诗里出现，这样的诗数量很大。宫怨诗最出色的是《玉阶怨》：“玉阶生白露，夜久侵罗袜。却下水晶帘，玲珑望秋月。”《长门怨二首》也很著名。征妇（征人之妇）思念征夫，这是唐代闺怨诗的一个重要组成部分，在李白诗中有名的有《子夜吴歌》和《北风行》等，其中《子夜吴歌》四首中的第三首尤为著名：“长安一片月，万户捣衣声。秋风吹不尽，总是玉关情。何日平胡虏，良人罢远征。”著名的《长干行》和《春思》《乌夜啼》等诗中，闺中少妇思念的大约都是外出经商的丈夫，其中《长干行》更是从青梅竹马、两小无猜写起，写到新婚之夜，伉俪情深，两年后丈夫远行，妻子独守空闺，日夜思念外出的丈夫，委婉缠绵，一往情深。《妾薄命》《白头吟》是反映弃妇的痛苦，《秦女休行》与《东海有勇妇》则热烈赞颂妇女的反抗精神。他还有五首《越女词》，写出了一个个天真活泼、朴素美丽、娇憨可爱的吴越少女：

长干吴儿女，眉目艳新月。
屐上足如霜，不著鸦头袜。

——其一

耶溪采莲女，见客棹歌回。
笑入荷花去，佯羞不出来。

——其三

镜湖水如月，耶溪女似雪。
新妆荡新波，光景两奇绝。

——其五

第八类是送行与怀念的诗。李白是一个十分重感情的人，对妻儿、对朋友都是一片深情，他大量怀念与送别诗有不少已成千古名篇，如《送友人》《宣州谢朓楼饯别校书叔云》《金乡送韦八之西京》《金陵酒肆留别》《闻王昌龄左迁龙标遥有此寄》等等，尤其是《黄鹤楼送孟浩然之广陵》更是脍炙人口：

故人西辞黄鹤楼，烟花三月下扬州。
孤帆远影碧空尽，唯见长江天际流。

第九类是说一说题画诗。开创者是北周的庾信，他有《咏画屏风诗》25首，一首诗描述一扇屏风上的画。但后来鲜有和者，直到盛唐初期张九龄有《题画山水障》，摆脱了单纯描绘画上的山水的做法，而是借以抒情，但有些矫枉过正，对障上的画只是抽象地写了几句，缺乏可见的形象，数量也少，题画诗还成不了一类题材。李白却写了8首题画诗，其中多数是题山水画，他把他写山水诗的笔法融入写题画诗中，因此有声有色，形象生动，气象万千，奠定了中国题画诗的基础。在他8首题画诗中，尤以《当涂赵炎少府粉图山水歌》出色：

峨眉高出西极天，罗浮直与南溟连。
名公绎思挥彩笔，驱山走海置眼前。
满堂空翠如可扫，赤城霞气苍梧烟。
洞庭潇湘意渺绵，三江七泽情洄沿。
惊涛汹涌向何处，孤舟一去迷归年。
征帆不动亦不旋，飘如随风落天边。
心摇目断兴难尽，几时可到三山巅。
西峰峥嵘喷流泉，横石蹙水波潺湲。

东崖合沓蔽轻雾，深林杂树空芊绵。
此中冥昧失昼夜，隐几寂听无鸣蝉。
长松之下列羽客，对坐不语南昌仙。
南昌仙人赵夫子，妙年历落青云士。
讼庭无事罗众宾，杳然如在丹青里。
五色粉图安足珍，真仙可以全吾身。
若待功成拂衣去，武陵桃花笑杀人。

二、李白诗的特点

李白的诗非常具有个性特色，有着强烈的主观色彩，可以说屈原以后一人而已。按清代著名诗人龚自珍的说法，他是合庄、屈于一体，融儒、仙、侠于一炉。因此，可以说是个多重复合体，他的诗五光十色，琳琅满目，呈现出多种多样的风格。

李白诗的第一个特色就是风骨遒劲，雄豪刚健，气势恢宏，感情激荡，洒脱不羁，傲世独立。不管在什么人面前，他始终铁骨铮铮，昂首挺立："揄扬九重万乘主，谑浪赤墀青琐贤。"（《玉壶吟》）这是对待帝王的态度。"手持一枝菊，调笑二千石"（《宣州九日闻崔四侍御与宇文太守游敬亭余时登响山不同此赏醉后寄崔侍御二首》之一），这是对权贵的态度。"张良未逐赤松去，桥边黄石知我心"（《扶风豪士歌》），这是以张良自比，"未逐赤松去"，那是因为功业未就，一旦建立不世之功后，也会像张良一样不留恋富贵，抛弃万乘之主而去逐赤松子遨游。最能体现他诗的风骨气势的，当然莫过于《蜀道难》：

噫吁戏危乎高哉！蜀道之难难于上青天！蚕丛及鱼凫，开国何茫然。尔来四万八千岁，不与秦塞通人烟。西当太白有鸟道，可以横绝峨眉巅。地崩山摧壮士死，然后天梯石栈相钩连。上有六龙回日之高标，下有冲波逆折之回川。黄鹤之飞尚不得过，猿猱欲度愁攀援。青泥何盘盘，百步九折萦岩峦。扪参历井仰胁息，以手抚膺坐长叹。问君西游何时还？畏途巉岩不可攀。但见悲鸟号古木，雄飞雌从绕林间。又闻子规啼夜月，愁空山。蜀道之难难于上青天，使人听此凋朱颜。连峰去天不盈尺，枯松倒挂倚绝壁。飞湍瀑流争喧豗，砯崖转石万壑雷。其险也如此，嗟尔远道之人胡为乎来哉。剑阁峥嵘而崔嵬，一夫当关，万夫莫开。所守或匪亲，化为狼与豺。朝避猛虎，夕避长蛇，磨牙吮血，杀人如麻。锦城虽云乐，不如早还家。蜀道之难难于上青天，侧身西望长咨嗟。

第二，光怪陆离，气象万千，起伏跌宕，奇幻莫测。诗人想象力丰富，常常想落天外，出人意表，如大鹏展翅，似天马行空，一举千里，瞬息万变。真如胡应麟在《诗薮》中所说的："出鬼入神，惝恍莫测。"如《赠裴十四》云："黄河落天走东海，万里写入胸怀间。"这是何等襟怀，何等气魄！大有包举万象，吞吐宇宙之势。又如《题峰顶寺》："夜宿峰顶寺，举手扪星辰。不敢高声语，恐惊天上人。"青天近在咫尺，只有一手之隔，可见峰顶寺的高峻。再如《陪侍郎叔游洞庭醉后三首》之三："刬却君山好，平铺湘水流。巴陵无限酒，醉杀洞庭秋。"山水任他摆布，这又是何等气概！再看《陪族叔刑部侍郎晔及中书贾舍人至游洞庭五首》之二："南湖秋水夜无烟，耐可乘流直上天。且就洞庭赊月色，将船买酒白云边。"月色可以赊，买酒要到白云边，这都是非非之想。当然，要说奇幻，那就应首推《梦游天姥吟留别》：

海客谈瀛洲，烟涛微茫信难求。越人语天姥，云霓明灭或可睹。天姥连天向天横，势拔五岳掩赤城。天台四万八千丈，对此欲倒东南倾。我欲因之梦吴越，一夜飞度镜湖月。湖月照我影，送我至剡溪。谢公宿处今尚在，渌水荡漾清猿啼。脚著谢公屐，身登青云梯。半壁见海日，空中闻天鸡。千岩万转路不定，迷花倚石忽已暝。熊咆龙吟殷岩泉，栗深林兮惊层巅。云青青兮欲雨，水澹澹兮生烟。列缺霹雳，丘峦崩摧。洞天石扇，訇然中开。青冥浩荡不见底，日月照耀金银台。霓为衣兮风为马，云之君兮纷纷而来下。虎鼓瑟兮鸾回车，仙之人兮列如麻。忽魂悸以魄动，恍惊起而长嗟。唯觉时之枕席，失向来之烟霞。世间行乐亦如此，古来万事东流水。别君去兮何时还，且放白鹿青崖间，须行即骑访名山。安能摧眉折腰事权贵，使我不得开心颜！

第三，极端夸张，高度张扬，造成一种气势，突出艺术形象，产生奇谲虚幻的景象。如“燕山雪花大如席，片片吹落幽州台”（《北风行》），突出了燕地苦寒，道尽了思妇的深情思念。又如“白发三千丈，缘愁似个长。不知明镜里，何处得秋霜”（《秋浦歌十七首》之十五），写出了自己壮志难酬，功业无望，愁肠百结。在李白诗中这样极度夸张的诗还有不少，但最成功的、最具代表性的，还是我们在前边举过的《蜀道难》与《梦游天姥吟留别》这两首诗。

第四，“清水出芙蓉，天然去雕饰”，李白自己的这两句诗，最能说明他艺术风格的另一面，那就是清新自然，明白晓畅。这一点，在李白的绝句中体现得尤为突出。胡应麟在《诗薮·内编》中说：“太白诸绝句，信口而成，所谓无意于工而无不工者。”沈德潜在《说诗晬语》中说：“七言绝句，以语近情遥，含吐不露为主。只眼前景口头语，而有弦外音，味外味，使人神远，太白有焉。”这样的诗，在李白的绝句中可以说比比皆是：

床前明月光，疑是地上霜。
举头望明月，低头思故乡。

——《静夜思》

渌水明秋日，南湖采白蘋。
荷花娇欲语，愁杀荡舟人。

——《渌水曲》

众鸟高飞尽，孤云独去闲。
相看两不厌，只有敬亭山。

——《独坐敬亭山》

朝辞白帝彩云间，千里江陵一日还。
两岸猿声啼不住，轻舟已过万重山。

——《早发白帝城》

天门中断楚江开，碧水东流至此回。
两岸青山相对出，孤帆一片日边来。

——《望天门山》

蜀国曾闻子规鸟，宣城还见杜鹃花。
一叫一回肠一断，三春三月忆三巴。

——《宣城见杜鹃花》

李白诗在艺术风格上，给人印象最深的当然是那些风骨遒劲、气势磅礴、挥斥八极、凌厉九霄的诗，真是“笔落惊风雨，诗成泣鬼神”（杜甫《寄李十二白》），真可谓“太白想落天外，局自变生，大江无风，涛浪自涌，白云卷舒，从风变灭，此殆天授，非人力也”，奇幻莫测，令人惊叹。但李白诗也有极质朴自然的一面，全用口头语，一气贯成，清新活泼，天真自然，如“小时不识月，呼作白玉盘”（《古朗月行》）、“三朝上黄牛，三暮行太迟。三朝又三暮，不觉鬓成丝”（《上三峡》）等等，似是信口而成。因此，他的诗有的俊爽豪迈，有的委婉含蓄，有的气势磅礴，有的悱恻缠绵，呈现出艺术风格的多样性。后边说到的杜甫也一样，大诗人有一个主旋律，但都不会只局限在一种艺术风格里。尽管有不同风格的诗，但有一个共同点，那就是感情深厚，形象鲜明，语言流畅，韵味醇美，意蕴深沉，富有艺术魅力。

第二节　杜甫

杜甫（712—770），字子美，祖籍襄阳（今湖北襄阳），其曾祖迁居巩县（今河南巩义），后代遂为巩县人。他出身于一个官宦世家，书香门第。十三世祖杜预是西晋名将，同时还是一位学者，注释过《左传》。祖父杜审言是初唐的著名诗人。父亲杜闲，曾任兖州司马、奉天县令。因此，他从小就受到良好的教育。他自幼聪明，早熟，“七龄思即壮，开口咏凤凰”（《壮游》）。十四五岁时，就已“出游翰墨场”，前辈文人都很器重他。20岁以后，过了10年漫游生活。这一方面为了增长阅历，另一方面也为了多交朋友，结识名流，为自己张扬名声。他开始游历了吴越，江南景色秀丽，人文荟萃，给他留下了深刻印象，他甚至想浮海去游历日本，结果未去成，使他终生遗憾。24岁时，他曾到洛阳参加考试，未能及第，接着就漫游齐、赵，“放荡齐赵间，裘马颇清狂”（《壮游》）。唐玄宗天宝三年（744），他在洛阳和李白相遇，从此结为挚友，携手同游，当时李白44岁，杜甫33岁。他们游历到梁园（在今河南开封）与高适相遇，当时高适约四十四五岁。三人结伴畅游梁宋胜迹，相得甚欢。二十多年后，杜甫对这一段游历还念念不忘，写了《昔游》一诗，记述了当时的情况。

天宝五年（746），这是他生活中的第一个转折点，这年杜甫35岁。当时，唐王朝经历开元全盛以后，渐呈衰败之势，玄宗当国日久，滋生骄逸之心，沉湎于声色，贪图享受，懒理朝政，任凭奸佞李林甫、杨国忠擅权专政，排挤甚至滥杀忠贞正直的官员，阻塞言路，政治日益昏暗腐败。玄宗和李、杨之流好大喜功，怂恿边将开疆拓土，穷兵黩武，连年发动战争，导致国力空虚，民生艰难，大批青壮年抛尸疆场，田园无人耕种。玄宗宠信的安禄山，身兼三镇节度使，手握重兵，窥伺神器，严重威胁着国家的安全与统一，正面临一场生死存亡的考验，但玄宗他们茫然不知，虽然张九龄曾提醒过玄宗说安禄山必反，让他及早预防，但他置之不理，终于酿成大祸。在漫游中，杜甫看到了种种衰败的迹象，因此他怀着"致君尧舜上，再使风俗淳"的政治理想来到长安，次年（747）又参加了一次进士考试。哪知这次考试是一个骗局，在宰相李林甫的授意下，一个都不录取，还上表向玄宗称贺说"野无遗贤"。这次科场失利，对杜甫是一个极大的打击。他在长安一住10年，到处奔走，希望能得一官半职。这时他生活无着，过着"朝扣富儿门，暮随肥马尘。残杯与冷炙，到处潜悲辛"（《奉赠韦左丞丈二十二韵》）的凄惨生活，受尽世态炎凉之苦，饱尝人世辛酸。现实生活教育了他，使他逐渐看清了社会的黑暗、政治的腐败，他的心日益贴近人民，头脑更清醒了。终于在天宝十一年（752）左右，写下了著名的《兵车行》：

车辚辚，马萧萧，行人弓箭各在腰。
耶娘妻子走相送，尘埃不见咸阳桥。
牵衣顿足阑道哭，哭声直上干云霄。
道傍过者问行人，行人但云点行频。
或从十五北防河，便至四十西营田。

去时里正与裹头，归来头白还戍边。
边庭流血成海水，武皇开边意未已。
君不闻汉家山东二百州，千村万落生荆杞。
纵有健妇把锄犁，禾生陇亩无东西。
况复秦兵耐苦战，被驱不异犬与鸡。
长者虽有问，役夫敢申恨。
且如今年冬，未休关西卒。
县官急索租，租税从何出。
信知生男恶，反是生女好。
生女犹得嫁比邻，生男埋没随百草。
君不见青海头，古来白骨无人收。
新鬼烦冤旧鬼哭，天阴雨湿声啾啾。

这首诗在杜甫的创作道路上是一块光辉的里程碑，是他以诗为武器、抨击黑暗的社会现实、为人民大声呼号的第一声号角，在中国诗歌发展史上也具有崇高的地位。在以往的诗人笔下，还不曾出现过像这首诗那样全篇专门为人民呼号，这是第一首，为后代开启了一个良好的开端。这是一首乐府诗，但不像前人那样用乐府旧题，而是自命新题，为以后白居易的新乐府开了先河。可以说，杜甫是中唐元白“新乐府”运动的先驱。从此，杜甫一发不能收，接着又写下了《丽人行》《前出塞九首》《后出塞五首》等优秀诗篇。

天宝十四年（755），由于早些时候杜甫曾献三大礼赋，得到玄宗赏识，经过考试，授河西尉，这是一个为统治者向老百姓征税抽丁的官，是一个“拜迎长官心欲碎，鞭挞黎庶令人悲”（高适《封丘作》）的小官吏。当时杜甫虽然生活艰苦，求职心切，但坚决不当这欺压百姓的爪牙，毅然辞官。后来改授卫率府参军，这是一个看管兵器武库的小官。同年十月，从长安赴奉先县（今陕西蒲城）探家，迎来的却是“入门闻号咷，幼子饿已卒”的惨状。他把这次从长安到奉先县的一路见闻和自己家的不幸，写成著名的长诗《自京赴奉先县咏怀五百字》：

杜陵有布衣，老大意转拙。
许身一何愚，窃比稷与契。
居然成濩落，白首甘契阔。
盖棺事则已，此志常觊豁。
穷年忧黎元，叹息肠内热。
取笑同学翁，浩歌弥激烈。
非无江海志，潇洒送日月。
生逢尧舜君，不忍便永诀。
当今廊庙具，构厦岂云缺。
葵藿倾太阳，物性固莫夺。
顾惟蝼蚁辈，但自求其穴。
胡为慕大鲸，辄拟偃溟渤。
以兹误生理，独耻事干谒。
兀兀遂至今，忍为尘埃没。
终愧巢与由，未能易其节。
沉饮聊自遣，放歌破愁绝。
岁暮百草零，疾风高冈裂。
天衢阴峥嵘，客子中夜发。
霜严衣带断，指直不得结。
凌晨过骊山，御榻在嵽嵲。
蚩尤塞寒空，蹴踏崖谷滑。
瑶池气郁律，羽林相摩戛。
君臣留欢娱，乐动殷胶葛。
赐浴皆长缨，与宴非短褐。

彤庭所分帛，本自寒女出。
鞭挞有夫家，聚敛贡城阙。
圣人筐篚恩，实欲邦国活。
臣如忽至理，君岂弃此物。
多士盈朝廷，仁者宜战栗。
况闻内金盘，尽在卫霍室。
中堂有神仙，烟雾蒙玉质。
暖客貂鼠裘，悲管逐清瑟。
劝客驼蹄羹，霜橙压香橘。
朱门酒肉臭，路有冻死骨。
荣枯咫尺异，惆怅难再述。
北辕就泾渭，官渡又改辙。
群冰从西下，极目高崒兀。
疑是崆峒来，恐触天柱折。
河梁幸未坼，枝撑声窸窣。
行旅相攀援，川广不可越。
老妻寄异县，十口隔风雪。
谁能久不顾，庶往共饥渴。
入门闻号咷，幼子饿已卒。
吾宁舍一哀，里巷亦呜咽。
所愧为人父，无食致夭折。
岂知秋禾登，贫窭有仓卒。
生常免租税，名不隶征伐。
抚迹犹酸辛，平人固骚屑。
默思失业徒，因念远戍卒。
忧端齐终南，澒洞不可掇。

在这首诗里，他写下了震撼千古的名句：“朱门酒肉臭，路有冻死骨。”这不仅仅是当时的现状，也是整个阶级社会的缩影。他还指出造成这种现象的原因是由于统治者的残酷剥削所致：“彤庭所分帛，本自寒女出。鞭挞有夫家，聚敛贡城阙。”第五十一句中的“有夫”，通行本都作“其夫”。但作“其夫”看似好理解，其实讲不通，一般选注本都狡猾地躲开了，但苦了那些今译者，有的连下边的“家”字放在一起，翻译成了“她们的丈夫家”，这样一来，跟前边的鞭挞连不到一块，动宾不配，家怎么能鞭挞？因此有的人就译成“她的丈夫”，这样跟前边连在一起，动宾倒能搭配了，但这个“家”字又没有着落了。其实，这作“有夫”就迎刃而解了。在这里，这个“夫”不是指丈夫，而是指丁壮而言，就是当时的“纳税人”。唐初实行均田制，男丁受田，要纳税赋和服役，女子不受田，也不必纳税服役，所以当时纳税限于“有夫家”（即有丁壮的人家）。因此这“寒女”也不一定都是指已婚妇女，更不是未婚少女家就不受“鞭挞”了。未婚少女家的父兄也都属于丁壮，也在遭“鞭挞”之列。到安史之乱以后，剥削加重，以至“哀哀寡妇诛求尽”（《白帝》）。

杜甫探家还没有结束，就在当年十一月爆发了安史之乱。次年六月，长安沦陷，杜甫携带一家人加入了流亡的难民队伍。他先由奉先逃到白水，又由白水逃到鄜州（今陕西富县）。七月，太子李亨在灵武（今宁夏中卫附近）即位，改元至德。杜甫闻讯后，把家小安顿在鄜州羌村，只身去灵武见肃宗。不料在途中被叛军俘虏，押送到长安。幸好他当时只是一个微不足道的八九品小官，敌人不放在眼里，因此他终于得以伺机逃出长安。被困在长安期间，眼看一个繁华大好的京都被叛贼破坏得满目疮痍，他写了不少反映当时状况的诗，著名的有《哀江头》《哀王孙》《悲陈陶》《悲青坂》等等。还有那首思念家人的著名的五律《月夜》：“今夜鄜州月，闺中只独看。遥忆小儿女，未解忆长安。香雾云鬟湿，清辉玉臂寒。何时倚虚幌，双照泪痕干。”当然，最脍炙人口、传诵千古的名篇应首推《春望》：

> 国破山河在，城春草木深。
> 感时花溅泪，恨别鸟惊心。
> 烽火连三月，家书抵万金。
> 白头搔更短，浑欲不胜簪。

这里需要说明的是“国”字，指京城。还有第三第四句，人们在理解上常常犯错误，说成“我见到花不禁要流泪，我听到鸟鸣也感到惊心”。其实这里“溅泪”的是“花”，同样“惊心”的是“鸟”，用今天的话来说，这是用了“移情”手法。

至德二年（757）四月，杜甫逃出长安到凤翔谒见肃宗，授左拾遗。这是一个言官，品级不高，只有从八品，但在中央任职，在皇帝身边可随时进谏得失，所以他恪尽职守。这时他曾请假回鄜州探亲，在回家途中，目睹了遭受战争破坏的村镇，一片狼藉，惨不忍睹。他把这时的所见所闻写成了著名的诗篇《北征》《羌村三首》等。同年九月，长安与洛阳先后收复，杜甫随朝廷回到了长安。这时，他情绪高涨，似乎唐室“中兴”有望，他的“致君尧舜上”的理想也可以实现了。但好景不长，为营救房琯，他触怒了肃宗，要对他重重治罪，险些丢了性命，幸得宰相张镐援救，才免于治罪，贬为华州司功参军，赶出了中央。本来营救房琯，他只是尽一个谏官应尽的责任，说几句公道话而已，想不到会招致如此大的打击。这也使他看清了统治者的面目，理想幻灭了，对统治者完全失去了信心，他的心与广大人民贴得更近了。在去华州赴任的路上，他见到了老百姓的种种惨状，在华州任职时，他始终不忘人民，与人民一起体验了生活的苦难，写下了最受人关注称颂的名篇“三吏”、“三别”。这时，在朝中，肃宗宠信宦官李辅国，小人得势，专权跋扈，肃宗昏庸无能，朝政腐败，杜甫感到十分失望，终于在乾元二年（759）毅然弃官，与统治者彻底决裂。

杜甫弃官后，决定入蜀，这是因为蜀中未经战乱，没有受到战争的破坏，更重要的是他的世交老朋友严武镇守在那里，在生活上可以得到照顾。他拖家带口，经秦州，历同谷，千辛万苦，在路上奔走两个多月，在十二月到达成都。到成都后，得到严武、高适等老朋友的援助，他在成都郊外浣花溪旁盖了茅屋数间，世称“杜甫草堂”，生活暂时安定下来。上元二年（761）肃宗去世，代宗即位，次年改元为宝应元年（762），召严武还朝。西川兵马使徐知道作乱，杜甫避乱流亡至梓州、阆州。次年改元为广德元年，任命他为京兆功曹，这是一个正六品官，但他不赴任。广德二年，严武再度镇蜀，平定蜀乱，杜甫回到了成都草堂。严武举荐他为节度参谋、检校工部员外郎，故世称“杜工部”，这是个有名无实的散职。次年，即永泰元年（765）四月，严武卒，他在蜀中失去了依靠，于是离开四川南下，漂泊在岳州、潭州、衡州一带，生活贫困，常常数日挨饿。大历五年（770）冬天，连饿带病，在湘中一条小破船上离开了这苦难的人世。

一、杜甫诗的主要内容

杜甫的一生是悲剧的一生，但他歌唱了一生，为我们留下了1400多首宝贵的诗篇，数量之多，质量之高，都是空前的。他的诗题材多样，内容丰富，涉及社会的方方面面，因此有人称之为图经，有人称之为诗史，不论从哪个角度看，都有这方面的独特成就。杜甫诗的主要内容有以下几方面：

第一，表达理想。杜甫一生有“致君尧舜上，再使风俗淳”的情结，写于天宝七年（748）的《奉赠韦左丞丈二十二韵》首次披露了他年轻时代立下的志向后，虽然在人生的道路上经历了太多的风雨，但他一直念念不忘“致君尧舜”的理想。大历四年（769），在他去世前一年，自知病重难愈再也无能为力来实现理想了，但还是谆谆嘱咐年轻的朋友完成他的心愿："致君尧舜付公等，早据要路思捐躯"（《暮秋枉裴道州手札率尔遣兴寄递呈苏涣侍御》）。其实杜甫所说的"尧舜"并非传说中那虚无缥缈的"圣君"，他说的"致君尧舜上"实际是要重现"贞观之治"，即"煌煌太宗业，树立甚宏达"（《北征》）。跟李白一样他也渴望建功立业，但他又不像李白那样崇拜范蠡、张良，希望功成身退；他希望建功立业后，由自己来协助皇帝治理国家，再现唐初贞观年间的"太平盛世"。但这只是一个美妙的梦幻，跟当时的现实反差实在太大了，是永远无法实现的。关于这一点，杜甫在晚年自己也完全意识到了。他在大历二年（也就是他去世前三年）写的一首诗的结尾说了他的理想"安得务农息战斗，普天无吏横索钱"，然而他加的题名是《昼梦》，也就是自嘲为白日梦，纯属痴心妄想，真是失望之极、痛心之极。

第二，关心时局，为国担忧，充满爱国热情。在安史之乱前，他已敏锐地感觉到了国家潜在的危机，在《同诸公登慈恩寺塔》中就有："惜哉瑶池饮，日晏昆仑丘。黄鹤去不息，哀鸣无所投？君看随阳雁，各有稻粱谋。"虽然这几句采用比兴手法，比较含蓄，但其寓意还是很清楚的，前两句显然是以瑶池比华清池，抨击玄宗和杨贵妃游宴骊山，荒淫无度。中间两句是说贤能正直的人都遭到排斥，纷纷伤心地离开朝廷。后边两句是说朝中留下来的是一批趋炎附势之徒，只顾为自己营谋私利。诗人在这里深深地为国家的前途命运担忧。安史之乱后，河山破碎，内乱外患交困，诗人更是常常忧心忡忡，悲愤交加。如在广德二年（764）写的《释闷》中说："四海十年不解兵，犬戎也复临咸京。失道非关出襄野，扬鞭忽是过湖城。豺狼塞路人断绝，烽火照夜尸纵横。天子亦应厌奔走，群公固合思升平。但恐诛求不改辙，闻道嬖孽能全生。江边老翁错料事，眼暗不见风尘清。"从天宝十四年（755）爆发安史之乱，到广德二年（764），正好屈指10年，战乱一直不停息。当年冬天，吐蕃攻占长安，代宗仓皇出逃，十分狼狈。造成这一局面全在于皇帝昏庸，宠信宦官程元振，诬陷名将、勋臣，扰乱朝纲所致，对老百姓横征暴敛，诛求不已。朝廷如不能易弦改辙，就难以见到“风尘清”。在诗中，诗人为国家的危亡、朝廷的腐败，痛心疾首。在这上一年，他在梓州写的《岁暮》说：“天地日流血，朝廷谁请缨。济时敢爱死，寂寞壮心惊。”国家多难，但无人能为国出力，自己虽为挽救时局不惜以身殉国，却被弃置不用，真是悲愤之极。直到大历元年（766）漂泊到夔州（今重庆奉节），当时贫病交加，但他还是为国家担忧，写了《宿江边阁》：“暝色延山径，高斋次水门。薄云岩际宿，孤月浪中翻。鹳鹤追飞静，豺狼得食喧。不眠忧战伐，无力正乾坤。”这里的颈联，既切合当时的景物，又借物喻人，用禽兽来比喻那些争斗不息的达官与军阀，他们都在鱼肉人民，最后自悲回天无力。

第三，关心人民疾苦，反对残酷的剥削与压迫，为老百姓大声呐喊。天宝十一年（752），杜甫在长安写下了为人民呐喊的第一首诗《兵车行》以后，他接连不断地写诗反映人民的疾苦，反对统治者对人民残酷的剥削与压迫，最著名的当然是“三吏”、“三别”这6首诗。我们来看看其中的一首《石壕吏》吧：

暮投石壕村，有吏夜捉人。
老翁逾墙走，老妇出门看。
吏呼一何怒！妇啼一何苦！
听妇前致词：三男邺城戍。
一男附书至，二男新战死。
存者且偷生，死者长已矣。
室中更无人，唯有乳下孙。
有孙母未去，出入无完裙。
老妪力虽衰，请从吏夜归。

急应河阳役，犹得备晨炊。
夜久语声绝，如闻泣幽咽。
天明登前途，独与老翁别。

其馀五首也与《石壕吏》一样，都是小型叙事诗，这是专门为百姓呼号的诗。他还常常在自己感到艰难困苦的时候，总是推己及人，想到比自己更苦难深重的老百姓，如在《自京赴奉先县咏怀五百字》结尾处写道："入门闻号咷，幼子饿已卒。……所愧为人父，无食致夭折。……生常免租税，名不隶征伐。抚迹犹酸辛，平人固骚屑。默思失业徒，因念远戍卒。忧端齐终南，澒洞不可掇。"如《夏夜叹》中，在他自己感到"炎蒸毒中肠"时，却想到了更艰苦的戍卒："念彼荷戈士，穷年守边疆。何由一洗濯，执热互相望。"《茅屋为秋风所破歌》的结尾更是尽人皆知的："安得广厦千万间，大庇天下寒士俱欢颜，风雨不动安如山。呜呼！何时眼前突兀见此屋，吾庐独破受冻死亦足！"反对统治者竭泽而渔的残酷剥削，要求减税赋，减轻人民的负担，这也是杜甫呼喊终生的一项重要内容。当时对老百姓的剥削是达到"一物官尽取"（《枯棕》）的程度，甚至连遭到连年战争而死亡者的遗孀也不放过："哀哀寡妇诛求尽，恸哭秋原何处村。"（《白帝》）希望当官的都能"凄恻念诛求，薄敛近休明"（《同元使君春陵行》）。但他看到的却是"乱世诛求急，黎民糠籺窄"（《驱竖子摘苍耳》）。朝廷推行第五琦的新税法，加重了剥削，老百姓连粗糠都吃不饱。就在去世前一年，他漂泊到潭州时，一路上看到人民深受横征暴敛之苦，大声疾呼："谁能扣君门，下令减征赋。"（《宿花石戍》）他一生都盼望人民能安居乐业，不受横征暴敛之苦，但这一个善良的愿望在当时实在是太难实现了，他自己对此也完全清楚，前面我们引过的《昼梦》就是一例，他把渴望没有战争、没有横征暴敛、百姓都能安居乐业的美好愿望，自嘲为白日梦。

第四，厌恶战争，渴望和平。当然对战争他并不一律反对，如对平定安史之乱，抵御外来的侵略，他没有持反对态度，在对外战争中，他主张要抵御，但要适可而止，把外来侵者赶走就行："苟能制侵陵，岂在多杀伤"（《前出塞九首》之六），要以和为贵："和虏犹怀惠，防边讵敢惊。古来于异域，镇静示专征。"（《奉送郭中丞兼太朴卿充陇右节度使三十韵》）统治者的开疆拓土，无端向外族挑衅，挑起战争，他是完全反对的："故老行叹息，今人尚开边。汉虏互胜负，封疆常不全。安得廉颇将，三军同晏眠。"（《遣兴三首》之一）对当时的军阀混战，他更是深恶痛绝，因为战争中受害最深的总是广大人民群众，所以他"不眠忧战伐"，希望"凶兵铸农器，讲殿辟书帷"（《夔府书怀四十韵》）。甚至大声疾呼："安得壮士挽天河，净洗甲兵长不用。"（《洗兵马》）

第五，对权贵与奸佞小人的揭露与讽刺。杜甫一生爱憎分明，疾恶如仇，他的揭露与讽刺是无所顾忌的。早在安史之乱前困居长安时期，他就写下了著名的《丽人行》，讽刺当时"圣眷正隆"的杨国忠兄妹，写出了他们的奢侈腐化、气焰嚣张的样子，而且毫不隐晦，公然指名道姓斥责"就中云幕椒房亲，赐名大国虢与秦"、"炙手可热势绝伦，慎莫近前丞相嗔"，还巧用北魏胡太后与杨白花私通及西王母用青鸟传情的典故，来暗喻杨国忠兄妹通奸的乱伦丑事。对统治者横征暴敛、欺压百姓的现象，更是经常揭露、抨击。在他笔下，那些达官贵人尽是些趋炎附势的小人："攀龙附凤势莫当，天下尽化为侯王"（《洗兵马》），同时他还说"自古圣贤多薄命，奸雄恶少皆封侯"（《锦树行》）。圣贤不懂得攀龙附凤，自然与侯王无缘，只好自认晦气；而侯王却尽是一些攀龙附凤的奸雄与恶少。那么，谁造成这样的局面，自然是操纵所有人命运的皇帝，是他们弃置圣贤不用，宠幸奸佞小人。这样的皇帝，其昏庸也就不言而喻了。对于肃宗的儿子代宗的无能，杜甫也直言不讳地说："犬戎直来坐御林，百官跣足随天王。"在外族入侵时，一群平时骑在人民头上作威作福的官员，这时连袜子都顾不上穿，跟着昏庸的皇帝狼狈出逃，真是丑态毕露。诗人对包括皇帝在内的整个统治集团，揭露得深刻，讽刺得辛辣。在《奉赠卢五丈参谋琚》中更是说："天子多恩泽，苍生转寂寥。休传鹿是马，莫信鵩如鸮。"这是在他去世前一年写的，对几代皇帝都已看透了，不再抱任何希望。前两句说皇帝的恩泽多了，老百姓的生活反而每况愈下，可见"皇恩浩荡"的虚假。后两句直截了当地把当时的皇帝比作历史上著名的昏庸暴虐的秦二世。这几句真是讽刺得辛辣，责骂得痛快。

第六，关注妇女的诗。跟李白一样，杜甫也很关注妇女的命运和生活，写了不少这方面的诗。杜甫诗中凡属正面赞颂、描写的妇女形象，基本上都是下层劳动妇女，只有一首《佳人》特殊一些，不像是劳动妇女，但也绝非贵族妇女，而且这是一个具有象征意义的形象，是诗人借战乱时弃妇的不幸命运来寄托自己的身世之感。

在杜甫笔下，深受压迫剥削的妇女特别多，如在《遣遇》中写道："石间采蕨女，鬻菜输官曹。丈夫死百役，暮返空村号。闻见事略同，刻剥及锥刀。贵人岂不仁，视汝如莠蒿。索钱多门户，丧乱纷嗷嗷。"丈夫已为国捐躯，成为烈士遗孀的妻子却还要遭受残酷的剥削。失去劳动力，家无长物，只能采野菜出卖来交纳租税，达官贵人分明没有把他们当人看待。其中通篇写被压迫被剥削妇女的，也最为触目惊心的莫过于《负薪行》与《又呈吴郎》了。诗人对这些受苦受难的妇女寄予莫大的同情："堂前扑枣任西邻，无食无儿一妇人。不为困穷宁有此，只缘恐惧转须亲。即防远客虽多事，便插疏篱却甚真。已诉征求贫到骨，正思戎马泪盈巾。"（《又呈吴郎》）这里只寥寥几笔，勾勒出了一个贫穷饥饿、孤苦无靠的妇女形象，也写出了诗人对贫妇的体贴与关怀，最后指出由于战乱与征敛，使百姓陷于困境。杜甫也有写征妇的诗，但他笔下的征妇不是独处空闺苦思远征的丈夫的所谓思妇，而是一个劳动妇女："亦知戍不返，秋至拭清砧。已近苦寒月，况经长别心。宁辞捣衣倦，一寄塞垣深。用尽闺中力，君听空外音。"（《捣衣》）这里写出了捣衣女对丈夫的深情思念，最后更写出了她的良苦用心与一片痴情。

第七，山水诗。杜甫年轻时漫游过吴越、齐鲁、梁宋、燕赵等地，安史之乱后，又避难蜀中，晚年在长江上漂泊，在湘潭间流浪，因此写下了大量山水诗。如果说李白山水诗的总体情况是气势磅礴、雄伟壮丽，那么杜甫山水诗总体情况是境界开阔、险峻奇丽。李白写山水诗侧重于较客观地来描绘祖国山川的壮丽，杜甫写山水诗则多融进自己的身世感与时局危难；李白是寄情山水，杜甫是在山水中观照自身。如《登岳阳楼》："昔闻洞庭水，今上岳阳楼。吴楚东南拆，乾坤日夜浮。亲朋无一字，老病有孤舟。戎马关山北，凭轩涕泗流。"这首诗前半首境界开阔，气势宏大；后半首融进了自己的身世感与时局危难，不像李白那样轻松超脱，而是满腹忧患，愁比洞庭深。又如《旅夜抒怀》，本来"星垂平野阔，月涌大江流"，这是何等壮观，后面却融进了自己飘零的身世，令人感到这宽阔的平野装不下他的忧，这奔腾的大江流不尽他的愁。在入川时，杜甫发秦州经同谷过剑门，把一路上的山川都写进诗里，这些山水都艰险异常，这一方面是由于蜀道本身难走，更重要的是他当时生活艰难，国家也多难，因此似乎一路上他专挑奇崛艰险的山川来写。例如《石龛》："熊罴哮我东，虎豹号我西。我后鬼长啸，我前狨又啼。天寒昏无日，山远道路迷。驱车石龛下，仲冬见虹霓。"再如写过泥功山："朝行青泥上，暮在青泥中。……不畏道途永，乃将汩没同。白马为铁骊，小儿成老翁。"（《泥功山》）白马变成纯黑的马，这是说道路泥泞。过去这山，"小儿成老翁"，这路真是艰难险阻到极点。又如《剑门》："唯天有设险，剑门天下壮。……一夫怒临关，百万未可傍。"李白在《蜀道难》中写到剑门的险峻时有"剑阁峥嵘而崔嵬，一夫当关，万夫莫开”。杜甫说得更为险阻，“一夫怒临关”，不是“万夫莫开”，而是百万之众连靠近都不敢，这是何等气势。杜甫早年的山水诗却与此截然不同，如《望岳》：“岱宗夫如何，齐鲁青未了。造化钟神秀，阴阳割昏晓。荡胸生层云，决眦入归鸟。会当凌绝顶，一览众山小。”这是“少年不知愁滋味”时写的，不仅意境开阔，山势雄伟壮丽，而且充满乐观自信。

第八，题画诗及其他品艺诗。题画诗到李白笔下才真正完成，而杜甫把它发展到极致。杜甫以前唐人写的题画诗，陈子昂1首，张九龄1首，李白8首，杜甫却有22首，在数量上先有了压倒优势。在杜甫以前的唐人10首题画诗中，除李白有1首题画鹦鹉外，其馀9首基本上是题山水画，而杜甫的题画诗范围很广，有题画鹰、画马、画松、画鹤、画鹘、画人物肖像等等，当然多数也是山水画。杜甫题画诗不仅把画上的事物跟真事物联系起来，写得栩栩如生，而且还进一步以此来象征人，抒写情志，这是前人所没有的，如他早年写的《画鹰》：

素练风霜起，苍鹰画作殊。
㧐身思狡兔，侧目似愁胡。
绦镟光堪擿，轩楹势可呼。
何当击凡鸟，毛血洒平芜。

杜甫在题山水画的诗中，不仅像李白那样把画上的山水当真山水来写，想象丰富，形象逼真，而且还在其中发表了自己的美学观点，例如《戏题王宰画山水图歌》：

十日画一水，五日画一石。
能事不受相促迫，王宰始肯留真迹。
壮哉昆仑方壶图，挂君高堂之素壁。

巴陵洞庭日本东，赤岸水与银河通，
中有云气随飞龙。
舟人渔子入浦溆，山木尽亚洪涛风。
尤工远势古莫比，咫尺应须论万里。
焉得并州快剪刀，剪取吴淞半江水。

在咫尺之间，具有万里之势，驰骋神思，由小见大而得到浑灏美，这是山水画必须具备的凝练含蓄美，其实诗何尝不是如此，只有这样才能有弦外之音，韵味无穷。他还在题画中品评作品，评论画艺，为画家立传，如《丹青引·赠曹将军霸》就是一例。除题画诗外，杜甫还用诗来品评其艺术，如《殿中杨监见示张旭草书图》和《李潮八分小篆歌》是品评书法的，《观公孙大娘弟子舞剑器行》是品评舞蹈的。

此外，杜甫还开创了用绝句论诗的先例，他有《戏为六绝句》，分别对庾信、初唐四杰及当时的诗予以评论，表明自己的态度："不薄今人爱古人，清词丽句必为邻。窃攀屈宋宜方驾，恐与齐梁作后尘。"自从杜甫开此先例后，以后用绝句论诗，代有人在，金末元好问更有《论诗》绝句30首。

第九，咏史。中国的咏史诗起源很早，实滥觞于《诗经》，在唐代以前，不断有人写咏史诗。东汉班固写了一首咏缇萦救父的诗，首次题名《咏史》，但写得质木无文，只是把史实用韵文写了一遍。到了魏晋南北朝，咏史诗有了长足发展，在叙述史实中加进了言志与抒情成分，特别是左思的《咏史诗八首》，采用了托古喻今、借事达意的写法，把咏史诗由叙事体变成了抒情体。杜甫笔下的咏史诗改变了六朝人读史有感而咏的做法，不少是写凭吊古迹时的思绪，成为怀古之作。而且这所谓的怀古也不是为了缅怀古人，发思古之幽情，而是借古喻今，直面现实。如《蜀相》：

丞相祠堂何处寻，锦官城外柏森森。
映阶碧草自春色，隔叶黄鹂空好音。
三顾频烦天下计，两朝开济老臣心。
出师未捷身先死，长使英雄泪满襟。

诸葛亮一生事迹很多，一部《三国演义》有多半部是写诸葛亮的，杜甫在这首诗里却仅仅用颈联14字加以概括，其实这已写尽了刘备求贤若渴，知人善任；也写出了诸葛亮鞠躬尽瘁，死而后已。杜甫一生有“致君尧舜”的抱负，许身稷契，志在匡时济世，但他在当时实际上已成逐臣，壮志难酬，因此借凭吊诸葛祠堂，一吐胸中块垒，并在尾联写出惊心动魄的两句，沉挚悲壮，使千古英雄流泪。这是杜甫对诸葛亮表达无限仰慕惋惜的心情，是在深情吊念诸葛亮，其实也在沉痛自伤身世。

第十，咏物。杜甫还写了大量咏物诗，但目的都不在写物，而是借物抒情咏怀。如：《萤火》是斥责宦官，《孤雁》自伤流落，《石笋行》《石犀行》《枯棕》《病橘》等也都各有所指。特别是一首《麂》寓意尤为深刻：

永与清溪别，蒙将玉馔俱。
无才逐仙隐，不敢恨庖厨。
乱世轻全物，微声及祸枢。
衣冠兼盗贼，饕餮用斯须。

这首诗前半首婉而多讽，后半首转为愤怒的斥责。全诗代麂立言，揭露王公达官贪婪残暴，“衣冠兼盗贼”一句揭露得深刻，骂得痛快。那些衣冠楚楚的达官贵人，其实都是君子其表，盗贼其心。饕餮明指狼吞虎咽吃麂肉，暗指对老百姓残酷剥削。咏物诗如果只停留在事物本身，写得再惟妙惟肖，意义也不大，贵在有寄托，含义才深刻。在这方面，杜甫是一个楷模。

第十一，亲情友情。杜甫对妻儿弟妹、对朋友都是一往情深。如《月夜》写出了在离乱中对妻儿的思念。《羌村》三首写他在战乱中回家探亲的情况，其中“夜阑更秉烛，相对如梦寐”，成了千古名句，宋朝人晏几道翻用了这两句，在《鹧鸪天》中写成“今宵剩把银釭照，犹恐相逢在梦中”。《月夜忆舍弟》也是一首较著名的诗：“戍鼓断人行，秋边一雁声。露从今夜白，月是故乡明。有弟皆分散，无家问死生。寄书长不避，况乃未休兵。”这里的颔联也是名句。他对朋友怀着一片深情，尤其是对李白一直念念不忘，诗中不断出现《赠李白》《春日忆李白》《梦李白》《天末怀李白》《不见》《寄李十二白二十韵》等等，有十来首之多。

二、杜甫诗的特点

杜甫留下的1400多首诗，题材丰富，体裁齐全，风格多样，用《新唐书》本传的话来说：“浑涵汪茫，千汇万状，兼古今而有之。”至于他的风格，在《进雕赋表》中，他自己说“沉郁顿挫”，也为大家所公认。但这只能说是他风格的主流，不能说全部。总体说来，今天我们见到的杜诗是一部悲剧，是他个人的悲剧，更是时代的悲剧。杜甫是集诗家之大成，其诗自然风格多样，艺术手法也丰富多彩，这里只能择其主要的来说。

第一，崇高的悲剧美。我们在这里所说的悲剧是指最深刻最典型地揭示了苦难时代的社会生活本质，最集中最突出地揭示了他追求真理和美好生活的愿望的幻灭，最强烈最真诚地体现诗人愿为人民献身的理想的无法实现。中国文学具有悲剧美的传统，所谓“哀怨起骚人”。刘鹗在《老残游记·自序》中说得十分显豁：“《离骚》为屈大夫之哭泣，《庄子》为蒙叟之哭泣，《史记》为太史公之哭泣，《草堂诗集》为杜工部之哭泣；李后主以词哭，八大山人以画哭；王实甫寄哭泣于《西厢》，曹雪芹寄哭泣于《红楼梦》。”薛雪在《一瓢诗话》中说：“一部杜浣花集声声碧血。”严格说来，纯属个人的不幸遭遇，不属于美学范畴的悲剧；悲剧是悲剧性现实的反映，也是诗人对悲剧性现实的把握，杜甫的诗之所以具有崇高的悲剧美，不是因为他一生艰辛，关键在于他“穷年忧黎元，叹息肠内热”（《自京赴奉先县咏怀五百字》），在于他“向来忧国泪，寂寞洒衣巾”（《谒先主庙》），更在于他具有“济时敢爱死”（《岁暮》）、“济时肯杀身”（《敬寄族弟唐十八使君》）的精神。用周紫芝的话来说：“少陵有句皆忧国。”忧国忧民，这就是杜甫诗悲剧美的内在实质。他的诗如《兵车行》、“三吏”、“三别”等等，就是最好的呈现悲剧美的诗。

第二，沉郁顿挫的风格。至深为沉，至厚为郁，沉郁是指含蓄深刻，清人陈廷焯在《白雨斋词话》中说：“所谓沉郁者，意在笔先，神馀言外。……若隐若见，欲露不露，反复缠绵，终不许一语道破。”顿挫是跌宕起伏，绰约多姿。这样的诗在杜诗中可以说比比皆是，举不胜举。如在安史之乱前写的那首在前边提到过的《同诸公登慈恩寺塔》：“秦山忽破碎，泾渭不可求。”表面看来是写站在塔顶上远眺所见，实际上是隐射当时的时局，“君看随阳雁，各有稻粱谋”，在前边我们说过，那是暗指那些趋炎附势、以权谋私的奸佞宵小。如在广德二年（764）在成都写的《登楼》：“花近高楼伤客心，万方多难此登临。锦江春色来天地，玉垒浮云变古今。北极朝廷终不改，西山寇盗莫相侵。可怜后主还祠庙，日暮聊为梁甫吟。”表面上看来，全是写在成都登楼所见，颔联中的锦江、玉垒，都是成都附近特有的江与山，而且意境开阔，展现了无垠的空间与无穷的时间，登高临远，视通八方，思接千古。然而颈联转入议论天下大势，尾联又一转，借刘后主宠信宦官黄皓弄权误国，隐射代宗宠信宦官程元振，讽喻当朝昏君。全诗跌宕起伏，曲折深沉，蕴含不露，寓意深刻。《秋兴八首》更是一组沉郁顿挫的佳作。

第三，阳刚美与阴柔美和谐统一。阳刚美指表现为崇高、雄浑、壮阔、博大、悲壮等，阴柔美则表现为优美、柔婉、和谐、淡雅、飘逸、愉悦等。曾国藩说："阳刚者气势浩瀚，阴柔者韵味深美；浩瀚者喷薄而出之，深美者吞吐而出之。"（《日记八则》）这二者看似相反，但并不是互相排斥，而是相反相成。在大家的笔下，常常刚柔兼济，和谐统一。清人姚鼐说得好："阴阳刚柔并行而不容偏废，有其一端而亡其一，刚者至于偾强而拂戾，柔者至于颓废而暗幽，则必无与文者矣。……文之雄伟而劲直者，必贵于温深而徐婉。"（《海愚诗钞序》）杜甫笔下不仅有阳刚美的诗与阴柔美的诗，而且还常常巧妙和谐地统一在同一首诗中，如被誉为"古今七律第一"的《登高》："风急天高猿啸哀，渚清沙白鸟飞回。无边落木萧萧下，不尽长江滚滚来。万里悲秋常作客，百年多病独登台。艰难苦恨繁双鬓，潦倒新停浊酒杯。"这首诗前半首境界开阔，气势浩瀚，格调雄健，显得沉雄苍凉。后半首前两句虽有万里、百年，也有壮阔感，但基本上是悲愤愁怨，悱恻缠绵，令人黯然神伤，唏嘘不已，呈现出来的是阴柔美。最后两句从表面看来似乎与前六句不太协调，对这个问题胡应麟在《诗薮·内编》有论述："此篇结句似微弱者，第前六句既极飞扬震动，复作峭快，恐未合张弛之宜，或转入别调，反更为全首之累。只如此软冷收之，而无限悲凉之意，溢于言外。"这也说明刚柔兼济之妙。胡应麟盛赞此诗："如海底珊瑚，瘦劲难名，沉深莫测，而精光万丈，力量万钧。通章章法、句法、字法，前无昔人，后无来学……此诗自当为古今七言律第一。"并誉之为"超绝"。

第四，概括凝练，高度典型化。杜甫在诗中完全摄进了他所处的那个大动荡的苦难时代，融进了中国古代知识分子传统的忧患心态。杜诗确实达到了"涵括一切，笼罩万有，着墨不多，而蓄意无尽"（高棅《唐诗品汇·叙论》），所谓"咫尺有万里之势"。

一部杜诗就是整个时代的缩影，就是历代中国正直的知识分子的缩影。正是从这个意义上说，杜诗才配称“诗史”。像《自京赴奉先县咏怀五百字》《北征》这样的力作，自然不必说，就是像《哀江头》这样一首仅24句、140字的诗，诗人也把安史之乱前后的社会景象完全摄了进去，并记录了诗人的心情。像“朱门酒肉臭，路有冻死骨”两句，更是十分凝练地写出了阶级社会中的典型事件，把二者紧密放在一起，形成反差强烈的对比，以此震撼人心，增强艺术效果。如《忆昔》二首，第一首反映了肃宗宠幸张后，重用宦官李辅国，败坏朝政，祸乱不止。进而又讽刺代宗昏庸无能，措置不当，而朝中百官都是贪生怕死的无能之辈。这首诗把肃、代两朝的政局反映了出来，是安史之乱以后二十多年的一个社会缩影。第二首反映了盛唐“开元之治”时的社会状况直到眼下社会衰败的情况，是唐王朝由盛到衰的一个缩影。

第五，烘托映衬与明快直赋相结合。杜甫在不少诗中常常先创造一种氛围，从而有力地烘托映衬主旋律。这在《北征》中表现得最为突出，我们在前边已提到过的《白帝》《宿江边阁》《岁暮》《登楼》《登高》《蜀相》等等，也无不如此。因此，杜甫的律诗常常前半首写景，起烘托作用，后半首抒情；为了烘托抒情，情景交融，浑然一体。正因为有前半首写景做映衬，后半首的抒情才更有力。我们再来看一首诗《发阆中》：“前有毒蛇后猛虎，溪行尽日无村坞。江风萧萧云拂地，山木惨惨天欲雨。女病妻忧归意急，秋花锦石谁能数。别家三月一书来，避地何时免愁苦。”前半首写蛇虎为害，无村可避，云迷欲雨，更觉凄惶，这全属于烘托映衬；后半首直说女病妻忧，三月才得一信，急于归家探望，这是这首诗主要表达的意思。这里前半首完全是为了烘托映衬后半首。再看《秋兴八首》其一：“玉露凋伤枫树林，巫山巫峡气萧森。江间波浪兼天涌，塞上风云接地阴。丛菊两开他日泪，孤舟一系故园心。寒衣处处催刀尺，白帝城高急暮砧。”这首诗的前半首中，我们看到的是衰败的枫林、萧森的巫峡、惊骇的白浪、阴暗的风云，映衬出一个阴暗悲凉的社会，烘托出诗人忧国忧民之情和抑郁的心情。开头四句虽是映衬烘托，但奠定了全诗的基调，充满了浓得化不开的忧思。接下来的颈联是明快直赋，直白自己漂泊江上羁留两载，回不了家乡的痛苦心情。尾联写时值晚秋，寒冬将至，人们忙于赶制新衣，洗涤旧衣，以备御寒之需，自己却羁旅他乡，难以准备御寒之衣。由于有前半首的映衬烘托，更显出了后半首羁旅之苦，思乡之切。由于这首诗烘托映衬与明快直赋交叉应用，并结合成一个完美整体，突出了诗中的主旋律。这是《秋兴八首》中的第一首诗，因此可以说是整个组诗的序曲，是基调，对组诗又起到了烘托映衬作用，使整组诗充满了浓郁的悲凉气氛，透露出了醇厚的悲剧情韵。

杜诗的特点实在太多，真是说不完的杜甫。刘熙载在《诗概》里总结为高、大、深三个字，他说："杜诗高、大、深俱不可及。吐弃到人所不能吐弃，为高；涵茹到人所不能涵茹，为大；曲折到人所不能曲折，为深。"胡应麟在《诗薮·内编》中说："盛唐一味秀丽雄浑。杜则精粗、巨细、巧拙、新陈、险易、浅深、浓淡、肥瘦，靡不毕具。""杜诗正而能变，变而能化，化而不失本调，不失本调而兼得众调，故绝不可及。"最早对杜甫做全面评价的是元稹，他在《唐故检校工部员外郎杜君墓系铭并序》的序中说："至于子美，盖所谓上薄风骚，下该沈宋，言夺苏李，气吞曹刘，掩颜谢之孤高，杂徐庾之流丽，尽得古今之体势，而兼人人之所独专矣。"真是无所不有，无所不包。总之，杜甫是中国古典诗的集大成者，是继往开来的关键人物。我们在上边说的几个方面，只是他的主要特色。在一般人心目中，总以为杜诗充满忧患悲愤，但杜诗中也有欢快愉悦的诗，最突出的有《闻官军收河南河北》："剑外忽传收蓟北，初闻涕泪满衣裳。却看妻子愁何在，漫卷诗书喜欲狂。白首放歌须纵酒，青春作伴好还乡。即从巴峡穿巫峡，便下襄阳向洛阳。”浦起龙在《读杜心解》中称赞这是杜甫“生平第一首快诗也”。再如《春夜喜雨》：“好雨知时节，当春乃发生。随风潜入夜，润物细无声。野径云俱黑，江船火独明。晓看红湿处，花重锦官城。”这首诗也显得十分轻快。总之，杜诗具有内容丰富、风格多样的特点。

第三节　李白、杜甫的地位与影响

一、李白诗与杜甫诗的差异

李白与杜甫是中国诗歌史上的两座丰碑，是唐诗中顶峰上的顶峰，也是中国古典诗中顶峰上的顶峰。他们两人在诗歌中表现出来的差异是显著的，关于这方面，历来评论不少，都希望说清他们的差异。胡应麟在《诗薮》中数次说到他们的差别：“李、杜二公，诚为劲敌。杜陵沉郁雄深，太白豪逸宕丽。”“李才高气逸而调雄，杜体大思精而格浑。”刘熙载在《艺概·诗概》中也有论及：“太白长于风，少陵长于骨。”当然还有不少类似说法，但这些说法都显得太虚太玄，缺乏可操作性。因此，当代人尝试借用西方文艺理论中的浪漫主义与现实主义来区别他们二人，把李白定为积极浪漫主义，杜甫则定为现实主义。这样倒是可以区分了，因此也为大多数研究者所接受。但仔细一想，这样说仍然过于笼统，并不能为一般人所掌握，仍然缺乏可操作性。我认为最好的区分办法，还是应该从他们二人的具体作品入手，把他们的作品具体从风格上、表现手法上等方面，进行全方位的分析比较，再来辨别他们的差别。这样会更全面、更清晰、更具体，也更具有可操作性。

第一，李白与杜甫都终生不渝地对理想中的美好事物热烈追求，因而对现实中丑恶现象必然要否定、要鞭挞。但反映到诗中则很不相同，李白诗歌中常常热情歌颂光明，对光明无限向往，热烈追求，在对理想中的美好事物的颂扬中显示完美，情绪乐观高昂；

同时，李白在现实中看不到光明，就凭自己的想象塑造一个理想世界，显得十分美满。杜甫的诗歌中常常猛烈抨击黑暗，对黑暗无比痛恨，疾恶如仇，在对现实中的丑恶现象的揭露中寻求完美，情思忧患悲愤；同时，杜甫常常把苦难尽情描绘，把一个苦难世界赤裸裸地呈现在读者面前，令人百感交集，悲痛不已。比较一下李白的《梦游天姥吟留别》与杜甫的《自京赴奉先县咏怀五百字》就可看得十分清楚。李白在现实中找不到光明，在梦里也要找寻光明，而且那么热烈。杜甫却始终盯着现实，看清那些黑暗的事物，把它们无情地揭露出来，狠狠地鞭挞，而且满腔悲愤。

第二，在对社会现实的观察与反映上，李白常常采取居高临下的鸟瞰；杜甫则常常贴近生活，仔细观察。因此对现实的反映也就大不相同，李白善于从大处着墨做总体勾勒，把事物最本质部分呈现到读者面前，一目了然；杜甫善于精雕细刻，做具体描绘，让事物本质通过具体的典型事例体现出来，曲折深沉。如同是写安史之乱，李白在《古风五十九首》中之第十九首写道："俯视洛阳川，茫茫走胡兵。流血涂野草，豺狼尽冠缨。"杜甫在《哀江头》中却抓住曲江的今昔变化来体现，突出写了往昔杨贵妃恩宠异常，"同辇随君侍君侧"，而今却已在出逃途中，被缢死于马嵬驿，"明眸皓齿今何在，血染游魂归不得"，成了异乡的孤魂野鬼。昔日达官贵人游乐的繁华的曲江，如今却是千门紧闭，一片荒凉。再在曲江畔回望长安，只见胡尘满城，不堪回首，通过具体事例反映出国家兴衰。再如同为写征讨南诏，李白在《古风五十九首》中的第三十四首，写到戍卒开发远征时的情况："长号别严亲，日月惨光晶。泣尽继以血，心摧两无声。"从总体把握，写得十分概括。杜甫在《兵车行》中写道："耶娘妻子走相送，尘埃不见咸阳桥。牵衣顿足阑道哭，哭声直上干云霄。……"从典型着手，写得十分具体。李诗如泼墨写意，杜诗如工笔彩绘，各臻其妙。

第三，李白诗感情激荡，气势磅礴，响遏行云，动人心魄；

杜甫诗感情沉稳，气象雄浑，韵味绵长，启人深思。这只要比较一下同是写蜀道艰险的李白的《蜀道难》与杜甫的《剑门》就可以清楚看到二者的不同。关于《蜀道难》，在前边已经举过例，这首诗一开头就是："噫吁戏危乎高哉！蜀道之难难于上青天！"气势非凡，惊心动魄。杜甫的《剑门》一诗是这样写的："唯天有设险，剑门天下壮。连山抱西南，石角皆北向。两崖崇墉倚，刻画城郭状。一夫怒临关，百万未可傍。珠玉走中原，岷峨气凄怆。三皇五帝前，鸡犬各相放。后王尚柔远，职贡道已丧。至令英雄人，高视见霸王。并吞与割据，极力不相让。吾将罪真宰，意欲铲叠嶂。恐此复偶然，临风默惆怅。"显然这首诗感情沉稳，没有《蜀道难》那么张扬，但他审视历史变迁，担心野心家凭险割据，意味深远，启人深思。

第四，李白诗跳跃性大，瞬息万变，令人眼花缭乱，如天马行空，来去无踪；杜甫诗脉络清晰，变化合度，有迹可循。关于这一点，早有人意识到了。胡应麟在《诗薮·内编》中说："太白《蜀道难》《远别离》《天姥吟》《尧祠歌》等，无首无尾，变幻错综，窈冥昏默，非其才力学之，立见颠踣。少陵《公孙大娘》《美陂行》《丹青引》《丽人行》等，虽极沉深横绝，格律尚有可寻。"严羽在《沧浪诗话》中称："少陵诗法如孙吴，太白诗法如李广。"这也是说杜甫诗法像孙武、吴起带兵布阵，都有章法可依；李白诗像李广带兵，变幻莫测，灵活自如，无章可依。

第五，对理想社会的向往，李白诗中的理想社会虚幻难寻，只有天上才有，如《梦游天姥吟留别》中的神仙世界；而杜甫诗中的理想社会只是人世间的一个太平世界，是记忆中的"开元盛世"，再远也只是倾心向往的唐初"贞观之治"。如在大历三年（768）写的《蚕谷行》："天下郡国向万城，无有一城无甲兵。焉得铸甲作农器，一寸荒田牛得耕。牛尽耕，蚕亦成。不劳烈士泪滂沱，男谷女丝行复歌。”虽然这在当时难以实现，但毕竟曾经有过，就在身边，不像李白的理想社会那样高不可攀。同时，李白诗中的抒情主人公多英雄豪杰，多为超人；杜甫诗中的抒情主人公多数是平常人，不少是普通劳动者。因此，李白诗常令人高山仰止，杜甫诗却平实近人。

第六，在山水诗方面，李白与杜甫都不像王维的山水诗那样淡雅幽静、小巧精致，而是气势恢宏、境界开阔。但他们两人也有差异，李白常虚写，写的是他想象中的山川，如《梦游天姥吟留别》写的只是一个梦，对天姥山完全出于想象，并未亲临其地；《蜀道难》也一样完全出于想象，他在开元十三年是从水路出川，以后也并未回去过，也就是说其实他并未亲自经历过蜀道。而杜甫则不同，他发秦州、经剑门等等，都是亲临其境，虽然其中也有不少想象，但并非纯属虚构，因此他的山水诗基本是写实。

第七，李白、杜甫都写了不少乐府歌行体诗，李白多袭用乐府旧题，且多杂言体，把汉魏以来的乐府诗发展到了极致，集前代乐府诗之大成；杜甫不用乐府旧题，都自制新题，同时多为五言体或七言体，罕用杂言体。在写乐府诗方面，李白继往，杜甫开来。

第八，在诗歌体裁运用上，李白成就最高的是七绝、七古与杂言体乐府；虽然一般都认为杜甫各体具备、各体具精，但实际上他不写四言诗，很少有杂言体，对七律的成熟与完善有特殊贡献。刘熙载在《艺概·诗概》中说：“律诗既患旁生枝节，又患如琴瑟之专一。融贯变化，兼之斯善。”“少陵以前律诗，枝枝节节为之，气断意促，前后或不相管摄，实由于古体未深耳。少陵深于古体，所以开阖变化，施无不宜。”胡应麟在《诗薮·内编》中说：“李偏工独至者绝句，杜穷变极化者律诗。”杜甫还有长至百韵的排律，这是他的独创。

第九，李白诗多数写于安史之乱前，因此多高昂乐观，即使在失意时，还要说“天生我材必有用，千金散尽还复来”（《将进酒》）。杜甫诗多数写于安史之乱后，即使在安史之乱前，在天宝年间，社会已显露出衰败，因此多深沉思考，对社会有更深刻认识，不仅没有认为“天生我材必有用”，甚至得出了一个令人震惊的结论：“自古圣贤多薄命，奸雄恶少皆封侯。”（《锦树行》）

二、李白与杜甫对后代的影响

李白、杜甫对后世的影响都是十分深远的，后世的诗人几乎没有不受他们影响的。由于各人的修养、学识、经历、性格等不同，有的倾向于李白，也有的更偏重于杜甫，于是产生了一桩历史公案，即历来争论不休的“李杜优劣论”。最早持论公允的是韩愈，他在《调张籍》中说：“李杜文章在，光焰万丈长。不知群儿愚，那用故谤伤。蚍蜉撼大树，可笑不自量。”其后，宋代严羽在《沧浪诗话》更做了具体论述：“李、杜二公，正不当优劣。太白有一二妙处，子美不能道；子美有一二妙处，太白不能作。子美不能为太白之飘逸，太白不能为子美之沉郁。太白《梦游天姥吟》《远别离》等，子美不能道；子美《北征》《兵车行》《垂老别》等，太白不能作。”这样持论还是公正的。李、杜二人风格不一样，诗歌的艺术成就不同，因此对后世的影响也有差别。

首先，李白诗给人印象最深的就是那种凌厉九霄、挥斥八极的气势，满怀信心，奋发向上。这些都特别合青年人的口味，所以后世不少诗人在青年时期特别喜欢李白的诗，并深受其影响。杜甫诗给人印象最深的是忧患意识，忧国忧民，恨不能扭转乾坤，为民造福。所以人到中年后，对杜诗越读体会越深，特别在国难当头国家处于危亡关头时再来读杜诗，就好像每首杜诗都是从自己的肺腑中流出来的。冯至先生就是一个很好的例子。冯至原是学外语的，对杜诗并没有特别留意，抗日战争时期，在逃亡途中，对杜诗越读体会越深，后来成了著名的杜诗专家。因此，我们也就不难理解，像南宋大诗人陆游这样生性豪放的人，从他的诗中可看出受李白影响不小，秉性也很接近李白，但为什么对杜甫一往情深，在他的诗中追怀杜甫的诗有十多首，追怀李白的却只有半首（一首是同时怀念李白杜甫的《读李杜诗》），这跟南宋的大环境与他本人一心想“正乾坤”而又“无力”可施的遭遇有关。文天祥兵败被俘后，在狱中有《集杜诗》二百首，其《序》说：“凡我意所欲言者，子美先为代言之。”在国难当头时，每个爱国者读杜诗如同都是出自自己的肺腑。可见杜甫对后世的影响，不光是诗艺，更重要的还在于他崇高的思想情操，他一直系念国家安危，始终关心人民疾苦，为此呼号终生，赢得后人敬仰。另外，如李白的想落天外、极度夸张、构思奇谲、光怪陆离、奇幻莫测，杜甫的沉着冷静、构思严密、条理清晰，这些都对后人产生不小影响。特别是杜甫以议论入诗，改变了一代诗风，以后形成了与唐诗显著不同的宋诗。同时，李白的诗清新自然，浑成无迹；杜甫的诗锤炼不着痕迹，用俗字无伤大雅。李白诗中留有六朝民歌的馀韵，杜甫绝句中有当时巴渝竹枝的痕迹。这些对后代也都有不小的影响。

其次，在体裁上，李白的绝句、杜甫的律诗，历来公认是成就最高的。胡应麟在《诗薮·内编》中说：“李、杜才气格调，古体歌行，大概相等。李偏工独至者绝句，杜穷极变化者律诗。”在这方面对后代影响当然不小。现代有人说：“李白长于乐府歌行绝句，律体非其所好；杜的五七言律诗臻于极致，而歌行绝句稍弱。”其实这种说法很不确切。说李白不善于写律诗，杜甫不善于写绝句，自古就有此说法。从李白这边来说，他对律诗并不是“非其所好”，也是很重视的，不然见到崔颢的七律《黄鹤楼》时也不会说：“眼前有景道不得，崔颢题诗在上头。”更不会以后一再模仿，成心一比高低，写下了《登金陵凤凰台》。对这首诗历来评论不少，大体上认为二诗不相上下，然而瞿佑在《归田诗话》中说：“及登凤凰台作诗，可谓十倍曹丕矣。盖崔结句云：‘日暮乡关何处是，烟波江上使人愁。’而太白结句云：‘总为浮云能蔽日，长安不见使人愁。’爱君忧国之意远过乡关之念。善占地步矣。”其实李白也写过不少合律的律诗，如《赠孟浩然》就是其中一首。当然，比起他的绝句来，无论在数量上还是质量上都弱一些。比起杜甫的律诗来，也同样在数量上与质量上都弱一些。这是因为李白的绝句、杜甫的律诗成就太高，达到“偏工独至”、“穷极变化”的地步。至于说杜甫的歌行“稍弱”，真不知从何说起。杜甫的《兵车行》《哀江头》《丹青引》《舞剑器行》等不都是上等的歌行体吗？胡应麟说李杜“古体歌行，大概相埒”，还是比较公允的。二人这方面的成就不相上下，只是在形式上不同，李白多用汉魏乐府旧题，集古乐府之大成；杜甫多自命新题，开中唐新乐府运动之先河。所不同的是，李白承前杜甫启后，并无优劣之分，硬分优劣，实在是庸人自扰。

再次，关于绝句，李诗完全符合正宗绝句的审美特征，所谓“兴象玲珑、句意深婉、优柔不迫”等，而杜甫绝句则打破了正宗绝句的规范，另辟蹊径。从对后代影响来说，杜甫的绝句反而大于李白的绝句，清代叶燮在《原诗》中说：“宋人七绝，大约学杜者什六七，学李商隐者什三四。”然而李商隐也是学杜甫的，那么杜甫的影响就不可估量了。至于后代哪些诗人深受李白影响或杜甫影响，有人开列了名单，认为后世受李白“影响尤深者有韩愈、李贺、杜牧、苏轼、陆游、辛弃疾、高启、黄景仁、龚自珍等著名诗人”。受杜甫影响深的说法更多，说得最完备的有清人叶燮，他在《原诗》中说：“杜甫之诗，包源流，综正变。自甫以前，如汉、魏之浑朴古雅，六朝之藻丽秾纤、澹远韶秀，甫诗无一不备，然出于甫，皆甫之诗，无一字为前人之诗也。自甫以后，在唐如韩愈、李贺之奇奡，刘禹锡、杜牧之雄杰，刘长卿之流利，温庭筠、李商隐之轻艳；以至宋、金、元、明之诗家，称巨擘者，无虑数十百人，各自炫奇翻异，而甫无一不为之开先。此其巧无不到，力无不举，长盛于千古，不能衰，不可衰也。”此外，宋人孙仅在

《读杜工部诗集序》中曾说："公之诗，支而为六家，孟郊得其气焰，张籍得其简丽，姚合得其清雅，杜牧、薛能得其豪健，陆龟蒙得其赡博，皆出公之奇偏尔……《风》《骚》而下，唐而上，一人而已。是知唐之言诗，公之馀波及尔。"这些话说得很热闹，其实说得都不够全面，也太刻板。从唐代来说，受杜甫影响最深的应该是元、白，他们继承杜甫关心时政与民生的传统与自拟乐府题的做法，高举新乐府运动的大旗。从继承来说，"张籍得其简丽"、"李商隐之轻艳"云云，都不全面，张籍继承杜甫直面现实、揭露社会黑暗面、为老百姓呐喊的优良传统，早于白居易写了不少乐府诗；李商隐继承杜甫的优良传统，写了不少忧世伤时之作。对唐代以后的影响更为明显，那些被纳入深受李白影响轨道的大诗人，也都同样深受杜甫影响。如苏轼深受杜甫以议论入诗的影响，他的不少诗议论警策，理趣横生。陆游深受杜甫忧国忧民思想的影响，一心要收复失地，重缔中华。唐以后的大诗人，都不可能只读一家的诗，受一人的影响。李白、杜甫的诗都是后世大诗人们人人必读的，都会深受他们二人的影响，当然这影响不会是一半一半，而是或受李白影响更深一些，或受杜甫影响更深一些，这种情况是存在的。但李诗如高山，高出云外，令人仰止，高不可攀；杜诗如大海，包罗万汇，令人易于汲取。李诗构思奇谲，变幻莫测，无迹可寻，难以学习；杜诗构思谨密，条理清晰，有规可循，易于学习。人们称李白为"诗仙"，然而仙人飘逸飞动、缥缈虚幻，虽然高大，但高山仰止，可望而不可即，凡人是无法企及的；杜甫被称为"诗圣"，圣是尽善尽美，是楷模，是典范，虽然高大，但贴近实际，人们完全可以用提高自身的修养来接近他。因此，学杜的人多于学李的人，杜甫也就有幸成为百代诗家的师表。有人还提出了"诗必唐，唐必盛，盛必杜"的片面口号，但这不等于杜甫优于李白，只是因为杜诗易学，李诗难学。其实大诗人都不可能只学一家，善纳百川方成大海，至于死死地模仿杜诗，那是毫无出路的，在文学艺术上，不管模仿谁都不可能有什么成就，模仿永远是一条没有出路的死胡同。

第三编　波谷现象

任何事物的发展都不会永远直线上升，也不会在一个顶点一直平稳向前推进。事物的发展总是呈波浪形前进的，有高有低，既有波峰也有波谷，这才是正常现象，全是高峰就没有高峰，只是一片高原。诗歌的发展也是这样，唐诗发展到李白、杜甫那里，进入了顶峰，但不能也不会永远停留在顶峰上，从大历五年（770）杜甫去世后到贞元中（800）白居易初露头角前这30年里，唐诗进入了低谷阶段。虽然当时诗人也不少，看似很热闹，但没有一流大诗人，难达顶峰。

一场安史之乱，唐王朝由全盛转入衰败，经历战争的地方都遭到了极大破坏，留下满目疮痍，城市毁坏，田园荒芜，一片萧条。安史之乱平息后，迎来了藩镇割据，宦官专权，回纥、吐蕃不断入侵，内忧外患不断，昔日强盛、统一、富庶的大唐帝国已一去不复返了。经历了这场大战乱、大变动的文人，由震惊转入惶惑、迷惘，不知所措，产生了极大的失落感。他们对往昔无限留恋、怀念，对当下感慨、悲怆，战乱时，他们流离、颠沛，战后仕途也不顺利，内心颇多伤痛，生活不安定，也找不到出路。这时，王维、李白、高适、杜甫等已相继去世，剩下的一批诗人，在创作上也显得困惑，盛唐时昂扬奋发、积极进取的豪情已经没有了，也缺乏匡时济世的信念，因此对社会也不能像杜甫那样深刻洞察。当时在社会上有些名望的人倒不少，在诗风上也明显存在盛唐馀波，只是这时的作品已全无盛唐气象，深度力度都不够，只是还有些承上启下作用，成为两个高峰间的一个过渡、一个转折。

第一章 王、孟馀波

一、刘长卿

刘长卿（约709—约789），字文房，河间（今河北河间）人，一说宣城（今安徽宣城）人（见姚合《极玄集》）。少时居嵩山读书，后移居鄱阳（今江西波阳）。开元二十一年（733）登进士第。天宝年间，曾任长洲（今江苏苏州）尉。安史之乱时，避难江南。至德（756—758）年间，摄海盐（今浙江海盐）令，由于“刚而犯上”，遭谗害，身陷囹圄，后出狱，贬为南巴（今广东电白）尉。过了十多年闲居流寓生活后，大历（766—779）中，以检校祠部员外郎为转运使判官，出任淮使鄂岳转运留后，又因刚直犯上，得罪了权臣郭子仪的女婿鄂岳观察使吴仲儒，厄运再次降临，被诬陷贪污钱款二十万贯，贬为睦州（今浙江建德）司马。屡遭贬斥，对他打击很大，悲愤难平。德宗即位后，擢为随州（今湖北随州）刺史，世称“刘随州”。按年辈论，他年长于杜甫，而且在开元末已进士及第，但其创作活动主要在安史之乱后，计有功在《唐诗纪事》中说他“以诗驰名上元、宝应间”。在诗的风格上，他的诗完全没有盛唐那种雄浑气韵，而是与年辈较晚的“大历十才子”接近，因此只能把他放在这里来说。但由于在中唐诗人中，他年辈最长，所以第一个就说到他。不过，他在当时诗名也是不小的，卢文弨在《抱经堂文集》中说他“子美之后，定当推为巨擘”。他擅长五言，尤工五律，自诩为“五言长城”。当然，这些都言过其实。

他现存诗500多首，总体看来，内容较狭窄，意境变化不多，遣词造句往往重复，所以高仲武在《中兴间气集》中说他的诗“大抵十首以上，语意稍同，于落句尤甚，思锐才窄也”。不过，他在当时的诗人中还是颇有特色的，他的近体诗研练较深，蕴藉含蓄，又婉曲多讽；其写景诗冲淡闲远，接近王维、孟浩然一派。他也写过少量反映现实的诗，如《穆陵关北逢人归渔阳》，写战乱后的荒凉凋敝景象；《奉使至申州伤经陷没》，写战乱后中原地区的荒凉景象，面目全非，归人不认识故里；《至德三年春正月时谬蒙差摄海盐令闻王师收二京因书事寄上浙西节度李侍郎中丞行营五十韵》写安史之乱的破坏“流毒遍黎氓，朝市成芜没”，表达了极大的愤恨与悲痛；还有一首《疲兵篇》颇有名，写久戍边塞的老兵的艰辛情况，与戍卒家中思妇的痛苦，同时也反映出将军只图自己享乐，不恤士卒，在内容上与高适的《燕歌行》相似。大概正因为这样，所以高棅在《唐诗品汇》中把他与高适、岑参并称为名家，但他的少量边塞诗比起高、岑来实在差得很远。屡遭贬斥后，情绪没有以前那么高，以山水隐逸诗为主，善于用简淡的笔触刻画幽静的景色，以寄托其孤寂落寞的情怀，形成冲淡闲远、洗练含蓄的风格。在刘长卿的诗中最为人赏识的倒是几首五绝小诗，写得空灵委婉，颇有情致。如：

日暮苍山远，天寒白屋贫。
柴门闻犬吠，风雪夜归人。

——《逢雪宿芙蓉山主人》

苍苍竹林寺，杳杳钟声晚。
荷笠带夕阳，青山独归远。

——《送灵澈上人》

帝子不可见，秋风来暮思。
婵娟湘江月，千载空蛾眉。

——《湘妃》

二、韦应物

韦应物（约737—792前后），京兆长安（今陕西西安）人。出身关中望族，15岁即以门荫授三卫郎，侍卫玄宗。少任侠使气，狂放不羁。安史之乱后，流落失职，入太学折节读书。后历任洛阳丞、京兆功曹，迁鄠县令、栎县令。建中二年（781）任尚书比部员外郎。后出任滁州刺史，转江州刺史，又入朝任左司郎中。贞元四年（788）出任苏州刺史，故世称“韦苏州”，又称“韦江州”或“韦左司”。晚年罢职后，寓居苏州永定寺。

韦应物经历过战乱，眼见国家由盛转衰，也看到战争的破坏和给人民带来的灾难，因此曾写过一些反映现实的诗，如《睢阳感怀》讴歌张巡在安史之乱中勇赴国难，是一曲悲壮的颂歌。他有《拟古诗十二首》，明显是深受张九龄的《感遇》诗的影响，是采用比兴手法的咏怀诗。他有不少关怀人民疾苦的诗，如《采玉行》：“官府征白丁，言采蓝溪玉。绝岭夜无家，深榛雨中宿。独妇饷粮还，哀哀舍南哭。”这样的诗还有《始至郡》《寄李儋元锡》《夏冰歌》《杂体五首》其三等等，在这些诗中他除了表现出来对人民的同情外，还以贵豪家的不劳而获、奢侈浪费做对比，写出苦乐两重天。在《长安道》《贵游行》等诗中揭露豪门贵族奢侈糜烂的生活。《广德中洛阳作》斥责所谓的“王师”对百姓残害，荼毒生灵，原本繁华的河洛中原地区荒芜不堪：“王师涉河洛，玉石俱不完。时节屡迁斥，山河长郁盘。萧条孤烟绝，日入空城寒。”王师所经之处，玉石俱焚，村中炊烟绝，城里荒无人迹，真是惨不忍睹。这样的“王师”简直比盗匪还凶残。同时，在诗中还隐射借回纥兵平乱，无异于引狼入室，饮鸩止渴：“饮药本攻病，毒肠翻自残。”正是根据这些诗，刘熙载在《艺概·诗概》中说：“韦苏州忧民之意如元道州，试观《高陵书情》云：‘兵凶久相残，徭赋岂得闲。促戚下可哀，宽政身致患。日夕思自退，出门望故山。’此可与《春陵行》《贼退示官吏作》并读，但气别婉劲耳。”

然而韦应物诗中数量最多且成就最高的还是山水田园诗，所以后来的批评家把他与陶潜并称陶、韦。又由于他的山水田园诗清淡婉雅，有人把他与张九龄、王维、孟浩然并称，胡应麟在《诗薮·内编》中说：“唐以淡名者，张、王、韦、孟四家。”根据这类诗，在跟他并称的人中，还加上了刘长卿与柳宗元，尤以韦、柳并称见得更多。韦应物的山水田园诗吸取了前人之长，如陶潜的闲淡、二谢的秀美、张九龄的清远、王维的清空、孟浩然的闲远等等，融为一体，创造出具有自身个性的风格，白居易在《与元九书》中说韦应物的诗“高雅闲淡，自成一家之体”。他的山水田园诗不仅重视意境的创造，而且重视词句的锤炼，因此诗中多警句，如“流水赴大壑，孤云还暮山”（《拟古诗十二首》之一）、“霁后三川冷，秋深万木疏”（《赠萧河南》）、“广庭流华月，高阁凝馀霰”（《同德精舍养疾寄河南兵曹东厅掾》）、“乔木生夏凉，流云吐华月”（《同德寺雨后寄元侍御李博士》）、“寒树依微远天外，夕阳明灭乱流中”（《自巩洛舟行入黄河即事寄府县僚友》）等。从这些诗中，我们看到韦应物的诗中景色以清冷为主，常常在幽淡中显得有些朦胧，不像王维的诗那样绚丽多彩。他的诗五言居多，七言体不多，七律七绝尤少，只几首，但在他的诗中最为人赏识的却是一首七绝《滁州西涧》：

> 独怜幽草涧边生，上有黄鹂深树鸣。
> 春潮带雨晚来急，野渡无人舟自横。

诗人在这首诗里创造了一个幽静和谐的意境，从中却透露出了清冷孤寂感，纵然如此，却也充满野趣。诗人为官清正，在当时的社会中是难以与世合流的。这首诗在对自然景物的审美追求中，融进了诗人那种高洁的精神追求。这首诗在表现手法上也很有特色，全诗以幽草为中心，用周围一系列景物来渲染烘托，各物都有明确的方位，上下层次分明，相互映衬，静中有动，画意韵味融合在一起，十分巧妙，因此历来备受青睐。

韦应物擅长的当然还是五言诗，例如他的五绝《秋夜寄丘二十二员外》：

> 怀君属秋夜，散步咏凉天。
> 山空松子落，幽人应未眠。

这首诗古雅幽淡，很能代表韦应物的主要风格，全诗写得“情致委曲，句调雅淡”（吴烻《唐诗直解》），“清幽不改摩诘”（施补华《岘佣说诗》）。沈德潜在《说诗晬语》中说：“五言绝句，右丞之自然，太白之高妙，苏州之古淡，并入化境。”五言古诗《寄全椒山中道士》向来被认为是他的代表作之一：

> 今朝郡斋冷，忽念山中客。
> 涧底束荆薪，归来煮白石。
> 欲持一瓢酒，远慰风雨夕。
> 落叶满空山，何处寻行迹。

这首诗看似平淡，但于自然中见功底，妙在不用力而力透纸背。高步瀛在《唐宋诗举要》中称赞它“一片神行”，并引用沈德潜的话说：“化工笔，与陶渊明‘采菊东篱下，悠然见南山’，妙处不关言语意思。”他的五律《淮上喜会梁川故人》，高步瀛称它“似王、孟”：

江汉曾为客，相逢每醉还。
浮云一别后，流水十年间。
欢笑情如旧，萧疏鬓已斑。
何因不归去，淮上有秋山。

三、戴叔伦

戴叔伦（732—789），字幼公，一作次公，润州金坛（今江苏金坛）人。少时师事萧颖士，为门人之冠。曾因避乱迁居鄱阳（今江西鄱阳），闭门苦读，志乐清虚，与处士张众甫、朱放友善。大历（766—779）初，刘晏荐为秘书省正字，入其盐铁转运使幕府任职。后历任广文博士、监察御使里行、东阳县令、江西节度使府留后等。贞元元年（785），升任抚州刺史，颇有政绩，封谯县男，迁容州刺史兼御史中丞，容管经略史。后上表请为道士，不久病逝。

戴叔伦不仅工诗，而且还有一套主张，司空图在《与极浦书》中曾引他论诗的话说："诗家之景，如蓝田日暖，良玉生烟，可望而不可置于眉睫之前也。"这对后世影响不小，司空图的"韵外之致"、"味外之旨"、"象外之象，景外之景"，严羽的"羚羊挂角，无迹可求……空中之音，相中之色，水中之月，镜中之象"（《沧浪诗话》）与以后的神韵说及朦胧诗，无不由此发展而来。戴叔伦的诗题材广泛，有反映社会离乱、人民苦难的诗，还有边塞诗，但也跟韦应物一样，代表他主流风格的是那些闲静幽雅的诗作。在这方面著名的诗有：

苏溪亭上草漫漫，谁倚东风十二阑。
燕子不归春事晚，一汀烟雨杏花寒。

——《苏溪亭》

凉月如眉挂柳湾，越中山色镜中看。
兰溪三日桃花雨，半夜鲤鱼来上滩。

——《兰溪棹歌》

沅湘流不尽，屈子怨何深。
日暮秋风起，萧萧枫树林。

——《三闾庙》

湘山千岭树，桂水九秋波。
露重猿声绝，风清月色多。

——《泊湘口》

第一首写江南暮春，四句全是写景，但情寓景中，蕴藉含蓄，隽永醇厚，令人咀嚼不尽，味之无极。这完全符合他的主张，所谓“蓝田日暖，良玉生烟”云云。第二首仿江南民歌，也是四句全为写景，江南月夜的秀丽景色尽入眼底。第二句体现了江南水乡的特色，写山色在水中倒影，朦胧缥缈，摇曳生姿。第三首吊屈原，除第二句外，全是写眼前景，但情寓景中。这首诗写屈子之怨，不着痕迹，但觉神传空际，风情无限，韵味无穷。最后一首即景小诗，写南国秋夜，景色如画，但从中透露出淡淡的孤寂凄清之感。他有《女耕田行》诗，反映战乱年代人民的痛苦，这是一首自命新题的乐府诗，说明杜甫的传统已逐渐为人接受。他还写过几首边塞诗，其中最出色的是《塞上曲二首》之二：

汉家旌帜满阴山，不遣胡儿匹马还。
愿得此身长报国，何须生入玉门关。

这首诗雄健有力，气势豪迈，充满爱国激情，无愧于盛唐，可与王昌龄“不破楼兰终不还”等诗同读。他还有一首小词《转应词》：“边草，边草，边草尽来共老。山南山北雪晴，千里万里月明。明月，明月，胡笳一声愁绝。”从这里，我们看到词已脱离了诗的母胎悄悄降生了。

第二章　江宁嗣音

一、李益

李益（约748—约829），字君虞，陇西姑臧（今甘肃武威）人，少随家迁居洛阳。大历四年（769）登进士第，两年后，又登讽谏主文科，授郑县尉，后迁主簿。此后久不调迁，郁郁不得志，遂弃官游河溯，幽州节度使刘济召为从事，升任营田副使，后又参佐邠宁戎幕。他在边塞近二十年，写了不少边塞诗。后宪宗闻其诗名，召为秘书少监，集贤殿学士。此后历任太子宾客、左右散骑常侍等职，大和初（827），以吏部尚书致仕。他以边塞诗著称，尤擅长绝句，历来论者都以为他的七绝独步中唐。他的绝句雄浑高奇，颇有王昌龄遗风。由于他的诗形象鲜明，韵味深长，语言精练，音律和谐，常常作品刚写好，就被乐工争相传唱。他的边塞诗名作很多，例如：

回乐烽前沙似雪，受降城外月如霜。
不知何处吹芦管，一夜征人尽望乡。
——《夜上受降城闻笛》

伏波唯愿裹尸还，定远何须生入关。
莫遣只轮归海窟，仍留一箭射天山。

——《塞下曲》

前一首历来评价极高，胡应麟誉之为中唐绝句之冠，王世贞更是说足以压倒王昌龄、李白。沈德潜推之为唐人绝句压卷之作，宋景元则说“蕴藉宛转，乐府绝唱”（《辋师园唐诗笺》）。全诗写征人久戍思归，深情幽怨，令人凄断。后一首，一句一个典故，四句用了四个典故，却不觉生硬，掩盖不住他一片爱国激情。

跟王昌龄一样，李益也善写宫怨诗、闺怨诗，在这些诗里，都委婉含蓄，情思绵邈，“可追逐龙标”，如：

露湿晴花春殿香，月明歌吹在昭阳。
似将海水添宫漏，共滴长门一夜长。

——《宫怨》

湘江斑竹枝，锦翅鹧鸪飞。
处处湘云合，郎从何处归。

——《山鹧鸪词》

前一首宫怨诗，采用了别出心裁的夸饰，写出了被弃置在长门的嫔妃长夜难熬的痛苦情状。诗中不明言怨而怨自深，同时，帝王的荒淫薄情也尽在不言中，真是言有尽而意无穷。所以乔亿在《大历诗略》中说：“兴调已是龙标，又加沉着。”后一首是闺怨诗，写痴情女子盼郎归的心情，她不怨郎薄情忘归，反怪湘云浓密，使其情郎迷路，真是悱恻缠绵，怨而不怒，而无限相思尽在不言中。有时候，李益的闺怨诗写得也很直率，却也别有情趣，例如他著名的闺怨诗《江南曲》就是这样：

嫁得瞿塘贾，朝朝误妾期。
早知潮有信，嫁与弄潮儿。

这首诗采用商妇的独白式，直接倾吐内心的积怨。“商人重利轻别离”，让这个绮年玉貌的女子夜夜独守空房，在怨恨中产生了奇特的想法——“嫁与弄潮儿”，这完全是情急时的一种奇思异想，呈现出“无理而妙”的特点，正如钟惺在《唐诗归》中所说：“荒唐之想，写怨情却真切。”

李益的写景诗也很有特色，如：

柳花飞入正行舟，卧引菱花信碧流。
闻道风光满扬子，天晴共上望乡楼。
——《行舟》

浮云不共此山齐，山霭苍苍望转迷。
晓月暂飞高树里，秋河隔在数峰西。
——《宿石邑山中》

前一首写出了一派江南水乡的旖旎风光，同时也显示出一个北方人置身于此，却仍然“信美非吾土”，不免要产生思乡情绪，然而这客中思乡情绪在诗中却微逗即止。后一首写北方山中夜景，显得景色朦胧，旨意微茫，但细读之后，却能感触到一点淡淡的惆怅之情，寓情于景，蕴含不露。这些就是李益的被人称赞为“清奇朗秀”的诗。

二、张仲素

张仲素（约769—819），字绘之，河间（今河北河间）人。贞元十四年（798）登进士第，但因朝中无人，久不调迁。又登博学宏词科，始授武康军从事。贞元二十年（804）迁司勋员外郎。宪宗时，为翰林学士，受宰相韦贯之排挤去职。后与王涯、令狐楚同为中书舍人，时合称“三舍人”。以文才论，张仲素远胜王与令狐，但他们二人后来都当了宰相，而张仲素却官终中书舍人。工诗，尤擅绝句，胡应麟在《诗薮·内编》中说：“江宁之后，张仲素得其遗响。”他的特点是把边塞诗、闺怨诗融合在一起，妙合无垠，浑然一体。我们具体来读读他的诗：

袅袅城边柳，青青陌上桑。
提笼忘采叶，昨夜梦渔阳。

——《春闺思》

丁丁漏水夜何长，漫漫轻云露月光。
秋逼暗虫通夕响，征衣未寄莫飞霜。

——《秋夜曲》

碧窗斜日蔼深晖，愁听寒螀泪湿衣。
梦里分明见关塞，不知何路向金微。

——《秋闺思二首》其一

秋天一夜静无云，断续鸿声到晓闻。
欲寄征衣问消息，居延城外又移军。

——《秋闺思二首》其二

三戍渔阳再渡辽，骍弓在臂剑横腰。

匈奴似若知名姓，休傍阴山更射雕。

——《塞下曲五首》之一

第一首《春闺思》与金昌绪的《春怨》“打起黄莺儿，不教枝上啼。啼时惊妾梦，不得到辽西”一诗，同时被认为是闺怨诗中的极品。诗中写采桑女回忆昨夜梦境，忘了采叶，呆呆伫立在陌上的桑树下，痴痴迷迷，恍恍惚惚。但人们见了后，不笑其痴憨，只怜其凄苦。俞陛云在《诗境浅说续编》中说：“五言绝句中忆远之作，此诗最为传神。……令人揽挹不尽。”第二首《秋夜曲》写漏声、虫声，写月色朦胧，都暗示思妇长夜无寐，而最后一句有画龙点睛之妙，挑明了思妇不眠的原因，原来是思念戍边的丈夫。秋渐深，天渐寒，寒冷的秋气逼得小虫哀鸣不已，远在边塞的丈夫怎奈这寒冷，不禁祈求老天：“征衣未寄莫飞霜。”无限思念，无限关切，无限深情，都深深地蕴藏在其中。后边《秋闺思》两首与《塞下曲》，历来评价极高，黄叔灿在《唐诗笺注》中说：“有风人之旨，亦太白、少伯之遗。”管世铭在《读雪山房唐诗钞》中说：“张仲素《塞下曲》《秋闺》诸曲，升江宁之堂。”都认为张仲素是王昌龄诗风的最好继承人。

第三章　少陵遗响

一、元结

元结（719—772），字次山，号漫郎、聱叟等，曾避难入猗玗洞，因此自号猗玗子。郡望河南（今河南洛阳），世居太原（今山西太原），后迁居鲁山（今河南鲁山）。少倜傥不羁，17岁始折节读书，师事从兄元德秀。天宝十二载（753）登进士第。安史之乱时，举家南奔。乾元二年（759）九月，由国子司业苏源明推荐，召入长安，得见肃宗，上《时议》三篇，授右金吾兵曹参军，摄监察御史，充山南东道节度参谋。到任后，招募唐、邓、汝、蔡诸州义军，坚守泌阳，阻遏史思明叛军南侵。因战功，先后迁官为监察御史里行、水部员外郎，充荆南节度使判官，一度代摄荆南节度使职事。代宗即位后，授著作郎。广德元年（763）出任道州刺史。在任所，减免租税，招抚流亡，赈济灾民，安顿贫弱。他曾两度治理道州，深得百姓爱戴。在道州期间，他写下了新乐府《春陵行》和《贼退示官吏》。这两首诗传到夔州，当时在病中的杜甫看到后十分兴奋，大加赞许，写了《同元使君春陵行并序》。

元结是中唐早期的诗人，也是最早效杜甫写新乐府的诗人，是一位由盛唐到中唐的过渡作家。他对诗歌强调要归于“雅正”，主张诗文应是“救时劝俗之所须者”（《文编》），要起到美刺教化的作用，就是要“可以上感于上，下化于下”（《系乐府十二首》），即要让诗做到“极帝王理乱之道，系古人规讽之流”（《二风诗论》）。他把诗歌当成策论奏疏、规上劝世之文来写，忽略了诗歌的艺术性，因此他的诗（包括《春陵行》第二首在内）在艺术上比较粗糙，显得过于质木，他的新乐府虽然从思想上来说有一定的社会意义，但在艺术上很不成熟，跟杜甫、白居易的新乐府实在不可同日而语。他有仿民歌诗《欸乃曲五首》，倒颇有情趣，有一定韵味，如：

湘江二月春水平，满月和风宜夜行。
唱桡欲过平阳戍，守吏相呼问姓名。

——其二

千里枫林烟雨深，无朝无暮有猿吟。

停桡静听曲中意，好是云山韶濩音。

——其三

元结还依据他自己的文学主张和审美标准，选取了同时代7位诗人的24首诗，编辑了《箧中集》，还写了序言，阐述他的文学主张。这些诗都质直古朴，上承陈子昂，下启孟郊、贾岛。《箧中集》的七位作者是：沈千运、王季友、于逖、孟云卿、张彪、赵微明、元季川。七人中，孟云卿影响较大，晚唐张为著《诗人主客图》把他称为“高古奥逸主”，与白居易并列。当然，张为的排列极为不伦不类，不能为依据，但可看到孟云卿在当时可能还有一定的影响。孟云卿今存诗仅17首，大多是五言古体，内容上有少数反映了当时动乱社会里人民的苦难，如在未收入集的《伤时二首》之一中有“虎豹不相食，哀哉人食人”。此外大多为伤怀惜别一类作品，艺术成就也不高，因此对后世影响其实不大。其馀六人更是对后世没有什么影响，可见元结的主张和审美目光都不行。

二、顾况

顾况（约725—806），字逋翁，苏州海盐（今浙江海盐）人。至德二载（757）登进士第。历任节度使判官、校书郎、著作郎。他性格傲岸，善诙谑，讥谑权贵，遭弹劾，被贬为饶州司户参军。晚年隐居茅山，受道箓，自号华阳山人。他工诗善画，强调诗歌的美刺教化作用，认为诗乃“理乱之所经，王化之所兴，信无逃于声教，岂徒文采之丽耶”（《悲歌》序）。他对当时的文人一味吟山咏水、嘲风弄月提出了批评：“洛下郢中，吟咏风月，此其所以乱文。”（《文论》）这些都与元结有相通之处。他强调文品与人品的一致，即后世所说的“诗即其人”、“文即其人”的意思，在《文论》中，他说：“名之为文，其实行也。文顾行，行顾文，文行相顾，谓之君子之文。”这也是言行一致的意思。这是元结所未曾论及的，以后为中唐古文家所接受。

他的诗继承杜甫的传统，注重反映现实生活。他仿《诗经》而作的《上古之什补亡训传十三章》，在每章之前，都标明本章的主旨，从“悯农”始到“怨奢”终，这种做法为白居易所作的五十首“新乐府”所采用，由此可见他对白居易的影响。在这十三章中，常为人提及的是第十一章《囝》，诗中揭露当时闽中官吏掠买男童，绝其阳为阉奴的罪行，尤为沉痛悲切，令人不忍卒读。这十三章基本上是以叙述和议论组成，总体说来诗意不浓。他的几首小诗倒很有韵味，如：

悠悠南国思，夜向江南泊。
楚客肠断时，月明枫子落。

——《忆鄱阳旧游》

江村日暮寻遗老，江水东流横浩浩。
竹里闲窗不见人，门前旧路生青草。

——《江村乱后》

万里飞来为客鸟，曾蒙丹凤借枝柯。
一朝凤去梧桐死，满目鸱鸢奈尔何。

——《海鸥咏》

我欲升天隔霄汉，我欲渡水水无桥。
我欲上山山路险，我欲汲水水泉遥。

——《悲歌四首》之一

第一首五绝写“肠断时”的心情，显得空灵委婉，蕴含不露。第二首七绝，写战乱后的荒凉，以“旧路生青草”来烘托，把荒凉的景象写足。第三首是一首具有象征意义的讽刺诗，据说他因此诗得罪权贵，被赶出朝廷。最后一首表达他苦闷的心情，在这样黑暗的社会里，正直之士是找不到出路的。

中唐以后，有好几个皇帝沉湎于求长生，结果服丹药中毒身亡，本欲求长生，反而导致速死，真是莫大的讽刺。他的《行路难三首》之三，就是嘲讽统治者妄求长生，最终难免一死："君不见古人烧水银，变作北邙山上尘。藕丝挂在虚空中，欲落不落愁杀人。睢水英雄多血刃，建章宫阙成煨烬。淮王身死桂树折，徐福一去音书绝。行路难，行路难，生死皆由天。秦皇汉武遭不脱，汝独何人学神仙。"还有一首《宿昭应》，借汉喻唐，也是讽刺统治者求长生的虚妄。他的《宫词》（"长乐宫"）与《弃妇词》反映被压迫妇女的痛苦和诗人对她们的同情。

顾况善画解乐，艺术修养很高，他写了不少题画和咏乐诗。题画诗在杜甫笔下达到尽善尽美，顾况继承杜甫的传统，也写了不少题画诗，除了题山水画外，还有题画牛、画马、画花卉以及题草书的，虽然写得没有杜甫那样出神入化，但也栩栩如生，是杜甫以后第一人。如《梁司马画马歌》："画精神，画筋骨，一团旋风瞥灭没。仰秣如上贺兰山，低头欲饮长城窟。此马昂然独出群，阿爷是龙飞入云。黄沙枯碛无寸草，一日行过千里道。展处把笔欲描时，司马一蜗赛倾倒。"从中我们可以看出与杜甫《丹青引》等题画诗的继承关系。他的题咏音乐的诗中精彩之作不少，如《李供奉弹箜篌歌》《刘禅奴弹琵琶歌》《李湖州孺人弹筝歌》《郑女弹筝歌》《宜城放琴客歌》等，摹声绘神，想象奇特，比喻生动，对其后李贺的《李凭箜篌引》、白居易的《琵琶行》都有明显的影响。

第四章 大历十才子

一、钱起

钱起（约720—约782），字仲文，吴兴（今浙江湖州）人。天宝十载（751）登进士第，授秘书省校书郎。乾元二年（759）前后，任蓝田尉，当时隐居在蓝田辋川别墅的王维与他交往唱酬。广德二年（764）入朝任职，大历时，历任司勋员外郎、考功郎中、翰林学士等职。工诗，与郎士元齐名，时称钱郎。又与郎士元、刘长卿、李嘉祐并称“钱郎刘李”，诗风近似。

钱起是“大历十才子”之一。关于“大历十才子”究竟是哪十人，有不同记载。据《新唐书·卢纶传》记载为钱起、卢纶、吉中孚、韩翃、司空曙、苗发、崔峒、耿沣、夏侯审、李端。姚合的《极玄集》在李端名下，后人所注与《新唐书》所说基本一致。江邻几在《杂志》中所载则把韩翃、崔峒、夏侯审三人换成郎士元、李益、皇甫曾、李嘉祐四人，成了十一人。计有功《唐诗纪事》在李益条中，把《杂志》所列十一人中去掉吉中孚，成为十人。还有别的说法，没有必要对此一一细说了。这些被提到的人，不管是不是属于“大历十才子”，有一点是可以肯定的，就是他们的诗风都比较接近。他们中不少人出入权贵之门，其诗为赠别应酬、流连光景之作，少数反映社会现实。当时朝廷公卿出牧或奉使，若无钱、郎二人赋诗送行，则为时论所鄙。由此可见，其一，他们在当时声望很高；其二，他们常周旋于达官贵人之间，写一些应酬之作，并无多大价值。不过他们的作品在中国诗（包括词与散曲）的发展中，还是有一定作用的。闻一多先生曾说：“总括来说，大历诗人在数量方面为唐代第一，水准也高，但无大家和大的变化。形式多是五、七言近体诗，五律尤多。内容只限于个人的身世遭遇和一般生活感受，情绪偏于感伤，而艺术则着重于景物的细致刻画，这

种倾向为词的诞生作了准备。”（转引自刘人杰主编《中国文学史》）

钱起在“大历十才子”中年辈最长，名气也大，高仲武编《中兴间气集》以他为首，并称其诗“体格新奇，理致清赡”，还说他“文宗右丞，许以高格。右丞没后，员外为雄”。他善于写景，诗风清丽，接近王维。他最著名的诗是《省试湘灵鼓瑟》：

善鼓云和瑟，常闻帝子灵。
冯夷空自舞，楚客不堪听。
苦调凄金石，清音入杳冥。
苍梧来怨慕，白芷动芳馨。
流水传湘浦，悲风过洞庭。
曲终人不见，江上数峰青。

这是一首试帖诗，是士子到京师参加尚书省礼部考试时写的命题诗。这样的诗基本上没有留传下来，钱起这首诗可以说是一个例外。这首诗想象丰富，形象生动，瑰丽多姿，空灵委婉。特别是结尾二句，尤为后人赞赏。他还有一首《归雁》，是咏物诗中的名篇：

潇湘何事等闲回？水碧沙明两岸苔。
二十五弦弹夜月，不胜清怨却飞来。

这首诗前二句为诘问大雁，后二句代雁回答，从而寄寓无限思乡之情。构思新颖，想象丰富，运笔空灵，抒情委婉，哀怨幽美，脱尽咏物窠臼，清新俊逸，珠圆玉润，为咏物诗中不可多得的珍品，对后世咏物诗的发展影响不小。他也有少量反映现实、同情农民疾苦的诗，如《广德初銮驾出关后登高愁望二首》《观村人牧山田》

等，其中《秋霖曲》中有“公卿红粒爨丹桂，黔首白骨封青苔”，颇有杜甫“朱门酒肉臭，路有冻死骨”之意味。他的送别诗不少，都是应酬之作，没有什么可取之处，倒是一首《送征雁》诗写得不错：

秋空万里净，嘹唳独南征。
风急翻霜冷，云开见月惊。
塞长怯去翼，影灭有馀声。
怅望遥天外，乡愁满目生。

这首诗的主旨大致与《归雁》相似，但《归雁》蕴藉含蓄，这首诗却明朗显豁，各有好处。这首诗不像那些送别诗那样佯悲强笑，而是确有真情实感。他有《蓝田溪杂咏二十二首》，似乎是有意效王维的《辋川集》，如《戏鸥》“乍依菱蔓聚，尽向芦花灭。更喜好风来，数片翻晴雪”。他善于抓住瞬间的印象，然而诗的意境、韵味、情趣各方面都远不如王维，但优于刘长卿，诗句雷同的不多，用语较富赡。

二、郎士元

郎士元（生卒年不详），字君胄，中山（今河北定州）人，天宝末进士，历任渭南尉、左拾遗、尚书员外郎等，官至郢州刺史。工诗，与钱起齐名，高仲武编《中兴间气集》，上卷以钱起为首，下卷以郎士元为首，明白表示“压卷”之意，并说：“两君体调大抵欲同，就中郎公稍更闲雅，近于康乐。”其诗也多送别应酬之作，擅长五律，其中《盩厔县郑礒宅送钱大》可称是这方面的代表作：“暮蝉不可听，落叶岂堪闻。共是悲秋客，那知此路分。荒城背流水，远雁入寒云。陶令门前菊，馀花可赠君。”这首诗不是一般的送别诗，而是送别诗友钱起，因此有真情实感，其所以为人称道，也全在于此。其实，郎士元有几首小诗写得也不错，如：

入谷多春兴，乘舟棹碧浔。
山云昨夜雨，溪水晓来深。

——《山中即事》

湘山木落洞庭波，湘水连云秋雁多。
寂寞舟中谁借问，月明只自听渔歌。

——《夜泊湘江》

说他的诗“闲雅”大概是指这些诗而言。胡应麟在《诗薮·内编》中说：“郎君胄‘春色临边尽，黄云出塞多’，‘河源飞鸟外，雪岭大荒西’，句格雄丽，天宝馀音。”指的是他送人赴边塞的诗，前两句出自《送李将军赴定州》：“双旌汉飞将，万里授横戈。春色临边尽，黄云出塞多。鼓鼙悲绝漠，烽戍隔长河。莫断阴山路，天骄已请和。”后两句出自《送杨中丞和蕃》：“锦车登陇日，边草正萋萋。旧好寻君长，新愁听鼓鼙。河源飞鸟外，雪岭大荒西。汉垒今犹在，遥知路不迷。”他还有一首题画诗《题刘相公三湘图》，有杜甫遗韵：

昔别醉衡霍，迩来忆南州。
今朝平津邸，兼得潇湘游。
稍辨郢门树，依然芳杜洲。
微明三巴峡，咫尺万里流。
飞鸟不知倦，远帆生暮愁。
涔阳指天末，北渚空悠悠。
枕上见渔父，坐中常狎鸥。
谁言魏阙下，自有东山幽。

三、卢纶

卢纶（约784—约800），字允言，祖籍范阳（今河北涿州），后迁居河中蒲州（今山西永济）。安史之乱时，曾避难至鄱阳（今江西鄱阳）。大历初，屡次应试不第，居终南山。后经宰相元载、王缙推荐，授阌乡尉。历任集贤院学士、秘书省校书郎，出为陕府户曹、密县令、昭应令。后入浑瑊幕府任判官，并表荐为检校户部郎中。工诗，其诗也多为送别赠答、奉陪游宴之作，诗风大致与钱、郎近似，为“大历十才子”之一。但因他居军幕多年，有边塞生活经历，所作边塞诗奇拔雄浑，在十才子中，他的成就较高，王士祯在《分甘馀话》中称他为“大历十才子之冠冕”。他的诗以《和张仆射塞下曲》六首最为著名：

林暗草惊风，将军夜引弓。
平明寻白羽，没在石棱中。

——其二

月黑雁飞高，单于夜遁逃。
欲将轻骑逐，大雪满弓刀。

——其三

这样雄健的诗，在当时不多见，所以特别为人赞赏。钟惺在《唐诗归》中说：“中唐音律柔弱，独此可参盛唐。”许学夷在《诗源辨体》中也说：“气魄音调，中唐所无。”杨逢春在《唐诗偶评》中评说：“气格沉雄，音节悲壮。”这是和诗，可惜原作已失传。至于张仆射是谁，也未有定论，一说为张建封，另一说为张延赏。不过从实际情况来看，我以为张延赏的可能性更大一些。除六首《塞下曲》外，他的另一首五绝《赠李果毅》也显示了唐军将领的英姿飒爽。还有《腊月观咸宁王部曲娑勒擒豹歌》，写人兽搏斗，极为壮观生动，也应属于“气格沉雄”之例。他还有一首《逢病军人》：

行多有病住无粮，万里还乡未到乡。
蓬鬓哀吟古城下，不堪秋气入金疮。

这里写的是一个为国征战多年伤病退役还乡的军人在还乡途中的悲惨情况，集伤病、饥寒、疲惫于一身，行无力住无食，无人关怀照顾，读后凄然泪下。从中我们可以看到诗人对病军人的无限同情，同时讽刺统治者不关心百姓，揭露了当时社会的黑暗。他生逢安史之乱，所以也有不少伤时世悲离乱的诗，这显示了他诗风的另一面。

四、韩翃

韩翃（生卒年代不详），字君平，南阳（今河南南阳）人。天宝十三年（754）登进士第。宝应元年（762）后，先后在淄青节度使与汴宋节度使幕府任职。建中（780—783）初，因其《寒食》一诗为德宗赏识，擢为驾部郎中、知制诰，迁中书舍人，卒于任。工诗，为“大历十才子”之一。他的绝句，前人给予很高的评价，胡应麟许以“高华”，与王维、岑参、高适和李益并列。在《诗薮》中还说：“中唐……唯韩翃诸绝最高。”毛先舒在《诗辩坻》中说：“七绝，李益、韩翃足称劲敌。”另外，他与柳氏悲欢离合的爱情故事曾盛传一时，后由许尧佐撰写成传奇小说《柳氏》，使他名声远扬。在韩翃的诗集中，送行酬赠之作高达十分之八九，为其他诸家集中所罕见。他的诗当以七绝《寒食》最著名：

春城无处不飞花，寒食东风御柳斜。
日暮汉宫传蜡烛，轻烟散入五侯家。

对这首诗，历来评论很多，都以为这里以汉喻唐，托讽微婉，如孙洙在《唐诗三百首》中评说：“唐代宦官之盛，不减于桓、灵，此诗托讽深远。”然而东汉时权贵并称“五侯”的不少，其中有宦官，也有外戚，所以也有人认为是讽刺杨国忠兄妹。其实解诗不必如此坐实，“五侯”可理解为泛指权贵。他的另一首七绝《宿石邑山中》也很出色：

浮云不共此山齐，山霭苍苍望转迷。
晓月暂飞高树里，秋河隔在数峰西。

胡应麟说他的绝句“高华”，这首诗应是主要例证。唐汝询在《唐诗解》中说：“首言山之高，次言山之广，下联即首句意。‘暂飞’、‘隔在’四字奇绝。”黄叔灿在《唐诗笺注》中说：“写景如上二句，画不能到。”他的七律《同题仙游观》也显得雄丽高华。七律《送客水路归陕》、五言排律《奉送王相公缙赴幽州巡边》等，则以技巧圆熟著称。《送孙泼赴云中》则气势雄浑，风骨刚健，是一首不错的边塞诗，有几分高、岑遗风：

黄骢少年舞双戟，目视旁人皆辟易。
百战能夸陇上儿，一身复作云中客。
寒风动地气苍茫，横吹先悲出塞长。
敲石军中传夜火，斧冰河畔汲朝浆。
前锋直指阴山外，虏骑纷纷胆应碎。
匈奴破尽人看归，金印酬功如斗大。

他的《赠张建》则令人想起盛唐时王维、李白写的《少年行》一类诗。他还有一首《寄柳氏》：“章台柳，章台柳，颜色青青今在否？纵使长条似旧垂，也应攀折他人手。”后来人们在编辑唐词时收录了这一首，并改题名《章台柳》，从这里，我们看到早期的词，没有改变多少诗的模样，可以看清诗词的关系。

五、李端

李端（约733—约792），字正己，赵州（今河北赵县）人。大历五年（770）登进士第，授秘书省校书郎。与钱起、卢纶等唱和，同游于驸马郭暧之门。后因病辞官，居终南山草堂寺。建中年间（780—783），移官江南，授杭州司马。工诗，以才思敏捷著称。《旧唐书·卢简求传》称：“大历时，诗人李端、钱起、韩翃辈能为五言诗，而辞情捷丽。”他的诗精工秀丽，其中《巫山高》一诗最受人赏识，对此有不少记载，我们先来看看这首诗吧：

巫山十二峰，皆在碧虚中。
回合云藏月，霏微雨带风。
猿声寒过涧，树色暮连空。
愁向高唐望，清秋见楚宫。

这首诗格律工稳，用宋玉《神女赋》典故，隐含不露，词语丽而不艳。他工五律，大多平淡和婉，看似内心平静，其实也不时掀起波澜。例如《代村中老人答》：

京洛风尘后，村乡烟火稀。
少年曾失所，衰暮欲何依。
夜静临江哭，天寒踏雪归。
时清应不见，言罢泪盈衣。

这首诗反映战乱给人民带来的灾难，“泪盈衣”的不仅仅是“村中老人”，也有诗人洒下的一掬同情泪。他一生中漂泊于江上的时间似乎不少，诗中屡见《江上逢司空曙》《江上喜逢司空文明》《江上别柳中庸》《江上逢柳中庸》《江上送客》，还有《宿瓜洲寄柳中庸》《晓发瓜洲》《宿洞庭》等，其中以《江上逢司空曙》与《宿洞庭》两首较好，虽有无限感慨、无限情思，但都蕴含不露，显得雅淡和婉，饶有馀味。然而五律《过宋州》在风格上却与前边的全然不同：

睢阳陷虏日，外绝救兵来。
世乱忠臣死，时清明主哀。
荒郊春草遍，故垒野花开。
欲为将军哭，东流水不回。

这是凭吊在安史之乱中死守睢阳的张巡、许远，面对忠烈义士，无法平静，哪里还有雅淡的情趣，唯有失声恸哭。他还有几首绝句，显得“新警可喜”（贺裳《载酒园诗话又编》）。如：

鸣筝金粟柱，素手玉房前。
欲得周郎顾，时时误拂弦。

——《听筝》

月落星稀天欲明，孤灯未灭梦难成。
披衣更向门前望，不忿朝来鹊喜声。

——《闺情》

山店门前一妇人，哀哀夜哭向秋云。
自说夫因征战死，朝来逢着旧将军。

——《宿石涧店闻妇人哭》

第一首写弹筝女为挑逗情郎故意出错，诗中把“曲有误，周郎顾”的典故融入其中，了无痕迹，这正是诗人的高明之处。贺裳说“新警可喜”，正是指这里引录的第二首。诗用白描手法写出了一个闺中少妇急切盼望丈夫归来，长夜无眠。天明时忽然传来“喜鹊声”，这是好兆头，预示着丈夫要回来了，连衣服都来不及穿好，披着衣服匆忙出门张望，却不见丈夫的踪影，不禁怨恨喜鹊诓骗她。不怨丈夫不归来，反怨喜鹊报喜不准，这样写，使这首诗直中有曲，更耐人寻味。最后一首诗，先写妇人哀哭，再写哀哭原因，倒叙补充，使得这首诗跌宕有致。

六、司空曙

司空曙（约720—约790），字文明，一作文初，广平（今河北永年）人，系卢纶表兄。安史之乱时，避难迁居南方。曾举进士，大历（766—779）初任洛阳主簿，不久迁右拾遗。贞元（785—804）初贬为长林县丞。贞元四年前后，入剑南节度使韦皋幕府，官检校水部郎中，位终虞部郎中。工诗，为“大历十才子”之一。其诗多为送别赠答与羁旅漂泊之作，善于以质朴率真的词句，表现流落异乡的感慨和失意哀愁；又善于用淡雅的笔调，描绘幽寂的景色，诗风与李端较接近。他有名的诗，如《云阳馆与韩绅宿别》：

故人江海别，几度隔山川。
乍见翻疑梦，相悲各问年。
孤灯寒照雨，湿竹暗浮烟。
更有明朝恨，离杯惜共传。

本为送别诗，却从上次久别重逢写起，两次离别并作一次写，更觉曲折有致。颔联已成写久别重逢的名句，方回在《瀛奎律髓》中，胡应麟在《诗薮·内编》中，都称其为“久别忽逢之绝唱”。在送别赠答类诗中，还有一首著名的诗是《喜外弟卢纶见宿》：

静夜四无邻，荒居旧业贫。
雨中黄叶树，灯下白头人。
以我独沉久，愧君相见频。
平生自有分，况是蔡家亲。

这首诗的颔联也是历来为人赞赏的名句，谢榛在《四溟诗话》中说：“韦苏州曰：‘窗里人将老，门前树已秋。’白乐天曰：‘树初黄叶日，人欲白头时。’司空曙曰：‘雨中黄叶树，灯下白头人。’三诗同一机杼，司空为优；善状目前之景，无限凄感，见乎言表。”我们看到韦、白二人的诗，形象比较单薄，且多抽象词语，而司空曙的诗形象丰满，用雨中、灯下营造一个凄凉的氛围，加强了诗的感染力。另外，司空曙这两句诗，虽从王维《秋夜独坐》诗中的“雨中山果落，灯下草虫鸣”变化而来，但王维只是单纯叙述，说明时间变迁，日月催人老，并无深意，不如司空曙兴而兼比，烘托了气氛，加强了表现力。

他的写景诗被认为善用淡雅笔调描绘幽寂景色，主要是指下面这类诗说的：

钓罢归来不系船，江村月落正堪眠。
纵然一夜风吹去，只在芦花浅水边。

——《江村即事》

晓发梳临水，寒塘坐见秋。
乡心正无限，一雁度南楼。

——《寒塘》

前一首颇受赞赏，这首诗顺口直述，率真自然，而道前人所未道，备感清新，饶有诗情画意，幽静闲适。在这首诗里，钓者的悠闲、江村的宁静跃然纸上。然而此钓者绝非真渔翁，实为隐者之流。后一首则在闲适宁静中，透出了一点淡淡的乡愁。当然，司空曙也决非一直心静如止水，或只为自身的身世感叹，对世事不闻不问，无动于衷。其实他还有这样的诗：

朝为耕种人，暮作刀枪鬼。
相看父子血，共染城壕水。

——《梁城老人怨》

辇路江枫暗，宫庭野草春。
伤心庾开府，老作北朝臣。

——《金陵怀古》

前一首写出了在乱世中人民的苦难，生命没有保障，朝不保夕，令人触目惊心。诗人对此不仅无限同情，简直在愤怒控诉。后一首写出了王朝兴亡，世事沧桑，真是“六代繁华春去也，更无消息”，而对庾信的遭遇，更是无限感叹，无比同情。诗中情景交融，蕴含丰富，耐人寻味。

七、耿湋

耿湋（生卒年代不详），一作“耿纬”，河东（今山西永济）人，久居洛阳。宝应二年（763）登进士第，授周至尉。大历年间入朝任左拾遗（一说右拾遗），与钱起、卢纶等唱和，并同游于驸马郭暧之门。大历十一年（776）充括图书使赴江淮，在越中与严维、秦系等人唱酬。德宗时（780—804），迁大理司法。工诗，为

“大历十才子”之一。其诗多为送别赠答、登临题咏之作，多荒凉之景与凄苦之情，充满感叹失意和叹贫嗟老的情调。他有一首《雨中留别》，自叹身世凄凉，生涯艰辛：

东西无定客，风雨未休时。
悯默此中别，飘零何处期。
青山违旧隐，白发入新诗。
岁岁迷津路，生涯渐可悲。

他还写过不少边塞诗，有《塞上曲》《入塞曲》《凉州词》《陇西行》以及多首赠送将军的诗，不仅没有盛唐边塞诗的激越高亢，也没有李益等人边塞诗的悲壮深沉，而是显得悲凉凄清。他有《宋中》诗二首，倒是反映了战乱的破坏，但调子也很低沉，虽然也写道：“百战无军食，孤城陷虏尘”，但缺乏李端的《宋州》那样对死难忠烈张巡、许远的凭吊，只有泛泛的一声哀叹。他的《路旁老人》与《代园中老人》是两首较好的诗，反映了当时的社会现实，一首写统治阶级的争夺战断送了老人的亲人，剥夺了他的生计，被弃置路旁，遭轻薄儿耻笑。另一首写老人一生勤劳，在园林中种植的桃李成荫，却全被剥夺，写出了现实社会中的不平。他还有两首小诗，一是《秋日》“反照入闾巷，忧来与谁语。古道无人行，秋风动禾黍”，另一首是《赠山老人》“白首独一身，青山为四邻。虽行故乡陌，不见故乡人”，反映战后的荒凉，蕴藉含蓄，有馀味。另有一首小诗《拜新月》：

开帘见新月，便即下阶拜。
细语人不闻，北风吹裙带。

这首诗写得很别致，颇得前人赞赏。诗中活脱写出了一个痴情小女子，“细语人不闻”，不闻得好，耐人寻味。“北风吹裙带”一句，黄叔灿在《唐诗笺注》中称：“此诗之魂，通首活现矣。”刘宏熙在《唐诗真趣》中说：“不着一字，尽得风流。妙作旁观语，善于含蓄。”邢孟贞在《唐风定》中称此诗“六朝乐府妙境”。唐汝询在《唐诗解》中说得更具体：“此《子夜歌》之遗声也。”由此，我们可以领悟到诗的继承关系。他还有一首写景诗也应该一提，那就是《废庆宝寺》：“黄叶前朝寺，无僧寒殿开。池晴龟出曝，松暝鹤飞回。古井碑横草，阴廊画杂苔。禅宫亦销歇，尘世转堪哀。”荒芜幽暗，透出了一股阴森之气。贾岛、姚合等人喜学这类写法，韩愈也受他影响，塑造了“黄昏到寺蝙蝠飞”这样的境界，可见耿湋在当时是一个有一定影响的诗人。

八、李嘉祐

李嘉祐（生卒年代不详），字从一，赵州（今河北赵县）人。天宝七年（748）登进士第。曾任秘书省正字，奉使搜求图书。肃宗时，出为鄱阳令，四年后改任江阴令。上元二年（761）升任台州刺史，宝应元年（762）罢任，漫游吴越。大历初入朝，历任工部员外郎、司勋员外郎。大历中出为袁州刺史，世称“李袁州”。罢任后寓居苏州。工诗，交游甚广，当时的名流刘长卿、钱起、郎士元、严维等等，无不与之交往。肃宗、代宗时期，诗名颇著，与钱起、郎士元、刘长卿并称钱郎刘李。高仲武在《中兴间气集》中称赞他“振藻天朝，大收芳誉，中兴高流。与钱、郎别为一体，往往涉于齐梁，绮靡婉丽，盖吴均、何逊之敌也”，其“野渡花争发，春塘水乱流”等句，为“文章之冠冕”。

李嘉祐的诗多为送别寄赠与游览题咏之作，也有少数反映社会现实的诗，如《南浦渡口》《自常州还江阴途中作》《题灵台县东山村主》《宋州东登望题武陵驿》等，我们从《南浦渡口》中可见其一斑：

寂寞横塘路，新篁覆水低。
东风潮信满，时雨稻粳齐。
寡妇共租税，渔人逐鼓鼙。
惭无卓鲁术，解印谢黔黎。

其他几首这类诗也大体如此，用一两联反映当时战乱后的萧条情况。上面这首诗写到寡妇也不胜官家租税之苦，自愧无术济民，有弃官之意，表现了一个有良心的地方官的苦恼。但他的诗主要还是“涉于齐梁，绮靡婉丽”，与“十才子”中不少人一样，有一种向齐梁回归的趋势，诗的内容怀乡惜别，往往凄艳深婉，如为人赞赏的《送王牧往吉州谒王使君叔》：

细草绿汀洲，王孙耐薄游。
年岁初冠带，文体旧弓裘。
野渡花争发，春塘水乱流。
使君怜小阮，应念倚门愁。

这首送别诗写春日郊野，清新可爱，其颈联尤为人赞赏不已。他还有一首《春日淇上作》，十分浓艳：

淇上春风涨，鸳鸯逐浪飞。
清明桑叶小，度雨杏花稀。
卫女红妆薄，王孙白马肥。
相将踏青去，不惜解罗衣。

这确实已接近齐梁了。（这里的“度雨”，疑是“谷雨”之误。）在他的诗中，属对精工文辞秀丽的句子可以说俯拾皆是，如“水传云梦晓，山接洞庭春”（《送客游荆州》）、“草思晴后发，花怨雨中飞”（《送裴宣城上元所居》）、“转曲遥峰出，看涛极浦连”（《送独孤拾遗先辈先赴上都》）、“远峰晴更近，残柳雨还新”（《送房明府罢长宁令湖州客舍》）等等。这些诗对晚唐诗人有一定影响。他还有几首七古，如《江上曲》《伤吴中》《古兴》《杂兴》等，诗中抒情主人公均为女性，但婉而寓讽，对齐梁诗风有所发展，对晚唐诗也有一定影响。

九、皇甫冉

皇甫冉（约717—约770），字茂政，润州丹阳（今江苏丹阳）人，郡望安定（今甘肃泾川）。10岁能属文，15岁为张九龄叹赏，称其清颖秀拔，有江淹、徐陵之遗风。天宝十五年（756）登进士第，授无锡尉。安史之乱时避居常州阳羡山中。后任左金吾兵曹参军。广德二年（764），宰相王缙出任河南元帅、东都留守，召入幕府，为掌书记。大历二年（767），入朝任左拾遗，转左补阙。大历五年，奉使江南，回丹阳省亲，卒于家。卒后，其弟皇甫曾集其遗著，并请独孤及为之作序。工诗，与其弟皇甫曾齐名，时人比之为张载、张协。高仲武在《中兴间气集》中说：“冉诗巧于文字，发调新奇，远出情外……可以雄视潘、张，平揖沈、谢。”而独孤及更是说：“沈、宋既没，而崔司勋颢、王右丞维复崛于开元、天宝之间。得其门而入者，当代不过数人，补阙其人也。”他最有名的诗是《巫山高》，也最能代表他的风格：

巫峡见巴东，迢迢出半空。
云藏神女馆，雨到楚王宫。
朝暮泉声落，寒暄树色同。
清猿不可听，偏在九秋中。

胡应麟在《诗薮·外编》中说："《巫山高》，唐人旧选四篇，当以皇甫冉为最。"这说法出自范摅的《云溪友议》，据说白居易过巫山，秭归县令繁知一请他赋诗，白居易告诉他说，刘禹锡离夔州任后曾经过这里，在千馀首咏巫峡诗中只选留了四首，即沈佺期、王无竞、李端与皇甫冉四人之作。意思是说，他要写咏巫峡的诗，也不会超过这四人之作，因此搁笔而去。高仲武说："《巫山诗》，终篇奇丽，自晋、宋、齐、梁、陈、隋以来，采掇者无数，而补阙独获骊珠，使前贤失步，后辈却立，自非天假，何以迨斯！"这首诗写法上与李端有相通之处，前半首也极言巫山之高，颔联也用宋玉《神女赋》典故，李诗暗用，这首诗明用，李诗"云藏"的是"月"而已，这首诗"云藏"的却是"神女馆"，后又以"楚王宫"为对，造成缥缈迷离的境界，令人神驰心往。

从"十才子"的诗中，我们看到了向齐梁回归的趋势，而这种趋势在皇甫冉笔下更显著，他有诗题曰《见诸姬学玉台体》；在《送张南史》题下注明"效何记室体"；《题竹扇赠别》中有句曰"幸亲芳袖日，犹带旧林风。掩笑歌筵里，传书卧阁中"，颇有江左遗风。至于《怨回纥歌二首》，特别是其二"祖席驻征棹，开帆信候潮。隔烟桃叶泣，吹管杏花飘。船去鸥飞阁，人归尘上桥。别离惆怅泪，江路湿红蕉"，我们闻到了更浓的六朝脂粉味。他的诗可以说上承齐梁，下开晚唐温韩一派。

他还有一些送别诗，感情隐含不露，在平静的表面下透露出淡淡的惆怅，表现出另一种风格。他很重视炼字，如《归渡洛水》："暝色赴春愁，归人南渡头。渚烟空翠合，滩月碎光流。澧浦饶芳草，沧浪有钓舟。谁知放歌客，此意正悠悠。"这首诗中，首句的"赴"字很有讲究，据范晞文在《对床夜语》中说，王安石曾说过："下得'赴'字大好，若下'见'字、'起'字，即小儿言语。"其他如"浦外野风初入户，窗中海月早知秋"（《宿淮阴南楼酬常伯能》）中的"初"与"早"，"驿路收残雨，渔家带夕阳”（《送康判官往新安赋得江路西南永》）中的“收”与“带”，“白云随浪散，青壁与山连”（《送夔州班使君》）中的“随”等，这些字都很讲究，还有如“先秋雪已满，近夏草初新”（《送刘兵曹还陇山居》），状写陇山景色入神。

十、皇甫曾

皇甫曾（？—785），皇甫冉之弟，也工诗，计有功在《唐诗纪事》李益条中，把皇甫曾列入“大历十才子”。高仲武在《中兴间气集》中称他“体制清洁，华不胜文”。把他与其兄比作张载、张协，还认为他的诗胜过其兄：“昔孟阳之与景阳，诗德远惭厥弟，协居上品，载处下流；今侍御之与补阙，文辞亦尔。”他的诗比其兄色泽较清淡、洁净，诗体清秀工稳，也有一定意蕴，显得韵味深长。高仲武对他《送林中丞还京》（《全唐诗》林中丞作杜侍御）中的颔联“寒生五湖道，春及万年枝”特别赞赏。下面我们选他一首游览题咏诗与一首留别诗：

悠悠驱匹马，征路上连冈。
晚翠深云窦，寒台净石梁。
秋花偏似雪，枫林不禁霜。
愁见前程远，空郊下夕阳。

——《玉山岭上作》

悠悠千里去，惜此一尊同。
客散高楼上，帆飞细雨中。
山程随远水，楚思在青枫。
共说前期易，沧波处处同。

——《乌程水楼留别》

这两首诗写景真切，气氛萧索，感情惆怅落寞，满怀愁绪，但说到“前程”、“前期”却戛然而止，采用兴结（写景），无限情思尽在不言中。

十一、冷朝阳

冷朝阳（生卒年代不详），金陵（今江苏南京）人。大历四年（769）登进士第，未及授官，即回家省亲，当时的著名诗人李嘉祐、李端、钱起、韩翃等为其饯行，赋诗送别。后入路州节度使薛嵩幕为从事。严羽在《沧浪诗话·诗评》中把他作为“大历十才子”来评论，但无论在姚合的《极玄集》还是在《新唐书·卢纶传》中所列“十才子”之名，都没有他。其诗多游览登临与送别之作，工于五律，长于写景，如“华岳三峰小，黄河一带长”（《登灵善寺塔》）、“秋林新叶落，霜月满庭寒”（《冬日逢冯法曹话怀》）、“风激珠光碎，山欹练影偏。急流难起浪，迸沫只如烟”（《瀑布泉》）等等，都工于体物，长于描摹。他的一首七绝《送红线》尤为人赞赏、传诵：

采菱歌怨木兰舟，送客魂销百尺楼。
还似洛妃乘雾去，碧天无际水空流。

这是一首送别诗，但所送之人为侠女，不能像寻常小儿女那样黯然伤神，而是恍惚缥缈，令人神往，只觉深情无限，韵味无穷。乔亿在《大历诗略》中说此诗“词调极佳，渔洋诸绝句所本”，可见其对后代影响之深。

第五章　大历、贞元间其馀诗人

一、张继

张继（生卒年不详），字懿孙，襄州（今湖北襄阳）人。早年振词名，颇矜气节，初至长安，曾作《感怀》以明志："调与时人背，心将静者论。终年帝城里，不识五侯门。"表现出了不同流俗、傲视权贵的气节。天宝十二年（753）登进士第。其后仕历不详，只知在大历末任检校祠部员外郎，分掌财赋于洪州（今江西南昌），与其夫人相继卒于洪州。生前曾游吴越，与刘长卿、皇甫冉等友善。卒后，刘长卿有《哭张员外继》诗，深致哀悼。高仲武在《中兴间气集》中称："员外累代词伯，积习弓裘。其于为文，不雕自饰。及尔登第，秀发当时。诗体清迥，有道者风。"其诗以游苏州时所作《枫桥夜泊》最为著名：

> 月落乌啼霜满天，江枫渔火对愁眠。
> 姑苏城外寒山寺，夜半钟声到客船。

这首诗历来为人传诵，是一首脍炙人口的名篇。诗中再现了江南水乡秋夜幽美的景色，借景抒情，传达了羁旅愁怀。这首诗看似随手写来，毫不费力，自然流畅，不见雕饰，其实极有功力，诗中视觉、听觉、感觉和谐组合，层次分明，明暗互衬，最后远远传来几声钟声，衬托出了夜的静谧与肃穆，更显示出水乡深夜的隽永和清寥，也增添了客子的愁绪。全诗意境幽深，情味隽永，情景交融，妙不可言，成千古绝唱。清代著名学者管世铭推之为唐人绝句压卷之作。他的另一首七绝《阊门即事》也值得一提：

> 耕夫召募逐楼船，春草青青万顷田。

试上吴门窥郡郭，清明几处有新烟。

这首诗写安史之乱后，国内军阀割据，互相争斗，造成战祸连年。江南本为富庶之地，战后却落得如此荒凉，写来痛心，读来伤心。他还有一首五言排律《送邹判官往陈留》，其中写道："齐宋伤心地，频年此用兵。女停襄邑杼，农废汶阳耕。"还嘱咐邹判官到任后要"薄赋恤黎氓"，表达了诗人一片爱民之心。

二、戎昱

戎昱（生卒年代不详），荆南（今湖北江陵）人。年轻时曾举进士，是否登第，说法不一。曾在颜真卿幕下为吏。宝应元年（762），从滑州、洛阳西行，经华阴，遇王季友，同赋《苦哉行》。曾入蜀，客居剑南。广德初至大历初，在荆南节度使卫伯玉幕府任职，得识杜甫。大历四五年间入潭州刺史崔瓘幕。后客居桂林，大历后期入桂管观察使李昌夔幕，颇受信用。建中三年（782）入长安，在御史台任职。翌年出为辰州刺史，贞元七年（791）转虔州刺史。晚年在湖南零陵。

戎昱游宦各地，长期为幕僚，历经战乱，了解民情，在诗中较注重反映现实。《苦哉行五首》是他最著名的作品，如其一：

彼鼠侵我厨，纵狸授粱肉。
鼠虽为君却，狸食自须足。
冀雪大国耻，翻是大国辱。
膻腥逼绮罗，砖瓦杂珠玉。
登楼非骋望，目笑是心哭。
何意天乐中，至今奏胡曲。

这是写为平定安史之乱，唐王朝向回纥借兵，但回纥兵进来后大肆烧杀掳掠，给人民带来了巨大的灾难。他曾家居陇西，其弟殁于胡军，所以深知边塞之苦，有《塞下曲》六首，极为凄凉悲苦，竟至“无言泪如雨”。还有一首《咏史》也很有特色：

汉家青史上，计拙是和亲。
社稷依明主，安危托妇人。
岂能将玉貌，便拟静胡尘。
地下千年骨，谁为辅佐臣。

这是对唐王朝和亲政策的批判，杜甫也有诗曰：“和亲知计拙，公主漫无归。”（《警急》）这与杜甫一脉相承。这首诗批判唐肃宗在外族入侵面前一味屈辱求和，驱使无辜女子为之牺牲，结果仍不得安宁，并对朝臣无能深为愤慨。这首诗也继承了杜甫以议论入诗的做法。他有几首小诗，写得很有情趣：

好是春风湖上亭，柳条藤蔓系离情。
黄莺久住浑相识，欲别频啼三五声。
——《移家别湖上亭》

风卷寒云暮雪晴，江烟洗尽柳条轻。
檐前数片无人扫，又得书窗一夜明。
——《韩舍人书窗残雪》

这两首诗，构思独特，很有情趣。

他的诗工于体物，写景深幽，造语纤巧，抒情哀婉凄清，例如：“晓角分残漏，孤灯落碎花”（《桂州腊夜》）、“宝镜窥妆影，红衫裛泪痕”（《闺情》）、“随风秋树叶，对月老宫人”

（《秋望兴庆宫》）、“一灯传岁月，深院长莓苔”（《题招提寺》）、“烟生极浦色，日落半江阴”（《采莲曲二首》）等等，其馀还有《桂州岁暮》《宿桂州江亭呈康端公》等，莫不如此。《罗江客舍》一诗尤感凄婉：

山县秋云暗，茅亭暮雨寒。
自伤庭叶下，谁问客衣单。
有兴时添酒，无聊懒整冠。
近来乡国梦，夜夜到长安。

他虽然受到杜甫一定的影响，写了一些反映社会现实的诗，但在诗风上，却不像杜甫那样“恐与齐梁作后尘”（《戏为六绝句》之五），而是有意向齐梁回归，自觉向玉台靠拢（他有诗题曰《玉台体题湖上亭》），这些都对晚唐诗产生了一定影响。

三、严维

严维（生卒年代不详），字正文，越州山阴（今浙江绍兴）人。初隐居桐庐。至德二年（757）登进士第，又擢辞藻宏丽科，授诸暨尉。后曾任河南节度使府幕僚与河南尉等职，官终秘书郎（一说右补阙）。工诗，与当时的一些知名诗人几乎都有交往，其中与刘长卿酬唱尤多。其诗多为送别赠酬之作，《酬刘员外见寄》中的颈联“柳塘春水漫，花坞夕阳迟”向称名句，深得宋人赞赏，魏庆之在《诗人玉屑》卷六中，引梅尧臣的话说这两句：“天容时态，融和骀荡，岂不在目前乎！”并列入唐人句法绮丽一栏。他的七绝《丹阳送韦参军》也深得人赞赏：

丹阳郭里送行舟，一别心知两地秋。
日晚江南望江北，寒鸦飞尽水悠悠。

这首诗写离情，不实写而是融情于景。用一“望”字，以见独立凝望，时天色已晚，行舟远逝，所见者唯“寒鸦飞尽”，除了“水悠悠”外，别无所见，由此显示满怀惆怅，愁思无限。俞陛云在《诗境浅说续编》中说：“临水寄怀，不落边际，自有渺渺予怀之感。”空灵委婉，后代有不少人专门追求这种境界。

四、张潮

张潮（一作张朝），大约生于开元、天宝年间（约741年前后），卒于大历以后（779年以后）。润州曲阿（今江苏丹阳）人。一生未仕，为大历时处士。工诗，尤擅长乐府。殷璠评论其诗说：“委曲怨切，颇多悲凉。”其七绝有民歌风味。如：

朝出沙头日正红，晚来云起半江中。
赖逢邻女曾相识，并著莲舟不畏风。

——《采莲词》

茨菰叶烂别西湾，莲子花开犹未还。
妾梦不离江水上，人传郎在凤凰山。

——《江南行》

这两首诗用的都是乐府古题，写得都通俗浅显，自然流畅，然而语浅情深，馀味无穷，深得古乐府神髓。《江南行》一诗尤为人赞赏，李锳在《诗法易简录》中称之为“得风人之体”。刘拜山在《千首唐人绝句》中评解说：“诗中标举两处地名，正要人从其相近悟入，布局巧妙如此。前人未加深究，未免辜负匠心。”

五、柳中庸

柳中庸（生卒年不详），名淡，以字行。河东（今山西永济）人，为柳宗元族叔。工诗，精通《周易》。萧颖士爱其才，以女妻之。曾任洪府户曹参军，早卒。与李端为诗友，交往甚密。其诗工于写景，语言朴素流丽，多凄清之词。常情寓景中，蕴藉含蓄。如《江行》：

繁阴乍隐洲，落叶初飞浦。
萧萧楚客帆，暮入寒江雨。

诗中只写日暮江雨欲来之时，行舟于江上所见，全是景物，而情寓其中，蕴含不露，能得其味外味者，方知有无限羁旅之愁，所以颇合主张“神韵”的王士祯的口味。宋顾乐在《唐人万首绝句选》中评说：“只举目前，悠然无极，此阮亭所极模笔也。”他还有一首七绝《征人怨》，写得非常别致：

岁岁金河复玉关，朝朝马策与刀环。
三春白雪归青冢，万里黄河绕黑山。

这首诗四句中，不仅句与句作对语，而且句中又有对，如“金河”对“玉关”、“马策”对“刀环”、“白雪”对“青冢”、“黄河”对“黑山”等，然而毫无造作生硬的感觉，反觉“句法浑成”、“格调雄厚”（俞陛云语）。富寿荪在《千首唐人绝句》中评解说：“四句皆写征人之怨，诗中虽不着一字，而言外怨意弥深。通首精工典丽，于对起对收之中，别具飞动流走之妙。”这两首诗的共同之处就在蕴藉含蓄，所谓“不着一字，尽得风流”，后来严羽的《沧浪诗话》、王士祯的“神韵说”专取这一类诗加以阐发。

六、张碧

张碧，字太碧，生卒年与籍贯均不详，贞元中（785—805）举进士，不第。在盛唐诗人中，李白与杜甫如两座高峰，直插云霄，令人仰之弥高。然而其后，时闻少陵馀响，罕见太白遗风。张碧是少数仰慕李白的诗人中最突出的一个，他的名与字都学李白。曾自序其诗曰："碧尝读李长吉集，谓春坼红翠，霹开蛰户，其奇峭不可攻也。及览太白辞，天与俱高，青且无际，鹏触巨海，澜涛怒翻，则观长吉之篇，若陟嵩之巅视诸阜者！"（见《唐诗纪事》）其诗有七古《鸿沟》《秋日登岳阳楼晴望》《题祖山人池上怪石》等，诗风近似李白，特别是《鸿沟》写楚汉之争，很有气势，有李白遗风。因此，孟郊在《读张碧集》中说："太白天宝没，六义已消歇。大哉《国风》本，丧而王泽竭。先生今复生，斯文信难缺。下笔证兴亡，陈辞备风骨。高秋数奏琴，澄潭一轮月。谁作采诗官，忍之不挥发。"但他的七绝《农父》却接近杜甫了：

运锄耕劚侵星起，陇亩丰盈满家喜。
到头禾黍属他人，不知何处抛妻子。

这是一首反映社会不平、农民疾苦的诗。这首诗有明显的特色，诗里写的不是灾荒年而是丰收年。农民披星戴月辛勤劳动，好不容易赢得丰收，满指望日子好过一些，因此"满家喜"，但后两句笔锋一转，由大喜跌入了大悲。可见当时剥削之重，为了偿还租税，不仅"到头禾黍属他人"，还被逼鬻妻卖子。这样的社会哪里还有人民的活路！他还有一首为人称道的诗《贫女》，这首诗看似明白易懂，极普通极简单，其实蕴涵丰富，耐人寻味。

岂是昧容华，岂不知机织。

自是生寒门，良媒不相识。

这首诗从字面上看，是在为一位漂亮能干的贫女鸣不平，但结合当时的社会现实与作者的身世来做进一步思考，就会发现其中的象征意义。原来唐代的举子要想登第，必须有人举荐。有资格举荐举子的人不是达官就是社会名流，一般寒士不认识这些人，无人举荐，再有才华也不免落第，被后人尊为“诗圣”的杜甫就曾是落第举子，张碧自己也因无人举荐屡试落第。因此，这里的贫女实际上象征寒士。后来不少人以“贫女”为题写诗，其中最有名的是晚唐秦韬玉的《贫女》。直到清代，还有人在写这样的诗，许景樊的《贫女吟》显然完全脱胎于张碧的《贫女》，可见其对后世影响不小。

七、武元衡

武元衡（758—815），字伯苍，祖籍并州文水（今山西文水），后迁居河南缑氏（今河南偃师）。建中四年（783）登进士第，曾任华原县令。因镇将骄横干政，乃托病辞官。德宗知其才，召为比部员外郎。一年内，三迁至右司郎中，贞元二十年（804）任御史中丞，德宗称其“真宰相器也”。顺宗立，与当政者不合，罢为右庶子。宪宗即位，复为御史中丞，不久进户部侍郎。元和二年（807）进为门下侍郎平章事（宰相）。后出任为剑南节度使，有政绩。元和八年（813）召还，复相位，力主削平藩镇。元和十年（815）六月，被成德军节度使王承宗派人伪装强盗，于早朝时刺死。赠司德，谥忠愍。工诗。《唐诗纪事》称：“元衡善为五言，好事者传之，被之管弦。”有边塞诗《塞下曲》与《出塞作》，激昂慷慨，表达以身许国之志。其诗送别酬赠之作特多，诗中常有写景，清朗秀丽。在他的诗中，有几首七绝很有特色，如：

暮涛凝雪长淮水，细雨飞梅五月天。
行子不须愁夜泊，绿杨多处有人烟。

——《渡淮》

杨柳阴阴细雨晴，残花落尽见流莺。
春风一夜吹香梦，又逐春风到洛城。

——《春兴》

悠悠风旆绕山川，山驿空濛雨似烟。
路半嘉陵头已白，蜀门西上更青天。

——《题嘉陵驿》

这三首诗都很好。第一首写黄梅时节的淮河景色，很有特色。黄昏细雨，透出了羁旅之愁，而后半首豁然开朗。一个人在旅途中，最怕是四顾茫茫，杳无人烟。“有人烟”是慰藉，更是希望。虽在旅途中，但不总是寂寞凄清，这“人烟”给羁旅者带来了温暖，也赋予了行旅以新意。第二首《春兴》与岑参的《春梦》有相似之处，但并非因循承袭，而是很有创新。岑参着重于写梦中行动疾速，片时千里，而武元衡着重于乡梦之频，一个“又”字蕴含无限，三四句中“乡梦”与“春风”循环互用，不仅句法新，且情意缠绵悠长。最后一首极言蜀道之难，行程艰苦，层层递进，馀意无穷，写蜀道之难写得十分含蓄。

八、刘皂

刘皂（生卒年不详），咸阳（今陕西咸阳）人，贞元间（785—805）在世。工诗，有名作《旅次朔方》传世：

客舍并州已十霜，归心日夜忆咸阳。

无端又渡桑干水，却望并州似故乡。

这首诗一作贾岛诗，题名《渡桑干》，但与贾岛的籍贯行踪不合。与贾岛有交往并互相酬唱的令狐楚在选编《御览诗》时，也作刘皂诗。诗写久客思归，然而如今非但不能归，反而北渡桑干，去更远的朔方，连几乎成第二故乡的并州都不能再住下去，归乡更是渺茫。思乡情怀，羁旅愁绪，曲折写出，全诗一气贯注，寓意深沉，风格苍劲。另有宫怨诗《长门怨》三首，能在王昌龄、李白等善写宫怨诗的大手笔以外，别出机杼，不落窠臼，也难能可贵，兹录其二于下：

宫殿沉沉月欲分，昭阳更漏不堪闻。
珊瑚枕上千行泪，不是思君是恨君。

别人写宫怨诗，不管写得何等沉痛凄凉、怨尤悲伤，其实都是思君望宠，这首诗却最后落实到“恨君”上面，矛头直指最高统治者，言辞犀利。

九、刘商

刘商（生卒年不详），字子夏，徐州彭城（今江苏徐州）人。少好学，工诗文，善画，初师著名画家张璪，后自成一家，善画山水树石。大历年间（766—779）登进士第。历任比部员外郎、虞部郎中、检校礼部郎中、汴州观察判官。后辞官归里，隐居于义兴（今江苏宜兴）之胡父渚。常对花临月，悠然独酌，引吭长吟。诗多送别题咏之作。长诗《胡笳十八拍》，苍凉哀婉，步武蔡琰，无愧前贤。几首小诗也颇有特色，例如：

万姓厌干戈，三边尚未和。

将军夸宝剑，功在杀人多。

——《行营即事》

君去春山谁共游，鸟啼花落水空流。
如今送别临溪水，他日相思来水头。

——《送王永》

当时虽常遭外族入侵，外患无穷。但边防将领为邀功请赏，也时常有意在边庭挑衅。这首诗就是斥责边防将领开边衅以邀功，末句说的不是“杀敌多”而是“杀人多”，暗指将军滥杀无辜来邀功，这是以锋利的语言直刺将军，一针见血，令将军无处可遁迹，无布可遮羞，有咄咄逼人之势。第二首，虽在前几句已透出相思之意，妙在末句，为前人送别诗中未曾道及。今日才送别而想到他日相思，愈觉婉转缠绵，一往情深。李商隐的《夜雨寄北》在构思上颇受此诗影响，可谓青出于蓝而胜于蓝。

十、李冶

李冶（？—784），字季兰，当时以字行。乌程（今浙江湖州）人。幼聪慧，五六岁时已能吟诗。及长，美姿容，神情萧散，专心翰墨，善弹琴，尤工格律。后为女道士，往来剡中，与陆羽、皎然、朱放、刘长卿等交游唱和。曾被召入宫，留月馀，优赐甚厚，遣归故山。后因赠诗叛将朱泚，为德宗所杀。其诗多为送别寄赠与感兴遣怀之作，长于五言律诗，较著名的有《寄校书七兄》《送韩揆之江西》等。高仲武在《中兴间气集》中赞赏她《寄校书七兄》中的颈联“远水浮仙棹，寒星伴使车”时说：“盖五言之佳境也。”刘长卿曾誉之为“女中诗豪”。这两句用典入景，自然工稳，不着痕迹，清雅婉丽。她的七言诗不多，七言歌行体更少，只有一首《从萧叔子听弹琴，赋得三峡流泉歌》写得非常成功：

妾家本住巫山云，巫山流泉常自闻。
玉琴弹出转寥敻，直似当时梦里听。
三峡迢迢几千里，一时流入幽闺里。
巨石崩崖指下生，飞泉走浪弦中起。
初疑愤怒含雷风，又似呜咽流不通。
回湍曲濑势将尽，时复滴沥平沙中。
忆昔阮公为此曲，能令仲容听不足。
一弹既罢复一弹，愿作流泉镇相续。

读这首诗，满眼都是三峡流泉，但仔细一看句句都是琴声。诗人在这里巧妙地利用通感，把听觉感受转换成视觉形象，使抽象化作形象，让人易于接受。诗中采用四句一转韵，平仄韵交替，跌宕有致。全诗一气呵成，自然流畅，生动壮美，这对李贺、白居易等人在描摹音乐时不无启发。

第四编　再度辉煌

经过一场安史之乱，唐王朝从繁荣的顶峰跌落下来，从此陷进了无尽的动乱的深渊。唐皇室的中央统治力量大大削弱，各地藩镇经常闹独立，节度使之间互相争权夺利，有时还公然与皇室争夺领土，因此内乱频繁。在安史之乱中，唐皇室曾向外族借兵来帮助平乱，致使外族强邻回纥与吐蕃乘机入侵，造成外患不断。这时，属于皇室的土地已大大减少了，但统治者不肯节俭，仍然要维持其腐化的奢华生活。同时，各节度使俨然是一个个小朝廷，也过着穷奢极欲的腐化生活，因此对人民加重了剥削，各种苛捐杂税与繁重的徭役一齐落在人民头上，以致广大劳动人民与官僚、地主和大商人间的矛盾加深。在这时还不断出现宦官弄权，致使广大朝臣乃至皇帝与宦官的矛盾加剧，斗争不断。总之，当时是一个矛盾重重的社会，这些对不少诗人产生了巨大影响。

那些从开元、天宝年间走过来的人，大多在这场浩劫面前束手无措，先是慌忙逃难，然后面对这满目疮痍的社会哀叹不已。安史之乱平定后，也有些人满足于这暂时的局部安定，过着醉生梦死的生活。这些人胸无大志，看不到前途，只顾眼前。因此，流浪羁旅、悲叹身世、宴游酬赠、送往迎来，构成了这时期诗歌的主要内容。随着时间的推移，一批出生在安史之乱后的人逐渐长大，他们既没有见到过盛唐的繁荣，也没有经历过大动乱的灾难，他们看到的就是眼前这个矛盾重重的现实社会。在贞元以后，虽然种种矛盾依然存在，但社会总是要前进的，经济在逐渐恢复，国力也有所增强，一度还出现了短暂的统一局面，在人们的心中不禁燃起了希望，盼望改变现实，恢复盛唐的繁荣，出现“中兴”局面。在这种情况下，人们都在考虑诗应该在现实中起什么作用，诗应该怎样写。显然不能像“大历十才子”那样写些没有分量的作品，大家都想到要在盛唐诗人中找出路。在盛唐诗人中最负盛名的当然是李白，但李白那种高昂乐观的歌，在当时是唱不起来了，与时代有些格格不入。其次是王维，但当时的现实也培养不出王维的清淡闲静来。于是大家不约而同地把目光投向杜甫。其实杜甫在中唐前期名声还不是十分大的，大家只要看看《唐人选唐诗》十种就知道了，其中只有晚唐诗人韦庄编选的《又玄集》一种选了七首杜诗，其馀九种都没有给杜甫留下一席之地。到永贞、元和以后，杜甫诗的价值才慢慢被人们认识到。

虽说在永贞、元和以后，大家都把目光投向了杜甫，但各人的着眼点并不相同，有人注重杜诗的精神实质，注重杜甫对现实的反映；也有人注重杜诗的艺术手法，以至用词造句等等；更有人专学杜诗中怪险的部分……因此，虽然同向杜诗学习，却形成了各个不同流派，当时最主要的莫过于以白居易为代表的新乐府派与以韩愈为代表的奇崛险怪派，还有在这两大派以外的不少杰出诗人，如刘禹锡、柳宗元、杜牧、李商隐等，他们的成就也毫不逊色于这两大派的诗人。

第一章　白居易与新乐府运动

第一节　先行者及盟友

一、张籍

张籍（约766—约830），字文昌，原籍吴郡（今江苏南部浙江北部），后迁居和州乌江（今安徽和县乌江镇）。出身贫寒，但在科举上还算顺利，贞元十五年（799）登进士第。然而仕途很不得意，初为太常寺太祝，十年不得升迁，生活贫困，又患严重眼疾，因此孟郊在《寄张籍》中说："西明寺后穷瞎张太祝，纵尔有眼谁尔珍。"元和十一年（816）迁任国子助教，后迁秘书郎。长庆元年（821），韩愈荐为国子博士。翌年迁水部员外郎，世称"张水部"。后又升任主客郎中。大和二年（828）升任国子司业，因此以后又称"张司业"。在当时，他官不大，诗名却不小，与当时的一些著名诗人如孟郊、贾岛、刘禹锡、裴度、姚合、元稹等都友善，而与韩愈、白居易、王建等人唱和尤多。他以擅长乐府诗著称，与王建齐名，并称"张王乐府"。他写乐府诗早于白居易，《白氏长庆集》中第二首就是《读张籍古乐府诗》："张君何为者？业文三十春。尤工乐府诗，举代少其伦。为诗意如何？六义互铺陈。风雅比兴外，未尝著空文。"在这首诗中，还提到了不少张籍的乐府诗。白居易这首诗早于白居易在当谏官后才写的"新乐府诗"，因此，我们称张籍是"新乐府运动"的先行者并不为过。

对当时社会现实中的各种矛盾，在张籍的诗中都有较深刻的反映。如《野老歌》：

老农家贫在山住，耕种山田三四亩。
苗疏税多不得食，输入官仓化为土。
岁暮锄犁傍空室，呼儿登山收橡实。
西江贾客珠百斛，船中养犬长食肉。

诗人在诗里用生动的形象、简练的语言，描绘了当时社会上两种截然不同的景象：农民辛苦耕种，却吃不上饭；而统治者却把剥削来的粮食堆积在“官仓”里，任其烂掉“化为土”。最后再以大商人的奢侈生活来与农民的贫困做对比，从而深刻揭露了当时社会贫富对立情况。这首诗继承了杜甫的“朱门酒肉臭，路有冻死骨”的伟大现实主义传统；同时，他的“卒章显其志”的写法，又直接影响了白居易，白居易的《轻肥》《歌舞》《重赋》等诗都采用了这种表现手法。再如《山头鹿》：

山头鹿，角芟芟，尾促促。
贫兒多租输不足，夫死未葬儿在狱。
旱日熬熬蒸野冈，禾黍不收无狱粮。
县家唯忧少军食，谁能令尔无死伤。

这首诗更具体地反映了对人民的横征暴敛，把缴不起租税的人投入监狱，天灾人祸一齐降临在农民头上，弄得家破人亡。还有一首《筑城词》则反映了统治者对人民的另一种剥削，就是繁重艰苦的徭役：

筑城处，千人万人齐把杵。
重重土坚试行锥，军吏执鞭催作迟。
来时一年深碛里，尽著短衣渴无水。

力尽不得抛杵声，杵声未尽人皆死。
家家养男当门户，今日作君城下土。

反映战争给人民带来苦难的诗，张籍写得更多，目前存下的就有《西州》《征妇怨》等数十首，在这些诗中，诗人一再呼吁“所愿除国难，再逢天下平”（《西州》）、“汉家几时重太平”（《董逃行》）。然而，在当时却只有战争、战争，无止无息的战争。不停的内乱与外患给人民带来了无穷的苦难，造成了惨绝人寰的现象，诗人只有悲叹：“年年征战不得闲，边人杀尽唯空山”（《塞上曲》），“可怜万里关山道，年年战骨多秋草”（《关山月》）。诗人虽然渴望和平，但不赞成用向外妥协投降来苟安一时，而是希望有能干的将领击败侵略者，收复失地保卫边疆，请看他的《陇头行》：

陇头路断人不行，胡骑夜入凉州城。
汉兵处处格斗死，一朝尽没陇西地。
驱我边人胡中去，散放牛羊食禾黍。
去年中国养子孙，今着毡裘学胡语。
谁能更使李轻车，收取凉州入汉家。

在这里，我们看到了诗人一片爱国爱民的赤心，也正因为他怀有这样一颗赤心，有这样的志愿，才成就了他成为一个著名的诗人。在唐代社会还刮着一股“求仙”、“学仙”的歪风，上至帝王，下至落魄士子、无名隐士，几乎都有“求仙”的嗜好，在中唐就有好几个皇帝因服了“灵药”中毒而死。他在《学仙》中就反映了这种现象：“药成既服食，计日乘鸾凰。虚空无灵应，终岁安所望。”结果反而是“虚羸生疾疹，寿命多夭伤”。本为求“长生”而服药，反而因此“夭伤”，这是多大的讽刺啊！如果说这首诗中的“求仙”者还只是指一般人而言，那么在《求仙行》中明确写出：“汉皇欲作飞仙子，年年采药东海里……”这里采用将汉喻唐的唐代诗人的习惯做法，把批判的矛头直指皇帝。

他还有不少同情妇女不幸遭遇的诗，有《征妇怨》《白头吟》等十来首，其中《离妇》写得尤为凄惨：

十载来夫家，闺门无瑕疵。
薄命不生子，古制有分离。
托身言同穴，今日事乖违。
念君终弃捐，谁能强在兹。
堂上谢姑嫜，长跪请离辞。
姑嫜见我往，将决复沉疑。
与我古时钏，留我嫁时衣。
高堂拊我身，哭我于路陲。
昔日初为妇，当君贫贱时。
昼夜常纺织，不得事蛾眉。
辛勤积黄金，济君寒与饥。
洛阳买大宅，邯郸买侍儿。
夫婿乘龙马，出入有光仪。
将为富家妇，永为子孙资。
谁谓出君门，一身上车归。
有子未必荣，无子坐生悲。
为人莫作女，作女实难为。

从这首诗里我们看到，这个被离弃的妇女在丈夫贫贱时，她“昼夜常纺织，不得事蛾眉”，好容易把钱慢慢积蓄起来，不仅使丈夫全家免于饥寒，而且还成为富翁，自己也满指望“将为富家妇”，哪料结果因没有生儿子而被遗弃。在中国封建社会中，有一条“不孝有三，无后为大”的礼教，把不生儿子也作为女子七出中的一条。这首诗把覆盖在封建社会家庭关系上的“温情脉脉的面纱”揭开了，原来这里却如此凄惨残酷，没有爱情，也没有良心。

张籍的一些小诗写得也很有情趣，其中最受人赞赏的莫过于《秋思》：

> 洛阳城里见秋风，欲作家书意万重。
> 复恐匆匆说不尽，行人临发又开封。

唐汝询、沈德潜、李锳等古代诗论家都认为这首诗与岑参的“马上相逢无纸笔，凭君传语报平安”异曲同工。林昌彝在《射鹰楼诗话》中更是盛赞这首诗是“七绝之绝境，盛唐人到此者亦罕”。

从诗的风格来看，张籍应该算是元、白派的，但他跟当时诗坛两大派的作者都是诗友，而跟韩愈关系尤为密切，不仅二人唱和甚多，在韩愈去世后，他写了一首长达166行的长诗《祭退之》，写了韩愈的文章吏治，更详尽写了他们二人的交往与情谊，写得情深意切，感人至深。在当时，他大约起到了在韩孟与元白两派间沟通联络的作用，因此，两派风格截然不同，“怪险”与“通俗”可以说正相反，但没有发生“文人相轻”与争执的现象，各写各的，互相尊重，不能低估了张籍（还有王建）的作用。

二、王建

王建（约767—约831后），唐代诗人，字仲初，颍川（今河南许昌）人，出身寒微。大历年间进士，未授官，乃隐居。后从军塞上13年，至元和八年（813）前后，始授昭应县丞。长庆元年（821）前后，任秘书郎，迁秘书丞。大和二年（828），任陕州司马，世称“王司马”。晚年退居咸阳原上，过着贫困的生活。擅长乐府，与张籍齐名，称“张王”。与韩愈、白居易、刘禹锡、姚合、贾岛、杨巨源等都有交往，而与张籍情谊最深，两人年岁相仿，经历类似，在诗歌上也同声相应，志同道合，唱酬最多。张籍在晚年写的《赠王建》曰："白君去后交游少，东野亡来箧笥贫。赖有白头王建在，眼前犹见咏诗人。"他不仅乐府写得好，绝句中也有不少佳作。

王建也跟张籍一样，勇于揭露当时社会上存在的各种矛盾，涉及面很广。例如《水夫谣》：

苦哉生长当驿边，官家使我牵驿船。
辛苦日多乐日少，水宿沙行如海鸟。
逆风上水万斛重，前驿迢迢后淼淼。
半夜缘堤雪和雨，受他驱遣还复去。
衣寒衣湿披短蓑，臆穿足裂忍痛何。
到明辛苦无处说，齐声腾踏牵船出。
一间茅屋何所直，父母之乡去不得。
我愿此水作平田，长使水夫不怨天。

这首诗写被官家迫使去拉驿船的纤夫的悲惨生活，这是对过于繁重而不合理的劳役的控诉，充满悲愤与怨恨。"不怨天"，是的，天本无可怨，那么该怨谁？这里写得既含蓄又明白。还有一首《海人谣》："海人无家海里住，采珠役象为岁赋。恶波横天山塞路，未央宫中常满库。"这首诗把批判的矛头直指皇家，海人历尽艰险冒死采来的珍宝堆积在未央宫的库里，统治者贪得无厌，为一己的私欲，不顾百姓死活。再如《织锦曲》：

大女身为织锦户，名在县家供进簿。
长头起样呈作官，闻道官家中苦难。
回花侧叶与人别，唯恐秋天丝线干。

红缕葳蕤紫茸软，蝶飞参差花宛转。
一梭声尽重一梭，玉腕不停罗袖卷。
窗中夜久睡髻偏，横钗欲堕垂著肩。
合衣卧时参没后，停灯起在鸡鸣前。
一匹千金亦不卖，限日未成宫里怪。
锦江水涸贡转多，宫中尽著单丝罗。
莫言山积无尽日，百尺高楼一曲歌。

这首诗写织锦女工的辛劳艰苦生活，织成的绫罗全部输入宫中。统治者却一点也不知爱惜，一曲歌就赏绫百尺。再看他的《田家行》，则强作轻松语，倾吐农民的哀苦：

男声欣欣女颜悦，人家不怨言语别。
五月虽热麦风清，檐头索索缲车鸣。
野蚕作茧人不取，叶间扑扑秋蛾生。
麦收上场绢在轴，的知输得官家足。
不望入口复上身，且免向城卖黄犊。
回家衣食无厚薄，不见县门身即乐。

农家男耕女织，辛勤劳动，收获了麦子，织就了绸绢，但不敢指望能吃上穿上，连起码的温饱也不敢盼望，只求能“输得官家足”，够纳租完税，可以不卖掉种地的好帮手小黄牛，能够不被拘拿入县衙，全家人能平平安安在一起也就满足了，这就足使“男声欣欣女颜悦”。我们知道，作为愿望提出来的都是很难实现的事，因此读这首诗时，我们应该透过字面上的“欣欣”、“悦”、“乐”从反面来看，这事实上是在欢乐字面掩盖下的血泪控诉。我们看到，王建的乐府虽然大致跟张籍相似，都比较简练概括，不像元、白那样喜欢铺叙爱发议论，但王建比张籍写得更具体，描述得更细致，意思也更含蓄。

当时边塞不宁，战争不停，给人民带来极大的痛苦，这也同样为王建所关注，他有《古从军》《远征归》《思远人》《凉州行》《陇头水》《辽东行》《饮马长城窟》《渡辽水》《东征行》《送衣曲》《塞上》等等。在这些诗中，他沉痛地说："闻道西凉州，家家妇女哭"（《古从军》）、"宁为草木乡中生，有身不向辽东行"（《辽东行》）、"愿身莫著裹尸归，愿妾不死长送衣"（《送衣曲》）等等。读完以上这些诗，我们再来看看他的《羽林行》：

长安恶少出名字，楼下劫商楼上醉。
天明下直明光宫，散入五陵松柏中。
百回杀人身合死，赦书尚有收城功。
九衢一日消息定，乡吏籍中重改姓。
出来依旧属羽林，立在殿前射飞禽。

为国征战的健儿死的死、残的残，得不到任何抚恤，而一个有名的长安恶少，虽然罪行累累，却能深得皇帝重用，成为皇帝的侍卫，何等荒唐的现实，何等不平的社会，何等昏庸的皇帝，令人欲哭无泪，愤恨难平。

王建有绝句两百多首，其中也不乏佳作，最著名的是《新嫁娘词三首》之三：

三日入厨下，洗手作羹汤。
未谙姑食性，先遣小姑尝。

看似淡淡四句，却为我们提供了一幅当时社会的风俗画，真切可爱，有浓郁的生活气息。沈德潜在《唐诗别裁》中评说："诗至真处，一字不可移易。”黄叔灿在《唐诗笺注》中说：“人情入理，语亦天然。”还有如《雨过山村》：

雨里鸡鸣一两家，竹溪村路板桥斜。
妇姑相唤浴蚕去，闲看中庭栀子花。

淡淡几笔，勾画出一个幽静的小山村，用鸡鸣来反衬小山村的幽静。小山村藏在竹林深处，更有些世外桃源之感。“浴蚕”时，正是农忙季节，诗人不写人们忙碌，却写“庭中栀子花”之“闲”，用花闲来反衬人忙，真是生花妙笔，既蕴藉含蓄，又增添了无穷韵味，妙趣横生，摇曳生姿。其馀如《江陵使至汝州》，为王士祯赏识；《十五夜望月寄杜郎中》，被沈德潜称妙；《宫词》100首中的第88首（树头树底觅残红），得王安石欣赏；《宫人斜》一诗则反映宫人的悲惨命运，揭露皇帝的荒淫无道。总之，王建的优秀绝句不少，在这里就不一一细说了。

三、李绅

李绅（772—846），字公垂。祖籍亳州谯县（今安徽亳州），其父迁居润州无锡（今属江苏无锡）。六岁丧父，由母亲卢氏抚养教育。元和元年（806）登进士第，授国子助教，不久弃官南归，客游金陵，观察使李锜爱其才，召为掌书记。李锜横行不法，绅直谏，几乎被杀，遁去。长庆元年（821），召为右拾遗，不久迁翰林学士，与李德裕、元稹同在翰林院，合称“三俊”。翌年，升中书舍人，再迁户部侍郎。宰相李逢吉竭力排挤陷害他，遂于长庆四年（824）贬为端州司马。后升任太子宾客，浙东观察使，宣武军节度使，淮南节度使，曾严惩贪吏吴湘。会昌初（841）任中书侍郎，同中书门下平章事（宰相），至会昌四年七月，以疾辞去，复为淮南节度使，会昌六年（846）七月卒于任所。他曾一气写出

《新题乐府》20首，当时元稹和了12首，白居易则扩充到50首，并改名为《新乐府》。写乐府诗自创新题，始于杜甫，但杜甫只是做了，并未提出来；有意识提出“新题乐府”，以此与古题乐府区分开来，李绅是第一人。李绅对元、白创作新题乐府起到了带动与推波助澜的作用，但可惜李绅的20首已全部失传，只字无存。幸有《悯农二首》弥补了这个缺憾：

春种一粒粟，秋收万颗子。
四海无闲田，农夫犹饿死。

——其一

锄禾日当午，汗滴禾下土。
谁知盘中餐，粒粒皆辛苦。

——其二

这两首诗看来明白如话，无深奥典故，无华丽辞藻，全是口头语，平易质朴，但极富概括力，内容丰富，意蕴深刻。从艺术手法来说，第二首较为平实，反映农民种地的辛苦，粮食来之不易，大家应尊重农民的劳动，爱惜粮食。第一首却跌宕起伏，含深意于平淡的语言中，藏巧思于质朴中。这首诗前三句极力渲染一片大丰收景象，结尾一句却突然来了个一百八十度的转变，呈现在读者面前的是农夫饿死的惨象，启人深思。读到这里，人人都会问个为什么，于是统治者对农民的横征暴敛不言自明。再说，在当时社会中，天灾人祸不断，这样大丰收的景象实际上不存在，诗里完全是作者的虚拟，目的在于给结句以更有力的烘托，赋予全诗以更深刻的思想意义，给读者以更多想象的馀地。结句中一个“犹”字，具有万钧之力，足见农夫饿死在当时是寻常现象。表面看来平实如话的四句诗，却藏着诗人的独具匠心。

据元稹在《莺莺传》结尾中说："贞元岁九月，执事李公垂宿于予靖安里第，语及于是，公垂卓然称异，遂为《莺莺歌》以传之。"后来金朝董解元作《西厢记诸宫调》时，引录了《莺莺传》四段，然而在《全唐诗》中，在《莺莺歌》后边只有一小段，即为"董西厢"引录的第一段，可惜难见全璧。在题下有一行注："一作东飞伯劳西飞燕歌，为莺莺作。"很明显，这是仿效《孔雀东南飞》，应该是一首完整的叙事诗。《全唐诗》中李绅的《莺莺歌》是这样的：

伯劳飞迟燕飞疾，垂杨绽金花笑日。
绿窗娇女字莺莺，金雀鸦鬟年十七。
黄姑上天阿母在，寂寞霜姿素莲质。
门掩重关萧寺中，芳草花时不曾出。

"董西厢"引录的第一段与上面这首诗相同。引录的第二段相当于"王西厢"中第二本第一折的情节，即孙飞虎引叛军围困普救寺要掳莺莺。引录第三段相当于"王西厢"中第二本第三折的情节，即老夫人赖婚。引录第四段相当于"王西厢"第三本第二折的情节，即莺莺酬简。可见还应当有好几段，才能构成一个完整的故事。李绅的《莺莺歌》写成一年后，元稹才写《李娃行》，再下一年，白居易才写《长恨歌》。再以后，白居易又写了《琵琶行》，元稹又写了《连昌宫词》。在叙事诗的创作上，李绅上承汉乐府下启元、白，其功不可没，在诗歌发展史上应占一席重要的地位。

李绅还有一首《悲善才》，是悼念一位已故的善弹琵琶的乐师，巧妙地利用比喻与通感来形容琵琶声，忽闻风啸，忽见飞春雪，忽闻莺啼鹤唳，忽见寒泉注射、胡雁翻飞，曲尽其妙，对后人在描摹音乐时足资参考。

第二节 主帅白居易与元稹

以往写乐府诗，都用汉乐府古题，在内容上不能离题太远。这样就会有太多的束缚与限制。首先挣脱束缚打破陈规的是杜甫，他写乐府歌行体，根据内容，自命新题，如《兵车行》《丽人行》、“三吏”、“三别”等。同时，杜甫的乐府歌行体在语言上也力求通俗浅显，他常常以口语入诗，入蜀后更以方言俚语入诗。后来陆续有仿效的，如元结、顾况等人，但写的数量很少，一两首、两三首产生不了影响，到张籍才大量创作新题乐府；还有王建，不过王建新题旧题并用。直到白居易开始写新题乐府后，才正式定名为“新乐府”，同时自觉地有意识地继承杜甫。白居易写的“新乐府”诗数量很多，远远超过前人，在质量上有不少也可与杜甫媲美。由于白居易再加上元稹的努力，在元和、长庆年间，竖起了“新乐府运动”的大旗，写下了一篇篇反映人民疾苦的诗篇，掀起了不小的浪潮，他们的创作及理论一直影响着后代。

一、白居易

白居易（772—846），字乐天，晚居香山（在今河南洛阳龙门山之东），自号香山居士。祖籍太原（今山西太原），后迁居下邽（今陕西渭南），而他出生于新郑（今河南新郑）。他少年时，国家很不安定，内乱外患频繁，北方时有战祸，因此举家避乱符离（今安徽宿县符离集），后又逃难到越中（今浙江省中部）。他家世敦儒业，祖父与父亲都是明经科进士，他当然也深受儒家思想影响，但在唐代，道、释两家在社会上影响很深，他深受熏染。因此，他的思想带有浓厚的儒、道、释三家杂糅色彩，但早年的主导思想是儒家的“穷则独善其身，达则兼济天下”。晚年却偏向佛教，礼佛参禅，走向独善其身式的闲适的自娱，他的诗也显示出了两种截然不同的思想内容。

白居易幼年也是一个早慧的孩子，据他自己说，五六岁时便学作诗，9岁时已谙识声韵，15岁时开始正式作诗，现存《江南送北客因凭寄徐州兄弟书》一诗，便是当时写的。他那首脍炙人口的《赋得古原草送别》，据说是16岁时写的。贞元十五年（799），白居易在宣城（今安徽宣城）应乡试，翌年才到长安应试，登进士第，离贞元五年已11个年头了，不可能在长安见到顾况。贞元十八年冬，在长安又应吏部试，以书判拔萃科登第，同登第者有元稹等八人，元、白订交始于此时。翌年春，授秘书省校书郎，五年后任满，与元稹居华阳观，一起准备应制举，四月应"才识兼茂明于体用科"，与元稹等同及第，授盩厔（今陕西周至）尉，结识陈鸿（《长恨歌传》作者），著名的长诗《长恨歌》即写于此时，白居易当时35岁，同时还写了《观刈麦》，这是白居易第一首深切同情农民的诗。元和二年（807）十一月，授翰林学士，翌年四月，授左拾遗。从此时起到元和六年（811）四月，丁母忧退居下邽守孝止，他当了三年左拾遗。身为谏官，他恪尽职守，几次直言进谏得罪了宰相李吉甫等权臣。当时开始写"讽喻诗"，于元和四年（809）动笔写《新乐府》及《秦中吟》中的一些篇章。这期间开始与元稹唱和。元和八年（813）夏，守孝期满，但未补官，仍居渭村，直到翌年冬才授太子左赞善大夫，这是太子身边的一个闲官，职务是向太子"讽过失，赞礼仪"。元和十年（815）六月，宰相武元衡被跋扈的节度使派人刺杀，裴度也受伤，白居易上疏请急捕贼雪耻。当权者却以为他不该在谏官之前先言事，复以他事诬之，贬为江州司马，这是他第一次贬官。在江州（今江西九江），他自编诗集15卷，并写了著名的《与元九书》，总结创作经验，阐述了对诗歌的见解与主张，提出了"文章合为时而著，歌诗合为事而作"，"可以救济人病，裨补时阙"。到江州后的第二年十一月秋，写了著名的长诗《琵琶行》。在江州三年后，于元和十三年（818）十二月迁忠州刺史，翌年三月到任。在忠州一年多后召还，任尚书司门员外郎，不久迁主客郎中，知制诰，时在元和十五年（820）。翌年正月，宪宗服方士金丹，暴卒，或传为宦官陈弘志所毒杀。太子恒即位，改元长庆。是年牛李党争开始，持续达四十年之久。十月，授中书舍人。屡次上书进谏，未被采纳，于是要求外任，长庆二年七月除杭州刺史，十月到任。在杭州颇多政绩，长庆四年五月任满，除太子右庶子，自求分司，乃授太子左庶子分司东都。翌年正月，才当了四年皇帝的穆宗竟步乃父宪宗后尘，服方士金石药而死。太子李湛即位，这是一个只知游乐不务正业的皇帝，奸佞李逢吉用事，朝政混乱。宝历元年（825）三月，白居易除苏州刺史，五月到任。时身体多病，宝历二年二月后一直病休。当年十二月，宦官刘克明杀敬宗，经过一段混乱后，终于迎立穆宗第三子李昂，是为文宗，于次年改元太和。三月，征拜白居易为秘书监。大和二年（828）二月，迁刑部侍郎，封晋阳县男。翌年春，称病，免归，以太子宾客分司东都，这是一个无职掌的闲官。两年后，忽然又被任为河南尹。大和五年（831）七月，元稹去世，白居易失去了一个挚友与诗友，从此主要与刘禹锡为诗友。大和七年（833）二月，李德裕入相。李德裕为豪门官僚李吉甫之子，与白居易有隙，始终排挤白居易，甚至扬言不看白居易的诗文。四月，免去白居易的河南尹，再授太子宾客分司东都。大和八年十月，李德裕罢相，翌年九月任白居易为同州刺史，以有病为由，辞不赴任；十月改授太子少傅分司东都，并进封冯翊县侯，世称“白少傅”。当年十一月，发生“甘露之变”，自此宦官之势愈盛。开成五年（840），文宗卒，宦官中尉仇士良等杀太子成美，迎立文宗弟李炎即位，翌年改元会昌。会昌二年，白居易以刑部尚书致仕，会昌六年八月去世，赠尚书右仆射。

白居易的思想以贬江州为界，前后有很大不同。前期他抱着“兼济天下”的理想，志在治国安民，锐意进取，态度积极，以诗为武器干预政治；后期却走向“独善其身”，渐趋消沉，诗多感伤或闲适。奠定白居易在中国诗歌史上地位的还是他的170多首讽喻诗，特别是50首新乐府诗和10首《秦中吟》以及两篇叙事诗，即《长恨歌》与《琵琶行》。他的讽喻诗除了受同时代人的一些影响外，主要是继承了其前辈诗人杜甫的优秀传统。

第一，白居易诗的内容。

白居易写讽喻诗的目的在于“救济人病，裨补时阙”，要做到“篇篇无空文，句句必尽规”（《寄唐生》）、“风雅比兴外，未尝著空文”（《读张籍古乐府》），因此在内容上主要有两大类：一是“唯歌生民病”，一是针砭时弊。当然，这二者是不可分割、互为因果的。如《观刈麦》：

田家少闲月，五月人倍忙。
夜来南风起，小麦覆垄黄。
妇姑荷箪食，童稚携壶浆。
相随饷田去，丁壮在南冈。
足蒸暑土气，背灼炎天光。
力尽不知热，但惜夏日长。
复有贫妇人，抱子在其傍。
右手秉遗穗，左臂悬敝筐。
听其相顾言，闻者为悲伤。
家田输税尽，拾此充饥肠。
今我何功德，曾不事农桑。
吏禄三百石，岁晏有馀粮。
念此私自愧，尽日不能忘。

这是白居易早期的作品，当时还没有当谏官，是任盩厔（今作周至）县尉时写的。诗中写出了农民的艰苦劳动，其中特别着重写了拾麦穗的贫妇人，田里的全部劳动成果都被统治阶级剥夺尽了，只能“拾此充饥肠”。白居易反映劳动人民生活艰难困苦的诗，一般都用对比来写，这首诗是拿自己来对比。当时他初入仕途，当着一个从八品以下的小官，拿着微禄，却因无功受禄而感到惭愧，可见他为官清正廉洁。

当时人民生活的艰难困苦，多半是官吏的强行掠夺造成的，如《杜陵叟》：

杜陵叟，杜陵居，岁种薄田一顷馀。
三月无雨旱风起，麦苗不秀多黄死。
九月降霜秋早寒，禾穗未熟皆青干。
长吏明知不申破，急敛暴征求考课。
典桑卖地纳官租，明年衣食将何如。
剥我身上帛，夺我口中粟。
虐人害物即豺狼，何必钩爪锯牙食人肉。
不知何人奏皇帝，帝心恻隐知人弊。
白麻纸上书德音，京畿尽放今年税。
昨日里胥方到门，手持尺牒榜乡村。
十家租税九家毕，虚受吾君蠲免恩。

这首诗不仅仅是他自己在题下注明的“伤农夫之困也”，同时还揭露了“君恩”的虚伪，“白麻纸上书德音”，原来是一纸空文。《秦中吟》中的《重赋》则专写统治者对人民的残酷剥削：

厚地植桑麻，所要济生民。
生民理布帛，所求活一身。
身外充征赋，上以奉君亲。
国家定两税，本意在忧人。
厥初防其淫，明敕内外臣。

税外加一物，皆以枉法论。
奈何岁月久，贪吏得因循。
浚我以求宠，敛索无冬春。
织绢未成匹，缲丝未盈斤。
里胥迫我纳，不许暂逡巡。
岁暮天地闭，阴风生破村。
夜深烟火尽，霰雪白纷纷。
幼者形不蔽，老者体无温。
悲喘与寒气，并入鼻中辛。
昨日输残税，因窥官库门。
缯帛如山积，丝絮如云屯。
号为羡馀物，随月献至尊。
夺我身上暖，买尔眼前恩。
进入琼林库，岁久化为尘。

官家剥夺老百姓的东西已经够多的了，在官库里“缯帛如山积，丝絮如云屯”，但他们还不满足，置国家法令于不顾，贪得无厌地一味搜刮，抢走了百姓的“身上暖”，却任其“岁久化为尘”。反映统治者奢侈腐化的有《红线毯》《缭绫》等，其中《缭绫》一诗写得更为精致细腻：

缭绫缭绫何所似，不似罗绡与纨绮。
应似天台山上月明前，四十五尺瀑布泉。
中有文章又奇绝，地铺白烟花簇雪。
织者何人衣者谁，越溪寒女汉宫姬。
去年中使宣口敕，天上取样人间织。
织为云外秋雁行，染作江南春水色。
广裁衫袖长制裙，金斗熨波刀翦纹。

异彩奇文相隐映，转侧看花花不定。
昭阳舞人恩正深，春衣一对直千金。
汗沾粉污不再著，曳土蹋泥无惜心。
缭绫织成费功绩，莫比寻常缯与帛。
丝细缲多女手疼，扎扎千声不盈尺。
昭阳殿里歌舞人，若见织时应也惜。

他在题下自注为“念女工之劳也”，确实也写出了织绫女工的辛勤劳动，但人们留下更深印象的却是那些“昭阳殿里歌舞人”对如此精美的缭绫任意糟蹋，当然这也间接反映了统治者的奢侈腐化。

当时太监控制皇帝，把持朝政，横行霸道，气焰嚣张，不只欺压百姓、压制朝臣，甚至任意废立皇帝。白居易一生就经历了数次由太监担任的中尉毒杀在位皇帝然后迎立新皇帝的事，因此在讽喻诗中有好几首反映了太监的横行不法，如《轻肥》《宿紫阁山北村》等，还有《卖炭翁》，虽然自注“苦宫市也”，但掠夺百姓财物的正是太监。太监无恶不作，是当时社会的一个毒瘤。

唐初实行均田制，武则天又大力打击豪门，社会上的贫富对立有所缓和。但有钱有势者一直在不停地兼并弱者，到玄宗天宝年间，两极分化十分严重，出现了杜甫诗中所写的“朱门酒肉臭，路有冻死骨”。到中唐，两极分化进一步扩大，无疑这也必然为白居易所关注，但白居易不像杜甫那样专门着意写两者对比，而是或在写完贫者以后拿富者来加以对比，如《采地黄者》；或在写完富者以后举贫者来加以对比，如《买花》《轻肥》《伤宅》等。在《伤宅》中写完大官的华宅以后，更写到他家“厨有臭败肉，库有贯朽钱”，然后采用诘问式提出：“岂无穷贱者，忍不救饥寒。”

人心不足，过着穷奢极欲的生活不满足，还幻想长生不老，这从秦始皇开始，历代帝王中步其后尘者不乏其人，白居易就经历了好几个皇帝为求长生不死服了方士的“灵丹妙药”，结果中毒而死，本想求长生，反致夭折。这当然会成为白居易讽喻诗的一个内容，他的新乐府《海漫漫》题下自注“戒求仙也”：

海漫漫，直下无底傍无边。
云涛烟浪最深处，人传中有三神山。
山上多生不死药，服之羽化为天仙。
秦皇汉武信此语，方士年年采药去。
蓬莱今古但闻名，烟水茫茫无觅处。
海漫漫，风浩浩，眼穿不见蓬莱岛。
不见蓬莱不敢归，童男丱女舟中老。
徐福文成多诳诞，上元太一虚祈祷。
君看骊山顶上茂陵头，毕竟悲风吹蔓草。
何况玄元圣祖五千言，
不言药，不言仙，不言白日升青天。

当时在边庭发生的战争中，虽然多数是外族入侵引起的，但也有不少是边将贪功向外挑衅引起的，白居易为此写了一首《新丰折臂翁》，自注“戒边功也”。这首诗可与杜甫的《兵车行》同读，两诗写的都是杨国忠“欲求恩幸立边功”的事，杜甫写的是一群服役远征者，白居易写的是一个为逃避服役的自残者，写得同样凄惨，都强烈反对统治者发动的非正义战争。杜甫的《兵车行》在前面引过了，现在让我们来看看白居易的《新丰折臂翁》：

新丰老翁八十八，头鬓眉须皆似雪。
玄孙扶向店前行，左臂凭肩右臂折。
问翁臂折来几年，兼问致折何因缘。
翁云贯属新丰县，生逢圣代无征战。

惯听梨园歌管声，不识旗枪与弓箭。
无何天宝大征兵，户有三丁点一丁。
点得驱将何处去，五月万里云南行。
闻道云南有泸水，椒花落时瘴烟起。
大军徒涉水如汤，未过十人二三死。
村南村北哭声哀，儿别爷娘夫别妻。
皆云前后征蛮者，千万人行无一回。
是时翁年二十四，兵部牒中有名字。
夜深不敢使人知，偷将大石捶折臂。
张弓簸旗俱不堪，从兹始免征云南。
骨碎筋伤非不苦，且图拣退归乡土。
此臂折来六十年，一肢虽废一身全。
至今风雨阴寒夜，直到天明痛不眠。
痛不眠，终不悔，且喜老身今独在。
不然当时泸水头，身死魂孤骨不收。
应作云南望乡鬼，万人冢上哭呦呦。
老人言，君听取。
君不闻开元宰相宋开府，不赏边功防黩武。
又不闻天宝宰相杨国忠，欲求恩幸立边功。
边功未立生人怨，请问新丰折臂翁。

在封建社会中，妇女永远是最受压迫的人群，她们命运的悲惨、内心的痛苦，都远远超过男子，因此，历来同情人民关心人民的诗人，都必然特别同情妇女的不幸命运，极大关心妇女的不幸与痛苦，李白与杜甫是这样，白居易也同样是这样。涉及这方面的，在50首新乐府诗中有《上阳白发人》《母别子》《陵园妾》《井底引银瓶》等，在10首《秦中吟》中有《议婚》，诗人从各个不同角度来关心妇女，诉说妇女的痛苦。其中《井底引银瓶》一诗，题下自注“止淫奔也”，今天看来有些刺目，但这里写的却是一个单纯的少女上了薄幸男子的当，与他私奔，到了男家却备受羞辱。“始乱终弃”，这在封建社会中普遍存在。诗人从爱护出发，对“痴小人家女”提出忠告：

井底引银瓶，银瓶欲上丝绳绝。
石上磨玉簪，玉簪欲成中央折。
瓶沉簪折知奈何，似妾今朝与君别。
忆昔在家为女时，人言举动有殊姿。
婵娟两鬓秋蝉翼，宛转双蛾远山色。
笑随戏伴后园中，此时与君未相识。
妾弄青梅凭短墙，君骑白马傍垂杨。
墙头马上遥相顾，一见知君即断肠。
知君断肠共君语，君指南山松柏树。
感君松柏化为心，暗合双鬟逐君去。
到君家舍五六年，君家大人频有言。
聘则为妻奔是妾，不堪主祀奉蘋蘩。
终知君家不可住，其奈出门无去处。
岂无父母在高堂，亦有亲情满故乡。
潜来更不通消息，今日悲羞归不得。
为君一日恩，误妾百年身。
寄言痴小人家女，慎勿将身轻许人。

白居易的讽喻诗内容十分广泛，社会上的方方面面他都十分关注。虽然说这方面的诗深受杜甫影响，但有差别，杜甫写新题乐府，有感于现实生活中的某些事件，感情激动，自发倾吐出来；白居易却是有目的地自觉地写出来。因此可以说，杜甫是感情的倾吐，白居易是理性的揭示；杜甫诗以情胜，白居易诗却逐渐趋于以理胜。王世贞在《艺苑卮言》中说“七言绝句，盛唐主气，……中晚唐主意”，这“主气”与“主意”不仅适用绝句，用来说明杜甫的新题乐府与白居易的“新乐府”也未尝不可。

白居易在讽喻以外的其他诗，题材广泛，内容丰富，从大的方面来说，有山水田园诗，有朋友间的酬赠唱和诗，有惜春悲秋诗，有叹老悲衰的诗，有咏物题画诗，等等，特别应该提出来的是他的两首长篇叙事诗。

白居易的山水田园诗受陶渊明影响较深，以清淡的诗风表达闲适的心情，在任杭州刺史时写的几首题咏杭州山水特别是西湖景色的诗，写得非常优美。如《钱塘湖春行》：

> 孤山寺北贾亭西，水面初平云脚低。
> 几处早莺争暖树，谁家新燕啄春泥。
> 乱花渐欲迷人眼，浅草才能没马蹄。
> 最爱湖东行不足，绿杨阴里白沙堤。

白居易的山水诗不像李白山水诗那样雄伟壮丽，也不像杜甫山水诗那样险峻奇丽，而是采用平静叙述，仔细描绘山水的秀丽。这首诗紧扣环境与季节的特征，一笔笔从容写来，把春天的西湖活脱脱呈现到读者的面前，领着你漫步在西子湖畔。另外还有《西湖晚归回望孤山寺赠诸客》《杭州春望》《余杭形胜》《江楼夕望招客》《春题湖上》等等，从各个角度来欣赏并描绘以西湖为中心的杭州山水。白居易笔下的山水景色之所以不同于李白、杜甫，这跟描写的对象有关，李白写的是蜀中山水，杜甫写的是进川途中的山水，所以显得壮丽与奇丽，白居易写的却是以西湖为中心的杭州山水，秀丽无比。

白居易跟元稹感情最深，酬唱寄赠诗也最多，其次就是刘禹锡，这二人是他最亲密的诗友，感情之深自然不必说，就是对一般朋友，他也深情真挚。在江州时，邀嵩阳刘处士饮酒的一首小诗《问刘十九》，也写得情深意切，真挚动人：“绿蚁新醅酒，红泥小火垆。晚来天欲雪，能饮一杯无。”这首诗情真意满，说得委婉亲切，令人未曾饮酒心先醉了。

白居易的闺怨诗、宫怨诗写得也很出色，如《后宫词》中的“红颜未老恩先断”一句，把矛头直指君王，谴责皇帝的寡恩无情。这是声泪俱下的控诉，愤恨难平的斥责。

白居易在中国诗歌发展史上的特殊成就，也是他的最大贡献，是两首长篇叙事诗《长恨歌》与《琵琶行》。

长恨歌

汉皇重色思倾国，御宇多年求不得。
杨家有女初长成，养在深闺人未识。
天生丽质难自弃，一朝选在君王侧。
回眸一笑百媚生，六宫粉黛无颜色。
春寒赐浴华清池，温泉水滑洗凝脂。
侍儿扶起娇无力，始是新承恩泽时。
云鬓花颜金步摇，芙蓉帐暖度春宵。
春宵苦短日高起，从此君王不早朝。
承欢侍宴无闲暇，春从春游夜专夜。
后宫佳丽三千人，三千宠爱在一身。
金屋妆成娇侍夜，玉楼宴罢醉和春。
姊妹弟兄皆列土，可怜光彩生门户。
遂令天下父母心，不重生男重生女。
骊宫高处入青云，仙乐风飘处处闻。
缓歌慢舞凝丝竹，尽日君王看不足。
渔阳鞞鼓动地来，惊破霓裳羽衣曲。

九重城阙烟尘生，千乘万骑西南行。
翠华摇摇行复止，西出都门百馀里。
六军不发无奈何，宛转蛾眉马前死。
花钿委地无人收，翠翘金雀玉搔头。
君王掩面救不得，回看血泪相和流。
黄埃散漫风萧索，云栈萦纡登剑阁。
峨嵋山下少人行，旌旗无光日色薄。
蜀江水碧蜀山青，圣主朝朝暮暮情。
行宫见月伤心色，夜雨闻铃肠断声。
天旋地转回龙驭，到此踌躇不能去。
马嵬坡下泥土中，不见玉颜空死处。
君臣相顾尽沾衣，东望都门信马归。
归来池苑皆依旧，太液芙蓉未央柳。
芙蓉如面柳如眉，对此如何不泪垂。
春风桃李花开日，秋雨梧桐叶落时。
西宫南内多秋草，落叶满阶红不扫。
梨园弟子白发新，椒房阿监青娥老。
夕殿萤飞思悄然，孤灯挑尽未成眠。
迟迟钟鼓初长夜，耿耿星河欲曙天。
鸳鸯瓦冷霜华重，翡翠衾寒谁与共。
悠悠生死别经年，魂魄不曾来入梦。
临邛道士鸿都客，能以精诚致魂魄。
为感君王辗转思，遂教方士殷勤觅。
排空驭气奔如电，升天入地求之遍。
上穷碧落下黄泉，两处茫茫皆不见。
忽闻海上有仙山，山在虚无缥缈间。
楼阁玲珑五云起，其中绰约多仙子。
中有一人字太真，雪肤花貌参差是。

金阙西厢叩玉扃，转教小玉报双成。
闻道汉家天子使，九华帐里梦魂惊。
揽衣推枕起徘徊，珠箔银屏迤逦开。
云鬓半偏新睡觉，花冠不整下堂来。
风吹仙袂飘飖举，犹似霓裳羽衣舞。
玉容寂寞泪阑干，梨花一枝春带雨。
含情凝睇谢君王，一别音容两渺茫。
昭阳殿里恩爱绝，蓬莱宫中日月长。
回头下望人寰处，不见长安见尘雾。
唯将旧物表深情，钿合金钗寄将去。
钗留一股合一扇，钗擘黄金合分钿。
但教心似金钿坚，天上人间会相见。
临别殷勤重寄词，词中有誓两心知。
七月七日长生殿，夜半无人私语时。
在天愿作比翼鸟，在地愿为连理枝。
天长地久有时尽，此恨绵绵无绝期。

琵琶行（并序）

元和十年，予左迁九江郡司马。明年秋，送客湓浦口，闻舟中夜弹琵琶者，听其音，铮铮然有京都声。问其人，本长安倡女，尝学琵琶于穆、曹二善才，年长色衰，委身为贾人妇。遂命酒，使快弹数曲。曲罢，悯默，自叙少小时欢乐事，今漂沦憔悴，转徙于江湖间。予出官二年，恬然自安，感斯人言，是夕始觉有迁谪意。因为长句歌以赠之，凡六百一十六言，命曰《琵琶行》。

浔阳江头夜送客，枫叶荻花秋瑟瑟。
主人下马客在船，举酒欲饮无管弦。

醉不成欢惨将别，别时茫茫江浸月。
忽闻水上琵琶声，主人忘归客不发。
寻声暗问弹者谁，琵琶声停欲语迟。
移船相近邀相见，添酒回灯重开宴。
千呼万唤始出来，犹抱琵琶半遮面。
转轴拨弦三两声，未成曲调先有情。
弦弦掩抑声声思，似诉平生不得志。
低眉信手续续弹，说尽心中无限事。
轻拢慢捻抹复挑，初为《霓裳》后《六幺》。
大弦嘈嘈如急雨，小弦切切如私语。
嘈嘈切切错杂弹，大珠小珠落玉盘。
间关莺语花底滑，幽咽泉流冰下难。
冰泉冷涩弦凝绝，凝绝不通声暂歇。
别有幽愁暗恨生，此时无声胜有声。
银瓶乍破水浆迸，铁骑突出刀枪鸣。
曲终收拨当心画，四弦一声如裂帛。
东船西舫悄无言，唯见江心秋月白。
沉吟放拨插弦中，整顿衣裳起敛容。
自言本是京城女，家在虾蟆陵下住。
十三学得琵琶成，名属教坊第一部。
曲罢曾教善才伏，妆成每被秋娘妒。
五陵年少争缠头，一曲红绡不知数。
钿头云篦击节碎，血色罗裙翻酒污。
今年欢笑复明年，秋月春风等闲度。
弟走从军阿姨死，暮去朝来颜色故。
门前冷落鞍马稀，老大嫁作商人妇。
商人重利轻别离，前月浮梁买茶去。
去来江口守空船，绕船月明江水寒。

夜深忽梦少年事，梦啼妆泪红阑干。
我闻琵琶已叹息，又闻此语重唧唧。
同是天涯沦落人，相逢何必曾相识！
我从去年辞帝京，谪居卧病浔阳城。
浔阳地僻无音乐，终岁不闻丝竹声。
住近湓江地低湿，黄芦苦竹绕宅生。
其间旦暮闻何物，杜鹃啼血猿哀鸣。
春江花朝秋月夜，往往取酒还独倾。
岂无山歌与村笛，呕哑嘲哳难为听。
今夜闻君琵琶语，如听仙乐耳暂明。
莫辞更坐弹一曲，为君翻作琵琶行。
感我此言良久立，却坐促弦弦转急。
凄凄不似向前声，满座重闻皆掩泣。
座中泣下谁最多，江州司马青衫湿。

第二，白居易诗的艺术特色。

白居易诗在艺术上的最大特点就是通俗浅显，平易近人，所谓“老妪能解”。但是平易浅显不等于平庸无奇，刘熙载在《艺概·诗概》中对此有很好的评论：“常语易，奇语难，此诗之初关也；奇语易，常语难，此诗之重关也。香山用常得奇，此境良非易到。”用平常语而得神奇的效果，这是白居易诗的最大特色。

刻画精巧、叙述细致，这是白居易诗的第二个特色。用新题乐府写精悍的叙事诗，这是杜甫首创，著名的有“三吏”、“三别”，白居易继承了杜甫的优良传统，又有所创新，对人物形象的刻画十分精巧，情节也更完整细致。我们来读一读他的《卖炭翁》就可以看得很清楚：

卖炭翁，伐薪烧炭南山中。

满面尘灰烟火色，两鬓苍苍十指黑。
卖炭得钱何所营，身上衣裳口中食。
可怜身上衣正单，心忧炭贱愿天寒。
夜来城上一尺雪，晓驾炭车辗冰辙。
牛困人饥日已高，市南门外泥中歇。
翩翩两骑来是谁，黄衣使者白衫儿。
手把文书口称敕，回车叱牛牵向北。
一车炭，千馀斤，官使驱将惜不得。
半匹红纱一丈绫，系向牛头充炭直。

这首诗一开始就把老翁的形象精确地刻画出来："满面尘灰烟火色，两鬓苍苍十指黑"，这是一个劳苦的老人。诗人还进一步从老翁的外形深入到他的内心世界："可怜身上衣正单，心忧炭贱愿天寒。"按常情，身上衣单当然要愿天暖，但天暖了，用来生炉子烤火的炭价就贱了，这是一个矛盾，衡量结果，老翁宁可挨冻也愿天寒，为了炭能卖个好价钱，换来"身上衣裳口中食"。卖炭的钱对他是多么重要，但最后却被"宫使"白白抢走，老翁将怎么生活？令人担心。这样从外形到内心的细致刻画，加深了读者对卖炭翁的同情。

主题鲜明突出是白居易诗的第三个特色。这主要表现在"新乐府"50首与10首《秦中吟》，特别是50首"新乐府"，在每首题下都注明写这首诗的美刺目的，同时还在不少讽喻中用"卒章显其志"的方法来突出主题。

鲜明对比是白居易诗的第四个特色。他继承了杜甫的"朱门酒肉臭，路有冻死骨"的对比方法，更广泛地应用在他的讽喻诗中。

在叙事中适当加上议论，这是白居易诗的第五个特色。以议论入诗，虽然由杜甫首创，但用得并不多，白居易继承杜甫这一传统，广泛用到他的讽喻诗中，在50首“新乐府”中，像《卖炭翁》那样不着议论倒是少数，多数在叙事后加上了议论。这议论有加得好的，也有加得不好的，近于纯粹说教，不少这样的诗不成为诗，成了押韵的“奏状”、“策林”之类向皇帝上奏折提建议的“意见书”，不免显得枯燥乏味。

叙事、抒情、写景三者相结合，这是白居易诗的第六个特色。在两首长篇叙事诗《长恨歌》与《琵琶行》中，运用得尤为出色。如《长恨歌》中，杨贵妃的死及唐玄宗对她的思念，采用情景交融的手法，写得十分感人；《琵琶行》中，听完一曲琵琶后，“唯见江心秋月白”，听完琵琶女诉身世后的大段抒情等写得都很成功。

善用比喻是白居易诗的第七个特色。用得最成功的是《琵琶行》中对琵琶声的描写，把无形的音乐声写得有声有色。另如《暮江吟》：“一道残阳铺水中，半江瑟瑟半江红。可怜九月初三夜，露似真珠月似弓。”写秋夜景色之美，充满诗情画意，末句用两个比喻，非常贴切地写出了中国农历九月初三夜晚的景色，把在草尖上闪闪发光的露珠和挂在天幕上的一弯新月，通过两个比喻写得很逼真。

二、元稹

元稹（779—831），字微之，行九，世称元九，系鲜卑族人，其祖北魏时为皇族，本姓拓跋，北魏孝文帝实行汉化，改姓元，遂为元氏。孝文帝迁都洛阳（今河南洛阳），元氏祖籍遂为洛阳，也是元姓的郡望，因此新旧《唐书》都说他是河南人。然据元稹写的《告赠皇祖祖妣文》中说：“始兵部赐第于靖安里，下及天宝，五世其居。”这是说他的六世祖元岩赐第靖安里，就定居于此（西京万年县靖安坊），元稹也生长于京师（今陕西西安），因此，元稹应该说是长安（今陕西西安）人。他的家世一直比较显赫，安史之乱后开始衰微。他父亲早故，因而说幼孤贫，由母亲抚养教育长大。他早慧，9岁能属文，15岁明经及第，24岁举书刺拔萃科，授秘书省校书郎。元和元年（806），登才识兼茂明于体用科，名列榜首，授左拾遗。敢直谏，上书指论时弊，为当权者忌恨，贬为河南县尉，限期出京。不久，母卒，离任守孝。元和四年（809），守孝期满，还朝任监察御史，受知于御史中丞李夷简，上任后奉命出使蜀中，赴剑州东川复查泸州官员的贪赃案，他不辱使命，劾奏违法官员，平雪冤狱，名动三川。翌年，河南尹房式违法，他加以弹劾，令其停务，惹怒了房式在朝中的私党，宰相罗织他的罪名，贬为江陵府士曹。从此，他度过了困顿州郡10年的贬谪生活。直到元和十四年（819）冬才召回，授膳部员外郎。这时，他的锐气已减。宰相段文昌推荐，任祠部郎中，知制诰。数月后，迁中书舍人，翰林学士承旨，与已在翰林院的李德裕、李绅俱以学识才艺闻名，时称“三俊”。长庆二年（822）二月，元稹以工部侍郎同平章事（宰相）。六月罢为同州刺史，后迁浙东观察使，在浙东6年，颇有政绩。大和三年（829），入朝任尚书左丞，不久，出任武昌军节度使，卒于任所。

元稹与当时的诗人张籍、韩愈、李绅、刘禹锡、柳宗元等都友好，跟白居易交情尤深，情同手足，唱和甚多，在浙东时，还为白居易编辑《白氏长庆集》。他的诗歌与白居易齐名，并称“元白”。元和四年（809），他见到李绅写的《新题乐府》20首，“取其病时之尤急者，列而和之”，得12首，同时白居易也和之扩展到50首，并把“新题乐府”更名为“新乐府”。在“新乐府运动”中，白居易固然功劳不小，但创作“新乐府”诗，元稹在先，而白居易则“于微之原作有所改进”，因此，把元稹仅仅列为新乐府运动的参与者是有失公允的。从诗本身的成就看，无疑是白大于元，但从在当时的名望与影响来看，其实元大于白，元白并称，元在白前。这与李杜并称，李在杜前情况还不同，李白成名比杜甫早，李白年岁也比杜甫大11岁，而元白二人几乎是同时成名的，元稹还比白居易小7岁，可见这并称完全是从当时两人的名望与影响来排列的，在“新乐府运动”的帅帐中，元稹至少也算得上是一名副帅，他是新乐府运动的积极倡导者，不仅仅是参与者。

第一，元稹诗的内容。

元稹的乐府诗有《和李校书新题乐府》12首，即为“新乐府”，以及《乐府古题》19首，这31首诗相当于白居易说的讽喻诗。还有一首长篇叙事诗《连昌宫词》，也是一首讽喻诗，而且比那31首乐府诗成功。我们先来看看元稹的力作《连昌宫词》：

连昌宫中满宫竹，岁久无人森似束。
又有墙头千叶桃，风动落花红蔌蔌。
宫边老翁为余泣，小年进食曾因入。
上皇正在望仙楼，太真同凭阑干立。
楼上楼前尽珠翠，炫转荧煌照天地。
归来如梦复如痴，何暇备言宫里事。
初过寒食一百六，店舍无烟宫树绿。
夜半月高弦索鸣，贺老琵琶定场屋。
力士传呼觅念奴，念奴潜伴诸郎宿。
须臾觅得又连催，特敕街中许然烛。
春娇满眼睡红绡，掠削云鬟旋装束。
飞上九天歌一声，二十五郎吹管逐。
逡巡大遍凉州彻，色色龟兹轰录续。
李谟擫笛傍宫墙，偷得新翻数般曲。
平明大驾发行宫，万人歌舞涂路中。
百官队仗避岐薛，杨氏诸姨车斗风。
明年十月东都破，御路犹存禄山过。
驱令供顿不敢藏，万姓无声泪潜堕。
两京定后六七年，却寻家舍行宫前。

庄园烧尽有枯井，行宫门闭树宛然。
尔后相传六皇帝，不到离宫门久闭。
往来年少说长安，玄武楼成花萼废。
去年敕使因斫竹，偶值门开暂相逐。
荆榛栉比塞池塘，狐兔骄痴缘树木。
舞榭欹倾基尚在，文窗窈窕纱犹绿。
尘埋粉壁旧花钿，乌啄风筝碎珠玉。
上皇偏爱临砌花，依然御榻临阶斜。
蛇出燕巢盘斗栱，菌生香案正当衙。
寝殿相连端正楼，太真梳洗楼上头。
晨光未出帘影动，至今反挂珊瑚钩。
指似傍人因恸哭，却出宫门泪相续。
自从此后还闭门，夜夜狐狸上门屋。
我闻此语心骨悲，太平谁致乱者谁？
翁言野父何分别，耳闻眼见为君说。
姚崇宋璟作相公，劝谏上皇言语切。
燮理阴阳禾黍丰，调和中外无兵戎。
长官清平太守好，拣选皆言由至公。
开元之末姚宋死，朝廷渐渐由妃子。
禄山宫里养作儿，虢国门前闹如市。
弄权宰相不记名，依稀忆得杨与李。
庙谟颠倒四海摇，五十年来作疮痏。
今皇神圣丞相明，诏书才下吴蜀平。
官军又取淮西贼，此贼亦除天下宁。
年年耕种宫前道，今年不遣子孙耕。
老翁此意深望幸，努力庙谟休用兵。

这首诗是元和十三年（818）元稹任通州司马时所写，诗中通过连昌宫的兴废变迁，反映在安史之乱前后，唐王朝治乱兴衰的因由。连昌宫为高宗时所建，在今河南宜阳，其实唐玄宗与杨贵妃从未到过，因此，诗中内容纯属虚构，然而玄宗朝盛极而衰却是事实，足可为后代帝王们鉴戒。对这首诗陈寅恪先生在《元白诗笺证稿》中有专章论述，第三章一开头就说："元微之《连昌宫词》实深受白乐天、陈鸿《长恨歌》及《传》之影响，合并融化唐代小说之史才、诗笔、议论为一体而成。其篇首一句及篇末结语二句乃是开宗明义及综括全诗之议论，又与白香山《新乐府序》所谓'首句标其目，卒章显其志'者，有密切关系。乐天所谓'每被老元偷格律'，殆指此类欤？"诗末两句是写这首诗的宗旨，是为了告诫当时的统治者。

元稹的31首乐府诗内容比较广泛，如《田家词》，用农民的口吻叙述，写朝廷连年用兵，为了征收军粮，残酷剥削农民，把农民辛苦一年的粮食全部收走还不够，逼得农民"输官不足归卖屋"。最后两句"农死有儿牛有犊，不遣官军粮不足"，有的版本在后一句前边还有一个"誓"字，我以为没有"誓"字较合理，因为这绝不是农民的愿望，而是农民说出了"官军"的心里话。当官的为了"不遣官军粮不足"，对农民的剥削永远无尽头，要子子孙孙剥削下去。

白居易在《缭绫》一诗题下自注"念女工之劳也"，元稹也有"念女工之劳"的诗，这就是他的《织妇词》，只是他没有像白居易那样加上自注。元稹笔下的女工比白居易笔下的女工遭遇更惨："东家头白双女儿，为解挑纹嫁不得"，在这两句下面，他也加了注："余掾荆时，目击贡绫户有终老不嫁之女。"就是因手艺高，让终身织绫，不让出嫁，多悲惨的命运！

虽然元稹没有像白居易那样在同一首诗中写了相反的两极进行强烈对比，但我们可以拿他不同的诗进行对比，如他的《估客乐》：

估客无住著，有利身则行。
出门求火伴，入户辞父兄。
父兄相教示，求利莫求名。
求名有所避，求利无不营。
火伴相勒缚，卖假莫卖诚。
交关但交假，本生得失轻。
自兹相将去，誓死意不更。
亦解市头语，便无邻里情。
鍮石打臂钏，糯米吹项瓔。
归来村中卖，敲作金石声。
村中田舍娘，贵贱不敢争。
所费百钱本，已得十倍赢。
颜色转光净，饮食亦甘馨。
子本频蕃息，货贩日兼并。
求珠驾沧海，采玉上荆衡。
北买党项马，西擒吐蕃鹦。
炎洲布火浣，蜀地锦织成。
越婢脂肉滑，奚僮眉眼明。
通算衣食费，不计远近程。
经游天下遍，却到长安城。
城中东西市，闻客次第迎。
迎客兼说客，多财为势倾。
客心本明黠，闻语心已惊。
先问十常侍，次求百公卿。
侯家与主第，点缀无不精。
归来始安坐，富与王者勍。
市卒酒肉臭，县胥家舍成。
岂唯绝言语，奔走极使令。

大儿贩材木，巧识梁栋形。
小儿贩盐卤，不入州县征。
一身偃市利，突若截海鲸。
钩距不敢下，下则牙齿横。
生为估客乐，判尔乐一生。
尔又生两子，钱刀何岁平。

诗里描写了一个奸诈的商人，通过制假卖假牟取暴利，只要能赚大钱的生意他都做，甚至贩卖人口，他唯利是图，花小本赚大钱，赢得十倍的利润。为了赚更多的钱并永保富有，他送礼行贿，结交权贵，官商勾结。有了权贵豪门做靠山，他获取了更大的暴利，州县还不敢向他们征税，子孙经商，富甲王侯。这首诗里的奸商与前面两首诗中的农民与织妇形成了鲜明对比。

其他如《西凉伎》，写西凉州失陷前后的情况，诗中极写凉州失陷前的繁华与失陷后的荒凉，一荣一衰形成鲜明对比。《法曲》用从黄帝到秦王（李世民）时音乐雅正与明皇（李隆基）时音乐变乱做对比，从音乐变乱引出社会动乱，安史之乱后，习俗变化，处处学习胡俗，痛失中原雅正习俗。《缚戎人》写边将为了邀功请赏，不问青红皂白，“但逢赪面即捉来，半是边人半戎羯”，明明是汉人，却也当“戎羯”俘虏，“远送炎方”，弄得人家妻离子散。《上阳白发人》写民间女子被硬抢来“永配深宫作宫婢”，幽禁深宫，“终身不见门前事”，耗尽青春年华，“日夜闲闻洛水声”，最后大声疾呼“何如决壅顺众流”，建议遣放宫人，令其婚配。

除了以乐府为主的讽喻诗外，元稹写得最成功的是悼亡诗。贞元二十年（804），他娶韦夏卿女韦丛为妻。当时元稹26岁，韦丛22岁，婚后夫妻感情很好。不幸5年后韦丛去世，元稹十分伤心，写了很多悼亡诗，感情真挚，哀婉动人，其中尤以《遣悲怀》三首最为著名：

谢公最小偏怜女，嫁与黔娄百事乖。
顾我无衣搜荩箧，泥他沽酒拔金钗。
野蔬充膳甘长藿，落叶添薪仰古槐。
今日俸钱过十万，与君营奠复营斋。

——其一

昔日戏言身后事，今朝皆到眼前来。
衣裳已施行看尽，针线犹存未忍开。
尚想旧情怜婢仆，也曾因梦送钱财。
诚知此恨人人有，贫贱夫妻百事哀。

——其二

闲坐悲君亦自悲，百年都是几多时。
邓攸无子寻知命，潘岳悼亡犹费词。
同穴窅冥何所望？他生缘会更难期。
惟将终夜长开眼，报答平生未展眉。

——其三

元稹与韦丛结婚时刚入仕途不久，职位不高，家境也清贫，所以诗中以战国时齐国著名的贫寒隐士黔娄自喻。韦丛去世时，他刚丁母忧守孝期满，任监察御史，奉命赴东川按狱，劾奏贪赃违法官员，平雪八十家冤案，为执政者所忌，赶出长安，命分司东都，俸禄不高，所以说“贫贱夫妻百事哀”。写这三首诗时，元稹已位至宰相，“今日俸钱过十万”，但只能“与君营奠复营斋”。令他更为伤心的是两女一子也先后死去，所以说“邓攸无子寻知命”。他的诗中有《哭小女降真》《哭女樊》《哭女樊四十韵》与《哭子十首》，哀悼死去的两女一子。在他的悼亡诗中，还有《离思五首》中的第四首也很出色：

曾经沧海难为水，除却巫山不是云。
取次花丛懒回顾，半缘修道半缘君。

这首诗的前两句不断为人引用。后两句说无心看花，虽说“半缘君”，其实“修道”也是因为妻子亡故所致，归根结底，可以说“取次花丛懒回顾”其实是“全缘君”。

元稹还有不少称为“艳诗”的诗，对后世很有影响。其中有《莺莺诗》《杂忆五首》《会真诗三十韵》《古艳诗二首》和《梦游春七十韵》等，都是为了思念与莺莺的一段往事而作。特别是《会真诗三十韵》不仅写了情爱，还表现了性爱，写得既细腻又露骨，可与他的传奇小说《会真记》（即《莺莺传》）同读。陈寅恪先生在《元白诗笺证稿》中有一章专门论述他的艳诗及悼亡诗：“其悼亡诗即为元配韦丛而作，其艳诗则多为其少日之情人所谓崔莺莺者而作。微之以绝代之才华，抒写男女生死离别悲欢之情感，其哀艳缠绵，不仅在唐人诗中不可多见，而影响于后来之文学者尤巨。如《莺莺传》者，初本微之文集中附庸小说，其后竟演变流传成为戏曲中之大国巨制即是其例。”

在元稹的诗中，有大量酬赠唱和的诗，大多数是跟白居易交往的诗，其中不乏感情真挚深厚之作，如《闻乐天授江州司马》：“残灯无焰影幢幢，此夕闻君谪九江。垂死病中惊坐起，暗风吹雨入寒窗。”这首诗是元稹在任通州（州治在今四川达州）司马时所写的。五年前，元稹因弹劾与惩治不法官吏，同宦官刘士元发生冲突，被贬为江陵士曹参军，后又改授通州司马，这时他身患重病，心境本来不好，忽然听到挚友也蒙冤被贬为江州司马，感到极度震惊，积压多年的怨苦悲愤一齐涌上心头。这首诗一开头就营造了一个悲凉凄切的氛围，第三句写出了震惊之巨大、两人感情之深厚。结尾不抒情而写景，深沉的感情蕴含不露，加深了诗的感染力，使这首诗更显情深意浓。所以白居易在江州收到这首诗后非常感动，在《与微之书》中说："此句（指这首诗）他人尚不可闻，况仆心哉？至今每吟，犹恻恻耳！"

元稹还有不少写景诗，其中以在越州（今浙江绍兴）写的《以州宅夸于乐天》和《重夸州宅旦暮景色，兼酬前篇末句》两首尤佳。我们来看看前一首吧：

州城迥绕拂云堆，镜水稽山满眼来。
四面常时对屏障，一家终日在楼台。
星河似向檐前落，鼓角惊从地底回。
我是玉皇香案吏，谪居犹得住蓬莱。

第二，元稹诗的艺术特色。

元稹的诗在艺术上与白居易有相通之处，如浅显通俗，如叙述细致，如鲜明对比，如叙事中适当加上议论，如融情于景、情景结合等等。但从总体上来看，元、白二人的诗在艺术上虽有不少相同之处，却也存在不少差异。在他们最为看重的新乐府和长篇叙事诗中，白居易坚持一题一事，非常集中，主题突出。元稹除《连昌宫词》外，常在一题下写好几件事，内容庞杂而不深刻，主题不突出。在语言上，白居易保持浅近平易，而元稹却显得晦涩。因此，陈寅恪先生在《元白诗笺证稿》中说："元氏诸篇所咏，似有繁复庞杂之病，而白氏每篇则各具事旨，不杂亦不复是也。"在"元诗中一篇而有数意者"，白居易常分写成几篇，"每篇唯咏一事，持一旨，而不杂以他事及他旨"。这就是白诗胜于元诗处。在抒情诗中，白居易爱进行客观理性的阐发，多采用白描；元稹常进行主观感情的抒发，多重彩浓墨，这只需比较一下他们同题的诗就可以看得很清楚。白居易集中有《忆微之，伤仲远》《雪中即事寄微之》《早春忆微之》等，相应的元稹集中有《酬乐天见忆兼伤仲远》《酬乐天雪中见寄》《和乐天早春见寄》等，两相对照，看得很清楚。先看白居易的《忆微之，伤仲远》："幽独辞群久，漂流去国赊。只将琴作伴，唯以酒为家。感逝因看水，伤离为见花。李三埋地底，元九谪天涯。举眼青云远，回头白日斜。可能胜贾谊？犹自滞长沙。"再看元稹的《酬乐天见忆兼伤仲远》："死别重泉闷，生离万里赊。瘴侵新病骨，梦到故人家。遥泪陈根草，闲收落地花。庾公楼怅望，巴子国生涯。河任天然曲，江随陕势斜。与君皆直戆，须分老长沙。"从这两首诗中，我们看到白居易多叙述，如拉家常；元稹重抒情，择词倾诉。元、白两人互相唱和的咏物诗不少，在这些诗中，白居易言婉意曲，元稹言直词激。

此外，元诗还有自身的特点：首先是高度的艺术概括，如《行宫》："寥落古行宫，宫花寂寞红。白头宫女在，闲坐说玄宗。"这首诗历来赞声不绝，洪迈在《容斋随笔》中说："白乐天《长恨歌》《上阳宫人歌》，元微之《连昌宫词》，道开元宫禁事最为深切矣。然微之有《行宫》一绝，语少意足，有无穷之味。"瞿佑在《归田诗话》中说："《长恨歌》一百二十句，读者不厌其长，元微之《行宫》词才四句，读者不觉其短，文章之妙也。"沈德潜在《唐诗别裁集》中说："说玄宗，不说玄宗长短，佳绝。只四语，已抵一篇《长恨歌》矣。"这首诗言简意赅，含无穷之意于言外，是高度概括的典范。其次，元稹的诗——特别是在他的长诗中常常善用浓墨重彩渲染气氛，描绘场面，刻画人物，令人如亲历其境，亲见其人，这在《梦游春七十韵》中尤为突出。再次，善用细节来抒情写景，刻画人物心理，用以状难状之景，传难言之情。如在《行宫》中，用"白头"、"闲坐"等细节来说明宫女在宫中耗尽青春，寂寞无聊，虚度年华，从而显示出她们凄凉的身世、哀怨的情怀，同时包含着无限沧桑之感。

三、元、白的地位及影响

在中国诗歌史上，白居易无疑是有崇高地位与巨大影响的，但由于白居易诗存在不少缺点，首先是晚年思想消沉，明哲保身，信佛出世，叹衰老悲白发，知足安逸，乐天安命，还有不少庸俗的功利化的东西，内容常常千篇一律，令人有嚼蜡之感。其次，不少诗太直太露，也过于粗糙，艺术上欠缺火候，诗意不足，因此难与李白、杜甫分庭抗礼，鼎足而三。不过，他与其他大多数诗人相比，还是高出一筹的，从总体来看，在唐代诗人中，李白、杜甫无疑是最伟大的，其次当推王维、高适、岑参、白居易。至于元稹，又不如白居易。

元、白在中国诗歌史上，最大最深远的影响就是确立了杜甫在诗坛上至高无上的地位，使杜甫的圣光此后一直笼罩着整个诗坛。在这方面，元稹的作用又大于白居易。

杜甫在当时的影响不是特别大，杜甫诗的价值是在以后一点一滴被人不断加深认识的。杜甫在他去世前一年，即大历四年（769）写的《南征》中说："百年歌自苦，未见有知音。"由此可见他生前的落寞。此外，从十种《唐人选唐诗》中，我们看到选杜甫诗的只有晚唐诗人韦庄编的《又玄集》，而且还放在第一位，居于卷首，第二位才是李白，显然这是受到元稹的影响，但在其馀九种里却根本看不见杜甫的名字，当然有的选本是专选某一个时代的诗，如《中兴间气集》专选大历前后的诗，《御览诗》也专选中唐前期的诗，自然选不上杜诗。但像《河岳英灵集》这样选唐诗人的集子，不仅选了李白、王维等大家的诗，还选了陶翰、阎防这些在后代几乎让人遗忘了的作者的诗，却不选杜甫的诗。其他如《国秀集》《极玄集》《才调集》这些选诗范围较广的选本，选了王维、孟浩然的诗，还选了不少毫不知名的作者的诗，就是不选杜甫的诗，可见杜甫在当时的声望确实不高。白居易在《读李杜诗集因题卷后》中，将李、杜并提，既同情他们悲惨的命运，也肯定他们的作品，树立了他们的威望："吟咏流千古，声名动四夷。"在《与元九书》中，又突出了杜甫："诗之豪者，世称李、杜。李之作，才矣、奇矣，人不逮矣；……杜诗最多，可传者千馀首，至于贯穿今古，𫇭缕格律，尽工尽善，又过于李。"并对杜甫的《石壕吏》等诗、"朱门酒肉臭，路有冻死骨"等句予以肯定。但把杜甫提到至高无上地位的是元稹，他在《唐故检校工部员外郎杜君墓系铭并序》中说："至于子美，盖所谓上薄风骚，下该沈宋，言夺苏李，气吞曹刘，掩颜谢之孤高，杂徐庾之流丽，尽得古今之体势，而兼人人之所独专矣。"还特别拿李白来做比较，得出结论"李尚不能历其藩翰"。这也开启了千年来争论不休的李杜优劣论的先声。尊杜抑李，始作俑者元稹。不过从此以后，杜甫的声名日大，地位日高，几乎达到独尊的地位，成为百代诗家之师表。

元、白不仅在理论上确立了杜甫的地位，在创作上也以杜甫为楷模，创作了著名的"新乐府"。这在元稹的《乐府古题序》中说得很清楚："近代唯诗人杜甫《悲陈陶》《哀江头》《兵车行》《丽人行》等，凡所歌行，率皆即事名篇，无复依傍。余少时与友人乐天、李公垂辈，谓是为当，遂不复拟赋古题。"陈寅恪先生在《元白诗笺证稿》中说："然则二公新乐府之作，乃以古昔采诗观风之传统理论为抽象之鹄的，而以唐代杜甫即事命题之乐府如《兵车行》者为其具体之模楷。""新乐府"经元、白倡导，后代也常有仿效者，经久不衰。

在中国古典诗歌中，抒情诗一直占压倒优势，叙事诗不多，长篇叙事诗更是凤毛麟角。《诗经》中虽有少量叙事诗，但都很短，最长的也不过二三百字，直到东汉末年才出现了《孔雀东南飞》，近1800字，南北朝时又出现了《木兰辞》。仅此两篇也都是民歌，文人都不写长篇叙事诗，因此白居易的《长恨歌》《琵琶行》和元稹的《连昌宫词》，是首次见到的出现在文人笔下的长篇叙事诗，这可以说是元、白的特殊成就，对后世也很有影响。晚唐出现了长篇叙事诗韦庄的《秦妇吟》，直到清初，有长篇叙事诗吴伟业的《圆圆曲》，可以说都深受元、白叙事诗的影响。在叙事诗的创作上，元、白（特别是白居易）的成就超过了李白、杜甫。

元、白的诗歌理论深深影响着后代，白居易的《与元九书》，全面系统地提出了他们对诗歌的主张；元稹在《唐故检校工部员外郎杜君墓系铭并序》中，虽然目的在于赞扬杜甫，但在这赞扬中渗透着他的诗歌主张。另外，在他们一些诗的序言中以及一些诗中，也不时透露他们的诗歌主张。这些主张总起来说，诗必须是"可以救济人病，裨补时阙"，因此要"讽兴当时之事"，能够"干预教化"，这就要求所写的诗"风雅比兴外，未尝著空文"，做到"篇篇无空文，句句必尽规"。把诗完完全全纳入了"雅正"的轨道上，入宋以后，很少有反复了。

白居易采用民间曲子词创作了好几首小令。曲子词是在唐代民间兴起的一种新兴的诗歌体裁，在白居易之前，也有少数文人偶尔为之，但一是数量少，二是名为词实为七绝变体，如《竹枝》《杨柳枝》《浪淘沙》等，都是整整齐齐的每首四句、每句七字，只是不太合律绝的平仄要求，实际上可以看作拗体七绝。《章台柳》以七言绝句为基础，只是把第一句减去一字，破为二句；《渔父》以七言绝句为基础，把第三句减一字，破为二句。至于署名李白的那两首词《菩萨蛮》和《忆秦娥》，确实是词不是诗，但那明显是伪托的。白居易的九首曲子词（其中《花非花》一首、《忆江南》三首、《宴桃源》三首、《长相思》两首），显然与诗有很大差别，数量上超过了他的前人，在内容上也摆脱了粗糙拙俗的词语，显得精致优雅。例如："江南好，风景旧曾谙；日出江花红胜火，春来江水绿如蓝。能不忆江南！"（《忆江南》其一）"江南忆，最忆是杭州；山寺月中寻桂子，郡亭枕上看潮头。何日更重游？"（《忆江南》其二）白居易的词还引出了刘禹锡的和词。刘禹锡有《忆江南二首》，题下自注：“和乐天春词，依《忆江南》曲拍为句。”从此文人写词多了起来，文人词也日趋成熟，到晚唐出现了中国诗歌史上第一个词人温庭筠。

第二章 韩愈和韩孟派

第一节 韩愈和他的作品

一、韩愈

韩愈（768—824），字退之，河南河阳（今河南孟州）人，郡望昌黎，自称昌黎韩愈，故世称“韩昌黎”。出生在官宦家庭，但3岁而孤，由长兄长嫂抚养。13岁时，长兄韩会又病故。可以说韩愈少时十分不幸，但艰难的家世也磨炼了他的意志，奋发向学，7岁时已言出成文，13岁便会写文章了。他关心国家兴亡，留心治国之道。19岁到京城长安参加进士考试，但一连几次都没有考中，到贞元八年（792）25岁时，登进士第，又过了四年，始为宣武节度使府观察推官，此后又出任过一些地方小官。贞元十七年（801）到京师听候调选。翌年，授四门博士，再迁监察御史。因上疏论事，触怒德宗，贬为广东山阳令。直到元和元年（806），召为国子博士。元和十二年（817），宰相裴度督师讨伐淮西叛乱，韩愈任行军司马。乱平，迁刑部侍郎。元和十四年（819），宪宗有意迎佛骨于凤翔，无人敢谏，韩愈挺身而出，上《论佛骨表》力谏，反对佞佛，触怒宪宗，几乎被杀，幸得裴度、崔群等人力救，方得免去死罪，贬为潮州刺史。翌年正月宦官杀宪宗，迎立穆宗，九月召回韩愈，任国子祭酒。其后历任兵部侍郎、京兆尹等职。后来因宣抚镇州平息叛乱有功迁吏部侍郎，世称“韩吏部”。长庆四年（824）十二月卒，终年57岁，赠吏部尚书，谥曰文，故又称韩文公。韩愈是诗人，又是杰出的散文家，他反对形式主义的骈文，提倡古文，为唐代古文运动的主帅。他的诗也别开生面，勇于创新，工于长篇古风，采用散文辞赋的章法笔调入诗，气势雄浑，才力充沛，想象奇特，形成奇崛宏伟的独特风格，纠正了大历以来的平庸诗风。一批和他志同道合的人夸奇斗险，形成了奇崛险怪的韩孟派，影响很大。

韩愈跟白居易一样是认真学杜诗的人，但两人取向不同。白居易着眼于杜诗对现实的反映，着重于继承其现实主义精神，从思想内容上考量；韩愈着眼于杜诗的体格变化，着重于继承其求新求变的独创精神，从艺术形式上考虑。韩愈接过了杜甫“语不惊人死不休”的口号，提出“唯陈言之务去”的口号来呼应。白居易以学杜为主，不少地方融进了陶潜的清淡；韩愈也以学杜为主，不少地方融进了李白的自由豪放。他是最早主张李、杜并重的，他在《调张籍》中说：“李杜文章在，光焰万丈长。不知群儿愚，那用故谤伤！蚍蜉撼大树，可笑不自量。伊我生其后，举头遥相望。”韩愈标榜的奇险雄怪诗风，主要形成于元和以后。说来也巧，这时也正是白居易“新乐府”诞生之时。也许在这以前，他们的分野并不很大，这以后却分道扬镳越走越远。尽管风格不同，但他们也有共同点，就是都用诗文来“载道”，殊途同归，这也是他们不仅没有互相排斥，而且还成为朋友的原因之一。韩愈不仅在文中，而且还在诗里发议论，直接贯彻“道统”；白居易则把诗当作政治运作的工具，用来代替奏折、意见书一类应用文。这就大大削弱了他们诗的艺术性。因此，尽管他们的风格完全不同，通俗与怪险形成两个极端，但艺术性遭到削弱的结果却是相同的。从韩愈诗的具体情况来看，大体可以分为三大类：第一类是面向现实，关心国运民生的诗；第二类是锐意革新，探索新形式新风格的诗；第三类是自然流畅、真挚浑厚的抒情诗。

二、韩愈的诗

第一类诗在韩愈诗集中不多，但弥足珍贵。如在贞元十六年（800）写的《归彭城》：

天下兵又动，太平竟何时。
讦谟者谁子，无乃失所宜。
前年关中旱，闾井多死饥。
去岁东郡水，生民为流尸。
上天不虚应，祸福各有随。
我欲进短策，无由至彤墀。
刳肝以为纸，沥血以书辞。
上言陈尧舜，下言引龙夔。
言词多感激，文字少葳蕤。
一读已自怪，再寻良自疑。
食芹虽云美，献御固已痴。
缄封在骨髓，耿耿空自奇。
昨者到京城，屡陪高车驰。
周行多俊异，议论无瑕疵。
见待颇异礼，未能去毛皮。
到口不敢吐，徐徐俟其巇。
归来戎马间，惊顾似羁雌。
连日或不语，终朝见相欺。
乘闲辄骑马，茫茫诣空陂。
遇酒即酩酊，君知我为谁。

这首诗写出了当时频繁的天灾人祸，百姓深受其害，自叹徒有策略，“无由至彤墀”。另有《汴州乱二首》，这是反映贞元十六年宣武节度使董晋去世后，宣武军失去节制、发生叛乱的情况。反映当时的社会现实的诗，还有《龊龊》和《此日足可惜赠张籍》，特别是后一首，前人评价颇高，认为“仿佛《彭衙》《北征》光景”。这首诗虽然反映了贞元十五年前后彭城、汴州一带的天灾人祸，主要是水灾与兵变，但诗中只是提一下，并未深入展开写，因此无论深度与广度都无法与杜甫的《北征》和《彭衙》相比。

排斥佛老，反对鬼怪迷信，这是韩愈的一贯思想，在诗里当然得到反映，如：《谢自然诗》写一个“童呆无所识”的“寒女谢自然”盲目学道，装神弄鬼，自欺欺人；《华山女》反映当时佛道斗法的荒唐情况；《送灵师》写佛教的危害。韩愈排斥佛教原因有二：一是从儒家立场出发；二是从发展生产着眼，不少青壮年出家当和尚，吃闲饭的人多了，劳动力少了，对当时发展生产十分不利。这些诗可与他的《论佛骨表》文同读。

第二类诗是韩愈的主要作品，体现了韩诗的风格，其中著名的有《南山诗》：

吾闻京城南，兹惟群山囿。
东西两际海，巨细难悉究。
山经及地志，茫昧非受授。
团辞试提挈，挂一念万漏。
欲休谅不能，粗叙所经觏。
尝升崇丘望，戢戢见相凑。
晴明出棱角，缕脉碎分绣。
蒸岚相澒洞，表里忽通透。
无风自飘簸，融液煦柔茂。
横云时平凝，点点露数岫。
天空浮修眉，浓绿画新就。

孤撑有巉绝，海浴褰鹏噣。
春阳潜沮洳，濯濯吐深秀。
岩峦虽嵂崒，软弱类含酎。
夏炎百木盛，荫郁增埋覆。
神灵日歊歔，云气争结构。
秋霜喜刻轹，磔卓立癯瘦。
参差相叠重，刚耿陵宇宙。
冬行虽幽墨，冰雪工琢镂。
新曦照危峨，亿丈恒高袤。
明昏无停态，顷刻异状候。
西南雄太白，突起莫间篓。
藩都配德运，分宅占丁戊。
逍遥越坤位，诋讦陷乾窦。
空虚寒兢兢，风气较搜漱。
朱维方烧日，阴霰纵腾糅。
昆明大池北，去觌偶晴昼。
绵联穷俯视，倒侧困清沤。
微澜动水面，踊跃躁猱狖。
惊呼惜破碎，仰喜呀不仆。
前寻径杜墅，岔蔽毕原陋。
崎岖上轩昂，始得观览富。
行行将遂穷，岭陆烦互走。
勃然思坼裂，拥掩难恕宥。
巨灵与夸蛾，远贾期必售。
还疑造物意，固护蓄精祐。
力虽能排斡，雷电怯呵诟。
攀缘脱手足，蹭蹬抵积甃。
茫如试矫首，堛塞生怐愗。

威容丧萧爽，近新迷远旧。
拘官计日月，欲进不可又。
因缘窥其湫，凝湛閟阴兽。
鱼虾可俯掇，神物安敢寇。
林柯有脱叶，欲堕鸟惊救。
争衔弯环飞，投弃急哺鷇。
旋归道回睨，达枿壮复奏。
吁嗟信奇怪，峙质能化贸。
前年遭谴谪，探历得邂逅。
初从蓝田入，顾眄劳颈脰。
时天晦大雪，泪目苦矇瞀。
峻涂拖长冰，直上若悬溜。
褰衣步推马，颠蹶退且复。
苍黄忘遐睎，所瞩才左右。
杉篁咤蒲苏，杲耀攒介胄。
专心忆平道，脱险逾避臭。
昨来逢清霁，宿愿忻始副。
峥嵘跻冢顶，倏闪杂鼯鼬。
前低划开阔，烂漫堆众皱。
或连若相从，或蹙若相斗。
或妥若弭伏，或竦若惊雊。
或散若瓦解，或赴若辐凑。
或翩若船游，或决若马骤。
或背若相恶，或向若相佑。
或乱若抽笋，或嵲若注灸。
或错若绘画，或缭若篆籀。
或罗若星离，或蓊若云逗。
或浮若波涛，或碎若锄耨。

或如贲育伦，赌胜勇前购。
先强势已出，后钝嗔逗譳。
或如帝王尊，丛集朝贱幼。
虽亲不亵狎，虽远不悖谬。
或如临食案，肴核纷饤饾。
又如游九原，坟墓包椁柩。
或累若盆罂，或揭若登豆。
或覆若曝鳖，或颓若寝兽。
或蜿若藏龙，或翼若搏鹫。
或齐若友朋，或随若先后。
或迸若流落，或顾若宿留。
或戾若仇雠，或密若婚媾。
或俨若峨冠，或翻若舞袖。
或屹若战阵，或围若蒐狩。
或靡然东注，或偃然北首。
或如火熹焰，或若气饙馏。
或行而不辍，或遗而不收。
或斜而不倚，或弛而不彀。
或赤若秃鬜，或熏若柴槱。
或如龟拆兆，或若卦分繇。
或前横若剥，或后断若姤。
延延离又属，夬夬叛还遘。
喁喁鱼闯萍，落落月经宿。
訚訚树墙垣，巘巘驾库厩。
参参削剑戟，焕焕衔莹琇。
敷敷花披萼，闟闟屋摧霤。
悠悠舒而安，兀兀狂以狃。
超超出犹奔，蠢蠢骇不懋。

大哉立天地，经纪肖营腠。
厥初孰开张，黾勉谁劝侑。
创兹朴而巧，戮力忍劳疚。
得非施斧斤，无乃假诅咒。
鸿荒竟无传，功大莫酬僦。
尝闻于祠官，芬苾降歆嗅。
斐然作歌诗，唯用赞报酭。

这是韩愈的代表作，描写终南山的全貌，采用汉赋排比铺张手法，写终南山四季的景色变化以及形态各异的山势，奇伟雄壮，气象万千。用奇字，押险韵，连用带“或”字的诗句多达51句，其中有38句“或……若”连用形成排比句，叠字诗句多至14个。《山石》是他另一首著名的诗，全诗用散文笔调，把留宿的寺庙与山间景色，从黄昏、深夜到天明进行素描式的描绘，一句一景，把一座山中古寺及其周围的景色展现了出来，类似散文游记。刘熙载在《艺概·诗概》中说：“昌黎诗陈言务去，故有倚天拔地之意。《山石》一作，辞奇意幽，可为《楚辞·招隐士》对。”《八月十五夜赠张功曹》也是一首为人称道的诗，全诗采用除前六句后五句外，中间十八句全用张署的话，倾吐迁谪途中抑郁悲愤的心情，结尾五句宽慰的话故作放达，从而更加深了诗境的悲凉：

纤云四卷天无河，清风吹空月舒波。
沙平水息声影绝，一杯相属君当歌。
君歌声酸辞且苦，不能听终泪如雨。
洞庭连天九疑高，蛟龙出没猩鼯号。
十生九死到官所，幽居默默如藏逃。
下床畏蛇食畏药，海气湿蛰熏腥臊。
昨者州前捶大鼓，嗣皇继圣登夔皋。

赦书一日行万里，罪从大辟皆除死。
迁者追回流者还，涤瑕荡垢清朝班。
州家申名使家抑，坎坷只得移荆蛮。
判司卑官不堪说。未免捶楚尘埃间。
同时辈流多上道，天路幽险难追攀。
君歌且休听我歌，我歌今与君殊科。
“一年明月今宵多，人生由命非由他，
有酒不饮奈月何！”

这首诗在艺术上有可取之处，全诗一气贯下，没有骈偶枝蔓，章法波澜曲折，语言古朴苍劲，洗净陈言熟语，很成功地体现了他的艺术主张。此外，如《陆浑山火和皇甫湜用其韵》，写一场山火；《月蚀诗效玉川子作》，写月食现象，斗奇夸险，倒也有声有色。但这类诗不易为人赞许，而且不少诗缺少韵味。

第三类是韩愈诗中最受人欢迎的一部分。在风格上与他标榜的奇险雄怪截然不同。如《左迁至蓝关示侄孙湘》：

一封朝奏九重天，夕贬潮州路八千。
欲为圣朝除弊事，肯将衰朽惜残年！
云横秦岭家何在？雪拥蓝关马不前。
知汝远来应有意，好收吾骨瘴江边。

这是韩愈上《论佛骨表》后触怒了宪宗，被贬去潮州时写给前来送行的侄孙韩湘的诗。韩湘俗称韩湘子，是韩愈侄十二郎之子，十二郎早死，韩愈有《祭十二郎文》。韩愈幼时与十二郎一起都由他大嫂抚养长大，关系特别密切。这首诗读起来很流畅，然而感情悲愤、沉痛。本意是“欲为圣朝除弊事”，却反而招致放逐，不明言怨恨，其实怨恨之意颇深。全诗感情深挚，气势浑厚。他还有一首七绝《早春呈水部张十八员外》二首之一：

天街小雨润如酥，草色遥看近却无。
最是一年春好处，绝胜烟柳满皇都。

这是一首脍炙人口的诗，历来为人传诵。诗中写早春微雨中的景色精妙细致，黄叔灿在《唐诗笺注》中评说：“写照工甚，正如画家设色，在有意无意之间。”其实像这样清新别致、饶有情趣的诗，在韩愈的绝句中不止一两首。如《春雪》：

新年都未有芳华，二月初惊见草芽。
白雪却嫌春色晚，故穿庭树作飞花。

将飞雪比作花，这已被前人一再用过，本是常语熟语，这首诗妙在构思精巧，别出心裁，富寿荪在《千首唐人绝句》中说：“妙在‘白雪却嫌春色晚’句，先拓开一层，意境顿异，别有情趣。”朱宝莹在《诗式》中说：“刻画春雪，自然无痕。‘故穿庭树作飞花’句，不拘于装点，有超以象外，得其环中之妙。”再如《同水部张员外籍曲江春游寄白二十二舍人》：

漠漠轻阴晚自开，青天白日映楼台。
曲江水满花千树，有底忙时不肯来。

这是寄给白居易的诗，自然也就不免要效白居易的通俗，像“有底”这样当时的口头语也用上了，而且用得很好，还真有人特别欣赏这一句，宋顾乐在《唐人万首绝句选》中评说：“以末一句作转合，格高亦韵甚。”由此可见韩愈写通俗明白晓畅的诗也一样能写好，那些写得奇奇怪怪的诗完全是有意夸奇斗险，希望探索一条新路子，创立一种新风格。他的前辈李白、杜甫的成就太高了，沿着他们的路走下去不可能再有成就。李、杜已成不可逾越的最高峰，要想有出人头地的成就，只有绕开李、杜，另辟新路。其他还有《盆池》五首，也别有风趣，我们来看看其中的第五首：

池光天影共青青，拍岸才添水数瓶。
且待夜深明月去，试看涵泳几多星。

把一个小小的盆池写得如此有情致，在以往的诗中不多见，黄钺在《昌黎诗增注证讹》中说后两句“小中见大，有于人何所不容景象”。刘拜山在《千首唐人绝句》中说：“以‘涵泳’两字写星光在水，随波闪烁，极见体物之工。”最后，让我们来看看他的七绝《次潼关先寄张十二阁老使君》：

荆山已去华山来，日出潼关四扇开。
刺史莫辞迎候远，相公亲破蔡州回。

这是韩愈随裴度平定淮西吴元济的叛乱，班师回来时写给华州刺史张贾的诗。淮西蔡州割据五十年，被宰相裴度带兵平定，这是一件重大的政治事件，用短短四句诗来表达实在难能可贵，查慎行在《十二种诗评》中说：“气象开阔，所谓卷波澜入小诗者。”宋顾乐在《唐人万首绝句选评》中评这首与《次潼关上都统相公》说：“此二作，颂而不谀，铺而有骨，格高调高，中唐不可多得，真大手笔也。”

以李白、王昌龄为代表的正宗绝句，要求委婉曲折，优柔不迫，韵味甘醇；杜甫则另辟蹊径，直率尖锐，锋芒毕露，诗味辛辣。韩愈不甘蹈袭前人，不用寻常绝句之法，常陡然而起，直行而下，只觉苍苍莽莽，一气奔放，用笔刚健简劲，自成一格。

三、韩愈诗的特点

韩愈诗的第一个特征是极富个性，极具特色，气势磅礴，正如司空图在《题柳柳州集后》所说，韩愈的诗“其驱驾气势，若掀雷抉电，撑抉于天地之间”。他以宏大的气魄、丰富的想象，写出了一首首“有倚天拔地之意”堪称“雄怪”的诗，我们在前面看到过的《南山诗》就是一例。

韩愈诗的第二个特征是求新求奇，“陈言务去”，因此他有意避开前人常用的烂熟套数，不惜用怪字险韵，创造奇特新颖的意境，不避生涩拗口，突兀怪诞。这就造成了刘熙载在《艺概·诗概》中说的：“昌黎诗往往以丑为美。”以致什么乱七八糟的东西都写进诗里，如行刑杀人、食虾蟆、腹疼肚泄、打呼噜、牙齿脱落、虐鬼、阴风、毒螫、荒蛮、死亡、狐鸣鸮噪以至细切人肉作“脍脯”等等，或阴森恐怖，或惨淡凄凉，或丑陋可憎，或残忍血腥，他都拿来作诗的素材，实在有些不堪入目。诗歌中以丑为美原也是可以的，但是要以揭露丑、批判丑来显示美、突出美，不是要欣赏丑、炫示丑。诗中用太多生僻的字词，也会妨害读者接受，大大降低效果。虽说韩愈这样做是为了改变平庸的诗风，但这绝不是一条正确的路，对后世产生了很多负面影响。韩愈的诗奇异怪谲似乎与李白诗的奇幻莫测有相同之处，其实不然。李白诗里显示出来的是精神的超越，是完美的境界；而韩愈诗里仅仅是语言表达与形式上的怪诞，外观上气势磅礴，但剥下其奇绝的外衣并没有更深刻的东西。李白用奇幻莫测来表达深刻的思想境界，韩愈则用奇异怪谲来掩盖苍白无力的内容。

韩愈诗的第三个特点就是散文化，把散文与骈赋的句法引进诗歌中，如《南山诗》中连用50多个“或”和“若”，形成了赋体式的排比。还把散文虚词引入诗中，如“破屋数间而已矣”、“忽此来告良有以”、“放纵是谁之过欤”（《寄卢仝》），“知者尽知其妄矣”、“不从而诛未晚耳”（《谁氏子》）。还有把过去逐渐变得规范整齐、节奏和谐、句式工稳的诗歌形式加以破坏，使诗句可长可短，不再稳定，字数忽而十一、六，忽而十一、七，忽而又成三、七、七句式，全是散文句式，如絮絮诉说，如喟然感叹，声声出自肺腑。这样做，确在一定程度上拓阔了诗歌表现的路子，但正如王安石所说：“昌黎有大家之具，而神韵全乖，故纷驽叫噪之途开，蕴藉陶铸之义缺。”（转引自胡震亨《唐音癸签》）诗一味“叫噪”而少韵致，这是诗的致命缺点，必然缺乏生命力。

尽管历来对韩诗的评价很不一致，褒贬不同。平心而论，对韩诗应该一分为二而论，做出公正的评价。在中国诗歌史上，韩愈无疑是一位具有独特风格的大诗人，在平庸的诗风笼罩诗坛时，他力图改变现状，刻意求新求变，扭转纤巧卑弱的诗风，这是无可非议的。他也确实写下了不少气势磅礴、想象丰富的诗，为中国诗坛增添了一道亮丽的新景。但在另一方面也带来了不少弊端，产生了不良影响，使后世出现一些人以学问为诗、以文为诗等等，或把诗当成炫耀奥博的工具，或在诗里大发议论，或在诗中引入一些丑陋的事物，从而把诗写得干瘪枯燥，缺乏形象，缺乏美感，更缺乏作为诗的生命的感情。韩愈的诗影响了当时一大批他周围的诗人，跟他关系比较密切的诗人中，除张籍外，其他如卢仝、李贺等都与他有相通相近之处。从韩愈的诗集来看，跟张籍有关的诗最多，共有18首，但张籍的诗风却与他截然不同；其次是孟郊，共有10首，他对孟郊的诗极为推重，在其《醉赠张秘书》诗中说：“东野动惊俗，天葩吐奇芬。”他跟孟郊可以说是同声相应，形成了韩孟派，是中唐第一大派，盛极一时，对晚唐和宋代都有很大影响。叶燮在《原诗·内篇上》说：“唐诗为八代以来一大变，韩诗为唐诗之一大变，其力大，其思雄，崛起特为鼻祖，宋之苏、梅、欧、苏、王、黄，皆愈为之发其端，可谓极盛。”韩愈的主要贡献在散文，不在诗歌。在诗歌方面，韩愈的影响有积极的一面，更有消极的一面。

第二节 孟郊及其他韩孟派诗人

一、孟郊

孟郊（751—814），字东野，湖州武康（今浙江德清）人。贞元六年（790）以前，在中原和江南一带游历，行踪不定。在这期间，他在河南目睹过当时的藩镇叛乱；在信州上饶与被称为茶圣的陆羽交往，并为他新开的山舍题诗；后来又到苏州，与韦应物唱和。他在他们这一群诗人中是较为年长的一个，他生于天宝末年，大历中他已20多岁了，对当时粉饰升平的平庸诗风深感不满，起而标举“六义”、“风骨”（《读张碧集》）。与张籍、韩愈友好。贞元七年（791），在故乡湖州参加乡试中举，赴长安应进士试，两次落第，“两度长安陌，空将泪见花”（《再下第》）。在这时，结识了李观与韩愈。他与韩愈因性格相近，诗风相似，遂成知交。他比韩愈年长17岁，韩愈在当时官职虽不高，但诗名不小，孟郊反倒因得到韩愈的表彰推崇而诗名大振。贞元十二年（796），孟郊已46岁了，奉母命第三次应进士试，得以登进士第，作《登科后》诗：“昔日龌龊不足夸，今朝放荡思无涯。春风得意马蹄疾，一日看尽长安花。”可见他是很在乎功名的。但直到四年后，于贞元十六年才授溧阳尉，这是一个九品左右的小官，协助县令掌管境内的治安等事。显然这不符合他的意愿，因此常外出游览吟诗，以致曹务多废。县令只得报告上级，另外请人来代他做县尉的事，同时分走他一半俸禄，致使他穷困至极，不久辞官奉母归湖州。直到元和元年（806），才由河南尹郑余庆任他为水陆转运从事，试协律郎。自此，定居洛阳，生活也有好转，可以免于冻饿。但不久，又遭丧子之痛。他曾连丧二子，有悲痛的《悼幼子》诗。元和九年（814），郑余庆为兴元尹，表奏他为兴元军参谋，试大理评事，闻命后，他离开洛阳前往，卒于赴任途中。死后，友人张籍私谥他为“贞曜先生”。

历来韩、孟并称，因为他们都尚古好奇，多写古体诗，诗风近似。但也有不小差别，韩愈长于七言古体，气势磅礴，奔放雄怪，瑰丽多彩，而孟郊多五言古体，气势内敛，古拙质朴，效汉魏风骨，韩愈称之为“横空盘硬语，妥帖力排奡”（《荐士》）。孟郊虽尚怪好奇，但对现实还是有所关注有所反映，他同情的似乎偏重于女性。如《织妇辞》：

夫是田中郎，妾是田中女。
当年嫁得君，为君秉机杼。
筋力日已疲，不息窗下机。
如何织纨素，自著蓝缕衣。
官家榜村路，更索栽桑树。

农家女子辛勤纺织，虽筋疲力尽，仍不能停机。纵然织纨素无数，但自己却穿着褴褛的衣衫。为什么会这样，答案在后二句。这里虽然没有直接说，但明眼人一看就清楚。唐代还没有棉花，富贵之人穿绸缎，贫穷之人穿麻布。最后两句暗示官家剥夺走织妇家的全部纨素还不满足，还命令农家多栽桑树多养蚕，供给他们更多的绫罗绸缎。另有《贫妇词寄从叔先辈简》写“蚕女”遇上灾荒年的悲惨遭遇；《古薄命妾》写出弃妇的悲痛；《征妇怨二首》写良人远戍渔阳，征妇又“不识渔阳道”，唯有盼望“良人自戍来，夜夜梦中到”，只能把相逢寄托在梦里，说明真正的相逢是永远难以实现的。

中原藩镇之乱给孟郊留下的印象太深刻了，他写了《杀气不在边》《乱离》《汴州离乱后忆韩愈李翱》等诗反映当时情况。虽然写得不够全面也不够深刻，但我们毕竟从他的诗中看到了“河南又起兵”、“中原多疮痍”、“食恩三千士，一旦为豺狼”的惨状，记录下了这一段惨痛的历史。

反映社会现实的诗，孟郊有一首《寒地百姓吟》很值得注意：

无火炙地眠，半夜皆立号。
冷箭何处来，棘针风骚劳。
霜吹破四壁，苦痛不可逃。
高堂搥钟饮，到晓闻烹炮。
寒者愿为蛾，烧死彼华膏。
华膏隔仙罗，虚绕千万遭。
到头落地死，踏地为游遨。
游遨者是谁，君子为郁陶。

这首诗主要写寒地百姓的痛苦，中间用富者来对比衬托，反映贫富不均，社会的不平等，发扬了杜甫的精神，写得比“朱门酒肉臭，路有冻死骨”更为细致。至于“寒者愿为蛾，烧死彼华膏”，设想奇特，深刻反映了寒地百姓苦于寒冷，读后有切肤之痛，非泛泛记述可比。

孟郊还有一些诗描写平常人的人伦之爱，写得也平易近人，没有怪僻生涩之感，如：《杏殇》《悼幼子》写父子之爱；《游子吟》《游子》写母子之爱；《结爱》《怨诗》写男女相爱之情；《忆江南弟》写兄弟手足之情；寄赠给韩愈、张籍等的诗中，有不少诗写深厚的友情。在这些诗中，以《游子吟》与《怨诗》最为出色，尤其是《游子吟》历来脍炙人口：

慈母手中线，游子身上衣。
临行密密缝，意恐迟迟归。
谁言寸草心，报得三春晖。

这首诗写母爱，不是泛泛写来，而是紧紧抓住母子临别时的一个典型细节来表达，朴素自然，真切感人，扣人心弦。最后两句通过比喻，用反诘把诗意推进一层，是前四句的升华。这里的两个比喻是两极悬殊极大的对比，一极是博大无垠、温暖无比的春晖，另一极是微小的寸草；沐浴着春晖的区区寸草，实在难以报答春晖的恩情于万一。这首诗不加雕饰，没有华丽的辞藻，只是平常口头语，在淳朴素淡中流出一片真情，沁人心脾，韵味浓郁醇美。他的《怨诗》也很有特色：

试妾与君泪，两处滴池水。
看取芙蓉花，今年为谁死！

在唐代，闺怨诗很盛行，而且产生了不少佳作，著名的诗人李白、王昌龄、王维等人都写过出色的闺怨诗，到孟郊这时代，再走李白、王昌龄等人的路子已经行不通了。一向以苦吟闻名的孟郊当然不甘心人云亦云，韩愈在《贞曜先生墓志铭》中说他作诗“刿目钵心，刃迎缕解。钩章棘句，掐擢胃肾。神施鬼设，间见层出”。真是呕心沥血，搜索枯肠，在艺术构思上下尽功夫。这首诗采用独特的艺术构思，收到了独特的艺术效果。用芙蓉花“今年为谁死”来检验谁的泪流得多，证实谁的感情更深，真是想落天外，凄艳之极。黄叔灿在《唐诗笺注》中说：“不知其如何落想，得此四句，前无可装头，后不得添足，而怨恨之情已极，此天地间奇文至文。”这是苦吟得来的奇文。在他的七言绝句中，也有比较明白晓畅的，如《洛桥晚望》：

天津桥下冰初结，洛阳陌上人行绝。
榆柳萧疏楼阁闭，月明直见嵩山雪。

这首诗在平易中见功夫，全诗突出一个“望”字，四句所写的全是在洛桥上眺望所见，前三句是近看所见，末句是远望所见，加上时间的向前推进，因此境界迥然不同。这四句是诗人精心安排的，先写俯视，然后头慢慢抬起来，直到举头远眺。前三句显示冬景萧瑟沉寂，末句一出，顿时境界开阔，气象雄健，给萧瑟沉寂的画面增添无限生机，给幽暗的境界增添了亮度。月光下的高山积雪不仅晶莹可爱，而且境界开阔，寄寓着诗人玉洁冰清、淡泊高远的襟怀。

尽管孟郊也写了不少平易晓畅的好诗，但他受人关注的还是那些险怪生涩的诗，他也以苦吟出名。在《夜感自遣》中，他自己也说："夜学晓未休，苦吟神鬼愁。如何不自闲，心与身为雠。"他刻意求新求奇，因此也像韩愈一样寻求僻字险韵与生冷怪异的意象。他这样做，比韩愈还多一层原因，那就是他自身的贫穷艰苦，这本身就足以构成苦涩的意境。例如他在《老恨》中说："无子抄文字，老吟多飘零。有时吐向床，枕席不解听。斗蚁甚微细，病闻亦清泠。"他爱写《苦寒吟》《覆巢行》《路病》《衰松》《卧病》《客病吟》《秋夕贫居述怀》《访疾》《饥雪吟》等，这类题材的诗，即使用词不怪险，意境也是苦涩的。最能体现孟郊险怪、生涩特点的诗，首先要数《秋怀》15首，如"冷露滴梦破，峭风梳骨寒"、"竹风相戛语，幽闺暗中闻。……病骨可剸物，酸呻亦成文。瘦攒如此枯，壮落随西曛"、"老骨惧秋月，秋月刀剑棱"、"霜气入病骨，老人身生冰"等等，还有《石淙》10首，如"磴雪入呀谷，掬星洒遥天。……黑草濯铁发，白苔浮冰钱"、"劲飙刷幽视，怒水慑馀懦"，再如《峡哀》10首、《吊卢殷》10首，也都有不少险怪生涩的词句与凄冷幽暗的境界。从上面的例子中我们看到，他诗句中的主语、谓语与宾语都经过精心挑选，做出奇特的搭配，组成的意象、构成的意境奇特古怪，生硬艰涩，抒发他贫困潦倒、压抑扭曲的情怀。另外，他也有以散文句子入诗的做法，如"西明寺后穷瞎张太祝"（《寄张籍》）、"古人结交而重义，今人结交而重利"（《伤时》）等等。他对后世在诗风上的影响大致跟韩愈相似，有利也有弊，他比韩愈还多一层“苦吟”的影响。他的鲜明的、不同凡俗的艺术个性还是应该肯定的，但险怪生涩不值得提倡，苦吟也不足取。另外，他的诗题材狭窄，说教议论过多，形象单薄，意境过于幽暗，用词太僻太生，这些都是他的不足，宋代的江西诗派受他的影响不小。

二、李贺

李贺（790—816），字长吉，福昌（今河南宜阳）人，祖籍陇西，出身于没落宗室，为郑王后裔，因谱系已远，沾不上皇恩。其父只当过县令一类小官，而他却因为父名晋肃，“晋”与进士的“进”同音，排摈者以此为借口，不准他参加进士考试。后来当了个从九品的小官奉礼郎，生活贫困，27岁就怏怏而死。他是一个早熟的天才，也是一个早逝的天才。据《新唐书》本传说他“七岁能辞章。韩愈、皇甫湜始闻未信，过其家，使贺赋诗，援笔辄就如素构，自目曰《高轩过》。二人大惊，自是有名”。这是采用王定保《唐摭言》中的记载，并非信史，有传闻性质。尽管《高轩过》不是他7岁时写的，但他早慧是可以肯定的，15岁时已经以乐府诗出名，并最先为韩愈赏识。人们把他同其前辈诗人李益并称“二李”。李贺的诗光怪陆离，五光十色，因其不同寻常，故称之为“鬼才”，与李白的“仙才”相对应。严羽在评论李白诗时说：“太白仙才，长吉鬼才。然仙诗、鬼诗皆不堪多见，多见则仙亦使人不敬，鬼亦使人不惊。”在韩派诗人中，他是成就最高的一个，可惜天不假年。李贺死后，其友沈子明编辑其遗稿四卷，请杜牧“为其叙”。杜牧对李贺诗“反复称美，喻其佳处凡九则”。杜牧对李贺诗评价极高，他说贺诗“云烟绵联，不足为其态也；水之迢迢，不足为其情也；春之盎盎，不足为其和也；秋之明洁，不足为其格也；风樯阵马，不足为其勇也；瓦棺篆鼎，不足为其古也；时花美女，不足为其色也；荒国陊殿，梗莽邱垄，不足为其怨恨悲愁也；鲸呿鳌掷，牛鬼蛇神，不足为其虚荒诞幻也。盖《骚》之苗裔，理虽不及，辞或过之”。李商隐作《李长吉小传》，其中有这样一段记述：“恒从小奚奴，骑距驴，背一古破锦囊，遇有所得，即书投囊中，及暮归，太夫人使婢受囊出之，见所书多，辄曰：‘是儿要当呕出心乃已尔！’上灯，与食，长吉从婢取书，研墨叠纸足成之，投他囊中。非大醉及吊丧日，率如此，过亦不复省。”有幸的是他的呕心沥血之作，生前有文坛巨擘韩愈赏识，死后有著名诗人杜牧为其诗集作序，另一著名诗人李商隐为之作小传，不至湮没无闻。

李贺是一个有理想、有抱负的人，但很不得志，英年早逝，抱恨终身。因此，常抒发执著的人生追求与怀才不遇的悲愤。这在《南园》十三首中都有反映：

三十未有二十馀，白日长饥小甲蔬。
桥头长老相哀念，因遗戎韬一卷书。

——其四

男儿何不带吴钩，收取关山五十州。
请君暂上凌烟阁，若个书生万户侯。

——其五

长卿牢落悲空舍，曼倩诙谐取自容。
见买若耶溪水剑，明朝归去事猿公。

——其七

边让今朝忆蔡邕，无心裁曲卧春风。
舍南有竹堪书字，老去溪头作钓翁。

——其十

在上面的四首诗中，“其四”是借张良游下邳在圯上遇老人授太公兵法的故事，表明自己的理想，希望也能有张良一样的奇遇。“其五”写想弃文习武，为国家收复被藩镇割据的河南五十州。后两句也有牢骚在里边，写出书生的悲哀。“其七”前两句写有才如司马相如、东方朔尚且不能得志于时，做一个文人实在毫无希望，不如弃文习武。“其十”写空有蔡邕之荐，边让也未能被重用，如同自己虽有韩愈之荐仍遭排斥，因此无心写诗，不如斫取舍南之竹做简，尽可以用书写来消磨时光；到年老时，垂钓溪边以消永日。这首诗中所表现出来的郁闷之情、牢骚之意十分明显。他有《马诗》23首，用中国传统的比兴手法，以马喻人，寄托感情，抒发怀才不遇的悲愤。例如：

龙脊贴连钱，银蹄白踏烟。
无人织锦韂，谁为铸金鞭。

——其一

此马非凡马，房星本是星。
向前敲瘦骨，犹自带铜声。

——其四

大漠沙如雪，燕山月似钩。
何当金络脑，快走踏清秋。

——其五

不从桓公猎，何能伏虎威。
一朝沟陇出，看取拂云飞。

——其十五

以上这四首马诗都是借马喻人，而这个人正是他自己。“其一”，写良马不遇识者，比喻俊杰之士怀才不遇，真是“世无伯乐，谁识良骥”。“其四”，用瘦马来比喻俊杰之士怀才不遇，景况凄凉。“其五”，写良马如得重用定能发挥卓越功能，比喻俊杰之士如能得到重用定能建功立业。“其十五”，写有才能的人得不到重用，才能无从施展；一旦得到重用，定能建立不世之功业。《马诗》是李贺以马喻人，实际是自喻。这组诗从不同角度咏马、赞马或感叹马的命运，从而表达一个人再有才干，却不遇于时，得不到重用，必然被埋没，愤懑之情溢于言表。他这类诗还不少，在《赠陈商》中，他十分悲痛地说：“长安有男儿，二十心已朽。楞伽堆案前，楚辞系肘后。人生有穷拙，日暮聊饮酒。只今道已塞，何必须白首。”在《开愁歌》中，他愤恨难平：“我当二十不得意，一心愁谢如枯兰。衣如飞鹑马如狗，临岐击剑生铜吼。”从上面两首诗中我们看到，当时他其实才二十多一点，就迫切希望建功立业，得不到追求的功名就焦急不安。这样的情绪与心态，致使他27岁就怏怏而死。在《致酒行》中，他迷惘悲愤，忍不住呼喊：“我有迷魂招不得，雄鸡一声天下白。少年心事当拏云，谁念幽寒坐呜呃！”

李贺英年早逝，涉世未深，社会接触面也不广，难以写出深刻反映社会现实的诗，然而在他们这一群人中，他是一个反映现实较多的诗人。这类诗可分两个方面：其一，是对劳动人民的同情；其二，更多的是对统治阶级的讽刺及鞭笞。同情劳动人民的诗主要有《老夫采玉歌》和《感讽五首》其一：

采玉采玉须水碧，琢作步摇徒好色。
老夫饥寒龙为愁，蓝溪水气无清白。
夜雨冈头食蓁子，杜鹃口血老夫泪。
蓝溪之水厌生人，身死千年恨溪水。

斜山柏风雨如啸，泉脚挂绳青袅袅。
村寒白屋念娇婴，古台石磴悬肠草。

——《老夫采玉歌》

合浦无明珠，龙洲无木奴。
足知造化力，不给使君须。
越妇未织作，吴蚕始蠕蠕。
县官骑马来，狞色虬紫须。
怀中一方板，板上数行书。
不因使君怒，焉得诣尔庐。
越妇拜县官，桑牙今尚小。
会待春日晏，丝车方掷掉。
越妇通言语，小姑具黄粱。
县官踏餐去，簿吏复登堂。

——《感讽五首》其一

前一首写一位老玉工为满足统治者穷奢极欲的享乐需要，在狂风暴雨中从悬崖上冒死下到溪水中去采玉，忍受着饥寒，心中牵挂着家中幼弱的儿孙，十分凄惨。后一首着重写官吏们对劳动者贪得无厌的残酷剥削，官吏们面目狰狞，态度蛮横，只知索取，县官酒足饭饱后刚离去，簿吏又上门来索取，逼得人民生活不下去。这两首诗在表现手法上不同，前一首采用出奇的比拟与丰富的想象，景物描写与心理描写自然融合，加强了艺术感染力；后一首除前四句外，基本上采用白描，只把事实记录下来，不加评论，但启人深思。还有一首《平城下》写戍卒得不到顾惜，饥寒交迫守卫边城，只怕最终不是战死疆场，而是饿死在城下。诗中景况凄苦，语意悲壮。

李贺讽刺诗的讽刺对象很广泛，上至帝王，下至贵公子。诗的质量也高，有的可以跟白居易的讽喻诗媲美。例如《牡丹种曲》：

莲枝未长秦蘅老，走马驮金劚春草。
水灌香泥却月盆，一夜绿房迎白晓。
美人醉语园中烟，晚华已散蝶又阑。
梁王老去罗衣在，拂袖风吹蜀国弦。
归霞帔拖蜀帐昏，嫣红落粉罢承恩。
檀郎谢女眠何处，楼台月明燕夜语。

这首诗可与白居易《秦中吟》中的《买花》同读，题旨大体相同，都是讽刺富豪人家的奢侈，但白诗是讽刺重金买花，李诗更进一步写重金买来后只供一日宴赏，宴会散去后便弃之不顾，比白诗讽刺得更透彻、更深刻。

李贺讽刺帝王妄想长生不老，好神仙求方士的诗有《古悠悠行》《苦昼短》《相劝酒》等，讽刺帝王纵情声色、骄奢无度的诗有《上云乐》《追赋画江潭苑》四首等。在这些诗里，或直赋其事："飞香走红满天春，花龙盘盘上紫云。三千宫女列金屋，五十弦瑟海上闻。"或借古讽今，如"今朝画眉早，不待景阳钟"。讽刺权贵的诗更多，面也更广，如《贵主征行乐》，讽刺公主家奢侈放纵；《难忘曲》讽刺豪贵之家姬妾众多、骄奢淫逸；《猛虎行》讽刺当时藩镇割据一方，子孙相承，作威作福，凶恶异常，朝廷却一味姑息，不能任用贤才来征讨平叛；《荣华乐》和《秦宫诗》采用借古讽今的办法，以写东汉梁冀及其宠奴的骄横来讽刺当时骄横的权贵；《梁公子》也是一首借古喻今的诗；《吕将军歌》与《感讽五首》之三都是讽刺当时用太监任监军，甚至用太监统领军队的荒唐事实，并表达了诗人的愤慨与憎恨；《宫娃歌》和《追和何谢铜雀妓》，揭露封建帝王残害宫女的罪恶，被幽禁的宫女心灵受到极大的压抑和摧残，她们和泪带血呼喊："愿君光明如太阳，放妾骑鱼撇波去。"李贺用乐府题写了不少讽喻诗，晚唐人赵璘在《因话录》中说："张司业籍善歌行，李贺能为新乐府。当时言歌篇者，宗此二人。"但是李贺的新乐府讽喻诗与张籍及其馀元白派诗人的新乐府讽喻诗存在明显的差异，元白派诗人的诗都平易浅显，作为韩孟派诗人的李贺虽然写新乐府讽喻诗，但也具有韩孟派特点，显得曲折幽深、奇幻精警，甚至有些扑朔迷离。例如《梁公子》："风采出萧家，本是菖蒲花。南塘莲子熟，洗马走江沙。御笺银沫冷，长簟凤窠斜。种柳营中暗，题书赐馆娃。"这是讽刺率领军队的宗室，前两句写其家世之美，系出帝王之家；三四句暗示他迷恋江头妓女，沿江走访；五六句言其服用精美；最后两句说他身在军营，心中却牵挂妓女，写笺赠给她们。诗至此戛然而止，讽刺之意由读者慢慢体会领略。这与元白派诗人常常要加一番议论，清清楚楚点明的做法完全不同。

李贺诗中对音乐的状写描摹特别生动，其中最出色的是《李凭箜篌引》与《听颖师弹琴歌》两首，而《李凭箜篌引》尤为出色：

吴丝蜀桐张高秋，空山凝云颓不流。
江娥啼竹素女愁，李凭中国弹箜篌。
昆山玉碎凤凰叫，芙蓉泣露香兰笑。
十二门前融冷光，二十三丝动紫皇。
女娲炼石补天处，石破天惊逗秋雨。
梦入坤山教神妪，老鱼跳波瘦蛟舞。
吴质不眠倚桂树，露脚斜飞湿寒兔。

这首诗想象丰富，设色瑰丽，比喻新奇。前四句先营造一个氛围，并点明时间（高秋）、地点（长安）、人物（李凭），在二、三句中先把气氛造足。五、六句正面写乐声，第五句以声写声，第六句以形写声，绘声绘形，形神兼备。之后八句都是写音响效果，七、八句由近及远，第七句说音乐令人陶醉，使寒秋变得温暖；第八句说乐声美妙，皇帝也深受感动。这里的“紫皇”既指人间的皇帝，也指天庭的天帝，并由此从人间向天上过渡。九、十两句想象新奇大胆，音乐的魅力不仅感人肺腑、震撼人心，而且使得石破天惊、秋雨淋漓。十一、十二两句从天庭转到坤山与海底。最后两句写李凭弹箜篌一直弹到月斜露下的深夜，想必这时伐桂的吴刚也被美妙的音乐吸引忘了伐桂，正倚着桂树听得出神；玉兔也伏在那里竖着双耳静听，任凭寒冷的露水浸湿身子。人们历来把这首诗与白居易的《琵琶行》、韩愈的《听颖师弹琴》并提，方扶南在《李长吉诗集批注》中推许为“摹写声音至文”。论想象的奇特、辞采的瑰丽，李诗远胜白诗与韩诗。当然，白诗并不是一首专写音乐的诗。

李贺在人间看不到光明，找不到出路，幻想着有一个美妙的天庭。我们来看看他是怎样描绘天庭的：

老兔寒蟾泣天色，云楼半开壁斜白。
玉轮轧露湿团光，鸾佩相逢桂香陌。
黄尘清水三山下，更变千年如走马。
遥望齐州九点烟，一泓海水杯中泻。

——《梦天》

天河夜转漂回星，银浦流云学水声。
玉宫桂树花未落，仙妾采香垂佩缨。
秦妃卷帘北窗晓，窗前植桐青凤小。
王子吹笙鹅管长，呼龙耕烟种瑶草。
粉霞红绶藕丝裙，青洲步拾兰苕春。
东指羲和能走马，海尘新生石山下。

——《天上谣》

前一首写梦中遨游天空，前四句进入了月宫，闻到了桂花香，遇到了仙子。后四句写在天上，从时间空间上来审视人间：先用两句写人世沧海桑田，变化极快，“千年如走马”，在天上观照，真是瞬息万变；最后两句写在天上遥望九州，十分藐小，如同九点烟尘，东海如同一杯打翻后流淌的水。后一首是游仙诗，写遨游天庭的所见所闻：首先听到了银河水声，然后依次写月宫中的桂树与仙子以及随风而去的秦穆公的女儿弄玉；王子晋吹着笙驱使神龙“耕烟种瑶草”，服饰艳丽的仙子漫步采摘春兰。结尾两句写仙人眼中的人寰：时间飞快，东海水枯扬尘也在顷刻之间。这两首诗想象奇特，境界开阔，用天上的宁静和谐来反衬人间的混乱污浊。

李贺年轻又不得志，心情抑郁苦闷，但他对当前的政治与国家的前途命运还是很关心的。他有两首很有名的诗，跟当时的政治与国运有关：

黑云压城城欲摧，甲光向日金鳞开。
角声满天秋色里，塞上燕脂凝夜紫。
半卷红旗临易水，霜重鼓寒声不起。
报君黄金台上意，提携玉龙为君死。

——《雁门太守行》

茂陵刘郎秋风客，夜闻马嘶晓无迹。
画栏桂树悬秋香，三十六宫土花碧。
魏官牵车指千里，东关酸风射眸子。
空将汉月出宫门，忆君清泪如铅水。
衰兰送客咸阳道，天若有情天亦老。
携盘独出月荒凉，渭城已远波声小。

——《金铜仙人辞汉歌》

前一首写一场悲壮惨烈的战斗，经过浴血奋战，终于取得胜利，歌颂了边塞将士（一说平定藩镇叛乱的将士）的英雄气概及保卫国家维护统一的决心。这首诗瑰丽而不绮靡，悲壮而不苍凉，奇诡而不怪僻。后一首借古喻今，是一曲唐王朝的挽歌。自安史之乱后，唐王朝一蹶不振，外患内乱不断，皇帝又不能任用人才，励精图治，而是纵情声色，骄奢无度，还妄图长生，不断访方士、服"灵丸"，全不顾国势日益衰败，已面临覆灭。这首诗设想奇特，意蕴幽深，遣词造句奇峭，但又十分妥帖，刚柔兼济，参差错落，整饬精致，历来受人赞赏，认为是李贺的代表作。

李贺是当时最有特色的一位诗人，想象丰富，设想奇特，这是李贺诗的第一个特点，我们在前面引到的诗，无不体现了这一特点。他的奇是无处不在的：立意奇，遣词造句奇，意象奇，意境奇，堪称"奇诡"（见《新唐书》）。在他的想象中时光飞快，是因为有衔烛龙拉着太阳飞奔，只有斩杀衔烛龙，时间才会凝固（《苦昼短》）。太阳是一个透明的玻璃球，因此"羲和敲日玻璃声"（《秦王饮酒》）。铜人、铜驼都会哭泣，"忆君清泪如铅水"（《金铜仙人辞汉歌》）、"铜驼夜来哭"（《铜驼悲》）；浓重的黑云能把城墙压塌，"黑云压城城欲摧"（《雁门太守行》）；天和地都会老，"天若有情天亦老"（《金铜仙人辞汉歌》），"天荒地老无人识"（《致酒行》）。

李贺诗的第二个特点是幽幻清冷，他的不少诗中常有神仙鬼魂世界出现。他的游仙诗如前边引录的《梦天》《天上谣》，为我们展现了一个宁静和谐的神仙世界，乃诗人理想中的人间乐土。他的诗中还有鬼魂世界，著名的有《苏小小墓》与《秋来》，其他还有《李夫人》《神弦曲》《神弦》《神弦别曲》等。例如：

幽兰露，如啼眼。无物结同心，烟花不堪剪。
草如茵，松如盖。风为裳，水为佩。
油壁车，夕相待。冷翠烛，劳光彩。

西陵下，风吹雨。

——《苏小小墓》

桐风惊心壮士苦，衰灯络纬啼寒素。
谁看青简一编书，不遣花虫粉空蠹？
思牵今夜肠应直，雨冷香魂吊书客。
秋坟鬼唱鲍家诗，恨血千年土中碧！

——《秋来》

这两首诗的意境阴森幽冷，鬼影幢幢，虽然人们都说《苏小小墓》是从《楚辞·九歌》中的《山鬼》等篇得来，但山鬼虽说是鬼，却并不阴森，是一个可爱的多情少女，然而李贺的诗却处处透出鬼气，显得幽冷阴森。《秋来》中更有“雨冷香魂吊书客”与“秋坟鬼唱鲍家诗”，真是一个鬼魂世界。其他如“石脉水流泉滴沙，鬼灯如漆点松花”（《南山田中行》）、“南山何其悲，鬼雨洒空草”（《感讽》五首之三）、“百年老鸮成木魅，笑声碧火巢中起”（《神弦曲》）、“海神山鬼来座中，纸钱窸窣鸣旋风”（《神弦》）等，这正是杜牧说的“鲸呿鳌掷，牛鬼蛇神，不足为其虚荒诞幻也”。这些诗，为李贺赢得了一个“鬼才”的称号。

李贺诗的第三个特点是设色浓艳，色彩斑斓，琳琅满目。如我们前面引录的《雁门太守行》，诗中有黑云、金鳞、秋色（大约指枯黄）、紫塞、红旗，五光十色，交相辉映，时而号角声声，在秋空里嘹亮响起；时而战鼓低沉，在霜重的寒夜擂响，号角声、战鼓声此起彼伏。诗人用浓墨重彩描绘了一场悲壮激烈的鏖战，醒人耳目，扣人心弦。再如《江楼曲》设色更为浓艳：

楼前流水江陵道，鲤鱼风起芙蓉老。

晓钗催鬓语南风，抽帆归来一日功。
鼍吟浦口飞梅雨，竿头酒旗换青苎。
萧骚浪白云差池，黄粉油衫寄郎主。
新槽酒声苦无力，南湖一顷菱花白。
眼前便有千里愁，小玉开屏见山色。

这首诗有齐梁的浓艳而无其纤弱，有齐梁的瑰丽而无其庸俗。取齐梁之长而去其短，形成了他的独特风格。盛唐初期，为扭转齐梁诗过于艳丽之风，以复古为口号进行革新，出现了陈子昂的质朴、张九龄的清淡，诗风为之一变，但久而久之，到中唐时已流于浅俗、轻佻、质木，李贺跟其他韩孟派诗人一样，有意扭转这股风气，对齐梁诗风进行大胆改造。

李贺诗的第四个特点是善于开头，巧于结尾，中间则大跨度的跳跃。例如《浩歌》：

南风吹山作平地，帝遣天吴移海水。
王母桃花千遍红，彭祖巫咸几回死？
青毛骢马参差钱，娇春杨柳含细烟。
筝人劝我金屈卮，神血未凝身问谁？
不须浪饮丁都护，世上英雄本无主。
买丝绣作平原君，有酒唯浇赵州土。
漏催水咽玉蟾蜍，卫娘发薄不胜梳。
看见秋眉换新绿，二十男儿那刺促！

这首诗的开头突然而起，令人只觉神奇古怪，不觉要问诗人究竟想写什么。前四句起到引人入胜、振起全篇的作用，写几千年来人世沧桑，长寿的神仙也不能长存。接下来用四句写初春时光骑马出游，饮酒作乐。这二者之间没有过渡，而是大跨度的跳跃。接下来两句又突然振奋起来，有“英雄本无主，男儿当自强”之意。再接下来突然说到平原君，中间仍没有过渡，又是一个飞跃，暗指当今没有爱护人才的人。之后突然出来十三、十四两句，又回到饮酒作乐上来，面对妖娆的美女，只觉得良宵易尽。结尾两句，前一句说人生易老，后一句说现在正值少壮，不能受人驱策，应自强自立。再如《黄家洞》：

雀步蹙沙声促促，四尺角弓青石镞。
黑幡三点铜鼓鸣，高作猿啼摇箭箙。
彩巾缠踍幅半斜，溪头簇队映葛花。
山潭晚雾吟白鼍，竹蛇飞蠹射金沙。
闲驱竹马缓归家，官军自杀容州槎。

这首诗前六句写当时少数民族的行动、服装、武器等等，七、八、九三句说少数民族攻打凶猛，攻州陷县如入无人之境，获得大批战利品后缓缓归去。结尾处突然笔锋一转，把目光转向前来镇压的官军，以“官军自杀容州槎”作结，揭露官军打不过少数民族，却杀一些土著百姓冒功。如《秦王饮酒》前面极写秦王的威风以及尽情宴饮游乐，一片热闹气氛，结尾处却突然用冷语“仙人烛树蜡烟轻，青琴醉眼泪泓泓”，烛烟袅袅，馀醉犹存，而秦王（李世民在唐初封秦王）已经长逝了。

李贺的这些艺术特色形成了“长吉体”，李商隐、温庭筠及晚唐的一些文人词都受到他的影响。

三、贾岛

贾岛（779—843），字浪仙，一作阆仙，范阳（今河北涿州）人。年轻时当过和尚，法名无本。后来到长安认识了韩愈，遂还俗，应进士试，屡试不第，多方干谒，也无效，因此作诗讽刺，被称为“举场十恶”之一。59岁时，始授长江县（今四川蓬溪）主簿，世称“贾长江”。后迁普州司仓参军。会昌三年（843）改授普州司户参军，未受命而卒，时65岁。他与当时诗坛上的著名诗人都有交往，和韩愈、孟郊、张籍、王建、姚合等往还酬唱。他是著名的苦吟诗人，在《送无可上人》的颈联“独行潭底影，数息树边身”二句下，自注一绝：“二句三年得，一吟双泪流。知音如不赏，归卧故山秋。”据传说，他在京城骑在驴背上苦吟，为琢磨“鸟宿池边树，僧敲月下门”中，究竟用“推”字好还是用“敲”字好，一会儿做推的动作，一会儿做敲的动作，不觉冲撞了当时的京兆尹韩愈的节仗队伍，有幸结识了韩愈，并深得韩愈赏识。从这两件事中，说明他作诗极用心极刻苦，常常“推敲”不止。他在词句的锤炼与刻意求工方面，确实下了大功夫，但诗的题材狭窄，极少反映现实，他片面接受了杜甫“语不惊人死不休”的精神，却没有接受杜甫的现实主义优良传统。贾岛在诗里多写枯寂荒凉的自然景色和个人穷困生活的感受，形成清奇僻苦的风格。他的诗对后世影响很大，在他们这一群诗人中是最大的，晚唐诗人李洞推崇他，尊之为“贾岛佛”；南唐孙晟画其像于壁上，朝夕顶礼；南宋江湖派也深受其影响。

贾岛一生穷困潦倒，张籍在《赠贾岛》中说他“拄杖傍田寻野菜，封书乞米趁朝炊”，王建在《寄贾岛》中则说他“尽日吟诗坐忍饥，万人中觅似君稀”，他自己也说“市中有樵山，此舍朝无烟。井底有甘泉，釜中仍空燃”。总之他不仅不富裕，甚至免不了经常忍饥挨饿，十分悲惨，他一生的行程、吟诗与生活，可以用一个字来概括，那就是“苦”。他处境困苦，生活贫苦，道路辛苦，吟诗艰苦，总之，无事不苦，无处不苦。因此，苦境苦吟成了他的诗歌内容与语言特色。他诗中的意象多为病马病蝉病雁、僻寺古院坏庵、残月寒霜荒宅、暮钟残磬寒灯、荒园落叶枯木等等，衰败荒废之物组成幽冷凄清的意境，表达他凄凉苦涩的心情。这样的诗在

《贾长江集》中比比皆是，如大家熟悉的《题李凝幽居》就是其中之一："闲居少邻并，草径入荒园。鸟宿池边树，僧敲月下门。过桥分野色，移石动云根。暂去还来此，幽期不负言。"《客喜》一诗更为突出：

客喜非实喜，客悲非实悲。
百回信到家，未当一身归。
未归长嗟愁，嗟愁填中怀。
开口吐愁声，还却入耳来。
常恐泪滴多，自损两目辉。
鬓边虽有丝，不堪织寒衣。

这首诗一眼看去，满目的悲、愁、泪，末两句令人尤觉辛酸、苦涩。他的一些写景诗也如此，如《暮过山村》："数里闻寒水，山家少四邻。怪禽啼旷野，落日恐行人。初月未终夕，边烽不过秦。萧条桑柘外，烟火渐相亲。"这里我们看到的山村，不仅幽冷凄清孤寂，甚至阴暗恐怖，这时他的心境也就不言自明了。

贾岛的诗是以构思奇、意境冷、遣词硬、用韵险、句法新为突出特点，并因此形成奇险瘦硬的风格，然而他的诗也并非只是一片凄凉衰飒，特别是一些绝句，没有奇僻之弊，而显得平易自然。如一直为人赞赏传诵的《寻隐者不遇》：

松下问童子，言师采药去。
只在此山中，云深不知处。

采用问答来写诗，寓情于问，又寓问于答，问者的深情全从对方的答话中曲曲传出。这首诗写访隐者，妙在不遇，如果遇见，就显得平淡了。这是一首看似平淡实为很见功力的诗。不过，这首诗一作孙革诗，题名《访羊尊师》。在贾岛诗集中，还有一首非常有名的诗《渡桑干》，却是刘皂诗，题名《旅次朔方》。这两首诗虽然是贾岛诗集中最为著名的诗，但都不能确定是贾岛的诗。

除此之外，也还有其他较出色的诗。他的五律虽以奇僻著称，但也并非全是如此，其中著名的有《忆江上吴处士》：

闽国扬帆去，蟾蜍亏复团。
秋风生渭水，落叶满长安。
此地聚会夕，当时雷雨寒。
兰桡殊未返，消息海云端。

这首诗融情于景，写景抒情融为一体，传达出对朋友的无限深情。前两句说吴处士坐船远去福建，已有数月了。颔联是贾岛的名句，写自己所在之地也是朋友聚会之处，已是深秋了。这两句不断为后人化用，不仅周邦彦的《齐天乐》词及白朴的杂剧《梧桐雨》化用过，直到当代，毛泽东在著名的《满江红·和郭沫若同志》一词中也化用过。

贾岛以五律胜，七律大多平平，但也偶有好诗，如《寄韩潮州愈》：

此心曾与木兰舟，直到天南潮水头。
隔岭篇章来华岳，出关书信过泷流。
峰悬驿路残云断，海浸城根老树秋。
一夕瘴烟风卷尽，月明初上浪西楼。

贾岛曾得当时的文坛巨擘韩愈赏识，一直铭感在心，两人在不断交往中感情深挚。韩愈因上《论佛骨表》触怒宪宗，远贬潮州。在途中，为前来送行的侄孙写了《左迁到蓝关示侄孙湘》，诗不久传至京师，贾岛读后十分感动，写了这首《寄韩潮州愈》。诗中词句奇而不僻，意境宏阔，音节高朗，感情真挚。

贾岛有一些绝句在平易中见功夫，在清淡中有韵味，例如：

三月正当三十日，风光别我苦吟身。
共君今夜不须睡，未到晓钟犹是春。

——《三月晦日赠刘评事》

习家池沼草萋萋，岚树光中信马蹄。
汉主庙前湘水碧，一声风角夕阳低。

——《行次汉上》

破却千家作一池，不栽桃李种蔷薇。
蔷薇花落秋风起，荆棘满庭君始知。

——《题兴化园亭》

海底有明月，圆于天上轮。
得之一寸光，可买千里春。

——《绝句》

壮士不曾悲，悲即无回期。
如何易水上，未歌泪先垂。

——《壮士吟》

十年磨一剑，霜刃未曾试。
今日把示君，谁有不平事？

——《剑客》

以上六首诗中，三首七绝，三首五绝。第一首七绝，写春天最后一个晚上秉烛夜游，然在构思上有独到之处，所以黄叔灿在《唐诗笺注》中评说："用意良苦，笔亦刻挚。"首句极为平淡，王世贞在《艺苑卮言》中评说："以拙唤起巧意，结语堪讽咏。"第二首七绝是一首游览写景诗，四句全是写景，而情寓景中，末句中透出无限惆怅与感慨。第三首是落第怨愤之诗，讽刺当时的名相裴度，讥其所举非人，终将自食恶果。裴度虽为一代名臣，功勋卓著，但过于奢侈，然而贾岛终因这首诗"人皆恶其侮慢不逊，故卒不得第，抱憾而终"（《本事诗·怨愤》）。五绝第一首，写海底明月，意境开阔，剔透玲珑，荡漾着无限春意。最后这两首五绝，可以说是贾岛诗中的另类。贾岛虽曾皈依佛门，耐得了寂寞，似乎心如止水，但读了这两首诗，我们知道贾岛原来也有血性刚肠，也有金刚怒目式。

四、姚合

在说了贾岛之后，我们应该接着说姚合。他们二人的艺术成就虽然在当时并不是特别高，但影响却非常大，是中唐诗风向晚唐诗风转化的枢纽人物，后人常以"姚贾"并称。

姚合（约775—846），陕州硖石（今河南陕县）人，开元名相姚崇之后。元和十一年（816）登进士第，授武功县主簿，故称"姚武功"。后调任富平县尉，转万年县尉。宝历年间（825—827）被召入京，任监察御史，后又任刑部郎中、谏议大夫、给事中。开成四年（839）出任陕虢观察使。时李商隐任弘农尉，因平冤狱得罪上司将罢去，姚合到任，十分欣赏李商隐，谕使复官。位终秘书少监。当时他与不少诗人交游，其中有刘禹锡、白居易、李绅、令狐楚、张籍、雍陶、马戴、殷尧蕃、项斯、刘叉、无可等，与贾岛关系尤为密切，他二人风格接近。曾编《极玄集》，推崇入选者曰："皆诗家射雕手也。"集中所选多为"大历十才子"一类人的诗，唐代诗人中的真正大家除王维外，像李白、杜甫、高适、岑参等都只字未录，由此可见他的偏爱和眼光。他的诗以《武功县中作三十首》最为著名，为代表作，《唐才子传》言其“多历下邑官况，萧条山县，荒凉风景，凋敝之间，最工模写也”。姚合的诗在语言上虽然以精巧工细著称，但没有韩、孟的奇僻，更缺少韩诗的气势。在内容上，他努力学习王维等人，呈现出清幽淡远，然而又不能完全忘却名利，心里念念不忘利禄官职，屈居下僚时不免忧愁、悲伤，牢骚满腹。因此，他的诗明显存在两个不同的旋律，一是清淡平和的闲适情趣，另一是忧愁伤感、苦涩愤懑。前者主要是《闲居遣怀十首》以及《武功县中作三十首》中的绝大多数，还有不少写闲居生活的诗。且以《闲居遣怀十首》其一为例：

身外无徭役，开门百事闲。
倚松听唳鹤，策杖望秋山。
萍任连池绿，苔从匝地斑。
料无车马客，何必扫柴关。

诗中表现出一派闲适懒散的样子，诗人过着一种与世隔绝的生活，诗情清淡闲远。他在武功县任主簿时写的诗与此风格类似，他对一个偏僻小县的八九品小官满不在乎，有官如无官，过着半隐居的闲适生活。如《武功县中作三十首》其一：

县去帝城远，为官与隐齐。
马随山鹿放，鸡杂野禽栖。
绕舍惟藤架，侵阶是药畦。
更师嵇叔夜，不拟作书题。

其实这首诗的前两句中，看似闲适恬静，但已隐隐透露出他的不满，在一些给朋友的诗中时有牢骚发泄。如在《送王求》中说："士有经世筹，自无活身策。求食道路间，劳困甚徒役。我身与子同，日被饥寒迫。侧望卿相门，难入坚如石。"怀才不遇的怨恨、饥寒交迫的困苦一一溢于言表。在三首题名为《寄贾岛》的诗中，自言贫困艰苦："瓮头寒绝酒，灶额晓无烟。狂发吟如哭，愁来坐似禅"，"家贫唯我并，诗好复谁知"，"渐老病难理，久贫吟益空"。在《送张宗原》《寄贾岛浪仙》等诗中叹贫悲老，感叹生活艰苦困难、贫病交迫，充满浓重的悲愁伤感。总体说来，姚合的诗多数为寄送酬和之作，题材狭窄，内容贫乏，很少反映现实。当然也不是绝对没有，也有极少数反映现实的较有意义的诗，如《庄居野行》就是其中较好的一首：

客行野田间，比屋皆闭户。
借问屋中人，尽去作商贾。
官家不税商，税农服作苦。
居人尽东西，道路侵垄亩。
采玉上山颠，探珠入水府。
边兵索衣食，此物同泥土。
古来一人耕，三人食犹饥。
如今千万家，无一把锄犁。
我仓常空虚，我田生蒺藜。
上天不雨粟，何由活烝黎。

姚合诗中有《题金州西园九首》《杏溪十首》《陕下厉玄侍御宅五题》，看来是有意在学王维的《辋川集二十首》与《皇甫岳云溪杂题五首》，一景一题，但徒具其形而乏其神，全无王诗的情趣韵致。他还有几首《塞下曲》《穷边词》《从军行》《从军乐》等少数可称为"边塞诗"的作品，但由于缺乏边塞的实际生活，因此写得没有多少特色。值得注意的是他有一首《杭州观潮》，写得颇有气势，迥异他集中的其他诗，大约这是得杭州山水之灵所致：

楼有章亭号，涛来自古今。
势连沧海阔，色比白云深。
怒雪驱寒气，狂雷散大音。
浪高风更起，波急石难沈。
鸟惧多遥过，龙惊不敢吟。
坳如开玉穴，危似走琼岑。
但褫千人魄，那知伍相心。
岸摧连古道，洲涨踣丛林。
跳沫山皆湿，当江日半阴。
天然与禹凿，此理遣谁寻。

姚合还有两首小诗值得一提：

我住浙江西，君去浙江东。
日日心来往，不畏浙江风。
——《送薛二十三郎中赴婺州》

浮萍重叠水团圆，客绕千遭屐齿痕。
莫惊池里寻常满，一井清泉是上源。
——《咏盆池》

前一首为宋人李之仪化用入词，写成了那首著名的《卜算子》：“我住长江头，君住长江尾。日日思君不见君，共饮长江水……”看了后一首诗，一定会想起朱熹的《观书有感》二首其一：“半亩方塘一鉴开，天光云影共徘徊。问渠那得清如许？为有源头活水来。”这两首诗的渊源关系很明显。

胡震亨在《唐音癸签》中对姚合的诗有个总体评价：“洗濯既净，挺拔欲高，得趣于浪仙之僻，而运以爽亮；取材于籍、建之浅，而媚以茜芬。殆兼同时数子巧，撮其长者。但体似尖小，味亦微醨，故品局中驷尔。”

五、卢仝

卢仝（约775—835），自号玉川子，济源（今河南济源）人，原籍范阳（今河北涿州）。年轻时隐居在嵩山少室山，后迁居洛阳。家境贫困，刻苦读书，但不以仕进为意。曾南游扬州、常州等地，又到过北方边塞。韩愈为河南府尹时，常予周济。大和九年（835）“甘露事变”时，他正留宿在宰相王涯家，与王同时被害。其诗对朝廷的腐败与民生疾苦都有反映，其诗风以奇谲著称，散文化倾向比较严重。严羽在《沧浪诗话》中说：“玉川之怪，长吉之瑰诡，天地间自欠此体不得。”在他的诗中，有一首长诗《月蚀诗》，应该说比较著名，充分体现了他奇谲怪异的诗风。韩愈有一首《月蚀诗效玉川子作》，也大大提高了卢仝及这首诗的声望。虽然诗中寓有借写自然现象抨击朝政昏暗的意思，但斗奇夸险，极险怪之能事。虽然写得有声有色，终为过分的怪险掩盖，总觉缺些韵味，大大损害了它的现实意义，不能为更多的人赞许。还有一首较有名的长诗《走笔谢孟谏议寄新茶》：

日高丈五睡正浓，军将打门惊周公。
口云谏议送书信，白绢斜封三道印。
开缄宛见谏议面，手阅月团三百片。
闻道新年入山里，蛰虫惊动春风起。
天子须尝阳羡茶，百草不敢先开花。

仁风暗结珠琲瓃，先春抽出黄金芽。
摘鲜焙芳旋封裹，至精至好且不奢。
至尊之馀合王公，何事便到山人家。
柴门反关无俗客，纱帽笼头自煎吃。
碧云引风吹不断，白花浮光凝碗面。
一碗喉吻润，两碗破孤闷。
三碗搜枯肠，唯有文字五千卷。
四碗发轻汗，平生不平事，尽向毛孔散。
五碗肌骨清，六碗通仙灵。
七碗吃不得也，唯觉两腋习习清风生。
蓬莱山，在何处？玉川子，乘此清风欲归去。
山上群仙司下土，地位清高隔风雨。
安得知百万亿苍生命，堕在巅崖受辛苦。
便为谏议问苍生，到头还得苏息否。

这是卢仝的一首很著名的诗，称《玉川茶歌》，与陆羽的《茶经》齐名，同为我国茶文化的重要著作。诗中写了茶叶的采摘、焙制以及煎茶和品茶，饮到六碗能“通仙灵”，第七碗竟“吃不得也，唯觉两腋习习清风生”，有飘飘欲仙之感。诗中还写出了百姓的辛苦及为民请命的愿望。全诗挥洒自如，描述自然，朴素无华，夸饰得当，而构思新奇别致，使思想性、艺术性得到很好的统一。

卢仝诗以险怪著称，他也确实有不少诗堪称奇谲怪异，但也有并不怪异的诗，例如：

仙官云箔卷，露出玉帘钩。
清光无所赠，相忆凤凰楼。

——《新月》

刻成片玉白鹭鸶，欲捉纤鳞心自急。
翘足沙头不得时，傍人不知谓闲立。
——《白鹭鸶》

前一首是见新月而引起对远方恋人的思念，诗写得清淡自然，明白如话。后一首借鸟喻人，实有所指，刘永济在《唐人绝句精华》中说："诗语盖借咏白鹭鸶，以讥内慕利禄，而外示高洁者。"

六、刘叉

刘叉（生卒年不详），自号彭城子，河朔（今河北一带）人。家境贫困，常穿破衣木屐。性刚直，好任侠。早年曾流浪于今山西、河北一带。因酒后杀人，四处逃亡，后遇赦乃出。从此折节读书，博览群书，工诗。闻韩愈接引天下贫士，前往投其门下，为门客。因与其他门客不和，遂离去，韩愈不能止。他有《冰柱》《雪车》二诗为韩愈称赞。他的诗风格粗豪狂放，突破传统格式，深得孟郊赞赏。后游齐、鲁，不知所终。他的诗在一定程度上反映了社会的黑暗、战乱造成的祸害和人民的疾苦。如《雪车》：

腊令凝绨三十日，缤纷密雪一复一。
孰云润泽在枯荄，阛阓饿民冻欲死。
死中犹被豺狼食，官车初还城垒未完备。
人家千里无烟火，鸡犬何太怨。
天不恤吾氓，如何连夜瑶花乱。
皎洁既同君子节，沾濡多著小人面。
寒锁侯门见客稀，色迷塞路行商断。
小小细细如尘间，轻轻缓缓成朴簌。
官家不知民馁寒，尽驱牛车盈道载屑玉。
载载欲何之，秘藏深宫以御炎酷。

徒能自卫九重间，岂信车辙血，点点尽是农夫哭。
刀兵残丧后，满野谁为载白骨。
远戍久乏粮，太仓谁为运红粟。
戎夫尚逆命，扁箱鹿角谁为敌。
士夫困征讨，买花载酒谁为适。
天子端然少旁求，股肱耳目皆奸慝。
依违用事佞上方，犹驱饿民运造化防暑厄。
吾闻躬耕南亩舜之圣，为民吞蝗唐之德。
未闻墟孽苦苍生，相群相党上下为蝥贼。
庙堂食禄不自惭，我为斯民叹息还叹息。

这首诗反映了人民的痛苦、战乱的祸害、官家不惜民，诗中有不少散文化的句子，如“相群相党上下为蝥贼”、“我为斯民叹息还叹息”。其他较好的诗有：

渴饮颍水流，饿喘吴门月。
黄金如可种，我力终不歇。

——《代牛言》

文王久不出，贤士如土贱。
妻孥从饿死，敢爱黄金篆。

——《饿咏》

一条万古水，向我手心流。
临行泻赠君，勿报细碎仇。

——《姚秀才爱予小剑因赠》

日出扶桑一丈高，人间万事细如毛。

野夫怒见不平事，磨损胸中万古刀。

——《偶书》

穆王八骏走不歇，海外去寻长日月。
五云望断阿母宫，归来落得新白发。

——《观八骏图》

当时较有名的韩孟派诗人还有马异、李频、方干等人。从人数上说，韩孟派诗人大大超过元白派，这跟当时诗风逐渐流于轻俗，不少人厌恶这种倾向，企图扭转这股风气不断求新求奇有关。韩孟派在冲击轻俗诗风上确实起了不小的作用，但韩孟派也给后世开启了弊端，他们逞奇斗险，炫耀奥博，喜用生僻字、冷涩词，搜索枯肠苦吟，刻意求新而陷入诡谲怪诞、枯燥说理，忽略了形象，使诗严重散文化，缺乏韵味与音乐性。

第三章　刘禹锡与柳宗元

大历、贞元以后，当时诗坛上明显地分成两大派，即元白派与韩孟派，大部分诗人都分属于这两大派，但也有少数人例外。在这些人中自成大家，足可以与白居易、韩愈这样的诗坛巨擘抗衡的，前有刘禹锡、柳宗元，后有杜牧、李商隐。胡震亨在《唐音癸签》中引胡元瑞的话说："元和而后，诗道浸晚，而人才故自横绝，一时若昌黎之鸿伟，柳州之精工，梦得之雄奇，乐天之浩博，皆大家才具也。"这里说到的韩、柳、刘、白，四人年辈相当，杜牧、李商隐属于晚辈，一般都把他们列入晚唐，我把他们列在这里，主要从唐诗本身的发展情况来考虑，扬弃以历史年代分期的传统做法。

第一节　刘禹锡

刘禹锡（772—842），字梦得，关于他的籍贯，历来说法颇多，《旧唐书》说他是“彭城（今江苏徐州）人”，《新唐书》说他“自言系出中山（今河北定州）”，其实彭城与中山都是刘姓的郡望，并不是他的籍贯。在《中国大百科全书·中国文学》中，卞孝萱、吴汝恩先生说他原是匈奴族后裔。安史之乱时，其父刘绪跟着家族迁向东南，避居苏州（当时辖长洲、吴、昆山、常熟、嘉兴、海盐六县），他出生在嘉兴（今属浙江），19岁时才离开江南到了长安。他在《汝州上后谢宰相状》中说：“家本荥上，籍占洛阳。”所谓“籍占洛阳”也就是说户口落在洛阳。不过他家在洛阳也确实住了好几代了，因此现在一般都把他算作洛阳人。少时寓居嘉兴，常去吴兴拜访著名诗僧皎然和灵彻，并向他们学诗。贞元九年（793）登进士第，同榜有柳宗元，二人又同登博学鸿词科。两年后，刘禹锡再登吏部取士科，授太子校书，不久丁忧。后累迁至监察御史。当时，韩愈、柳宗元都在御史台，三人结为好友，过从甚密。德宗在位26年后逝世，太子李诵即位，改元永贞，重用王叔文、王伾进行革新，刘禹锡与柳宗元都参与其事，迁任屯田员外郎，判度支盐铁案。但由于改革趋势必将削弱宦官与藩镇势力，宦官集团勾结部分藩镇，向朝廷施加压力，迫使顺宗禅位给太子李纯，“永贞革新”失败。王叔文、王伾被贬逐，不久，王叔文被赐死。刘禹锡、柳宗元等八人被贬为远州司马，这就是历史上著名的“八司马事件”。当时刘禹锡贬为朗州（今湖南常德）司马，十年后，始召回京，因作《元和十年自朗州召至京戏赠看花诸君子》：“紫陌红尘拂面来，无人不道看花回。玄都观里桃千树，尽是刘郎去后栽。”讥刺靠镇压永贞革新而爬上政治舞台的新贵们，再度被逐出朝廷，为播州（今贵州遵义）刺史，经裴度奏请，改任较近的连州（今四川筠连）刺史。后历任夔州、和州刺史。他性格刚毅，虽屡遭打击，却始终不屈服，颇具斗士的风度、豪侠的气质，因此直到文宗大和初，才征还任礼部郎中，又充集贤院学士。大和六年（832）又出任苏州刺史，两年后移汝州，又移同州。开成元年（836），迁太子宾客，分司东都，世称“刘宾客”。从此安居洛阳。会昌元年（841），加检校礼部尚书，兼太子宾客，翌年秋卒。

刘禹锡与韩愈、白居易都有深厚的交谊，时相酬唱，但在诗歌创作上，他始终保持自己独立的艺术风格，不受这两大派影响，从不丧失本真，独辟蹊径，自成大家，赢得别人的钦佩，白居易更是尊他为“诗豪”。他的诗别开生面，对诗歌发展做出了独特贡献。他现存诗800多首，主要有以下一些内容：（一）反映社会现实、劳动人民生活和讥刺诗；（二）咏史怀古；（三）旅游与外贬期间，途中与任所的山川景物与风土人情；（四）酬赠与唱和之作；（五）爱情与乡思；（六）咏物与寓言诗；（七）其他。我们先来看看第一类，这是斗争性最强、最能体现他个性的诗，前边引过的那首《元和十年自朗州召至京戏赠看花诸君子》，就是一例，因为这首诗，他再度被逐出京师。十二年后，大和二年（828）回到京师，他又写了一首《再游玄都观》：“百亩庭中半是苔，桃花净尽菜花开。种桃道士归何处，前度刘郎今又来。”仍然语存讥刺。再如《贾客词》：

贾客无定游，所游唯利并。
眩俗杂良苦，乘时取重轻。
心计析秋毫，摇钩侔悬衡。
锥刀既无弃，转化日已盈。
邀福祷波神，施财游化城。

妻约雕金钏，女垂贯珠缨。
高赀比封君，奇货通幸卿。
趋时鸷鸟思，藏镪盘龙形。
大艑浮通川，高楼次旗亭。
行止皆有乐，关梁自无征。
农夫何为者，辛苦事寒耕。

这首诗写商人不仅富有，而且还用财物勾结朝廷幸臣，而农民却“辛苦事寒耕”。反映了当时社会苦乐不均贫富悬殊，商人轻易取得厚利，勾结权臣，尽情享受，寻欢作乐；而农民辛勤劳动却所得无几，而且还要缴纳苛捐杂税，二者形成鲜明的对比。再如《浪淘沙九首》之六：

日照澄洲江雾开，淘金女伴满江隈。
美人首饰侯王印，尽是沙中浪底来。

这首诗写了淘金女的劳动，艰辛甚至危险；而她们的劳动果实却成了“美人首饰侯王印”。诗人虽不说理不明言，但诗中写的事实，已告诉我们社会的不平等。再如安史之乱后，中唐社会一个最大隐患就是藩镇割据，进行分裂叛乱活动，给国家和人民带来极大灾难。因此平定叛乱是当时关系到国家统一，人民生活安定的头等大事。元和九年（814），淮西节度使吴少阳卒，其子吴元济据淮西叛乱，并得平卢节度使李师道阴助，十分猖狂，朝廷派人讨伐，日久无功。至元和十二年（817）由宰相裴度赴淮西督战，由唐、随、邓节度使李愬雪夜袭取蔡州，生擒吴元济，平定了淮西之乱。当时刘禹锡虽远离京师在贬所，得知逆藩被擒，十分兴奋，不计个人得失，一心关注国家大事，写了《平蔡州三首》庆贺：

蔡州城中众心死，妖星夜落照壕水。
汉家飞将下天来，马箠一挥门洞开。
贼徒崩腾望旗拜，有若群蛰惊春雷。
狂童面缚登槛车，太白夭矫垂捷书。
相公从容来镇抚，常侍郊迎负文弩。
四人归业闾里间，小儿跳浪健儿舞。

——其一

汝南晨鸡喔喔鸣，城头鼓角音和平。
路傍老人忆旧事，相与感激皆涕零。
老人收泣前致辞："官军入城人不知。
忽惊元和十二载，重见天宝承平时。"

——其二

九衢车马浑浑流，使臣来献淮西囚。
四夷闻风失匕箸，天子受贺登高楼。
妖童擢发不足数，血污城西一抔土。
南峰无火楚泽间，夜行不锁穆陵关。
策勋礼毕天下泰，猛士按剑看恒山。

——其三

这三首诗热情称赞李愬雪夜袭取蔡州时神勇无敌，状写裴度临城、李愬郊迎以及百姓欢腾的场面；同时写出了老人致辞，表达对"承平"的渴望；反映四夷震惊、天子受贺、逆藩被诛的状况，并想到尚未征服的常山。在这里，刘禹锡表达了拥护国家统一，反对分裂割据的立场。此外，还有两首《平齐行》和一首《城西行》，与《平蔡州三首》为同类作品。其《竹枝词》九首之七，则写出了世态人情："瞿塘嘈嘈十二滩，人言道路古来难。长恨人心不如水，等闲平地起波澜。”至于《浪淘沙》九首之八：“莫道谗言如浪深，莫言迁客似沙沉。千淘万漉虽辛苦，吹尽狂沙始到金。”从这首诗里，我们看到了他的坚强斗争性与信心。还有一首《插田歌》，它不同于一般的田园诗，重点不在于写田园景色，也不像王、孟、韦、柳那样悠闲清淡，而着重写农民的劳动情况，同时写出农民对一个下级小吏的嘲讽与计吏的浅薄庸俗，更不露声色地反映当时朝廷卖官鬻爵之滥，这也是社会生活重要的一角：

冈头花草齐，燕子东西飞。
田塍望如线，白水光参差。
农妇白纻裙，农父绿蓑衣。
齐唱郢中歌，嘤伫如竹枝。
但闻怨响音，不辨俚语词。
时时一大笑，此必相嘲嗤。
水平苗漠漠，烟火生墟落。
黄犬往复还，赤鸡鸣且啄。
路旁谁家郎，乌帽衫袖长。
自言上计吏，年幼离帝乡。
田夫语计吏：“君家侬定谙。
一来长安道，眼大不相参。”
计吏笑致辞：“长安真大处。
省门高轲峨，侬入无度数。
昨来补卫士，唯用筒竹布。
君看二三年，我作官人去。”

刘禹锡诗的第二类是关于咏史怀古的诗，这是他的诗中最精彩的部分。中国咏史诗由来已久，在《诗经》的“雅”、“颂”中就有不少歌颂商、周首领的述史诗，到东汉，班固开始标出了“咏史”的命题，同时也由赞颂帝王及其祖先转到赞颂民间的杰出人物。到魏晋南北朝，写咏史诗的人多了起来，同时，在述史中逐渐加强了言志与抒情成分，特别是左思的《咏史诗八首》，一反以往那种叙述史实加赞颂的做法，采用托古喻今、借事达意的写法，把咏史诗从纯粹叙述史实转变为抒情体。到了唐代，咏史诗在发展上又有了新的突破，从内容上说，杜甫首创“咏怀古迹”一体，把述史、怀古、抒情与议论四者融为一体，彻底改变了过去那种“不过美其事而咏叹之”的做法，而是竭力要“从对象中寻回自我”，表现主体强烈的自我意识；在形式上，李白、王昌龄首创七绝体咏史诗。刘禹锡首先把这二者巧妙地结合一起，把杜甫的做法融入绝句中，写出了《金陵五题》这样精美绝伦的咏史绝句，让我们来看看其前三首：

山围故国周遭在，潮打空城寂寞回。
淮水东边旧时月，夜深还过女墙来。

——《石头城》

朱雀桥边野草花，乌衣巷口夕阳斜。
旧时王谢堂前燕，飞入寻常百姓家。

——《乌衣巷》

台城六代竞豪华，结绮临春事最奢。
万户千门成野草，只缘一曲后庭花。

——《台城》

金陵（今江苏南京）是六朝（三国时的吴，东晋，南朝的宋、齐、梁、陈）古都，因此《金陵五题》所咏全是六朝往事。五首中，尤以第二首《乌衣巷》最为著名。这一组诗历来深得赞许，刘禹锡在自序《金陵五题序》中说："友人白乐天掉头苦吟，叹赏良久，且曰：《石头》诗云'潮打空城寂寞回'，吾知后之诗人，不复措辞矣。"沈德潜在《唐诗别裁集》中评《石头城》一诗说："只写山水明月，而六代繁华，俱归乌有，令人于言外思之。"施补华在《岘佣说诗》中评《乌衣巷》一诗说："若作燕子他去，便呆。盖燕子仍入此堂，王、谢零落，已化作寻常百姓矣。如此则感慨无穷，用笔极曲。"冯班在《才调集》中评《台城》一诗说："陈亡，则江南王气尽矣。首句自六代说起，不止伤陈叔宝也，六朝尽于陈亡，末句可叹可恨。"上边这几首诗写的全是六朝的衰亡，诗人写这几首诗用意在于告诫当时的统治者，不要像六朝统治者那样一味沉湎于声色淫乐之中，奢华无度，应以六朝的衰亡为前车之鉴，真可谓用笔极曲，用心良苦。除《金陵五题》外，刘禹锡还有大量咏史绝句，当然不必一一细说，但其中有两首应该一提：

万里长城坏，荒营野草秋。
秣陵多士女，犹唱白符鸠。

——《经檀道济故垒》

将略兵机命世雄，苍黄钟室叹良弓。
遂令后代登坛者，每一寻思怕立功。

——《韩信庙》

前一首是缅怀南朝宋名将檀道济。当时，道济征秦伐魏，屡建殊勋。后遭彭城王刘义康等疑忌，矫诏杀之。时人怜其冤，歌曰："可怜白符鸠，枉杀檀江州。"事见《宋书·檀道济传》。刘禹锡写这首诗的用意当然不是单纯为了缅怀古人，而是借古喻今，悼念因力主革新而被害的王叔文。后一首写雄才大略的韩信为刘邦统一天下起了决定性的作用，建立了奇功，最后却落得在长乐宫钟室中被害，谴责统治者杀害功臣的罪行。最后一句寓意深刻，启人深思。除咏史绝句外，刘禹锡用其他诗体也写了不少出色的咏史诗，例如七律《西塞山怀古》：

王浚楼船下益州，金陵王气黯然收。
千寻铁锁沉江底，一片降幡出石头。
人世几回伤往事，山形依旧枕寒流。
今逢四海为家日，故垒萧萧芦荻秋。

这首诗历来颇受人赞赏，其中以薛雪在《一瓢诗话》中说得最为得体："刘宾客《西塞山怀古》，似议非议，有论无论，笔著纸上，神来天际，气魄法律，无不精到。"其馀如五律《金陵怀古》，寓论断于写景、抒情与叙述中，揭示"兴废由人事，山川空地形"的真理，对那些恃险作乱的藩镇无疑是当头棒喝。

第三类诗在对山川景物、风土人情的描述中，展示了那个时代的自然景色与风俗人情。在写景诗中，《望洞庭》一首很有名：

湖光秋月两相和，潭面无风镜未磨。
遥望洞庭山水翠，白银盘里一青螺。

这首诗选择了月夜遥望的角度，千里洞庭尽收眼底，以丰富的想象、巧妙的比喻再现了洞庭湖的湖光山色。晚唐雍陶的《题君山》、北宋黄庭坚的《雨中登岳阳楼望君山》等都从此诗脱胎而来。他的仿民歌《竹枝词九首》《浪淘沙九首》等诗中，有出色的写景诗，如"八月涛声吼地来，头高数丈触山回。须臾却入海门去，卷起沙堆似雪堆"。这首诗写出了浙江潮的雄壮气势，在写景诗中不多见。在连州（今四川筠连县）时，他写了一首《畬田行》：

何处好畬田，团团缦山腹。
钻龟得雨卦，上山烧卧木。
惊麏走且顾，群雉声咿喔。
红焰远成霞，轻煤飞入郭。
风引上高岑，猎猎度青林。
青林望靡靡，赤光低复起。
照潭出老蛟，爆竹惊山鬼。
夜色不见山，孤明星汉间。
如星复如月，俱逐晓风灭。
本从敲石光，遂至烘天热。
下种暖灰中，乘阳拆芽蘖。
苍苍一雨后，苕颖如云发。
巴人拱手吟，耕耨不关心。
由来得地势，径寸有馀金。

诗里描述巴人烧荒播种的情况，为我们留下了一长幅当时巴蜀的风俗画，多侧面、多角度反映了西南少数民族的风土人情，描述具体，形象生动，这在前人的作品中不多见，十分宝贵。再如《竞渡曲》《采菱行》等，为我们勾画出了一幅幅富有地方特色的风俗画，既有艺术价值，更有历史价值。

第四类为酬赠与唱和之作。在这类诗中，最多的是跟白居易酬赠唱和，共有100多首；其次是令狐楚，共有50多首；再其次就是元稹和牛僧孺，各有20首左右。其馀有柳宗元、李宗闵、裴度、韩愈等，从十几首到几首不等。他的这些诗并不只是虚与应酬，而是有真情在，其中不乏情深意长的好诗。例如《酬乐天扬州初逢席上见赠》：

巴山楚水凄凉地，二十三年弃置身。
怀旧空吟闻笛赋，到乡翻似烂柯人。
沉舟侧畔千帆过，病树前头万木春。
今日听君歌一曲，暂凭杯酒长精神。

宝历二年（826），刘禹锡罢和州刺史任，返回洛阳，同时，白居易从苏州返回洛阳，途经扬州时，两位诗人相逢。白居易在筵席上写诗相赠，诗的结尾是："亦知合被才名折，二十三年折太多。"这里既称赞他的才气与名望，又同情他的不幸。刘禹锡这首诗是接过白诗的话头说下去的，二十三年后回来，真是恍如隔世。颈联是名句，变伤感为达观，沉郁中见豪放。这两句至今仍常常被人引用。其实，刘禹锡自永贞元年（805）被贬为朗州司马，至宝历二年（826）罢和州刺史回京，前后共计二十二年，而白之赠诗中云"二十三年"，这是因为要适应律诗的平仄要求而作的处理，因为此联第三字的声调必为平声方不犯孤平，为了迁就声律，改"二十二"为"二十三"。另有《伤愚溪三首》，是悼念志同道合的好友柳宗元的诗，对柳宗元贬死远方表达了无限悲痛。

第五类是关于爱情与乡思的诗。在这方面，刘禹锡留下了不少名篇，最著名的是《竹枝词二首》其一：

杨柳青青江水平，闻郎江上唱歌声。
东边日出西边雨，道是无晴却有晴。

这首诗中的双关语（晴隐情）历来备受关注，有不少评论，其中以俞陛云在《诗境浅说续编》中说得最为全面："此首起二句，以风韵摇曳见长，后二句言东西晴雨不同，以'晴'字借作'情'字，无情而有情，言郎踏歌之情，费人猜想。双关巧语，妙手偶得之。"另有一首《杨柳枝》也很好：

春江一曲柳千条，二十年前旧板桥。
曾与美人桥上别，恨无消息到今朝。

这首诗隐括白居易的《板桥路》：“梁苑城西二十里，一渠春水柳千条。若为此路今重过，十五年前旧板桥。曾共玉颜桥上别，不知消息到今朝。”刘拜山在《千首唐人绝句》的评解中说：“一气流转，如珠走玉盘，虽隐括白诗，而风神绵邈过之。”胡应麟在《诗薮·内编》中说：“晚唐绝‘清江一曲’为冠。”其馀好诗还不少，再抄录几首于下：

白帝城头春草生，白盐山下蜀江清。
南人上来歌一曲，北人莫上动乡情。

——《竹枝词九首》其一

山桃红花满上头，蜀江春水拍山流。
花红易衰似郎意，水流无限似侬愁。

——《竹枝词九首》其二

鹦鹉洲头浪飐沙，青楼春望日将斜。
衔泥燕子争归舍，独自狂夫不忆家。

——《浪淘沙九首》其四

春江月出大堤平，堤上女郎连袂行。
唱尽新词欢不见，红霞映树鹧鸪鸣。

——《踏歌词四首》其一

第六类为咏物与寓言诗。这类诗为数不少，有《昏镜词》

《聚蚊谣》《百舌吟》《飞鸢操》《秋萤引》等，对时世都寓有讽喻讥刺之意。这里引录一首《聚蚊谣》于下，以见一斑：

沉沉夏夜兰堂开，飞蚊伺暗声如雷。
嘈然欻起初骇听，殷殷若自南山来。
喧腾鼓舞喜昏黑，昧者不分听者惑。
露花滴沥月上天，利觜迎人著不得。
我躯七尺尔如芒，我孤尔众能我伤。
天生有时不可遏，为尔设幄潜匡床。
清商一来秋日晓，羞尔微形饲丹鸟。

这首诗明显有所隐射，在夏夜，蚊子成群结队，如此猖獗，令七尺之躯备受其害。但季节变迁难以遏止，等秋天来时，这些飞蚊只能喂丹鸟了。显然，这是隐射那些专事诽谤攻击造谣生事的小人，纵然猖狂一时，但最终都不会有好下场。

第七类诗范围很广，其中以写时令季节的诗最多，特别是写秋天的很有特色。如《秋词二首》：

自古逢秋悲寂寥，我言秋日胜春朝。
晴空一鹤排云上，便引诗情到碧霄。

——其一

山明水净夜来霜，数树深红出浅黄。
试上高楼清入骨，岂如春色嗾人狂。

——其二

这两首诗一反以往文人悲秋伤秋的情绪，以昂扬的情调来为秋高歌。第一首颂秋气，气以励志，凌厉奋发，昂扬高亢，矫健凌云，直薄碧霄。第二首赞秋色，色以冶情，清淡明净，高雅闲远，庄重刚健，风骨凛凛。

刘禹锡是一个很有个性的人，坚强乐观。他虽然因参与革新遭贬斥，壮志难酬，但从不气馁，不颓唐消沉，总是斗志昂扬，这种精神在他的诗里反映了出来，形成了他雄豪的诗风。

刘禹锡还有一篇特别有名的铭文，历来被习惯于列入散文中，其实这是一篇韵文，与赋一样，也是诗的变种。现抄录下这篇《陋室铭》共赏：

> 山不在高，有仙则名；水不在深，有龙则灵。
> 斯是陋室，唯吾德馨。苔痕上阶绿，草色入帘青。
> 谈笑有鸿儒，往来无白丁。可以调素琴，阅金经；
> 无丝竹之乱耳，无案牍之劳形。
> 南阳诸葛庐，西蜀子云亭。孔子曰：“何陋之有！”

中国诗发展到盛唐完全成熟。李白、杜甫的出现，把中国诗推向顶峰。这对后代诗人来说既是好事，又碰到了极大的困难。说是好事，因为有高质量、高水平的诗可供借鉴；说是难事，那是因为李、杜的成就太高，后辈在他们面前只能高山仰止，很难超越；他们“光焰万丈”，后辈都生活在他们的光辉照耀下，特别是杜甫已成了后代诗家的师表，后代人很难摆脱他的影响。当然，学习杜甫吸收杜诗的优长是可以的，但学杜要活学，不少人却学死了，亦步亦趋地模仿，毫无生气。贞元、元和之际，出现了一股创新意识，他们不愿“随人作诗”、袭人衣钵，强烈地希望开拓进取，力图独造，纷纷另辟蹊径，当时诗坛上出现了声势浩大的两大派，韩孟尚奇谲，好议论；元白尚浅近，好铺叙。当时一些有名气的诗人大多受这两大派影响，刘禹锡跟当时开宗立派、领袖群英的韩愈、白居易都有深交，还时相酬唱，但一直保持自己的独立品格。他终于成功地做到了在前辈李、杜、王、孟以外别开生面，在当代韩、白以外独辟蹊径，成为与韩孟、元白相颉颃的诗坛劲旅，赢得世人赞赏。

当时诗坛上的两大派，元白派打出浅近通俗的旗帜，但太直露，缺少蕴藉含蓄，影响了诗的韵味；韩孟派高举奇谲奥博的旗帜，但太冷僻，缺少自然流畅，失去了诗的韵致。刘禹锡则扬弃了两派之短，把诗写得既明白流畅又蕴藉含蓄，构成了刘禹锡诗歌的第一个特点。前边所举的诗，大体都是如此，例如《乌衣巷》一诗，昔日熙来攘往、车水马龙的朱雀桥边如今不仅野草丛生，而且长势良好，还开着花；特别是后两句“旧时王谢堂前燕，飞入寻常百姓家”，暗示曾与司马氏共天下的大豪门王谢家的后人已沦为寻常百姓，对当时作威作福的达官、藩镇的警示尽在不言中。再如《竹枝词九首》其七，在这首明白如话的诗中，蕴含着他屡遭贬斥历尽人生坎坷后，对人生特别是对官场的深刻思考，富有哲理性。

中国诗发展到唐代，题材领域极为广阔、种类十分丰富，刘禹锡不甘心步人后尘，而蓄意创新，在题材的拓展与发掘方面下了很大功夫。因此，题材新颖构成了刘禹锡诗的第二个特点。例如田园诗，自东晋陶渊明开创以后历代不断有人写，到盛唐，王维、孟浩然发展到了极致；到中唐，又出现了刘长卿、韦应物等著名的田园诗人。他们一般都着力描写田园生活的恬静与农村风光的幽美，借以抒发闲适情调与隐逸志趣，要想创新，必须从这个领域走出去，另辟蹊径，刘禹锡正是这样做的。例如我们在前边引用过的《插田歌》和《畲田行》就是这样。前一首写的不是田园景色，而是农家的田间劳动，农村的日常生活，下边还加了一大段田夫与计吏的对话，显示了田夫的诙谐风趣与计吏的浅薄庸俗，有意无意地揭露了当时朝廷卖官鬻爵的腐败丑陋。后一首描写当时巴人烧荒播种的情况，显示了当时少数民族刀耕火种的习俗。前边已说过，在咏史诗方面，他也有很多创新，这里就不再重复了。在咏物诗方面，他继承了杜甫托物喻人赋予象征意义的做法，发展为寓言诗，通过寓言故事隐射现实，进行辛辣讽刺，如《有獭吟》：

有獭得嘉鱼，自谓天见怜。
先祭不敢食，捧鳞望青玄。
人立寒沙上，心专眼悁悁。
渔翁以为妖，举块投其咽。
呼儿贯鱼归，与獭同烹煎。
关关黄金鹗，大翅摇江烟。
下见盈寻鱼，投身擘洪涟。
攫拏隐鳞去，哺雏林岳巅。
鸱鸟欲伺隙，遥噪莫敢前。
长居青云路，弹射无由缘。
何地无江湖，何水无鲔鳣。
天意不宰割，菲祭徒虔虔。
空馀知礼重，载在淹中篇。

刘禹锡诗的第三个特点是对诗歌体式的变革，为七绝开辟了新路子。虽然刘禹锡兼擅各体，正如管世铭在《读雪山房唐诗钞·凡例》中所说：“刘宾客无体不备，蔚为大家，绝句中之山海也。”但他成就最突出的是绝句。李重华在《贞一斋诗说》中称：“七绝乃唐人乐章，工者最多。朱竹垞云：七绝至境，须要诗中有魂，‘入神’二字，未足形容其妙。李白、王昌龄后，当以刘梦得为最，缘落笔朦胧缥缈，其来无端，其去无际故也。”尤以王夫之对他的绝句评价最高，在《姜斋诗话》中说：“七言绝句，初、盛唐既饶有之，稍以郑重，故损其风神。至刘梦得而后宏放出于天然，于以扬扢性情，馺娑景物，无不宛而成章，诚小诗之圣，证矣。”王夫之许以“小诗之圣”。刘禹锡的绝句既吸取了李白、王昌龄的正宗绝句的优长，又克服了其稍欠风神的不足；同时又吸收了杜甫

“变体”绝句之长，克服其“拗口”的不足，发展了七言绝句，使其“宏放出于天然”，特别是大量的仿民歌，俚俗而不粗浅，典雅而不深奥，合律而不死板，显得情思婉转、节奏明快，透出了一股股乡土风情气息。他的三十多首仿民歌作品，可以说是粒粒珠玑，如“塞北梅花羌笛吹，淮南桂树小山词。请君莫奏前朝曲，听唱新翻杨柳枝”（《杨柳枝词九首》其一），在这里，他表明了创新的决心。“炀帝行宫汴水滨，数枝杨柳不胜春。晚来风起花如雪，飞入宫墙不见人”（《杨柳枝词九首》其六），这是隋宫怀古之作，与《金陵五题》中的《石头城》有异曲同工之妙，全诗自然流畅，情思婉转又涵蕴无穷，托物寄慨，构思精巧。再如“九曲黄河万里沙，浪淘风簸自天涯。如今直上银河去，同到牵牛织女家”（《浪淘沙九首》其一），这首诗结尾用张华《博物志》载张骞乘槎穷河源上银河的典故，既典雅又自然。还应该一提的是他有两首《和乐天春词依〈忆江南〉曲拍为句》，开创了后世依曲调填词，“由乐以定词”，从此作词称为“填词”。刘禹锡诗当然还有其他一些特点，如用意深刻、想象丰富、雄浑老苍等，都对后世产生了一定影响。

第二节　柳宗元

柳宗元（773—819），字子厚。河东解（今山西运城）人，世称柳河东。出身于一个衰落的官僚家庭，世居长安，少时曾随父去过夏口。他少时聪敏能文，有美名。贞元九年（793）登进士第，不久父亲去世，丁忧守制。制满除服后，又登博学鸿词科，授校书郎，转蓝田尉。贞元十九年（803），迁监察御史里行，这时结识了王叔文。贞元二十一年（805）正月，德宗去世，顺宗即位，改元为永贞，重用王叔文进行革新，柳宗元迁礼部员外郎，他与刘禹锡同为王叔文集团的骨干，积极参与革除弊政，遭到豪族地主集团与宦官的反对，顺宗被迫退位，太子即位，革新失败，贬杀王叔文集团的主要成员，柳宗元被贬为永州（今湖南零陵）司马。十年后，改任柳州刺史，在任所四年，颇有政绩。元和十四年（819）冬，卒于任所。卒时仅47岁，世称“柳柳州”。柳宗元是一位卓越的散文家，与韩愈共同倡导古文运动，为“唐宋八大家”之一。同时，又是一位杰出的诗人，与刘禹锡齐名，并称“刘柳”。

柳宗元活动之时，正是诗坛上流派纷呈之际，并与两大派的领袖人物韩愈、白居易都交厚，但其诗不入流派，独树一帜，风致独异，为人赞许，以“精工”著称。胡应麟在《诗薮》中说：“元和而后，诗道浸晚，而人才故自横绝。一时，若昌黎之鸿伟，柳州之精工，梦得之雄奇，乐天之浩博，皆大家材具也。”他把柳宗元与韩愈、刘禹锡、白居易并列为当时大家。柳宗元存诗160馀首，《全唐诗》编为四卷。第一卷全为反映唐代大事的诗，开头第一组诗是《平淮夷雅》，分《皇武》与《方城》两篇，每篇各有11章，共22章。每章都为八句，前边有自序，说明写这组诗的用意，是庆贺元和十二年平定淮西吴元济之乱，并以此比作周宣王中兴，因此仿效《诗经》中“大小雅”之美周宣王而作此诗，表达了诗人盼望国家统一，希望唐王朝再现周宣王那样的“中兴”。由于这组诗死板模仿《诗经》的《雅》《颂》，毫无创造性，语言古奥，且多说教之辞，枯燥乏味。总的来说，这组诗在思想上虽有积极意义，但在艺术上是失败的。在这组下边是《唐铙歌鼓吹曲十二篇》，前边也有上给皇帝的表，说明写作的动机与目的：“伏唯汉魏以来，代有铙歌鼓吹词，唯唐独无有。……窃取晋魏义，用汉篇数，为唐铙歌鼓吹曲十二篇，纪高祖、太宗功能之神奇，因以知取天下之勤劳，命将用师之艰难。”提醒统治者不要忘记祖先创业的艰难。诗体为三、四、五言，大多为枯燥说教，语言也深奥呆板。其中有些篇目值得一读，如《吐谷浑》，写“李靖灭吐谷浑西海口”，既写出了吐谷浑的强盛，更写出了李靖善于“治兵振旅”，经过血战，不仅打败吐谷浑，而且“系虏来王都”，大获全胜。再如《高昌》，既写出了高昌地势险要，“既恃远且险，纵傲不我虞”；又写出了李靖智勇双全，善于用兵，威震西域，尊唐太宗为“天可汗”，从此“兵戎不交害”，保持了边境的和平。

讽刺诗是从另一个角度来关心现实，他也与刘禹锡一样，以寓言形式来写政治讽刺诗，如《跂乌词》《笼鹰词》《放鹧鸪词》等，并有《行路难三首》，其隐喻的意思都很明显。例如《行路难三首》其一：

君不见夸父逐日窥虞渊，跳踉北海超昆仑。
披霄决汉出沆漭，瞥裂左右遗星辰。
须臾力尽道渴死，狐鼠蜂蚁争噬吞。
北方竫人长九寸，开口抵掌更笑喧。
啾啾饮食滴与粒，生死亦足终天年。
睢盱大志小成遂，坐使儿女相悲怜。

这首诗取材于《山海经》中夸父逐日的故事，在逐日途中，夸父力尽渴死，狐鼠蜂蚁争相噬吞其尸。无疑，逐日象征追求光明、追求真理，夸父为追求真理而献身，这是隐喻包括自己在内的革新派的失败，狐鼠蜂蚁辈隐喻打击残害革新派的群小。诗中没有议论，没有说教，但其象征意义十分明显。

在关心社会现实的诗中，还有一些是直接反映劳动者的生活状况，这部分诗所占比例不大，但十分可贵，说明他对当时占人口多数的农民的关心与同情。例如《田家三首》：

蓐食徇所务，驱牛向东阡。
鸡鸣村巷白，夜色归暮田。
札札耒耜声，飞飞来乌鸢。

竭兹筋力事，持用穷岁年。
尽输助徭役，聊就空自眠。
子孙日已长，世世还复然。

——其一

篱落隔烟火，农谈四邻夕。
庭际秋虫鸣，疏麻方寂历。
蚕丝尽输税，机杼空倚壁。
里胥夜经过，鸡黍事筵席。
各言官长峻，文字多督责。
东乡后租期，车毂陷泥泽。
公门少推恕，鞭朴恣狼藉。
努力慎经营，肌肤真可惜。
迎新在此岁，唯恐踵前迹。

——其二

古道饶蒺藜，萦回古城曲。
蓼花被堤岸，陂水寒更绿。
是时收获竟，落日多樵牧。
风高榆柳疏，霜重梨枣熟。
行人迷去住，野鸟竞栖宿。
田翁笑相念，昏黑慎原陆。
今年幸少丰，无厌饘与粥。

——其三

诗里反映了农民劳动的辛苦与统治阶级对农民的残酷剥削和压迫。农民辛苦一年的结果是“尽输助徭役”、“蚕丝尽输税”，在这一个个的“尽”字里，包含着多少农民的血泪，鬻妻卖女，家破人亡，全包含在这个“尽”字里。即使幸遇丰年，农民仍然只能吃粥度日，吃一顿干饭都不能，然而那些来收税的官吏还要农民杀鸡摆筵席来款待他们，吃饱喝足后仍然毫不留情，对迟缴租税的竟然“鞭朴恣狼藉”，毫无人性。

柳宗元诗中成就最高的、最能代表他的诗歌风格的，也最为人赞赏的，还是他的山水田园诗，有的诗清幽淡雅，人们也因此将他和韦应物以“韦柳”并称。但他们二人的诗风并不相同，韦应物远继陶渊明，近承王、孟，以清淡闲远著名；而柳宗元的诗思深意远，外呈清峭、内藏抑郁，情思深沉，韵致委婉。这类诗往往写景抒情融在一起，情寓景中，以景传情，情景交融，令人味之无极。在这类诗中，最为人赞不绝口的是一首五绝小诗《江雪》：

千山鸟飞绝，万径人踪灭。
孤舟蓑笠翁，独钓寒江雪。

这首诗呈现在读者面前的是辽阔空旷、一片沉寂的茫茫雪景，在这毫无生气的环境中，却出现了一个遗世独立的渔翁，既给这死寂的天地间透出了一线生机，又显示出渔翁高雅孤傲、坚毅不屈的情操以及不与俗世同流合污的品格。这正是永贞革新失败后诗人自身的精神写照。柳宗元还有一首著名的题为《渔翁》的诗：

渔翁夜傍西岩宿，晓汲清湘燃楚竹。
烟销日出不见人，欸乃一声山水绿。
回看天际下中流，岩上无心云相逐。

诗中的渔翁不同凡俗，夜宿青山绿水间，晓汲清湘水，连燃料也不是寻常柴火，而是楚竹。他投身于自然的怀抱，徜徉于青山绿水之间，置身于世俗之外，何等高雅。高洁的人格，自由的生活，正是诗人所追求、所坚持的。这两首诗与陶潜直至韦应物的田园诗的差异是明显的。而他另外一些山水诗就不同了，如《南涧中题》：

秋气集南涧，独游亭午时。
回风一萧瑟，林影久参差。
始至若有得，稍深遂忘疲。
羁禽响幽谷，寒藻舞沦漪。
去国魂已远，怀人泪空垂。
孤生易为感，失路少所宜。
索寞竟何事？徘徊只自知。
谁为后来者，当与此心期！

这是在永州写的一首记游诗，写他在萧瑟的秋风与参差的林影里独自漫步，细致地描绘了南涧的景色，透露了他寂寞无伴的孤独情怀与“去国”（指远离京城）羁旅的忧伤，欲从山水中求得慰藉。与此约略相似的诗不少，如《溪居》《夏初雨后寻愚溪》《秋晓行南谷径荒村》《旦携谢山人至愚池》《首春逢耕者》等等，与陶渊明的诗风较为接近，但更接近谢灵运。

柳宗元集中也有不少酬寄交往的诗，这些诗不仅仅是交际应酬的东西，而是有真情在，其中不乏佳作，如：

城上高楼接大荒，海天愁思正茫茫。
惊风乱飐芙蓉水，密雨斜侵薜荔墙。
岭树重遮千里目，江流曲似九回肠。
共来百粤文身地，犹自音书滞一乡！
——《登柳州城楼寄漳、汀、封、连四州刺史》

零落残魂倍黯然，双垂别泪越江边。
一身去国六千里，万死投荒十二年。
桂岭瘴来云似墨，洞庭春尽水如天。
欲知此后相思梦，长在荆门郢树烟。

——《别舍弟宗一》

海畔尖山似剑铓，秋来处处割愁肠。
若为化得身千亿，散上峰头望故乡。

——《与浩初上人同看山寄京华亲故》

破额山前碧玉流，骚人遥驻木兰舟。
春风无限潇湘意，欲采蘋花不自由。

——《酬曹侍御过象县见寄》

这四首诗是柳宗元在贬所给亲朋好友写的诗，第一首是初到柳州时写的。永贞革新失败后，为首的王叔文、王伾被贬斥而死，主要成员柳宗元、刘禹锡等八人贬为远州司马。这就是历史上所说的“二王八司马”事件。十年后，柳宗元等五人才奉诏进京，原以为可以改善一下处境，哪知很快又被贬到更荒远的地方去任刺史。柳宗元、韩泰、韩晔、陈谏、刘禹锡五人分别为柳州、漳州、汀州、封州、连州刺史，大家志同道合又同病相怜，因此备感凄凉。第二首是从弟宗一将离开柳州去江陵，柳宗元写诗送别。全诗意境开阔，雄浑苍劲，第二联更是感慨深沉，痛切肌肤。诗中既抒发了兄弟之情，更借此吐露自己被长期贬谪在荒远之地的满腔愤懑与愁苦。全诗情深意切，十分感人。第三首，想象奇异，构思独特，充分体现出柳诗雄奇的特点。最后一首是唐人绝句中的名篇，曾被沈德潜列为唐人七绝压卷之作。诗中写故人曹侍御经过离柳州不远的象县，本想前去会见，但远谪戴罪之人，哪能自由前去会见。这首诗与前三首不同，写得蕴藉委婉，含蓄不露。尽管如此，幽怨之情还是隐约可见。这首诗，比兴并用，虚实相生，写景如画，自然流畅。宋人叶梦得曾化用这首诗入《贺新郎》词，由此可见柳诗对后世的影响。

柳宗元诗的最大的特色，就是苏轼在《书黄子思诗集后》里所说的："发纤秾于简古，寄至味于淡泊，非馀子所及也。"这跟柳文有相似之处，都是似淡实浓、清峻简洁、典雅精妙。他的诗常常在简淡高远的外表下蕴含着深厚浓烈的感情，形成苏轼在《评韩柳诗》中说的"外枯而中膏，似淡而实美"的特征。这正是柳宗元不同于韦应物处，韦诗简淡，而柳诗似淡实浓，刘熙载在《艺概·诗概》中以为韦为"道人语"，柳为"骚人语"，可谓一语中的。有自身独有的特色，这正是柳诗可贵之处，也是柳诗能自成一家之处。柳宗元在文学上的贡献，也是散文大于诗歌，而且柳宗元的散文比韩愈的更平易近人，更有可读性。

在当时诗坛上，韩孟派尚奇，元白派尚俗，创新特征都很明显，刘禹锡、柳宗元既不属于这两大派，他们两人也不是一派，基本上是各自独立，无派别。他们也致力于创新，但他们的创新不在于外在形式，不表现在遣词造句上，而在于内在的蕴含上。在当时，人们看韩、孟的怪僻，元、白的轻俗，有些疲惫的时候，刘、柳的诗无疑是吹进诗坛来的一股清新的风。因此，历来给予刘、柳以极高的评价也是必然的，何况中国诗歌向来以含蓄取胜，以意境见长，刘、柳的诗正好在这方面下功夫，并取得很大成功，从而使他们在诗歌发展史上占有重要的一席。

第四章　杜牧与李商隐

所有文学史的书籍都把杜牧、李商隐列入晚唐作家之中，我把他们放在习惯上称之为中唐作家中一起来论述，原因有二：首先，从唐诗发展的本身着眼，杜牧、李商隐可以说是唐诗发展中的最后辉煌。其次，唐诗四分法历来并不一致，例如刘禹锡，前人就有把他列入晚唐的，其实刘禹锡与白居易同岁，而且比白居易早死四年，说白居易是中唐诗人而刘禹锡却成了晚唐诗人实在没道理。再说，白居易卒于会昌六年（846），杜牧卒于大中六年（852），只相差6年；李商隐卒于大中十二年（858），又差6年，杜牧与白居易共同生活的时间至少也有33年，李商隐一共才活了约45岁，而杜牧也只活了49岁。再次，四唐的划分纯粹以帝王的改元为依据，其不尽合理不言而喻，既然是诗史，那么自然应以主要诗人的创作活动为分期依据，这才合情合理。因此，本书以重要诗人的创作活动为依据，大胆突破了历来划分的框框，以期切合实际。

第一节　杜牧

杜牧（803—852），字牧之，京兆万年（今陕西西安）人，出身于仕宦之家，为宰相杜佑之孙，童年时家境富裕，后其祖父及父亲相继去世，家境日益贫困。他博学多才，不但精通经史，尤其专注于治乱与军事。大和二年（828）登进士第，又登贤良方正能言极谏科，授弘文馆校书郎。因秉性刚直，有政治与军事才能，“敢论列大事，指陈病利，尤切至”（《新唐书·杜牧传》），见忌于朝中当权者，出为江西、宣歙、淮南诸使幕僚，达十年之久，很不得意。大和九年（835）始内迁为京官，入朝任监察御史，不久即分司东都，后受李德裕排挤，再度出朝。会昌二年（842）出为黄州刺史，转池、睦二州刺史。李德裕失势，于大中二年（848）内迁为司勋员外郎，世称“杜司勋”。后又出任湖州刺史，官终中书舍人。他是一个很有抱负的人，面对内忧外患交困的唐帝国很想有一番作为来振兴国家，但一直未被重用，壮志难酬，他把满腔的热血都倾注到诗里。杜牧的诗内容丰富，思想性、艺术性都很高。从内容题材方面来分，大致有以下几类：

第一类为忧国忧民、关心现实的诗。他诗集中的第一首《感怀诗》就是这一类诗中的代表作，诗题下自注“时沧州用兵”，他写这首诗的用意很清楚。诗很长，有106行之多，开头极简练地回顾了高祖与太宗在隋末开创基业，并用文治德泽生灵。太平日久，继位者沉醉在安乐之中，酿成了“安史之乱”，从此国无宁日，藩镇割据，勾结外族作乱，为了军需与购买武器，加紧了对百姓的横征暴敛，急征厚赋，使得“黎元愈憔悴”。诗中肯定了宪宗李纯平叛的举措，渴望朝廷励精图治，任用能臣武将消灭战乱，实现全国统一。最后自叹虽有壮志良策，但“谁其为我听”，内心苦闷，只能写诗来宣泄。另有长诗《郡斋独酌》，自注“黄州作”，直接抒发了抱负，从看到自己鬓须渐白，痛感韶华易逝，人生有限，希望自己能为国家扫平叛乱，收复河湟，重现太平盛世。两诗都是夹叙夹议夹抒情，笔力雄健，气势磅礴，刘熙载在《艺概·诗概》中称：“杜樊川诗，雄姿英发。”胡震亨在《唐音癸签》中引陈氏书录说：“杜紫微才高，俊迈不羁，其诗有气概，非晚唐人所能及。”我们来具体读一读他的《河湟》一诗：

元载相公曾借箸，宪宗皇帝亦留神。
旋见衣冠就东市，忽遗弓剑不西巡。

牧羊驱马虽戎服，白发丹心尽汉臣。
唯有凉州歌舞曲，流传天下乐闲人。

安史之乱时，朝廷调遣驻守在河西、陇右的军队东行平叛，吐蕃乘机东侵，占领了河湟地区，威胁着唐王朝的安全，边民被迫穿上异族的服装。诗中说到宰相元载曾有收复失地的谋划，宪宗对此也曾关注。可惜元载被杀，宪宗宾天，河湟一带至今未收复。那里的老百姓虽然被迫穿上夷服，但一心思汉。现在失地未收复，而凉州歌舞仍在内地流传，供闲人们取乐。末两句深含讽刺，意谓只知取乐者大有人在，真正想收复失地者已不见得有多少人了。再如《早雁》：

金河秋半虏弦开，云外惊飞四散哀。
仙掌月明孤影过，长门灯暗数声来。
须知胡骑纷纷在，岂逐春风一一回。
莫厌潇湘少人处，水多菰米岸莓苔。

这首诗题名《早雁》，但并未像一般咏物诗那样借物象征，而是通过对雁诉说以达意，借以抒发忧国忧民之情。雁是候鸟，南来北往有一定的季节，如今北方边塞遭到胡骑侵扰，对雁也肆意猎杀，群雁被迫提早南飞，边地百姓受害尽在不言中。诗人在此婉转曲折地批评朝廷御外无能。全诗深情蕴含，意在言外，韵味无穷。其他如《李甘诗》《皇风》《雪中书怀》《过骊山作》《史将军》二首之二、《东兵长句十韵》《昔事文皇帝三十二韵》等，都触及当时的朝政国事，不仅对国家的前途忧虑，也深悲自己虽有治国“长策”，但未能蒙“召议”，苦于报国无门。还有一首《题村舍》：“数树稚桑春未到，扶床乳女午啼饥。潜销暗铄归何处？万户侯家自不知。”前半首直接描述了劳动人民饥饿的惨状，连扶床的幼童都饿得啼哭，大人的饥饿状况更是不说自明。后半首说豪门富户是不管老百姓的死活的。这首诗有“朱门酒肉臭，路有冻死骨”之意，只是写得更为含蓄。

杜牧诗中写得最成功的是咏史怀古之作，其意义不亚于那些直接关心现实的诗，因此把这部分诗列为第二类。就其艺术性来说，这部分诗高于第一类，其中佳作特别多，例如：

折戟沉沙铁未销，自将磨洗认前朝。
东风不与周郎便，铜雀春深锁二乔。

——《赤壁》

新丰绿树起黄埃，数骑渔阳探使回。
霓裳一曲千峰上，舞破中原始下来。

——《过华清宫绝句三首》其二

长空澹澹孤鸟没，万古销沉向此中。
看取汉家何事业，五陵无树起秋风。

——《登乐游原》

烈士思酬国士恩，春申谁与快冤魂。
三千宾客总珠履，欲使何人杀李园。

——《春申君》

胜败兵家事不期，包羞忍耻是男儿。
江东子弟多才俊，卷土重来未可知。

——《题乌江亭》

弯弓征战作男儿，梦里曾经与画眉。

几度思归还把酒，拂云堆上祝明妃。

——《题木兰庙》

赤壁之战是一桩重大历史事件，这次战争决定了魏、蜀、吴三足鼎立的局面。对这样一次规模宏大的战争，诗人不从正面描写，而是只抓住古战场上的一根折戟，从由此引起的感触来写，把全部情思都凝聚到一个细节中。诗中并不是赞扬周郎以少胜多的巨大胜利与非凡的军事才能，而是从反面落笔，写其可能失败后的结果，并嘲讽周瑜侥幸取胜。嘲讽的目的是在于说明自己才具不凡，实胜周郎一筹。咏史是为了表达自己，这是杜牧咏史诗的另一特点。吴乔在《围炉诗话》中说："古人咏史，但叙事而不出己意，则史也，非诗也；出己意发议论，而斧凿铮铮，又落宋人之病。如牧之《赤壁》云，用意隐然，最为得体。""安史之乱"也是一桩重大的历史事件，强大的唐王朝从此一蹶不振。对这样的大事件，杜牧没有从正面展开叙写，只是抓住玄宗派中使辅璆琳以赠柑为名去探听虚实，璆琳接受安禄山的厚赂，回来隐瞒实情，盛赞安禄山的忠心。玄宗信以为真，不再防备，只知恣情行乐，终酿成大乱。这首诗十分含蓄地揭露了安禄山的奸猾、璆琳的贪婪、玄宗的昏聩。大处着眼，小处着手，这是杜牧咏史诗的一大特点。第三首是采用诗人们惯用的将汉喻唐的手法，在诗中展示了一幅寂寞荒凉的五陵秋景图，透过画面，为日趋衰败的唐王朝奏哀乐。这首诗的结句情景交融，含义深沉，尤为警策有力。清沈德潜在《唐诗别裁集》中说："树树起秋风，已不堪回首，况于无树耶？"第四首写春申君，他是"战国四公子"之一，好养士，有门客三千，"其上客皆蹑珠履"。但他后来被李园杀害，并尽灭其家，却无人为他报仇。隐射皇帝为宦官挟制甚至杀害，但满朝官员却无一人能挺身而出诛除元凶。《题乌江亭》是一首翻案诗，项羽失败无疑已成历史定论，诗人却别出心裁，从另一个角度去思考。同时提出真正的男子汉，要能“包羞忍耻”，要有卧薪尝胆的决心与百折不挠的精神。这在社会矛盾尖锐、斗争复杂的中唐以后的现实社会中，无疑是具有一定的针对性与现实意义的。最后一首是写女英雄花木兰的诗，也不是展开正面赞颂，而是扬弃了刻板摹写史实的做法。这首诗除第一句外，全是由诗人发挥想象而进行虚构的细节，从而深刻揭示木兰的内心世界，全面显示了木兰巾帼英雄的特色，并深化了主题。白天，木兰弯弓征战，颇有男儿的英雄气概；到晚上却梦里画眉，显出了女儿本色。几度思归也是儿女常情，并非无情才是英雄，思家爱家正说明她出征御敌的意义。把酒祝明妃，把两个异代女子联系到一起，她们一个为国和亲，一个为国征战，举动虽然不同，目的却是一致的，灵犀一点，千载志同，更显示出了木兰的崇高精神境界。诗中不著任何议论，但一切含义，读者都可思而得之。委婉曲折，蕴藉含蓄，这是杜牧咏史的又一特点。

杜牧的写景抒情诗数量不少，佳作屡见，名篇迭出。在杜牧的笔下，一年四季都是风光宜人、景色优美。这是杜牧诗的第三类。例如：

清明时节雨纷纷，路上行人欲断魂。
借问酒家何处有？牧童遥指杏花村。

——《清明》

千里莺啼绿映红，水村山郭酒旗风。
南朝四百八十寺，多少楼台烟雨中。

——《江南春绝句》

兰溪春尽碧泱泱，映水兰花雨发香。
楚国大夫憔悴日，应寻此路去潇湘。

——《兰溪》

菱透浮萍绿锦池，夏莺千啭弄蔷薇。
尽日无人看微雨，鸳鸯相对浴红衣。

——《齐安郡后池绝句》

远上寒山石径斜，白云生处有人家。
停车坐爱枫林晚，霜叶红于二月花。

——《山行》

两竿落日溪桥上，半缕轻烟柳影中。
多少绿荷相倚恨，一时回首背西风。

——《齐安郡中偶题》

青山隐隐水迢迢，秋尽江南草未凋。
二十四桥明月夜，玉人何处教吹箫？

——《寄扬州韩绰判官》

千里长河初冻时，玉珂瑶佩响参差。
浮生却似冰底水，日夜东流人不知。

——《汴河阻冻》

前两首写春天，都是杜牧的名篇，尤其第一首，千古以来传诵不绝，脍炙人口。关于这首诗的作者是否是杜牧，学术界有争议，有人确定其作者是许浑。但在《全唐诗》中，无论是杜牧名下还是许浑名下，均无此诗。把这首诗的作者定为杜牧，始见于南宋谢枋编选的《千家诗》，后来明代的谢榛在《四溟诗话》中也认为这是杜牧的作品，清代冯集梧在《杜牧诗汇编》中肯定这一说法。目前多数选本凡选了这首诗的也多作杜牧诗，今从众放在杜牧名下。第二首千百年来也素负盛誉，这首诗描绘了一幅多姿多彩的江南春景图，境界广阔。三、四首写夏天，写景清新优美，而情寓景中。第三首是凭吊屈原，第四首则透露出诗人的孤独感。五、六两首写秋天，第五首也是杜牧诗中的名篇，这里不仅描绘了一幅生动的山林秋色图，而且一扫历来文人悲秋之情，把秋天写得富有生气。人称杜牧诗“俊爽”，这是具体一例。第六首虽然色彩没有前一首明快，甚至略显暗淡，有些感伤，但有恨无悲，恨自己怀才不遇，壮志难酬。最后两首写初冬，前一首也是杜牧诗中的名篇，虽然秋尽冬来，但江南依然是青山碧水，芳草离离。后半首着重写扬州的明月夜，更觉风光旖旎，风情万种。扬州向以明月夜出名，有道是“天下三分明月夜，二分无赖是扬州”。第八首写北方的初冬，前两句写冰底水流声，如玉珂瑶佩，音色美妙；后两句却引出对人生的感悟，深含哲理，启人深思。在写景抒情纪行诗中，杜牧的名篇佳作还有不少，再录几首于下：

烟笼寒水月笼沙，夜泊秦淮近酒家。
商女不知亡国恨，隔江犹唱《后庭花》。
——《泊秦淮》

银烛秋光冷画屏，轻罗小扇扑流萤。
天阶夜色凉如水，坐看牵牛织女星。
——《秋夕》

水接西江天外声，小斋松影拂云平。
何人教我吹长笛，与倚春风弄月明。
——《题元处士高亭》

溶溶漾漾白鸥飞，绿净春深好染衣。

南去北来人自老，夕阳长送钓船归。

——《汉江》

萧萧山路穷秋雨，淅淅溪风一岸蒲。
为问寒沙新到雁，来时还下杜陵无?

——《秋浦途中》

南陵水面漫悠悠，风紧云轻欲变秋。
正是客心孤迥处，谁家红袖凭江楼?

——《南陵途中》

十载飘然绳检外，樽前自献自为酬。
秋山春雨闲吟处，倚遍江南寺寺楼。

——《念昔游》三首其一

落魄江湖载酒行，楚腰纤细掌中轻。
十年一觉扬州梦，赢得青楼薄幸名。

——《遣怀》

第一首《泊秦淮》也是杜牧诗中的名篇，沈德潜与管世铭都推此诗为唐人七绝压卷之作。这首诗语言明快，但内涵深沉；貌似轻松，但情感沉痛。当时唐王朝已日趋衰败，诗人用亡陈来警戒统治者，其用心弥感良苦。第二首《秋夕》，其妙处正如宋顾乐在《唐人万首绝句选》中所说："诗中不着一意，言外含情无限。"第三首的妙处全在于刘拜山在《千首唐人绝句》的评解中所说的那样："外景之雄阔与内心之超迈，写来融洽无间，豪宕俊逸，兼而有之。"第四首《汉江》，前半首是一幅水彩画，写出了汉水的幽美景色；后半首写江上渔翁，自叹不如其悠闲，而不停地要南北奔波。全诗情景交融，十分自然。第五、第六两首都是写旅途乡思，前一首寄慨于归雁，后一首写见红袖凭楼更添思家之情。第七首《念昔游》是追忆早年漂泊漫游，放浪于江南山水之间。刘永济在《唐人绝句精华》中说：“此诗可作《遣怀》诗之自注。”最后一首《遣怀》，也是杜牧的名篇，如何解说这首诗，历来分歧很大，褒贬参半。有人认为这是诗人“繁华梦醒，忏悔艳游”，俞陛云在《诗境浅说续编》中辩解说：“非特忏除绮障，亦诗人忠厚之旨。”其实诗人怀才不遇，几度被权贵排挤出朝廷，流落南方，屈居幕府，不得已放浪形骸。这首诗就是抒不平之气，吐胸中块垒。解诗不能只从字面着手，一定要透过现象把握其真意，不能为假象迷惑，以致误入歧途。

第四类应该提到的是杜牧的酬赠唱和的诗，他的这些诗不像“大历十才子”那样仅仅出于交际应酬，而多数是借以抒发自己的情怀，其中有不少脍炙人口的佳作。例如我们在前边已经提到过的《寄扬州韩绰判官》，就是历来传诵不绝的名篇。其他还有：

多情却似总无情，唯觉樽前笑不成。
蜡烛有心还惜别，替人垂泪到天明。

——《赠别二首》其二

壮气盖燕赵，耽耽魁杰人。
弯弧五百步，长戟八十斤。
河湟非内地，安史有遗尘。
何日武台坐，兵符授虎臣？

——《史将军二首》其二

百感衷来不自由，角声孤起夕阳楼。
碧山终日思无尽，芳草何年恨即休。

睫在眼前长不见，道非身外更何求？
谁人得似张公子，千首诗轻万户侯。
——《登池州九峰楼寄张祜》

这三首诗所寄赠的对象是三个截然不同的人，但同样深情绵邈，真切感人。《赠别》是杜牧在离开扬州时赠别歌女张好好的诗，共有两首，第一首极写张好好美貌无双，第二首才是写惜别之情，后两句借物抒情，运用移情手法来表达依依惜别之情，感情深沉真挚，悱恻缠绵，这两句也成为千古名句。在封建社会中，歌女的地位是很低的，被蔑称为“歌妓”，是达官贵人寻欢作乐的玩物，杜牧却丝毫没有轻视她们，也不是逢场作戏，而是对她们一片深情，这是十分可贵的。《史将军》一诗，显然是赠给一位武将的，前四句着重写将军的英武，后四句是重心所在，说当前外患内乱交加，但如此英武的将军却未能被重用，委婉曲折地批评朝廷不思振足，埋没人才。最后一首是写给文士张祜的。杜牧与张祜交往甚密，赠诗不少，基本上是赞赏张祜的才华，为他怀才不遇鸣不平。张祜曾深得令狐楚器重，令狐楚曾上表推荐，但为元稹排挤，后又为白居易抑制，杜牧为此不平，也因此与元、白交恶。这首诗前四句抒写友情，后四句是对朋友的宽慰。第五句暗讥元、白见识短浅，第六句赞扬张祜诗艺高超，不必再求别的。后两句竭力推崇张祜，并赞扬其清高豁达。这首诗充分体现了杜牧诗的特点，显示出他俊迈、拗峭，深于感慨的诗风。

杜牧还有两首长篇叙事诗《杜秋娘诗》与《张好好诗》，虽然不像白居易的《长恨歌》与《琵琶行》有名，但在叙事诗不发达的中国，这两首诗也是弥足珍贵的。何况这两首诗不仅写出了两位女子今昔变化、生活坎坷，为两位绝色佳人的沦落掬一把同情泪，而且还从侧面反映了当时的社会矛盾、宫廷斗争、官场倾轧。

在当时的文坛上，杜牧是轻元、白而重韩、柳，在《冬至日寄小侄阿宜诗》中说：“李杜泛浩浩，韩柳摩苍苍。近者四君子，与古争强梁。”对杜甫、韩愈尤为崇敬。在《读韩杜集》中说：“杜诗韩集愁来读，似倩麻姑痒处抓。天外凤凰谁得髓，无人解合续弦胶。”后两句感叹杜诗、韩文后继无人，言外之意自己决心担此大任。他善于吸取前人的长处，发挥自己的才华，形成自己的风格，洪亮吉在《北江诗话》中说：“杜牧这与韩、柳、元、白同时，而文不同于韩、柳，诗不同于元、白，复能于四家外，诗文皆别成一家，可云特立独行之士矣。”刘熙载在《艺概·诗概》中称“杜樊川诗雄姿英发”。翁方纲《石洲诗话》称：“小杜之才，自王右丞以后，未见其比。其笔力回斡处，亦与王龙标、李东川相视而笑。‘少陵无人谪仙死’，竟不意又见此人。”把杜牧视为李白、杜甫的后继者。杜牧诗笔势恣纵，确有李白的俊爽豪宕，有杜甫的气骨遒劲、蕴藉含蓄，有韩愈的雄健拗峭、硬语盘空，他的绝句还兼有刘禹锡的清新幽美、精警隽永。正因为他吸收众家之长，得以风姿独标，形成了“杜牧之体”。

第二节　李商隐

李商隐（约813—858），字义山，号玉溪生，又号樊南生，原籍怀州河内（今河南沁阳），其祖父迁居郑州荥阳（今河南荥阳）。9岁父亡，幼孤贫，“四海无可归之地，九族无可倚之亲”（《祭裴氏姊文》），遂发愤苦学。大和三年（829），时17岁，天平军节度使令狐楚爱其才，聘于幕下，令在门下与其子令狐绹同学，并亲自教授骈文，十分器重。李商隐聪颖早慧，少怀大志，关心国事民生，有匡时济世之心，怀“欲回天地”之志，在应试之前写的《初食笋呈座中》曰：“嫩箨香苞初出林，于陵论价重如金。皇都陆海应无数，忍剪凌云一片心。”诗中以笋喻人，希望当政者爱惜人才。后经令狐绹推荐，他于开成二年（837）登进士第。开成三年，他参加书判拔萃科考试，由于某中书大人的诽谤而落选。对某中书大人的猜忌与污蔑，义山十分气愤，其《安定城楼》一诗，大约由此而作："迢递高城百尺楼，绿杨枝外尽汀洲。贾生年少虚垂涕，王粲春来更远游。永忆江湖归白发，欲回天地入扁舟。不知腐鼠成滋味，猜意鹓雏竟未休。"诗的尾联用《庄子·秋水》中庄子见梁相惠子的典故。惠施猜忌庄子欲与之争梁相之位，庄子以高洁的鹓雏自比，以腐鼠喻相位，以明其视相位如腐鼠，自己无意争腐鼠。义山在诗中以此回击猜忌自己的某中书大人。令狐楚去世后，李商隐应聘入泾原节度使王茂元幕，王爱其才，以女嫁之。当时朝廷内牛李党争正剧烈，李商隐本为牛党令狐父子所奖拔，后却为李党王茂元女婿，因此招致牛党忌恨，被指责为"背恩"、"无行"，从此在党争的夹缝中长期受到压抑，仕途坎坷，终生不得志。开成四年（839），应吏部拔萃科考试入选，授秘书省校书郎，官虽小，但为京官，有发展前途，然而不久被调补弘农尉，由清职转为俗吏，对他打击不小。会昌二年（842），他再次参加吏部拔萃科考试入选，重入秘书省，任正字，但不久因母丧离职守制，翌年其岳父王茂元病逝于河阳军中。当他再回秘书省时，又逢武宗去世，整个政局和他的处境都发生了很大变化，他出为桂管观察使郑亚掌书记，又一次遭受沉重打击。以后基本上在外任微官，在幕府中过着寄人篱下的生活。思想上苦闷压抑，诗风与诗的题材内容都有很大变化，由外部世界摄取转为更多地向内心世界搜寻，由关注现实政治逐步转向关注个人身世，抒写人生感慨，感伤色彩逐渐成了他诗歌的主调。李商隐的诗给人的总体感觉是深情幽婉、委曲缠绵、凄艳迷离，常常呈现出悲剧美与朦胧美。

李商隐年轻时是一个有才华、有抱负的青年，他关心社会现实，反对藩镇割据和宦官专政，痛心国家遭受的内忧外患，同情苦难深重的人民，这些构成了他诗中的重要内容，这算是第一类内容吧！代表作是《行次西郊作一百韵》：

蛇年建午月，我自梁还秦。
南下大散岭，北济渭之滨。
草木半舒坼，不类冰雪晨。
又若夏苦热，燋卷无芳津。
高田长檞枥，下田长荆榛。
农具弃道旁，饥牛死空墩。
依依过村落，十室无一存。
存者皆面啼，无衣可迎宾。
始若畏人问，及门还具陈。
右辅田畴薄，斯民常苦贫。
伊昔称乐土，所赖牧伯仁。
官清若冰玉，吏善如六亲。
生儿不远征，生女事四邻。
浊酒盈瓦缶，烂谷堆荆囷。
健儿庇旁妇，衰翁舐童孙。
况自贞观后，命官多儒臣。
例以贤牧伯，征入司陶钧。
降及开元中，奸邪挠经纶。
晋公忌此事，多录边将勋。
因令猛毅辈，杂牧升平民。
中原遂多故，除授非至尊。
或出幸臣辈，或由帝戚恩。
中原困屠解，奴隶厌肥豚。
皇子弃不乳，椒房抱羌浑。
重赐竭中国，强兵临北边。
控弦二十万，长臂皆如猿。
皇都三千里，来往同雕鸢。

五里一换马，十里一开筵。
指顾动白日，暖热回苍旻。
公卿辱嘲叱，唾弃如粪丸。
大朝会万方，天子正临轩。
采旂转初旭，玉座当祥烟。
金障既特设，珠帘亦高褰。
捋须蹇不顾，坐在御榻前。
忤者死艰屦，附之升顶颠。
华侈矜递衒，豪俊相并吞。
因失生惠养，渐见征求频。
奚寇西北来，挥霍如天翻。
是时正忘战，重兵多在边。
列城绕长河，平明插旗幡。
但闻虏骑入，不见汉兵屯。
大妇抱儿哭，小妇攀车轓。
生小太平年，不识夜闭门。
少壮尽点行，疲老守空村。
生分作死誓，挥泪连秋云。
廷臣例獐怯，诸将如羸奔。
为贼扫上阳，捉人送潼关。
玉辇望南斗，未知何日旋。
诚知开辟久，遘此云雷屯。
送者问鼎大，存者要高官。
抢攘互间谍，孰辩枭与鸾?
千马无返辔，万车无还辕。
城空雀鼠死，人去豺狼喧。
南资竭吴越，西费失河源。
因今左藏库，摧毁惟空垣。

如人当一身，有左无右边。
筋体半痿痹，肘腋生臊膻。
列圣蒙此耻，含怀不能宣。
谋臣拱手立，相戒无敢先。
万国困杼轴，内库无金钱。
健儿立霜雪，腹歉衣裳单。
馈饷多过时，高估铜与铅。
山东望河北，爨烟犹相联。
朝廷不暇给，辛苦无半年。
行人榷行资，居者税屋椽。
中间遂作梗，狼藉用戈铤。
临门送节制。以锡通天班。
破者以族灭，存者尚迁延。
礼数异君父，羁縻如羌零。
直求输赤诚，所望大体全。
巍巍政事堂，宰相厌八珍。
敢问下执事，今谁掌其权?
疮疽几十载，不敢扶其根。
国蹙赋更重，人稀役弥繁。
近年牛医儿，城社更扳援。
盲目把大旆，处此京西藩。
乐祸忘怨敌，树党多狂狷。
生为人所惮，死非人所怜。
快刀断其头，列若猪牛悬。
凤翔三百里，兵马如黄巾。
夜半军牒来，屯兵万五千。
乡里骇供亿，老少相扳牵。
儿孙生未孩，弃之无惨颜。

不复议所适，但欲死山间。
尔来又三岁，甘泽不及春。
盗贼亭午起，问谁多穷民。
节使杀亭吏，捕之恐无因。
咫尺不相见，旱久多黄尘。
官健腰佩弓，自言为官巡。
常恐值荒迥，此辈还射人。
愧客问本末，愿客无因循。
郿坞抵陈仓，此地忌黄昏。
我听此言罢，冤愤如相焚。
昔闻举一会，群盗为之奔。
又闻理与乱，在人不在天。
我愿为此事，君前剖心肝。
叩头出鲜血，滂沱污紫宸。
九重黯已隔，涕泗空沾唇。
使典作尚书，厮养为将军。
慎勿道此言，此言未忍闻。

在开成二年十二月，李商隐从兴元返长安，途经京西郊外，看到一片衰颓乱离景象，有感而发，写下了这首200行的长篇政治诗。先从目睹的京郊农村凋敝情况说起，不禁想到这里原是一片“乐土”，国家兴旺，百姓安居乐业。自从开元末年，李林甫和杨国忠扰乱政治纲纪，酿成“安史之乱”，从此国无宁日，“安史之乱”刚平定，各路藩镇又时有叛乱，百姓饱受战祸之害，大量战死，幸存者却要负担各种苛捐杂税与繁重的徭役。百姓苦不堪言，生下儿女无法养活，只有遗弃，为躲避乱军，仓皇逃难，葬身山间也无怨无悔。全诗夹叙夹议，内容丰富，场面广阔，气势磅礴，是一幅社会历史画卷。这首诗明显受杜甫《自京赴奉先县咏怀五百字》《北征》的影响，虽不及杜诗波澜壮阔，跌宕起伏，但对统治者抨击更重，具有更浓的政治色彩，兼有史诗与政论的特色。最后一段，矛头直指皇帝与文武高官，剖心泣血为民请命，感人肺腑。他的《赠送前刘五经映三十四韵》，纵述历史上的治乱兴亡，夹叙夹议，颇有见地。再如《有感二首》《重有感》《哭刘蕡》《哭刘司户蕡》《曲江》《井络》等，将矛头直指为非作歹的宦官与藩镇。宦官擅权作乱与藩镇割据叛乱是唐代后期社会的两大毒瘤，李商隐在这些诗中，对宦官在甘露之变中大肆杀戮朝廷重臣、幽禁文宗等暴行猛烈抨击，痛加斥责，对藩镇割据坚决反对，表现了他不畏强暴，有胆有识。另有《韩碑》，叙述了当时的一桩由碑文引起的公案，反映了朝廷大臣争名夺利的现实。诗中记述了元和年间，宰相裴度统率大军平定了蔡州之乱，宪宗令韩愈撰文记述此事，并刻石立碑。碑词多叙裴度功绩，引起进入蔡州擒吴元济的李愬的不满，李愬妻是宪宗的外孙女，进宫诉说碑词不实，诏令磨去愈文，命翰林学士段文昌重新撰文勒石。虽然如此，但愈文已深入人心，与汤盘孔鼎一样，虽然不见器皿，但其词长存。这首诗深得清代著名诗人、诗论家沈德潜赞赏，他在《唐诗别裁集》中评说："晚唐人古诗秾鲜柔媚，近诗馀矣，即以义山七古，亦以辞胜，独此篇意则正正堂堂，辞则鹰扬凤翙，在尔时如景星庆云，偶然一见。"

李商隐也跟杜牧一样，咏史诗的成就极高，这些诗也不是徒发思古之幽情，而是借古讽今，与他的政治诗一样具有现实意义，而艺术成就高于前一类，其中佳作很多，这是李商隐诗的第二类内容。例如：

宣室求贤访逐臣，贾生才调更无伦。
可怜夜半虚前席，不问苍生问鬼神。

——《贾生》

北湖南埭水漫漫，一片降旗百尺竿。
三百年间同晓梦，钟山何处有龙盘。

——《咏史》

龙槛沉沉水殿清，禁门深掩断人声。
吴王宴罢满宫醉，日暮水漂花出城。

——《吴宫》

瑶池阿母绮窗开，黄竹歌声动地哀。
八骏日行三万里，穆王何事不重来？

——《瑶池》

乘运应须宅八荒，男儿安在恋池隍。
君王自起新丰后，项羽何曾在故乡。

——《题汉祖庙》

本为留侯慕赤松，汉庭方识紫芝翁。
萧何只解追韩信，岂得虚当第一功。

——《四皓庙》

一笑相倾国便亡，何劳荆棘始堪伤。
小怜玉体横陈夜，已报周师入晋阳。

——《北齐二首》其一

东征日调万黄金，几竭中原买斗心。
军令未闻诛马谡，捷书惟是报孙歆。
但须鸑鷟巢阿阁，岂假鸱鸮在泮林。

可惜前朝玄菟郡，积骸成莽阵云深。

——《随师东》

李商隐咏史诗的佳作还有不少，不可能一一抄录在此，以上录的八首可为代表，我们来做一番考察，先从第一首《贾生》说起。对汉文帝，历来多赞美之辞，把他美化成贤主明君，这首诗却从反面着眼，抓住汉文帝在宣室召见贾谊时，不问国事民生，但问鬼神之本，揭露统治者求贤的虚伪性。在这里，李商隐一方面托汉文帝以讽时主，另一方面借贾谊自伤怀才不遇。何焯在《三体唐诗》中说："贾生前席，犹为虚礼，况无宣室之访逮耶？自伤更在言外。"有过求贤之举的汉文帝尚且如此，那么面对当时的庸君孱主，只有痛苦的绝望，其自伤实在更甚于伤贾生。第二首《咏史》，诗人虚化了历史，把从三国时的东吴到南朝陈这三百多年历史浓缩到了一幅图景中，首句只用"水漫漫"三字写出了昔日的繁华。第二句写降旗高举，概括了孙皓降晋、叔宝降隋。第三句笔锋一转，三百多年的繁华和屈辱都如破晓残梦。最后一诘十分有力，明确指出，帝王荒淫无道必然导致亡国。这首诗明写六朝衰亡，实为当时的统治者敲警钟。第三首《吴宫》极写吴王醉生梦死，屈复在《玉溪生诗意》中一针见血地指出："写其醉生梦死，荒淫亡国，借古慨今也。"日暮花落，正是一朝衰亡的征兆。当时的君主大体与吴王相似，诗人希望在对历史的沉思中总结经验教训。第四首《瑶池》指出求仙的虚妄，清代程梦星在《李义山诗集笺注》中说："此追叹武宗之崩也。武宗好仙，又好游猎，又宠王才人。此诗熔铸其事而出之，只用穆王一事，足概武宗三端，用思最深，措辞最巧。"其实在唐代后期的皇帝中，好神仙之道者不乏其人，有好几个妄求长生误服金丹而死。欲求长生，反致速死，多大的讽刺！武宗李炎只是其中之一。结尾写王母心中的疑问，这个答案可以在他的《华岳下题西王母庙》一诗中找到："神仙有分岂关情，八马虚追落日行。莫恨名姬中夜没，君王犹自不长生。”跟神仙西王母有交情的穆王都不能长生，足见方士们所说的长生不死之术纯属虚妄无稽之谈。这无疑给当时妄想长生的帝王当头泼了一大盆冷水。下边一首《题汉祖庙》是为项羽鸣不平，比杜牧的《题乌江亭》说得委婉。第六首《四皓庙》是一首翻案诗，汉初在定功论赏中，刘邦定萧何为第一，但李商隐认为萧何虽有“转漕关中，给食不乏”之功，但张良不仅有“运筹策帷帐之中，决胜于千里之外”之功，更有“定国储，以安邦本”之功，言外之意，这第一功应属张良。第七首《北齐二首》其一，我们看到，李商隐和杜牧一样，为表达主题的需要，在咏史诗里不是循规蹈矩地沿着时间的线索去寻找历史的足迹，而是有时故意将时间顺序颠倒，有时将前后不同时间的图景并置，有时还故意虚构一些细节，这首诗就是这样。据《北史·冯淑妃传》和《通鉴纪事本末》所载进行推算，小怜进御在前，周师入晋阳在后，二者相隔一段时间，但诗人却有意将两幅图景并置，还用了一个“已”字，颠倒时间顺序，从而强调北齐败亡之由，全在于高纬的荒淫失政。触目惊心地指出，在小怜“花容自献，玉体横陈”之夜，已埋下了“周师入晋阳”的祸根，这足可以作为后世帝王的前车之鉴。最后一首《随师东》，写的句句是历史，却事事隐射现实。随师即指隋师，在此借隋师东征暗指大和年间横海李同捷抗命，朝廷发兵征讨一事。颔联用两个典故，指出率军将帅不能严肃军纪却谎报战功。颈联用凤巢鸮占来比喻宰辅非人。尾联写李同捷据以叛乱的沧州一带的惨象，令人深感沉痛，无限感慨。李商隐的咏史诗与杜牧的咏史诗有很多相通之处，他们共同把咏史诗发展到了极致。

李商隐的诗中，最负盛名的且最能代表其独特风格的是爱情诗，特别是以写爱情为主的无题诗。这些诗中，有写给早年恋人的《燕台诗四首》《柳枝五首》等，写得哀婉缠绵。但写得更好更觉深情缠绵的，还是写给其妻子王氏的诗，尤其是游宦在外对王氏妻的思念与王氏不幸早逝后的悼亡诗更为出色，这是李商隐诗的第三类内容。例如：

君问归期未有期，巴山夜雨涨秋池。
何当共剪西窗烛，却话巴山夜雨时。

——《夜雨寄北》

远书归梦两悠悠，只有空床敌素秋。
阶下青苔与红树，雨中寥落月中愁。

——《端居》

春日在天涯，天涯日又斜。
莺啼如有泪，为湿最高花。

——《天涯》

剑外从军远，无家与寄衣。
散关三尺雪，回梦旧鸳机。

——《悼伤后赴东蜀辟至散关遇雪》

沟水分流西复东，九秋霜月五更风。
离鸾别凤今何在，十二玉楼空更空。

——《代应二首》其二

气尽前溪舞，心酸子夜歌。
峡云寻不得，沟水欲如何。
朔雁传书绝，湘篁染泪多。
无由见颜色，还自托微波。

——《离思》

以上六首诗，前三首是写游宦在外，思家特别是思念家中的娇妻王氏。在前3首中，第一首尤为出色，诗题在《万首唐人绝句》中作《夜雨寄内》，内就是内子的简称，指妻子无疑；但现传各版本李商隐诗集都作《夜雨寄北》，北指在北方的人，当时义山在蜀中，妻子留在长安，正是在北方。远在他乡，想家思归，原是极平常的事，这首诗妙在把平常的事写得极不平常，不写眼前苦苦思念，而写他日团聚时的状况；写团聚时，又不写两情缱绻，而写叙说今日的寂寞凄清。一波三折，跌宕有致，极富表现力，正如徐德泓在《李义山诗疏》中说："翻从他日而话今宵，则此时羁情，不写而自深矣。"这首诗采用迂回盘旋之法，显得奇幻曲折，跌宕多姿，饶有情趣，韵味无穷。第二首诗在寥寥四句中，时空从容变换，时间悠悠远离，空间则由室内移向室外，室内唯有空床，室外虽有青苔与红叶，但浸沉在夜雨之中，依然是"寥落"。第三首也是一首较有名的诗，前两句写虽然正值春日，但漂泊在远方，可悲。第二句用顶针格，既然已身在天涯，又到日暮黄昏，天涯的春景淹没在苍茫暮色中，愈添凄凉。后半首专就"莺啼"做文章，本来莺啼是春天里美妙的歌声，婉转动听，但漂泊者听来如同哭泣。"最高花"指树端的花，树端上的花已盛开，春天即将消逝，更添悲凄。冯浩在《玉溪生诗集笺注》中引杨守智的话说这首诗"意极悲，语极艳，不可多得"。全诗自然浑成，又有深刻寓意，乃不可多得之佳作。屈复在《玉溪生诗意》中说："言外只觉有一种深情。"后三首是悼亡诗，前一首诗题中已标明"悼伤"，唐代男子从军都由家里寄寒衣，如今爱妻已亡故，远去剑外从军，一路风霜，万般凄苦，有谁怜惜关怀？只有在梦里，见妻子还在旧鸳机上忙着为自己赶制棉衣。沈厚塽在《李义山诗集辑评》中引纪昀的话说："回梦旧鸳机，犹作有家想也。"用梦里仍觉有家来反衬事实上早已无家，更显丧妻的痛苦。后两首悼亡之意也很清楚，在第五首中，不仅说“离鸾别凤”，更进一步说“十二玉楼空更空”，玉楼空空，则说明伊人已亡。最后一首不仅说“传书绝”，更用娥皇、女英哭舜的典故，还明说“无由见颜色”，这都说明是在悼亡。

接下来让我们来看看李商隐的无题诗，这有两种情况，一种是直接以《无题》为诗题；一种是拈出诗的开头两字为题，而所咏内容与题目无关，事实上也是无题诗。诗在李商隐笔下，由以往的诗人们习以为常的咏外界事物转为深入到诗人自身的内心世界，从而形成了独特的审美情趣。这些“无题诗”大多与情爱有关，兹抄录几首于下：

锦瑟无端五十弦，一弦一柱思华年。
庄生晓梦迷蝴蝶，望帝春心托杜鹃。
沧海月明珠有泪，蓝田日暖玉生烟。
此情可待成追忆，只是当时已惘然。

——《锦瑟》

相见时难别亦难，东风无力百花残。
春蚕到死丝方尽，蜡炬成灰泪始干。
晓镜但愁云鬓改，夜吟应觉月光寒。
蓬山此去无多路，青鸟殷勤为探看。

——《无题》

昨夜星辰昨夜风，画楼西畔桂堂东。
身无彩凤双飞翼，心有灵犀一点通。
隔座送钩春酒暖，分曹射覆蜡灯红。
嗟余听鼓应官去，走马兰台类转蓬。

——《无题二首》其一

李商隐以“无题”作诗题的诗有14首，另有取诗的开头两字为题的诗37首，其中诗的内容与诗题有关的只有十多首，大部分与诗题无关，实际上属于“无题”诗，上边引录的《锦瑟》就是具有代表性的一首。李商隐诗有隐晦、多义、绮丽、凄婉四大特点，这首《锦瑟》兼有这四点，历来公认是一篇最难解的诗，也是中国诗歌史上最早的真正的朦胧诗。不过，我们结合李商隐的身世认真读一读，还不是完全不能破译。这是他30岁以后写的诗，是对青年时代的回忆，想到华年已逝，在爱情与事业两方面都深遭挫折，理想如晓梦般迅速幻灭，当年的雄心壮志与美好的爱情都化成哀怨凄婉的诗魂。往事如烟，唯剩盈盈珠泪。这首诗也是“意极悲，语极艳”。第二首《无题》，写暮春时与所爱的佳人分别及别后的深深思念，诗中有“蓬山”、“青鸟”，可见所思念的是一位美如仙女的绝代佳人。这首诗感情缠绵凄婉，真挚沉痛，特别是颔联已成千古传诵的名句。最后一首写对昨天相见的一位所爱的佳人的深深怀念，人已无缘再见，唯有心心相印。从诗的尾联看，这首诗不仅写出了为爱情的失落而感伤的思绪，更带有自伤身世。诗中自怨自艾，惆怅哀伤，缠绵凄美，真是“深情绵邈，典丽精工”，颔联也是千古传诵的名句。李商隐的《无题》诗中，名句迭出，除上边两首外，其他如《无题四首》其一的尾联“刘郎已恨蓬山远，更隔蓬山一万重”、《无题四首》其二的尾联“春心莫共花争发，一寸相思一寸灰”等。

李商隐也有不少送别、怀人、赠送等人际间交往的诗，把这些诗列入第四类来介绍。例如：

竹坞无尘水槛清，相思迢递隔重城。
秋阴不散霜飞晚，留得枯荷听雨声。

——《宿骆氏亭寄怀崔雍崔衮》

回望高城落晓河，长亭窗户压微波。
水仙欲上鲤鱼去，一夜芙蓉红泪多。

——《板桥晓别》

花明柳暗绕天愁，上尽重城更上楼。
欲问孤鸿向何处，不知身世自悠悠。

——《夕阳楼》

无事经年别远公，帝城钟晓忆西峰。
炉烟消尽寒灯晦，童子开门雪满松。

——《忆住一师》

高楼风雨感斯文，短翼差池不及群。
刻意伤春复伤别，人间唯有杜司勋。

——《杜司勋》

以上五首诗中，第一首是怀念两个远房表弟，两人的父亲崔戎是义山早年的幕主又是远房表叔，有知遇之恩，交情不同一般。写这首诗时，崔戎已亡故，诗人借宿在灞陵附近清静幽寂的骆氏亭园，思念远隔重城的朋友。秋阴欲雨，更觉寂寥冷清，最后一句即景生情，发现雨打残荷的声韵颇有别趣，聊慰相思，也衬托出因思念朋友长夜难眠，借听雨打残荷稍解寂寥。全诗以景托情，寓情于景，倍觉情思绵绵，诗味隽永，后两句尤为人称赞。第二首有人以为是送别诗人李郢。不错，义山确在汴州遇李郢，不久李郢去苏州，两人有诗互赠也是正常的，不过现存李郢诗中并无别李商隐的诗，而在李商隐诗集中另有《汴上送李郢之苏州》，一次送别，一般不会一次又一次写送别诗，而且两首诗情调大不相同。这首《板桥晓别》奇幻绚丽，显然是一首艳情诗。“红泪”明显是用魏文帝美人薛灵芸泣别父母的典故，故诗中自有一绝色女子在，绝不是李商隐与李郢两个大男人间的别离。第三首《夕阳楼》题下原有自注：“在荥阳，是所知今遂宁萧侍郎牧荥阳曰作矣。”萧侍郎指萧浣。荥阳，指郑州，萧浣曾任郑州刺史，后入朝任刑部侍郎，大和九年（835）李党得势，李训、郑注专权，排除异己，牛党首领之一李宗闵和杨虞卿、萧浣一起远贬。萧浣对义山有知遇之恩，时萧已远贬遂州。诗人登楼时触景生情，怀念萧浣，无限感慨。冯浩在《玉溪生诗集笺注》中说：“自慨慨萧，皆在言中，凄婉入神。”第四首是怀念一位僧人，前两句写思念之情，后两句写最令诗人思念之境，含蓄地表达了对往日的深情厚谊念念不忘。沈厚塽在《李义山诗集辑评》中转引纪昀引香泉的话说：“只写所住之境，清绝如此，其人益可思矣。相忆之情，言外缥缈。可见诗人构思高妙独到，一首怀人诗境界写得如此优美，情致如此幽远，从而衬托出斯人确是尘外高人。最后一首是对好友杜牧的赞赏与思念。诗中赞赏杜牧，引为同调，末句感叹知音不多，诗坛寥落。从上边的五首诗中，我们看到李商隐这类诗都不是一般泛泛的应酬之作，而是感情真挚，构思独到，蕴含深刻。其他我们没有引录的诗如《赠刘司户》《哭刘司户》二首、《哭刘蕡》，《哭刘司户蕡》等，也都充满深挚的感情。刘蕡与义山只是在令狐楚幕中有过短暂的共事，二人私交说不上有多深，但刘蕡正直刚烈，不畏权势，敢于直言抨击时政，为当权者忌恨，一生沉沦，竟至衔冤屈死他乡。对此，义山不免有物丧其类之感，因此伤刘蕡实为自伤，哭刘蕡也即哭自己的身世。还有一首《韩冬郎即席为诗相送，一座尽惊。他日余方追吟“连宵侍坐徘徊久”之句有老成之风，因成二绝寄酬兼呈畏之员外》，韩冬郎即晚唐著名诗人韩偓，是义山的外甥。在这两首绝句中的第一首有“雏凤清于老凤声”，后来在赞扬后起之秀时常常被引用。

李商隐的写景抒情诗中佳作迭出，他尤其擅长于即景即事抒情。他的写景抒情诗不仅辞藻绚丽、意境优美，而且含意深刻、耐人寻味。其中最出色的当首推《乐游原》：

向晚意不适，驱车登古原。
夕阳无限好，只是近黄昏。

从表面上看，这只不过是一首平常的登临之作。乐游原在长安东南，地势较高，四周宽敞平坦，在上边可望见长安全城，这是义山爱去的地方。李商隐另有一首七言绝句《乐游原》也是一首登上古原触景生情、抒写情志之作，时间在秋日黄昏，当然也有无限感慨，只是没有这首丰富深刻，因此也就没有这首有名。尤其是这首诗后两句已成千古传诵的名句。这两句蕴藉含蓄，感慨无限，一叹天色将晚，四周美景将看不清了，这是表层的。二叹自己志在匡时济世，但怀才不遇，仕途坎坷，大部时间漂泊在外，直到大中九年（855）底，东川节度使柳仲郢因在任上“美绩流闻，征为吏部侍郎”，义山才随幕主回京，有希望在京中任职，但柳未及上任，便被调任为诸道盐铁转运使，奏任李商隐为盐铁推官，出京赴扬州。大中十二年（858）二月，柳仲郢调任刑部尚书，李商隐也随之回长安，尚未补官，回郑州家中探望，年底病逝在家中。这首诗大约是在这两次回长安时的一次写的，大中九年他已年过40，如果是最后一次回长安时写的，那时他应该已接近50岁，但仍然寄人篱下，沉沦下僚，当然百感交集，这是进一层说。三叹大唐帝国日趋衰亡，此时朝政已腐败不堪，亡国的迹象已十分明显，因此这首诗可以说是唐王朝的挽歌，这是从深层次来说。所以，管世铭在《读雪山房唐诗钞》中说这首诗“消息甚大，为五绝中所未有”。纪昀评这首诗时说：“百感茫茫，一时交集，谓之悲身世可，谓之忧时事亦可。”其馀这类诗还有：

滞雨长安夜，残灯独客愁。
故乡云水地，归梦不宜秋。

——《滞雨》

从来系日乏长绳，水去云回恨不胜。
欲就麻姑买沧海，一杯春露冷如冰。

——《谒山》

荷叶生时春恨生，荷叶枯时秋恨成。
深知身在情长在，怅望江头江水声。

——《暮秋独游曲江》

楼上黄昏欲望休，玉梯横绝月中钩。
芭蕉不展丁香结，同向春风各自愁。

——《代赠二首》其一

深居府夹城，春去夏犹清。
天意怜幽草，人间重晚晴。
并添高阁迥，微注小窗明。
越鸟巢干后，归飞体更轻。

——《晚晴》

凄凉宝剑篇，羁泊欲穷年。
黄叶仍风雨，青楼自管弦。
新知遭薄俗，旧好隔良缘。
心断新丰酒，销愁斗几千。

——《风雨》

以上六首诗，第一首是留居长安时的思乡之作。一般写思乡，或曰长夜难眠，或曰醒时难回，唯有托诸夜梦，这首诗却说“归梦不宜秋”，连梦里都回不去，更进一层，其情更觉难堪。第二首为登高伤逝之作，感叹韶华易逝，岁月难留。但这首诗设想奇特，长绳系日，向麻姑买沧海，真是奇妙之极。末句写一切幻想终归破灭，浩浩沧海变成一杯春露，又是一度沧海桑田，时光流逝难以挽留。第三首是一首记游诗，触景生情，寓情于景，抒发内心的愁与恨，诗中说“身在情长在”，这究竟是什么情？历来解此诗都以为是爱情，张采田在《玉溪生年谱会笺》中断定“此亦追悼之作”。其实这可作爱情解，也可不作爱情解，看成这是玉溪生感叹抱负难以实现的遗恨也未尝不可，见智见仁，全由读者去领会。《代赠二首》其一，以一个女子的口吻，写她不能与情人相会的愁思，这首诗采用以景托情与借物喻人的手法，情景融合、物我混一，比兴交会，浑然一体，精心打造而无雕琢痕迹，后两句历来深受赞赏。第五首写初夏傍晚雨后凭高眺望所见景色，不仅写得细腻优美，而且寄托着诗人的独特感受，富有象征意义，特别是颔联，脍炙人口。最后一首题名《风雨》，也是一首富有象征意义的诗，感叹一生羁旅漂泊，饱经人世风雨，却得不到友情的慰藉，一“薄”一“隔”，写出自己在世上的孤立无助，只有借酒“销愁”，但长安酒贵，自己能饮多少？

在封建社会中，妇女永远是最弱者，特别是下层妇女。李商隐是性情中人，多情善感，对那些柔弱、美丽、善良而又无助的女性，常常情不自禁地给予深切的同情，因此，他的诗中有不少同情妇女的优美诗篇，这是他诗中的第五类内容。如：

为有云屏无限娇，凤城寒尽怕春宵。
无端嫁得金龟婿，辜负香衾事早朝。

——《为有》

水精如意玉连环，下蔡城危莫破颜。
红绽樱桃含白雪，断肠声里唱阳关。

——《赠歌妓二首》其一

君恩如水向东流，得宠忧移失宠愁。
莫向尊前奏花落，凉风只在殿西头。

——《宫辞》

云母屏风烛影深，长河渐落晓星沉。
嫦娥应悔偷灵药，碧海青天夜夜心。

——《嫦娥》

怅望银河吹玉笙，楼寒院冷接平明。
重衾幽梦他年断，别树羁雌昨夜惊。
月榭故香因雨发，风帘残烛隔霜清。
不须浪作缑山意，湘瑟秦箫自有情。

——《银河吹笙》

以上五首诗，涉及面很广，其中有贵妇人，有歌女，有宫中嫔妃，还有女道士。第一首《为有》，历来都认定为写少妇独守空闺之怨，是一首闺怨诗。细味全诗，这首诗事实上是写少年官人之怨，非闺中少妇之怨。诗中所写，全是少年官人对春宵最温馨的时刻不能留恋香衾，而撇下娇妻要去"事早朝"的抱怨。这里有少年官人对"辜负香衾事早朝"的怨恨，也有对娇妻在温暖的春宵独守空闺的爱怜。第二首是赠给一位色艺双全的歌女的诗，古代歌女的地位很低，与娼妓等同，是贵族富人的玩物。李商隐在这首诗里丝毫没有轻薄之意，更没有轻视，而是平等相待。诗的前两句赞美歌女的美貌，后两句赞美她歌唱得好，感染力强。“阳关”是送别的歌曲，末句说她带着感情来唱歌，声情并茂。第三首《宫辞》实际上是一首宫怨诗，一般人写“宫怨”，都写失宠宫人的怨恨，李商隐却慧眼别具，不仅写了尽人皆知的“失宠愁”，而且洞察到了“得宠忧移”也是“愁”，因为“自古君恩薄于纸”，帝王从来都是薄情郎，女子一入深宫，就注定了一生的悲剧。当然，也有人把这首诗看成另有寄托，隐射当时朝中大臣党争剧烈，宰辅也不断更换，因此贬官者愁，当官者也愁。第四首《嫦娥》，是李商隐诗中的名篇，也是一首诠解分歧较大的诗。这首诗是同情一位女子（有人说是女冠），虽远离尘嚣俗世，但孤寂无伴。最后一首表达了对女冠的同情，写出了她孤寂的处境与凄清的心情，同时也反映了她对正常爱情生活的向往，暗斥求道学仙是扼杀人性。李商隐对女冠特别关注，如《碧城三首》，反映女冠的一段恋情；又如《和韩录事送宫人入道》，怜惜宫人入道为女冠后再无“凤女颠狂”之事，唯剩“月娥孀独”，失去了正常人的欢乐。

李商隐诗所以隐晦朦胧，呈现多义性，主要得力于比兴与象征手法的运用，这里自然少不了咏物诗。李商隐确有不少出色的咏物诗，这是他诗的第六类内容。如：

流莺漂荡复参差，渡陌临流不自持。
巧啭岂能无本意，良辰未必有佳期。
风朝露夜阴晴里，万户千门开闭时。
曾苦伤春不忍听，凤城何处有花枝？

——《流莺》

本以高难饱，徒劳恨费声。
五更疏欲断，一树碧无情。
薄宦梗犹泛，故园芜已平。

烦君最相警，我亦举家清。

——《蝉》

高阁客竟去，小园花乱飞。
参差连曲陌，迢递送斜晖。
肠断未忍扫，眼穿仍欲稀。
芳心向春尽，所得是沾衣。

——《落花》

萧洒傍回汀，依微过短亭。
气凉先动竹，点细未开萍。
稍促高高燕，微疏的的萤。
故园烟草色，仍近五门青。

——《细雨》

咏物诗必须形神兼备，“以托物寄兴为上”。（薛雪《一瓢诗话》）《流莺》就是托物寓意，抒写身世之感慨，李商隐正是长期飘荡，不能自主，徒然费尽歌喉却无人能理解其“本意”。虽有良辰，却难逢佳期。“良辰”是指外部条件，“佳期”是指属于自己的机会。后半首写流莺经风宿露，苦苦啼鸣，尽力挣扎，却不能在凤城占有一枝。《蝉》也是一首“托物以伸意”的诗，《蝉》的前半首与《流莺》大致相仿，只是《流莺》着重在“飘荡”与“不自持”，《蝉》着重在高洁与忍受饥饿。下半首抛开咏蝉，完全转到了自伤身世。《落花》是借花的零落寄寓身世之感。全诗深情无限，低回凄婉，感慨无穷，既能切合于所咏之物，又能“托物以伸意”，做到了刘熙载在《艺概·诗概》中提出的“不离不即”，可谓咏物诗中的上乘。《细雨》诗也一样，借潇洒依微的细雨寄寓绵绵不绝的乡思与羁旅之愁。这首诗体物入微，描摹具体生动，寓意自然，浑然一体。纪昀在《玉溪生诗说》中评说：“前六句犹刻画家数，一结若近若远，不粘不脱，确是细雨中思乡，作寻常思乡不得。”咏物贵在“不粘不脱”，也就是“不离不即”。总体说来，李商隐的咏物诗中确有不少出色的作品，不仅描写细腻，而且富有象征意义，充满朦胧美。

李商隐的诗受前代乃至当时诗人的影响十分广泛，远自徐陵，近至韩愈，无不对他有着很大影响。在李商隐的诗中，爱情诗和绮艳的诗不少，颇有些“玉台体”的味道，但李商隐这类诗摆脱了满足于感官肉欲的低级趣味，升华为悱恻缠绵、一往情深的精神境界。当然对他影响最大的是杜甫，他有不少诗在表现手法上甚至在句法上学习杜甫，然而并不单纯貌肖杜诗，而能兼具杜诗的神情，因此薛雪在《一瓢诗话》中说：“有唐一代诗人，唯李玉溪入浣花之室。”在各体诗中，特别是七律，到杜甫笔下才完全成熟，思想性与艺术性完美统一，达到了高峰，但以后一百多年停滞不前，直到李商隐才打破这个局面，有了重大的突破与发展。钱良择在《唐音审体·七言律诗总论》中说：“义山继起，入少陵之室，而运之以秾丽，尽态极妍。”李商隐以典丽精工与深情绵邈对七律进行新的开拓，攀上了新的高峰。首先，在继承中有变化，即舒位在《瓶水斋诗话》中所说的“瓣香于杜而易其面目”。例如，“露如微霰下前池，风过回塘万竹悲。浮世本来多聚散，红蕖何事亦离披。悠扬归梦唯灯见，濩落生涯独酒知。岂到白头长只尔，嵩阳松雪有心期”（《七月二十九日崇让宅宴作》），这首诗是义山在岳父的崇让里旧居触景生情，思念亡妻王氏而作，深情绵邈，真挚动人，令人回肠九转，这在杜甫诗中原是常见，只是李商隐这首诗更觉凄凉悲婉。其次，在继承中有发展，更深化。如：“人生何处不离群，世路干戈惜暂分。雪岭未归天外使，松州犹驻殿前军。座中醉客延醒客，江上晴云杂雨云。美酒成都堪送老，当垆仍是卓文君。”（《杜工部蜀中离席》）杜甫首先把重大的政治内容引入了奉和赠酬一类应酬的诗中，但杜甫逝世后却没有人能继承下来，“大历十才子”等人写了大量送往迎来的诗，但都是一些应酬的套话，直到李商隐才继承了杜诗精神，恢复并发展了杜甫用七律关心国运、感伤时事的传统，这首诗就是其中之一。颔联境界开阔，感慨深沉，曾为王安石赞赏，以为虽老杜无以过。在艺术上，他也继承了杜甫的创新，颈联采用杜甫《曲江对酒》中“桃花细逐杨花落，黄鸟时兼白鸟飞”、《闻官军收河南河北》中“即从巴峡穿巫峡，便下襄阳向洛阳”等句法，并名之为“当句对”，作为一种修辞手法固定下来。李商隐的诗对后代影响很大，宋代诗人常常学杜甫兼学李商隐，叶燮在《原诗·外篇下》中说：“李商隐七绝，寄托深而措辞婉，实可空百代无其匹也。”又说：“杜七绝轮囷奇娇，不可名状，在杜集中，另是一格，宋人大概学之。宋人七绝，大约学杜者什六七，学李商隐者什三四。”宋代西昆体是主要学李商隐的七律形成的一个诗歌流派。

中唐以后，能与刘禹锡、白居易媲美的，只有李商隐和杜牧。

第五章　韩、白两大派以外的其他诗人

一、令狐楚

令狐楚（766—837），字壳士，自号白云孺子，宜州华原（今陕西耀县）人，祖籍敦煌（今甘肃敦煌）。少聪颖，5岁能为辞章。贞元七年（791）登进士第。初为太原府从事，由掌书记迁至节度判官。德宗好文，每览太原奏章，必能分辨楚所为，屡加称赞，召为右拾遗。宪宗时，累擢职方员外郎，知制诰，皇甫镈荐为翰林学士，又迁中书舍人，与张仲素、王涯同官，并能文善诗，

时称“三舍人”。出为华州刺史。皇甫镈为相，荐楚为中书侍郎同平章事。穆宗即位，进为门下侍郎。不久出为宣歙观察使，贬衡州刺史，再陟太子宾客，分司东都。长庆二年（822），擢陕虢观察使。敬宗即位，任河南尹，迁宣武节度使。入为户部尚书，不久为东都留守。大和三年（829）任天平军节度使，以李商隐为巡官。大和六年离任调河东节度使。召入朝为吏部尚书，累迁为检校尚书右仆射，进为左仆射，封彭阳郡公。开成元年（836），上疏辞位，改任山南西道节度使。卒赠司空。临终，召门人李商隐代作遗表。工诗，长于乐府，曾与白居易、元稹、刘禹锡等唱和。白居易曾称他“新诗传咏忽纷纷，楚老吴娃耳偏闻”（《宣武令狐相公以诗寄赠传播吴中聊用短草用申酬谢》），刘禹锡称他“新成丽句开缄后，便入清歌满座听”（《重酬前寄》）。在他诸多题材的诗中，以边塞诗尤为出色。例如：

弓背霞明剑照霜，秋风走马出咸阳。
未收天子河湟地，不拟回头望故乡。
——《年少行四首》其三

胡风千里惊，汉月五更明。
纵有还家梦，犹闻出塞声。
——《从军词五首》其四

绮席春眠觉，纱窗晓望迷。
朦胧残梦里，犹自在辽西。
——《闺人赠远二首》其二

吐蕃趁安史之乱，占领了唐帝国的河湟地区，成为爱国官员与士子的心头之病，他们希望国家强盛起来，尽快收复失地。第一首写从军边塞的年轻人念念不忘为国家收复失地，不收复失地誓不还乡，表现了少年军人的意志与决心。第二首写戍卒思家，做梦回到家乡，一觉醒来，却听见营帐外萧萧朔风，惊叹自己原来在离家千里之外，朗朗明月已经偏西，征战又将开始，写尽戍卒的艰苦。最后一首属闺怨诗，诗风与张仲素颇相似。张仲素长于写闺人梦远，两人同为中书舍人，想来应互有影响。这首诗与上一首可互补，上一首写征人思家，梦中犹闻出塞声；这一首写闺人思念征人，虽醒犹似梦中，体察人情，入木三分。

二、吕温

吕温（772—811），字叔和，一字化光，河中（今山西永济）人，祖籍东平（今山东泰安）。贞元十四年（788）登进士第，曾参加王叔文革新派，为王叔文所器重，迁左拾遗。贞元二十年（804），以侍御史出使吐蕃，至元和元年（806）还朝。时王叔文等革新失败，皆遭贬谪，温因出使在外，未参与革新，得免。还朝后，先任户部员外郎，迁刑部郎中。时李德裕之父李吉甫擅权，嫉贤妒能，压制庶门后进。温与窦群、羊士谔友好，一起弹劾权相李吉甫，而李吉甫正忌其才，遂贬为道州刺史。元和五年（810），改任衡州刺史，卒于任所，柳宗元为作诔与祭文，并有《同刘二十八哭吕衡州兼寄李元二侍郎》诗，其中有“衡岳新摧天柱峰，士林憔悴泣相逢”之句。刘禹锡为其遗集作序。诗多送别题咏与即事感怀之作，兹录其尤佳者二首于下：

绿原青垄渐成尘，汲井开园日日新。
四月带花移芍药，不知忧国是何人。
——《贞元十四年旱甚，见权门移芍药花》

吴蜀成婚此水浔，明珠步障幄黄金。

谁将一女轻天下，欲换刘郎鼎峙心？

——《刘郎浦口号》

第一首是对权贵的抨击，开头两句形成一个鲜明对比，并为后半首做铺垫。带蕾移花，最难成活，尤其在大旱之年，更须悉心栽培，精心照料。当政的权贵置禾苗枯死于不顾，只满足自己的享受，汲井不救禾苗而开园，竟带蕾移栽牡丹（当时又称芍药）。最后一诘，把权贵的丑陋面目暴露在光天化日之下。后一首是咏怀古迹，第一句交代在此曾发生过的事件，第二句写想象中的婚礼盛况，黄金明珠交错，极其奢丽，吴国欲以美女珍宝以荡刘备的心志。后两句抒情与议论结合，并以感叹来表达。诗中用具体形象来再现历史，用感叹代替议论，避免抽象的陈述与枯燥的议论，显得生动活泼，深刻精警。全诗跌宕起伏，抑扬顿挫，摇曳生姿，为咏史诗中的珍品，对李商隐有很大影响。

三、张祜

张祜（约782—约859），字承吉，清河（今河北清河）人。年轻时在苏州（包括今江苏苏州、昆山、常熟与浙江嘉兴、海盐）度过，也许他就是那里人，清河只是郡望。成年虽到过长安，但主要活动范围在江浙楚淮一带。早年有诗名，贞元十五年（799），宣武节度使行军司马充留后的陆长源，为乱兵所杀，并被切碎煮熟吃了。当时只有18岁的张祜听说后很震惊，写了《哭汴州陆大夫诗》，谴责乱军的暴行，哀悼陆长源的不幸。这首诗在当时流传很广。

年轻的张祜自恃才高，浪迹四方，不求仕进，纵情山水，流连酒肆歌馆，行侠仗义，豪放不羁。直到元和十五年（820），时任宰相的令狐楚很赏识他，准备向宪宗推荐，张祜于是到了长安。令狐楚替他选辑了300首诗献给宪宗，并写了荐表。但不久令狐楚罢相，出为宣歙观察使，再降为衡州刺史，后移郢州刺史，早已远离朝廷了。宪宗还来不及看令狐楚的荐表就去世了。穆宗即位后看到了荐表，就询问当时刚就任宰相的元稹，但作为诗人的元稹却说："张祜雕虫小技，壮夫不为，若奖激太过，恐变陛下风教。"皇帝也就置之不理。张祜在长安住了三年，一无所获，在长庆三年（823）失意东归。到江南后，张祜准备改变求取功名的方法，试图走科举考试的途径。根据唐代科举制规定，进入进士考试前，需要有地方官推举。当时白居易正任杭州刺史，而在诗坛上名气很大，几乎处于领袖地位。张祜觉得自己写了不少诗，已小有名气，找到白居易大概可以得到有力推荐。长庆四年（824）他找到了白居易，哪知元、白情同手足，遭元稹抑制的白居易岂能为之揄扬，因此宁可委屈张祜，也不愿得罪元稹，于是白居易竭力贬低张祜的诗，成了文坛上又一桩公案。张祜的诗友杜牧为其愤愤不平，把元、白斥为有眼无珠的人，认为他们枉为诗人，并为此作诗说："睫在眼前长不见，道非身外更何求？谁人得似张公子，千首诗轻万户侯。"到了宋代，苏轼也为此大鸣不平。

张祜经过这次打击以后，从此断绝了求取功名的念头，以布衣处士身份浪迹江湖，纵情山水，结交诗人文士，饮酒吟诗，终身未仕。他跟杜牧的关系最为密切，他受到元、白抑制，杜牧为他鸣不平，几次写诗推崇他，除上面我们引过的诗句外，还有一首《酬张祜处士见寄长句四韵》，对他推崇备至："七子论诗谁似公，曹刘须在指挥中。……可怜故国三千里，虚唱歌词满六宫。"

张祜虽青云路阻，"十年狂是酒，一世癖缘诗"，但他为人正直，近君子，远小人，他所赞扬和结交的都是前辈和当时的正派人物和著名诗人，如狄仁杰、李绅、裴度、李愬、李愿、田弘正、韩愈、杜牧、许浑等，而且他虽身在江湖，但很关心国家大事，如：

都城三百里，雄险此回环。

地势遥尊岳，河流侧让关。

秦皇曾虎视，汉祖昔龙颜。
何处枭凶辈，干戈自不闲。

——《入潼关》

长闻为政古诸侯，使佩刀人尽佩牛。
谁谓今来正耕垦，却销农器作戈矛。

——《悲纳铁》

在这两首诗中，我们看到张祜的政治态度十分明朗，他主张国家统一，反对分裂割据，将搞分裂割据的军阀统统斥为“枭凶辈”，他渴望和平，希望人民能安居乐业。他还有一些边塞诗与从军诗，抒写了他的报国情怀。大中六年（852），他得知张义潮在收复沙州（今甘肃天水、酒泉一带）后，又相继收复了河陇等11州（在今新疆东部及甘肃西部），写了《喜闻收复河陇》，此时他已到晚年，但反对军阀搞分裂割据、盼望国家统一的政治态度始终不变。然而在张祜诗中，最负盛名的还是宫怨诗与旅游题咏诗。我们先来看看他的宫怨诗：

故国三千里，深宫二十年。
一声河满子，双泪落君前。

——《宫词二首》之一

禁门宫树月痕过，媚眼唯看宿鹭窠。
斜拔玉钗灯影畔，剔开红焰救飞蛾。

——《赠内人》

这两首都属于宫怨诗，但诗里看不到怨恨、愁苦、悲痛一类词，也没有凄凉独宿、长夜无眠一类诉说，在构思及表现手法上很有特色。据《唐诗纪事》记载，张祜的《宫词二首》传入宫禁，在宫女间传唱。在武宗病笃时，对孟才人曰："吾即不讳，尔何为哉？"孟指笙囊泣曰："请以此就缢。"上悯然。复曰："妾尝艺歌，请对上歌一曲，以泄其愤。"上许。乃歌"一声河满子"，气亟立殒。后来高璩把这事告诉了张祜，张祜听后很受感动，写了《孟才人叹并序》，把这事记录了下来。杜牧在《酬张祜处士见寄长句四韵》一诗中曾说："可怜故国三千里，虚唱歌词满六宫。"后一首诗中的"内人"意思是内廷之人，就是指宫女而言。诗中通过两个细节来表现幽禁在深宫的深情幽怨的女子。前半首写了唯看鹭窠的细节，表达了宫女对双飞双宿自由飞越禁门的鹭鸶的羡慕，向往自己也能过上这样的生活。后半首由室外转入室内，写了一个"救飞蛾"的细节，她将自己对生命的珍惜以及对自由的渴盼附之于飞蛾身上，盼其能代自己实现这些愿望。张祜的旅游题咏诗著名的有：

金陵津渡小山楼，一宿行人自可愁。
潮落夜江斜月里，两三星火是瓜洲。

——《题金陵渡》

古今斯岛绝，南北大江分。
水阔吞沧海，亭高宿断云。
返潮千涧落，啼鸟半空闻。
皆是登临处，归航酒半醺。

——《登金山寺》

前一首是写羁旅情思的名篇，这首诗用笔轻灵，潇洒自如，在不经意处勾画了一幅水乡夜景图，境界幽美宁静，然而弦外有音，旅途清冷孤寂与落寞情怀全从言外得之。这首诗与张继的《枫桥夜泊》可以说是唐人写羁旅情怀诗中的双璧。后一首登临题咏，境界开阔，气势宏伟，呈现出一幅镇江金山寺的壮丽图画。对张祜的诗，不仅杜牧给予了很高评价，宋代苏轼也颇为赞赏。

四、许浑

许浑（约788—约858），字用晦，一作仲晦，润州丹阳（今江苏丹阳）人，祖籍洛阳，郡望安陆（今湖北安陆）。大和六年（832）登进士第，曾出任当涂、太平等县令。大中三年（849）任监察御史，历虞部员外郎，睦、郢二州刺史。后因病退居润州丁卯涧。与杜牧、李频、李远等友善。长于律诗，《全唐诗》中存诗十一卷，其中五律五卷，七律四卷，五言排律一卷，绝句一卷。题材多登临怀古、羁旅游宦、送行怀人。其诗格调严谨、对偶整密、句法圆熟，《唐才子传》谓其诗“格调豪丽”，韦庄在《题许浑诗卷》中云：“江南才子许浑诗，字字清新句句奇。”当然也有人提出不同意见，胡震亨在《唐音癸签》中引贺方回的话说：“浑诗工有馀而味不足。”这话说得大致不错，不过也并非全都如此。他的诗中韵味十足的当首推《谢亭送别》：

劳歌一曲解行舟，红叶青山水急流。
日暮酒醒人已远，满天风雨下西楼。

这首诗的前半首写友人乘舟迅速远去，后半首写自己送别友人后的情况。二、四句都是写景，以景衬情。第二句用明丽的景色“红叶青山”反衬离情，正如王夫之所说，以乐景写哀，一倍增其哀；但从“水急流”三字中，我们仿佛看到行舟随急流迅速远去。第四句以哀景写哀，用暗淡景色衬托别绪，情景融合，使全诗笼罩在一片浓重的哀伤氛围里。读完最后一句，顿觉情韵独具，馀味不尽。他的五绝《塞下》是同类诗中不可多得的佳作：

夜战桑干北，秦兵半不归。
朝来有乡信，犹自寄寒衣。

“寄寒衣”是唐人在这类诗中常用的一个细节，在许浑之前，早有初唐张纮的《闺怨》中有“征客近来音信断，不知何处寄寒衣”。之后，张仲素在《秋闺思二首》之二中写道：“欲寄征衣问消息，居延城外又移军。”在二张的诗中，因为不知道确切地点，无法寄寒（征）衣；这首诗写的是征人分明已经战死，却仍然寄来了寒衣，悲剧气氛更浓。后来，沈彬的《吊边人》中有“白骨已枯沙上草，家人犹自寄寒衣”，明显受了许浑这首诗的影响，但没有许诗精练有力。许浑的咏怀古迹诗中也有一些好诗，其中尤为出色的有：

龙盘虎踞树层层，势入浮云亦是崩。
一种青山秋草里，路人唯拜汉文陵。

——《途经秦始皇墓》

玉树歌残王气终，景阳兵合戍楼空。
松楸远近千官冢，禾黍高低六代宫。
石燕拂云晴亦雨，江豚吹浪夜还风。
英雄一去豪华尽，唯有青山似洛中。

——《金陵怀古》

前一首诗的前两句极写秦始皇墓的雄伟气势，第三句写汉文帝墓的简朴，前后形成对比。末句写两墓虽邻近，而一豪华一简朴，截然不同，路人却不祭拜豪华的秦始皇墓，偏“唯拜汉文陵”。这里不仅讥刺秦始皇死后的厚葬，也抨击了他生前的暴政；同样，对汉文帝不仅赞扬他身后的薄葬，也赞他生前为政宽仁。这是为君虐民与恤民之异。贺裳在《载酒园诗话》评这首诗说："本咏秦始，却言汉文，题外相形，意味深长多矣。"后一首是咏金陵的诗，金陵是东吴、东晋与南朝四代的都城，隋唐均建都长安，因此称金陵为六朝古都，由于政治中心的转移，金陵已无复昔日的繁华。面对金陵的今昔盛衰，后代无数诗人感慨无穷，写了不少好诗，如李白有《金陵三首》、储光羲有《临江亭五咏》、刘禹锡有《金陵五题》等，但这些诗基本上是一首咏一景一事。而许浑这首诗却"涵举一切，不专指一代一事"，是"浑写大意"，概括力强，蕴含丰富；在手法上则赋与比兴、顺叙与逆挽同时使用，使得这首诗跌宕多姿，寓意丰富。许浑还有一首《咸阳城西楼晚眺》，其中颔联的下联"山雨欲来风满楼"是千古以来不断为人传诵和引用的名句。

五、朱庆馀

朱庆馀（生卒年不详），名可久，以字行，越州（今浙江绍兴）人。入京应试，谒水部员外郎张籍。张籍择其诗26章置于怀袖，为之扬誉。因籍名高当世，故世人缮写庆馀诗广为传诵。遂于宝历二年（826）登进士第，授秘书省校书郎、协律郎，仕途很不得意，曾远游西北边塞。与张籍、贾岛、姚合、章孝标、顾非熊、无可等人有交往酬唱。长于五律和七绝，诗多为送别赠答、旅游题咏和描绘自然景物之作，诗风大致与张籍相似，但无关心现实的乐府歌行。他的诗构思新颖，拟喻巧妙，描写细腻，辞意清新，不足处也跟许浑一样，有一联好句反复使用，如"水落无风夜，猿吟欲雨天"二句，在《送僧游缙云》中用了，又在《送僧游温州》中再次一字不变地用了。兹录几首于下：

洞房昨夜停红烛，待晓堂前拜舅姑。
妆罢低声问夫婿，画眉深浅入时无？

——《近试上张籍水部》

寂寂花时闭院门，美人相并立琼轩。
含情欲说宫中事，鹦鹉前头不敢言。

——《宫词》

不知来远近，但见白峨峨。
风雨驱寒玉，鱼龙迸上波。
声长势未尽，晓去夕还过。
要路横天堑，其如造化何。

——《看涛》

湖上微风小槛凉，翻翻菱荇满回塘。
野船著岸入春草，水鸟带波飞夕阳。
芦叶有声疑露雨，浪花无际似潇湘。
飘然蓬艇东归客，尽日相看忆楚乡。

——《南湖》

第一首七绝是朱庆馀诗中最著名的一篇。这首诗是在应试前投献给当时的著名诗人张籍的，询问自己的作品是否符合主考官的要求，同时也有求其褒扬以利于登第之意。这首妙在表面上只写新婚后的脉脉情事，把真意隐藏，不露一丝痕迹，完全采用比拟象征手法。诗中以新娘自喻，以夫婿喻张籍，以舅姑喻主考官。张籍回了他一首诗，同样用象征比拟的手法做了明确答复："越女新妆出镜心，自知明艳更沉吟。齐纨未是人间贵，一曲菱歌敌万金。"（《酬朱庆馀》）这一上一酬实乃珠联璧合，成为诗坛千年佳话。第二首七绝是一首"宫怨诗"，一般宫怨诗总是用清冷孤寂的外景来烘托宫人内心的孤寂悲凉，这首诗却把抒情主人公安放在花开的季节，而且两人做伴。在这百花盛开蜂忙蝶舞的时刻，这里却院门紧闭，两相对比，更觉宫中的幽冷凄寂。两个被幽禁的宫女相并而立，有满腹心事要倾诉，但含情欲诉而不敢诉，原因是旁边有能效尤人言的鹦鹉，由此更见宫禁之严，宫人不得自由，时刻提心吊胆，这首诗的末句真是神来之笔。第三首五律写波涛，写得有声有色，形神兼备，很有气势。第四首七律描绘南湖景色，细腻生动，一派江南水乡特色。

六、徐凝

徐凝（生卒年代不详），睦州分水（今浙江桐庐）人。元和时有诗名，方干师事之，与施肩吾同里并友善。长庆二年（822）至四年间，白居易为杭州刺史时参加杭州府试，得解元。尝至长安求取功名，失意而归，遂绝意仕途。太和五年（831）至七年间，白居易为河南尹，凝游洛阳，二人唱和较多。及归，作《自鄂渚赴河南将归江外留辞侍郎》："一生所遇唯元白，天下无人重布衣。欲别朱门泪先尽，白头游子白身归。"存诗百馀首，其中除两首五律、一首五言排律与一首七律外，全为五、七言绝句。其中最负盛名的是《忆扬州》：

萧娘脸薄难胜泪，桃叶眉长易得愁。
天下三分明月夜，二分无赖是扬州。

唐代扬州十分繁华，秦楼楚馆，纸醉金迷，淫侈之风极盛。这首诗的前两句所写即为妓院歌楼，后两句设想奇特，意为天下良宵美景，扬州占却三分之二，以此极言扬州夜市之风流繁华。这里的"无赖"是可爱的意思。宋顾乐在《唐人万首绝句选》中评说"月明无赖，自是佳句，与扬州尤切。"他的第二首著名的诗是《庐山瀑布》：

虚空落泉千仞直，雷奔入江不暂息。
今古长如白练飞，一条界破青山色。

徐凝曾以此诗自诩为平生得意之作，据说白居易很欣赏这首诗的后两句，然而苏轼却斥之为“恶诗”，在游庐山时，苏轼见到这首诗与李白的《望庐山瀑布》诗，作一绝云：“帝遣银河一派垂，古来唯有谪仙诗。飞流溅沫知多少，不与徐凝洗恶诗。”洪迈曾为之鸣不平，称其《汉宫曲》《忆扬州》《相思林》《玩花》等“皆有情致”。平心而论，这首诗与李白的诗无法相提并论，但后两句还是很有气势的，只是前两句过于平庸，很不相称。其馀诗如：

寒空五老雪，斜月九江云，
钟声知何处，苍苍树里闻。

——《庐山独夜》

水色帘前流玉霜，赵家飞燕侍昭阳。
掌中舞罢箫声绝，三十六宫秋夜长。

——《汉宫曲》

前一首以“苍苍树里闻”作结，馀音袅袅，不绝于耳。后一首以“秋夜长”三字衬托赵飞燕一人承宠，各宫寂寞凄凉尽在言外，极为蕴藉含蓄。

七、施肩吾

施肩吾（生卒年不详），字希圣，睦州分水（今浙江桐庐）人。少时已有隐居学仙之志，放浪诗酒。元和十年（一说十五年）登进士第，不待授官即东归故里，在京友人为之饯别，张籍有《送施肩吾东归》。世传洪州（今江西南昌）西山为十二真君羽化飞升之地，他遂隐居于此，修仙学道。存诗一卷，多数为绝句，特别是七绝，占绝大部分。他既隐居学仙，也确有不少写隐居之趣与山林之乐的诗，还有赠道士与隐者的诗，但也有不少艳情诗。对社会现实，他比同乡徐凝更为关心，写了一些反映社会现实的诗，例如：

老母别爱子，少妻送征郎。
血流既四面，乃一断二肠。
不愁寒无衣，不怕饥无粮。
唯恐征战不还乡，母化为鬼妻为孀。

——《古别离二首》之二

愁见桥边荇叶新，兰舟枕水楫生尘。
从来不是无莲采，十顷莲塘卖与人。

——《江南怨》

这两首诗题都采用了乐府古题，但赋予了新的内容，前一首虽然还是写别离，已不是一般亲友间的别离，而是有了特定的内容，是写征夫临行前抛妻别母之悲痛，反映了当时的兵役给百姓带来的痛苦。后一首原是用来写儿女柔情的，施肩吾却用旧题翻出新意，写民生疾苦。他在写儿女之情的诗中也有不少好诗，尤其是以下二首向来为人称赏：

幼女才六岁，未知巧与拙。
向夜在堂前，学人拜新月。

——《幼女词》

手爇寒灯向影频，回文机上暗生尘。

自家夫婿无消息，却恨桥头卖卜人。

——《望夫词》

前一首写天真幼女栩栩如生，黄叔灿在《唐诗笺注》中说："真情真景，无斧凿痕。'学人'二字，所谓'道是无情却有情'也。"后一首若说怨夫婿不寄信息，便浅；今不怨夫婿而抱怨卖卜人的卜卦不准，倍觉深情幽怨，后来效法者不少。施肩吾也有一些极有气势的诗，如：

豁开青冥颠，写出万丈泉。
如裁一条素，白日悬秋天。

——《瀑布》

日轮浮动羲和推，东方一轧天门开。
风神为我扫烟雾，四海荡荡无尘埃。

——《晓光词》

前一首气势宏大，绝不亚于他的同乡徐凝的《庐山瀑布》诗。后一首写晓光，设想奇特，富浪漫主义色彩，评论者说他"为诗奇丽"，这首诗最能当"奇丽"二字，在唐人绝句中实不可多得。

八、殷尧藩

殷尧藩（生卒年不详），苏州嘉兴（今浙江嘉兴）人。元和九年（814）得杨汉公力荐，登进士第，曾在朝为官，大和初年，出为永乐县令，效法陶潜，不以政务为怀，唯饮酒赏菊，故雍陶有《寄永乐殷尧藩明府》诗云："古县萧条秋景晚，昔时陶令亦如君。"大和末，为湖南观察使李翱幕僚，加监察御史。又曾为同州从事、福州从事，后不知所终。与李绅、白居易、刘禹锡、姚合、贾岛、沈亚之、鲍溶、马戴、许浑、雍陶等为诗友。他一生沉于下僚，贫困失意，性爱山水，一生足迹遍及陕西、山西、湖北、湖南、江苏、浙江、福建等地，故其《九日》诗云："万里飘零十二秋，不堪今倚夕阳楼。壮怀空掷班超笔，久客谁怜季子裘。"又有《旅行》诗云："万里关河成传舍，五更风雨忆呼卢。"今录其诗三首于下：

去岁干戈险，今年蝗旱忧。
关西归战马，海内卖耕牛。

——《关中伤乱后》

姑苏太守青娥女，流落长沙舞柘枝。
坐满绣衣皆不识，可怜红脸泪双垂。

——《潭州席上赠舞柘枝妓》

百万王师下日边，将军雄略可图全。
元勋未论封茅异，捷势应知破竹然。
燕警无烽清朔漠，秦文有宝进蓝田。
太平从此销兵甲，记取红羊换劫年。

——《李节度平虏诗》

第一首写天灾人祸给百姓带来的灾难，反映现实较深刻。耕牛是农民的命根，"卖耕牛"是因为实在过不下去了，何等沉痛！而且"卖耕牛"不是出现在个别地方，而是"海内"，是全国的普遍现象，可见当时的百姓苦不堪言。第二首是对不幸女子的同情。相传殷尧藩在湖南为幕僚时，在一次筵席上见到一名乐妓，她是原苏州太守韦夏卿爱妾之女，殷尧藩哀其不幸沦落，当场赋了此诗。湖南观察使李翱得知后，即于宾馆中择士人嫁之。第三首表明了他一片爱国赤诚，不仅希望加强边防，收复失地，而且希望永久太平，这是当时饱受战乱之苦的人民的普遍愿望。他还有不少描写江南景色的诗，很能抓住特点来写，如“衣逢梅雨渍，船入稻花香”（《送客游吴》）等，纯属江南水乡景色，决不能移在别处。

当时还有一些较为有名的诗人，如杨巨源，他与张籍、王建、白居易、韩愈等友好，其诗《城东早春》流传颇广：“诗家清景在新春，绿柳才黄半未匀。若待上林花似锦，出门俱是看花人。”论者以为此诗可与韩愈的《早春呈水部张十八员外》一诗相媲美。刘言史的《长门怨》以其构思独特为人称赏：“独坐炉边结夜愁，暂时思去亦难留。手持金箸垂红泪，乱拨寒灰不举头。”鲍溶与韩愈、孟郊、殷尧藩、许浑等都友善，与李益交谊尤深，其诗在晚唐影响较大，张为在《诗人主客图》中尊之为“博解宏拔主”。薛涛为有唐一代存诗最多的女诗人。李约有《观祈雨》一诗，对“朱门”颇见讥刺之切：“桑条无叶土生烟，箫管迎龙水庙前。朱门几处看歌舞，犹恐春阴咽管弦。”李涉有《井栏砂宿遇夜客》一诗，可以说是历代诗人中绝无仅有之作：“暮雨萧萧江上村，绿林豪客夜知闻。他时不用逃名姓，世上如今半是君。”据《唐诗纪事》载：“涉尝过九江，至皖口遇盗，问：‘何人？’从者曰：‘李博士也’。其豪首曰：‘若是李涉博士，不用剽夺，久闻诗名，愿题一篇足矣。’涉赠一篇云云。豪首大喜，厚赠拜别。”由结句可见当时的社会风气，同时从此诗中又可见唐诗题材广泛，真万事皆可入诗。

第五编　无可奈何花落去

约在公元858年，唐代最后一位杰出的诗人李商隐去世，翌年宣宗李忱也去世了。宦官拥立李漼为帝，唐代社会进入了懿宗朝。这时，朝政几乎全由宦官操纵，唐王朝已衰败不堪。藩镇拥兵自重，对抗朝廷的事件此起彼伏不断发生。由于朝政腐败，社会动乱，使得生产萎缩，经济日益凋敝，但剥削反而加重，压得广大人民特别是农民喘不过气来，终于在懿宗咸通末僖宗乾符初（874）爆发了大规模的农民起义。先由王仙芝领导，乾符五年（878）王仙芝战死，由黄巢统率全军，聚众至十馀万，声势浩大，广明元年（880）攻占长安。中和二年（882），起义军大将朱温叛变降唐，最终黄巢起义军被镇压了下去，但政权完全落入了朱温手中。朱温不学无术，性情残暴，对战俘经常杀尽，对部属也常滥杀，他规定，将军在战场上战死，所部士兵生还者全部斩首。对士人更是滥加杀戮，对他的话不附和者要杀，附和者以“书生辈好顺口玩人”也尽杀之。他的荒淫也是罕见的，不仅迫淫部下的妻女，连自己的儿媳也奸污。在这个与禽兽无异的朱温的统治下，唐朝社会极其黑暗。

在朱温篡唐以前，朝野文人士子面对这衰败的社会看不到希望，也找不到出路，因此当时的诗不仅没有盛唐时昂扬奋发的朝气，也没有了元和时代渴望中兴的希望。他们只有悲痛与失望，只有对现实社会的不满，但不知道出路在哪里。他们有时愤懑，有时衰婉，有时无可奈何，有时希望在爱情中寻求慰藉。时代的衰败、社会的黑暗让诗人看不到希望、找不到出路，因此诗里总有一股衰飒之气。但在这时，诗歌本身并未衰竭，诗人也为数不少，而且有一大批人关心社会现实，还有一批人注重辞藻的华美和浓艳，更有一些人则刻意苦吟，注重形式。这时的诗由外向转为内敛，由张扬转为沉静，由主要重视内容转为更多注重形式，由开阔宏大转为精工细密。诗的题材也由主要在外部世界摄取转为更多向内心体验搜寻，由自觉反映社会弊病转为宣泄内心的不平，逐渐向内心世界深入，在诗歌艺术上有其特点，正如章培垣、骆玉明主编的《中国文学史》上所说的“那就是近体诗语言技巧的精细绵密，情感表达方式的纡徐含蓄，结构布局的敛约回环，意境的深邃朦胧”。尽管如此，我们仍然可以看到前辈诗人对他们的深刻影响，只不过在当时缺少像白居易、韩愈这样有威望的诗人，因此没有明显的流派。

朱温篡唐建梁以后，文人士子畏惧被杀，纷纷逃离中原，去依附江南与西蜀的小朝廷。五代时的诗歌实际上只是晚唐诗的延续。五代不仅时间短，前后只有53年（907—960），而且诗人也少。同时，词迅速兴起，凡属诗人，在本章末予以介绍；凡属词人，在下一编中再论述。本章论述的范围是唐懿宗咸通元年（860）至后周世宗显德五年（959）的诗坛，恰好一百年，重点在朱温篡唐以前，朱温篡唐（907）以后诗人很少，倒是在南唐西蜀等地涌现出了大量词人。诗坛从此发生裂变，一分为二，先是诗和词，其后是诗、词、散曲并存。本章只论诗，不牵涉其他体式。

第一章 关心现实，意存讽喻

一、皮日休

皮日休（约834—约883），字逸少，后改字袭美，襄阳（今湖北襄樊）人。出身贫寒，初隐居鹿门山，自号鹿门子、间气布衣、醉吟先生、醉士等。咸通八年（867）登进士第，翌年游苏州，刺史崔璞辟为军事判官。在苏州与陆龟蒙等结为诗友，尤与陆龟蒙交情甚深，唱酬颇多，世称“皮陆”。后入朝任著作佐郎，迁太常博士等职，又出为毗陵副使。黄巢起义后，加入起义军。广明元年（880），随军入长安，黄巢称帝，授翰林学士。中和三年（883）黄巢兵败，退出长安。皮日休大约死于这前后，关于他的死，众说纷纭。一说黄巢使作谶文，疑其讥刺，遂杀之；一说巢兵败，为唐王朝所杀；一说巢败后，日休流落江南病死；还有说巢败后，日休逃至江南依钱镠，后于杭州去世。他深受白居易“新乐府”的影响，效白居易写《正乐府》十篇并序，在序中提出了他的诗歌主张：“乐府盖古圣王采天下之诗，欲以知国之利病，民之休戚者也。……诗之美也，闻之足以劝乎功；诗之刺也，闻之足以戒乎政。”他的不少诗反映了唐末黑暗的社会现实、统治阶级对人民的残酷剥削与压迫以及广大人民的悲惨生活。如《橡媪叹》：

秋深橡子熟，散落榛芜冈。
伛伛黄发媪，拾之践晨霜。
移时始盈掬，尽日方满筐。

几曝复几蒸，用作三冬粮。
山前有熟稻，紫穗袭人香。
细获又精舂，粒粒如玉珰。
持之纳于官，私室无仓箱。
如何一石馀，只作五斗量。
狡吏不畏刑，贪官不避赃。
农时作私债，农毕归官仓。
自冬及于春，橡实诳饥肠。
吾闻田成子，诈仁犹自王。
吁嗟逢橡媪，不觉泪沾裳。

这是《正乐府》十篇中的第二首，也是其中艺术成就最高的一首。皮日休十分崇拜白居易，在《七爱诗》中有一首《白太傅》，对白居易的为人、为诗、为文、为官一一加以赞叹，他也试图使诗成为谏书奏章，所以跟白居易一样把诗写得“其辞质而直，……其言直而切，……不为文而作也”。他的这些诗虽然锋芒犀利，有的矛头直指最高统治者，但多数偏重于政治议论，形象不足，诗意不浓，艺术性不高，《正乐府》十篇中只有这篇《橡媪叹》写得较生动。他还有《三羞诗三首》，不少人予以称赞，但这三首诗抽象的议论多于形象的描述，艺术性同样不高。从皮日休这里我们看到，在中国诗歌发展史上，白居易对后世的影响有积极的一面，也有消极的一面。皮日休的几首小诗倒是风韵别具，兹录三首于下：

尽道隋亡为此河，至今千里赖通波。
若无水殿龙舟事，共禹论功不较多。

——《汴河怀古二首》其二

未游沧海早知名，有骨还从肉上生。

莫道无心畏雷电，海龙王处也横行。

——《咏蟹》

四弦才罢醉蛮奴，醽醁馀香在翠炉。
夜半醒来红蜡短，一枝寒泪作珊瑚。

——《春夕酒醒》

第一首是咏史诗，很有新意。唐人追究隋亡的原因往往归咎于大运河，如胡曾的《汴水》“千里长河一旦开，亡隋波浪九天来”即是一例，开凿运河耗费了大量民脂民膏，成为隋炀帝最显著的暴政。但皮日休却看到开凿运河不仅不是隋代灭亡的原因，而且运河在贯通南北方面有很大功用，问题在于隋炀帝开凿运河不是为了便利交通运输，而是为了满足一己的淫乐，从这个角度来看，开凿运河又确是隋亡的一个重要原因。这首诗立意新颖，议论精辟，颇有独到之处。第二首是咏物诗，好的咏物诗必须“托物以言志”，显然这首诗里的“蟹”只是一个象征符号，影射那些专横跋扈的宦官、擅权不法的大臣与割据一方的藩镇，但不必坐实影射的就是谁，这类诗的魅力就在于其不确定性。第三首诗写酒醒后刹那间的感受，前两句从侧面暗示酒宴的盛况，后两句暗示夜已深、烛已残。这首诗体现出他后期的风格，胡震亨在《唐音癸签》中说：“皮袭美未第前诗，尚朴涩无采。第后游松陵，如《太湖》诸篇，才笔开横，富有奇艳句矣。”这首诗是他登第后在苏州所作，辞藻华丽，具有文辞“奇艳”的特色。他的律诗数量不少，但没有什么出色的作品，正如胡震亨说的：“律体刻画堆垛，讽之无音，病在下笔时先词后情，无风骨为之干也。”

二、陆龟蒙

陆龟蒙（？—约881），字鲁望，自号江湖散人、甫里先生，又号天随子，苏州长洲（今江苏苏州）人。幼聪颖，有高致，通《春秋》，善属文，名振全吴。曾任湖、苏二州从事，后隐居松江甫里。与皮日休交谊甚深，唱和颇多。后以高士征召，不赴。素与李蔚、卢携友善，及至李、卢当政，召拜左拾遗，诏书下，龟蒙已病故。卒后，颜荛为之做墓志，吴融做诔文。有《甫里先生集》二十卷传世。他虽身在江湖，但对国事民生还是很关心的，如《村夜》二篇其二，揭露了当时社会上严重的贫富不平，苦乐不均，一方面是广大劳动人民“所悲劳者苦……卒岁无闲暇”，从春到秋辛勤劳动，但落得食不果腹，衣不蔽体：“日晏腹未充，霜繁体犹裸。”另一方面，高官豪门：“堂上考华钟，门前伫高驾。纤洪动丝竹，水陆供鲙炙。……万户膏血穷，一筵歌舞价。”还有《杂讽》九首，抨击了当时社会上存在的种种不合理现象，并抒发了自己怀才不遇的苦闷。《感事》和《鹤媒歌》揭露了官场险恶，《感事》直截了当地指出：“将军被鲛函，只畏金石镞。岂知谗箭利，一中成赤族。”巧舌谗言的厉害超过了金石镞，一旦被谗言中伤，不仅自身难保，甚至会遭受灭族之灾。《鹤媒歌》是一首寓言诗，“鹤媒”是指以鹤为媒介来勾引别的鹤，这是鹤中的奸细，为了讨好射鸟人，它勾引同类，假装亲昵，让射鸟人来射杀，一旦射鸟人得手，“媒欢舞跃势离披，似谄功能邀弩儿”。这是以鹤喻人，揭露奸佞小人的阴险，他们为谋取自身的利益，“外头笑语中猜忌”，外露笑容，内藏奸诈。但他的这些诗优缺点大致与皮日休相仿，虽然这些诗揭露了当时社会的黑暗，文笔酣畅，痛快淋漓，但也偏于议论，缺乏诗意。倒是他的不少小诗写得很好，兹录几首于下：

莫叹将军逼，将军要却敌。
城高功亦高，尔命何劳惜。

——《筑城词二首》其二

南北路何长，中间万弋张。
不知烟雾里，几只到衡阳。

——《雁》

渤澥声中涨小堤，官家知后海鸥知。
蓬莱有路教人到，应亦年年税紫芝。

——《新沙》

几年无事傍江湖，醉倒黄公旧酒垆。
觉后不知明月上，满身花影倩人扶。

——《和袭美春夕酒醒》

素花多蒙别艳欺，此花端合在瑶池。
无情有恨何人觉，月晓风清欲堕时。

——《白莲》

第一首讽刺将军用牺牲百姓的生命来邀功，末句用反话，更觉沉痛。第二首虽然在说雁，但隐射人间道路的艰险。第三首《新沙》讽刺官家对百姓残酷剥削，无孔不入。本来这是人们写熟了的主题，但这首诗在选材与表现手法上不落窠臼，构思巧妙，手法新颖。长期的潮涨潮落才能在海边淤积起新的沙洲，连天天在海上飞翔的海鸥都还没有发觉，官府却不仅已经发觉，而且已打起榨取税赋的算盘。后两句更精彩，如果有路可通，官府的剥削魔爪连仙家也不会放过。这首诗如果顺着前两句写下去，直接写官家的残酷剥削，很难有新意，艺术上很难有所突破，妙在第三句笔锋突然一转，由前边的夸张转入后边的假设推想，出奇制胜，更进一层。这首诗寓庄于谐，用幽默的口吻来进行辛辣讽刺，说得轻松，却讽刺得深刻痛快。第四首是一首与皮日休的唱和诗。皮日休的诗前边已经引用了，我们不妨对照一读，显然陆龟蒙的诗更有韵味。陆龟蒙自号“江湖散人”，这首诗的第一句就告诉读者，他浪迹江湖是因为壮志难酬，无所事事。黄公垆是竹林七贤饮酒的地方，诗人在这第二句中表明因时代黑暗，自己难以有所作为，因此也只有像竹林七贤一样借酒消愁。前两句十分含蓄地写出其“傍江湖”与“醉倒”的苦衷。后两句故作洒脱，一则表明时间，是春日深夜；二则展示了一幅春夜醉酒图，高士的翩翩韵致融入这春意盎然的月夜美景之中更觉诗情浓郁，美妙无比。最后一首是陆龟蒙的一首颇负盛名的诗，自苏轼在《东坡志林》中赞赏其“写物之功”后，不断有人称赞其“体物之妙”、“取神之作”等，但如果仅仅这样来称赞这首诗未免失之浅薄。其实这首诗正是诗人的自画像。前两句写白莲的高洁，不以颜色炫耀人，不斗艳争宠，而是傲然独立，超凡脱俗。后两句不写其形，只传其神，大有随风飘去之势。咏白莲正是夫子自道，物我融合，不知我是白莲还是白莲是我，浑然一体。这首咏白莲诗不绘其形，专取其神，遗貌得神，韵味无穷。

三、罗隐

罗隐（833—909），本名横，字昭谏，自号江东生，杭州新城（今浙江富阳）人。少聪颖，工诗善文，极负盛名，但诗文多讥刺，为当权者忌恨，故十举进士皆不第，于是改名为隐。黄巢起义时，避乱归乡里。光启三年（887）投杭州刺史钱镠，表奏为钱塘令，迁秘书省著作郎。景福二年（893）九月，钱镠为镇海节度使，罗隐为其掌书记。天祐三年（906），转司勋郎中，充节度使判官，迁盐铁发运副使。朱温曾以谏议大夫征召，不行。后梁开平元年（907），钱镠表授吴越国给事中，世称“罗给事”。翌年迁盐铁发运使，十二月病逝。罗隐生逢乱世，流落不遇。加以素性简傲，谐谑善讽，故多愤世嫉俗之作。他的讽刺矛头直指最高统治者

——君王，如：

十二三年就试期，五湖烟月奈相违。
何如买取胡孙弄，一笑君王便着绯。

——《感弄猴人赐朱绂》

马嵬山色翠依依，又见銮舆幸蜀归。
泉下阿蛮应有语，这回休更怨杨妃。

——《帝幸蜀》

长策东鞭及海隅，鼋鼍奔走鬼神趋。
怜君未到沙丘日，肯信人间有死无。

——《秦纪》

入郭登桥出郭船，红楼日日柳年年。
君王忍把平陈业，只博雷塘数亩田。

——《炀帝陵》

据《幕府燕闲录》记载："唐昭宗播迁（按：乾宁三年，李茂贞攻陷长安，昭宗逃奔华州），随驾伎艺人止有弄猴者，猴颇驯，能随班起居，昭宗赐以绯袍（五品至三品著装），号孙供奉。"罗隐怀才却十试不举，诗里说"十二三年"，是说自己十馀年中屡试不第，与弄猴人赐朱绂作比较，皇帝的昏聩荒唐不言而喻。第二首诗是说皇帝昏庸腐败导致亡国，但历来却都把亡国的罪状推到女人身上，把导致"安史之乱"的罪责推到杨贵妃身上，而黄巢军攻入长安，僖宗走玄宗老路狼狈逃入四川，诗中加上"又见"二字，同时在最后有力诘问，这回难道还要"怨杨妃"吗？启人深思。后边两首是咏史诗，写了异代的两个暴君，对秦始皇，主要写他的淫威，气势汹汹，不可一世，自以为可以长生不老，岂知正值知命之年，却病死在出巡的途中。对隋炀帝，主要写他恣意行乐，极尽奢华。杨广曾为行军元帅，率领大军灭陈，统一全国，但即位后不知励精图治，而是一味荒淫纵欲，结果落得国破身亡，只换取了雷塘数亩陵墓。富寿荪在《千首唐人绝句》中评说："后半以冷语诘问，讽刺入骨。"罗隐这类诗还有《焚书坑》《西施》等，《西施》一诗与《帝幸蜀》有相似之处，既为西施翻案，又把讽刺矛头直指帝王。罗隐爱憎分明，敢于讽刺帝王，对达官贵人、豪门富户同样进行尖锐讽刺，对贫苦百姓却关怀同情。如：

占得佳名绕树芳，依依相伴向秋光。
若教此物堪收贮，应被豪门尽劚将。

——《金钱花》

远闻天子似羲皇，偶舍渔乡入帝乡。
五等列侯无故旧，一枝仙桂有风霜。
灯欹短焰烧离鬓，漏转寒更滴旅肠。
归计未知身已老，九衢双阙夜苍苍。

——《长安秋夜》

不论平地与山尖，无限风光尽被占。
采得百花成蜜后，为谁辛苦为谁甜。

——《蜂》

钟陵醉别十馀春，重见云英掌上身。
我未成名君未嫁，可能俱是不如人。

——《偶题》

尽道丰年瑞，丰年事若何？
长安有贫者，为瑞不宜多。

——《雪》

第一首讽刺豪门的贪得无厌。他还有一首五律《钱》，借钱讽刺世风污浊恶劣，而矛头所向也主要对准豪门贵族：“朱门狼虎性，一半逐君回。”第二首反映科举的欺骗性与黑暗，要想登第，不是凭才学，而是靠关系。这首诗的开头二句大有深意，虽说“天子似羲皇”，但只是“远闻”，并非目睹，因此舍渔乡而入帝乡，是上当受骗了。第三首《蜂》，有人说“此诗为劳动者发出不平之鸣”，有人更具体地说“为农民鸣不平”，光看后两句，这话说得过去，但看前两句就说不过去了。劳动者、农民怎么会占尽“无限风光”？这一句分明不是好话，这里所指的分明是当时那些大小军阀与土豪劣绅，他们横行霸道，搜刮聚敛，但聚敛的财物终不能保住。关于《偶题》这首诗，何光远在《鉴戒录》里有一段记载：“罗秀才隐，傲睨于人，体物讽刺。初赴举之日，于钟陵筵上与娼妓云英同席。一纪（按古人称12年为一纪）后，下第，又经钟陵，复与云英相见，云英抚掌曰：‘罗秀才犹未脱白矣。’隐虽内耻，寻亦嘲之……”诗的末句有“同是天涯沦落人”之意，但白居易说“天涯沦落人”是肯定的，罗隐说“不如人”前面加上了“可能”，是不肯定的，是不服，是怨恨，这里似“嘲”而实“悲”，有对云英的同情，也有自伤怀才不遇，苦笑比哭更为沉痛。最后一首对“瑞雪兆丰年”的谚语加以置疑，也许瑞雪是可带来丰年，但在统治者残酷的剥削下，丰年对老百姓并没有好处，其结果还不是“农夫犹饿死”。而从眼前来说，贫者经受不了大雪带来的严寒，罗隐为此悲愤地说：“为瑞不宜多。”表现出诗人对广大贫者的关心与同情。

四、聂夷中

聂夷中（约837—约907），字坦之，河东（今山西永济）人，一说河南中都（今河南沁阳）人。咸通十二年（871）登进士第。久滞长安，后授华阴县尉。他出身贫寒，辛文房在《唐才子传》中说他“奋身草泽，备尝辛楚”，因此他对人民大众的疾苦有深切体会，诗中深刻反映了农民的疾苦。如著名的《伤田家》：

二月卖新丝，五月粜新谷。
医得眼前疮，剜却心头肉。
我愿君王心，化作光明烛。
不照绮罗筵，只照逃亡屋。

这首诗反映了唐末社会的悲惨景象，残酷的剥削致使农村破产，农民逃亡，惨死异乡。诗的前两句写出了一个怪现象，二月才见蚁蚕，五月始插秧苗，哪有新丝新谷？这是卖青，农民把尚未生产出来的产品贱卖给富户，这无异于“剜却心头肉”。后四句是为民请命，大有声泪俱下之势。他还有一首五绝《田家》写出了农民的辛苦及“官家”对农民的剥削：

父耕原上田，子劚山下荒。
六月禾未秀，官家已修仓。

聂夷中诗的另一个内容是对豪门贵族的讽刺与抨击，如《公子家》：

种花满西园，花发青楼道。
花下一禾生，去之为恶草。

这首诗讽刺纨绔子弟只知享乐却不知稼穑艰辛。他另有《公子行二首》，反映了当时贵族子弟的骄横残暴与愚昧无知，揭露了社会的腐败。

六、杜荀鹤

杜荀鹤（846—904），字彦之，号九华山人，池州石埭（今安徽石台）人。出身贫寒，早年有诗名，但屡试不第，自叹“空有篇章传海内，更无亲族在朝中”。大顺二年（891）始登进士第，当时已46岁。因时局动乱，还乡，入宣州节度使田頵幕。天复三年（903）受派遣入长安，由朱温推荐，以主客员外郎知制诰，充翰林学士，仅五日而卒。他写诗主张“诗旨未能忘救物”，又在《秋日山中》云“言论关时务，篇章见国风”，颇有杜甫、白居易的遗风。他的诗较广泛地反映了唐末的黑暗现实与当时人民的深重苦难，其中有一首《再经胡城县》，较深刻地反映了末世社会的黑暗：

去岁曾经此县城，县民无口不冤声。
今来县宰加朱绂，便是生灵血染成。

诗中的县宰，百姓对其怨声载道，他的所作所为也就可想而知了。然而这样的县官，再见时却晋升品级了，原来他滥杀无辜，谎报战功。这首诗已不止于讽刺，而是血泪控诉，是愤怒斥责。他同情农民疾病，反映百姓悲惨命运的诗更多，如：

粉色全无饥色加，岂知人世有荣华。
年年道我蚕辛苦，底事浑身着苎麻。

——《蚕妇》

无子无孙一病翁，将何筋力事耕农。
官家不管蓬蒿地，须勒王租出此中。
——《伤硖石县病叟》

白发星星筋力衰，种田犹自伴孙儿。
官苗若不平平纳，任是丰年也受饥。
——《田翁》

年年辛苦养蚕的农妇却穿不上绫罗绸缎，身上穿着麻布衣，而且满脸饥色。如果说“蚕妇”悲惨，那么还有更悲惨的，统治阶级对百姓的剥削，竟连一“无子无孙”的孤独无靠的病翁都不放过，连蓬蒿地也要交纳“王租”。残酷的剥削使得百姓“任是丰年也受饥”。

在初、盛唐时，反映社会现实写民生疾苦习惯用乐府古诗，杜甫开始用近体律诗写民生疾苦，但继承者不多，连白居易、元稹都没有采用律诗来写“生民苦”，其后虽然也有人尝试用律诗来反映社会现实，但只是零星一见。杜荀鹤不写乐府和古体，专攻近体，并继承杜甫的传统，用律诗写民生疾苦，揭露统治者的残暴。例如：

夫因兵死守蓬茅，麻苎衣衫鬓发焦。
桑柘废来犹纳税，田园荒后尚征苗。
时挑野菜和根煮，旋斫生柴带叶烧。
任是深山更深处，也应无计避征徭。
——《山中寡妇》

经乱衰翁居破村，村中何事不伤魂。
因供寨木无桑柘，为点乡兵绝子孙。

还似平宁征赋税，未尝州县略安存。
至今鸡犬皆星散，日落前山独倚门。
——《乱后逢村叟》

家随兵尽屋空存，税额宁容减一分。
衣食旋营犹可过，赋输长急不堪闻。
蚕无夏织桑充寨，田废春耕犊劳军。
如此数州谁会得，杀民将尽更邀勋。
——《题所居村舍》

握手相看谁敢言，军家刀剑在腰边。
遍搜宝货无藏处，乱杀平人不怕天。
古寺拆为修寨木，荒坟开作甃城砖。
郡侯逐出浑闲事，正是銮舆幸蜀年。
——《旅泊遇郡中叛乱示同志》

以上四首七律反映唐末社会——特别是农村的惨状，前两首专写兵荒马乱及统治者的残酷剥削给农民带来的苦难；后两首写出了当时兵即匪，官吏实为民贼，抢掠财物，屠杀百姓，“杀民将尽更邀勋”、“乱杀平人不怕天”让人触目惊心。虽然杜荀鹤的律诗远没有杜甫诗或开合变化、沉郁顿挫，或壮阔宏丽、气象万千，或工稳细密、精深入化，但能形象地展示唐末的社会画卷，不堆砌辞藻，浅近通俗，平易自然，改变了以前大多数人写律诗务求典雅华丽的习惯，使律诗趋于通俗化，这对后人还是有一定影响的，不过他的五律更接近贾岛一派，可取的就不多了。

七、曹邺

曹邺（约815—？），字业之，一作邺之，桂州阳朔（今广西阳朔）人，一说桂林（今广西桂林）人。屡试不第，作《四怨三愁五情诗》，为中书舍人韦悫所知，力荐于礼部侍郎裴休，遂于大中四年（850）登进士第。初为天平节度使推官。咸通二年至四年间（861—865）任太常博士，守正敢言，迁为主客员外郎，祠部郎中，出为洋州刺史，官终秘书监。与刘驾友好，俱攻古体，诗风古朴，常采民谣口语入诗，多为刺世愤世之作，其中《官仓鼠》最著名，其他有《捕渔谣》《筑城三首》《战城南》等，今录数首于下：

官仓老鼠大如斗，见人开仓亦不走。
健儿无粮百姓饥，谁遣朝朝入君口。

——《官仓鼠》

天子好征战，百姓不种桑。
天子好年少，无人荐冯唐。
天子好美女，夫妇不成双。

——《捕渔谣》

千金画阵图，自为弓剑苦。
杀尽田野人，将军犹爱武。
性命换他恩，功成谁作主。
凤皇楼上人，夜夜长歌舞。

——《战城南》

长河冻如石，征人夜中戍。
但恐筋力尽，敢惮将军遇。
古来死未歇，白骨碍官路。
岂无一有功，可以高其墓。

亲戚牵衣泣，悲号自相顾。
死者虽无言，那堪生者悟。
不如无手足，得见齿发暮。
乃知七尺躯，却是速死具。

——《蓟北门行》

这几首诗写得都明白易懂，第一首把贪官比作大老鼠，显然是受《诗经·硕鼠》的影响，不过这首诗形象更鲜明具体，而且还用健儿、百姓的饥饿做对比，加强了抨击的力度。第二首完全仿照民谣，纯用口语，把矛头直指“天子”，痛快淋漓。后两首用的是乐府旧题，前一首的“杀尽田野人”令人触目惊心，比杜荀鹤的“杀民将尽”更进一步。读最后一首诗不禁让人想起白居易的《新丰折臂翁》。“白骨碍官路”固然令人惨不忍睹，最后四句更是撕心裂肺，让人悲痛欲绝。

八、刘驾

刘驾（822—？），字司南，江州都昌（今属江西）人。与曹邺友好，俱以工五古著称。初举进士，不第，寓居长安。大中三年（849），唐王朝收复河湟，他献《新乐府》十章以贺。大中六年登进士第，官终国子博士。除曹邺外，还与当时的诗人李频、李洞、薛能等友善，有诗唱和。其诗有《反贾客乐》《空城雀》等，都很著名，辛文房在《唐才子传》中称其诗“多比兴含蓄，体无定规，兴尽即止，为时所宗”。例如：

无言贾客乐，贾客多无墓。
行舟触风浪，尽入鱼腹去。
农夫更苦辛，所以羡尔身。

——《反贾客乐》

饥啄空城土，莫近太仓粟。
一粒未充肠，却入公子腹。
且吊城上骨，几曾害尔族。
不闻庄辛语，今日寒芜绿。

——《空城雀》

《贾客乐》是乐府旧题，诗人们通常用来写商贾的富有奢侈，靡费享乐，并常常用来与农民的终年劳苦却得不到温饱做对比。这首《反贾客乐》却别出心裁，不写贾客之乐，而写贾客之苦，前四句写贾客之苦，风里来浪里去，常常葬身鱼腹，死后连坟墓都没有，然后再引出后两句，使意思更进一层，这比以苦乐做对比更深刻。第二首写纨绔子弟的凶残也颇有新意。其他如《弃妇》，写得蕴藉含蓄，表达“妇之不当弃”（沈德潜《唐诗别裁集》）；《有感》抨击边将腐化，颇有高适《燕歌行》遗音。另有《早行》一诗，为沈德潜赏识，其中开头两句“马上续残梦，马嘶时复惊”已成写为旅途辛苦的名句。

九、张乔

张乔（生卒年代不详），池州（今安徽贵池）人。咸通初（861），与许裳、喻坦之等参加京兆府试，试诗题为《月中桂》，乔诗有“根非生下土，叶不坠秋风”之句，遂得擅场。时李频主试，因怜许棠久困名场，乃以棠为首荐。咸通十二年（871）登进士第，曾任职秘书省。爱游历，尝漫游浙江、江苏、江西、湖南、湖北、陕西、山西等地。与张蠙、郑谷、许棠、喻坦之等合称“咸通十哲”。诗句清雅，境界开朗壮阔，杜荀鹤颇称赏他的诗。其绝句以笔致透逸、音节优美著称，有不少反映下层人民疾苦的诗。例如：

少年随将讨河湟，头白时清返故乡。
十万汉军零落尽，独吹边曲向残阳。

——《河湟旧卒》

一曲梁州金石清，边风萧飒动江城。
座中有老沙场客，横笛休吹塞上声。

——《宴边将》

这两首诗虽然一写卒，一写将，但都反映了戍边的艰苦与战争的残酷。两首诗都不从正面写，只写幸存的老兵老将，并且都写到了音乐，前一曲说“独吹”，因“十万汉军零落尽”，可见生还之不易；后一首说“休吹”真如惊弓之鸟，不堪再听“塞上声”（指《凉州曲》），不愿再回想那残酷的战斗。沈涛在《匏庐诗话》中说这两首诗“试掩其名，读者鲜不以为右丞、龙标”，意可与盛唐的绝句能手王维、王昌龄相媲美。吴昌祺在《删订唐诗解》中评说：“沙场之惨，隐然自见，最得绝句之妙。”他的《促织》《渔家》等反映了他对劳动人民的关怀与同情；《赠边将》写边将为邀功滥杀无辜：“将军夸胆气，功在杀人多。”《送友人进士许棠》《游边感怀二首》，写生于乱世的悲哀，反映劫后馀生，“干戈愁鬓改”，“有家归去似无家”。他有一首七绝《寄维扬故人》与两首五绝《对月》最能体现他的诗清雅、飘逸，境界开阔、音节优美的特点。例如：

离别河边绾柳条，千山万水玉人遥。
月明记得相寻处，城锁东风十五桥。

——《寄维扬故人》

圆魄上寒空，皆言四海同。
安知千里外，不有雨兼风。

——《对月》其一

盈缺青冥外，东风万古吹。
何人种丹桂，不长出轮枝。

——《对月》其二

扬州之美，全在明月夜，黄生在《唐诗摘抄》中说这首诗与杜牧的《寄扬州韩绰判官》“俱妙在后二句。‘二十四桥’二句，问讯之词也；此二句，忆旧之词也。”《对月》二首，一作李峤诗，题名《中秋月》。李峤是个御用文人，从现存的诗来看，多为侍宴陪游、应制咏物之作，辞采典丽、雍容华贵，但内容贫乏，更不关心天下苍生休戚，而且他有诗说“他乡有明月，千里照相思”，与“安知千里外，不有雨兼风”格调迥异；而这两首《对月》纯用口语，不加雕饰，与李峤诗的风格情调完全不同，而与张乔诗无论在风格还是情调上都比较接近，因此这两首诗应为张乔所作，决非李峤所作。

十、张蠙

张蠙（生卒年代不详），字象文，池州人，与张乔同乡，同为“咸通十哲”。又与许棠、张乔、周繇合称“九华四俊”。郡望清河（今河北清河），不少书上把他说成清河人，那是把郡望误当籍贯了。幼聪颖，工诗。乾宁二年（895），登进士第，历任校书郎、栎阳尉、犀浦令。后避乱入蜀，王建时任膳部员外郎，王衍时任金堂令。徐太后游大慈寺，见壁上题诗，其中有“墙头雨细垂纤草，水面风回聚落花”，十分赞赏，问寺僧，乃知系张蠙所作，遂赐以霞光笺，令写诗以进。蠙献诗200首，王衍称善，欲召为知制诰，为当政宦官宋光嗣所阻，位终金堂令。他早年曾游塞外，写过不少边塞诗，工于渲染边地风光，名句“白日地中出，黄河天外来”（《登单于台》），雄浑壮劲，境界开阔，为世所称赞。晚年居蜀，诗风趋于纤巧。专攻近体，今存诗百馀首，多为五、七言律诗和七言绝句。在他的诗中，不仅反映了边塞戍者的悲惨命运，也反映了当时军阀混战的残酷。例如：

荒骨潜销垒已平，汉家曾说此交兵。
如何万古冤魂在，风雨时闻有战声。
——《古战场》

兵罢淮边客路通，乱鸦来去噪寒空。
可怜白骨攒孤冢，尽为将军觅战功。
——《吊万人冢》

前一首写的是边塞古战场，诗人把那些抛尸荒野的戍卒称为“万古冤魂”，表达了莫大的同情。后一首写的是内乱，讽刺高骈镇压黄巢起义军，“白骨攒成冢”可见其杀戮之多，末句矛头对准将军（高骈之流），把他残酷贪婪的嘴脸彻底揭穿。他另有一首《边将》，后四句反映了同样的内容，只不过没有像这首诗那样直接说出来，而是通过不同场面的对比来反映同一思想：“战骨沙中金镞在，贺筵花畔玉蝉新。由来边卒皆如此，只是君门合杀身。”一边是“战骨”，另一边是“贺筵”，多么鲜明的对照。我们再来看一首他的《社日》诗：

鹅湖山下稻粱肥，豚栅鸡栖对掩扉。
桑柘影斜春社散，家家扶得醉人归。

这首一作王驾诗，又作张演诗。要弄清究竟是谁的诗，“鹅湖山”是个关键。鹅湖山是一个在赣北不太引人注意的小地方，在景德镇以北，靠近皖南。王驾是河中（今山西永济）人，张演是度支郎中张复鲁之子，韶州曲江（今广东曲江）人，没有记载说他们到过江西，更不要说鹅湖山这么一个小山村了。张蠙是皖南人，与鹅湖山邻近，深悉当地的风俗，因此这首诗的作者应是张蠙。再说这里写的是江南山村的社会景象，不熟悉当地的民风习俗无法写得如此生动细腻，充满浓郁的生活气息。

十一、来鹄

来鹄（？—约883），豫章（今江西南昌）人。大中（847—860）、咸通（860—874）年间，颇有才名，然举进士，屡试不第。乾符五年（878）前后，福建观察使韦岫召入幕府，欲纳为婿，未成。广明元年（880）避难荆湘，后去东南，中和年间（881—884），客死扬州。来鹄早有诗名，诗思清丽，然怀才不遇，辗转沉沦，因为了解下层人民，所以他的诗除写羁旅之思、落魄之感外，有愤世嫉俗与同情劳动人民之作，著名的有《蚕妇》《云》等。他存诗不多，但其中好诗不少。例如：

晓夕采桑多苦辛，好花时节不闲身。
若教解爱繁华事，冻杀黄金屋里人。

——《蚕妇》

千形万象竟还空，映水藏山片复重。
无限旱苗枯欲尽，悠悠闲处作奇峰。

——《云》

鹦鹉洲头夜泊船，此时形影共凄然。

难归故国干戈后，欲告何人雨雪天。
箸拨冷灰书闷字，枕陪寒席带愁眠。
自嗟落魄无成事，明日春风又一年。

——《鄂渚除夜书怀》

第一首可与杜荀鹤的《蚕妇》同读，两首有异曲同工之妙。第二首是咏物诗，在大旱之时，云本该化甘霖以济旱苗，但诗里的云却闲来无事，悠然自得，象征那些达官贵人在乱世时本该济世安民，但他们却只知自己寻欢作乐，置人民死活于不顾。最后一首七律是自叹身世，除夕雪天本该全家团聚，围炉欢度，如今却异乡夜泊，形影相吊，孤枕寒席；除夕寒夜本该炉火通红，驱除寒冷，如今不仅炉火熄灭，而且炉灰已冷，只得冷灰书字，聊排烦闷；劫后故国，有家难归，落魄江湖，又是一年，真是百感交集，无限凄凉。

十二、于濆

于濆（生卒年不详），字子漪，京兆长安（今陕西西安）人。咸通二年（861）登进士第。曾奔走于陕西、河南、江苏、浙江等地，一生落魄，沉沦下僚，官终泗州判官。长于五古，短小精悍，刚健质朴，注重反映社会现实与民生疾苦。例如：

垄上扶犁儿，手种腹长饥。
窗下抛梭女，手织身无衣。
我愿燕赵姝，化为嫫母姿。
一笑不值钱，自然家国肥。

——《苦辛吟》

手植千树桑，文杏作中梁。

频年徭役重，尽属富家郎。
富家田业广，用此买金章。
昨日门前过，轩车满垂杨。
归来说向家，儿孙竟咨嗟。
不见千树桑，一浦芙蓉花。

——《田翁叹》

行人何彷徨，陇头水呜咽。
寒沙战鬼愁，白骨风霜切。
薄日朦胧秋，怨气阴云结。
杀成边将名，名著生灵灭。

——《陇头水》

以上三首诗从三个不同角度来反映当时的社会现实，第一首反映劳动人民受饥挨冻，统治者却千金买笑，荒淫误国；第二首反映农村兼并严重，富家不仅广置田业，而且还能买官；第三首是边塞诗，反映当时边将滥杀无辜以邀功，生灵灭绝，边将却成名。

十三、曹松

曹松（约830—？），字梦徵，舒州（今安徽潜山）人。早年避难居洪州，后往依建州刺史李频。李卒后，流落江湖，奔走于江苏、浙江、江西、安徽、湖北、湖南、四川、陕西、广东、广西等地，还到过西北边塞。光化四年（901）登进士第，时已年逾70。曾任校书郎。与许棠、喻坦之、陈陶等交往，与方干交谊尤深。其诗多为旅游题咏、送别赠答之作。诗学贾岛，取境幽深，工于炼字，但流于枯涩。其中《己亥岁二首》，有感于镇海节度使高骈镇压黄巢起义大肆杀戮来博得一己之功而作。其第一首尤为著名，这首诗的末句不断被人引用，全诗如下：

泽国江山入战图，生民何计乐樵苏。
凭君莫话封侯事，一将功成万骨枯。

十四、章碣

章碣（生卒年不详），原籍睦州桐庐（今属浙江），后迁居钱塘（今浙江杭州）。咸通末（873）至乾符年间（874—879）有诗名，但累试不第。乾符四年，礼部侍郎高湘典贡举，擢其熟人邵安石为进士，碣又落第，愤而作《东都望幸》：“懒修珠翠上高台，眉目连娟恨不开。纵使东巡也无益，君王自领美人来。”借宫怨诗来隐射、讽刺当时科举中的徇私舞弊。乾符中进士。与方干、罗隐友善。工于七律，并自创变体，当时效法者颇多。其诗《癸卯岁毗陵登高会中贻同志》中有“尘土十分归举子，乾坤大半属偷儿”，极为愤激，那些耀武扬威不可一世的窃据江山者原来是一伙民贼独夫。他讽刺秦始皇焚书坑儒的诗《焚书坑》也十分著名：

竹帛烟销帝业虚，关河空锁祖龙居。
坑灰未冷山东乱，刘项元来不读书。

十五、陈陶

陈陶（803？—879？），字嵩伯，晚年自号“三教布衣”，江北（唐属淮南道）人。《全唐诗》将其与南唐鄱阳人陈陶误混为一人，当予以甄别。早年游学长安，精通天文历象，尤工诗。举进士，不第，遂恣游名山。后隐居洪州西山（在今江西新建）。曾漫游江西、福建、浙江、江苏、河南、四川、广东等地。终身未仕，但诗名甚著。原有诗十卷，已散佚，《全唐诗》录存其诗二卷，以《陇西行四首》最为著名，在四首中，尤其第二首历来不断为人赞赏：

誓扫匈奴不顾身，五千貂锦丧胡尘。
可怜无定河边骨，犹是春闺梦里人！

王世贞在《艺苑卮言》中说这首诗“用意工妙至此，可谓绝唱矣”。敖英在《唐诗绝句类选》中称这首诗“可以泣鬼神”。孙洙在《唐诗三百首》中说这首诗“较之‘一将功成万骨枯’，更为沉痛”。

十六、秦韬玉

秦韬玉（生卒年不详），字中明，京兆（今陕西西安）人。中和二年（882）特赐进士及第。黄巢起义军攻占长安时，他从僖宗入蜀，官至工部侍郎。工诗，以七律见长，其中《贫女》最为著名，“为人作嫁”已成为成语。例如：

蓬门未识绮罗香，拟托良媒益自伤。
谁爱风流高格调。共怜时世俭梳妆。
敢将十指夸偏巧，不把双眉斗画长。
苦恨年年压金线，为他人作嫁衣裳。

十七、唐彦谦

唐彦谦（？—893？），字茂业，并州晋阳（今山西太原）人。曾隐居鹿门山，自号鹿门先生。咸通二年（861）登进士第，一说咸通末（874）应进士举，才高负气，无所屈降，十馀年不第。乾符末（879），避乱居汉南。中和（881—885）中，王重荣镇河中，召为从事，后历任河中节度副使，晋、绛二州刺史。光启三年（887）王重荣为部将所杀，彦谦被贬为汉中掾。后任兴元节度使判官，迁节度副使，阆、壁二州刺史。博学多才，工诗，师法李商隐，文辞绮丽，为宋代“西昆体”诗人所推重。其诗多旅游题咏、写景抒怀之作，也有反映当时社会现实的诗篇。其中以《采桑女》最著名：

春风吹蚕细如蚁，桑芽才努青鸦嘴。
侵晨探采谁家女，手挽长条泪如雨。
去岁初眠当此时，今岁春寒叶放迟。
愁听门外催里胥，官家二月收新丝。

这是一首七言古体诗，前六句写足了春寒，节气比往年推迟了，蚕刚孵化，桑树尚未长出叶子来，拿什么来喂蚕？采桑女不禁“泪如雨”，为要表达的主题做了充分铺垫。最后两句力透纸背，把主题凸显了出来，一年蚕事刚开始，又逢蚁蚕缺叶，蚕茧能有多少收成尚难预料，官家已上门来逼税催交新丝。全诗不加一字议论，只把事实写出来，深刻揭露了统治者对劳动人民的残酷剥削。另有一首《宿田家》，颇有杜甫《石壕吏》的遗风，写诗人夜宿荒村田家，在“正鼾睡”的时候，“下乡隶”来敲门，主人东凑西借来款待他，这个下乡小吏耀武扬威，酒足饭饱后仍不放过这户老农。诗人痛心地感叹“民膏日已瘠，民力日愈弊”。其七律《毗陵道中》反映兵燹之后的惨状：

百年只有百清明，狼狈今年又避兵。
烟火谁开寒食禁，簪裾那复丽人行。
禾麻地废生边气，草木春寒起战声。
渺渺飞鸿天断处，古来还是阖闾城。

十八、韦庄

韦庄（约836—910），字端己，京兆杜陵（今陕西西安）人。出身于没落的贵族家庭，少孤贫，力学，才敏过人，但屡试不第。辗转于陕西、河南、浙江、江西、湖北、湖南等地。乾宁元年（894）始登进士第，时已年近花甲，初任校书郎，后迁左补阙。天复元年（901）入蜀，为王建掌书记。天祐四年（907），朱温篡唐后，劝王建称帝。王建称帝后，任左散骑常侍，判中书门下事，制定开国制度。官终吏部侍郎平章事。入蜀前，曾奏请追赐李贺、皇甫松、陆龟蒙等进士及第。他在任蜀相时，忧国忧民，为王建草牒制止县宰乘时扰民，力主“勿使疮痍之后复作疮痍”（《唐诗纪事》）。韦庄的诗，他的弟弟韦蔼在《浣花集序》中作过恰当的概括：“游离漂泛，寓目缘情。子期怀旧之辞，王粲伤时之制。或离群轸虑，或反袂兴悲。四愁九愁之文，一咏一觞之作。”他的诗与当时的社会现实联系很紧密，胡震亨在《唐音癸签》中称“韦端己庄体近雅正”。韦庄是杜甫的崇拜者，对杜甫推崇备至，仰慕不已，把杜甫的为人与诗歌作为楷模，写了不少忧国伤时的诗。这类诗里，有直接对劳动人民同情的，更有对达官豪门讽刺的，例如：

何代何王不战争，尽从离乱见清平。
如今暴骨多于土，犹点乡兵作戍兵。

——《悯耕者》

白额频频夜到门，水边踪迹渐成群。
我今避世栖岩穴，岩穴如何又见君。

——《虎迹》

咸通时代物情奢，欢杀金张许史家。
破产竞留天上乐，铸山争买洞中花。
诸郎宴罢银灯合，仙子游回璧月斜。
人意似知今日事，急催弦管送年华。

——《咸通》

上边三首诗，第一首一目了然，不用多说什么。第二首显然具有象征意义，以虎象征当时刻剥百姓的恶吏。第三首题名用唐懿宗的年号，反映了当时的豪门贵族恣意寻欢作乐达到了疯狂的地步，为我们展示了黄巢起义前夕上层社会的糜烂情况，可见唐王朝离全面崩溃已不远了。反映当时上层骄奢淫逸、寻欢作乐的诗还有《观猎》《观渐西府相畋游》《陪金陵府相中堂夜宴》等等。韦庄遭到非议的长篇叙事诗《秦妇吟》，238行，1666字，为现存唐诗中最长的叙事诗，反映了唐末黄巢起义军攻占长安到最终败亡的过程，形象生动，画面鲜明，构成了当时多姿多态的社会生活的长幅画卷，为中国叙事诗的发展做出了贡献。该诗不仅写了起义军掳掠美女等丑恶行径，也反映了官兵的暴行，他们明抢暗夺，使百姓在“黄巢过后犹残半”的财产“罄尽倾囊如卷土”。他写黄巢兵的残暴，在客观上揭示了黄巢起义失败的原因。失败者多半都不是败在敌人手下，而是败在自己手里。得民心者王，失民心者亡。当然，韦庄写《秦妇吟》并没有要为黄巢的失败总结历史教训，受历史与阶级的局限，他没有这个水平与能力。韦庄另外有些小诗写得也很好，颇著名。例如：

谁谓伤心画不成？画人心逐世人情。
君看六幅南朝事，老木寒云满故城。

——《金陵图》

江雨霏霏江草齐，六朝如梦鸟空啼。
无情最是台城柳，依旧烟笼十里堤。

——《台城》

绿波春浪满前陂，极目连云䆉稏肥。

更被鹭鹚千点雪，破烟来入画屏飞。

——《稻田》

前两首属于怀古诗，金陵是六朝古都，怀古自然是怀念六朝往事。比韦庄略年长的诗人高蟾曾写过一首《金陵晚望》：“曾伴浮云归晚翠，犹陪落日泛秋声。世间无限丹青手，一片伤心画不成。”韦庄看到了六幅画着南朝往事的画，有意从高蟾诗中翻出新意。高蟾的诗与韦庄的诗都是借六朝往事来隐射当时将亡未亡的唐王朝，两首诗有异曲同工之妙。《台城》又名《题金陵图》，还是同“六幅南朝事”有关，所以李锳在《诗法易简录》中说这首诗“题画而寓兴亡之感，言外别有寄托”。马时芳在《挑灯诗话》中则说这首诗“赋凄凉之景，想昔日盛时，无限感慨，都在言外，使人思而得之。”最后一首写稻田景色，前二句先写稻田广阔一片，再写稻苗茁壮。下边若还顺着这思路写下去，不离稻田、禾苗，不免呆板，单调，因此诗人把目光投向上空飞来的一群鹭鸶，在万绿丛上出现了“千点雪”，不仅克服了色彩单调，同时也显得生意盎然。韦庄同时又是早期的词人，与温庭筠齐名，称“温韦”。

第二章　其他著名诗人

一、温庭筠

温庭筠（约812—约870），本名岐，字飞卿，太原祁（今山西太原）人。他才思敏捷，每入试，八叉手而成八韵，时号“温八叉”。精通音律，工诗，擅填词，为我国文学史上第一位词人。然恃才不羁，生活放浪，又好讽刺权贵，为当权者所忌恨，故屡试不第。徐商镇襄阳，召为巡官，常与段成式、韦蟾等唱和。徐商入相，用为国子助教，世称“温助教”。主持秋试，悯擢寒士。徐商罢相，他也贬为方城尉，迁隋县尉。工诗，与李商隐齐名，时称“温李”，然其诗良莠不齐，成就实远不如李商隐；工词，与韦庄并称“温韦”，两人代表秾艳、清秀两种截然不同的风格，对后世影响都很大。其诗以精丽著名，其绝句被誉为“轻灵疏秀，亦晚唐之佼佼者”。我们先来看看他的绝句：

香灯伴残梦，楚国在天涯。
月落子规歇，满庭山杏花。

——《碧涧驿晓思》

冰簟银床梦不成，碧天如水夜云轻。
雁声远过潇湘去，十二楼中月自明。

——《瑶瑟怨》

织锦机边莺语频，停梭垂泪忆征人。
塞门三月犹萧索，纵有垂杨未觉春。

——《杨柳枝八首》之八

咸阳桥上雨如悬，万点空蒙隔钓船。
还似洞庭春水色，晓云将入岳阳天。

——《咸阳值雨》

第一首五绝由于对第二句的理解不同，造成了对诗的歧解。其一认为是说思念远在天涯的楚国；其二认为身在异乡，故乡对他来说如同远在天涯的楚国，是思念故乡。本书采取第二种说法，把它看成是一首羁旅思乡之作，因为楚国跟他这个太原人毫无关系。

这里写的是清晨梦醒后的情思和感受。全诗通篇写景，似断似续，“写得情景悠扬婉转，末句更含无限寂寥”（宋顾乐《唐人万首绝句选》）。语言柔婉绮丽，颇有词的味道，从中透露出诗向词演化的迹象。第二首是温庭筠的名篇，但从诗题到内容都很含蓄，朦朦胧胧，近于李商隐的无题诗，多数人都把这首诗看作“闺怨诗”来理解。诗中第一句“梦不成”三字，显示宛然有人，同时透露怨意，后三句全是写景，第二句写梦不成时所见，第三句写所闻，结句写高楼独处，相伴者唯一轮孤月，无限孤寂。全诗空灵委婉，情思绵邈。宋顾乐说：“此作清音渺思，直可追中盛名家。”（《唐人万首绝句选》）俞陛云说：“飞卿以诗人而兼词手，此诗高浑秀丽，作词境论，亦五代冯、韦之先河。”（《诗境浅说续编》）前两首，我们说它是诗而有词味词境，而三首《杨柳枝》，赵崇祚干脆把它作为词编入《花间集》。作为诗来说，这是一首“闺怨诗”，汤显祖评说：“真堪方驾刘、白（指刘禹锡、白居易）。”但作为唐诗并没有给我们太多新消息，作为词来说却另有说法，郑文焯说：“宋人诗好处，便是唐词。然飞卿《杨柳枝》八首，终为宋诗中振绝之境，苏、黄不能到也。”最后一首写咸阳雨景，写了一半后突然掉转笔头，去写千里外的洞庭湖，用洞庭的水色云容来烘托咸阳桥雨景，不仅使之更为突出，而且境界开阔，令人神往。从表现手法上来说，前人所少有，也是一种开拓。接下来，我们来看他的两首律诗：

晨起动征铎，客行悲故乡。
鸡声茅店月，人迹板桥霜。
槲叶落山路，枳花明驿墙。
因思杜陵梦，凫雁满回塘。

——《商山早行》

苏武魂销汉使前，古祠高树两茫然。
云边雁断胡天月，陇上羊归塞草烟。
回日楼台非甲帐，去时冠剑是丁年。
茂陵不见封侯印，空向秋波哭逝川。

——《苏武庙》

前一首五律是温庭筠的名篇，不断为人传诵，尤其是颔联，是温诗中最为人赞赏的名句，连欧阳修这样的名家也为之叫好。李东阳在《怀麓堂诗话》中对这两句作了细致分析："人但知其能道羁愁野况于言意之表，不知二句中不用一二闲字，止提掇出紧关物色字样，而音韵铿锵，意象具足，始为难得。"这首诗的内容主要是写早行之景与早行之情，表达了羁旅思乡之意。诗的主题并不新鲜，人们赞赏的是它的艺术成就。《苏武庙》是一首咏史诗，歌颂苏武在敌国始终忠贞不屈的高尚的民族气节。在君昏臣奸的晚唐，对明主忠臣的思念更有其现实意义。在艺术上也有其独到之处，沈德潜在《说诗晬语》中说："温、李擅长，固在属对精工，然或工而无意，譬之剪彩为花，全无生韵，弗尚也。义山'此日六军同驻马，当时七夕笑牵牛'，飞卿'回日楼台非甲帐，去时冠剑是丁年'，对句用逆挽法，诗中得此一联，便化板滞为跳脱。"大家都知道，温庭筠的诗以柔婉华丽、秾艳精巧著称，但这首《苏武庙》还有《过陈琳墓》《经五丈原》等咏史诗却慷慨苍凉，感慨深沉。他还有一首《塞寒行》，写边塞生活也颇为刚劲。还值得一提的是《烧歌》，写南方农民"烧畲为旱田"，辛勤劳作，庄稼长势很好，丰收有望，但是"谁知苍翠容，尽作官家税"，揭露了统治阶级对劳动人民的残酷剥削。可见他还是一个关心社会现实的人，只是在大多数时候他不直接写，而是声东击西、旁敲侧击。或以"南朝天子"、"杨家二世"等历史上的亡国昏君隐射当时的皇帝，如《鸡鸣埭歌》《春江花月夜词》等；或借醉狂歌抨击当时的不合理现象，如“洛阳卢仝称文房，妻子脚秃舂黄粮。阿耋光颜不识字，指麾豪俊如驱羊”（《醉歌》）；或借古人自言其志，如“激扬思壮志，流落叹颓龄。恶木人皆息，贪泉我独醒”（《过孔北海墓二十韵》）；至于《病中书怀呈友人》则掩饰不住自己的情怀而直接抒情言志了，如“经济怀良画，行藏识远图。未能鸣楚玉，空欲握隋珠”。总之，温庭筠在中国诗歌发展史上，对诗的创作是有一定贡献的，但他最大的贡献在于奠定了文人词的地位，关于这方面放到后边再说。

二、李群玉

李群玉（约810—约862），字文山，澧州（今湖南澧县）人。善吹笙，工书法，诗笔妍丽，文采倾动一时。亲友劝其应试，一举不第，即弃去。不乐仕进，专以吟咏自适。裴休任湖南观察使时，十分器重他，为之延誉。大中八年（854），以布衣游长安，献诗300首。时裴休为相，荐授弘文馆校书郎。不久弃官归乡。与杜牧、张祜、段成式等友善，与方干唱酬尤多。其诗多为羁旅送别之作。诗风宛转多姿，韵致清幽，感情深挚，辞采丰富，语言清丽，七绝《黄陵庙》（《全唐诗》标为李远作，一作李群玉诗）颇著名：

黄陵庙前莎草春，黄陵女儿蒨裙新。
轻舟小楫唱歌去，水远山长愁杀人。

黄陵庙在今湖南湘阴县北的洞庭湖边，但诗里所写的却是黄陵庙周边的景色，着重描写在黄陵庙前巧遇船家少女，她刚一出现，旋即悠然而去。与庙本身关系不密切。这首诗正因为不实写黄陵庙，因而显得空灵缥缈，情韵悠然。李群玉还有三首绝句应该一提：

早觅为龙去，江湖莫漫游。

须知香饵下，触口是铦钩。

——《放鱼》

一条寒玉走秋泉，引出深萝洞口烟。
十里暗流声不断，行人头上过潺湲。

——《引水行》

江上层楼翠霭间，满帘春水满窗山。
青枫绿草将愁去，远入吴云暝不还。

——《汉阳太白楼》

上边第一首，隐喻当时世路险恶，陷阱四伏，要处处留意，尤其不要贪吞“香饵”，这是告诫鱼，更是告诫世人。第二首写竹筒引水，反映当时的生产水平，已能巧妙地利用泉水。不过这两首都有别于李群玉诗的风格，前边的《黄陵庙》和这里的《汉阳太白楼》才最能体现李群玉诗的风格。空灵缥缈，杳冥悠远，情思不尽，韵味绵长，这才是李群玉诗的特色。

三、韩偓

韩偓（约842—923），字致尧，一作致光，小字冬郎，自号玉山樵人，京兆万年（今陕西西安附近）人。10岁能诗，曾得其姨父李商隐赞赏。龙纪元年（889）登进士第，历任左谏议大夫，翰林学士、中书舍人。天复元年（901），宦官劫持昭宗奔凤翔，韩偓一直随驾，升兵部侍郎，翰林承旨，很受昭宗信任，屡欲擢为宰相，皆辞让之。后因不阿附朱全忠，被排挤，贬为濮州司马。天祐二年（905），召为学士，然此时朱全忠把持朝政，因此不敢入朝，南下赴闽，依王审知而终。

韩偓的诗辞采华丽，意境鲜明，感情柔婉，有他自己的特色，但由于他著《香奁集》而颇受贬斥。其实在《香奁集》中，也有不少好诗，如：

清江碧草两悠悠，各自风流一种愁。
正是落花寒食夜，夜深无伴倚南楼。

——《寒食夜》

曾愁香结破颜迟，今见妖红委地时。
若是有情争不哭，夜来风雨葬西施。

——《哭花》

碧阑干外绣帘垂，猩血屏风画折枝。
八尺龙须方锦褥，已凉天气未寒时。

——《已凉》

恻恻轻寒剪剪风，杏花飘雪小桃红。
夜深斜搭秋千索，楼阁朦胧烟雨中。

——《夜深》

以上四首诗，我们将其分成两组。古代有人认定韩偓的香奁体诗必定有所寄托，但也有人不同意这种说法。要说《香奁集》中每首诗都有寄托确实很难看出来，但以上两首不难看出当另有深意。当时朱温专权，挟皇帝号令天下，党同伐异，朝中人人自危，那些没有骨气的人都阿附朱温。韩偓却坚决不投靠朱阿三，但在当时的形势下又无力扭转局势，也没有情趣相投、志同道合的人，因此感到孤独落寞，《寒食夜》正反映了这种情绪。《哭花》更是自悲身世，黄叔灿在《唐诗笺注》中评论这首诗说："首句谓其开迟，次句言其即落。第三句'若是有情争不哭'，致尧悲感身世，牢落结塞之怀，俱于此句中一恸矣。‘夜来’句是比。”后两首看不出有多少寄托，但其表现手法很值得一提。在《已凉》一诗中，从字面上看，只见帘内房里陈设，只字没有涉及人物，也没有任何表示人物行动或心里活动的词语，但读后通过心灵感受，很快会由见物不见人而变成感到有人存在其中，逐渐再变成忘物唯见人。由于接受主体的情况不同，可以产生各种不同的感觉，或感到有美一人，正睡在罗帐之中；或感到有一美人正在抚琴低唱；或有人正凝神沉思；还可以想象成一个男性贵族公子的世界；也可以想象成一个二人世界，有两个美人在唧唧谈心，或两个男士在谈心下棋；更可以想象成其中有一对情侣，正在卿卿我我，谈情说爱。总之，这首诗留下了大片空白，读者可以自由驰骋想象的骏马。韩偓善写这种看似无人却有人的境界，《夜深》是另一例，留下的空白比上一首小。《已凉》是写室内景物，这首诗是写室外庭院中景物。《夜深》又作《寒食夜》，寒食是清明前两天（古时称百五日）。近清明时，江南多雨，所谓“清明时节雨纷纷”、“多少楼台烟雨中”、“春在蒙蒙细雨中”，因是雨天，所以尚觉轻寒。杏花已谢，桃花正盛开，也是江南清明时的景色。这首诗用词精确，写景入情入理。在后两句中，所见到的景物除朦胧烟雨外，只有秋千与楼阁，寂寂无人，然而读后完全可以领会到，有一丽人方戏罢秋千，此刻正在楼阁中剪灯听雨，或解衣就寝。刘拜山在《唐人千首绝句》中说：“冬郎七绝设色浓丽而意境迷离，于温、李外别树一帜。”这种写法对后代很有影响，南唐冯延巳的词就深受其影响，常出现这种情况。在《香奁集》以外，韩偓还有些诗值得一提，如：

水自潺湲日自斜，尽无鸡犬有鸣鸦。
千村万落如寒食，不见人烟空见花。
——《自沙县抵龙溪县值泉州军过后村落皆空因有一绝》

何曾解报稻粱恩，金距花冠气遏云。
白日枭鸣无意问，唯将芥羽害同群。

——《观斗鸡偶作》

渐觉人心望息兵，老儒希觊见澄清。
正当困辱殊轻死，已过艰危却恋生。
多难始应彰劲节，至公安肯为虚名。
暂时胯下何须耻，自有苍苍鉴赤诚。

——《息兵》

这三首诗反映了韩偓所处的唐末乱世，多灾多难。第一首写官兵害民，所过之处，竟鸡犬不留，说得很委婉，揭露得却很深刻。第二首借斗鸡讽刺当时藩镇兼并混战，自相残杀。以物喻人，蕴含不露。第三首写在乱世盼望和平，“息兵”就是希望息战斗，不再打仗，能过上太平日子。韩偓还有些小诗虽然说不上有多少社会意义，但别有风味，饶有情趣，如：

庭树新阴叶未成，玉阶人静下帘声。
相风不动乌龙睡，时有娇莺自唤名。

——《夏日》

万里清江万里天，一村桑柘一村烟。
渔翁醉著无人唤，过午醒来雪满船。

——《醉著》

韩偓是李商隐的外甥，写诗师承义山，得其真传。他善于借景抒情，借物象征，烘托暗示，含蓄婉曲，细腻传神，这种手法上承李商隐，下影响五代词及宋代婉约词，细加对照分析，可明显找到其间的脉络，从冯延巳和花间派词人的词中以及周邦彦和李清照的词里都有迹可循。韩偓在唐末是一个有骨气的人，不像杜荀鹤为求官媚附权奸朱阿三，也不像秦韬玉依附宦官田令孜求得高官，他始终不与朱温合作，《四库全书总目提要》中曾有这样一段话论述他："偓为学士时，内预秘谋，外争国是，屡触逆臣之锋，死生患难，百折不渝。晚节亦管宁之流亚，实为唐末完人。其诗虽局于风气，浑厚不及前人，而忠愤之气，时时溢于言外。性情既挚，风骨自遒，慷慨激昂，迥异当时靡靡之响。其在晚唐，亦可谓文笔之鸣凤矣。"

四、司空图

司空图（837—908），字表圣，自号知非子，耐辱居士，临淮（今江苏盱眙北）人，家居河中虞乡（今山西永济东）。咸通十年（869）登进士第。任光禄寺主簿，分司东都时，与以太子宾客分司东都的卢携友好。乾符六年（879），卢还朝复相，召图为礼部员外郎，不久迁礼部郎中。广明元年（880）冬，黄巢入长安，僖宗奔蜀，图从之不及，乃归隐中条山王官谷。中和三年（883），黄巢退出长安，僖宗由蜀至凤翔，召为知制诰，迁中书舍人。在僖宗为宦官田令孜劫往宝鸡时，他未随入，再度归隐王官谷。天祐四年（907），朱全忠篡唐，召为礼部尚书，不赴。次年哀帝被杀，司空图闻讯，绝食而亡。其诗多写山林隐逸之趣，实为英雄末路，寄情山水。对他的诗，历来没有太高的评价，但对他写的《诗品》都比较看重，因为详细论述诗的风格他是第一次。他从风格着眼，把诗分成"二十四品"，从"雄浑"开始，以"流动"结束，这一起一结是全篇的总纲，也是作者的主导美学思想。司空图论诗，一直十分重视"韵外之致"、"象外之象"、"景外之景"，所谓"超以象外，得其环中"，"不著一字，尽得风流"。《诗品》对后世影响很大，特别是宋代严羽，他的《沧浪诗话》与司空图的

《诗品》是一脉相承的。清代王士祯在其影响与启示下，创立了“神韵说”；袁枚的“性灵说”也与《诗品》有密切关系，而且还写了《续诗品》三十二品。总之，《诗品》对后世影响十分深远。但对于《诗品》是否为司空图作，目前尚有争议。他的诗，虽然直接反映人民疾苦的不多，却反映了当时社会动乱，国家破碎，战乱景象在他的诗中频频出现，“乱”字出现的频率很高，他满怀忧国之情，却难以有所作为。例如：

丧乱家难保，艰虞病懒医。
空将忧国泪，犹拟洒丹墀。

——《乱后三首》其一

日炙旱云裂，迸为千道血。
天地沸一镬，竟自烹妖孽。
尧汤遇灾数，灾数还中辍。
何事奸与邪，古来难扑灭。

——《华下》

从这两首诗中我们可以看到，他怀着一片忧国之心，随时准备为国尽力，然而报效无门，痛苦伤心至极，因此有病也懒得医治，这是失望到极点的心态。后一首更是想入非非，幻想天地变成一只沸腾的大锅，烹尽妖孽，扑灭祸国殃民的奸邪。这类诗其他还有“乱后他乡节，烧残故国春”（《漫题三首》其一）、“离乱身偶在，窜迹任浮沉”（《避乱》）、“今冬腊后无残日，故国烧来有几家”（《南至四首》其一）、“年华乱后偏堪惜，世路抛来已自生”（《南至四首》其三）、“何时京洛路，马上见人烟”（《江行二首》其一）、“乱后烧残数架书，峰前犹自恋吾庐”（《光启四年春戊申》）、“四望交亲兵乱后，一川风物笛声中”（《重阳山居》）、“身病时亦危，逢秋多恸哭”（《秋思》）等，其中《避乱》中“离乱身偶在”痛定思痛，何等沉痛！一个“偶”字，简直是用血泪写成的。我们再来读几首他的诗：

宿雨川原霁，凭高景物新。
陂痕侵牧马，云影带耕人。

——《即事九首》其一

一自萧关起战尘，河湟隔断异乡春。
汉儿尽作胡儿语，却向城头骂汉人。

——《河湟有感》

经乱年年厌别离，歌声喜似太平时。
词臣更有中兴颂，磨取莲峰便作碑。

——《漫题》

以上三首诗，第一首写雨后初晴景色，不仅写了川原风景，也写出了农民的辛勤劳动；雨初停，湿云尚未散尽，农民已下地耕种了。第二首是一首讽刺诗，轻轻几笔，勾画出了一副投敌求荣的丑恶嘴脸。第三首也是一首讽刺诗，讽刺那些御用文人善于阿谀奉承，分明是年年“经乱”，他们却毫不知羞耻，不仅写什么“中兴颂”，而且还“磨取莲峰便作碑”，真是无耻至极。

五、吴融

吴融（约847—903），字子华，越州山阴（今浙江绍兴）人。广明、中和之际（880—884）已有才名。龙纪元年（889）登进士第，与韩偓同年。韦昭度讨蜀，表掌书记，累迁侍御史。后任左补阙、翰林学士、中书舍人，进户部侍郎。天复元年（901），朱全忠兵犯京师，昭宗逃往凤翔，融扈从不及，流寓阌乡。不久召为翰林承旨学士，卒于官。工诗能文，文辞美赡。与韩偓、贯休、方干、尚颜等交往唱和，受韩偓影响，有香奁体，但为数不多。其诗最善咏物，运笔精细，巧于铺陈，能用事而不留痕迹，自然流畅，寄情深厚，为善学义山者，既有师承而又有独创。例如：

一枝红艳出墙头，墙外行人正独愁。
长得看来犹有恨，可堪逢处更难留。
林空色暝莺先到，春浅香寒蝶未游。
更忆帝乡千万树，澹烟笼日暗神州。

——《途中见杏花》

举国繁华委逝川，羽毛飘荡一年年。
他山叫处花成血，旧苑春来草似烟。
雨暗不离浓绿树，月斜长吊欲明天。
湘江日暮声凄切，愁杀行人归去船。

——《子规》

吴融的咏物诗在借物咏怀时，把咏物与咏怀结合得比李商隐更为密切，几乎完全融合在一起。第一首的末句有“总为浮云能蔽日，长安不见使人愁”之意，而“暗神州”三字，其意蕴更深。第二首开头一句表面上是说望帝，实际上暗示当时的唐帝国。这两首咏物诗借物咏怀，让人倍感悲凉。同时，诗里通过咏物折射出时代的苦难，乱世的悲情。当然，他也有一些并无多少深意的咏物诗，却自有一种旖旎风神。例如：

粉薄红轻掩敛羞，花中占断得风流。
软非因醉都无力，凝不成歌亦自愁。

独照影时临水畔，最含情处出墙头。
徘徊尽日难成别，更待黄昏对酒楼。

——《杏花》

在这首诗里，我们看不出有什么寄托，诗人不仅刻画了杏花之形，而且得其神，这里的杏花几成脉脉含情的少女，对后来宋人的同类诗词产生了一定影响。吴融有少量直接反映现实的诗，颇有苍凉沉郁之感，其中有《华清宫四首》《松江晚泊》《金桥感事》《彭门用兵后经汴路三首》等，现录《彭门用兵后经汴路三首》之三于下以见一斑：

铁马云旗梦渺茫，东来无处不堪伤。
风吹白草人行少，月落空城鬼啸长。
一自纷争惊宇宙，可怜萧索绝烟光。
曾为塞北闲游客，辽水天山未断肠。

六、钱珝

钱珝（生卒年不详），字瑞文，吴兴（今浙江湖州）人，为钱起曾孙。乾符六年（879）登进士第，一说广明元年（880）进士。累迁为尚书郎。乾宁二年（895），由宰相王抟举荐，擢为知制诰，又迁为中书舍人。光化三年（900），王抟罢相，珝受牵连贬官，出为抚州（今属江西省）司马，于赴任途中自编其诗文为《舟中录》二十卷，今佚。《全唐诗》录存其诗108首，编为一卷。其中《江行无题》100首，是他在赴抚州司马任途中所作，描绘长江两岸风光，100首诗连接在一起，如展万里长江画卷。今录《江行无题》数首于下：

翳日多乔木，维舟取束薪。

静听江叟语，尽是厌兵人。

——其十二

兵火有馀烬，贫村才数家。
无人争晓渡，残月下寒沙。

——其四十三

不识相如渴，徒吟子美诗。
江清唯独看，心外更谁知。

——其十八

憔悴异灵均，非谗作逐臣。
如逢渔父问，未是独醒人。

——其二十一

咫尺愁风雨，匡庐不可登。
只疑云雾窟，犹有六朝僧。

——其六十八

万木已清霜，江边农事忙。
故溪黄稻熟，一夜梦中香。

——其九十八

以上六首诗，前两首反映战乱的破坏，农村凋敝，人民厌战，富有现实意味。中间两首是对前代诗人的怀念，他此刻深感如同杜甫一样在江上漂泊，像屈原一样成为“逐臣”，大有同病相怜之感。第五首显然是过庐山时写的，在江上舟中仰望庐山，只见云雾萦绕，景色迷蒙，缥缈虚幻，似在云雾之中，幻想着有六朝高僧隐居于此。这首诗托思绵邈，情致高远，韵味浓郁。最后一首是写在途中对家乡的思念。钱珝还有一首七绝《未展芭蕉》，也是咏物诗中的上乘之作：

冷烛无烟绿蜡干，芳心犹卷怯春寒。
一缄书札藏何事，会被东风暗拆看。

咏物诗不能满足于对所咏对象绘形绘色的描摹，而是要离形得似，遗貌取神。这首诗就做到了这一点。一棵未展芭蕉，诗人通过联想与想象，设喻取譬，赋予了人的个性，这是一个含情脉脉的娇羞少女，是一个在封建社会里深受束缚与禁锢的处子，她情窦初开，但又怯于袒露，在感情上受到很大的压抑，显得楚楚可怜，令人顿生爱怜之意。

七、高蟾

高蟾（生卒年不详），郡望渤海（今河北沧州）。本为寒士，无人举荐，倜傥不群，故累举不第，咸通十四年（873）始登进士第。乾宁中（894—898），官至御史中丞。与郑谷友善。其诗以《金陵晚望》《下第后上永崇高侍郎》两首最负盛名，《宋汴道中》一诗颇有时代感。例如：

曾伴浮云归晚翠，犹陪落日泛秋声；
世间无限丹青手，一片伤心画不成。
——《金陵晚望》

天上碧桃和露种，日边红杏倚云栽。
芙蓉生在秋江上，不向东风怨未开。
——《下第后上永崇高侍郎》

平野有千里，居人无一家。
甲兵年正少，日久戍天涯。

——《宋汴道中》

金陵是六朝古都，虽然这六个都是短命的王朝，然而这六朝帝王却都奢华靡费，异乎寻常地寻欢作乐，造就了金陵的极度繁华，且以多佳丽著名。但时至晚唐，已是“六代繁华，春去也，更无消息”。其实岂止是“六代”，这时的唐帝国也已是“春去也”，剩下的只是浮云、晚翠、落日、秋声，满目没落衰败的景象。后两句是这首诗的名句，很有影响，韦庄的《金陵图》反用其意，宋代司马池的《行色》则化用其意曰：“赖是丹青不能画，画成应遣一生愁。”第二首是一首讽刺诗，但全用比兴，不露痕迹。诗中以“天上碧桃”、“日边红杏”比喻豪门子弟，以“和露种”、“倚云栽”比喻主考官高侍郎着意栽培，曲为徇情。后两句以秋江芙蓉自喻，孤寒之士，出身低微，生不逢时。表面上虽不言怨，其实怨意颇深。这种写法对宋词中的婉约派有一定影响。最后一首反映藩镇兼并激烈，宋汴一带，朱温与李克用屡次恶战于此，受祸甚烈，造成千里赤地，杳无人烟。

八、郑谷

郑谷（约848—约909），字守愚，袁州宜春（今江西宜春）人。幼聪颖，7岁能诗，后来举进士却屡试不第。曾避乱去蜀中。光启三年（887）始登进士第。初授鄠县尉，后迁右拾遗、右补阙，官至都官郎中，世称“郑都官”。乾宁三年（896），从昭宗避难华州，寓居云台道舍，自编其诗为《云台编》。早负诗名，为司空图所赏识，曾受知于马戴、薛能、李频，并与高蟾友善。咸通中，与许棠、张乔等人唱酬，号为“咸通十哲”。长于绝句，然其七律《鹧鸪》传诵一时，有“郑鹧鸪”之称。诗僧齐己曾携诗卷投谒，其中有《早梅》诗云：“前村深雪里，昨夜数枝开。”谷曰：“数枝非早也，未若一枝佳。”齐己拜服，尊之为“一字师”。其诗多为写景咏物、感伤身世和寄赠送别之作，偶有关心民生疾苦、不满战乱的现实之作。兹录数首于下：

暖戏烟芜锦翼齐，品流应得近山鸡。
雨昏青草湖边过，花落黄陵庙里啼。
游子乍闻征袖湿，佳人才唱翠眉低。
相呼相应湘江阔，苦竹丛深春日西。

——《鹧鸪》

扬子江头杨柳春，杨花愁杀渡江人。
数声风笛离亭晚，君向潇湘我向秦。

——《淮上与友人别》

花月楼台近九衢，清歌一曲倒金壶。
座中亦有江南客，莫向春风唱鹧鸪。

——《席上贻歌者》

承时偷喜负明神，务实那能得庇身。
不会苍苍主何事，忍饥多是力耕人。

——《偶书》

禾黍不阳艳，竞栽桃李春。
翻令力耕者，半作卖花人。

——《感兴》

第一首诗曾使郑谷名声大振，但今天看来，其实很平常。中间两联尚差强人意，颔联却颇为传神，令漂泊者黯然伤神。第二首一向为人赞赏，这首诗不仅别意茫茫，“离思缠绵”、“凄其欲绝”，而且极富音乐美，前两句三个“杨”音连贯而下，三个阳平“杨”字中间又衬着两个阴平的“江”字；末句在三个音节最关键的地方用了两个“向”字，中间夹着一个同音不同调的“湘”字，有如贯珠，累累联翩；第三句加上了“数声风笛”，使全诗音响浏亮，馀音不绝。这首诗正如宋顾乐在《唐人万首绝句选》中评说的那样“情致微婉，格调高响”。第三首中所说的“鹧鸪”，是南方的一种民间曲调，多述离情，调哀怨凄婉。嘱歌者莫唱《鹧鸪》，十分含蓄地表达了其思乡之情深切。翁方纲以为这首诗胜过其七律《鹧鸪》。后两首说明作者还有关心现实、同情劳苦大众的心，他在《中秋》一诗中说“乱兵何日息，故老几人全”，在《漂泊》诗中说“十口漂零犹寄食，两川消息未休兵”，表达了诗人厌恶混战、渴望和平的心情。

九、崔涂

崔涂（约850—？），字礼山，桐庐（今属浙江）人。光启四年（888）登进士第，出身孤寒，朝中无人，因此仕途不顺，穷年羁旅，终生漂泊，曾到过江苏、安徽、江西、河南、湖北、湖南、四川、陕西等地。其诗多写羁旅话别与旅途题咏，情调抑郁低沉，颇多身世之慨。他其实是一个很有抱负的人，只是生不逢时，在《问卜》中说得很清楚：“自小非无志，何年即有成。岂能长失路，争忍学归耕。不拟逢昭代，悠悠过此生。”其诗多数为五律，但其名句却多在七律中，如“蝴蝶梦中家万里，子规枝上月三更”（《春夕》）、“瓜沙旧戍犹传檄，吴楚新春已废耕”（《己亥岁感事》）等，其七绝被认为“不下于郑都官”。兹录数首于下：

年年七夕渡瑶轩，谁道秋期有泪痕？
自是人间一周岁，何妨天上只黄昏。
——《七夕》

越鸟巢边溪路断，秦人耕处洞门开。
小桃花发春风起，千里江山一梦回。
——《题授阳镇路》

四朝十帝尽风流，建业长安两醉游。
唯有一篇杨柳曲，江南江北为君愁。
——《读庾信集》

牛郎织女的故事流传很广，几乎家喻户晓，从《古诗十九首》开始，不断有人咏其事，对牛郎织女硬被王母拆散，每年只能渡过鹊桥相会一次都表示了无限同情。写七夕，如果再按这个框框来写，很难有新意。崔涂这首诗把案翻过来，赋予新意。民间有“山中方七日，世上几千年”的传说，这样计算起来，那么人间一年，在天上也许还不到一天的时间。这首诗想落天外，设想奇特，承接自然，说得合情合理。第二首是在旅途顿生思乡之情，诗中暗用《古诗十九首》中“越鸟巢南枝”与《桃花源记》中的语意，两个典故用得都很自然，用典而令人不觉有典。第三首被管世铭在《读雪山房唐诗钞》中誉为：“骨色神韵，俱臻绝品。”崔涂还有一首五律《南涧耕叟》应该一提：

年年南涧滨，力尽志犹存。
雨雪朝耕苦，桑麻岁计贫。
战添丁壮役，老忆太平春。
见说经荒后，田园半属人。

这是崔涂诗中难得的一首反映当时社会现实的诗，而且把关怀同情的目光投向一个老农民，十分可贵。当然，崔涂留给后人的最宝贵的遗产还是《七夕》诗那种别出心裁的艺术构思方法。

十、方干

方干（809—约888），字雄飞，睦州桐庐（今属浙江）人。得徐凝器重，授以诗律。曾谒钱塘太守姚合，姚见其唇缺貌陋，对他颇为轻慢，及览其诗，大为惊叹。宣宗时，举进士，不第，隐居镜湖。终身布衣，潦倒而卒。咸通（860—873）至中和（881—884）年间，以诗著名江南，曾与姚合、贾岛、吴融、章碣等交往唱酬，而李频、孙郃等则尊之为师。其诗风接近贾岛、姚合，亦以苦吟著称，自言“吟成五字句，用破一生心”（《感怀》）、“才吟五字句，又白几茎髭”（《赠喻凫》）。卒后门人私谥为玄英先生，并编其诗为《玄英先生集》。诗多酬赠送别与旅途题咏，长于律诗，虽对仗工稳，时有佳对，但内容空泛。倒是其绝句中有的颇有特色，如：

曾于方外见麻姑，闻说君山自古无。
元是昆仑山顶石，海风吹落洞庭湖。

——《题君山》

六幅轻绡画建溪，刺桐花下路高低。
分明记得曾行处，只欠猿声与鸟啼。

——《题画建溪图》

昨日草枯今日青，羁人又动故乡情。
夜来有梦登归路，不到桐庐已及明。

——《思江南》

洞庭湖君山历来题咏颇多，著名的有刘禹锡的《望洞庭》与雍陶的《题君山》（风波不动影沉沉，翠色全微碧色深。应是水仙梳洗处，一螺青黛镜中心）。这两首诗都为人赞赏，而意境近似，宋黄庭坚诗《雨中登岳阳楼望君山》也由刘、雍的诗脱胎而来。方干却别出心裁，大胆想象，写出了这首不蹈袭人后的《题君山》，令人耳目一新。第二首是题画诗，显然受到景云《画松》的启发，两首诗表现手法相同，把画景说得煞有其事，可惜这首诗没有达到青出于蓝而胜于蓝的地步。第三首诗用写梦来表达乡思，虽这也有所本，出于岑参的《春梦》，后来戎昱的《寄湖南张郎中》与武元衡的《春兴》思路基本一致，意境也极相似。岑参说“枕上片时春梦中，行尽江南数千里”，戎昱说“归梦不知湖水阔，夜来还到洛阳城”，武元衡说“春风一夜吹乡梦，又逐春风到洛城”，这三首诗尽管词语不同，但在梦中都达到了目的，方干这首诗却换了思维，从更深处写。方干家在建德，这时他身在离家乡很遥远的西北方向的长安，桐庐在建德北边，梦中连桐庐都到不了，更何况到更南边的建德了。日夜思念家乡，然而连归梦也难到，更见故乡之遥与其情之苦，比写只有在梦里才能到达更曲折深沉。贺裳在《载酒园诗话》中说这首与岑参等人的诗比较起来，“竿头进步，妙于夺胎”。方干的律诗也并非一无可取，其中有一首五律《过申州作》还是值得一读：

万人曾死战，几户免刀兵。
井邑初安堵，儿童未长成。
凉风吹古木，野火烧残营。
寥落千馀里，山高水复清。

在这首诗里，我们终于闻到了唐末战火连年、赤地千里的时代气息。还有一首《晓角》写的是当时的边塞："画角吹残月，寒声发戍楼。立霜嘶马怨，攒碛泣兵愁。燕雁鸣云畔，胡风冷草头。罢闻三会后，天迥晓星流。"他还有两首诗也反映了当时的社会现实，其一是《朔管》的颈联"望乡皆下泪，久戍尽休眠"，其二是《送汶上王明府之任》的颔联"亲友移家尽，闾阎百战伤"。

十一、赵嘏

赵嘏（约806—852），字承祐，山阳（今江苏淮安）人。会昌四年（844）登进士第，同榜有项斯、马戴。大中（847—860）中，任渭南县尉，世称"赵渭南"。与杜牧友善，其《长安秋望》中的颔联"残星几点雁横塞，长笛一声人倚楼"为杜牧赞赏，誉之为"赵倚楼"。他的诗空灵委婉，很有韵味，兹抄录几首于下：

晓发梳临水，寒塘坐见秋。
乡心正无限，一雁度南楼。

——《寒塘》

门前不改旧山河，破虏曾轻马伏波。
今日独经歌舞地，古槐疏冷夕阳多。

——《经汾阳旧宅》

独上江楼思渺然，月光如水水如天。
同来望月人何处，风景依稀似去年。

——《江楼感旧》

十二、张起

张起（生卒年不详），约为晚唐人，一说中唐代宗时人，籍贯不详，《新唐书·宰相世系表》有张起，为张郧子，曾任端州司户参军，是否即为此人不太清楚。今存诗两首，其中五绝《春情》颇得好评：

画阁馀寒在，新年旧燕归。
梅花犹带雪，未得试春衣。

对这首诗，俞陛云在《诗境浅说续编》中解析得很透彻：“此诗设色纤秾，托思绵邈，齐、梁之精品也。诗句皆咏春寒，而诗题标曰‘春情’。可见诗句皆含情思矣。首句之意，画阁乃凝妆之地，宜晴日和风，而言馀寒尚在，似怅春色之迟也。二句之意，新年当明媚之辰，宜梁燕双栖，而言旧燕还飞，似萦怀旧之思也。三句之意，梅花占众艳之魁，而犹带残雪，似感芳时之冷落也。四句之意，巢燕已归，而春衣未试，其因清寒料峭，尚怯罗衣耶？抑幽绪盈怀，慵施针线耶？诗题既曰《春情》，或因春至关情，或以情重而怨春，作者特缥缈其词，自成好句耳。”

十三、唐温如

唐温如（生卒年不详），约为晚唐人，字号籍贯俱不详，一说元末明初会稽（今浙江绍兴）人。关于他的身世，也未见记载，无从查考，只留下一首诗与姓名。这首诗却非常出色，是唐人绝句中的佼佼者，虽号称绝句圣手的王昌龄、李白也无以过之。这首诗题名《题龙阳县青草湖》：

西风吹老洞庭波，一夜湘君白发多。
醉后不知天在水，满船清梦压星河。

这首诗里写的完全是醉意中的朦胧感觉，如梦如幻，似真似假，非常富有情趣。前两句不仅把洞庭湖人格化，而且还与神话传说联系了起来。后两句写在醉意朦胧、睡态惺忪时的感觉。晚上银河倒映在水中，船在水上，似乎置身于天上，在银河中荡桨，星光灿烂，奇妙无比，似进入了神仙世界。最后一句更是奇特，诗人对虚幻的梦赋予了形体和重量，既能装满船，又能压星河，从而使梦变成了实在的存在，似乎睁眼可见，举手可触。明明是梦，却虚虚实实，缥缈奇幻，只觉得美妙瑰丽，超脱尘嚣。这与晚唐那个混乱污浊的现实恰成反比，这正是诗人内心所热烈向往的“世外桃源”。这首诗有韵外之致、弦外之音，读后只觉馀味无穷。

十四、张泌

张泌（生卒年不详），字子澄，淮南（今安徽寿县）人。仕南唐，初为句容县尉。曾上书后主李煜，陈述治国之策，擢为监察御史，后迁考功员外郎、内史舍人，世称“张舍人”。开宝八年（975），随后主降宋，入史馆，迁虞部郎中。然矢志效忠故主，后主被赵光义毒死后，他每逢寒食，必亲拜后主之墓，哭之甚哀。李氏子孙衰微，他常分俸赡给。后罢官归家。工诗，长于七言。其诗多伤春感怀与旅途题咏，其《春日旅泊桂州》，隐隐有身世之感：“弱柳未胜寒食雨，好花争奈夕阳天。”张泌诗中最著名的还是两首《寄人》，特别是其中的第一首，历来为人传诵：

别梦依依到谢家，小廊回合曲阑斜。
多情只有春庭月，犹为离人照落花。

这首诗题名《寄人》，实际上已无人可寄，只是在追忆一段失落的爱情。整首诗写的都是梦境，后半首有人理解为梦醒后的情况，这是解释不通的。如果是梦醒后，那么这个“春庭”当然不是谢家的，而是自己家的，在自家院里怎么会成为“离人”？若理解为仍在梦中，就完全解释通了。这里的“春庭”是谢家的庭院，是当年与恋人分别的地方，所以说“犹为”。这首诗用梦境来表达相思之情，委婉曲折，情深幽怨，让读者不禁与作者一同惆怅、一起唏嘘。

在当时，小有名气的也写过一些有一定水平的诗的人还有不少，像罗邺、马戴、皇甫松、薛能、刘得仁、李频、李郢、崔珏、崔橹、许棠、段成式、高骈、张孜、卢汝弼、司马札、齐己、鱼玄机等，限于篇幅，就不一一细说了。

中国诗歌发展史

[中]

张国伟　著

河北出版传媒集团
河北教育出版社

第四卷 · 裂变期

目　录

概　说 / 1

第一编　变调 / 4

第一章　宋初三大派 / 4

第二章　变革三杰 / 25

第三章　确立一代诗风 / 32

第四章　王安石与宋体诗的完备 / 47

第五章　苏轼与宋诗的第一个高峰 / 54

第六章　黄庭坚、陈师道与江西诗派 / 73

第七章　南渡前后的非江西派诗人 / 101

第八章　宋诗的第二个高峰 / 108

第九章　爱国诗人陆游 / 110

第十章　范成大与杨万里 / 121

第十一章　尤袤及其同时代诗人 / 131

第十二章　从高峰上跌落下来 / 136
第十三章　黍离悲歌 / 155
第十四章　辽金诗 / 163
第十五章　元诗 / 185
第二编　转型 / 216
第一章　词的兴起 / 216
第二章　早期的词 / 219
第三章　温庭筠、韦庄与《花间集》 / 228
第四章　李煜和南唐词人 / 241
第五章　宋词概况 / 254
第六章　宋初承袭期 / 256
第七章　宋词发展期 / 273
第八章　爱国豪放词派的先行者张元干 / 326
第九章　张孝祥与陆游 / 338
第十章　爱国豪放词派的主帅辛弃疾 / 349
第十一章　南宋其他爱国词人 / 362
第十二章　南宋婉约派代表作家 / 376
第十三章　南宋婉约派其他著名词人 / 389
第十四章　金词 / 403
第十五章　元词 / 417
第三编　再度转型 / 441
第一章　以大都为活动中心的前期作家 / 443
第二章　以杭州为活动中心的后期作家 / 454

概　说

这一期相应的时代，主要为宋元两代。我们所以称之为“裂变期”，因为在宋代，从诗中分裂出来词，到元代又分裂出来散曲，先是一分为二，后又分为三。虽然词在宋代以前已经产生了，但词的全盛时期无疑是在宋代。词称为诗馀，因此词实为诗的转型；到了元代，再度转型，发展为散曲。从此，诗、词、散曲，一直并存。在宋代，原来的诗虽然还存在，但发生了实质性的变化，“唐诗多以丰神情韵擅长，宋诗多以筋骨思理见胜。”（钱锺书《谈艺录·诗分唐宋》）诗本该是抒情之作，但到了宋代，相对唐诗而言，基调变了。正如严羽在《沧浪诗话·诗辨》中所说的“诗者，吟咏性情也，盛唐诸人，唯在兴趣，羚羊挂角，无迹可求。故其妙处，透彻玲珑，不可凑泊，如空中之音，相中之色，水中之月，镜中之象，言有尽而意无穷。近代诸公乃作奇特解会，遂以文字为诗，以才学为诗，以议论为诗；夫岂不工，终非古人之诗也，盖于一唱三叹之音，有所歉也。”简言之，唐诗尚情韵，宋诗重理趣。由此可见，诗发展至宋元，发生了裂变，一分为二：一为变调，二为转型。这变化既有其外界社会的客观因素，更有其内部自身发展的原因。

先说外部社会的客观因素。从中国的历史进程来说，宋代是处于封建社会的中后期，其主要特征是在政治上实行中央集权与君主专制；在思想上，虽然仍然存在儒、道、释三家，但以儒家为主导，而且儒学逐渐变异为理学，并形成三教合一。在学术思想上，理学兴起，逐渐钳制人们的思想，理学家周敦颐在《周子通书·文辞》中提出了“文所以载道”的主张；后来朱熹在《朱子类语》中批判了韩愈“文以贯道”的思想，进一步弘扬了“文以载道”的主张（有人把“文以载道”说成是韩愈提出来的，这说法不正确），认为“这文皆是从道中流出”，这是把文学的社会功能凌驾于审美功能之上，实际上是取消了文学，使诗文沦为“载道”的工具，造成不少宋诗中存在浓厚的说教成分。同时，宋代已进入了封建社会的中后期，加强了中央专制，思想控制严密，已没有唐代的较为宽松的环境，士子文人因作诗而获罪的情况屡屡发生，苏轼就曾遭遇“乌台诗案”，被拘捕入狱，险遭不测。这就使得宋代诗人在写诗时顾虑重重，没有能像唐代诗人那样敢于直面现实，大胆抨击时政，讽刺权贵，述志抒怀。宋代的文化较前代更为普及，科举制也更为完备，不像唐代那样除考试外，还需要有权贵或名流举荐，还要考虑其家庭背景等，同时唐代的仕进门路也多，除科举外，还有世袭、投幕府、献赋，更有一条“终南捷径”等等；宋代只有科举考进士一条路，而且科举实行了“弥封制”，减少了人为因素，最后由皇帝亲自主持“殿试”，及第者为“天子门生”，不得称某主考官的门生，减少士子对主考官的依赖。考试科目由唐代的诗赋策论改为儒学一科。这种种措施，便于皇帝对士子的严密控制。自此以后，寒士出身而任高官以至位居宰辅的也大有人在，这加强了士子对皇帝朝廷的依赖，失去了个性自由，也就不能像唐代士子那样无拘束地述志抒怀，诗中自然就少了几分情韵。因此，宋代的文人士子的思想没有唐代的文人士子活跃。同时宋代外患不断，危机四伏，这也就决定宋代的文人士子具有浓厚的忧患意识，因此“先天下之忧而忧，后天下之乐而乐”成为当时文人士子的信条，这也就决定了宋诗没有唐诗里那种高亢昂扬的精神和乐观自信的情绪。

再说诗歌内部自身发展的原因。唐诗的辉煌成就，对宋代的文人士子来说，既提供了学习与借鉴的典范，又造成了难以企及的巨大压力。宋人写诗是从学习并模仿唐诗开始的，在不断学习和模仿过程中，逐渐意识到老是这样一成不变是没有出路的，为了不在唐人背后亦步亦趋，他们只得另辟蹊径。诗至盛唐，各类体裁齐备，各类题材与各种技巧差不多都有了。为了有所创新，宋人着重选择了唐人虽已开创但仍有创新馀地的形式与表现技巧，进行大力开拓，于是形成了宋人“以文字为诗，以才学为诗，以议论为诗”，变唐音为宋调，终于得以与唐诗分庭抗礼，到后代出现了宗唐与宗宋的流派。同时大力发展被称为“诗馀”的词，并赋予词以“吟咏性情”的职责，以弥补宋诗重理趣轻情韵所造成的不足。于是词有了“艳科”的名称，不少宋人板着脸写诗，涎着脸写词；唐人崔国辅式的艳情诗，在宋诗中不多见，大多被词代替了。由此可见，诗到北宋发生裂变，虽然有其外部社会的客观因素，但这只起促进作用，起决定作用的还是诗歌本身发展的内部因素。

第一编　变调

这里所说的变调，是说那些从外部形式上来看，还是诗，五言、七言，古体、近体等等，似乎一成不变，但格调变了，由“以丰神情韵擅长”的唐诗，转变为“以筋骨思理见胜”的宋诗。由尚情韵的唐诗转变为重理趣的宋诗，当然不是一蹴而就的，而是有个变化发展的过程。

第一章　宋初三大派

北宋是紧接五代而来的，五代虽然历经梁、唐、晋、汉、周五个朝代，但总共只有53年。五代的诗人大多由晚唐过来，仍是晚唐诗风。五代时间太短，还来不及成长起自己的诗人，更谈不上转变诗风，所以在北宋初期，仍笼罩着晚唐诗风，当时诗坛上出现了三大派，这三派无不与中晚唐诗有密切关系。

第一节　平易浅近的白体诗派

在五代十国时期，就已流行白体诗，宋初的白体诗是承袭五代十国而来。据方回在《送罗寿可诗序》中所列举，当时的白体诗人主要有李昉、徐铉、徐锴、王奇、王禹偁等五人。这五人中，徐锴、王奇两人的诗集已失传，李昉原有文集50卷，亦不传，唯有他与李至的酬唱合集《二李唱和集》尚存。徐铉与王禹偁两人有完整的诗集传世。李昉与徐铉都是五代旧臣入宋，为宋初白体诗派的开创人，但因他们的创作倾向主要承袭唐代元白与皮陆唱和之风，因此成就不高。其中在艺术上有造诣有成就的主要是王禹偁。其间还有一个郑文宝，诗学徐铉而有所变化，诗风有王禹偁的风味，是连接徐、王之间的链条，在从五代十国的白体诗演变为宋代的白体诗中起到了应有的桥梁作用。

一、徐铉

徐铉（916—991，一说917—992），字鼎臣，广陵（今江苏扬州）人。少时即与韩熙载齐名江东，并称韩徐，又与其弟徐锴并称二徐。仕南唐，官至吏部尚书。他身为南唐末年的重臣，在南唐深受宋王朝压迫的情况下，处境很艰难。后来随李后主降宋，虽然累迁至散骑常侍，但作为贰臣，言行都需小心谨慎，因此心情始终是压抑的。为消除烦恼，排遣苦闷，他只有到山水中去找寻宁静，到佛道中去求得解脱，或在交游与宴饮中排遣烦闷。因此他的诗大多在索寞中略带惆怅，然而他写得很淡，很自然。有《骑省集》传世。兹录三首于下：

老大逢春总恨春，绿杨阴里最愁人。
旧游一别无因见，嫩叶如眉处处新。

——《柳枝词》

京口潮来曲岸平，海门风起浪花生。
人行沙上见日影，舟过江中闻橹声。

芳草远迷扬子渡，宿烟深映广陵城。
游人乡思应如橘，相望须含两地情。

——《登甘露寺北望》

暑服道情出，烟街薄暮还。
风清飘短袂，马健弄连环。
水静闻归橹，霞明见远山。
过从本无事，从此涉旬间。

——《晚归》

第一首是伤春之作。经过漫长的寒冷的冬天，到了春天，人们的精神都会为之一振，大多数人对春天都有一种爱与惜的感情，但作者偏偏“恨春”，这似乎有些反常，但当你读到第三句时，就一切都明白了，原来是因为见不到“旧游”而伤心。这里说的“旧游”，无疑是指故国江南。第二首表达了对故乡（广陵）的思念，对江南故国的依恋，第七句用“橘迁于淮北则为枳”的典故，说明自己目前的处境，表达了这位南唐重臣降宋后的心情。第三首用简淡的笔墨，描绘了一幅“风清”、“水静”的晚归图，风物清华，景色宜人，静中闻橹声，远处见高山，闲适洒脱，悠然自得，平时烦闷苦恼的心情，在山水自然中暂时得到了宁静。在这首诗中，我们约略窥见了所谓的“元和风律”。

二、郑文宝

郑文宝（953？—1013？），里贯不详，字仲贤，先仕南唐为校书郎，入宋后举进士，历任陕西转运使、兵部员外郎。他是连接徐铉与王禹偁的一个过渡人物。如《郢城新亭》：

每到新亭即厌归，野香经雨长松围。

四檐山色消繁暑，一局棋声下翠微。
冰片角巾簪涧月，锦文卷石砌台矶。
近来学得笼中鹤，回避流莺笑不飞。

这首诗已接近王禹偁的诗风了，从这里，我们可以看到诗歌发展流变的轨迹。

三、王禹偁

王禹偁（954—1001），字元之，济州巨野（今属山东）人。世代务农，家境贫寒，农村生活，既砥砺了他的志向，也让他熟悉民间的疾苦，为他走上现实主义创作道路打下了基础。太平兴国八年（983）登进士第。初授成武县主簿，后入翰林院。他对时政弊端有较清楚的认识，并了解民间疾苦，刚直敢谏，因此曾一再受贬黜。他一生曾三次任知制诰，又三次被贬外放。晚年曾知黄州，故后世称“王黄州”。他写诗继承杜甫、白居易的优良传统，特别是对白居易继承尤多，成为宋初白体诗作者中成就最高的一人，诗风简练朴素，不尚华靡，开宋诗平淡风气之先声，有《小畜集》传世。他的《对雪》一诗，我们可以看到其诗风完全是白居易式的：

帝乡岁云暮，衡门昼长闭。
五日免常参，三馆无公事。
读书夜卧迟，多成日高睡。
睡起毛骨寒，窗牖琼花坠。
披衣出户看，飘飘满天地。
岂敢患贫居，聊将贺丰岁。
月俸虽无馀，晨炊且相继。
薪刍未缺供，酒肴亦能备。
数杯奉亲老，一酌均兄弟。

妻子不饥寒，相聚歌时瑞。
因思河朔民，输税供边鄙。
车重数十斛，路遥几百里。
羸蹄冻不行，死辙冰难曳。
夜来何处宿，阒寂荒陂里。
又思边塞兵，荷戈御胡骑。
城上卓旌旗，楼中望烽燧。
弓劲添气力，甲寒侵骨髓。
今日何处行，牢落穷沙际。
自念亦何人，偷安得如是。
深为苍生蠹，仍尸谏官位。
謇谔无一言，岂得为直士。
褒贬无一词，岂得为良史。
不耕一亩田，不持一只矢。
多惭富人术，且乏安边议。
空作对雪吟，勤勤谢知己。

诗中表达了他对“河朔民”和“边塞兵”的同情，对自己身为谏官却未能尽责进谏而自责。但从艺术性来看，这首诗还不够成熟，形象不够丰满。王禹偁这类诗还有《感流亡》《对雪示嘉祐》等。贬官商州后，他的诗风有了变化，艺术上渐趋成熟，特别是一些山水诗，一洗粗糙的弊病，如：

马穿山径菊初黄，信马悠悠野兴长。
万壑有声含晚籁，数峰无语立斜阳。
棠梨叶落胭脂色，荞麦花开白雪香。
何事吟馀忽惆怅？村桥原树似吾乡。

——《村行》

今年寒食在商山，山里风光亦可怜。
稚子就花拈蛱蝶，人家依树系秋千。
郊原晓绿初经雨，巷陌春阴乍禁烟。
副使官闲莫惆怅，酒钱犹有撰碑钱。

——《寒食》

这两首诗都是贬官商州时写的，对在政治上遭到挫折，当然深感哀伤，“忽惆怅”也好，“莫惆怅”也好，总之是悲痛的，是惆怅的。但他没有一味惆怅下去，而是自我宽慰，设法淡化心中的苦闷。前一首中的第四句“数峰无语立斜阳”为人赞赏，用拟人手法写自然景物，生动亲切，很有趣味。虽然在唐人李、杜笔下，已出现了这种手法，如李白的“山月随人归”“春风不相识，何事入罗帏”“举杯邀明月，对影成三人”等等，杜甫的更生动精彩，如“影遭碧水潜勾引，风妒红花却倒吹”“薄云岩际宿，孤月浪中翻”“感时花溅泪，恨别鸟惊心”等等，但王禹偁有所发展，有所创新，也是显而易见的。这类句子在以后的诗词中渐渐多了起来，苏轼、秦观等人笔下，都有这样句子，王禹偁起了承上启下的作用。在写法上，这两首诗受白居易的影响也很明显，语言浅近、流畅、简洁、古朴、淡雅，叙述从容连贯，层层写来，清楚有序，没有跳荡，平常景物，无特殊意象，色彩鲜明而不艳丽，更不浓腻，造句属对，自然平易。读这两首诗，很容易令人联想起白居易的《钱塘湖春行》等诗。

北宋初，不少人喜欢白体，但并未得白居易诗精神，而是因浅近易学，“其语多得于容易”（欧阳修《六一诗话》），因此诗多流于轻浮粗俗。徐铉和王禹偁还吸收了其他唐代诗人的许多长处。特别是王禹偁既仿效白居易，也认真向杜甫学习，把杜诗的沉郁雄峻融进诗里，因此他的诗能超越流俗，高当时人一筹，开启北宋一代诗风之先。他学杜诗，而且对杜甫提出了与人不同的见解。从元稹以来，都强调杜甫的“集大成”，而他却提出“子美集开诗世界”（《日长简仲成》），注重杜甫推陈出新，开辟与创新的一面。由于他在学白居易的同时，能博采众家之长，特别是认真学习杜甫，因此他的诗才能“秀韵天成……虽学白乐天，得其清而不得其俗”（贺裳《载酒园·诗话》）。他也是开有宋一代尊杜学杜风气之先。同时他的长诗直接叙事、议论，简洁畅达，开宋诗散文化议论化的风气。总之，王禹偁对宋诗的影响是巨大的，吴之振在《宋诗钞·小畜集钞》中说：“元之独开有宋风气，于是欧阳文忠得以承流接响。文忠之诗，雄深过于元之，然元之固其滥觞矣。穆修、尹洙为古文于人所不为之时，元之则为杜诗于人所不为之时者也。”

第二节　精工纤巧的晚唐诗体

宋初白体诗盛行，但在这些诗人中，像王禹偁这样不完全受白体拘囿的人不多，大多数流于粗俗，为当时不少诗人所不满，他们希望另找出路，纠正白体中所出现的弊病。然而矫枉不免过正，从一个极端又走向另一个极端，出现了学习贾岛、姚合等偏重苦吟的诗风，称之为晚唐体。写这样诗的人，除寇准一人是身居宰辅的高官外，大多是隐士和僧人。

学习贾岛之风，在晚唐已盛行，唐末人李洞对贾岛顶礼膜拜，几乎达到疯狂的地步，曾铸造贾岛铜像置于巾中，“常持数珠念贾岛佛，一日千遍。人有喜贾岛诗者，必手录岛诗赠之。叮咛再四曰：‘此无异佛经，归，焚香拜之。’”（辛文房《唐才子传》）闻一多先生说：“由晚唐到五代，学贾岛的诗人，不是数字可以计算的，除极少数鲜明的例外，是向着词的意境与辞藻移动的，其馀一般的诗人大众，也就是大众的诗人，则全属于贾岛。从这个观点看，我们不妨称晚唐五代为贾岛时代。”（《贾岛》）这股风气就这样一直延续到宋初。

一、潘阆

潘阆（？—1009），自号逍遥子，大名（今河北大名）人，一说扬州（今江苏扬州）人，以诗词著称于北宋初年。早年游寓京师，以卖药为生，与宦官王继恩友善，得其推荐，于至道元年（995）赐进士及第，授四门国子博士。后继恩获罪下狱，牵连到他，朝廷遣捕吏抓捕他，于是逃出京师，遁入中条山中。自此漂泊江湖，学神仙张果老倒骑毛驴，漫游名山大川，其《过华山》写道：“高爱三峰插太虚，帚头吟望倒骑驴。旁人大笑从他笑，终拟移家向此居。”宋代著名画家曾据此诗作图，由此也可见潘阆在当时名望之高。真宗即位后，得人营救，不仅赦免了他的罪，还授官为滁州参军，但此时他已无意于功名利禄，一任后即离开滁州，又骑上毛驴，开始漫游生活，同时抽时间把自己的诗整理成集，有《逍遥集》传世。对他的诗，《四库全书总目提要》说：“阆在宋初，去五代馀风未远，其诗如《秋夕旅舍书怀》一篇、《喜腊雪》一篇，间有五代粗犷之习，而其他风格孤峭，亦尚有晚唐作者之遗。”他特别推崇贾岛，而诗风也可用“孤峭”二字概括。诚然，他确有孤峭的诗，但也有不少平淡自然、不事雕琢的诗，跟贾岛以清奇僻苦为主的诗不完全一样。兹录诗三首于下：

曹娥庙前秋草平，曹娥庙里秋月明。
扁舟一夜炯无寐，近听潮声似哭声。

——《曹娥庙》

久客见华发，孤棹桐庐归。
新月无朗照，落日有馀晖。

渔浦风水急，龙山烟火微。
时闻沙上雁，一一背人飞。
——《岁暮自桐庐归钱塘晚泊渔浦》

秋色满秦川，登临渭水边。
残阳初过雨，何树不鸣蝉。
极浦涵明月，孤帆没远烟。
渔人空老尽，谁似太公贤。
——《渭上秋夕闲望》

乍读第一首，这格调十分熟悉，似曾相识，仔细一想，原来这是仿效晚唐人李群玉的《黄陵庙》，形神都相仿。第二首境界幽远，自有一种难状神韵，刘攽在《中山诗话》中称："有唐人风格……仆以为不减刘长卿。"第三首诗，人们似乎都只看到他闲适的一面，却没有看到他落寞惆怅的一面，其实他并不是任何事情都不放在心上，而是仰慕太公，欲有所作为而难以有所作为，自有一腔幽怨之情积压在心上。潘阆在当时名望很高，与当时名臣王禹偁、柳开、寇准等多有交往，与在野名士林逋交厚，在宋初文坛上有一定影响。

二、魏野

魏野（960—1019），字仲先，号草堂居士，陕州（今河南陕县）人，先世为蜀人。世代务农，不求闻达，为宋初著名隐士之一，筑草堂于州之东郊，景致幽绝，名曰乐天洞。真宗闻其名，召见，他闭户逾墙而遁。他不乐仕进，但并不拒绝与显贵交游唱酬。他早年学白体，后来与寇准来往密切，转宗贾、姚。在当时，他的诗名很大，据《宋史隐逸传》载："野为诗精苦，有唐人风格，多警策句，所有《草堂集》十卷，大中祥符初，契丹使至，尝言本国得其上帙，愿求全部，召与之。”现存《东观集》十卷。他虽被列入晚唐体，风格却与白体诗相通，是脱口而出的写实性的诗歌。因他的诗过于浅易，因此身后渐失其名。兹录其诗四首于下：

昼睡方浓向竹斋，柴门日午尚慵开。
惊回一觉游仙梦，村巷传呼宰相来。

——《谢知府寇相公降访》

夜长乞待得晨兴，耽睡童犹唤不应。
烧叶炉中无宿火，读书窗下有残灯。
临阶短发梳和月，傍岸衰容洗带冰。
料得巢禽翻怪讶，寻常日午起慵能。

——《晨兴》

陕郡衙中寺，亭临翠霭间。
几声离岸橹，数点别州山。
野客犹思住，江鸥亦忘还。
隔墙歌舞地，喧静不相关。

——《题崇胜院河亭》

爪利嘴还刚，残阳啄更忙。
千林蠹如尽，一腹馁何妨。
形小过槐陌，声高近草堂。
岂同闲燕雀，唯解占雕梁。

——《啄木鸟》二首其一

以上几首诗可以说都是随口道来，丝毫不见雕琢痕迹。前三首表达了隐士的慵懒、清贫、自甘寂寞。第二首中的颔联，曾为欧阳修赏识。第四首是一首咏物诗，可以看出是有所寄托的，从其颔联中，我们看到作为隐士的魏野的心，并不是一直冰冷的，还有疾恶如仇的一面。尾联中的“闲燕雀”显然指那些占据高位的庸官。

三、寇准

寇准（961—1023），字平仲，华州下邽（今陕西渭南北）人。太平兴国五年（980）登进士第，初授大理评事，累迁至枢密副使，淳化五年（994）为参知政事（副相），至道二年（996）罢相，出知邓州。真宗即位，召为工部侍郎，景德元年（1004）授同中书门下平章事（宰相），集贤殿大学士。同年冬，契丹攻宋，朝中大臣有不少人主张逃跑，退至江南或四川，寇准反对逃跑，力主皇帝亲征，澶州一战，取得胜利，寇准声望大增。他为人刚直不阿，受到佞臣丁谓、钱惟演等忌恨，被一贬再贬，乾兴元年（1022）贬为雷州司户参军。天圣元年（1023）病逝于雷州，赐谥忠愍。现存《忠愍公诗集》三卷。《四库全书总目提要》评说：“准以风节著于时，其诗乃含思凄婉，绰有晚唐之致。然骨韵特高，终非凡艳所可比。”寇准曾位极人臣，但其诗“凄楚愁怨”，好多人不理解。其实这也不足为奇：一是自淳化二年（991）后，虽然官越做越大，但其间曾几度贬官；二是由于他生性刚直，得罪不少人，有时连皇帝都不悦，这些情况，他是深知的；三是外患不断，国家不安定；四是在晚年一贬再贬，远窜南荒，病死贬所。这些都是他的诗“凄楚愁怨”的根源。他的诗以近体诗为主，风格清丽深婉，所谓“绰有晚唐之致”，钱锺书在《宋诗选注》中说：“他的七言绝诗比较不依傍前人，最有韵味。”

萧萧疏叶下长亭，云淡秋空一雁经。
唯有北人偏怅望，孤城独上倚楼听。

——《春陵闻雁》

雨濛村落野梅黄，茅阁长吟水气凉。
幽鸟远声来独树，小荷疏影占前塘。
闲心终不忘鱼钓，澹水真宜习老庄。
报国自知无世用，烟蓑何日卧清漳。

——《夏夜闲书》

波渺渺，柳依依。孤村芳草远，斜日杏花飞。
江南春尽离肠断，蘋满汀洲人未归。

——《江南春》

杳杳烟波隔千里，白蘋香散东风起。
日落汀洲一望时，愁情不断如春水。
——《江南春》其二（《全宋诗》题作《追思柳恽汀洲之咏尚有遗妍因书一绝》）

以上四首都是寇准诗中“凄楚愁怨”之作。第一首被贬道州时写，对长空怅望，孤城独上，诗中虽不言愁怨，而愁怨之情充满字里行间。第二首前半首写景，情寓景中，后半首抒情，报国无门之情溢于言表，似是罢相贬官后所作。后两首《江南春》，据《湘山野录》记载，则为“莱公富贵之时所作”，“皆凄楚愁怨”。《苕溪渔隐丛话》的作者胡仔表示对此很不理解，感叹说：“盖人之难知也如此。”其实这也不难理解，谁也不能保证一个人在“富贵之时”就不会有不痛快的事。再看几首寇准别的诗：

只有天在上，更无山与齐。
举头红日近，回首白云低。

——《华山》

往事都如梦，流年只断魂。
不堪春尽日，细雨欲黄昏。

——《偶书》

自古名高众毁归，只应身退是知机。
林风惊断西窗梦，一夜愁声忆翠微。

——《秋》

岸阔樯稀浪渺茫，独凭危槛思何长。
萧萧远树疏林外，一半秋山带夕阳。

——《书河上亭壁》

高楼聊引望，杳杳一川平。
远水无人渡，孤舟尽日横。
荒村生断霭，深树语流莺。
旧业遥清渭，沉思忽自惊。

——《春日登楼怀归》

第一首是咏物诗，托物言志，十分切合他身居相位的身份。下边三首绝句，都流露出了凄楚愁苦之情，五绝《偶书》由伤年华流逝，引出平生伤心之事，但又不便明言，大有只可意会不可言传的样子。第三首《秋》，大有“高处不胜寒”之意，名望高了，难免遭人忌恨，成众矢之的，这正说明他愁怨的原因之一。《书河上亭壁》共有四首，分别写春夏秋冬四季，这里抄录的是第三首，写秋景，在淡远的意境中，透出了几分萧瑟，几分清冷，几分孤寂。情寓景中，委婉凄清。最后一首五律颇有名，宋僧文莹在《湘山野录》称其“深入唐人风格”。这首诗的颔联是化用韦应物《滁州西涧》中末句“野渡无人舟自横”，但韦诗表现闲适，轻快安逸，寇准这里却一片荒凉，在寂寞凄清的环境中，勾引起乡思绵绵。寇准喜爱王维、韦应物的诗，这首诗的颔联还化用了韦诗，但颈联却终于落入了贾岛的路数。而整首诗的意境也不属于王、韦的闲淡，而有贾、姚的清幽。

四、林逋

林逋（967—1029），字君复，钱塘（今浙江杭州）人。出身于书香门第，但到他幼年时家道已败落，少孤贫。《宋史·隐逸传》说他“性恬淡好古，弗趋荣利，家贫衣食不足，晏如也。初游江淮间，久之，归杭州，结庐西湖之孤山，二十年足不及城市。真宗闻其名，赐粟帛”。他终身不娶，在住所植梅养鹤，因此人们称他“梅妻鹤子”，卒后谥和靖先生，世称“林和靖”。他的诗作大多表现了隐者的高雅情怀。他那种对高雅品位的追求，影响了整个宋代文化的品位。在他的诗中，《山园小梅》二首，无疑是最负盛名的，尤其是第一首：

众芳摇落独暄妍，占尽风情向小园。
疏影横斜水清浅，暗香浮动月黄昏。
霜禽欲下先偷眼，粉蝶如知合断魂。
幸有微吟可相狎，不须檀板共金尊。

这首诗用淡淡的语言描摹小梅浓浓的美，抒发诗人对小梅的深情。刻画精细入微，对小梅不仅绘其形，而且能传其神。颔联历来为人赞赏，最早为欧阳修激赏，后得苏轼称赞，明代喻弁更是说：“梅花格高韵胜，见称于诗人吟咏多矣，自和靖香影一联为古今绝唱。”然而这一联原是袭用了南唐江为的“竹影横斜水清浅，桂香浮动月黄昏”，林逋只改了两个字为“疏影”、“暗香”，用来咏梅，使原来默默无闻的诗句，竟成千古绝调。不过平心而论，这样一改，再用以咏梅，确有“点铁成金”之妙。江为原诗是两句分别咏两物，显得不集中，而且不贴切，也较肤浅，林逋用来专咏梅花，不仅集中，而且贴切，下边再配以想象中的“霜禽”、“粉蝶”的神态，这样一衬托，更觉精妙入神。另有《梅花》三首中的第一首，也为黄庭坚赞赏，认为其颔联“雪后园林才半树，水边篱落忽横枝”两句“似胜前句”（指“疏影”、“暗香”一联）。清代查慎行也认为“雪后一联，不但格高，正以意味胜耳”。林逋隐居孤山，有时还嫌不够僻静，想移居到更僻静的深山里去，与猿鸟为伴，在《孤山隐居书壁》中说：

山水未深猿鸟少，此生犹拟别移居。
直过天竺溪流上，独树为桥小结庐。

淡泊名利，不慕荣华，回归自然，与鸟兽为伍，这就是林逋的为人，诗如其人，清淡自然。他写诗，不为博取名利，只是意趣情感的自然流露，随手写来，明白如话，不雕琢用事，不扭捏造作，任其自然。但由于他社会接触面狭窄，局限在小天地里，见少识窄，因此他的诗格局都偏小，难成大器。在这一派的诗人中，林逋是最著名的，可以说是一个代表人物。

五、九僧

九僧，这是宋初的九个诗僧的合称，有《九僧诗集》而得名。九僧究竟是哪九位，说法不一。据欧阳修在《六一诗话》中说：“余少时，闻人多称之，其一曰惠崇，馀八人者，忘其名字也。”据司马光在《温公续诗话》中说：“所谓九僧者，剑南希昼、金华保暹、南越文兆、天台行肇、沃州简长、青城惟凤、淮南惠崇、江南宇昭、峨眉怀古也。”九人中以惠崇影响最大。他们虽为方外之人，淡泊名利，不求闻达，但也染上了宋代普遍存在的唱酬之习，不仅跟隐士林逋、魏野等人酬唱，也与杨亿、刘筠、寇准等高官有诗酬唱。在晚唐体诗人中，最具有贾岛、姚合诗特点的是九僧。我们来看几首九僧的名篇，从而领略他们的风格：

雨绝方塘溢，迟徊不复惊。
曝翎沙日暖，引步岛风清。
照水千寻迥，栖烟一点明。
主人池上凤，见尔忆蓬瀛。

——惠崇《池上鹭分赋得明字》

极望随南斗，迢迢思欲迷。
春生桂岭外，人在海门西。
残日依山尽，长天向水低。
遥知仙馆梦，夜夜怯猿啼。

——希昼《怀广南转运陈学士状元》

杉竹清阴合，闲行意有凭。
凉生初过雨，静极忽归僧。
虫迹穿幽穴，苔痕接断棱。
翻思深隐处，峰顶下层层。

——保暹《秋径》

关于惠崇这首诗，还有个小故事，据文莹《湘山野录》记载：“寇莱公一日延诗僧惠崇于池亭，探阄分题，丞相得《池上柳》，青字韵；崇得《池上鹭》，明字韵。崇默绕池径，驰心于杳冥以搜之，自午及晡，忽以二指点空，微笑曰：‘已得之，已得之。此篇功在明字，凡五韵之俱不倒，方今得之。’”可见他仔细推敲，苦心作诗，真可与贾岛媲美。希昼这首诗的颔联为欧阳修赞赏，被称为“佳句”。其颈联中的“残日依山尽”系化用唐人王之涣《登鹳雀楼》的首句“白日依山尽”。保暹的诗写秋天中的幽静宁谧，体察细腻入微，关注常人不注意的事物。由于九僧生活圈子狭窄，才气不足，关注一些细枝末节，意象单调，题材狭窄，内容贫乏，因此，在北宋诗坛上只是昙花一现，到欧阳修时已“忘其名字也”。他们的诗狭窄到什么程度，欧阳修在《六一诗话》中也有记载：“当时，有进士许洞者，善为辞章，俊逸之士也。因会诸诗僧分题，出一纸，约曰：‘不得犯此一字。’其字乃山、水、风、云、竹、石、花、草、雪、霜、星、月、禽、鸟之类，于是诸僧皆搁笔。”在创作上，他们缺少自身的艺术特色，只能在同流的前辈诗中乞讨，缺乏创新，自然也缺乏生命力，更不会有多少影响。

第三节　富丽典雅的西昆诗体

由于白体诗流于粗俗，因此当时不少人另找出路，找到了苦吟诗人贾岛与姚合，投其门下，形成晚唐体。但晚唐体的清淡寒涩，也引起人们的不满，等终于出现了西昆体，他们便找到了新的学习对象——李商隐，企图用李商隐诗的富丽典雅来代替白体的浅薄、贾姚体的枯寂。西昆体的主将杨亿认为李商隐的诗有很多优点：“富于才调，兼极雅丽，包蕴密致，演绎平畅，味无穷而炙愈出，钻弥坚而酌不竭，曲尽难言之要。”（《皇朝事实类苑》引）不过他们对李商隐诗的学习，只着眼于形式，未能得其精神。

西昆体是以杨亿编辑的《西昆酬唱集》而得名。宋真宗命一批文人在秘阁编纂大型类书《册府元龟》，这批文人利用编书之馀的空闲时间，写了不少酬唱诗篇，后由杨亿汇编成集，收入参加编书与未参加编书的17人的唱和诗，命名为《西昆酬唱集》，颇有自我标榜之意（相传昆仑之西有群玉之山，为帝王藏书之府，据此命名为“西昆”）。全书共收诗250首。其中杨亿、刘筠、钱惟演三人的诗占全书的五分之四强，成为西昆体的领袖人物。欧阳修在《六一诗话》中说：“杨大年与钱、刘数公唱和，自《西昆集》出，时人争效之，诗体一变。”以至于“唐贤诸诗集几废而不行”。由此可见西昆体在当时影响之大。

一、杨亿

杨亿（974—1020），字大年，建州浦城（今福建建瓯）人。早慧，7岁能文，11岁时，其辞赋即为太宗赏识。淳化三年（992）赐进士及第。真宗时，历任翰林学士、户部郎中、知制诰等。曾参与编修《太宗实录》与《册府元龟》。卒赠礼部尚书，谥号文，故称杨文公，《全宋诗》辑其诗八卷。他才思敏捷，文格雄健，为《西昆酬唱集》主编，创西昆体。其诗多用典故，属对工稳，词采艳丽，音节铿锵，但内容大多贫乏。不过也并不像批评者所说的那样全部内容空泛，一无可取。我们不妨先来读几首他的诗，然后再加以评论。例如：

巫阳归梦隔千峰，辟恶香销翠被空。
桂魄渐亏愁晓月，蕉心不展怨春风。
遥山黯黯眉长敛，一水盈盈语未通。
漫托鹍弦传恨意，云鬟日夕似飞蓬。

——《无题》

南海逸风多失性，东吴喘月不逢医。
一元祀典古所重，九谷民天命在斯。
真相柅车宁致问，族庖更刃亦焉施。
炎神厉鬼争为虐，渡虎消蝗复是谁！

——《民牛多疫死》

从以上两首诗中，可看到第一首完全是仿李商隐的《无题》诗。李商隐的《无题》诗都是情诗，不仅词采精丽，而且感情真挚深沉，凄婉动人。杨亿这首《无题》是用典故堆砌起来的情诗，从外表上看，十分富丽堂皇，但进一步看内容，没有多少真情实感；可以说是徒俱李商隐《无题》诗之形，却无其神，是一副没有灵魂的躯壳。第二首虽然用了不少关于牛的典故，但反映出当时的民情，痛感无人能为民消灾解困。这样的诗，在杨亿诗中还不是绝无仅有的，如《狱多重囚》，揭露当时统治者压榨百姓，造成铤而走险，并引用《汉书·循吏传》中黄霸的事迹来勉励自己，即要执法公正，外宽内明，“为颍川守八年，狱无重罪囚”。另有《汉武》与《明皇》二诗，都是托古讽今，前者用汉武求仙事，讽宋真宗听信王钦若的伪造“天书”，不惜劳民伤财，准备东封泰山。后者有感于宋真宗过于宠幸刘妃，沉迷女色，讽以唐玄宗宠幸杨妃、几乎招致亡国的史实。还有《闻北师克捷喜而成咏》《旧将》《郑工部陕西随军转运》《黄从事随军》等，也都与当时的时事有关。

二、刘筠

刘筠（970—1030），字子仪，大名（今河北大名）人。咸平元年（998）登进士第，授馆陶尉，五年后入为大理评事，并为秘阁校理。累迁御史中丞、知制诰、礼部侍郎、翰林学士承旨，兼龙图阁直学士，曾参与编修《册府元龟》。据《宋史》本传说他“景德以来，居文翰之选，其文辞善对偶，尤工为诗，初为亿所识拔，后遂与齐名，时号杨、刘”。为西昆诗派主力。今录其诗两首于下：

曾许千金答浣纱，越溪浪浅不通槎。
晓楼帘卷还凝雾，外院墙低却映花。

满目离愁频驻马，一春幽梦只惊鸦。
柔桑蔽日南城路，懊恼罗敷自有家。

——《无题》二首其一

华林酒满劝长星，青漆楼高未称情。
麝壁灯回偏照昼，雀航波涨欲浮城。
钟声但恐严装晚，衣带那知敌国轻？
千古风流佳丽地，尽供哀思与兰成。

——《南朝》

上边两首诗，第一首《无题》也是完全仿照李商隐的诗，全诗主要用了两个典故，开头写越国美女西施与范蠡相爱的故事，后来西施被献给吴王，造成了“不通槎”的爱情悲剧。结尾两句用汉乐府《陌上桑》的典故。这首诗也是用华丽的词采与典故，编织了一曲爱情悲歌。虽然这首诗显得委婉含蓄，章法灵活，语言流畅，但仍缺乏李商隐的情韵。第二首《南朝》是一首咏史，南朝皇帝不顾大敌当前，只知沉迷声色，醉生梦死。当时的北宋王朝对北方的契丹国（辽）和西北的西夏来说，其实也是一个“南朝”，真宗沉迷声色，只知享乐，全不顾北方有强敌压境。这是一首托古讽今的诗。像这样的诗，在刘筠的存诗中，还有《汉武》《明皇》《始皇》《宋玉》等等。

三、钱惟演

钱惟演（977—1034），字希圣，临安（今属浙江）人。吴越钱俶之子，归宋，累迁左神武将军。真宗时，授太仆少卿，命直秘阁，与修《册府元龟》，擢知制诰，给事中，历任翰林学士、枢密使等。其诗精丽繁缛、用典贴切、属对工巧、音节和婉。以师法李商隐为主、兼学唐彦谦，为西昆诗派骨干。如《无题》：

绛缕初分麝气浓，弦声不动意潜通。
圆蟾可见还归海，媚蝶多惊欲御风。
纨扇寄情虽自洁，玉壶盛泪只凝红。
春窗亦有心知梦，未到鸣钟已旋空。

这首诗用典故与词采堆砌起来，但从内容与感情来看，实在过于稀薄，远不如杨、刘的同题诗。他也有一些咏史诗，如《汉武》《明皇》《始皇》等，但其托讽的意思也较杨、刘为弱。

西昆体后期还有晏殊、宋祁等人。大体上说，贾、姚体诗的作者大多为隐士和僧侣等方外之人，只有寇准是个例外；西昆体诗的作者恰恰相反，大多热衷仕进，其中不乏达官贵人，像丁谓、晏殊等人更是高居相位，又因这些人大多学识渊博，可以轻而易举地在诗中大量用典。由于西昆体不像白体那样浅俗，也不像贾、姚体那样纤巧，而是显得典雅秾丽，为上层知识分子所偏爱，因此作家众多，影响广泛，产生了雕饰浓艳的流弊。关于西昆体的得失利弊，宋人田况在《儒林公议》中说："杨亿在两禁，变文章之体，刘筠、钱惟演辈皆从而学之，时号杨、刘。三公以新诗更相属和，极一时之丽，亿复编叙之，题曰《西昆酬唱集》……虽颇伤于雕摘，然五代以来，芜鄙之气，由兹尽矣。"其利在于"芜鄙之气，由兹尽矣"；其弊在于"颇伤于雕摘"。既然有这弊端，那就必然要有人起来克服它，从而使宋诗又前进了一步。

第二章　变革三杰

宋初三大派，尽管他们之间有很大差别，但都是学步唐诗的，主要以白居易、贾岛、李商隐为学习对象，而他们的学习又常常是只得其形，没有能得其神，以至白体末流过于浅俗平易，近于顺口溜；贾体末流过于纤细狭小；而昆体末流，过于雕琢堆砌，引起人们的不满也是必然的。到仁宗朝终于先出来三人开路，逐渐扫清前朝遗风，引渡到宋体诗的方向上来。

一、石延年

石延年（994—1041），字曼卿，一字安仁，先世幽州（今北京附近）人，后徙居于宋城（今河南商丘）。真宗时进士，历任知县、通判、大理评事等，官至太子中允、秘书阁校理。工诗，为文劲健。当时石介以复兴儒道为己任，批判了西昆派，石延年则在诗歌领域里冲击了西昆派，然而他又回到晚唐体那里学习贾岛的作诗路数来反对西昆体。他是一位苦吟诗人，厉鹗在《宋诗纪事》中引《桐江诗话》说："曼卿一日春初见阶砌初生之草，其屈若钩，而颜色未变。因得一句云：'草屈金钩绿未回'，遂作《早春》诗一篇，旬日方成。"可见他苦苦吟诗。他平生最得意之作是《平阳代意一篇寄师鲁》：

十年一梦花空委，依旧山河损桃李。
雁声北去燕西飞，高楼日日春风里。
眉比石州山对起，娇波泪落妆如洗。
汾河不断天南流，天色无情淡如水。

这是一首七言仄声韵古体诗，起句怪异，意境奇谲，格调劲健，颇有韩孟遗风。其他如《古松》《送人游杭》也都充满怪险之语、奇谲之境，例如“直气森森耻屈盘，铁衣生涩紫鳞干。影摇千尺龙蛇动，声撼半天风雨寒”、“激激霜风吹墨貂，男儿醉别气飘飘”等等，都是韩孟一派的路数。

二、苏舜钦

苏舜钦（1008—1049），字子美，绵州盐泉（今四川绵阳市东南）人，迁居开封。景祐二年（1035）登进士第，历任蒙城、长垣县令，因范仲淹举荐，任集贤殿校理，监进奏院。后因以出售废纸的公钱宴会，为人弹劾，除名，闲居苏州，筑沧浪亭，自号沧浪翁。后复为湖州长史，庆历八年（1048）十二月卒。

在当时诗坛上，为革西昆体之弊，石延年迈出第一步，以唐代韩孟派的怪险、奇谲来冲击西昆派的浓艳堆砌，西昆派末流更走上抄袭剽窃李商隐诗句的道路，石延年用苦吟创新来校正之。苏舜钦迈出了第二步，用超迈横绝豪俊的诗风来冲刷西昆体的凄艳纤巧。欧阳修对苏舜钦的评价很高，为其文集作序，还为他写墓志铭。在苏舜钦生前，欧阳修在《水谷夜行寄子美圣俞》诗中，明确指出“苏豪以气轹，举世徒惊骇”。在《答子美离京见寄》中说：“其于诗最豪，奔放何纵横。间以险绝句，非时震雷霆。”不过这指的是他早期的诗，颇有韩孟派的遗风，后期渐趋于沉稳凝重，晚年闲居苏州期间则向王孟派靠拢，显得幽静闲淡，已离梅尧臣不远了。他是从石延年到梅尧臣间的过渡。请看他的诗：

苍崖六月阴气舒，一霆淫雨如绳粗。
霹雳飞出大壑底，烈火黑雾相奔趋。
人皆喘汗抱树立，紫藤翠蔓皆焦枯。
逡巡已在天中吼，有如上帝来追呼。
震摇巨石当道落，惊嗥时闻虎与貙。

俄而青巅吐赤日，行到平地晴如初。
回首绝壁尚可畏，吁嗟神怪何所无。
——《往王顺山值暴雨霆》

今古何山是胜游，乱峰萦转绕沧州。
云含老树明还灭，石碍飞泉咽复流。
遍岭烟霞迷俗客，一溪风雨送归舟。
自嗟尘土先衰老，底事孤僧亦白头。
——《游雪上何山》

洛阳宫殿郁嵯峨，千古荣华逐逝波。
别殿秋高风淅沥，后园春老树婆娑。
露凝碧瓦寒光满，日转觚棱暖艳多。
早晚金舆此游幸，凤楼前后看山河。
——《游洛中内》

春阴垂野草青青，时有幽花一树明。
晚泊孤舟古祠下，满川风雨看潮生。
——《淮中晚泊犊头》

别院深深夏簟清，石榴开遍透帘明。
树阴满地日当午，梦觉流莺时一声。
——《夏意》

夜雨连明春水生，娇云浓暖弄阴晴。
帘虚日薄花竹静，时有乳鸠相对鸣。
——《初晴游沧浪亭》

从以上六首诗中，我们看到了苏舜钦诗在风格上的变化。第一首七古，代表他的主要风格，即奇壮、豪迈、纵横、险绝；第二首七律，也是一首山水诗，虽然仍呈现出超迈豪俊的诗风，但并不怎么奇特险绝；第三首七律是一首怀古咏史诗，在风格上与前两首有明显的差异，颇有些杜甫诗的沉郁顿挫的意味，显得沉稳凝重、贴切浑厚，看不到激切奔放的词语了。第四首七绝是苏舜钦的名篇，这首诗与韦应物的名篇《滁州西涧》有相似之处，但韦诗从开阔的潮回缩到窄小的扁舟，视线由远及近，由阔至窄；而苏诗则从“孤舟”到“潮生”，视线由近及远，由窄至阔。因此韦诗恬静，苏诗雄豪。第五首七绝《夏意》写出了日午时的一片宁静，显得细腻清新。读上边的最后一首时，不免会令人想起韩偓的《夏日》，其末句“时有幽禽自唤名”，与这首的末句如出一辙，异曲同工。从诗风上说，这两首诗从激荡到平静，从奇险到平淡。读了后边两首诗，可以深深感到离梅尧臣已经不远了，只有一步之遥，即刻就可到达。

三、梅尧臣

梅尧臣（1002—1060），字圣俞，行二，宣州宣城（今安徽宣城）人。宣城古名宛陵，故世称“梅宛陵”。初以父荫补太庙斋郎，历桐城等三县主簿和建德等三县县令和监湖州盐税、监永济仓等。皇祐三年（1051）赐同进士出身，为国子直讲，累迁至尚书都官员外郎，故又称“梅都官”。他一生沉于下僚，官小家贫，使他有机会接近下层人民，了解社会实情，他因此能写出比较深刻的反映社会现实的诗来。他的诗与苏舜钦有极大的差异，欧阳修在《六一诗话》中说：“圣俞覃思精微，以深远闲淡为意。”他与苏舜钦并称，欧阳修称“二家诗体特异。……各极其长，虽善论者不能优劣也”。欧阳修还说他的诗“古硬”、“平淡”。在冲刷西昆体中，他迈出了第三步，从此西昆遁迹，宋体兴起。

梅尧臣一生，官职小，且贫穷，但诗名满天下，当时文坛上的著名诗人，与他都有来往，首先为他延誉的是欧阳修，多方称赞他，而“诗穷而后工”的名言，就出自欧阳修的《梅圣俞诗集序》。不过他的叹穷，多半还是属于诗人的夸张，比起达官贵人来，他确实很穷，但毕竟还当着县令一类官，衣食应该无忧。后辈的诗人十分推崇他，司马光、王安石、苏轼等都莫不如此。王安石在《哀挽诗》中说，把他的诗“留为子孙宝，胜有千金珠”。后世评论家，常“梅苏”并提，认为他们是开有宋一代诗风的诗人，而胡应麟在《诗薮》中更是说：“梅诗和平简远，淡而不枯，丽而有则，实为宋人之冠。”这实为溢美之词，其实论艺术性，梅诗远不如苏轼；论思想性，也远不如陆游。除苏、陆二人以外，北宋的欧阳修、王安石、黄庭坚等，南宋的范成大、杨万里等，都远胜于梅尧臣。平心而论，梅尧臣诗过于平淡、古硬，有时近于质木枯槁。梅诗所以有如此高的声誉，得益于他所处的时代，当时西昆体盛行，满纸艳丽的词采与堆垛的典故，显得死气沉沉，突然出现了平淡简古的诗，令人眼前一亮，产生了新鲜感。在梅尧臣的诗中，最为人称道的反映现实的诗莫过于《陶者》和《汝坟贫女》，其馀还有《田家》《小村》《蚕女》《织妇》《逢牧》《田家语》等约十几首。先来看看这一类诗：

陶尽门前土，屋上无片瓦。
十指不沾泥，鳞鳞居大厦。

——《陶者》

汝坟贫家女，行哭音凄怆。
自言有老父，孤独无丁壮。
郡吏来何暴，县官不敢抗。
督遣勿稽留，龙钟去携杖。
勤勤嘱四邻，幸愿相依傍。

适闻闾里归，问讯疑犹强。
果然寒雨中，僵死壤河上。
弱质无以托，横尸无以葬。
生女不如男，虽存何所当！
拊膺呼苍天，生死将奈向。

——《汝坟贫女》

上边前一首，反映当时贫富的尖锐对立，虽然这主题在古代诗歌中并不罕见，但在当时来说，已有100多年没有出现过这样的诗了。乍见此诗，自然会令人有耳目一新之感。后边这首诗是借一位贫女来述说服役者的悲惨遭遇，无疑这是对制造人间悲剧的统治的控诉。但这首诗太抽象化概念化，缺乏生动的具体的艺术形象。他的其馀这类诗，也都存在这毛病。梅尧臣还有不少咏物诗与咏史诗，但总体来说，都不能算太成功，有的虽然也绘形绘色地写了，但从中看不到有什么寄托，只是徒具其形，却没有灵魂，如《闻莺》："最好声音最好听，似调歌舌更叮咛。高枝抛过低枝立，金羽修眉墨染翎。"平淡得近于顺口溜了。咏史诗《留侯庙下作》，诗不短，但只是复述一下《史记·留侯世家》中的某些内容，没有己意。当然在咏物诗中，也有一些影射当时的政治斗争，如《猛虎行》，影射当时政坛上在革新派与保守派的斗争中，革新派失败。他以"不贪犬与豕"、"当途食人肉"的猛虎来比喻保守派，写出他们的凶残面目。他还有一些不错的山水写景诗，如：

适与野情惬，千山高复低。
好峰随处改，幽径独行迷。
霜落熊升树，林空鹿饮溪。
人家在何处，云外一声鸡。

——《鲁山山行》

行到东溪看水时，坐临孤屿发船迟。
野凫眠岸有闲意，老树着花无丑枝。
短短蒲绒齐似剪，平平沙石净于筛。
情虽不厌住不得，薄暮归来车马疲。

——《东溪》

上边前一首诗，不仅描写晚秋山间的萧瑟景色，细致入微，而且有独特的意象与意境，如以“熊升树”、“鹿饮溪”配上“霜落”、“林空”的氛围，以“独行迷”、“一声鸡”置于“幽径”、“云外”的环境中，构成了怪险、奇谲的意象，这在韩孟派诗人笔下也许还能找到，至于“千山高复低”、“好峰随处改”，这是置身于景外，多方观察，冷静思考，富于哲理，已是由唐入宋了。后一首颔联向称名句，然而这已是典型的宋诗了。唐诗以青春为美，以华丽为美，这里却以“老”为美，以“丑”为美。梅尧臣还有不少写老丑的诗，写又老又丑的妓女，写蚊子、虱子、跳蚤，写厕中的蛆等等。唐诗但求青春靓丽，宋诗却不嫌老丑，看来中国古典诗发展至宋代，已渐入衰老之境了。其实岂止诗，中国封建社会到宋代，也渐入衰老之境。

由此可见，梅尧臣的诗歌成就纵然不如后来的王安石、苏轼、黄庭坚、陆游、范成大、杨万里等人，但对宋诗的发展是有不小贡献的。他与苏舜钦“变尽昆体，独创生新”，这个“新”就是宋调，唐韵讲究蕴藉含蓄，而宋调则“必辞尽于言，言尽于意，发挥铺写，曲折层累以赴之，竭尽乃止”（叶燮《原诗》外篇下）。他功绩还在于“去浮靡之习，超然于昆体极弊之际，存古淡之道，卓然于诸大家未起之先”（《宛陵先生集》附录）。为宋体诗的确立，他先行一步，这也正是宋代诸大家一致推崇他的原因。

第三章　确立一代诗风

到北宋中期，由于诗歌本身发展的趋势，也由于政治革新与儒学复兴的推动，终于完成了诗文的革新，确立了一代诗风，完成了由唐音至宋调的演变。

唐代是“三教”并存的时代，宋代虽然也存在“三教”，却逐渐与儒学融合，形成“三教合一”局面。封建社会进入了后期，不仅政治上集权空前强化，思想上也加强了控制，儒学在思想领域的地位逐渐加强，后来又由儒学演变成理学，逐渐钳制着人们的思想。宋诗也在复古的旗帜下进行改革，一开始就体现了儒家诗教的浓厚色彩，梅尧臣在《答韩三子华韩五持国韩六玉汝见赠述诗》中，明确提出反对诗中“烟云写形象，葩卉咏青红”，强调“言志”、“贯道”，这可以说是宋诗重理趣的宣言。具有宋代特色的诗，由石延年、苏舜钦、梅尧臣发端，由欧阳修来完成。

第一节　欧阳修与宋体诗的形成

欧阳修（1007—1072），字永叔，号醉翁，晚年号六一居士，吉州吉水（今属江西）人。天圣八年（1030）举进士第一（俗称状元），任西京留守推官，时钱惟演任留守，幕府中有梅尧臣、尹洙等人。任满后调至京师，充馆阁校勘，景祐三年（1036），因写信给谏官高若讷，责备他不应诋毁范仲淹而被贬，出为夷陵令。庆历三年（1043）范仲淹任参知政事（副宰相），着手政治改革，任欧阳修为知制诰。庆历五年（1045）新政失败，欧阳修竭力为主持新政的范仲淹、韩琦等人申辩，被贬在外，知滁州，后转扬州、颍州，至和元年（1054）知开封府，又奉诏修唐书，迁翰林学士，兼史馆修撰。至和五年任枢密副使，翌年进为参知政事。神宗时，因反对王安石新法，知青州、蔡州等，熙宁四年（1071）以太子少师致仕，翌年病逝，谥文忠。

在北宋文坛上，欧阳修是个举足轻重的人，主盟文坛近30年。他的文学变革，完全适应当时的政治需要。在当时，宋仁宗就反对文士著作“多涉浮华”，要求文人学士“务明先圣之道”，指令从朝廷文件入手“矫文章之弊”，欧阳修曾任知制诰，正好具体贯彻。凡是符合自己主张的诗文，不问作者的地位高低，年岁长幼，他总是竭力赞赏推荐，如苏舜钦与梅尧臣的诗明显不如他，但他一再称誉，一时梅、苏名声大震，以至《四库全书总目》中《宛陵集》提要说：“欧阳修崛起为雄，力复古格……其佐修以变文体者，尹洙；佐修以变诗体者，则尧臣也。”而对后进者，则多加提携，他利用知贡举的地位与权力，举荐人才，王安石、苏轼等都曾得到他的大力提拔和培养；曾巩与苏洵也是得到他的弘扬，方始为人所知。关于这方面情况，章培恒、骆玉明在他们主编的《中国文学史》中有颇详细的分析与介绍，因与本书要论述的关系不大，因此从略。当然，作为文坛盟主，光靠地位还是不行的，还要拿出高水平的作品来说话。他具有相当高的文学修养，在诗、词、散文的创作方面都有特出成就，同时，还有富有包容性和调和性的文学主张。北宋立国以来，大力复兴儒学，加强思想统治，在文学方面，以道统文、以道代文的理论盛行，这无疑是扼杀个性，压制文学生机，对诗文的发展极为不利。在这方面，欧阳修采取灵活变通的态度，反对以道代文的偏激主张，在承认道统的前提下，重视文采，避免诗文过于枯槁。

欧阳修对诗文革新，也是在复古的旗帜下进行的，在理论上和韩愈一脉相承，在创作上虽也继承了韩愈开辟的道路，但不是全盘接受，而是有所扬弃，舍去韩愈的僻怪险涩，接受其以文为诗、以议论为诗、以才学为诗的特点，加入了平淡的诗风，形成了宋调。胡仔在《苕溪渔隐丛话》前集中引《石林诗话》说，欧阳修一日饮酒，语其子棐曰："吾诗《庐山高》今人莫能为，唯李太白能之；《明妃曲》后篇，太白不能为，唯杜子美能之；至于前篇，则子美亦不能为，唯吾能之也。"今录其前篇于下：

胡人以鞍马为家，射猎为俗。
泉甘草美无常处，鸟惊兽骇争驰逐。
谁将汉女嫁胡儿，风沙无情貌如玉。
身行不遇中国人，马上自作思归曲。
推手为琵却手琶，胡人共听亦咨嗟。
玉颜流落死天涯，琵琶却传来汉家。
汉宫争按新声谱，遗恨已深声更苦。
纤纤女手生洞房，学得琵琶不下堂。
不识黄云出塞路，岂知此声能断肠。

这首诗全名为《明妃曲和王介甫作》，无疑这是欧阳修的得意之作，他认为李白、杜甫都"不能为，唯吾能之也"。这倒也是实话，但这并不是这首诗的水平超过了李白、杜甫，而是以文为诗、以议论为诗，是李白、杜甫所不曾为的。开头四句，纯是散文的写法。他说的"吾诗《庐山高》……唯李太白能之"，这首诗是学李白的《庐山谣》，但在节奏上、句式上都有很大差异，欧阳修《庐山高》是极为散文化的，李白的诗基本上是由五、七言句子组成，而且比较整齐，音节、节奏比较明朗响亮，欧阳修这首诗，一句少则五字，多则十一字，参差不齐，散文化的倾向其实超过《明妃曲》前篇，看来其实太白也不能为。再说《明妃曲》后篇，即《再和明妃曲》，这首诗在句式上看，以五言为主，穿插一些七言句，比较整齐，但其中有大量的议论，虽然杜诗中已开始出现议论，但只是一两句而已，不像这首诗，一共18句，却有8句纯属议论，这样的诗，其实子美也不能为。这三首诗都只有欧阳修能为之，因为其诗已明显不同于唐诗。欧阳修还有更为散文化的诗，如“嘉祐六年初，九月二十有八日，天愁无光月不出……天昏地黑有一物，不见其形，但闻其声……”（《鬼车》）、“忆昨滁山之人赠我玉兔子，粤明年春玉兔子死……”（《答圣俞白鹦鹉杂言》）、“洛阳地脉花最宜，牡丹尤为天下奇。我昔所记数十种，于今十年半忘之……”（《洛阳牡丹图要》）等等，这些哪里是什么诗？分明是记叙文。我们说这不是诗，还不是因为句子长短参差不齐，而是因为缺少诗的灵魂——感情。欧阳修那些刻意而为极度散文化的长篇古体诗，打破了诗的常规体制，虽说一时能给人一些新奇感，但毫无诗的韵味和情致，在艺术上是低劣的，不足取。不过他有一些近体诗，或抒怀或写景，虽看似平淡，却清新自然，真切有味，韵味绵长，其中《戏答元珍》最为人赞赏：

> 春风疑不到天涯，二月山城未见花。
> 残雪压枝犹有橘，冻雷惊笋欲抽芽。
> 夜闻归雁生乡思，病入新年感物华。
> 曾是洛阳花下客，野芳虽晚不须嗟。

景祐三年（1036），欧阳修被贬任峡州夷陵令，时友人丁宝臣（字元珍）有《花时久雨》诗相赠，他作此诗回答。对这首诗的前二句，欧阳修颇为得意，曾对人说，这两句诗“若无下句，则上句不见佳处，并读之，便觉精神顿出”（胡仔《苕溪渔隐丛话》前集引自《西清诗话》）。这两句诗前一句发出疑问，后一句对“疑”做出解释，自然连贯。先质疑，后说明原因，可引导读者思考，显得波澜起伏，如果这两句颠倒过来，不仅显得平板，而且也不给读者留下想象的空间，缺乏意趣，许印芳《瀛奎律髓汇评》中说这首诗“起句妙在倒装，若从未见花说起，便是凡笔”。颔联在死寂中看到了生机，在失望时发现了希望。后四句写被贬的心情，有痛苦有期待。这首诗于平淡中见功夫。我们再来看几首他的绝句：

绿桑高下映平川，赛罢田神笑语喧。
林外鸣鸠春雨歇，屋头初日杏花繁。

——《田家》

百啭千声随意移，山花红紫树高低。
始知锁向金笼听，不及林间自在啼。

——《画眉鸟》

山色无远近，看山终日行。
峰峦随处改，行客不知名。

——《远山》

朝看楼上云，日暮城南雨。
路远香车迟，迢迢向何所？

——《拟玉台体》七首其三《雨中归》

上边这四首诗，还是很有诗味的。第一首展示了宋代春日的田园风光。第二首诗是咏物诗，寓意深刻，富有哲理性，把金笼中的鸟与林间的鸟加以对比，进行深刻反思，表达了对自由的追求。第三首本应写山水景色，但这里却冷静得出奇，全是冷眼旁观，没有激情，只有冷静的思考，这正是宋诗的特点。最后一首较特殊，在欧阳修的大部分诗中，我们看到的是一个纯儒老夫子，这却是一首艳情诗，说明他还有人性中的另一面，这被压抑了的人性，在此全都释放了出来。

其实以议论入诗，发端于杜甫，不过他只是偶尔为之；杜甫也有极少散文式的句子。到了韩愈笔下，这二者都有发展。到宋代，欧阳修把这接过来，发展到极致，成为宋诗的主要特征。

第二节　在宋体诗形成中的其他诗人

确立一代诗风，应该有带头人，但仅仅靠带头人是不可能形成一代诗风的，还必须有一批同声相应的人，只有这样，才能形成一种风气。

一、范仲淹

范仲淹（989—1052），字希文，苏州吴县（今江苏苏州）人，大中祥符八年（1015）登进士第，他是宋代的名臣，为官清正廉洁，为宋代官吏中罕见，在政治上，他是一位革新家，在军事上也威名卓著。他曾经略陕西，守边数年，号令严明，爱抚士卒，使西夏不敢进犯，夏人称“小范老子胸中自有数万甲兵”，功绩显著。仁宗时任参知政事（副相），主持庆历新政。新政失败后，出知邠州、杭州等地。卒后谥文正，有《范文正公文集》，诗、词、文都有传世之作，《岳阳楼记》中的“先天下之忧而忧，后天下之乐而乐”，体现了他作为一代名臣的胸襟抱负，这也成了后世文士的信条。他的襟怀、他的政治理想对欧阳修都有很大影响。范仲淹所处的时代，正是西昆体风行之时，他的诗却能出之淡远，与梅尧臣、欧阳修暗合。兹录其诗四首于下：

江上往来人，但爱鲈鱼美。
君看一叶舟，出没风波里。

——《江上渔者》

一棹危于叶，傍观亦损神。
他时在平地，无忽险中人。

——《赴桐庐郡淮上遇风》三首其三

潇洒桐庐郡，千家起画楼。
相呼采莲去，笑上木兰舟。

——《潇洒桐庐郡》十绝其七

非烟亦非雾，幂幂映楼台。
白鸟忽点破，夕阳还照开。
肯随芳草歇，疑逐远帆来。
谁谓山公意，登高醉始回。

——《野色》

在上边四首诗中，我们看到他的诗风平易淡远，丝毫没有西昆派雕摘之弊，而且都有实际内容。第一首反映对普通劳动者的关爱。第二首更体现出政治家的广阔襟怀，寄忧思于风浪中的一叶小舟；又由风浪中的凶险，虑及社会上的“险中人”，真是“先天下之忧而忧”。第三首反映江南独特的风土人情，何等潇洒，何等优美。最后一首，在前六句中，尽情刻画了山川景色，尾联以晋代名臣山简自喻，表达了面对西夏侵扰，也像山简一样从容自若。这些诗既有别于西昆体，也不同于唐诗，应属于宋体诗的一部分。

二、韩琦

韩琦（1008—1075），字稚圭，自号赣叟，相州安阳（今属河南）人，天圣五年（1027）举进士第二（世称榜眼）。初授将作监丞、通判淄州，不久入直集贤院、监左藏库，历开封府推官、右司谏等。宝元初，西夏挑起事端，任陕西安抚使，久在军中，功绩卓著，与范仲淹并称“韩范”。庆历三年（1043）为枢密副使，与范仲淹、杜衍共同主持新政，庆历五年新政失败，出知扬州、定州等。嘉祐元年（1056）为枢密使，三年任同中书门下平章事（宰相）。英宗即位，仍为宰相，封魏国公。神宗立，坚辞相位，出判相州，不久再次经略陕西。熙宁元年（1068）复请归相州。河北地震、黄河决口，徙判大名府，充安抚使。后因反对青苗法，与王安石意见不合，熙宁六年还判相州，八年卒，谥忠献。有《安阳集》传世。韩琦也是一代名臣，一生勋业彪炳，爱提携后进，与欧阳修、张方平都是苏轼的恩师。他一生辅三朝，倥偬于朝政军务之间，常常参与重要决策，十分繁忙，因此虽称善为诗文，但无暇精工细琢，正如吴之振等在《宋诗钞·安阳集序》所说，其诗多“率意得之，而意思深长，有锻炼所不及。理趣流露，皆贤相识度”。如：

垂稔良田雨信愆，三农忧死只呼天。
应时滂洽真无价，数日淹迟误有年。
立解焦枯非甚力，不知神化此谁权。
何妨四序均膏泽，长使生灵得自然。

——《喜雨》

仍岁农畴失夏秋，方春尤窘奈饥流。
人无粒食何堪命，天作阴寒亦似愁。
煮叶不遑为木酪，翳桑惟日徯囊糇。
几时膏泽充民望，待看来年十倍收。

——《悯农》

月满中秋夜，人人惜最明。
悲欢徒自感，圆缺本无情。
天外有相忆，世间多不平。

嫦娥难借问，寂寞趁西倾。

——《中秋月》二首其二

久旱欣逢甘雨，一般人都会为此叫好不迭，而韩琦并不以此满足，他的愿望是“何妨四序均膏泽，长使生灵得自然”。在灾荒年，他不仅怜农民生活的困苦，而更渴望明年能得到大丰收。在中秋夜，对着一轮满月，他浮想联翩，想到月亮“圆缺本无情”，人们徒然为此悲欢。又从月有圆缺，联想到“世间多不平”，言外之意，当然是渴望人间平等。凡此种种，正是“理趣流露，皆贤相识度”。

三、张方平

张方平（1007—1091），字安道，号乐全居士，应天宋城（今河南商丘）人。景祐元年（1034），举茂材异等，为校书郎、知昆山县。又举贤良方正，迁著作佐郎、通判睦州。入直集贤院，历知制诰，权知开封府、御史中丞、三司使。加端明殿学士、判太常寺。出知滁州，不久调任知江宁府。历任知滑州、益州、南京（今河南商丘）等，迁工部尚书帅秦州。英宗立，迁礼部尚书，神宗即位，升参知政事（副相），与王安石政见不合，以太子少师致仕。元祐六年（1091）卒，年85岁，赠司空，谥文定，苏轼写墓志铭。在他的诗中，有明显的散文化与哲理性，尤爱作翻案诗。其散文化尤为严重的如：“我思古人兮，有东晋太傅谢公者其庶几……笑言指挥兮八千师，氐秦百万兮溃而夷。朝之君臣兮犹燕巢于幕上，公对枰兮解颐。吁嗟公之车兮逢白观而遽止，青山空兮已而。”（《东山吟》）“昔者帝尧光宅本都冀，幽朔乃为寰内地。舜肇十有二州此其一，禹服周藩有年祀……”（《冀州行》）这些诗由于过分散文化，很少有诗意，倒是他的两首写刘邦的咏史诗很有新意：

落魄刘郎作帝归，樽前感慨大风诗。
淮阴反接英彭族，更欲多求猛士为？
——《过沛题歌风台》

纵酒疏狂不治生，中阳有土倚兄耕。
晚遭乱世成功业，更向翁前与仲争。
——《题中阳里高祖庙》

历来写到刘邦的，以歌功颂德为主，只有唐代著名诗人杜牧敢说刘邦的成功纯粹是侥幸：“世无英雄，遂使竖子成名。”但也仅此而已，不像张方平这两首诗，敢于对刘邦翻老底揭伤疤。前一首说他杀功臣，把帮他打天下的韩信、英布、彭越这样猛士都杀了，还要多求猛士干什么？另据《史记·高祖本纪》载：“未央宫成。高祖大朝诸侯群臣，置酒未央前殿。高祖奉玉卮，起为太上皇寿，曰：‘始大人常以臣无赖，不能治产业，不如仲力。今某之业所就，孰与仲多？’殿上群臣皆呼万岁，大笑为乐。”这就是后一首诗所本。这首诗驱散其皇帝头上的光环，把刘邦丑恶的市侩心态和流氓无赖的本来面目暴露于光天化日之下。这两首诗，富理趣，很有深意，不以情韵见长，而以理性思考取胜，是宋诗本色。他还有一首《读杜诗》，对杜甫十分推崇，说杜诗是“正气自天降，至音感人深。昭回切云汉，旷眇包古今。万壑入溟海，一枝成邓林。掩抑鬼神泣，寂寥星月沉……每览述怀篇，使我清泪淫”。宋初以来到王安石之前，学白居易、学李商隐、学贾岛的都有，梅尧臣、欧阳修等人，独尊韩、孟，刘熙载在《艺概·诗概》中说：“欧阳永叔出于昌黎，梅圣俞出于东野。”刘攽在《中山诗话》中明白说：“欧公不甚喜杜诗，独称韩吏部绝伦。”张方平这首《读杜诗》是王安石倡导尊杜的先行，开宋代尊杜风气之先。

除上述范仲淹等三人外，当时还有一批名臣诗人，虽然他们的诗歌艺术成就不是很高，但由于地位显赫，因此还是有一定的影响，特别是“洛阳耆英会”之盛举，也为一时之佳话。当时与会者十二人，加上大名留守王拱宸，实为十三人，为首者为富弼与文彦博，于富弼宅邸置酒赋诗，由司马光为之序。富弼（1004—1083），字彦国，今河南洛阳人。任知制诰时，奉命出使契丹，力拒割地，辩和战之利害，使南北之民数十年不见兵革。后迁同中书门下平章事，封郑国公，又进封韩国公。文彦博（1006—1097），字宽夫，汾州介休（今山西介休）人。历任枢密副使、参知政事，同中书门下平章事，封潞国公。他出将入相五十馀年，卒时92岁，为历史上少有的福星。平日接物谦下，待人和气，常有义举，声望很高，名闻四夷。韩维（1017—1098），字持国，开封雍邱（今河南杞县）人。出身于名门世家，父韩亿曾任参知政事；兄韩绛历任参知政事，同中书门下平章事，封康国公；弟韩缜历任知枢密院事、尚书右仆射兼中书侍郎，卒赠司空、崇国公。他历任知制诰、龙图阁直学士、门下侍郎、以太子少傅致仕。交往颇广，与当时的诗人都有来往唱酬。他有一首《读杜子美诗》值得一提，当时尊杜的风气未形成，文坛盟主欧阳修“不甚喜杜诗”，韩维与他交情不浅，他却继张方平之后，对杜诗给予极高的评价：“唐之诗人以百数，罗列众制何煌煌。太阳垂光烛万物，星宿安得舒其芒。”不过，这虽然与欧阳修的观点有悖，但与欧阳修独尊的韩愈在《题杜子美坟》中对杜诗的评论却是一致：“有唐文物盛复全，名书史册俱才贤。中间诗笔谁清新，屈指都无四五人。独有工部称全美，当日诗人无拟伦。笔追清风洗俗耳，心夺造化回阳春。天光晴射洞庭秋，寒玉万顷清光流。我常爱慕如饥渴，不见其面生闲愁。”由此可见韩愈对杜甫是十分钦慕的，韩愈是倾心学杜的人，欧阳修尊韩而“不甚喜杜诗”，反倒有些难以理解。宋诗的形成直接由韩诗变化而来，其源头却在杜诗。这是张方平与韩维的见解高出一头之处。

四、司马光

司马光（1019—1086），字君实，陕州夏县（今属山西）人。历任知制诰，龙图阁直学士、枢密副使、门下侍郎、尚书左仆射等职。卒谥文正，赠太师、封温国公。司马光因对王安石变法持反对态度，而且他又是反对派中的首领，因此1949年后的有关史书，一直把他看作保守派顽固派，其实具体问题还应具体分析。王安石变法，本意希望革除弊政，振兴国家，但在做法上与用人上，有很多不当之处。一是过于激烈，超过了当时大多人的接受程度；二是过于自信不与人沟通，形成独断专行；三是用人不当，下边具体执行者常常有违实行变法的初衷，如大家反对最多的青苗法，这本是为免除农民受高利贷剥削之苦而设置的，在青黄不接时，由政府发放低利息的贷款，但在具体执行过程中，地方官吏常常不管农民是否需要，强行贷款给他们，到时再连本带利一起收回，而且这利息常常偏高，大大加重了农民的负担，使得广大农民痛苦不堪。这就不难理解，那些曾经主持过庆历新政的大臣，为什么一致反对王安石变法。司马光的《道傍田家》就是写当时农民陷于困境的情况：

道傍田家翁妪俱垂白，败屋萧条无壮息。
翁携镰索妪携箕，自向薄田收黍稷。
静夜夜偷舂避债家，比明门外已如麻。
筋疲力弊不入腹，未议县官租税足。

富弼、文彦博举办“洛阳耆英会”时，司马光是与会者中年龄最小的，但他却为洛阳耆英会诗作序。他除作诗外，还有诗歌理论的著作《温公续诗话》，《四库全书总目提要》称：“是编题曰《续诗话》者，据卷首其自作小引，盖续欧阳修《六一诗话》而作也。”原来是欧阳修诗歌理论的补充和继续，可见他在诗歌理论上与欧阳修的一致性。在以欧阳修为核心的宋代新诗风的形成进程中，司马光是有力的辅翼。

第三节 理学诗派

理学老夫子们的诗，一般说来比较枯燥，但也有不少富有理趣的诗，这正是宋诗的特色，对宋代新诗风的形成，起到一定的推波助澜的作用。

一、邵雍

邵雍（1011—1077），字尧夫，范阳（今河北涿州）人。少随父徙居卫州共城（今河南辉县市），居城西北苏门山，刻苦学习，从李之才受《河图》《洛书》及象数之学。屡诏授官，皆不赴。隐居洛阳达30年，名其所居为“安乐窝”，自号安乐先生、伊川翁。与司马光、富弼、吕公著等过往甚密。他是宋代理学中象数学体系的开创者，同时也是理学诗派的创始人。其诗如：

谁言为利多于害，我谓长浑未始清。
西至昆仑东至海，期间多少不平声。

——《题黄河》

半记不记梦觉后，似愁无愁情倦时。
拥衾侧卧未忺起，帘外落花撩乱飞。

——《安乐窝》

烟树尽归秋色里，人家常在水声中。
数行旅雁斜飞去，一簇楼台峭倚空。

——《天津感事》

上边三首诗中，第一首本为咏黄河，但诗中只是借题发挥，寓以丰富的政治与社会内涵，富有哲理。第二首写出了一个隐士的闲适慵懒情态，然而帘外的春光撩乱，又与内心的倦怠形成了对比，显示出不为外物所动的淡泊心态。第三首是一首写景诗，写站在洛阳西南横贯于洛水的天津桥上所见，在恬淡中颇有悠然自得之意。他的诗，在当时还是有一定影响的，据邵伯温在《邵氏闻见录》载："康节有《安乐窝》诗云……公（指司马光）爱之，请书纸帘上，字画古奇，某家世宝之。"

二、周敦颐

周敦颐（1017—1073），原名敦实，字茂叔，道州营道（今湖南道县）人。曾筑室于庐山莲花峰下的小溪上，取其故居濂溪以名之，故世称"濂溪先生"。他是宋代理学客观唯心主义体系的奠基人。他在治学之馀，"雅好佳山水，复喜吟咏"。他的诗中颇多记游写景之作，常在写景中隐然有一种理趣，如《春晚》：

> 花落柴门掩夕晖，昏鸦数点傍林飞。
> 吟馀小立阑干外，遥见樵渔一路归。

这首诗在淡雅的风调中，透露出自然界的井然有序，融洽相处，内心平静，外物平衡，末句更显得有些超然物外之感。

三、张载

张载（1020—1077），字子厚，先世居大梁，后徙居凤翔郿县（今陕西眉县），遂为凤翔人。熙宁初，为崇文院校书。不久退居终南山下，教授诸生。因他居住于横渠镇，故世称"横渠先生"。他虽为理学家，但承认物质先于精神而存在，具有朴素唯物主义思想，因他讲学于关中，故世称其学派为“关学”，成为与周、程、朱的客观唯心主义截然不同的理学学派。他的诗与大多数理学家风格一致，如《芭蕉》：

芭蕉心尽展新枝，新卷新心暗已随。
愿学新心养新德，旋随新叶起新知。

这首诗表面上是咏物诗，实质上是一首哲理诗。从芭蕉的不断抽新叶，联想到人的品德与知识应不断提高与更新。这首诗好在这样联系，一点也不觉得生硬。

四、程颢

程颢（1032—1085），字伯淳，洛阳（今属河南）人。曾任太子中允，监察御史里行等。与其弟程颐同受业于周敦颐，并称“二程”，创立洛学派，在洛阳讲学十馀年，弟子甚众。其诗《春日偶成》，曾被《千家诗》选入，流传颇广，脍炙人口：

云淡风轻近午天，傍花随柳过前川。
时人不识余心乐，将谓偷闲学少年。

这首诗前两句写景，营造了一个安宁温馨的氛围，后两句抒怀，写出理学家那种自得其乐的淡泊情怀与时人不同的乐趣，是一种适应自然（天理）的情趣与理念。

第四章　王安石与宋体诗的完备

王安石（1021—1086），字介甫，号半山，抚州临川（今江西抚州）人。少好读书，擅诗文，工书画。才思敏捷，迅速成文，若不经意，然人皆服其精妙。友人曾巩携以荐之于欧阳修，修大为赞赏，为之延誉。庆历二年（1042）登进士第。历任地方官吏，颇有政绩，显示出他卓越的政治才能，加上他在学术上与文学上的造诣，声誉卓著，很快为士大夫们重视。文彦博、欧阳修等大臣纷纷推荐他，但在仁宗、英宗两朝均未被重用，他曾向仁宗上万言书，倡导变法，被搁置不理。直到神宗即位后，想从变法中寻求巩固其统治，熙宁二年（1069）任王安石为参知政事（副宰相），推行新法，翌年任同中书门下平章事（宰相）。变法目的在于革除弊政，限制大官僚大地主大商人的特权，以缓和当时十分尖锐的阶级矛盾，以期富国强兵。但遭到以司马光为首的旧党的强烈反对，连积极参与庆历新政的欧阳修也不赞同，加上新党内部互相倾轧，同时新法在实施中也有不少失误之处，在庆历七年，王安石第一次罢相，以观文殿大学士知江宁府。八年复相，九年再次罢相，以镇南军节度使、判江宁府。从此再也没有复相，在江宁钟山过着退居生活。元丰元年（1078）封舒国公，后改封荆国公，故世称“王荆公”。王安石变法失败了，作为政治家，他是失败的；但作为文学家，他是成功的，诗、词、文都有很大成就，特别是诗、文，都有特出的成就，宋体诗的特征到他那里得以完备，成为所谓的“王荆公体”。宋代诗人大力学杜的风气，把杜甫放到独尊的地位，也由他开始。在散文创作方面，他是“唐宋八大家”之一，对诗文有独到的见解，即“所谓文者务为有补于世而已矣”，“要之以适用为本，以刻镂绘画为之容而已。不适用，非所以为器也，不为之容”

（《上人书》）。诗文要在“适用”的前提下，加以辞采的修饰，彻底清除“章句声病，苟尚文辞”的西昆馀弊，使具有独特风貌的宋体诗特征得到巩固并完全成熟。王安石的诗明显可分为前后两期，以56岁罢相退居江宁为界线，诗风有很大差别。让我们先来读几首他前期的诗，其中明显体现他的主张和宋诗的特征：

河北民，生近二边长苦辛。
家家养子学耕织，输与官家事夷狄。
今年大旱千里赤，州县仍催给河役。
老小相携来就南，南人丰年自无食。
悲愁白日天地昏，路旁过者无颜色。
汝生不及贞观中，斗粟数钱无兵戎。

——《河北民》

贱子昔在野，心哀此黔首。
丰年不饱食，水旱尚何有。
虽无剽盗起，万一且不久。
特愁吏之为，十室灾八九。
原田败粟麦，欲诉嗟无赇。
间关幸见省，笞扑随其后。
况是交冬春，老弱就僵仆。
州家闭仓庾，县吏鞭租负。
乡邻铢两征，坐逮空南亩。
取赀官一毫，奸桀已云富。
彼昏方怡然，自谓民父母。
揭来佐荒郡，懔懔常惭疚。
昔之心所哀，今也执其咎。
乘田圣所勉，况乃余之陋。

内讼敢不勤，同忧在僚友。

——《感事》

豚栅鸡埘晻霭间，暮林摇落献南山。
丰年处处人家好，随意飘然得往还。

——《歌元丰》五首其五

以上三首诗都是为他的政治主张服务的，为他的变法造舆论。第一首写宋辽交界一带边民生活的痛苦，他们常年辛苦劳动，劳动所得却要“输与官家事夷狄”，“官家”尽量收括百姓的血汗拿来向“夷狄”纳贡。遇到灾荒之年，地里颗粒无收，但“州县仍催给河役”。在河北生活不下去了，只得“老小相携来就南”，而在南方虽然丰年，却也是过着吃不饱的日子。诗中把当时百姓的痛苦生活，写得淋漓尽致。最后两句是表达他的政治理想，希望百姓能过上贞观年间的生活，国富民强，太平安定。第二首是写他在当地方官的见闻，农民受到残酷的压榨，官吏横征暴敛。这样的诗还有《兼并》《省兵》《收盐》《发廪》等等，揭露当时在政治、军事、社会、经济等各方面的弊端。由此可见，改革、变法已势在必行。第三首是写变法后的升平气象，这样的诗除《歌元丰》五首外，还有《后元丰》《元丰行示德逢》等诗。

王安石在诗歌创作中，更完整地体现了宋诗的三大特征，除不时在诗中夹杂一些散文句子外，以议论为诗在他的诗里有了进一步发展，如可视为其代表作的著名的《明妃曲》二首：

明妃初出汉宫时，泪湿春风鬓角垂。
低回顾影无颜色，尚得君王不自持。
归来却怪丹青手，入眼平生几曾有。
意态由来画不成，当时枉杀毛延寿。

一去心知更不归，可怜着尽汉宫衣。
寄声欲问塞南事，只有年年鸿雁飞。
家人万里传消息，好在毡城莫相忆。
君不见咫尺长门闭阿娇，人生失意无南北。

——其一

明妃初嫁与胡儿，毡车百两皆胡姬。
含情欲说独无处，传与琵琶心自知。
黄金捍拨春风手，弹看飞鸿劝胡酒。
汉宫侍女暗垂泪，沙上行人却回首。
汉恩自浅胡自深，人生乐在相知心。
可怜青冢已芜没，尚有哀弦留至今。

——其二

自汉魏以后，咏明妃的诗很多，这些诗都出以意象，其中尤为出色的有杜甫《咏怀古迹》五首其三，用一组生动的意象组成，读之如身临其境，见其形闻其声，从中感悟诗人的思想，这也正是唐诗的特点。王安石这首诗不是像杜甫那样把自己的思想观点以意象出之，而是变为精辟的议论，用独特的观点来吸引读者。这两首诗其一中的“人生失意无南北”与其二中的“汉恩自浅胡自深”，曾引起不少争议。自汉魏以来写王昭君的诗，在内容上大多痛骂毛延寿耽误了王昭君，王安石在这里却翻出新意。在这两首咏王昭君的诗里，诗人首先提出王昭君之美并非只在外貌，更在于内在的神情意态，而这本来是无法在画像中传达出来的；其次指出王昭君虽流落异域，倒赢得千古留名，如果当时被汉元帝纳为妃子，即使宠幸一时，最终还是默默无闻老死宫中；再次指出“自古君恩薄于纸”，当年陈阿娇虽得宠一时，藏之金屋，但最终难免被弃置长门，这是古今嫔妃的普遍命运。由此说来，并不是远去塞外异乡才是失意，留在宫中的阿娇也是失意，“人生失意无南北”，同样是失意，又何必分什么南北，在哪都一样，何况王昭君远嫁匈奴单于，还没有遭到阿娇那样的遭遇，王昭君当年虽然被汉元帝弃于塞外，但一直得到匈奴单于的宠爱，因此可以说“汉恩自浅胡自深”。这两首咏王昭君的诗议论警策，十分精辟。以议论为诗，在王安石的诗中，可以说比比皆是，在稍长一些的诗里，常常议论大大多于意象。他的写景咏物小诗，虽然有不少也以意象出之，但也常常不忘发议论。如《芳草》：

芳草知谁种，缘阶已数丛。
无心与时竞，何苦绿匆匆！

短短四句，却有三句议论，至于他的大量咏史诗，即使是绝句，也都以议论出之。在诗中显示才学，这在魏晋南北朝已经有了，如颜延之等人即是，在唐代则有韩愈，宋代西昆诸家也都如此，他们常常在诗中用生奥的典故，显得生涩异常。王安石虽然以学问为诗，但运用自如，仍不失其平易诗风，令人浑然不觉。如《书湖阴先生壁》：

茅檐长扫净无苔，花木成畦手自栽。
一水护田将绿绕，两山排闼送青来。

诗里把《汉书·西域传》序中的校尉“卫护营田”与《汉书·樊哙传》中鸿门宴上樊哙“排闼直入”形成“史对史”，“汉人语对汉人语”，对仗工稳。但如果不知出处，不觉得用典，仍然可以理解，毫无生涩诡异之感。

王安石的题材与风格，前后有很大变化，罢相是这变化的分界线。前期以政治诗为主，风格劲健明朗；后期以写景诗为主，风格简淡精深。前期受欧阳修乃至韩愈的影响较深，时显险怪奇特，如题画诗《虎图》、写景诗《泉》等等；后期倾倒于杜甫，显得沉郁精深。罢相后，从繁忙的政务中脱身出来，退居于景色秀丽的江南，愉悦于山水之间，寄情于笔端吟咏，不仅诗歌数量激增，艺术技巧也渐臻精巧，正所谓“荆公定林后诗，精深华妙，非少作之比”（《漫叟诗话》）。陈师道在《后山诗话》中也说：“鲁直谓荆公之诗，暮年方妙。”为人称道的“王荆公体”主要也是指他的后期诗说的，兹录数首于下：

日净山如染，风暄草欲薰。
梅残数点雪，麦涨一溪云。

——《题齐安壁》

墙角数枝梅，凌寒独自开。
遥知不是雪，为有暗香来。

——《梅花》

北山输绿涨横陂，直堑回塘滟滟时。
细数落花因坐久，缓寻芳草得归迟。

——《北山》

一陂春水绕花身，身影妖饶各占春。
纵被东风吹作雪，绝胜南陌碾成尘。

——《北陂杏花》

江北秋阴一半开，晚云含雨却低回。
青山缭绕疑无路，忽见千帆隐映来。

——《江上》

飞来山上千寻塔，闻说鸡鸣见日升。
不畏浮云遮望眼，只缘身在最高层。
——《登飞来峰》

京口瓜洲一水间，钟山只隔数重山。
春风又绿江南岸，明月何时照我还。
——《泊船瓜洲》

从以上的诗中，我们看到王安石后期的诗始终保持平易的特色，由于艺术技巧的成熟，由前期的直率疏朗转为锤炼精深，韵味隽永。正如叶梦得《石林诗话》中所说："荆公少以意气自许，故诗语唯其所向，不复更为涵蓄……晚年始尽深婉不迫之趣。"还说："荆公晚年，诗律尤精严，造语用字，间不容发。然意与言会，言随意遣，浑然天成，殆不见有牵率排比处。如'含风鸭绿粼粼起，弄日鹅黄袅袅垂'，读之初不觉有对偶。至'细数落花因坐久，缓寻芳草得归迟'，但见舒闲容与之态耳。而字字细考之，皆经檃栝权衡者，其用意亦深刻矣。"但在《北山》一诗中，看到的应该不仅是"舒闲容与之态"，更应看到作者在罢相后那种蹉跎岁月、难以有所作为的苦恼。《北陂杏花》与《登飞来峰》都不仅仅是咏物写景，而都是有所寄托的，前者表达了决不与世俗同流合污的品格；后者是从李白的《登金陵凤凰台》中的"总为浮云能蔽日"翻出，反其意而用之，也正符合他身为宰相的身份。"浮云蔽日"是借以指奸佞蒙蔽皇帝，王安石在这首诗里表达了他的自信。最后一首诗是王安石写诗着力炼字，追求新奇的典范。据洪迈《容斋续笔》记载，第三句在草稿上改了十几次，用过"到"字、"过"字、"入"字、"满"字等等，都一一圈去，最后定为"绿"字。这一直传为佳话。王安石晚年的诗，常常看似容易，却是艰辛锤炼而成，融奇崛于寻常之中，把新奇之美与浑成之境融炼统一，形成了独特的美学追求。胡应麟在《诗薮》外编中说："六一虽洗削西昆，然体尚平正，特不甚当行耳。推毂梅尧臣诗，亦自具眼。至介甫创撰新奇，唐人格调，始一大变。苏、黄继起，古法荡然。"又说："介甫五七言绝，当代共推，特以工致胜耳，于唐自远……至七言诸绝，宋调坌出，实苏、黄前导也。"宋诗上承唐、五代诗，宋初仍然晚唐、五代的遗响，后经以欧阳修为首的一批人努力，逐渐发生变化，开始变唐音为宋调，到王安石笔下，宋调才确立完备，这是其一。其二，倡导学杜崇杜，把杜诗奉为最高典范，杜甫成为"光掩前人，而后来无继"，真是千古一人，开黄庭坚及江西诗派奉杜甫为诗派之祖的先声，所以梁启超在《王安石评传》中说："荆公之诗，实导江西派之先河。"

第五章　苏轼与宋诗的第一个高峰

第一节　苏轼

苏轼（1037—1101），字子瞻，自号东坡居士，故世称"苏东坡"，眉州眉山（今属四川）人。嘉祐二年（1057），参加礼部考试，中第二名，接着在复试中获第一名，最后在殿试时与其弟苏辙同科进士及第。主考官欧阳修对他十分赞赏，说"他日文章必独步天下"，认为将来苏轼的名望必将超过自己："更三十年，无人道着我也！"是年，母亲病逝，回乡守孝。嘉祐六年（1061）试制科，授凤翔府节度签判，治平二年（1065）除直史馆。翌年，父洵卒，回乡居丧。熙宁二年（1069）服除还朝，正值王安石变法时期，他反对骤变，主张渐变。跟王安石意见不合，请求外调，于熙宁四年出任杭州通判，后历知密州、徐州、湖州。元丰二年（1079），新党中某些人随意曲解他的诗文，诬陷他怨恨皇帝，讪谤朝政，将他逮入御史台受审，这就是有名的“乌台诗案”。结果贬为黄州团练副使。元丰八年（1085），神宗死，哲宗立，高太后听政，任用司马光为相，尽废新法。召回苏轼，一年多时间里数迁为翰林学士兼侍读。但苏轼不完全同意司马光的意见，主张新法“不可尽废”，应“参用所长”。无论是在王安石变法时还是在司马光尽废新法时，苏轼提出的不同意见应该说都是正确的。做事要实事求是，不要急功近利，不可偏激，不能太极端，但屡次与当政者意见不合，屡遭打击排挤。在司马光当政时，他再次外调，历知杭州、颍州、扬州等。后累迁至礼部尚书。元祐八年（1093）高太后死，哲宗亲政，新党重新掌权，他又外出知定州。绍圣元年（1094）贬惠州，三年后再贬为琼州别驾。徽宗即位后，经过一番调迁，终于赦还，提举玉局观。建中靖国元年（1101），卒于常州。

苏轼与王安石同出欧阳修门下，两人可以说是北宋诗坛的两座高峰，两人处处保持着15年的有趣差距。苏轼比王安石晚15年出生，晚15年中进士，晚15年逝世。两人都在新、旧两派斗争中度过一生，但王安石是倡导并主持变法的人，是新派首领；苏轼先是对新法持不同意见，后又不满旧党，因此他的一生先受新党打击，后又受旧党排挤，在新旧两党的夹缝里受气，累遭贬谪，壮志难酬，成为政治斗争的牺牲品。不过也许正由于政治上的失意造就了文学上的辉煌成就，他的诗文多数写于逆境中，他的文学天才在逆境中发挥到了极致，真可谓“文穷而后工”，前代的李白、杜甫等，也莫不如此。苏轼虽然仕途坎坷，但作为文学家，在当时追随他的人很多，有“苏门四学士”、“苏门六君子”，还有苏轼的一些朋友如“三孔”、刘敞、唐庚、章质夫、李之仪、文同等等，形成以苏轼为中心的文坛格局。当然，这些人中成就最高的，还是苏轼本人。在苏轼的思想中，儒、道、释三家思想都有，这在他的思想里既矛盾又统一，因此体现了较多的自由与个性，较浓厚的对自然的崇尚，养成了旷达性格，常常显得幽默风趣。他不平常的经历，又决定了他的诗文多姿多彩。他的诗给人最深刻的印象就是豪放，钱锺书《宋诗选注》对苏轼的简介说："李白以后，古代大约没有人赶得上苏轼这种豪放。"宋体诗的特征，在苏轼笔下都发展到了极致。苏轼主张文道并重，不像其他人偏执于一端，因此他的诗文既有文采，又有充实的思想内容。苏轼是个全才，诗、词、书、画、文、禅理，无所不精。

所谓"宋诗重理趣"，这在苏轼诗中有最典型的例子。"理趣"是诗中蕴涵哲理，这不同于"以议论为诗"。诗中蕴涵的哲理，并不是要在诗中直接说出来的，而是需要读者仔细体会，从而领悟其中的哲理内涵，这在苏轼诗中，甚至在整个宋诗中，最著名的是《题西林壁》：

横看成岭侧成峰，远近高低各不同。
不识庐山真面目，只缘身在此山中。

这首诗的前两句，告诉我们这样一个道理，即主体的立足点不同与观察角度的差异，对客体会有不同的认识；后两句更是不断被人引用，形成不论是对自然还是对社会都具有普遍意义的认识论。自欧阳修有意识地继承了韩愈的以议论为诗后，王安石进一步发展，而在苏轼笔下有了更大的发展与创新。苏轼诗中，议论常常与意象密切结合，如七古《和子由渑池怀旧》：

人生到处知何似？应似飞鸿踏雪泥。
泥上偶然留指爪，鸿飞那复计东西。
老僧已死成新塔，坏壁无由见旧题。

往日崎岖还记否？路长人困蹇驴嘶。

这首诗前半首中，后三句是对第一句的回答，也是感叹，但这里不采用抽象的议论，直接诉说，而是用一个比喻，诉诸意象，而这意象又不像我们在唐诗中常见的实在形象，而是一种不实在的抽象的形象，这是苏轼的创举，“雪泥鸿爪”后来成了成语。他在谪居黄州时写的《迁居临皋亭》，虽然也采用了形象的比喻，但这里直接议论更多，如“我生天地间，一蚁寄大磨。区区欲右行，不救风轮左。虽云走仁义，未免违寒饿……”这首诗第二句中的“蚁寄大磨”是采用形象做比喻，但这在读者头脑中也只能领会其意，很难形成完整的艺术形象。他也有通篇议论，如《洗儿戏作》：

人皆养子望聪明，我被聪明误一生。
唯愿孩儿愚且鲁，无灾无难到公卿。

这首诗虽然纯是议论，但并不枯燥乏味，因为这全是诗人的真情实感。虽然话说得很明白，但并非一览无遗，而是蕴涵着更深的意思。诗中的第二句明说“聪明误人”，但我们更可看成这是诗人的自负。后两句更是有着深刻的含义，明说是希望“孩儿愚且鲁”，可以“无灾无难到公卿”，那么反过来说，那些“无灾无难到公卿”的人，原来都是一些“愚且鲁”之辈。这首看似直白式的纯议论的诗，却还是很耐人寻味。

在议论中，或诉诸比喻和象征的意象，或诉诸真情实感，使诗中的意象不显得枯燥乏味，也不显得一览无遗的浅薄，这是苏轼以议论为诗的特色。这只要用黄庭坚的诗来对照一下，就可以看得很清楚了。如“成王小心似文武，周召何妨略不同。不须要出我门下，实用人材即至公。”（黄庭坚《病起荆江亭即事》十首其四）这里既无任何意象，也缺乏真情实感，只有几句干巴巴的并不高明的议论，令人感到枯燥乏味。

苏轼的以才学为诗，一是用典，一是化用前人诗句。例如《戏书吴江三贤画像》三首，分别写了范蠡、张翰、陆龟蒙三位吴中高士，且看其第一首：

谁将射御教吴儿，长笑申公为夏姬。
却遣姑苏有麋鹿，更怜夫子得西施。

这里写了楚吴越三国的恩怨征战。楚庄王曾想娶夏姬，为楚臣申公巫臣谏止。庄王死后，其子共王继位，又欲娶夏姬，还派遣申公为使，申公无法谏止，采取“以夏姬行，遂奔晋”。楚王大怒，杀巫臣之族，“巫臣乃通吴于晋，教之射御战阵，吴始伐楚”。（《左传·成公二年》）这就是这首诗中前两句用的典故。第三句典出《史记·淮南衡山列传》，伍被谏淮南王刘安说：“臣闻子胥谏吴王，吴王不用，乃曰‘臣今见麋鹿游姑苏之台也’。今臣亦见宫中生荆棘、露沾衣也。”最后一句典出乐史《太平寰宇记》记载，范蠡辅助越王勾践灭了吴国后，功成身退，“取西施，乘扁舟游五湖而不返。”这样用典，诗的容量不小，读者也许可以从中悟出些道理来。但这样读诗，不免令人陷入故事之中，忘了诗中究竟想表达什么，抒发一种什么样的感情，同时不免有卖弄之感，所以钱锺书在《宋诗选注》的作者简介中说：“苏轼的主要毛病是在诗里铺排古典成语”，不过这不是苏轼一人的毛病，实在是宋人的普遍风气，用典少了，反而会被讥笑为“才短”、“浅薄”。化用前人诗句，在宋代成为一种重要的写作方法，还取了专门名称，谓之曰“夺胎换骨”、“点铁成金”，其中确实有成功的，苏轼的《海棠》即是一例：

东风袅袅泛崇光，香雾空蒙月转廊。

只恐夜深花睡去，故烧高烛照红妆。

这是化用白居易的《惜牡丹花》二首其一：“惆怅阶前红牡丹，晚来唯有两枝残。明朝风起应吹尽，夜惜衰红把火看。”在白居易笔下，花只是花，不见有什么生气，但到了苏轼笔下，花已成为一个绝色佳丽，而且很有灵性。这就是点铁成金之妙。

以文为诗，在苏轼笔下，也有不小发展。从韩愈到欧阳修，大多是在诗中夹杂一些散文式的句子，而苏轼的诗，有的整篇就像是一篇散文，形似小赋，如《上清词》，开头就是这么一大段：“南山之幽，云冥冥兮。孰居此者，帝侧之神君。君胡为兮山之幽，顾宫殿兮久淹留。又曷为一朝去此而不顾兮，悲此空山之人也。来不可得而知兮，去固不可得而讥也。”在这里，满篇在古文中常用的“之乎者也”，直到结尾还在写“是耶非耶，臣不可得而知也”。众所周知，在诗中忌用同一个字来叶韵，何况这还是古文常用的虚词“也”，但苏轼全然不顾这些忌讳。苏轼的以文为诗，主要表现在诗中用了大量散文句式，如“南山之下，江渭之间，想见开元天宝年。”（《书韩斡牧马图》）“江淮水为田，舟楫为室居，鱼虾以为粮，不耕自有馀。”（《鱼蛮子》）“少年不愿万户侯，亦不愿识韩荆州。颇愿身为汉嘉州，载酒时作凌云游。”（《送张嘉州》）以上这些例句，都是散文句法，还有在诗中用超长句子的，其中最突出的要算《欧阳少师令赋所蓄石屏》：

何人遗公石屏风，上有水墨希微踪。不画长林与巨植，独画峨嵋山西雪岭上万岁不老之孤松。崖崩涧绝可望不可到，孤烟落日相溟濛。含风偃蹇得真态，刻画始信天有工。我恐毕宏韦偃死葬虢山下，骨可朽烂心难穷。神机巧思无所发，化为烟霏沦石中。古来画师非俗士，摹写物象略与诗人同。愿公作诗慰不遇，无使二子含愤泣幽宫。

这首诗突破了传统的五言与七言诗句，有不少9个字乃至11个字的句子，而其中第四句更是长达16个字，真是前无古人，后无来者。其馀如《赠写真何充秀才》中，有好几个十字句：“君不见潞州别驾眼如电，左手挂弓横撚箭。又不见雪中骑驴孟浩然，皱眉吟诗肩耸山……”还有《书王定国所藏烟江叠嶂图》中有句曰“还君此画三叹息，山中故人应有招我归来篇”，《五禽言》五首其五“君不见东海孝妇死作三年乾，不如广汉庞姑去却还”等等，都是散文化的句子。

宋诗的三大特点在苏轼笔下都发展到了极致。但苏轼的诗，题材多样，风格多样，早年与晚年有很大变化。大体上，他早年倾心于李、杜，曾称赞二公说：“李太白、杜子美以英玮绝世之姿，凌跨百代，古今诗人尽废。”（《书黄子思诗集后》）而晚年在饱经坎坷以后，心境逐渐趋于淡泊，以至说：“吾于诗人无所甚好，独好渊明之诗……吾前后和其诗一百有九篇，至其得志，自谓不甚愧渊明。”（《与子由书》）由于喜爱陶诗，因此对在风格上接近陶渊明的柳宗元与韦应物十分推崇：“李、杜之后，诗人继作，虽间有远韵，而才不逮意。独韦应物、柳宗元发纤于简古，寄至味于澹泊，非馀子所及也。”在苏轼的不少诗中，我们确实能看到近于李白的豪放，如《中秋见月和子由》：

明月未出群山高，瑞光万丈生白毫。
一杯未尽银阙涌，乱云脱坏如崩涛。
谁为天公洗眸子，应费明河千斛水。
遂令冷看世间人，照我湛然心不起。
西南火星如弹丸，角尾奕奕苍龙蟠。
今宵注眼看不见，更许萤火争清寒。
何人舣舟昨古汴，千灯夜作鱼龙变。

曲折无心逐浪花，低昂赴节随歌板。
青荧灭没转山前，浪飐风回岂复坚。
明月易低人易散，归来呼酒更重看。
堂前月色愈清好，咽咽寒螀鸣露草。
卷帘推户寂无人，窗下咿哑唯楚老。
南都从事莫羞贫，对月题诗有几人。
明朝人事随日出，恍然一梦瑶台客。

类似这样风格的诗，还有不少，如《游金山寺》《游罗浮山一首示儿子过》等等，这些诗视野开阔，气势奔放，语言流畅，纵横驰骋，颇有李白诗那样豪放中带有轻快飘逸，却没有李白那种奇幻雄劲，跳荡飞越，然而显得平实流畅，挥洒自如。

苏轼十分关心人民的疾苦，由于他长期在州郡任地方官，了解民情，把见到的民间疾苦写进了诗里。如《吴中田妇叹》：

今年粳稻熟苦迟，庶见霜风来几时。
霜风来时雨如泻，杷头出菌镰生衣。
眼枯泪尽雨不尽，忍见黄穗卧青泥。
茅苫一月陇上宿，天晴获稻随车归。
汗流肩赪载入市，价贱乞与如糠粞。
卖牛纳税拆屋炊，虑浅不及明年饥。
官今要钱不要米，西北万里招羌儿。
龚黄满朝人更苦，不如却作河伯妇。

这首诗写得非常沉痛，有杜甫的沉郁与关心民瘼，这是苏轼诗的又一个方面，还有如《除夜大雪留潍州元日早晴遂行中途雪复作》《鱼蛮子》《陈季常所蓄朱陈村嫁娶图》《荔枝叹》等等，都是“悲歌为黎元”，尽管风格上与杜诗不完全一致，但忧国忧民的思想，与杜甫是相通的。

在苏轼诗中，描写山水景物的诗特别多，写得精警动人，有不少名篇，特别是写杭州西湖的诗，成了千古名篇，如《饮湖上初晴后雨》二首其二：

水光潋滟晴方好，山色空蒙雨亦奇。
欲把西湖比西子，淡妆浓抹总相宜。

这首诗写出了晴、雨两种不同天气情况下，西湖景色的秀丽，已成了千古写西湖美景的绝唱，特别是后两句的比喻，使西湖从此赢得了“西子湖”的美名。写西湖与杭州景色的诗还有不少，如《六月二十七日望湖楼醉书》《暴雨初晴楼上晚景》《有美堂暴雨》《与述古自有美堂乘月夜归》《八月十五日看潮》《望海楼晚景》等等，后来离开杭州后，他对西湖还深深怀念，盛赞“西湖天下景”（《怀西湖寄晁美叔同年》），写出这秀甲天下的人间天堂的绮丽风光。除此之外，他还有一些著名的其他写景诗，如《惠崇春江晓景》：

竹外桃花三两枝，春江水暖鸭先知。
蒌蒿满地芦芽短，正是河豚欲上时。

这也是一首脍炙人口的好诗，其中第二句更是经常被人引用。其馀如《寒芦港》《赠刘景文》《南堂》《广州蒲涧寺》《书李世南所画秋景》等等，都充满诗情画意，很有韵致。

苏轼的诗，是北宋诗人中成就最高的，通过他的创作实践，使具有宋代特色的诗完全成熟，而且跃上了高峰。当时宋诗所以登上高峰，还在于围绕在苏轼周围有一大批诗人，这里有朋友有学生，形成了烘云托月之势。如称“苏门四学士”的黄庭坚、秦观、张耒、晁补之，都是文学史上著名的诗人、词人，加上陈师道与李廌合为“苏门六君子”。其中黄庭坚为“江西派”开山祖，陈师道为江西派一宗，秦观则词名大于诗名。在苏门诗人中，张耒是诗名最著追随者最多的一个。

第二节　苏门诗人

一、张耒

张耒（1054—1114），字文潜，自号柯山，楚州淮阴（今属江苏）人。熙宁六年（1073）登进士第，授临淮主簿，元丰六年（1083）任奉安尉。元祐元年（1086）以太学录召试，历秘书丞、著作郎、史馆检讨，绍圣初（1094），以直龙图阁学士出知润州，未几，改宣州。绍圣四年坐党籍被贬。苏轼死后，为举哀行服，被言官弹劾，贬为房州别驾、黄州安置。大观二年（1108）居陈州宛丘，人称“宛丘先生”。他年少时即从苏轼兄弟游，受影响很深。他的诗远学白居易、张籍，近学苏轼。苏轼曾说：“秦得吾工，张得吾易。”张耒诗的主要特点就是畅达平易，崇尚自然，反对雕琢，他的成就被认为“要在秦、晁以上”（吴之振《宋诗钞·宛丘诗钞序》）。张耒学白居易、张籍，不仅在形式上，而且也学习他们写关心民瘼的诗，如《劳歌》《和晁应之悯农》《田家》《海州道中》《农妇》等等，我们来具体看看他的七古《北邻卖饼儿每五鼓未旦即绕街呼卖虽大寒烈风不废而时略不少差也因为作诗且有所警示秬秸》：

城头月落霜如雪，楼头五更声欲绝。
捧盘出户歌一声，市楼东西人未行。
北风吹衣射我饼，不忧衣单忧饼冷。
业无高卑志当坚，男儿有求安得闲。

古代中国以农立国，但大多数的农民一直是深受压榨剥削，因此历来关心人民疾苦的诗人，总是把关注的目光投向农民，杜甫、白居易、张籍等等，莫不如此，张耒也不例外，从上面我们提到的《悯农》《田家》《农妇》等诗，也都是同情农民疾苦的诗。但在宋代城市有很大发展，市民阶层壮大，在市民中有不少下层劳动者生活艰苦，同样受到张耒的关注，上边这首诗是写一个靠卖饼为生的贫民，天天五更就披星戴月绕街叫卖，在严寒隆冬冒霜顶风，“不忧衣单忧饼冷”，深刻揭示了卖饼者的心理。很明显，这是受到白居易《卖炭翁》中“可怜身上衣正单，心忧炭贱愿天寒”的启示。《劳民》是描写酷暑中“负重民”的艰苦劳动，在大热天“深堂无人午睡馀，欲动身先汗如雨”的情况下，那些“长街负重民”、“筋骸长彀十石弩，半衲遮背是生涯，以力受金饱儿女”。而这时“人家牛马系高木，唯恐牛躯犯炎酷”。牛马有人爱惜，而负重民却无人关心，两相对比，揭示出负重民竟“不如牛马”的残酷现实。这些诗写得都平易通晓，然而他因出自苏门，常受党籍牵累，屡遭贬放，颠沛困顿，因此后期作品多身世之叹与人生感慨，其流落漂泊与杜甫晚年相似，因境遇契合，诗风渐趋沉雄深厚，近似杜甫。胡仔《苕溪渔隐丛话》前集引王直方《诗话》说：“‘白头青鬓隔存没，落日断霞无古今’，此文潜《过宋都》诗，气格不减老杜也。”洪迈在《容斋随笔》中指出他的《离黄州》是“极力摹写”老杜的《玉华宫》。我们来看看他的两首七律：

枭枭危楼百尺梯，秋风有客独攀跻。
路穷流水远更远，目断夕阳西复西。
帘卷似迎轻燕入，柳深时有暗蝉嘶。
洞庭落叶悲骚客，鹎鵊何劳著意啼。

——《登楚望北楼》

春尽空馀白日长，枝头青杏已堪尝。
人间帘幕燕相语，风暖园林柳半黄。
病里不知时节换，老来都减少年狂。
残风浊酒应堪在，更遣流莺送几觞。

——《春暮》

这两首诗，也许不是张耒七律中最好的，但其气格风韵与杜甫有相通之处。钱锺书《宋诗选注》对张耒的简介中说："读他的七言律诗常会起一种感觉，仿佛没有尝到陆游七律的味道，却已经老早闻着它的香气，有一小部分模仿杜甫的语气雄阔的七律又好像替明代的前后'七子'先透了个消息。"从这几句话里，说出了张耒七律的承上启下关系。

在张耒的一些写景诗中，常常显露出独特的审美情趣，吕本中《吕氏童蒙训》中说："文潜诗自然奇逸，非他人可及。如'秋明树外天'、'客灯青映壁，城角冷吟霜'、'浅山寒带水，旱日白吹风'、'川坞半夜雨，卧冷五更秋'之类，迥出时流，虽是天姿，亦学可及。学者若能常玩味此等语，自然有变化处也。"大体说来，张耒早年写诗务求平易、自然，以至"一笔写去，重字重意皆不问"（《朱子语类》），显得粗疏；后期学杜甫渐渐注意锤炼，颇多好句，一些写景小诗也颇有馀味，兹录数首于下，以见一斑：

亭亭画舸系春潭，直待行人酒半酣。
不管烟波与风雨，载将离恨过江南。

——《绝句》

庭户无人秋月明，夜霜欲落气先清。
梧桐真不甘衰谢，数叶迎风尚有声。

——《夜坐》

年来鞍马困尘埃，赖有青山豁我怀。
日暮北风吹雨去，数峰清瘦出云来。
——《初见嵩山》

小园寒尽雪成泥，堂角方池水接溪。
梦觉隔窗残月尽，五更春鸟满山啼。
——《福昌官舍后绝句十首》其二

“以意胜”是宋诗的普遍现象，无论诗文，宋人都强调意与理，张耒在《与友人论文因以诗投之》中说：“文以意为车，意以文为马。理强意乃胜，气盛文如驾。”因此无论为文写诗，都重视要内涵意理，不说空泛无意理的话。至于这意理也不能老生常谈，拾人牙慧，而是追求新意妙理。因此上边这几首小诗，也不是徒然写景，而都寄以新奇精警的理意，含蓄深邃，发人深思。上边几首小诗中所写的，虽然都是常见的景物，但一与诗人的主体精神“离恨”、“不甘衰谢”、“豁我怀”、“梦觉”等融合，就成了独特的体验，蕴涵深邃的意理。

二、秦观

秦观，是诗人，更是词人，他的生平概况，到后边谈论到词的时候再说，这里只说他的诗。王安石曾称赞他的诗“清新婉丽”，此后人们也就以此定为他的风格。这本是一个不错的评价，但后来却有人说“秦少游如时女游春，终伤婉弱”（南宋敖陶孙《臞翁诗集》卷首《诗评》），再稍晚些时候，金末诗人元好问在《论诗绝句》三十首中的第二十四首说：“有情芍药含春泪，无力蔷薇卧晓枝。拈出退之山石句，始知渠是女郎诗。”对此，也有人提出不同意见，明人瞿佑在《归田诗话》中说：“遗山固为此论，然诗亦相题而作，又不可拘以一律……”清人袁枚同意此说，近人陈衍在

《宋诗精华录》中说："遗山讥'有情'二语为女郎诗，诗者劳人思妇公共之言，岂能有雅颂而无国风，绝不许女郎作诗耶？"这些反驳的意见，可概括为两点：一是诗要"相题而作"，不能不管什么题材，都写成韩愈的《山石》诗一样奇崛瘦硬，要允许风格多样化；其次，没有谁规定不许女郎作诗，诗，人人可作。这两点说法，大致上不错，但以"女郎诗"来评定秦观的诗，未免以偏概全，他前后诗风是有变化的，他的诗既有"清新婉丽"的诗，也有"严重高古"豪壮厚重的诗。例如：

一夕轻雷落万丝，霁光浮瓦碧参差。
有情芍药含春泪，无力蔷薇卧晓枝。
——《春日》五首其二

霜落邗沟积水清，寒星无数傍船明。
菰蒲深处疑无地，忽有人家笑语声。
——《秋日》三首其一

节物相催各自新，痴心儿女挽留春。
芳菲过尽何须恨，夏木阴阴正可人。
——《首夏》

鸾鹤同为汗漫游，天风吹散下沧州。
金华有路通元气，水绕高寒不断流。
——《题金华山寺壁》

渺渺孤城白水环，舳舻人语夕霏间。
林梢一抹青如画，应是淮流转处山。
——《泗州东城晚望》

一雨复一旸，苍茫飓风发。
怒号兼昼夜，山海为颠蹶。
云何大块噫，乃尔不可遏。
黎明众窍虚，白日丽空阔。

——《海康书事》十首其九

栋宇高开古寺间，尽收佳处入雕栏。
山浮海上青螺远，天转江南碧玉宽。
雨槛幽花滋浅泪，风卮清酒涨微澜。
游人若论登临美，须作淮东第一观。

——《次韵子由题平山堂》

从上边引录的七首诗中，我们看到，秦观诗中可称为“女郎诗”的并不多，大约也只有第一首可以这样说；因此用“女郎诗”来概括他的诗，是不公正的。当然“女郎诗”也并没有什么不好，作为一般读者，可以有所偏爱与有所不爱；作为评论家，就要持论公正，要容忍各种不同风格，并要从中发现其优点。就说第一首的后两句，写雨后的花草，用拟人的写法，把无情的植物写得含情脉脉，婀娜多姿，似乎是情窦初开的少女，娇娆可爱。这是秦观由细致观察产生的独特感受，形成了这清新婉丽的诗。第二首显然是受王安石《江上》的影响与启发，后来又影响启发了陆游，写出“山重水复疑无路，柳暗花明又一村”的著名诗句，有承上启下之功。第三首又作《三月晦日偶题》，写春末夏初，在这时，文人习惯要写伤春叹落花之类诗文，这首诗却以为节气更新是正常现象，对花落也不必惹恨生悲，夏天绿树成荫“正可人”，这是对传统主题的翻案。第四首诗境界雄壮开阔，绝不能称“女郎诗”了。第五首写泗州城东的晚景，前二句写城墙下的护城河，后二句远眺所见的淮河，这里有视觉有听觉，有实景有想象，虚实相间，山光水色，青白相映，勾画出一幅“画图难足”的图景。绍圣元年（1094）坐党籍贬谪后，他的生活就在不断的迁谪中度过，他一路往南走，直至岭南的雷州、藤州，丰富了他的阅历，开阔了他的视野，对人生有更多的思考，因而改变了诗风。吕本中在《吕氏童蒙训》说：“少游过岭后，诗严重高古，自成一家，与旧作不同。”第六首就是体现“过岭后”诗风最突出的作品，在这里，我们看到的是飓风昼夜怒号，山海为之颠蹶，使人胸怀“大块”，感情激荡，汹涌澎湃，势不可挡。豪壮健劲，绝不是“女郎”了，而简直是“关西大汉”。其实，秦观的诗风也不是因为“过岭”而发生了突变，而是南迁后诗风就有了变化，这种变化从上边的最后一首诗中就已初露端倪，“过岭”只是一个契机。

三、晁补之

晁补之（1053—1110），字无咎，晚号归来子，济州巨野（今属山东）人。元丰二年（1079）登进士第，历任太学正字、著作佐郎。绍圣末，坐党籍，谪监信州酒税。徽宗朝，召为吏部员外郎，出知湖州等郡，卒于泗州。有《鸡肋集》传世。他在17岁时随父至杭州，著《钱塘七述》，描写钱塘山川风物之秀丽，时苏轼通判杭州，读到此文，大为赞赏，由是知名，并成为“苏门四学士”之一。他的诗文深受苏轼影响，从他本人的作品来看，诗不如文，但比起张耒、秦观等人来，他的诗也并不差多少，苏轼、黄庭坚都颇赞赏他的诗，苏轼曾说“无咎雄健峻拔，笔力欲挽千钧”，黄庭坚在《以团茶洮州绿石砚赠无咎文潜》，把他与张耒同时称赞，他诗的风格与张耒、秦观不同，属于雄健豪迈。胡仔在《苕溪渔隐丛话》中说：“余观《鸡肋集》，唯古乐府是其所长，辞格俊逸可喜。”举其《行路难和鲜于大夫子骏》为例：

赠君珊瑚夜光之角枕，玳瑁明月之雕床，
一茧秋蝉之丽縠，百和更生之宝香。
秾华纷纷白日暮，红颜寂莫无留芳。
人生失意十八九，君心美恶那能量。
愿君虚怀广末照，听我一曲关山长。
不见班姬与陈后，宁闻衰落尚专房。

晁无咎出自苏门，受党籍牵累，遭贬谪，经历坎坷，对人生颇有感慨，因此说“人生失意十八九”，君心难测，令人困惑迷惘。他的七言古风有不少出色的作品，如《胡戢秀才效欧阳公集古作琬琰堂》《和关彦远秋风吹我衣》《芳仪曲》都显示了他的特色。他的一些小诗则颇似苏轼的小诗，如《新城塔对雨》二首其一：

山外圆天一镜开，山头云起似浮埃。
松吟竹舞水纹乱，坐见溪南风雨来。

这首诗写风雨前后的变化情况，首句写晴朗时的山色水光，次句写云涌，三句写风起，末句写雨来，一一写来，其写法颇似苏轼《六月二十七日望湖楼醉书》二首其一。

第三节　苏轼的诗友

除了上述三人外，苏轼还有些其他朋友，他们的诗也有可观之处。他们围绕在苏轼周围，烘云托月，形成宋诗中光辉灿烂的一页。在这里，我们每人举一首以见一斑。

晚策倚危榭，群峰天际横。
云阴下斜谷，雨势落褒城。

远渡孤烟起，前村夕照明。
遥怀寄新月，又见一棱生。

——文同《凝云榭晚兴》

六代萧萧木叶稀，楼高北固落残晖。
两州城郭青烟起，千里江山白鹭飞。
海近云涛惊夜梦，天低月露湿秋衣。
使君肯负时平乐，长倒金钟尽醉归。

——米芾《甘露寺》

县山峻绝有新亭，公退时来看洞庭。
天外微茫二湖合，波心缥缈一峰青。
非时爽气生云雨，永夜寒光浸斗星。
千古登临增健笔，投文犹可吊湘灵。

——孔武仲《湖山亭》

芊芊芳草望中迷，传火楼台丽日西。
飞絮轻翻遮柳陌，落花乱点暗桃溪。
琉璃波净沉鱼藻，玳瑁帘疏阻燕泥。
百五良辰最葱蒨，绿阴行马过莺啼。

——李之仪《春日》

城中未省有春光，城外榆槐已半黄。
山好更宜馀积雪，水生看欲倒垂杨。
莺边日暖如人语，草际风来作药香。
疑此江头有佳句，为君寻取却茫茫。

——唐庚《春日郊外》

风蒲猎猎弄清柔，欲立蜻蜓不自由。
五月临平山下路，藕花无数满汀洲。
——道潜《临平道中》

破冰泉脉漱篱根，坏衲遥疑挂树猿。
蜡屐旧痕寻不见，东风先为我开门。
——贺铸《重游钟山定林寺》

青苔满地初晴后，绿树无人昼梦馀。
唯有南风旧相识，偷开门户又翻书。
——刘颁《新晴》

晴山如黛水如蓝，波净天澄翠满潭。
身在玉壶图画里，心随飞鸟过终南。
——李廌《渼陂》

文同与米芾是画家、书法家，然后才是诗人，因此，在他们的诗中，常有用画家的目光来摄取诗的境界，在诗中充满画意。在孔武仲的笔下，则我们看到了苏轼的雄健。在李之仪以下的这些诗中，我们不时看到体物细微、措语尖新的宋诗风味。李之仪与唐庚还都有化用唐人诗句的习惯，如李之仪的《采石》二首其一："云山夹岸去层层，来往扁舟恨未能。更有寻常最佳处，无风一日到金陵。"读这首诗，不免要想到李白的《早发白帝城》中的"千里江陵一日还"。他的《晚春》诗中的"水国春深梅子雨，江天日暮鲤鱼风"，胡仔指出是"用李贺《江楼曲》：'楼前流水江陵道，鲤鱼风起芙蓉老。'"李廌还有一首《田舍女》，是一首关心角度与众诗不同的诗：

田家女儿不识羞，草花竹叶插满头。
红眉紫襜青绢袄，领颈粗糙流黑油。
日午担禾上场晒，也喜年丰欲还债。
佣工出力当一男，长大过笄不会拜。
有者四十犹无家，东村定昏来送茶。
翁妪吃茶不肯嫁，今年种稻留踏车。

前人写老女不嫁的有杜甫的《负薪行》。在杜甫笔下的老女嫁不出去是因战乱，大批男丁战死，在乡间形成女多于男，这是在特殊情况下的特殊现象。李廌写的却是在平常年代里的一些不出嫁的老女，原因是父母把她们留在家里，当壮劳力使唤，不肯把她们嫁出去，主要当然还因家贫。前二句看似嘲笑，但其中寄予无限同情。爱美之心人皆有之，但田家女儿无钱买金银珠宝，只能满头插些花草竹叶。这话看似说得轻巧，但实在蕴含着无限辛酸无限沉痛。下边写她们成天干着男人干的粗活，年过四十，父母仍然舍不得把她们嫁出去，要留在家里帮助干活。这是诗人发掘到的独特题材，为宋代的社会风俗画，添上了浓重的一笔。

第六章　黄庭坚、陈师道与江西诗派

前面我们细数了苏轼的朋友与苏门弟子，但在“苏门四学士”中我们只说了三个，在“苏门六君子”中我们也只说了四个，这不是粗心疏漏，而是另有原因，因为其中黄庭坚与陈师道是江西诗派的开山祖与传承人，他们的诗作成就虽没有苏轼高，但对后世的影响却在苏轼之上。苏轼写诗大约有些类似李白，才超一代，飘逸雄放，挥洒自如；天马行空，无迹可寻；只可仰慕，很难学习，所以后世学苏者少。黄庭坚虽出自苏门，写诗考究法则，讲求技巧，有迹可循，有法可遵，因此其影响反在苏轼之上，甚至风靡诗坛达二百多年。不管对江西派的诗喜欢还是不喜欢，对黄庭坚那一套方法赞同还是不赞同，其影响却是实实在在的，不能视而不见。

第一节　黄庭坚

黄庭坚（1045—1105），字鲁直，自号山谷道人，晚号涪翁，洪州分宁（今江西修水）人。治平四年（1067）登进士第，初任叶县尉；熙宁五年（1072）除国子监教授；元丰三年（1080）改知太和县；元丰六年（1083）移监德州德平镇。哲宗立，召为校书郎、《神宗实录》检讨官；迁著作佐郎，加集贤校理；擢起居舍人，秘书丞。绍圣二年（1095）以元祐党人贬涪州别驾，黔州安置。元符三年（1100）徽宗即位，召还。旋以文字罪除名，羁管宜州。崇宁四年（1105）卒于贬所，年71岁。

黄庭坚出自苏门，为“苏门四学士”之一，后与苏轼齐名，称苏黄。他曾受过苏轼的指点与提拔，深得苏轼赞许，称之为“精金美玉”，誉为“超逸绝尘，独立万物之表”，评价绝高。他虽然成为“江西诗社宗派”的开创人，但其诗歌创作成就，并未在苏轼之上，然而对后世的影响却远在苏轼之上。在宋代诗人中，他是对后世影响最大的一个，其作品也被认为具有独特风貌的宋诗的代表。然而他对后世的影响，消极方面大于积极方面。在对前代诗人的继承上，黄庭坚也被他的追随者推崇为杜诗的最好的继承人。从大力倡导学习杜甫继承杜甫的人来看，黄庭坚是最早倾心于杜诗的人，自此确定了杜甫为后世诗家的师表，并处于独尊的地位。如何学杜，他还有一套说法，在《答洪驹父书》中提出：“老杜作诗退之作文，无一字无来处，盖后人读书少，故谓韩、杜自作语耳。古文能为文章者，真能陶冶万物，虽取古人之陈言入于翰墨，如灵丹一粒，点铁成金也。”这是江西诗派的一个总纲，其具体做法则为“夺胎换骨”，据魏庆之《诗人玉屑》引述：“山谷言，诗意无穷，而人才有限；以有限之才，追无穷之意，虽渊明、少陵，不得工也。不易其意而造其语，谓之换骨法；规摹其意而形容之，谓之夺胎法。”这是对前人的作品袭用其意，换一种说法。这在以后，被他的追随者奉为圭臬，被认为“最为妙法”。但要做到这两点，首先要多读书，要达到精博的程度；其次要有创新精神，对前人的作品不是袭用，而是化用，用得更妥帖更巧妙，才算得上“点铁成金”。至于“夺胎换骨”，那是一种作诗的技巧。不过“点铁成金”与“夺胎换骨”，在运用时，都不是刻意去找古人的某句话某首诗，然后有意识地加以改造，而是因为读书博而精，把读到的前人的诗书，都化成自己的认识与思想，在创作时不自觉地、无意识地化用了，这样才不显抄袭的痕迹，十分自然。刻意而为，会成为生硬抄袭，以至“点金成铁”。

其实“点铁成金”云云，也不是黄庭坚独创的，而是把前人创作中一些存在的现象加以总结而成的，这在杜甫诗中就有不少出色的范例，如在《宿江边阁》中的“薄云岩际宿，孤月浪中翻”，就是化用何逊《入西塞示南府同僚诗》中的“薄云岩际出，初月波中上”，只换了四个字，正如仇兆鳌在《杜诗详注》中所说的“便点睛欲飞”。在本章前边提到的林逋、王安石、苏轼等等，都有这样的生动实例，黄庭坚把这些现象总结为经验。对此，他自己当然是身体力行的，不过他的不少诗倒并不因为用典过多而显得生涩，或有明显的雕琢的痕迹；黄庭坚的一些著名诗都不失平易自然；虽施行“夺胎换骨”的手术，却令人浑然不觉，他追求一种“平淡而山高水深”（《与王观复书》三首其二）的境界。如他的名篇《登快阁》：

痴儿了却公家事，快阁东西倚晚晴。
落木千山天远大，澄江一道月分明。
朱弦已为佳人绝，青眼聊因美酒横。
万里归船弄长笛，此心吾与白鸥盟。

这首诗如果不知其中使用的“点铁成金”术与“夺胎换骨”法，也能理解其意，但如果知道后，对诗意会理解得更深刻。诗中的第一句用《晋书·傅咸传》载夏侯济给傅咸信中的话：“生子痴，了官事，官事未易了也；了事正作痴，复为快耳。”诗里的“痴儿”是诗人自称。第二句是化用赵嘏的名句“长笛一声人倚楼”与李商隐的“万古贞魂倚暮霞”，赵诗是写实景，李诗写的属虚幻之事，经黄庭坚化用后，虚实相兼，更为明丽，充满画意。第三句令人想起杜甫的“无边落木萧萧下”，第四句显然与谢朓的名句“馀霞散成绮，澄江静如练”有关，正是澄江晚景。第五句用《吕氏春秋·本味篇》中载“钟子期死，伯牙破琴绝弦，终身不复鼓琴”，表达痛失知音，但不知这里的知音指谁，这首写于元丰五年（1082）在吉州太和县知任上。第六句用《晋书·阮籍传》所载，阮籍“能为青白眼”，见俗士嵇喜“作白眼”，见嵇喜之弟竹林七贤之一嵇康“赍酒挟琴造焉，籍大悦，乃见青眼”。结句用杜诗“白鸥没浩荡，万里谁能训”。这首颇得后人好评，姚鼐说此诗“豪而有韵，此移太白歌行于七律内者。”方东树说：“起四句且叙且写，一往浩然。五、六句对意流行。收尤豪放。此所谓寓单行之气于排偶之中者。”（《昭昧詹言》续卷七）黄庭坚不仅在长诗里爱化用前人诗文，就是在小诗里也要化用，最显著的是《雨中登岳阳楼望君山》二首中的第二首：

满川风雨独凭栏，绾结湘娥十二鬟。
可惜不当湖水面，银山堆里看青山。

已有不少人指出，这首诗化用了刘禹锡的《望洞庭》“遥望洞庭山水翠，白银盘里一青螺”，雍陶的《题君山》“应是水仙梳洗处，一螺青黛镜中心”。刘禹锡写的是水波不兴的洞庭湖，比喻为“白银盘”，黄庭坚写的是“满川风雨”中的洞庭湖，把湖里的波浪比喻为“银山”。不论是风平浪静还是波涛滚滚，遥望都是白茫一片，所以都用“银”色来描绘。君山上树木蓊蔚，刘诗中称之为“青螺”，雍诗中说“一螺青黛”，与刘诗一个意思，黄诗则直说“青山”。雍诗以“水仙”喻君山，黄诗说“湘娥”，其意相同，葛立方在《韵语阳秋》中说：“诗家有换骨法，谓用古人意而点化之，使加工也。……刘禹锡云：‘遥望洞庭山水翠，白银盘里一青螺。’山谷点化之，则云：‘可惜不当湖水面，银山堆里看青山’。……学诗者不可不知此。”诗中用典，偶尔为之未尝不可，而且也确能写出较好的诗，前边例举的两首山谷的诗也都不错，但作为写诗的主要方法，并不可取。诗，主要是抒情，用典掉书袋，常常会影响抒情。读江西派的诗，即使是不错的诗，比起唐诗来毕竟缺乏点灵气与韵味。少数人这样写诗，问题还不大，一旦成为社会风气，人人这样写诗，诗就不可避免地要走向衰落。宋以后，中国诗逐渐衰落，原因当然很多，但江西派的不良影响，不能不说是原因之一。鲁迅先生在《给杨霁云的信》中说：“一切好诗，到唐已被作完。”此言不诬。当然不是说唐以后绝无好诗，而是说在质量与数量上，跟唐诗相比，实在难以企及。从黄庭坚本人的诗来看，也是良莠不齐的，有些小诗还是很有韵致的，如《鄂州南楼书事》四首其一：

四顾山光接水光，凭栏十里芰荷香。
清风明月无人管，并作南楼一味凉。

这首诗的第三句，虽然化用“清风明月，不用一钱买”，但很自然流畅，不知其化用，一样能理解。但也有一些诗，既句句用典，又全是议论，例如前边在与苏轼诗作比较时所例举的《病起荆江亭即事》十首其四即是，在这十首中，还有好几首是这样的，他的其馀诗中也有不少。不管怎么说，宋代的诗，到苏轼、黄庭坚才彻底改变了“唐人之风”，“始自出己意为诗”（见严羽《沧浪诗话·诗辨》）。而苏轼的诗“变化于唐，而出其所自得，皮毛落尽，精神独存”（关之振《宋诗钞序》），这是说在苏轼诗中，尽管外形变了，已面目全非，但还保留着唐诗的基因，到了黄庭坚的诗里才彻底消除了唐诗的遗传因子，连基因都变了，形成了最有宋诗特色的精神，就是变以韵胜为以意胜。唐宋诗的区别，说得再具体一些，正如缪钺在《诗词散论》中说的：“唐诗以韵胜，故浑雅，而贵蕴藉空灵；宋诗以意胜，故精能，而贵深折透辟。”这里说的宋诗的特点，也正是黄庭坚诗的特点，与唐诗的丰神浑雅、蕴藉空灵正相反，显得筋骨精能，深折透辟，因此，黄庭坚的诗常常有意识采用“命意曲折”的表达方式，如《临河道中》：

村南村北禾黍黄，穿林入坞岐路长。
据鞍梦归在亲侧，弟妹妇女笑两厢。
甥侄跳梁暮堂下，唯我小女始扶床。
屋头扑枣烂盈斗，嬉戏欢争挽衣裳。
觉来去家三百里，一园兔丝花气香。
可怜此物无根本，依草著木浪自芳。
风烟雨露非无力，年年结子飘路傍。
不如归种秋柏实，他日随我到冰霜。

这首诗写的是离家远行的情怀，但在构思上非常有特色，诗中不写离情别绪，不写羁旅愁思，不写飘零忧伤，而是写在离家三百里外，做了个还家梦。后边写梦醒后情景，只有“觉来去家三百里”一句是实写，下边七句属于隐喻与象征。前五句隐喻漂泊无定的宦游生活，最后两句以“秋柏”、“冰霜”表达自己孤傲高洁的品格。这首诗就充分体现了他“命意曲折”的特点。这样类型的诗，在黄庭坚诗中，为数不少。但黄庭坚的诗还有另一方面，由于他长期出任下级地方官吏，后来又屡遭贬谪，使他对下层社会有较多了解，关注民间疾苦并寄予同情，写这类诗，常直接描述，平易简捷，不再“命意曲折”，也不用“点铁成金”与“夺胎换骨”，只是把情况直接写下来，如“老农年饥望人腹，想见四溟森雨足。林回投壁负婴儿，岂闻烹儿翁不哭。未论万户无炊烟，蛛丝蜗涎经杼轴”（《次韵子瞻与舒尧文祷雪雾猪泉唱和》）、“穷乡有米无食盐，今日有田无米食。但愿官清不爱钱，长养儿孙听驱使”（《上大蒙笼》）、“橘摘金苞随驿使，禾舂玉粒送官仓”（《戏咏江南土风》），在这里，像“烹儿”这样的惨事不加掩饰地直接写了出来；说“但愿官清不爱钱”，也等于明说没有不爱钱的清官。其《流民叹》一诗则直接描写了灾后民间的惨景：

朔方频年无好雨，五种不入虚春秋。
迩来后土中夜震，有似巨鳌复戴三山游。
倾墙摧栋压老弱，冤声未定随洪流。
地文划劙水觱沸，十户八九生鱼头。
稍闻澶渊渡河日数万，河北不知虚几州。
累累襁负襄叶间，问舍无所耕无牛。
初来犹自得旷土，嗟尔后至将何怙。
刺史守令真分忧，明诏哀痛如父母。
庙堂已用伊吕徒，何时眼前见安堵。
疏远之谋未易陈，市上三言或成虎。
祸灾流行固无时，尧汤水旱人不知。

桓侯之疾初无证，扁鹊入秦始治病。
投胶盈掬俟河清，一箪岂能续民命。
虽然犹愿及此春，略讲周公十二政。
风生群口方出奇，老生常谈幸听之。

这样的诗在黄庭坚的诗集中是弥足珍贵的，虽然他屡次说："文章功用不济世，何异丝窠缀露珠"（《戏呈孔毅父》）、"安知忠臣痛至骨，世上但赏琼琚词"（《书摩崖碑后》），还说"民病我亦病，呻吟达五更"（《己未过太湖僧寺得宋汝为书寄山蓣白酒长韵寄答》），但在他的集中，关心民瘼与时政并采取直接描述的诗，毕竟是太少了。他的大多数诗或生硬晦涩，或枯燥乏味，钱锺书在《宋诗选注》的作者介绍中说他的诗"语言不够透明，仿佛冬天的玻璃窗上蒙上一层水汽，冻成一片冰花……"清代东方树在《昭昧詹言》中引姚范的话说黄庭坚的诗"玩涌之久，有一切厨馔腥蝼不可食之意"。其实大部分江西派的诗，大抵都是如此，当然间或也有不错的诗。

第二节　陈师道

陈师道（1053—1102），字无己，一字履常，号后山居士，徐州彭城（今江苏徐州）人。少时受业于曾巩，生性耿介，一生贫病窘困。其仕途坎坷的原因，主要还是受党争之祸。在政治观点上，他不苟同于王安石的新法，当时朝廷科举考试，以王安石经义之学取士，他不以为然，未应试。元丰四年（1081）曾巩奉命修史，曾推荐他为属员，但因他是布衣而未获准。后来虽有一些机会，他都放弃了。直到元祐二年（1087），经苏轼、孙觉等人推荐，任徐州教授，未几，除太学博士。他受知于苏轼，又得苏轼之荐，始得官，为"苏门六君子"之一。然他们间关系微妙，元祐四年，苏轼出任杭州太守，路过当时的南京（今河南商丘），陈师道到南京送行，因擅离职守，被弹劾去职。不久复职，调任颍州教授，当时苏轼已调任颍州知州，两人在同一地任职，时常来往。但当苏轼表示希望收他为弟子时，他不是欣然从命，而是婉言谢绝，表示不忘曾巩的师恩："向来一瓣香，敬为曾南丰。"（《观兖文忠公家立一堂图书》）从这也可看出他的禀性耿直高洁。苏轼对此并不介意，仍然劝勉有加，经常指导。绍圣元年（1094），坐苏轼馀党，谪监海陵酒税。翌年，调彭泽令，以母丧未行，家居六年。直至元符三年（1100）才除棣州教授，未赴，召为秘书省正字。建中靖国元年（1101），扈从徽宗于南郊，天寒无棉衣，其妻虽于赵挺之处借得一袭，但因赵挺之曾整过黄庭坚，系新党奸佞，陈师道"素恶其人"，"却去，不肯服，遂以寒疾死。"

他对苏、黄的诗，都由衷倾慕，但苏诗如天马行空，驰骋在广袤的空间，难以追赶；似亭亭紫云，可望而不可即，他认为举世无人敢学。黄诗如美酒，高出于百家之上，一诵其诗，心已经醉了。在前后两首《次韵苏公西湖观月听琴》的后一首中，他对苏、黄二人的诗，做了这样比较评论。在《赠鲁直》一诗中，除表示对黄庭坚的赞誉和无限倾慕外，还明确表达了愿做山谷的弟子，倾力勉学："陈诗传笔意，愿立弟子行。"由此可知，他以不忘曾巩师恩而谢绝当苏轼的弟子，只是一种托词，真正原因还在于他感到苏诗不好学，距离自己的秉性太远，不敢学。而黄诗跟自己的秉性接近，所以主动愿执弟子之礼，这说明他颇有自知之明。他写诗，受黄庭坚影响很大，据说他初见黄庭坚时，已有诗作"数以千计"，"及一见黄豫章，尽焚其稿而学焉。"（陈师道《答秦观书》）他终于成了江西诗派的中坚。宋人吕本中作《江西诗社宗派图》，列25人，以黄庭坚为首，其次即为陈师道。陈师道出自苏门，深受其学术氛围与艺术精神的孕育与渗透，他写诗又直接师承黄庭坚，但如果仅仅如此，那么在诗歌发展史上有苏、黄就够了，不必再赘述陈师道。然而陈师道有他自身的作用，如他也讲“换骨法”，但与黄庭坚的说法有差异。前边我们说过，黄庭坚是作为一种写作技巧来讲述的，学了后立刻可运用；而陈师道却说：“学诗如学仙，时至骨自换。缥缈鸿鹄上，众目焉能玩。”（《次韵答秦少章》）这是说在长期修炼中，让骨头在不知不觉中自行更换，风骨自成，气质自变。如果说黄庭坚所说的“换骨”只是作为一种艺术技巧提出来，那么陈师道把它提升到一种艺术修养。在上述这首诗的后边还说：“师儒有韩孟，拭目互惊惋。”他道出了江西诗派乃至宋诗的直接渊源是韩孟诗派，他作诗也学孟郊、贾岛的苦吟，所谓“闭门觅句陈无己，对客挥毫秦少游。正字不知温饱未，西风吹泪古藤州。”（黄庭坚《病起荆江亭即事》十首其八）关于他的苦吟，在比他稍后的叶梦得的《石林诗话》中有这样的记载：“世言陈无己每登临得句，即急归卧一榻，以被蒙首，恶闻人声，谓之吟榻。家人知之，即猫犬皆逐去，婴儿稚子亦抱寄邻家。徐待诗成，乃敢复常。”后来《宋诗纪事》《文献通考》等都转引了这一条，因此流传颇广。对诗，他有自己的主张，在《后山诗话》中说：“宁拙毋巧，宁朴毋华，宁粗毋弱，宁僻毋俗，诗文皆然。”他师韩孟、尚苦吟及对诗的主张，形成了他生硬朴拙的诗风。读陈师道的诗，常常令人产生一种怪异的感觉，如一首平常的写春景的诗，自汉魏六朝到唐代，写的人难以胜数，都写出了春天景色的美丽，似乎展开了一幅春日的画卷，但陈师道的《春兴》却是这样写的：

东风作恶不成寒，野水穿沙自作滩。
细草无端留客卧，繁枝有意待人看。

本来是平常的词语，经他的口说出来，显得奇怪生涩，“东风送暖”本是极平常的话，说成东风“不成寒”也就罢了，他却还要给加上“作恶”二字。本来送暖也好，不成寒也好，这本是大自然的恩赐，这里却偏要说“作恶”，有悖常理。下边也一样，水流经沙滩，绿草成茵似毯、树枝上繁花盛放，这都是春天的平常景色，这首诗里都采用别样说法，产生一种生涩新奇感。这首诗写春天，却看不到我们在唐诗中习见的意象与意境，没有情韵，只有理意，对唐诗来说，这是另类；对宋诗来说，却是颇为典型。我们再来看看他的得意之作《绝句四首》其四：

书当快意读易尽，客有可人期不来。
世事相违每如此，好怀百岁几回开。

其后在《寄黄充》一诗的前四句再用此意：“俗子推不去，可人费招呼。世事每如此，我生亦何娱。”这是陈师道得意之作，我们在这首诗里，看不到生涩奇崛的影子，而是朴实平易，用质朴的语言表达内心精密细致的感受。他的《别三子》《送内》等诗，明显是在学习杜甫的《咏怀》《北征》《羌村》等诗的表现手法，呈现出杜甫那种凝练沉郁的诗风，但其中并没有多少化用杜甫诗的句子，这正体现了陈师道不同于黄庭坚的“换骨化用”。他后来写诗虽然追求新奇，但不主张“过于出奇”。他在《后山诗话》中，曾这样评论黄庭坚：“鲁直过于出奇，不如杜之遇物而奇也。”他主张学杜，但要摆脱形似，而是要在气质上相似，要在长期修炼中“时至骨自换”。由此形成他的诗的个性，能在东坡体、山谷体外，独自形成“后山体”。我们来看看他的几首著名诗篇吧！

断墙著雨蜗成字，老屋无僧燕作家，
剩欲出门追语笑，却嫌归鬓著尘沙。
风翻蛛网开三面，雷动蜂窠趁两衙。
屡失南邻春事约，只今容有未开花。
——《春怀示邻里》

恶风横江江卷浪，黄流湍猛风用壮。
疾如万骑千里来，气压三江五湖上。
岸上空荒火夜明，舟中坐起待残更。
少年行路今头白，不尽还家去国情。

——《舟中》二首其一

我们看到这二首诗极为平实朴素，无奇字僻典，无华丽辞藻，然而读后又令人感到与众不同。前一首诗中的意象很特别，为前人所未经采用，例如蜗牛爬行留下的遗迹、破败寓所中的燕巢、破烂的蛛网、雷鸣般的蜂声，还有欲出门而又嫌归来时鬓着尘沙的矛盾心态等等。全诗虽然写春日，却显得荒凉阴晦，衬托出了他的贫困生活与落寞情怀。后一首写恶风巨浪，倒也显得开阔激荡，颔联的快疾与气势，更添雄壮豪迈。这时置身于舟中，增添了流离失所、飘荡无着与行程险恶之感，从而呈现出气势沉雄、悲壮崇高之美。这二首诗中都有把常用字做了特殊处理，运用得十分生涩，前一首中的“剩”、“趁”，后一首中的“用”等等，与之掺和使用的，却是一些熟语，如“出门追笑语”、“蜂窠”、“万骑千里来”、“三江五湖上”，更显生涩拙朴诗风。精密细致的构思，传达出独有的细密、深刻的体验与感受。虽然陈师道主张在长期修炼中“骨自换”，但也不免急于“换骨”，如在《次韵李节推九日登南山》中的“落木无边江不尽”，显然是化用杜甫《登高》中的“无边落木萧萧下，不尽长江滚滚来”；在《寓目》中“野旷低归鸟，江平进晚牵”，更是明显化用孟浩然《宿建德江》中的“野旷天低树”与杜甫《陪王使君晦日泛江就黄家亭子》二首其一中的“江平不肯流”。杜诗是何等气魄，就是孟诗气势也不小，一被陈师道化用，只觉气息奄奄，至于“进晚牵”云云，生涩得有些不成话，这无异是点金成铁。陈师道虽然倾心学杜，但他胸怀没有杜甫宽广，生活面也太窄，读书也没有杜甫广博，因此只能学一些技巧，学不到杜甫的精神实质。诗产生于感情激荡时形成的灵感中，不是“闭门觅句”中得来的，苦思冥想产生不了好诗，只能是一些毫无感情的诗句堆砌，这不是艺术品，而是赝品。

第三节　关于江西派

“江西诗派”不仅是宋代诗坛上一个最重要的诗歌流派，而且在整个中国诗史上，也是一个极为重要的诗歌流派。这是首先创立了宗派之名，而且成员众多，有大体相同的理论主张与大致相近的风格，还尊祖立宗，形成系统，有领袖，有理论主张；并由一致的精神思想，形成了无形的组织；成员不断发展，绵延二百馀年，一直到清末，与旧体诗一起衰亡。在这以前，虽然也有诗人并称与文人团体，但都没有形成真正意义上的诗派。最早的有邺下文人集团与建安七子，但这只是所处的地理位置与时代相同，诗歌风格却并不相同，就是曹家父子三人，也是三种不同风格。唐代李杜齐名，只是因为他们的成就与名望地位相当，李白和杜甫的风格却全然不同，这是人所共知的。王孟、元白、韩孟等，倒是风格接近，意气相投，但也没有形成真正意义上的诗歌派别。江西派实为首次创立宗派，规模最大，延续的时间最长，其对中国诗歌的影响之大当然也就不言而喻了。当然江西派的全盛期也只在北宋末南宋初这一段时间里，至于把杜甫拉进来尊为诗派之祖，那只是一厢情愿，有点拉大旗作虎皮的意思；后来又把陆游、范成大、杨万里纳入派中，这是抢占名人来装点门面。其实支撑江西派门面的是一批数量众多的中小诗人，正因为有这么众多个体融入流派的共性之中，才形成了浩大的声势。北宋后期南宋初期的吕本中始作《江西诗社宗派图》，尊黄庭坚为诗派之祖，下列陈师道等25人，原图已失传，幸赖南宋人胡仔在《苕溪渔隐丛话》中保存下来，其中称“吕居仁近时以诗得名，自言传衣江西，尝作《宗派图》”。不过这25人，有不该入而入了，另有该入而未入的。无论其中有多少缺陷，江西派的名称是吕本中首先提出来的。其后杨万里又给江西派确定了范围，他在《江西宗派诗序》中提出：“江西宗派诗者，诗江西也，人非江西也。人非皆江西，而诗曰江西者何？系之也。系之者何？以味不以形也。”这里对什么是“江西派”，做出了明确的回答。到元代方回编选《瀛奎律髓》时，提出江西派的一祖为杜甫，三宗为黄庭坚、陈师道、陈与义，从此江西诗派正式定型。他还对江西诗派建构了一个完整体系，描绘出其源流轨迹：“老杜为唐诗之冠，黄、陈为宋诗之冠。黄、陈学老杜者也，嗣黄、陈而恢张悲壮者，陈简斋也；流动圆活者，吕居仁也；清劲雅洁者，曾茶山也。”江西诗派把杜甫奉为诗祖，但他们关注的是杜诗的艺术技巧，陈师道在《后山诗话》中说：“子美之诗，奇、常、工、易、新、陈，莫不好焉。”方回则更具体地说：“大抵老杜集，成都时诗胜似关辅时，夔州时诗胜似成都时，而湖南时诗又胜似夔州时，一节高一节，愈老愈剥落也。”他们把杜甫晚期的诗作为典范，而且学杜完全着眼于艺术技巧，不学杜甫忧国忧民的精神。对此，我们不妨套用一下元好问的诗：“少陵自有连城璧，争奈江西重珷玞。”当然，作为一个诗派存在二百多年，必然有它存在的原因，在诗艺探讨上，特别是在对杜诗诗艺的探讨上，有一定的贡献，树立了杜甫在中国诗史上的绝对权威。杜甫精神虽然没有被江西派注重，但还是被后来不少诗人重视，著名的有陆游、文天祥等。江西诗派在最终完全确立宋诗的独特诗风上，具有不可磨灭的功绩。

在吕本中开列的一大串江西派诗人的名单中，有的本人就不同意，如韩驹、徐俯等人即是；但其中洪氏兄弟也表示异议，其实他们作为江西派诗人是毫无疑问的，他们是黄庭坚的外甥，直接得到黄庭坚的教诲，还经常与黄庭坚唱和，确实颇具乃舅诗风。如老大洪刍的《次山谷韵》二首其一：“宝石峥嵘佛所庐，经宿何年不清都？海市楼台涌金碧，木落牖户明江湖。千波春撞有崩态，万栋凌压无完肤。巨鳌冠山勿惊走，欲寻高处吐明珠。”这是一首描写海市蜃楼幻景的诗，用词奇特，如“崩态”、“凌压”等等，显得非常生硬，其中多处暗用前人诗文。这些都是显示出江西诗派的特色。今抄录几首江西派一般诗人的诗，以见一斑：

倚空栏楯一禅关，衲子幽人得往还。
樵径盘纡秋草里，僧堂结构野云间。
旧穿虎落婵娟净，晚泊龙沙舴艋闲。
如许澄江写寒鉴，明朝乘兴上西天。

——洪朋《晚登大梵院小阁》

惊雷势欲拔三山，急雨声如倒百川。
但作奇寒侵客梦，若为一震静胡烟。
田园荆棘浸流水，河洛腥膻今几年。
拟扣九关笺帝所，人非大手笔非椽。

——洪炎《次韵公实雷雨》

秋色遽如许，寒花奈若何。
客行伤老大，野次记经过。
废圃犹残菊，枯池但折荷。
吾生与物态，天意岂蹉跎。

——晁冲之《重过鸿仪寺》

双飞燕子几时回？夹岸桃花蘸水开。
春雨断桥人不渡，小舟撑出柳阴来。

——徐俯《春游湖》

以上几首诗在风格上虽有差异，但都在不同程度上存在语言生新、情趣幽僻的江西派特点。洪炎经历了金人入侵、宋室南迁的变故，诗中有较多的时代气息。徐俯的诗虽被称为“平淡自然”，其实这是以语言而论，而在意境的创造上，有其曲折不平常之处。在第一句中，“双飞燕子”是被人用熟了的词语，下边紧接着以“几时回”发问，便觉不寻常，是在问燕子，还是在自言自语地感叹？是对春天到来的惊喜，还是对自己长期蛰居斗室不接触自然的遗憾？第二句“夹岸桃花”是化用陶渊明《桃花源记》中的话，对桃花不写其艳丽，而只写其“蘸水开”，正与下边的“春雨”呼应，以“蘸水”来形容雨中之花，也是十分生新。这些都具有江西诗派的特点，因此尽管他自己不乐于接受，但吕本中还是把他列入《江西诗社宗派图》中。江西派的法度虽定型于黄庭坚和陈师道，但由于时代变迁、现实社会发生了重大变化，不可能不影响江西派诗人的诗风，特别是“靖康之耻”对诗人们震动很大。靖康元年（1126）金兵攻陷汴京，俘虏了徽、钦二帝，次年赵构南逃，建立南宋。金兵攻占汴京后，烧杀抢掠，无恶不作，爱国将士奋起抵抗，对诗人们影响很大，促使他们的诗风发生了重大变化。

第四节　江西派诸传人

一、陈与义

陈与义（1090—1139），字去非，号简斋，洛阳（今属河南）人。徽宗政和年间（1111—1117）登进士第，历文林郎、太学博士等职。金兵南侵，他从陈留向南逃亡，避乱襄汉，转湖湘，颠沛数载，才抵达南宋都城临安（今浙江杭州），召为兵部员外郎。历任翰林学士、知制诰，官至参知政事（副相）。他写诗，推重苏、黄，但更佩服陈师道，然而他并不以此止步，而是要以熟悉苏、黄、陈作为学习杜甫的阶梯，不断向上攀登。他在《简斋诗外集》中说："要必识苏、黄之所不为，然后可以涉老杜之涯涘。"这是说要看到苏、黄不及杜甫的地方，才能达杜诗的彼岸，得杜诗的真谛。对学杜，他有自己的主张，葛立方在《韵语阳秋》卷二中说，陈与义对他说，唐人那些"苦思作诗"的人的诗，虽然"造语皆工，得句皆奇，但韵格不高，故不能参少陵逸步。后之学诗者，倘或能取唐人语而掇入少陵绳墨步骤中，此连胸之术也。"他还注意到了江西派的弊病，提出"天下书虽不可不读，然慎不可以有意于用事"（徐度《却扫编》）。从他这些话中，我们看到，他主张学习杜甫不在于仅仅是艺术技巧上的模仿，而是更要学习其"韵格"，要在学习杜诗的内在气质与艺术境界上下功夫，对杜诗的学习不能局限于形似，而要达到神似。因此，陈与义早年入江西派之门，学黄庭坚、陈师道，有生涩瘦硬的痕迹；后来逐渐回归到老杜那里，虽仍炼字词，巧于构思，但很少有艰深拗硬的，特别在南渡以后，多伤时忧世、慷慨激越之声，显得沉雄遒劲、浑厚朴实、形象丰满，深得老杜神髓，使江西诗派的风气有了转变。由于他被尊为江西派三宗之一，他对江西派的超越，推动了江西诗派的转变。《四库全书总目提要》称："其诗虽源出豫章，而天分极高，工于变化。风格遒上，思力沉挚，能卓然自辟蹊径。"又说："至于湖南流落之馀，汴京板荡之后，感事抚事，慷慨激越，寄托遥深，乃往往突过古人。故刘克庄在《后村诗话》中谓其造次不忘忧爱。以简严扫繁缛，以雄浑代尖巧。第其品格，当在诸家之上。"他的诗风有个变化过程，因此，他的诗中，有明显大量用事的，有生新精巧的，也有雄浑沉挚、慷慨激越的。让我们在他的具体诗中来细细体会吧。

沙岸残春雨，茅檐古镇官。
一时花带泪，万里客凭栏。
日晚蔷薇重，楼高燕子寒。

惜无陶谢手，尽力破忧端。

——《雨》

潇潇十日雨，稳送祝融归。
燕子经年梦，梧桐昨暮非。
一凉恩到骨，四壁事多违。
衮衮繁华地，西风吹客衣。

——《雨》

飞花两岸照船红，百里榆堤半日风。
卧看满天云不动，不知云与我俱东。

——《襄邑道中》

庙堂无策可平戎，坐使甘泉照夕烽。
初怪上都闻战马，岂知穷海看飞龙。
孤臣霜发三千丈，每岁烟花一万重。
稍喜长沙向延阁，疲兵敢犯犬羊锋。

——《伤春》

百尺阑干横海立，一生襟抱与山开。
岸边天影随潮入，楼上春容带雨来。
慷慨赋诗还自恨，徘徊舒啸却生哀。
灭胡猛士今安在，非复当年单父台。

——《雨中再赋海山楼诗》

一自胡尘入汉关，十年伊洛路漫漫。
青墩溪畔龙钟客，独立东风看牡丹。

——《牡丹》

洞庭之东江水西，帘旌不动夕阳迟。
登临吴蜀横分地，徙倚湖山欲暮时。
万里来游还望远，三年多难更凭危。
白头吊古风霜里，老木苍波无限悲。

——《登岳阳楼》二首其一

七首诗中，前面二首《雨》，很明显运用江西派“夺胎换骨”的方法，诗风生新尖巧。前一首的中间两联和第七句，化用了四句杜诗：第三句化用杜甫《春望》中的“感时花溅泪”，第四句化用杜诗《登高》中的“万里悲秋常作客”与《中夜》中的“长为万里客”，第五句化用杜诗《春夜喜雨》中的“花重锦官城”，第七句化用杜诗《江上值水如海势聊短述》中的“焉得思为陶谢手”。后一首中，“燕子”、“梧桐”本是寻常事物，而配以“经年梦”与“昨暮非”，顿时化陈旧为生新，给人一种虚渺如梦与往事如烟之感。第五句更是为人赞赏与乐道，几个极平常的词语，经诗人一搭配，变得十分生新精巧。第三首是他27岁时的作品，这显示了他早年学东坡的成就。诗中写出了微妙的错觉“云不动”，富有哲理意味。《伤春》一诗变尖巧为雄浑沉郁，忧国忧民之情溢于言表，已登老杜的堂奥。其中虽颇多点化之处，如颈联分别用李白《秋浦歌》之十五中的“白发三千丈，缘愁似个长”与杜甫《伤春》五首之一中的“关塞三千里，烟花一万重”，尾联则点化老杜《诸将》五首之三的尾联“稍喜临边王相国，肯销金甲事春农”。点化虽多，但浑然一体，不露拼凑的痕迹，显然这是把前人的诗融化在自己的血液中，到时自然流露出来，而不是“有意于用事”。在第五首中，我们看到了苏诗的影子，有江西诗派的作诗方法，但其襟抱与伤时忧国之情，却是远远超越了江西诗派诸君，确有杜诗之魂。下边《牡丹》一诗，所写的其实并不是牡丹，而是写流寓江南十年时的思乡之情。故乡“伊洛”当时已是沦陷国土，这里深蕴着渴望收复失地的爱国情怀。最后一首颇具老杜《登楼》的韵味，显得沉郁、壮阔、慷慨、悲凉，具有老杜晚年的风格。陈与义学杜确实不像江西诗派诸君那样只局限于艺术技巧与表现手法，而是学其“韵格”，学其精神实质。对杜诗不只追求形似，而要求达到神似；不仅要具有杜诗之形，而且要求有杜诗之魂。在晚年，他的诗已突破黄庭坚与陈师道的藩篱，号称“新体”（见葛胜仲的《陈去非诗集序》）。但陈与义这样做，并不是他刻意而为，多半是时代造成的。金兵南侵，陈与义避难江南，过着一段较长时期的流浪生活，处境与安史之乱时的杜甫有相似之处，因此他对杜诗有较深刻的理解与共鸣。社会动荡，民族危机，个人相似的命运，使陈与义的心贴近了杜甫，因此不仅能登杜甫的堂奥，而且直入其室，呈现出雄浑深沉的诗风。至此，江西派诗风发生了巨大的转变，对陆游产生了良好的影响，为南宋再度掀起宋诗高潮开辟了道路。

二、吕本中

吕本中（1084—1145），字居仁，号紫薇，寿州（今安徽凤台）人，一说开封（今河南开封）人。幼以父荫授承务郎，靖康元年（1126）迁职方员外郎。南渡后，绍兴六年（1136）召为起居舍人，赐进士出身。绍兴八年（1138）擢中书舍人，兼侍读，权直学士院。同年十月，因反对议和，力主抗金，得罪奸相秦桧，罢官，以气节名世。学者称“东莱先生”，卒后谥文清。

吕本中在宋诗的发展中有两大功绩：一是作《江西诗社宗派图》，从此江西诗派正式作为一个宗派被确立。江西诗派本是由一群黄庭坚的崇拜者追随者自发形成，至吕本中作“宗派图”后，由自发变成了自觉。二是“活法”的提出，主张要广泛学习前人，不仅要精熟杜甫、黄庭坚，也要师法李白、苏轼，同时要不落前人陈式。他曾在《夏均父集序》中说：“老杜诗云‘诗清立意新’最是作诗用力处，盖不可循习陈言，只规摹旧作也。鲁直云‘随人作计终后人’，又云‘文章切忌随人后’，此自鲁直见处也。近世人学老杜多矣，左规右矩，不能稍出新意，终成屋下架屋，无所取长。独鲁直下语，未尝似前人而率与之合，此为善学。”陈起在《南宋群贤小集·前贤小集拾遗》中记载曾几在《读吕居仁旧诗，有怀其人，作诗寄之》中，论述了吕本中的“活法”：“学诗如学禅，慎勿参死句。纵横无不可，乃在欢喜处。又如学仙子，辛苦终不遇。忽然毛骨换，政用口诀故。居仁说活法，大意欲人语。常言古作者，一一从此路。岂唯如是说，实亦造佳处。其圆如金弹，所向若脱兔。风吹春空云，顷刻多态度。”学习前人诗艺不能亦步亦趋，要摆脱桎梏，贵在“悟入”。因此，他的诗不像一般江西派诗人的作品那样艰涩生硬，而是或平易朴拙，或明朗轻松。例如：

终日题诗诗不成，融融午睡梦频惊。
觉来心绪都无事，墙外啼莺一两声。

——《睡》

病起多情白日迟，强来庭下探花期。
雪消池馆初春后，人倚栏杆欲暮时。
乱蝶狂蜂俱有意，兔葵燕麦自无知。
池边垂柳腰支活，折尽长条为寄谁？

——《春日即事》二首其二

夜雨晓犹滴，怒风晴更吹。
已无行役念，宁有别离悲。
舟楫三年路，江山一月期。
东庵旧还住，不废百篇诗。

——《登舟》

靖康之后，吕本中过了一段流亡生活，眼见金兵的暴行、国家的危亡、百姓遭受的苦难与自身的不幸，结合起来，其诗充满悲凉苍劲，怀念沦陷了的国土，有渴望从戎杀敌的愿望，这不仅表现在他的诗里，还有实际行动。他反对议和，力主抗金，得罪秦桧而罢官。其诗如：

故国回首但斜阳，所至奔波避贼忙。
天下何曾有定处，越南燕北是中央。

——《会稽初秋》四首其三

君到江头不问津，雪堂草木几番新。
一生未得文章力，要扫中原胡马尘。

——《送曾宏甫知黄州》四绝其三

淮南江北半胡兵，想见春风战血腥。
无复良辰修祓禊，空将新火发兜零。

——《寒食》五首其二

晚逢戎马际，处处聚兵时。
后死翻为累，偷生未有期。
积忧全少睡，经劫抱长饥。
欲逐范仔辈，同盟起义师！

——《兵乱后自嬉杂诗》二十九首其一

风雨潇潇似晚秋，鸦归门掩伴僧幽。
云深不见千岩秀，水涨初闻万壑流。
钟唤梦回空怅望，人传书至竟沉浮。

面如田字非吾相，莫羡班超封列侯。

——《柳州开元寺夏雨》

上面五首诗都念念不忘胡马践踏中原，渴望能一扫“中原胡马尘”。《兵乱后自嬉杂诗》是二十九首组诗中的第一首，是这一组诗的总纲，写得极为沉痛，颔联十字，真是字字碧血凝结而成。尾联中不仅表露出从戎杀敌的豪情壮志，而且愿追随河北起义军首领范仔去杀敌，这在当时应该说是了不起的思想。在封建社会中，不管什么地方的起义军，一概被统治者排斥，目为盗匪，要从戎杀敌，也得找一个朝廷的军队。但当时朝廷在赵构、秦桧的控制下，采取不抵抗政策，甘愿屈辱称臣。吕本中在诗里这样写，也表露了他对朝廷的失望。应该说他的思想高于当时的一般朝臣与仕子。最后一首是最能代表他风格的诗。方回在《瀛奎律髓》中评这首诗说：“末句乃是避地岭外，闻将相骤贵者，亦老杜秦蜀湖湘之意也。居仁在江西派中最为流动而不滞者，故其诗多活。”这首诗的尾联虽明显用事，但并无江西派常有的艰涩生硬感。我们再来看看下面这几首诗：

淡日轻烟村径斜，长风卷浪欲浮花。
夜深隔岸渔舟过，萤火惊飞乱点沙。

——《野岸》

云海冥冥日向西，春风着意力犹微。
无端一棹归舟疾，惊起鸳鸯相背飞。

——《绝句》三首其一

霁色春江上，沧茫一棹通。
水随天地阔，山入画图工。

海霭凝新碧，轻风随乱红。
片帆迎返照，叠嶂路疑穷。

——《春暮渡江》二首其一

柳外楼高绿半遮，伤心春色在天涯。
低迷帘幕家家雨，淡荡园林处处花。
檐影已飞新社燕，水痕初没去年沙。
地偏长者无车辙，扫地从教草径斜。

——《春晚郊居》

在这几首诗里我们已看不到江西派生新瘦硬的风格，只觉得清新和婉、自然流畅，由此可看到江西派诗风的演变。然而总的说来吕本中虽有不少变化，但始终未能跳出江西派，不能像陆游、杨万里那样虽曾入江西派门墙，最终却与江西派彻底决裂，形成与江西派截然不同的诗风。吕本中始终是江西派的传承人，从不想冲破江西派的藩篱，但他又清醒地看到江西派末流的弊端，为此他提出了“活法”，发出了转变江西派诗风的讯息，并与同时代的诗友陈与义和曾几共同努力，把“活法”发扬光大，成为江西诗派的变体，宋代诗风至此开始有了较明显的演变，到陆游、杨万里崛起，宋代诗风才发生了彻底变化。

三、曾几

曾几（1084—1166），字吉甫，号茶山居士，赣州（今江西赣州）人。由于为文优异，赐上舍出身，徽宗时曾任校书郎。南渡后，历任江西、浙西提刑。绍兴八年（1138）与兄曾开力排和议，忤秦桧，罢官，寓居上饶茶山寺。秦桧死后，召为秘书少监，知台州，迁礼部侍郎。陆游曾从曾几学诗，陆游在《跋曾文清公奏议稿》中说：“绍兴末，先生居会稽禹迹精舍，某自敕局归，无三日不进见，见必闻忧国之言。时先生年过七十，聚族百口，未尝以为忧，忧国而已。”他不仅教陆游写诗，还影响陆游为人。在作诗方面，他最推重杜甫，同时也推重黄庭坚。他曾说“工部百世祖，涪翁一灯传”。他是江西诗社中的韩驹弟子，后又是陆游的老师，是一位典型的承上启下、继往开来的诗人。大致上，他早年因学黄庭坚，其诗也具有生新瘦硬、曲折回荡的特点，如其《雨》《岭梅》等诗都有此特点。后向吕本中请教诗法句律，吕本中的“活法”与“悟入”之说对他影响很大。因此，他的诗渐趋于明快活泼、平易流畅。钱锺书《宋诗选注》中说：“他的风格比吕本中的还要轻快，尤其是一部分近体诗，活泼不费力，已经做了杨万里的先声。”许总在《宋诗史》中采取方回的说法称其诗风“清劲雅洁”；由于他是陆游的老师，他的近体诗又“做了杨万里的先声”，因此，木斋在《宋诗流变》中，干脆说他是“中兴时期的先声”。今天我们看到的曾几的诗既有方回说的“清峭”，又有钱锺书说的“轻快”。代表其清峭风格的诗如《岭梅》：

蛮烟无处说，梅蕊不胜清。
顾我已头白，见渠犹眼明。
折来知韵胜，落去得愁生。
坐久江南梦，园林雪正晴。

题名《岭梅》，全诗却无一字具体描摹梅的情态，全用相关事物与主观想象加以衬托，纪昀在《瀛奎律髓勘误》中评说：“无一字切梅，而神味恰似，觉他花不足以当之。”这是黄庭坚咏物诗遗貌取神写法的体现，对所咏之物不急于绘形绘色，而曲折回荡，从容安排，遗其貌传其神，显得生新瘦硬。这首诗不仅有黄庭坚的风味，同时还可看到陈师道的影子。这样的诗，在曾几的诗中不少，有的甚至刻意模拟，也有似陈师道的诗风显得朴拙真挚的，如

《雨》《雪中登王正中书阁》《发宜兴》《壬戌岁除作明朝六十岁矣》《张子公招饭灵感院》《坐睡》《以汤饼招韩伯周王岩起二提举郑深道曾宏甫二使君宏甫有诗次其韵》等等。曾几诗中有极为自然平易、显得极为清新活泼的，例如《三衢道中》：

梅子黄时日日晴，小溪泛尽却山行。
绿阴不减来时路，添得黄鹂四五声。

这是一首即兴诗，自然流畅，活泼明快，动静结合，景物如画，饶有情趣，开杨万里诗的先声。他的律诗，固然有不少生涩瘦硬的诗，但也有轻快之作，如《游张公洞》：

张公洞府未著脚，向人浪说游荆溪。
欲看直上翠羽盖，不惜扶下青云梯。
劲风翻动土囊口，暗水流出桃花蹊。
却将深处问儿辈，一夕飞梦穷攀跻。

曾几经历了靖康之乱，北宋的大片国土沦陷，只剩下江南半壁河山，建立南宋偏安于东南一隅。在政治上，他与其兄曾开是坚决主战派，力排和议，渴望收复失地，曾因此得罪秦桧而罢官。对当时的重大事件与他的抗金思想，不可能不在诗中流露出来，这样的诗如《雪中陆务观数来问讯用其韵奉赠》：

江湖迥不见飞禽，陆子殷勤有使临。
问我居家谁暖眼，为言忧国只寒心。
官军渡口战复战，贼垒淮壖深又深。
坐看天威扫除了，一壶相贺小丛林。

这是赠给陆游的诗，虽然没有陆游的愤激慷慨与沉痛苍凉，但对当前严重局势与民族前途的艰险，充满忧虑，明确表达抗金的主张，并对收复失地充满信心，与陆游的爱国精神息息相通。曾几在宋代诗歌发展史上有着特殊的地位，他上承黄庭坚等江西派前辈诗人的诗风，参以吕本中的“活法”，纠正了江西派的弊端，他自身的诗风也逐渐发生变化，由书斋走向现实、由内在主体精神走向外界自然感受，他的这种变化，正体现出北宋诗向南宋诗的过渡，是由北宋诗风向南宋诗风过渡的中介。

四、方回

方回（1227—1307），字万里，号虚谷，又号紫阳居士，歙县（今属安徽）人。景定三年（1262）别省登第，知严州。元兵至，迎降，任建德路总管，不久即罢职，不再出仕，徜徉于杭歙间。有《桐江集》与《桐江续集》。他已是宋末元初的人，我们所以把他提前来介绍，因为他是江西派中最后一位重要诗人，江西派的完整体系赖以最终完成，是江西诗风在宋代诗坛中长期影响的总结。

方回生于宋元之际，在宋生活了50多年，在元生活了不到30年。但他曾以宋臣迎降元兵，又接受元朝的官职，人们以其气节沦丧而加以诟病。在人们看来，作为宋臣，即使不能像文天祥、张世杰、陆秀夫那样慷慨死节，至少也应像郑思肖、林景熙这样隐居林下。不过，他在元朝任职时间极短，不久即被罢黜，从此不仕，而且在他诗中时时流露故国之思，并以宋遗民自居：“萍梗江湖今故国，干戈天地几遗民。”（《九日有感再书》）他现存的诗，都为宋亡以后的晚年作品，早年的诗风已无法窥见。从他现存的诗来看，既有朴拙古奥的，也有流动轻快的，两种诗风并存。例如：

亲情邻里喜归来，依旧柴门僻处开。
纵是桃符无可笔，未妨菜饼亦堪杯。

著宽毛褐观残雪，洗古铜壶浸老梅。
贺客明朝有诗客，踏青同与眺春台。

——《岁除》

楼前楼后独徘徊，便当登高百尺台。
海内共知吾辈老，江南未见菊花开。
细思去岁人谁健，遥想中原雁已来。
我似少陵亦赊酒，不妨剩举两三杯。

——《九日》

以上两首诗，前一首颇有朴拙古奥的体格句势，后一首却明显地呈现流动轻快的形态风神，颇有老杜的韵味。不过，方回的贡献还不在于他的诗作，主要在于评论。他的《瀛奎律髓》一书，为唐宋以来的律诗选集，其选取标准与品评，可作为江西派审美标准，即“以山谷、后山、简斋为准标”（顾嗣立《元诗选·桐江集序》）。在集中他多次进行阐述，曾说：“予平生所见，以老杜为祖，老杜同时诸人皆可伯仲。宋以后，山谷一也，后山二也，简斋为三，吕居仁为四，曾茶山为五，其他与茶山伯仲亦有之。此诗之正派也，馀皆傍支别流，得斯文之一体也。”还说：“老杜为唐诗之冠，黄、陈为宋诗之冠；黄、陈学老杜者也。嗣黄、陈而恢张悲壮者，陈简斋也；流动圆活者，吕居仁也；清劲雅洁者，曾茶山也。”把江西派的渊源与发展变化进行了梳理，显得脉络分明。而且他还对江西派确立了一祖三宗说，明确提出“古今诗人，当以老杜、山谷、后山、简斋为一祖三宗，馀可配飨者有数焉”。至此，最终完成了对“江西诗派”的构建；产生于北宋中后期的“江西诗派”，历经200年至此才有清晰的脉络，总算告一段落。

第七章　南渡前后的非江西派诗人

自从黄庭坚在北宋中后期登上诗坛，并提出了“夺胎换骨”的作诗法，当时大批诗人趋之若鹜，形成了江西诗派，尽管如此，也还有一批诗人不买这个账，这些人里边，有的不喜欢江西诗风的生峭瘦硬，也有不同意“夺胎换骨”的作诗法，认为这有变相抄袭之嫌。还有虽然钦佩黄庭坚，但瞧不起江西派，如叶梦得、王庭珪等，正如元好问在《论诗》绝句中所说的“论诗宁下涪翁拜，不作西江社里人”。

一、叶梦得

叶梦得（1077—1148），字少蕴，吴县（今江苏苏州）人。后定居乌程（今浙江湖州），家有石林园，因号石林居士。绍圣四年（1097）登进士第，任丹徒尉。几经调迁，于大观二年（1108）迁翰林学士，翌年出知汝州，不久落职，直至政和五年（1115）方起知蔡州，移帅颍昌府，忤权臣杨戬等，复落职。靖康元年（1126）知杭州。建炎二年（1128）为翰林学士兼侍读，翌年罢归湖州。绍兴元年（1131）起为江东安抚大使兼知建康府，兼寿春等六州宣抚使，抗击金兵。绍兴十二年（1142）冬，移知福州，兼福建安抚使。十四年，提举道观洞霄宫。绍兴十六年（1146）致仕，绍兴十八年（1148）卒于湖州。他是诗人，又是著名学者，著述甚丰，只是大部已亡佚。在江西派盛行时，他看不起江西派，在《石林诗话》中提出的主张，有不少是与江西派正相反，江西派写诗热衷于生涩瘦硬，他却倡导“诗贵自然”，主张“意与言会，言随意遣，浑然天成”；江西派窃取古人诗文改一两字据为己有，谓之为“夺胎换骨”，他却提出“但换字不同……若是虽工，亦何足道”；江西派爱在诗中用事以显示渊博，他却说："诗之用事，不可牵强，必至于不得不用而后用之。"他的诗风绝不同于江西派，或婉丽，或潇洒，或苍郁，自成一家。今以其《登南城》为例：

大江南渡是长干，北望清淮岁已寒。
废垒至今闻鹤唳，苍山从古自龙蟠。
鬓毛白尽空看镜，髀肉销来尚据鞍。
折箠不能笞黠虏，遗民犹有汉衣冠。

从这首诗看来，叶梦得明显是主战的，一直不忘中原，希望自己有朝一日能策马北伐，可惜这愿望在当时是难以实现的，因此这首诗显得沉郁苍凉。

二、汪藻

汪藻（1079—1154），字彦章，饶州德兴（今属江西）人，崇宁二年（1103）登进士第，初任婺州观察推官，调宣州教授，迁著作佐郎。政和八年（1118），因忤宰相王黼，出为宣州通判，不久罢职。钦宗即位，召为起居舍人。南渡初，又为宰相黄潜善所恶，罢职。不久，复召为中书舍人，擢给事中，兵部侍郎，后官至显谟阁学士。诗受苏轼影响较深，钱锺书认为他是在当时不卷入江西派风气里的诗人中"最出色的"。今录其诗数首于下：

一春略无十日晴，处处浮云将雨行。
野田春水碧于镜，人影渡傍鸥不惊。
桃花嫣然出篱笑，似开未开最有情。
茅茨烟暝客衣湿，破梦午鸡啼一声。

——《旅次》

尊前和雨唱阳关，红烛荧荧照夜阑。
酒醒梦回山月小，水云无际雁声寒。

——《醉书》

燕子将雏语夏深，绿槐庭院不多阴。
西窗一雨无人见，展尽芭蕉数尺心。

——《即事》二首其一

这几首诗主要都是写景，意境鲜明，形象生动，诗风平实流畅，挥洒自如。特别是第一首，被人传诵，甚至有人把其第一句作诗题，可见在当时很有影响。汪藻还有少数反映当时社会现实的诗，反映民族矛盾的诗如《常山道中闻诸将屡捷》《己酉乱后寄常州使君侄》四首，己酉年是建炎三年（1129），那时金兵不断南侵，宋高宗赵构到处逃窜，真是惶惶如丧家之犬，所以这组诗写得比较沉痛，特别是四首中的第二首后半首说："诸将争阴拱，苍生忍倒悬。乾坤满群盗，何日是归年？"这是一首学杜甫体的诗，"阴拱"是指冷眼旁观，按兵不动；"倒悬"指处境危急，痛苦不堪。这几句诗，表明诗人对按兵不动的诸将的批判，对沦陷区百姓的同情。汪藻还有一首《蚕妇行》，写了蚕妇的辛勤之后，结尾写道"丝成不得半缕著，一生麻纻随风霜"，表达出作者对劳动人民的同情。这首诗的表现手法近似白居易，采用了卒章显志的写法。

三、王庭珪

王庭珪（1080—1172），字民瞻，自号卢溪真逸。吉州安福（今属江西）人，政和八年（1118）登进士第，任衡州茶陵县丞。宣和末年退居乡里。绍兴十二年（1142），胡铨上疏斥秦桧，贬岭南，庭珪不顾个人安危，以诗送别。遭秦桧陷害，被除名，编管辰州。直到绍兴二十五年（1155）秦桧老死，方解除编管，许自便。

孝宗隆兴元年（1163）召见，任左承奉郎，除国子监主簿，以年老力辞。乾道六年（1170）再召见，翌年至阙，除直敷文阁。八年卒，时已93岁。他与汪藻一样，都是江西人，但不仅不入江西派的圈里，还瞧不起江西派。他的诗慷慨豪放，学李白、苏轼，其《次韵张子春赋瑶林春色》《李真狂过卢溪虑其狂之无所归作狂语箴之》等尤为明显，还有不少诗是学杜甫的，他在《渡潇湘江》中曾说“论诗安得杜陵老，望岳令渠赋一章”。他是一个有气节的人，在当时宋金对立的情况下，他在骨子里是主战的，对敢于上疏请斩秦桧的胡铨特别钦佩，一再赠诗给他，在《送胡邦衡之新州贬所》二首中，明白地说“大厦元非一木支，欲将独力拄倾危”，称赞胡铨“当日奸谀皆胆落，平生忠义只心知”，叹惜他“名高北斗星辰上，身堕南州瘴海间”。他有不少诗反映当时金兵南侵带来的灾难。其《和周秀实田家行》一诗，内容更为丰富：

旱田气逢六月尾，天公为叱群龙起。
连宵作雨知丰年，老妻饱饭儿童喜。
向来辛苦躬锄荒，剜肌不补眼下疮。
先输官仓足兵食，馀粟尚可瓶中藏。
边头将军耀威武，捷书夜报擒龙虎。
便令壮士挽天河，不使腥膻污后土。
咸池洗日当青天，汉家自有中兴年。
大臣鼻息如雷吼，玉帐无忧方熟眠。

这首诗从农家的艰苦写到欣逢丰年，但收入的粮食要“先输官仓”，剩下的粮食少得可怜，只能藏在瓶中。写到岳飞大破金兵，擒获金兀术手下的大将龙虎大王，胜利在望，希望破敌英雄乘胜杀敌，把敌兵赶出中原，争来汉家“中兴”，但朝中执政大臣屈膝投敌，卖国苟安，签订丧权辱国的和约，妄想就此可高枕无忧。我们看到，诗里说得虽然含蓄，但对当朝执政者的讽刺是明显的。

四、朱弁

朱弁（1085—1144），字少章，自号观如居士，歙州婺源（今属江西）人，移居新郑（今河南新郑），靖康年间，避乱江南。建炎元年（1127）出使金国，探问徽、钦二帝，被金人扣留，在威胁利诱面前，持节不屈，被扣留17年。绍兴十三年（1143）秋，与张劭、洪皓同时遣返。迁宣教郎，直秘阁。他又是一位江西人而不入江西派，反对当时江西派“无字无来历”的风气，以为这是对杜甫的误解。他“酷嗜李义山”，在被金人扣留期间所写的诗婉转缠绵，有晚唐人的风格与情调。例如《送春》：

风烟节物眼中稀，三月人犹恋褚衣。
结就客愁云片段，唤回乡梦雨霏微。
小桃山下花初见，弱柳沙头絮未飞。
把酒送春无别语，羡君才到便成归！

这首诗写北方春天短暂，用以衬托自己被扣留在北方金国的时间长久，此诗用意，全在最后一句。

五、李弥逊

李弥逊（1085—1153），字似之，号筠溪居士，又号普现居士，苏州吴县（今江苏苏州）人。大观三年（1109）登进士第，任单州司户。政和四年（1114）任国朝会要所检阅文字，八年擢起居郎。宣和七年（1125）任淮南路转运副使。绍兴二年（1132），知饶州；五年，知吉州；七年，迁起居郎，试中书舍人；八年，试户部侍郎；九年，因反对议和，忤秦桧，出知漳州；十年，奉祠，归隐福建连江西山。绍兴二十三年（1153）卒。他在当时是主战派，与著名的主战派大臣李纲友好，政治主张相同。钱锺书《宋诗选注》中说："他的诗不受苏轼和黄庭坚的影响，命意造句都新鲜轻巧，在当时可算独来独往。"但是在当时，主战派是受到迫害的，李纲被罢相，岳飞甚至被杀，李弥逊本人也被贬官，因此，他的诗也不可能总是那么"轻巧"。如：

百尺沧浪两岸沙，肩舆徒涉步攲斜。
溪声犹带夜来雨，山色渐分云外霞。
岸畔断林开鸟道，水边疏竹近人家。
尘埃何处寻真境，试逐寒流认落花。

——《渡横溪》

江尽溪流合，行舟落照催。
棹歌来月浦，帆影上风桅。
路转山容改，潮平水色回。
兵戈满天下，飘泊壮心摧。

——《发桐庐》

唤起田公趁晓耕，香云已带泻檐声。
如何乞取摩空手，为挽天河洗甲兵。

——《降虎峰慧慈塔》

这三首诗，都在轻巧的外形下，掩盖着沉痛的心情。第一首的末二句是暗用陶潜《桃花源记》的故事，深藏对现实的不满，写得非常含蓄。第二首前六句照样很轻巧，末二句对现实的不满，比前一首显豁得多。第三首结尾是采用杜甫《洗兵马》的结尾："安得壮士挽天河，净洗甲兵长不用。"反映作者渴求和平、厌恶战争的心情，但是李弥逊的渴求和平与秦桧们是截然不同的。秦桧们是采取屈膝投降、丧权辱国，向敌人乞求和平；李弥逊与李纲一样，主张抗击侵略者，把敌人赶出被占领的土地，迫使敌人不敢侵略，进而争得和平。

六、刘子翚

刘子翚（1101—1147），字彦冲，号病翁，崇安（今福建武夷山市）人。以荫补承务郎，辟为真定府幕属。建炎四年（1130）通判兴化军，后以疾退居故乡屏山，学者称为屏山先生，朱熹尝从其问学。他是个道学家（理学家），不过他的诗在那些道学家诗人中，是迂腐气息较少的一个。他写诗不学江西派，风格显得明朗豪爽。他是一个比较关心国事的人，集中有不少愤慨国事的诗。如：

> 抱石亲征泽潞时，艰难犹想旧开基。
> 官军不守河阳渡，回首桥山泪欲垂。
>
> ——《有感》

> 盘石曾闻受国封，承恩不与幸臣同。
> 时危运作高城炮，犹解捐躯立战功。
>
> ——《汴京纪事》二十首之十六

除此之外，还有《怨女曲》。这是一首七古长诗，写被金兵掳走的良家女子遭受的种种痛苦。《论俗》十二首是一组五言古诗，写乱后回乡所见。村中遭受金兵的烧杀抢掠，原来好好的村庄，现在是白骨遍野，一片废墟。一些避乱归来的幸存者，回村后已一无所有，“屋庐成飞烟”，无奈只好“撑柱烧残屋”；没有穿的，只能“树皮为衣裳”；没有吃的，只好“树根作粮糗”，在死亡线上挣扎着，真是痛苦不堪。以上二首诗中，讽刺之意都很明显，尤其是后一首，指出幸臣连石头都不如，说得痛快。

第八章　宋诗的第二个高峰

靖康元年（1126），女真族首领完颜旻灭辽后，趁势南下，次年攻占北宋的都城汴京，徽宗、钦宗被俘，押解北去，北宋灭亡。次年五月，康王赵构即位于南京（今河南商丘）。在金人的不断南侵中，仓皇南逃，从商丘逃到扬州，再逃到杭州，又逃往绍兴、宁波、定海，惶惶似丧家之犬，短短三年内，辗转六地，其狼狈之状由此可见。到建炎四年（1130），才在杭州安顿下来，直至绍兴十一年（1141），与金人签订了屈辱投降的“绍兴和议”，才苟且偏安了一段时间。在签订“绍兴和议”前，赵构重用投降派秦桧，对著名的抗战将相竭力排挤与迫害，李纲任宰相仅70天就被罢免，宗泽忧愤成疾而死，岳飞更惨遭杀害。用爱国将相的热泪和鲜血换来了屈辱投降的和议。然而仅安稳了20年，绍兴三十一年（1161）金主完颜亮大举南侵，赵构自毁长城，令金人闻风丧胆的岳飞早已被他杀害，这时的南宋军队不堪一击，不战自溃，赵构又准备仓皇逃窜，“解散百官，浮海避狄”（杨万里《虞允文神道碑》），幸而金兵渡江受阻，金主亮在采石被部下所杀，赵构才幸免再次逃窜海上，次年让位于其养子赵昚（即孝宗）。

孝宗即位之初，很想振足起来，有所作为，任抗金名将张浚为相，出兵北伐，可惜准备不充分，惨遭失败，被迫签订了“隆兴和议”，没有改变屈辱偏安的局面。此后在相当长的一段时间里，南宋与金时战时和，总体上一直是屈辱偏安，但局面相对还是比较稳定。南宋比北宋虽然少了近一半的国土，但拥有最富饶的大片江南土地，在经济上还是有不小的发展，其都城临安（今浙江杭州）更是十分繁华。经济发展也促使文化发达。在高宗时，重用投降派内奸秦桧，对抗战派排挤打击，甚至残酷迫害，致使爱国志士心情压抑，在险恶的政治环境下，不能畅所欲言、抒发爱国情怀。孝宗即位后，主张抗金，激发起了士人心中的爱国热情，靖康之难以来，压抑在士人心头的家国之恨与抗敌激情，此时喷薄而出，终于出现了以陆游为代表的爱国诗人，写下了大量爱国诗词，迎来了宋诗的第二个高峰。

宋诗第二个高峰的出现，除了上述的客观条件外，更有其内部条件，主要是诗歌创作挣脱了江西派的桎梏，重新获得了自由。黄庭坚与江西诗派的创作，在唐诗的巨大成就前企图寻找一条进一步发展的道路，但一开始就误入歧途，是一次不成功的探索，宋诗要进一步发展，必须走出江西诗派的阴影。时至南宋，一些有识之士终于跳出了江西诗派的泥沼，出现了陆、范、杨三大家。传统说法称尤、杨、范、陆为“中兴四大家”，也有以萧德藻代替杨万里称“四大家”，但尤袤与萧德藻的诗集已散佚，从后人搜集的尤、萧二家的作品来看，实在难与陆、范、杨三家同日而语。

陆、范、杨三家都出自江西诗派，孝宗即位时，他们都已30多岁，已写了大量诗，这些诗大约都属江西派风格的诗。高宗让位于孝宗后，他们自觉地尽数销毁了这些诗。杨万里在《江湖集序》中说得很明白：“予少作有诗千馀篇，至绍兴壬午年七月皆焚之，大概江西体也。”绍兴壬午年系高宗绍兴三十二年（1162），是年五月，高宗传位于孝宗，两个月后，杨万里尽焚前作，辞旧迎新，彻底摆脱江西派。陆、范、杨三家能认识到江西派的弊端，并自觉彻底跨越江西派，终成大家。

陆、范、杨三人年岁相当，处于同一时代，又都出于江西派，但三人风格迥异，大体上说，陆游远学李白、杜甫，近学苏轼，既有豪放的一面，又有沉郁的一面，其诗以浓郁的爱国精神著称。范成大主要学习陶渊明，还有唐代的王维、韦应物等人，以田园诗闻名于世。杨万里学习王安石与晚唐人绝句，又受理学濡染，后师法自然，形成了独特的风格，生动跳跃，风趣诙谐，被称为“杨诚斋体”。三家鼎立，风格多样，形成了宋诗的第二个高峰。

与三大家同时，还有著名理学家朱熹也写了不少有别于江西派的诗，其成就虽不及三大家，但名气也不小。当然还有些其他诗人，共同开创了宋诗再次繁荣的局面。这时江西诗派的势力逐渐削弱，已不再占主导地位。江西诗派在诗坛上占统治地位60多年，在杨万里把早年所作的江西体诗“皆焚之”开始，标志着江西派在诗坛上的统治时期宣告结束，在诗坛上开创了一个新的局面。特别是陆游的爱国精神一直影响着南宋后期的诗坛，直到宋朝灭亡。

第九章　爱国诗人陆游

第一节　陆游战斗的一生

陆游（1125—1210），字务观，自号放翁，山阴（今浙江绍兴）人。祖父陆佃是王安石的学生，官至尚书右丞。徽宗时，蔡京当政，打着变法的旗号，横行不法，陆佃不肯附和，这位王安石的学生却被列入了元祐党籍。父陆宰，曾任淮南路计度转运副使。金兵攻陷汴京时，他已被免职，带着家眷南归乡里，侥幸逃过了一场浩劫。他是一位爱国学者，南渡后，和他来往的都是一些受到秦桧排挤的有气节的爱国人士。他们在一起时，谈及国家的耻辱与奸臣的误国，常常痛哭流涕，咬牙切齿，人人自期以杀身报国。这些熏陶了年轻的陆游。他又从当时著名的诗人，力主抗战的爱国学者曾几学诗。他自幼就受到了家庭、亲友与师长的爱国思想教育，影响了他的一生，成为中国诗史上最杰出的爱国诗人。

绍兴二十三年（1153），陆游时29岁，赴临安应进士试被主考官陈阜卿取为第一。次年试于礼部，复置于前列，名居秦桧之孙秦埙前，触怒秦桧。因秦桧一直希望其孙居进士第一（即状元），加之陆游又“喜论恢复”，被黜落第。直到权奸秦桧死后三年，才得启用，任福州宁德县主簿。孝宗继位之初，很想改变高宗对金一味屈辱的局面，重用抗金名将张浚为相，力图振作，陆游被召见，赐进士出身。他乘机提出许多政治和军事方面的建议，积极赞助张浚北伐。不幸北伐失利，随之，主战派失势，陆游也以“鼓唱是非，力说张浚用兵”的罪名，罢官还家。

陆游在家闲居五年后，于乾道六年（1170）入蜀任夔州通判。入蜀途中，他游览了长江沿岸的名胜古迹，凭吊了屈原、李白、杜甫等大诗人的遗迹，留下了宝贵的诗篇。两年任满后，应召入四川宣抚使王炎幕府，积极参与收复中原的准备工作，襄赞军务。这是他一生中得以身临前线的唯一机会。这对急欲杀敌报国、收复失地的陆游来说，十分振奋。他身着戎装，腰佩宝剑，戍卫在大散关头，“铁马金戈大散关”，意气风发，情绪昂扬，骑着马来往于前线各地，考察了汉中一带的军事要塞，接触广大爱国民众，并生活在战士中间。火热的战斗生活，更激发了他的爱国热情，他出谋献策，积极准备打击入侵的敌人；同时也扩大了他的诗歌领域，丰富了诗歌题材，还领悟了“诗家三昧”，特别悟得“悲愤激于中”“功夫在诗外”，从现实生活中，特别是火热的斗争中汲取题材，从而形成了他宏丽悲壮的风格。但不久，王炎被调离川陕回临安，陆游也改任成都安抚司参议官，他们精心制定的恢复方略也成了一纸空文，收复失地的理想又一次成为泡影。此后几年他辗转于蜀州、嘉州、荣州等地，摄理地方政务。时间一年年消逝，眼看恢复无望，情绪日渐消沉。淳熙二年（1175）陆游几经调动，再度回到成都，入诗友范成大幕府。他与范成大这时虽是上下级关系，但又是老朋友，是“文字之交”，所以“不拘礼法”，为此一些人“讥其颓放”，他索性自号“放翁”，以示对抗与蔑视。这时他外表虽旷达颓放，在饮酒与歌舞中消磨时光，其实内心充满忧患与悲愤，这种情绪常常诉诸诗篇。他在川陕一共九年，这段时间是陆游一生中生活经历最为丰富的时期，同时也是他的诗文臻于成熟的时期。为纪念这段生活，后来他把自己的诗集与文集分别命名为《剑南诗稿》和《渭南文集》。

淳熙五年（1178）秋陆游奉诏回临安。当年冬天，被任命为福建路常平茶盐公事，次年调任江西南路。在江西任上，因拨义仓赈济灾民，被奸邪权臣赵汝愚弹劾，以“擅权”的罪名罢职还乡。在家乡一待六年，直到淳熙十三年（1186），复起为朝奉大夫，权知严州。两年任满后，入为军器少监。不久，孝宗传位给光宗，他又看到了一线希望，在不到一年的时间里，他连上了数道札子，陈述备战、励治、减税、治民等道理，希望能打动光宗，励精图治，富国强民，收复失地。岂知他以“嘲咏风月”的罪名，再遭罢黜。绍熙元年（1190），他已66岁了。罢归故里后，将其居所命名为“风月轩”，以示他的愤慨与抗争，并对那些诬陷他的人以嘲讽与蔑视。宁宗嘉泰二年（1202），毅然接受韩侂胄的推荐，奉诏入朝，主修孝宗、光宗两朝实录。不久，爱国词人辛弃疾也被再度起用，陆游写长诗一首表示祝贺。开禧二年（1206）韩侂胄在准备不充分的情况下发动北伐，结果失败了。韩侂胄也在宫廷政变中被杀。由于陆游此次是接受韩侂胄的推荐而奉诏入朝的，加上他曾为韩的家园写了一篇《南园记》，对韩颇多颂扬赞美之词。在韩被杀后，几乎一片讨伐非议之声，陆游也受到牵连，在当时与后来遭到颇多非议。关于韩侂胄其人，他与赵汝愚之间的斗争，完全是权臣之间的争权夺利，难说谁是谁非。但赵汝愚曾排挤打击陆游，也是事实，而韩侂胄是主战的，力主收复中原，并请宁宗追封岳飞为鄂王，削去秦桧死后所封的申王，改谥为“谬丑”。这些举措可以说大长主战派的志气，大灭投降派的威风。这对力主抗金、日夜梦想收复失地的陆游来说，无疑是感到振奋的，也必然对韩侂胄心存好感，这是无可厚非的。至于韩侂胄的错误，主要有两点，其一是在“庆元党禁”中打击面大了一些；其二是在没有充分准备的情况下，轻率北伐，以至惨遭失败。然而北伐的主张并无错误。至于他斥“道学”（理学）为“伪学”，这也不能说是错误，学术观点可以自由争论。同时，从此后理学盛行、明清两代的知识分子思想遭禁锢、深受其害来看，可见斥道学为伪学，不为过分。我们且不说韩侂胄的是非功过，韩的“庆元党禁”与斥道学，更是跟陆游毫无关系。因此陆游与韩侂胄的关系，实在无损于陆游作为中国诗史上最杰出的爱国诗人的光辉。

开禧二年北伐失败，陆游的理想再一次破灭，最终也没有等来北伐胜利的消息，于嘉定二年年底（1209）与世长辞，享年八十有六。虽然已是长寿了，但未能亲眼看到收复中原，临终前留下了一首《示儿》，抱恨终生：

死去元知万事空，但悲不见九州同。
王师北定中原日，家祭无忘告乃翁。

第二节 陆游的诗

陆游歌唱了一生，战斗了一生。虽然他具有多方面的创作才能，诗、词、散文都有一定的成就，但成就最突出的是诗。他现存诗9300多首，早年所作的江西派的诗，都被他自己删除了。在他现存的诗中，很少有江西派的气息。如此看来，他写过的诗应在万首以上，所以他自言“六十年间万首诗”。陆游的诗题材广泛，内容丰富，触及了他所处的时代社会生活的各方面。其中最主要、最突出的部分，是反映民族矛盾，反对屈辱投降，力主抗战收复失地，为此写下的大量爱国诗歌。他的一生始终是坚定的抗战派，矢志收复中原失地，至死不渝。因此他的大量诗篇中，洋溢着爱国热情，显示出强烈的战斗性。在表现手法上，常常是现实主义与浪漫主义相结合，既激昂慷慨，又沉郁深沉，而以激越悲愤为主调。

陆游的一生时间跨度长，经历曲折，在漫长的创作道路上，他的诗风也不是一成不变的，大致在高宗绍兴三十二年（1162）前，陆游的诗属“江西体”。从这时到乾道六年（1170）入蜀，这段时间是他跳出江西派、逐步形成自己风格的历程。从入蜀到淳熙五年（1178）秋奉诏回临安，在川陕九年，他的创作臻于成熟，形成了自己的风格。如果说在前一阶段还约略窥见江西馀风，这时已涤荡尽江西馀味。从奉诏回临安到在家乡去世，近三十年时间，在这段时间里，虽几度任职，但为时都不长，大部分时间赋闲在家。虽然比较清闲，但可以与村民交往，了解农村情况与乡民的思想感情；也可以优游山水赋诗写词，寄托自己的情怀，排遣愁思。他始终没有忘记大片失地与中原沦陷区的人民，期望抗金北伐的热情至老不减，常常魂牵梦系。陆游可以说是南宋最伟大的诗人，但他并没有刻意想当诗人，他的理想是成为一名战士，希望战斗在抗金前线，万里从戎，以身报国，然而请缨无路，壮志难酬。因此他的诗豪放悲壮，既有慷慨奔放的一面，又有沉郁苍凉的一面。他的爱国诗中，名作不少。例如：

白发将军亦壮哉，西京昨夜捷书来。
胡儿敢作千年计，天意宁知一日回。
列圣仁恩深雨露，中兴赦令疾风雷。
悬知寒食朝陵使，驿路梨花处处开。

——《闻武均州报已复西京》

黄金错刀白玉装，夜穿窗扉出光芒。

丈夫五十功未立，提刀独立顾八荒。
京华结交尽奇士，意气相期共生死。
千年史册耻无名，一片丹心报天子。
尔来从军天汉滨，南山晓雪玉嶙峋。
呜呼！楚虽三户能亡秦，岂有堂堂中国空无人！

——《金错刀行》

白发萧萧卧泽中，只凭天地鉴孤忠。
厄穷苏武餐毡久，忧愤张巡嚼齿空。
细雨春芜上林苑，颓垣夜月洛阳宫。
壮心未与年俱老，死去犹能作鬼雄。

——《书愤》其二

早岁那知世事艰，中原北望气如山。
楼船夜雪瓜洲渡，铁马秋风大散关。
塞上长城空自许，镜中衰鬓已先斑。
出师一表真名世，千载谁堪伯仲间！

——《书愤》其一

和戎诏下十五年，将军不战空临边。
朱门沉沉按歌舞，厩马肥死弓断弦。
戍楼刁斗催落月，三十从军今白发；
笛里谁知壮士心，沙头空照征人骨。
中原干戈古亦闻，岂有逆胡传子孙！
遗民忍死望恢复，几处今宵垂泪痕！

——《关山月》

诸公可叹善谋身，误国当时岂一秦？

不望夷吾出江左，新亭对泣亦无人。

——《追感往事》

公卿有党排宗泽，帷幄无人用岳飞。
遗老不应知此恨，亦逢汉节解沾衣。

——《夜读范致能〈揽辔录〉言中原父老见使者多挥涕，感其事，作绝句》

三万里河东入海，五千仞岳上摩天。
遗民泪尽胡尘里，南望王师又一年。

——《秋夜将晓出篱门迎凉有感》

僵卧孤村不自哀，尚思为国戍轮台。
夜阑卧听风吹雨，铁马冰河入梦来。

——《十一月四日风雨大作》

陆游从年轻时直到临终，一直念念不忘北伐抗金、收复失地，写了大量爱国诗，正如梁启超在《读陆放翁集》中说的“集中什九从军乐，亘古男儿一放翁”。上边抄录的九首，是他在不同时期写的。陆游成年以后，宋在对金作战中，很少取得胜利。在绍兴三十一年（1161），均州知府武钜收复了西京洛阳，37岁的陆游听到消息后，欣喜若狂，立即写了前边引诗中的第一首，充满胜利的喜悦，可以与杜甫的《闻官军收河南河北》媲美。陆游这首诗不只是对目前的胜利欢呼，还对今后北伐取得更大的胜利充满了信心，鼓舞了主战派的士气。可惜在当时，这样的胜利只是偶然一见，整个朝政都被投降派把持着。上边第二首写出诗人虽怀“一片丹心”，但报国无门。尽管如此，他对理想的追求始终是坚定执着的，因此既悲愤苍凉，又激昂慷慨，气概宏肆，结尾二句对收复失地仍然有信心，形成了这高昂的歌声。下边二首《书愤》，抒发他悲愤不平之情，不赶走入侵者实在死不瞑目，永远不会甘心。前一首说自己年岁虽老，但壮心不衰老，纵然死去，也要变作“鬼雄”抗击外侮。后一首以诸葛亮《出师表》的精神来激励自己。《出师表》中强调的是“汉贼不两立，王业不偏安”，并立下誓言“鞠躬尽瘁，死而后已”，正与陆游当时的心情吻合。接下来的三首，对投降派的屈辱投降、醉生梦死、排挤忠良、祸国殃民进行无情揭露与严厉抨击。“朱门沉沉按歌舞”，达官贵人，富户豪商，不顾国家安危，不耻屈辱投降，只知享乐，沉迷于声色之中，真是“山外青山楼外楼，西湖歌舞几时休？暖风熏得游人醉，直把杭州作汴州”。在《关山月》后边的二首可一起读，“公卿有党”正是“误国当时岂一秦”的注释，投降派当权，前有秦桧后有史弥远之流把持朝政，爱国志士受害，这是整个南宋的形势。投降派把持朝政，陆游的报国理想、满腔效命疆场为国杀敌的热情，遭到冷酷现实的无情扼杀，因此他的诗中充满了壮志难酬、报国无门的愤懑，显得苍凉沉郁。最后这二首，都是陆晚年的作品，前一首颂扬了祖国壮丽的河山，反映了北方沦陷区人民渴望从异族统治者的奴役下解救出来的意愿，从而揭露了南宋小朝廷“如此江山坐付人”及无视人民苦难的罪行，对当时的统治者进行了有力的鞭挞。最后一首写出他纵然年老体弱，卧病在床，但仍然不忘为国出力，连做梦也希望为国戍边，效命疆场。

除了上述那些悲愤激昂、表达了立志要为国家报仇雪耻、一心想恢复丧失的中原疆土、解救沦陷区人民的心愿的诗外，陆游还有不少“闲适细腻，咀嚼日常生活的深永的滋味，熨帖出当前景物的曲折的情状”（钱锺书《宋诗选注》）的诗，从中反映出陆游对日常和平生活的热爱。他所企望的铁马金戈的生活，就是为了收复失地、洗雪国耻，让百姓永远过上和平宁静的生活。关于这方面著名的诗也不少，例如：

莫笑农家腊酒浑，丰年留客足鸡豚。
山重水复疑无路，柳暗花明又一村。
箫鼓追随春社近，衣冠简朴古风存。
从今若许闲乘月，拄杖无时夜叩门。

——《游山西村》

世味年来薄似纱，谁令骑马客京华？
小楼一夜听春雨，深巷明朝卖杏花。
矮纸斜行闲作草，晴窗细乳戏分茶。
素衣莫起风尘叹，犹及清明可到家。

——《临安春雨初霁》

前一首诗赞美山村的宁静安详和淳朴的民风，其颔联“山重水复”二句已成千古名句，经常被人引用，成为寓意广泛的成语。这两句明显受了王安石《江上》的启示。后一首诗写出对京华人情淡薄的怨愤，厌倦了这里的滚滚红尘，思念家乡，赞美江南仲春景色，其颔联“小楼”二句，非常入神，很有韵味，不断为人传诵。

陆游年轻时候，曾有过一段十分不幸的婚姻与爱情，这已广为流传。他与唐婉结婚后，夫妻恩爱，但他母亲不喜欢这个娘家侄女兼儿媳妇，两人被迫离婚，不久唐婉抑郁而死。这给陆游留下了很深的伤痛，对唐婉一直念念不忘，写下了很多追忆的诗。其中在他75岁时写的《沈园》二首尤为出色：

梦断香消四十年，沈园柳老不飞绵。
此身行作稽山土，犹吊遗踪一泫然。

——其一

城上斜阳画角哀，沈园非复旧池台。
伤心桥下春波绿，曾是惊鸿照影来。

——其二

重游沈园，触景生情，不由得想起45年前，两人离婚后，在沈园邂逅的情景。如今伊人已香消玉殒40年了，回想往事，实在抑制不住内心的悲痛，写下了这二首“绝等伤心之诗”（陈衍《宋诗精华录》）。这二首诗可与他的词《钗头凤》同读，其艺术价值不在《钗头凤》之下。宋人多情词少情诗，因此这二首诗在宋诗中弥足珍贵，可与元稹的悼亡诗媲美。

第三节 陆游诗的特色

陆游勤于学习，善于学习，在学习中不断充实自己。他几乎吸收了从屈原以来所有前辈有成就的诗人的优长，诗作强烈的现实主义精神接近杜甫，他始终关心国家民族的命运，不惜为国牺牲。他的诗相当全面地反映了所处的那个时代的社会面貌。林景熙在《霁山先生集》中论及他的诗时曾说：“前辈评宋渡南后诗，以陆务观拟杜，意在寤寐不忘中原，与拜鹃心事实同。”但在表现手法上，他却不同于杜甫，不像杜甫那样对客观现实生活做具体的铺叙与细致的刻画，没有像杜甫的“三吏”、“三别”那样的严格的小型叙事诗，而是抒写个人的主观感受，往往把巨大的现实内容压缩在一首短诗里，很多可以写叙事诗的好题材，他却都不展开写，而是写成高度浓缩的抒情小诗。总之，陆游的诗中吸收了杜甫诗的现实主义精神，却没有效法杜甫的表现手法。

陆游的诗慷慨豪迈，激情奔放，气魄宏大，富于浪漫主义色彩，在当时就有“小李白”的称号。在表现手法上，爱写梦，并采用奇特的夸张。他的理想虽然在当时的现实中难以实现，但悲而不哀，放而不颓。他也与李白一样爱喝酒，并在喝醉后写诗，写了不少《醉歌》《醉题》《醉书》等一类诗，都大气磅礴，气魄宏伟，以《醉歌》为题的诗就有十来首之多，举其一首，以见一斑：“我饮江楼上，阑干四面空。手把白玉船，身游水精宫。方我吸酒时，江山入胸中。肺肝生崔嵬，吐出为长虹……”再如《江楼吹笛饮酒大醉中作》：“……天为碧罗幕，月作白玉钩。织女织庆云，裁成五色裘。披裘对酒难为客，长揖北辰相献酬。一饮五百年，一醉三千秋……”有时他还借醉来揭露抨击投降派，在一首《醉歌》里，他写道：“读书三万卷，仕宦皆束阁。学剑四十年，虏血未染锷……战马死槽枥，公卿守和约。穷边指淮淝，异域视京洛。于乎此何心，有酒吾忍酌！”收复北方失地，是他终身解不开的情结，即使醉酒，他仍对此念念不忘，如《醉中作》：“安得熊罴十万师，蹴踏幽并洗河洛。”陆游的浪漫主义表现手法，还常常表现在爱写梦境，在他的近百首记梦诗中，不忘北伐收复失地。日有所思，才夜有所梦。梦常常是对未能实现的愿望的补偿，这一点，在陆游诗中尤为明显，不少诗只看一下题就很清楚了，如《九月十六日夜梦驻军河外遣使招降诸城觉而有作》《五月十一日夜且半梦从大驾亲征尽复汉唐故地》等等，而他常常是“征行忽入夜来梦，意气尚如年少时”（《记梦》）。但在南宋不仅是“公卿守和约”，皇帝也未尝不死死抱着和约当救命的稻草，作为中国最杰出的爱国诗人陆游，也只有抱恨终生了。陆游虽然至死“不见九州同”，但他并不灰心丧气，在诗里始终突出爱国主义的主题，精神饱满。他的大量诗境界开阔雄奇，气势宏伟豪宕，才情横溢，热情奔放，题材广阔，手法多样，虽然他的诗深受李、杜的影响，但不是刻板地模仿，有他自身的特色，在李、杜、苏、黄以外，别开生面。许总在《宋诗史》中对陆游诗有一段总结性的话，说得很好：“陆游诗歌在大量的热情奔放的表现的深层，仍然执拗地沉着理性的基石。从陆游诗的整体看，既体现了宋诗的基本精神与艺术特色，又以开放的态势汲纳了唐诗的抒情传统与审美范式，既投身现实又超然物外，既热情迸涌又不溺陷情海，既富于伤感又不终于伤感，由多重因素的融织而构成宋诗史上又一道独特的波峰。”

陆游的诗大气磅礴，他反对寻章摘句，不同意“组绣”、“藻绘”，主张走出书本的字里行间，提出“功夫在诗外”，要多接触外面世界，要到生活中去体验，在“山程水驿中”、“舟楫鞍马间”去领悟。好诗是从生活中得来的，不是在书斋里苦思冥想中得来的。

陆游的诗对后世的影响是深远的，从他那时候起，直到南宋末，他的爱国诗一直在激励着人们。虽然一度被人误解，片面摘取他闲适一类诗，把他说成是“老清客”。但每当国家民族处在危亡关头的时候，人们就会想起他，几乎把他当成爱国主义的旗帜，清末梁启超甚至称赞他说：“亘古男儿一放翁。”（《读陆放翁集》）其实，就是在和平的日子里，我们也不应该冷落了陆游，爱国主义应该成为我们主要的民族精神。

第十章　范成大与杨万里

在宋诗的第二个高峰时期，陆游固然是其中的主帅，但光有主帅没有几员大将辅助，也是成不了气候的。范成大、杨万里在南宋诗坛上就是两员大将，是主帅陆游的左右两翼，加上尤袤与萧德藻等人，他们共同努力，使宋诗再次掀起高潮，形成了第二个高峰。

第一节 范成大

范成大（1126—1193），字致能（一作至能），号石湖居士，苏州吴县（今江苏苏州）人。绍兴二十四年（1154）与杨万里同科登进士第，授户曹，监和剂局。孝宗即位后，迁正字，累迁至礼部员外郎，兼崇政殿说书。当时对金交往中，有两件事一直使孝宗耿耿于怀，其一是收复河南“陵寝”之地；其二是更改赵构签订的“绍兴和议”以来形成的宋皇帝跪拜接受金使节“诏书”的礼仪，这不仅是奇耻大辱，而且使宋降到金的属国地位。当时要派使节去金国解决这两大问题，时相虞允文推荐李焘、范成大为使。在当时李焘也是号称有气节的名流，却不敢受命。范成大慨然请行，抱必死的决心，临行前安排了后事。范成大要求把上述两件事都载入国书中，但朝廷只写请求归还“陵寝”之事，不敢写改变礼节事。范成大以起居郎、假资政殿大学士的身份，作为信使出使金国。到金国后，范成大在词气慷慨地宣读了国书之后，突然拿出了他自己撰写的书信，声称“受礼未称”，要求改变。据《宋史》本传记载，在他拿出自己写的书信后，“左右以笏标起之，成大屹不动，必欲书达……金庭纷然，太子欲杀成大，越王止之，竟得全节而归。”这次出使，为他赢得了很大的声誉，朝野齐声称道，奠定了他极高的政治声望。此后历任中书舍人、知静江府等，迁四川制置使，直至参知政事（副宰相）。不过他任参知政事的时间极短，仅两个月。后曾五次上书请求回归故里，于淳熙九年（1182）获准，隐居于苏州石湖，直至绍熙四年（1193）去世。

范成大早年受江西派影响，因此其早期作品有较明显的江西派的烙印，语言涩滞、堆垛典故，等等。但他在学习江西派诗风同时，能比较广泛地汲取中晚唐诗歌的风格与技巧，博采众长，跳出了江西派的圈子，形成了自己的特点。范成大晚年写的《四时田园杂兴》60首代表他诗歌创作的最高成就，为后世不断传诵：

三旬蚕忌闭门中，邻曲都无步往踪。
犹是晓晴风露下，采桑时节暂相逢。

——《晚春》其六

梅子金黄杏子肥，麦花雪白菜花稀。
日长篱落无人过，唯有蜻蜓蛱蝶飞。

——《夏日》之一

小妇连宵上绢机，大耆催税急于飞。
今年幸甚蚕桑熟，留得黄丝织夏衣。

——《夏日》之五

昼出耘田夜绩麻，村庄儿女各当家。
童孙未解供耕织，也傍桑阴学种瓜。

——《夏日》之七

采菱辛苦废犁锄，血指流丹鬼质枯。
无力买田聊种水，近来湖面亦收租。

——《夏日》之十一

垂成穑事苦艰难，忌雨嫌风更怯寒。
笺诉天公休掠剩，半偿私债半输官。

——《秋日》之五

租船满载候开仓，粒粒如珠白似霜。
不惜两钟输一斛，尚赢糠覈饱儿郎。

——《秋日》之八

黄纸蠲租白纸催，皂衣旁午下乡来。
长官头脑冬烘甚，乞汝青钱买酒回。

——《冬日》之十

田园诗在中国源远流长，但真正形成田园诗的却从东晋陶渊明开始，到唐代以王维为代表，成了一个大派，对后世影响很大。他们的诗风偏于淡泊恬静，他们笔下的乡村田园风光显得安宁闲适，形成与喧闹的城市和纷争的官场截然不同的安乐环境。到中唐后，虽然仍然有继承王维田园诗的刘长卿与韦应物，但在这战乱频仍的苦难时代里，不是人人都能平静安乐的，对农村的凋敝、农民遭受沉重的剥削不能视而不见，因此出现了张籍、王建、聂夷中等人的异调的田园诗，真实地反映了当时的社会现实，揭露了官吏富豪对农民的残酷剥削，表达出对苦难深重的农民的无限同情。范成大的60首《四时田园杂兴》，把二者融合在一起，既描写了田园的秀丽风光与闲适生活，也反映了农民遭受的沉重的剥削与艰难困苦的生活。因此钱锺书在《宋诗选注》里说："他晚年所作的《四时田园杂兴》不但是他最传诵、最有影响的诗篇，也算得中国古代田园诗的集大成。"还说："到范成大的《四时田园杂兴》六十首才仿佛把《七月》（《诗经》中的诗）、《怀古田舍》（陶潜诗）、《田家词》（元稹诗）这三条线索打成一个总结，使脱离现实的田园诗有了泥土和血汗的气息，根据他的亲切的观感，把一年四季的农村劳动和生活鲜明地刻画出一个比较完全的面貌。田园诗又获得了生命，扩大了境地，范成大就可以跟陶潜相提并称，甚至比他后来居上……"这就是说，田园诗到范成大的笔下，有了新的发展，这是他对中国诗歌发展做出的重大贡献。

范成大早年连遭丧亲，家境贫寒，因此当官后一直关心民瘼；他曾出使金国，亲眼看到沦陷区内人民遭受的苦难，殷切盼望宋军收复中原，解救百姓于倒悬。这些在他的诗里都有反映。反映民瘼，揭露官府对人民残酷剥削的诗中最具代表性的是《后催租行》：

老父田荒秋雨里，旧时高岸今江水。
佣耕犹自抱长饥，的知无力输租米。
自从乡官新上来，黄纸放尽白纸催。
卖衣得钱都纳却，病骨虽寒聊免缚。
去年衣尽到家口，大女临歧两分首。
今年次女已行媒，亦复驱将换升斗。
室中更有第三女，明年不怕催租苦。

这首诗写官府对农民的残酷剥削，农民被迫先卖衣再卖女，十分凄惨。诗中用冷峻的语言、用反语表达了极端的愤怒。特别是结尾，说还有第三个女儿可卖，因此“明年不怕催租苦”。这句话看似平静，实际上充满悲愤与怨恨。至于他的爱国诗，不少写于出使金国时，从《渡淮》至《会同馆》，有七绝72首，写出了中原故土，满目苍凉；中原人民，备遭奴役。如：

狐冢獾蹊满路隅，行人犹作御园呼。
连昌尚有花临砌，肠断宜春寸草无。

——《宜春苑》

州桥南北是天街，父老年年等驾回。
忍泪失声询使者，几时真有六军来？

——《州桥》

女僮流汗逐毡軿，云在淮乡有父兄。

屠婢杀奴官不问，大书黥面罚犹轻。

——《清远店》

万里孤臣致命秋，此身何止一沤浮！
提携汉节同生死，休问羝羊解乳不。

——《会同馆》

昔日的御花园，如今不是杂草丛生，而是“寸草无”，竟落得如此荒凉。南宋统治集团一味屈辱求和，中原沦陷区的父老却在急切盼望“真有六军来”，打回中原，收复失地，这可与陆游的《秋夜将晓出篱门迎凉有感》同读，陆游说：“遗民泪尽胡尘里，南望王师又一年。”《清远店》写的是金人尚残留着奴隶制，对汉人采取压迫与奴役的野蛮政策，汉人在民族压迫下过着痛苦的生活。最后一首表达他出使时抱定决不屈节的慷慨心志，用苏武的事迹来勉励自己。

范成大对前人的诗有过广泛学习的过程，因此他的诗奄有众长，风格多样，他的成就也是多方面的。杨万里特别看重他“清新妩媚”、“奔逸隽伟”的诗，后人也赞赏他的近体诗“秀婉清丽中带有峻拔之气”。钱锺书评他的诗说：“范成大的风格很轻巧，用字造句比杨万里来得规矩和华丽，却没有陆游那样匀称妥帖。他也受了中晚唐人的影响，可是像在杨万里的诗里一样，没有断根的江西派习气时常要还魂作怪。”范成大被称为轻巧、华丽、妩媚的诗，主要是那些写景小诗：

南浦春来绿一川，石桥朱塔两依然。
年年送客横塘路，细雨垂杨系画船。

——《横塘》

夕阳槐影上帘钩，一枕清风梦昔游。
梦见钱塘春尽处，碧桃花谢水西流。
——《春晚》三首之三

峰头挥手笑红尘，天入双眸洗翳昏。
万里西风熟粳稻，白云堆里著黄云。
——《高景庵泉亭》

路入千峰一线通，陆离长剑立天风。
五年领客题诗处，正在孤云乱石中。
——《白云岭》

春晚山花各静芳，从教红紫送韶光。
忍冬清馥蔷薇酽，薰满千村万落香。
——《余杭》

西窗一雨又斜晖，睡起薰笼换夹衣。
莫放珠帘遮洞户，从教燕子作双飞。
——《春日》

收尽狂飙卷尽云，一竿晴日晓光新。
柳魂花魄都无恙，依旧商量作好春。
——《风止》

第二节　杨万里

杨万里（1127—1206），字廷秀，学者称诚斋先生，吉水（今属江西）人，绍兴二十四年（1154）与范成大同科登进士第，授赣州司户参军，旋即调零陵县丞。当时正值抗金名将张浚谪居永州，勉励他以“正心诚意”之学，因此他自名其书室为“诚斋”。世人称之为“诚斋先生”。“诚”对杨万里的人生及创作道路都有深刻的影响。他后来历任国子博士、太常博士，知漳州、常州，召为尚书左郎官，迁秘书少监，后累有升降，绍熙元年（1190）任江东转运副使，权总管淮西江东军马钱粮。与时相意见不合，改知赣州，未赴，闲居乡里15年而卒，时80岁。他的创作道路经历了三个过程，年轻的杨万里曾尊奉江西派，在绍兴三十二年（1162）七月，他把受江西派影响的“少作千馀”付之一炬，表明跟江西派决裂，不过他决裂得没有陆游彻底。钱锺书在《宋诗选注》中说他“江西派的习气也始终不曾除根，有机会就要发作；他六十岁以后，不但为江西派的总集作序，还要增补吕本中的《宗派图》，来个《江西续派》，而且认为江西派好比‘南宗禅’，是诗里最高的境界。”走出江西派后，改学王安石的绝句，过渡到晚唐人的绝句。江西派诗人是瞧不起晚唐诗的，“学江西派的诗人先得反对晚唐诗”。杨万里学腻了江西体，要摆脱江西体，到江西派诗反对的晚唐诗里去找门路，这也是一种逆反心理吧！最后，他辞谢诸人，师法自然，最终形成了自己独特的风格。杨万里写诗，始终不懈地求新求变，方回在《瀛奎律髓》指出“杨诚斋诗一官一集，每一集必一变”。杨万里提倡“活法”，但与吕本中的“活法”既有一致，也有不同，内涵更丰富，除吕本中所说的内容外，主要是要跟自然亲和，师法自然；主张写诗不苦苦搜索，不能“闭门觅句”，而是要融进大自然，关注日常生活，触处生情，轻快落笔，不嫌细小，只求新奇有趣。他的诗给人总体的印象是自然流畅、轻快平易、风趣活泼，特别是一些短小的写景诗，体现得尤为突出明显。如：

城中雪一尺，山中雪一丈。
地上都已消，却在松梢上。

——《人日出游湖上》

银河月外来，玉虹天上落。
骑虹弄银河，人间无个乐。

——《玉虹桥》

野菊荒苔各铸钱，金黄铜绿两争妍。
天公支与穷诗客，只买清愁不买田。

——《戏笔》

雨来细细复疏疏，纵不能多不肯无。
似妒诗人山入眼，千峰故隔一帘珠。

——《小雨》

欲与东风说，休吹堕絮飞。
吾行正无定，魂梦岂忘归。
花暖能醺眼，山浓欲染衣。
只嫌春已老，此景也应稀。

——《和仲良春晚即事》

杨万里这些自然轻快、风趣活泼的诗，都以白描见长，不堆砌不用典，眼前景身边事，轻轻勾勒，却显得奇妙，有无穷趣味。杨万里善于抓住事物与景色的特征，用明快流畅的语言表达出来，干净利落，清丽自然，深得人们喜欢，成为千古传诵的名篇。如：

毕竟西湖六月中，风光不与四时同。

接天莲叶无穷碧，映日荷花别样红。

——《晓出净慈寺送林子方》

泉眼无声惜细流，树阴照水爱晴柔。
小荷才露尖尖角，早有蜻蜓立上头。

——《小池》

在杨万里的诗中，虽然主要是天然景物，“关心国事的作品远不及陆游的多而且好，同情民生疾苦的作品也不及范成大的多而且好，相形之下，内容上见得琐屑。”（钱锺书《宋诗选注》）但是他对国事民生也不是淡漠到无动于衷。只是他涉及国事民生的诗也是写得那么轻巧，没陆游的悲壮愤激，也没有范成大的沉郁庄重。例如《初入淮河四绝句》，写得都不错，今录其一与其四：

船离洪泽岸头沙，人到淮河意不佳。
何必桑乾方是远，中流以北即天涯。

——其一

中原父老莫空谈，逢着王人诉不堪。
却是归鸿不能语，一年一度到江南。

——其四

这两首诗看似轻描淡写，寥寥几笔，其实蕴涵颇深，“中流以北即天涯”，令人悲痛难耐。过了淮河原是宋的大好河山，如今却落入金人之手，淮河中流竟成了国界，怎不令人痛心？下边一首竟把鸿雁来与中原父老相比，人反不如鸿雁能自由来往。这两首诗都在轻巧的形式下，掩盖着极深的意蕴。杨万里同情民生疾苦的诗，同样着墨浅淡。例如《悯农》：

稻云不雨不多黄，荞麦空花早着霜。

已分忍饥度残岁，更堪岁里闰添长。

还有一首《悯旱》，写干旱使田里“幼秧欲焦老差碧”，农民免不了要“饿死填沟壑”。可惜杨万里这样的诗为数太少，在他现存的6000多首诗中，关心国事同情民瘼的诗总共不满10首，而且写农民的疾苦，似乎全是由天灾造成的，只字不提官府的残酷剥削。这样一来，他的这些诗不仅在表现形式上显得轻巧，在内容上缺乏分量，在文字上也不如他的写景小诗自然流畅，如“人到淮河意不佳”、“稻云不雨不多黄”之类，读起来全不像诗的语言。因此钱锺书在《宋诗选注》中说：“他的诗教人觉得很聪明、很省力、很有风趣，可是不能沁人心灵。”还说：“他写了许多草率的作品。”这是杨万里的最大不足处，因此他在后世的声望远逊于陆游和范成大。

第十一章　尤袤及其同时代诗人

一、尤袤

尤袤（1127—1194），字延之，号遂初居士，无锡（今属江苏）人，绍兴十八年（1148）举进士。曾任泰兴令，主持修筑泰兴外城。金兵南侵，陷扬州一带，独泰兴以有城能守，得以保全，颇得民心。累迁至礼部尚书，立朝敢言，守正不阿。其诗，初学江西派，后自成一家，在当时声望很高，被列为“中兴”四大家之首。厉鹗在《宋诗纪事》中引方回的话说：“宋中兴来，言诗必曰尤、杨、范、陆。诚斋时出奇峭，放翁善为悲壮，公与石湖，冠冕佩玉，度骚宛雅。”由此可知他的诗风与范成大相近，可惜他的诗集已散失，经后人几次三番搜辑，仍然寥寥无几，而且这些诗都很平常，无法与陆、范、杨并提。钱锺书以为《淮民谣》是他集里的“压卷之作”，全诗如下：

东府买舟船，西府买器械。
问侬欲何为？团结山水寨。
寨长过我庐，意气甚雄粗。
青衫两承局，暮夜连勾呼。
勾呼且未已，椎剥到鸡豕。
供应稍不如，向前受笞箠。
驱东复驱西，弃却锄与犁。
无钱买刀剑，典尽浑家衣。
去年江南荒，趁熟过江北。
江北不可往，江南归未得。
父母生我时，教我学耕桑。
不识官府严，安能事戎行。
执枪不解刺，执弓不能射。
团结我何为，徒劳定无益。
流离重流离，忍冻复忍饥。
谁谓天地宽，一身无所依。
淮南丧乱后，安集亦未久。
死者积如麻，生者能几口。
荒村日西斜，破屋两三家。
抚摩力不给，将奈此扰何。

这首诗同情民生疾苦，虽不如范成大，但也不次于杨万里。

《雪》二首也表达了他对人民的关怀与同情。他还有一些咏物写景诗，对梅花似乎情有独钟，有《入春半月未见梅花》《落梅》等，借梅言志，以物喻人，以表自己劲节清高。

二、萧德藻

萧德藻（生卒年不详），字东夫，号千岩老人，福州闽清（今属福建）人。绍兴二十一年（1151）登进士第，曾任乌程令。他曾从曾几学诗，又为姜夔之师。杨万里很赏识他的诗，把他与范、陆等并称，曾说："近世诗人，若范石湖之清新，尤梁溪之平淡，陆放翁之敷腴，萧千岩之工致，皆余所畏也。"可惜他的诗早已散失，难见全貌。现从他极少的存诗中抄录两首于下：

一担干柴古渡头，盘缠一日颇优游。
归来涧底磨刀斧，又作全家明日谋。

——《樵夫》

湘妃危立冻蛟脊，海月冷挂珊瑚枝。
丑怪惊人能妩媚，断魂只有晓寒知。

——《古梅》二首之一

三、朱熹

朱熹（1130—1200），字无晦，一字仲晦，号晦庵，晚号晦翁，别称紫阳。徽州婺源（今属江西）人。绍兴十八年（1148）登进士第。屡次辞官不就，直至淳熙六年（1179）方出知南康军，八年，改任提举浙江平茶监公事，因其弹劾赃官的奏章被朝廷扣压，愤而辞官。此后，曾出任过提点江西刑狱，湖南安抚使。宁宗即位，任焕章阁侍制兼侍讲，提举鸿庆宫。在朝仅90天，为御史劾以伪欺人，罢官，归建阳讲学，时为庆元二年（1196），四年后病逝，谥“文”，后世称“朱文公”。理宗时追封信国公，后改封徽国公，淳祐二年（1242）配祀于孔子庙庭。

朱熹一生虽做过几任官，但以讲学为主，著述甚富。他是宋代理学的集大成者，以其毕生精力建构庞大的哲学体系，对后世影响巨大，特别明清两代，把他看成仅次于孔、孟的第三号圣人。作为理学家诗人来说，他超过前辈理学家，而且后无来者。至于李重华在《贞一斋诗说》中把他置于范成大之上，认为他是南宋唯一可与陆游匹配的诗人，则是过誉了，理学诗毕竟成不了诗史的主流，而且从理学对后世的影响来说，消极影响大于积极作用，紧紧束缚了明清两代文人的思想，把士子培养成冬烘，把诗推进了死胡同。

朱熹一生作诗千馀首，不全是干巴巴的议论说教的诗，这可能跟他精通《诗经》《楚辞》有关，他著有《诗集传》与《楚辞集注》，都是极有学术价值的著作。在《诗集传序》里，他提出：“诗者，人心之感物而形于言之馀也。”在《朱子语类》中，他提出了“感物道情，吟咏情性”的主张，还说“诗以道性情之正”（《建宁府建阳县学藏书记》），而以达到“议理精得”（《南岳游山后记》）为止。从他的具体诗来看，也良莠不齐，有“语录讲义之押韵者”（刘克庄《吴恕斋诗稿跋》），也有清新明丽的写景诗与真挚的抒情诗。例如：

胜日寻芳泗水滨，无边光景一时新。
等闲识得东风面，万紫千红总是春。

——《春日》

我来万里驾长风，绝壑层云许荡胸。
浊酒三杯豪气发，朗吟飞下祝融峰。

——《醉下祝融峰》

昨夜扁舟雨一蓑，满江风浪夜如何。
今朝试卷孤篷看，依旧青山绿树多。
——《水口行舟》二首之一

朱熹的有些说理诗，由于不干巴巴说教，而是采用比兴手法，形象生动，寓意深刻，为人称赏。最著名的是《观书有感》二首：

半亩方塘一鉴开，天光云影共徘徊。
问渠那得清如许，为有源头活水来。
——其一

昨夜江边春水生，蒙冲巨舰一毛轻。
向来枉费推移力，此日中流自在行。
——其二

前一首是说不断补充新知识的功效；后一首说补充的新知识丰富了，做学问就会功到自然成。朱熹还有一些关心国事的诗，虽然为数极少，但写得极有气魄。例如：

杀气先归江上林，貔貅百万想同心。
明朝灭尽天骄子，南北东西尽好音。
——《次子有闻捷韵》四首之二

志士怀韬略，奇兵吼镆干。
关河那得住，肝胆不胜寒。
壮节悲如许，雄图渺未阑。
皇舆方仄席，陋巷敢求安！
——《次知府府判二丈韵》二首之二

除上述几位诗人外，当时较有名的还有周必大、王质、陈造、章甫、楼钥、叶适等等。这些人多数跟陆游、范成大等是诗友，互相时有唱和，共同创造了宋诗的第二次辉煌。

第十二章　从高峰上跌落下来

开禧二年（1206），韩侂胄伐金，惨遭大败；次年，投降派史弥远杀韩向金乞和，再一次与金国签订了屈辱的和议。史弥远为相，把持朝政，面对外族强敌，屈辱投降，对内专权，迫害爱国的主战派，成了又一个秦桧，收复中原的希望彻底破灭。宁宗死后，史弥远为了能独揽朝政，竟搞了一次宫廷政变，废除皇子赵竑，拥立旁系赵贵诚为帝，改名赵昀（庙号理宗）。理宗是个无能的昏君，在位40年，几乎当了一辈子傀儡，前期由史弥远把持朝政，后期任用宠妃贾贵妃之弟贾似道为相，朝政又由贾似道把持。这时北方的蒙古族逐渐强大起来，在端平元年（1234）灭金后，展开对南宋全面进攻。当时身为宰相的贾似道却只知贪赃敛财、寻欢作乐，隐瞒蒙古军南侵的军情。开庆元年（1259），由于元军步步进逼，朝廷决定派兵抵御，派贾似道领兵救援鄂州（今湖北武昌），大败，私向蒙古忽必烈乞和，同意称臣纳币，订立了城下之盟，兵退以后，谎报大胜。理宗死后，度宗与恭帝两朝，他仍然当政专权，皇帝只是傀儡。他还用重法督责武将，并设法敛钱置地。襄阳被元军围攻数年，他隐匿不报，更不派兵支援。德祐元年（1275），蒙古兵沿江东下，步步进逼，在蒙古兵的强大攻势下，贾似道再次被迫应战，在鲁港与元军相遇，不战而溃。不久被革职放逐，行至福建漳州木棉庵，为监送人郑虎臣所杀。但元军长驱直入，次年蒙古兵攻入临安，尽俘恭帝与太皇太后以及宗室与官吏。虽有文天祥、张世杰和陆秀夫等拼死抵抗，然而大势已去，于祥兴二年（1279）二月，南宋彻底灭亡。可见这是一段南宋王朝日趋衰亡的时期，三代皇帝都懦弱昏庸，两个权奸长期把持朝政，不思振足图强，只想苟延残喘，统治集团沉迷享乐，士人也心灰意冷，因此当时再也没有陆游那样的慷慨悲歌，只有低吟哀叹。

从开禧二年韩侂胄伐金失败到南宋灭亡，虽然朝廷一直屈辱偷安，但社会相对稳定，经济有较大发展，特别是城市经济发展较快，超过了北宋全盛时期。随着市民阶层不断壮大，市民意识也不可避免地影响着文学创作。在当时，影响较大的有“永嘉四灵”与“江湖诗人”。

第一节　叶适与永嘉四灵

永嘉四灵是指当时生长于浙江永嘉（今浙江温州）的四个诗人：徐照（？—1211），字道晖，又字灵晖，自号山民，家境贫寒，终身布衣，工诗，善画。徐玑（1162—1214），字致中，号灵渊，历任建安主簿、永州司理、龙溪丞和武当令等下级官吏，工诗，精书法。赵师秀（1170—1219），字紫芝，号灵秀，又号天乐，绍熙元年（1190）进士，历任上元县主簿、筠州推官等小官吏。翁卷（生卒年不详），字续古，又字灵舒，曾在江淮边帅幕中供职，一生落拓，大约卒于淳祐三年（1243）以后。四人中除翁卷为乐清县人外，其馀三人同为永嘉人，而永嘉与乐清两县原为古永嘉郡所属。四人的字或号中都带“灵”字，同出叶适门下，诗风接近，因此合称“永嘉四灵”。同时叶适曾编《四灵诗选》，选诗500首，由陈起为之刊行，曾风行一时，“四灵”也由此得名。在说“四灵”之前，应该对叶适先有些介绍。

叶适（1150—1223），字正则，号水心居士，温州永嘉（今属浙江）人。淳熙五年（1178）登进士第，历任权吏部侍郎、宝文阁待制，知建康府、沿江制置使、兼制江淮，终宝文阁学士。卒谥忠定。他是南宋中后期的思想家，为“永嘉学派”的巨子。其哲学思想尚现实功利，反对空谈性理，与朱熹等形成尖锐对立。其诗风斥宋宗唐，主要是崇尚晚唐体，由于排斥江西派，连江西派奉为祖师的杜甫也在排斥之列，崇尚贾岛、姚合，因此其诗题材狭窄，只注重精巧的构思与炼句，缺少开阔的境界。作为儒者，他的诗中常寓含“义理”，好在他还不是枯燥的说教，而是诗中的理趣常常与自然景物和主观感受联系在一起。他的诗总体说来清冷精巧可见，热情丰满不足，然而精致不如晚唐乃至宋初，灵秀也不如“四灵”。由于“四灵”师承他，叶适对“四灵”的创作有直接影响。我们来看看他的《锄荒》一诗吧：

锄荒培簿寺东隈，一种风光百样栽。
谁妒眼中无俗物，前花开遍后花开。

他的诗就这样小巧，但充满哲理。这首诗除第一句交代一下地点外，后边三句充满哲思理趣。“四灵”对叶适，可以说是青出于蓝、胜于蓝，虽然他们的诗也显得题材偏窄，境界狭小，但比起叶适来，却清雅灵秀，细致精巧得多。这里，我们把“四灵”的诗，分别抄录几首于下：

山水七百里，上有青枫林。
啼猿不自愁，愁落行人心。

——徐照《三峡吟》

一派从天落，曾经李白看。

千年流不尽，六月地长寒。
洒木喷微沫，冲崖激怒湍。
人言深碧处，常有老龙蟠。

——徐照《石门瀑布》

小船停桨逐潮还，四五人家住一湾。
贪看晓光侵月色，不知云气失前山。

——徐照《舟上》

柳着轻黄欲染衣，汀沙漠漠草菲菲。
晓风吹断寒烟碧，无数鸳鸯溪上飞。

——徐玑《春雨》二首之二

戛戛秋蝉响似筝，听蝉闲傍柳边行。
小溪清水平如镜，一叶飞来细浪生。

——徐玑《秋行》二首之一

流水阶除静，孤眠得自由。
月生林欲晓，雨过夜如秋。
远忆荷花浦，谁怜杜若洲。
良宵恐无梦，有梦即同游。

——徐玑《夏日怀友》

黄梅时节家家雨，青草池塘处处蛙。
有约不来过夜半，闲敲棋子落灯花。

——赵师秀《约客》

石路入青莲，来游出偶然。

峰高秋月射，岩裂野烟穿。
萤冷粘棕上，僧闲坐井边。
虚堂留一宿，宛似雁山眠。

——赵师秀《龟峰寺》

何人可以话登临，徙倚危栏日又沉。
千古苍茫青史梦，一年迢递故乡心。
天无雨雪梅花早，地有波涛雁影深。
为是夫差旧台榭，愁来不敢越人吟。

——赵师秀《姑苏台作》

绿遍山原白满川，子规声里雨如烟。
乡村四月闲人少，才了蚕桑又插田。

——翁卷《乡村四月》

一夜满林星月白，且无云气亦无雷。
平明忽见溪流急，知是他山落雨来。

——翁卷《山雨》

长流当下流，铁瓮此为州。
前代多名迹，闲人欲遍游。
夕阳波上寺，明月戍边楼。
一曲渔家笛，生予无限愁。

——翁卷《京口即事》

“四灵”诗多数为山水写景与朋友间酬赠之作，这些诗写得清灵秀雅，精致巧妙，在韵律与炼字上很见功夫，虽然他们也各有特色，但总体上说偏于窄小，无论其题材、格局、幅度、意境等，都是如此，所以纪昀在《瀛奎律髓勘误》中用“淡狭瘦弱”四字来评论他们的诗。不过，“四灵”生长于民族危亡之时，不可能不受时代的影响，而且他们都师承叶适。叶适是南宋后期的著名思想家，有比较进步的政治思想。他对外反对和议，主张在充分准备的基础上收复中原失地；对内主张进行革新，实行宽民政策。这些对“四灵”都有一定影响，因此“四灵”写了少量关注时局的诗，较好的有徐玑的《传胡报二十韵》，还有徐照的《废居行》《釜下吟》《促促词》，赵师秀的《九客一羽衣泛舟分韵得尊字就送朱几仲》等等。但这些诗从艺术性来看，远不如他们的写景小诗。这也难怪，因为他们都宗贾岛，而贾岛是典型的清苦诗风与狭小诗境，虽然他们对清苦诗风有所改善，但由于生活面不广，“间架太狭，学问太浅”（顾嗣立《寒厅诗话》），加上他们在反对江西派同时，连被江西派尊为远祖的杜甫也一起反掉。而杜甫最可贵的精神就是始终关心国事，同情人民，丢了这一点，诗的社会价值就不大了。四灵诗在宋诗发展史上的功绩，是对宋诗，特别是对江西派的一个反动。他们在较大程度上纠正了江西派所倡导的“夺胎换骨”法，纠正了那种以学问为诗、专在书本上找材料的陋习，继承了田园山水诗的传统。虽然他们的生活面不广，但能“敛情约性，因狭出奇”（叶适《题刘潜夫南岳诗稿》），学贾岛、姚合的苦吟功夫，尽量把诗句写得自然流畅，清秀精致。

“四灵”的诗虽有贾岛的刻苦锤炼，却较少苦涩瘦硬，也没有悲戚哀苦的情调，在一定程度上保存了宋诗的基本精神，而又极大地冲击了江西派。从此以后，江西派虽然对某些人还不断有影响，但总体上江西派统治诗坛的时期基本结束了。

第二节 江湖派

江湖派是由于《江湖集》的刊行而得名。宝庆（1225—1227）

初年，杭州诗人兼书商陈起，陆续刻行许多同时期诗人的集子，合称《江湖集》。对此，方回在《瀛奎律髓》中有介绍："当宝庆初，史弥远废立之际，钱塘书肆陈起宗之能诗，凡江湖诗人皆与之善，宗之刊《江湖集》以售。"全祖望在《宋诗纪事序》说："嘉定以后，《江湖小集》盛行，多'四灵'之徒也。"由此可知，江湖派与"四灵"还是一脉相承的，"四灵"诗影响推广，成为江湖派，还有人把四灵也划入了江湖派。

江湖派是由一群江湖诗人组成的。"所谓江湖诗人，大都是一些落第文士，由于功名上不得意，只得流转江湖，靠献诗卖艺来维持生活。他们的流品很杂，但大致可分为两类：一类是生活接触面比较狭，对政治不甚关心，只希望在文艺上有所专精，以赢得时人的赏识，近于所谓'狷者'……姜夔是这类人物的代表。一类是生活接触面比较广，对当时的政治形势比较关心，爱好高谈阔论以博时名，近于所谓'狂者'。戴复古、刘克庄就是这类人物。"（游国恩等主编《中国文学史》）这一派人数众多，情况复杂，也没有明确提过大家公认的诗学标准。尽管如此，但都有明显的特征，不外乎"狷者"与"狂者"两类。

姜夔是著名的词人，同时也工诗，他的诗被认为是江湖派的先声；陈起可以说是江湖派的组织者；至于江湖派的领袖人物，则是刘克庄。

一、姜夔

姜夔（约1155—1209），字尧章，号白石道人，又号山帚，饶州鄱阳（今属江西）人。终生未仕，一生漂泊不定，居无定所，一直依附别人。少年时依其姐居于汉川；青年时漂泊于吴楚一带；壮年依千岩老人萧德藻于湖州，千岩老人爱其才，以兄女妻之；晚年依附张鉴，居于杭州。

姜夔让后世知名，主要是他的词，但在当时，他的诗也很受人赞赏。他精书画，擅长音乐，是一个多才多艺的人。虽然当时的四大诗人比他大30岁，但都赏识他，特别是杨万里、范成大，对他颇多褒奖。姜夔对诗的学习创作过程与杨万里近似，但又不完全相同。我们知道杨万里是经历了江西派、晚唐到师法自然，而姜夔则经历了“泛阅众作”到“师黄太史氏”，最后“始大悟，学即病，顾不若无所学之为得，虽黄诗亦偃然高阁矣”（《白石道人诗集自序》）。因此他现存的诗中，有江西派风味很浓的诗，也有清新空灵的作品。他的《送朝天续集归诚斋时在金陵》，江西派的味很浓。但是白石道人被看作江湖派开山祖的诗，当然不是那些浓重江西派风味的诗，受到杨万里、范成大赏识的当然也不是这些诗，其中最受赞赏的为《除夜自石湖归苕溪》十首，题下自注：“此诗录寄诚斋，得报云：所寄十诗，有裁云缝雾之妙思，敲金戛玉之奇声。”元人马端临在《文献通考》中也引录了此话。今抄录两首于下：

细草穿沙雪半销，吴宫烟冷水迢迢。
梅花竹里无人见，一夜吹香过石桥。

——其一

笠泽茫茫雁影微，玉峰重叠护云衣。
长桥寂寞春寒夜，只有诗人一舸归。

——其七

姜夔写诗有自己的理论主张，在《白石道人诗集自序》提出：“诗本无体，《三百篇》皆天籁自鸣……先生（指尤袤）因为余言：‘近世人士喜宗江西。温润有如范致能者乎？痛快有如杨廷秀者乎？高古如萧东夫，俊逸如陆务观，是皆自出机轴，亶有可观者。又奚以江西为？’……余之诗，余之诗耳，穷居而野处，用兹陶写寂寞则可，必欲其步武作者，以钓能诗声，不惟不可，亦不敢。”在《白石道人诗说》中，提出诗贵在“自得”，要有“一家之风味”，要“自然高妙”，还说“意格欲高，句法欲响，只求工于句、字，亦末矣。”这些说法，也可看作对江西派的批判。他的诗作正是他理论的体现；虽然他对字句精于锤炼，但读起来仍然自然流畅，也不显纤巧。他有《湖上寓居杂咏》十四首，比《除夜自石湖归苕溪》更显清淡，但一样蕴涵高雅、空阔的韵味。兹抄录两首于下：

荷叶披披一浦凉，青芦奕奕夜吟商。
平生最识江湖味，听得秋声忆故乡。

——其一

指点移舟着柳堤，美人相顾复相携。
上桥更觉秋香重，花在西陵小苑西。

——其十四

姜夔在当时诗名不小，几乎赶上“四大家”，终因缺少些个性特色，独创性不多，对后世的影响不大。他的词却能自成一家，与后来张炎合称“姜张”，其影响一直到清末。

除了姜夔以外，江湖派在早期还有两位重要人物，即刘过与戴复古。

二、刘过

刘过（1154—1206），字改之，自号龙洲道人，吉州太和（今属江西）人。宋子虚曾称之为“天下奇男子，平生以气义撼当世”。曾多次上书朝廷，提出恢复中原的方略，未被采用。流浪于江湖间，与陆游、辛弃疾、陈亮等多有交往。辛弃疾帅浙东时，聘他为幕宾。晚年寓居昆山。他也是词名大于诗名，为辛派词人。他的诗颇豪放，近似陆游，甚至有些李白诗和苏轼诗的风味。

君不见七十二子从夫子，儒雅强半鲁国士。
二十八宿佐中兴，英雄多是南阳人。
丈夫生有四方志，东欲入海西入秦。
安能龌龊守一隅，白头章句浙与闽？
醉游太白呼峨岷，奇才剑客结楚荆。
不随举子纸上学六韬，不学腐儒穿凿注五经。
天长路远何时到，侧身望兮涕沾巾。

——《多景楼醉歌》

我离鄂渚已十年，吴儿越女空华鲜。
不如上游占形势，四十馀万兵筹边。
中原地与荆襄近，烈士烈兮猛士猛。
泽连云梦寒打围，城接武昌晓排阵。
书生岂无一策奇，叩阍击鼓天不知。
却思仙人白玉笛，胡床醉倚南楼吹。
貂蝉兜鍪两岑寂，若耶溪傍还作客。
空馀黄鹤旧题诗，醉笔颠狂惊李白。

——《忆鄂渚》

中原邈邈路何长，文物衣冠天一方。
独有孤臣挥血泪，更无豪杰叫天阊。
关河夜月冰霜重，宫殿春风草木荒。
犹耿孤忠思报主，插天剑气夜光芒。

——《夜思中原》

书生不愿黄金印，十万提兵去战场。
只欲稼轩一题品，春风侯骨死犹香。
——《呈辛稼轩》五首之五

从这些诗来看，刘过始终志在恢复中原，不仅向朝廷献计献策，而且还希望自己能领兵作战，“十万提兵去战场”，但始终得不到朝廷理睬，报国无门，他不禁指着皇帝大声疾呼：“西湖真水真山好，吾君亦岂忘中原！”但是当时的皇帝是个个都不争气，当权的大臣是卖国求荣的秦桧、史弥远、贾似道之类的奸佞，谁还想着恢复中原！对第一首诗中有一个问题还应该在这里说明一下：其中第四句《全宋诗》作“英雄多是僰阳人”，在古地名中，无僰阳，只有僰道，为现在的四川宜宾一带，与史实不符。这里说的“二十八宿佐中兴”，显然是指汉光武“中兴”，故应以《四库全书》所收《龙州集》中作“南阳”为是，方与史实符合。

三、戴复古

戴复古（1167—？），字式之，号石屏，台州黄岩（今属浙江）人，少孤好学，笃志于诗，先从林宪、徐似道学诗，后登陆游之门。终身布衣，以诗游江湖间。他写诗，先受“四灵”影响，学习贾岛；后又受江西派影响，追溯到杜甫。他的诗友邹登龙在《戴式之来访惠石屏小集》一诗中，这样形容他：“瘦似杜陵常戴笠，狂如贾岛少骑驴。”在创作上，他有意把晚唐诗的轻灵秀逸和杜甫诗的拗峭浑厚融在一起，实际上也就是要把“四灵”与江西诗派加以沟通，他已看到了两派各自的优长与不足，希望取长补短，互相补救。他对杜甫极为崇敬，在《杜甫祠》中，同情杜甫生活艰难：“干戈奔走踪，道路饥寒状”，钦佩杜甫志存“致君尧舜上”和“笔端诛将相”、“力救风雅丧”，赞叹杜甫“才气一何壮”，最后推崇杜甫“名如日月光天壤”。因此，他的诗中，有像杜甫一样关心现实、同情民瘼、指责时弊的诗。他曾师从陆游，对陆游怀有无限钦佩之意，称赞陆游是“南渡百年无此奇”，能使“等闲言语变瑰琦”，最后说：“李杜陈黄题不尽，先生横写一无遗。”并深受陆游雄浑诗风的影响，在一定程度上继承了陆游的爱国主义精神，但他毕竟受过“四灵”与江西派的影响，因此，他的某些诗具有自然流畅、轻灵秀逸与用典妥帖等特征。兹录数首于下：

春蚕成丝复成绢，养得夏蚕重剥茧。
绢未脱轴拟输官，丝未落车图赎典。
一春一夏为蚕忙，织妇布衣仍布裳。
有布得着犹自可，今年无麻愁杀我。

——《织妇叹》

小桃无主自开花，烟草茫茫带晓鸦。
几处败垣围故井，向来一一是人家。

——《淮村兵后》

北望茫茫渺渺间，鸟飞不尽又飞还。
难禁满目中原泪，莫上都梁第一山。

——《盱眙北望》

江头落日照平沙，潮退渔船阁岸斜。
白鸟一双临水立，见人惊起入芦花。

——《江村晚眺》

箫鼓迎神赛社筵，藤枝摇曳打秋千。
坐中翁妪鬓如雪，也把山花插满颠。

——《村景》

在江湖派中，戴复古算得上是骨干。他的诗题材较广，风格也多样化，写了不少关心百姓、指责时弊的诗。上边引录的《织女叹》外，还有《庚子荐饥》六首，比较深刻地反映了当时百姓的艰苦生活，其中：第三首前六句写了百姓的苦难后，以“官司行赈恤，不过是文移”作结，揭露了官司的假仁假义。第四首写富豪囤积居奇，不顾百姓死活，“乘时皆闭粜，有谷贵如金”，诗人愤怒地指斥这些人“豪民铁石心”。第五首反映当时不仅谷价贵，而且“菜也贵如金”，老百姓真是没有活路了。关心国事，不忘沦陷的中原，这是戴复古诗中另一个重要内容，前边引录的第二、第三首诗，从不同角度反映金兵入侵给百姓带来的极大的苦难，这些忧国伤时之作，满怀悲愤，十分沉痛。后边二首为抒情小诗，别具风味，特别是最后一首，反映了当时的习俗，其中“坐中翁妪鬓如雪，也把山花插满颠”，写得饶有风趣。

四、刘克庄

刘克庄（1187—1269），字潜夫，自号后村居士，莆田（今福建莆田）人。嘉定二年（1209），以荫补将仕郎，任靖安主簿、真州录事、建阳知县等职。淳祐六年（1246），以“文名久著，史学尤精”，赐同进士出身，除秘书少监兼国史院编修，累官至权工部尚书兼侍读，后因病以焕章阁学士致仕。在江湖派诗人中，他地位最高，创作最多，名声最大，是当时诗坛的盟主，是江湖诗派的领袖。他在创作上与寿命上，都以放翁为追求目标，为当时继承陆游爱国主义的重要诗人。但因他贪多，有不少诗写得草率，诗中议论也太多，枯燥乏味，缺乏诗应具有的情与韵。例如：“诚翁仅有四千首，唯放翁几满万篇。老子胸中有残锦，问天乞与放翁年。”（《八十吟》十绝之七）“黔首死于城者众，杞梁身直一微尘。不知当日征人妇，亲送寒衣有几人。”（《读〈秦纪〉七绝》其一）

这样的作品还有很多，实在很难说是诗。缺少情趣与韵致，这是宋体诗的致命弱点，在一些高手的笔下常常竭力弥补，如陆游、范成大、杨万里等杰出诗人就是这样做的，刘克庄却做不到这一点，因此纵然诗的数量很多，也难成大家。刘克庄的优点是关心时事，不忘中原；同时关注民间疾苦，同情百姓的苦难，这方面的诗如《戊辰书事》《老将》《有感》《筑城行》《开壕行》《运粮行》《国殇行》《军中乐》《寄衣曲》《大梁老人行》《朝陵行》《北来人》等等。今抄录数首于下：

行营面面设刁斗，帐门深深万人守。
将军贵重不据鞍，夜夜发兵防隘口。
自言虏畏不敢犯，射麋捕鹿来行酒。
更阑酒醒山月落，彩缣百段支女乐。
谁知营中血战人，无钱得合金疮药！

——《军中乐》

万夫喧喧不停杵，杵声丁丁惊后土。
遍村开田起窑灶，望青斫木作楼橹。
天寒日短工役急，白棒诃责如风雨。
汉家丞相方忧边，筑城功高除美官。
旧时广野无城处，而今烽火列屯戍。
君不见高城鬙鬙如鱼鳞，城中萧疏空无人。

——《筑城行》

诗人安得有春衫，今岁和戎百万缣。
从此西湖休插柳，剩栽桑树养吴蚕。

——《戊辰书事》

上边三首诗，从不同角度反映了当时各方面的腐败。第一首写在军中浴血奋战的士卒受伤后，连治伤的金疮药都买不起，而边将却在军帐中寻欢作乐，对女乐的赏赐出手就是“彩缣百段”，大肆挥霍。第二首反映徭役给百姓带来的痛苦，而负责筑城的官吏却因“筑城功高除美官”。这两首诗中，边将与士卒、官吏与役夫的苦乐形成了鲜明的对比。最后一首反映南宋统治者对外屈膝投降，纳贡求和，无限辛酸。这些诗沉痛有力，而且气势开阔，笔锋犀利。刘克庄写山水景物的技巧似乎不太高超，他写了不少这样的诗，出色的并不多。现录三首，以见一斑：

童子偷无怪，先生老尚馋。
采时留绝顶，猿鸟要分甘。

——《采荔子十绝》其六

月落宿禽起，幽人殊未回。
不知何处磬，迢递过山来。

——《夜登甘露山》二首之二

掷柳迁莺大有情，交交时作弄机声。
洛阳三月春如锦，多少工夫织得成。

——《莺梭》

另外有一首题名《秋晚》的绝句，也颇有情趣，但又见于戴复古集中，题名《盱眙北望》，不知孰是？因在前边介绍戴复古时已摘录，故此不再重复。

五、陈起

陈起（生卒年不详），字宗之，号芸居，又号陈道人，钱塘

（今浙江杭州）人。开肆于临安睦亲坊，与江湖诗人关系密切，宝应初编辑刊行《江湖集》，江湖诗派由此得名，他可以说是江湖派的组织者，他本人也是一个诗人。在权奸史弥远当政时，说《江湖集》中有“谤讪”的诗，兴起了大狱，有关的诗人都受到严惩，还劈《江湖集》版，陈起也被流配，朝廷还下诏禁止士大夫作诗。直到史弥远死后，方才得赦。他的诗通俗浅近，自然流畅，时时透露出市民意识。今录几首于下：

今早神清觉步轻，杖藜聊复到前庭。
市声亦有关情处，买得秋花插小瓶。

——《买花》

鹊桥犹挂三更月，渔板惊回一片鸥。
吟得诗成无笔写，蘸他春水画船头。

——《夜过西湖》

卖花声里凭阑处，沽酒楼前对雨时。
景物如初人自老，夕阳波上燕差池。

——《过三桥怀山台》

在陈起的诗中，我们看到的不是写农村的田园诗，而是多了些叫卖声，卖花沽酒，这分明是市井。他还有一首《泛湖纪所遇》：“……画舸轻移柳线迎，佟此清游逢道韫。铢衣飘飘凌绿波，翡翠压领描新荷。雍容肯就文字饮，乌丝细染还轻哦。一杯绝类阳关酒，流水高山意何厚！曲未终兮袂已扬，一目归鸦噪栖柳。”这首诗记泛湖而不写美丽的西湖山水，而是记一次泛舟湖上时的艳遇。所遇的是什么人，诗中没有明说，但从萍水相逢却肯来就饮一事来看，恐非良家妇女，半多是歌妓舞女一类人物。这也从侧面反映了当时临安的奢华，“歌舞升平”，真是“暖风熏得游人醉，直把杭州作汴州”。另外还有下列一些人，也应介绍一下。

六、方岳

方岳（1199—1262），字巨山，号秋崖，新安祁门（今属安徽）人。绍定（1228—1233）年间进士，淳祐（1241—1252）中官至吏部侍郎，因忤权奸贾似道等，曾三仕三黜，又生当南宋末年，朝政腐败不堪，因此他的诗中常有牢骚愤激之词，如“不如意事常八九，可与人语无二三。”（《别子才司令》）他写诗也先从江西派入手，喜用典故成语，后又受“中兴四大诗人”的影响，注意新巧对偶与清新诗风，逐渐倾向于唐风。他学唐人较广泛，有些诗用白描手法写的诗，清新真朴，自然流畅。如：

雨过一村桑柘烟，林梢日暮鸟声妍。
青裙老姥遥相语，今岁春寒蚕未眠。

——《农谣》

卷中未有好诗看，草满池塘梦已阑。
客又不来春又暮，一帘新雨杏花残。

——《春暮》

七、叶绍翁

叶绍翁（生卒年不详），字嗣宗，号靖逸，龙泉（今属浙江）人。其诗有跌宕磊落之气，又有清丽而带理趣的诗，最著名的为《游园不值》，被谢枋得选入《千家诗》，广为流传，其中的“红杏出墙”成了成语：

应怜屐齿印苍苔，小扣柴扉久不开。

春色满园关不住，一枝红杏出墙来。

八、高翥

高翥（1170—1241），字九万，自号菊磵，余姚（今属浙江）人。钱锺书在《宋诗选注》中说：“他是‘江湖派’里比较有才情的作者。”其七律《清明》也被选入《千家诗》，流传较广；《晓出黄山寺》则为钱锺书赏识，选入了《宋诗选注》。今录二诗于下：

南北山头多墓田，清明祭扫各纷然。
纸灰飞作白蝴蝶，泪血染成红杜鹃。
日落狐狸眠冢上，夜归儿女笑灯前。
人生有酒须当醉，一滴何曾到九泉。

——《清明》

晓上篮舆出宝坊，野塘山路尽春光。
试穿松影登平陆，已觉钟声在上方。
草色溪流高下碧，菜花杨柳浅深黄。
杖藜切莫匆匆去，有伴行春不要忙。

——《晓出黄山寺》

九、赵汝鐩

赵汝鐩（生卒年不详），字明翁，自号野谷，袁州宜春（今属江西）人，有《野谷诗集》。钱锺书在《宋诗选注》中说：“江湖派诗人里，算他的才气最豪放，他的古体不但学王建、张籍，也学李白、卢仝，近体不但传‘四灵’的家法，也学杨万里，都很畅快伶俐。”今录其诗三首于下：

春催农工动阡陌，耕犁纷纭牛背血。
种莳已遍复耘耔，久晴渴雨车声发。
往来逻视晓夕忙，香穗垂头秋登场。
一年苦辛今幸熟，壮儿健妇争扫仓。
官输私负索交至，勺合不留但糠秕。
我腹不饱饱他人，终日茅檐愁饿死！

——《耕织叹》（耕）

春气熏陶蚕动纸，采桑儿女哄如市。
昼饲夜喂时分盘，扃门谢客谨俗忌。
雪团落架抽茧丝，小姑缫车妇织机。
全家勤劳各有望，翁媪处分将裁衣。
官输私负索交至，尺寸不留但箱笥。
我身不暖暖他人，终日茅檐愁冻死。

——《耕织叹》（织）

雨中奔走十来程，风卷云开陡顿晴。
双燕引雏花下教，一鸠唤妇树梢鸣。
烟江远认帆樯影，山舍微闻机杼声。
最爱水边数株柳，翠条浓处两三莺。

——《途中》

钱锺书在《宋诗选注》的《耕织叹》后边的注中说：“赵汝鐩这两首也许是把这个不合现象写得最透彻的宋代诗篇。”可以说是对这两首诗的最高评价。

第十三章　黍离悲歌

南宋君臣不思振足，满足于偏安，在偏安中寻欢作乐。皇帝昏庸孱弱，权奸飞扬跋扈，秦桧、史弥远、贾似道，一个接着一个，控制了整个南宋朝政，最后彻底断送了这锦绣花簇的大好河山。在宋朝君臣醉生梦死之时，北方的强敌却一个比一个凶狠，由辽而金，由金而蒙古；辽占燕云之地，虽让北宋纳贡，但与北宋还视为两个平等国家。到金灭辽后，大举南侵，连北宋的都城也被占领，夺取了大片中原土地，把宋皇室赶到淮河以南，建立偏安的小朝廷，还不就此罢休，而是把南宋当作属国，南宋皇帝与金国皇帝不再是平等的兄弟关系，而是君臣关系、父子关系，南宋皇帝是金国的儿皇帝。等到蒙古兵灭金以后，长驱南下，南宋连儿皇帝也当不成了，最终只有彻底灭亡。

端平元年（1234）蒙古军灭金后，翌年对南宋展开强大攻势，进逼四川、湖北、安徽等地，形势越来越险恶。在民族命运、国家前途危亡之际，有一大批诗人文士受到极大震撼，他们再也不能寻山觅水吟风弄月了，也不能只着眼于个人的前途命运，而是把目光转向民族的命运和国家存亡，写下了一曲曲悲壮的爱国诗，产生了不少爱国诗人。

一、文天祥

文天祥（1236－1283），字履善，又字宋瑞，号文山，吉州庐陵（今江西吉安）人。宝祐四年（1256），举进士第一（世称状元）。德祐元年（1275）以前，与误国奸佞董宋臣、贾似道等斗争，几度沉浮宦海。德祐二年（1276）元军围临安，他临危受命，除右丞相（首相）兼枢密使，赴元营议和，被拘留，解送北方。至镇江伺机脱走，时恭帝率百官拜表，正式降元。天祥脱走后，至温州，后又至福州，拥立端宗，任右丞相、枢密使，都督诸路军马，谋图恢复。终因与元军力量悬殊太大，内部又不团结，兵败被俘，拘留燕京四年，最终以不屈被害，时为47岁。文天祥早年就渴望彻底消灭外患，收复失地，他在《题黄冈寺次吴履斋韵》诗中说："何日洗兵马，车书四海同。"元兵南侵，烧杀掳掠，无所不为，文天祥从镇江逃出来后，在常州看到的是"山河千里在，烟火一家无"（《常州》）。文天祥诗中最为人传诵的是他被俘以后写的《过零丁洋》与《正气歌》，还有一首《金陵驿》也颇有名。如果说，我们读文天祥早期的诗，还关注他的诗风与艺术技巧一类东西，那么到后期完全被他的人格魅力所征服。今录其三首最著名的诗于下：

辛苦遭逢起一经，干戈寥落四周星。
山河破碎风飘絮，身世浮沉雨打萍。
惶恐滩头说惶恐，零丁洋里叹零丁。
人生自古谁无死，留取丹心照汗青。

——《过零丁洋》

天地有正气，杂然赋流形。
下则为河岳，上则为日星。
于人曰浩然，沛乎塞苍冥。
皇路当清夷，含和吐明庭。
时穷节乃见，一一垂丹青。
在齐太史简，在晋董狐笔。
在秦张良椎，在汉苏武节。
为严将军头，为嵇侍中血。
为张睢阳齿，为颜常山舌。
或为辽东帽，清操厉冰雪。

或为出师表，鬼神泣壮烈。
或为渡江楫，慷慨吞胡羯。
或为击贼笏，逆竖头破裂。
是气所磅礴，凛烈万古存。
当其贯日月，生死安足论！
地维赖以立，天柱赖以尊。
三纲实系命，道义为之根。
嗟予遘阳九，隶也实不力。
楚囚缨其冠，传车送穷北。
鼎镬甘如饴，求之不可得。
阴房阒鬼火，春院闷天黑。
牛骥同一皂，鸡栖凤凰食。
一朝蒙雾露，分作沟中瘠。
如此再寒暑，百沴自辟易。
哀哉沮洳场，为我安乐国。
岂有他缪巧，阴阳不能贼！
顾此耿耿存，仰视浮云白。
悠悠我心悲，苍天曷有极！
哲人日已远，典刑在夙昔。
风檐展书读，古道照颜色。

——《正气歌》

草合离宫转夕晖，孤云漂泊复何依。
山河风景元无异，城郭人民半已非。
满地芦花和我老，旧家燕子傍谁飞。
从今别却江南路，化作啼鹃带血归。

——《金陵驿》

二、汪元量

汪元量（约1241—约1317），字大有，号水云，钱塘（今浙江杭州）人。能诗善琴，为供奉内廷的琴师。宰相吴坚、贾馀庆挟持仅六岁的恭帝降元后，元量跟随被掳的三宫去北方，后来当了道士，南归钱塘。他对“亡国之苦，去国之戚”有痛切的感受，用朴素的语言表达了出来。他的诗不用典不多议论，多用白描记下了当时亡国的惨痛一幕，因此李珏在《湖山类稿跋》中说：“水云之诗，亦宋亡之诗史也。”他在燕京时，曾数次到狱中探望文天祥，并有诗唱和。汪元量的诗，著名的有《醉歌》十首、《越州歌》二十首、《湖州歌》九十八首。《醉歌》并不像前人那样借酒消愁，一醉万事休，而是醉后说话更真率。录两首于下：

淮襄州郡尽归降，鞞鼓喧天入古杭。
国母已无心听政，书生空有泪成行。

乱点连声杀六更，荧荧庭燎待天明。
侍臣已写归降表，臣妾佥名谢道清。

以上二首写向蒙古军拜表投降的情况，诗中所说的“国母”与谢道清为一人，是宋理宗的皇后，恭帝的祖母，尊为太皇太后。当时恭帝年幼，不能亲政，由谢道清听政。汪元量对她签降表十分不满，故直呼其名，并讥讽她在蒙古人面前以“臣妾”自称。《湖州歌》九十八首，是大型的组诗，一首写一事，分别记述了南宋君臣投降的情形，蒙古兵蹂躏江南的惨状、宋室君臣宫女内侍被蒙古兵押解北去的凄惨景象，以及他在北上时一路上的见闻，十分广泛地反映了南宋亡国前后的真实情况，成了“宋亡之诗史”。例如：

谢了天恩出内门，驾前喝道上将军。

白旄黄钺分行立，一点猩红似幼君。

北望燕云不尽头，大江东去水悠悠。
夕阳一片寒鸦外，目断东西四百州。

暮雨萧萧酒力微，江头杨柳正依依。
宫娥抱膝船窗坐，红泪千行湿绣衣。

芦荻飕飕风乱吹，战场白骨暴沙泥。
淮南兵后人烟绝，新鬼啾啾旧鬼啼。

三、谢枋得

谢枋得（1226—1289），字君直，号叠山，信州弋阳（今属江西）人。理宗时进士，因得罪权奸贾似道，谪居兴国军。贾似道死后，授信州知州。德祐初，元兵东下，力战兵败，改名变姓入建宁唐石山。宋亡后，居闽中，福建参政强迫他北行做官，至燕京，绝食而死。他在福建时，曾写《武夷山中》诗一首：

十年无梦得还家，独立青峰野水涯。
天地寂寥山雨歇，几生修得到梅花？

如果说这首诗抒发了坚贞不屈的意志，表达他不与浊世同流合污、希望隐居于山野的愿望，那么他的《北行别人》则已明确表达了决不屈节事元，抱定了必死的决心，义无反顾。全诗如下：

雪中松柏愈青青，扶植纲常在此行。
天下岂无龚胜洁，人间不独伯夷清。
义高便觉生堪舍，礼重方知死甚轻。

南八男儿终不屈，皇天上帝眼分明。

四、谢翱

谢翱（1249—1295），字皋羽，福安（今属福建）人。文天祥抗元至闽，他率乡兵数百人投军，并任咨议参军。文天祥遇害后，他亡匿东南，后只身游浙江，登严子陵钓台，设文天祥神位，北向哭祭，写《哭所知》和《西台哭所思》各一首：

总戎临百粤，花鸟瘴江村。
落日失沧海，寒风上蓟门。
雨青馀化碧，林黑见归魂。
欲哭山阳笛，邻人亦不存。

——《哭所知》

残年哭知己，白日下荒台。
泪落吴江水，随潮到海回。
故衣犹染碧，后土不怜才。
未老山中客，唯应赋八哀。

——《西台哭所思》

谢翱是宋遗民诗人中成就最高的一人，他跟文天祥是知己、是战友，两人曾并肩作战抗击元军，如今文天祥已英勇牺牲，自己沦为亡国遗民，祖国的广大人民尽在异族的残暴统治下，苦不堪言。这两首悼念文天祥的诗，沉痛悲凉，令人备感哀痛。

五、林景熙

林景熙（1242—1310），字德阳，号霁山，温州平阳（今属浙江）人，咸淳七年（1271）登进士第，在宋历官礼部架阁，从政郎，宋亡不仕。有《白石樵唱》诗集。宋亡后，他隐居家乡生活了32年，饱尝亡国的惨痛，眼见蒙古贵族高压的民族政策，使列于末等的南宋人民受尽蹂躏，因此他的诗多幽怨凄婉之声。如：

荒驿丹丘路，秋高酒易醒。
霜增孤月白，江截乱峰青。
旅雁如曾识，哀猿不可听。
到家追此夕，三十五邮亭。

——《宿台州城外》

南山有孤树，寒鸟夜绕之。
惊秋啼眇眇，风挠无宁枝。
托身未得所，振羽将逝兹。
高飞犯霜露，卑飞触茅茨。
乾坤岂不容，顾影空自疑。
徘徊向残月，欲堕已复支。

——《南山有孤树》

六、郑思肖

郑思肖（1241—1318），字忆翁，号所南，福州连江（今属福建）人。曾以太学上舍生应博学鸿词试。元兵南下，曾向朝廷献抵御之策，未被采纳。遂客吴下，寄食城南报国寺以终。为人极有骨气，其名“思肖”实为“思赵”之意，在当时不便明说赵，因此取繁体的赵字去了“走”旁为“肖”；宋亡后，他画兰不画土，人问其故，回答说：“地为人夺去，汝犹不知耶？”他的《寒菊》诗中“宁可枝头抱香死，何曾吹落北风中”，表现了他坚强不屈的傲骨，体现了中华民族永远不会被暴力征服的精神与骨气。其诗爽朗明快，自具特色，江西派的诗风已被涤荡干净，对后世颇有影响。

云满长空雨满山，凄凄风色变新寒。
夜来白帝将秋去，万树淋漓哭不干。

——《秋雨》

年高雪满簪，唤渡浙江浔。
花落一杯酒，月明千里心。
凤凰身宇宙，麋鹿性山林。
别后空回首，冥冥烟树深。

——《送友人归》

前一首可看到他作为亡国遗民凄凉的心情，后一首则写出他虽隐迹山林，但心系天下。这也是宋末元初遗民的普遍心态。

宋末元初，有一大批遗民诗人，除上述几位外，较知名的尚有真山民、萧立之、文及翁等等，他们用诗写出了兴亡感叹，有的十分沉痛、悲愤，有的写出了他们坚贞不屈的铮铮铁骨，汇成了一曲永不屈服的高亢的强音，体现了不屈不挠的坚贞的民族精神。从诗歌的传统来说这是对杜甫诗精神的弘扬，这些诗人大体上都深受杜诗的影响，特别是文天祥，他堪称杜甫忠诚的学生，不仅有不少仿杜之作，而且还有集杜诗200首，继承发扬了杜诗精神。杜甫的忧国忧民思想始终贯穿在中国的诗史中。

第十四章　辽金诗

辽是契丹贵族建立的朝代，它的建立比北宋早40多年。辽建立209年后，为金所灭。金是女真族建立的朝代，建立后119年（灭辽后109年）为蒙古军所灭。辽基本上与北宋并存，而金则基本上与南宋并存。契丹族与女真族，都是北方的游牧民族，原先比较落后，他们占领了中国北方后，与当地的汉族杂居，大量吸收了汉族文化，他们学汉语写汉诗，辽文学虽远不如宋文学，但发展至金代已相当可观了。而且金人还有一个特点，凡是南宋派去的使者是知名文士，他们都强行扣留，所以金文学的发展，在很大程度上有赖于被扣留的南宋使者，从文学发展来看与南宋文学是根源相连的。

第一节　辽诗

辽建立后，引进中原文化，受唐代文学影响十分显著。作者一为皇族宗室，二为中原入辽之臣。辽诗流传下来不多，在《辽史》与清人周春的《辽诗话》中，保留不少资料。遗憾的是《辽诗话》中虽然开列的作者六七十人之多，但大多只列事迹，没有诗作。我们在这里，只能列几名有诗作的作者进行介绍。

一、耶律倍

耶律倍（生卒年代不详）是辽太祖耶律阿保机的长子，本来已立为太子。因为他知道太后想立其弟德光为帝，所以在阿保机死后，他便把帝位让给德光。哪知德光即位后反而对他猜疑，并排挤他。后唐明宗得知此事后，遣人来招致，他就投奔后唐去了。临走时，他“立木海上”，并刻诗于木上。诗本无题，因刻在海边的木上，后人就称之为《海上诗》：

小山压大山，大山全无力。
羞见故乡人，从此投外国。

此诗后人评说："情词凄婉，言短意长，已深有合于风人之旨。"厉鹗在《辽史拾遗》中称他："有文才，博古今，习举子。每通名刺云：'乡贡进士黄居难，字乐地。'以拟白居易字乐天也。"他是契丹族中的第一个诗人。

二、赵延寿

赵延寿（？—948）是中原入辽之臣，能诗，其时离唐不远，尚保有唐诗风味，入辽后，又受契丹游牧民族的粗犷与质朴风气的感染，因此他的诗兼有唐诗的清新流走，又有质朴粗犷的一面。如其失题诗：

黄沙风卷半空抛，云重阴山雪满郊。
探水人回移帐就，射雕箭落著弓抄。
鸟逢霜果饥还啄，马渡冰河渴自跑。
占得高原肥草地，夜深生火折林梢。

三、萧观音

萧观音（1040—1075），枢密使萧惠之女，姿容端丽，为萧氏首。能歌诗善弹筝，琵琶尤为当时第一。清宁元年（1055）册为皇后。《辽史·后妃传》称她"工诗，善谈论，自制歌词，尤善琵琶"。《辽史》与《辽诗话》都记载她有一次随道宗去秋山畋猎，至伏虎林时，奉诏即兴赋诗曰："威风万里压南邦，东去能翻鸭绿江。灵怪大千俱破胆，那教猛虎不投降。"道宗见诗大喜，出示群臣曰："皇后可谓女中才子。"辽国的风俗，君臣尚猎，道宗擅长弓马，常骑着良驹，驰入深林邃谷，随从的人找不到他。皇后十分担心，写了《谏猎疏》，论点鲜明，论据切实，言辞恳切。道宗表面上虽然嘉许采纳，其实内心很厌烦，从此疏远她。她内心苦闷，写了《回心院》十首以抒发幽怨之情。

当时权奸耶律乙辛当政，而后所生之子逐渐长大，道宗经常让他处理一些政务，显示出他很有才能。乙辛害怕皇子当政，对他不利，决心除掉皇子。他深知要扳倒皇子，必须先扳倒皇子的母亲，蓄意制造冤案诬陷萧观音。皇后写的《回心院》，别的伶人都“无能奏演此曲者，独伶官赵惟一能之。耶律乙辛因诬后与惟一淫通，欲乘此害后。更命他人作《十香淫词》为诬案……阴使宫婢单登乞后手书……乙辛得书……遂构词，命登等陈首，以《十香词》为证，乙辛乃密奏之。”道宗虽然命乙辛等人审理，但还下不了决心处死皇后。诬陷者又拿出皇后写的一首《怀古》诗为证，说是皇后怀念赵惟一，诗是这样写的：“宫中只数赵家妆，败雨残云误汉王。惟有知情一片月，曾窥飞燕入昭阳。”说诗里嵌入“赵惟一”三个字，这是皇后与赵惟一私通的铁证。道宗竟下旨“敕后自尽”。自尽前，作《绝命词》一首：“嗟薄祐兮多幸，羌作俪兮皇家。承昊穹兮下覆，近日月兮分华。托后钩兮凝位，忽前星兮启耀。虽衅累兮黄床，庶无罪兮宗庙。欲贯鱼兮上进，乘阳德兮天飞。岂祸生兮无朕，蒙秽恶兮宫闱。将剖心兮自陈，冀回照兮白日。宁庶女兮多惭，遏飞霜兮下击。顾子女兮哀顿，对左右兮摧伤。共西曜兮将坠，忽吾去兮椒房。呼天地兮惨悴，恨今古兮安极！知吾生兮必死，又焉爱兮日夕？”写毕闭门，以白练自经，时仅36岁。萧观音的《绝命词》情极哀伤，萧观音的冤情令人愤愤不平。直到26年后，天祚帝即位，于乾统初（1101）平反。关于萧观音之事，赖有辽国观书殿学士涿州人王观在《焚椒录》一书中不仅记录了事件经过，而且记下了萧观音的诗文。

四、萧瑟瑟

萧瑟瑟（生卒年不详），《辽诗话》中记载她：“幼选入宫。聪慧娴雅，工文墨，善诗歌。天祚即位，册为文妃。见金兵内侵，而天祚畋游不悛，忠良疏斥，作歌以讽……又作咏史诗……天祚见而衔之。后为奉先所诬，赐死。”

辽国两位有才华的后妃，都因诗致祸，酿成悲剧。今录萧瑟瑟诗两首于下：

勿嗟塞上兮暗红尘，勿伤多难兮畏夷人；
不如塞奸邪之路兮，选取贤臣。
直须卧薪而尝胆兮，激壮士之捐身；
可以朝清漠北兮，夕枕燕云。

——《讽谏歌》

丞相来朝剑佩鸣，千官侧目兮寂无声。
养成外患兮嗟何及，祸尽忠臣兮罚不明。
亲戚并居兮藩屏位，私门潜畜兮爪牙兵。
可怜往代兮秦天子，枉向宫中兮望太平。

——《咏史》

第二节　金诗

金是女真族统治者建立的朝代，女真族兴起于东北白山黑水之间。完颜阿骨打统一女真各部后，自称皇帝，在宋政和五年（1115）建国号为金。宣和五年（1123）攻下燕京，不久阿骨打身亡，由其弟完颜吴乞买继位，于宣和七年（1125）灭辽。灭辽后，接纳了不少仕辽的汉族臣子，有的还成了金国的大臣，如左企弓、虞仲文、张通古等，都官至宰辅，或封王或封国公，受到重用。金统治者在接纳这批辽国的汉族大臣的同时，也接受了他们带来的汉文化。金在灭辽后，继续南侵，于靖康二年（1127）初，攻陷宋都汴京，俘获徽、钦二帝，迫使宋室南渡。金贵族进入中原后，加速了汉化，汉语成了女真族的通用语，用汉语汉字写作，金诗实际上是当时北方的汉诗。金诗主要受欧阳修与苏轼的影响较深，很少受黄庭坚及江西派的影响。在词的创作上，更特别，一般人都说苏轼的一首《念奴娇·赤壁怀古》开创了宋词的豪放派，但在北宋应者聊聊，倒是在金国盛行，难怪翁方纲在《斋中与友论诗》中说："苏学盛于北。"金诗人由四个部分组成，一是由辽入金的文士，这是最早的诗人；二是降金的宋官员中的文人与被扣留的南宋使臣中的著名文人；三是高度汉化了的女真贵族；四是在女真贵族统治下成长起来的汉族文人。

一、张斛

张斛（生卒年不详），字德容，渔阳人。辽时入宋，为武陵守。金初北归，仕金，任秘书省著作郎。其诗为宇文虚中激赏，金末元初的著名诗人元好问也赏识他的诗画，诗载于《中州集》。其诗清朗明快，自然流畅，多有佳句。如：

高秋客未还，何处望乡关。
乔木苍烟外，孤亭落照间。
雨晴山觉近，潮满水如闲。
目断峒阳路，归云不可攀。

——《庐台峭帆亭》

巴蜀三年客，江湖万里情。
沧波何处尽，归棹几时行。

世态浮云变，春愁细草生。
群山遮望眼，片月上高城。

——《东川春日》

二、宇文虚中

宇文虚中（1079—1146），字叔通，别号龙溪，成都华阳（今属四川）人。北宋大观三年（1109）进士。宣和四年（1122）任宣抚司参谋时，上书极谏引女真攻辽之策为“纳侮自焚”，降集英殿修撰。靖康元年（1126）汴京被围，受命三赴金人营寨交涉。建炎二年（1128）奉诏使金，被扣留，拘羁云中，守节不屈。直至金天会十三年（1135）始受金官爵，官至礼部尚书。皇统六年（1146）谋求起事南归，事败被杀。南宋淳熙六年（1179）宋廷嘉其忠死，赠开府仪同三司，谥肃愍。其诗多故国之思，如：

老畏年光短，愁随秋色来。
一持旌节出，五见菊花开。
强忍玄猿泪，聊浮绿蚁杯。
不堪南向望，故国又丛台。

——《又和九日》

落日尘埃壮，阴风天地昏。
牛羊争隘道，鸟雀聚空村。
跛曳伤行役，光华误主恩。
未甘迟暮景，伏枥意犹存。

——《安定道中》

满腹诗书漫古今，频年流落易伤心。
南冠终日囚军府，北雁何时到上林？

开口摧颓空抱璞，胁肩奔走尚腰金。
莫邪利剑今安在，不斩奸邪恨最深！
——《虏中作》三首之一

三、高士谈

高士谈（？—1146），字子文，一字季默，亳州蒙城（今属安徽）人。北宋宣和末任忻州户曹参军。入金，仕至翰林直学士，皇统六年因宇文虚中案被杀。其诗清秀可爱，也常有故国之思。如：

不眠披短褐，曳杖出门行。
月近中秋白，风从半夜清。
乱离惊昨梦，漂泊念平生。
泪眼依南斗，难忘故国情。
——《不眠》

平生心性乐疏慵，多病追欢兴亦空。
睡起不知春已老，一帘红雨杏花风。
——《睡起》

鸣鸠逐妇妇欲去，燕子引雏雏不来。
树底树头千点雨，山南山北一声雷。
——《道中》

四、吴激

吴激（？—1142），字彦高，号东山，建州（今属福建瓯）人。宋宰相吴栻子，书画家米芾婿。北宋末使金，被扣留。被迫仕金，任翰林待制。工诗能文，尤精于词，与蔡松年齐名，时号“吴蔡体”。元好问称其词“自当为国朝第一手”。造语清婉，哀而不伤。《中州集》存其诗27首。其诗如：

后园杂树入云高，万里长风夜怒号。
忆向钱塘江上寺，松窗竹阁瞰秋涛。

——《秋兴》

天南家万里，江上橘千头。
梦绕阊门迥，霜飞震泽秋。
秋深宜映屋，香远解随舟。
怀袖何时献，庭闱底处愁？

——《岁暮江南四忆》其二

五、蔡松年

蔡松年（1107—1159），字伯坚，自号萧闲老人，真定（今河北正定）人。天会元年（1123）随父降金，当时他只有16岁。后仕金，官至尚书右丞相，封卫国公。史称其文辞清丽，尤工乐府。《中州集》录存其诗59首。其诗无论在声名与成就上，都不如其词。他在金虽身居高位，但诗中常有隐逸之趣。如：

漫漫黄云水清浅，碧花无数乱鸣蚕。
此生愈觉田园乐，梦绕晓山三四峰。

——《癸丑岁秋郊》

归田不早计，岁月易云徂。
但要追莲社，何须赐镜湖。
簿书欺俗吏，绳墨守愚儒。
安得如嵇阮，相从兴不孤。

——《闲居漫兴》

六、完颜亮

完颜亮（1122—1161），字元功，为金朝第四位皇帝。以宗室子（太祖孙）累加升迁，皇统八年（1148）任右丞相，翌年杀熙宗，自立为帝，改元天德。贞元元年（1153）迁都燕京，改称中都。正隆元年（1156）率大兵伐宋，至瓜洲渡兵变，被部下所杀。他是一个有名的荒淫残暴之君，但也并非全无是处。金人刘祁谓其“虽淫暴自强，而英锐有大志，定官制、律令，皆可观。对擢用人才，将混一天下，功虽不成，其强至矣”。宋人岳珂谓其“颇知书，好为诗词，语出辄崛强，矫矫有不为人下之意”（以上转引自《全金诗》）。其诗显示出他“矫矫不为人下”的野心，如：

蛟龙潜匿隐沧波，且与虾蟆作混和。
等待一朝头角就，撼摇霹雳震山河。

——《书壁述怀》

万里车书尽会同，江南岂有别疆封。
提兵百万西湖上，立马吴山第一峰。

——《南征至维扬望江左》

七、蔡珪

蔡珪（？—1174），字正甫，真定（今河北正定）人，蔡松年之子。天德三年（1151）登进士第，大定十四年（1174）由礼部郎中封真定男，除潍州刺史，卒于上任途中。能诗词，但现存数量都不多。其诗浅显流畅，如：

西风绝境抚孤松，千里川原四望通。
但怪林梢看鸟背，不知身到碧云中。

——《间山》

扇底无残暑，西风日夕佳。
云山藏客路，烟树记人家。
小渡一声橹，断霞千点鸦。
诗成鞍马上，不觉在天涯。

——《霅川道中》

八、边元鼎

边元鼎（生卒年不详），字德举，丰州（今内蒙古呼和浩特东）人，天德三年（1151）举进士。世宗时，由张浩推荐，供奉翰林，出为邢州幕官。后因事罢官，遂不复仕进。幼聪慧，10岁能诗，“诗文境高，多有佳句为人传诵。”他的诗用典自然，但多数还是不用典故，自然流畅。如：

帝城回想梦魂中，秋月春花在处同。
朱雀桥南三月草，凤凰楼上四更风。
锦囊别后吟笺少，玉笛闲来酒盏空。
赢得当时旧标格，九分憔悴入青铜。

——《帝城》

落日行人断，深秋暝雨残。
一声烟树外，千里暮山寒。
倦鸟方知止，哀猿冷不安。
萧萧风叶下，时与野僧还。

——《暮钟》

花开人散正销魂，花语无情独闭门。
看即春光留不住，一声啼鸟又黄昏。

——《花开人散》二首之一

九、党怀英

党怀英（1134—1211），字世杰，号竹溪，奉符（今山东泰安）人，大定十年（1170）进士，累官至翰林学士承旨。与辛弃疾同学，都师从刘瞻。赵秉文评其诗文书法曰：“文似欧阳公，不为尖新奇险之语，诗似陶谢，奄有魏晋。譬如山水之状，烟云之姿，风鼓石激，然后千变万化，不可端倪。篆籀之妙，李阳冰之后，一人而已。”（转引自《全金诗》）他的诗不事雕饰，以平易见长。如：

海路东南万壑倾，青山孤起压重城。
驿亭春半馀寒雪，墙角无人草自生。

——《昫山道中》三首之三

暖风迟日弄春晴，浑似龙眠画里行。
沙路半随堤尾曲，几家桃李鹁鸪鸣。

——《白庄道中》

十、王庭筠

王庭筠（1156—1202），字子端，号黄华山主，盖州熊岳（今辽宁营口市）人。大定十六年（1176）举进士。仕途几度沉浮，人生道路十分坎坷。但名声很大，诗文书画，俱称名家。作诗效法黄庭坚，诗律深严，工于险韵，以造语奇险见称。他的诗中，也有清新自然之作。如：

竹影和诗瘦，梅花入梦香。
可怜今夜月，不肯下西厢。

——《绝句》

平沙漠漠雁翩翩，风弄菰蒲水拍天。
短艇得鱼撑月去，一声渔笛破寒烟。
——《赠益公和尚还超山》

十一、周昂

周昂（？—1211），字德卿，真定（今河北正定）人。年二十一即登进士第，授南和簿，有政绩，迁良乡令，再迁监察御史。承安二年（1197）与赵秉文上书事牵连，加以有《送路铎外补》诗，语存讥讽，与王庭筠同遭贬谪，在隆州十数年。后以边功，得复召为三司判官。大安三年（1211）二月，蒙古军南侵，授权行六部员外郎，从参知政事完颜承裕备边。是年八月，承裕军败宣平，周昂与从子嗣明同时遇难。他是王若虚的舅父，曾教授王若虚文法，云："文章以意为主，以字语为役。"李纯甫在《屏山故人外传》中说："德卿以孝友闻，又喜名节，蔼然仁义人也。学术醇正，文笔高雅。以杜子美、韩退之为法，诸儒皆师尊之。"（转引自《全金诗》）今录二首于下：

地拥河山壮，营关剑甲重。
马牛来细路，灯火出寒松。
刁斗方严夜，羔裘欲御冬。
可怜天设险，不入汉提封。
——《翠屏口》七首其二

龙移鳅鳝舞，日落鸱枭啸。
未须发三叹，但可付一笑。
——《送路铎外补》

十二、刘迎

刘迎（？—1180），字无党，号无净居士，东莱（今山东莱州）人。大定十四年（1174）登进士第，先在王府任记室，后改任太子司经，得显宗器重。大定二十年从驾凉陉，病逝。清人陶玉禾在《金诗选》中曾说："金诗推刘迎、李汾，而迎七古尤擅场，苍莽朴直中语，皆有关系，不为苟作，其气骨固绝高也。"（转引自《全金诗》）今录其七古《鳆鱼》以见一斑：

君不见二牢山下狮子峰，海波万里家鱼龙。
金鸡一唱火轮出，晓色下瞰扶桑宫。
槲林叶老霜风急，雪浪如山半空立。
贝阙轩腾水伯居，琼瑰喷薄鲛人泣。
长镵白柄光芒寒，一苇去横烟雾间。
峰峦百叠破螺甲，宫室四面开蚝山。
碎身粉骨成何事，口腹之珍乃吾祟。
郡曹受赏虽一言，国史收痂岂非罪！
筠篮一一千里来，百金一笑收羹材。
色新欲透玛瑙碗，味胜可浥葡萄醅。
饮客醉颊浮春红，金盘旋觉放箸空。
齿牙寒光漱明月，胸臆秀气喷长虹。
平生浪说江瑶柱，大嚼从今不论数。
我老安能汗漫游，买船欲访渔郎去。

十三、元德明

元德明（1155—1203），号东岩，忻州（今山西忻州）人，系元好问之父。自幼嗜读书，口不言世俗鄙事，安贫乐道。累试不第，放浪山水间，以诗文为业。元好问称其诗"不事雕饰，清美圆熟，无山林枯槁之气"。从他的诗中，我们可以窥见元好问的家学渊源。今录其诗两首，以证元好问所评：

凤凰闻说似天坛，北去南来马上看。
想得松声满岩谷，秋风无际海波寒。

——《过凤凰山》

十日山中雨，今朝见夕阳。
乾坤觉清旷，草棘有辉光。
竹影摇残滴，松声送晚凉。
南窗聊自适，无用说羲皇。

——《雨后》

十四、赵秉文

赵秉文（1159—1232），字周臣，号闲闲老人，磁州滏阳（今河北磁县）人，大定二十五年（1185）进士。初任安塞簿，迁邯郸令。明昌六年（1195）任同知制诰时，上书论当时的权臣胥持国当罢相，被免官。未几起用，后累有升迁，官至礼部尚书。他为人正直，敢于直言进谏，喜奖掖后进。历仕五朝，官至六卿，执文柄近30年，为当时文坛领袖，诗文字画皆有名。他的诗先学王庭筠，后学李白、苏轼。七言长诗，笔势纵放，不拘一格；律诗壮丽，小诗精绝。他的诗风多样，有豪放壮丽，有沉郁顿挫，有精绝，有古淡。今各引录几首，以见一斑：

君不见三郎花下吹觱篥，宁王搦管番绰拍。
一声惊破梦华清，海棠顿觉无颜色。
又不见百花潭北西郊路，醉里花仙觅奇句。
觉来酒尽花已空，诗人不是无心赋。
梨园富贵春萧瑟，空对画图三叹息。

杜陵虽有补亡诗，坡仙诗中画更奇。
君不见西园往日称繁雄，罗衣不复能春风。
雄楼杰阁春色里，温馨淑气月明中。
纤条嫋嫋春无力，犹绕空墙绊游客。
不应折赠寄僧房，来与幽人慰岑寂。
石门老衲僧中癯，鼻端苦觅香有无。
何似东庵人散后，月斜疏影照跏趺。

——《慧林赋海棠》

饮马长城窟，泉腥马不食。
长城城下多乱泉，多年冷浸征人骨。
单于吹落关山月，茫茫原上沙如雪。
十去征夫九不回，一望沙场心断绝。
胡人以杀戮为耕作，黄河不尽生人血。
木波部落半萧条，羌妇翻为胡地妾。
圣王震怒天下兵，天弧夜射旄头灭。
九州复禹迹，万里还耕桑。
但愿猛士守四方，更筑长城万里长。

——《饮马长城窟行》

对岸青山隔，孤城碧浪开。
绿芜天际合，白鸟日边回。
渡口呼舟急，沙头立马催。
夕烟生极浦，欲上客衣来。

——《庆云道中》

壮观天东第一游，晓披绝岛寄冥搜。
烟中熊岳随潮没，天际辽江入海流。

地绝四维那辨树，风来万里忽通舟。
我从析木西南境，回望中原四百州。

——《连云岛望海》

楼头不见暮山重，遥认青林雨意浓。
一阵风来忽吹散，断云还补两三峰。

——《即事》

两崖峡束枕洪涛，自古英雄争虎牢。
苍天胡为设此险，长使战骨如山高。

——《虎牢》

山前红树合，山顶白云封。
山中有兰若，日暮闻疏钟。

——《奉命奏告山陵》四首之三

十五、完颜璹

完颜璹（1172—1232），字子瑜，号樗轩。本名寿孙，金世宗赐名仲实。他是金世宗的孙子，累封胙国公，又改封密国公。诗书俱佳，资雅重，薄于世味，好贤乐善。与当时文坛名人赵秉文、元好问等友善。他虽生于皇族，与章宗、宣宗同为世宗孙子，受封国公，但他在政治上受猜忌，生活上也很窘困，客至，典衣置酒，蔬饭共食，焚香煮茗，鉴赏书画，风流蕴藉。元好问称许他为百年来宗室中第一流人物。其诗清新明快时，有宋人江湖派风味；蕴藉含蓄时，有唐人远意。他生当北方蒙古族崛起，不断南侵，金国连年战争，社会动荡，国势日衰，因此他的诗沉郁苍凉：

雁带边声远，牛横废垅长。

人居似河朔，冈势接荥阳。
禾短新村墅，沙平古战场。
悠然望西北，暮色起悲凉。

——《城西》

孟津休道浊于泾，若遇承平也敢清。
河朔几时桑柘底，只谈王道不谈兵。

——《绝句》

十六、王若虚

王若虚（1174—1243），字从之，号慵夫，又号滹南遗老，藁城（今属河北）人。承安二年（1197）进士，历管城与门山两县令，有惠政，深受百姓爱戴。入为国史院编修，迁应奉翰林文字，同知制诰。曾奉使夏国，后累迁至翰林直学士。金亡，不仕，居乡里十馀年，专心著述。他不仅是著名诗人，还是著名的诗歌理论家，他的《滹南诗话》对后世的影响大于他的诗。他的诗歌理论受其舅周昂影响颇深，强调“文章以意为主，字语为之役。主强而役弱，则无使不从。”又云：“以巧为巧，其巧不足；巧拙相济，则使人不厌。唯甚巧者，乃能就拙为巧。”对唐诗的评论，他赞同王安石扬杜抑李，反对欧阳修扬李抑杜。他推崇白居易、苏轼，不满江西派，甚至说：“鲁直夺胎换骨、点铁成金之论，实剽窃之黠。”他反对模仿雕琢，主张朴实自然，强调要“真”：一要抒发真性情，写出真襟抱；二要对生活有真切感受，提倡“自得”；三要反映客观现实的真实面貌。他成为当时诗坛革新派的首领，对后来的元诗很有影响；对明代的公安派以至清代的叶燮等，都有很好影响。他的诗作是他诗歌理论的实践，造语平易，质朴自然，而含意深刻。例如：

日日天涯恨不归，归来老泪更沾衣。
伤心何啻辽东鹤，不但人非物亦非。

——《再至故园述怀》五绝其一

山杏溪桃化棘榛，舞台歌榭堕灰尘。
春来底事堪行处，门外流莺枉唤人。

——《再至故园述怀》五绝其三

这一组五绝，是金亡后重返故里所作，写蒙古兵占领其家乡后的变化，只“人非物亦非”与“门外流莺枉唤人”十几个字，从中可看出蒙古兵烧杀掳掠的暴行。由此可知他的诗蕴含不露，又寓意深刻。

十七、李纯甫

李纯甫（1177—1223），字之纯，号屏山居士，弘州襄阴（今河北阳原）人，承安二年（1197）举进士。喜谈兵，屡上书论时事，尝两入翰林，连知贡举，官至尚书左司都事。他主张儒、释、道三教合一，对宋理学家颇有非议。论诗既不满西昆体的做法，也看不起江西派，认为江西派中“高者雕镌尖刻，下者模影剽窜”（《西嵓集·序》）。与王若虚同榜，与周昂友善，对诗歌的观点也大致相同。诗风平易质朴，不尚华丽，不事雕琢，常直抒怀抱，诗中也常有儒、道、佛三家的玄思妙想：

丹凤翔金鼎，苍龙戏玉池。
心源澄似水，鼻息细于丝。
枕上山川好，壶中日月迟。
神仙学道者，那许小儿知。

——《杂诗》六首其三

丈人未始出吾宗，莫靡波流尽太冲。
七窍凿开无混沌，六根消落尽圆通。
法身兔角声闻外，尘事牛毛梦幻中。
谁会天游更端的，瘦梅疏竹一窗风。

——《天游斋》

第三节 元好问

元好问（1190—1257），字裕之，号遗山，忻州秀容（今山西忻州）人，其祖先系鲜卑族拓跋魏，孝文帝即位后，迁都洛阳，全盘汉化，改姓元。泰和三年（1203）他师从郝天挺就学六年，淹贯经传百家。其父元德明在当时以诗知名。在其父与老师的培育下，他从小就有良好的文化教养，加上自幼聪慧，七岁能诗。贞祐年间（1213—1216）蒙古兵不断南侵，他流亡到了河南。兴定五年（1221）登进士第；正大元年（1224）又中宏词科，权充国史院编修，开始了仕宦生涯。他以诗文受知于礼部尚书赵秉文，所作《箕山》《琴台》为赵激赏，因此名震京师。历官内乡、南阳等地县令，正大八年（1231）应召入朝，迁尚书省椽，再迁左司都事，又迁左右司员外郎，官至翰林知制诰。金亡，不仕。他曾亲历汴京被围及城陷之祸。蒙古宪宗七年卒于获鹿寓所。他晚年经历了被围困、被俘受羁管之苦和亡国之痛，诗中反映了金元之际的社会巨变，目睹金末朝政腐败和蒙古军的种种暴行，对社会矛盾和民间疾苦颇多感受，他在诗中反映了当时的社会现实和表现了对灾难重重的人民的深切同情。“史称元遗山为金源氏一代文宗，其诗奇崛而绝雕刿，巧缛而谢绮丽，五言高古沉郁，七言乐府不用古题，特出新意，歌谣慷慨，挟幽并之气。”（《金史·元好问传》，转引自《全金诗》）他除自己写诗近1400首外，编纂了《中州集》，金代诗词赖以保存；还曾编纂成《壬辰杂编》和《金源君臣言行录》，为后来编修《金史》提供了不少可靠材料。可惜上述二书，现均已遗佚。他有《论诗》三十首，对汉魏以来直到宋代的诗人和诗篇，进行了比较系统的论述品评，从而阐明自己的主张。他反对雕琢华艳与形式主义，赞赏清新豪放和淳朴自然的诗，因此他说陶渊明“一语天然万古新，豪华落尽见真淳”；赞赏《敕勒歌》表现出“中州万古英雄气”；反对元稹评论杜诗只着眼于形式，不无讥刺地说“少陵自有连城璧，争奈微之识珷玞”；他称赞李白“笔底银河落九天”与韩愈“江山万古潮阳笔”，不满孟郊的“穷愁”，称他为“高天厚地一诗囚”，讥笑秦观是“女郎诗”，同时也看不起江西派，认为他们打着学杜甫的旗号，其实是“古雅难将子美亲”。他的诗，是他的诗歌理论的实践。构成元好问诗中最有价值的诗：一是写统治者对人民的惨重剥削；二是写国亡家破之惨痛，蒙古兵暴行之为害。其前一类诗如：

金城留旬浃，兀兀醉歌舞。
出门览民风，惨惨愁肺腑。
去年夏秋旱，七月黍穗吐。
一昔营幕来，天明但平土。
调度急星火，逋负迫捶楚。
网罗方高悬，乐国果何所。
食禾有百螣，择肉非一虎。
呼天天不闻，感讽复何补。
单衣者谁子？贩籴就南府。
倾身营一饱，岂乐远服贾！
盘盘雁门道，雪涧深以阻。
半岭逢驱车，人牛一何苦！

——《雁门道中书所见》

这首诗写天灾人祸给百姓带来重重灾难，也表达了诗人对处境艰苦的人民无限同情。他还有一首《宛丘叹》，写几个宛丘籍的县令，先写李县令治下的南阳，繁重的苛捐杂税，迫使农民纷纷外逃，以至“秦阳陂头人迹绝”；再写刘云卿任叶县县令，“饥摩寒拊哀孤茕”，体恤百姓，济困扶贫，照顾孤寡，赢得百姓的爱戴。最后写自己“李之后十年”来任南阳令，正在“大为逋悬所困”，也想学刘县令体恤百姓，然而“诏书已复三年征”。这首诗反映金统治者对百姓的残酷剥削，弄得民不聊生，也表达了诗人期望出现政治清明，对百姓减轻剥削的局面。还有一首《驱猪行》，这是一首很独特的诗，题材新颖，写一群野猪为害农田，“沿山莳苗多费力，办与豪猪作粮食”，“长牙短喙食不休，过处一抹无禾头；天明垅亩见狼藉，妇子相看空泪流”。好不容易捡回了一些豪猪未食尽的东西，准备给儿童熬粥糊口，但是“县吏即来销税籍”，弄得一无所有，苛政猛于豪猪。这首诗语言虽然浅近，但蕴涵深刻。在元好问的诗中，具体反映了金朝末期的苛政，并给予百姓无限同情。写国亡家破与蒙古兵暴行的诗，主要有以下一些：

竹溪梅坞静无尘，二月江南烟雨春。
伤心此日河平路，千里荆榛不见人。

——《续小娘歌》十首其七

太平婚嫁不离乡，楚楚儿郎小小娘。
三百年来涵养出，却将沙漠换牛羊。

——《续小娘歌》十首其八

饥乌坐守草间人，青布犹存旧领巾。
六月南风一万里，若为白骨便成尘。

——《续小娘歌》十首其九

道旁僵卧满累囚，过去旃车似水流。
红粉哭随回鹘马，为谁一步一回头。

——《癸巳五月三日北渡》三首其一

白骨纵横似乱麻，几年桑梓变龙沙。
只知河朔生灵尽，破屋疏烟却数家。

——《癸巳五月三日北渡》三首其三

憔悴南冠一楚囚，归心江汉日东流。
青山历历乡国梦，黄叶潇潇风雨秋。
贫里有诗工作祟，乱来无泪可供愁。
残年兄弟相逢在，随分齑盐万事休。

——《梦归》

九死馀生气息存，萧条门巷似荒村。
春雷谩说惊坯户，皎日何曾入覆盆。
济水有情添别泪，吴云无梦寄归魂。
百年世事兼身世，尊酒何人与细论。

——《秋夜》

前五首，写他在汴京城破被俘后，被蒙古兵押解北行时一路所见；后两首，写受蒙古兵羁管时的心情，诗写得非常沉痛。这样的诗还有不少，不再一一列举。这些诗都充分体现了“亡国之音哀以思”。除此之外，元好问还有不少山水诗，如《游黄华山》《泛舟大明湖》等，或雄伟壮丽，或气势开阔，形象生动地描绘了祖国的大好河山。还有一些咏史诗，借古喻今，发人深省。他的一首《孤剑咏》，气势非凡：

郁郁重郁郁，夜半长太息。
吟成孤剑咏，门外山鬼泣。
清霜棱棱风入骨，残月耿耿灯映壁。
君不见一饥缚壮士，僵卧时自惜。
黄鹄一举摩苍天，时念樊笼束修翼。

第十五章　元诗

13世纪初，北方的游牧部落蒙古族迅速崛起。宋开禧二年（1206），蒙古孛儿只斤部落的首领铁木真在斡难河（今鄂嫩河）源头（在今蒙古国境内）召开各部落首领会议，创建了大蒙古国，结束了蒙古各部落长期分裂的局面。会上确立了铁木真的领导地位，并尊称为成吉思汗。成吉思汗采取种种措施，巩固了内部的统一后，开始南征北战，东讨西伐，势力迅速扩大，在迫使西夏臣服后，便南下攻金。在金贞祐三年（1215）五月，占领中都（今北京西南大兴一带）。成吉思汗去世后7年，于天兴三年（1234），他的继承者窝阔台灭了金国，统一北方，占领了淮河以北地区。37年后（1271），成吉思汗的孙子忽必烈改国号为大元，并不断南侵。宋德祐二年（1276）谢太后领着年仅6岁的恭帝投降元军，被俘北去。此后仍不断有反抗斗争，但到祥兴二年（1279），丞相陆秀夫背负赵昺投海殉国，抗元斗争彻底失败，宋亡。元朝的统一，结束了300多年来宋辽金夏几个政权长期并立的局面，消除了南北长期隔离的现象。自忽必烈即位后，任用儒臣，实行“汉法”，加速了从原先的奴隶制国家过渡到封建制国家的转变。元朝在蒙古贵族统治下有几个特点：

第一，推行民族压迫和民族歧视政策，把国人分为四等：一蒙古、二色目（西域各部族）、三汉人（北方的汉人和女真人等）、四南人（南方的汉人和西南少数民族），在政治、法律、经济上都规定了不同的待遇，对汉人特别是南人制定了种种限制。广大汉人特别是南人没有人身自由，也没有生命保障，加深了民族矛盾。第二，蒙古原是游牧民族，不懂得农业生产的重要，蒙古贵族常常强占农田为牧场，同时对农民剥削繁重，在很大程度上破坏了农业经济。第三，政治腐败，官吏贪污成风，冤狱遍野，民不聊生，加剧了阶级矛盾。第四，轻视学术文化，知识分子社会地位低下，有“九儒十丐”之说，知识分子的地位甚至低于娼妓，这就是后来有人把知识分子蔑称为“臭老九”的由来。第五，宗教兴盛，佛教、道教、回教、基督教、犹太教等都得到传播，特别是佛教、道教的影响尤大，几度把佛教定为国教，佛教徒公开参与政治，八思巴被封为国师，据《新元史·释老传》说：“其弟子之号司空司徒、封国公者，前后相望。怙势恣睢、气焰熏灼，为害不可胜言。”但事物总是一分为二的，有时坏事也可以变成好事，譬如知识分子地位低下，走科举的道路被堵塞，大批文人士子沦落民间，使文学创作出现了一个新的局面。同时各种宗教的广泛传播，大大冲击了儒学，特别是冲击了几乎成为宋代统治思想的理学，戴表元就批判过理学家重道轻文艺的观点，他指出“理学兴而文艺绝。”（见袁桷《戴先生墓志铭》）使广大知识分子从儒学（特别是蜕变成理学的儒学）的桎梏中解脱出来，使得元诗出现了不同于宋诗的新变化。同时，一些汉化了的少数民族的文人加入创作汉诗的行列，带来了一股清新的气息。

元初的诗人大都是宋、金遗民，受元好问与江湖诗人的影响较深。特别是元好问，他在金代虽然生活了44年，但除去童年与少年时期20来年，他的创作活动也就24年左右。他在元朝也生活了24

年，与创作活动的年份大致相同，因此有人把他列为金代最后一个诗人，也有人把他列为元代第一个诗人。在元代前期，北方的诗人词家大多受他的影响，其中不少人还是他的学生，直接继承了金诗的传统。有人把赵秉文也算作元代作家，那就有些过分了，因为赵秉文在金代生活了72年，而且官至礼部尚书，金亡后在元代只活了2年。

元代文人既然在仕途没有出路，他们似乎把精力都用到戏曲上去了，即使有些剩馀精力，也就用来写散曲了。传统的诗词都显得暗淡无光，没有出现一个大诗人，没有出色的传世之作，已经预示中国旧体诗正走向衰落。

第一节　宋金遗响

一、耶律楚材

耶律楚材（1190—1244），字晋卿，金尚书右丞履之子。他博览群书，旁通天文、地理、衍数及释老医卜之说。贞祐初（1213），辟左右司员外郎。铁木真攻占中都后，闻其名召见，处之左右。窝阔台即位后，任中书令。他的诗风接近元好问，他被认为元代词臣倡始。长于七言体，时有雄篇秀句。他在元虽然颇受重用，但毕竟是金人，经历亡国之痛，因此诗中难免有黍离之悲。如：

> 闲上披云第一重，离离禾黍汉家宫。
> 窗开青锁招晴色，帘卷银钩揖晓风。
> 好梦安排诗句里，闲愁分付酒杯中。
> 静思二十年间事，聚散悲欢一梦同。
>
> ——《还燕京题披云楼和诸士大夫韵》

昔年曾赏沁园春，今日重来迹已陈。
水外无心修竹古，雪中含恨瘦梅新。
垣颓月榭经兵火，草没诗碑覆劫尘。
羞对覃怀昔时月，多情依旧照行人。

——《过沁园有感》

马驼残梦过寒塘，低转银河夜已央。
雁迹印开沙岸月，马蹄踏破板桥霜。
汤寒卯酒两三盏，引睡新诗四五章。
古道迟迟四十里，千山清晓日苍凉。

——《早行》

以上三首诗中，前两首有今不胜昔之感；后一首写早行，其颔联可与唐代诗人温庭筠《商山早行》中的名句“鸡声茅店月，人迹板桥霜”媲美。

二、刘秉忠

刘秉忠（1216—1274），字仲晦，初名侃，又名子聪，入仕后改名秉忠，自号藏春散人，先世瑞州（今江西高安）人，曾祖官于邢州（今河北邢台），遂定居于此。自幼聪颖好学，17岁即为邢台节度使府令史。不久弃去，隐居武安山中，天宁虚照禅师招致为僧，更名子聪。后云游云中，留居南堂寺。忽必烈为亲王时，招致海云禅师；海云过云中，闻其才名，邀与俱行，忽必烈爱其才，令从征大理，参与帷幄。至元（1264—1294）初，任光禄大夫，后官至太保，参与中书省事，对元代开国制度多有建树。又曾主持建上都、中都两城。参与立国号“大元”，并改中都为大都，颁章服，立朝仪，一时规章制度，皆所草定。其为人淡然于功名富贵，虽居高位，仍斋居蔬食。史称其诗萧散闲淡，类其为人。如：

山水清佳自在游，利名莫莫复休休。
瘦筇此日真忘世，长笛何人效倚楼？
鸦落点成千树墨，雁飞横绝一天秋。
归来小院松梢上，新月低斜玉一钩。

——《晚游》

小溪流水碧如油，终日忘机羡白鸥。
两岸桃花春色里，可能容个钓鱼舟？

——《小溪》

三、刘因

刘因（1249—1293），原名骃，字梦骥，后更名因，字梦吉，号樵庵，又号静修、雷溪真隐。保定容城（今河北容城）人。天资过人，6岁能诗，7岁能文。家世好儒学，后得程朱之书，遂精理学，在家教授生徒。虽然如此，但他没有南宋理学家的拘谨死板，而显得个性豪迈。至元十九年（1282）诏征为赞善大夫，不久以母疾辞归。至元二十八年（1291）以集贤学士、嘉议大夫征，固辞。元世祖称之为“不召之臣”。生平不妄交接，不为苟合；家虽贫，“非其义一介不取”。他出生于金国治下，但一生对宋朝系念不忘，这主要出于民族感情。宋亡后，他写了不少诗，曲折地表示悼念。对被俘不屈的宋臣表示敬意，对宋朝的奸臣降臣表示痛恨。清代顾嗣立在《元诗选》中称“静修诗才超卓，多豪迈不羁之气”。先来看他的《观梅有感》：

东风吹落战尘沙，梦想西湖处士家。
只恐江南春意减，此心元不为梅花。

这首诗曲折含蓄地表达了对南宋的怀念，感情真挚深沉。在他想象中，落满“战尘”、经受蒙古铁蹄蹂躏的江南，已是“春意减”。最后一句是点睛之笔，他“梦想西湖”，“元不为梅花”，言外之意，无须多说。他还有《宋徽宗赐周准人马图》《宋高宗题李唐秋江图》《宋理宗书宫扇》《宋理宗南楼风月横披》二首等诗，曲曲传达出对故宋的怀念。特别是《宋理宗书宫扇》一诗，写得更为深切沉痛。《白雁行》则借咏物隐隐悲悼亡宋：

北风初起易水寒，北风再起吹江干。
北风三起白雁来，寒气直薄朱崖山。
乾坤噫气三百年，一风扫地无留钱。
万里江湖想潇洒，伫看春水雁来还。

这里的北风显然是暗喻北方蒙古的势力，白雁显然是指随着北风而来的蒙古贵族统治者。诗里明白写出了崖山，这是故宋的最后根据地，“寒气直薄朱崖山”这是元灭宋的象征。他还有一首《白沟》，提示了宋代亡国的教训：

宝符藏山自可攻，儿孙谁是出群雄？
幽燕不照中天月，丰沛空歌海内风。
赵普元无四方志，澶渊堪笑百年功。
白沟移向江淮去，止罪宣和恐未公。

这首诗简要回顾了宋代的历史，从中总结出教训。先从开国之初说起，宋太祖赵匡胤曾积藏金帛作收复幽燕之计，但他死后，儿孙都不能继承他的遗志。当年，赵匡胤的《咏月》诗中有“才到中天万国明”，但照不到幽燕，也没有可以“守四方”的壮士。赵普曾谏阻太祖攻取幽燕，造成无穷后患；真宗亲征虽然得胜，与辽国订立澶渊之盟，反而增加了每年给辽国的岁币，竟如此软弱无能。北宋时，与辽国以白沟为界，到金国崛起，却成了以江淮为界，靖康南渡不能只怪罪徽宗，是北宋历代对外妥协所致。这番评论，表明他见识高超，远胜宋代文人。他还有《金太子允恭唐人马》与两首《金太子允恭墨竹》，表明他对金源盛世也有所怀念。他还有不少山水诗，也很有特色。例如《饮山亭雨后》：

山如翠浪经雨涨，开轩似坐扁舟上。
西风为我吹拍天，要驾云帆恣吾往。
太行一千年一青，才遇先生醉眼醒。
却笑刘伶糟曲底，岂知身亦属螟蛉。

这首诗气势雄健豪放，想象丰富，比喻新颖，同时，受宋体诗影响，以散文句入诗，主要是第五句，完全不合一般诗句的格式，纯粹是散文句子。

四、戴表元

戴表元（1244—1310），字帅初，一字曾伯，庆元奉化（今属浙江）人。宋咸淳（1265—1274）中登进士乙科，教授建康府。迁临安教授，行户部掌故国子主簿，皆以兵乱不就。元大德八年（1304）除信州教授，再调婺州，以疾辞。其后，翰林集贤以修撰博士交荐，不起。《元诗选》称："至元大德间，东南之士，以文章大家名重一时者，帅初而已。"又说："帅初类多伤时闵乱，悲忧感愤之辞。"的确，他的诗如《伯收东冈麦》《夜寒行》《剡民饥》《采藤行》等等，反映了当时的民生疾苦；《行妇怨》《鄞城火后见光远》《丁丑岁初归鄞城》《兵后复还白岩山所舍作》等等，反映战乱，特别是蒙古兵的暴行给人们带来的灾难。如《行妇怨次李编校韵》写被蒙古兵掳掠的良家妇女被驱赶入燕，一路上遭受种种凌辱：

赤城岩邑今穷边，路傍死者相枕眠。
惟馀妇女收不杀，马上娉婷多少年。
蓬头垢面谁氏子？放声独哭哀闻天。
传闻门阀甚辉赫，全家避匿山南巅。
苍黄失身遭恶辱，鸟畜羊縻驱入燕。
平居邻墙不识面，岂料万里从征鞭。
酸风吹蒿白日短，天地阔远谁当怜？
君不见居延塞下明妃曲，惆怅令人三过读。
又不见蔡琰十八胡笳词，惭貌千年馀戮。
偷生何必妇人身，男儿无成同碌碌。

这首诗写蒙古兵杀人之多，“路傍死者相枕眠”，年轻女子（娉婷少年）被虏北上，遭到蒙古兵奸污后，像牲畜一样被驱赶入燕。如此情景，实在令人悲愤痛心。他还有一首《感旧歌者》，《西湖志馀》称“有故国之思”：

牡丹红豆艳春天，檀板朱丝锦色笺。
头白江南一尊酒，无人知是李龟年。

五、黄庚

黄庚（生卒年不详），字星甫，天台（今浙江天台）人，生于宋末，入元未仕。尝于越中诗社试《枕易》诗，推为第一。《四库全书总目提要》说他的五言诗“斜阳明晚浦，落叶瘦秋山”（《幽居》）、“柳色独青眼，梅花同素心”（《别山阴诸友》）、“鸣榔舟叶聚，撒网浪花圆”（《观渔》），七言诗“钟带夕阳来远树，碑和春雨卧平芜”（《兰亭会饮》）、“细柳雨中垂绿重，残花风里乱红轻”（《偶题》）、“清夜梦分千里月，同乡人各一方天”（《寄毛素轩》）、“风月满怀诗可写，霜雪侵鬓镜先知”（《杂咏》）诸句，“类皆风致婉约，犹具晚唐之一体”。他的诗主要受江湖派影响较深，清丽婉约，自然流畅。例如：

客舟系缆柳阴旁，湖影侵篷夜气凉。
万顷波光摇月碎，一天风露藕花香。

——《临平泊舟》

一雨洗空碧，江城独倚楼。
山吞残日没，水挟断云流。
灯影深村夜，钟声古寺秋。
西州旧游地，十载此淹留。

——《西州即事》

不过黄庚毕竟生于乱世，亲历战乱之苦和亡国之痛，不会无动于衷。对此，在他的诗中也有一定的反映，只是大多较为曲折隐晦。当然也有显豁的，如：

六宫禾黍千年恨，一片江山万古情。
明月不关兴废事，夜深还照石头城。

——《金陵怀古》

画船无复沸笙歌，湖水年年自碧波。
回首苏公堤上柳，绿阴不似旧时多。

——《西湖行春》

园林芳事歇，风雨暗荒城。

转眼青春过，临头白发生。
啼鹃亡国恨，归鹤故乡情。
三径多荒草，东还计未成。

——《晚春即事》

这几首诗或借怀古，或写今景，或咏物，曲曲传达了亡国之痛。还有如《故相贾秋壑旧府》，写宋权奸贾似道穷奢极欲，祸国殃民，南宋速亡多半亡在他手中。《纪梦是岁大旱》，借写梦境来影射现实："兵戈幸休息，饥馑方连绵。"并表达了对开明政治、对盛世的向往："贞观有房杜，斗米三文钱。"

六、赵孟頫

赵孟頫（1254—1322），字子昂，号松雪道人，又号水精宫道人，湖州（今属浙江）人。他是宋宗室，为宋太祖子秦王德芳之后，其五世祖秀王子偁实为孝宗生父，赐第于湖州遂世居于此。年十四，以父荫补官。宋亡后，家居，致力于学，以书画著名，也工诗。元世祖搜罗江南遗逸时，被推荐入朝，因其才气英迈，神采焕发，深得世祖喜爱，欲大用之，议者以为不可。次年授兵部郎中，后迁集贤殿直学士。因怕受人妒忌，力请补外，出为同知济南总管府，后还京修《世祖实录》。再出为江浙等处儒学提举。延祐三年（1316）迁翰林学士承旨。他身为宋皇族，却去侍奉新朝，颇受宋遗民轻视，其侄就跟他断绝来往；而在元王朝中，又有不少达官显贵反对他，因此他内心很苦闷，常想辞官归隐，后来终于得请南归。赵孟頫虽然不得已接受元朝官职，但他毕竟是宋朝的宗室，因此对宋朝的灭亡，当然会比一般人有更深的感受和更多的悲愤。在不少诗里，虽然写得比较含蓄，但流露出来的亡国之痛还是很明显的。如：

溪头月色白如沙，近水楼台一万家。
谁向夜深吹玉笛，伤心莫听后庭花。

——《绝句》

东南都会帝王州，三月莺花非旧游。
故国金人泣辞汉，当年玉马去朝周。
湖山靡靡今犹在，江水悠悠只自流。
千古兴亡尽如此，春风麦秀使人愁。

——《钱塘怀古》

前一首的最后一句很明显是在用杜牧的《泊秦淮》中的“商女不知亡国恨，隔江独唱后庭花”的意思，子昂说“伤心莫听”，实由“亡国恨”引起的。后一首是对南宋首都杭州的思念，从“故国金人泣辞汉”及“春风麦秀使人愁”中，清楚地表达了亡国之痛，这里用了两个典故，只要读一下李贺的《金铜仙人辞汉歌》与参看《史记》记载箕子过殷墟所作的《麦秀歌》，就能深切体会到赵孟頫当时的感情。他还有一首《岳鄂王墓》，通过对岳飞的悼念来总结宋室南渡以来的政治失误：

鄂王墓上草离离，秋日荒凉石兽危。
南渡君臣轻社稷，中原父老望旌旗。
英雄已死嗟何及，天下中分遂不支。
莫向西湖歌此曲，水光山色不胜悲。

这首诗惋惜岳飞屈死，指责南渡君臣一味苟且偷安，不顾社稷安危；中原父老年年盼望，年年失望。诗极为沉痛，满腔悲愤，感人至深。陶宗仪在《南村辍耕录》里说：“岳王墓诗不下数十百篇，其脍炙人口者，莫如赵魏公作。”他还有一首题名《罪出》的诗，自怨自艾，极为哀怨沉痛，这里既有对自己“失节”事新朝的申辩又有忏悔：

在山为远志，出山为小草。
古语已云然，见事苦不早。
平生独往愿，丘壑寄怀抱。
图书时自娱，野性期自保。
谁令堕尘网，宛转受缠绕。
昔为水上鸥，今如笼中鸟。
哀鸣谁复顾，毛羽日摧槁。
向非亲友赠，蔬食常不饱。
病妻抱弱子，远去万里道。
骨肉生别离，丘垄谁为扫。
愁深无一语，目断南云杳。
恸哭悲风来，如何诉穹昊。

第二节　宗唐复古之声乍起

前边说过，元初的诗人多为宋、金遗民，所以他们的诗多为宋、金遗响。到元代中期，各方面都发生了重大变化，首先社会渐趋稳定，战争的创伤已渐渐平复，经济有较显著恢复与发展。同时，儒学得到官方的尊重，恢复科举制，社会文化进一步汉化，知识分子的地位有所提高，因此文人的心态也多少趋向平衡。这时，宋、金遗民已纷纷谢世，一批在元代出生的知识分子逐渐成长。这些没有经受过战争之苦与亡国之痛的新的一代，其中有不少人为当时社会唱起了赞歌，出现了“盛世之音”。在当时的诗人中，最著名的有虞集、杨载、范梈和揭傒斯，号称“元四家”。在诗风上，对元初盛行的宋、金诗风进行了反思与批判，出现了唐风的回潮，主张宗唐复古，如杨载就说：“诗当取材于汉魏，而音节则以唐为宗。”（《元史》本传）仇远说得更具体，他提出“近体主唐，古体主选（指《昭明文选》）”，这些主张，确定了元诗的发展方向。但是四家宗唐却并未直接与唐诗连接，而是间接的。他们接受了赵孟頫的“风流儒雅”，而范、揭二人较多受江西派影响。真正要清除宋金影响，回归唐代，任重而道远，虽然这样，却也形成了与宋诗不同的诗风。简言之，宋诗刚硬，元诗柔软。

一、虞集

虞集（1272—1348），字伯生，号道园，祖籍仁寿（今属四川），为宋丞相虞允文五世孙。宋亡后，其父虞汲移居崇仁（今江西崇仁）。大德（1297—1307）初，荐为大都路儒学教授，后历官国子助教博士、秘书少监，迁翰林直学士兼国子祭酒。文宗时，累迁奎章阁侍书学士，受命编纂《经世大典》，进侍讲学士。后谢病归，卒于家。他说自己的诗如“汉廷老吏”，胡应麟在《诗薮·外编》中说：“伯生典而实。”他是“元四家”之冠，其诗虽各体都有，但胡应麟却特别看好他的绝句，曾说：“元人绝句莫过虞、范诸家，虽与盛唐辽绝，尚不堕晚唐窟中。”先来看看他的几首七绝：

江山信美非吾土，漂泊栖迟近百年。
山舍墓田同水曲，不堪梦觉听啼鹃。
——《至正改元辛巳寒食日示弟及诸子侄》

屏风围坐鬓毵毵，绛蜡摇光照暮酣。
京国多年情尽改，忽听春雨忆江南。
——《听雨》

紫貂早解猎围骖，一棹夷犹雪满簪，
山雨欲来春树暗，尽将情思写江南。
——《息斋竹》

虽然宋亡时，虞集尚在童年，印象不会太深，在成年后，他又出仕元朝，从二十五六岁一直到五十多岁，当了二十五六年元朝的官，而且颇受重用；但他毕竟是宋朝大臣之后，也许深受家庭影响，故时有故国家园之思。以上三首诗，表示得很明白。他还有一首《挽文山丞相》，也很值得注意：

徒把金戈挽落晖，南冠无奈北风吹。
子房本为韩仇出，诸葛宁知汉祚移。
云暗鼎湖龙去远，月明华表鹤归迟。
不须更上新亭望，大不如前泪洒时。

众所周知，文天祥是对元朝统治者宁死不屈的英雄。虞集在这首诗中表示了对他的无限敬仰之意，而且在悼念英雄时无限沉痛。这意味着什么，不言而喻。

二、杨载

杨载（1271—1323），字仲弘，浦城（今属福建）人，后迁居杭州。博涉群书，年四十不仕。后经数次推荐，召为翰林国史院编修官。延祐（1314—1320）初恢复科举，登进士第，后官至宁国路总管理府推官。史称其“文章一以气为主，而于诗尤有法度。自其诗出，一洗宋季之陋”（《四库全书总目提要》）云云。虞集评他的诗如“百战健儿”，胡应麟说他的诗“整而健”，又说“悍而苍”。他的诗中，最负盛名的是《宗阳宫望月》：

老君台上凉如水，坐看冰轮转二更。
大地山河微有影，九天风露寂无声。
蛟龙并起承金榜，鸾凤双飞载玉笙。
不信弱流三万里，此身今夕到蓬瀛。

《四库全书总目提要》中引用瞿佑《归田诗话》称赞其诗“长篇如《古墙行》《梅梁歌》，亦皆为时所称”。其实他的不少五言很有气势，如《雪轩》：“北风海上来，大雪何壮哉！上下九万里，洗净无纤埃……”特别应提出的是他的《题文丞相书梅堂》：

大厦就倾覆，难以一木支。
唯公抱忠义，挺然出天资。
死既得所处，自顾乃不疑。
恻怆大江南，名与日月垂。
我行见遗墨，再拜堕涕洟。
名堂有深意，亦唯岁寒枝。
可知平昔心，慷慨非一时。
峨峨著栋宇，昭昭示民知。
勿使风雨败，永慰千古思。

这首诗中表达出来的对文天祥的仰慕之情，比起虞集的《悼文丞相》来，有过之无不及，对文天祥给予最崇高的评价：“名与日月垂。”他的《湖上》《暮春游西湖北山》等都表达了他对江西故园的无限留恋与热爱。

三、范梈

范梈（1272—1330），字亨父，一字德机，清江（今江西樟树西）人，少孤贫，刻苦学习。36岁时，辞家北游，卖卜燕市。以荐为左卫教授，迁翰林院编修官。历翰林应奉、福建闽海道知事，湖南岭北道廉访司经历。虞集称其诗如“唐临晋帖”，胡应麟对此解释为“近而肖”，还说“德机刻而峭”。《四库全书总目提要》称“椁诗豪宕清遒”。他的一些绝句颇有唐人风调，如：

东风千里福州城，绿水青山老送迎。
唯有垂杨偏待客，数株残雨带流莺。

——《春日西郊》

露下天高滩月明，行人西指武昌城。
扁舟未到心先到，卧听浔阳谯鼓声。

——《浔阳》

范椁的写景诗，有一定的特色，而且对“秋江钓月”似乎情有独钟，有五古《秋江钓月》，又有七律《题黄隐君秋江钓月图》，本来在月下垂钓，已有几分超脱之感，而把这写成“钓月”，更添了几分潇洒几分浪漫的风韵。请看《题黄隐君秋江钓月图》：

旧识先生隐者流，偶因图画想沧洲。
断云满路碧窗晚，明月何年青嶂秋。
世故风尘双短屐，生涯天地一扁舟。
何由白石空矶畔，招得人间万户侯。

四、揭傒斯

揭傒斯（1274—1344），字曼硕，龙兴富州（今江西丰城）人。幼年家贫，读书刻苦。延祐（1314—1320）初，以荐翰林国史院编修官，后迁应奉翰林文字、翰林侍讲学士。至正（1341—1370）初，奉诏修宋、辽、金三史，为总裁官。虞集称其诗如“三日新妇”，胡应麟对此解释为“鲜而丽”，又说“曼硕丽而新”，意思一样，鲜也就是新。虞集还说他的诗若美女簪花。对虞集的评语，揭傒斯颇为不满。从实际情况来看，这评语也确实不十分确切。在四家中，他的思想感情最接近平民，反映民间疾苦的诗也最多，而且这些诗大都采用白描，显得质朴无华，不是美女簪花，而是洗尽铅华下地干活的农家女。他还有一些仿民歌的诗，也并无多少华丽的辞藻。如《临川女》写一个5岁就死了父亲的盲女，因家境穷困被母兄遗弃，幸得好心的邻翁救助，才得以活下来，同时写出遗弃盲童是由于贫困所逼：“母兄日困穷，何以资我身……我母本慈爱，我兄亦艰勤。所驱病与贫，遂使移中情。”《祖生诗》写孝子祖生千里寻母，其母在战乱时被“官军”掳去，当时祖生只有5岁。时隔28年，他到处寻找，总算苍天不负苦心人，“千生万死到今日，始为母子东南归……祖生母子真可怜，少壮离别老大还。”但是，更有“同时乡井被兵者，几人骨肉能生全”。全诗旨在反对战乱，指责令人骨肉分离的“官军”，最后表达了一个美好的愿望：“愿生母子长寿考，四海升平永相保。”《燕氏救兄诗》写弟弟倾尽家产救出其兄，诗只粗粗几笔，但结尾值得深思：“安得天下之吏廉且循，庶政如水无冤民。”这在吏治十分腐败的元朝，是具有针砭现实的意义。《雨述三篇》较深刻地反映了闽中灾荒，造成“全家十口一朝空”的惨象。《渔父》一诗则真切地描写了渔家生活，虽然生活艰苦，但能得“朝朝骨肉在眼前”，已是十分满足了，最后还为人民说出了他们心中的愿望：“更愿官中减征赋。”他的几首仿民歌的诗，写得清丽宛转。《云锦溪棹歌》五首，系《竹枝词》之类，如其五：“溪上层层云锦山，垂杨尽处是龙滩。不是孤舟来逆上，何人知道世途难。”更受人关注的是《杨柳青谣》：

杨柳青青河水黄，河流两岸苇篱长。

河东女嫁河西郎，河西烧烛河东光。
日日相迎苇檐下，朝朝相送苇篱旁。
河边病叟长回首，送儿北去还南走。
昨日临清卖苇回，今日贩鱼桃花口。
连年水旱更无蚕，丁力夫徭百不堪。
唯有河边守坟墓，数株高树晓相参。

“元四家”在当时名声不小，实际成就并不很高。他们的诗主要着眼于形式，讲究法度，注重用辞等等，但题材较窄，内容不丰富，缺乏才情，既不及他们的前辈刘因、赵孟頫等人，也不如他们的后辈王冕、萨都剌等人。比起前期来，他们摆脱宋、金影响，纠正以文为诗等偏弊，主张宗唐，企图恢复唐诗的格调情韵。虽然成就有限，但启示了后人。而且这“宗唐”的号，一直影响着以后中国诗坛，特别是有明一代的诗坛，全都笼罩在“宗唐”的云雾中。

第三节　接过前人的口号继续前进

到了元代后期，社会上出现了一些较大变化，一是东南一带城市经济迅速发展，城市人口急剧增加，城市规模不断扩大，特别是杭州、苏州已是高度繁荣的城市，出现了“上有天堂，下有苏杭”之说，随之而来的是市民意识高涨；二是蒙古贵族统治集团越来越腐朽，朝政与吏治腐败，促使民族矛盾与阶级矛盾激化，各地相继暴发了大规模的农民起义，社会处于大动乱之中。面对这样一个现实，知识分子不可能无动于衷，他们再也不能自我陶醉了。因此，当时的诗中出现了与社会相应的情况，一是市民意识渗透，二是关心现实、揭露社会黑暗。当时出现了不少有一定成就的诗人，顾嗣立在《元诗选·凡例》中说：“有元之诗，每变递进，迨至正之末，而奇才益出焉。”当时诗人中最负盛名的莫过于杨维桢，其他如萨都剌、张翥等也有一定名望。

一、杨维桢

杨维桢（1296—1370），字廉夫，号铁崖，又号铁雅、东维子等数十个名号。诸暨（今属浙江）人。泰定四年（1327）登进士第，任天台县尹，改钱清场盐司令，后迁江西等处儒学提举。元末避乱于富春山，又徙钱塘，晚年隐居松江。他的诗可以说是元诗的总结。顾嗣立在《元诗选》中说："元诗之兴，始自遗山。中统、至元而后，时际承平，尽洗宋、金馀习，则松雪为之倡。延祐、天历间，文章鼎盛，希踪大家，则虞、杨、范、揭为之最。至正改元，人才辈出，标新领异，则廉夫为之雄。而元诗之变极矣！"这番话勾画了元诗的发展概况，其中的关键人物为元好问、赵孟頫、"元四家"与杨维桢。《四库全书总目提要》说："元之季年，多效温庭筠体，柔媚旖旎，全类小词。维桢以横绝一世之才，乘其弊而力矫之。"从这些话中，我们可以认识到他在诗史上的独特地位。他最有名的是乐府诗，有《铁崖古乐府》十卷，"论者以为出入少陵、二李（指李白、李贺）之间，有旷世金石声。"（李维《诗史》）如他的《五湖游》：

鸱夷湖上水仙舟，舟中仙人十二楼。
桃花春水连天浮，七十二黛吹落天外如青沤。
道人谪世三千秋，手把一枝青玉虬。
东扶海日红桑樛，海风约住吴王洲。
吴王洲前校水战，水犀十万如浮鸥。
水声一夜入台沼，麋鹿已无台上游。
歌吴歈，舞吴钩，招鸱夷兮狎阳侯。
楼船不须到蓬丘，西施郑旦坐两头。
道人卧舟吹铁笛，仰看青天天倒流。

商老人，橘几奕；东方生，桃几偷。
精卫塞海成瓯窭，海荡邙山漂髑髅，胡为不饮成春愁！

这里的“道人”是一个超越时空的“谪仙”，上天下地逍遥畅游，看三千年来历史与自然的变迁，“招鸥夷兮狎阳侯”，还让西施、郑旦两位美女陪伴。虽为神仙，却不忘凡俗的享乐。诗里表现出来的对自由的向往，对享乐的追求，不同于李白、李贺的游仙诗，更不同于处处不忘现实的杜甫，完全不同于传统文人的思想意识，这是市民意识的反映。他的《盐商行》，已经完全不同于唐人张籍的《贾客乐》。唐人往往是站在农民的立场上来看商人，因此对商贾多讥讽，而杨维桢则站在市民的立场上来看商贾，因此多赞美之词，甚至为商人受到不公平的待遇叫屈：“如何后世严立法，只与盐商成富媪！”他的《征南谣》《贫妇谣》反映当时人民遭受兵役之苦，更不堪忍受的是“夫君生死未知所，门有官家赋租苦”（《贫妇谣》）。

杨维桢对《竹枝词》情有独钟。自唐代刘禹锡仿巴渝民歌写了不少优秀的《竹枝词》后，以后应者聊聊，人数少，作品少，好的作品更少。杨维桢却接二连三地写了《西湖竹枝歌》九首、《吴下竹枝歌》七首、《海乡竹枝歌》四首等等，另外如《冶春口号》七首，也具有很浓的民歌风味，对后世影响不小，明清两代写仿民歌的文人大大超过前代。我们来读一读《西湖竹枝歌》九首中的第一首，看看是不是颇有刘禹锡的遗韵：

苏小门前花满株，苏公堤上女当垆。
南官北使须到此，江南西湖天下无。

全诗明白如话，音节流畅，确具有民歌的特征。他不仅长于用白描叙事，也善于写景抒情，描绘祖国山河的壮丽优美。如《多景楼》：

极目心情独倚楼，荻花枫叶满江秋。
地雄吴楚东南会，水接荆扬上下流。
铁瓮百年春雨梦，铜驼万里夕阳愁。
西风历历来征雁，又带边声过石头。

在杨维桢诗中，我们看到有两大突出的特点：一是个性张扬，自我意志恣肆伸张；二是讴歌城市生活，赞扬商贾，赞美世俗的享乐。这些正是那个时代的精神在他思想里的反映。

二、萨都剌

萨都剌（约1307—1359后），字天锡，号直斋，本答失蛮氏（回族，一说蒙古族），其祖父以有功留镇云代，遂为雁门（今山西代县）人。其生卒年代不能确定，特别是他的生年，最早的定为至元八年（1271），最迟的定为至大元年（1308），竟相差36年。另外还有大德四年（1300）、大德九年（1305）等说法，但从他“弱冠登泰定丁卯（1327）进士第”一事来看，似乎定在大德九年或至大元年较恰当。其卒说是至正年间（1341—1370），但至正元年到至正末年跨度长达28年，很难具体确定。历官应奉翰林文字、燕南经历、南台御史，因弹劾权贵，贬为镇江录事，后官至河北廉访经历。为官清廉、颇有政绩。晚年致仕，寓居杭州。他博学能文，长于诗词，兼善楷书，有《雁门集》传世。据《元诗选》记载：“其豪放若天风海涛，鱼龙出没。险劲如泰、华、云门，苍翠孤耸。其刚健清丽，则如淮阴出师，百战不折，而洛神凌波，春花霁月之楩娟也。”又说：“明成化间，吴人张企翱书其刻集后曰：‘观天锡《燕姬曲》《过嘉兴》《织锦图》等篇，婉而丽，切而畅……《赠刘云江》《越台怀古》《题烂柯山》《石桥》诸律，又和雅典重。’”最后说他的诗“清而不佻，丽而不缛”。这说明他的诗风格多样，有极为豪放的，也有十分婉丽的。如：

吴刚粉月成琼屑，洒向人间沃春热。
门外青山不得青，刮地东风翻挞末。
梨花云湿飞难起，晓来化作湘江水。
娟娟美人耐高寒，对此心开几千里。
山阴夜冷沙棠小，归来狂兴犹孤悄。
古春吹到矮茅茨，香浮茗碗滋诗脾。

——《快雪轩》

三山云海几千里，十幅蒲帆挂烟水。
吴中过客莫思家，江南画船如屋里。
芦芽短短穿碧沙，船头鲤鱼吹浪花。
吴姬荡桨入城去，细雨小寒生绿纱。
我歌水调无人续，江上月凉吹紫竹。
春风一曲鹧鸪吟，花落莺啼满城绿。

——《过嘉兴》

越王故国四围山，云气犹屯虎豹关。
铜兽暗随秋露泣，海鸦多背夕阳还。
一时人物风尘外，千古英雄草莽间。
日暮鹧鸪啼更急，荒台丛竹雨斑斑。

——《越台怀古》

萨都剌的小诗已不同“四家”的典雅工稳，而显得流丽舒畅，轻快活泼，很有特色。写景诗飘逸潇洒，写男女爱情的诗秾丽活泼，都很有情趣。如：

拂晓楼窗一半开，楼前昨夜浪如雷。
满江梅雨风吹散，无数青山渡水来。
——《题淮安王氏小楼》

惜春曾向吴船宿，酒渴吴姬夜破橙。
蓦听郎君呼小字，转头含笑背银灯。
——《西湖绝句》六首之四

萨都剌生于元代末年，当时政治腐败，社会动乱，人民生活艰苦，面对这样的现实，他不可能视而不见，充耳不闻，因此在他的诗中，有不少反映当时社会现实的诗。如《鬻女谣》中写道："道逢鬻女弃如土，惨淡悲风起天宇。荒村白日逢野狐，破屋黄昏闻啸鬼……人夸颜色重金壁，今日饥饿啼长途。悲啼泪尽黄河干，县官县官何尔颜！金带紫衣郡太守，醉饱不问民食艰。传闻关陕尤可忧，旱荒不独东南州。枯鱼吐沫泽雁叫，嗷嗷待食何时休？"在《早发黄河即事》中用对比的手法写出两种截然不同的情况：农民"尝新未及试，官租急征收……短褐常不完，粝食常不周。丑妇有子女，鸣机事耕畴。上以充国税，下以祀松楸。去年筑河防，驱夫如驱囚。人家废耕织，嗷嗷齐东州。饥饿半欲死，驱之长河流"；另一方面是"长安里中儿，生长不识愁。朝驰五花马，暮脱千金裘。斗鸡五坊市，酣歌醉高楼。绣被夜中酒，玉人坐更筹"。贫富悬殊，无疑使阶级矛盾激化。《过居庸关》则写出战争给人民带来的苦难："草根白骨弃不收，冷雨阴风哭山鬼。道旁老翁八十馀，短衣白发扶犁锄。"最后禁不住大声疾呼："居庸关，何峥嵘！上天胡不呼六丁，驱之海外消甲兵。男耕女织天下平，千古万古无战争。"读到这里，令人不禁想起杜甫晚年写的大量反对战乱、渴求和平的诗。

三、张翥

张翥（1287—1368），字仲举，号蜕庵，晋宁襄陵（今山西襄汾西北）人，曾师事仇远。至正（1341—1370）初，召为国子助教，分教上都，寻退居淮东。适逢修宋、辽、金三史，起用为翰林国史院编修官。累迁太常博士、国子祭酒、集贤学士，仕至翰林承旨。致仕，加河南行省平章政治，给全俸终身。长于诗，尤工词，与萨都剌并称“萨张”。其词以情美著称，被誉为“婉丽绝伦”。《四库全书总目提要》说：“其诗清圆稳帖，格调颇高。近体长短句，极为当时所推。然其古体亦伉爽可诵，词多讽喻，往往得元、白、张、王之遗，亦非苟作。”并引王士祯《居易录》说：“蜕庵元末大家，古今诗皆有法度。无论子昂、伯庸辈，即范德机、揭曼硕，未知伯仲如何。”其诗如：

昨日发万军，今日发万军，明日发万军，枭骑来群群。
马蹄所经过，黄埃荡成云。堆粮与作饭，倒树与作薪。
道途行者绝，那得有居人！

——《前出军》五首之三

诗中写“官军”所到之处竟“道途行者绝”，其为祸之烈，由此可见。这样的诗，除《前出军》五首外，还有《后出军》五首、《杂诗》二首。当然这些诗不全是写官军祸害百姓，也有写百姓承受的徭役之苦，战乱给人民带来的灾难；还写出了将军的耀武扬威，靠战争与杀人升官发财。他的《滁农叹》则更深刻地反映了当时农民遭受的剥削压迫与繁重的徭役之苦：

滁南有农者，家仅一辆车。王师征淮蔡，官遣给军储。
翁无应门儿，一身老当夫。劳劳千里役，泥雨半道途。

到军遭焚烹，翁脱走故闾。车牛力既尽，户籍名不除。
府帖星火下，尔乘仍往输。破产不重置，笞箠无完肤。
翁复徒手归，涕洟满敝襦。问家墙屋在，榆柳馀残株。
野雉雊梁间，狐狸穴阶隅。老妻出佣食，四顾筐篋无。
有司更著役，我实骨髓枯。仰天哭欲死，醉吏方歌呼。

他有一首咏史诗题名《萤苑曲》，写隋炀帝“水殿龙舟”“巡幸”扬州，“宝帐迷楼”穷奢极欲，最后导致国破身亡，葬身雷塘。这无疑是借古喻今，为当时腐败的统治集团敲响警钟。他的《人雁吟悯饥也二章》，写人饥雁饥，人为疗饥捕雁，雁能高飞遁去，人只能坐以待毙。在无可奈何的情况下，饥饿的人只能“弃儿呱呱道旁死”，“不闻关中易子食，空里无人骨生棘”，这一幕幕真是惨绝人寰。《四库全书总目提要》中说他的诗“词多讽喻，往往得元、白、张、王之遗”，这样的评论还是很恰当的。他的近体诗在写景抒情中，也常寄寓兴亡之感。如：

赤阑桥下暮潮空，远火疏舂晻霭中。
新月半天分落照，断云千里附归风。
严城鼓角秋声早，故国山川王气终。
莫讶时来一长望，越吟荆赋思无穷。

——《秦淮晚眺》

江上浮图快一登，望中烟岸是西兴。
日生沧海横流外，人立青冥最上层。
潮落远沙群下雁，树攲高壁独巢鹰。
百年等是豪华尽，怕听兴亡懒问僧。

——《登六和塔》

四、张雨

张雨（1277—1350），字伯雨，一名天雨，别号贞居子，钱塘（今浙江杭州）人，曾师事仇远。年二十，遍游天台、括苍等诸名山，弃家为道士。工诗，与当时的名流都有往来。《四库全书总目提要》称其“诗文豪迈洒落，体格遒上”。有《句曲外史集》传世。今录其诗《晨兴》于下：

聊与梅枝说岁穷，真成古木共衰翁。
百年勋业何烦尔，一世云山不负公。
寒梦渐消窗影上，春容已在雨声中。
晨兴陡觉诗神旺，未放韶华角长雄。

五、黄镇成

黄镇成（1287—1362），字元镇，邵武（今福建邵武）人，笃志力学，筑南田耕舍，隐居著书。至顺间（1330—1333），历览楚汉名山；周流燕、赵、齐、鲁之墟，游历很广。屡荐不就，后授江西儒学副提举，命下而已卒，终身未仕。其诗“如太音希声，天籁自鸣”（《元诗选》）。他的山水诗艺术成就较高，如：

四檐春雨夜浪浪，记得吹笙近竹房。
三十五年江海梦，又随归雁过潇湘。

——《南田夜雨》

出谷苍烟薄，穿林白日斜。
岸崩迂客路，木落见人家。
野碓喧春水，山桥枕浅沙。
前村乌桕熟，疑是早梅花。

——《东阳道中》

这些诗都自然流畅，形象生动，意境优美。他长期生活在民间，对当时的社会现实在诗中也有所反映，主要是写兵荒马乱带给百姓的灾难。《五月调兵赴绥阳》二首，第一首写青壮被抽去当兵，结果田园荒芜："五月农家半未耕，更闻田鼠食苗明。"第二首写军粮匮乏，军队在农村抢掠："五月公私乏见储，师徒野掠竟何如。"《莫猺行》写当时军纪极坏，所过之处被抢掠一空："千村一过如蝗落，妇女军中金满橐。"《直沽客》写由于战乱，阻断了南北交通，影响通商："自从兵甲满中原，道跟艰难来不得。今年却趁直沽船，黑洋大海波连天……江南江北不可通，只有海船来海中。海中多风多贼徒，未知来年来得无？"《城西纪事》一诗，形象具体地写出了战祸破坏之惨烈：

> 今日稍清适，独出城西村。感时经丧乱，风物异郊原。
> 林摧见平陆，寺破留颓垣。高亭化莽墟，华屋成蔬园。
> 徘徊在中路，偶听农老言。新苗未入土，苗草日已蕃。
> 丁男赴征调，期令集辕门。况乃乏牛力，苦辛难具论。
> 我闻增惨怆，无策拯元元。身老不能耕，焉敢饫盘飧。

六、倪瓒

倪瓒（1301—1374），字元镇，无锡（今属江苏）人，其家豪富。至正初，一旦尽斥卖，舍予贫者。工诗书，与杨维桢、张雨等友善。其诗"脱去元人之秾丽，而得陶、柳恬淡之情"（《元诗选》）。然而恬淡中时露高致，如：

> 宜远楼前春可怜，数峰依约乱流边。
> 若为倚剑崆峒外，回首齐州九点烟。
>
> ——《赋宜远楼》

楼阁参差霞绮开，峰峦重复水萦回。
赤阑桥外垂杨下，步月吹笙向此来。

——《题画》

南汀新月色，照见水中苹。
便欲乘清影，缘源访隐沦。
君住钿山湖，绿酒松花春。
梦披寒雪去，疑是剡溪滨。

——《寄李隐者》

七、顾瑛

顾瑛（1310—1369），又名阿瑛、德辉，字仲瑛，昆山（今属江苏）人。年三十始折节读书，购古书、名画、三代以来彝鼎秘玩，集录鉴赏。举茂才，署会稽教谕，辟行省属官，皆不就。他是一个儒者、文人兼富商，在家乡卜筑玉山草堂，园池、亭榭、饩馆、声伎之盛，甲于天下。当时四方名士常集于他家，一时风流文雅，著称于东南。他爱写诗，喜欢用长题目，可以说原本是诗的小序，他却直接用作诗题，常常题目比诗本身长好几倍，还有不少跟当时名流的联句。他由于在外经商，因此到过的地方不少，一些写景诗清丽流畅，能写出当地的特点。如：

枫叶芦花暗画船，银筝断绝十三弦。
西风只在寒山寺，长送钟声搅客眠。

——《泊阊门》

三沙宛在海当中，隐见珊瑚树色红。
神岛由来连弱水，楼船欲去引刚风。

东方日出鲛人国，半夜潮生织女宫。

却忆题诗绣衣使，高秋会过玉山东。

——《沙洲夜景》

前一首写苏州阊门外的景色，紧紧抓住了“枫叶”、“寒山寺”、“钟声”这些特点来写。读了这首诗，令人不禁想起唐人张继那首著名的《枫桥夜泊》。后一首写海边的沙洲，发挥丰富的想象，把它写成一个“神岛”，引出了“鲛人国”、“织女宫”，恍恍惚惚，十分神奇，但是最特殊的还是他的《三二年来，商旅难行，畏途多棘，政以为叹，徐君宪以〈雪景盘车图〉求题，观之风雪载道，不能无戚然也，遂为之赋云》：

山盘盘，车逐逐，大车前行后车促。

不愁雪里衣裳单，但恐雪深车折轴。

行人岁暮心忉忉，天寒马疲牛腹枵。

日落不知行路遥，今年月尾度敖鄗。

明年月头过成皋，二月三月临帝郊。

似闻物低米价高，莫使终岁徒劳劳。

城中贵客朱门豪，狐裘绣襮红锦袍。

琵琶合曲声嘈嘈，毡房肉陈传羊羔。

雪花回风如席飘，卷帘醉脸殷若桃，

岂知人间衣食如牛毛！

在中国封建社会里，历来重农轻商，商人在文学作品中，一直被写成是一群不劳而获的人，他们富甲侯王，生活奢侈腐化。乐府诗题中有《估客乐》与《贾客乐》，唐人多有仿作的，如元稹有《估客乐》，在他笔下，商人是“求利无不营……卖假莫卖诚……亦解市头语，便无邻里情。鍮石打臂钏，糯米吹项瓔；归来村中卖，敲作金石声。村中田舍娘，贵贱不敢争。所费百钱本，已得十倍赢”。刘禹锡也有《贾客词》，他笔下的商人“妻约雕金钏，女垂贯珠缨。高赀比封君，奇货通幸卿……行止皆有乐，关梁自无征。农夫何为者，辛苦事寒耕”。张籍在《野老歌》中诉了农民的艰辛后，用商人的奢侈腐化来做对比：“西江贾客珠百斛，船中养犬长食肉。”顾瑛却以商人身份来写商人的生活，写出了商人的艰苦，把前人对商人的偏见扭转过来。这说明当时的确是时代变了，人们的思想也发生了变化，不再重农轻商，市民思想已渗透进文学作品中。

元朝从忽必烈建国号为元（1271），进入南宋都城临安（1276），到顺帝退出大都逃回蒙古（1368），前后不满百年，诗人之多却数以千计。其中虽也有不少著名诗人，但成就都不是特别高，不像唐有李白、杜甫、王维、白居易、韩愈，宋有苏轼、陆游等，元代却没有一个能在中国文学史上进入一流的大诗人。尽管如此，对后世影响却不小，明代文人的学唐拟唐诗是以学元诗为开端的。

元代诗人在创作实践中，发现了宋诗的某些偏弊，比较之下，认为唐诗优于宋诗，因此纷纷提出“宗唐”的主张。“宗唐”本是为了纠宋诗的偏弊，但元人仅仅停留在模拟的层次上，缺乏独创，因此其成就反而不及宋人。对宋、元诗的优劣，明人胡应麟在《诗薮》中有很多评论。在原书中分散在各编中，现在将其集中起来梳理一下：“宋主格，元主调。宋多骨，元多肉。宋人苍劲，元人柔靡。宋人粗疏，元人整密。宋人学杜，于唐远；元人学杜，于唐近。”又说：“宋近体，人以代殊，格以人创，巨细精粗，千歧万轨。元则不然，体制音响，大都如一；其词太绮缛而乏老苍，其调过匀整而寡变幻。”还说：“元人力矫宋弊，故五言律多草草无复深造。”对“宋人学杜，于唐远”，胡应麟还有具体说明：“宋黄、陈首倡杜学，然黄律诗徒得杜声调之偏者，其语未尝有杜也。

至古选歌行，绝与杜不类，晦涩枯槁，刻意为奇而不能奇，真小乘禅耳。”陶瀚说：“论气格则宋诗辣，元诗近甜，宋诗苍，元诗近嫩，论情韵则元为优。”李东阳说：“宋诗深，却去唐远；元诗浅，去唐却近。”这些说法，与胡应麟的话基本一致。

总的说来，宋诗确有很大的偏弊，元人想加以纠正，这也是正常的，但用模拟唐诗来纠宋人之偏，缺乏独创，因此元诗的成就反不如宋诗。以后明诗沿着元诗开辟的道路走下去，因此也无多大成就。诗贵独创，一意模拟，只能走进死胡同，不会有任何出路。

第二编　转型

第一章　词的兴起

中国古典诗歌到唐代进入了鼎盛时期，这是历来公认的。唐诗是在批判继承前代诗歌的基础上发展起来的，在这过程中，对南朝宫体诗进行了十分严厉的批判，斥之为“靡靡之音”、“亡国之音”，唐人当然是不屑学习的。唐人写诗，力求雅正，注重社会效果，例如被后世诗人奉为师表的杜甫，他不仅写了大量深刻反映当时社会现实的诗，被誉为“诗史”；还写了论诗的《戏为六绝句》，明确提出“恐与齐梁作后尘”。杜诗中不仅没有写男女欢情的诗，也没有为情人写的诗，可谓十分“纯正”，亦如孔子所谓之“思无邪”。到中唐，白居易明确提出了“文章合为时而著，歌诗合为事而作”，还明确表示他的诗要用来“救济人病，裨补时阙”。文起八代之衰的韩愈，提出“文以明道”，他的原意是不是在“文”中也包括了诗，不十分明确。但到了宋代，理学家周敦颐进一步提出了“文以载道”，而且那时不少人显然把诗也包括在内，也要用以“载道”。诗日趋“雅正”，同时出现严重的散文化“倾向”，还引入说理议论的因素，艳情之类的东西被排斥在诗外，但不少人又有这方面的情绪需要宣泄，于是不得不另找出路，终于找到了词。此其一。

中国诗自诞生之日起，就跟音乐密切结合在一起，正如《尚书·尧典》所云："诗言志，歌咏言。"上古的诗也是歌词，诗歌不分，如《诗经》与《楚辞》中的《九歌》《九章》等，莫不如此；当时与之相应的音乐称"雅乐"。及至汉魏，由于异代战乱，先秦"雅乐"大多亡佚，两汉音乐管理机关——"乐府"，执行"采诗"配乐的职能，由此产生了乐府歌辞，与之相应的音乐称"清（商）乐"。隋唐以来的文人乐府体诗大都不能配乐歌唱，就是白居易写的称"新乐府"的诗，也无法配乐歌唱，唐人写的五七言绝句却可以配乐歌唱，学术界称之为"唐声诗"（参见任半塘《唐声诗》一书）。沈德潜在《说诗晬语》中明确指出："绝句，唐乐府也。篇止四语，而倚声为歌，能使听者低回不倦。"当时与之相应的音乐称为"燕乐"。但唐人的绝句创作也在不断发生变化，像李白、王昌龄、王维、高适、王之涣等人的正宗绝句固然可以"倚声而歌"，然而像杜甫这样"别是一体"、多采用拗句形式的绝句，要"倚声而歌"就不太容易。中唐"韩孟派"诗人的绝句也是不易"倚声而歌"的。同时，即使是那可歌的绝句，都只有短短四句，句式、字数固定，缺少变化，久而久之，也很难满足人们的要求。这些都迫使人们不得不另找出路，于是把目光瞄准了词。此其二。

由于上述原因，词就应运而生了。关于词的起源，历来有各种说法，最早的上溯到《诗经》，还有不少人则认为起源于六朝乐府。他们这么说，主要是从合乐和长短句着眼，但《诗经》之乐与六朝乐府之乐显然与词所配的燕乐有很大差别。燕乐起源于隋代，完成于唐代。燕乐又称宴乐，与以前的音乐最大的不同在于吸收了胡乐，沈括在《梦溪笔谈》中说："先王之乐为雅乐，前世新声为清乐，合胡部者为宴乐。"这样看来，词起源于《诗经》和六朝乐府的说法不能成立。那么，词的起源最早不会超过隋代，因此有人说词起源于唐代的律诗。如果我们从词的创作过程与意境来看，这种说法也比较勉强。词与诗有一定的关系，初期的词在五、七言绝句的基础上增减一些字而成，因此，被称之为“诗馀”，但这仅仅是文人词的式样，大量的民间词却不是这样的。《敦煌曲子词》的发现，为我们找到了词的源头。

词是诗的转型，开始时，因诗变得雅正后，词分担诗中的艳情部分，故有“词为艳科”、“诗庄词媚”之说。但到北宋，苏轼“以诗为词”，一开风气，至南宋以后，经过辛派词人的创作，词完全诗化。到元代，诗再次转型，由词演化成了散曲。散曲源于词，这是不争的事实，不少曲牌还与词牌同名，由此可见其渊源关系。这就是说，词是诗的转型，因此又叫“诗馀”；散曲又是词的转型，我们不妨把它叫作“词馀”。词的句式长短不一，比诗显得灵活，唱起来也更婉转动听。散曲虽然有曲牌，每句也有规定的字数，但允许有衬字，且衬字的字数和平仄都不限，因此比词更灵活。

最初出现的词都比较简单，只是在绝句的基础上略加变化。第一，在格律上发生变化，不再遵守律绝的格式，而是显得较为宽松自由。第二，语言通俗化，采用民间的口语、俗语入词。第三，进一步打破绝句整齐划一的字数。第四，词能配乐歌唱，诗却未必都能歌唱。譬如杜甫有不少绝句没有严格遵守律绝的格式，而且以俗字和方言俗语入诗，这些显然是不能歌唱的，如“前年渝州杀刺史，今年开州杀刺史。群盗相随剧虎狼，食人更肯留妻子”（《三绝句》其一）等。第五，词是配合燕乐曲调来歌唱的，并且是以“倚声填词”的方式创作出来的，所以写词通称“填词”。也就是说，先有曲调，再配以歌词，诗却不存在这情况。话虽然如此说，最早的一些词牌的词与诗还是不易区别的，例如《竹枝词》《浪淘沙》《纥那曲》等等，《全唐诗》与《唐人万首绝句》等书都把它们作为诗收入进去，而《唐五代词》却将其作为词收入。后来的词打破了绝句的整齐句式，像《渔父》《潇湘神》《捣练子》等，虽然只把四个七字句中的第三句或第一句减去一个字分成两句，如“冲波棹子橛头船，青草湖中欲暮天。看白鸟，下长川，点波潇湘万里烟”（《渔父》和词十五首之十一）、“湘水流，湘水流，九嶷云物至今愁。若问二妃何处所，零陵芳草露中秋”（刘禹锡《潇湘神》二首之一）。这类词与七绝比较，只是发生了一点小小的变化，但明显与诗分了家，不会再有人把它看作诗了。再后来，由一首一片变成两片，以至两片以上，这时诗与词在形式上也就彻底分开了。

第二章　早期的词

第一节　民间词

现在我们看到的早期的民间词，主要是《敦煌曲子词》。这些词是民间小调，是“歌词”，是用以代替与音乐脱节了的诗，至于在内容上，涉及社会生活的方方面面，十分丰富。王重民在《敦煌曲子词集》叙录里说：“今兹所获，有边客游子之呻吟，忠臣义士之壮语，隐君子之怡情悦志，少年学子之热望与失望，以及佛子之赞颂，医生之歌诀，莫不入调。其言闺情与花柳者，尚不及半。”任二北在他的《敦煌曲初探》中，对其收录所得的545首词进行了详细分类，共分成20类，其中关于“爱情”与“伎情”总共才40首，所占比例极小。可见在民间，并没有把词单纯看作“艳科”，写词只是为了歌唱的需要，因此在内容上涉及面很广。由于这些词出自民间，所以有不少是反映下层人民的生活与思想的。例如：

每见惶惶，队队雄军惊御辇，蓦街穿巷犯皇宫，只拟夺九重。　长枪短剑如麻乱，争夺失计无投窜。金箱玉印自携将，任他乱芬芳。

——《酒泉子》

这是一首反映黄巢起义的词，上阕写起义军声势浩大，下阕写官僚贵族狼狈逃窜的丑态。晚唐是一个动乱不断的社会，战乱给人民带来无穷的灾难，因此有不少作品反映了这种情况，如“敦煌县，四面六蕃围。生灵苦屈青天见，数年路隔失朝仪”（《望江南》）。在外患频频发生时，人民也不是一味反战，而是希望为国出力，平息外患。如《定风波》：

攻书学剑能几何？争如沙塞骋偻㑩！手执绿沉枪似铁，明月，龙泉三尺斩新磨。　　堪羡昔时军伍，谩夸儒士德能多。四塞忽闻狼烟起，问儒士，谁人敢去定风波。

为了证明儒士能大有作为，在《定风波》第二首中还把张良抬出来做例证，说明汉兴全凭他的谋略，“汉兴楚灭本由他”，“便知儒士定风波”。作者以此鼓励儒士投笔从戎，请缨杀敌，平定外患边乱。还有写经商与城市生活的词，有三首《长相思》，写出三类商人的三种不同遭遇，但殊途同归，最终结果都是“不归”。第一首写在外经商，获得暴利致富，整天歌楼舞榭，饮酒作乐，大有“乐不思蜀”之意，“此是富不归”。第二首写经商不利，孤身在外，“终日被人欺”，遥望家乡，苦于无钱不能返回，“此是贫不归”。第三首写经商不幸，流落在外，身患重病，客死异乡，被弃尸路边，“此是死不归”。有一首《望江南》写妓女的不幸，这是从另一个角度反映了城市生活：

莫攀我，攀我大心偏。我是曲江临池柳，者人折去那人攀，恩爱一时间。

妓院只有在繁华的城市里才有，农村是不会有妓院的。这首词里写的妓女被人任意玩弄，玩弄完后就抛弃，身子沦为商品。在三首《长相思》与这一首《望江南》中，我们看到晚唐商业经济发达，城市繁华，在词里也染上了“商业味”与“市井气”。如果说诗里表达的基本上是士大夫与文人意识，那么在词里已逐渐渗透进了市民意识。

文人词除直抒胸臆外，基本上是用写景来传情，很少出现大量叙事。但在《敦煌曲子词》中，却有不少全凭叙事来表达情感。试看下面的几首词：

孟姜女，杞梁妻，一去燕山更不归。造得寒衣无人送，不免自家送征衣。

——《捣练子》

长城路，实难行。乳酪山下雪氛氛。吃酒则为隔饭病，愿身强健早还归。

——《捣练子》

忆昔笄年，未省离合，生长深闺院。闲凭着绣床，时拈金针，拟貌舞凤飞鸾，对妆台重整娇姿面。知身儿算料，岂教人见。又被良媒，苦出言词相诱炫。　　每道说水际鸳鸯，唯指梁间双燕。被父母将儿匹配，便认多生宿姻眷。一旦娉得狂夫，攻书业抛妾求名宦。纵然选得，一时朝要。荣华争稳便。

——《倾杯乐》

民间词，很多比较粗糙。但也有写得形象生动，饶有韵味，不次于《花间集》《尊前集》中的词。如：

霏霏点点回塘雨，双双只只鸳鸯语。灼灼野花香，依依金缕黄。　盈盈江上女，两两溪边舞。皎皎绮罗光，轻轻云粉妆。

——《菩萨蛮》

燕语莺啼三月半，烟蘸柳条金线乱。五陵原上有仙娥，携歌扇，香烂熳，留住九华云一片。　犀玉满头花满面，负妾一双偷泪眼。泪珠若得似真珠，拈不散，知何限，串向红丝应百万。

——《天仙子》

前一首写仕女游春，风光景物宛在眼前，叠字运用十分成熟，令人不禁想起李清照的《声声慢》。后一首深得王国维赏识，他在《观堂集林》中称赞道："《天仙子》词特深峭隐秀，堪与飞卿、端己抗行。"从这里，我们可以看到词这类形式已逐渐走向成熟，晚唐五代之际，出现了温庭筠、韦庄和冯延巳、李煜，绝非偶然，而是词本身发展的结果。

第二节　文人词

说到早期的文人词，人们往往会举出署名李白的《菩萨蛮》与《忆秦娥》，宋人《尊前集》《绝妙词选》均收入，黄升在《花庵词选》中说："二词为百代词曲之祖。"但是，把这两首词说成是李白的作品疑点很多。先说关于《菩萨蛮》这个词牌，《词谱》引唐苏鹗在《杜阳杂编》中的记载："大中（847—859）初，女蛮国贡双龙犀，明霞锦。其国人危髻金冠，璎珞被体，故谓之菩萨蛮队。当时倡优遂歌《菩萨蛮》曲，文士亦往往声效其词。”我们由此可知《菩萨蛮》曲调产生在847年以后，然而李白在762年去世，李白生前怎会用他去世后八九十年才有的曲调来填词？其次，后蜀赵崇祚在现存最早的文人词集《花间集》序里说到李白的词，只说“在明皇朝，则有李太白之应制《清平乐》调四首”，只字不提上述这两首词。其三，这两首托名李白的词，无论从形式上看还是从内容上来看，都很成熟。我们知道，凡是成熟的事物都是由前边不成熟的事物渐渐发展而成的，这之后此类事物也就多了起来。但在这两首词之前，没有接近成熟的词出现，这之后直到杜牧的《八六子》诞生以前，这几十年时间里出现的词，都是单片，绝句似的短短几句，如果说这是李白所写，那真是上不着天下不着地，成了空中楼阁。由此可见，这两首词绝非李白所写，无疑是后人伪托的。不过这两首词确实不错，历来评价也挺高。兹抄录于下，供读者欣赏：

平林漠漠烟如织，寒山一带伤心碧。暝色入高楼，有人楼上愁。　　玉阶空伫立，宿鸟归飞急。何处是归程，长亭更短亭。

——《菩萨蛮》

箫声咽，秦娥梦断秦楼月。秦楼月，年年柳色，灞陵伤别。　　乐游原上清秋节，咸阳古道音尘绝。音尘绝，西风残照，汉家陵阙。

——《忆秦娥》

一、张志和

张志和（约730—810），字子同，始名龟龄，婺州金华（今属浙江）人。16岁举明经，肃宗时待诏翰林，授左金吾卫录事参军，并赐名志和。后贬为南浦尉，遇赦还，从此隐居江湖，不复出仕，自号烟波钓徒。他有词五首《渔歌子》，主要表达他的“隐逸”思想，词中描绘了理想化的渔人生活，以寄托诗人热爱大自然、追慕自由安逸的生活乐趣。当时战乱不断，社会动荡不安，文士们十分希望找到一个安定宁静的环境，这与《渔歌子》中所表达出来的生活情趣相吻合。再加上这组词用清丽淡雅之笔，描写出江南水乡的美妙风光，色彩鲜明，音节流畅，又有民歌的通俗清新，因此为人喜爱，在当时与后代都有很大影响。在当时有很多和词，除了他的哥哥张松龄外，与他唱和的有当时的名流颜真卿、陆鸿渐、徐士衡、李成矩等人，至今在《唐五代词》中还保存了当时各人的“和词”。在其后不到50年的时间，这五首《渔歌子》流传到了日本，嵯峨天皇有《和张志和〈渔歌子〉》五首，一时日本宫廷贵族和者甚多，开启了日本词学之端。到了宋代，苏轼、黄庭坚等人用其原句增写为《浣溪沙》《鹧鸪天》。以词影响后代，张志和是第一人。他不仅开启了后代“山水隐逸词”的一脉传统，而且还吸引了文人作者学写小令，从此在中晚唐写小令的人渐渐多了起来。说李白“二词为百代词曲之祖”，并不可靠；要说张志和的五首《渔歌子》为百代词曲之祖，倒还差不多。这五首《渔歌子》如下：

西塞山前白鹭飞，桃花流水鳜鱼肥。
青箬笠，绿蓑衣，斜风细雨不须归。

——其一

青草湖中月正圆，巴陵渔父棹歌连。
钓车子，橛头船，乐在风波不用仙。

——其二

松江蟹舍主人欢，菰饭莼羹亦共餐。

枫叶落，荻花干，醉宿渔舟不觉寒。

——其三

霅溪湾里钓鱼翁，舴艋为家西复东。
江上雪，浦边风，笑著荷衣不叹穷。

——其四

钓台渔父褐为裘，两两三三舴艋舟。
能纵棹，惯乘流，长江白浪不曾忧。

——其五

二、韦应物

韦应物有《三台》两首，这与六言绝句相去不远。另有《调笑令》两首，在形式上比张志和的《渔歌子》又前进了一步，离诗更远了一些。韦应物的两首《调笑令》如下：

胡马，胡马，远放燕支山下。跑沙跑雪独嘶，东望西望路迷。迷路，迷路，边草无穷日暮。

——其一

河汉，河汉，晓挂秋城漫漫。愁人起望相思，江南塞北别离。离别，离别，河汉虽同路绝。

——其二

第一首写迷途之马，展现了气象开阔的草原风光；第二首写相思之情，暗用牛郎织女的故事，通过银河阻隔来表达南北分离。两首词都用简练的语言营造气氛，形象都很生动。后边“转应”部分，把情绪气氛推向高潮，加强了感染力。

三、王建

王建是写宫中词的高手，有《宫中词》一百首。他有四首《调笑令》，题为《宫中调笑》，属于“宫怨”一类，接近《花间集》，渐渐落入“艳科”之中。我们来看看他的《宫中调笑》四首其一：

> 团扇，团扇，美人病来遮面。玉颜憔悴三年，谁复商量管弦？弦管，弦管，春草昭阳路断。

这首词取材于汉代班婕妤的《怨歌行》，原为五言古诗，王建在这里打破了整齐呆板的格式，变得参差不齐，显得更为跌宕多姿，颇具风情，显示了词的优越性。在韦应物、王建的词中，有几点值得注意：第一，在形式上，既有受近体诗影响的影子，又有意挣脱近体诗句子整齐的束缚，力求更自由些；第二，在内容上，从前人的诗中吸取“养料”；第三，词在文人笔下，并不是一开始就是“艳科”，其间有个逐渐发展的过程。

四、白居易

白居易有词29首，除《竹枝》《浪淘沙》等20首仍保持七言绝句一些形式上的特点外，《忆江南》《长相思》等9首已与诗拉开了距离，其中小令《忆江南》三首中的前两首，尤为著名：

> 江南好，风景旧曾谙。日出江花红胜火，春来江水绿如蓝。能不忆江南？
>
> ——其一

> 江南忆，最忆是杭州：山寺月中寻桂子，郡亭枕上看

潮头。何日更重游？

——其二

前一首写江南的春天，抓住花与水来写，充满活力，生机无限。第二首具体写杭州胜景，抓住桂子与潮水来写：在杭州，三秋桂子香飘十里，举世闻名，几成杭州之魂；农历八月十八钱塘观潮，是杭州的一大奇观。如此良辰美景，赏心乐事，令人心醉神驰，真是“能不忆江南”！

五、刘禹锡

刘禹锡有词41首，其中《杨柳枝》《竹枝》《浪淘沙》等33首接近七绝，《纥那曲》二首接近五绝，《抛球乐》二首接近五古，其馀如《潇湘神》《忆江南》等四首与诗拉开了一定距离。《忆江南》二首是“和乐天春词，依《忆江南》曲拍为句”（自序），在这里传递了“依曲拍为句”填词的信息。他的两首《潇湘神》如下：

湘水流，湘水流，九嶷云物至今愁。若问二妃何处所，零陵芳草露中秋。

——其一

斑竹枝，斑竹枝，泪痕点点寄相思。楚客欲听瑶瑟怨，潇湘深夜月明时。

——其二

这两首词在形式上只是七言绝句稍加变化，只把第一句去掉一字并拆开成两句；在内容上，都属南方景色。白居易与刘禹锡都不是江南人，但都长时间在南方为官，深受南方文化的陶冶。刘、白都是有名的大诗人，他们写的词里带有浓郁的南国风情，必然影响后人。从整体来看，词里的南国风味、水乡气息比诗里更浓。

六、杜牧

杜牧也是唐代有名的大诗人，其名望不亚于白居易、刘禹锡；他与李商隐并称“小李杜”，有逼近“大李杜”（李白、杜甫）之势。他的词不多，只有一首《八六子》，但在词的发展中却有特殊意义，这是唐代文人词中最长的一篇，同时我们看到以前的文人词基本上是单片的，属于小令，而这首词分前后两片，已趋向慢词。这说明至此，文人词已日渐走向成熟；这时的词，去诗日远。从内容上看，这首词表达的是“宫怨”，刻画细致，感情哀怨悱恻，格调婉曲缠绵，颇具“花间”的情趣，向“艳科”迈进了一大步。杜牧的《八六子》全词如下：

洞房深，画屏灯照，山色凝翠沉沉。听夜雨冷滴芭蕉，惊断红窗好梦，龙烟细飘绣衾。辞恩久归长信，凤帐萧疏，椒殿闲扃。　　辇路苔侵，绣帘垂，迟迟漏传丹禁。舜华偷悴，翠鬟羞整。愁坐望处，金舆渐远，何时彩仗重临。正销魂，梧桐又移翠阴。

第三章　温庭筠、韦庄与《花间集》

中唐以后，已有不少文人写词，但大部分人都偶尔为之，只聊聊几首而已。虽然也有写得多的，如白居易有29首，刘禹锡有33首，但其中大部分是七言四句，实为七绝的变调，并不属于真正的词。杜牧的《八六子》确实是词，但仅此一首，是偶尔为之。直到晚唐温庭筠才真正大量写词，《花间集》全部500首词中，收他的词66首，数量上在《花间集》中居首位，被后世誉为“花间鼻祖”；（第二位是孙光宪，有词60首；第三位是顾复，有词54首）韦庄的词在数量上虽然只占第四位（48首），但从质量来看，在《花间集》中能与温庭筠抗衡的，却只有韦庄一人。故二人并称“温韦”。

第一节 温庭筠

温庭筠是中国文学史上第一个致力于写词的人，他的诗虽然是词的四五倍，但他的词名却比诗名大得多。蜀人赵崇祚编《花间集》，所收的词，其作者大多与蜀国有密切关系，有的就是蜀人。然而温庭筠既不是蜀人，也不是与蜀国有多大关系；但《花间集》中不仅收录了他的词，而且还把他放在第一位，入选作品达66首。这无疑是跟《花间集》的编辑宗旨有关，对此，书前欧阳炯在《叙》中说得很清楚：“镂玉雕琼，拟化工而迥巧；裁花剪叶，夺春艳以争鲜。是以唱云谣则金母词清，挹霞醴则穆王心醉。名高《白雪》，声声而自合鸾歌，响遏行云，字字而偏谐凤律。《杨柳》《大堤》之句，乐府相传；《芙蓉》《曲渚》之篇，豪家自制。莫不争高门下，三千玳瑁之簪；竞富尊前，数十珊瑚之树。则有绮筵公子，绣幌佳人，递叶叶之花笺，文抽丽锦；举纤纤之玉指，拍按香檀。不无清绝之辞，用助娇娆之态。自南朝之宫体，扇北里之倡风，何止言之不文，所谓秀而不实。有唐以降，率土之滨，家家之香径春风，宁寻越艳；处处之红楼夜月，自锁嫦娥。在明皇朝，则有李太白之应制《清平乐》调四首，近代温飞卿复有《金荃集》。迩来作者，无愧前人……”这里把《花间集》与南朝之宫体和北里之倡风并提，奠定“词为艳科”的基础。黄升在《花庵词选》中，在温庭筠名字下说：“词极流丽，宜为《花间集》之冠。”清代王士祯则在《花草蒙拾》中称温庭筠为“花间鼻祖”。温庭筠的词以与妇女有关的事物为题材，辞藻华丽，色彩浓艳，形成所谓“香而软”的风格，呈现出红香翠软。其代表作为15首《菩萨蛮》，今抄录其一于下：

小山重叠金明灭，鬓云欲度香腮雪。懒起画蛾眉，弄妆梳洗迟。　照花前后镜，花面交相映。新帖绣罗襦，双双金鹧鸪。

在这首词里，把这个妇女写得服饰华贵，容貌艳丽，体态娇弱，神情慵懒，像一幅精致的仕女图。这完全适合绣幌佳人歌唱，供绮筵公子欣赏，这样词，浓得化不开，可以有，但不可多，因此温庭筠也不全写这样的词，也有清新淡远、饶有韵致的词。例如：

梳洗罢，独倚望江楼。过尽千帆皆不是，斜晖脉脉水悠悠。肠断白蘋洲。

——《梦江南》二首其二

玉炉香，红蜡泪，偏照画堂秋思。眉翠薄，鬓云残，夜长衾枕寒。　梧桐树，三更雨，不道离情正苦。一叶叶，一声声，空阶滴到明。

——《更漏子》六首其六

这两首词，对妇女的描写不停留在外表，而是深入到了内心世界，少一分脂粉气，多一分内心活动，意境比较开阔，清新淡远，韵味悠长。后来不少人把这两首词的意境融入自己创作的词曲中。

第二节 韦庄

在《花间集》中可与温庭筠抗衡的词人，只有韦庄一人。从词的内容上来看，韦庄的词虽然也大都与妇女有关，似乎与温庭筠差别不大，但在表现手法上，在风格上，却有极大差别。温庭筠的词秾艳绵密，而韦庄的词清丽疏朗。王国维在《人间词话》中说："'画屏金鹧鸪'，飞卿语也，其词品似之。'弦上黄莺语'，端己语也，其词品也似之。"形象地指出温、韦词品的区分。其实韦庄的词与《花间集》中其他人的词，风格情调并不一致，倒与词风清丽缠绵的南唐词人接近。我们先来看看他的《浣溪沙》五首其三与其五：

惆怅梦馀山月斜，孤灯照壁背窗纱，小楼高阁谢娘家。　暗想玉容何所似，一枝春雪冻梅花，满身香雾簇朝霞。

——其三

夜夜相思更漏残，伤心明月凭阑干，想君思我锦衾寒。　咫尺画堂深似海，忆来唯把旧书看，几时携手入长安？

——其五

同样写妇女，比起温庭筠来没有那么多艳词绮语。前一首对女子外形的描写用了一个比喻，这个女子不像温庭筠笔下那个女子那样秾艳，而是显得冷艳。后一首纯用白描手法，写女子的相思主要借助于一个细节"忆来唯把旧书看"，用看旧时的书信来排解相思，可见近日音信全无，真可谓语浅情深。韦庄是北方人，避乱到南方的；南方虽好，但作为一个生长在北方的人，仍不免要有思念故乡之情。这在他的《菩萨蛮》五首其二中委婉地表达了出来：

人人尽说江南好，游人只合江南老。春水碧于天，画船听雨眠。 垆边人似月，皓腕凝霜雪。未老莫还乡，还乡须断肠。

在晚唐五代之际，北方战乱不断，韦庄避乱入蜀，朱温篡唐后，因他劝王建称帝有功，官至吏部侍郎平章事（宰相）。西蜀得天独厚，经济较繁荣。在富庶的环境中，韦庄身居高位，在别人看来应该很满足了，但在这首词里他吐露了长期作客他乡、将老死江南的苦恼。词本来多数是“绮筵公子，绣幌佳人”在歌馆舞榭筵席上歌唱的艳曲，韦庄却用来抒发自己的真情实感，在整个词风转变中很有影响。后来到南唐李煜把这发展到了极致。韦庄还有一首《思帝乡》应该提一下：

春日游，杏花吹满头，陌上谁家年少，足风流。妾拟将身嫁与，一生休。纵被无情弃，不能羞。

这首词写一个少女大胆追求爱情，全用口语表达，通俗浅近，感情炽烈，对封建时代那种全凭父母之命与媒妁之言的撮合，这不能不说是大胆的反叛。这是学习南方民歌的结果，也是市民意识渗透的结果。

第三节 《花间集》中其他重要词人

《花间集》中，除了温、韦之外，尚有16家，其词大多数与妇女有关，在风格上也不出温、韦两家的词品，但大多秾艳无过温庭筠，清丽不如韦庄，大致摇摆于二者之间，同中有异。其中牛峤、毛文锡、牛希济、欧阳炯、李珣五人成就较高。

一、牛峤

牛峤（具体生卒年代不详，大约生于唐宣宗大中年间），字松卿，一字延峰，陇西狄道（今甘肃临洮）人。他是中唐宰相牛僧孺之孙。乾符五年（878）登进士第。中进士后两年，黄巢起义军攻占长安。后又有襄王李煴之乱。他先避乱吴越，后入蜀，先被王建辟为判官；前蜀开国，任秘书监。他曾以东汉名臣袁安自许，忧国心切，可惜生不逢时。他的词既有温庭筠的艳丽，又有南方民歌的浅显，他似乎有意要调和二者。于是他像韦庄那样多采用白描，但所用词语较为华丽。他的词大多数也写男女之情，特别是离情别绪。如：

舞裙香暖金泥凤，画梁语燕惊残梦。门外柳花飞，玉郎犹未归。　　愁匀红粉泪，眉剪春山翠。何处是辽阳，锦屏春昼长。

——《菩萨蛮》七首之一

自从南浦别，愁见丁香结。近来情转深，忆鸳衾。

几度将书托烟雁，泪盈襟。泪盈襟，礼月求天，愿君知我心。

——《感恩多》二首其二

东风急，惜别花时手频执，罗帏愁独入。马嘶残雨春芜湿，倚门立，寄语薄情郎，粉香和泪滴。

——《望江怨》

这三首词都属于闺怨类。第一首《菩萨蛮》设色浓艳，满目绮语丽词，颇具温庭筠的词风。第二首《感恩多》基本上是白描叙述，也和韦庄的《浣溪沙》五首其五一样，借助细节来表达深情。第三首写痴心女子薄情郎，写出了被遗弃女子的痛苦，并寄予深切同情，使这首词加深了蕴涵，不光是泛泛的相思之情。牛峤的词中，还值得一提的是一首咏边塞的《定西番》：

紫塞月明千里，金甲冷，戍楼寒，梦长安。　　乡思望中天阔，漏残星亦残。画角数声呜咽，雪漫漫。

这首词写边塞，没有金戈铁马，没有白骨黄沙，但境界开阔，声情并茂，深得陆游赞赏，誉之为“盛唐遗音”（见《历代诗馀》引录）。《花间集》中写男欢女爱，大多数蕴涵不露，但在牛峤笔下，有的却写得很放肆，如其《菩萨蛮》七首其七，有“玉楼冰簟鸳鸯锦，粉融香汗流山枕”之句，这是甚至连齐梁宫体艳情诗所不敢写的，他却写了，这跟晚唐市民意识高涨有关。

二、毛文锡

毛文锡（约870—？），字平珪，高阳（今河南杞县附近）人，14岁即中进士，曾仕唐。唐末入蜀，仕前蜀，官至司徒，复仕后蜀。他除工词外，擅琴能诗，多才多艺。他的词题材比较广，在《花间集》中颇为突出，除闺情以外，有写景、咏物、记游、咏史等等。

鸳鸯对浴银塘暖，水面蒲梢短。垂杨低拂麹尘波，蛛丝结网露珠多，滴圆荷。　　遥思桃叶吴江碧，便是天河隔。锦鳞红鬣影沉沉，相思空有梦相寻，意难任。

——《虞美人》二首其一

休相问，怕相问，相问还添恨。春水满塘生，鸂鶒还相趁。　　昨夜雨霏霏，临明寒一阵。偏忆戍楼人，久绝边庭信。

——《醉花间》二首其一

雨霁巫山上，云轻映碧天。远风吹散又相连，十二晚峰前。　　暗湿啼猿树，高笼过客船。朝朝暮暮楚江边，几度降神仙。

——《巫山一段云》二首其一

暮蝉声尽落斜阳，银蟾影挂潇湘。黄陵庙侧水茫茫。楚山红树，烟雨隔高唐。　　岸泊渔灯风飐碎，白蘋远散浓香。灵娥鼓瑟韵清商。朱弦凄切，云散碧天长。

——《临江仙》

秋风紧，平碛雁行低。阵云齐。萧萧飒飒，边声四起，愁闻戍角与征鼙。　　青冢北，黑山西。沙飞聚散无定，往往路人迷。铁衣冷，战马血沾蹄，破蕃奚。凤凰诏下，步步蹑丹梯。

——《甘州遍》二首其二

豆蔻花繁烟艳深，丁香软结同心。翠鬟女，相与共淘金。　　红蕉叶里猩猩语。鸳鸯浦，镜中鸾舞。丝雨隔，荔枝阴。

——《中兴乐》

隋堤柳，汴河旁。夹岸绿阴千里，龙舟凤舸木兰香，锦帆张。　　因梦江南春景好，一路流苏羽葆。笙歌未尽起横流，锁春愁。

——《柳含烟》二首其一

前两首都是写闺情：第一首《虞美人》比较秾艳华丽，近似温词；第二首《醉花间》写征人妇忆远，直接吐露，近似白描，传达出妇人的悲凉心情，词语凄切，情意缠绵。况周颐在《餐樱庑词话》中说这首词“语淡而真，亦轻清，亦沉着”。第三首《巫山一段云》写傍晚雨后，经过巫山，不禁想起巫山神女的传说，写得极为空灵婉转，蕴藉有致。第四首《临江仙》，俞陛云在《唐五代两宋词选释》中说：“五代词多哀感顽艳之作。此调则清商弹湘瑟哀弦，夜月访黄陵遗庙，扬船楚泽，冷然有疏越之音，与谪仙之‘白云明月吊湘娥’同其逸兴。”第五首《甘州遍》所写已不再是闺情，而是戍边战士的艰苦与将帅以边功邀宠，笔调苍凉，气势宏阔，继承了唐代边塞诗的特点。第六首《中兴乐》写一群淘金女，词中没有直接写淘金女的容貌与劳动，而是采用环境衬托，让人领会到淘金女的美貌与愉快心情。最后一首是咏史词，写隋炀帝的奢侈无比，游乐无度，意在借古喻今。从毛文锡的后三首词中，我们看到词正在慢慢离开妇女与闺情，走向更广阔的天地。在表现手法上，也不以婉曲为工，而是大胆追求明白直率。这对南唐君臣与宋初范仲淹等都有一定影响。

三、牛希济

牛希济（约871—？），他是牛峤之侄。唐末入蜀，仕前蜀。在王衍时，官至御史中丞。后随王衍降后唐，任雍州节度副使。他存词不多，但其中好词不少，风格近韦庄，清俊淡雅，意境完美，饶有韵味。在内容上，可明显地分为两类，其一为咏古代神话传说，如《临江仙》七首，分咏七位神女；其二写男女情爱，其中一首《生查子》尤为人赞赏。

峭碧参差十二峰，冷烟寒树重重。瑶姬宫殿是仙踪。金炉珠帐，香霭昼偏浓。　　一自楚王惊梦断，人间无路相逢。至今云雨带愁容。月斜江上，征棹动晨钟。

——《临江仙》七首其一

春山烟欲收，天澹稀星小。月脸边明，别泪临清晓。
语已多，情未了。回首犹重道。记得绿罗裙，处处怜芳草！

——《生查子》

上面两首词，前一首是咏巫山神女。自宋玉写《神女赋》，编造一个楚襄王游高唐、梦会神女的故事后，历来有很多骚人墨客歌咏此事，尤以中唐“大历十才子”之一的皇甫冉的《巫山高》最著名。这首词吸收了前人诗中的养分，写不能会见神女的惆怅，寄寓爱情失落的烦恼。第二首是最受人赞赏的词，这首词的题材并不特殊，只是写情人离别之情，但在表现手法上很有特色。上阕把离情与景色融于一体，情景交融，形象生动。但这首妙在下阕，正如《栩庄漫记》中所说：“‘记得绿罗裙，处处怜芳草’，词旨悱恻温厚，而造句近乎自然，岂飞卿辈可企及？‘语已多，情未了。回首犹重道’，将人人共有之情和盘托出，是为善于言情。”这最后一句虽从杜诗“蔓草见罗裙”脱化出来，但杜诗质直，在此点化成词句后，更觉委婉香艳。蕴藉含蓄也是牛希济词的主要特点。

四、欧阳炯

欧阳炯（约896—971），益州华阳（今四川双流）人。先事前蜀，为中书舍人。前蜀亡后，随王衍降后唐，到洛阳后补秦州从事。孟知祥镇成都，他又回蜀。后蜀建立后任中书舍人，官至门下侍郎兼户尚书平章事（宰相）。后蜀亡后，入宋，任散骑常侍（皇帝顾问）。其词色彩艳丽，词语轻浅，婉约柔和。《南乡子》八首为其代表作：

嫩草如烟，石榴花发海南天。日暮江亭春影渌，鸳鸯浴，水远山长看不足。

——其一

画舸停桡，槿花篱外竹横桥。水上游人沙上女，回顾，笑指芭蕉林里住。

——其二

洞口谁家，木兰船系木兰花。红袖女郎相引去，游南浦，笑倚春风相对语。

——其四

这几首词，颇具民歌风味，用欢快的情调描绘了江南秀丽的风光，形象鲜明，充满诗情画意。欧阳炯有一首《江城子》，是一首咏史词，具体说是金陵怀古。这样的题材对后代影响很大，从宋代直到元代，不断有人在写，其中出了不少名著，如宋王安石的《桂枝香》、元萨都剌的《满江红》《百字令》等都是金陵怀古词中的千古名曲。欧阳炯的《江城子》虽远不如王、萨两家的词，但他毕竟是率先写了这样的词，首倡之功不可没：

晚日金陵岸草平，落霞明，水无情。六代繁华，暗逐逝波声。空有姑苏台上月，如西子镜，照江城。

他还有一首《清平乐》很有特色，在短短八句中，接连用了十个“春”字，但自然流畅，毫无生硬别扭之感。兹录于下，奇文共欣赏：

春来阶砌，春雨如丝细。春地满飘红杏蒂，春燕舞随风势。　　春幡细缕春缯，春闺一点春灯。自是春心撩乱，非干春梦无凭。

在写男欢女爱的词中，欧阳炯也与牛峤一样，有毫不掩饰、写得十分放肆、沦于淫鄙的词，如《浣溪沙》三首其三的下阕：“兰麝细香闻喘息，绮罗纤缕见肌肤，此时还恨薄情无？”像这样的写法，那些一直受人谴责的齐梁宫体诗人，没有一个敢于写得如此露骨。牛峤与欧阳炯的这种毫不掩饰的赤裸裸的写法，对后世产生了不良影响。

五、李珣

李珣（生卒年不详），字德润，先世为波斯（今伊朗）人，后定居梓州（今四川三台），王衍昭仪李舜弦之兄，出仕情况不清，为前蜀时秀才。蜀亡，不出仕，人称李秀才。早年曾漫游吴越、两广等地，在湖湘留寓时间较长。他的词以抒写个人的生活情感为主，大多不涉及男女，这与《花间集》词人大多写男女艳情不同；他写怀才不遇，亦非悲戚伤感，而是狂放自得，显得很洒脱。这些都传达了词风正在逐渐发生变化的信息。例如：

楚山青，湘水绿，春风淡荡看不足。草芊芊，花簇簇，渔艇棹歌相续。　　信浮沉，无管束，钓回乘月归湾曲。酒盈樽，云满屋，不见人间荣辱。

——《渔歌子》四首其一

兰棹举，水纹开，竞携藤笼采莲来。回塘深处遥相见，邀同宴，渌酒一卮红上面。

——《南乡子》十七首其二

云带雨，浪迎风，钓翁回棹碧湾中。春酒香熟鲈鱼美，谁同醉，缆却扁舟篷底睡。

——《南乡子》十七首其六

登画舸，泛清波，采莲时唱采莲歌。拦棹声齐罗袖敛，池光飐，惊起沙鸥八九点。

——《南乡子》十七首其十三

古庙依青嶂，行宫枕碧流。水声山色锁妆楼。往事思悠悠。　云雨朝还暮，烟花春复秋。啼猿何必近孤舟。行客自多愁。

——《巫山一段云》二首其二

去去，何处？迢迢巴楚，山水相连。朝云暮雨，依旧十二峰前，猿声到客船。　愁肠岂异丁香结。因离别，故国音书绝。想佳人花下，对明月春风，恨应同。

——《河传》二首其一

第一首《渔歌子》，写渔翁逍遥自在的生活，实际上是写隐士。李珣另有《渔父》三首，寓意与《渔歌子》大致相同，如其二："避世垂纶不记年，官高争得似君闲。倾白酒，对青山，笑指柴门待月还。"可见这里的渔人并不是一般以捕鱼为生的普通劳动者，而是"避世"的士人。接下来的三首《南乡子》，颇具南方民歌的风味，《栩庄漫记》称其"写景物，写风俗，均以明净之句绘影绘声，引人入胜”。第五首《巫山一段云》，由巫山景色，特别是古庙与行宫，联想起悠悠往事，楚王荒淫腐败，最终导致亡国。想到这些，即使没有猿啼声，也令人不胜愁。陈廷焯在《白雨斋词评》中说：“啼猿二语，语浅情深，不必啼猿，行客已是多愁，又况闻啼猿乎。”最后一首是写离愁的闺怨诗，不用花间派词人惯用的华词艳语，而是清浅直率，以景传情，显得清空婉转，饶有情致。

第四章　李煜和南唐词人

晚唐五代，中原地区一直处在战乱中，大批文人士子纷纷逃离这战乱中心。四川号称天府之国，有一批文人入蜀，《花间集》中的不少词人就是从中原避乱过来的。当时还有一个更为安定、经济也更为繁荣的地方，那就是地处长江中下游的南唐，也有不少文人从中原逃到这里，使南唐成为西蜀以后的一个文化中心。南唐词坛的兴盛，在西蜀之后。前蜀始建于天祐四年（907），至同光三年（925）灭亡，此后九年（934）复有后蜀，至宋乾德三年（965）灭亡。前蜀的词创作，开始于建立之初。南唐建国于天福二年（937），比前蜀迟三十年，灭亡于宋开宝八年（975），比后蜀迟灭亡十年。南唐的词创作开始虽晚，但起点高，成就大于西蜀，对后世影响深远。宋人填词，学南唐的人多，学《花间集》的人少。当时，南唐词人不少，像徐铉、韩熙载、成彦雄等都有词传下来，但成就最高的是“二主一相”。

第一节　冯延巳和李璟

一、冯延巳

冯延巳（903—960），又名延嗣，字正中，广陵（今江苏扬州）人。一说其先世为彭城（今江苏徐州）人，唐末其父迁居寿春（今安徽寿县）。仕南唐，初为秘书郎，与李璟交好。李璟即位后，累迁至中书侍郎左仆射同平章事（宰相）。他有文才而无治国之才，虽几度为相，无善政可言。擅诗、文、词，尤其是词，成就很高，词作数量居五代词人之首，共119首，对北宋晏殊、欧阳修等人都颇有影响。刘熙载在《艺概·词曲概》中说："冯延巳词，晏同叔得其俊，欧阳永叔得其深。"王国维在《人间词话》中更是说："冯正中词虽不失五代风格，而堂庑特大，开北宋一代风气。"冯延巳的词中，虽然也多半与妇女有关，但明显不同于《花间集》中诸家，他的词不事雕琢，也较少脂粉气，而显得语言清丽，深情委婉；更没有放肆以至淫鄙的写法，而显出气度文雅，词意婉曲。如《应天长》七首其二：

> 石城山下桃花绽，宿雨初收云未散。南去棹，北归雁，水阔天遥肠欲断。　　倚楼情绪懒，惆怅春心无限。忍泪蒹葭风晚，欲归愁满面。

这是一首闺怨词，没有像温庭筠那样用华词艳词来描绘妇女的外貌，也不像韦庄那样善于用口语来叙述，有较多叙事成分，冯延巳则略去人物的具体容貌，也不去叙述生活的具体细节，而是采用融情于景，以景传情，着重于表达心境，着力于传神，因此显得深情委婉，空灵有致。再看他的《谒金门》四首其四：

> 风乍起，吹皱一池春水。闲引鸳鸯香径里，手挼红

杏蕊。　　斗鸭阑干独倚，碧玉搔头斜坠。终日望君君不至，举头闻鹊喜。

关于这首词，有一则故事为人乐道。据宋人马令《南唐书》记载："元宗乐府辞云'小楼吹彻玉笙寒'，延巳有'风乍起，吹皱一池春水'之句，皆为警策。元宗尝戏延巳曰：'吹皱一池春水，干卿何事？'延巳曰：'未如陛下小楼吹彻玉笙寒。'元宗悦。"胡仔在《苕溪渔隐丛话》卷二中，引录此则。冯延巳这首词，开头两句辟空而起，强烈地传达出思妇的"终日望君君不至"的不安心情，这两句与其说是"池水皱碧"使她心头缭乱不安，毋宁说她心烦意乱似"池水皱碧"。词里写思妇强作安静，内心却焦躁烦乱不堪。最后听到喜鹊叫声，又萌生一线希望。心理描写生动细致。然而最能体现冯延巳词的风格的，还要算那14首《鹊踏枝》了：

谁道闲情抛掷久？每到春来，惆怅还依旧。日日花前常病酒，敢辞镜里朱颜瘦？　　河畔青芜堤上柳，为问新愁，何事年年有？独立小楼风满袖，平林新月人归后。

——其二

霜落小园瑶草短，瘦叶和风，惆怅芳时换。旧恨年年秋不管，朦胧如梦空肠断。　　独立荒池斜日岸，墙外遥山，隐隐连天汉。忽忆当年歌舞伴，晚来双脸啼痕满。

——其八

几日行云何处去？忘却归来，不道春将暮。百草千花寒食路，香车系在谁家树？　　泪眼倚楼频独语。双燕飞来，陌上相逢否？撩乱春愁如柳絮，悠悠梦里无寻处。

——其十一

六曲阑干偎碧树，杨柳风轻，展尽黄金缕。谁把钿筝移玉柱，穿帘燕子双飞去。　满眼游丝兼落絮，红杏开时，一霎清明雨。浓睡觉来莺乱语，惊残好梦无寻处。

——其十四

这四首词写的都是失落的爱情和相思之情，但角度不同，表现手法上也有差异。第一首用春天生机盎然的自然景物来与抒情主人公内心的愁苦和形容憔悴做对比，加深其相思的愁苦。最后两句，更突出主人公站立之久，迟迟不肯归去。第二首用萧瑟的秋景来衬托主人公内心的痛苦。最后两句把笔掉转，回想往日的欢乐，与今日的孤寂对比，不禁泪流满脸。第三首写思妇盼望游子归来，春已暮，燕子已归，但游子未归，痴情问归来的燕子与游子“陌上相逢否？”最后两句写出了无穷的思念、无限的凄苦，本来“相逢在梦里”，已是十分无奈十分痛苦，而现在竟是“悠悠梦里无寻处”，真是其痛苦不堪言。最后一首写春景十分细腻，用字雅美而不秾艳。金缕、玉柱、燕飞、莺语、游丝、落絮，杨柳在微风中摇曳，杏花在细雨里绽放，清明时节，春意正浓。全篇写景，只在最后一句泄露了蕴藏其间的情思。莺语惊梦，好梦难再寻，其意亦痴，其怨亦深。冯延巳的词文辞瑰丽，情意缠绵，千回百转，婉曲幽深，韵味醇厚，远在“花间”之上。

二、李璟

李璟（916—961），字伯玉，初名景通，徐州（今江苏徐州）人。南唐先主李昇长子，后人习惯上称中主。多才艺，工诗词，但缺乏政治才能，即位之初，一反先主保境安民、改善内政的国策，推行“经营天下”的大略，惜无雄才，拓境不成，反为后周击败，割江北之地，去帝号。宋开国后，对南唐的威胁加重，不得已离开金陵迁都洪州（今江西南昌），不久病逝，仅46岁。今存词五首，数量不多，质量却高。其词虽多写妇女相思，但借以寓自己的怀抱。他的代表作是《摊破浣溪沙》二首其二：

菡萏香销翠叶残，西风愁起绿波间。还与韶光共憔悴，不堪看。　　细雨梦回鸡塞远，小楼吹彻玉笙寒。多少泪珠无限恨，倚阑干。

这首词写的虽然还是离愁别恨，但尽去“花间派”的香艳与堆砌雕琢，意境阔大，沉郁幽深。词中一片残秋凄凉之景，情寓景中，象征南唐的衰败，深寓家国身世之悲。王国维在《人间词话》中说：“‘菡萏香销翠叶残，西风愁起绿波间’，大有‘众芳芜秽’、‘美人迟暮’之感。”词中有象征、有寄托，这比冯延巳又进一步。至此，词还在向前大步发展。到了李煜，彻底摆脱了“花间派”的影响，把词大大向前推进了一步。

第二节　李煜

李煜（937—978），字重光，初名从嘉，号钟隐，李璟第六子。少聪慧，善属文，工书画，精通音律，多才多艺。在李璟畏惧北宋威胁而迁都洪州后，他被立为太子留守金陵监国。宋建隆二年（961）六月，李璟逝世；七月，李煜在金陵即位，过了15年偏安江南的帝王生活。李璟在世时，爱好文学艺术，因此在南唐宫廷里，具有浓厚的文学艺术气氛，这对李煜影响极深。李煜诗词俱佳，而尤精于词，成就突出。王运鹏曾赞誉他说：“以谓词中之帝，当之无愧色。”（《半塘老人遗稿》）开宝八年（975），宋将曹彬攻破金陵，李煜出降，从此成为赵匡胤弟兄的阶下囚，封违命侯，受尽屈辱。不过赵匡胤尽管对他不满，但爱其才，并没有杀他。赵光义就不同了，即位不到两年，就在太平兴国三年（978）赐药把他毒死，终年仅41岁。因为他是南唐三位君主中最后一人，因此人称李后主。赵光义为自身的利益，连当皇帝的哥哥与可能会威胁自己宝座的亲弟弟以及哥哥的两个儿子都会害死，哪里会怜惜一个念念不忘故国的阶下囚？就这样，一个才华横溢的词人英年死于非命。

李煜疏于治国，精于文学艺术，诗画俱佳，尤工于词，造诣极高，历来都有很高评价。周济在《介存斋杂著》中说："王嫱、西施，天下美妇人也，严妆佳，淡妆亦佳，粗服乱头，不掩国色。飞卿，严妆也；端己，淡妆也；后主则粗服乱头矣。"这是说李煜的词很少修饰，纯属自然，可谓"浑然天成"。王国维在《人间词话》中，几次论及李煜的词，他说："词人者，不失其赤子之心者也。故生于深宫之中，长于妇人之手，是后主为人君所短处，亦即为词人所长处。故后主之词，天真之词也。他人，人工之词也。"同样，这也是着眼于李煜词的自然、天真，毫无斤斧之痕、修饰之词。王国维还说："温飞卿之词，句秀也；韦端己之词，骨秀也；李重光之词，神秀也。"这是说李煜的词具有内在美，不在外形的美。这些话，都是从词的风格与词本身来论述的。至于他说："词至李后主而眼界始大，感慨遂深，遂变伶工之词而为士大夫之词。"（《人间词话·十五》）这是从词的发展来说的。自从温庭筠以来，词不再是诗人们为了求新奇，偶尔为之，而是认认真真地专心创作，但从《花间集》到冯延巳，他们的词离不开妇女，都具有"香而软"的特点，李璟的词也没有完全摆脱这特点。这些词都可供伶工在筵席上歌唱的，李煜亡国前写的词，其实也没有完全摆脱"伶工之词"的特点，他的词"眼界始大，感慨遂深"是在亡国之后。南唐亡国，使李煜失去了头上的王冠，却成就了他成为"词中之帝"，至此李煜的词成为词的发展中的一块里程碑。李煜的词，以南唐灭亡前后为界线，可以明显地分为前后两期。

在前期，李煜无论在物质生活还是精神生活方面，都很适意。南唐尽管只是偏安于东南一隅的小国，但地处富庶的江南，物产丰富，在物质上富足。18岁时，他与周宗的美丽多才的大女儿娥皇结婚，夫妻之间感情很好，他为她写了不少诗文。在他23岁时，那个心胸狭窄多猜善妒的南唐太子弘冀夭折，李煜入主东宫，25岁即位为南唐国君，立娥皇为后（世称“大周后”），过了15年帝王生活。其间虽有大周后娥皇病逝之悲，但他很快与娥皇之妹有了恋情，三年后结了婚，有了新的皇后（世称“小周后”），两人也很融洽，他享尽琴瑟和谐之乐。因此，他前期的词所表达的基本上是男女之情，大多与妇女有关，在题材上没有超出其父与冯延巳。在表现手法上，虽然没有太大突破，但已呈现出与“花间派”词人和冯延巳以及其父的不同。词在冯延巳与李璟笔下，已不像“花间”词人那样堆金垒玉，色彩浓艳，而是逐渐转向清新流畅，深婉含蓄，但在写景中，仍有不少浓艳色彩，而李煜则纯用白描。如写男女恋情的词，李煜是这样写的：

> 晚妆初过，沉檀轻注些儿个。向人微露丁香颗，一曲清歌，暂引樱桃破。　　罗袖裛残殷色可，杯深旋被香醪涴。绣床斜凭娇无那，烂嚼红茸，笑向檀郎唾。
>
> ——《一斛珠》

> 花明月暗笼轻雾，今宵好向郎边去。刬袜步香阶，手提金缕鞋。　　画堂南畔见，一向偎人颤。奴为出来难，教郎恣意怜。
>
> ——《菩萨蛮》

词中抒情主人公的形象如此鲜明生动，是前所未有的。前一首中，我们看到一个女子唱完一曲歌后，在向情郎撒娇。对这个女主人公，有人说是歌妓，有人说是小周后，我以为这两种说法都不恰当。李后主虽然年少风流，但还没听说过他像宋徽宗那样出入宫外的青楼；再说歌馆舞榭的女子，也不可能在他面前如此放肆，即使在即位以前，他的身份也与众不同，不会随意出入歌馆舞榭，青楼女子谁敢在他面前如此放肆；至于说小周后，虽然敢在他面前撒娇，但她毕竟是大家闺秀，不会显得如此轻浮。我想这个女子说是李煜的宠姬还差不多。后一首中，刻画一个女子小心翼翼地去跟情人幽会，大家都说这是小周后在与李煜结婚前的一次约会，这也与情理不合。小周后是在大周后病重时，入宫侍候姐姐的，在这期间与李煜产生恋情，她可以自由出入大周后的寝宫，自然也不必回避李煜，他们相见相会似乎不必如此偷偷摸摸。解诗词的最大毛病，就是企图死死坐实，不留想象馀地，似乎是解透了，其实把诗词解释得枯燥无味。解诗词，应该学五柳先生的“不求甚解”。注意，这里说的不是不解，而是“甚解”，就是说不要牵强附会，把什么都坐实说死了。否则，把诗词的艺术魅力也给扼杀了。在前期，除写男女之情外，李煜的两首《渔父》也值得一提：

浪花有意千重雪，桃李无言一队春。一壶酒，一竿身，世上如侬有几人？

——其一

一棹春风一叶舟，一纶茧缕一轻钩。花满渚，酒满瓯，万顷波中得自由。

——其二

这两首词里写的，显然不是李煜的亲身经历，而是全凭想象写成的，借以赞美自然，向往自由。其实真正的渔翁迫于生计而打鱼，在风浪里搏击是逍遥不起来的。李煜还有一首词《破阵子》，这是在他前后期交替时写的，历来对此词颇有微词。我们先来看看这首词吧：

四十年来家国，三千里地山河。凤阁龙楼连霄汉，玉树琼枝作烟萝。几曾识干戈！　一旦归为臣虏，沈腰潘鬓消磨。最是仓皇辞庙日，教坊犹奏别离歌。垂泪对宫娥。

对这首词的批评，主要集中在最后一句，认为后主应挥泪对宗庙，而不该对宫娥。这样说也许是对的，不过如果写垂泪对宗庙，反而显出其虚伪来，失去其自然纯真的特色。这首词上片写南唐立国四十年，拥有江南沃土三千里，繁荣富庶，一片升平景象，不知干戈为何物。下片写不幸沦为俘虏的情景及当时被迫离别故国的情况。在这里，我们看到的是一个真实的李煜，没有伪装，毫不掩饰，词里写的是实际情况，流露出来的是他的真情实感。李煜的可爱，全在于“纯真”二字。“纯真”成就了他成为超越他以前的所有词人的杰出词人；“纯真”也让他终于被赵光义毒死。

在后期，他是赵匡胤弟兄的阶下囚。他被俘后，曹彬把他押解到汴京，在汴京他又不能像阿斗那样装疯卖傻，说些“此间乐，不思蜀”一类话。他时刻不忘故国江南，不仅心里想，而且都在词里明白无误地表达了出来，引起北宋统治者的不放心。赵匡胤虽然没有杀他，但限制他的自由，不让随便外出，也不让随便会客，派人时刻监视他。赵光义谋杀了患病的胞兄篡夺皇位后，不仅凶残，而且好色，对美貌的小周后当然不会放过，经常召入宫中去陪酒，还时常强行留宿，小周后次日回来后，总是委屈痛哭。昔日的国君，现在连爱妻也保护不了，李煜内心的悲愤可想而知。这个“不失赤子之心”的天真的李煜，毫不掩饰自己的真实感情，一点也不知道保护自己，一味“纯真”，抒发真实感情，结果终于引来了杀身之祸。李煜后期的词，除了仍保持“纯真”的特点外，又多了“多愁善感”。李煜的好词，多为后期所写。欧阳修在《梅圣俞诗集·序》里提出来的“穷而后工”的诗歌理论，或者说“愁苦之辞易工”，这样的提法，也适用于李煜。李煜当时的词大致上可分为三类，一是回忆过去，思念江南：

闲梦远，南国正芳春。船上管弦江面绿，满城飞絮滚轻尘，忙杀看花人！

——《望江南》二首其一

多少恨，昨夜梦魂中。还似旧时游上苑，车如流水马如龙，花月正春风！

——《望江南》二首其二

人生愁恨何能免，销魂独我情无限。故国梦重归，觉来双泪垂。　　高楼谁与上，长记秋晴望。往事已成空，还如一梦中。

——《子夜歌》

这三首词有个共同特点，那就是都写了梦境。梦回故国，重睹昔日的繁荣，梦境与现实、今与昔，形成强烈的对比，真是字字血、声声泪，悲痛无限，遗恨无穷。抚今思昔，令人撕心裂肺、柔肠寸断。在这类词中，最有名的还是那首《虞美人》：

春花秋月何时了，往事知多少。小楼昨夜又东风，故国不堪回首月明中。　　雕栏玉砌应犹在，只是朱颜改。问君能有几多愁，恰似一江春水向东流。

这首词情意真切，感情沉挚，气象非凡，意境开阔。李煜亡国以后成为阶下囚的满腔悲愤在这里全部宣泄了出来，如长江三峡之水，汹涌澎湃，奔流直下，一泻千里，气势宏大，令“花间”诸君莫敢仰视。王国维对此大加赞赏，在《人间词话》中说：“《金荃》《浣花》能有此气象耶？”据说正因为这首词，要了李煜的命。赵光义看到这首词中的“故国不堪回首月明中”，很生气，怨恨他始终不忘故国，命人给他送去药酒，毒死他。

李煜后期词中的第二类是写的当时的悲惨处境。其中好词不少，今择其尤佳者抄录于下：

林花谢了春红，太匆匆。无奈朝来寒雨、晚来风。
胭脂泪，留人醉，几时重。自是人生长恨、水长东。
——《乌夜啼》

无言独上西楼，月如钩。寂寞梧桐深院、锁清秋。
剪不断，理还乱，是离愁。别是一般滋味、在心头。
——《乌夜啼》

这两首《乌夜啼》着重写他当时的悲惨处境。前一首是伤春，后一首写悲秋。在中国诗歌中，伤春天的消逝，悲秋天的萧瑟，已积淀成原型意象，人们易于接受。但诗词要感人，必须在原型意象中挖掘出新的东西来，或者说注射进新的要素。李煜这两首词正是如此。在这里注射了新的感情，那就亡国之恨，不是像前人那样写的尽是一些闲愁。这两首词都是用白描手法，直接倾诉衷情，如诉如泣，十分感人。前一首中的“自是人生长恨、水长东”与“恰似一江春水向东流”，是同一意境，说法不同，但都能给人一种“此恨绵绵无绝期”之感。后一首把“愁”物化，可以剪可以理，这“剪不断，理还乱”，给人以悱恻缠绵、绵延不断之感，加深了“离愁”。

第三类是抚今思昔，现实的痛苦与对往昔的思念交织在一起，思念往昔是为了更深刻表达今日的痛苦。这类词写得十分感人，如：

帘外雨潺潺，春意阑珊。罗衾不耐五更寒。梦里不知身是客，一晌贪欢。　独自莫凭栏，无限江山，别时容易见时难。流水落花春去也，天上人间。

——《浪淘沙》

往事只堪哀，对景难排。秋风庭院藓侵阶。一任珠帘闲不卷，终日谁来。　金锁已沉埋，壮气蒿莱。晚凉天净月华开，想得玉楼瑶殿影，空照秦淮。

——《浪淘沙》

风回小院庭芜绿，柳眼春相续。凭阑半日独无言，依旧竹声新月似当年。　笙歌未散尊罍在，池面冰初解。烛明香暗画堂深，满鬓清霜残雪思难禁。

——《虞美人》

辘轳金井梧桐晚，几树惊秋。昼雨如愁，百尺虾须在玉钩。　琼窗春断双蛾皱，回首边头。欲寄鳞游，九曲寒波不溯流。

——《采桑子》

第一首《浪淘沙》是一首“伤春”的词，从眼前景物写起，主要点明“春意阑珊”。再把在梦里的“一晌贪欢”与醒后对故国的思念的痛苦，形成鲜明对比。结尾呼应开头，这里明说时令，实际上说亡国前后的处境有天壤之别。“流水落花春去也，天上人间”已成千古名句，《西清诗话》说这首词“含思凄婉，未几下世”

（转引自《苕溪渔隐丛话》）。第二首《浪淘沙》是一首“悲秋”的词，从思念往事写起，再写眼前的萧瑟之景，接下来更写到眼前的门庭冷落“终日谁来？”这里虽然没有写往日热闹，但完全可以想象到往日作为南唐小朝廷的皇帝，终日有多少人围着转。下片写想象中的今日的金陵衰败情况：金甲沉埋，雄兵何在？六朝故都，一片衰败，只有一轮孤月，“空照秦淮”。沈际飞在《草堂诗馀续集》中说这首词“读不忍竟”。第三首《虞美人》触景生情，又想起了当年。下片前三句回忆当年盛况，末句又回到当前，现在他已白发满头了，其实当时他才四十来岁，造成这状态的原因就是“思难禁”。国破家亡，身为俘虏，难以承受这愁思深忧，致使自己未老先衰，鬓发苍苍。最后一首《采桑子》写他亡国后过着囚徒的生活，思念故国，但没有一点信息。不要说回去看看，现在连书信都寄不到，实在痛苦不堪。李煜后期的词，一个突出的特点，就是追忆故国，倾吐内心的种种悲痛。当然李煜念念不忘的是以往在当南唐国主时的地位与生活情况。然而文学作品的形象常常大于思想，高于思想，特别是诗词，常常略去对枝节的描写，直接抒发情感，而李煜的词，没有太多的描写，更没有华词艳语，多用白描直接倾吐满腔强烈的情感，因此具有极强的艺术感染力。

在中国词的发展中，李煜是一块里程碑。第一，李煜使词走出了只写男女私情的狭小天地，词不再是专供绣幌佳人歌唱的艳曲，而是抒发个人的情怀与对家国的感慨，向着抒情言志的方向发展，扩大了词的题材，拓展了词的境界。第二，使词摆脱了垒金堆玉、艳词丽语累篇的重负，而是可以纯用白描倾吐真情；词的美不再着眼于着意修饰与雕琢，而全在于自然真切。第三，词不再是“举纤纤之玉指，拍按香檀”、纤巧娇美、柔弱无力的作品，而是采取重槌击鼓式的直抒胸臆，倾吐心声，从而变浮艳绮靡为沉郁有力，能深深打动人的心弦。第四，词不再是供“绮筵公子”沉醉于声色中寻欢作乐的艳歌，而是充满忧患意识，以至成为“以血书者”，这对南宋词人影响尤深。第五，李煜以前，唐代诗人偶尔写几首词，根本谈不上什么风格，及至温庭筠出现，渐渐显露了风格，接着大批花间派词人出现，但他们的风格不是与温庭筠相似，就是与韦庄接近，他们具有的是群体的类型风格。就是到冯延巳与李璟，也并没有形成突出的个人风格，直到李煜后期才建立起了十分明显的个人风格。李煜的就是李煜的，决不能与别人混淆。词之有词人自己的独特风格，自李煜开始。词至李煜发生了大变化，在李煜的以前是一个样，在李煜的以后又是一个样，李煜为宋词的繁荣开拓了广阔的前景。

第五章　宋词概况

虽然说“词至李后主，而眼界始大，感慨遂深，变伶工之词而为士大夫之词”（王国维《人间词话》），但词的发展并不是直线上升的，有了李煜的影响，也不能完全割断“花间词”的影响，涵盖一切。在北宋，花间词人的影响与李煜的影响是分别存在着，特别在北宋初期，花间词人们的影响更大一些。

后周显德七年（960），赵匡胤发动陈桥兵变，从孤儿寡母手中篡夺了政权，建立宋王朝；并于次年解除了禁军统帅石守信等人的兵权，建立了中央集权制的政权。后又经过多年的南征北战，基本上统一了中国，但是时常受到西北的西夏以及北方的辽国的骚扰或威胁。宋代是中国历史上一个积弱的朝代。尽管如此，但毕竟大部分地方是统一了，特别是中国最富庶的江南，完全在宋王朝的统治下，有了一个比较安定的环境，为经济发展创造了有利的条件。在当时，农业、手工业和商业都有很大发展，特别是由于手工业与商业的发展，城市也更加繁荣，出现了市民阶层。宋代是一个抑武扬文的时代，文官待遇优厚，文人的政治地位提高。科举制的完备，为大批“寒士”提供了参与政治的条件。这些对宋词的发展与繁荣产生了极大影响。

宋初结束了长达半个多世纪的五代十国时代，国家复归于统一，社会比较安定，经济有了较快发展，呈现出一副繁荣景象；文人的政治地位与生活都有了很大提高，因此当时的文人词有很多是歌颂升平。到了北宋中期，社会内部矛盾加剧，党争激烈，在文人的思想中潜入了浓重的忧患意识，词风也因此为之一变。到南宋，民族矛盾加剧。女真族建立了金政权，灭辽后继续南下，占领了宋王朝统治下的北方广大地区，连北宋的都城汴京也占领了，还俘虏了徽、钦二帝。宋室虽然南渡，但金兵经常南下，进一步威胁着国家的存亡与南方人民的安全。广大人民与一批爱国将领以及文官中的有识之士，坚决主张抗战，然而当时的最高统治者宋高宗赵构和宰相秦桧却是投降派，后来又有奸佞史弥远和贾似道长期专权，他们都是向外投降，一味向金人屈膝求和；对内压制仁人志士，甚至杀害抗战将领。整个南宋一直在昏君奸臣统治下，使得广大仁人志士壮志难酬，满腔报国激情只有付诸辞章，这时的词风又有了大变化。这是指词的内容与风格的变化。在词的形式上，也发生了变化，逐渐由小令向慢词长调发展。

第六章　宋初承袭期

第一节“花间”与南唐馀绪

要说北宋初期的词人，其实李煜亡国后写的那些成就极高的词，都是在北宋的汴京写的，不过历来习惯上都不把他列入北宋词人中。唐圭璋先生编的《全宋词》是从花间词人和凝之子和岘开始的，其实他比李煜还年长四岁，而且在后汉乾年间就任著作郎。由后汉入后周，再入宋，宋太祖建隆初任太常博士。他存词三首，在宋太祖开宝元年（968）写的，内容无非是歌颂升平，艺术上也并没有特色。真正生于宋代长于宋代的是寇准，不过寇准受人赞赏的《江南春》，在《全宋词》中没有收入，因为“乃诗而非词”。我们这里，就从潘阆开始吧。

一、潘阆

关于潘阆的籍贯，有大名、扬州、钱塘三种说法。大名、扬州在他的诗词里没有留下多少痕迹，而对钱塘他确实情有独钟。在他现存的十一首词中，有十首《酒泉子》都是歌咏杭州景色的，今录三首于下：

长忆钱塘，不是人寰是天上。万家掩映翠微间，处处水潺潺。　　异花四季当窗放，出入分明在屏障。别来隋柳几经秋，何日得重游。

——其一

长忆西湖，湖上春来无限景。吴姬个个是神仙，竞泛木兰船。　　楼台簇簇疑蓬岛，野人只合其中老。别来已是二十年，东望眼将穿。

——其三

长忆观潮，满郭人争江上望。来疑沧海尽成空，万面鼓声中。　　弄潮儿向涛头立，手把红旗旗不湿。别来几向梦中看，梦觉尚心寒。

——其十

从第一首中，我们看到把杭州比成天堂，应该说是从潘阆开始。这组词，在当时广为传播，深得赞赏，在《历代诗馀》《古今词话》《湘山野录》等书中，都记载了当时人对这组词的喜爱，或云："东坡爱之，书之于玉堂屏风。"或云："石曼卿见此词，使画工彩绘之，作小景图。"或云："钱希白爱之，自写于玉堂后壁。"总之当时喜爱这组词的人不少，而且大都是在当时有一定名望的诗人，其影响之大由此可见。

二、林逋

林逋存词不多，仅三首，其《相思令》较有名：

吴山青，越山青。两岸青山相对迎。争忍有离情。

君泪盈，妾泪盈。罗带同心结未成，江边潮已平。

林和靖是个隐士，隐居杭州西湖边的孤山，以"性恬淡"著名，曾"二十年足不及城市"，且"终身不娶"，似乎是一个木石心肠、缺乏人情的人，但这首《相思令》却饶有情致，与他平日的为人联系不起来。人们说北宋文人大都有“多重人格”，林逋平日为人与这首词中所写如此不相一致，正可印证其“多重人格”。

三、晏殊

晏殊（991—1055），字同叔，临川（今江西抚州）人。他少年聪颖，7岁能文。13岁时以“神童”被荐应试，与千馀进士并试廷中，援笔立成，深受皇帝嘉奖，赐同进士出身。后屡任显要，仁宗朝官至宰相。晏殊为政，重视教育，爱惜人才。他性情刚简，洁身自爱，在任宰相期间，奖掖后进，提拔人才，范仲淹、韩琦、欧阳修、孔道辅等，都曾受到他的赏识并举荐提拔。他虽居显位，却笃学不倦，著作甚丰。平日喜与文人雅士交游，生活优裕，经常宴饮作诗。词风接近冯延巳，其代表作为《浣溪沙》十三首其四：

一曲新词酒一杯，去年天气旧亭台。夕阳西下几时回？　　无可奈何花落去，似曾相识燕归来。小园香径独徘徊。

这首词从内容上来看，无非是写士大夫伤春之感，但艺术成就极高。词里有对美好春光的留恋，有对春光消逝的惋惜。情寓景中，蕴藉有致；哀而不伤，丽而不艳；缠绵委婉，境界幽深；玉润珠圆，音调和顺，极富艺术感染力，为宋词中的名篇。其中“无可奈何花落去，似曾相识燕归来”两句，对仗自然，意趣天成，杨慎在《词品》中说：“两语工丽，天然奇偶。”晏殊也写离情别绪，著名的如《鹊踏枝》（又名《蝶恋花》）二首其一：

槛菊愁烟兰泣露。罗幕轻寒，燕子双飞去。明月不谙离恨苦，斜光到晓穿朱户。　　昨夜西风凋碧树。独上高楼，望尽天涯路。欲寄彩笺兼尺素，山长水阔知何处。

这首词写的虽是离愁别恨，但没有黯然伤神，一味悲戚，而是显得意境高远，气象广阔，情意缠绵，婉转有致，虽惜别而不哀伤。词中寓情于景，借景传情，读来有馀味。王国维在《人间词话》中说："《诗·蒹葭》一篇最得风人深致。晏同叔之'昨夜西风凋碧树。独上高楼，望尽天涯路。'意颇近之。但一洒落，一悲壮耳。"王国维还把这列入"古今之成大事业、大学问者，必经过三种之境界"中的"第一境界"。原来这首词还可以找出另有内涵，不过这在晏殊写这首词时，未必想到，正如谭献在《复堂词录序》中说的："作者之用心未必然，而读者之用心何必不然。"晏殊的词中，有不少写女性的，如《破阵子·春景》：

燕子来时新社，梨花落后清明。池上碧苔三四点，叶底黄鹂一两声，日长飞絮轻。　巧笑东邻女伴，采桑径里逢迎。疑怪昨宵春梦好，元是今朝斗草赢，笑从双脸生。

这首词里写少女们在乡间陌上相逢，做斗草游戏，天真活泼；音容笑貌，栩栩如生。词中虽写妇女，但没有花间词人们那样鄙俗浮艳的词语，几乎纯用白描，却显得轻盈淡雅。因此，虽然说晏殊的词仍为"花间"、特别是南唐的延续，但已更为雅化，在承袭中有变化，奠定了疏淡清丽、精致柔婉的风格在宋词中的地位。故被后人誉为"北宋倚声家初祖"（冯煦《蒿庵论词》）。

四、宋祁

宋祁（998—1061），字子京，开封雍丘（今河南杞县）人，幼居安陆（今属湖北）。天圣二年（1024），与其兄宋庠同科登进士第，按成绩当列第一（状元），章献太后以为弟不可先兄，而置祁于庠后，列第十，时号大小宋。累官至工部尚书、翰林学士承旨。存词不多，但名望很大，代表作为《玉楼春·春景》（又名《木兰花》）：

> 东城渐觉风光好，縠皱波纹迎客棹。绿杨烟外晓寒轻，红杏枝头春意闹。　浮生长恨欢娱少，肯爱千金轻一笑？为君持酒劝斜阳，且向花间留晚照。

这首词，以“红杏枝头春意闹”一句而博得好评，当时人曾称之为“红杏枝头春意闹尚书”。王国维在《人间词话》中说：“著一‘闹’字而境界全出。”这个“闹”字确实引起读者很多联想，似乎看到听到蜂忙蝶舞、黄莺啼鸣等等，呈现出一片生意盎然的春天景象。至于全词的思想却没有什么可取，无非是及时行乐和达官贵人闲得发愁，并无新意。

五、欧阳修

欧阳修主要是散文大家与诗人，至于词，按罗泌在《欧阳修近体乐府跋》中说，那是“吟咏之馀，溢为辞章”。尽管如此，他在辞章方面，成就还是不小的，在当时，与晏殊齐名。刘熙载在《艺概》卷四中说：“冯延巳词，晏同叔得其俊，欧阳永叔得其深。”他的词对后代很有影响，冯煦在《蒿庵论词》中指出其词“疏隽开子瞻，深婉开少游”，是一个承上启下的人。他存词240馀首，其中有一部分是别人的词混入的，还有后人伪托的。他的词内容较广，风格也呈现出多样性。除了写景抒情外，还有不少艳情词，迥异于他在诗文中表现出来的那种庄重、严肃的儒家老夫子面目，显示了他的“多重人格”。在宋代，在诗里表达庄严的感情，把抒发艳情交付给词。这也正是诗发展到中晚唐逐渐发生裂变的一个重要原因，这些在前面已说过，在这里就不再重复了。事实也正是如此，中晚唐以后，士大夫很少用诗来写艳情，但这不等于他们没有艳情，或从此不写艳情，而只是转换了阵地，把艳情写进了词里。兹录欧阳修词数首于下：

庭院深深深几许？杨柳堆烟，帘幕无重数。玉勒雕鞍游冶处，楼高不见章台路。　　雨横风狂三月暮，门掩黄昏，无计留春住。泪眼问花花不语，乱红飞过秋千去。

——《蝶恋花》

候馆梅残，溪桥柳细，草熏风暖摇征辔。离愁渐远渐无穷，迢迢不断如春水。　　寸寸柔肠，盈盈粉泪，楼高莫近危阑倚。平芜尽处是春山，行人更在春山外。

——《踏莎行》

柳外轻雷池上雨，雨声滴碎荷声，小楼西角断虹明。阑干倚处，待得月华生。　　燕子飞来窥画栋，玉钩垂下帘旌，凉波不动簟纹平。水精双枕，傍有堕钗横。

——《临江仙》二首其一

平山栏槛倚晴空，山色有无中。手种堂前杨柳，别来几度春风。　　文章太守，挥毫万字，一饮千钟。行乐直须年少，尊前看取衰翁。

——《朝中措·平山堂》

一派潺湲流碧涨，新亭四面山相向，翠竹岭头明月上。迷俯仰，月轮正在泉中漾。　　更待高秋天气爽，菊花香里开新酿，酒美宾嘉真胜赏。红粉唱，山深分外歌声响。

——《渔家傲》

把酒祝东风，且共从容，垂杨紫陌洛城东。总是当时携手处，游遍芳丛。　　聚散苦匆匆，此恨无穷。今年花胜去年红，可惜明年花更好，知与谁同？

——《浪淘沙》

去年元夜时，花市灯如昼。月上柳梢头，人约黄昏后。　　今年元夜时，月与灯依旧。不见去年人，泪湿春衫袖。

——《生查子》

凤髻金泥带，龙纹玉掌梳，走来窗下笑相扶。爱道画眉深浅、入时无。　　弄笔偎人久，描花试手初。等闲妨了绣工夫。笑问双鸳鸯字，怎生书？

——《南歌子》

天容水色西湖好，云物俱鲜。鸥鹭闲眠，应惯寻常听管弦。　　风清月白偏宜夜，一片琼田。谁羡骖鸾，人在舟中便是仙。

——《采桑子》十三首其八

从前边抄录下来的几首词中，我们看到内容广泛，风格也有显著差异。前三首体现了欧词的深婉。从内容上说，第一首《蝶恋花》（一作冯延巳作），无非是写思妇相思之意，但语言流利，语意逐步深入，很有特色，开头一句连用三个“深”字，令人大有深不可测之意。后边逐层深入，王又华在《古今词论》中引毛先舒的话说：“词家意欲层深，语欲浑成……偶拈永叔词云：‘泪眼问花花不语，乱红飞过秋千去。’此可谓层深而浑成，何也？因花而有泪，此一层意也。因泪而问花，此一层意也。花竟不语，此一层意也。不但不语，且又乱落，飞过秋千，此一层意也。人愈伤心，花愈恼人，语愈浅，而意愈入，又绝无刻画费力之迹，谓非层深而浑成耶。”这首词以情思邈远、意境幽深、情景交融、自然浑成为人赞赏。第二首《踏莎行》上片写游子思乡，下片写闺人怀远，两相呼应，足见心心相印。黄蓼园在《蓼园词选》中评这首词说：“首阕，言时物暄妍，征辔之去，自是得意。其如我之离愁不断何。次阕，言不敢远望，愈望愈远也。语语倩丽，情文斐亹。”全词境界开阔深远，结尾两句寓无穷的幽思。第三首《临江仙》分明是写一个熟睡的妇女，但着意写景，对人物情致则不露声色，却令读者宛见其人。这是深婉的另一表现法。接下来三首体现了欧词的疏隽。第四首《朝中措》中的“文章太守”宛然是《醉翁亭记》中的滁州太守。第五首《渔家傲》写亭台林竹，显得清疏明快，清澈见底。第六首《浪淘沙》不借景物，直接抒情，明朗爽快。这样的词，对苏轼影响较深。上面的第七第八首都属于“艳情词”，第七首《生查子》曾误作朱淑真词，但宋人曾慥编的《乐府雅词》中已列为欧阳修作，《庐陵集》卷一百三十一中收入此词；而说朱淑真词的是明代杨慎的《词品》，当以宋人所列为准。全词纯用白描，以对比的手法，写一段失落了的恋情，情意凄婉。第八首《南歌子》纯用新嫁娘的口吻写出，活脱一位撒娇女子，栩栩如生。最后一首《采桑子》是一首写景词，着重写颍州西湖夜景之美，于景中见情，在好风光中衬托太守的闲适之情。文笔疏隽，绝无雕琢堆砌之弊。欧阳修还写了不少慢词，词风也由雅变俗。在宋词的发展中，欧阳修是一个过渡人物。

六、晏几道

晏几道（1038—1110），字叔原，号小山，为晏殊第七子，父子合称“二晏”。他父亲虽贵为宰相，但他在仕途上很不得意，曾任颍昌府许田镇监，乾宁通判，开封府推官等小官。他写词很有才能，但在当时社会中缺乏为人处世的才能，有人说他“孤傲自许，不肯一傍贵人之门，自绝于仕宦之途”。黄庭坚在《小山词序》里说他有“四痴”：一是“仕宦连蹇，而不能一傍贵人之门”；二是“论文自有体，不肯一作新进士语”；三是“费资千百万，家人饥寒而面有孺子之色”；四是“人百负之而不恨，已信人绝不疑其欺己”。由此可知他是一个极有个性极有骨气的人，不屑随人之后，正如王弈清在《历代词话》中引晁补之的话说：“叔原不蹈袭人语，风度闲雅，自是一家。”又引陈质斋的话说：“叔原词在诸名胜中，独可追逼花间，高处或过之。”周济在《宋四家词选目录序论》中说：“晏氏父子，仍步温、韦，小晏精力尤胜。”多数人都把晏几道的词与《花间集》连在一起。从实际情况来看，其词虽有不少花间词的特色，但有时却更接近南唐。正因为他把花间、南唐二者融会贯通，从而形成了自己独特的风格，独创源于广泛吸收。他的词既有花间的秾艳，也有南唐的白描，运用得都很成功。例如：

彩袖殷勤捧玉钟，当年拼却醉颜红。舞低杨柳楼心月，歌尽桃花扇底风。　从别后，忆相逢，几回魂梦与君同。今宵剩把银釭照，犹恐相逢是梦中。

——《鹧鸪天》十九首其一

梦后楼台高锁，酒醒帘幕低垂。去年春恨却来时。落花人独立，微雨燕双飞。　记得小苹初见，两重心字罗衣，琵琶弦上说相思。当时明月在，曾照彩云归。

——《临江仙》八首其七

斗草阶前初见，穿针楼上曾逢。罗裙香露玉钗风。靓妆眉沁绿，羞脸粉生红。　流水便随春远，行云终与谁同。酒醒长恨锦屏空。相寻梦里路，飞雨落花中。

——《临江仙》八首其一

醉别西楼醒不记。春梦秋云，聚散真容易。斜月半窗还少睡，画屏闲展吴山翠。　衣上酒痕诗里字，点点行行，总是凄凉意。红烛自怜无好计，夜寒空替人垂泪。

——《蝶恋花》十五首其七

旧香残粉似当初，人情恨不如。一春犹有数行书，秋来书更疏。　衾凤冷，枕鸳孤，愁肠待酒舒。梦魂纵有也成虚，那堪和梦无。

——《阮郎归》五首其三

天边金掌露成霜，云随雁字长。绿杯红袖称重阳，人情似故乡。　兰佩紫，菊簪黄，殷勤理旧狂。欲将沉醉换悲凉，清歌莫断肠。

——《阮郎归》五首其四

秋千院落重帘暮，彩笔闲来题绣户。墙头丹杏雨馀花，门外绿杨风后絮。　朝云信断知何处，应作襄王春梦去。紫骝认得旧游踪，嘶过画桥东畔路。

——《木兰花》八首其一

哀筝一弄湘江曲，声声写尽湘波绿。纤指十三弦，细将幽恨传。　当筵秋水慢，玉柱斜飞雁。弹到断肠时，春山眉黛低。

——《菩萨蛮》九首其七

小晏存词二百六十来首，但从上边抄录的八首词中，我们已可见其词风的一斑。第一首《鹧鸪天》，色彩浓重，用词艳丽，对仗工整，声音响亮，接近“花间”。“舞低”二句，用词造句，颇下功夫，其工致华美，向为人赞赏。“今宵”二句点化杜甫《羌村》诗中的“夜阑更秉烛，相对如梦寐”，变沉痛为凄婉，还透出些香艳。第二首《临江仙》（梦后楼台）写别后的凄凉，历来认为是小晏的代表作，陈世宜在《宋词举》中说：“此为小山词品传诵之作，极深婉沉着之妙。”词中融情于景，以景传情，艺术性极高。“落花”、“微雨”则说明已是“春意阑珊”；“人独立”则有无限惆怅之意；“燕双飞”用以衬托自己形单影只。下一首《临江仙》用白描手法，叙述跟一个女子两次相逢的情况及如今已难以相逢的悲痛，结尾充满哀愁。第四首《蝶恋花》在写法上，不同于小晏的其他词，这首词被人叫好的是采取了拟人化手法，以反映别后的“凄凉意”。结尾是点化李商隐《无题》诗中的“蜡炬成灰泪始干”而来，但更觉缠绵委婉。第五首《阮郎归》，前后照应，层层深入，婉曲有致，这也是小晏词的一大特点，周济说“小晏精力尤胜”，正是指这类词说的。第六首《阮郎归》是抒写怀抱之作，可见小晏的词并非都写离情别绪、男女怨情。况周颐在《蕙风词话》中有一段专门评论此词的文字：“‘绿杯’二句，意已厚矣。‘殷勤理旧狂’五字三层意：‘狂’者，所谓一肚皮不合时宜，发见于外者也；狂已旧矣，而理之，而殷勤理之，其狂有甚不得已者。‘欲将沉醉换悲凉’，是上句注脚。‘清歌莫断肠’，仍含不尽之意。此词沉着厚重，得此结句，便觉竟体空灵。”沉着厚重与空灵婉转，常常不可兼得，此词却兼而有之，实为难得。第七首《木兰花》用象征比喻的手法，表达出他的一往情深。上阕前两句写闺房幽深，重帘遮挡，与外界不通音讯。后两句以“雨馀花”喻墙内佳人，以“风后絮”比门外游子，墙是隔绝内外的铁幕。下阕写别后杳无音讯，痴情幻想梦里相逢。后两句为他日重来此地着想，从梦到真，全是痴情幻想。最后一首《菩萨蛮》写弹筝女的演奏，乐音、情感与弹筝女的外貌，一一从词中呈现出来，令人如闻其声，如见其形，声情并茂，栩栩如生。这首词纯用白描，写眼前景、身边事，写得生动入微，颇具李煜的手法。从前边所引的八首词来看，小晏在努力把花间与南唐两种不同的词风融合在一起，从而创造出自己的独特风格，为词的发展做出了贡献。

第二节 暗潮涌动

在北宋前期的词，是承袭花间与南唐，但就在这承袭中，已涌动着变革的暗潮，出现了一些明显不同于花间与南唐的词，并逐渐淹没了花间与南唐的馀绪，呈现出了崭新的面貌，到仁宗朝以后，演变成了主流，成为真正有宋代特色的词。这变化，首先出现在政治家、军事家兼文学家的范仲淹笔下。

一、范仲淹

范仲淹存词不多，但其词境界开阔，情调苍凉，沉挚有力，全然不同于花间词，更接近李煜。如：

> 碧云天，黄叶地，秋色连波，波上寒烟翠。山映斜阳天接水。芳草无情，更在斜阳外。　　黯乡魂，追旅思，夜夜除非，好梦留人睡。明月楼高休独倚。酒入愁肠，化作相思泪。
>
> ——《苏幕遮》

> 塞下秋来风景异，衡阳雁去无留意。四面边声连角起，千嶂里，长烟落日孤城闭。　　浊酒一杯家万里，燕然未勒归无计。羌管悠悠霜满地。人不寐，将军白发征

夫泪。

——《渔家傲》

以上两首词，前一首写羁旅乡愁，这可以说是一个再熟不过的题材，但这首词境界开阔，为以前羁旅乡愁词所未有，而且这首词所写虽说是乡愁，但愁而不哀伤，用语丽而不艳，感情柔而不浮。其中“芳草无情，更在斜阳外”，当是欧阳修《踏莎行》“平芜尽处是春山，行人更在春山外”所本。后一首为边塞词，范文正在陕西守卫边疆，这首词写其亲身经历与感受，不同于书生们的闭门造车，欧阳修讥其为“穷塞主”，自矜其“战胜归来飞捷奏，倾贺酒。玉阶遥献南山寿”，为“真元帅之事”。其实西北边塞，事实上就是荒凉与寒冷，真元帅自然应该亲临前线，与士兵同甘共苦。欧阳修没有到过边塞，住在京城的华屋内，围着炉子饮酒时想象出来的“真元帅之事”，用以讥笑范仲淹，这是书生无知，不知天高地厚，自以为是，妄出轻率之词。范仲淹这首词慷慨苍凉，反映出英雄豪情将帅气度，笔调雄放刚健，一改以往婉约轻柔的词风，为豪放派词风的形成先行一步。范仲淹还有一首词应该一提，虽然这首词无论从艺术上来看，还是从思想上来看，都算不上出色，但对词的发展却颇有影响。这就是那首《剔银灯》：

昨夜因看蜀志。笑曹操孙权刘备，用尽机关，徒劳心力，只得三分天地。屈指细寻思，争如共、刘伶一醉。

人世都无百岁。少痴骏、老成尪悴。只有中间，些子少年，忍把浮名牵系。一品与千金，问白发、如何回避？

这首词议论纵横，开以后议论入词的先河。此后一些豪放派词人，也常以议论入词。

二、张先

张先（990—1078），字子野，乌程（今浙江湖州）人。天圣八年（1030）进士，曾任嘉禾通判，吴江知县。晏殊任开封府尹时，曾辟为通判，后任都官郎中，在仕途并不得意，据说直至70岁时，才出知虢州。晚年退居乡间，往来于湖州、杭州等地，是北宋年寿最高的词人。张先长于诗，苏轼在《子野词跋》中曾指出："子野诗笔老，歌词妙乃其馀事。"然而后来他的词名却盖过了诗名。他长于小令，但也写了不少慢词。宋词变化，从范仲淹与张先的词中，已露端倪。他的词多写男女之情，且多名句，人们取其名句称呼他为"张三影"（见陈师道《后山诗话》）、"张三中"（见《苕溪渔隐丛话》），欧阳修称之为"桃杏嫁东风郎中"，宋祁则称之为"云破月来花弄影郎中"。现把与上述称呼有关的几首词抄录于下：

《水调》数声持酒听，午醉醒来愁未醒。送春春去几时回？临晚镜，伤流景，往事后期空记省。　沙上并禽池上暝，云破月来花弄影。重重帘幕密遮灯，风不定，人初静，明日落红应满径。

——《天仙子》

声转辘轳闻露井，晓引银瓶牵素绠。西园人语夜来风，丛英飘坠红成径。宝猊烟未冷，莲台香蜡残痕凝。等身金，谁能得意，买此好光景。　粉落轻妆红玉莹，月枕横钗云坠领。有情无物不双栖，文禽只合常交颈。昼长欢岂定，争如翻作春宵永。日曈昽，娇柔懒起，帘押残花影。

——《归朝欢》

野绿连空，天青垂水，素色溶漾都净。柔柳摇摇，坠轻絮无影。汀洲日落人归，修巾薄袂，撷香拾翠相竞。如解凌波，泊烟渚春暝。　彩绦朱索新整，宿绣屏、画船风定。金凤响双槽，弹出今古幽思谁省。玉盘大小乱珠迸。酒上妆面，花艳媚相并。重听，尽汉妃一曲，江空月静。

——《剪牡丹·舟中闻双琵琶》

伤高怀远几时穷。无物似情浓。离愁正引千丝乱，更东陌，飞絮蒙蒙。嘶骑渐遥，征尘不断，何处认郎踪？

双鸳池沼水溶溶，南北小桡通。梯横画阁黄昏后，又还是、斜月帘栊。沉恨细思，不如桃杏，犹解嫁东风。

——《一丛花令》

前三首词，每首都有一句以“影”字做押韵的句子，如《天仙子》下阕第二句“云破月来花弄影”，《归朝欢》中的末句“帘押残花影”与《剪牡丹·舟中闻双琵琶》上阕第五句“坠轻絮无影”，合称“三影”。最后一首《一丛花令》则为“桃杏嫁东风郎中”的由来。关于这首词，还有一段佳话。据杨湜的《古今词话》记载：“张先字子野，尝与一尼私约。其老尼性严。每卧于池岛中一小阁上，俟夜深人静，其尼潜下梯，俾子野登阁相遇。临别，子野不胜惓惓，作《一丛花》词以道其怀。”张先还有两首以“影”字为押韵句子的词，写得毫不逊色：

乍暖还轻冷，风雨晚来方定。庭轩寂寞近清明，残花中酒，又是去年病。　楼头画角风吹醒，入夜重门静。那堪更被明月，隔墙送过秋千影。

——《青门引·春思》

龙头舴艋吴儿竞，筝柱秋千游女并。芳洲拾翠暮忘归，秀野踏青来不定。　　行云去后遥山暝，已放笙歌池院静。中庭月色正清明，无数杨花过无影。

——《木兰花·乙卯吴兴寒食》

《苕溪渔隐丛话》引《高斋诗话》说《青门引》中的末句“隔墙送过秋千影”与“云破月来花弄影”以及为东坡赞赏的诗句“浮萍破处见山影”合为“三影”。关于下边的《木兰花》，朱彝尊在《静志居词话》中说：“张子野吴兴寒食词：‘中庭月色正清明，无数杨花过无影。’余尝叹其工绝，在世所传三影之上。”李调元在《雨村词话》中说：“张三影已胜称人口矣，尚有一词云：‘无数杨花过无影’，合之应名四影。”可见他以善于写“影”著名，也说明他善于捕捉并表达“朦胧美”。他的小令以“韵高”著称。但是他对词的贡献却在于写了不少慢词，他的慢词与小令在风格上有差异。他的小令表现得委婉蕴藉，然而慢词却显得明白爽直，词风在承袭中发生了变化。所以陈廷焯在《白雨斋词话》中说：“张子野词，古今一大转移也。前此则为晏、欧，为温、韦，体段虽具，声色未开。后此则为秦、柳，为苏、辛，为美成、白石，气局一新，而古意渐失。子野适得其中，有含蓄处，亦有发越处。但含蓄不似温、韦，发越亦不似豪苏腻柳。规模虽隘，气格却近古。”这也说明了张先在宋词发展中的作用与地位。

三、王安石

王安石在政治上是一个著名的改革家，在诗词创作上同样不蹈人之后，出现革新的气势。他现存的词不多，仅存29首，但质量很高。其代表作为《桂枝香》：

登临送目。正故国晚秋，天气初肃。千里澄江似练，翠峰如簇。归帆去棹残阳里，背西风、酒旗斜矗。彩舟云淡，星河鹭起，画图难足。　念往昔、繁华竞逐，叹门外楼头，悲恨相续。千古凭高，对此谩嗟荣辱。六朝旧事随流水，但寒烟、芳草凝绿。至今商女，时时犹唱，《后庭》遗曲。

这首词洗尽花间的脂粉气，冲刷南唐的悲戚哀音，完全摆脱了男女艳情与离愁别恨，开拓了题材，境界开阔，气格高超，预示着词将有重大变化与发展。这首词在黄升《花庵词选》题作《金陵怀古》，从此以后，以词咏史、以词写金陵怀古的，历代都有，也出现了不少这方面的好词，半山老人此词实开先河，后来苏轼写了《念奴娇·赤壁怀古》，开创了词中的豪放派。王安石这首词一诞生就备受赞赏，据杨湜在《古今词话》中说："金陵怀古，诸公寄词于桂枝香，凡三十馀首，独介甫最为绝唱。东坡见之，不觉叹息曰：'此老乃野狐精也。'"梁启超在《艺蘅馆词选》评说："李易安谓介甫文章似西汉，然以作歌词，则人必绝倒。但此作却颉颃清真、稼轩，未可谩诋也。"其实李清照在《词论》中对诸家的评论并不可取，她把以前的所有词人全盘否定，言外之意就她行。词存在各种不同风格，不仅是允许的，而且是好事，只允许自己喜欢的风格存在，把其他风格全部否定，气度未免太小，须知一花独放不是春，万紫千红才是春。王安石这首词，立意高，寓意深，笔力峭劲，令苏轼叹服，可见这是一首颇有影响的词。另外有一首《浪淘沙令》也值得一提：

伊吕两衰翁。历遍穷通。一为钓叟一耕佣。若使当时身不遇，老了英雄。　汤武偶相逢。风虎云龙。兴亡只在笑谈中。直至如今千载后，谁与争功。

词中写出了时势造英雄，伊尹、吕尚遇到明君，才得以施展才华，在垂暮之年成就了一番大事业。词中赞叹风云际会，英雄遭遇及时，才不至于“老了英雄”；同时也称赞明君能及时识拔贤才。这是继范仲淹的《剔银灯》后又一首以议论入词的作品，而且在王安石这首词里的议论，显然比范仲淹在《剔银灯》里的议论积极得多。从王安石的词里，我们明显地看到了词的变化与发展，正在一步一步远离花间与南唐，走上一条新开辟的道路。

第七章　宋词发展期

经过宋初词人的创作实践，经过数十年的不断探索，宋词终于迎来了全面发展时期。宋词的大发展可分三个方面：一是篇幅扩大，慢词兴起，市民意识渗透入词，代表人物是柳永。二是豪放词风正式出现，题材扩大，充分士大夫化，代表人物是苏轼。柳永与苏轼的创作活动，应该有较长时间是同时进行的。三是作者队伍壮大，在柳、苏二人之外，同时还出现了一大批有一定成就的词人，呈众星捧月、绿叶衬红花之势。

第一节　柳永、慢词和俚俗词风

柳永（约987—约1053），原名三变，字耆卿，崇安（今福建武夷山市）人，工部侍郎柳宜少子。他青少年时代住在汴京，常出入于秦楼楚馆，并替她们填词作曲。在一次应试后落第，他写了一首《鹤冲天》以发泄不满情绪：“黄金榜上，偶失龙头望。明代暂遗贤，如何向？未遂风云便，争不恣狂荡！何须论得丧。才子佳人，自是白衣卿相。　烟花巷陌，依约丹青屏障。幸有意中人，堪寻访。且恁偎红翠，风流事，平生畅，青春都一饷。忍把浮名，换了浅斟低唱。”仁宗知道后，十分恼怒。他再次应试时，临轩放榜之际，仁宗斥落他道：“且去浅斟低唱，何要浮名。”还说：“且去填词。”（事见吴曾《能改斋漫录》）自此，他更加放浪不羁，自称“奉旨填词柳三变”，在汴京、苏州、杭州等地过着流浪生活，栖息于秦楼楚馆之中，偎红依绿，与歌伎们厮混，写了不少反映当时都市生活的词，有不少词是专门为歌伎们写的。后来他改名为柳永，才得于景祐元年（1034）登进士第，但仕途很不顺利，在今浙江的桐庐、定海等处当过几任小官，位终屯田员外郎，世称“柳屯田”。最后死于润州。据说柳永死后家无馀财，是歌伎们凑钱把他埋葬的。在当时，他的词名很大，词的传播很广，所谓“凡有井水处，即能歌柳词”，主要是由教坊歌伎到处传唱。柳永的词有四大特色：一是词的篇幅增大，写了大量慢词，提高了词的表现力，虽然这以前张先也已写了几首慢词，但为数极少，而且他有名的词全是小令，直到柳永才大量写慢词，质量也高，其中名作不少，奠定了慢词的基础，促使慢词迅速发展；二是把目光从自然山水和恬静农村转向大都市，表达城市里的市民生活；三是突破文人雅词的格局，善于吸收俚俗语言入词，变雅为俗，以俗为美；四是善于铺叙，敢于倾吐，长于白描，常常把身边事、心中情，赤裸裸地呈现在读者面前，明朗直率，很少掩饰。柳词的内容最多的是艳情与羁旅行役，还有描写大都会。其中著名的有：

寒蝉凄切，对长亭晚，骤雨初歇。都门帐饮无绪，留恋处，兰舟催发。执手相看泪眼，竟无语凝噎。念去去，千里烟波，暮霭沉沉楚天阔。　多情自古伤离别，更那堪、冷落清秋节。今宵酒醒何处？杨柳岸、晓风残月。此去经年，应是良辰好景虚设。便纵有千种风情，更与何人说？

——《雨霖铃》

对潇潇暮雨洒江天，一番洗清秋。渐霜风凄紧，关河冷落，残照当楼。是处红衰翠减，苒苒物华休。唯有长江水，无语东流。　　不忍登高临远，望故乡渺邈，归思难收。叹年来踪迹，何事苦淹留？想佳人、妆楼颙望，误几回天际识归舟。争知我，倚阑干处，正恁凝愁！

——《八声甘州》

东南形胜，三吴都会，钱塘自古繁华。烟柳画桥，风帘翠幕，参差十万人家。云树绕堤沙。怒涛卷霜雪，天堑无涯。市列珠玑，户盈罗绮，竞豪奢。　　重湖叠巘清嘉。有三秋桂子，十里荷花。羌管弄晴，菱歌泛夜，嬉嬉钓叟莲娃。千骑拥高牙，乘醉听箫鼓，吟赏烟霞。异日图将好景，归去凤池夸。

——《望海潮》

以上三首是柳永词中最负盛名的作品。第一首《雨霖铃》写离情别绪，上片写送别时情景，下片从眼前的离别推而广之到“自古”如此，并写了想象中的别后境况，由实情到虚境推进了一步，引人遐想。全词境界开阔，融情入景，情景交融，真挚委婉。黄蓼园的《蓼园词选》评这首词说：“送别词，清和朗畅，语不求奇，而意致绵密，自尔稳惬。”即使极不喜欢他的词的邓廷桢，在其《双砚斋词话》中说柳词“率皆轻浮猥媟，取誉筝琶”，但也不得不说这首词“差近风雅”。第二首《八声甘州》写羁旅情怀，上片着重于氛围的营造，写登高望远所见，展示一幅萧瑟的暮雨秋景图，满目衰败景象；下片写登高望远所见，引起思乡之情，感叹自身漂泊不定，最后把佳人妆楼颙望与自己倚栏凝愁相对照，加深了漂泊者的乡愁与对佳人的思念。词中时空转换巧妙，用“对”、“渐”、“望”、“叹”、“想”等“领字”生发句意，层层推进，铺叙细密，委婉缠绵，曲折有致，博得不少好评。据说苏轼曾说：“人皆言柳耆卿词俗，如‘霜风凄紧，关河冷落，残照当楼’，唐人佳处不过如此。”这段话，最早见于赵令畤的《侯鲭录》。后来，杨慎的《词品》、王弈清的《历代词话》、邓廷桢的《双砚斋词话》等，也都纷纷引用，表示赞同。第三首《望海潮》写杭州美景，展现了一幅都市风情画，把审美目光开始从农村转向城市，写得非常成功。上片写了杭州的地理位置，写足杭州形势之胜、都市之繁华富庶、钱塘江潮的壮观、士民的殷实富有。下片着重写西湖美景，特别用“三秋桂子，十里荷花”摄下了西湖的魂，使西湖由形美升华到了神美。关于这首词，还有则传说，罗大经的《鹤林玉露》、刘一清的《钱塘遗事》等书都有记载：“此词流播，金主亮闻歌，欣然有慕于‘三秋桂子，十里荷花’，遂起投鞭渡江之志。”由此可见这首词的艺术魅力与社会影响之大。在诗词中写城市写大都会，虽然并不从柳永开始，但这以前，只是偶尔为之，而柳永则有意地大量写城市生活。他长期生活在汴京，因此写汴京的佳节庆会、风土人情及繁华富丽景象的词特别多，虽然没有写杭州的那首《望海潮》出名，但生动地反映了当时皇都的壮丽与繁荣景象。如写汴京元宵的《倾杯乐》：

　　禁漏花深，绣工日永，蕙风布暖。变韶景、都门十二，元宵三五，银蟾光满。连云复道凌飞观。耸皇居丽，嘉气瑞烟葱茜。翠华宵幸，是处层城阆苑。　龙凤烛、交光星汉。对咫尺鳌山开羽扇。会乐府两籍神仙，梨园四部弦管。向晓色、都人未散。盈万井、山呼鳌抃。愿岁岁，天仗里，常瞻凤辇。

词里写出了帝都的富丽堂皇，元宵节一片喜庆，通宵达旦地狂欢、灯光通明、弦管喧天、游人不断、呼声掌声响彻，异常热闹。一座11世纪的东方大都会的风貌及民情风俗都呈现在读者面前。柳永还有大量专门为妓女们写的词，其中不少词里都写了她们的名字，如秀香（《昼夜乐》二首其二）、英英（《柳腰轻》）、瑶卿（《凤衔杯》二首其一）、虫虫（《征部乐》《集贤宾》）、师师、香香、安安（《西江月》）等；还有泛写的，如越娥、吴姬之类。其中最引人注目的是四首《木兰花》，分别以四个秦楼佳丽的名字开头，即心娘、佳娘、虫娘、酥娘。且来看看其三写虫娘的词：

> 虫娘举措皆温润，每到婆娑偏恃俊。香檀敲缓玉纤迟，画鼓声催莲步紧。　贪为顾盼夸风韵，往往曲终情未尽。坐中年少暗销魂，争问青鸾家远近。

这首词纯用白描，写出了虫娘的举措、舞姿及深情，把一个舞女写得栩栩如生。柳永词中不仅大量写了歌伎舞女，还大量写了他在秦楼楚馆中的生活与对青楼女子的感情，大胆地、近似放肆地写男女恋情、歌舞宴乐，常常情不自禁地写到床上，因此被斥为“淫词”，特别是《菊花新》：“欲掩香帏论缱绻，先敛双蛾愁夜短。催促少年郎，先去睡、鸳衾图暖。　须臾放了残针线，脱罗裳、恣情无限。留取帐前灯，时时待、看伊娇面。”

柳永词中，明显存在雅与俗两种情况。对其雅词，赞赏的不少，除了前面提到的苏轼对他的赞赏，其他评论如：周济在《介存斋论词杂著》中说，“耆卿为世訾謷久矣，然其铺叙委婉，言近意远，森秀幽淡之趣在骨。”但又说，“耆卿乐府多，故恶滥可笑者多，使能珍重下笔，则北宋高手也。”在《宋四家词选》中，周济对柳词还做了这样的总评："柳词总以平叙见长。或发端，或换头，以一二语勾勒提掇，有千钧之力。"这是就柳词的结构而论。在《雨霖铃》一词的眉批上说："清真词多从耆卿夺胎，思力沉挚处往往出蓝。然耆卿秀淡幽艳，是不可及。后人摭其乐章，訾为俗笔，真瞽说也。"总的说来，周济对柳词评价不低，但赞赏的都是柳词中的雅词，所谓"恶滥可笑者"，显然是指其俗词而言。邓廷桢在《双砚斋词话》中，说柳永的《安公子》（远岸收残雨）："通体清旷，涤尽铅华。"其实在柳词中（特别是一些写景词）这类词还是不少的。冯煦在《蒿庵论词》中称赞说："耆卿词，曲处能直，密处能疏，奡处能平，状难状之景，达难达之情，而出之以自然，自是北宋巨手。"又说："然好为俳体，词多媟黩，有不仅如《提要》所云'以俗为病'者。《避暑录话》谓'凡有井水饮处，即能歌柳词'。三变之为诟病，亦未尝不由于此，盖与其千夫竞声，毋宁白雪之寡和也。"我们看到冯煦对柳永的评价极高，同时也指出其弊病，虽然这里说了两点，其实还的是一个"俗"。柳词之所以出现"千夫竞声"，其原因就在于"俗"。关于柳词的"俗"，还是应该一分为二来看待。从好的一面说，词人冲出贵族的文艺"沙龙"走进市井坊曲，打破文人士子的一统局面，引进了市民意识，把阳春白雪变为下里巴人，这应该说是一种进步，也是适应北宋时期城市发展、市民阶层迅速壮大的需要。但是，另一方面，确实也出现了不少小市民的低级庸俗的情调，有不少词过于浅薄、轻俗，使柳词逊色不少。不管怎么说，柳永的慢词对后人的影响还是不小的。蔡嵩云在《柯亭词论》中指出："周词渊源，全自柳出。其写情用赋笔，纯是屯田家法。特清真有时意较含蓄，词较精工耳……能见耆卿之骨，始能通清真之神……梦窗深得清真之妙，其慢词开阖变化，实间接自柳出。惟面貌全变，另具神理，不惟不似屯田，并不似清真。"这里明确地说明周邦彦与吴文英对柳永的继承关系。而其词"涤尽铅华"，对后代产生了良好影响。

对柳永词还需要说明一点：由于柳永的生年不清楚，一些热心考证的先生，把他的生年不断往前提升，由生卒年不详到推测为生于987年，又提升为984年，再提升到980年，竟比晏殊还大十多岁。这样一来，宋词的发展有好多问题无法解释清楚。如果说柳永生于980年，那么仁宗即位时，他已是42周岁了，比范仲淹大9岁，比晏殊大11岁，比宋祁大8岁，然而范、晏等人写的都是令词，且都明显的有花间与南唐的烙印，慢词对他们却毫无影响。而比他们年长10岁左右的柳永却很少有花间、南唐影子，写的大多数为慢词，岂非咄咄怪事？任何文学体裁、样式的出现，都有一个渐变的过程，都有很多前兆，一旦成熟，又会为人争相采用，这才是正常现象。例如唐代的近体诗与传奇、元代的杂剧、元末明初的长篇小说等等出现，都有一个长期演进过程。词由令词演进为慢词，也必然有一个演变过程。我以为，宋仁宗即位时（1022），柳永不会超过30岁，所以才去应进士举，而不幸落第；到景祐元年（1034）举进士时，约40岁。

第二节　苏轼、豪放词风和词的士大夫化

苏轼是一个全才，诗、词、文、书、画、禅，无不精通，而且都有很高的成就。在上一编中，我们已经说过苏轼的诗，在这里，我们再来看看他的词。东坡存词340馀首，其特点是以诗为词，开一代词风。对苏词的评论被人引用最多的，一是陈师道的评论，另一是胡寅的评论。陈师道的话，本是对苏词的批评："东坡以诗为词，如教坊雷大使之舞，虽极天下之工，要非本色。"（转引自沈雄《古今词话》）但是"以诗为词"，确实揭示了苏词的特色，使一向被认为"诗馀"、"艳科"的词趋于诗化。正因为如此，才有胡寅的评论："词至东坡，一洗绮罗香泽之态，摆脱绸缪宛转之度，使人登高望远，举首高歌，而逸怀浩气，超然乎尘垢之外。

于是花间为皂隶，而柳氏为舆台矣。”（胡寅《酒边词序》）词从此摆脱男女恋情、离情别绪、羁旅行役和徜徉山水的局限，以至如刘熙载在《词曲概》中所说：“东坡词颇似老杜诗，以其无意不可入，无事不可言也。”苏词扩大了题材，拓阔了意境，提高了品格与地位，使词摆脱诗馀的附庸地位，与诗并列为抒情诗体中的一种样式；在诗坛上，使宋词与唐诗分庭抗礼。因此，王灼在《碧鸡漫志》中说，词到东坡“指出向上一路，新天下耳目，弄笔者始知自振”。刘辰翁在《须溪集》中说：“词至东坡，倾荡磊落，如诗，如文，如天地奇观。”至此，词摆脱了“小曲”的地位，升入大雅之堂。同时，词至东坡，才打破了婉约词的一统天下，用他自己的话来说：“虽无柳七郎风味，亦自是一家。”（《与鲜于子骏书》）对此，郭麟在《灵芬馆词话》中说得更为明白：“东坡以横绝一代之才，凌厉一世之气，间作倚声，意若不屑，雄词高唱，别为一宗。”邓廷桢在《双砚斋词话》中更把他比作“慧能肇启南宗”。总起来说，苏轼对词的贡献最主要的有两点：一是提高了词的地位，二是开创豪放派。他最负盛名的词，当首推《念奴娇·赤壁怀古》：

大江东去，浪淘尽，千古风流人物。故垒西边，人道是，三国周郎赤壁。乱石穿空，惊涛拍岸，卷起千堆雪。江山如画，一时多少豪杰。　　遥想公瑾当年，小乔初嫁了，雄姿英发。羽扇纶巾，谈笑间，樯橹灰飞烟灭。故国神游，多情应笑我，早生华发。人间如梦，一尊还酹江月。

这首词一向被认为是苏轼的代表作，前边引用的对苏词的评论，大多也因此词而发。这首词气势宏大，境界开阔，为词中前所未有。胡仔在《苕溪渔隐丛话》中说：“东坡大江东去赤壁词，语意高妙，真古今绝唱。”李佳在《左庵词话》中说这首词：“淋漓悲壮，击碎唾壶，洵为千古绝唱。”据俞文豹《吹剑录》载：“东坡在玉堂，有幕士善讴，因问，我词比柳词何如？对曰：柳郎中词只好十七八女孩儿执红牙拍板，唱‘杨柳岸晓风残月’；学士词须关西大汉执铁板，唱‘大江东去’。公为之绝倒。”这里正说出了婉约词与豪放词的不同。这首词从眼前景物入手，引出历史人物；更由历史事件引发自身的感慨。把眼前景色、历史人物与自身感慨融为一体，妙合无垠，自然流畅，对英雄业绩的向往溢于言表，自身怀才不遇的苦闷则蕴含其中。词中指点江山，笑谈英雄，抒写情怀，挥洒自如，雄浑豪放，真有挥斥八极、凌厉九霄之势。不过这样的词在北宋似乎影响不大，和者不多，在东坡的词中也很少。形成一代词风，要等到南宋了。苏词获得更多好评的还是其他词，其中尤为著名的有《水调歌头·丙辰中秋，欢饮达旦，大醉，作此篇，兼怀子由》：

> 明月几时有？把酒问青天。不知天上宫阙，今夕是何年。我欲乘风归去，又恐琼楼玉宇，高处不胜寒。起舞弄清影，何似在人间。　　转朱阁，低绮户，照无眠。不应有恨，何事长向别时圆？人有悲欢离合，月有阴晴圆缺，此事古难全。但愿人长久，千里共婵娟。

这是历来写中秋的词中意境最高、广为流传的一首。胡仔在《苕溪渔隐丛话》中说：“中秋词自东坡《水调歌头》一出，馀词尽废。”此词由见月而生出奇思妙想为发端，更由于在现实生活中遭受挫折而想逃避，然而终因怕“高处不胜寒”而回到人间，出世入世，充满矛盾，最终还是回到人间，眷恋人世。下片转入对多年不见的弟弟的思念，并引发出无限感慨与思考，再以“此事古难全”来安慰自己，饱含哲理。最后宕开一笔，写了一美好的愿望，也显示了东坡的旷达情怀。黄蓼园在《蓼园词选》中评这首词说：“缠绵惋恻之思，愈转愈曲，愈曲愈深。忠爱之思，令人玩味不尽。”把哲理融进词里，使词意深化。唐圭璋先生在《唐宋词简释》中说这首词“挥洒自如，不假雕琢，而浩荡之气，超绝尘凡。”记得当年唐圭璋先生在课堂上讲解这首词时说：“如果把‘低绮户’改成‘窥绮户’，更生动。”我们再来看一首苏轼在密州写的词《江城子·密州出猎》：

老夫聊发少年狂。左牵黄，右擎苍。锦帽貂裘，千骑卷平冈。为报倾城随太守，亲射虎，看孙郎。　酒酣胸胆尚开张。鬓微霜，又何妨。持节云中，何日遣冯唐。会挽雕弓如满月，西北望，射天狼。

这首词由出猎引发出希望，但愿能得到重用，像冯唐一样“持节云中”，能为国效力，建功立业。我们知道，北宋建立以来，一直深受辽国与西夏的威胁，在屈辱中求安。东坡在这里渴望能镇边塞，为国御敌，所以说：“西北望，射天狼。”全词气势豪迈，感情昂扬，情调高亢，充满同仇敌忾的爱国激情，在小词中表达了重大主题，成为南宋辛弃疾、陆游爱国词的先导。苏轼的另一首《江城子·乙卯正月二十日夜记梦》：

十年生死两茫茫，不思量，自难忘。千里孤坟，无处话凄凉。纵使相逢应不识，尘满面，鬓如霜。　夜来幽梦忽还乡，小轩窗，正梳妆。相顾无言，唯有泪千行。料得年年肠断处，明月夜，短松冈。

这是一首悼亡词，也写于密州。以往写悼亡诗的人不少，也颇有佳作，著名的有潘岳的《悼亡诗》三首、元稹的《遣悲怀》三首和《离思》五首，把悼亡的内容和情感写进词里，东坡是第一人。这首词感情真挚，十分感人，能与潘岳等人的悼亡诗相颉颃。前半首写梦前思念，后半首写与亡妻王弗梦中相逢，心境梦境相贯穿，最后以梦醒的哀思作结，愈显深情无限。

写田园风光的诗，自陶渊明以后接踵而来，到唐代形成了以王维为首的一大诗派。自盛唐至晚唐，写田园诗的不乏其人，而写田园词，把农村题材引入词中，却从东坡开始，主要有《浣溪沙·徐门石潭谢雨道上作五首》。这五首词犹如北宋年间一卷农村风情画，有乡村景物，有人情风貌，有农民的劳动生活状况，生动活泼，生活气息浓郁。其中第四首尤为著名：

> 簌簌衣巾落枣花，村南村北响缲车，牛衣古柳卖黄瓜。　酒困路长唯欲睡，日高人渴漫思茶，敲门试问野人家。

这里写太守（作者时任徐州太守）口渴，在普通农民家敲门求饮，轻轻写出了官民一片融洽之情。太守不是吆五喝六地差人去要茶，而是亲自登门去讨茶，显示出毫无官架子。说起田园词，连带说一下山水词。以词写山水，已有不少人尝试过了，也不乏佳作，但东坡的山水词自有其特色。例如《水调歌头·黄州快哉亭赠张偓佺》：

> 落日绣帘卷，亭下水连空。知君为我新作，窗户湿青红。长记平山堂上，攲枕江南烟雨，杳杳没孤鸿。认得醉翁语，山色有无中。　一千顷，都镜净，倒碧峰。忽然浪起，掀舞一叶白头翁。堪笑兰台公子，未解庄生天籁，刚道有雌雄。一点浩然气，千里快哉风。

这首词写黄州快哉亭周边的风景，水光山色，烟波浩渺，意境开阔，气势高亢，语意轻快，空灵疏宕，把胸中一腔浩然之气，贯注于山水风云之中，岂不快哉。前人虽然也写山水词，但都轻柔绵软，不像这首词刚健有力，对南宋词人影响不小。

他的咏物词也值得一提，著名的有：

缺月挂疏桐，漏断人初静。谁见幽人独往来，缥缈孤鸿影。　惊起却回头，有恨无人省。拣尽寒枝不肯栖，寂寞沙洲冷。

——《卜算子·黄州定慧院寓居作》

似花还似非花，也无人惜从教坠。抛家傍路，思量却是，无情有思。萦损柔肠，困酣娇眼，欲开还闭。梦随风万里，寻郎去处，又还被、莺呼起。　不恨此花飞尽，恨西园、落红难缀。晓来雨过，遗踪何在，一池萍碎。春色三分，二分尘土，一分流水。细看来，不是杨花，点点是离人泪。

——《水龙吟·次韵章质夫杨花词》

这两首都是咏物词。咏物之作，贵在有寄托。寄托是咏物之作的灵魂，因此咏物诗词须有寄托方活；咏物之作如无寄托，纵然刻画得惟妙惟肖，也只是一具僵尸而已。东坡这两首词都是有寄托的。前一首是贬官在黄州时写，词中以孤鸿自喻，借以表达了两层意思，一是苦于无人理解自己，二是不愿随波逐流，反映出他在当时由于政治失意而十分孤独与寂寞。黄庭坚曾说：“东坡道人在黄州时作，语意高妙，似非吃烟火食人语。非胸中有万卷书，笔下无一点尘俗气，孰能至此。”黄蓼园在《蓼园词选》中说：“此东坡自写在黄州之寂寞耳，初从人说起，言如孤鸿之冷落；下专就鸿说，语语双关，格奇而语隽。”后一首是和作。人们向来以为和作难工，因为受到很多限制，所以一般都会比原作逊色。章质夫杨花词在当时是一首名作，轰动一时，要和这样一首词，难度之大，可想而知，然而东坡这首和作却超过了原作。张炎在《词源》里曾评说，词“不宜强和人韵，若倡者之曲韵宽平，庶可赓歌。倘韵险又为人所先，则必牵强赓和，句意安能融贯，徒费苦思，未见有全章妥溜者。东坡次章质夫杨花《水龙吟》韵，机锋相摩，起句便合，让东坡出一头地，后片愈出愈奇，真是压倒古今。”又说，“东坡词如《水龙吟》咏杨花、咏闻笛，又如《过秦楼》《洞仙歌》《卜算子》等作，皆清丽舒徐，高出人表。”这首词与章质夫原作一样同为咏物拟人，刻画一个思妇形象，遗貌得神，多姿多态，婉转缠绵，深情幽怨。王国维在《人间词话》中说：“东坡杨花词，和韵而似原唱；章质夫词，原唱而似和韵。才之不可强也如是。”这是说东坡和韵高出元唱一头。王国维还说：“咏物之词，自以东坡《水龙吟》咏杨花为最工。”虽然人们常常苏辛并提，把苏轼纳入豪放派词人之列，但苏轼词中，真正豪放的词少而又少，却存在大量婉约词。他的婉约词也是多姿多彩，兹录数首于下：

花褪残红青杏小。燕子飞时，绿水人家绕。枝上柳绵吹又少，天涯何处无芳草！　墙里秋千墙外道。墙外行人，墙里佳人笑。笑渐不闻声渐悄，多情却被无情恼。

——《蝶恋花·春景》

冰肌玉骨，自清凉无汗。水殿风来暗香满。绣帘开，一点明月窥人，人未寝，攲枕钗横鬓乱。　起来携素手，庭户无声，时见疏星渡河汉。试问夜如何？夜已三更，金波淡、玉绳低转。但屈指、西风几时来，又不道、流年暗中偷换。

——《洞仙歌》

玉骨那愁瘴雾，冰姿自有仙风。海仙时遣探芳丛，倒挂绿毛么凤。　素面翻嫌粉涴，洗妆不褪唇红。高情已逐晓云空，不与梨花同梦。

——《西江月·梅花》

明月如霜，好风如水，清景无限。曲港跳鱼，圆荷泻露，寂寞无人见。紞如三鼓，铿然一叶，黯黯梦云惊断，夜茫茫，重寻无处，觉来小园行遍。　天涯倦客，山中归路，望断故园心眼。燕子楼空，佳人何在，空锁楼中燕。古今如梦，何曾梦觉，但有旧欢新怨。异时对，黄楼夜景，为余浩叹。

——《永遇乐·夜宿燕子楼，梦盼盼，因作此词》

常羡人间琢玉郎，天应乞与点酥娘。尽道清歌传皓齿，风起，雪飞炎海变清凉。　万里归来颜愈少，微笑，笑时犹带岭梅香。试问岭南应不好。却道，此心安处是吾乡。

——《定风波·南海归赠王定国侍人寓娘》

以上几首词都是婉约之作，但情调不同，姿态各异。第一首《蝶恋花》也是东坡词中的名篇，前片写伤春，后片写伤情，用以反映贬谪途中的失意心情。据说一直跟在东坡身边的朝云，一唱这首词就“泪满衣襟”。王士祯在《花草蒙拾》中说：“枝上柳绵，恐屯田缘情绮靡，未必能过。孰谓坡但解作大江东去耶？髯直是轶伦绝群。”这是说这首词与著名的风格婉约的柳永词相比，毫不逊色，同时对东坡的才华十分赞赏。这首《蝶恋花》曲折细腻、委婉缠绵，造句精警，如“天涯何处无芳草”，千古以来，不断为人引用。“多情却被无情恼”，这不只指男女之情，而是传达一种不被理解的苦恼，东坡一生常常为这苦恼困扰。王安石变法时，他看到新法中的缺陷，提出不同意见，因而被列入旧党，屡遭贬谪；当旧党首领司马光上台后，尽废新法，他看到新法中也有不少有用的东西，又提出了不同意见，遭到了旧党的打击。东坡可谓尝尽不被理解之苦。第二首《洞仙歌》，前边有一个长序，说明咏后蜀宫中轶事。不过从词的内容来看，已超出咏史范围，而是感叹“流年暗中偷换”，世事变迁，人世沧桑。这首词明快爽朗，清新秀丽，颇有些李煜的风格。郑文焯手批《东坡乐府》：“坡老改添此词数字，诚觉意象万千，其声亦如空山鸣泉，琴筑并奏。”这“空山鸣泉”与前一首《蝶恋花》的婉曲缠绵，其差异很明显。第三首《西江月·梅花》，从题目上看，似乎这是一首咏物词，实际上是悼念侍妾朝云。东坡晚年，远贬岭南，身边的人都离他而去，只有年轻美慧的朝云跟随他，两人真有相依为命之感，不幸朝云竟病故于惠州，东坡十分悲痛，作此词以寄哀思，以梅花来比朝云的高洁。全词空灵清秀，深情隽永，与上两首词又有显著的差异。第四首《永遇乐》是一首怀旧之作，上片写眼前景，清丽如画；下片怀人，婉转缠绵，深情无限。词人晁无咎十分欣赏这首词，特别是对“燕子楼空”三句赞叹不已，曾说“只三句，便说尽张建封事。”这里有一点需说明，由于白居易在《燕子楼三首》的序中有“徐州故张尚书有爱妓曰盼盼，善歌舞，雅多风态”云云，大多数人都把张尚书误以为张建封，其实是张建封之子张愔，跟白居易交谊很深。白居易写《燕子楼三首》时，张愔已去世十多年，盼盼念旧爱，始终未改嫁，一直幽居楼中。这是令人感叹的事，东坡以其高超的艺术技巧，对历史故事进行高度概括，并把写景怀人融合在一起，既清新明丽，又委婉缠绵，比起白居易的《燕子楼》诗来高出一头。最后一首《定风波》，可以说刚柔兼济，在婉约的基调中融入豪放；前边引录过的《水调歌头》则以豪放为基调，融入婉约。东坡就这样，把两种不同的风格巧妙地融合在一起，从而可以避免纯粹婉约，显得柔弱无力；一味豪放，则变得粗疏乏韵，而是“端庄杂流丽，刚健含婀娜”（《和子由论书》）。虽说这是东坡论书法说的话，但用来论述他的这类词，也是十分贴切的。最后，引邓廷桢在《双砚斋词话》里的一段话来结束对苏词的论述：“东坡以龙骧不羁之才，树松桧特立之操，故其词清刚隽上，囊括群英。……譬之慧能肇启南宗，实传黄梅衣钵矣。”

第三节　苏门词人

宋词经过柳永、苏轼的努力，完全摆脱了花间、南唐的馀绪，词人们并在柳、苏的基础上加以创新。大体上，当时大多数人扬弃了柳词的俗，只取其雅，对苏词也很少有人学其豪放一面。因此，有人说苏轼开创的豪放词风在北宋影响不大，倒是对金国的词坛影响不小。这话说得也对也不对。他们说的情况基本不错，豪放词风在北宋确实影响不大；但是在时间上，金与北宋并不并行，金基本上与南宋同时存在，而在南宋却是豪放词风盛行，南宋的豪放派词人中，不要说辛弃疾，就是早期的张元干也高出金词人一头。

与柳永、苏轼同时期及以后的北宋词人主要有称为“苏门四学士”的黄庭坚、秦观、张耒与晁补之，在四学士之外再加上陈师道与李廌称“苏门六君子”。六人中以秦观的词成就最高、影响最深。另外还有与苏轼关系密切，并深受其影响的贺铸、毛滂等人。

一、秦观

秦观（1049—1100），字少游，一字太虚，号淮海居士，扬州高邮（今江苏高邮）人。元丰八年（1085）登进士第，历任太学博士、秘书省正字、国史院编修等职。因接近苏轼，新党掌权后，被列入“元祐党人”，屡遭打击，被贬到边远地区的郴州、横州和雷州（分别在今湖南、广西、广东）。元符三年（1100）受命放还，走到藤州（广西藤县）去世。有《淮海居士长短句》三卷。秦观年轻时，就十分敬仰苏轼，熙宁十年（1077）往谒苏轼于徐州，苏轼看了他的《黄楼赋》，“轼以为有屈、宋才。”（《宋史·秦观传》）王安石也十分欣赏他的诗，以为清新似鲍（照）谢（朓）。他在当时的词名不仅超过同门中的其他人，而且大有超越苏轼之势，真是“青出于蓝”、“弟子不必不如师”。如李清照在《词论》中批评苏轼的词“皆句读不葺之诗尔”，并说“乃知别是一家，知之者少”，而把秦观列为“始能知之”的人。李清照因秦观词中“少故实”，而贬之曰：“譬如贫家女，非不妍丽，而终乏富贵态。”在今天，我们看来，秦观词羌无故实，不用典故装饰，正是其优点，李清照的批评不可取。在前边我们说过，陈师道曾批评苏轼“以诗为词……要非本色。今代词手，唯秦七、黄九尔”，而说秦观的词“唐诸人不逮也”。还说：“词家以秦、黄并称。秦能为曼声以合律，形容处亦少刻肌入骨语。黄时出俚浅，可称伧父。”同门的晁补之对秦与黄的词也作过评论，他说黄庭坚词“不是当行家语”，而说秦观词“天生好言语”。连东坡也称少游为“今之词手”（转引自王又华《古今词论》）。冯煦在《蒿庵论词》中，对秦观更是推崇备至：“少游以绝尘之才，早与胜流，不可一世，而一谪南荒，遽丧灵宝。故所为词，寄慨身世，闲雅有情思，酒边花下，一往而深，而怨悱不乱，悄乎得小雅之遗，后主而后，一人而已。昔张天如论相如之赋云：‘他人之赋，赋才也；长卿，赋心也。’予于少游之词亦云：‘他人之词，词才也；少游，词心也。’得之于内，不可以传，虽子瞻之明隽，耆卿之幽秀，犹若有瞠乎后者，况其下邪。”明代张綖首先标出：“词体大略有二：一体婉约，一体豪放。婉约者欲其词调蕴藉，豪放者欲其气象恢宏。然亦存乎其人，如少游之作，多是婉约；苏子瞻之词，多是豪放。大约词体以婉约为正，故东坡称少游为今之词手。”（《诗馀图谱》）显然，这里不仅尊少游为婉约派的代表作家，还尊婉约派为正宗；至于胡薇元则在《岁寒居词话》明白说秦观“允在苏、黄之上”。由此可见少游词在宋词中地位之高。然而这些论述里，不无偏颇。首先，对婉约与豪放二体，没有一视同仁；其次，苏词有苏词之长，秦观词有秦观词之长，贬低苏词抬高秦观，有失公允。不过在词体日趋雅正之时，秦观能取婉约派之长，特别是吸取柳词之长，扬弃其浅俗，创造出既不失雅正而又能雅俗共赏的词，含蓄与明畅兼备，创造一种“清新婉丽”、“情韵兼胜”（《四库全书总目提要》）的新词风。张炎在《词源》中说：“少游词体制淡雅，气骨不衰。清丽中不断意脉，咀嚼无滓，久而知味。”所谓“词心”或“情胜”，即情多且真，才久嚼有味，这是秦观词的最大特点。同时他虽富有才华，却不但没有施展的机会，反而屡遭贬谪，因此满怀愁恨，这是秦观词的第二个特点。其实多情与多愁是交织在一起的。总体说来，秦观词婉约多情，清新明丽，韵味无穷。秦观的多情，并非专指爱情，有朋友之情，有感叹身世之情等等。他好词很多，其中在当时传唱最多，流传最广的当数第一组《满庭芳》三首其一：

山抹微云，天粘衰草，画角声断谯门。暂停征棹，聊共引离尊。多少蓬莱旧事，空回首、烟霭纷纷。斜阳外，寒鸦数点，流水绕孤村。　　销魂，当此际，香囊暗解，罗带轻分。谩赢得、青楼薄幸名存。此去何时见也，襟袖上空惹啼痕。伤情处，高城望断，灯火已黄昏。

这首词抒写离怀别绪，并感叹怀才不遇，身世飘零。因此周济在《宋四家词选》中说这首词“将身世之感打并入艳情”，确实，身世之感与艳情，在常人看来是两件不相干的事，但少游在这里却巧妙融合，十分自然。据《艺苑雌黄》载：“其词极为东坡所称道也，取其首句，呼之为‘山抹微云’君。”（转引自冯金伯《词苑萃编》）同时东坡曾指出这首词在风格上颇受柳永影响，据《高斋词话》载：“少游自会稽入都，见东坡，东坡曰：‘不意别后，公却学柳七作词。’”并指出“销魂，当此际”数语为“柳七语”。晁补之对这首词极为赞赏，曾说：“比来作者皆不及少游，如‘斜阳外，寒鸦数点，流水绕孤村’，虽不识字，亦知为天生好语也。”（转引自沈雄《古今词话》）然而应该指出这三句是点化杨广的《野望》中的前三句，只是少游在这里确实点铁成金。杨广的诗，在前边讲隋诗时已引过，读者可参考。另外，“寒鸦数点”一作“寒鸦万点”，从审美角度来看，“寒鸦万点”则黑压压一片，太不雅观，似乎也与实际不符合。秦观还一首写离情的《八六子》，也很有名：

倚危亭，恨如芳草，萋萋刬尽还生。念柳外青骢别后，水边红袂分时，怆然暗惊。　无端天与娉婷，夜月一帘幽梦，春风十里柔情。怎奈向、欢娱渐随流水，素弦声断，翠绡香减。那堪片片飞花弄晚，蒙蒙残雨笼晴。正销凝，黄鹂又啼数声。

这首词以情起，突兀峻峭；以景收，蕴藉深婉，留不尽之意于言外，婉曲缠绵，馀音袅袅。词中用典自然，词语工丽，刻画细腻，很能体现秦观的风格，历来深得好评。张炎在《词源》中说：“离情当如此作，全在情景交炼，得言外意。”并以王维的《送元二使安西》相比，称赞说：“乃为绝唱。”评价极高。周济、洪迈等也纷纷赞赏。秦观现存的词中，有大量属爱情词，占一半之多。由于仕途不得志，他常去秦楼楚馆消愁，因此有不少词是写给舞姬歌女的，也有一些良家少女。而在这些词中，往往也是“将身世之感，打并入艳情”。如第二组《满庭芳》三首其二：

晓色云开，春随人意，骤雨才过还晴。古台芳榭，飞燕蹴红英。舞困榆钱自落，秋千外、绿水桥平。东风里，朱门映柳，低按小秦筝。　　多情，行乐处，珠钿翠盖，玉辔红缨。渐酒空金榼，花困蓬瀛。豆蔻梢头旧恨，十年梦、屈指堪惊。凭阑久，疏烟淡日，寂寞下芜城。

这是一首写恋情的词，在恋情的失落中寄寓着政治上的失意。上片写景，用景色的转换来衬托感情的变化；同时，以轻盈生动的物态烘托出一个轻盈的少女。下片感怀，分别写昔日的欢情，写得淋漓尽致；写今日的悲凉，写得委婉含蓄，把大起大落的情绪表达得平缓舒展，充分体现了秦观词的淡雅和缓。最后一结，表面上感叹昔日游乐之处已人事全非，实际上寄寓着无限身世之感。秦观的爱情词大都感伤色彩较为浓重，但有一首不仅与秦观的其他爱情词不同，而且与其他人的爱情词也不同，历来为人看重，那就是《鹊桥仙》：

纤云弄巧，飞星传恨，银汉迢迢暗度。金风玉露一相逢，便胜却、人间无数。　　柔情似水，佳期如梦，忍顾鹊桥归路。两情若是久长时，又岂在、朝朝暮暮。

这首词写的是一则关于牛郎织女七夕鹊桥相会的古老传说，首先吟咏此事的是汉代的《古诗十九首》其十，以后不断有人题咏，要出新意实在不易。秦观却不落陈套，自出机杼，前边虽写足了两情依恋，不忍离别，但最后一结，出语惊人，使词意得到了升华。沈际飞在《草堂诗馀》中对此词有评论，后来黄蓼园在《蓼园词选》中采用了这评论：“按七夕歌，以双星会少别多为恨，少游此词，谓‘两情若是久长’，不在‘朝朝暮暮’，所谓化臭腐为神奇。”这首词把爱情的品位提升了，着重于执着深情相爱，爱情贵在“久长”。在秦观词中，另一大类是感叹身世，反映屡遭打击的不幸，这对他来说有切肤之痛，因此写了不少深情凄婉的好词，著名的有：

雾失楼台，月迷津渡，桃源望断无寻处。可堪孤馆闭春寒，杜鹃声里斜阳暮。 驿寄梅花，鱼传尺素，砌成此恨无重数。郴江幸自绕郴山，为谁流下潇湘去。

——《踏莎行》

湘天风雨破寒初，深沉庭院虚。丽谯吹罢小单于，迢迢清夜徂。 乡梦断，旅魂孤，峥嵘岁又除。衡阳犹有雁传书，郴阳和雁无。

——《阮郎归》四首其四

这两首词都是少游远贬郴州（今湖南郴州）时所写，其实当时还不是贬官，而是削掉了官职，有些发配的意味。前一首《踏莎行》，反映他遭到贬逐，理想破灭，内心极度苦闷。全词感情凄婉蕴藉，意境深远，词语婉曲，感人至深，因此深得东坡喜爱。魏庆之在《诗人玉屑》中引《冷斋夜话》说：“东坡绝爱其尾两句，自书于扇曰：少游已矣，虽万人何赎！”后一首《阮郎归》在写作时间上，略早于前一首，在郴州岁暮时所写。上片以写景为主，写在风雨中所见所闻，营造一个凄婉的氛围，为下片蓄势。下片抒发羁旅思乡之情，层层深入，最后两句看似平淡叙述，却蕴含着无穷的悲痛，传书之雁到衡阳就停下来，不再南飞，而郴州却在衡阳之南，跟家人连书信都无法传递，其痛苦难以言传。他的这些词，颇接近李煜，所以冯煦说他“后主而后，一人而已”。诚然，秦观是婉约派的代表作家，然而他又是苏轼的学生，不可能不受苏轼的影响。他有一些怀古与写景的词，就颇有豪放的气概。例如他的四首《望海潮》就是如此，今录其前三首于下：

星分斗牛，疆连淮海，扬州万井提封。花发路香，莺啼人起，珠帘十里东风。豪俊气如虹，曳照春金紫，飞盖相从。巷入垂杨，画桥南北翠烟中。　追思故国繁雄。有迷楼挂斗，月观横空。纹锦制帆，明珠溅雨，宁论爵马鱼龙。往事逐孤鸿，但乱云流水，萦带离宫。最好挥毫万字，一饮拼千钟。

——其一

秦峰苍翠，耶溪潇洒，千岩万壑争流。鸳瓦雉城，谯门画戟，蓬莱燕阁三休。天际识归舟，泛五湖烟月，西子同游。茂草台荒，苎萝村冷起闲愁。　何人览古凝眸。怅朱颜易失，翠被难留。梅市旧书，兰亭古墨，依稀风韵生秋。狂客鉴湖头，有百年台沼，终日夷犹。最好金龟换酒，相与醉沧州。

——其二

梅英疏淡，冰澌溶泄，东风暗换年华。金谷俊游，铜驼巷陌，新晴细履平沙。长记误随车，正絮翻蝶舞，芳思交加。柳下桃蹊，乱分春色到人家。　西园夜饮鸣笳。有华灯碍月，飞盖妨花。兰苑未空，行人渐老，重来是事堪嗟。烟暝酒旗斜，但倚楼极目，时见栖鸦。无奈归心，暗随流水到天涯。

——其三

第一首写扬州风物，上片着重写其形胜险要，景物繁华；下片追忆其历史上有过的盛况，着重写隋炀帝的迷楼与离宫。最后以“挥毫万字，一饮拼千钟”作结。全词境界开阔，气象万千，笔墨酣畅，痛快淋漓，气势豪迈。第二首写越中故迹，凭吊名胜古迹与历史人物，虽有“茂草台荒”和“朱颜易失”的悲凉，但以“金龟换酒，相与醉沧州”为结，显得豪迈旷达。第三首写洛阳怀旧，抚今思昔，以昔日的繁盛与今日的荒凉做对比，在自然的变迁中，暗寓世事沧桑，曲折传达出政治上屡遭迫害的悲愤。唐圭璋在《唐宋词简释》中称这首词“情韵极胜”。前边我们已经引过他的两首《满庭芳》，在第一组中第二首《满庭芳》写景很有特色，今抄录于下：

红蓼花繁，黄芦叶乱，夜深玉露初零。霁天空阔，云淡楚江清。独棹孤篷小艇，悠悠过、烟渚沙汀。金钩细，丝纶慢卷，牵动一潭星。　时时，横短笛，清风皓月，相与忘形。任人笑生涯，泛梗飘萍。饮罢不妨醉卧，尘劳事、有耳谁听。江风静，日高未起，枕上酒微醒。

这首词写楚江秋夜景色，境界空灵悠远，充满诗情画意，意趣横生，令人有超凡脱尘之感，这样的作品在少游词中，实属凤毛麟角，弥足珍贵。

纵观秦少游的词，总体上是婉约柔美，况周颐在《蕙风词话》称：“唯少游自辟蹊径，卓然名家……若以其词论，直是初日芙蓉，晓风杨柳，倩丽之桃李容，犹当之有愧色焉。”丽而不艳，是少游词的特色，因此夏敬观在《吷庵手校淮海词跋》中说：“少游词清丽婉约，辞情相称，诵之回肠荡气，自是词中上品。”少游在宋词发展史上起到了承前启后作用，他不仅继承了“花间”、“尊前”的遗韵，并加以改造，遗貌取神，出以清新；对柳永的词也继承改造，去其腻密狎亵，出以疏宕钟情，成为婉约词的代表。后来的婉约派词人无不深受其影响，沿着他开辟的路走下去。

二、黄庭坚

黄庭坚与秦观并称“秦七黄九”，今存词192首，有30多首艳词和俗词，但普遍认为他的词不如秦观。在前边说秦观时，对黄庭坚也连带说到了一些，如《古今词话》在论述了秦词的优点后说：“黄时出俚浅，可谓伧父。”陈廷焯在《白雨斋词话》中甚至说：“秦七、黄九，并重当时。然黄之视秦，奚啻碔砆之与美玉……黄之鄙俚者，无论也；即以其高者而论，亦不过于倔强中见姿态耳。”不过在当时虽然普遍认为他不如秦观，但词名还是不小的。陈师道说：“今代词手，唯秦七、黄九，馀人不逮也。”（转引自冯金伯《词苑萃编》）黄庭坚的词基本上沿袭婉约派词风，不时也效苏轼的豪放词风，他吃亏在婉约词不如秦观，豪放词又远逊苏轼，也没有像苏轼、秦观那样特别叫得响的词。但是，他既然是当时的著名词人，自然还是有不少成功的词作。我们先来看看他的婉约词：

春归何处？寂寞无行路。若有人知春去处，唤取归来同住。　春无踪迹谁知？除非问取黄鹂。百啭无人能解，因风飞过蔷薇。

——《清平乐》六首其一

天涯也有江南信，梅破知春近。夜阑风细得香迟，不道晓来开遍、向南枝。　玉台弄粉花应妒，飘到眉心住。平生个里愿杯深，去国十年老尽、少年心。

——《虞美人·宜州见梅花作》

前一首《清平乐》在山谷词中，较为著名，在各种词的选本中，凡是选山谷词的，大都选了这一首。上片提问，下片试答。全词明白如话，羌无故实，清新明丽，婉转自然。结句特别拈出蔷薇，而蔷薇是在初夏才开放的，这说明春光已尽，良时消逝，难以归来，与上片呼应，写得颇为含蓄。后一首见梅而作，写得明白晓畅，虽感叹“去国十年老尽、少年心”，但哀而不伤，清丽雅致，在山谷词中，属上乘之作。我们再来看看他的几首豪放词：

断虹霁雨，净秋空，山染修眉新绿。桂影扶疏，谁便道，今夕清辉不足。万里青天，姮娥何处，驾此一轮玉。寒光零乱，为谁偏照醽醁。　　年少从我追游，晚凉幽径，绕张园森木。共倒金荷家万里，难得尊前相属。老子平生，江南江北，最爱临风曲。孙郎微笑，坐来声喷霜竹。

——《念奴娇》

瑶草一何碧，春入武陵溪，溪上桃花无数，花上有黄鹂。我欲穿花寻路，直入白云深处，浩气展虹霓。只恐花深里，红露湿人衣。　　坐玉石，欹玉枕，拂金徽。谪仙何处，无人伴我白螺杯。我为灵芝仙草，不为朱唇丹脸，长啸亦何为！醉舞下山去，明月逐人归。

——《水调歌头·游览》

前一首《念奴娇》，据胡仔的《苕溪渔隐丛话》记载：“山谷云……或以为可继东坡赤壁之歌云。”可见这是他有意识仿东坡的，词风豪迈。这首词是他从黔州再贬到戎州时写，词中虽有不满，但无伤感，境界开阔壮丽，襟怀豪迈旷达，这也是一种反抗，是对迫害者的藐视。后一首“游览”，但所游并非实景，而是理想中的桃源仙境，上片写景，境界壮阔奇丽；下片抒怀，怀抱清高旷达，仰慕李白，蔑视名利，同前一首一样，对迫害者表达了不屈的意志，不为“朱唇丹脸”所动，当然也不为一贬再贬所屈服。黄蓼园对这首词评价很高，在《蓼园词选》中评说：“一往深秀，吐属隽雅绝伦。”从前面引录的四首词来看，写得都很出色，但可惜他的词品类太杂，有文字游戏，更有淫俗不堪之作。他作的《千秋岁》可以说是古今第一淫词，难怪他的好友法秀道人说他“作艳词，当堕犁舌地狱”。

三、晁补之

晁补之在苏门中词风最接近苏轼。王灼在《碧鸡漫志》中说：“晁无咎、黄鲁直皆学东坡，韵制得七八。”晁补之的代表作为《摸鱼儿·东皋寓居》：

> 买陂塘、旋栽杨柳，依稀淮岸江浦。东皋嘉雨新痕涨，沙觜鹭来鸥聚。堪爱处，最好是、一川夜月光流渚。无人独舞，任翠幄张天，柔茵藉地，酒尽未能去。　青绫被，莫忆金闺故步，儒冠曾把身误。弓刀千骑成何事，荒了邵平瓜圃。君试觑，满青镜、星星鬓影今如许。功名浪语。便似得班超，封侯万里，归计恐迟暮。

这首词是作者在贬谪后退居故乡时作，当时曾修葺了东山的“归去来园”，作为归隐寓所，此词即为记其“归去来园”，上片写景下片抒情，表达了他不趋名逐利的清高品性与旷达襟怀。前人对此词评价颇高，如刘熙载在《艺概·词曲概》中说：“无咎词堂庑颇大。人知辛稼轩《摸鱼儿》‘更能消几番风雨’一阕，为后来名家所竞效，其实辛词本即无咎《摸鱼儿》‘买陂塘、旋栽杨柳’之波澜也。”当然，这未免有些言过其实。这首词跟辛词是无法相比的，但也不能否认这首词在一定程度上影响了辛弃疾。他还有一首《洞仙歌·泗州中秋作》也颇为人赞赏：

青烟幂处，碧海飞金镜。永夜闲阶卧桂影。露凉时、零乱多少寒螿，神京远，唯有蓝桥路近。　水晶帘不下，云母屏开，冷浸佳人淡脂粉。待都将许多明，付与金尊，投晓共、流霞倾尽。更携取、胡床上南楼，看玉做人间，素秋千倾。

这首词境界开阔，“堂庑颇大”，明净空灵，痛快淋漓，足以涤荡尘俗，超凡绝俗。

四、张耒

张耒存词不多，然而一首《风流子》却颇受人赞赏：

木叶亭皋下，重阳近，又是捣衣秋。奈愁入庾肠，老侵潘鬓，谩簪黄菊，花也应羞。楚天晚，白蘋烟尽处，红蓼水边头。芳草有情，夕阳无语，雁横南浦，人倚西楼。

玉容，知安否，香笺共锦字，两处悠悠。空恨碧云离合，青鸟沉浮。向风前懊恼，芳心一点，寸眉两叶，禁甚闲愁。情到不堪言处，分付东流。

胡仔在《苕溪渔隐丛话》中说：“元祐诸公皆有乐府，唯张仅见《风流子》及此二词（指其《少年游》与《秋蕊香》二词）。味其句意，不在诸公之下矣。”从内容上说，这首《风流子》无非是悲秋伤别怀远，也属平常习见之意，但其上片结尾四句融情入景，而且形成两组工稳的对偶，充满诗情画意，极为优美，饶有韵致。下片写怀念远人，刻画细腻，传达出绵绵情意。至于黄蓼园在《蓼园词选》中说：“所云‘玉容，知安否’，忧主之心也。”这种说法，过于勉强，也显得太迂腐。毋宁说这是在思念他的意中人，至于这意中人是谁，不必追究。

五、陈师道

陈师道是一名苦吟诗人。黄庭坚有诗句云：“闭门觅句陈无己，对客挥毫秦少游。”虽然这是指作诗而言，但也影响到了填词。因此王灼在《碧鸡漫志》中说：“陈无己所作数十首，号曰《语业》，妙处如其诗，但用意太深，有时僻涩。”还说：“世言无己喜作庄语，其弊生硬是也。”例如：

行云过尽星河烂，炉烟未断蛛丝满。想得两眉颦，停针忆远人。　　河桥知有路，不解留郎住。天上隔年期，人间长别离。

——《菩萨蛮·七夕》四首其一

摇风影似凝，带雪香如抱。开尽南枝到北枝，不道春将老。　　飘飖姑射仙，谁识冰肌好。会有青绫梦觉人，可爱池塘草。

——《卜算子》三首其一

前一首咏七夕，上片写思妇忆远人，下片写联想到七夕，结尾也翻出新意，但在构思与艺术手法上都与秦观的《鹊桥仙》迥异，此言牛郎织女虽长年分离，但尚有隔年相会之期，人间却难得相见。言尽意尽，不如秦观的词有新意，有馀味。后一首咏梅花，与他尖新拗峭的诗风颇相似，融进典故，并有令人摸不透的主旨。上片中的“影似凝”、“香如抱”，令人颇感生僻。下片“姑射仙”用庄子《逍遥游》：“藐姑射之山，有神人居焉，肌肤若冰雪，绰约若处子。”结尾两句，前一句指谢道韫，她是著名才女，曾设青绫步障，藏其后，为其小叔子王献之在与客辩论中解围；后一句点化谢灵运名句“池塘生春草”。费了半天劲，我们只看到了一些对梅花的赞美词句，是否还有更深的含义，不得而知，这与某些现代人写的朦胧诗一样“高明”。

六、李廌

李廌（1059—1109），字方叔，华州（今陕西华县）人，其父李惇与苏轼系同年。苏轼在黄州时，他曾以文章谒见，苏轼很赏识他的文章，称赞说：“笔墨澜翻，有飞沙走石之势。”但屡试不第，寓居长社（今河南长葛）。存词四首，代表作为《虞美人令》：

> 玉阑干外清江浦，渺渺天涯雨。好风如扇雨如帘，时见岸花汀草，涨痕添。　　青林枕上关山路，卧想乘鸾处。碧芜千里思悠悠，唯有霎时凉梦，到南州。

这首词主要写雨中景色，雨天无事，清凉正堪眠，并由此引发梦境与梦想，有关山远别，有乘鸾出世，写得很秀婉。况周颐在《蕙风词话》中评这首词说：“李方叔《虞美人》过拍云：‘好风如扇雨如帘，时见岸花汀草，涨痕添。’春夏之交，近水楼台，确有此景。‘好风’句绝新，似乎未经人道。歇拍云：‘碧芜千里思悠悠，唯有霎时凉梦，到南州。’尤极淡远清疏之致。”

第四节　和苏轼同时代的其他词人

一、贺铸

贺铸（1052—1125），字方回，卫州（今河南卫辉）人。他出身于贵族，是宋太祖孝惠皇后的族孙，又娶宗室赵克彰之女为妻，但因他豪侠尚气，喜谈论当世事，慷慨激昂，对权倾一时的贵要也敢抨击，“极口诋之无遗辞”，因此“不得美官”（《宋史》本传）。他与苏轼、秦观等交往，词风也深受他们影响，呈现出多样风格。由于他耿介高傲，这些反映在他的词里，有些词显得慷慨豪纵，境界开阔，接近苏轼，只是比苏轼少些高逸之思，多些凌厉奇崛之味，不过他的主导风格还是婉约。张耒在他的词集《东山词》的序中说：“方回乐府妙绝一世，盛丽如游金、张之堂，而妖冶如揽嫱、施之袂，幽洁如屈、宋，悲壮如苏、李，览者自知之。”当然为朋友的词集作序，难免有溢美之词。他的长相奇丑，《宋史》说他“长七尺，面铁色，眉目耸拔”，陆游在《老学庵笔记》中说他“状貌奇丑，色青黑而有英气，俗谓之贺鬼头”。然而他的小词情思缠绵，组织工丽，词语秀美，以美艳著称，他的词与外貌存在有趣的反差。其代表作是《青玉案》：

凌波不过横塘路，但目送、芳尘去。锦瑟华年谁与度？月台花榭，琐窗朱户，只有春知处。　碧云冉冉蘅皋暮，彩笔新题断肠句。试问闲愁都几许？一川烟雨，满城风絮，梅子黄时雨。

这是他在寓居苏州时所作，词里如用工笔画，画出了江南凄迷的烟景和不尽的闲愁。结尾用三种景色来比喻闲愁，叹为观止，被誉为“绝唱”。周紫芝在《竹坡诗话》中说：“贺方回尝作《青玉案》，有‘梅子黄时雨’之句，人皆服其工，士大夫谓之‘贺梅子’。”从词里所写来看，他在横塘路上邂逅一个女子，虽生爱慕之情，但未能获得女子的青睐，只能白白目送她远去。因思念她，产生了一种难以言状的“闲愁”。通过了解贺铸的身世，我们知道，他原是一个很有抱负的人，但始终不能一展才能，自然有满腔愁怨，在这里借此一吐胸中的块垒。这首词一出来，深得东坡赞赏，并有和韵词《青玉案·和贺方回韵送伯固归吴中故居》。此后，唱和者不断，仅在两宋就多达数十人，可见其影响之大。在他那些词风豪放近东坡之作中，以《行路难》（又名《小梅花》）与《六州歌头》最为出色，今录其《六州歌头》于下：

少年侠气，交结五都雄。肝胆洞，毛发耸。立谈中，死生同，一诺千金重。推翘勇，衿豪纵，轻盖拥，联飞鞚，斗城东。轰饮酒垆，春色浮寒瓮，吸海垂虹。间呼鹰嗾犬，白羽摘雕弓，狡穴俄空。乐匆匆。　似黄粱梦，辞丹凤，明月共，漾孤篷。官冗从，怀倥偬，落尘笼，簿书丛。鹖弁如云众，供粗用，忽奇功。笳鼓动，渔阳弄，思悲翁。不请长缨，系取天骄种。剑吼西风。恨登山临水，手寄七弦桐，目送归鸿。

这首词自叙身世，抒发了有心报国但请缨无路的郁闷不平之气，慷慨激昂，气势磅礴，对南宋豪放派爱国词人有不小影响。夏敬观在《手批东山词》中评说："雄姿壮采，不可一世。"在他的婉约词中，既有抒发离情别绪和男女之情的，风格接近小山、少游，有温李和柳永馀绪，以秾挚工丽见称；也有另有寄托，暗含身世之感的，后人称之为深得《离骚》遗韵。例如：

楼角初销一缕霞，淡黄杨柳暗栖鸦，玉人和月摘梅花。　笑拈粉香归洞户，更垂帘幕护窗纱，东风寒似夜来些。

——《减字浣溪沙》十五首其十五

杨柳回塘，鸳鸯别浦，绿萍涨断莲舟路。断无蜂蝶慕幽香，红衣脱尽芳心苦。　返照迎潮，行云带雨，依依似与骚人语。当年不肯嫁春风，无端却被秋风误。

——《芳心苦》（又名《踏莎行》）

杨慎在《词品》中对上面前一首词评说：“此词句句绮丽，字字清新，当时赏之，以为《花间》《兰畹》不及，信然。”王弈清在《历代词话》中特别称赏这首词的第二句，说“写景可谓造微入妙”。后一首字字咏荷花，字字以荷花自比，以荷花之高洁脱俗喻其不肯攀附权贵，致遭冷落。词里借荷花自伤其怀才不遇，倾吐其一腔政治愤懑。陈廷焯在《白雨斋词话》中评说：“此词骚情雅意，哀怨无端。”还说：“方回词，胸中眼中，另有一种伤心说不出处，全得力于楚骚，而运以变化，允推神品。”他的词中如《石州引》《御街行》等，也颇受人赞赏，在此就不一一细说了。

二、张舜民

张舜民（生卒年不详），字芸叟，号浮休居士，邠州（今陕西颁县）人，治平二年（1065）登进士第，曾任监察御史、吏部侍郎等职。原有词百馀篇，但多数已散失，今仅存四首，以《卖花声·题岳阳楼》最为著名：

木叶下君山，空水漫漫。十分斟酒敛芳颜。不是渭城西去客，休唱阳关。　醉袖抚危栏，天淡云闲，何人此路得生还。回首夕阳红尽处，应是长安。

元丰六年（1083），张舜民贬官郴州，途经岳阳楼写下此词，抒发被贬的满腔悲愤及对长安（在此借指汴京）的怀念。结尾从白居易《题岳阳楼》诗“夕波红处近长安”化出，但较原句为胜，饶有韵致。全词笔势跌宕，境界开阔，哀而不伤，词风接近苏轼。

三、王观

王观（生卒年不详），字通叟，如皋（今江苏如皋）人，嘉祐二年（1057）举进士，官至翰林学士。后因事被贬，遂自改号为逐客，故世称“王逐客”，有《冠柳集》，显然是要跟柳永一比高低，可惜已散佚。存词16篇，以《卜算子·送鲍浩然之浙东》最著名：

水是眼波横，山是眉峰聚。欲问行人去那边，眉眼盈盈处。　才始送春归，又送君归去。若到江南赶上春，千万和春住。

这首词中，开头的比喻与结尾两句，向来为人赞赏。人们把这篇词的结尾两句与山谷《清平乐》（春归何处）上片并提，认为同一机杼，宛转自然，饶有韵致，然王词用在结尾，更觉馀音袅袅。

四、李之仪

李之仪（约1035—1117），字端叔，号姑溪居士，沧州无棣（今山东无棣）人。熙宁三年（1070）登进士第，尝从苏轼于定州幕府，曾任枢密院编修官。徽宗初年，以文章获罪，编管太平。有《姑溪居士文集》，代表作为《卜算子》：

我住长江头，君住长江尾。日日思君不见君，共饮长江水。　此水几时休，此恨何时已。只愿君心似我心，定不负相思意。

毛晋在《姑溪词跋》中说他的词“长于淡语、景语、情语……至若‘我住长江头’云云，直是古乐府俊语矣。”这首词的结尾深受花间词人顾敻《诉衷情》的影响，顾词结尾曰：“换我心，为你心，始知相忆深。”二者同一机杼。

五、赵令畤

赵令畤（1051—1134），初字景贶，后苏轼为改字德麟，自号聊复翁，涿郡（今河北涿州）人，宋太祖次子德昭之孙。元祐中，签书颍州公事，因与苏轼交往过密，被罚金，入元祐党籍。后历官右朝请大夫、右监门卫大将军、营州防御使、洪州观察使。绍兴初，袭封安定郡王，同知行在大宗正事。卒赠开府仪同三司。他虽与苏轼交好，但其词风婉约柔美，不类苏词。其《乌夜啼》一词，颇受人重视：

> 楼上萦帘弱絮，墙头碍月低花。年年春事关心事，肠断欲栖鸦。　　舞镜鸾衾翠减，啼珠凤蜡红斜。重门不锁相思梦，随意绕天涯。

这首词里所表达的是习见的男女相思之情，结尾两句从齐已诗《城中示友人》“重城不锁梦，每夜自归山”两句点化而来，但齐已的诗句质朴无华，一经赵令畤点化，显得缠绵委婉，韵味无穷。黄蓼园在《蓼园词选》中评说：“按絮朴帘而情动，花碍月而望沉。年年心事最难处者，日落栖鸦时耳。末二句尤写得沉挚，情到处，不觉神魂飞动矣。”赵令畤有《蝶恋花》14首，一般选本都选他的两首写伤春的《蝶恋花》，李攀龙在《草堂诗馀隽》中给予好评。这两首词虽然写得不错，正如李攀龙所说：“妙在写情语，语不在多，而情更无穷。”但细看也并不能发现更多的新意。另外的12首《蝶恋花》是一个整体，用来叙述元稹的《莺莺传》中所写的故事。用组词的形式来写崔莺莺与张生的爱情故事，确是首创，后来在金朝出现的诸宫调《董解元西厢记》受到这组词一定程度的影响。由于12首是一个整体，篇幅太大，在这里不能全部引录，今引录一首以见一斑：

数夕孤眠如度岁，将谓今生，会合终无计。正是断肠凝望际，云心捧得嫦娥至。　　玉困花柔羞抆泪，端丽妖娆，不与前时比。人去月斜疑梦寐，衣香犹在妆留臂。

这是写崔、张在西厢幽会，相当《董解元西厢记》卷五、王实甫《西厢记》第四本第一折。这样一个重大情节，却写得十分简练。

六、毛滂

毛滂（生卒年不详），字泽民，衢州（今浙江衢州）人。元祐间，曾任杭州法曹。元符二年（1099），任武康知县。苏轼尝以文章典丽可备著述科举荐他，官至祠部员外郎。徽宗时，知秀州（今浙江嘉兴）。有《东堂词》传世。他善于汲取当时众家之长，形成自己的独特风格，薛砺若在《宋词通论》中说其词“有耆卿之清幽，而无其婉腻；有东坡之疏爽，而无其豪纵；有少游之明畅，而无其柔媚”。其词清疏明隽，《四库提要》称其词“情韵特胜”。他有四首《惜分飞》写得都不错，尤其是第二首《惜分飞·富阳僧舍代作别语赠妓琼芳》：

泪湿阑干花著露，愁到眉峰碧聚。此恨平分取，更无言语，空相觑。　　断雨残云无意绪，寂寞朝朝暮暮。今夜山深处，断魂分付，潮回去。

这是给一个他眷恋的妓女的赠词，虽然对象的身份如此特殊，但词里没有一句轻薄香艳的话，只觉一往情深，难怪得到东坡赏识。周煇在《清波杂志》中说这首词“语尽而意不尽，意尽而情不尽，何酷似少游也。”再如《清平乐·东堂月夕小酌，时寒秀亭下娑罗花盛开》：

云峰秀叠，露冷琉璃叶。北畔娑罗花弄雪，香度小桥淡月。　与君踏月寻花，玉人双捧流霞。吸尽杯中花月，仙风相送还家。

这首词意境清幽，语言明畅，气度潇洒，颇有些超凡脱俗之感，全不类他的为人。他原先因苏轼赏识而得官，后又为与苏轼政见一致的宰相曾布重用；然而曾布失势后，他向曾布的政敌柄政的蔡京献词，出入蔡氏兄弟之门，并“倾心事之”，又得重用。其为人趋炎附势，人品卑劣，《四库全书总目提要》称“其素行儇薄，反复不常”。不过他的词还很有影响，稍后的陈与义、朱敦儒，直到南宋末年的姜夔、张炎，都受到他的一定影响。

七、仲殊

仲殊（生卒年不详），当时著名的诗僧，安州（今湖北安陆）人。俗姓张名挥，曾举进士，后弃家为僧，居苏州承天寺，后来居杭州吴山宝月寺，与苏轼友善。其词以《诉衷情》一调最为著名，今录其中第五首《诉衷情·寒食》于下：

涌金门外小瀛洲，寒食更风流。红船满湖歌吹，花外有高楼。　晴日暖，淡烟浮，恣嬉游。三千粉黛，十二阑干，一片云头。

他虽是出家人，词风却不清淡。这首词简直是秾艳似“花间”，特别是后三句，接近温庭筠了。也许当时的杭州太繁华了，不用重彩浓抹，无法表现。黄蓼园在《蓼园词选》中评说：“按宋之南渡，西湖号为销金窝。一时繁华游冶之盛，有心者能不忧之。不谓物外缁流，已于冷眼中觑之。‘一片云头’四字，真力弥满，杰句也。”黄升在《花庵词选》中把五首《诉衷情》全选了，并在最后评说：“仲殊之词多矣，佳者固不少，而小令为最。小令之中，《诉衷情》一调又其最。盖篇篇奇丽，字字清婉，高处不减唐人风致也。”我们不妨再来看一首他的入选《花庵词选》的词《南歌子·忆旧》：

十里青山远，潮平路带沙。数声啼鸟怨年华。又是凄凉时候，在天涯。　白露收残暑，清风衬晚霞。绿杨堤畔问荷花：记得年时沽酒，那人家？

这首词比上边那首《诉衷情》清淡得多，采用即景抒情，情寓景中，虽然写的还是西湖景色，但不像《诉衷情》那么秾艳。不过这首词在清淡和婉之中，蕴藏浓郁的凡俗生活的热情。其实仲殊虽为出家人，本应四大皆空，但在他的词里时见酒色，我们上边引的两首词中，都酒气熏人。其他词中，除了酒气以外，还有不少粉黛气，如“三千宫女”、“蓝桥信”、“高唐梦”、“素质”、“香肌”等等。酒色迷人，不仅迷倒凡夫俗子，竟也迷倒了和尚，看来他菩提无路，难以超凡脱尘了。

第五节　周邦彦和大晟词人

宋徽宗崇宁年间（1102—1106），皇家设置官立的音乐机构“大晟府”，其任务有二：一是讨论古音，审定古调，并加以修订整理；二是创制新调，发展引、近、慢曲，丰富词调。词本产生于民间，经过晚唐、五代，到宋代终于完全转到了文人手中；到大晟府的设立，词成了国家法定的乐府。从此，词的地位提高了，但与人民大众的距离却远了，从而开始蜕变与衰落。在大晟府内，集中了一大批词人，通过他们的创作，进一步促进了词律的规范化，并影响词坛的艺术风尚。入大晟府的词人世称“大晟词人”，他们的作品世称“大晟词”。在大晟府中，以周邦彦为提举，其下有协律郎等职位。大晟词人中除周邦彦外，主要还有晁端礼、万俟咏、田为等。

一、周邦彦

周邦彦（1056—1121），字美成，号清真居士，钱塘（今浙江杭州）人。元丰二年（1079），被选入汴京，为太学生内舍生。元丰六年（1083），他向神宗献了长达万言的《汴都赋》，受到神宗赏识，在政事堂召见他，并任命他为太学正。两年后，神宗逝世，保守派当权，因他不肯依附保守派，被赶出太学，到庐州去当州学教授，任满后客居荆州。元祐八年（1093）任溧水令，任期三年。溧水靠近道教圣地茅山，他因此受到道教思想影响。这时期，他的词风由绮丽变为沉郁，且日趋成熟。绍圣四年（1097），由溧水还京，任国子主簿、校书郎等官。神宗时，他本赞成王安石变法，但这时，章惇、蔡京等人假借新法之名，进行争权夺利，钩心斗角，败坏朝纲，他对此十分反感，萌生归隐之意。大晟府创立后，他任提举，当时不少大晟词人纷纷写词歌功颂德，他却一首也不写，甚至在宋徽宗命宰相蔡京向他示意，他也没有就范。周密在《浩然斋词话》中记载：“且以近者祥瑞沓至，将使播之乐府，命蔡元长微叩之。邦彦云：‘某老矣，颇悔少作。’会起居郎张果与之不咸，廉知邦彦尝于亲王席上作小词赠舞鬟……为蔡道其事。上知之，由是得罪。”大晟府提举是当不成了，外调顺昌府、处州等地，由于他始终不肯趋炎附势，不依附权贵；也不甘心当御用文人，昧着良心去歌颂所谓“祥瑞”之类事物，也没有能歌功颂德，因此这次外调后，就再也没有回到汴京。由此可见，不少人把他说成是宫廷文人或御用文人，是不公正的。他的词历来评价很高，有的竟把他提到“集大成”的高度。当然，这个评价未免过高了一些。第一，他的词全是婉约之作，涵盖不了豪放派，不过在婉约派中，他确实汲取了柳永、秦观之长，而去其不足；第二，他的词属艳情词者较多，大部分写男女之情与羁旅愁怀、咏物与咏节令、怀古伤今以及取材于神话的作品，在内容上比较单一，没有更丰富的题材；第三，周邦彦的主要成就在艺术技巧与音韵格律方面，他不仅审定古调，而且还创造了不少新调，大大发展了慢词。他对宋词发展的贡献，前人有不少评论，但都比较分散。周济在《介存斋论词杂著》中说：“美成思力，独绝千古，如颜平原书，虽未臻两晋，而唐初之法，至此大备。后有作者，莫能出其范围矣，读得清真词多，觉他人所作，都不十分经意。钩勒之妙，无如清真。他人一钩勒便薄，清真愈钩勒愈浑厚。”沈雄在《古今词话》中和冯金伯在《词苑萃编》中，都引用强焕的话说：“美成词摹写物态，曲尽其妙。”又引用陈振孙的话说：“美成多用唐人诗句檃栝入律，浑然天成，长调尤善铺叙，富艳精工。”冯煦在《蒿庵论词》中说：“周之胜史（指史达祖），则又在浑之一字。词至于浑，而无可复进矣。”陈廷焯在《词坛丛论》中则说：“美成乐府，开阖动荡，独有千古。”又说：“美成词，镕化成句，工炼无比。”而在《白雨斋词话》中说：“美成词极其感慨，而无处不郁，令人不能遽窥其旨。”谭献在《复堂词话》中说：“已是磨杵成针手段，用笔欲落不落。”综合上述各家所论，对周邦彦词的特点，我们可以有一个较全面的认识。

第一，汲取柳、秦之长，冶雅俗于一炉。北宋婉约派词人的词，有以秦观为代表的极“雅致”的词，有以柳永为代表的很“俚俗”的词，周邦彦的词二者兼而有之。如：

章台路，还见褪粉梅梢，试花桃树。愔愔坊陌人家，定巢燕子，归来旧处。黯凝伫，因念个人痴小，乍窥门户。侵晨浅约宫黄，障风映袖，盈盈笑语。　前度刘郎重到，访邻寻里，同时歌舞。唯有旧家秋娘，声价如故。吟笺赋笔，犹记燕台句。知谁伴，名园露饮，东城闲步？事与孤鸿去，探春尽是，伤离意绪。官柳低金缕。归骑晚、纤纤池塘飞雨。断肠院落，一帘风絮。

——《瑞龙吟》

几日来，真个醉。不知道、窗外乱红，已深半指。花影被风摇碎，拥春酲乍起。　有个人人，生得济楚，来向耳畔，问道今朝醒未？情性儿，慢腾腾地，恼得人又醉。

——《红窗迥》

以上两首词，一雅一俗。雅的比起秦观的词来，显得曲折蕴含，典雅深沉；俗的比起柳永、黄庭坚来，更接近口语，但没低级、猥亵的成分，没有人能指责为“淫词”。在当时，他的雅词受到贵族与知识分子欢迎，俗词则在下层市民中流传，所以陈郁在《藏一话腴》中称他：“二百年来，以乐府独步。贵人、学士、市儇、妓女，皆知美成词为可爱。”这里“以乐府独步”云，说得言过其实，从周邦彦到南宋末200年中，出现了一大批有成就的词人，有的人的成就远远超过了他。但他的词有雅有俗，雅俗共赏，这就大大提高了他的知名度。

第二，音律严整，创造新调，发展慢词。沈义父在《乐府指迷》中说：“凡作词，当以清真为主。盖清真最为知音，且无一点市井气。下字运意，皆有法度，往往自唐宋诸贤诗句中来，而不用经史中生硬字面，此所以为冠绝也。”《宋史·文苑传》称他：“好音乐，能自度曲，制乐府长短句，词韵清蔚。”邵瑞彭在《周词订律序》中说："良由宋世大晟乐府创自庙堂，未造专书，即以清真一集为之仪埻。"南宋以来，人们把清真词视为词律的典范。

第三，长于铺叙，精于概括，善于勾勒。从柳永开始，大量创作慢词，但除了《戚氏》为三片，超过200字，其馀均为上下两片，字数也在200字以内；在清真词中，一调三片的词增多了。在铺叙方面，柳永虽也有一定功夫，但都显得平直，由头到尾直线向下，往往一览无馀。而周邦彦则委婉曲折，往复回环，开合动荡，抑扬顿挫，意蕴深沉。此可以《兰陵王·柳》为例：

> 柳阴直，烟里丝丝弄碧。隋堤上，曾见几番，拂水飘绵送行色。登临望故国。谁识，京华倦客。长亭路，年去岁来，应折柔条过千尺。　　闲寻旧踪迹。又酒趁哀弦，灯照离席，梨花榆火催寒食。愁一箭风快，半篙波暖，回头迢递便数驿。望人在天北。　　凄恻，恨堆积。渐别浦萦回，津堠岑寂。斜阳冉冉春无极。念月榭携手，露桥闻笛。沉思前事，似梦里，泪暗滴。

这首词借柳抒怀，"登临望故国。谁识，京华倦客"是其主旨，追忆昔日在京华时的旧情，感叹今日的身世飘零。第一叠主要写柳，以频繁折柳送客，感叹人生离别之多，从而引出对往事的追寻。开船离别，往事不禁涌上心头，回望送行者远在天北，倍添惆怅。第三叠写离愁别恨，更写出了对旧日情人的思念，最后到"泪暗滴"便戛然而止，情馀言外。"沉思前事，似梦里"又与"登临望故国"相呼应，呈往复回环之势。

第四，摹写物态，体物言情，曲尽其妙。评论者认为北宋词人中咏物词写得好的为东坡与清真两人。且以《六丑·蔷薇谢后作》为例：

正单衣试酒，恨客里、光阴虚掷。愿春暂留，春归如过翼，一去无迹。为问花何在？夜来风雨，葬楚宫倾国。钗钿堕处遗香泽。乱点桃蹊，轻翻柳陌。多情为谁追惜？但蜂媒蝶使，时叩窗隔。　东园岑寂，渐蒙笼暗碧。静绕珍丛底，成叹息。长条故惹行客，似牵衣待话，别情无极。残英小、强簪巾帻。终不似，一朵钗头颤袅，向人敧侧。漂流处、莫趁潮汐。恐断红、尚有相思字，何由见得。

这是一首咏物诗，借咏凋谢的蔷薇寄托自己的身世之感。词由客里伤春想到落花，从落花想到花片，再从花片想到红叶题诗，再想到花片与题叶会随水漂流，也许会漂入大海，欲觅无迹。这首词写得如抽茧剥蕉，层层脱落，一波三折，委婉缠绵，馀韵悠扬。陈廷焯在《白雨斋词话》中说，“为问花何在”以下，“反复缠绵，更不纠缠一笔，却满纸是羁愁抑郁，且有许多不敢说处，言中有物，吞吐尽致”。

第五，多用唐人诗句檃栝入律，浑然天成。檃栝前人诗文入词，不始于清真，如东坡曾檃栝陶渊明的《归去来兮辞》入其词《哨遍》。别人也有偶尔为之的，但都不像周邦彦那样既多且好。对这样的词，我们当然不可能一一列举，只能举一例以见一斑，如《西河·金陵怀古》：

佳丽地，南朝盛事谁记？山围故国绕清江，髻鬟对起。怒涛寂寞打孤城，风樯遥度天际。　断崖树，犹倒倚，莫愁艇子曾系，空馀旧迹郁苍苍，雾沉半垒。夜深月过女墙来，伤心东望淮水。　酒旗戏鼓甚处市。想依稀、王谢邻里。燕子不知何世，入寻常巷陌人家，相对如说兴亡，斜阳里。

这首词就是根据唐代诗人刘禹锡的《石头城》和《乌衣巷》两首七绝檃栝而成。但他善于融化，不为原诗束缚，抒发感怀，如同己出。张炎在《词源》中说："美成词只当看他浑成处，于软媚中有气魄。采唐诗融化如自己者，乃其所长。"

周邦彦的词吸取了花间、南唐以来各婉约派的优长，特别是柳永的绵密和冶艳而剔除其庸俗和猥亵成分，形成了"富艳精工"的词风，调美，律严，字工，被誉为"无美不备"，甚至说他"奄有众长……冠绝古今，可谓极词中之圣"（蒋兆兰《词说》）。因此"词中老杜"（王国维《人间词话》）的称誉出来了。然而杜甫的集大成是全面的，周邦彦的集大成仅仅局限词的韵律格调与婉约派的艺术技巧，因此周邦彦之于杜甫，实在难以望其项背，又岂能比肩？尽管如此，周邦彦在词坛上的影响还是不小的，其后的婉约派词人莫不受他的影响，影响所致不仅是姜夔、吴文英，而且一直波及有清一代的词坛。王易在《词曲史》中，对他的评论比较切合实际："诚能汇前此晏、欧、秦、柳之长，而成一大派；树后此姜、史、吴、张之鹄，而开其大宗。"但是也有消极的一面，他的流弊所至，致使形式主义滋长。

二、大晟词人

（一）晁端礼

晁端礼（1046—1113），字次膺，祖籍澶州清丰（今河南清丰），后迁居彭门（今江苏徐州）。熙宁六年（1073）登进士第，曾两次任县令，忤上官，免职。晚年受蔡京推荐，以承事郎为大晟府协律。大晟府的负责人是周邦彦，但在审定古音旧调和创新调方面，他都有协助之功。他的词风接近周邦彦，当然在成就上远不如周邦彦。他创制了不少新调，补充了大乐中徵调之缺。如他自创新调《绿头鸭·咏月》：

晚云收，淡天一片琉璃。烂银盘、来从海底，皓色千里澄辉。莹无尘、素娥淡伫，静可数、丹桂参差，玉露初零，金风未凛，一年无似此佳时。露坐久，疏萤时度，乌鹊正南飞。瑶台冷，栏干凭暖，欲下迟迟。念佳人、音尘别后，对此应解相思。最关情、漏声正永，暗断肠、花影偷移。料得来宵，清光未减，阴晴天气又争知。共凝恋、如今别后，还是隔年期。人强健，清尊素影，长愿相随。

这首词上片写中秋赏月，因值“玉露初零，金风未凛”，正是“已凉天气未寒时”，心旷神怡，颇为舒适愉悦。下片写勾起对远人的思念，心情由喜转愁，最后以“人强健”宽慰。这里暗用东坡《水调歌头》之意，却不露声色。句式长短相间，错落有致，抑扬顿挫，婉转回环，波澜起伏，骀荡生色，音调谐美。可惜晁端礼只能创调，不能创意，因此他的词成就不高，名声不大。

（二）万俟咏

万俟咏（生卒年不详），字雅言，自号词隐、大梁词隐，可能是大梁（今河南开封）人。精音律，能自度新声。游上庠，不第，崇宁（1102—1106）中担任大晟府制撰。绍兴五年（1120）补下州文学。有《大声集》五卷，周邦彦为之作序。据说黄庭坚也称他为一代词人。现存词29首。他的自度新腔如《春草碧》：

又随芳绪生，看翠霁连空，愁遍征路。东风里，谁望断西塞，恨迷南浦。天涯地角，意不尽、消沉万古。曾是送别长亭下，细绿暗烟雨。　何处。乱红铺绣茵，有醉眠荡子，拾翠游女。王孙远，柳外共残照，断云无语。池塘梦生，谢公后、还能继否。独上画楼，春山暝、雁飞去。

这首词写的是习见的伤春怀远。全词围绕春草展开，景色凄迷，感情沉挚，声调谐婉，堪称声情并茂。最后用“春山暝、雁飞去”作结，更觉境界淡远，情思绵远，言外有不尽之意。他的小令也很有特色，如《昭君怨》：

春到南楼雪尽，惊动灯期花信。小雨一番寒，倚阑干。
莫把阑干倚！一望几重烟水。何处是京华？暮云遮。

这首词写元宵时景色，并从而引起对京华的思念。不思念家乡而思念京华，当然有更深的含义，但在词里蕴涵不露，留给读者去思考，从而增添了魅力。黄升在《花庵词选》中，对万俟咏的词有个总体评价：“雅言之词，词之圣者也。发妙旨于律吕之中，运巧思于斧凿之外，平而工，和而雅，比诸刻琢句意，而求精丽者远矣。”这里说“词之圣者”，未免言过其实，但他的词不事琢雕，全在平常的描绘之中见功夫，在和顺之中呈雅丽，这确是他的艺术特色。

（三）赵佶

赵佶（1082—1135），即宋徽宗，1100年即位，任用蔡京、童贯、高俅、朱勔等奸佞，败坏朝纲，横征暴敛，弄得民不聊生。他是中国历史上有名的昏君之一。1126年传位给赵桓，自称太上皇。靖康二年（1127），金兵南侵时，汴京陷落，他与钦宗一起被俘北上，囚死于五国城（今黑龙江省依兰县）。作为政治家，他是一个失败者；作为艺术家，他是成功的，具有很高造诣，善书工画，通晓音律，在位时创建“大晟府”，对词的发展做出一定贡献。词写得也好，人们常常把他与李煜并提，他们二人有相同的情况与命运。遥想在975年，宋军灭了南唐，俘获了李煜，当时赵匡胤踌躇满志地调侃说：“好个翰林学士，可惜薄命当了皇帝。”充满嘲弄意味。谁料半个多世纪以后，自己的子孙却紧步李煜后尘，宋艺祖若泉下有知，不知有何感想？赵佶现存词12首，以《燕山亭·北行见杏花》最为有名：

裁剪冰绡，轻叠数重，淡着燕脂匀注。新样靓妆，艳溢香融，羞杀蕊珠宫女。易得凋零，更多少、无情风雨。愁苦，闲院落凄凉，几番春暮。　　凭寄离恨重重，这双燕，何曾会人言语。天遥地远，万水千山，知他故宫何处。怎不思量，除梦里，有时曾去。无据，和梦也、新来不做。

这首词写于被俘北上途中，惜花怜己，悲切哀婉，如诉如泣。令人回肠九转，愁思绵绵。其风格接近李煜，亡国哀思，不胜感慨。王弈清在《历代词话》中说这首词“清丽凄婉”。大多数论者，都以赵佶比李煜，但王国维在《人间词话》里有不同意见，他说：“尼采谓：‘一切文学，余爱以血书者。’后主之词，真所谓以血书者也。宋道君皇帝《燕山亭》词亦略似之。然道君不过自道身世之戚，后主则俨有释迦、基督，担荷人类罪恶之意，其大小固不同矣。”

第六节　两大女词人

词在宋代犹如诗在唐代，不仅文人士子达官贵人纷纷写词，下层人民中也有不少能词的，更有不少妇女也加入到词作者的队伍中来。在妇女中，不仅像丞相曾布之妻魏夫人这样的贵族妇女能词，一些下层妇女如武弁之女舒氏、身世姓名都无从查考的淮上女等等，都能词。在众多能词的妇女中，有两位不让须眉的女词人：李清照和朱淑真。

一、李清照

李清照（1084—约1151），自号易安居士，齐州章丘（今山东章丘西北）人。父李格非为北宋苏门“后四学士”之一，著名散文家，曾受到东坡赞赏。母亲王氏系出名门，亦善文藻。生长在这样一个书香之家，她从小就受到良好的教养。18岁时，嫁与宰相赵挺之的儿子赵明诚。丈夫赵明诚是有名的金石家，她有自传性质的《金石录后序》，记载了两人收集、钻研金石书画的情况，也写了“靖康之乱”后避难江南、大批收藏物丢失、丈夫病故、自己只身流离漂泊的情况。大致上说，在金兵南侵前，她有一个幸福的家庭，生活安定美满；金兵南侵后，完全改变了她的生活，从此流离失所，辗转漂泊于浙江南部，孤苦伶仃，极为凄凉悲惨。她是一个多才多艺的女子，工书善画，精通音律，文学造诣很高，诗词文都好，对词尤为擅长，在宋代词坛上占有重要的一席。李清照为人传诵的词很多，大致上，早年多欢快之词，即使有愁绪也是一些离情别绪与相思闲愁，并无大悲大恸；晚年家破人亡，流离漂泊，孤独无靠，因此多悲切之词，痛彻肺腑。早年的词如：

常记溪亭日暮，沉醉不知归路。兴尽晚回舟，误入藕花深处。争渡，争渡，惊起一滩鸥鹭。

——《如梦令》二首其一

昨夜雨疏风骤，浓睡不消残酒。试问卷帘人，却道海棠依旧。知否，知否，应是绿肥红瘦。

——《如梦令》二首其二

红藕香残玉簟秋，轻解罗裳，独上兰舟。云中谁寄锦书来？雁字回时，月满西楼。　花自飘零水自流。一种相思，两处闲愁。此情无计可消除，才下眉头，却上心头。

——《一剪梅》

薄雾浓云愁永昼，瑞脑消金兽。佳节又重阳，玉枕纱橱，半夜凉初透。东篱把酒黄昏后，有暗香盈袖。莫道不销魂，帘卷西风，人比黄花瘦。

——《醉花阴》

以上四首都是李清照比较有名的词。前两首《如梦令》，第一首记一次春日郊游，情绪极为欢快。第二首写惜春，从中流露出年轻女子青春期的迷惘，其中“绿肥红瘦”句，历来很受人赞赏。黄蓼园在《蓼园词选》中对这首词评说：“一问极有情，答以‘依旧’，答得极淡，跌出‘知否’二句来。而‘绿肥红瘦’，无限凄婉，却又妙在含蓄。短幅中藏无数曲折，自是圣于词者。”这里虽说“凄婉”，正如何其芳在《花环》一诗中说的那种女子在青春期的“没有名字的悲伤”，是一种“闲愁”，不是真正的伤心、悲痛。后两首词在《琅嬛记》各记载了一个小故事，但《琅嬛记》是一本伪托之书，所记不足为据，且明显与事实有出入，所以这里不引用。《一剪梅》是写相思之情，后人对此词评论不少，不过话多大同小异，大体都如陈廷焯《白雨斋词话》所说，开头七字“精秀特绝，真不食人间烟火者”。梁绍壬说：“结更凄绝。”《醉花阴》是一首写重阳的词，写在重阳佳节怀念远人，全词寓情于景，情景交融，从而表达爱情之深、相思之苦。结尾“人比黄花瘦”，是词中名句，至今仍有人引用。陈世焜在《云韶集》中评这首词说：“无一字不秀雅，深情苦调，元人词曲往往宗之。”可见其对后世的影响。她后期的词如：

风住尘香花已尽，日晚倦梳头。物是人非事事休，欲语泪先流。　闻说双溪春尚好，也拟泛轻舟。只恐双溪舴艋舟，载不动、许多愁。

——《武陵春·春晚》

寻寻觅觅，冷冷清清，凄凄惨惨戚戚。乍暖还寒时候，最难将息。三杯两盏淡酒，怎敌他、晚来风急！雁过也，正伤心，却是旧时相识。　满地黄花堆积，憔悴损，如今有谁堪摘？守着窗儿，独自怎生得黑！梧桐更兼细雨，到黄昏，点点滴滴。这次第，怎一个愁字了得！

——《声声慢》

以上两首词，前一首《武陵春》作于流寓金华时，当时中原沦陷，金兵还不断南侵，国家危亡；为避难南迁，丈夫病逝，真是国破家亡。此时，她孤身一人，漂泊在异乡，无依无靠，孤苦伶仃，真是斯心欲碎。在李清照词中，虽然没有直接描写当时河山破碎、百姓流离失所这场巨大的民族灾难，但她的家庭与个人的苦难，正是由此造成的，间接反映那个苦难的时代，所以梁启超在《艺蘅馆词选》评这首词时，没有局限在她感叹身世的范围内，而是指出：“此盖感愤时事之作。”可谓独具慧眼。后一首《声声慢》是李清照后期的词中最负盛名的一篇，是她晚年生活的一幅缩影，在这97个字中，真是字字血声声泪。历来对这首词评论不少，虽有誉之曰：“情景婉绝，真是绝唱。”（茅映《词的》）但大多数只着眼于开头连用14个叠字，后边又用了4个叠字而言。也有赞赏其末后几句的，如陈世焜在《云韶集》中说：“‘黑’字警，后幅一片神行，愈唱愈妙。”梁启超在《艺蘅馆词选》中则专门注重其用韵说：“此词最得咽字诀，清真不及也。”用入声韵，确实可以加深凄切悲痛的艺术效果，杜甫就善用此法，《自京赴奉先县咏怀五百字》、《北征》都是用入声韵，李清照从此中悟得三昧。不过以上各家所说的都只是着眼于艺术技巧而言。其实这首词是在李清照饱经沧桑、历尽人间磨难后写的，呜呜咽咽，令人有肝肠寸断之感。王国维评李煜的词说："后主之词，真所谓以血书者也。"李清照这首词也可以说"以血书者"，大有声声泪字字血、令人不忍卒读之感。这首词对叠字运用得如此成功，确是前无古人、后少来者，唯清代的薄命女词人贺双卿得其神髓。

如果把词严格分为婉约派与豪放派，那么李清照无疑是归入婉约派，不少人还把她作为婉约派的代表作家，认为她奄有秦、周之长而加以发展，词风也以细腻深婉著称，但她有一首很独特的词《渔家傲》：

> 天接云涛连晓雾，星河欲转千帆舞。仿佛梦魂归帝所，闻天语，殷勤问我归何处。　我报路长嗟日暮，学诗谩有惊人句。九万里风鹏正举，风休住，蓬舟吹取三山去。

南渡后，李清照由于经历了国破家亡的变故，因此写的词一般都充满愁苦、悲痛，这首词却是个例外，词里首先对自己的成就充满自豪："学诗谩有惊人句"，其次向往美好生活，特别渴望有个家。但词里表现出来的不是悲凉哀怨，而是豪放悲壮。这里用了《离骚》和苏轼《水调歌头》中语，更显坚定超逸。这首词与李清照词的一贯属婉约的风格很不同，所以梁启超说："此绝似苏辛派，不类《漱玉集》中语。"（《艺蘅馆词选》）沈曾植在《菌阁琐谈》中更是说："易安倜傥有丈夫气，乃闺阁中之苏、辛，非秦、柳也。"不过就凭一首词，就把她从秦、柳婉约派中摘出来，放进苏、辛豪放派中，也不是实事求是的做法，因为她的词的主流还是婉约词，她在词坛上的极大名声也是由她的婉约词赢得的。陈廷焯在《词坛丛话》中说："李易安词，风神气格，冠绝一时，直欲与白石老仙相鼓吹。"这样豪放的词，在她只是偶尔为之。但在她的诗中，气格豪放的却不少，其中最为著名的当数《乌江》（也作《夏日绝句》）：

生当作人杰，死亦为鬼雄。至今思项羽，不肯过江东。

真是石破天惊，响遏行云，在历来咏项羽的诗中，这是最能写出项羽精神的诗。然而，这首诗也并非单纯为了赞颂项羽，而是借古讽今，暗寓对宋室南渡的批评。在金兵不断南下时，宋王朝君臣不思奋起抗击，而是一味退却逃避，实在难以与"不肯过江东"的项羽相比。有此气概，真是"直欲压倒须眉"。

二、朱淑真

朱淑真（生卒年不详），号幽栖居士，钱塘（今浙江杭州）人，一说海宁（今浙江海宁）人。她的活动时期大约也在北宋末至南宋初。因为她一直生长在江南，所以"靖康"动乱对她的生活影响不大，她的不幸完全源于婚姻。她在少女时代生活比较优裕，父母兄嫂均解翰墨。因此，她从小就受到很好的文学艺术的陶冶，解音律，工书画，擅诗词，多才多艺。由此她希望找一个与她相匹配的丈夫，诗词唱和，过着美满的生活，而且她也曾有意中人。但在封建社会中，女孩子的婚嫁全凭父母之命、媒妁之言，自己只能听任摆布，结果她嫁给了一个俗吏（一说市井小民）。魏仲恭说她"一生抑郁不得志，故诗中多有忧愁怨恨之语。每临风对月，触目伤怀，皆寓于诗词，以写其胸中不平之气，竟无知音，悒悒抱恨而终。自古佳人多命薄，岂止颜色如花命如叶耶！观其诗，想其人，风韵如此，乃下配一庸夫，固负此生矣。其死也，不能葬骨于地下，如青冢之可吊；并其诗，父母一火焚之。今所传者，百不存一，是重不幸也”（《断肠诗集·序》）。这里充满了对她的同情；同时对她的词评说：“清新婉丽，蓄思含情，能道人意中事，岂泛泛者所能及，未尝不一唱而三叹也。”由于“其夫村恶，籧篨戚施，种种可厌；淑真郁郁不得志，作诗多忧愁怨恨之思”（田汝成《西湖游览志馀》），所以后人编集其诗词后题名为《断肠集》。其词如：

独行独坐，独倡独酬还独卧。伫立伤神，无奈轻寒著摸人。　此情谁见？泪洗残妆无一半。愁病相仍，剔尽寒灯梦不成。

——《减字木兰花·春怨》

迟迟春日弄轻柔，花径暗香流。清明过了，不堪回首，云锁朱楼。　午窗睡起莺声巧，何处唤春愁？绿杨影里，海棠亭畔，红杏梢头。

——《眼儿媚》

楼外垂杨千万缕，欲系青春，少住春还去。犹自风前飘柳絮，随春且看归何处？　绿满山川闻杜宇，便做无情，莫也愁人苦。把酒送春春不语，黄昏却下潇潇雨。

——《蝶恋花·送春》

以上三首词，在时间上是初春、暮春与春夏之交，基调是愁怨，但在表达上各具特色。第一首，开头一口气写了五个“独”字，奠定了全词的基调，处处寂寞孤单，处处凄清难耐，孤独难眠，结句倍感凄苦。题名《春怨》，全篇却不着一“春”字，只从“轻寒”两字中微微逗出，尤觉高妙。通篇直抒胸臆，哭诉其孤独凄清。第二首却以写景为主，情寓景中，传达出她一腔幽怨之情，结尾勾画了三个春景画面以衬托其内心的愁苦，这三者全是秾丽、热闹之景，用以烘托愁苦之情，收到了更好的效果。王夫之在《诗译》中说："以乐景写哀，以哀景写乐，一倍增其哀乐。"第三首采用拟人手法，把无形的春比拟成有形的人，形象生动。设想用柳丝来系春，把春留住，想象丰富；春随柳絮飘去，这既是眼前景，却又符合形象特征。在无可奈何中，只得把酒送春，而春却不语。最后以"潇潇雨"作结，似乎春也不忍离去，挥泪而别，含思无限，馀音袅袅。朱淑真对梅花情有独钟，在她的九首咏物词中，竟有六首咏梅，占三分之二，而且这几首咏梅词还让她暂时摆脱了怨情愁思。当然，这里有好几首是否确是朱淑真词，还有争议。此外，她有一首《清平乐·游湖》，情调活泼轻松，可能是早期作品：

> 恼烟撩露，留我须臾住。携手藕花湖上路，一霎黄梅细雨。　　娇痴不怕人猜，和衣倒在人怀。最是分携时候，归来懒傍妆台。

初夏的西湖，湖光山色，十分宜人，连天莲叶，映日荷花，美不胜收，少女与情人携手游湖，其乐无穷。这首词写得相当大胆，活生生写出了一个热恋中的少女。吴衡照在《莲子居词话》中说："易安'眼波才动被人猜'，矜持得妙。淑真'娇痴不怕人猜'，放诞得妙。均善于言情。"只是这样的词在朱淑真现存的词中，太少了。

第八章　爱国豪放词派的先行者张元干

靖康二年（1127），金兵南侵，北宋王朝覆灭。宋室南渡，金兵却不放过已经逃往江南的宋王室，继续南下，国家民族处在危亡时刻，一些有识之士和爱国将领强烈主张抗战，一时形成敌忾同仇的气氛，这不能不影响到文学创作。“绮筵绣幌，浅酌低唱”是维持不下去了，代之是壮怀激烈，慷慨悲歌。从词本身发展来说，经过北宋各家的努力，到南宋初，已有了很大提高，题材不断拓宽，技巧日臻成熟，地位也有了极大提高，不再是只供人消遣的东西，而是可以与诗一样倾吐胸中之块垒，抒发满腔悲愤。由于词的形式不像诗那样整齐死板，而节奏更为鲜明，活泼灵动，更适宜于表达慷慨愤激之情，因此词的题材和风格在南宋之初有了重大变化，出现了豪放的爱国词，以后阵营日渐壮大，形成了以辛弃疾为核心的爱国豪放词派，成为南宋词坛的主流。在这里不仅有著名文士，一些爱国将相也参与其间，他们共同唱出一曲曲当时的时代最强音，而其中张元干可以说是他们中的先行者。

第一节　张元干的爱国词

张元干（1091—约1170），字仲宗，号芦川老隐，又号真隐山人，长乐（今福建长乐）人。北宋末年为太学生，金兵南侵时入李纲幕府，积极协助李纲抗金。南渡后，秦桧当政，他不屑与奸佞同朝，于绍兴元年（1131）弃官。他是一个坚定的抗战斗士，反对向金国屈辱投降，因此几度获罪，屡遭投降派迫害，不仅被削职，而且还因力主抗战而下狱。直到秦桧死后，他才重新出山，来到临安官舍，但也未被重用，后客死异乡。他的一生是悲剧的一生，同时也是高风亮节光辉的一生。他的代表作是两首《贺新郎》：

曳杖危楼去。斗垂天、沧波万顷，月流烟渚。扫尽浮云风不定，未放扁舟夜渡。宿雁落、寒芦深处。怅望关河空吊影，正人间、鼻息鸣鼍鼓。谁伴我，醉中舞？　十年一梦扬州路。倚高寒、愁生故国，气吞骄虏。要斩楼兰三尺剑，遗恨琵琶旧语。谩暗涩铜华尘土。唤取谪仙平章看，过苕溪、尚许垂纶否？风浩荡，欲飞举。

——《贺新郎·寄李伯纪丞相》

梦绕神州路。怅秋风、连营画角，故宫离黍。底事昆仑倾砥柱，九地黄流乱注。聚万落千村狐兔。天意从来高难问，况人情、老易悲难诉，更南浦，送君去！　凉生岸柳催残暑。耿斜河，疏星淡月，断云微度。万里江山知何处？回首对床夜语。雁不到，书成谁与？目尽青天怀今古，肯儿曹、恩怨相尔汝。举大白，听金缕。

——《贺新郎·送胡邦衡待制》

宋高宗绍兴八年（1138），南宋统治集团决定向金国屈膝求和，朝廷内外的主战官员纷纷反对。这时已被罢相外任的李纲上书反对和议，力主抗战。当时张元干寓居福州，闻讯后，他写了上面第一首《贺新郎》寄给李纲，表示坚决支持。胡邦衡反对向金纳表称臣的屈辱投降，在绍兴八年上书赵构请斩投降派首领秦桧等三人，当即遭到打击，被降职外调。到绍兴十一年签订了“绍兴和议”，投降派阴谋得逞，腾出手来对主战派进行疯狂迫害。绍兴十二年，胡邦衡被除名，并押到新州编管。张元干闻讯后，激于义愤，不顾危险，写了上面引录的第二首词为他送行。这首词锋芒毕露，矛头所指不仅对准秦桧等一伙奸臣，而是直指赵构：“天意从来高难问”，其胆识令人敬仰。张元干果然也因此而受到投降派迫害，不仅被削职，而且还下狱。这两首词风格豪放，感情激愤悲壮，慷慨苍凉。《四库全书总目提要》说这两首词“慷慨悲凉，数百年后，尚想其抑塞磊落之气”。这两首词都放在国家危亡、民族灾难的大背景中来叙述，因此境界开阔，气势宏伟，感情悲壮，音调高亢，成为时代的最强音，为以后陆游、张孝祥、辛弃疾等爱国词人开辟了一条康庄的创作道路。南宋爱国的豪放词盛行，张元干有首倡之功。

在南渡以前，张元干的词却是清新秀丽，属婉约词风。毛晋在《芦川词跋》中说：“人称其长于悲愤，及读花庵、草堂所选，又极妩秀之致，真堪与片玉、白石并垂不朽。”胡云翼在《宋词选》中说毛晋要把张元干“拉进周邦彦、姜夔一派里去”。细味毛晋的话，我以为其实并没有要把张元干拉进婉约词派中去，而只是称赞张元干的婉约词写得也极好，足可与清真、白石媲美，如他的《石州慢》（寒水依痕）、《南歌子》（桂魄分馀晕）都曾被误认为周邦彦的词，这正说明风格相近，水平相当。金兵南侵，靖康之变，终于使他“梦断酒醒”，跳出“绮罗香泽”，直面中原的“千村狐兔”，不禁“愁生故国，气吞骄虏”，时时“梦绕神州路”，高唱“豪士悲歌”，形成了一曲曲以豪放为基调的爱国词。

第二节　反投降派将相的高亢之音

和张元干同时，有一批反对屈膝投降的主战派将相和士大夫，他们中不少原不以词知名于当时，但由于他们的抗战态度坚决，虽然有的只是偶然操翰，但在词里表达出来的爱国思想、奋发有为的精神与愤激昂扬之情，足可与张元干媲美，非一般词家所能企及。

一、叶梦得

叶梦得（1077—1148），字少蕴，号石林居士，原籍吴县（今江苏苏州），居住乌程（今浙江湖州）。绍圣四年（1097）登进士第，累官中书舍人，翰林学士，吏部尚书、龙图阁直学士、帅杭州。南渡后，除尚书右丞、江东安抚使，曾两度任建康留守。他表彰过骂敌而死的杨邦乂，曾为岳飞等人率领的北伐队伍做了不少支援补给工作，为抗金斗争做过很大贡献。他早年词风婉丽，与他同时的关注在《题石林词》中对他早期词的评价为："婉丽绰约有温、李之风。"代表作为《贺新郎》（睡起流莺语）。抗金斗争使他的词风变得简淡雄放，代表作为《水调歌头》七首之七：

> 秋色渐将晚，霜信报黄花。小窗低户深映，微路绕欹斜。为问山公何事？坐看流年轻度，拼却鬓双华。徙倚望沧海，天净水明霞。　　念平昔，空飘荡，遍天涯。归来三径重扫，松竹本吾家。却恨悲风时起，冉冉云间新雁，边马怨胡笳。谁似东山老，谈笑净胡沙？

这首词虽没有张元干的《贺新郎》那样激昂慷慨，但也满怀豪情，希望能像东晋名臣谢安那样"谈笑净胡沙"，歼灭来犯之敌，为国建奇功。爱国之情，溢于言表。

二、李纲

李纲（1083—1140），字伯纪，邵武（今福建邵武）人。政和二年（1112）登进士第。宣和七年（1125）任太常少卿，时金兵南侵，朝野震惊，准备迁都逃跑，他力排众议，刺臂血上书，并登城督战，激励将士，击退金兵。但不久受到投降派的排挤，被贬。南渡后，他一度任尚书右仆射，兼中书侍郎，但他为相仅75天，又遭投降派排挤，罢相。绍兴二年（1132）被起用为荆湖南路安抚使，知潭州，但他坚定的抗金主张受到当权的投降派忌恨，又被罢免。绍兴十年（1140）在福州抑郁而死，终年58岁。他有咏史词七首，很有名，分别为《水龙吟·光武战昆阳》《念奴娇·汉武巡朔方》《喜迁莺·晋师胜淝上》《水龙吟·太宗临渭上》《念奴娇·宪宗平淮西》《雨霖铃·明皇幸西蜀》《喜迁莺·真宗幸澶渊》。这七首词都是借古喻今，劝告皇帝坚持抗战，不要屈膝投降，可惜以赵构为首的投降派根本听不进去。他还有直接表达抗战决心的《苏武令》：

塞上风高，渔阳秋早，惆怅翠华音杳。驿使空驰，征鸿归尽，不寄双龙消耗。念白衣、金殿除恩；归黄阁、未成图报。　　谁信我、致主丹衷，伤时多故，未作救民方召。调鼎为霖，登坛作将，燕然即须平扫。拥精兵十万，横行沙漠，奉迎天表。

上片感叹徽、钦二帝被俘，杳无音讯，自己身居相位，却未能复仇雪耻。下片写自己累遭贬谪，不能有所作为。现在既然身居相位，希望能为百姓做些有益的事，更希望能亲自统率精兵十万“横行沙漠”，迎回被俘的二帝，洗雪国耻。这首词充满爱国精神与英雄气概。

三、岳飞

岳飞（1103—1142），字鹏举，相州汤阴（今河南汤阴）人。出身于普通农家，宣和年间应真定宣抚幕招募参军，在抗金战斗中，奋勇作战，屡立战功。曾随爱国将领宗泽守卫开封，深得器重，提升为将军，后在抗金战争中屡建奇功，为南宋“中兴四大名将”之一。历任太子少保，河南北诸路招讨使，进枢密副使，封武昌郡开国公。当时朝中有以宰相秦桧为首的一股巨大的卖国投降势力，伙同赵构准备向金屈膝求和，岳飞成了他们卖国投降的最大障碍。绍兴十一年（1142），被秦桧等民族败类以“莫须有”（或许有）之罪诬陷致死，时仅39岁。直到赵构死后，孝宗即位，才得以平冤昭雪，赐谥武穆，追封鄂王，因此后世称岳武穆或岳鄂王。岳飞英年早逝，留下的诗词不多，但质量很高。他存词三首，代表作为《满江红·写怀》：

怒发冲冠，凭栏处、潇潇雨歇。抬望眼，仰天长啸，壮怀激烈。三十功名尘与土，八千里路云和月。莫等闲、白了少年头，空悲切。　　靖康耻，犹未雪；臣子恨，何时灭？驾长车、踏破贺兰山缺。壮志饥餐胡虏肉，笑谈渴饮匈奴血。待从头、收拾旧山河，朝天阙。

这是一首气壮山河、千古传诵不衰的名篇，词中洋溢着勇赴国难、气吞山河的爱国激情和豪情壮志。每当国难当头的时候，这首词激励仁人志士英勇杀敌，誓死保卫祖国。陈廷焯在《白雨斋词话》中评说："何等气概，何等志向，千载下读之，凛凛有生气焉。'莫等闲'二语，当为千古箴铭。"诗词是作者的心声，人品决定词品，这样充满英雄气概的词，也只有像岳飞这样的大英雄才能写得出来，书生们恐怕难以仿效其万一。岳飞还有一首词《满江红·登黄鹤楼有感》：

遥望中原，荒烟外，许多城郭。想当年，花遮柳护，凤楼龙阁。万岁山前珠翠绕，蓬壶殿里笙歌作。到而今，铁骑满郊畿，风尘恶。　　兵安在，膏锋锷。民安在，填沟壑。叹江山如故，千村寥落。何日请缨提锐旅，一鞭直渡清河洛。却归来，再续汉阳游，骑黄鹤。

这首词的基本内容与前一首《写怀》相同，但侧重点略有不同。前一首着重写复仇雪耻，这一首更具体写出了金兵的侵略罪行，中原的大好河山现在却“铁骑满郊畿，风尘恶”、“民安在？填沟壑。叹江山如故，千村寥落”。这样写的最终目的与效果与前一首是一致的，就是坚定爱国人士的斗志、激发广大民众的爱国热情，同仇敌忾，洗雪耻辱，“从头收拾旧山河”，不使中华金瓯残缺。另外，岳飞还有一首《小重山》：

> 昨夜寒蛩不住鸣，惊回千里梦，已三更。起来独自绕阶行。人悄悄，帘外月胧明。　　白首为功名，旧山松竹老，阻归程。欲将心事付瑶琴，知音少，弦断有谁听。

这首词即景抒情，寓情于景，用比兴手法曲折地道出他隐忧时事的心情。据陈郁在《藏一话腴》中说：“武穆《贺讲和赦表》云：‘莫守金石之约，难充溪壑之求。’故作词云‘欲将心事付瑶琴，知音少，弦断有谁听。’盖指和议之非也。”在强大的卖国求和势力的阻挠和打击之下，他深感自己坚决抗战的主张在朝中“知音少”。其实岂止缺少知音，而是危险一步步向他逼近，四年后，他竟被卖国投降派诬陷致死。岳飞还写过一些诗，基调跟他的词是一致的。

第三节　反投降派官员的悲歌与隐逸思想

在南渡之初，一批反对投降、主张抗战的官员和士大夫也写了不少词表达他们的思想和主张，但感情不像前面提到的那些人激昂慷慨，声调也没有前面那些人高亢，而是颇有些悲戚哀伤之感。

一、赵鼎

赵鼎（1085—1147），字元镇，自号得全居士，解州（今山西闻喜）人。北宋末太学生，与张浚同学，二人志向相同。崇宁五年（1106）登进士第，南宋初，官至尚书左仆射，同中书门下平章事。他与李纲、张浚先后居相位，都为坚定的主战抗金名臣。后遭卖国贼秦桧排挤，忧愤国事，绝食而亡，临终自书铭旌云："身骑箕尾归天上，气作山河壮本朝。"他为人重气节，力主抗战，反对屈辱投降，但词风柔婉，不少忧国忧民之作也极为缠绵凄婉，最为著名的是《满江红·丁未九月南渡，泊舟仪真江口作》：

惨结秋阴，西风送、霏霏雨湿。凄望眼、征鸿几字，暮投沙碛。试问乡关何处是，水云浩荡迷南北。但一抹、寒青有无中，遥山色。　天涯路，江上客。肠欲断，头应白。空搔首兴叹，暮年离拆。须信道消忧除是酒，奈酒行有尽情无极。便挽取、长江入尊罍，浇胸臆。

这首词题中写的丁未年为宋高宗建炎元年（1127），这年金兵占领中原后，继续大举南侵，赵构带着随从的人，一路向南狼狈逃窜，当时作者逃到了仪真（今江苏仪真），眼看国破家亡，人民流离失所，心情沉痛，想到自己壮志难酬，满怀悲愤地写下了这首词。这首《满江红》与岳飞的《满江红》虽然基调都是爱国，但风格完全不同，岳飞的词激昂慷慨，一腔热血喷薄而出；这首词却委婉悲凉，含蓄深沉。

二、向子諲

向子諲（1085—1152），字伯恭，号芗林居士，临江（今江西清江）人。南渡前已出仕，任知县等小官；南渡后，历徽猷阁直学士、知平江府等，因与秦桧政见不合，辞官。他一直坚持抗金，反对和议，曾在潭州亲率部队抵抗强大的金兵。他的主张他的思想，必然反映在词里。他是张元干的舅舅，虽都主张抗金，反对屈膝投降的和议，但两人的词风却很不相同，他的不少词感慨虽深，却写得比较曲折委婉，不像张元干那样激情奔放。他也有少量词写得比较率真，如《阮郎归·绍兴乙卯大雪行鄱阳道中》：

江南江北雪漫漫，遥知易水寒。同云深处望三关，断肠山又山。　天可老，海能翻，消除此恨难。频闻遣使问平安，几时鸾辂还。

乙卯年是绍兴五年（1135），由于名将岳飞、韩世忠等英勇战斗，屡次击败金兵及伪齐军队，军事形势对南宋非常有利，本来有力量进取中原，收复失地。但赵构怕徽、钦二帝回来，自己的皇位保不住，伙同卖国贼秦桧竭力要求议和，终于功败垂成。这首词就是对此而发，写出国耻未雪的隐恨，极为沉痛悲愤。

三、胡铨

胡铨（1102—1180），字邦衡，南宋吉州庐陵（今江西吉安）人。建炎二年（1128）登进士第，绍兴五年（1135）任枢密院编修。在宋金和议即将签订之前，他冒死上奏，力主抗战，反对和议，极言向金称臣纳贡之弊，并请斩秦桧等三奸臣以谢天下，“不然，臣有赴东海而死，宁能处小朝廷求活耶？”义正词严，朝野震惊，连金人都“募其书千金，三日得之，君臣夺气”（杨万里《胡忠简公文集序》）。然而赵构、秦桧等卖国投降之意已决，为扫清障碍，对爱国主战人士进行疯狂迫害，他先遭贬谪，复被除名，押送新州编管（犹今之劳改），又远徙吉阳军（在今海南省南部），秦桧必欲杀之。幸亏到吉阳军后不出三年，秦桧死了，他才逃过一劫，量移衡州（今湖南衡阳）。赵构死后，孝宗即位，他才算有了出头之日，回到朝中任职，后以资政殿学士致仕。在编管新州时，他写了一首《好事近》：

富贵本无心，何事故乡轻别？空使猿惊鹤怨，误薜萝风月。　　囊锥刚要出头来，不道甚时节。欲驾巾车归去，有豺狼当辙。

这首词反映作者虽一再遭到卖国投降派的迫害，但他不屈不挠，确是一条铁骨铮铮的硬汉。不管处境多么险恶，他始终坚持抗战，反对屈辱求和。他不畏权势，面对赵构、秦桧之流的淫威，敢于怒斥“有豺狼当辙”，其胆量、其气节、其斗争精神，着实令人敬佩。

还有一些官员和士人，虽然也主张抗战，有的人立场还比较坚定，但反映在词里，虽有对中原沦陷的悲愤，也有为收复中原出力的愿望，然不被朝廷重视，因此不时萌生隐逸思想。

四、朱敦儒

朱敦儒（1081—1159），字希真，号岩壑老人，洛阳（今河南洛阳）人。他年轻时写过一首《鹧鸪天》，以“清都山水郎”自命，表示藐视权贵，逍遥林下。绍兴五年（1135）赐进士出身，曾任秘书省正字兼兵部郎官等职。后被劾，罪名是“专立异论，与李光交通”，罢任。李光是坚持抗金、反对秦桧而被黜的大臣，由此可见，朱敦儒的所谓异论也就是主张抗金，不满和议。但在晚年却向秦桧屈服，应秦桧征召任鸿胪少卿。他是一个典型的软弱的知识分子。请看他一首较好的词《水龙吟》：

放船千里凌波去，略为吴山留顾。云屯水府，涛随神女，九江东注。北客翩然，壮心偏感，年华将暮。念伊嵩旧隐，巢由故友，南柯梦，遽如许。　　回首妖氛未扫，问人间、英雄何处？奇谋报国，可怜无用，尘昏白羽。铁锁横江，锦帆冲浪，孙郎良苦。但愁敲桂棹，悲吟梁父，泪流如雨。

这首词是在金兵大举南侵后写的，词中虽然写到了“妖氛未扫”、“奇谋报国，可怜无用”，但他念念不忘的却是“伊嵩旧隐，巢由故友”，向往隐逸的生活。在他的词集《樵歌》里，还有一首《苏武慢》，其中写道：“扫平狂虏，整顿乾坤都了”，然后“共赤松携手，重骑明月，再游蓬岛”。希望学张良“从赤松子游”。但张良是辅佐刘邦灭暴秦、建汉朝，在真正成就一番大事业后“从赤松子游”，是远祸避害之计。而朱敦儒一事无成就先想到要隐逸。在朱敦儒的词里，像“指点虚无，引蓬莱路”、“手授丹经，指长生路”、“我自阖门睡，高枕笑浮生”等比比皆是，隐逸成了他的主导思想。南渡后他也真在嘉禾（今浙江嘉兴）过起了闲适优裕的隐逸生活。

五、李光

李光（1078—1159），字泰发，上虞（今浙江上虞）人。崇宁五年（1106）登进士第，初为常熟知县。南渡后，历官吏部侍郎，后又升参知政事（副宰相）。因主张抗金，受到秦桧排挤，连遭贬谪。秦桧死后，奉命还朝复官，但行至江州而卒。他是南宋名臣之一，反对和议，主张抗金，因此被贬。但在他词里反映当时现实的不多，其中《水调歌头·过桐江，经严濑，慨然有感》一首较多反映了当时形势：

兵气暗吴楚，江汉久凄凉，当年俊杰安在？酌酒酹严光。南顾豺狼吞噬，北望中原板荡。矫首讯穹苍。归去谢宾友，客路饱风霜。　闭柴扉，窥千载，考三皇。兰亭胜处，依旧流水绕修篁。傍有湖光千顷，时泛扁舟一叶，啸傲水云乡。寄语骑鲸客，何事返南荒。

这首词作于罢相后。有人说作于“归乡途中”，这话不确切。因为从临安回上虞，不必经过严濑（在今浙江桐庐）。词中虽有“豺狼吞噬”、“中原板荡”等句，对当时的时局有所关注，但下片却写他渴望还乡过归隐的生活。上虞离绍兴不远，而且从临安回上虞，经过绍兴，因此有“兰亭胜处”和“湖光千顷（指鉴湖）”等句。从词里看，他的斗志似较李纲消沉。

六、韩元吉

韩元吉（1118—1187），字无咎，号南涧，许昌（今河南许昌）人，晚年徙居上饶。孝宗初年，官至吏部尚书。他主张抗金，希望恢复中原，但反对轻举妄动。张浚北伐，他曾劝阻，认为条件尚未成熟。果然兵败符离，北伐失败。他与张孝祥、陆游、辛弃疾等都有交往，但词风大不相同，没有刚健凌厉之气概，而是跟他的为人一样稳健含蓄。另外在他的词中，“知我丹成”、“会见丹砂就”、“蓬莱水浅何曾隔”、“梦回天上”、“同泛五湖舟”等等俯拾即是，充满隐逸思想。他关心国事的词如《好事近》：

凝碧旧池头，一听管弦凄切。多少梨园声在，总不堪华发。杏花无处避春愁，也傍野烟发。唯有御沟声断，似知人呜咽。

这首词以王维凝碧池赋诗这一典故起笔，寄寓金兵南侵造成国破家亡的哀思。下片以杏花生长于北国不忍南迁为喻，又化用王维诗句抒写北方沦陷区人民的悲痛。全词极凄切悲凉，但又十分含蓄。唐圭璋在《唐宋词简释》中说，这首词的创作背景是韩元吉奉命出使金国、金人在汴京赐宴，这与当初王维在洛阳、安禄山赐宴凝碧池有相似之处，是有感而赋此词。并评论说：“起言地，继言人；地是旧地，人是旧人，故一听管弦，即怀想当年，凄动于中。下片，不言人之悲哀，但以杏花生愁、御沟呜咽，反衬人之悲哀。用笔空灵，意亦沉痛。”

第九章　张孝祥与陆游

从年岁来说，陆游比张孝祥年长7岁，但张孝祥出名比陆游早，死得更早，所以我把张孝祥放在陆游前边来介绍。还有，在一般文学史上，把张孝祥与张元干放在一起来介绍，同列为南宋初年的词人，而比张孝祥年长7岁的陆游却列为南宋中期的词人，显然也不恰当。张元干比张孝祥年长46岁，显然他们不是同辈词人。对张元干来说，张孝祥只能说是后起之秀。张孝祥的词由于其特有的思想深度与艺术高度，更由于他独具魅力的人品和词品，对辛弃疾等词人的影响比同期的其他人更大。在爱国豪放词派中，如果说张元干是先驱，那么张孝祥可以说是奠基人。

第一节　南宋爱国豪放词派的奠基人张孝祥

张孝祥（1132—1170），字安国，号于湖居士，历阳乌江（今安徽和县）人。绍兴二十四年（1154）登进士第，廷试第一（状元）。方及第，即上疏为岳飞申冤，其胆识、气节令人敬佩，但难逃卖国投降派的打击；加上秦桧原想让其孙秦埙中状元，如今却被张孝祥夺走，更怀恨在心，先使其父张祁被诬入狱，以此来打击他。因此张孝祥虽少年高第，但并不得志。孝宗朝，他任中书舍人，寻除直学士院，还曾接替张浚任建康留守。因赞助张浚北伐，被免职。后知潭州，徙荆南湖北路安抚使，在任上筑寸金堤，防水患，很有政绩。因病，以显谟直学士致仕，不久病故，时还未满40岁。可以说他是屡遭打击，被投降派迫害而死。自称“门下士”的谢尧仁在《张于湖先生集序》中，对张孝祥其人其文均有评论：“于湖先生，天人也。其文章如大海之起涛澜，泰山之腾云气，倏散倏聚，倏明倏暗，虽千变万化，未易诘其端而寻其所穷，然从其大者目之，是亦以天才胜者也……自渡江以来将近百年，唯先生文章翰墨为当代独步，而此犹先生之馀事也。盖先生之雄略远志，其欲扫开河、洛之氛祲，荡洙、泗之膻腥者，未尝一日而忘胸中。使其得在经纶之地，驱驰之役，则周公谨、谢幼度之风流，其尚可挹于千百载之上也。”张孝祥胸怀大志，始终力主抗金，收复失地。但他虽有周、谢之志向与才干，却没有机遇，因为南宋基本上是投降派当权，他一直受到压抑。一腔忠愤之气，只有在词中一吐为快，所以他的词大气磅礴，波澜壮阔，震撼人心。张孝祥存词220馀首，其词风介乎苏、辛之间，可以说是由苏到辛的过渡，或者说他上承苏轼，下启辛弃疾。他与苏轼一样，是天才型的诗人，可惜英年早逝。在张孝祥的《于湖词》中，最受人关注的，或者说他的代表作，自然是他在建康留守任上写的《六州歌头》：

长淮望断，关塞莽然平。征尘暗，霜风劲，悄边声。黯销凝。追想当年事，殆天数，非人力，洙泗上，弦歌地，亦膻腥。隔水毡乡，落日牛羊下，区脱纵横。看名王宵猎，骑火一川明。笳鼓悲鸣，遣人惊。　念腰间箭，匣中剑，空埃蠹，竟何成！时易失，心徒壮，岁将零，渺神京。干羽方怀远，静烽燧，且休兵。冠盖使，纷驰骛，若为情。闻道中原遗老，常南望、翠葆霓旌。使行人到此，忠愤气填膺，有泪如倾。

隆兴元年（1163），主战派首领张浚领兵北伐，兵败符离，投降派趁机抬头，急于向金屈辱求和，张孝祥对此十分愤慨，写下了这首著名词篇，倾吐一腔忠愤之情。上片写当时形势，符离兵败后，投降派撤除两淮边备，放弃抵抗，向敌人敞开大门。金兵入侵中原，破坏了汉族的传统文化，昔日孔子讲学的地方，也被敌人的膻腥恶臭之气玷污。淮河以北，尽被金国侵占，昔日中原的良田，如今成了牧场，一片凄凉景象。敌人骄纵横行，晚上军中灯火通明，笳鼓阵阵，令人惊心动魄。虽然南宋君臣屈辱投降，但敌人南侵之心未死。下片写自己决心报国，但壮志难酬，中原沦陷区的父老殷切盼望宋军北伐，收复失地，解救百姓于水深火热之中。但是年年盼望，年年失望。后三句真情所至，水到渠成，一气呵成。全词慷慨激越，悲壮淋漓，气势汹涌，若雄鹰临空，气冲霄汉；如大江奔腾，一泻千里，在词中开拓了一个新的境界，对辛弃疾产生深刻的影响。据《说郛·朝野遗记》记载：张孝祥在建康留守席上作此词，当时都督江淮兵马的主战派名将张浚读后，十分感动，“罢席而入”。陈廷焯在《白雨斋词话》中称这首词：“淋漓痛快，笔饱墨酣，读之令人起舞。”像这样“淋漓痛快”的词，在《于湖词》中还有一首《水调歌头·闻采石战胜》，也同样出色：

> 雪洗虏尘静，风约楚云留。何人为写悲壮，吹角古城楼？湖海平生豪气，关塞如今风景，剪烛看吴钩。剩喜然犀处，骇浪与天浮。　忆当年，周与谢，富春秋。小乔初嫁，香囊未解，勋业故优游。赤壁矶头落照，肥水桥边衰草，渺渺唤人愁。我欲乘风去，击楫誓中流。

这首词的写作时间比《六州歌头》早二年，绍兴三十一年（1161），金主完颜亮大举南侵，将至采石。时宋中书舍人参谋军事虞允文奉命至采石犒师，见王权兵败，局形危急。当时尚有兵八千，感到有挽回的可能，于是召集统制张振、时俊等人，激以忠义，众将许为一战。于是允文即与将领们谋划部署，并亲自督战，终于大败金兵，金主完颜亮也为其部下所杀。时张孝祥知抚州，欣闻采石大捷，心情激动，写下了这首词。上片写胜利的喜悦，还为自己未能参战而遗憾，同时表达了渴望从戎卫国的豪情。下片盛赞虞允文却敌获胜的功绩，把他比作周瑜与谢玄，把这次采石之捷比作赤壁之战与淝水之役，其关系之重要与以少胜多的战绩都颇相似。最后两句写自己的雄心壮志，希望能像祖逖一样统兵北伐，中流击楫而誓，立志恢复中原。当时，虞允文已52岁，而他年方30岁，词中说虞"富春秋"，也显得他自己更是年轻有为。这首词抒发激烈壮怀、倾吐爱国热情，感情豪迈，气势雄壮，若惊涛出壑，似飞瀑下山，直欲凌厉九霄，气吞山河。以上所举的两首词，是张孝祥词中的第一种境界。

张孝祥词的第二种境界是表现他的豪放性格与旷达情怀。这类词颇近苏轼，深为人喜爱。南宋末年著名词人周密选《绝妙好词》就以张孝祥为首，开卷第一首就是他的《念奴娇·过洞庭》：

> 洞庭青草，近中秋、更无一点风色。玉鉴琼田三万顷，著我扁舟一叶。素月分辉，明河共影，表里俱澄澈。悠然心会，妙处难与君说。　应念岭海经年，孤光自照，肝胆皆冰雪。短发萧骚襟袖冷，稳泛沧浪空阔。尽挹西江，细斟北斗，万象为宾客。扣舷独啸，不知今夕何夕。

这是《于湖词》中与《六州歌头》并列的名篇，但两首词风格境界不大相同。乾道元年（1165），张孝祥任静江知府，兼广南西路经略安抚使。次年六月，以"谗言落职"，由广西桂林北归，八月路过洞庭湖，写下此词。上片主要写景，中秋夜的洞庭湖，水波月光交相辉映，银河倒影融入其中，三万顷洞庭成了一个晶莹剔透的世界，空明澄澈，天地融为一体，境界辽阔空旷，安谧恬静。诗人驾一叶扁舟轻凌此境，心旷神怡，飘然若举，心灵得到了净化，“表里俱澄澈”。下片抒情，在广西为官经年，为政如月光清明，品行似冰雪高洁，虽屡遭小人谗言陷害，但于心无愧，故坦然泛舟于湖上。随之突发奇思，要舀尽长江之水，摘下北斗做酒具，邀请天地万物来作陪。好大的气魄，把人间的一切荣辱得失、富贵功名都摈弃于九霄云外。最后借用东坡《念奴娇·中秋》中词句作结，令人联想起东坡词中所表达的“举杯邀月，对影成三客”的孤寂感，更想到“便欲乘风，翻然归去”的豪迈超脱。魏了翁跋此词真迹说：“洞庭所赋，在集中最为杰特。方其吸江酌斗、宾客万象时，讵知世间有紫微青琐哉！”是的，此时诗人完全忘却了世间的官场龌龊，只剩下空阔澄澈的境界。历来评论者以为此词可与东坡的《水调歌头》媲美，认为两词都用优美的语言创造辽阔的意境，表现旷达的情怀，在艺术上都达到了出神入化的境地。而王闿运在《湘绮楼词选》中评说：“飘飘有凌云之气，觉东坡《水调》尚有尘心。”这首词与东坡的词相比较，同样想象奇妙，境界开阔壮丽，风格清旷超逸，但在用笔上，比东坡的词更为空灵委婉，似不食人间烟火，相比之下，东坡的词不免令人产生“有尘心”之感。黄蓼园在《蓼园词选》中对这首词在表现手法上有较深刻的阐述：“写景不能绘情，必少佳致。此题咏洞庭，若只就洞庭落想，纵写得壮观，亦觉寡味。此词开首，从‘洞庭’说至‘玉鉴琼田三万顷’，题已说完，即引入‘扁舟一叶’，以下从舟中人心迹与湖光映带写，隐现离合，不可端倪。镜花水月，是二是一。自尔神采高骞，兴会洋溢。”诗人有不少写景词，特别是那些寄调“水调歌头”的写景之作，如《泛湘江》《金山观月》《隐静山观雨》《桂林中秋》《垂虹亭》等，以及寄调《水龙吟》的《望九华山作》《过浯溪》等，都与这首《念奴娇·过洞庭》属于同一风格的作品，也都飘逸豪举，气势纵横，境界开阔，襟怀豪迈，神采飞扬。

下面再举《水调歌头·泛湘江》为例，以见一斑：

> 濯足夜滩急，晞发北风凉。吴山楚泽行遍，只欠到潇湘。买得扁舟归去，此事天公付我，六月下沧浪。蝉蜕尘埃外，蝶梦水云乡。　　制荷衣，纫兰佩，把琼芳。湘妃起舞一笑，抚瑟奏清商。唤起九歌忠愤，拂拭三闾文字，还与日争光。莫遣儿辈觉，此乐未渠央。

这首词语言优美，境界清幽，想象丰富。泛舟湘江，置身楚地，不禁想起许多与楚国有关的人物，首先想到的是司马迁在《史记》中称赞为“蝉蜕于浊秽，以浮游尘埃之外，不获世之滋垢”的屈原，其次就是梦为蝴蝶的庄子，当然还有湘妃，但重点是屈原，表现诗人虽处于浊世，但决不同流合污的高尚品质。这里曲折含蓄地表达了尽管投降派气焰嚣张，自己屡遭打击，但决不改变自己抗战的立场。

上述两类词，尽管风格上有差异，但都有雄健奔放的一面。张孝祥另外还有一类词，却显得宁静飘逸。例如《浣溪沙·洞庭》：

> 行尽潇湘到洞庭，楚天阔处数峰青，旗梢不动晚波平。　　红蓼一湾纹缬乱，白鱼双尾玉刀明，夜凉船影浸疏星。

这首词与前面的《念奴娇·过洞庭》，都是写洞庭湖，但两词的差异是十分明显的。这首词没有发挥太多的想象，也没抒发更多的豪情，只是平静地勾画眼前的自然景色，从而显示了诗人的旷达襟怀，传达其飘逸情思，完全采用以景传情，不露痕迹。这样的词还有不少，但多数时候，即使写景，也掩盖不住他的情怀。例如《西江月·阻风三峰下》：

满载一船秋色，平铺十里湖光。波神留我看斜阳，放起鳞鳞细浪。　明日风回更好，今宵露宿何妨？水晶宫里奏霓裳，准拟岳阳楼上。

这首词写于从潭州离任北上，途中为风雨所阻时。在词中看不到着急情况，而是从容不迫，甚至还有心思开玩笑似的说：“波神留我看斜阳。”并满怀信心地说：“明日风回更好。”由此可见他的胸怀旷达以及对未来充满乐观与希望。还有一首在荆州写的《浣溪沙》也值得一提：

霜日明霄水蘸空，鸣鞘声里绣旗红，淡烟衰草有无中。　万里中原烽火北，一尊浊酒戍楼东，酒阑挥泪向悲风。

这是于湖晚年之作，浓淡相映衬，壮丽中透悲凉，终不忘中原失地，壮志未酬，悲愤满怀，泪洒戍楼，沉郁悲凉。以上两首词（《西江月》与《浣溪沙》）在《于湖词》中不是名篇，但两词与前文举例合在一起，却可窥见于湖的精神全貌。其为人，品格高尚；其为词，既有思想深度，又有艺术高度，为南宋爱国词奠定了坚实的基础。

第二节　杰出的爱国词人陆游

陆游不但是伟大的爱国诗人，同时也是杰出的爱国词人；但是他词的成就远不如诗的成就。《四库全书总目提要》中对他的词有一个较为客观的评论：“游生平精力尽于为诗，填词乃其馀力。……杨慎《词品》则谓其纤丽处似淮海，雄慨处似东坡。平心而论，游之本意，盖欲驿骑于二家之间。故奄有其胜，而皆不能造其极。”历来对放翁词褒贬不一，同时也常将他与当时的词苑大家做比较。除与苏、秦做比较外，做比较最多的是辛弃疾，大致认为陆不如辛，其中说得最为充分的是陈廷焯。他在《白雨斋词话》中说：“放翁词亦为当时所推重，几欲与稼轩颉颃，然粗而不精，枝而不理，去稼轩甚远。”其他一些评论家也有同样看法，其实放翁不是没有好词，但也有不少粗率的作品，良莠混杂，就显得逊色。这跟他重诗轻词的认识有关，他对诗的看法是“悲愤积于中而无言，始发为诗”（《澹斋居士诗序》）。而对词却有菲薄之意，他在《长短句序》中说：“予少时汩于世俗，颇有所为，晚而悔之；然渔歌菱唱，犹不能止。”因此他认真写诗，轻率填词，这就造成了夏承焘在《陆游的词》中所说的：“陆游词的成就不能和他的诗并称大家。”夏先生还说陆游的词：“比之两宋诸大家：恣态横生，层见间出，不及苏轼；磊块幽折，沉郁悲怆，也不及贺铸；纵横驰骤，大声鞺鞳，尤不同辛弃疾；但是他写这种寤寐不忘中原的大感慨，不必号呼叫嚣为剑拔弩张之态，称心而言，自然深至动人，在诸家之外却自有其特色。”从上述的这些评论中，我们知道陆游的词有三种境界，即杨慎在《词品》中说的：“放翁词纤丽处似淮海，雄慨处似东坡。”毛晋在《放翁词·跋》又加上了一条：“超爽处似稼轩。”从内容来说放翁词中最为人关注的是那些充满爱国主义情思的词。我们还是先来读几首这方面的词：

> 江左占形胜，最数古徐州。连山如画，佳处缥缈著危楼。鼓角临风悲壮，烽火连空明灭，往事忆孙刘。千里曜戈甲，万灶宿貔貅。　露沾草，风落木，岁方秋。使君宏放，谈笑洗尽古今愁。不见襄阳登览，磨灭游人无数，遗恨黯难收。叔子独千载，名与汉江流。
>
> ——《水调歌头·多景楼》

羽箭雕弓，忆呼鹰古垒，截虎平川。吹笳暮归，野帐雪压青毡。淋漓醉墨，看龙蛇、飞落蛮笺。人误许，诗情将略，一时才气超然。　何事又作南来，看重阳药市，元夕灯山。花时万人乐处，敧帽垂鞭。闻歌感旧，尚时时、流涕尊前。君记取，封侯事在，功名不信由天。

——《汉宫春·初自南郑来成都作》

壮岁从戎，曾是气吞残虏。阵云高，狼烽夜举。朱颜青鬓，拥雕戈西戍。笑儒冠、自多来误。　功名梦断，却泛扁舟吴楚。漫悲歌，伤怀吊古。烟波无际，望秦关何处。叹流年、又成虚度。

——《谢池春》

当年万里觅封侯，匹马戍梁州。关河梦断何处？尘暗旧貂裘。　胡未灭，鬓先秋，泪空流。此生谁料，心在天山，身老沧洲！

——《诉衷情》

以上四首词，第一首《水调歌头》是诗人在隆兴二年（1164）任镇江通判时作。登上多景楼，面临大好江山，不禁想到这里现在却与金国隔江相望，烽火连天。这时想起往昔孙权、刘备联手战胜强敌。如今却是张浚北伐失利，金兵正准备渡淮南侵，感慨良深。下片以西晋名将羊祜来激励当时的镇江知府方滋，希望他能为抗金事业做出贡献。最后五句，为见不到羊祜这样的名将而悲痛。全词显得沉郁悲壮，充分表露了他的抗金爱国思想。第二首《汉宫春》是在乾道九年（1173）春天。诗人被调离南郑前线，回后方任成都府安抚司参议官时作。上片写在南郑从军时的军旅生活，对此十分珍惜和怀念。下片写成都风物，重阳药市，元宵灯节；春日“花重锦官城”，更是万人行乐，好不繁华。但是诗人却不由得思念昔日在南郑的从军生活，不禁樽前流泪，悲愤无比。最后表达了他坚定不移的抗金意志。后两首都是他晚年的作品，念念不忘他短暂的南郑从军生活，悲叹自己空怀壮志，却报国无门，流年虚度。最后一首写得尤为沉痛，本来期望为抗金事业建功立业，也曾从戎南郑，哪知到头来“关河梦断”，战袍上已积满灰尘。下片写得更为沉痛，逆胡未灭，此身却老矣，这是一重痛苦。不在战斗中老去，而是“身老沧洲”，这是又一层更深的痛苦。“心在天山”，表明他抗金之志，至老弥坚。以上四首词，都具有豪迈悲壮的特点，与张元干、张孝祥的同类词一脉相承，并影响了辛弃疾，属于超爽豪放的词。我们再来看看他的清雄旷达的词：

华灯纵博，雕鞍驰射，谁记当年豪举？酒徒一一取封侯，独去作、江边渔父。　　轻舟八尺，低篷三扇，占断蘋洲烟雨。镜湖元自属闲人，又何必、君恩赐与！

——《鹊桥仙》

驿外断桥边，寂寞开无主。已是黄昏独自愁，更著风和雨。　　无意苦争春，一任群芳妒。零落成泥碾作尘，只有香如故。

——《卜算子·咏梅》

前一首词，上片虽说“独去作、江边渔父”，但事实上愤慨多于闲适，“酒徒一一取封侯”，大有杜甫说的“奸雄恶少尽封侯”之意。下片写渔父生活，似乎逍遥自在，闲适旷达，但结尾一句，对朝廷的不满溢于言表。后一首是陆游的一首名作，词中以梅花自喻，以表明自己的志向。在20世纪60年代初，由于毛泽东有一首同题的词，自序说："读陆游咏梅词，反其意而用之。"于是不少人不惜蓄意曲解陆游这首词，竭力贬低陆游，给他扣上一顶"悲观消极而又孤芳自赏的封建士大夫"的帽子。其实陆游在这首词中以梅花自喻，表达自己的抗金抱负无法实现，屡遭朝中的投降派排挤打击，虽然如此，但决不跟主和投降派同流合污（不是"孤芳自赏"，更没有"悲观消极"，而是宁死不屈，决不向恶势力妥协），其坚贞不屈的劲节，值得赞赏。不管对谁，我们不仅要听其言，更要观其行，陆游确实行如其言。最后，我们再来看看他纤丽婉约的词。在他的这类词中，最著名的，当然无过于《钗头凤》：

> 红酥手、黄縢酒，满城春色宫墙柳。东风恶、欢情薄，一怀愁绪，几年离索。错！错！错！　春如旧、人空瘦，泪痕红浥鲛绡透。桃花落、闲池阁，山盟虽在，锦书难托。莫！莫！莫！

伴随着这首词，有一个凄婉的爱情故事。据周密的《齐东野语》和陈鹄的《耆旧续闻》等书记载，陆游初娶表妹唐婉，两人感情很好。但不知为什么，陆母对这位成为儿媳妇的娘家侄女偏偏不喜欢，迫使他们分离。后来陆游另娶，唐婉改嫁。有一次陆游春游，在山阴城东南的沈园与唐婉不期而遇，唐婉以酒肴款待他。陆游非常伤感，于是在园壁上题了这首词，表达了对唐婉的留恋与分离后的痛苦，也反映出在封建礼教压制下美满婚姻遭到破坏的残酷后果。

前文说过，在陆游词中有不少粗率的作品，这不仅降低了陆游词在人们心目中的位置，而且"开后来俗士虚浮一派"（方东树评姚范《援鹑堂笔记》）。但总体说来，陆游词的积极方面特别是高扬爱国激情是主要的，正如姚范在《援鹑堂笔记》中所说："放翁兴会飙举，词气踔厉，使人读之，发扬矜奋，起痿兴痹矣；然苍黯蕴蓄之风盖微，所谓无意为文而意已独至者，尚有待欤？”在南宋爱国词人中，陆游仍然不失为佼佼者。

第十章 爱国豪放词派的主帅辛弃疾

第一节 辛弃疾的生平

辛弃疾（1140—1207），原字坦夫，后改字幼安，自号稼轩，人称“辛稼轩”，历城（今山东济南）人。幼年丧父，由祖父辛赞抚养长大。他出生时，山东已被金兵占领。辛赞常以复国土雪耻的信念及爱国情操教育他，使他踏上一条毕生为之奋斗不息的抗金复国之路。年甫弱冠，开始结交有志抗金人士，共谋义举。绍兴三十一年（1161），金主完颜亮率大军南侵，济南一带人民纷纷起义，严重挫伤了南侵金兵的士气军心。当时，辛弃疾也组织一支两千人的队伍，积极投身于战斗。不久又率部加入以耿京为首的农民起义军，担任“掌书记”之职。这时南侵金兵在符离战败，金主完颜亮也为部下所杀，金兵北还。南宋政府以此庆幸，却不能利用时机追击，与北方起义军密切配合，进一步打击敌人。当时，辛弃疾觉得不能放弃这大好时机，便向耿京建议，与南宋取得联系，配合作战。绍兴三十二年正月，他与贾瑞等奉命南下。在他从南宋北归复命途中，听说叛徒张安国已谋杀耿京，率部分起义军向金人投降，张安国已被金政府任命为济州知府。辛弃疾闻讯后，召集了50名起义军人，驰骑直奔济州（今山东巨野），冲入拥兵五万的金营中，生擒叛徒张安国，并号召士兵反正，当场有万馀人响应。辛弃疾带着他们南下投奔南宋，叛徒被押到临安斩首，当年他才23岁。

稼轩此举，在当时震动朝野，但南宋朝廷从骨子里害怕义军，首先解除他们的武装，南下的万馀人被当作南下流民，散置在淮南各州县，稼轩本人则被任命为江阴签判这样的文职闲官。这与他希望带兵抗金的初衷，实在相去太远。

孝宗受禅继位之初，起用主战派名将张浚为相，主持军政，隆兴元年（1163）出兵北伐，不幸在符离被金兵战败，在朝廷中，主和投降派抬头，罢张浚，撤江淮战备，向敌人敞开了大门。对此现实情况，辛弃疾深感痛心，他不顾自身官职低微，在乾道元年（1165）即26岁时写成《美芹十论》奏陈给孝宗，分析当前的形势，建议朝廷积极备战，等待时机，收复失地，但当时政权完全掌握在主和派手中，因此他的建议未被朝廷重视。乾道四年（1168），他的官职有所变动，被授以建康府通判，但仍然是一个闲职。乾道六年，当时由在采石打败金兵的虞允文任宰相，他又看到了希望，给宰相上《九议》，但也没有多大效果。他是从北方过来的所谓“归正人”，一直未被朝廷重用。到乾道八年才出任了有点实权的滁州知州，但当时的滁州是个十分贫困的地方，经过他半年多的整治，面貌总算有了改观。此后，他曾在江西、湖北、湖南等地任地方官，都很有政绩。然而从淳熙九年（1182）到嘉泰二年（1202）这20年内，他被迫主要过着隐居生活。嘉泰三年（1203），辛弃疾被起用为知绍兴府兼浙江东路安抚使；次年春，改任为镇江知府。这时正值韩侂胄执政，想借伐金以巩固自己的地位。辛弃疾一方面断言金国必乱必亡；但另一方面也不同意草率从事，主张加强准备，条件成熟后再北伐。对此韩侂胄非但不采纳，还罢免了辛弃疾。结果伐金失败，韩侂胄也被投降主和派史弥远所杀，史弥远是南宋又一个秦桧式的人物，从此南宋进入了一个长期的史弥远专权的黑暗时代。此后，虽数次对他任职，他都力辞了。开禧三年（1207）十月，辛弃疾病逝于江西铅山，据说他临终时还大呼“杀贼”。

辛弃疾原意并不想当词人，希望回到南宋后，能像岳飞、韩世忠那样成为一名抗金将领，率师北伐，收复失地。说来也奇怪，在中国文学史上，不少一心想当诗人的人，大多未必真能成为诗人；不少人本来并不想当诗人，但一不小心，不仅成了诗人，而且还成了大诗人。例如李白，他仰慕的是张良、鲁仲连，想建立不世的奇功伟业，然后功成隐退；杜甫仰慕的是后稷、诸葛亮以及同代的房玄龄、张九龄等，希望成为辅弼的良臣、治世的贤相。他们都是壮志难酬，一腔愤激之情倾泻到诗里，成就了“惊天动地文”。这也说明一个道理，只有具有大襟怀大志向的人，才有可能写出伟大的诗篇。徐釚在《词苑丛谈》中引用黄梨庄的话说：“辛稼轩当弱宋末造，负管乐之才，不能尽展其用，一腔忠愤，无处发泄。观其与陈同甫抵掌谈论，是何等人物！故其悲歌慷慨，抑郁无聊之气，一寄之于其词。”

辛弃疾处在“弱宋末造”，民族矛盾极为尖锐，政治环境十分阴暗，纵然满怀壮志，时刻不忘恢复中原，但他不仅长期被冷落，还屡遭排挤打击。这些体现在他的词中，形成了辛词的主要内容，大致上有：感慨国事、仇恨敌人，怀念沦陷区人民；憎恶统治集团中醉生梦死之辈，指斥奸邪；反映南宋下层人民的疾苦，对农民深切关怀；自伤身世，有时不免有些伤感，甚至有遁世思想等等。他把词当作抒怀言志的工具，不仅写景抒情、叙事咏物，还寄感慨、发议论；他不仅以诗为词，还以文为词。凡此种种，构成了辛弃疾词的特殊风貌。

第二节 辛弃疾的词

在辛弃疾词中，最受人关注、深得赞赏的，自然是那些慷慨悲壮、词风豪放的爱国词。这类词在《稼轩词》中好词特别多。前面提到他在词中表露出来的种种思想，常常在一首词中交织在一起，而不是截然分开的。我们来看几首以感慨国事为主的词：

千里渥洼种，名动帝王家。金銮当日奏草，落笔万龙蛇。带得无边春下，等待江山都老，教看鬓方鸦。莫管钱流地，且拟醉黄花。　唤双成，歌弄玉，舞绿华。一觞为饮千岁，江海吸流霞。闻道清都帝所，要挽银河仙浪，西北洗胡沙。回首日边去，云里认飞车。

——《水调歌头·寿赵漕介庵》

渡江天马南来，几人真是经纶手？长安父老，新亭风景，可怜依旧。夷甫诸人，神州沉陆，几曾回首！算平戎万里，功名本是，真儒事，公知否？　况有文章山斗，对桐阴，满庭清昼。当年堕地，而今试看，风云奔走。绿野风烟，平泉草木，东山歌酒。待他年、整顿乾坤事了，为先生寿。

——《水龙吟·为韩南涧尚书寿甲辰岁》

楚天千里清秋，水随天去秋无际。遥岑远目，献愁供恨，玉簪螺髻。落日楼头，断鸿声里，江南游子。把吴钩看了，栏干拍遍，无人会、登临意。　休说鲈鱼堪脍，尽西风，季鹰归未？求田问舍，怕应羞见，刘郎才气。可惜流年，忧愁风雨，树犹如此。倩何人，唤取，红巾翠袖，揾英雄泪？

——《水龙吟·登建康赏心亭》

老大那堪说，似而今，元龙臭味，孟公瓜葛。我病君来高歌饮，惊散楼头飞雪。笑富贵、千钧如发。硬语盘空谁来听，记当时、只有西窗月。重进酒，换鸣瑟。　事无两样人心别。问渠侬、神州毕竟，几番离合？汗血盐车无人顾，千里空收骏骨。正目断、关河路绝。我最怜君中宵舞，道男儿、到死心如铁，看试手，补天裂。

——《贺新郎·同父见和，再用韵答之》

醉里挑灯看剑，梦回吹角连营。八百里分麾下炙，五十弦翻塞外声。沙场秋点兵。　马作的卢飞快，弓如霹雳弦惊。了却君王天下事，赢得生前身后名。可怜白发生！

——《破阵子·为陈同甫赋壮词以寄之》

千古江山，英雄无觅孙仲谋处。舞榭歌台，风流总被雨打风吹去。斜阳草树，寻常巷陌，人道寄奴曾住。想当年，金戈铁马，气吞万里如虎。　元嘉草草，封狼居胥，赢得仓皇北顾。四十三年，望中犹记，烽火扬州路。可堪回首，佛狸祠下，一片神鸦社鼓。凭谁问，廉颇老矣，尚能饭否？

——《永遇乐·京口北固亭怀古》

以上六首词，前二首是祝寿词，但这全不同于俗滥的吹捧，泛泛的祝贺，而是时时提醒有强敌压境，要奋起抗击，表达了他的凌云壮志，即坚决抗战、消灭侵略者。第一首说“要挽银河仙浪，西北洗胡沙”，想象丰富，出言豪壮。第二首则沉郁悲痛。上片写朝中权臣都是无能之辈，又不把国事放在心上，既不是“经纶手”，又无视“神州沉陆”，空使中原父老苦苦盼望恢复。最后激励韩元吉“平戎万里”，有朝一日能挥师北伐，抗击敌人。下片先赞扬韩元吉，再激励他“风云奔走”，奋发有为，要他像前代名相一样建功立业。最后表示自己要“整顿乾坤”，收复中原，统一全国。

中间两首抒发他的爱国情怀与忠愤之情。前一首《水龙吟》，是辛词中名篇之一，一般认为此词是辛弃疾在任建康府通判时所作。邓广铭先生在《稼轩词编年笺注》中，却编在淳熙元年（1174），并说此词“充满牢骚愤激之气，且有‘树犹如此’语，疑非首次官建康时作。盖当南归之初，自身之前途功业如何，尚难测度；嗣后乃复沉滞下僚，满腹经纶，迄无所用。迨重至建康，登高眺远，胸中积郁乃不能不以一吐为快矣”。此说极是。稼轩此年35岁，南归已12年了，壮志未遂，因此十分苦闷。全词先从写景入手，再融情入景，汇成一片，倾吐满腹积郁。下片借历史人物，反衬自己壮志难酬的悲痛心情，显得苍凉悲壮，豪情激荡，一腔忠愤爱国之情喷薄而出。后一首《贺新郎》是跟志同道合的朋友唱和的词，这时正值江山破碎，国家危亡，可是主和派苟且偷安，爱国志士不被重用，如同不让千里马驰骋疆场而去拉盐车。纵然如此，他并不消沉，希望有朝一日像祖逖一样击楫中流，渡江北伐，收复失地，修补这残缺的河山，统一全国。这志向坚定如铁，至死不变。词中虽明说君（指陈亮），实际上也包括诗人自己，正如梁启超在《艺蘅馆词选》中说：“无限感慨，哀同甫亦自哀也。”最后两首是他晚年的作品，前一首《破阵子》是写他对当年在起义军中的战斗生活的回忆。这首词打破了上下片分别各述一事的传统写法，而是一直贯穿下来，把梦境写足，把志向写透，他毕生的愿望就是要“了却君王天下事”，收复中原失地，统一全国。最后一句突然笔锋一转，从顶峰跌入深渊，用一声长叹结束了全词，这样一来，前述种种梦中往事全成了这一句的铺垫，把悲剧性推向高潮。这是辛弃疾的悲剧，也是陈亮的悲剧，更是当时所有爱国志士的悲剧。最后一首《永遇乐》，是他在晚年写的一首怀古词，这也是辛词中的名篇之一。词中谈古论今，借古喻今，古今融汇成一体。上片盛赞历史人物孙权、刘裕，写出他们叱咤风云的英雄气概，暗寓对主战派的期望和对主和派苟安的讽刺，同时也表达了自己抗敌救国的志向。下片前三句以刘义隆草率北伐招致失败，与上片中刘裕北伐做对比，并以此告诫准备大举北伐的韩侂胄，让他从中吸取教训，做好充分准备后再行北伐。接下来六句，写43年来的变化，原是抗金前沿的“烽火扬州路”，现在却是一派“和平景象”，说明南宋统治者长期主和投降，看不到一点抗战气氛。这是对南宋统治者苟且偷安的嘲讽。最后三句以战国时赵国名将廉颇自比，表达他老当益壮的战斗意志，同时也反映他此时跟廉颇一样请缨无路，报国无门，抒发满腔的愤激之情。辛弃疾的这些充满爱国激情的词中，都流露出对自身身世的感叹，虽胸怀大志，但南归后一直得不到重用，报国无门，壮志难酬，以至抱恨终身。他有一首《鹧鸪天·有客慨然谈功名，因追念少年时事，戏作》，对此说得很明白：

> 壮岁旌旗拥万夫，锦襜突骑渡江初。燕兵夜娖银胡𩎟，汉箭朝飞金仆姑。　追往事，叹今吾。春风不染白髭须。却将万字平戎策，换得东家种树书。

辛弃疾不仅在那些充满爱国激情的词中有一股慷慨悲凉的豪壮之气，而且这股豪气还渗透到送别等一类词中，如《贺新郎·别茂嘉十二弟》：

> 绿树听鹈鴂。更那堪、鹧鸪声住，杜鹃声切。啼到春归无寻处，苦恨芳菲都歇。算未抵、人间离别。马上琵琶关塞黑，更长门、翠辇辞金阙。看燕燕，送归妾。　将军百战声名裂。向河梁、回头万里，故人长绝。易水萧萧西风冷，满座衣冠似雪。正壮士、悲歌未彻。啼鸟还知如许恨，料不啼清泪长啼血。谁共我，醉明月？

此词约写于嘉泰三年（1203），稼轩有族弟辛茂嘉贬官桂林，因作词相送。该词以悲切的鸟鸣起笔，衬托离别之情。接下来打破了词上下阕的界限，写了五种不同人物的离别情况，上片中写了三名女子，下片写了两名男子。三名女子：第一个是王昭君远嫁匈奴；第二个是陈阿娇失宠，幽居长门冷宫；第三个是春秋时卫庄公之妾戴妫被迫回娘家。两名男子：第一个是汉将李陵苦战无援，兵败降敌，与故人苏武诀别；第二个是战国时荆轲在易水别燕太子，西入咸阳刺秦王。这里既有离别之悲，更有郁郁不得志之痛，寓意无限，感慨良深。最后再写啼鸟，与开头呼应，并加深全篇的悲凉气氛，产生一种回肠荡气之感。陈廷焯在《白雨斋词话》中说："稼轩词自以《贺新郎》一篇为冠。浓郁苍凉，跳跃动荡，古今无此笔力。"

前面我们看到的辛弃疾词，都属于豪放一路，这确是他的基本风格，词中的抒情主人公形象也截然不同于前人，是一个豪情满怀、气冲斗牛的英雄形象。但在他的词里，也有婉约一路。因此邓廷桢在《双砚斋词话》中说："世称词之豪迈者，动曰苏辛。不知稼轩词，自有两派，当分别观之。如《金缕曲》之'听我三章约'、'甚矣吾衰矣'二首，及《祝英台近》之'是他春带愁来，春归何处？却不解、带将愁去'，《摸鱼儿》发端之'更能消、几番风雨，匆匆春又归去'，结语之'休去倚危栏，斜阳正在。烟柳断肠处'，《百字令》之'旧恨春江流不尽，新恨云山千叠'，《水龙吟》之'楚天千里清秋，水随天去秋无际。遥岑远目，献愁供恨，玉簪螺髻'，《满江红》之'怕流莺乳燕，得知消息'，《汉宫春》之'年时燕子，料今宵梦到西园'，皆独茧初抽，柔毛欲腐，平欺秦、柳，下轹张、王。"这里说的秦、柳、张、王是指婉约派名家秦观、柳永、张炎、王沂孙。辛弃疾属于婉约一路的词也很多，择举如下：

宝钗分，桃叶渡，烟柳暗南浦。怕上层楼，十日九风雨。断肠片片飞红，都无人管，倩谁唤、流莺声住。鬓边觑，试把花卜归期，才簪又重数。罗帐灯昏，哽咽梦中语。是他春带愁来，春归何处？却不解、将愁带去。

——《祝英台近·晚春》

更能消、几番风雨，匆匆春又归去。惜春长怕花开早，何况落红无数！春且住。见说道、天涯芳草无归路。怨春不语。算只有殷勤，画檐蛛网，尽日惹飞絮。　长门事，准拟佳期又误，蛾眉曾有人妒。千金纵买相如赋，脉脉此情谁诉？君莫舞。君不见、玉环飞燕皆尘土！闲愁最苦。休去倚危栏，斜阳正在。烟柳断肠处。

——《摸鱼儿·淳熙己亥，自湖北漕移湖南，同官王正之置酒小山亭，为赋》

盈盈泪眼，往日青楼天样远。秋月春花，输与寻常姊妹家。　水村山驿，日暮行云无气力。锦字偷裁，立尽西风雁不来。

——《减字木兰花·纪壁间题》

第一首《祝英台近》，历来被看成是稼轩婉约词的代表作，认为这是一首闺怨词。词里写的确是伤春惜别，写得委婉细腻，深情缠绵。但结合稼轩的身世，细味词意，实际上是借闺怨伤春寄寓其伤时忧国的情思。当时南宋的国势大有“流水落花春去也”的光景，国事日非，恢复无望，令人无限忧愁。至于沈谦在《填词杂说》中称：“稼轩词以激扬奋厉为工，至‘宝钗分，桃叶渡’一曲，昵狎温柔，魂销意尽，才人伎俩，真不可测。”这是只看表面现象、不看内容实质所致，其实并不“昵狎温柔”，而是悲凉沉痛。同样一腔爱国深情，一股壮志难酬的怨气，能用各种方式表达，足见其手段高明。第二首《摸鱼儿》是一首忧时感世之作，全用比兴。上片写景，写的是暮春景色。开头两句是写处于风雨飘摇中的南宋形势。从“匆匆春又归去”到“怨春不语”，曲折委婉地表达了对国势衰弱、危在旦夕的忧虑。最后三句暗指投降派卖国求和，不求进取，只满足于苟安。下片叙事，寓意于故事中。用五句写陈阿娇失宠，被弃置长门冷宫，表达一片忠心无处申诉、充满被压抑的苦闷。接下来告诫得宠的奸臣宵小，不要得意忘形；得宠如玉环、飞燕，曾几何时，都成了尘土。最后表达自己纵然满怀忧国之情，但难以有所作为，实在无可奈何。国势已如日薄西山，再关心也没有用了。罗大经在《鹤林玉露》中说：“辛赋《摸鱼儿》一阕，词意颇怨……闻寿皇见此词颇不悦。”这首词虽用比兴手法，宛若伤春恰似闺怨，但感情激烈，掩盖不住他对国家命运的担忧与对当权者的怨恨之情，因此才惹得宋孝宗“见此词颇不悦”。梁启超在《艺蘅馆词选》中评说这首词：“回肠荡气，至于此极。前无古人，后无来者。”陈洵在《海绡说词》中则说：“读公词，为之三叹。寓幽咽怨断于浑灏流转中，此境亦唯公有之，他人不能为也。”这首词如仅作“闺怨词”看，颇觉委婉凄恻，可列入婉约词中；但细味其意，一股刚烈愤激之气扑面而来，因此陈廷焯在《白雨斋词话》中说此词“恣态飞动，极沉郁顿挫之致。起处‘更能消’三字，是从千回万转后倒折出来，真是有力如虎”。其实不仅开头三字如此，可以说全词都“有力如虎”，外柔内刚。最后一首《减字木兰花》确像是一首闺怨词，不必曲为之解，说另有寄托。古代大诗人写闺怨诗也是常有的事，如豪放若李白，也写了不少“闺怨”、“宫怨”一类诗，开豪放词风的苏轼也有“为郎憔悴却羞郎”（《定风波·感旧》）一类词，更有《菩萨蛮》“春闺怨”、“夏闺怨”、“秋闺怨”、“冬闺怨”等词。贺裳在《皱水轩词筌》中说：“然如‘锦字偷裁，立尽西风雁不来’，风致何妍媚也，乃出自稼轩之手，文人固不可测。”辛弃疾还有一些抒情小令，写得别有风味，完全打破了传统，不拘常格。例如：

少年不识愁滋味，爱上层楼。爱上层楼，为赋新词强说愁。　　而今识尽愁滋味，欲说还休。欲说还休，却道天凉好个秋。

——《丑奴儿·书博山道中壁》

绕床饥鼠，蝙蝠翻灯舞。屋上松风吹急雨，破纸窗间自语。　　平生塞北江南，归来华发苍颜。布被秋宵梦觉，眼前万里江山。

——《清平乐·独宿博山王氏庵》

醉里且贪欢笑，要愁那得功夫。近来始觉古人书，信着全无是处。　　昨夜松边醉倒，问松我醉何如？只疑松动要来扶，以手推松曰去。

——《西江月·遣兴》

何处望神州？满眼风光北固楼。千古兴亡多少事？悠悠！不尽长江滚滚流。　　年少万兜鍪，坐断东南战未休。天下英雄谁敌手？曹刘！生子当如孙仲谋。

——《南乡子·登京口北固亭有怀》

宋词中的小令，有些类似唐诗中的绝句，要求含蓄蕴藉，委婉深沉，重写景，情寓景中，以景传情，美景深情融为一体，妙合无垠。但辛弃疾生当弱宋末造，社会上矛盾重重，朝政日趋腐败，因此在写词时，顾不上什么委婉含蓄之类，而是胸中积怨、满腹块垒不吐不快，所以即使是写小令也常袒露襟怀，酣畅淋漓。第一首《丑奴儿》全篇都直接抒情，用“少年不识”与“而今识尽”两相对比，启人深思。在少年时“强说愁”，无非是伤春悲秋之类，无事找事，无病呻吟。“而今识尽愁滋味”，这是忧国伤时引起的哀愁，不仅是真正的愁，而且是深深的愁，然而反不能直说，只能“顾左右而言他”。这里写得虽直率，却颇耐人寻味。第二首《清平乐》也是采用了前后对比的写法。上片写眼前景，写出了荒山破庵的荒凉景象。下片写独宿破庵时的心理活动，如今壮志难酬，失意归来，已是白发苍颜，生活上也极艰苦，独自一人宿破庵盖布被。但在“秋宵梦觉”时，全忘了饥鼠、蝙蝠，只想着祖国的万里江山。那么，他一心只想着要捍卫这万里江山、坚决抗战、收复失地、统一全国的志向也就不言而喻了。第三首《西江月》写的是醉态。词虽短小，但有行动，有感触，有议论，有反讥，有描述，有对话。全词八句，似乎句句有动作，淋漓尽致地表达了包藏在醉态中的狂放精神，并借此吐露了积压在心头的怨恨与悲愤。最后一首《南乡子》，在上片末句直接引用了杜甫《登高》中的“不尽长江滚滚来”，只改一个字。下片中化用了《三国志》中两个典故，第一个出自《三国志·蜀书·先主传》：“曹公从容谓先主曰：‘天下英雄，唯使君与操耳’，本初之徒，不足数也。’”第二个是运用《三国志》注引《吴历》的话说曹操见孙权军伍整肃，感叹说：“生子当如孙仲谋。”一首小词，既引用前人诗句，又化用典故，通篇采用问答，融合自然，运用自如，毫无生硬之感。从这几首小令来看，辛弃疾在表现手法上有很大突破。

第三节 辛弃疾词的特色

爱国词是时代的产物，发端于张元干，奠基于张孝祥，而至辛弃疾达到登峰造极。彭孙遹在《金粟词话》中说：“稼轩之词，胸有万卷，笔无点尘，激昂措宕，不可一世。”这里说的“不可一世”，即登峰造极、无人可与之媲美之意。虽说苏轼始开豪放一派，但终北宋时，始终未成气候，不能与婉约派抗衡。而至辛弃疾登上词坛，把豪放风格加以发扬光大，不仅蔚然成为一大流派，而且还大有压倒婉约派之势。因此《四库全书总目提要》说："其词慷慨纵横，有不可一世之慨，于倚声家为变调。而异军特起，能于剪红刻翠之外，屹然别立一宗，迄今不废。"可见其影响之深远。

从前面所举的例子可以看出，辛弃疾词概括起来至少有以下艺术特色：

第一，风格多样。辛弃疾词风格豪放，慷慨悲凉，气势磅礴，常有凌厉九霄之势；但也不乏婉约妍丽者。冯煦在《蒿庵论词》中称之为："摧刚为柔，缠绵悱恻。"刘克庄在《辛稼轩集序》中说："公所作，大声鞺鞳，小声铿鍧，横绝六合，扫空万古，自有苍生以来所无。其秾纤绵密者，亦不在小晏、秦郎之下。"他的词风以豪放为主，兼有多样性，这是特点之一。

第二，拓宽了词的题材。大至国家大事，小至身边琐事，诸如时局形势、政治主张、友情恋情、田园风光、民俗人情、日常生活、读书感受以及哲理、人生感悟等等，都可入词。

第三，想象丰富，比喻新奇，境界开阔，常常视通万里，思接千古。如"眼前万里江山"、"楚天千里清秋"、"不尽长江滚滚流"、"千古英雄"、"易水萧萧西风冷"、"长门事"等等，广袤万里，千秋万代都可融进他的词里。

第四，善用比兴。在前面提到的几首例词中，尤以《摸鱼儿》更为突出。

第五，大量用典。典故是一把双刃剑，用得得当，可以增加词的表现力，使之更委婉含蓄、典雅精练，达到言简意赅、以一当十的功效；但过分应用，就使作品晦涩难懂。这些在辛弃疾的词中也都存在，沈雄在《古今词话》中引刘克庄的话说："放翁、稼轩，一扫纤艳，不事斧凿，词则高矣，但时时掉书袋，固是一病。"

第六，大量吸收别的文体的语言入词。如前面引录的《南乡子》中，化用了杜诗、《三国志》及《吴历》中的话。他在其他词中，还吸引了散文、骈文、民间口语等等入词，同时还以写散文的手法来写词，这样做固然可以充实词的内容，也使词的表现手法灵活多样；但从另一角度说，促使了词的异化。过分散文化，以文为词，议论太多，使词丧失了特质，加速了词的衰落，这也不能不说是一病。

尽管辛弃疾的词存在这样或那样的不足，但他的成就是主要的，而且是巨大的。冯煦在《蒿庵论词》中说："稼轩负高世之才，不可羁勒，能于唐宋诸大家外，别树一帜。"清人陈廷焯对他推崇备至，在《词坛丛话》中说："稼轩词，粗粗莽莽，桀傲雄奇，出坡老之上。"而在《白雨斋词话》中则说："辛稼轩，词中之龙也，气魄极大，意境却极沉郁。"且在两宋词史上，辛词的作品数量最多，"词中之龙"，辛稼轩确实当之无愧。

第十一章　南宋其他爱国词人

一、陈亮

陈亮（1143—1194），字同甫，婺州永康（今浙江永康）人。绍熙四年（1193）举进士第一（状元），授签书建康府判官，未赴任而卒。因此，他一生未仕。他是著名的思想家、文学家，喜谈兵，坚持抗战，反对隆兴和议。孝宗时，曾上《中兴五论》，主张北伐，反对与金人议和，但未被采纳。还因此触怒主和投降派，屡遭迫害。刘熙载在《艺概·词曲概》中说："陈同甫与稼轩为友，其人才相若，词亦相似。"有《龙川词》，其词骨干磊落，气势纵横，直欲与稼轩争胜。但他作词为文，主张"不必作好语言，意与理胜，则文字自然超众。”因此难免忽视文采，功力不足，艺术上明显逊色。当然这与他英年早逝也很有关系。他较为著名的词有：

不见南师久，谩说北群空。当场只手，毕竟还我万夫雄。自笑堂堂汉使，得似洋洋河水，依旧只流东。且复穹庐拜，会向藁街逢。　　尧之都，舜之壤，禹之封。于中应有，一个半个耻臣戎。万里腥膻如许，千古英灵安在，磅礴几时通。胡运何须问，赫日自当中。

——《水调歌头·送章德茂大卿使虏》

危楼还望，叹此意、今古几人曾会？鬼设神施，浑认作、天限南疆北界。一水横陈，连岗三面，做出争雄势。六朝何事，只成门户私计。　　因笑王谢诸人，登高怀远，也学英雄涕。凭却长江，管不到、河洛腥膻无际。正好长驱，不须反顾，寻取中流誓。小儿破贼，势成宁问强对。

——《念奴娇·登多景楼》

闹花深处层楼，画帘半卷东风软。春归翠陌，平莎茸嫩，垂杨金浅。迟日催花，淡云阁雨，轻寒轻暖。恨芳菲世界，游人未赏，都付与、莺和燕。　　寂寞凭高念远。向南楼、一声归雁。金钗斗草，青丝勒马，风流云散。罗绶分香，翠绡封泪，几多幽怨。正销魂，又是疏烟淡月，子规声断。

——《水龙吟·春恨》

以上第一首《水调歌头》被认为是同甫的代表作。这首词作于淳熙十二年（1185）底，离“隆兴和议”已20多年，南宋朝廷屈辱求和，一直苟且偷安，不思北伐收复失地，所以开头第一句就说

“不见南师久”。但是这次章森出使，并不是什么“光荣使命”，而是去向金统治者“贺万春节”，况且到金国后，还免不了要向金主低头朝拜。上片结句化用丘迟《与陈伯之书》中的话：“方当系颈蛮邸，悬首藁街。”意为今天暂且屈辱，总有一天要把敌酋俘获。下片是化用杜甫诗中“神尧旧天下，会见出腥臊”之意。这首词豪气逼人、气势磅礴，与当时朝廷的萎靡不振、忍辱偷安形成鲜明对比。陈廷焯在《白雨斋词话》中评这首词的下片说：“精警奇肆，几于握拳透爪。可作中兴露布读，就词论，则非高调。”足见其爱国之情溢于言表，可抵得上檄文或文告，但艺术性欠缺一些。第二首《念奴娇》是一首怀古词。一般怀古咏史的诗词，在抚今思昔中都不免夹杂一些感伤成分，至少也会流露一些慷慨悲凉之意，即使像王安石这样的大政治家也不能免；苏轼原是一个十分旷达的人，但在《念奴娇·赤壁怀古》的结尾中，也流露出悲观忧伤的情绪。而陈亮这首词始终是情绪饱满，甚至颇令人有斗志昂扬之感。咏史、怀古一类诗词，通常都先展现历史人物与历史事件，然后说感想、发议论，陈亮这首词一开头就议论纵横，笔锋犀利，先批驳所谓的天然界限、南北分家的种种谬论，抨击南朝统治者凭借天险划江为界、不思进取，并批判了东晋豪门贵族的悲观失望情绪。从东晋开始的南北朝对立形势，与当时的情况极相像，词里写的全是借古喻今，批判的矛头直指南宋的统治集团。最后用祖逖中流誓与谢石、谢玄打胜淝水之战来激励抗金将士。这首词见识超群，议论精辟，微婉多讽，感慨良深。陈亮词的主要风格是豪放，因此毛晋在《龙川词跋》中说他的词“不作一妖语、媚语”。其实此话不实，“妖语”也许确实没有，但“媚语”却不少，当年黄升选《中兴以来绝妙词选》时，选了陈亮七首词，全是婉约的词。《四库全书总目提要》称：“词多纤丽”、“词体杂香奁”。第三首《水龙吟·春恨》为其婉约词的代表作，在词里，我们看到的是一派大好春光，开头一个“闹”字，可收到宋祁“红杏枝头春意闹”的效果。下片转入了“闺怨”，思妇怀念远方游子。对这首词，刘熙载在《艺概·词曲概》中却有另一种说法：“陈同甫《水龙吟》云：‘恨芳菲世界，游人未赏，都付与、莺和燕。’言近旨远，直有宗留守大呼‘渡河’之意。”照此说来，在此词中，“芳菲世界”是指中原的锦绣河山，“念远”是对中原沦陷父老的怀念。词里采用比兴手法。不过这里说得实在太朦胧太隐晦了。有人把它与辛弃疾的《摸鱼儿》并提，其实辛弃疾用比兴手法是明显的，这首词却太晦涩了，而且陈亮还有不少类似这样的词。黄升在《花庵词选》中所选的七首，未必都是比兴写法，我们大可不必曲为之解。刘熙载的意见，只是聊备一说。

二、杨炎正

杨炎正（1145—？），字济翁，庐陵（今江西吉安）人。诗人杨万里族弟。庆元二年（1196）登进士第，初为宁县簿，嘉定三年（1210）任大理司直，七年知藤州，又知琼州。有《西樵语业》词集，毛晋在跋中称他的词“不作娇艳情态”、“俊逸可喜”。与辛弃疾友善，作词也深受其影响。在所存的37首词中，有6首因辛弃疾而作。《四库全书总目提要》中说：“其纵横排奡之气，虽不足敌弃疾，而屏绝纤秾，自抒清俊，要非俗艳所可拟。”其代表作为《水调歌头·登多景楼》：

> 寒眼乱空阔，客意不胜秋。强呼斗酒，发兴特上最高楼。舒卷江山图画，应答龙鱼悲啸，不暇顾诗愁。风露巧欺客，分冷入衣裘。　忽醒然，成感慨，望神州。可怜报国无路，空白一分头。都把平生意气，只做如今憔悴，岁晚若为谋。此意仗江月，分付与沙鸥。

淳熙五年（1178），他偕辛弃疾等人同舟过镇江，登多景楼有感而作，辛弃疾有和词（即“落日塞尘起，胡骑猎清秋”）。位于长江南岸的多景楼，竟成了边塞，令人痛心。登多景楼，遥望中原，感叹不能为收复失地尽力，空白了头。“可怜报国无路”一句，令人心痛，感人至深。

三、刘过

刘过（1154—1206），字改之，号龙洲道人，吉州太和（今江西泰和）人。曾多次上书朝廷，提出恢复中原的方略，未被采用。宋子虚很赏识他，称之为“天下奇男子，平生以气义撼当世”。长期流落于江湖，与陆游、辛弃疾、陈亮等都有交往。他十分崇拜辛弃疾，在《呈稼轩》一诗中说：“书生不愿黄金印，十万提兵去战场。只欲稼轩一题品，春风侠骨死犹香。”因崇拜其人而有意学其词，词风相近，被列入辛派词人中。宁宗时，辛弃疾帅浙东，他为幕宾，以词相唱和。暮年隐居昆山，有《龙洲集》。他的词也并非多为豪放，也有“纤丽可爱”的，更有一些庸俗猥亵之作。其较为著名的词有：

斗酒彘肩，风雨渡江，岂不快哉！被香山居士，约林和靖，与东坡老，驾勒吾回。坡谓西湖，正如西子，浓抹浅妆临镜台。二公者，皆掉头不顾，只管衔杯。　白云天竺飞来，图画里、峥嵘楼观开。爱东西双涧，纵横水绕，两峰南北，高下云堆。逋曰不然。暗香浮动，争似孤山先探梅。须晴去，访稼轩未晚，且此徘徊。

——《沁园春·寄稼轩承旨》

中兴诸将，谁是万人英？身草莽，人虽死，气填膺，尚如生。年少起河朔，弓两石，剑三尺，定襄汉，开虢洛，洗洞庭。北望帝京，狡兔依然在，良犬先烹。过旧时营垒，荆鄂有遗民，忆故将军，泪如倾。　　说当年事，知恨苦；不奉诏，伪耶真？臣有罪，陛下圣，可鉴临，一片心。万古分茅土，终不到，旧奸臣。人世夜，白日照，忽开明。衮佩冕圭百拜，九泉下、荣感君恩。看年年三月，满地野花春，卤簿迎神。

——《六州歌头·题岳鄂王庙》

前一首《沁园春》是寄给辛弃疾的，因此尽量仿效辛词风格，语言豪壮，故岳珂称之为“效辛体”。其中化用白居易、林和靖、苏东坡的诗句，写出了西湖的秀丽风光。关于这首词，岳珂的《桯史》、冯金伯的《词苑萃编》等都记载了一则故事，《四库全书总目提要》也引用了这则记载，然而文字略有变动，一是说其“下笔便逼真”，“辛得词大喜，竟邀之去，馆燕弥月，酬赠千缗”。二是说：“过诵此词，掀髯有得色，珂乃以白日见鬼调之。其言虽戏，要亦未尝不中其病也。”后一首《六州歌头》是凭吊岳飞庙而作。词中斥责投降派对忠良的陷害，同时还进一步指出造成冤案不全在奸臣，也由于当时皇帝不能明察，矛头一下指向宋高宗赵构。最后说岳飞沉冤得雪，建造鄂王庙来纪念他。全篇充满对英雄的敬仰、对权奸的痛恨，暗寓自己主张抗战、反对屈辱苟安之意。

四、岳珂

岳珂（1183—约1242），字肃之，号亦斋、倦翁，岳飞之孙。历任管内劝农使，知嘉兴、淮东总领、户部侍郎等职，与辛弃疾为忘年交。著有《棠湖诗稿》《愧郯录》《桯史》《金陀粹编》《宝真斋法书赞》等。其中《桯史》尤为著名，记载两宋士大夫逸事及朝政得失，并加以评议。间及琐事，近于小说。其词以两首《祝英台近》最著名：

瓮城高，盘径近。十里笋舆稳。欲驾还休，风雨苦无准。古来多少英雄，平沙遗恨。又总被、长江流尽。
倩谁问。因甚衣带中分，吾家自畦畛。落日潮头，慢写属镂愤。断肠烟树扬州，兴亡休论。正愁尽、河山双鬓。
——《祝英台近·登多景楼》

澹烟横，层雾敛，胜概分雄占。月下鸣榔，风急怒涛飐。关河无限清愁，不堪临鉴。正霜鬓，秋风尘染。
漫登览，极目万里沙场，事业频看剑。古往今来，南北限天堑。倚楼谁弄新声，重城正掩。历历数、西州更点。
——《祝英台近·北固亭》

这两首词都是记镇江事。嘉泰四年（1204），辛弃疾知镇江，年轻的岳珂为其座上客，这两首词大约作于此时。前一首有“古来多少英雄，平沙遗恨。又总被、长江流尽”，又有“断肠烟树扬州，兴亡休论”，总不忘中原失地，写得极为沉痛。后一首写月夜登北固亭，遥望江北万里沙场，激起自己驰骋疆场、领兵杀敌、收复失地的愿望，但又有抱负无法施展的悲凉。杨慎在《词品》中说：“此词感慨忠愤，与辛幼安‘千古江山’一词相伯仲。”给予很高评价。

五、刘克庄

刘克庄在政治上反对妥协苟安，主张收复北方失地。词学辛弃疾，但有自己的特色，是辛派词人中比较突出的一个。词中多议论，格调近散文，致使其艺术性大为逊色。杨慎在《词品》中说其词“大抵直致近俗，效稼轩而不及也”。其词较有名的有：

何处相逢？登宝钗楼，访铜雀台。唤厨人斫就，东溟鲸脍；圉人呈罢，西极龙媒。天下英雄，使君与操，馀子谁堪共酒杯？车千乘，载燕南赵北，剑客奇才。 饮酣鼻息如雷，谁信被晨鸡轻唤回。叹年光过尽，功名未立；书生老去，机会方来。使李将军，遇高皇帝，万户侯何足道哉！披衣起，但凄凉感旧，慷慨生哀。

——《沁园春·梦孚若》

北望神州路。试平章、这场公事，怎生分付？记得太行山百万，曾入宗爷驾驭。今把作、握蛇骑虎。君去京东豪杰喜，想投戈、下拜真吾父。谈笑里，定齐鲁。 两河萧瑟唯狐兔。问当年祖生去后，有人来否？多少新亭挥泪客，谁梦中原块土？算事业、须由人做。应笑书生心胆怯，向车中、闭置如新妇。空目送，塞鸿去。

——《贺新郎·送陈真州子华》

前一首是为悼念亡友而作，方若孚是后村志同道合的朋友，都主张抗金，希望恢复中原。方若孚以使金不屈著称，但壮志未酬身先死。上片写两人的共同志向，并以英雄许方若孚与自己。下片着重抒发了怀才不遇、壮志难酬的悲哀。后一首《贺新郎》写南宋初年太行山义军的实力和声势，而且一度“曾入宗爷驾驭”，但当时在朝廷“公卿有党排宗泽”，更不能联合义军抗金、收复中原，对当权者懦弱无能、苟且偷安进行了辛辣讽刺。杨慎在《词品》中评这首词“庄语亦可起懦”。

六、黄机

黄机（生卒年不详），字几仲（一说字几叔），东阳（今属浙江）人，平生有大志，怀着“万字平戎策”、“胸中兵甲，解洗氛埃”，但得不到当权者重视，始终不得志，只做过几任州郡中的小官，壮志难酬，只有“才高自叹，彩云空咏，凌波谩赋”。与岳珂同时，颇多唱和，还曾写过《乳燕飞》寄给辛弃疾。有《竹斋诗馀》，《四库全书简明目录》称“机才气磊落，多与岳珂以长调唱酬，极激楚苍凉之致”。兹录其词两首于下：

万灶貔貅，便直欲、扫清关洛。长淮路、夜亭警燧，晓营吹角。绿鬓将军思饮马，黄头奴子惊闻鹤。想中原、父老已心知，今非昨。　　狂鲵剪，於菟缚；单于命，春冰薄。政人人自勇，翘关还槊。旗帜倚风飞电影、戈铤射月明霜锷。且莫令、榆柳塞门秋，悲摇落。

——《满江红》

将军何日，去筑受降城。三万骑，貔貅虎，戮鲵鲸。洗沧溟。试上金山望，中原路，平於掌，百年事，心未语，泪先倾。若若累累印绶，偏安久、大义谁明。倚危栏欲遍，江水亦吞声。目断蘋汀。海门青。　　停杯与问，焉用此，手虽子，积如京。波神怒，风浩浩，勃然兴。卷龙腥。似把渠忠愤，伸恳请，翠华巡。呼壮士，挽河汉，荡欃枪。长算直须先定，如细故、休苦营营。正清愁满抱，鸥鹭却多情。飞过邮亭。

——《六州歌头·次岳总干韵》

南宋后期，史弥远、贾似道相继专权，弄得朝政腐败不堪，已毫无斗志，死气沉沉，简直成了一潭死水。黄机的词，无异于向死水投进了巨石，激起了层层浪花，纵然改变不了现状，但也能打破一下沉寂的气氛。前一首大约写于蒙古迅速兴起、金国衰落之时。上片写想象中的宋军北伐的阵势，声势浩大，令敌人闻风丧胆。下片具体分析形势，说金国国势垂危，像春冰那样即将消融，希望朝廷抓住时机，收复失地，以孚民望。后一首《六州歌头》是跟岳珂的唱和词，这首词大气磅礴，慷慨悲凉，大有化顽劣起懦弱之势。“百年事，心未语，泪先倾……偏安久、大义谁明。倚危栏欲遍，江水亦吞声。”读至此，血性男儿，谁能不吞声？然而史弥远、贾似道之流，依旧专横弄权，依旧行乐无度，腐败至此，南宋焉有不亡之理！

七、文及翁

文及翁（生卒年不详），字时学，号本心，绵州（今四川绵阳）人，移居吴兴（今浙江湖州），宝祐元年（1253）登进士第，景定年间论公田事，有名于世。元兵将至，弃官遁。宋亡，累征不起，闭门著书。词仅存一首《贺新郎·西湖》：

> 一勺西湖水。渡江来，百年歌舞，百年酣醉。回首洛阳花世界，烟渺黍离之地。更不复、新亭堕泪。簇乐红妆摇画舫，问中流、击楫谁人是？千古恨，几时洗？　余生自负澄清志。更有谁、磻溪未遇，傅岩未起。国事如今谁倚仗，衣带一江而已！便都道、江神堪恃。借问孤山林处士，但掉头、笑指梅花蕊。天下事，可知矣！

这首词可以说是南宋100多年历史的总结。宋室南渡100多年来，达官贵人沉溺于歌舞享乐，不再为中原沦陷而伤心垂泪。荡舟湖上，只为寻欢作乐，没有人像祖逖那样击楫中流，发誓北伐。接下来说到自已，虽有英才宏志，但无人赏识，朝廷不用贤才。众人都依仗长江天险，以为可以高枕无忧。还有一些自命清高的人，不关心时政国事。这样一个局面，国事已到不可收拾的地步，不用说会有什么结果，已是“可知矣”。全词充满愤慨与悲凉。

八、刘辰翁

刘辰翁（1232—1297），字会孟，号须溪，庐陵（今江西吉安）人。景定三年（1262）进士，廷试时，忤权奸贾似道，被列入丙等。曾任濂溪书院山长。后来被荐居史馆，又除太学博士，因对当时腐败的政治不满，都坚辞不就。宋亡后，隐居不仕。有《须溪集》，况周颐在《蕙风词话》中说："须溪词，风格遒上似稼轩，情辞跌宕似遗山。有时意笔俱化，纯任天倪，竟能略似坡公。"还说："须溪词中，间有轻灵婉丽之作，似乎元明以后词派，导源乎此。"须溪生于弱宋末造，后又经历亡国之惨痛，因此，其词沉痛悲凉，多故国之思。例如《兰陵王·丙子送春》：

> 送春去，春去人间无路。秋千外、芳草连天，谁遣风沙暗南浦。依依甚意绪，漫忆海门飞絮。乱鸦过，斗转城荒，不见来时试灯处。　　春去，最谁苦？但箭雁沉边、梁燕无主，杜鹃声里长门暮。想玉树凋土，泪盘如露。咸阳送客屡回顾，斜日未能度。　　春去，尚来否？正江令恨别，庾信愁赋，苏堤尽日风和雨。叹神游故国，花记前度。人生流落，顾孺子，共夜语。

全词分三片，每片都以"春去"开头，反复强调，既无奈，又沉痛。题中特意标出"丙子"，这是宋恭帝德祐二年（1276），是年暮春三月，元军攻破临安，恭帝和太后妃嫔以及臣子都被俘押解到北方；苦苦支撑了一个半世纪的南宋，至此彻底灭亡。因此，这首词明写伤春，实为哀悼宋王朝之灭亡。第一片写临安被蒙古攻陷后的景象，京城残败，君臣被俘，昔日的繁华都成过去，无限凄凉。第二片写春去后的心情，从被俘君臣与散落在长安的士民双方面来写，两种遭遇，一样痛苦。第三片"尚来否"一问，无限凄楚。其实早知"流水落花春去也"，春去断无回来之理，被俘君臣断难回来，南宋已亡，也难于复国。最后感叹自己亡国流落之痛，满腔悲愤只能在深夜里对孩子们诉说。全词委婉曲折，悱恻缠绵，满腔爱国之情、亡国之痛，全用比兴手法曲曲道来，更显浓郁幽深。《四库全书总目提要》中说他“春怀麦秀，寄托遥深，忠爱之忱，往往形诸笔墨”。另有《宝影现·春月》，王弈清在《历代词话》中引张孟浩的话说：“反反复复，字字悲咽，孤竹、彭泽之流。”刘辰翁词的主流大致如此。他的被称“轻灵婉丽”的词，以《浣溪沙·感别》为代表：

点点疏林欲雪天，竹篱斜闭自清妍，为伊憔悴得人怜。　　欲与那人携素手，粉香和泪落君前，相逢恨恨总无言。

这首词与前面的《兰陵王》显然不同。《兰陵王》虽然标明“送春”，以传统的惜春面目出现，而实际上是悼亡宋，因此令人感到“曲折说来，有多少眼泪”、“凄清何减夜猿”。这首《浣溪沙》写的是男女之情，是在“欲雪天”闭门闲坐，思念往日握别的一幕，委婉缠绵、依依不舍之情，跃然纸上。就是在这类词中，已透露出由宋词过渡到元词的信息。

九、文天祥

文天祥的作品中充满爱国主义思想与大义凛然、坚贞不屈的民族气节和顽强斗志，他以生命谱写了一曲英雄史诗。《四库全书简明目录》称：“天祥大节炳然，不必以辞章重，而辞章实卓然可传。”兹录其词两首于下：

为子死孝，为臣死忠，死又何妨。自光岳气分，士无全节，君臣义缺，谁负刚肠。骂贼睢阳，爱君许远，留得声名万古香。后来者，无二公之操，百炼之钢。　人生翕欻云亡。好烈烈轰轰做一场。使当时卖国，甘心降虏，受人唾骂，安得留芳。古庙幽沉，仪容俨雅，枯木寒鸦几夕阳。邮亭下，有奸雄过此，仔细思量。

——《沁园春·至元间留燕山作》

酹酒天山，今方许、征鞍少歇。凭铁肋、千磨百炼，丈夫功烈。整顿乾坤非异事，云开万里歌明月。笑向来、和议总蛙鸣，何关切。　铙吹动，袍生雪。军威壮，笳声灭。念祖宗养士，忍教残缺。洛鼎无亏谁敢问，幕南薄洒膻腥血。快三朝、慈孝格天心，安陵阙。

——《满江红》

前一首是经过潮阳张许双忠庙有感而作。唐代张巡、许远在安史之乱时，在内乏粮草外无援兵的情况下，坚守睢阳数月，屏蔽江淮，为唐军的反攻赢得了时间。后终因粮尽弹绝而城陷，36人壮烈牺牲。词中热情歌颂了张许二公，为后世“无二公之操”而痛心，并警告当时那些卖国投降的奸臣。后一首反映他的战斗生活，并表明他志在“整顿乾坤”，对卖国求和之徒高度蔑视，称之为“蛙鸣”。文天祥的这两首词都直抒胸臆，全以英雄气概、凛然正气来扣人心弦。这样的诗词犹如重槌击鼓，足以振聋发聩，如项羽当年大败秦军，威震诸侯，莫敢仰视。这样的诗词原不以艺术巧妙来感动人，而完全以英雄气势来征服人心。

十、汪元量

汪元量（约1241—约1317），字大有，号水云，钱塘（今浙江杭州）人。度宗时宫廷琴师，元军攻陷临安后，他与幼帝及太后等人，一起被俘到燕京，后为道士南归，漫游各地，不知所终。有

《水云集》《湖山类稿》。其词以《莺啼序·重过金陵》最为著名：

> 金陵故都最好，有朱楼迢递。嗟倦客、又此凭高，槛外已少佳致。更落尽梨花，飞尽杨花，春也成憔悴。问青山、三国英雄，六朝奇伟。　　麦甸葵丘，荒台败垒。鹿豕衔枯荠。正潮打孤城，寂寞斜阳影里。听楼头、哀笳怨角，未把酒、愁心先醉。渐夜深，月满秦淮，烟笼寒水。凄凄惨惨，冷冷清清，灯火渡头市。慨商女不知兴废，隔江犹唱庭花，馀音亹亹。伤心千古，泪痕如洗。乌衣巷口青芜路，认依稀、王谢旧邻里。临春结绮。可怜红粉成灰，萧索白杨风起。　　因思畴昔，铁索千寻，谩沉江底。挥羽扇、障西尘，便好角巾私第。清谈到底成何事？回首新亭，风景今如此。楚囚对泣何时已。叹人间、今古真儿戏。东风岁岁还来，吹入钟山，几重苍翠。

这是他南归时路过金陵有感而作。这时宋朝早亡，已是元朝了，词中借六朝兴废来表达其亡国之恨。全词分四片。第一片可以说是全词的序言，对金陵历史做概括性回顾。第二片写古城如今一副残破景象。第三片，慨叹竟有人麻木不仁，不知亡国的痛恨，还有心寻欢作乐，更引起人无限伤心。这里说“商女”，是化用杜牧的诗“商女不知亡国恨，隔江犹唱后庭花”（《泊秦淮》），在此泛指那些不知亡国恨的人。末片写西晋灭东吴，统一全国，但不久后在大敌当前时，不思防御，一味清谈。空谈误国，造成晋室南渡，偏安江左，不思恢复，可叹把治国当儿戏。这首词无疑是在借古喻今，以晋喻宋，借以斥责南宋统治者，并抒发自己的亡国之恨。

在南宋文人中，写爱国词形成一时风气。这主要是当时宋金对立、金兵不断侵凌南宋的时局造成的，后来在词风上也深受辛弃疾的影响。除了我们前面提到的爱国词人外，当时写爱国词较有名的还有刘仙伦、程珌、戴复古、吴渊、李好古、吴潜、陈人杰等。

南宋的爱国词，虽然发端于张元干，但张元干是北宋过来的人，南渡时，他已是35岁了。张孝祥生于绍兴二年，当时宋室南渡已是第六个年头，他是生于南宋长于南宋的新生一代，是第一个写爱国词的南宋人。在文天祥之后，虽然还有汪元量、谢枋得等人，但已经是元朝了，他们都属于宋遗民，可以说文天祥是最后一个写爱国词的南宋人。这就是说，南宋爱国词人始于状元张孝祥，终于状元文天祥。这两“祥”两状元，虽说纯属偶然，但也不失为文学史上的一段佳话。

第十二章 南宋婉约派代表作家

在南渡之初，虽然有一些从北宋过来的婉约派词人，如李清照、朱淑真，还有词写得不错但人品不高的周紫芝等，但由于当时金兵不断南侵，时局危险重重，没有多少人能安下心来吟花弄月，倒是出了不少忧国忧时局的爱国词人。有些原是写婉约词的人，在残酷的现实面前，无心吟花弄月，于是转换题材，改变风格，写了不少出色的爱国的豪放词，例如张元干等人。迨至宋金和约签订后，南宋政权得以苟且偷安。虽然南宋统治者在金国统治者面前是“侄皇帝”的身份，而且每年要拿出大量财物来“孝敬”金国统治者，但毕竟打仗少了，生活比较安定。到南宋中期，金朝的国力已经衰落，无力南侵；南宋也习惯于偏安，不以为耻，反以为大幸，再也没有北伐雪耻的雄心了。江南富庶，农业、手工业、商业都很发达，都城临安的繁华超过了汴京。王公贵人歌舞升平，及时行乐，醉生梦死。真是“山外青山楼外楼，西湖歌舞几时休？暖风熏得游人醉，直把杭州作汴州”（林升《题临安邸》）。这时在词坛上，分成截然不同的两大派，一派是以辛弃疾为代表的豪放派爱国词人；另一派是适应城市的繁荣经济与官僚、富商的需要而兴盛起来的婉约派格律词作者。从文学传统和词的本身发展来看，豪放派是继承并发展了苏轼的词风，婉约派是继承并发展了秦观和柳永、周邦彦的词风，因此南宋婉约派明显地存在着两大分支。一支继承并发展了秦观的词风，主张清空疏朗，即所谓“结体于虚”，姜夔为其代表作家；另一支继承并发展了柳永的词风，显得质实绵密，所谓“练响于实”，吴文英为其代表作家。这两大分支却有一个共同点，都接受周邦彦注重格律的主张，而且他们都精通音乐，能自度新腔及改造旧谱。

第一节 姜夔

姜夔是一位多才多艺的文人，诗、词、音乐、书法都很擅长，尤其是词，不仅著称于当世，而且其影响一直到清代，几百年不衰。以往人们创作词是按谱填写，所以称“填词”，姜夔自度新腔却是先写成文辞，然后配曲，这样就自由得多了，不用受字数篇幅限制。姜夔现存词80多首，其内容多数为感叹身世、离情别绪、相思之情及记游咏物之篇，也有少量感慨国事、关心现实的词。他虽一生依附他人，但不投靠权奸，不当庸俗清客。他与辛弃疾有交往，但词风截然不同，是当时与辛弃疾并峙的词坛领袖。陈锐在《袌碧斋词话》中说“白石拟稼轩之豪快”，说得并不确切，在思想上也许有一定影响，但在风格上影响不大。在《白石道人诗说》中，姜夔明确表达了他的文学主张与美学追求。他主张小诗要精深蕴藉，句中有馀味，篇中有馀意；大篇要开阖宏大，波澜壮阔，一波未平，一波已作。总体来说，要“骚雅空灵，格高意远，韵度飘逸”。他早期的作品《扬州慢》一直为人赞赏：

淮左名都，竹西佳处，解鞍少驻初程。过春风十里，尽荠麦青青。自胡马窥江去后，废池乔木，犹厌言兵。渐黄昏，清角吹寒，都在空城。　杜郎俊赏，算而今、重到须惊。纵豆蔻词工，青楼梦好，难赋深情。二十四桥仍在，波心荡，冷月无声。念桥边红药，年年知为谁生。

在这首词前边有个自序："淳熙丙申至日，予过维扬，夜雪初霁，荠麦弥望；入其城，则四顾萧条，寒水自碧，暮色渐起，戍角悲吟。予怀怆然，感慨今昔，因自度此曲。千岩老人以为有黍离之悲也。"从序中，我们知道这是他在淳熙三年（1176），也就是在他21岁时路过扬州有感而作。在绍兴三十一年（1161），金主完颜亮大举南侵，曾占领扬州，破坏惨重，15年后，仍然是满目疮痍，词里反映了名都扬州受到金兵严重破坏的惨状。上片写遭受侵略者破坏后的名都，竟成了一座空城，金兵的残暴由此可见。下片化用杜牧诗意，不胜今昔之感，忆昔伤今，倍觉凄凉。这首词虽然说得委婉含蓄，但形象生动，寓意深刻。这首词与辛弃疾的《水调歌头·舟次扬州》，在写作时间上接近，内容也近似，但辛词大声呼喊，说得也显豁；这首词则呜咽泣诉，说得含蓄，但不等于说没有辛词深刻。以往一些文学史上，都竭力贬低这首词，这是不公正的。读诗词，原本不应只用眼睛来看，而是要用心来领悟，不应责怪这首词"包括得太含混，表达便不够明确"。要处处明确，那只有狂呼口号了，还要诗词何用！蕴藉含蓄，正是这首词的精深之处。他还有一些深受辛弃疾影响的词，特别是三篇"次韵稼轩"的词，是有意向稼轩靠拢，如《永遇乐·次稼轩北固楼词韵》：

云隔迷楼，苔封很石，人向何处。数骑秋烟，一篙寒汐，千古空来去。使君心在，苍崖绿嶂，苦被北门留住。

有尊中酒差可饮，大旗尽绣熊虎。　　前身诸葛，来游此地，数语便酬三顾。楼外冥冥，江皋隐隐，认得征西路。中原生聚，神京耆老，南望长淮金鼓。问当时、依依种柳，至今在否？

这里说的“稼轩北固楼词”就是辛弃疾那首调寄《永遇乐》的《京口北固亭怀古》。辛弃疾这首是名篇，全词纵论历史，慷慨悲壮，声震河山，气贯长虹。姜夔这首词远没有辛词豪迈，气魄没有辛词大，但精深含蓄则过之。辛词怀古，从孙仲谋开始，姜词怀古，却从隋炀迷楼入手，二者大不相同。辛词呼唤英雄，故气吞河山；姜词谴责荒淫君主兼有警戒当时的统治者之意，故深沉含蓄。二者表现手法虽然不同，但殊途同归。辛弃疾带过兵打过仗，故以廉颇自况；姜夔一介书生，对辛弃疾心存敬仰之意，故以诸葛亮喻辛，寄予殷切期望。至于“中原生聚，神京耆老，南望长淮金鼓”，实为陆游“遗民泪尽胡尘里，南望王师又一年”之意。最后以桓温事作结，留下无限想象的馀地。

姜夔词中最被人赏识的还是那些感叹自己身世的咏物词。兹录几首于下：

燕雁无心，太湖西畔随云去。数峰清苦，商略黄昏雨。　　第四桥边，拟共天随住。今何许？凭栏怀古，残柳参差舞。

——《点绛唇·丁未冬过吴松作》

燕燕轻盈，莺莺娇软，分明又向华胥见。夜长争得薄情知？春初早被相思染。　　别后书辞，别时针线，离魂暗逐郎行远。淮南皓月冷千山，冥冥归去无人管。

——《踏莎行》

芳莲坠粉，疏桐吹绿，庭院暗雨乍歇。无端抱影销魂处，还见筱墙萤暗，藓阶蛩切。送客重寻西去路，问水面、琵琶谁拨。最可惜一片江山，总付与啼鴂。长恨相从未款，而今何事，又对西风离别。渚寒烟淡，棹移人远，缥缈行舟如叶。想文君望久，倚竹愁生步罗袜。归来后，翠尊双饮，下了珠帘，玲珑闲看月。

——《八归·湘中送胡德华》

旧时月色，算几番照我，梅边吹笛。唤起玉人，不管清寒与攀摘。何逊而今渐老，都忘却、春风词笔。但怪得、竹外疏花，香冷入瑶席。　江国，正寂寂。叹寄与路遥，夜雪初积。翠尊易泣，红萼无言耿相忆。长记曾携手处，千树压、西湖寒碧。又片片、吹尽也，几时见得。

——《暗香》

苔枝缀玉，有翠禽小小，枝上同宿。客里相逢，篱角黄昏，无言自倚修竹。昭君不惯胡沙远，但暗忆、江南江北。想佩环、月夜归来，化作此花幽独。　犹记深宫旧事，那人正睡里，飞近蛾绿。莫似春风，不管盈盈，早与安排金屋。还教一片随波去，又却怨、玉龙哀曲。等恁时、重觅幽香，已入小窗横幅。

——《疏影》

白石为人赞赏的咏物词还有不少，如咏蟋蟀的《齐天乐》、赞荷花的《念奴娇》、写柳的《淡黄柳》等等，以上五首较有代表性。第一首《点绛唇》是白石词中最为脍炙人口的一首小令，其中“数峰清苦，商略黄昏雨”是白石词中的名句。词中以燕雁的匆忙来去为喻，自拟漂泊不定的身世。下片中表达了对天随子陆龟蒙的仰慕，结尾颇有沧桑之感。第二首《踏莎行》是一首情诗，写梦中与恋人相会，词中只字未写艳遇的风情，只写别后魂牵梦萦的思念和铭心镂骨的相思。全词语言凝练，又极蕴涵，王国维不太喜欢白石词，在《人间词话》中多次提出批评，如说白石词“如雾里看花，终隔一层”、“惜不于意境上用力，故觉无言外之味，弦外之响，终不能与于第一流之作者也”等等，但独赞赏这首词：“白石之词，余所最爱者，亦仅二语，曰‘淮南皓月冷千山，冥冥归去无人管’。”大约因其空灵委婉，又有多层寓意，耐人寻味。第三首《八归》是一首送别词，但它不同于一般一味抒写离愁别恨的诗词。这首词写在江畔送客时，面对大好河山，引起无限感慨，特别是对国事忧伤，“最可惜一片江山，总付与啼鴂”。这与陈亮在《水龙吟》中写的“恨芳菲世，游人未赏，都付与、莺和燕”是同一意思，是哀伤中原沦陷。《暗香》与《疏影》是白石颇为著名的辞章，向来被认为是他的代表作，张炎在《词源》中给予极高评价：“词之赋梅，唯白石《暗香》《疏影》二曲，前无古人，后无来者，自立新意，真为绝唱。”这是溢美之词，不能全信。但这两首词的艺术性确实较高，体现了白石词的艺术特色，也就是张炎说的“清空中有意趣”。从作者自序中，我们知道这是白石在范成大晚年居住的苏州石湖寓所作客时，应主人之请写下了这两首词。调名取于林逋《山园小梅》中的名句：“疏影横斜水清浅，暗香浮动月黄昏。”前一首通过咏梅来寄托对玉人的思念，上片从回忆落笔，由昔而今；下片由今而昔，又浸入沉思之中。全词往复回环，委婉曲折，情思无限，包蕴无穷。至于这里的玉人，不必一定要说是恋人，古诗词中的玉人也不一定指女性，所以这里究竟是指情人还是友人，难以确定。其实也不必一定要坐实，朦胧一些，也许更能给读者多留一分想象的馀地。后一首《疏影》究竟写什么，历来颇多争议，有人认为就是咏梅花，以梅花的高洁来比喻范成大。也有人认为寄托“君国之思”，陈廷焯坚持此说，并一再论述，在著名的《白雨斋词话》中说：“南渡以后，国势日非。白石目击心伤，多于词中寄慨。不独《暗香》《疏影》二章，发二帝之幽愤，伤在位之无人也。特感慨全在虚处，无迹可寻，人自不察耳。”在其所校《白石道人歌曲》里，根据张惠言《词选》里的意见对《疏影》更进行详细阐述：“此盖伤二帝蒙尘，诸后妃相从北辕，沦落胡地，故以昭君托喻，发言哀断。”刘永济在《唐五代两宋词简析》里，更举徽宗《眼儿媚》作证，进一步证实此词“为徽、钦二帝作”。具体说，上片写二帝被俘，并均死于北地，只能魂归故国。“后半阕一起点明‘深宫旧事’乃追念北宋未亡之前，徽宗淫逸行乐之事，‘睡里’者，正斥其醉生梦死也。‘莫似’三句，又责其不重国事……”也有不少人不同意这种说法，认为这只是借以称赞范成大，并无“君国之思”。各人说自己的理由，都说服不了别人。其实根据接受美学的观点，“有一千个读者，就有一千个哈姆雷特”，这完全是允许的；至于作者的本意是什么，我们不妨用谭献的话来说：“作者之心未必然，而读者之心何必不然。”在对文学作品的欣赏中，原本是智者见智、仁者见仁的事，见智见仁都是允许的。

姜夔词的艺术特色，就是张炎在《词源》里评述的：“姜白石词如野云孤飞，去留无迹。”还说：“不唯清空，又且骚雅，读之使人神观飞越。”概括地说就是“清空骚雅”。陈廷焯对白石词似乎情有独钟，在《白雨斋词话》里的评论多至十二则，对其他词人的评论除辛弃疾以外，没有超过十则的，一般多者三四则，少者一二则，对白石的风格总结为“清虚骚雅”，这与张炎一致，还说：“白石词以清虚为体，而时有阴冷处，格调最高。”这里又提出了“阴冷”。从前面列举的白石词中，我们看到他重音律格调，十分注重音乐性。语言凝练灵动，想象丰富，比喻生动新颖，善用比兴手法，长于寓情于景，并于虚处传情，词意蕴藉含蓄。由于白石重视艺术技巧，词写得委婉清灵，为婉约词的发展开创了新的局面，影响深远超过了其他词人。陈廷焯在《词坛丛话》中说他“不独冠南宋，直欲度越千古”；宋翔凤在《乐府馀论》中竟说：“词家之有姜石帚，犹诗家之有杜少陵，继往开来，文中关键。其流落江湖，不忘君国，皆借托比兴，于长短句寄之。如《齐天乐》，伤二帝北狩也。《扬州慢》，惜无意恢复也。《暗香》《疏影》，恨偏安也。”姜夔对后世的影响，可能超过宋代的其他大多数词人。但把他比作杜甫，不仅过誉，而且有些不伦不类。

第二节 吴文英

吴文英（约1212—约1272），字君特，号梦窗，晚号觉翁，四明（今浙江宁波）人。本姓翁，因入继吴氏，改姓吴。一生不仅未仕，而且未有功名，但也不是隐士。生平略似姜夔，一生都依附别人，但没有姜夔清高。早年他曾出入误国权奸贾似道门下，后又与显贵吴潜和权奸史弥远之子史宅之交往，是出入豪门的清客，还在苏、杭一带当过幕僚。姜夔虽然一生都依附别人，但从不登权贵之门，更不与权奸有任何瓜葛。吴文英却专门结交权贵，而且还成为祸国殃民、声名狼藉的大权奸贾似道和史弥远之流的座上客，因此，吴文英的人品远没有姜夔高洁。他的词多数为伤春、感旧、怀念姬人及应酬之作，晚年也有少量感伤国事的词。他存词300馀首，以《莺啼序》最为著名：

残寒正欺病酒，掩沉香绣户。燕来晚、飞入西城，似说春事迟暮。画船载、清明过却，晴烟冉冉吴宫树。念羁情游荡，随风化为轻絮。　　十载西湖，傍柳系马，趁娇尘软雾。溯红渐、招入仙溪，锦儿偷寄幽素。倚银屏，春宽梦窄，断红湿、歌纨金缕。暝堤空，轻把斜阳，总还鸥鹭。　幽兰旋老，杜若还生，水乡尚寄旅。别后访、六桥无信，事往花委，瘗玉埋香，几番风雨？长波妒盼，遥山羞黛，渔灯分影春江宿，记当时、短楫桃根渡。青楼仿佛，临分败壁题诗，泪墨惨淡尘土。　危亭望极，草色天涯，叹鬓侵半苎。暗点检、离痕欢唾，尚染鲛绡；亸凤迷归，破鸾慵舞。殷勤待写，书中长恨，蓝霞辽海沉过雁，漫相思、弹入哀筝柱。伤心千里江南，怨曲重招，断魂在否？

全词共四叠，240字，是词中长调之最。词虽长，但有迹可寻，正如陈洵在《海绡说词》中所说的："通体离合变幻，一片凄迷，细绎之，正字字有脉络，然得其门者寡矣。"陈洵说："第一段伤春起，却藏过伤别，留作第三段点睛。"天"残寒"，人"病酒"，起句凄冷，为全篇定调。见燕子归来而知春已暮，为不辜负这大好春光，乃去湖上春游。在湖上春游中，不禁勾起了对往事的回忆。第二段追忆昔日在游西湖时的一次艳遇，不期竟被"召入仙溪"，侍女暗传主人的情意，两情绸缪。奈何韶光易逝，欢情苦短，转眼已是暮色笼罩湖堤，堤上游人纷纷散去，西湖美妙的晚景，都只得留给了鸥鹭去领受。第三段写别后旧地重游，已物是人非，伊人却已香消玉殒，虽然昔日临别时在败壁上的题诗尚在，只是这当时用泪墨题下的诗句，早蒙上尘土，已暗淡失色。第四段悼念已亡故的情人，并感叹自己的身世。作者在这里如诉如泣，写了一则爱情悲剧，写得细腻婉曲，但较为隐晦，《四库全书总目提要》称："词家之有文英，亦如诗家之有李商隐也。"由于他的词写得隐晦，有时候就不免有人曲为之解，如《三姝媚·过都城旧居有感》：

湖山经醉惯。渍春衫、啼痕酒痕无限。又客长安，叹断襟零袂，涴尘谁浣。紫曲门荒，沿败井、风摇青蔓。对语东邻，犹是曾巢，谢堂双燕。　春梦人间须断。但怪得、当年梦缘能短。绣屋秦筝，傍海棠偏爱，夜深开宴。舞歇歌沉，花未减，红颜先变。伫久河桥欲去，斜阳泪满。

在词中，作者自叙落拓江湖，晚年落魄而归，见故居已残破荒芜不堪，连旧时的堂前双燕也飞入东邻。下片则追忆昔日的欢乐，并叹息好景不长。最后回到现实，在夕阳西下时，准备告别旧居，但站在河桥上恋恋不舍，在夕晖里泪流满脸。像这样一首词，我们不必一定要找出什么寄托，对它用人工外力来拔高。这首词沉郁凄迷，形象生动，用典不多，质朴自然，艺术上有不少可取之处。其实要找梦窗慨叹国事、关心时局的词还是可以找出几首来的，例如《金缕歌·陪履斋先生沧浪看梅》就是其中之一：

乔木生云气。访中兴、英雄陈迹，暗追前事。战舰东风悭借便，梦断神州故里。旋小筑、吴宫闲地。华表月明归夜鹤，叹当时、花竹今如此。枝上露，溅清泪。　遨头小簇行春队。步苍苔、寻幽别坞，问梅开未？重唱梅边新度曲，催发寒梢冻蕊。此心与、东君同意。后不如今今非昔，两无言、相对沧浪水。怀此恨，寄残醉。

调名《金缕歌》，通常称《贺新郎》。这是作者在苏州陪吴潜等人赴沧浪亭看梅，因作此词。吴潜是南宋少数几个状元宰相之一，封庆国公，他在政治上虽不是坚定的抗战派，但也不是卖国投降派，而且常常忧虑国事与时局，在他不少词中都吐露了忧国之思。吴文英可能是受吴潜的影响，在这首词里表达了伤时忧国之思。沧浪亭是南宋初抗金名将韩世忠别墅，这首词题为“看梅”，实际上是凭吊“中兴”“英雄陈迹”，为时代呼唤韩世忠一样的英雄出来挽救残局。上片先写沧浪亭，引出韩世忠，着重写建炎四年（1134）的黄天荡大捷，以未能收复中原为憾。并进一步感叹抗金英雄却遭到秦桧之流的内奸卖国贼排挤，不得已解职退居；然而他虽卜居吴地，却不忘中原。感叹世道不平，枝上梅花也为之流泪。下片从赏梅开始，点明结伴寻春。问梅一语，其意双关，明指梅花，暗喻时局，当局如能抗住危难，发愤图强，还有希望能振兴。接下来“此心与、东君同意”句，陈洵在《海绡说词》中说：“能将履斋忠款道出。是时边事日亟，将无韩岳，国脉微弱，又非昔时。”“后不如今今非昔”，说时局一天不如一天，国事每况愈下，此恨绵绵，言外寄慨无穷，不胜悲凉。这首词看似忽儿写沧浪忽儿写梅花，其实章法严密，结构完整。陈洵评说：“前阕沧浪起，看梅结。后阕看梅起，沧浪结。章法一丝不走。”梦窗还有一首关心国事的词，虽然写得没有《金缕歌》明朗，但仔细阅读，认真思考，也能领悟其旨意，这就是《八声甘州·陪庾幕诸公游灵岩》：

> 渺空烟四远，是何年、青天坠长星？幻苍崖云树，名娃金屋，残霸宫城。箭径酸风射眼，腻水染花腥。时靸双鸳响，廊叶秋声。　宫里吴王沉醉，倩五湖倦客，独钓醒醒。问苍波无语，华发奈山青。水涵空、阑干高处，送乱鸦、斜日落渔汀。连呼酒，上琴台去，秋与云平。

这是梦窗词中境界最开阔的一首词，大有思接千载视通万里之势。上片一开头写登高，不像常人那样写眼前实景，而是出以想象中的灵岩山，引出吴王夫差藏娇的金屋馆娃宫，极写当时的奢华。这里充满奇妙的想象，还把灵岩山比拟为“青天坠长星”，化实为虚。由此幻化出种种奇景，有金屋，有宫城，有从吴宫里流出来的美女洗脂粉的“腻水”，还有美女们穿着木屐行走发出的响声。然而，此刻的馆娃宫早已是一片废墟，哪来的“腻水染花腥”和“廊叶秋声”？全是想象中的事，又化虚为实。真真假假，似梦如幻，超越时空，启人遐想。下片写吴王夫差沉溺声色，给勾践和范蠡以可乘之机，灭了吴国。接下来，从对历史的沉思中拉回到现实，苍天无语，青山依旧，物是人非，人生老去。在高处，只见江水空阔，乱鸦纷飞，在斜阳里飞向渔汀。最后点出秋游，登上灵岩山上的琴台，饮酒远眺，只见满天秋色，无边无际。词中抚今思昔，借古喻今，浑然一体。着重写吴王荒淫亡国，以警示当局。陈洵在《海绡说词》中评说：“独醒无语，沉醉奈何，是此词最沉痛处。今更为推演之，盖惜夫差之受欺越王也。……女真之猾，甚于勾践。……北宋已矣，南渡宴安，又将岌岌，五湖倦客，今复何人！”梦窗词一般来说都有“质实”的特点，张炎对此很不喜欢，因此评价较低，但破格赞赏他的《唐多令·惜别》：

> 何处合成愁？离人心上秋。纵芭蕉，不雨也飕飕。都道晚凉天气好，有明月、怕登楼。　年事梦中休。花空烟水流。燕辞归，客尚淹留。垂柳不萦裙带住，漫长是、系行舟。

吴文英的词，一般用典多，堆满意象，词评家称之为“质实”。张炎在《词源》中说：“质实则凝涩晦昧。”但这首词在梦窗词中却别具一格，全用口语，不用典，不雕琢，明白易懂，接近民歌，因此王士祯称之为“《子夜》变体”。连不喜欢他的词的张炎也说：“此词疏快，却不质实。如是者集中尚有，惜不多耳。”

对吴文英的词，在当时就存在褒贬两种截然不同的意见。梦窗词的主要特点，正好与姜夔的“清空疏朗”相反，是“质实绵密”，对这一点大家的看法是一致的，因此褒也好贬也好，完全是源于对“清空”与“质实”这两种风格的认识不同产生的。贬之者可以张炎为代表，在其著名的《词源》中说：“词要清空，不要质实。清空则古雅峭拔，质实则凝涩晦昧。姜白石词如野云孤飞，去留无迹。吴梦窗如七宝楼台，炫人眼目，碎拆下来，不成片段。”这里的“如七宝楼台”云云，几乎成了历来批评梦窗词的经典评论。不过平心而论，梦窗词也并非全“如七宝楼台”。褒之者可以黄升在《花庵词选》中引用的尹焕的话为代表，略曰：“求词于吾宋者，前有清真，后有梦窗。此非焕之言，四海之公言也。”这不仅是溢美，实在是无原则吹捧。对吴文英，既不应一笔抹杀，也不能捧上顶峰。把他列入南宋第一大家，这是盲人说瞎话。沈义父是吴文英的词友，两人经常切磋词艺，相与唱酬，在其《乐府指迷·论作词之法》中所提出的方法，基本上可以代表他们二人的观点：“盖音律欲其协，不协则成长短之诗；下字欲其雅，不雅则近乎缠令之体；用字不可太露，露则直突而无深长之味；发意不可太高，高则狂怪而失柔婉之意。”梦窗写词，基本上是遵守这几条准则的。可以说，梦窗词得于此也失于此。同时，这几条可能也是为纠当时那些二三流的辛派词人之弊而发。像陈亮、刘过、刘克庄等人就是失之粗疏直露，有时近于狂暴。梦窗的词确实避免了“显露”、“狂怪”之病，做到了“浑化”、“柔婉”；但过分追求，又不免失之晦涩。沈义父客观地指出：“梦窗深得清真之妙。其失在用事下语太晦处，令人不可晓。”确实如此，在用语上常常显得生新奇异，如“腻水”、“腻云”、“腴红”、“妖红”等等。在语言搭配和字句组合上，他常常不顾正常的语序和逻辑惯例，全凭自己的主观意图，随意组合。这样做，好的一面是令人有一种新奇感，不好的一面就是令人感到生涩别扭。此后，到清代道光以前，对吴文英词不太重视。道光年间，周济编《宋四家词选》，把吴文英与周邦彦、辛弃疾、王沂孙并列为“四家”，作为宋词的代表作家，把吴文英捧得很高，尹焕的话成了评论梦窗词的准则。周济在《宋四家词选目录序论》中说：“梦窗奇思壮采，腾天潜渊，返南宋之清泚，为北宋之秾挚。”还说：“梦窗立意高，取径远，皆非馀子所及。”张炎批评梦窗词过于质实，蒋兆兰则在《词说》中正好与张炎相反，干脆说：“继清真而起者，厥惟梦窗。英思壮采，绵丽沉响……梦窗佳处，正在丽密。”陈洵在《海绡说词》中重点评说了梦窗词，共举了60首；其次为周邦彦，评说了41首，而对辛弃疾只评说了2首。这不但把梦窗抬得过高，而且把他的过分雕琢、晦涩难懂也看成了优点，喻之为“丽密”。流弊所致，使词更远离大众，加速了词的衰亡。

第十三章　南宋婉约派其他著名词人

第一节　史达祖

史达祖（约1155—约1210），字邦卿，号梅溪，汴（今河南开封）人。宋宁宗时，韩侂胄当国，他是韩最亲信的堂吏，负责撰拟文书，颇得重用。开禧北伐失败，韩被杀，主和投降派史弥远专权，他也受到黥刑，贬死于贫困之中。他的词以咏物见长，代表作是《双双燕·咏燕》：

过春社了，度帘幕中间，去年尘冷。差池欲住，试入旧巢相并。还相雕梁藻井，又软语、商量不定。飘然快拂花梢，翠尾分开红影。　　芳径。芹泥雨润。爱贴地争飞，竞夸轻俊。红楼归晚，看足柳昏花暝。应自栖香正稳，便忘了、天涯芳信。愁损翠黛双蛾，日日画阑独凭。

这是梅溪的自创调，写春社后，双燕归来，双飞双宿，形影不离，被称为“描绘春燕极妍尽态，形神俱似”。张炎在《词源》中说：“诗难于咏物，词为尤难。体认稍真，则拘而不畅；摹写差远，则晦而不明。要须收纵联密，用事合题。一段意思，全在结句，斯为绝妙。”并举了史达祖的《双双燕》等三首与姜夔的《暗香》等三首为例，说：“此皆全章精粹，所咏了然在目，且不留滞于物。”黄升在《花庵词选》中评说：“形容尽矣。”还说：“尧章极称其‘柳昏花暝’之句。”姜夔称赞的这几句不仅是在写燕，也在写人，由双燕引出了思妇。这首词在艺术技巧上，确有不少可取之处。至于陈世宜在《宋词举》中说：“如此寄托言，则‘红楼晚归’以下六句，讥不思恢复，晏安鸩毒之非；喻中原父老望眼欲穿之苦。曰‘看足’，曰‘应自’，曰‘便忘了’，曰‘愁损’，曰‘独凭’，微而显，志而晦，婉而成章，居然春秋之笔。”这似乎有些牵强附会，自张惠言的《词选》出来后，清代有不少人深受其影响，有事没事总想在词里找找比兴寄托，也不管是否符合实际，这实在大可不必。在史达祖的词中还有一首十分著名的咏物词《绮罗香·咏春雨》：

做冷欺花，将烟困柳，千里偷催春暮。尽日冥迷，愁里欲飞还住。惊粉重、蝶宿西园，喜泥润、燕归南浦。最妨它，佳约风流，钿车不到杜陵路。　　沉沉江上望极，还被春潮晚急，难寻官渡。隐约遥峰，和泪谢娘眉妩。临断岸，新绿生时，是落红、带愁流处。记当日、门掩梨花，剪灯深夜语。

这首词的名声不比《双双燕》小，也是深得张炎赞许的一首咏物词。一般咏物词常常用典故堆砌起来，这首词避免了这个毛病，用白描手法，写得既明白流畅，又体物入微。题为“咏春雨”，但全篇不着一“雨”字，全用雨中之景物来衬托，令人感到处处是雨，满纸尽是春雨绵绵的景象，词里摄下了春雨之神。黄蓼园在《蓼园词选》中说：“《玉林词话》云：‘临断岸’以下数语，姜尧章称赏。谓梅溪之词，盖能融情景于一家，会句意于两得，其谓是欤？”这些话原出于白石为梅溪词所作的序中，黄升在《花庵词选》与《玉林词话》中都引用了，可见黄升是十分赞赏这意见的。陈廷焯也特别赞赏这几句，在《白雨斋词话》中说：“尤为沉至，此种境界，却是梅溪独绝处。”这首词的结句化用李商隐诗句，更觉异趣横生，韵味无穷。关心国事的词，在《梅溪词》中虽然不多，但也不是没有，兹举其《满江红·九月二十一日出京怀古》为例：

缓辔西风，叹三宿、迟迟行客。桑梓外、锄耰渐入，柳坊花陌。双阙远腾龙凤影，九门空锁鸳鸯翼。更无人、擫笛傍宫墙，苔花碧。　　天相汉，民怀国。天厌虏，臣离德。趁建瓴一举，再收鳌极。老子岂无经世术，诗人不预平戎策。办一襟、风月看升平，吟春色。

黄升在《花庵词选》中的《中兴以来绝妙词选》卷之七选了这首词，但在以后的选本中很少见到了，因此关注这首词的人不多。梅溪词以“奇秀清远”著称，这评论原出自白石，后来评梅溪词大都祖此说，直到近代蒋兆兰在《词说》中也说：“史梅溪词，以幽秀胜。”大约有悖于“幽秀”的词就不太为人关注了。这首《满江红》写得比较显露，简直是直抒胸臆了。如果说上片还是借景传情，下片则抛弃了一切可凭借的景物，直接倾诉了，“天相汉，民怀国，天厌虏，臣离德”，愤激之情，一吐为快。至于“老子”以下至结句，自伤怀才不遇，报国无门，只能在吟弄风月中消磨时光，哀怨之情溢于言表。可惜这样的词在《梅溪词》中少了些，更多的是那些轻盈柔媚的词，常常显得有气无力，没有力度，也就是人们通常说的缺少骨气。这是说他的不足之处。对梅溪词大加赞赏的应首推为他的词集作序的张镃，不过溢美之词太多，梅溪词实在不能当此，所以在这里就不引用了。最后再引一段陈廷焯在《白雨斋词话》中的评论："梅溪全祖清真，高者几于具体而微。论其骨韵，犹出梦窗之右。"这几句话，虽然分寸并不完全恰当，但有两点值得注意，其一是指出梅溪词源头，他是学周邦彦的，其高处逼近清真；其二是与吴文英做比较，是否出其右，姑且不说，至少可与梦窗相颉颃。陈廷焯还说："白石、梅溪皆祖清真，白石化矣，梅溪或稍逊焉。"这里又与白石相比较，指出梅溪不如白石。从这些话里，我们可以了解梅溪的风格、艺术特色以及成就。

第二节　王沂孙

王沂孙（？—约1290），字圣与，号碧山，又号中仙，会稽（今浙江绍兴）人。宋亡前，往来于临安、会稽之间，与周密、张炎等人交游，结西湖吟社，分题唱和；宋亡后，曾三度游杭州，凭吊故都，又参与《乐府补题》咏物聚会，借咏物抒写国破家亡之痛。据《延祐四明志》记载，入元后，在至元年间，被强征出任庆元路（今浙江宁波一带）学正，不久辞官归故里。有《碧山乐府》（又名《花外集》）传世。其词，用张炎的话来说："琢语峭拔，有白石意度。"在当时，他的词名原不如周密、张炎。但在清代，词论家们把他抬得很高，周济选编《宋四家词选》，把他列为"领袖一代"的宋词四大家之一，并在《序论》中说："碧山胸次恬淡，故《黍离》《麦秀》之感，只以唱叹出之，无剑拔弩张习气。"还说："咏物最争托意，隶事处以意贯串，浑化无痕，碧山胜场也。"对他评价最高的是陈廷焯，在《白雨斋词话》中说："碧山词性情和厚，学力精深。怨慕幽思，本诸忠厚而运以顿挫之姿、沉郁之笔。论其词品，已臻绝顶，古今不可无一，不能有二。”还说：“王碧山词，品最高，味最厚，意境最深，力量最重。感时伤世之言，而出以缠绵忠爱。诗中之曹子建、杜子美也。词人有此，庶几无憾。”周、陈二家的评论实在是过高了，碧山词虽有一定成就，但怎么也难当“领袖一代”之誉，更无法与杜甫相比拟。在碧山词中，数量最多、成就最高的是咏物词，其中也确有一定寄托，不仅有自己的身世之叹，也有一定程度的“君国之忧”，但绝无杜甫的沉郁深切，只是一些轻轻的叹息、暗暗的哀怨。这正符合清代文人的心境，在中国历史上，清代统治者对文人思想的压制，不但极其残酷，而且历时最长，所谓“盛世”的康雍乾三代屡屡大兴文字狱，轻者充军去边远地区，重者不仅当事人身首异处，而且累及亲友，残酷之极，凄惨无比。后来虽轻一些，但馀悸难平。当时的文人纵有不满，但谁敢倾吐，实在不敢有“剑拔弩张习气”，更不敢写得像杜甫那样深刻，因此抬出碧山来做楷模。在碧山词中，最有代表性的，应该首推《齐天乐·蝉》：

一襟馀恨宫魂断，年年翠阴庭树。乍咽凉柯，还移暗叶，重把离愁深诉。西窗过雨。怪瑶佩流空，玉筝调柱。镜暗妆残，为谁娇鬓尚如许。　铜仙铅泪似洗，叹携盘去远，难贮零露。病翼惊秋，枯形阅世，消得斜阳几度。馀音更苦。甚独抱清高，顿成凄楚。谩想熏风，柳丝千万缕。

在《碧山乐府》中，寄调《齐天乐》的一共有四首，前两首自标题为《蝉》，第一首在《宋四家词选》中，周济评曰：“此身世之感。”上面抄录的是其第二首，周济评曰：“此家国之恨。”上片一开头从齐女化蝉的传说落笔，造成一种怨恨悲凉的氛围。接下来三句写暮秋寒蝉哀鸣，先用“乍咽”，突出了残蝉在寒枝哽咽，再以“重把离愁深诉”，进一步写出这是齐女的怨魂在泣诉。接下来写雨后蝉鸣的清脆动人，以娇鬓喻其姿容艳丽，但无人赏识，以致“镜暗妆残”，无心打扮。这似在自叹怀才不遇。下片以“仙人辞汉”的典故落笔，既从蝉餐风饮露联想而来，又暗示亡国之痛。再写病蝉的凄惨，其形枯槁，其音悲苦；最后以回想往日美好时光作结，叹息韶华逝去不复返。这首词借蝉的一生变化，特别是在秋凉时的悲惨遭遇，一掬亡国之泪，满腔凄楚之情，呜呜咽咽，吞吞吐吐，欲说还止，似有满腹委屈，可惜连放声恸哭都不敢。还有一首《眉妩·新月》也较有名：

渐新痕悬柳，淡彩穿花，依约破初暝。便有团圆意，深深拜，相逢谁在香径。画眉未稳，料素娥、犹带离恨。最堪爱、一曲银钩小，宝帘挂秋冷。　　千古盈亏休问。叹慢磨玉斧，难补金镜。太液池犹在，凄凉处、何人重赋清景。故山夜永。试待他、窥户端正。看云外山河，还老尽、桂花影。

这也是一首咏物词。从语气上看，大约是写于宋亡之前。上片刻画新月，从“便有团圆意”一句看来，似暗含希望国家统一之意，但也仅此一句，而且此句也可理解为盼望家人能团圆，且可与下边的“离恨”相呼应。紧接这一句的是化用李端诗句，与国事无关。再接下来是几个比喻，用“画眉”、“银钩”喻新月，以“宝帘”喻夜幕，颇为贴切。上片结尾为下片蓄势。下片就月抒情，“难补金镜”可理解为感叹不能补金瓯之缺，重整河山。“太液池”指京城，“故山”指故国，或指中原沦陷区，因此有“夜永”之感。下面说缺月有“端正”团圆之时，但故国山河无恢复之日。陈廷焯在《大雅集》中评此词时说：“后半忽用纵笔，却又是虚笔，寄慨无端，别有天地。极龙跳虎卧之奇，海涵地负之观。”这几句话显然是溢美之词，但这首词寓意较明显，描摹工稳，语言精粹，用词典雅，形象鲜明，含思深婉，哀怨痛切，馀恨无穷，极为悲凉。

第三节 蒋捷

蒋捷（约1245—1305后），字胜欲，号竹山，常州宜兴（今属江苏）人。咸淳十年（1274）举进士，未及授官而宋亡。宋亡后，隐居竹山不仕，学者称竹山先生。有《竹山词》。他是一个坚持民族气节的人，元大德年间，有人举荐他，但他坚拒不出任。他经历了亡国之痛，所以在宋亡后写的词，多故国之思，悲凉沉痛。他的写亡国之痛的词大多数也写得比较委婉曲折，然而《贺新郎·兵后寓吴》一首，即使未看内容，一看题目就知道作者要表达什么：

深阁帘垂绣，记家人、软语灯边，笑涡红透。万叠城头哀怨角，吹落霜花满袖。影厮伴、东奔西走。望断乡关知何处？羡寒鸦、到着黄昏后，一点点，归杨柳。　相看只有山如旧。叹浮云、本是无心，也成苍狗。明日枯荷包冷饭，又过前头小阜。趁未发、且尝村酒。醉探枵囊毛锥在，问邻翁、要写牛经否？翁不应，但摇手。

词里写了两种截然不同的生活状况，只写自己现实生活的变化，反映出亡国之痛。上片四句是回忆兵乱之前美满的家庭生活，接下来写的全是乱后的情况，战乱毁了他原本美满的家庭，从此他无家可归，漂泊流浪，还不如那黄昏后还有窝可归的寒鸦。下片写回到故里的情况，“只有山如旧”，可见别的什么都变了，世事如浮云，白云苍狗，面目全非。身边只剩下一点干荷叶包着的冷饭，到处奔波，囊中已空无一文，只有秃笔一枝，想代人抄写一些关于农业知识的书，换口饭吃，也找不到地方。全词写得非常沉痛，这不仅是竹山一个人的遭遇，而是当时不肯变节的知识分子的普遍遭遇，反映的是一个时代的悲剧。他还有一首《虞美人·听雨》，短短几句，概括了一生的巨大变化：

少年听雨歌楼上，红烛昏罗帐。壮年听雨客舟中，江阔云低、断雁叫西风。而今听雨僧庐下，鬓已星星也。悲欢离合总无情，一任阶前点滴到天明。

词中以“听雨”为契合点，反映了一生中三个时期的变化：少年时的浪漫，中年时的漂泊，老年时经受亡国的剧痛，生活无着，栖身僧庐，然已心如死水。说自己麻木的人，正是他并不麻木的表现；同样，一个真正痴呆的人，决不会知道自己痴呆。记得我曾说过，在傻子的心目中，除了他自己，别人都是傻子。反之也一样，说自己傻的人，正因为他并不傻。竹山词不仅学白石而有其隽永委婉，还有效稼轩的，因此其词中还有稼轩的豪放。周济在《宋四家词选》中，就把他列入辛词附录下，选其《贺新郎》两首和《瑞鹤仙·乡城见月》《女冠子·元夕》《绛都春》共五首。其实不止这些，在《竹山词》中有一首《水龙吟·效稼轩体招落梅之魂》，这是他自己标明“效稼轩体”；还有一首《贺新郎·乡士以狂得罪，赋此饯行》，开头就是“甚矣君狂矣”，分明是学稼轩《贺新郎》的开头“甚矣吾衰矣”；《沁园春·为老人书南堂壁》开头“老子平生”，这是完全袭用稼轩《沁园春》的开头。可见竹山风格多样。虽然陈廷焯在《白雨斋词话》中说他“仅得稼轩糟粕”，说得似乎太过分了，但他学稼轩的豪放，只在表面，缺少稼轩的精神，有形无魂。竹山词本色还是婉秀典雅。在艺术风格上，他力图融豪放与婉约于一体，别开生面，另辟蹊径，但这样做不容易成功。《四库全书总目提要》称：“其词炼字精深，调音谐畅，为倚声家之矩矱。”此评其庶几乎。

第四节 周密

周密（1232—约1298），字公谨，号草窗，又号四水潜夫、弁阳老人、华不注山人等。祖籍济南，后流寓吴兴（今浙江湖州），宋亡前长年客居临安。南宋末年任义乌令，宋亡，不仕，与词友结社，凭吊故国，借咏物抒发亡国之痛，借编缀前朝野史，寄托故国之思，著述极多。词学白石，与碧山、玉田为词友，词风近似，有《蘋洲渔笛谱》《草窗韵语》，曾编选《绝妙好词》。《四库全书总目提要》称其“去取谨严，犹在曾慥《乐府雅词》、黄升《花庵词选》之上。又宋人词集，今多不传，并作者姓名亦不尽见于世。零玑碎玉，皆赖此以存，于词选中最为善本。”《四库全书简明目录》称其：“采缀菁华，几于篇篇皆善。”兹录其词三首于下：

禁苑东风外，飏暖丝晴絮，春思如织。燕约莺期，恼芳情偏在，翠深红隙。漠漠香尘隔。沸十里，乱弦丛笛。看画船，尽入西泠，闲却半湖春色。柳陌，新烟凝碧。映帘底宫眉，堤上游勒。轻暝笼寒，怕梨云梦冷，杏香愁幂。歌管酬寒食。奈蝶怨，良宵岑寂。正满湖，碎月摇花，怎生去得？

——《曲游春》

步晴昼，向水院维舟，津亭唤酒。叹刘郎重到，依依谩怀旧。东风空结丁香怨，花与人俱瘦。甚凄凉，暗草沿池，冷苔侵甃。 桥外晚风骤，正香雪随波，浅烟迷岫。废苑尘梁，如今燕来否？翠云零落空堤冷，往事休回首！最销魂，一片斜阳恋柳。

——《探芳讯·西泠春感》

步深幽。正云黄天淡，雪意未全休。鉴曲寒沙，茂林烟草，俯仰千古悠悠。岁华晚、漂零渐远，谁念我、同载五湖舟。磴古松斜，崖阴苔老，一片清愁。　回首天涯归梦，几魂飞西浦，泪洒东州。故国山川，故园心眼，还似王粲登楼。最怜他、秦鬟妆镜，好江山、何事此时游。为唤狂吟老监，共赋销忧。

——《一萼红·登蓬莱阁有感》

前两首同读，可看到宋亡前后西湖的变化。一般人写变化，爱说“物是人非”；从这两首词的对比中，已不仅是“人非”，连物也面目全非了，十分凄惨。先看《曲游春》，这里写的是宋亡前一次寒食节泛舟西湖春游的情况。当时在清明前后，临安的“贵游巨室”纷纷春游，或款步两堤，或泛舟湖上，盛极一时。据《武林旧事》记载：“两堤骈集，几于无置足之地。水面画楫，栉比如鱼鳞，亦无行舟之路。歌观箫鼓鼓声，振动远近，其盛可以想见。”这首词是次韵施岳的《曲游春·清明湖上》，写的是湖上一日游，先写在外湖初泛，至中午“则尽入西泠桥里湖，其外几无一舸矣。”下片写暮色降临，渐渐湖上游人散尽，湖上一片寂静。而作者对夜深人静，一片波光月影，十分欣赏。这首词与施岳的词，都艺术地再现了当时西湖的仲春景色，十分迷人。再看后一首《探芳信》，这是写劫后西湖，一片凄迷景象。再来湖上，看到的花跟伤心的人一样消瘦，湖边满是枯暗的草，墙壁上长满了毫无生气的苔藓。林苑已经荒芜，房梁上积满灰尘，恐怕连燕子也不会来筑巢了。昔日游人多得“无置足之地”的湖上两堤，如今却成了“空堤”。晚风骤起，花落叶凋零，惨不忍睹。这是亡国遗民用血泪写成的词，无穷怨恨，无比沉痛。全词羌无故实，不加雕琢，脱口而出，明白如话，沉郁顿挫，内涵丰富，含不尽之意于言外。最后一首《一萼红》大约作于宋亡之初，作者从义乌逃难到会稽，登卧龙山下的蓬莱阁，有感而发。开头三句写当时的天色气候，同时反映了作者当时的心境，阴暗沉重。接下来写登楼所见，一片萧条。由“俯仰”开始，从写景转入抒情。“岁华晚”，既指一年将尽，又指自己青春已逝，渐入暮年，犹飘零他乡，欲效范蠡泛舟五湖，可叹无知音相伴。眼前一片凄凉景象：松不仅古，且斜；苔不仅生于阴处，且老。真是无物不伤神，酿就“一片清愁”。下片更进一层，由身世之叹进而抒发家国之痛，故国山川已破碎，难归故园，只有像王粲那样作《登楼赋》，抒发对故乡的思念。在此地，虽然秦望山依旧似发鬟，鉴湖也还似妆镜，但国破家亡，湖山易主，此刻登临，只有悲痛，毫无乐趣，辜负了这好山好水。最后想唤起前辈诗人贺知章，跟这位“四明狂客”一起饮酒赋诗，聊以销这满腔忧愁，其实是“销不尽，愁更愁”。这首词沉郁顿挫，悲壮沉痛，哀婉感人，是“长歌当哭”，前人给予很高评价。陈廷焯对草窗并不太看好，他在《白雨斋词话》中曾说：“周公谨词，刻意学清真。句法字法，居然合拍。唯气体究去清真已远。”这等于说周密学清真，仅得其皮毛，没有得其实质，但对这首《一萼红》却特别赞赏，他说：“公谨《一萼红》一阕，苍茫感慨，情见乎词，当为草窗集中压卷。虽使美成、白石为之，亦无以过。”后世词论家常把他与吴文英并称为“二窗”，其实他写词不取法梦窗的质实，而常效白石的清空。他写词比较注重形式，讲究格律严谨，风格委婉纤丽，字句精美，意思蕴含不露。

第五节　张炎

张炎（1248—1314后），字叔夏，号玉田，又号乐笑翁。临安（今浙江杭州）人，系南宋初大将张俊六世孙。其曾祖张镃，曾与姜夔唱和，其父张枢是一个注重音律的词人。他家学渊源很深，宋亡前，又追随声律大师杨缵，所以他精通音律。他出身世家，生活优裕，宋亡前与友人周密等人结社唱和，探索词艺。宋亡后，国破家亡，落魄于江湖之上，过着漂泊流浪的生活。至元二十七年（1290），被征召入京，未仕而返。晚年卖卜为生，穷困潦倒而终。他不仅有词传世，而且还有词论，可以说是对婉约派词作的理论总结。陈廷焯在《白雨斋词话》中说："两宋词人，玉田多所议论。其所自著，亦可收南宋之终。"据此，我把他置于南宋婉约派词人的最后一人来介绍。他在《词源》中最推崇白石，词风也接近白石，陈廷焯也说他的词"高者颇有姜白石意趣"。他的词友仇远为他的词集《山中白云词》作的序中说："《山中白云词》意度超玄，律吕协给，方之古人，当与白石老仙相鼓吹。"因此后世词论家也常把他与姜夔并称为"双白"（白石、白云）。他的代表作公认为《高阳台·西湖春感》：

接叶巢莺，平波卷絮，断桥斜日归船。能几番游？看花又是明年。东风且伴蔷薇住，到蔷薇、春已堪怜。更凄然，万绿西泠，一抹荒烟。　当年燕子知何处？但苔深韦曲，草暗斜川。见说新愁，如今也到鸥边。无心再续笙歌梦，掩重门、浅醉闲眠。莫开帘，怕见飞花，怕听啼鹃。

这首词写于宋亡后，借写西湖春景来抒发内心深处的亡国之痛。上片写暮春景色，一片衰败，令人黯然神伤。"万绿西泠，一抹荒烟"，更让人悲痛欲绝。往日的西泠可是"画舸西泠路，占柳阴花影，芳意如织"（施岳《曲游春·清明湖上》）。何等繁华！相比之下，令人不胜唏嘘。景色秀美的西泠如今为什么变得如此荒凉？不言自明，这里虽无剑拔弩张之气，但亡国之痛，对元军的怨恨，尽在不言中。下片以燕子为线索，进一步写昔日的繁荣，今日的衰败，昔日湖上胜景，如今已是苔深草暗，荒芜不堪。对此，连栖息在湖里的白鸥都会发愁，更何况是人！实在"无心再续笙歌梦”。最后三句，更深一层写出满腔愁怨，令人大有字字都是泪、声声尽是恨之感。陈廷焯说这首词：“凄凉幽怨，郁之至，厚之至。”也有人说，这首词缺少“激昂之气，偏于凄凉幽怨，颓丧极了”；“不足之处是缺乏慷慨悲歌的气概，只有微弱可怜的哀叹”。我以为这样批评，有失公允。写亡国之痛不一定非得声嘶力竭、放声大哭，一个人真到伤心至极时，常常哭不出声音来，只有哽咽。何况这首词意蕴很深，细细读来，比大声呼喊更感人。如果我们再读一读他的名篇《南浦·春水》，两相对照，对这首《高阳台》会有更深刻的体会。

波暖绿粼粼，燕飞来、好是苏堤才晓。鱼没浪痕圆，流红去、翻笑东风难扫。荒桥断浦，柳阴撑出扁舟小。回首池塘青欲遍，绝似梦中芳草。 和云流出空山，甚年年净洗，花香不了。新绿乍生时，孤村路、犹忆那回曾到。馀情渺渺。茂林觞咏如今悄。前度刘郎归去后，溪上碧桃多少。

——《南浦·春水》

这是在宋亡之前写的，写西湖景色之美，令人神往，作者也因此得“张春水”的雅号。陈廷焯说：“玉田以《春水》一词得名，用冠词集之首。此词深情绵邈，情馀于言外，自是佳作。然尚非乐笑翁压卷，知音者审之。”玉田的压卷之作是哪一首，陈廷焯没有说，但我想说定是《高阳台·西湖春感》。在集中，这两首词是挨着的，也许是有意让人们便于比较。这首《春水》词，写景优美，造句工稳，用笔细腻，都很有特色，他的前辈词人施岳在《赠玉田序》中称：“诗有姜尧章深婉之风，词有周清真雅丽之思，画有赵子固潇洒之意。”这首《春水》可谓融诗情、词情与画意于一体，美不胜收，如此秀美的西湖在元兵占领后却变成“万绿西泠，一抹荒烟”，难道不值得人深思吗？玉田还有一首很有名的咏物词《解连环·孤雁》：

> 楚江空晚，怅离群万里，恍然惊散。自顾影、欲下寒塘，正沙净草枯，水平天远。写不成书，只寄得、相思一点。料因循误了，残毡拥雪，故人心眼。　谁怜旅愁荏苒？谩长门夜悄，锦筝弹怨。想伴侣、犹宿芦花，也曾念春前，去程应转。暮雨相呼，怕蓦地、玉关重见。未羞他、双雁归来，画帘半卷。

我们看到这一派的词，从白石开始，都善于写咏物词。有的还以此著名，其代表作就是咏物词，如史达祖的《咏燕》、王沂孙的《蝉》等等。同样，张炎这首《孤雁》也很有名，据孔行素在《至正直记》中说：“钱塘张叔夏……尝赋孤雁词，有‘写不成书，只寄得、相思一点’，人皆称之曰‘张孤雁’。”其实这首词的妙处全在于对失群孤雁的描写，寄托身世之感，隐含家国之痛；词里对孤雁的描绘，不是徒写其形，而是能传其神，实践了他自己在《词源·咏物》一节中的主张：“诗难于咏物，词为尤难。体认稍真，则拘而不畅；描写差远，则晦而不明。要须收纵联密，用事合题。一段意思，全在结句，斯为绝妙。”邹祗谟在《远志斋词衷》中说：“咏物固不可不似，尤忌刻意太似。取形不如取神，用事不若用意。”要在“形神缥缈之间”。这就是齐白石说的：“在似与不似之间。”玉田这首词境界空阔，情思哀婉，运笔细致，描写生动，比喻贴切，寓意深刻，是咏物词中的佼佼者。对玉田的词，前人评论中，大体上褒贬都有，最推崇他的大概无过于清人冯金伯了。他在《词苑萃编》中引《词洁》说：“与白石并有中原者，后起之玉田也。”又引《宋名家词》中的评论说：“张叔夏《台城路》……如此等词，即以为杜诗、韩笔可也。岂止极填词之能事。”这话实在过誉，把玉田的词比作“杜诗韩笔”，恐怕玉田自己见了，也愧不敢当。但他的词运笔空灵，语言精巧，音律和谐，显得雅丽深婉、和顺清畅，为不少人喜爱。他论词提倡雅正、清空，对后世影响很大。直到清代，浙派领袖朱彝尊还在其《解佩令·自题词集》中说：“不师秦七，不师黄九，倚新声玉田差近。”后来李佳在《左庵词话》中说：“张玉田白云山中词，四库全书提要称其首首可诵，清丽稳谐，洵非虚语。”他的缺点是过分重视形式，忽视了内容用意，他在《词源·音谱》里所举的例子中就严重地存在这种倾向，说他父亲张枢“晓畅音律……每一作词，必使歌者按之，稍有不协随即改正。曾赋《瑞鹤仙》一词云：‘……粉蝶儿、扑定花心不去’……声字皆协，唯扑字稍不协，遂改为守字，乃协……又作《惜花春·起早》云‘锁窗深’，深字音不协，改为幽字，又不协，改为明字，歌之始协”。但是“深”、“幽”与“明”意思完全不同，这种重形式轻内容的做法，也流弊后世，实在不可取。

第十四章　金词

11世纪末，北方的辽国逐渐衰落，长期生活在白山黑水之间的女真族迅速兴起。辽天祚帝天庆五年（1115），女真族首领阿骨打称帝，改名完颜旻，建国号金，年号收国。金兵在天祚帝保大五年（1125）灭辽后，继续南下，迫使宋室南渡，从此宋、金两个政权并存，并呈现南北对峙之势。女真族在文化上本来较落后，入主中原后，努力学习汉文化，特别是皇室贵族竭力汉化。对比，女真统治者采取了三大措施：一是皇室贵族努力学习汉文化；二是收罗并重用占领区的汉族士人；三是“借才异代”，大量扣留南宋出使来金的文人词客。因此，金国逐渐有了自己的词人，初期以吴激、蔡松年成就最高，创“吴蔡体”；中期著名的有党怀英、赵秉文等；晚期以元好问为第一大家。

从时间上看，金词与南宋词几乎是同时产生的，但词风上，二者之间存在极大差异。南宋词始终是豪放派与婉约派并存，但在金词中鲜有婉约词。对其中原因，况周颐在《蕙风词话》中有过解释：“自六朝已还，文章有南北派之分，乃至书法亦然。姑以词论，金源之于南宋，时代正同，疆域之不同，人事为之耳……顾细审其词，南与北确乎有辨，其故何耶……南宋佳词能浑，至金源佳词近刚方。宋词深致能入骨，如清真、梦窗是；金词清劲能树骨，如萧闲、遯庵是。南人得江山之秀，北人以冰霜为清。南或失之绮靡，近于雕文刻镂之技；北或失之荒率，无解深裘大马之讥。”把南北词的差异归之于风土人物的不同造成的，这可以说是一个方面，从南北朝时南北民歌的显著不同，南朝民歌清丽缠绵，北朝民歌粗犷豪放，足以证实了这一点。其实还有一个重要的原因，况周颐忽略了。即：词风之变出于时代的激励。南宋初年，突然丢失了半壁江山，谁的心情也平静不了，再也没有心思吟风弄月、雕文刻镂，因此词风发生了变化。例如张元干，他并不是一开始就写像两首《贺新郎》这样慷慨悲壮的词，在南渡前，他也写过不少婉约的词，其《石州慢》（寒水依痕）甚至被误认为是周邦彦的词。还有，金初的词人都是南宋使臣中因有文名而被强行扣留下来的文人，他们想家又回不了家，怎能不生故国之思？这又是一个原因。这诸多原因，使金词一开始就不存在柔情万种、婉转缠绵的基础。

第一节　吴蔡体的形成和早期词人

一、吴激

吴激（？—1142），字彦高，建州（今福建建瓯）人。他是宋宰相吴栻之子，宋著名书画家米芾之婿。工诗能文，书画俊逸，有文名。靖康元年（1126）出使金国，被扣留，累官至翰林待制。皇统二年（1142）出知深州，赴任三日而卒。有《东山集》，其词多思国忆乡之情和羁留之痛。如：

南朝千古伤心事，犹唱后庭花。旧时王谢，堂前燕子，飞向谁家。　　恍然一梦，仙肌胜雪，宫髻堆鸦。江州司马，青衫泪湿，同是天涯。

——《人月圆·宴北人张侍御家有感》

射虎将军，钓鳌公子，骑鲸天上仙人。少年豪气，买断杏园春。海内文章第一，属车从、九九清尘。相逢地，岁云暮矣，何事又参辰。　　沾巾。云雪暗，三韩底是，方丈之滨。要远人都识，物外精神。养就经纶器业，结来看、开阖平津。应怜我，家山万里，老作北朝臣。

——《满庭芳》

前一首词陈廷焯在《白雨斋词话》中评说："感激豪宕，不落小家数。"并引洪景卢的话说："先公在燕山，赴北人张总侍御家集，出侍儿佐酒，中有一人，意状摧抑可怜。叩其故，乃宣和殿小宫姬也。坐客翰林直学士吴激，作词记之，闻者挥涕。"叶申芗把这首《人月圆》与作者另一首《春从天上来·会宁府遇老姬，善鼓瑟，自言梨园旧籍，因感而赋此》放在一起评说："二词皆有故宫离黍之悲，南北无不传诵焉。"黄升在《花庵词选》中说："二曲皆精妙凄婉。”这首《人月圆》多化用唐人诗句，但自然流畅，如同己出。词意凄婉，寓意颇深，然故国之思，跃然纸上。后一首《满庭芳》上片主要回忆少年时情况，最后三句引出下片，写如今羁留北国的景况与心情，结句尤为沉痛，颇有庾信“终为关外人”之遗恨。元好问特别推崇他，誉之为“国朝第一手”。

二、蔡松年

蔡松年工诗词，有《萧闲老人秀明集》，其词与吴激齐名，两人风格相近，称“吴蔡体”。

清代词论家普遍认为他逊于吴激，大约因他的词不像吴激词那样凄婉苍凉，更没有黍离之感。他们二人经历不同，不能一样要求。彦高使金时已过而立之年，且在宋时家世显赫；伯坚随父降金，年未弱冠，且在宋时随父守边，对宋室与中原感情不深，难有故国之思、黍离之感。他的词风近受吴激影响，远受东坡词陶冶，所以颇有坡仙遗风，飘逸洒脱，豪爽磊落。其著名的词有：

> 离骚痛饮，笑人生佳处，能消何物。夷甫当年成底事，空想岩岩玉壁。五亩苍烟，一丘寒碧，岁晚忧风雪。西州扶病，至今悲感前杰。　我梦卜筑萧闲，觉来岩桂，十里幽香发。嵬隗胸中冰与炭，一酌春风都灭。胜日神交，悠然得意，遗恨无毫发。古今同致，永和徒记年月。
>
> ——《念奴娇》七首其二

> 云海蓬莱，风雾鬓鬟，不假梳掠。仙衣卷尽云霓，方见宫腰纤弱。心期得处，世间言语非真，海犀一点通寥廓。无物比情浓，觅无情相博。　离索。晓来一枕馀香，酒病赖花医却。滟滟金尊，收拾新愁重酌。片帆云影，载将无际关山，梦魂应被杨花觉。梅子雨丝丝，满江

干楼阁。

——《石州慢·高丽使还日作》

秀樾横塘十里香。水花晚色静年芳。胭脂雪瘦熏沉水，翡翠槃高走夜光。　山黛远，月波长。暮云秋影蘸潇湘。醉魂应逐凌波梦，分付西风此夜凉。

——《鹧鸪天·赏荷》

第一首《念奴娇》用东坡《念奴娇·赤壁怀古》韵，上片品评古人，下片抒写襟怀，旷达豪爽，显然受东坡影响。第二首《石州慢》写春日送别，曾传唱一时，陈廷焯在《白雨斋词话》中引陶宗仪《辍耕录》中的话说："近世所谓大曲，苏小小《蝶恋花》、苏东坡《念奴娇》、晏叔原《鹧鸪天》、柳耆卿《雨霖铃》、辛稼轩《摸鱼儿》、吴彦高《春草碧》、蔡伯坚《石州慢》、张子野《天仙子》、朱淑真《生查子》、邓千江《望海潮》。"显然这是把它列入当时的名曲之中。最后一首《鹧鸪天》写荷花，细腻贴切，清虚骚雅，颇有南宋婉约词人的情趣，但绝无绮靡纤弱之气。

三、完颜亮

完颜亮乃一代枭雄，诗词也如其人，霸气十足，张德瀛在《词征》中称其词"独具雄骜之概"。兹录其词三首于下：

天丁震怒，掀翻银海，散乱珠箔。六出奇花飞滚滚，平填了、山中丘壑。皓虎颠狂，素麟猖獗，掣断真珠索。玉龙酣战，鳞甲满天飘落。　谁念万里关山，征夫僵立，缟带占旗脚。色映戈矛，光摇剑戟，杀气横戎幕。貔虎豪雄，偏裨真勇，非与谈兵略。须拼一醉，看取碧空寥廓。

——《念奴娇》

停杯不举，停歌不发，等候银蟾出海。不知何处片云来，做许大、通天障碍。　虬髯捻断，星眸睁裂，唯恨剑锋不快。一挥截断紫云腰，仔细看、嫦娥体态。

——《鹊桥仙·待月》

昨日樵村渔浦。今日琼川银渚。山色卷帘看，老峰峦。　锦帐美人贪睡，不觉天孙剪水。惊问是杨花。是芦花。

——《昭君怨·雪》

第一首《念奴娇》，起句辟空而来，如一声霹雳，声震四野。“皓虎”、“素麟”比喻独特，再配以“玉龙”，更觉气势浩大。下片转入写边关军旅，以他的身份，能念及“征夫僵立”，也真不易，不过这里作秀多于真情。全词豪壮粗犷，真具有“雄鸷之概”。第二首《待月》是等待月出，上片尚有等待之意，但已显出着急样子。下片焦急得已按捺不住，不仅“捻髯”、“裂眸”，竟幻想用锋利宝剑劈开云层，一睹明月。沈雄在《古今词话》中引《艺苑雌黄》的评论说：“俚而实豪。”徐釚在《词苑丛谈》中评说：“出语倔强，真是咄咄逼人。”从这首词里，完全可以看到他的为人与性格。用陈霆在《渚山堂词话》中的话来说：“倔强怪诞，殊有桀骜不在人下之气。”最后一首《昭君怨》与第一首一样是“咏雪”，而两词截然不同。这首词在自然流畅、平和奇俊中，多几分情趣，《艺苑雌黄》称赞其“诡而有致”。要说金初的词，完颜亮也许比吴、蔡更具代表性。吴激本是“南朝臣”，因出使被强行扣留，不得已才“老作北朝臣”，他的文化教养完全是在宋朝完成的。蔡松年虽年未弱冠就随父降金，但他是汉人，是在汉文化中熏陶出来的。完颜亮才是真正的“北人”，尽管他深受汉文化的影响，但骨子里仍有北方游牧民族的粗犷。

四、蔡珪

蔡珪生于金仕于金，因此王弈清在《历代词话》中引萧真卿话说："乐府推吴彦高、蔡伯坚为'吴蔡体'，实皆宋儒也，不当于金源文派列之。当断自蔡正甫为宗，党竹溪次之，赵闲闲又次之。余倡此论，一时无异议云。"可见有不少人以蔡珪为金源词的始祖，他在词坛上地位之高，由此可见。可惜他存词不多，只留下一首《江城子》：

鹊声迎客到庭除。问谁欤？故人车。千里归来，尘色半征裾。珍重主人留客意，奴白饭，马青刍。　　东城入眼杏千株。雪模糊。俯平湖。与子花间，随分倒金壶。归报东垣诗社友，曾念我，醉狂无。

这首词前边有小序："王温季自北都归，过予三河，坐中赋此。"说明词里写的是款待远方客人，上片写有客"千里归来"，风尘仆仆，主人殷勤招待，对客人的奴仆与坐骑都特别照顾，那么对待客人的款待不言自明。下片写与客人花间对饮。结句显示其豪爽。从这首词中，我们看到蔡珪词颇有乃父遗风。

第二节　金代中期词人

一、党怀英

党怀英虽与辛弃疾同学，但词风却大不相同。辛弃疾投奔南宋后，时刻不忘恢复中原，词里充满爱国激情，把豪放词风发展到了极致，而且以他为中心形成南宋的豪放词派；在北宋虽出现了豪放词风，但一直未能形成豪放词派。相反，党怀英留在北方，并入仕于金，大定十年（1170）登进士第，后官至翰林院承旨，他的文名极大，为金朝当时的文坛盟主。完颜亮侵宋失败后，宋、金长期处于和平共处阶段，没有大规模的战争，数十年社会相对安定，经济比较繁荣，一批从小生长在金朝的文人，有不少虽然是汉人，但无亡国之痛，也无征战的野心，安于平静的生活，词风也趋于平稳，已无“吴蔡体”慷慨豪爽。党怀英的词，被称为“清俊可诵”。如其《感皇恩》：

一叶下梧桐，新凉风露。喜鹊桥成渺云步。旧家机杼，巧织紫绡如雾。新愁还织就，无重数。　天上何年，人间朝暮。回首星津又空渡。盈盈别泪，散作半空疏雨。离魂都付与，秋将去。

这是写牛郎织女的爱情故事。上片写渡过鹊桥两星相会，下片写相会后再次离别。虽然写得“缠绵悱恻，意切情深”，其实并无多少新意，不像秦观的《鹊桥仙》那样令人耳目一新。竹溪这首词虽然还保有一些“吴蔡体”的特征，但已经变淡了，同时融进了不少婉约的特点。尽管如此，这首词没有宋人婉约派的纤巧柔弱，而是显得清劲爽朗，仍可看到“吴蔡体”的遗风，党怀英毕竟是蔡松年的学生。以稼轩来做比较，二人有极有趣的反差：稼轩南归，却留有北方的风骨；竹溪留在北方，却染上南方的习气。若使当年竹溪南归，恐怕会在姜派营垒中增加一员，定不会入辛弃疾营垒。以实际情况而论，党怀英的成就其实不高。

二、赵秉文

赵秉文是继党怀英之后的金国文坛领袖。他的词主要学东坡，被认为“雄放潇洒，壮伟不羁”，可惜都是步人后尘，未能独辟蹊径，难免逊色。其词如《大江东去 · 用东坡先生韵》：

秋光一片，问苍苍桂影，其中何物。一叶扁舟波万顷，四顾粘天无壁。叩枻长歌，嫦娥欲下，万里挥冰雪。京尘千丈，可能容此人杰。　　回首赤壁矶边，骑鲸人去，几度山花发。澹澹长空今古梦，只有归鸿明灭。我欲从公，乘风归去，散此麒麟发。三山安在，玉箫吹断明月。

这首词是追和东坡《念奴娇·赤壁怀古》，其内容不仅檃栝了苏词，而且还包含了苏文前后《赤壁赋》。全词倒是气象恢宏，纵横驰骋，挥洒自如。元好问曾称赞说：“词气放逸，绝去翰墨畦径。”徐釚在《词苑丛谈》中称此词：“雄壮震动，有渴骥怒猊之势。视‘大江东去’信在伯仲间。”也许这些评论就词论词，说得都有一定道理。但平心而论，这首词实在难与东坡的“大江东去”比肩。作者还有一首《缺月挂疏桐·拟东坡作》，这是尽力模仿东坡的《卜算子》，也清幽淡雅，颇似东坡原作风韵。更有一首《水调歌头》采用李白《梦游天姥吟留别》诗的意境，写得也被称为“气势腾踔壮阔，铸语瑰丽”。模拟之作，偶尔为之，未尝不可；但一味模拟实在不可取，模拟得越像越迷失自己，作品成了仿制品，再好也是赝品。

三、完颜璹

完颜璹有诗词名，著有《如庵小稿》。况周颐在《蕙风词话》中称其词“姜、史、辛、刘两派，兼而有之”，对其词颇为赞赏。如：

冻云封却驼冈路。有谁访、溪梅去。梦里疏香风似度。觉来唯见，一窗凉月，瘦影无寻处。　　明朝画笔江天暮，定向渔蓑得奇句。试问帘前深几许。儿童笑道，黄昏时候，犹是廉纤雨。

——《青玉案》

倦客更遭尘事冗，故寻闲地婆娑。一尊芳酒一声歌。卢郎心未老，潘令鬓先皤。　　醉向繁台台上问，满川细柳新荷。熏风楼阁夕阳多。倚阑凝思久，渔笛起烟波。

——《临江仙》

况周颐说这首《青玉案》与另一首《春草碧》“并皆幽秀可读。”《青玉案》中写的是梦是真，恍惚迷离，别有情趣。对这首《临江仙》，况周颐评说：“淡淡着笔，言外有无限感怆。”这首词的第一句是全篇核心，写不胜尘事困扰，寻求解脱。下片更写出了对大自然的喜爱，对无拘无束的渔人的思慕。他另外有两首《渔父》词，可为此词的结句作注。另外，他还有一首《西江月》，写得虽不出色，但应该一提：

一百八般佛事，二十四考中书。山林城市等区区。著甚由来自苦。　　过寺谈些般若，逢花倒个葫芦。少时伶俐老来愚。万事安于所遇。

这首词毫无文采，纯用俚俗的语言写成，与当时的词全然不同，很像元初流行的散曲。由此可窥见词再度转型为散曲的端倪。

第三节　金后期词

一、元好问

元好问是金朝后期的一大家，被认为是金朝集大成的作家。现存词300馀首，数量为金词第一。关于其词的成就，陈廷焯在《词坛丛话》中说：“元遗山词，为金人之冠。”刘熙载在《艺概·词曲概》中说他“以词而论，疏快之中，自饶深婉，亦可谓集两宋之大成者矣”。他的词风格多样，因此形成词论家们各说各的，如郝经在其《陵川集》的《祭遗山先生文》中评价说：“乐章之雅丽，情致之幽婉，足以追稼轩。”遗山十分推崇稼轩，关于这一点，张炎也承认，但对他的词风则另有说法，如在《词源》中有这样的话：“元遗山极称稼轩词，及观遗山词，深于用事，精于炼句，有风流蕴藉处，不减周、秦。如《双莲》《雁丘》等作，妙在横写情态，立意高远，初无稼轩豪迈之气。”在遗山“足以追稼轩”的词中，也有风流蕴藉处“不减周、秦”的词。例如：

黄河九天上，人鬼瞰重关。长风怒卷高浪，飞洒日光寒。峻似吕梁千仞，壮似钱塘八月，直下洗尘寰。万象入横溃，依旧一峰闲。　仰危巢，双鹄过，杳难攀。人间此险何用，万古秘神奸。不用然犀下照，未必佽飞强射，有力障狂澜。唤取骑鲸客，挝鼓过银山。

——《水调歌头·赋三门津》

牛羊散平楚，落日汉家营。龙拏虎掷何处，野蔓罥荒城。遥想朱旗回指、万里风云奔走，惨澹五年兵。天地入鞭箠，毛发懔威灵。　一千年，成皋路，几人经。长河浩浩东注，不尽古今情。谁谓麻池小竖，偶解东门长啸，取次论韩彭。慷慨一尊酒，胸次若为平。

——《水调歌头·汜水故城登眺》

这两首词风格豪放刚健，真可步武稼轩。前一首写黄河三门峡的壮丽景象，上片实写，描述与比喻交叉运用，写出了三门峡的雄伟气势。下片虚写，也如稼轩一样写感想发议论，指出三门峡形势虽险，但如果无人防守，此险也形同虚设。结句由想象迸发出希望，有一种一往无前、征服险情的勇敢精神，显示出大无畏的英雄气概与必胜的信心。后一首是凭吊古战场，在今河南省孟津到荥阳一带，古代为兵家必争之地，有过多次大战。其中楚汉之争是最为雄壮的一幕，上片就是写想象中的楚汉战争的壮烈场面，下片就此发出感叹。当时蒙古兵南侵，形势危急，在此时凭吊古战场颇有深意。像这样豪放刚健的词，在《遗山乐府》中还有不少，如《水调歌头·与李长源游龙门》《水调歌头·缑山夜饮》《水调歌头·赋德新王丈玉溪，溪在嵩前费庄，两山绝胜处也》《木兰花慢·孟津官舍，寄钦若钦用昆仲泣长安》《木兰花慢·游三台（二首）》《水龙吟·从商帅国器猎于南阳，同仲泽鼎玉赋此》《水龙吟·同德秀游盘谷》《念奴娇·钦叔钦用避兵太华绝顶，以书见招》《永遇乐·梦中有以王正之乐府相示者。予但记》等等。另如：

恨世间、情是何物，直教生死相许。天南地北双飞客，老翅几回寒暑。欢乐趣。离别苦。是中更有痴儿女。君应有语。渺万里层云，千山暮景，只影为谁去。　横汾路。寂寞当年箫鼓。荒烟依旧平楚。招魂楚些何嗟及，山鬼自啼风雨。天也妒。未信与、莺儿燕子俱黄土。千秋万古。为留待骚人，狂歌痛饮，来访雁丘处。

——《摸鱼儿》

问莲根、有丝多少，莲心知为谁苦。双花脉脉娇相向，只是旧家儿女。天已许。甚不教、白头生死鸳鸯浦。夕阳无语。算谢客烟中，湘妃江上，未是断肠处。　香奁梦，好在灵芝瑞露。人间俯仰今古。海枯石烂情缘在，幽恨不埋黄土。相思树。流年度、无端又被西风误。兰舟少住。怕载酒重来，红衣半落，狼藉卧风雨。

——《摸鱼儿》

这两首词就是张炎在《词源》中说的可以媲美周（邦彦）、秦（观）的词。这是两首情词，热烈歌颂忠贞的爱情。从他自己的小序中看，前一首是他16岁时遇到的一件事，先写了《雁丘词》，后来经过修改，才成为我们看到的这首词。中国自古以来，把大雁看成是一种有情有义的生物，在《水浒传》的“双林渡燕青射雁”回目中，宋江见燕青射雁，发了一大通议论，说道：“此禽仁、义、礼、智、信五常俱备：空中遥见死雁，尽有哀鸣之意，失伴孤雁，并无侵犯，此为仁也；一失雌雄，死而不配，此为义也；依次而飞，不越前后，此为礼也；预避鹰雕，衔芦过关，此为智也；秋南冬北，不越而来，此为信也。此禽五常足备之物，岂忍害之！”遗山在这首词里写的大雁不只是“一失雌雄，死而不配”，而是殉情而死。上片写大雁迁徙，历尽万水千山，生死相伴。下片写重访雁丘时的一路见闻，并对死去的大雁沉痛悼念。这首词是以物喻人，而后一首写了一个爱情悲剧，描述一对民间小儿女用生命来捍卫爱情自由，反对封建婚姻。作者对此寄予无限同情与深切哀悼。词中采用描写情态、抒发感慨、发表议论、运用典故等多种手法，使描述、咏物、抒情、议论融为一体，为天地间的至情至爱谱写了一曲动人心弦的赞歌，感人至深。正如许昂霄在《词综偶评》中说的：“遗山二阕，绵至之思，一往而深，读之令人低回欲绝。”

元好问的词确实很有特色，他学宋人词，不是亦步亦趋，而能去粗取精，使二者有机融合，形成自己的风格。他学辛派，豪爽而无霸气，刚健而不粗犷；他学婉约派，深婉而不晦涩，精炼而不雕琢，真能融合两派优点而独立于两派之外，为宋金词做了一个圆满的总结。

二、段克己和段成己

段克己（1196—1254），字复之，号遯庵。段成己（1199—1279），字诚之，号菊轩。绛州稷山（今山西稷山）人。弟兄二人早年均以诗擅名，为赵秉文赏识，目为“二妙”，大书“双飞”二字名其居里。在金未登第，入元不仕，二人都隐居龙门山中，所著诗合为《二妙集》。都工词，有《遯庵乐府》与《菊轩乐府》。二人的词都有故国之思，如：

> 塞马南来，五陵草树无颜色。云气黯、鼓鼙声震，天穿地裂。百二河山俱失险，将军束手无筹策。渐烟尘、飞度九重城，蒙金阙。　长戈袅，飞鸟绝。原厌肉，川流血。叹人生此际，动成长别。回首玉津春色早，雕栏犹挂当时月。更西来、流水绕城根，空呜咽。
>
> ——段克己《满江红·过汴梁故宫城》

> 金吾不禁夜，放箫鼓，恣游遨。被万里长风，一天星斗，吹堕层霄。御楼外、香暖处，看人间、平地起仙鳌。华烛红摇醉勒，瑞烟翠惹吟袍。　老来怀抱转无聊。虚负可怜宵。遇美景良辰，诗情渐减，酒兴全消。思往事，今不见，对清尊、瘦损沈郎腰。唯有当时好月，照人依旧梅梢。
>
> ——段成己《木兰花慢·元宵感旧》

这两首词都表达了亡国之痛与故国之思，但词风与表现手法有很大差异。段克己的《满江红》直言不讳地写汴京的剧变，上片写元兵南下，气势汹汹，天险无用，守将无能，京都陷落。下片写元兵的暴行，尸骨遍野，河川流血，飞鸟绝迹，一片残破荒凉景象，惨不忍睹，感情真挚深沉，苍凉悲痛。段成己的《木兰花慢》写出了旧京城元宵节的今昔对比，委婉地表达了故国之思。上片写昔日京都元宵节的盛况，下片抒情，写盛况不再，对往事无限思念，以此表达了亡国的惨痛，写得婉转含蓄。两人都有写隐居生活的词，形似狂放，细读之，不难发现含有难言的隐痛。二人还有一些写山水景物的词以及一些伤春悲秋的作品，其中不少颇清新可读。

第十五章　元词

元朝结束了中国历史上300多年的南北分裂，成为一个空前大统一的国家。元代一方面是武功显赫，另一方面是社会动荡，民族压迫严酷深重。因长期废止科举考试，广大知识分子处于社会底层，“九儒十丐”，找不到出路。在中原一带，农业经济受到严重破坏，然而由于海陆交通发达，对外交流频繁，商业贸易有很大发展，不少城市十分繁荣，市民阶层发展壮大。由此造成传统文艺衰落，适合市民需要的文艺迅速繁荣起来。在元代，词已不像两宋那样是文坛主流，而是降为从属地位，逐渐衰落。尽管如此，元词对后世还是有一定影响的。在元代前期，不少原是宋、金的词人留了下来，他们还教了不少学生，特别是金的元好问、南宋的仇远，他们的不少弟子成了元词人的主力。因此元代前期的词，基本上属宋金遗响。

第一节　元前期词

一、刘秉忠

如前所述，刘秉忠虽早年为僧，后来又官居极品，但这些经历在他的词里不留痕迹，其中不少词表现得悠闲自得，反倒使人觉得他像个闲散之人，甚至有些像隐士。如《桃花曲》：

> 一川芳景，一壶春酒，一襟幽绪。今朝好天色，又无风无雨。　　水满清溪花满树。有闲鸥，伴人来去。行云望逾远，更青山无数。

这首词记下了一次春游，天气好，景色美，悠闲自得。我们在这里看到的，这个春游的人当然不会是和尚，但也不像达官贵人。一般达官郊游，总要显示气派，车马僮仆、美酒佳肴，一应俱全，而刘秉忠写春游却简简单单，只有“一壶春酒”。这首词里没故实，不加雕琢，纯用口语，写出了他的闲情逸趣，十分恬淡。从他给自己的文集取名为《藏春散人集》，也可看出他的秉性：明明是达官，偏要自称“散人”，表明他其实并不汲汲于名利，而向往做一个闲散之人。因此在他的集子中多数词都萧散淡远，表达他淡泊名利的思想。当然，也有特殊的，其中最为突出的是《木兰花慢·混一后赋》：

> 望乾坤浩荡，曾际会，好风云。想汉鼎初成，唐基始建，生物如春。东风吹遍原野，但无言、红绿自纷纷。花月流连醉客，江山憔悴醒人。　　龙蛇一屈一还伸。未信丧斯文。复上古淳风，先王大典，不贵经纶。天君几时挥手，倒银河、直下洗嚣尘。鼓舞五华鸑鷟，讴歌一角麒麟。

这首词不仅在他的词中显得特别，而且与他的同辈词人相比，也显得特别。他们这一辈，都属于宋、金遗民，因此在词里都不免有黍离之悲，有写元兵的暴行和劫后的荒凉，有对故国的思念等等。像耶律楚材这样深受元统治者重用、官至中书令的人，在词里却说："江山王气空千劫，桃李春风又一年"；"不知何限人间梦，并触沉思到酒边"。感情深沉哀婉，流露出对故国的思念。然而刘秉忠这首词却为元朝大唱赞歌，声调高昂，气势宏伟。在众多黍离之思的合唱声中，这是别调。这两种截然不同的声音，都有自己的理由，我们也不必妄加评定其高低、是非。各人的经历不同、处境不同，才有不同的立场、不同的观点，写出格调迥异的词，不必硬求一致。相反，出现不同的声音，更显得丰富多彩。对《藏春乐府》，王闿运在跋中有评论，况周颐在《蕙风词话》中引用了这评论说："曩半塘老人跋《藏春乐府》云：'雄廓而不失之伧楚，蕴藉而不流于侧媚。'余尝悬二语心目中，以赏会藏春词。"

二、白朴

白朴（1226—1306以后），字仁甫，一字太素，号兰谷先生。原籍隩州（今山西河曲），金亡后，迁居真定（今河北正定）。其父白华仕金，为枢密判官，与元好问有通家之谊。金哀宗天兴元年（1232），元军攻陷当时金的首都汴京，白朴与家人失散，元好问收养了年仅7岁的白朴，加以教育和培养，为其一生的文学创作打下了良好的基础。在元朝未仕，晚年移居金陵（今江苏南京），过着寄情山水、诗酒自娱的生活。他是元代著名的戏曲家，工于杂剧，为"元曲四大家"之一，也工散曲与词，他的词都收在《天籁阁集》里。虽然金亡的时候他才7岁，但他的词里颇多宋、金遗民的那种黍离之感、故国之思，哀婉凄凉、悲切沉痛。当然这是有原因的，一是金国灭亡，使得他家破人亡，父亲不知去向，母亲被降元的金朝臣子崔立掳去献给了蒙古军队；二是受元好问的影响。亡国给他带来巨大的灾难，他心灵上受到的创伤是终生难愈的，因此他心中充满亡国的悲痛与怨恨，也就不难理解了。例如他有五首同韵的《水调歌头》，都以怀古内容来以古喻今，以其《水调歌头·咸阳怀古》为例：

鞭石下沧海，海内渐成空。君王日夜为乐，高枕望夷宫。方叹东门逐兔，又慨中原失鹿，草昧起英雄。不待素灵哭，已识斩蛇翁。　笑重瞳，徒叱咤，凛生风。阿房三月焦土，有罪与秦同。秦固亡人六国，楚复绝秦三世，万世果谁终。我欲问天道，政在不言中。

这首词写历史上发生在咸阳的几件事，总结教训。上片以“鞭石”开头，据《三齐略记》记载：“始皇作石桥，欲过海观日出处。于时有神人，能驱石下海……云石去不速，神人辄鞭之，尽流血，石莫不悉赤。”（转引自《艺文类聚》）显示当时的气势及霸道。这里写出了秦始皇强横与淫乐，二世时宠信赵高杀李斯，朝政日非，结果“秦失其鹿，天下共逐之”（《史记·淮阴侯列传》）。刘邦也趁机斩白蛇起义。下片写项羽以暴易暴，结果也以失败告终，借以警戒当时实施暴政的蒙古统治者。篇末写出全篇主旨，指出施行暴政，不合天道，必然导致灭亡。他不仅有大量怀古词，以古喻今，也有直接反映现实的词，如《朝中措》五首之三：

田家秋熟办千仓。造物恨难量。可惜一川禾黍，不禁满地螟蝗。　委填沟壑，流离道路，老幼堪伤。安得长安毒手，变教四海金穰。

这首词纯用白描，反映当时灾荒年的惨象。上片从丰收在望、农民积极准备仓库写起，突然笔锋一转，写出当时遭受到特大的虫灾，从欢乐的顶峰一下跌进了灾难的深渊。下片写灾民流离失所，饿殍遍野，“委填沟壑”。结尾两句写出了美好的愿望。这里的“长安”，当然并非实指，而是用以借代当时的京都，那么“长安毒手”一语，矛头当然是直指元王朝的最高统治者。白朴的词哀而伤，每于沉痛中有雄放，哀婉中寓希望；有清刚之气，无委颓之风，显示出不同于宋、金末年的词风。

三、张弘范

张弘范（1238—1280），字仲畴，定兴（今河北定兴）人。因他是张柔的第九子，故人称张九元帅。他出生时，金朝已在三年前被蒙古军灭亡，定兴也被蒙古军占领，有人称他为“宋人”，不准确，定兴长期以来是金的地盘，后为蒙古占领，其实他跟宋毫无关系。在他34岁时，蒙古改国号为大元。忽必烈即位之初，他被授为御用局总管，改行军总管，后官至蒙古汉军都元帅，领兵侵宋，至元十五年（1278），执文天祥于五岭坡，次年攻崖山（在广东新会南），破张世杰，陆秀夫负宋帝昺蹈海死，宋亡。他是元朝的大功臣，宋朝的大罪人，宋末三杰文天祥、张世杰、陆秀夫，可以说都死于他的手，宋朝也亡于他的手。《元史》有传，说他幼年从郝经学，能为诗歌，著有《淮阳集》《淮阳乐府》。王奕清的《历代词话》中引沈雄《古今词话》稍加变动说：“张弘范围襄阳日，赋《鹧鸪天》词，多夸大之语。其《临江仙》有云：‘紫箫明月底，翠袖暮云寒。’风调不减晏小山，可知元之武臣亦有能词者。”他有慢词5首，小令23首，二者风格迥异；慢词雄壮豪放，气势昂扬，格调高远，有辛派馀韵；小令秀丽清俊，宛转沉着，即所谓“风调不减晏小山”。其词如：

混鱼龙人海，快一夕，起鲲鹏。驾万里长风，高掀北海，直入南溟。生平许身报国，等人间、生死一毫轻。落日旌旗万马，秋风鼓角连营。　炎方灰冷已如冰，馀烬澹孤星。爱铜柱新功，玉关奇节，特请高缨。胸中凛然冰雪，任蛮烟瘴雾不须惊。整顿乾坤事了，归来虎拜龙庭。

——《木兰花慢·征南》

千古武陵溪上路，桃花流水潺潺。可怜仙契剩浓欢。黄鹂惊梦破，青鸟唤春还。　　回首旧游浑不见，苍烟一片荒山。玉人何处倚栏干。紫箫明月底，翠袖暮天寒。

——《临江仙·忆旧》

第一首词题曰“征南”，就是指他任都元帅，领兵入侵南宋。张弘范虽是汉人，但他的出生地早在靖康年间（1126）被金兵占领，从此成为金的领土。100多年后，天兴三年（1234）初，金又被蒙古兵所灭，此地又为元朝的前身蒙古国所有。所以在张弘范的意识中，根本没有汉族政权南宋的位置，这也是必然的。“征南”就是要为大元帝国去征服一个异国。他是大元的子民，自然要为大元皇帝出力，因此在这首词里，他慷慨地宣称：“生平许身报国，等人间、生死一毫轻。”他征南的行为，就是“许身报国”。作为汉人，从民族感情出发，爱戴文天祥，厌恶张弘范，也在情理之中，但有人在张弘范前边加个“宋”字，实在大可不必，因为他跟宋朝其实毫无关系。他生于元前身的蒙古国，他是元人，不是宋人。从这首词来说，气势宏伟，境界开阔，情绪饱满，真可颉颃辛弃疾。第二首题曰“忆旧”，是一首情词，是思念他昔日的情人，悱恻缠绵，一往情深，确实可以说“风调不减晏小山”。

四、仇远

仇远（1247—1326），字仁近，一字仁父，钱塘（今浙江杭州）人，后住在余杭仇山上，因自号山村民。早在咸淳年间（1265—1274）已有诗名，宋亡后，与一班宋遗民唱和。大德九年（1305）尝为溧阳教授，不久归隐，优游湖山以终。沈雄在《古今词话》中说：“一时名公臣卿，都与之辞章往来。游其门者，张雨、张翥，俱知名当世。”著有《金渊集》及《无弦琴谱》。其词每有故国之思，慢词风格接近双白、二窗；与玉田、草窗为词友，风格更相近，但他的故国之思表现得更为曲折隐晦，如其《忆旧游》：

忆寒烟古驿，淡月孤舟，无限江山。落叶牵离思，到秋来，夜夜梦入长安。故人剪烛清话，风雨半窗寒。甚宦海漂流，客毡寂寞，忍说闲关。　　征衫。赋归去，喜故里西湖，不厌重看。莫待青春晚，趁莺花未老，觅醉寻欢。故园更有松竹，富贵不如闲。却指顾斜阳，长歌李白《行路难》。

这首词中的故国之思表现得十分朦胧，但也隐约可见。上片写游宦时的情景，以凄清的秋夜为景，透出一股孤寂与悲凉的气氛。这里夜夜梦见的“长安”，显然不是指元朝的大都（今北京），而是指南宋的都城临安，因为下边有“故人”云云。在大都，他没有故人；而临安是他的家乡，当然会有很多故人。他对故里的思念与对故国的思念是一致的，因此他的故国之思更显得朦胧。下片写辞官喜归故里之乐，展示出一片春景，这与上片的秋景形成鲜明对比。结句看似写“觅酒寻欢”的情况，但从李白的《行路难》中透露出了消息，主要是说宦海险恶，人才不被重用，反遭猜忌，委婉曲折地说出了当时朝政的黑暗。他另有一首《爱月夜眠迟》，上片写深夜独处，孤单寂寞，对月难眠；下片写昔日元宵节的欢乐情景，形成对比。最后又回到寂寞凄清的现实中来，更添悲冷。全词在委婉曲折的描述中透露亡国哀思。仇远也长于写咏物词，他的《齐天乐·蝉》与王沂孙的《齐天乐·蝉》相仿佛，叶韵也相似，都用齐女冤魂化蝉的典故，写得也绘形绘色，空灵委婉，一片凄清悲楚，倾吐亡国之痛。另一首《八犯玉交枝·招宝山观月上》在他的集子中比较特殊，兹录于下：

沧岛云连，绿瀛秋入，暮景欲沉洲屿。无浪无风天地白，听得潮生人语。擎空孤柱。翠倚高阁凭虚，中流苍碧迷烟雾。唯见广寒门外，青无重数。　遥想贝阙珠宫，琼林玉树。不知还是何处！倩谁问、凌波轻步。谩凝睇、乘鸾秦女。想庭曲、霓裳正舞。莫须长笛吹愁去，怕唤起鱼龙，三更喷作前山雨。

这首词写的是等待“海上生明月”。上片是写月出前的山川美景，海上一片寂静，潮声人语，在耳边萦绕，水色山光历历入目，眼前景物瑰丽如画。下片却全从想象落笔，用神话传说为月出营造气氛，奇幻妙丽，多姿多彩，显示作者的意趣与情怀，奇妙高超，不同凡俗。前人对此给予很高评价，冯金伯在其所辑的《词苑萃编》中评说：“其纵横之妙，直似东坡。”他还有一首《合欢带》，自己标明“效柳体”。可见其词既受东坡影响，又受柳永影响，更受玉田、草窗影响，在风格上呈现出多样化。当然其主体风格还是属玉田、草窗一派。

五、刘因

刘因工诗词，有《樵庵词集》。《四库全书总目提要》称：“其诗风格高迈，而比兴深微。”其词，风格与诗近似，在质朴之中露出豪迈雄放之气，颇受元好问影响，尚壮美，重豪放，有苏辛遗响，况周颐甚至把他看成元代的苏轼，在《蕙风词话》中说：“余编元人词，最服膺刘文靖，以谓元之苏文忠可也。文忠词，以才情博大胜；文靖以性情朴厚胜。”还引半塘老人王鹏运的话说：“樵庵词朴厚深醇中，有真趣洋溢，是性情语，无道学气。”刘因是名重一时的理学家，在词里没有多少道学（理字）的迂腐气，这确是可贵的，因为迂腐的道学与要求张扬个性、写真性情的诗词是对立的，理学张扬，诗乃衰亡。先来看看他的《鹊桥仙》：

悠悠万古。茫茫天宇。自笑平生豪举。元龙尽意卧床高，浑占得、乾坤几许。　公家租赋。私家鸡黍。学种东皋烟雨。有时抱膝看青山，却不是、长吟梁甫。

这首词写他归隐后的思想与生活。上片境界开阔，气势雄壮。比起绵长的时间与广宽的空间来，个人是何等渺小，个人的功名事业，即所谓“豪举”，更是微不足道。下片先从“公家租赋”写起，暗示当时横征暴敛，租赋繁重。私家只求能养几只鸡种几亩黍稷，免受饥寒。最后写自己的闲适生活，虽然有时也“抱膝看青山”，但不像诸葛亮那样高吟《梁甫吟》，以求用世，只是消遣而已，表示了跟元朝统治者抱不合作态度。事实也是如此，他曾屡征不赴，以致忽必烈感叹说：“古有所谓不召之臣，其斯人之徒欤！”这首词可以说平淡之中有筋骨。再来看看他的《念奴娇·忆仲良》：

中原形势，壮东南、梦里谯城秋色。万水千山收拾就，一片空梁落月。烟雨松楸，风尘泪眼，滴尽青青血。平生不信，人间更有离别。　旧约把臂燕南，乘槎天上，曾对河山说。前日后期今日近，怅望转添愁绝。双阙红云，三江白浪，应负肝肠铁。旧游新恨，一时都付长铗。

这首词是写思念朋友，仲良指当时的著名画家王庭钰（王庭钰，字良仲。存疑）。上片写梦见友人所在之处谯城，这是一个有名的地方，是魏武帝曹操的故里，是东晋姚襄屯兵的地方，在词里突出其形势雄壮。接下来写离别之情，把松楸上的雨水说成是青青血泪，十分新奇。下片写未能如期相会，对此，纵然是铁石肝肠也会不胜愁苦。结句写不能重逢的原因是自己一生漂泊，寄人篱下，身不由己。这里充满身世飘零的感慨，但不以忧伤出之，而是写得豪宕悲壮。对这两首词况周颐给予极高的评价，在《蕙风词话》中说："寓骚雅于冲夷，足秾郁于平淡，读之如饮醇醪，如鉴古锦。涵咏而玩索之，于性灵怀抱，胥有裨益。"这样的评价显然过高，倒是半塘老人的话较合实际。而且在《樵庵词集》中，这样的词为数并不多，更多的是写隐居闲适的心情，颇为悠然自得，显示他恬淡、旷达的风格。

六、赵孟頫

赵孟頫是一个多才多艺的人，诗词书画，无不精通，有词集《松雪词》。他是宋宗室，14岁时就以父荫入仕，在南宋又生活了25年多，宋亡时，虽然年岁不大，但已当了12年官，因此入元后，他纵然官不小，但难免仍有黍离之悲。沈雄在《古今词话》中引邵复斋的话说："公以承平王孙，而遭世变，黍离之悲，有不能忘情者，故长短句得骚人之遗。"他的词以写景为多，早年多为表现冶游闲情，入元之后则时寓黍离之悲、兴亡之感。无论从词的思想内容还是艺术性来看，后期的都高于前期的。其入元后的词如：

今古几齐州。华屋山丘。杖藜徐步立芳洲。无主桃花开又落，空使人愁。　　波上往来舟。万事悠悠。春风曾见昔人游。只有石桥桥下水，依旧东流。

——《浪淘沙》

绝顶朝云散，寒江暮雨频。楚王宫殿已成尘。过客转伤神。　　月是巫娥伴，花为宋玉邻。一听歌调一含颦。幽怨竹枝春。

——《巫山一段云·朝云峰》

潮生潮落何时了。断送行人老。消沉万古意无穷。尽在长空、澹澹鸟飞中。　海门几点青山小。望极烟波渺。何当驾我以长风。便欲乘桴、浮到日华东。

——《虞美人·浙江舟中作》

第一首是写景词，只标调名，未加题名，是泛写，并不是实写某地。上片借景抒情，这里的“齐州”并非实指山东一带，而是泛指中国，与李贺《梦天》中“遥望齐州九点烟”的“齐州”用法相同。“几齐州”是指中国大地的沧桑变化，这是上片所要表达的主旨所在。下片叙事抒情，写人事变迁中，有物是人非之感。全词写景、叙事、抒情，一气贯下，顺畅自然，略无滞碍，并无拼凑之感，浑成无痕，其中流露出来的黍离之悲，令人心领神会。全词内涵丰富，意蕴深沉。第二首是一组写巫山十二峰中的一首，全词采用借古喻今，以楚王隐射宋王，抒写亡国哀思。清丽飘逸，蕴含不露，这是他的词的基本风格。第三首比较特殊一些，题目标明浙江舟中作，观看著名的钱塘潮，但不写钱塘潮排山倒海的气势，只写自己看到“潮生潮落”而产生的感受。上片中，“断送行人老”是其核心，结句化用唐诗“长空澹澹孤鸟没”，写出了孤独感。下片的核心是“何当驾我以长风”，写他渴求隐逸，希求游仙，期望有朝一日能“浮槎到日边”。这首词意境开阔淡远，截然不同于以磅礴的气势来写观潮的词，正显示其风格的一致性。

第二节　元中后期词

到元朝中后期，词人们的经历与前期不大相同。前期的词人多数为宋、金遗民，因此在词里常常要流露出亡国之痛、黍离之悲。中后期的词人都生在元朝长在元朝，再也没有亡国的感受了；亡国之痛、黍离之悲，都成过去。尽管思想上发生了很大变化，但由于这时期的词人有不少是前期词人的弟子，因此在风格上与艺术表现手法上有很大的继承关系。一些少数民族作家，也深受两宋及金代作家影响。因此这时作家虽然不少，但在作品上缺少突破，难怪一些清代词论家发出“词坏于元”的说法。江顺诒在《词学集成》中就持此观点，况周颐在《蕙风词话》中也说：“词衰于元。”陈廷焯在《白雨斋词话》中说得更明白：“元代尚曲，曲愈工而词愈晦。”没有创新，实际上就是开始衰败。当然这不等于说元代没有好词、元代词人毫无成就。元代中后期的作家在风格上、在艺术表现手法上还是有一定的成就的，问题只在于没有重大突破，没有能超越宋、金的名家，只有继承，没有创新，就不可能发展。在当时最著名的词人为张翥和萨都剌，他们被认为是元词的代表作家。他们的词也正好分别属于婉约与豪放两派，张翥学姜夔，萨都剌接近苏轼。当时其他较著名的词人还有张埜、虞集、张雨、许有壬、李齐贤、倪瓒、邵亨贞等。

一、张翥

张翥早年受学于李存，后从仇远学诗词。至元初，以隐逸荐为国子助教，分教上都，不久退居淮东。他隐退后不久，适逢修宋、辽、金三史，起为翰林国史院编修，累迁至翰林学士承旨。致仕，加河南行省平章政事，给俸终身。世称“蜕庵先生”，有《蜕庵集》和《蜕岩词》。《四库全书总目提要》称：“其词乃婉丽风流，有南宋旧格。”《四库全书简明目录》更具体指出：“有姜夔、吴文英之遗。”还说他：“一身阅元之盛衰，故闵乱忧时，颇多楚调。”同时，元朝社会始终都处在错综复杂的民族矛盾和阶级矛盾中，南方汉人一直深受歧视与压迫，文人士大夫要进入仕途很不容易，即使入仕，多数是做下层官吏，或者是一些没有实权的闲职；少数做了高官的汉族文人，也往往受到蒙古贵族的排挤和打击，心情很不愉快，甚至产生愁怨，所以在词里不免要吐露心中的不快。张翥的词中，写景词比重很大，尤其是对杭州西湖情有独钟；咏物词也不少，这是姜张派的强项，还有离愁别恨等等。他的词委婉深致，悱恻缠绵，格律严峻，因此在视婉约派为正宗的词论家中声望极高。如陈廷焯在《词坛丛话》中说："余读仲举词，一喜一哀，喜其深得白石之妙，哀者，哀此硕果不食。自仲举后，三百馀年，渺无嗣音。"甚至说："元代作者，唯仲举一人耳。"他在《白雨斋词话》中又说："元词日就衰靡，愈趋愈下。张仲举规模南宋，为一代正声。"还说："仲举词树骨甚高，寓意亦远。元词之不亡者，赖有仲举耳。"张德瀛在《词征》中说："蜕岩词无自制腔，其词腴于根，而盎于华，直接宋人步武。于元之一代，诚足以度越诸子，可谓海之明珠，鸟之凤皇矣。"当然，这些评价纯出于把婉约派尊为正宗所致，特别推崇白石，同时也出于个人偏爱。当代人则又因为在他的词里没有明显的对现实反抗和不满的情绪，而谓其词"题材偏窄，思想不高，情调低沉，柔弱纤细"等等，从而过于贬低。大多数新编的文学史中连他的名字都见不到，这种一笔抹杀的做法，也是不公正的。我们且来看几首他的词：

晚山青，一川云树冥冥。正参差、烟凝紫翠，斜阳画出南屏。馆娃归、吴台游鹿，铜仙去、汉苑飞萤。怀古情多，凭高望极，且将尊酒慰飘零。自湖上、爱梅仙远，鹤梦几时醒。空留在、六桥疏柳，孤屿危亭。　待苏堤，歌声散尽，更须携妓西泠。藕花深、雨凉翡翠，菰蒲软、风弄蜻蜓。澄碧生秋，闹红驻景，采菱新唱最堪听。荡一片、水天无际，渔火两三星。多情月、为人留照，未过前汀。

——《多丽·西湖泛舟，夕归施成大席上，以晚山青为起句，各赋一词》

怅麟残废井，凤去荒台。烟树攲斜，再到登临处，渺秦淮自碧，目断云沙。后庭谩有遗曲，玉树已无花。向宛寺裁诗，江亭把酒，暗换年华。　双双旧时燕，问巷陌归来，王谢谁家。自昔西州泪，等生存零落，何事兴嗟。庾郎似我憔悴，回首又天涯。但满耳西风，关河冷落凝暮笳。

——《忆旧游·重到金陵》

孤山岁晚，石老树楂牙。逋仙去，谁为主？自疏花，破冰芽。乌帽骑驴处，近修竹，侵荒藓，知几度。踏残雪，趁晴霞。空谷佳人，独耐朝寒峭，翠袖笼纱。甚江南江北，相忆梦魂赊。水绕云遮，思无涯。　又苔枝上，香痕沁，幺凤语，冻蜂衙。瀛屿月，偏来照，影横斜。瘦争些，好约寻芳客，问前度，那人家。重呼酒，摘琼朵，插鬓鸦。唤起春娇扶醉，休孤负锦瑟年华。怕流芳不待，回首易风沙，吹断城笳。

——《六州歌头·孤山寻梅》

一点芳心两翠蛾。恼人离绪不胜多。尊前忍听渭城歌。　花落鸟啼春去也，水长天远客愁何。此情何处托微波。

——《浣溪沙·临川别席》

在《蜕岩词》中，多数为慢词。上边第一首《多丽》写与朋友们泛舟西湖。上片先写西湖薄暮景色，晚山、云树朦胧，颇有情趣。接下来写吴宫汉苑的荒凉，以喻南宋旧宫荒废，寄慨南宋灭亡。仲举虽生于元长于元，但其师仇远是宋遗民，对他会有一定影响。如今身在南宋故都，对所见所闻不无感慨。下片着重写西湖初秋景色，妙丽如画，最后以西湖夜景作结，美妙无比。词中用典不仅贴切，而且自然；对西湖景色的描写，呈现一幅绝妙的西湖风景画，不亚于柳永的“三秋桂子，十里荷花”。冯金伯在《词苑萃编》中引万红友的话称赞这首词“谐协婉丽”。全词格律峻严，一直被作为词律的典范，为各种词律、词谱收入其中。第二首《忆旧游》，实际上是一首“金陵怀古”词。金陵是六朝故都，有其辉煌的过去，所以不少人到金陵都不免生怀古之情。写金陵怀古的词，第一首好词是王安石的《桂枝香》，以后不断有人写，但格调都以豪岩苍凉为主，而仲举这首词却显得委婉悲凉。在表现手法上，主要是学周邦彦的《西河·金陵》，檃栝前人的词与事迹，上片主要檃栝李白的《登金陵凤凰台》和杜牧的《泊秦淮》，下片主要檃栝刘禹锡的《乌衣巷》与庾信的事迹。这首词当有所寄托，特别是以不甘心“老作北朝臣”的庾信自喻，寓意深长，耐人寻味。第三首《六州歌头》是一首咏梅词，上片写踏雪寻梅，以梅喻佳人，展开联想，极有意趣。下片写赏梅，全从侧面落笔，层层烘托，虽不正面写梅花而已使梅花灼灼有神。最后以好景难长，唤起人们不要错过芳时，对名花要及时观赏，倍加珍惜。全词用典用比兴，描写叙述，有条不紊，层次分明又错落有致，很有功力。冯金伯引明人卓人月的话说：“古今梅词甚多，唯张翥《六州歌头》一首，真有飞鸿戏海，舞鹤游天之势。”最后一首小令《浣溪沙》写离情别绪，依依不舍，一往情深，悱恻缠绵，恨别吞声。张翥作为元词婉约派的代表作家，好词还有很多，限于篇幅，不多举了。他的不少慢词写景抒情，婉丽多姿，悱恻缠绵，其咏物词尤佳，常有寓意，正如陈廷焯所说的“树骨甚高，寓意亦远”，为人赞赏的词不少，如其《摸鱼儿·王季境湖亭，莲花中双头一枝，邀予同赏，而为人折去。季境怅然，请赋》《扫花游·落花》，况周颐在《蕙风词话》中说这两首词中所赋的“并是真实情景，寓于忘言之顷，至静之中。非胸中无一点尘，未易领会得到。蜕翁笔能达出。新而不纤，虽浅语，却有深致”。清代万红友对仲举更是钦佩得五体投地，说其词“风流婉约，在浅深浓淡之间，真绝唱也。吾安得起蜕岩于九泉而北面事之”。这当然是过誉，但叶申芗在《本事词》里尊他为“元代词宗”。蜕翁当之无愧。

二、萨都剌

在金、元出现不少非汉族词人，这些人的词风都比较豪放，这可能与少数民族的尚武精神有关。萨都剌就是其中之一。他现存的词不多，共14首，但质量很高。在他的词中，多数为怀古词，共有7首，正好占二分之一。他的两首金陵怀古词，尤为出色：

六代豪华，春去也，更无消息。空怅望，山川形胜，已非畴昔。王谢堂前双燕子，乌衣巷口曾相识。听夜深，寂寞打孤城，春潮急。　思往事，愁如织。怀故国，空陈迹。但荒烟衰草，乱鸦斜日。玉树歌残秋露冷，胭脂井坏寒螀泣。到如今，唯有蒋山青，秦淮碧。

——《满江红·金陵怀古》

石头城上，望天低吴楚，眼空无物。指点六朝形胜地，唯有青山如壁。蔽日旌旗，连云樯橹，白骨纷如雪。一江南北，消磨多少豪杰。　寂寞避暑离宫，东风辇路，芳草年年发。落日无人松径里，鬼火高低明灭。歌舞尊前，繁华镜里，暗换青青发。伤心千古，秦淮一片明月。

——《念奴娇·登石头城，次东坡韵》

前一首，在题中就标明是对六朝故都金陵的凭吊，上片化用刘禹锡的诗《乌衣巷》，写出六朝的繁华，王、谢的显赫，已都成往事，不仅人事变化，就连“山川形胜”也发生了变化，“已非畴昔”。下片用陈后主与张丽华故事，写出这一切也已时过境迁，只有蒋山与秦淮依旧。说不清这是惋惜还是感伤。世事沧桑，人事代谢，令人感慨万端。但这首词哀而不伤，显得气势宏大，苍凉豪迈。词中用典用事，化用前人诗句，贴切自然，了无痕迹；写景抒怀，情景交融，显示了词人的磊落旷达情怀。这首词写于元代末造，更觉意蕴深邃。第二首写登上石头城的所见所感，用东坡赤壁怀古词原韵，风格上也尽量接近东坡。上片从登上石头城所见写起，吴楚山川形势险要，在此发生过无数战事，昔日的辇路，如今已是芳草萋萋，一片衰败荒凉景象，只有“鬼火高低明灭”，令人感叹不已。全词格调深沉，雄浑苍劲，意蕴丰富。另如《卜算子·泊吴江夜见孤雁》：

明月丽长空，水净秋宵永。悄无乌鹊向南飞，但见孤鸿影。 自离边塞路，偏耐江波静。西风鸣宿梦魂单，霜落蒹葭冷。

这首词写于贬官江南途中，用冷峻的词笔写凄清幽寂之境，全词突出了冷寂与孤寂。词中以孤雁自喻，写出贬官后的凄凉处境与心情，情景融合，不胜苍凉。此词有东坡《卜算子·黄州定慧院寓居作》的馀韵。总的看来，直斋受苏辛影响颇深，为元词中豪放词派的翘楚。

三、张埜

张埜（生卒年不详，1294年前后在世），字野夫，邯郸（今河北邯郸）人，词人张之翰之子。曾官为翰林学士，工词，有《古山乐府》。其词有刻意学稼轩者，如《沁园春·止酒效稼轩体》等，颇有南宋豪放派遗响，显得内容浑厚，气势豪迈，感情充沛。今录其《水龙吟·酹辛稼轩墓，在分水岭下》：

岭头一片青山，可能埋得凌云气。遐方异域，当年滴尽，英雄清泪。星斗撑肠，云烟盈纸，纵横游戏。漫人间留得，阳春白雪，千载下，无人继。　　不见戟门华第，见萧萧竹枯松悴。问谁料理，带湖烟景，瓢泉风味。万里中原，不堪回首，人生如寄。且临风高唱，逍遥旧曲，为先生酹。

这首吊稼轩的词，当然应效稼轩体。词中思其人，念其事，无限感慨。稼轩词笔纵横，云烟满纸，可惜无人能继。这首词内容充实，感情充沛，气势豪迈，笔力纵横，浑厚高远，无愧稼轩。

四、虞集

虞集有《道园乐府》，存词数量不多，但质量很高。清代一些词论家认为他可与张翥相颉颃，如果数量相当的话，会出张翥之右。在他的词中，最著名的是那首《风入松·寄柯敬仲》：

画堂红袖倚清酣。华发不胜簪。几回晚直金銮殿，东风软、花里停骖。书诏许传宫烛，香罗初翦朝衫。　　御沟冰泮水挼蓝。飞燕又呢喃。重重帘幕寒犹在，凭谁寄、银字泥缄。为报先生归也，杏花春雨江南。

柯敬仲是当时的著名画家，曾在元文宗时为奎章阁参事，时虞集为奎章阁侍书学士，两人过往甚密。后柯敬仲解职南归，流寓苏州。此时虞集生隐退之意，写这首词寄给好友。上片回顾往事，写两人同在朝中供职，在奎章阁值班的情况。下片写又到早春时节，北方御沟冰尚未融化，南方已是燕子归来。自己已决心归隐，先给好友报个信。最后一句充满诗情画意，写出了早春江南之魂。冯金伯在《词苑萃编》中引陶宗仪《辍耕录》与沈雄《古今词话》并加以融合，评说：“词翰兼美，一时传唱。机坊织其词为手帕，几如法锦。”陶宗仪还说：“此词遂遍满海内矣。”可见其影响之大。

五、张雨

张雨工诗，也工词，书翰均佳，与虞集、张翥等交往甚密。其词以表达他的隐逸生活情趣为多，另有不少咏物词写得不错，还有大量应酬唱和之作，但不如其咏物词有特色。他的咏物词如《水调歌头·盆荷》：

> 江湖渺何许，归兴浩无边。忽闻数声水调，令我意悠然。莫笑盆池咫尺，移得风烟万顷，来傍小窗前。稀疏淡红翠，特地向人妍。　　华峰头，花十丈，藕如船。那知此中佳趣，别是一壶天。倒挽碧筒酾酒，醉卧绿云深处，云影自田田。梦中呼一叶，散发枕书眠。

一个小小盆荷，却写得境界开阔，气势宏大，实在可贵。词一开头就着眼大处远处，再慢慢把镜头拉近，刚一接触到盆池，就突然展开想象，出现了“风烟万顷”，始终在广阔的大自然中回旋，其实这不是“把大景纳于小盆之中”，而是把小盆拓展成大江大湖，于是一个小小的盆荷竟成了隐居醉卧之处。最后显示他狂放旷达之处，意趣盎然，情致无限。他还有一首《摸鱼儿·双莲一干，为人折去，仲举邀予赋之》，写得也极有情趣，与张翥的同题作在伯仲之间，都低回婉转，馀恨无穷，极尽缠绵哀艳，为双莲被折流泪，更为殉情的小儿女恸哭。这两首词与遗山的《摸鱼儿》意境相似，格调一致，借哀花来哀悼为争取婚姻由而双双殉情的“民家小儿女”。

六、许有壬

许有壬（1287—1364），字可用，汤阴（今河南汤阴）人。延祐三年（1316）登进士第，官至集贤大学士太子谕德，有《至正集》《圭塘小稿》等。词学苏辛，在以“轻丽”为主流的元词中别具一格。况周颐在《蕙风词话》中说：“许文忠《圭塘乐府》，元词中上驷也。”不知是功夫不到还是才力不足，圭塘词有苏辛之形而乏苏辛之神，沉郁不如稼轩，奇思飘逸难匹东坡。后人学苏辛，常流于粗疏直率，缺乏蕴藉含蓄，这也是通病。此病也由来已久，《龙川词》初见征兆，《龙洲词》终于发病。“圭塘词”以怀古登临之作为胜，怀古词都以古喻今，吊古伤今，抒发兴亡之感慨，这与元末的政治时事有密切关系，虽为怀古，其实很有现实意义。登临词则多描写祖国的壮丽河山，以唤起对这大好河山的热爱。同时还有不少唱和酬赠及咏物等词。他有不少怀古词写得确实还不错，但并没有可以与我们在前边看到的怀古词媲美的，更不要说高出多少。他的一首《水龙吟·过黄河》写景却很有气势：

> 浊波浩浩东倾，今来古往无终极。经天亘地，滔滔流出，昆仑东北。神浪狂飙，奔腾触裂，轰雷沃日。看中原形胜，千年王气，雄壮势、隆今昔。　鼓枻茫茫万里，棹歌声、响凝空碧。壮游汗漫，山川绵邈，飘飘吟迹。我欲乘槎，直穷银汉，问津深入。唤君平一笑，谁夸汉客，取支机石。

上片写黄河景色，并寻根逐源，写得极为壮观。一开头就大有杜甫《登高》中“不尽长江滚滚来”的气势，写出黄河不仅浩渺，而且万古长流，占尽时间空间之悠长广阔。再写其万里奔腾，触山裂石，声势浩大，气势磅礴，神采飞扬，有声有色，震天动地。下片写黄河上的人事活动，由棹歌高响，从而联想起张骞探寻黄河之源的故事。据说黄河尽头与银河相连，因此自己也想乘槎去见牛郎织女，取织女支机石而回。加进这个神话传说，使这首词不仅气势宏大，而且优美动人。刚中有柔，意趣盎然。

七、李齐贤

李齐贤（1288—1367），字仲思，号益斋，又号栎翁。高丽庆州（今韩国庆尚）人。28岁入元至大都（今北京），仕元，官至门下侍中。曾奉使于川蜀，并远游江南与西北等地，与当时的文人姚燧、赵孟頫、钟嗣成等都交往甚密，有《益斋乱稿》。其词远学东坡，近学遗山，词多写景，也有怀古，有《巫山一段云》32首，写江南风景，清新飘逸，秀丽多姿。对唐代诗人李白、杜甫极为仰慕，其《大江东去·过华阴》演绎李白出京在华阴县的传说故事；《洞仙歌·杜子美草堂》演绎杜甫的贫困生活。我们先看其《大江东去·过华阴》：

> 三峰奇绝，尽披露、一掬天慳风物。闻说翰林曾过此，长啸苍松翠壁。八表游神，三杯通道，驴背须如雪。尘埃俗眼，岂知天上人杰。　　犹想居士胸中，倚天千丈，气星虹间发。缥缈仙踪何处问，箭筈天光明灭。安得联翩，云裾霞佩，共散骐骥发。花间玉井，一樽轰醉秋月。

写李白，应尽量学李白的风格，豪放飘逸，李白骑驴漫游，孤傲不羁，才气横溢，表达了作者对李白的钦慕。再看其《洞仙歌·杜子美草堂》：

> 百花潭上，但荒烟秋草。犹想君家屋乌好。记当年，远道华发归来，妻子冷，短褐天吴颠倒。　　卜居少尘

事，留得囊钱，买酒寻花被春恼。造物亦何心，枉了贤才，长羁旅，浪生虚老。却不解消磨尽诗名，百代下，令人暗伤怀抱。

写杜甫，尽量接近杜甫的风格，沉郁苍凉，并尽量化用杜诗入词，主要写杜甫的贫困与漂泊，表达了对杜甫的无限爱戴与同情，并对杜甫的遭遇深表不平。李齐贤词成就最高的，还是他的大量写景词，而且词风多变，尽量与所写景物一致。如：

行尽碧溪曲，渐到乱山中。山中白日无色，虎啸谷生风。万仞崩崖叠嶂，千岁枯藤怪树，岚翠自蒙蒙。我马汗如雨，修径转层空。　　登绝顶，览元化，意难穷。群峰半落天外，灭没度秋鸿。男子平生大志，造物当年真巧，相对孰为雄。老去卧丘壑，说此诧儿童。

——《水调歌头·过大散关》

暗澹青枫树，萧疏斑竹林。篷窗夜雨冷难禁。敧枕故乡心。　　二女湘江泪，三闾楚泽吟。白云千载恨沉沉。沧海未为深。

——《巫山一段云·潇湘夜雨》

以上两首词，风格上有差异。前一首写的是大散关景象。大散关是一个著名的关隘，地当秦岭咽喉，扼川陕间交通孔道，形势险要，为兵家必争之地。要写这样一个地方，当然必须用伟壮的词语。益斋这首写大散关的词，笔力纵横恣肆，词风雄伟豪放，尽力描写出大散关的险要，“崩崖叠嶂”，奇峰怪树高落天外，加上“虎啸谷生风”，真有“一夫当关，万夫莫开”之势。后一首写潇湘秋景，南国风光，不能再用上面的写法，而是清幽淡远，触景生情，想到在这里曾经发生过的事，最令人难忘的莫过于娥、英泪尽，屈子沉江，千秋遗恨，深于沧海。婉转凄切，愁思不尽。

八、倪瓒

倪瓒有《清閟阁集》，其词风与诗风一致，清幽恬淡，意格高远。其词《人月圆》，颇为人关注。词曰：

伤心莫问前朝事，重上越王台。鹧鸪啼处，东风草绿，残照花开。　　怅然孤啸，青山故国，乔木苍苔。当时明月，依依素影，何处飞来。

这首词全都化用唐人诗意，上片化用窦巩《南游感兴》：“伤心欲问前朝事，唯见江流去不回。日暮东风春草绿，鹧鸪飞上越王台。”下片化用刘禹锡的《石头城》：“山围故国周遭在，潮打空城寂寞回。淮水东边旧时月，夜深还过女墙来。”但自然流畅，不露痕迹。词中表达出来的登临怀古、抒发兴亡之感，在元末自有深意。在至正初（1341），他已预感到天下将要大乱，所以尽散家财救济贫者，弃家泛舟五湖。他在这首词里，处处、事事都有浓郁的感伤色彩。他并未仕元，所以他所患者，不是元朝之将亡，而是天下将大乱，殃及万民。我们再来读一首他的悼亡词《太常引·伤逝》：

门前杨柳密藏鸦。春事到桐花。敲火试新茶。想月珮、云衣故家。　　苔生雨馆，尘凝锦瑟，寂寞听鸣蛙。芳草际天涯。蝶栩栩，春晖梦华。

这首词里，所悼念的是谁，是妻是妾，还是情人，不太清楚。悼亡词中，最负盛名的有东坡的《江城子》，凄然欲绝，一往情深。云林这首词与以往的悼亡诗词都不同，另具一格，别开生面，悲痛之情却以轻灵婉转的笔触、清新流畅的语言出之，丽而不艳，哀而不伤，寓一片深情于景物之中，意蕴深，诗味醇，堪称悼亡词中的上乘之作。

九、邵亨贞

邵亨贞（1309—1401），字复孺，号清溪，云间（今上海松江）人。元时曾任松江府学训导。工诗文，擅词曲，著有《野处集》。他的词风格呈多样性，集中既有拟稼轩、龙洲与遗山的作品，也有拟清真、白石与梅溪的作品，更有拟花间的作品，但主体是清丽疏朗，以写景词为多。我们且来读他一首不属于模拟之作，以见其真面目，例如《隔溪梅令·和南金鸳湖舟中韵》：

几年不到画桥西。路依稀。回首淡烟残柳，昔游非。笛声何处悲。　　故人不见梦魂迷。草萋萋。几度倚栏，欲寄旧相思。相思无尽期。

这是一首与友人的唱和词，主要写友情。鸳湖全名鸳鸯湖，在浙江嘉兴，现通称南湖。词的上片写景，与鸳湖阔别几年，而今重游，已觉面目改变，有无限感慨，不胜悲切。下片抒情，写昔日同游故人，而今却已不见，生无限相思。结句“相思无尽期”，更觉情意绵长。全词纯用口语，明白流畅，情思婉转。这首词也许不是他词中的最佳作品，但可从中看到清溪词作的主要风格。

第三编　再度转型

词衰于元。对此，学术并无不同意见，事实也确实如此。比起宋词的辉煌来，元词确实黯然失色。究其原因，却有不同说法。吴衡照在《莲子居词话》中说："金元工于小令套数而词亡。"陈廷焯在《白雨斋词话》中也说："元代尚曲，曲愈工而词愈晦。"这是说由于元代重视曲、工于曲，才导致词衰落。其实这种说法，是把因果关系颠倒了。江顺诒在《词学集成》说："夫词变为曲，犹诗变为词，非制曲之过，乃填词之过。"这说法，总算把因果关系正了过来。只是这"填词之过"，其过在哪里，没有说清，也不见有人补充说清的。诗转型为词的原因之一是演唱的需要，诗发展到唐代固然辉煌，但跟音乐越来越脱节，词的蓬勃兴起，就是弥补诗的不足。而词发展到后来，也渐渐与音乐脱节了，不用说辛派词无法配乐演唱，"杯，汝来前，老子今朝，点检形骸"，（辛弃疾《沁园春》）"甚矣吾衰矣！怅平生，交游零落，只今馀几？"（辛弃疾《贺新郎》）这怎么配乐演唱？就是很讲究音律的婉约派词，像吴文英的《莺啼序》，全词长达240字，怎么配乐演唱？其馀慢词也动辄上百字，很难配乐演唱。因此，由于演唱的需要，造成散曲兴起，此其一。其二，词发展到后来，完全脱离了群众，婉约派过于雅化，过于雕琢，形式主义严重，固然不易为群众接受，辛派末流词人的大呼大喊，枯燥乏味，也不为群众喜爱。其三，适应市民阶层兴趣，戏曲空前繁荣，也造成词被曲取代等等。虽然原因很多，但主要原因则是音乐的缺失与脱离广大人民群众。既然词已满足不了时代与群众的需要，于是散曲就应运而生。散曲中包括小令与套数两种形式。小令由流行在民间的小调演变而来，又名“叶儿”，是单个的曲子；套数则由几个小曲组合在一起而成为一个整体。不少小令则由词演变而来，还保持原来词牌的名称，如《菩萨蛮》《满庭芳》等等。

由词演变成散曲，在形式上的差别还是明显的。第一，虽然词与曲都是长短句，字数参差不齐，但同一首词里每句的字数相差最多也就十来个字；而散曲竟能相差二三十字。第二，词的每句字数基本是固定的；散曲则不然，在正格以外，可以加衬字，而且字数不限，如《折桂令》，正格为50字，而郑光祖的一首《折桂令》（“敝裘尘土压征鞍”）衬字也多达50字，共有100字，衬字的字数竟跟正格一般多。允许有大量衬字，在表现上就显得自由灵活得多。第三，在用韵上曲与词也有很大不同，诗、词用韵严，其中平仄韵不能通押；而曲用韵宽，平声与属于仄声的上、去、入三声，可以通押，这就给作者以更多的灵活性，就没有什么“险韵”了；曲中用韵比词密，增加了声调美，唱起来更悠扬动听。

散曲在元代的一百来年里，明显由俗变雅。元代前期的散曲豪放粗犷，后期的散曲典雅工丽。前期的代表作家为关汉卿，后期的代表作家为张可久。根据隋树森编的《全元散曲》所收的作家作品来看，最早的作者是金末的赵秉文，最后的作家已经入明了。明、清也还不断有人写散曲，只是不再像元散曲那样是当时文学作品中的主流。

第一章　以大都为活动中心的前期作家

在早期的散曲作家中，由于个人经历与社会地位的不同，在风格与内容上存在明显的差异。一些社会地位较低的作家，其中有杂剧作家、书会才人等平民作家，一般在风格上较豪放粗犷，语言俚俗，具有民歌风韵。同时还有一些达官贵人、文人雅士等社会地位比较高的上层人士，他们的作品具有词的遗韵，显得风雅幽婉。

第一节　平民作家

一、关汉卿

关汉卿（生卒年不详），从《青楼集序》与《录鬼簿》等书记载来看，他的年辈较高，大约生于金末，卒于大德元年（1297）以后。汉卿是他的字，名不详，号已斋叟。他的籍贯也颇多争议，因他一直活动在大都（今北京），所以有人说他是大都人；还因为说他是关羽之后裔，所以又有人说他是解州（今山西运城解州镇）人；又因他的父辈住在祁州（今河北安国），所以又有说他是祁州人。他是元代最伟大的杂剧作家，1958年被世界和平理事会列为“世界文化名人”。同时，他也是一位元代早期极有成就的散曲作家。由于元代知识分子地位低下，仕途路绝，关汉卿长期生活在下层人民中间，经常流连于市井、青楼，与优伶、娼妓为伍。他的散曲明显存在两大类，一类为自叹身世；另一类为写爱情，大约为优伶、歌妓提供唱词。最著名的是【南吕·一枝花】《不伏老》（套数）：

攀出墙朵朵花，折临路枝枝柳。花攀红蕊嫩，柳折翠条柔，浪子风流。凭着我折柳攀花手，直煞得花残柳败休。半生来折柳攀花，一世里眠花卧柳。

［梁州］我是个普天下郎君领袖，盖世界浪子班头。愿朱颜不改常依旧，花中消遣，酒内忘忧。分茶攧竹，打马藏阄；通五音六律滑熟，甚闲愁到我心头？伴的是银筝女银台前理银筝笑倚银屏，伴的是玉天仙携玉手并玉肩同登玉楼，伴的是金钗客歌《金缕》捧金樽满泛金瓯。你道我老也，暂休。占排场风月功名首，更玲珑又剔透。我是个锦阵花营都帅头，曾玩府游州。

［隔尾］子弟每是个茅草冈、沙土窝初生的兔羔儿乍向围场上走，我是个经笼罩、受索网苍翎毛老野鸡蹅踏的阵马儿熟。经了些窝弓冷箭镴枪头，不曾落人后。恰不道“人到中年万事休”，我怎肯虚度了春秋！

［尾］我是个蒸不烂、煮不熟、捶不匾、炒不爆、响当当一粒铜豌豆，恁子弟每谁教你钻入他锄不断、斫不下、解不开、顿不脱慢腾腾千层锦套头。我玩的是梁园月，饮的是东京酒，赏的是洛阳花，攀的是章台柳。我也会围棋、会蹴鞠、会打围、会插科、会歌舞、会吹弹、会咽作、会吟诗、会双陆。你便是落了我牙、歪了我嘴、瘸了我腿、折了我手，天赐与我这几般儿歹症候，尚兀自不肯休。则除是阎王亲自唤，神鬼自来勾，三魂归地府，七魄丧冥幽。天那，那其间才不向烟花路儿上走。

这一套曲风格豪放粗犷，语言通俗易懂，还保持民间曲子的风味。曲中记录了他的生活状况，同时也表达了他狂傲倔强的性格，极大地冲击了封建礼教，以“浪子风流”自夸，把功名利禄比作“锦套头”，规劝人摆脱锦套头，争得自由自在，这是对传统的挑衅，对封建礼教的叛逆。其大胆直率的程度，为历来文人所少有。他有写爱情的曲如【仙吕·一半儿】《题情》：

碧纱窗外静无人，跪在床前忙要亲。骂了个负心回转身。虽是我话儿嗔，一半儿推辞一半儿肯。

男女爱情，这是诗词中常写不衰的题材，但诗词中写爱情都显得蕴藉含蓄，委婉缠绵，而关汉卿这首小令写男女幽会却如此大胆、泼辣，毫无顾忌，语言俚俗，具有民歌风韵。吴梅在《顾曲麈谈》中对此评价很高，称赞说这是“元人乐府佳作”。

二、白朴

白朴的生平事迹已在本卷第二编第十五章中介绍过，其散曲以风格朴实、俊秀著名。他在曲中表达最多的是鄙弃功名富贵，过逍遥自在的生活。如：

黄芦岸白蘋渡口，绿杨堤红蓼滩头。虽无刎颈交，却有忘机友。点秋江白鹭沙鸥。傲杀人间万户侯，不识字烟波钓叟！

——【双调·沉醉东风】《渔夫》

笑将红袖遮银烛，不放才郎夜看书，相偎相抱取欢娱。止不过迭应举，及第待何如？

——【中吕·阳春曲】《题情》二首之一

以上两首小令，前一首写渔夫无拘无束的生活，傲杀王侯，逍遥自在。我们不能把这看成是逃避现实，这是对当时社会把知识分子打入第九等的不满与牢骚。这首小令语言清丽，写景如画，色彩鲜明，对仗工整，风格俊逸，自然流畅。后一首以一个女子的口吻劝其夫不要只顾读书应举，冷落了夫妻间恩爱深情，最后一句“及第待何如”，表达了对功名利禄的高度蔑视。不过结合作者所处的时代背景来看，实在是一种自我宽慰。元朝初年，取消科举制，所以这最后一句等于说，你们尽管取消科举制，我才不稀罕那玩意儿。你们举行科举，我也不会去应试，不如跟爱人在一起“相偎相抱取欢娱”。这里有反唇相讥，但更多的却是无奈。白朴还有四首写音乐的小令【双调·驻马听】，分咏吹、弹、歌、舞四种艺术，我们来看其中一首【双调·驻马听】《吹》：

裂石穿云，玉管宜横清更洁。霜天沙漠，鹧鸪风里欲偏斜。凤凰台上暮云遮，梅花惊作黄昏雪。人静也，一声吹落江楼月。

音乐是只有声没有形的事物，白朴在这首小令中，却把吹奏音乐写得有生动的形象，令人看得见、摸得着，而且很有声势。这里主要用贴切的比喻，把抽象变为形象；利用通感，把听觉转为视觉；用夸张手法，加强感染力。结尾尤觉神思绵渺、韵味悠长。

三、马致远

马致远（约1251—1321后），号东篱，一说字千里，大都（今北京）人，一说广平（今河北永年）人。早年追求功名，曾任江浙行务官吏。因朝中无人，一直沉于下僚，专门从事杂剧与散曲的创作，在当时颇负盛名。贾仲明在《录鬼簿》中补写的吊词誉之为“曲状元”。在他的散曲中，虽有俚俗的一面，但也有趋雅的一面。从这里，我们可以看到散曲发展的趋势。他的代表作是套数【双调·夜行船】《秋思》：

百岁光阴一梦蝶，重回首往事堪嗟。今日春来，明朝花谢，急罚盏夜阑灯灭。

［乔木查］想秦宫汉阙，都做了蓑草牛羊野。不恁么渔樵没话说。纵荒坟横断碑，不辨龙蛇。

［庆宣和］投至狐踪与兔穴，多少豪杰！鼎足虽坚半腰里折，魏耶？晋耶？

［落梅风］天教你富，莫太奢，没多时好天良夜。富家儿更做道你心似铁，争辜负了锦堂风月。

［风入松］眼前红日又西斜，疾似下坡车。不争镜里添白雪，上床与鞋履相别。休笑巢鸠计拙，葫芦提一向装呆。

［拨不断］利名竭，是非绝。红尘不向门前惹，绿树偏宜屋角遮，青山正补墙头缺，更那堪竹篱茅舍。

［离亭宴煞］蛩吟罢一觉才宁帖，鸡鸣时万事无休歇，何年是彻？看密匝匝蚁排兵，乱纷纷蜂酿蜜，急攘攘蝇争血。裴公绿野堂，陶令白莲社。爱秋来时那些：和露摘黄花，带霜烹紫蟹，煮酒烧红叶。想人生有限杯，浑几个重阳节？人问我顽童记者：便北海探吾来，道东篱醉了也！

这一套曲的中心思想是感叹人生苦短，功名富贵如浮云，要抓紧时间，隐居林泉，无忧无虑，开怀畅饮。这里最出色之处是敢于否定帝王将相，这些一时声势显赫的人，到头来也不过留下几个荒坟几块断碑而已。马致远这样说，并不是清高、旷达或逃避现实，而是与白朴一样，是用另一种方法来发泄对当时社会现实的不满，减轻内心的痛苦。在元代的社会里，知识分子是毫无出路的，为了求得心理上的平衡，也只有这样表示对功名利禄毫不在乎，表示十分旷达，在精神上自我安慰。纵然满怀愁绪，满腹忧伤，但东篱在曲中表达出来的情绪并不低沉哀伤，而是旷达豪放，这一点尤为可贵。他还有一篇有名的套数，在元曲中是罕有其匹的，那就是【般涉调·哨遍】《张玉岩草书》：

自唐晋倾亡之后，草书扫地无踪迹。天再产玉岩翁，卓然独立根基。甚纲纪？胸怀洒落，意气聪明，才德相兼济。当日先生沉醉，脱巾露顶，裸袖揎衣。霜毫历历蘸寒泉，麝墨浓浓浸端溪。卷展霜缣，管握铜龙，赋歌赤壁。

［幺］仔细看六书八法皆完备，舞凤戏翔鸾韵美。写长空两脚墨淋漓，洒东窗燕子衔泥。甚雄势，斩钉截铁，缠葛垂丝，似有风云气！据此清新绝妙，堪为家宝，可上金石。二王古法梦中存，怀素遗风尽真习。料想方今，寰宇四海，应无赛敌。

［五煞］尽一轴，十数尺，从头一扫无凝滞。声清恰似蚕食叶，气勇浑同猊抉石。超先辈，消翰林一赞，高士留题。

［四］写的来狂又古，颠又实，出乎其类拔乎萃。软如杨柳和风舞，硬似长空霹雳摧。真堪惜，沉沉着着，曲曲直直。

［三］画一画如阵云，点一点似怪石，撇一撇如展鹍鹏翼。栾环怒偃乖龙骨，峻峭横拖巨蟒皮。特殊异，似神符堪咒，蚯蚓蟠泥。

［二］写的来娇又嗔，怒又喜，千般丑恶十分媚。恶如山鬼拔枯树，媚似扬妃按羽衣。谁堪比？写黄庭换取，道士鹅归。

［一］颜真卿苏子瞻，米元章黄鲁直，先贤墨迹君都得。满箱拍塞数千卷，文锦编挑满四围。通三昧，摩崖的本，画赞初碑。

［尾］据划画难，字样奇，就中浑穿诸家体，四海纵横第一管笔！

有人说这可以说是“张玉岩书法论”，但这不同于一般论文，不如说是“张玉岩书法审美”。在曲里，作者善用比喻、夸张，铺陈拓展，洋洋洒洒，有一泗千里之势，不是用枯燥的论说，而是用形象再现，把张玉岩的草书呈现到读者面前。张玉岩的真迹，今天我们已经看不到了，而张玉岩之名，赖以流传千古。马致远的小令写得也很出色，最著名的莫过于【越调·天净沙】《秋思》：

> 枯藤老树昏鸦，小桥流水人家，古道西风瘦马。夕阳西下，断肠人在天涯。

这首小令看似五句全在写景，但情寓景中，意蕴深沉，极有感染力，历来颇为人赞赏。王国维在《人间词话》中，对不少前人的词曲颇有微词，但对这首小令极为赞赏，评说：“寥寥数语，深得唐人绝句妙境。有元一代词家，皆不能办此也。”不过这首小令是否确实是马致远所作，学术界还有争议。

四、郑光祖

郑光祖（？—1324之前），字德辉，平阳襄陵（今山西襄汾）人。跟马致远相似，曾当过小吏。《录鬼簿》说他：“以儒补杭州路吏。为人方直，不妄与人交，故诸公多鄙之。久则见其情厚，而他人莫之及也。”他是当时著名杂剧作家，与关汉卿、白朴、马致远齐名，称关、白、马、郑（也有以王实甫替代他），并称“元曲四大家”。其散曲作品不多，但很有特色，如【双调·蟾宫曲】：

> 敝裘尘土压征鞍，鞭倦袅芦花。弓箭萧萧，一径人烟霞。动羁怀，西风禾黍，秋风蒹葭。千点万点，老树寒鸦。三行两行，写高寒呀呀雁落平沙。曲岸西边，近水涡鱼网纶竿钓艖。断桥东下，傍溪沙疏篱茅舍人家。见满山满谷，红叶黄花。正是凄凉时候，离人又在天涯。

这首小令写暮秋时，游子在荒郊山村漂泊，十分凄凉。曲中写景如画，情景交融，充满诗情画意。但其最大特点是衬字多，全曲100字，其中衬字竟多达50字，与正格字数相当。正格有平仄声的限制，衬字却不受限制，可自由变化，充分表达思想。整首小令显得自然流畅，生动活泼，充分表达了游子的羁旅愁思，凄凉悲切。

第二节 贵族与文士作家

一、杨果

杨果（1195－1269），字正卿，号西庵，祁州（今河北安国）人。金哀宗正大元年（1224）登进士第，任县令，以廉洁精干著称。入元后，于中统元年（1260）任北京宣抚使，次年任参知政事。至元六年（1269）出任怀孟路（今河南沁阳一带）总管，以老致仕，卒于家。工文章，尤擅词曲。他是达官文士，其曲典雅华丽，散曲则受词的影响，显得委婉含蓄，意蕴绵远，在风格上与平民作家有明显的差异。他有【越调·小桃红】十一首，其中八首无标题，三首另有标题《采莲女》。今从其八首中摘录二首于下：

满城烟水月微茫，人倚兰舟唱，常记相逢若耶上。隔三湘，碧云望断空惆怅。美人笑道：莲花相似，情短藕丝长。

——【越调·小桃红】其二

采莲人和采莲歌，柳外兰舟过，不管鸳鸯梦惊破。夜如何？有人独上江楼卧。伤心莫唱，南朝旧曲，司马泪痕多。

——【越调·小桃红】其三

采莲曲本是民歌，杨果却把它词化了，民歌的味淡薄了，却有词的情调。前一首是男女青年恋情小曲，民歌味较浓，特别是结句采用民歌中常用的双关语，“藕丝”隐“偶思”。后一首词味更浓，有所寄托。在元朝，他虽然位至参知政事（副宰相），但仍怀恋前朝，不免有故国之思。

二、姚燧

姚燧（1238—1313），字端甫，号牧庵，祖籍柳城（今辽宁朝阳），后迁居河南洛阳，因此他当为洛阳人。三岁丧父，由伯父姚枢抚养长大。其文学韩愈，曾以其所作，就正于国子祭酒许衡，受到赏识。仕元，累迁至翰林学士承旨、知制诰兼修国史。其散曲风格婉丽，语言浅近，笔调流畅，与卢挚齐名，称“姚卢”，对后世有一定影响。今录其曲三首于下：

浙江秋，吴山夜，愁随潮去，恨与山叠。塞雁来，芙蓉谢，冷雨青灯读书舍，待离别怎忍离别。今宵醉也，明朝去也，宁奈些些。

——【中吕·普天乐】《别友》

欲寄君衣君不还，不寄君衣君又寒。寄与不寄间，妾身千万难。

——【越调·凭阑人】《寄征衣》

天风海涛，昔人曾此，酒圣诗豪。我到此闲登眺，日远天高。山接水茫茫渺渺，水连天隐隐迢迢。供吟啸，功名事了，不待老僧招。

——【中吕·满庭芳】

以上三首曲，前两首悱恻缠绵，深情无限，可说是婉丽。但后一首却截然不同，一开头就气势非凡，有千钧之力。全曲境界开阔，气象豪迈，近似苏、辛词风，显得雄劲、典雅。这在他的曲中，也是别有风味，独具一格。

三、卢挚

卢挚（约1242—约1315），字处道，一字莘老，号疏斋，又号嵩翁。颍川（今属河南）人，因卢姓的郡望是涿州，不少人把他误作涿州人。大德（始于1297）初授集贤学士，累迁至翰林学士承旨。贯云石在《阳春白雪·序》中评他的散曲说："近代疏斋媚妩，如仙女寻春，自然笑傲。"与姚燧并称"姚卢"，对当时和后世有不小影响。有《疏斋集》《疏斋后集》。今录其曲三首于下：

挂绝壁松枯倒倚，落残霞孤鹜齐飞。四周不尽山，一望无穷水。散西风满天秋意。夜静云帆月影低，载我在潇湘画里。

——【双调·沉醉东风】《秋景》

才欢悦，早间别，痛煞煞好难割舍。画船儿载将春去也，空留下半江明月。

——【双调·寿阳曲】《别珠帘秀》

奴耕婢织生涯。门前栽柳，院后桑麻。有客来，汲清泉，自煮茶芽。稚子谦和礼法，山妻软弱贤达，守着些实善邻家。无是无非，问甚么富贵荣华！

——【双调·蟾宫曲】《田家》

以上三首曲，第一首《秋景》，第一句化用李白《蜀道难》中诗句“枯松倒挂倚绝壁”；第二句化用王勃《滕王阁序》中名句“落霞与孤鹜齐飞”。前四句对仗工整，十分文雅；然而后三句却纯用口语。这两种不同的格调却能统一在一首曲里，毫不显生硬，形成一种完整和谐的境界，具有“文而又不文，俗而又不俗”的风格，很有特色。第二首为赠别当时著名的杂剧演员，珠帘秀有【双调·寿阳曲】《答卢疏斋》：“山无数，烟万缕。憔悴煞玉堂人物。倚篷窗一身儿活受苦，恨不得随大江东去。”这两首曲都感情真挚浓烈，表达了一个官员与一个女艺人，两个地位悬殊的人之间的爱情，在临别时难分难舍，感人至深。第三首《田家》描绘了农村的朴素生活，表达了作者对这种生活的无限向往。当时奸佞弄权，社会黑暗，因此归隐在知识分子中形成了一股思潮。当然他在这里向往的农家生活，不是“躬耕陇亩”，而是“奴耕婢织”，因为他毕竟是官员。这首曲基本上也是口语化。在他的曲里，雅俗都有，而且常常巧妙地熔于一炉，绝无凑合的痕迹，形成了独特的风格。

四、奥敦周卿

奥敦周卿（生卒年不详），女真人。至元六年（1269）为怀孟路总管府判官，后为河北河南道提刑按察使佥事，又入为侍御史，与白朴有唱和，其小令【双调·蟾宫曲】《咏西湖》颇有名：

> 西湖烟水茫茫，百顷风潭，十里荷香。宜雨宜晴，宜西施淡抹浓妆。尾尾相衔画舫，尽欢声无日不笙簧。春暖花香，岁稔时康。真乃上有天堂，下有苏杭。

他是少数民族，不仅写曲，而且写得如此俊雅，极为可贵。这支曲可与柳永的《望海潮》媲美，用轻灵舒婉的笔勾画出西湖全貌。这里化用了柳永的词句与苏轼的诗句，十分自然。结句“上有天堂，下有苏杭”家喻户晓。不过，这支曲名为《咏西湖》，目的是赞美杭州，苏州只是音节的需要，拉来做陪衬。

在前期的贵族与文士作者中，较著名的尚有商挺、刘秉忠、胡袛遹、冯子振等，不过就其风格而论，都不外乎一为自然清新、朴实率真的本色行当；另一为典雅工丽、含蓄幽婉，具有词的特色。较特殊的是王和卿，以“滑稽佻达”著名，喜欢进行不着边际的夸大，肤浅庸俗；还有不少戏谑调笑的作品，如《胖妓》《胖妻夫》《咏秃》《偷情为获》等。

第二章　以杭州为活动中心的后期作家

从元仁宗皇庆（1312）以后，散曲作家的活动中心逐渐南移到杭州。前期的散曲作家可分为两类，一类是贵族官员与文士；另一类是杂剧作家、书会才人兼写散曲。然而到了后期，出现了一批专攻散曲的作家。后期散曲在风格上虽然仍有豪放与清丽之别，但有一个共同特点，就是都不同程度地趋于典雅工丽，出现诗词化与规模化倾向。在题材上，前期集中于写景、怀古、艳情与咏怀等四个方向，后期却有了很大突破，出现了直面现实、揭露社会矛盾与黑暗面的作品。后期散曲的主要特点是清丽典雅，代表作家是张可久。朱权在《太和正音谱》称他的曲“如瑶天笙鹤”。有人把乔吉也算上，如明人李开先把乔、张比作“曲中李杜”，把张可久视作曲中杜甫，是散曲中集大成者。当然这是溢美之词，他的散曲，只能说是代表清丽典雅一派的最高成就，不能涵盖整体。

第一节　代表作家张可久与乔吉

一、张可久

张可久（1280—约1352），字小山；一说字伯远，号小山，庆元路（今浙江宁波）人。《录鬼簿》说他“以路吏转首领官（掌管文牍）”，又曾为桐庐典史，并在会稽、三衢等地任职。他虽博学多才，但一生沉沦于下僚，未入仕品（无官阶），劳于奔波，生活在窘迫之中。至正初年，他已年逾古稀，尚为昆山县幕僚。他专攻散曲，很负盛名。他的曲风以“华丽自然”著称，在当时几成典范。《四库全书总目提要》称关汉卿、马致远等人的曲，只是“小道可观，遂亦不能尽废”。只有张可久独蒙垂青，《四库全书总目提要》几乎完全赞同朱权在《太和正音谱》中对张可久的评价，并加以补充说：“其词清而且丽，华而不艳，有不吃烟火食气，真可谓不羁之材。若被太华之仙风，招蓬莱之海月，诚词林之宗匠也，当以九方皋之眼相之。”还说：“今观所作，遣词命意，实能脱其尘蹊。”但在20世纪50年代后，把他贬得过低，认为他的散曲“格调浓艳，对仗工整，甚为后来明、清士大夫所赏识”，“其实这正是张曲形式主义的具体表现”。还说：“张小山的思想和创作的主要倾向是不健康的，散曲到了他手上，完全失去了战斗作用和通俗的特点，成了文人的专利品。”这两种截然不同的评价，都是片面的，无论是褒还是贬，都言过其实，他们说的都不是真实的张可久，我们应该还张可久以本来面目。从张可久的身份来看，一方面他博学多才，属于文人雅士，同时从元散曲本身的发展来看，有由俗变雅的趋势，所以他的作品比较典雅清丽；另一方面，他潦倒终身，必然要产生对现实的不满与怨恨情绪，同时他疲于奔波，浪迹江湖，也就有更多的机会接触下层民众，这些也会在他的作品中反映出来。来看看张可久的具体作品：

美人自刎乌江岸，战火曾烧赤壁山，将军空老玉门关。伤心秦汉，生民涂炭，读书人一声长叹。

——【中吕·卖花声】《怀古》

朝朝琼树后庭花，步步金莲潘丽华，龙蟠虎踞山如画。伤心诗句多，危城落日寒鸦。凤不至空台上，燕飞来百姓家，恨满天涯。

——【双调·水仙子】《次韵金陵怀古》

绝顶峰攒雪剑，悬崖水挂冰帘。倚树哀猿弄云尖，血华啼杜宇，阴洞吼飞廉。比人心山未险。

——【中吕·红绣鞋】《天台瀑布寺》

门长闭，客任敲，山童不唤陈抟觉。袖中《六韬》，鬓边二毛，家里箪瓢。他得志笑闲人，他失脚闲人笑。

——【双调·庆东原】《次马致远先辈韵九篇》其二

以上四首小令，前两首怀古，并不是闲得无聊，突然发思古之幽情，而是借古喻今，具有很强的现实意义。第一首劈空而来三句，写了项羽、曹操与班超三个历史人物，这三个人都有辉煌的时期，但这里偏捡他们的衰败来写，说明任何英雄不是只有辉煌，也都有衰败，功名事业转瞬即逝。接下来突然笔锋一转，从英雄豪杰转向平常百姓在英雄豪杰们纷争中的遭遇，从而使这首曲的思想性得到升华，完全可以与张养浩的【中吕·山坡羊】《潼关怀古》媲美，但张养浩的《潼关怀古》，引起不少人重视；对张可久这首《怀古》，却关注不够。其实一说“百姓苦”，一说“生民涂炭”，意思是一样的，从语气来说后者更重一些。至于张可久《怀古》的最后一句“读书人一声长叹”，有很深意蕴，这里包含着对人民的无限同情，对黑暗社会的无比愤慨，同时还有更多的无奈，真是“百无一用是书生”。张可久的这首《怀古》不能说高于张养浩的《潼关怀古》，但至少并不低于张养浩的，二者完全可以相颉颃。第二首是诗词中常写的题材，名篇很多。金陵是六朝故都，历史故事也很多。张可久这首用散曲形式写的“金陵怀古”，比起一些咏金陵的诗词名篇来，毫不逊色。这里先从两位荒淫纵乐而导致亡国君主写起，第三句说纵然这里形势险要，“龙蟠虎踞”，但也挽救不了陈后主、齐东昏侯的亡国命运。第四句一声感叹“伤心诗句多”，接着引出一连串伤心事，最后以“恨满天涯”作结，使全曲显得哀而不伤，慷慨激昂，十分悲壮。在当时，朝政腐败，国势垂危，所以这曲采用借古喻今的手法，对元朝末年的统治者一个警告，指出他们再这样腐败下去，离灭亡已经不远了。后两首是反映当时社会现状的曲，其主旨都在结尾。第三首前五句写景，突出了山的高峻奇险，笔力刚健，景色壮丽。最后一句化用唐人雍陶的《峡中行》：“楚客莫言山势险，世人心更险于山。”在这里起到讽世作用。曲中把讽世与写景巧妙结合，并用“尊题格”修辞，更觉气势生动，深刻有力。最后一首前边写出抒情主人公的懒散与贫困，但胸有大志，身怀韬略，然而无人赏识，真是“世无伯乐，谁识良骥”，正因为如此，才造成了抒情主人公的无所事事与贫困。最后两句感叹，重点在后一句，这里充分写出了世态炎凉。由于他一生漂泊，沉沦下僚，生活窘困，所以在他笔下常有漂泊之苦，渴望归隐，然而迫于生计，又不得不出任小吏，寄人篱下，强颜事人。再如：

兴亡千古繁华梦，诗眼倦天涯。孔林乔木，吴宫蔓草，楚庙寒鸦。数间茅舍，藏书万卷，投老村家。山中何事？松花酿酒，春水煎茶。

——【黄钟·人月圆】《山中书事》

落红小雨苍苔径，飞絮东风细柳营，可怜客里过清明。不待听，昨夜杜鹃声。

——【中吕·喜春来】《金华客舍》

三高祠下天如镜，山色浸空蒙。莼羹张翰，渔舟范蠡，茶灶龟蒙。故人何在？前程那里？心事谁同？黄花庭院，青灯夜雨，白发秋风。

——【黄钟·人月圆】《客吴江》

望长安，前程渺渺鬓斑斑。南来北往随征雁，行路艰难。青泥小剑关，红叶湓江岸，白草连云栈。功名半纸，风雪千山。

——【双调·殿前欢】《客中》

以上四首曲，第一首写隐居山村时的感怀，上片咏史，分别例举了孔林、吴宫、楚庙，这些昔日的主人或名声显赫，或称霸一时，如今却满目荒凉，说明功名利禄、富贵荣华都是过眼云烟。下片述怀，写眼前境遇，淡泊无为，诗酒自娱，悠然自得，可傲杀王侯，何必争名逐利。这支曲与小山一贯以清丽典雅著名的风格不同，显得豪放飘逸，颇有东坡遗风，一开头就很有气势，境界开阔，令人大有“思接千载，视通万里”之感。全曲古今融会、情景交融，意境宏大，意蕴深沉，感情平静中有激荡、闲适中有愤慨，但融合得很自然，深藏不露。第二首《金华客舍》表达了小山对羁旅他乡的厌倦。第三首《客吴江》，在三高祠下，不禁想起三高的事迹，钦慕之情油然而生，但想到自己浪迹天涯，看不清前程，找不到知音，只剩下“黄花”、“青灯”、“白发”，不胜孤寂，无限凄凉。第四首《客中》，写游宦的艰苦，一开头就劈空来一句

“望长安”（借指京城），接下来写出垂垂老矣，然而功名无望。紧接下来五句，写尽行程艰难，南北奔波，东西飘零。剑关、溢江、连云栈等等，并非实指其地，只取其相距遥远，辛苦奔走。最后两句是说，虽历尽千辛万苦，结果功名未就。他厌于奔波，但为生计，出于无奈，又不得不到处奔波。张可久还特别擅长写景，这类佳作也不少。如：

蕊珠宫，蓬莱洞。青松影里，红藕香中。千机云锦重，一片银河冻。缥缈佳人双飞凤，紫箫寒月满长空。阑干晚风，菱歌上下，渔火西东。

——【中吕·普天乐】《西湖即事》

九里松，二高峰，破白云一声烟寺钟。花外嘶骢，柳下吟篷，笑语散西东。举头夜色蒙蒙，赏心归兴匆匆。青山衔好月，丹桂吐香风。中人在广寒宫。

——【越调·寨儿令】《西湖秋夜》

张可久对杭州西湖情有独钟，在他的大量写景曲中，写西湖景色的独多，以上只是其中两首，写的都是秋夜西湖，前一首清幽秀美，如置身于蓬莱仙岛。第二首湖光山色，钟声缭绕；青山丹桂，夜色蒙蒙，竟如置身于广寒宫了。这两首曲都气韵流畅，舒展自如；景色清丽幽静，飘逸自然。朱权所说“有不吃烟火食气”，大约就是指这类作品而言。他还有一首写西湖晚景套数【南吕·一枝花】《湖上晚归》，很有名，被李开先誉为“古今绝唱”，限于篇幅，在这里就不引录了。他的这些曲都很雅致，句法意境都近诗词，不少句子多熔炼诗词名句，形成典雅工丽的特色，具蕴藉骚雅之妙，此其一。其次，他着力于炼字炼句，自然流畅，对仗工整。再次，他讲究曲律和音韵，和婉顺畅，他的不少散曲被曲谱列为典范。把张可久视为曲中杜甫，确实是过誉了，但把他视为曲中周邦彦，则是当之无愧的。

二、乔吉

乔吉（？—1345），一作乔吉甫，字梦符，号笙鹤翁，又号惺惺道人。太原（今属山西）人，后流寓杭州。《录鬼簿》称他："美容仪，能辞章。以威严自饬，人敬畏之。居杭州太乙宫前。"钟嗣成在吊他的《凌波曲》中说他"平生湖海少知音"。他穷困潦倒，终生未仕，寄情诗酒，自称"江湖醉仙"、"烟霞状元"、"风月神仙"。他具有江湖浪子特有的落拓疏放、不循常规、不同流俗的个性，这在他的曲中有充分的表现。他的曲属豪放一路，《太和正音谱》称："乔梦符之词，如神鳌鼓浪。"并说："若天吴跨神鳌，噀沫于大洋，波涛汹涌，截断众流之势。"他还总结了散曲的作法："作乐府亦有法，曰：凤头、猪肚、豹尾六字是也。大概起要美丽，中要浩荡，结要响亮。尤贵在首尾贯穿，意思清新。"在散曲创作中，他是仅次于张可久的第二个多产作家。乔吉有两首《自述》，檃栝了他一生的所作所为：

> 不占龙头选，不入名贤传。时时酒圣，处处诗禅。烟霞状元，江湖醉仙。笑谈便是编修院。留连，批风抹月四十年。
>
> ——【正宫·绿幺遍】《自述》

> 华阳巾鹤氅蹁跹，铁笛吹云，竹杖撑天。伴柳怪花妖，麟祥凤瑞，酒圣诗禅。不应举江湖状元，不思凡风月神仙。断简残编，翰墨云烟，香满山川。
>
> ——【双调·折桂令】《自述》

看了这两首《自述》，不禁令人想起柳永的《鹤冲天》，柳永说："才子词人，自是白衣卿相。""忍把浮名，换了浅斟低唱。"但柳永这样做，并不是真正甘心情愿的，只因为"黄金榜上，偶失龙头望"，因为"未遂风云便"，是无奈，是牢骚。同样，乔吉的"不占龙头选，不入名贤传"，他的"不应举"、"不思凡"，也是一种无奈。一个人声明不要什么，其实正是他想要而得不到时的一种姿态，真不想要，就不会想到这些东西，何况他一再说什么"烟霞状元"、"江湖醉仙"，既然云游烟霞，浪迹江湖，何必还念念不忘"状元"。因此，透过这放浪洒脱，我们看到的是苦涩与无奈。乔吉历经坎坷，看尽人世炎凉，这些在他的散曲中都有充分反映。例如：

> 溪山一派，接松径寒云绿苔。萧萧五柳疏篱寨，撒金钱菊正开。先生拂袖归去来，将军战马今何在？急跳出风波大海，作个烟霞逸客。翠竹斋，薜荔阶，强似五侯宅。这一条青穗绦，傲煞你黄金带。再不着父母忧，再不还儿孙债，险也啊拜将台！
>
> ——【南吕·玉交枝】《失题》

> 鹏抟九万，腰缠十万，扬州鹤背骑来惯。事间关，景阑珊，黄金不富英雄汉。一片世情天地间。白，也是眼；青，也是眼。
>
> ——【中吕·山坡羊】《寓兴》

第一首《失题》，开头尽情描绘山川田园的美景，进而赞美隐居生活，蔑视荣华富贵，并指出官场险恶，劝人远祸全身，最后一句"险也啊拜将台"，对迷恋官场的人，无异于当头一棒。韩信曾登台拜将，何等风光！东征西伐，灭楚兴汉，功勋卓著，结果却在长乐宫钟室被杀，这是血的教训，何等惨痛。第二首《寓兴》，题目就告诉你，其中寓有深意。一开头就写出了三种为世人羡慕的人：鹏程万里、腰缠万贯、骑鹤上天成神仙。接下来却无异于当头泼了一盆冷水，告诉你不要尽想好事，须知世路崎岖，好景不长，更何况荣华富贵从来轮不到英雄豪杰之士。社会上又多势利之徒，对人不同等看待，管他白眼青眼，都不要理会，希望天地间能有一片真情。在这首曲中，作者对高官厚禄、绅士富商以及得道成仙，通通不屑一顾。在这里，作者运用了不少典故，如《庄子·逍遥游》里鹏“抟扶摇而上者九万里”，《商芸小说》中“腰缠十万贯，骑鹤下扬州”，以及阮籍的青白眼等，但融会贯通，不露痕迹。乔吉的散曲，都具有鲜明的个性特色，不论写什么都透出一股豪宕之气，格调疏放洒脱，词语清新奇丽。不妨再读他几首散曲：

天机织罢月梭闲，石壁高垂雪练寒，冰丝带雨悬霄汉。几千年晒未干，露华凉人怯衣单。似白虹饮涧，玉龙下山，晴雪飞滩。

——【双调·水仙子】《重观瀑布》

冬前冬后几村庄，溪北溪南两履霜，树头树底孤山上。冷风来何处香？忽相逢缟袂绡裳。酒醒寒惊梦，笛凄春断肠，淡月昏黄。

——【双调·水仙子】《寻梅》

拍阑干，雾花吹鬓海风寒，浩歌惊得浮云散。细数青山，指蓬莱一望间。纱巾岸，鹤背骑来惯。举头长啸，直上天坛！

——【双调·殿前欢】《登江山第一楼》

这三首曲属于写景咏物一类，同样跌宕疏放。第一首写观看乐清白鹤寺的瀑布，因前边有过一首，所以这里说“重观”，用了一连串比喻，突出了瀑布的高险与寒冷，给人一种寒森森的感觉。最后三个比喻，使形象具体生动。同样写瀑布，张小山的《天台瀑布寺》显得沉郁深刻，富哲理性；乔梦符这首曲显得奇妙冷峻，形象生动。第二首《寻梅》，只是在“寻”字上做文章，着重写寻访梅花的过程。第三首属于登高远眺一类作品，作者常常会捕捉住眼前美景加以描绘，而乔吉则以雄壮的歌声唱出他书剑飘零、浪迹江湖的景况，自由自在，潇洒飘逸，有神仙之感。乔吉的散曲，虽然也和张可久一样以清丽见长，但张可久偏于秀丽典雅，乔吉偏于奇丽豪旷，真有“神鳌鼓浪”之势。

第二节　敢于直面现实的作家

一、张养浩

张养浩（1270—1329），字希孟，号云庄，济南（今属山东）人。他好读书，自幼有义举，为人正直，为官清正廉明。武宗时，任监察御史，因敢于直言批评朝政，被免职。仁宗时，任礼部尚书，参议中书省事，进入最高决策层，对当时的文治颇多建树。至治元年（1321），因直言进谏，触怒英宗，险遭不测，深感宦海风波险恶，乃以父老需侍奉为由，辞官归故里。此后，征召七次，皆不应。直至文宗天历二年（1329），关中大旱，出现人食人的惨景，他乃应召为陕西行台中丞，前往救灾，日夜操劳，终于积劳成疾，卒于任所，追封滨国公，谥文忠。他现存的散曲，都作于辞官后。回首官场中尔虞我诈，风波险恶，更深感世态炎凉，人心叵测。因此他的曲多揭露现实黑暗，针砭时弊，尖锐深刻，并同情人民，为元散曲中的瑰宝。

一般人都把张养浩列入元曲前期作家中，但他与张可久同岁，一在前期一在后期，实在不合理。再说他的作品都为后期所作，即在英宗至治（始于1321）以后所作，而元散曲前后期的划定以皇庆元年（1312）为分界线。因此，把他列入后期作家更合理些。虽然他未去杭州，但后期作家中也不是人人都在杭州。张养浩的散曲当以【中吕·山坡羊】《潼关怀古》为代表作：

> 峰峦如聚，波涛如怒，山河表里潼关路。望西都，意踌躇。伤心秦汉经行处，宫阙万间都做了土。兴，百姓苦！亡，百姓苦！

这是元散曲中的佼佼者，是难得的珍品，思想性与艺术性都极高。前三句艺术地概括了潼关的壮丽和险要，这是历来兵家必争之地，是西都长安的东大门。接下来四句转入了写长安，这里曾是秦汉等十来个大小王朝苦心经营的地方。如今经过几度沧桑，那些豪华的宫殿现在都化成尘土。最后写作者的感慨，这八个字真是字字有千钧之力，警拔有力，似波涛汹涌，如惊雷滚滚，撼人心肺，发人深省。群雄逐鹿，王朝兴替，都苦了百姓。这是对历史的高度总结，这是不刊之论。至于揭示富贵无常、官场险恶，在张养浩的散曲中既多且深刻。例如：

> 才上马齐声儿喝道，只这的便是送了人的根苗。直引到深坑里恰心焦。祸来也何处躲？天怒也怎生饶？把旧来时威风不见了。
>
> ——【中吕·红绣鞋】

> 在官时只说闲，得闲也又思官。直到教人做样看，从前的试观，那一个不遇灾难？楚大夫行吟泽畔，伍将军血污衣冠，乌江岸消磨了好汉，咸阳市干休了丞相。这几个

百般，要安，不安，怎如俺五柳庄逍遥散诞。

——【双调·沽美酒兼太平令】

第一首开头第一句就活脱脱勾画了一个气焰嚣张、骄横不可一世的官吏形象，紧接着第二句就指出这就是最终会断送他的原因。这首曲的主旨就是警告那些骄横的官员，平时不要凭仗权势作威作福，到头来落得天怒人怨，大祸临头，没处躲藏，最终轻者身系囹圄，重者身首异处。第二首开头两句写出了人们的矛盾心理，正如钱锺书在《围城》中所说的，城外的想冲进城里去，城里的又想到城外来。这里揭示的是人类的通病。但这首曲里写的主要是官场险恶，因此接下来一连举了四个高官被害的事，屈原、伍圆、项羽、李斯四个都是声名显赫的人，有的位极人臣，有的威震天下，到头来都没有好结果，还不如我隐居五柳庄，自由自在。张养浩写这样的曲，有自己的切身体会，所以更深刻。云庄还有一组醒世劝人的《山坡羊》：

无官何患，无钱何惮，休教无德人轻慢。你便列朝班，铸铜山，止不过只为衣和饭，腹内不饥身上暖。官，君莫想；钱，君莫想。

——【中吕·山坡羊】《述怀》其四

于人诚信，于官清正，居于乡里宜和顺。莫亏心，莫贪名，人生万事皆前定。行歹暗中天照临。疾，也报应；迟，也报应。

——【中吕·山坡羊】《述怀》其五

骊山四顾，阿房一炬，当时奢侈今何处？只见草萧疏，水萦纡，至今遗恨迷烟树。列国周齐秦汉楚，赢，都变作了土；输，都变作了土。

——【中吕·山坡羊】《骊山怀古》

以上三首曲，语言通俗，说得明白，第一首告诉人们无官无钱都无所谓，就怕无德。下边是对高官墨吏说的，一个人所必需的无非是“衣和饭”，一个人能“腹内不饥身上暖”就足够了，不要贪得无厌。第二首是阐发自己的理想与处世哲学，提出为人要“诚信”，为官要“清正”，这在今天仍然有其积极意义。从古至今不知多少人正是因为做人不诚信为官不清正而身败名裂，多行不义必自毙。第三首是针对高层的争权夺利说的。元朝中期以后，皇位之争十分激烈，曲中借古喻今，告诉人们历史上无数次争权夺利的斗争，不管是赢是输，最终“都变作了土”。这对那些热衷于权利之争的人，无异于当头一棒。张养浩还有大量写景散曲，显得很清丽：

一江烟水照晴岚，两岸人家接画檐，菱荷丛一船秋光淡。看沙鸥舞再三，卷香风十里珠帘。画船儿天边至，酒旗儿风外飐。爱杀江南！

——【双调·水仙子】《咏江南》

画船开，红尘外。人从天上，载得春来。烟水闲，乾坤大，四面云山无遮碍，影摇动城郭楼台。杯斟的金波滟滟，诗吟的青霄惨惨，人惊的白鸟皑皑。

——【中吕·普天乐】《大明湖泛舟》

清明禁烟，雨过郊原。三四株溪边杏桃，一两处墙里秋千。隐隐的如闻管弦，却原来是流水溅溅。　　人家浑似武陵源，烟霭蒙蒙淡春天。游人马上袅金鞭，野老田间话丰年。山川，都来杖履边，早子称了闲居愿。

——【中吕·十二月兼尧民歌】《寒食道中》

上边三首散曲，第一首写江南水乡的秋光，令人只觉风光秀丽，景物宜人，是一幅多姿多态的江南秋景图。第二首是写济南的大明湖，描绘了一幅美丽的春日大明湖的风景画，“人从天上，载得春来”，春从天上载来，想象神奇，更觉美妙无比。第三首写春日郊外，这是一幅春日田园风景画，也是一幅民俗图，极有生活气息。《太和正音谱》说“张云庄之词，如玉树临风”，大约是指这类作品。云庄还有一篇套数【南吕·一枝花】《咏喜雨》值得一读：

用尽我为民为国心，祈下些值玉值金雨。数年空盼望，一旦遂沾濡。唤省焦枯，喜万象春如故。恨流民尚在途，留不住都弃业抛家，当不的也离乡背土。

[梁州]恨不的把野草翻腾做菽粟，澄河沙都变化做金珠。直使千门万户家豪富，我也不枉了受天禄。眼觑着灾伤教我没是处，只落的雪满头颅。

[尾声]青天多谢相扶助，赤子从今罢叹吁。只愿的三日霖霪不停住，便下当街上似五湖，都淹了九衢，犹自洗不尽从前受过的苦。

这篇套数写于张养浩在陕西救灾时，充分体现了他的可贵品格及忧国忧民的思想感情，急人民之所急，喜人民之所喜。这首曲感情富于变化，一波三折，先因久旱逢雨而喜，想到现状“流民尚在途”，又不禁悲从中来。但旱情终于可以消除，又悲中生贺，贺中含苦。全篇感情朴素真挚，变化自然，波澜起伏，跌宕多姿，极富艺术魅力。张养浩的风格，基本上属于豪放，但有朴质自然的一面，也有清丽雅致的一面。若从思想性来看，云庄当属元散曲家之首，艺术性也不亚于东篱与小山。

二、睢景臣

睢景臣（生卒年不详，《录鬼簿》中把他列在“方今已亡名公才人，余相知者”），排在乔吉之后。字景贤，又作嘉贤，原籍不详，《录鬼簿》中只说：“大德七年（1303），公自维扬来杭州，余与之识。”是否就是维扬（今江苏扬州）人，不清楚。钟嗣成还说他“自幼读书，以水沃面，双眸红赤，不能远视。心性聪明，酷嗜音律。维扬诸公，俱作《高祖还乡》套数，唯公《哨遍》制作新奇，皆出其下”。今存套数三篇，残曲四句，最著名的是【般涉调·哨遍】《高祖还乡》：

社长排门告示，但有的差使无推故。这差使不寻俗，一壁厢纳草也根，一边又要差夫，索应付。又言是车驾，都说是銮舆，今日还乡故。王乡老执定瓦台盘，赵忙郎抱着酒葫芦。新刷来的头巾，恰糨来的绸衫，畅好是妆么大户。

［耍孩儿］瞎王留引定火乔男女，胡踢蹬吹笛擂鼓。见一彪人马到庄门，匹头里几面旗舒。一面旗白胡阑套住个迎霜兔，一面旗红曲连打着个毕月乌，一面旗鸡学舞，一面旗狗生双翅，一面旗蛇缠葫芦。

［五煞］红漆了叉，银铮了斧，甜瓜苦瓜黄金镀。明晃晃马镫枪尖上挑，白雪雪鹅毛扇上铺。这几个乔人物，拿着些不曾见的器仗，穿着些大作怪衣服。

［四煞］辕条上都是马，套顶上不见驴，黄罗伞柄天生曲。车前八个天曹判，车后若干递送夫。更几个多娇女，一般穿着，一样妆梳。

［三煞］那大汉下的车，众人施礼数。那大汉觑得人

如无物。众乡老展脚舒腰拜，那大汉挪身着手扶。猛可里抬头觑，觑多时认得，险气破我胸脯。

［二煞］你须身姓刘，你妻须姓吕，把你两家儿根脚从头数。你本身做亭长耽几盏酒，你丈人教村学读几卷书。曾在俺庄东住，也曾与我喂牛切草，拽坝扶锄。

［一煞］春采了桑，冬借了俺粟，零支了米麦无重数。换田契强秤了麻三秤，还酒债偷量了豆几斛。有甚糊突处？明标着册历，见放着文书。

［尾声］少我的钱差发内旋拨还，欠我的粟税粮中私准除。只道刘三谁肯把你揪摔住？白甚么改了姓更了名、唤作汉高祖！

这篇套数借用汉代的故事来讽喻现实，大胆地砸烂了皇帝头上的骗人光环，剥落其美丽画皮，还其流氓无赖的本来面目，真是痛快淋漓。作者在曲中通过一个与刘邦老相识的村民的目光所见来描写，反映人民对统治者的不满和愤慨。曲中紧紧抓住乡民与皇帝的巨大差别，用误认的方法来进行讽刺挖苦，以至嬉笑怒骂，自然逼真，形象生动，妙趣横生。一开头就写社长、乡绅为接驾而兴奋忙乱，并加大对百姓的剥削，又要草料又要差夫。接着写车驾进村，全是一些古怪的东西，什么“鸡学舞”、“狗生双翅”、“蛇缠葫芦”，一堆千奇百怪的破玩意儿。车驾到达时，从车上走下一个目中无人的大汉，众乡老竟向他跪拜。仔细一看，“险气破我胸脯”，原来大家迎接跪拜的不是别人，而是流氓无赖刘三。借人东西不还，觍着脸想赖账，还“白甚么改了姓更了名？”总之，在曲里让最高统治者皇帝脸面丢光，威风扫地。首先，作者善用误解法，以一个没有见过世面的乡民目光来看待这一场接驾闹剧，把接驾场面与人物全部漫画化，对最高统治辛辣讽刺和无情嘲骂，对他挖根揭底，让他的丑恶本质暴露在光天化日之下。其次，这套曲构思巧妙，结构严谨，布局精妙，情节起伏跌宕。这里有背景、有人物、有情节，到“那大汉下的车”达到高潮，然后笔锋一转，另辟新境，开始揭老底，把他的丑事抖出来给大家看，一层层剥下他尊严、神圣的外衣，让他赤裸裸暴露在光天化日之下。整个套曲像一出喜剧，真可与果戈理的《钦差大臣》媲美。论思想性，高出《钦差大臣》，因为果戈理的矛头只指向沙俄的官吏，睢景臣的矛头却一直是直指皇帝。因此，不仅在散曲中、在中国文学史上具有崇高的地位，即使在世界文学史上，也是罕见的珍品。再次，语言通俗且个性化，完全符合乡民的身份，口吻真切逼肖，生动活泼，寓庄于谐，独具魅力，是文学史上凤毛麟角的奇珍异宝。

三、刘时中

刘时中（生卒年不详，《录鬼簿》把他列在“方今名公”中），据王国维考证，号逋斋，为古洪州（今江西南昌）人，曾为翰林院待制。现存小令74首，套数4篇，其中最负盛名的是【正宫·端正好】《上高监司》（前套）：

众生灵遭磨障，正值着时岁饥荒。谢恩光，拯济皆无恙，编做本词儿唱。

［滚绣球］去年时正插秧，天反常，那里取若时雨降？旱魃生四野灾伤。谷不登，麦不长，因此万民失望，一日日物价高涨。十分料钞加三倒，一斗粗粮折四量，煞是凄凉。

［倘秀才］殷实户欺心不良，停塌户瞒天不当，吞象心肠歹伎俩。谷中添秕屑，米内插粗糠，怎指望他儿孙久长。

［滚绣球］甑生尘老弱饥，米如珠少壮荒。有金银那里每典当？尽枵腹高卧斜阳。剥榆树餐，挑野菜尝。吃黄

不老胜如熊掌，蕨根粉以代糇粮。鹅肠苦菜连根煮，荻荀芦莴带叶咗，则留下杞柳株樟。

［倘秀才］或是捶麻柘稠调豆浆，或是煮麦麸稀和细糠，他每早合掌擎拳谢上苍。一个个黄如经纸，一个个瘦似豺狼，填街卧巷。

［滚绣球］偷宰了些阔角牛，盗斫了些大叶桑。遭时疫无棺活葬，贱卖了些家业田庄。嫡亲儿共女，等闲参与商。痛分离是何情况！乳哺儿没人要撇入长江。那里取厨中剩饭杯中酒，看了些河里孩儿岸上娘，不由我不硬咽悲伤！

［倘秀才］私牙子船湾外港，行过河中宵月朗，则发迹了些无徒米麦行。牙钱加倍解，卖面处两般装，昏钞早先除了四两。

［滚绣球］江乡相，有义仓，积年系税户掌。借贷数补答得十分停当，都侵用过将官府行唐。那近日劝粜到江乡，按户口给月粮。富户都用钱买放，无实惠尽是虚桩。充饥画饼诚堪笑，印信凭由却是谎，快活了些社长知房。

［伴读书］磨灭尽诸豪壮，断送了些闲浮浪。抱子携男扶笻杖，尫羸伛偻如虾样。一丝好气沿途创，阁泪汪汪。

［货郎］见饿殍成行街上，乞出拦门斗抢，便财主每也怀金鹄立待其亡。感谢这监司主张，似汲黯开仓。披星戴月热中肠，济与粜亲临发放。见孤孀疾病无皈向，差医煮粥分厢巷。更把赃输钱分例米，多般儿区处的最优长。众饥民共仰，似枯木逢春、萌芽再长。

［叨叨令］有钱的贩米谷，置田庄，添生放；无钱的少过活，分骨肉，无承望；有钱的纳宠妾，买人口，偏兴旺；无钱的受饥馁、填沟壑、遭灾障。小民好苦也么哥！小民好苦也么哥！便秋收鬻妻卖子家私丧。

[三煞]这相公爱民忧国无偏党，发政施仁有激昂。恤老怜贫，视民如子，起死回生，扶弱摧强。万万人感恩知德，刻骨铭心，恨不得展草垂缰。覆盆之下，同受太阳光。

[二煞]天生社稷真卿相，方称朝廷作栋梁。这相公主见宏深，秉心仁恕，治政公平，莅事慈祥。可与萧、曹比并，伊、傅齐肩，周、召班行。紫泥宣诏，花衬马蹄忙。

[一煞]愿得早居玉笋朝班上，伫看金瓯姓字香。入阙朝京，攀龙附凤，和鼎调羹，论道兴邦。受用取貂蝉济楚，衮绣峥嵘，珂珮丁当。普天下万民乐业，都知是前任绣衣郎。

[尾声]相门出相前人奖，官上加官后代昌。活被生灵恩不忘，粒我烝民德怎偿？父老儿童细较量，樵叟渔夫曾论讲。共说东湖柳岸旁，那里清幽更舒畅。靠着云卿苏圃场，与徐孺子流芳挹清况。盖一座祠堂人供养，立一统碑碣字数行。将德政因由都载上，使万万代官民见时节想。

这是元散曲套数中最长的一首，反映当时灾区人民的悲惨遭遇。一上来就开宗明义，直奔主题。广大百姓遭受磨难，因为“正值着时岁饥荒”，接着写灾荒造成的灾难。但这套曲的可贵之处，不只停留在写天灾之害，而进一步写为害尤深的人祸，有钱人趁机大赚昧心钱，他们囤积居奇，还使出了种种“歹伎俩”，高价出售他们手中的粮食还不算，在粮食中还掺进了大量的糠和秕谷。老百姓只能吃树皮野菜，被逼得走投无路，只好卖儿鬻女，更惨的是“乳哺儿没人要撇入长江”。所谓“义仓”，也不是救济灾民的，而是官吏豪绅勾结在一起用以盘剥人民的，致使饿殍满街，饥民遍野，真是惨不忍睹。官吏豪绅却趁机大发横财，“置田庄”、“纳宠妾”，越是灾荒年，越兴旺发达。这里全面生动地反映了元朝中后期两极分化严重，阶级矛盾尖锐，吏治腐败，社会黑暗，危机四伏，广大人民处于水深火热之中。这篇套数从写天灾入手，但突出了人祸，其描绘现实生活的广度、揭露社会矛盾的深度、抨击腐败罪恶现象的力度，在元散曲中是罕有的，在中国诗歌史上也是不可多得的珍品。

第三节　少数民族的散曲作家

一、贯云石

贯云石（1284—1324），原名小云石海涯，维吾尔族人。元初大臣阿里海牙之孙，父名贯只哥，他遂以“贯”为姓。字浮岑，号酸斋、疏仙、芦花道人。他出身于武将家庭，少年时神采秀异，臂力惊人，善骑射。后来折节读书，吐辞为文，皆出人意表。因父荫，袭为两淮万户府达鲁花赤，不久让爵位于其弟，北上从姚燧学，深得姚燧器重。仁宗即位，拜翰林侍读学士，迁中奉大夫、知制诰，同修国史。他酷爱汉文化，为文不落旧套，歌行及古乐府慷慨激昂，草隶书法自成一家。仁宗以后，争夺皇位斗争日益激烈，牵连甚广。他为了避开政治风波，称病弃官南下，定居杭州。他为人疏放旷达，曲如其人，《太和正音谱》称：“贯酸斋之词，如天马脱羁。”他还是一位散曲评论家，曾为《阳春白雪》《小山乐府》作序。在他短短的一生中，最后十年是在杭州度过。他酷爱西湖，几乎无日不游，有【正宫·小梁州】一组散曲，构成西湖风光的长卷，曲尽西湖四季之妙。今录二首于下：

画船撑入柳阴凉，一派笙簧。采莲人和采莲腔，声嘹亮，惊起宿鸳鸯。［幺］佳人才子游船上，醉醺醺笑饮琼浆。归棹晚，湖光荡，一钩新月，十里芰荷香。

——【正宫·小梁州】《夏》

芙蓉映水菊花黄，满目秋光。枯荷叶底鹭鸶藏。金风荡，飘动桂枝香。［幺］雷峰塔畔登高望，见钱塘一派长江。湖水清，江潮漾。天边斜月，新雁两三行。

——【正宫·小梁州】《秋》

以上两首，第一首写西湖之夏，着重写其夏无酷暑，是消夏的好地方。西湖的荷花更是名闻遐迩，采莲少女荡着小舟，唱着采莲歌，充满诗情画意。第二首写西湖之秋，营造了一个清爽、沉静的境界，这正是他淡泊名利、飘然出世的心态的反映。他有一首写恋情的曲【双调·清江引】《惜别》很有特色：

若还与他相见时，道个真传示。不是不修书，不是无才思，绕清江买不得天样纸！

一般人写这样的诗词，总爱极写思念之深、相思之苦，这首曲题为《惜别》，但只字不说离情别绪，通篇只是解释为什么不修书，原来是因为“绕清江买不得天样纸”，只此一句写尽了思念之深、相思之苦。由此也可见酸斋想象丰富，构思独特。虽说酸斋的散曲内容主要为“隐逸”与“恋情”，但并不是对现实漠不关心，比如他的一首咏史小令【双调·殿前欢】：

楚怀王，忠臣跳入汨罗江。《离骚》读罢空惆怅，日月同光。伤心来笑一场，笑你个三闾强，为甚不身心放？沧浪污你，你污沧浪。

这首小令写楚怀王昏庸无道，逼得忠心耿耿的屈原自沉汨罗江。从当时黑暗的现实社会来看，这是在借古喻今。这首小令如果只写到此为止，也就没有什么独特的地方，然而在这里说了历来从未有人说过的话，向屈原提出：“为甚不身心放？”是啊，屈原为什么不超脱一些、豁达一些？难道非要自沉汨罗？提出这问题，似乎是在责备屈原，其实不是，这只是说屈原并不是非死不可，他完全可以弃官隐居，全身自保；但屈原不屑于这样做。这更突出了屈原的忠直不屈与追求真理的执着。因此，前边说的“笑”，也不是对屈原的讥笑或嘲笑，而是苦涩的笑，是欲哭无泪的笑，是比哭更痛苦的笑，这比写哭吊屈原具有更深的意蕴。

二、薛昂夫

薛昂夫（约1267—1359后），名超吾，号九皋，维吾尔族人。汉姓马，因此又称马昂夫。曾任江西行省令史，后入京为秘书监郎官、佥典瑞院事等职，又出为太平路总管、衢州路总管等职，晚年隐居于杭州皋亭山一带。长于篆书，有诗名，《太和正音谱》称“薛昂夫之词，如雪窗翠竹”。他也与贯云石一样，隐居杭州，酷爱西湖，用他自己的话来说：“拣西施好处都游遍，管甚月明归路远。”他写了一组咏西湖的散曲【中吕·山坡羊】《西湖杂咏》，从各个不同时节与角度来描绘西湖的美。今录两首于下：

晴云轻漾，熏风无浪，开樽避暑争相向。映湖光，逞新妆；笙歌鼎沸南湖荡，今夜且休回画舫。风，满座凉；莲，入梦香。

——【中吕·山坡羊】《西湖杂咏·夏》

孤山云树，六桥烟雾，景蒙蒙不比江潮怒。淡妆梳，浅妆梳，西湖也怕西施妒。天也为他巧对付：晴，也宜画图；阴，也宜画图。

——【中吕·山坡羊】《西湖杂咏·苦雨》

上边第一首写西湖夏景，这与前面贯云石的【小梁州】咏西湖之夏，有异曲同工之妙。他们都把西湖写成了一个纳凉的好地方，但构思上却有所不同。贯云石写流连忘返：“归棹晚”；薛昂夫则更进一层，竟不想回了：“今夜且休回画舫”。写夏天的西湖当然都少不了写荷花，贯云石是看着采莲人、听着采莲歌，而薛昂夫连在梦里也梦到荷花的清香，更富诗意。第二首写雨景，东坡曾有诗曰“山色空蒙雨亦奇”，薛昂夫则把东坡的这一句进行铺陈，做更具体的描绘，突出其风景幽雅、清丽如画。薛昂夫有两首写官场险恶与人情世态的散曲，写得很出色：

已挂了齐王印，不撑开范蠡船，子房公身退何曾缠？不思保全，不防未然，划地据位专权。岂不闻自古太平时，不许将军见！

——【双调·庆东原】《韩信》

功名万里忙如燕，斯文一脉微如线，光阴寸隙流如电，风霜两鬓白如练。尽道便休官，林下何曾见？至今寂寞彭泽县。

——【正宫·塞鸿秋】

前一首是写韩信，不写他的辉煌功绩与军事才能，而是从他的悲惨结局进行反思。明里在批评他流连权位，不能像范蠡、张良那样功成身退，避祸全身，而实际上是在批判勾践、刘邦之流的最高统治者血腥屠杀功臣。这首小令的最后两句才是全篇的主旨所在，历代那些帝王，在他们目的没有达到时，常常虚情假意礼贤下士，对有用的人才恩宠有加，一旦达到了目的，就残酷杀害，虽然太平是将军用鲜血换来的，但从来是“不许将军见太平”，事实就是那么残酷，最高统治者就是那么残酷！这里充满作者的不平与愤懑。

后一首是揭开禄蠹的面纱，使之露出丑恶的真面目。开头用了四句“连璧对”，以四个生动的比喻勾画出官迷们的丑陋形象，他们为功名万里奔波，到处钻营，斯文扫地，在他们为求官而忙碌中，华年消逝，两鬓苍苍。后三句说他们口是心非，这里先化用唐代诗僧灵彻的诗句：“相逢尽道休官去，林下何曾见一人。”最后一句用陶渊明辞去彭泽县令归隐故里的典故，揭穿那些假名士真禄蠹们在人前装出一副清高的样子，事实上无人归隐，整日汲汲于名利。作者对此厌恶至极，进行无情揭露，彻底剥掉他们假清高的外衣。

第四节　后期的其他作家

一、曾瑞

曾瑞（1260? —1330? ），字瑞卿，号褐夫，大兴（今属北京市）人，到江南后，喜浙江人才之多，羡钱塘景物之盛，遂移居杭州。据钟嗣成《录鬼簿》记载，他神采绰异，衣冠整肃，优游于市井之中，俨然如神仙中人，志不屈物，故不仕。由此可见他气质不凡，神情脱俗。据说他临终，谒门吊者以千数。他还善画，著有杂剧和散曲。可见他是一位笑傲烟霞，工文善画的才子。但他并不是一位不关心现实的人。相反，他有比别的作家更为有力的抨击黑暗现实的作品，最有名的当推【南吕·四块玉】《酷吏》：

官况甜，公途险，虎豹重关整威严。仇多恩少人皆厌。业贯盈，横祸添，无处闪。

有元一代，奸佞、酷吏不少，在曾瑞生活的年代里，先有铁木迭儿勾结太后，恃势肆虐，平常百姓受害不用说了，就是朝廷官员也深受其害，特别是在仁宗死后第四天，他凭着太后懿旨，大开杀戒，向朝中大员开刀，一时间，中书平章、御史中丞、都留守等都被他杀了，弄得人人自危。在文宗时，又有燕铁木儿，他“挟震主之威，肆意无忌”，直到他荒淫身亡。曾瑞这首小令就是为当时的酷吏勾画了嘴脸，结尾三句九个字，写出了酷吏的必然结果，一旦恶贯满盈，必然大祸临头，想躲都躲不开。这无疑是给酷吏们当头一棒。再看其套数【商调·集贤宾】《宫词》：

闷登楼倚阑干看暮景，天阔水云平。浸池面楼台倒影，书去笺雁字斜横。衰柳拂月户云窗，残荷临水阁凉亭。景凄凉助人愁越逞，下妆楼步月空庭。鸟惊环佩响，鹤吹铎铃鸣。

[逍遥乐]对景如青鸾舞镜。天隔羊车，人囚凤城。好姻缘辜负了今生，痛伤悲雨泪如倾。心如醉满怀何日醒？西风传玉漏丁宁。恰过半夜，胜似三秋，才交四更。

[金菊香]秋虫夜雨不堪听，啼树宫鸦不住声。入孤帏强眠寻梦境，被相思鬼绰了魂灵，纵有梦也难成。

[醋葫芦]睡不着，坐不宁；又不疼不痛病萦萦。待不思量霎儿心未肯，没乱到更阑人静。

[高平煞]照愁人残蜡碧荧荧，没水烟消金兽鼎。败叶走庭除，修竹扫苍楹。唱道是人和闷可难争，则我瘦身躯怎敢共愁肠竞？伤心情脉脉，病体困腾腾，画屋风轻，翠被寒增，也温不过早来袜儿冷。

[尾]睡魔盼不来，丫鬟叫不应，香消烛灭冷清清。唯嫦娥与人无世情，可怜咱孤另，透疏帘斜照月偏明。

“宫词”、“宫怨”等，在唐诗中是一大类，数量多，质量高，当时的著名诗人除杜甫外，几乎都爱用这个题材，其中还出了不少名篇，但这些宫怨诗名篇都以蕴藉含蓄著称。曾瑞这首《宫词》却与此大不相同，纯用白描手法，直接坦露。也不像唐诗那样重在写内心的幽怨，而是采用大量的动作描写，而且从失宠嫔妃入夜后孤独难眠的情况采取多层面、多角度描写，反复展现其痛苦与哀怨，务在写透彻。直接坦露的描述与采用通俗活泼的民间口语，不仅是这篇套曲的特点，也是元散曲特有的艺术特色。

二、徐再思

徐再思（生卒年不详，《录鬼簿》把他列为“方今才人相知者”，天一阁本称他“与小山同时”），字德可，号甜斋嘉兴（今属浙江）人，曾为嘉兴路吏。“为人聪明秀丽”，“好食甘饴，故号甜斋”，与贯云石齐名，有“酸甜乐府”之称。《太和正音谱》称“徐甜斋之词，如桂林秋月”。他散曲的主要内容为写景、恋情、归隐与咏史等，例如：

晚云收，夕阳挂。一川枫叶，两岸芦花。鸥鹭栖，牛羊下。万顷波光天图画，水晶宫冷浸红霞。凝烟暮景，转晖老树，背影昏鸦。

——【中吕·普天乐】《吴江八景·西山夕照》

平生不会相思，才会相思，便害相思。身似浮云，心如飞絮，气若游丝。空一缕馀香在此，盼千金游子何之？证候来时，正是何时？灯半昏时，月半明时。

——【双调·折桂令】《春情》

一声梧叶一声秋，一点芭蕉一点愁。三更归梦三更后，落灯花棋未收，叹新丰孤馆人留。枕上十年事，江南二老忧，都到心头。

——【双调·水仙子】《夜雨》

那老子见高皇斩了蛇，助萧何立大节，荐韩侯劳汗血。渔樵做话说，千古汉三杰。想著云外青山，纳了腰间金印，伴赤松子归去也。

——【黄钟·红锦袍】

吴江在江苏境内，苏州市南，太湖东岸。那里湖光山色，风景秀丽。徐再思写了八首【普天乐】分别描绘吴江八景，第一首《西山夕照》是其中的最后一首，这里有静物，有动物；有陆地风光，有水上景物，五光十色，琳琅满目，美不胜收，展现了一幅美丽的水乡秋天晚景图。第二首《春情》是写相思之情，前三句采用连环句式，一层进一层，往复回环，悱恻缠绵，挥不去，剪不断。接下来是一组排比句，用了三个比喻，极写初恋少女深受相思折磨。再下边用一联对偶句，以“一缕馀香”自称，既有自谦藐小之意，又说明相思病重，已气息奄奄；以“千金游子”尊重其情人。最后四句写黄昏后相思之苦。这首曲句式多变，在押韵上采用“半独木桥体”，即前三句韵脚只用一个“思”字，后四句只一个“时”字。这样一是突出用作韵脚那个字的意思；二是加强表达效果，给人一种回旋不息、绵绵不绝之感；三是令人感到质朴自然，天籁自成，直率可爱，有天然之趣。第三首写羁旅思乡之情，先选择了一个典型环境，离家千里外的异乡孤馆，又值秋雨之夜。第一句化用温庭筠《更漏子》六首中最后一首的下阕；第二句化用杜牧《芭蕉》诗，营造一个凄凉的氛围；第四句化用宋人赵师秀《约客》的后两句；第五句暗用唐初马周的故事；加上前边的第三句，具体写逆旅中的孤单凄凉，漂泊异乡，怀才不遇，一事无成，备感辛酸。这样自然就产生了对漂泊的厌倦，对故乡亲人的思念，最后三句也就水到渠成，十分自然。尽管这里又用典又化用前人诗句，但用得巧妙，令人不易察觉，仍感十分流畅。全曲融情入景，借景传情，真挚感人，只觉情韵悠悠，回味无穷。最后一首是咏张良，前三句说张良的功绩，这“千古汉三杰”，张良曾“助萧何”、“荐韩侯”，其功实高于萧、韩，但他不贪图富贵，不留恋爵位，功成身退，成为千古佳话。从前边这几首曲中，我们看到徐再思写景之作娟秀清丽，写情之作缠绵委婉，咏史之作在短短一曲中小结兴亡成败，意蕴深沉，艺术成就都很高，对元散曲艺术的发展有一定贡献。

三、张鸣善

张鸣善（生卒年不详，《录鬼簿》把他列入“方今才人相知者”），名择，以字行，号顽老子，《录鬼簿》说他是“扬州人”，也有说他是“平阳（今山西临汾）人”，家于湖南，流寓扬州（今江苏扬州）。曾官宣慰司令史。博学多才，《太和正音谱》把他作为十二个重点作家之一来介绍，排在王实甫之后关汉卿之前，称“张鸣善之词，如彩凤刷羽。藻思富瞻，烂若春葩，郁郁焰焰，光彩万丈，可以为羽仪词林者也。诚一代之作手，宜为前列”。原有《英华集》与杂剧三种，均已佚。其散曲有《咏世》与《讥时》，都很好。尤其是【双调·水仙子】《讥时》更为出色，共有四首，今录其一于下：

铺眉苫眼早三公，裸袖揎拳享万钟，胡言乱语成时用，大纲来都是哄。说英雄谁是英雄？五眼鸡岐山鸣凤，两头蛇南阳卧龙，三脚猫渭水作熊。

这首小令写尽了元朝末年朝廷腐败，官场黑暗。这八句可分为两层：前四句为第一层，先用一组排比兼鼎足对，正面直白，指出在当时不学无术、装模作样的人位至三公，蛮横无礼、胡作非为的人享受厚禄，胡言乱语的得到重用，第四句总结前说，总而言之全是胡闹。后四句为第二层，用一句反诘，三句作答，又是一组排比兼鼎足对，写出在当时统治者眼中的英雄，把凶狠好斗的乌眼鸡看作兴国安邦的岐山鸣凤，这是指皇帝而言；把狠毒的两头蛇视作南阳卧龙，把成事不足败事有馀的人捧为王佐之才的姜太公，这两句是指辅弼大臣。真是黑白颠倒，善恶不分，这样的朝廷还有什么希望？这首小令言辞尖锐、恣肆，嬉笑怒骂、冷嘲热讽，淋漓尽致、大胆泼辣，矛头直指当时的最高统治集团。其战斗性之强，在元人散曲中实在不可多得。

四、班惟志

班惟志（生卒年不详），字彦功，号恕斋，大梁（今河南开封）人，一说松江（今属上海市）人。少颖异，工文辞，历任浮梁州学教授、集贤待制、绍兴推官、常熟知州、浙江儒学提举等职。所作散曲已散佚，今仅存套数【南吕·一枝花】《秋夜闻筝》，很有特色：

透疏帘风摇杨柳阴，泻长空月转梧桐影，冷雕盘香销金兽火，咽铜龙漏滴玉壶冰。何处银筝，声嘹呖云霄应，逐轻风过短棂，耳才闻天上仙韶，身疑在人间胜境。

［梁州］恰便似溅石窟寒泉乱涌，集瑶台鸾凤和鸣，走金盘乱撒骊珠迸。嘶风骏偃，潜沼鱼惊，天边雁落，树梢云停。早则是字样分明，更那堪音律关情。凄凉比汉昭君塞上琵琶，清韵如王子乔风前玉笙，悠扬似张君瑞月下琴声。再听，愈惊，叮咛一曲阳关令。感离愁，动别兴，万事萦怀百样增，一洗尘清。

［尾］他那里轻笼纤指冰弦应，俺这里谩写花笺锦字迎。越感起文园少年病，是谁家玉卿，只恁般可憎，唤的人一枕蝴蝶梦儿醒。

这是一篇写音乐的散曲。音乐是无形的，只可听却难以描摹，然而在语言大师笔下，可以使之具体化、形象化。这里先写闻筝时的环境气氛，然后分四个层次来具体描绘筝声。在［梁州］一曲中，先用三个比喻来摹状筝声，接着再用四句来渲染筝声的迷人效果。第三层由声入情，写出筝声的丰富内涵。最后一层，即从“再听”到“一洗尘清”，一反前三层比喻、典故、多方烘托等手法，而是全用直白，写出筝声的具体内容及其效果。最后尾声则由情及人，对弹筝人做种种猜测，不予确定，到“唤的人一枕蝴蝶梦儿醒”，戛然而止，留下大块空缺，让接受主体用想象来补充，令人回味无穷。把音乐写到这等程度，真是妙不可言，可与白居易《琵琶行》中著名的对音乐的描写相媲美。

五、杨维桢

杨维桢，其生平事迹已在本卷第一篇第十五章中做过介绍。虽然他只存套数一篇，但很有价值。今把他的套数【双调·夜行船】《吊古》抄录于下：

霸业艰危，叹吴王端为。苎罗西子，倾城处，妆出捧心娇媚。奢侈，玉液金茎，宝凤雕龙，银鱼丝鲙。游戏，沉溺在翠红乡，忘却卧薪滋味。

［前腔］乘机，勾践雄徒。聚干戈，要雪会稽羞耻。怀奸计，越赂私通伯嚭。谁知，忠谏不听，剑赐属镂，灵胥空死。狼狈，不想道请行成，北面称臣不许。

［斗蛤蟆］堪悲，身国俱亡。把烟花山水，等闲无主。叹高台百尺，顿遭烈炬。休觑，珠翠总劫灰，繁华只废基。恼人意，叵耐范蠡扁舟，一片太湖烟水。

［前腔］听启，槜李亭荒。更夫椒树老，浣花池废。问铜沟明月，美人何处？春去，杨柳水殿攲，芙蓉池馆摧。动情的，只见绿树黄鹂，寂寂怨谁无语。

［锦衣香］馆娃宫，荆榛蔽。响屧廊，莓苔翳。可惜剩水残山，断崖高寺，百花深处一僧归。空遗旧迹，走狗斗鸡。想当年僭祭，望郊台凄凉云树，香水鸳鸯去。酒城倾坠，茫茫练渎，无边秋水。

［浆水令］采莲泾红芳尽死，越来溪吴歌惨凄。宫中鹿走草萋萋，黍离故墟，过客伤悲。离宫废，谁避暑？琼姬墓冷苍烟蔽。空原滴，空原滴，梧桐秋雨，台城上，台城上，夜乌啼。

［尾声］越王百计吞吴地，归去层台高起，只今亦是鹧鸪飞处。

这篇套数题为《吊古》，实为伤今。全篇洋洋洒洒竭力铺叙，写出吴王骄奢淫逸、导致国破家亡的悲惨结局。元朝末年，统治者也正在步吴王的后尘，作者在这里借吴王的故事来警戒当时的统治者。因此这套曲虽名为“吊古”，其实在当时极有现实意义。

六、杨朝英

杨朝英（约1265—约1351），号澹斋，青城（今山东高青西）人。选元人小令、套数，先后编有《乐府新编阳春白雪》《朝野新声太平乐府》，世称“杨氏二选”，元人散曲赖此二书以传。

七、周德清

周德清（1277—1365），字挺斋，高安（今江西高安）人。宋词人周邦彦之后。家境贫困，一生未仕。工乐府，善音律，为著名音韵学家，著有《中原音韵》。《续录鬼簿》称：“德清之韵，不但中原，乃天下之正音也。”成为标准的曲韵。

八、钟嗣成

钟嗣成（约1275—1345以后），字继先，号丑斋，大梁（今河南开封）人。曾就学于江浙行省儒学提举邓文原和曹鉴，但参加明经科试，屡试不用，于是隐居。从其著作来看，后期活动于杭州。他著有小令、套数与杂剧，但最著名的是《录鬼簿》，记载了元代曲家的事迹、作品，对不少人还有品评，是研究元代杂剧、散曲的必备文献。

中国诗歌发展史

[下]

张国伟 著

河北出版传媒集团
河北教育出版社

第五卷 · 衰落期

目　录

概　说 / 1
第一编　西风残照 / 4
第一章　明初（永乐以前）主要诗人 / 5
第二章　明前期诗人 / 26
第三章　明中期诗人 / 35
第四章　明晚期诗人 / 59
第五章　壮烈的悲歌 / 73
第六章　备受鄙薄的明词 / 82
第七章　具有自身特色的明散曲 / 111
第二编　馀霞散成绮 / 121
第一章　浩气长留的遗民诗 / 123
第二章　逐渐演变的清初诗坛 / 149
第三章　开启一代新风的王士禛 / 167

第四章　后神韵派时期 / 180
第五章　“性灵”说的兴起 / 187
第六章　欲力挽既倒狂澜的龚自珍 / 225
第七章　末世悲歌 / 229
第八章　最后一搏 / 244
第九章　清代词的演变 / 252
第十章　日趋衰落的清代散曲 / 293
第十一章　明清民歌 / 306
后　记 / 318

概　说

中国古典诗发展到唐代，进入了鼎盛期，其成就之大，造诣之高，是空前的。到了宋代，已经难以为继了。宋人开始是一味学习模仿，尽管忽而盛唐，忽而中唐，忽而晚唐，但绕来绕去，只能跟在唐人身后亦步亦趋，跨越不过唐诗这座高山。后来，宋人也意识到老是跟在唐人背后走是不会有出路的，于是另辟蹊径。宋人的新路子就是在“变”字上下功夫，终于创建了有别于“唐韵”的“宋调”；同时，大力发展词，拥有了可与唐诗媲美的宋词。

到了元代，更无路可走了。大家纷纷想到走回头路，不是宗唐就是宗宋。大体上，元初诗人多为宋、金遗民，其诗自然带有浓厚的宋诗色彩，特别是有太多的江西派的风味。金末，元好问就曾对江西派进行过抨击；元初王恽竭力想扭转这股太浓的江西派风气，提出了“宗唐”的主张，想以此彻底割切与宋诗的联系。仇远则进一步提出了“近体主唐，古体主选”的主张，说得十分具体，确定了元诗的发展方向。明代诗人大多也沿着这条路走了下去，而且还进一步提出“诗必唐，唐必盛”的主张，专学盛唐。清代的大多数诗人，又沿着明人走过的路继续走下去。

向前人学习，这是十分必要的，甚至是不可缺少的。但是在学习中，必须进得去出得来。学不进去，那是白学，毫无效果，或者竟成东施效颦。然而进去后出不来，就不可能有创新；没有创新，就不会有发展，不发展就必然要衰落。从诗歌本身的发展规律来看，中国旧体诗发展至明清两代，黄金时代已经过去，难以再铸辉煌。

再看生产力与经济状况。远在宋代，就出现了手工业作坊，改变了农业社会中传统的自给自足的小农经济。手工业作坊的产品，不是为了满足生产者自身的需要，而是为了出卖，成了商品，商业贸易也随之发展起来。手工业作坊和商业的发达，迎来了城市的繁荣，北宋的汴梁、南宋的临安，都是当时著名的大都会，同时形成了一个庞大的市民阶层。元朝是尚处于奴隶社会的游牧民族入主中原建立的，蒙古族初入中原，不仅破坏大，而且使整个社会一下子倒退了几百年。到元代后期，由于对外贸易的发达，在东南沿海城市，手工业和商业经济都迅速发展起来，不少城市也随之繁荣起来，当时北有大都、南有杭州，都十分繁荣发达。特别是杭州，使在北方做官的人都惊叹不已，视为人间天堂，不少人干脆辞官定居杭州，因此元朝后期，元曲的创作中心也由大都南移到了杭州。城市繁荣、市民阶层壮大，作为上层建筑的文学，也必然要发生变化。当时的诗、词、曲都日趋典雅，愈显雕琢之工，深奥难懂，几乎成了士大夫的专利品，市民则更喜欢通俗的小说与戏剧。失去了广大的民众基础，诗歌也就无法再兴盛发达了。

政治因素对诗歌的兴衰也至为重要。明清两代的统治者，都采用软硬两手来对付知识分子。明代最有才华的诗人高启，因为辞官，朱元璋怀疑他不肯为自己效力，找一个借口，把他处以腰斩。苏州文士姚润、王漠等，也因被征召不至，都被斩首抄家。朱元璋死后，孙子朱允汶继位（即建文帝），据说他比较仁慈宽厚，可惜好景不长，在位四年，其叔燕王朱棣篡位，史称明成祖，其凶残程度不亚于乃父。朱元璋父子霸悍凶残，也使中国文化遭到毁灭性摧残，诗词一蹶不振，直到晚明才有所改观。清代是满人入主中原，唯恐汉人不服，一直采取高压手段，刚入关时，在多尔衮的主持下，屡次屠城。到康雍乾三代，大兴文字狱，寻章摘句，罗织罪名，大肆杀戮。文字狱次数之多，是空前未有的，每次文字狱被杀的人，少则数十人，多则成百上千，十分残酷。在封建帝王的专制淫威下，文人为保全身家性命，只能谨小慎微，哪里还敢大胆“吟咏性情”。

明清两代的统治者，除了用暴力压制文人外，还用软手段来钳制麻痹文人的思想。明朝在开国之初，就把程朱理学定为一尊，成为统治思想；建立了用八股文取士的制度，不仅规定举子文章的八股程式，还规定必须摘取“四书”、“五经”中一句来作为考试命题，并规定举子的文章内容必须符合朱熹对“四书”、“五经”的注释，叫什么“代圣立言”，不允许举子有自己的见解，更不允许自由发挥思想。在封建专制者软硬兼施的压制下，文士们的思想被钳制了，人性被扼杀，没有个性，思想僵化，吴敬梓的《儒林外史》就是当时思想被毒化了的文士的写照。在这样的情况下，尽管不断有人高喊“宗唐”，却没有人能写出像唐诗一样的好诗来！至此，中国旧体诗迅速衰落。

上述三个方面，正好涉及创作主体、文本与接受主体三个方面，这实际包括了文学活动的全部。由此看来，时至明清，中国传统诗歌的衰落是必然趋势，除了彻底革新，已无路可走了。我们说诗歌至明清而衰落，并不是说一无是处，没有一首好诗，而是指其总趋势而言。

第一编　西风残照

明朝从一开始，就采用软硬两手来严格控制文人士子的思想。在明初，朱元璋的残暴是出了名的，稍不称心，就大开杀戒。对要求摆脱羁绊、使个性得以自由发展的吴中派名士的迫害尤为残酷。当时最有才华的诗人高启，竟惨遭腰斩，被害时还不满39岁。其馀被迫害致死的士子，达十馀人之多。那些侥幸活下来的人，也被打磨得没有锐气了。燕王朱棣篡夺皇位后，其残暴程度甚至超过了乃父。灭方孝孺十族；对建文帝的忠臣不仅杀戮本人，对其家族也竭尽迫害之能事。到了晚年，更是心理变态，变得暴躁多疑，丧尽人性。永乐十九年（1421），怀疑宫内有人“谋逆”，不仅亲临监刑，还兽性大发，亲自操刀，剐杀如花少女三千人，血流满地，惨不忍睹。

到了明朝中晚期以后，情况有所变化。由于种种原因，统治者有些顾不上监控下层文人士子的思想，主要是一连出了几个懒理朝政的皇帝，嘉靖朝，皇帝忙于炼丹求长生，权臣严嵩父子忙于排除异己收敛钱财；万历皇帝更是二十多年不上朝；天启帝专爱干木工活，把处理朝政的大权交给宦官魏忠贤，而阉党忙于排除异己，杀害不依附他们的大臣，更忙于敛财。明末又出现大规模的农民起义；山海关外，又有后金迅速崛起，严重威胁着明王朝，弄得统治者手忙脚乱，顾不上对文人士子的思想监控。不过到明中叶后，宦官之祸不断，而且特别凶残，厂、卫特务横行，社会陷入黑暗恐怖之中。这时，一部分文人士子面对黑暗现实进行深刻思考，自由思想慢慢抬头，导致被窒息的人性渐渐复苏，终于在嘉靖后期出现了封建社会的异类李贽，诗歌创作到明末也有了一定起色。

明诗虽成就不大，但派系林立，复古之风炽烈，远远超过以前任何一代，他们的精力似乎不是用来把诗写好，而是全用在门户之争上。明初就出现了五个诗派，此后又有台阁体与复古派、公安派与竟陵派，几社与复社等等，还有众多才子，什么“明初四杰”、“吴中四子”以及“前七子”、“后七子”，还有“十才子”与“五才子”，更有“后五子”、“广五子”、“续五子”与“末五子”等等，真是热闹非凡，扰攘不息。当然，这扰攘纷争，另一方面也说明他们在不停地探索，企图找到一条复兴诗歌的新路子，只是“言语道断，思维路绝”，钻进了死胡同，无路可走，只能往复回环，不断地走回头路。其实，复古只能作为一面旗帜，一句口号，目的还是要借以进行革新，探索新路子，例如唐初提出的“建安风骨”，都是打着复古的旗帜来实行革新的。

第一章　明初（永乐以前）主要诗人

明代初年，诗人都来自元末。元代的思想统治较为松懈，加以元末大乱，思想较活跃，给诗歌创作提供了良好的环境与气候。明初五派的代表人物，在元末已开始创作，并有不少佳作，因此呈现出“明初诗歌出现了百馀年来未有的高潮”（袁行云《明诗选·序》）。五派之中，以越派与吴中派影响最大，越派（包括钱塘江以南的浙东地区）代表人物刘基，是朱元璋的主要谋士、明朝的开国功臣；吴中派（其地域包括太湖流域的苏南和浙西地区，浙西也称杭嘉湖地区）代表人物高启，人们普遍认为高启是明代第一大诗人，馀子庸庸。

第一节 最具影响的诗人

一、刘基

刘基（1311—1375），字伯温，处州青田（今浙江青田）人。年十四入郡学习儒家经典，博览百家，喜兵法，精于天文。元至顺四年（1333）登进士第，翰林学士揭奚斯非常赏识他，赞叹道："此魏征之流，而英特过之。将来济世器也。"仕元，为官清廉，秉公执法，不畏强暴，深受百姓爱戴，称为"青天"。但为同僚忌恨，屡遭排挤打击，毅然辞官归田，回乡钻研兵法，写成《百战奇略》。至正二十年（1360），在朱元璋的再三礼请下，与宋濂等同赴金陵，陈时务十八策，拟定征讨大计，参预机要，朱元璋称他为"吾子房也"，把他比作汉初三杰之首的张良。他不负厚望，运筹帷幄，屡出奇谋，协助朱元璋扫除群雄，统一天下。明朝建立后，他主张宽以济世，与民生息，鼓励开荒，兴修水利，奖劝农桑。洪武三年（1370），授弘文馆学士，封诚意伯。他为人刚正不阿，秉公执法，为权臣胡惟庸等所忌。63岁时，告老还乡，但胡惟庸仍不放过，谗言诬陷，朱元璋竟剥夺了他的俸禄，以致忧愤而卒（一说被胡惟庸毒死）。正德中谥文成。有《诚意伯文集》，诗文俱工，《四库全书总目提要》称"其诗沉郁顿挫，自成一家，足与高启相抗"。沈德潜选编《明诗别裁集》，列刘基于卷首，并说："元季诗都尚辞华，文成独标高格，时欲追逐杜韩，故超然独胜，允为一代之冠。"他是明初越派诗人的代表，越派诗人的特点是深受理学熏陶，不过其作品尚无道学气，未流于"语录体"与"击壤体"，不是"押韵之讲义"或口号。其作品较平易，不尚华藻，不事雕琢，并在一定程度上反映了社会现实。然而，刘基的佳作大多作于元末，入明后，可能与自身的地位与当时的政治气氛有关，好诗不多。按《四库全书总目提要》的说法，他的诗作“乐府高于古诗，古诗高于近体，五言近体又高于七言”。这是说刘基的诗以乐府成就最高，七言近体最弱。兹录四首于下：

谁谓秋月明？蔽之往往由纤翳。
谁谓江水清？淆之往往随沙泥。
人情旦暮有翻覆，平地倏忽成山溪。
君不见桓公相仲父，竖刁终乱齐。
秦穆信逢孙，遂违百里奚。
赤符天子明见万里外，乃以薏苡为文犀。
停婚仆碑何震怒，青天白日生虹蜺。
明良际会有如此，而况童角不辨粟与稊。
外间皇父中艳妻，马角突兀连牝鸡。
以聪为聋狂作圣，颠倒衣裳行蒺藜。
屈原怀沙子胥弃，魑魅叫啸风凄凄。
梁甫吟，悲以凄。
岐山竹实日稀少，凤凰憔悴将安栖。

——《梁甫吟》

编竹为篱更栽刺，高门大写畦桑字。
县官要备六事忙，村村巷巷催畦桑。
畦桑有增不可减，准备上司来计点。
新官下马旧官行，牌上却改新官名。
君不见古人树桑在墙下，五十衣帛无冻者。
今日路傍桑满畦，茅屋苦寒中夜啼。

——《畦桑词》

结发事远游，逍遥观四方。
天地一何阔，山川杳茫茫。
众鸟各自飞，乔木空苍凉。
登高见万里，怀古使心伤。
伫立望浮云，安得凌风翔。

——《感怀》（三十一首之二十）

古戍连山火，新城殷地笳。
九州犹虎豹，四海未桑麻。
天迥云垂草，江空雪覆沙。
野梅烧不尽，时见两三花。

——《古戍》

从以上4首诗中，可看出刘基诗的风格。第一首《梁甫吟》用乐府古题，被《四库全书总目提要》定为诗作中最高者。前4句说的是一叶障目之意，五、六两句说人情世事反复无常，下边以历史事实为证。又说了些颠倒黑白的事，致使忠良屈死。最后以“竹实日稀少”，以竹实为食的凤凰必然无存身之处。这样的诗是在学杜甫、韩愈，显得沉郁顿挫，沈德潜在《明诗别裁集》中称：“此《离骚》遗音也。”但沈德潜也同时批评说：“拉杂成文，极烦宽瞆乱之致。”读后确有这样的感觉。而且这首诗虽然故作沉郁顿挫，但绝无杜诗的厚重感。学杜而未得杜诗的精粹，更不要说创新与突破，由此可知诗歌的趋向，刘基诗尚且如此，何况更多不如刘基者！第二首《畦桑词》是一首七古，但从题目和写法以及语调来看，称为新题乐府更确切些。大致在唐以前，诗人创作乐府诗多用古题，到了杜甫笔下，不愿受古题束缚，常根据内容自命新题，如《兵车行》《丽人行》等等；及至白居易，干脆打出了“新乐府”的旗帜。刘基这首诗也遵照“新乐府”的宗旨反映当前的社会问题，特别是关心民瘼，反映元代改蒙古游牧之俗，颁农桑之制，让农民把农田分畦种植桑树。上司有令，县官照此办理，但事实上是应付差事，无补于老百姓的饥寒。这首诗虽无杜甫、白居易的深刻，但在一定程度上反映了当时的社会状况。第三首《感怀》是一首五古，这首诗也写于元末。当时社会黑暗，吏治腐败，刘基为人刚正不阿，为官廉明清正，因此屡遭排挤打击，抑郁不得志，这首诗就是抒发他渴望能遂平生壮志，有更大作为。全诗虽然抒发其大志未伸的郁愤，但境界开阔，悲而不伤，愤而不怒，慷慨苍凉，壮怀激烈，自有一股勃勃英气。最后一首《古戍》是一首五律，这首诗也写于元末，感时悯乱，期望未来，深雄宏阔，骨力劲健，慷慨激昂，气度高远，结尾尤透露出无限希望。刘基之诗在明代仅逊于高启，乃一代之佼佼者。

二、高启

高启（1336—1374），字季迪，号槎轩，长洲（今江苏苏州）人。元末隐居吴淞之青丘，因此自号“青丘子”。年少即以诗名，与杨基、张羽、徐贲四人，称“吴中四杰”。他是吴中派的代表作家，与越派诗人不同，他们与理学瓜葛较少，不热衷于功名事业，对参政兴趣不大，追求个性解放，自由放任，他们大多具有诗人气质。胡应麟在《诗薮续编》中说：“国初称高、杨、张、徐。季迪风华颖迈，特过诸人。”还说：“国初闻人，率由越产……诸方无抗衡者。而诗人则出吴中，高、杨、张、徐、贝琼、袁凯，亦皆雄视海内。”张士诚占领苏州十年，社会稳定，成为元末大动乱中的乐土。与朱元璋轻视侮辱士子不同，张士诚能礼贤下士，因此许多文士迁居于此，相互酬唱。高启曾受张士诚礼重，但没有当官。元至正二十七年（1367），朱元璋攻下苏州，恨苏州士民支持张士诚，以加重税赋、刑罚予以惩罚，吴文士也受到迫害。加以朱元璋施行暴政，兴文字狱，滥杀无辜，这些在高启心上不能不留下阴影，因而在某些作品中流露出消极情绪。洪武二年（1369），他应召修《元史》，授翰林院国史编修，并命他教授诸王。次年任户部右侍郎，托以年少不敢膺重任，辞归故里，授书自给。但朱元璋以为他不肯为己所用，终于在洪武六年，借故把他腰斩了，时尚不满40岁，一代最有才华的诗人就这样惨遭杀害。高启是明代诗人之冠，几成定论，《四库全书总目提要》说："启天才高逸，实据明一代诗人之上。其于诗，拟汉魏似汉魏，拟六朝似六朝，拟唐似唐，拟宋似宋。凡古人之所长，无不兼之。振元末纤秾缛丽之习而返之于古，启实为有力。然行世太早，殒折太速，未能熔铸变化，自为一家。……此则天实限之，非启过也。"高启转益多师，为诗大多独抒性灵，自成高格，虽未能比李、杜而自成大家，但也可与李、杜以下的诗人相颉颃。其诗豪健秀逸，时有李白遗风；又沉郁顿挫，有杜甫的馀韵。兹录其诗十首于下：

江上有青丘，予徙家其南，因自号青丘子。闲居无事，终日苦吟。因作〈青丘子歌〉言其志，以解诗淫之嘲。

青丘子，臞而清，本是五云阁下之仙卿。何年降谪在世间，向人不道姓与名。蹑屩厌远游，荷锄懒躬耕。有剑任锈涩，有书任纵横。不肯折腰为五斗米，不肯掉舌下七十城。但好觅诗句，自吟自酬赓。

田间曳杖复带索，旁人不识笑且轻，谓是鲁迂儒、楚狂生。青丘子，闻之不介意，吟声出吻不绝咿咿鸣。朝吟忘其饥，暮吟散不平。当其苦吟时，兀兀如被酲。头发不暇栉，家事不及营。儿啼不知怜，客至不果迎。不忧回也空，不慕猗氏盈。不惭被宽褐，不羡垂华缨。不问龙虎苦战斗，不管乌兔忙奔倾。

向水际独坐，林中独行。斫元气，搜元精，造化万物难隐情，冥茫八极游心兵，坐令无象作有声。微如破悬虱，壮若屠长鲸，清同吸沆瀣，险比排峥嵘。霭霭晴云披，轧轧冻草萌。高攀天根探月窟，犀照牛渚万怪呈。妙意俄同鬼神会，佳景每与江山争。星虹助光气，烟露滋华英，听音谐韶乐，咀味得大羹。世间无物为我娱，自出金石相轰铿。

江边茅屋风雨晴，闭门睡足诗初成。叩壶自高歌，不顾俗耳惊。欲呼君山父老携诸仙所弄之长笛，和我此歌吹月明。但愁欻忽波浪起，鸟兽骇叫山摇崩。天帝闻之怒，下遣白鹤迎。不容在世作狡狯，复结飞佩还瑶京。

——《青丘子歌》

文皇在御升平日，上苑宸游驾频出。
仗中乐部五千人，能唱新声谁第一？
燕国佳人号顺时，姿容歌舞总能奇。
中官奉旨时宣唤，立马门前催画眉。
建章宫里长生殿，芍药初开敕张宴。
龙笙罢奏凤弦停，共听娇喉一莺啭。
遏云妙响发朱唇，不让开元许永新。
绣陛花惊飘艳雪，文梁风动委芳尘。
翰林才子山东李，每进新词蒙上喜。
当筵按罢谢天恩，捧赐缠头蜀都绮。
晚出银台酒未消，侯家主第强相邀。
宝钗珠袖尊前赏，占断春风夜复朝。
回头乐事浮云改，瘗玉埋香今几载？
世间遗谱竟谁传，弟子犹怜一人在。
曾记《霓裳》学得成，朝元队里艺初呈。
九天声落千人听，丹凤楼前月正明。

狭斜贵客回车马，不信芳名在师下。
风尘一旦禁城荒，谁是花前听歌者？
从此飘零出教坊，远辞京国客殊方。
闭门春尽无人问，白发青裙不理妆。
相逢为把双蛾蹙，《水调》《凉州》歌续续。
江南年少未曾闻，元是当时供奉曲。
朝使今年海上归，繁华休说乱来非。
梨园散尽宫槐落，天子愁多内宴稀。
始知欢乐生忧患，恨杀韩休老无谏。
伤心不见昔人歌，汾水秋风有飞雁。
此时西园把一卮，感时怀旧尽成悲。
含情欲为秋娘赋，愧我才非杜牧之。
——《听教坊旧妓郭芳卿弟子陈氏歌》

大江来从万山中，山势尽与江流东。
钟山如龙独西上，欲破巨浪乘长风。
江山相雄不相让，形胜争夸天下壮。
秦皇空此瘗黄金，佳气葱葱至今王。
我怀郁塞何由开，酒酣走上城南台。
坐觉苍茫万古意，远自荒烟落日之中来。
石头城下涛声怒，武骑千群谁敢渡。
黄旗入洛竟何祥，铁锁横江未为固。
前三国，后六朝，草生宫阙何萧萧！
英雄乘时务割据，几度战血流寒潮。
我今幸逢圣人起南国，祸乱初平事休息。
从今四海永为家，不用长江限南北。
——《登金陵雨花台望大江》

登城望神州，风尘暗淮楚。
江山带睥睨，烽火接楼橹。
并吞何时休？百骨易寸土。
向来禾黍地，雨露长榛莽。
不见征战场，那知边人苦？
马惊西风笳，鸟散落日鼓。
呜呜城下水，流恨自今古。

——《登西城门》

东家西家罢来往，晴日深窗风雨响。
二眠蚕起食叶多，陌头桑树空枝柯。
新妇守箔女执筐，头发不梳一月忙。
三姑祭后今年好，满簇如云茧成早。
檐前缫车急作丝，又是夏税相催时。

——《养蚕词》

阴风吹林乌鹊出，猛虎欲出人先知。
目光瞳瞳当路坐，将军一见弧矢堕。
几家插棘高作门，未到日没收猪豚。
猛虎虽猛犹可喜，横行只在深山里。

——《猛虎行》

女奴扶醉踏苍苔，明月西园侍宴回。
小犬隔花空吠影，夜深宫禁有谁来？

——《宫女图》

琼姿只合在瑶台，谁向江南处处栽？
雪满山中高士卧，月明林下美人来。

寒依疏影萧萧竹，春掩残香漠漠苔。
自去何郎无好咏，东风愁寂几回开？

——《梅花》九首其一

山空响更远，雨过流还急。
馀沫洒回风，一林红树湿。

——《飞泉坞》

以上10首诗中的第一首《青丘子歌》是作者的自我写照，从外貌、行为到内心世界，都做了生动的描绘，突出了懒散、疏狂与清高，诗风豪放飘逸，纵横恣肆，随物赋形，声情并茂，淋漓酣畅，一泻千里，颇有李白的遗风。第二首仿杜甫《观公孙大娘弟子舞剑器行》，不同的是：杜甫写“观舞”，高启写的是“听歌”，两首诗的共同点是都写了师徒两代艺人的经历遭遇，着重写了她们高超的技艺，同时对她们的不幸寄予深切同情。全诗从顺平时写到乱世，先乐而后悲，次第井然，节奏鲜明，起伏跌宕，情韵婉转。从师徒两人的不同经历，以见治乱兴衰，其中“始知欢乐生忧患”可作当政者的座右铭。诗风沉郁顿挫而又雄浑高华，确有杜甫馀韵。第三首《登金陵雨花台望大江》，作于应召赴南京修《元史》时，当时战乱基本结束，国家统一，明朝开国之初，出现一派蓬勃兴盛的新气象，这里既有对长江的描绘，境界壮阔，气势宏伟；也有对长江历史的回顾，列国纷争，英雄割据，灾难深重，寄慨深沉，真是“思接千载，视通万里”。最后对平息祸乱、统一全国进行热情赞美，兴奋地说：“从今四海永为家，不用长江限南北。”长江天堑成通途，令人无限喜悦。这赞美是由衷而发的，不是有意歌功颂德。这首诗颇有盛唐气韵。第四首《登西城门》也是一首登临诗，写的是登苏州城西门所见。写作年代比前一首早，战乱未平时，遍地烽火，满目疮痍，“百骨换寸土”，令人惊心。这首诗意境开阔，情调悲愤，哀婉苍凉，有中晚唐现实主义诗人的风格。接下来两首是讽喻诗，采用卒章明志的写法，这是中唐“新乐府”常用的手法。前一首《养蚕词》画出了一幅江南养蚕时的风俗画；后一首《猛虎行》形象地写出了“苛政猛于虎”的名言，猛虎犹可躲避，苛政却令人无处躲藏。第七首是一首宫词，据说高启惨遭腰斩，是这首诗惹的祸，朱元璋恨其揭露宫闱隐秘，疑其对己讥讪，早已怀恨在心。后来因苏州刺史魏观在张士诚旧宫址建府衙，有人诬告他图谋不轨，于是被杀。第八首《梅花》是咏物诗，共九首，前人评说：“首首皆飘逸绝群，句锻字炼。”这是其中的第一首，诗人对梅花多角度审视，全方位着眼，采用四处落笔，多方譬喻，力图全面展示梅花，不仅摹其形，而且摄其魂。其颔联尤为人激赏，曹雪芹的《红楼梦》曾化用这两句诗为“山中处士晶莹雪，世外仙姝寂寞林”。最后一首是写景诗，意境清幽宁静，颇有些王维《辋川集》的韵味。从上面的例诗中，我们看到高启的天分极高，摹拟古人，拟谁像谁，转益多师，如果不是英年被害，定能形成自己的风格，取得更高的成就。

以高启为代表的“吴中四杰”，在他们身上有更多的市民气息，他们希望甩掉礼法的束缚，张扬自我，追求个性解放，但他们全被朱元璋害死。有明一代，始终重科举重理学，使大多数读书人浑身酸腐，缺乏诗人的灵性。而且吟诗填词，弄不好就会招来杀身之祸，士子们先是不敢言诗，久之就不能言诗，诗歌也就日渐衰落。在市民逐渐壮大的时代里，文学艺术必须适合市民的接受能力，市民不接受过分典雅，更拒绝冬烘。

三、宋濂

宋濂（1320—1381），字景濂，号潜溪，金华浦江（今浙江浦江）人，少时家贫，借书抄读，力学不倦，先后得当时名儒吴莱、柳贯、黄缙为师。曾“入青萝山中，不下书屋若干年，得郑氏所蓄书万卷。书无不尽阅，阅无不尽记”（杨维桢《宋学士文集序》）。有文名，元至正（1341—1368）中荐授翰林编修，以亲老辞，入山为道士，道号玄真子。后来朱元璋进南京后，征召他为江南儒学提举，为太子讲解经籍。他学识渊博，深得朱元璋赏识，常常跟随左右，以备顾问。他的许多建议，也被朱元璋采纳。朱元璋决定修《元史》时，由他任总裁。后官至翰林学士，知制诰。明初的典章制度、宗庙山川的祭祀文章等等，大多出自他之手。《明史》本传称之为“开国文官之首”。洪武十三年（1380），丞相胡惟庸以谋反罪被杀，宋濂的子孙受到牵连被杀，全家系狱，幸有太子力救，才得以免死，流放茂州，途中卒于夔州（今重庆奉节）。他倾心为朱元璋效力，但也未得善终。他长于文，诗非其所长，然而“于诗亦用全力为之”。但其诗可称者不多，大致其长篇大作，往往冗沓乏味，小诗中有精巧流丽者。在这里所以提到他，因为后来出现的台阁体，他是始作俑者。他入明前的诗尚有可读者，如《题倪元镇耕云图》：

看院留黄鹤，耕云种紫芝。
天下书读尽，人间事不知。

这是首题画诗，主要写画中隐士的生活，有向往赞美之意，这符合他在元代曾出家当道士的行为。入明后，他由布衣而至高官显位，对朱元璋感恩戴德，歌之颂之，真是“用全力为之”，此外，还有不少宣扬封建道德的诗文，令人生厌。可怜宋濂虽尽力为朱元璋效劳，但仍难免子孙受戮，自己也因流放而死。

第二节 明初其他诗人

一、王冕

王冕（1287—1359），字元章，一字元肃，绍兴诸暨（今浙江诸暨）人。原是农家子，少勤学不倦，常边牧牛边读书。后为韩性收为弟子，传其学。元末，举进士不第，乃焚其所为文，改学古兵法、击剑，有大志，学成王佐之材。家贫，然不屑为小吏。曾北上大都，观山河险要，古迹名胜。都元帅泰不花以馆职荐，辞不就。曾说："吾未即死，持此以遇明主，伊、吕事业不难致也。"从大都归来，每大言天下将乱，携家隐会稽九里山，植梅千株，桃杏半之，遂号梅花屋主，又号煮石山农等。元至正十九年（1359）春，朱元璋兵下绍兴后，王冕赴金华谒见，授咨议参军，"以为得行其志"，可惜不久病故，未能施展其才。王冕能诗，善画梅，精篆刻，有《竹斋集》。《四库全书总目提要》说："冕天才纵逸，其诗多排奡遒劲之气，不可以常格。然高视阔步，落落独行，无杨维桢等诡俊纤仄之习，在元明之间要为作者。"王冕不仅善画梅，也善咏梅，常以绝句题之，其中尤以《墨梅》四首为人称赏，兹录其二于下：

我家洗研池边树，朵朵花开淡墨痕。
不要人夸好颜色，只留清气满乾坤。

这原是题水墨画的梅花，把它与真花联系起来。前两句说梅花所以有"淡墨痕"，是由于生长在王羲之的洗研池边，原来其来历不凡。后两句进一步写出墨梅的高洁，不慕虚荣，只求内蕴高洁。这是一首托物言志的诗，意蕴较深，饶有情韵。再来读一首他的七律《水竹居》：

小桥流水路萦纡，竹里茅茨是隐居。
慷慨不同时俗辈，清高多读古人书。
好山入屋情无限，明月穿帘兴有馀。
我亦山阴旧溪曲，一庭萧洒正相如。

这首诗是题友人的居处，“水竹居”原出于杜甫的《奉酬严公寄题野亭之作》：“拾遗曾奏数行书，懒性从来水竹居。”杜诗是对严武劝他不当隐居、应出仕的委婉谢绝，王冕这首诗赞美友人居所清雅，看来这位友人是隐者之流。杜甫在诗中以“礼法疏”的阮籍自喻，王冕在此不仅引为友人的同调，也引为自己的同调，看破世态，愤世嫉俗，清高绝尘，不屑堕入红尘。全诗虽娓娓道来，但自有一股遒劲之气，真可谓骨干健劲，真气弥漫。难怪吴敬梓在《儒林外史》中批尽庸儒，独标举王冕，赞赏其“嵚崎磊落”，把他列为儒林楷模，十分崇敬，其影响也由此可见。

二、张以宁

张以宁（1301—1370），字志道，号翠屏山人，古田（今福建古田）人。元泰定四年（1327）登进士第，元末官翰林学士承旨。入明，召为侍读学士。洪武二年（1369）奉旨出使安南，次年归，卒于途。有俊才，博学强记，长于《春秋》，诗文也擅名当时，人呼为“小张学士”，有《翠屏集》。胡应麟在《诗薮续编》中说：“以宁气骨豪上，国初寡俦。”《四库全书总目提要》称：“其诗五言古体，意境清逸；七言古体，亦遒警。……近体皆清新。”徐泰在《诗谈》中称其诗“高雅俊逸，超绝畦畛，如翠屏千仞，可望而不可跻”。《提要》认为这一评论“虽推挹稍过，然亦几乎近似矣”。其诗如：

碧酒双玉瓶，独酌峨眉亭。

不见李太白，惟见三山青。
秋色淮上来，苍然满云汀。
安得十五弦，弹与蛟龙听！

——《峨眉亭》

君家重峰下，我家大溪头。
君家门前水，我家门前流。
我行久别家，思忆故乡水。
何况故乡人，相见六千里。
十年在扬州，五年在京城。
不见故乡人，见君难为情。
见君情尚尔，别君奈何许？
送君遽不堪，忆君良独苦。
君归过溪上，为问水中鱼。
别时鱼尾赤，别后今何如？

——《送重峰阮子敬南还》

前一首诗，颇有太白遗韵，轻快飘逸，沈德潜在《明诗别裁集》中评说：“‘秋色淮上来’二十字，何减太白。”后一首写于元末大都。前四句化用李之仪《卜算子》前四句，有一种缠绵亲切感。全诗明白如话，朋友的深厚情谊饱含其中。这首诗在当时影响很大，朱彝尊在《静态居诗话》中说此诗“仿太白，可称合作。李方伯祯《题双燕图寄人》诗云：‘君家吟溪北，我家郡北西。君家梁间燕，我家梁间栖。’周尚书忱《送人》诗云：‘我家白沙渚，君家桐江头。我家门前水，亦向桐江流。’当皆从此出，可知是作脍炙当时。”沈德潜在《明诗别裁集》中选了这首诗，并评说：“情致缠绵，神似《饮马长城窟》诗。”从这些评论中，我们可以看到这首诗承上启下的情况。

三、袁凯

袁凯（生卒年代不详），字景文，号海叟，华亭（今上海松江）人。少孤贫，力学。元末为府吏，以《白燕》一诗，得杨维桢击节赞赏，并抄赠诸人，自此人称“袁白燕”。入明，经举荐，授监察御史。有一次，朱元璋鞫囚毕，命凯送交太子复审，太子递减其刑。凯还报，朱元璋问他：“朕与东宫孰是？”他回答说：“陛下法之正，东宫心之慈。”朱元璋嫌其老猾持两端。袁凯畏惧，于是佯狂以骗朱元璋，再告病回乡。朱元璋对他还不放心，时常派人侦察其行踪。凯不得已，只有继续装疯。他的古诗学魏晋，近体学杜甫，而能不囿于古人。他诗风浑厚而蕴藉。《白燕》诗流传虽广，但过于雕饰，未脱元人纤丽之习，他抒发个人情怀、写逆旅思乡之作，相当不错。兹录其诗二首于下：

故国飘零事已非，旧时王谢见应稀。
月明汉水初无影，雪满梁园尚未归。
柳絮池塘香入梦，梨花庭院冷侵衣。
赵家姊妹多相忌，莫向昭阳殿里飞。

——《白燕》

江水三千里，家书十五行。
行行无别语，只道早还乡。

——《京师得家书》

《白燕》一诗，用典颇多，一联一个典故，不过用得还算贴切。首联化用刘禹锡《乌衣巷》诗，颔联所本唐寇豹《白赋》，颈联从晏殊的《寓意》诗化用，尾联用赵飞燕性骄妒事。这首诗写于元末，借白燕自伤生不逢时，身处乱世，无所依托；末句寓意尤深。第二首五绝自然流畅，明白如话，难怪沈德潜在《明诗别裁集》中评曰“天籁”。全诗悱恻缠绵，一往情深，言有尽而意无穷。

四、张绅

张绅（生卒年不详），字仲绅，一字士行，号云门山樵、云门遗老，登（今山东蓬莱）人。负才略，慷慨激烈，谈辩纵横，论者称之为“北方豪杰之士”。洪武中，以荐授鄂县教谕，迁右佥都御史，官至浙江布政使。他虽非用心于诗文，但也能成为一家，徐泰在《诗谈》中称其诗“词格清健”。朱彝尊在《静志居诗话》中说：“齐东自周公谨（密）而后，复有此人。其诗不藉雕琢，琅然可诵。”今录《湖中玩月》于下：

银波千顷照神州，此夕人间别是秋。
地与楼台相上下，天随星斗共沉浮。
一座不向空中住，万象都于物外求。
醉吸清华游碧落，更于何处觅瀛洲。

这首诗写湖上秋月，气势宏大，境界开阔，山光水色，星月楼台，倒映在湖中，似置身于碧落，如瀛洲可觅，似梦似幻，令人神往。

五、杨基

杨基（1326—1378后），字孟载，号眉庵，原籍嘉州（今四川乐山），生长于吴（今江苏苏州），元末隐居于吴之赤山，后入张士诚幕为记室。明初被流放，先例谪临濠（今安徽凤阳），再徙河南开封。洪武二年（1369）放归，因荐为荥阳知县，后累迁至山西按察使。寻以事被谗夺输作（相当于劳改），以至卒于工所。少负才气。为杨维桢所知，名扬吴中，为“吴中四才子”（又称四杰）之一。在明初，吴中派诗人的思想最活跃，具有市民意识，成就也最高，但四才子全都死于非命，高启才最高，成就最大，死得也最惨；杨基、张羽、徐贲三人被迫害而死，由此可见明初政治之严酷。朱元璋对文人才士的残酷迫害，使诗文创作直线下滑。杨基有《眉庵集》，其诗“清新流丽”。徐泰在《诗谈》中谓其诗“天机云锦，自然美丽，独时出纤巧，不及高启冲雅”。今录其五律《岳阳楼》于下：

春色醉巴陵，阑干落洞庭。
水吞三楚白，山接九疑青。
空阔鱼龙舞，娉婷帝子灵。
何人夜吹笛，风急雨冥冥。

岳阳楼在湖南岳阳，为中国四大名楼之一，历来题咏颇多，著名的有唐代孟浩然的《望洞庭湖赠张丞相》与杜甫的《登岳阳楼》，孟诗声势雄壮，为人称赏；杜诗意境宽阔壮丽，气象宏伟，有气吞山河涵盖天地之势，成为写岳阳楼诗中之绝唱。杨基这首诗不仅难与杜诗比肩，也不敢与孟诗相颉颃，然意境开阔，气势浩大，也不失为咏岳阳楼之佳作。

六、刘崧

刘崧（1321—1381），一作刘嵩，原名楚，字子高，号槎翁，泰和（今江西泰和）人。少时家贫，力学，元末举于乡。洪武三年（1370），以人材荐，授职方郎中，迁北平按察司副使，有政声。为胡惟庸诬陷，谪输作。后来召为礼部侍郎，擢吏部尚书。逾年召为国子司业，未旬日卒。有《槎翁诗集》。《四库全书总目提要》说：“事迹具《明史》本传。崧七岁能赋诗，及长，日课一篇，读书天寒皲裂不少辍，其在官舍，孤灯讽诵，夜分不休。盖一生耽吟咏，至为刻苦。”并引徐泰《诗谈》说他“如冬岭孤松，老而愈秀”。他是明初江右诗派的代表，“豫章人宗之，为江西派。大抵以清和婉约之音，提导后进。迨杨士奇等嗣起，复变为台阁博大体，久之遂浸成冗漫”。今录其诗二首于下：

啄木鸟，嘴长翼短栖树梢。
空山时时闻一声，木皮剥落非尔情。
此鸟不肥莫弹射，木中有蠹无人识。

——《啄木鸟》

翠巘千峰合，丹崖一径通。
楼台上云气，草木动天风。
野旷行人外，江平落雁中。
伤心俯城郭，烟雨正冥濛。

——《玉华山》

前一首写啄木鸟，主张保护益鸟，颇符合今天的环保意识，是否尚有其他寓意，全由读者心领神会。后一首写玉华山，颇见笔力，不仅意境开阔，气势宏伟，且颇有苍凉之意，然距“清和婉约之音”稍远。

七、孙蕡

孙蕡（1334—1393），字仲衍，顺德（今广东佛山市顺德区）人，洪武三年（1370）举于乡，旋登进士，授工部织染局使，迁虹县主簿。召入为翰林院典籍，出为平原主簿，受牵累，被逮捕，输役修京师望都门城墙，后获释。十五年（1382），起为苏州经历，又坐累，戍辽东。二十六年（1393），因他曾为蓝玉题画，坐玉党，论死。他是明初粤派的代表作家，有《西庵集》。《四库全书总目提要》称："蕡当元季绮靡之馀，其诗独卓然有古格。虽神骨隽异不及高启，而要非林鸿诸人所及。"徐泰《诗谈》称其诗："清圆流丽，明珠走盘，不能自定。"其诗长于七言，古风亦多佳作，尤善写景，常风光如画。今录其《平原田家行》于下：

零星矮屋茅数把，散住榆林柳林下。
磊墙遮雪防骤风，妇女颓垣拾砖瓦。
黄牛买得新垦田，土戟犁浅牛欲眠。
古河无水挂龙骨，自萦蒲绳探苦泉。
山蚕食叶黄茧老，野火烧桑桑树倒。
四畔灵鸡喔喔啼，九月霜风落红枣。
春丝夏绢输税钱，木绵纺布寒暑穿。
夜舂黄米为新酒，学唱清商作管弦。
平田旱多黍少熟，杏尽梨苦惟食粟。
衣粗食恶莫用悲，犹胜北军离乱时。

这首诗是孙蕡在任平原主簿时作，如实写下了其亲身经历，战后农村凋敝，农民生活之艰辛，一一形诸笔下。同时，也写出了战后社会初安定，农民努力恢复生产。当时农民虽粗衣恶食，但已胜元末战乱时，展示出对未来的希望。诗笔圆润流丽，不事雕琢。

八、林鸿

林鸿（生卒年代不详），字子羽，福清（今福建福清）人。少任侠不羁，读书强记。洪武初，以荐授将乐县训导，历官礼部精膳司员外郎。年未四十，自免归。为明初"闽中十才子"之冠，闽派代表作家。有《鸣盛集》，致力学唐。《四库全书总目提要》称："其论诗，惟主唐音，所作以格调胜，是为晋安诗派之祖。"其诗常摹拟唐人，有形似之弊，偶有自出机杼，时饶清韵。今录其诗一首《夕阳》于下：

抹野衔山影欲收，光浮鸦背去悠悠。
高城半落催鸣角，远浦初沉促系舟。
几处闺中关绣户，何人江上倚朱楼？
凄凉独有咸阳陌，芳草相连万古愁。

本来日出日落，这是自然现象，但古人写黄昏夕阳，总带有哀愁悲伤的情调，这首诗虽不能免此，但愁而不哀，悲而不伤，境界开阔，笔触细致，格调幽深，学唐而能不囿于古。

九、高棅

高棅（1350—1423），字彦恢，更名廷礼，号漫士，长乐（今福建长乐）人，永乐初，以布衣召为翰林待诏，迁典籍。为“闽中十才子”之一，与林鸿并开晋安诗派。他自己写的诗影响并不大，《列朝诗集》甚至说他的成就在十子之末。但他编选的《唐诗品汇》《唐诗正声》却影响极大，《明史》本传说：“终明之世，馆阁宗之。”今录其五古《衡江夕露》于下：

大江白露下，秋气横沧浪。
夜色不映水，微风忽吹裳。
孤舟待明月，时闻兰杜香。

这是一首题画诗，作者发挥想象，化虚为实，以现实中的实景来写，使读者读后，不觉在题画，认为是在写山水风景。诗中把秋江黄昏景色写得十分具体生动，大江之上，暮色苍茫，微风吹拂，水波不兴。只第五句一句，精确写出了时间与地点，而且委婉蕴藉。结句尤妙，见画而能“时闻兰杜香”，令人身临其境，不觉神往。

第二章　明前期诗人

明前期是指从永乐（始于1403）至天顺（终于1464），共62年。这时经过明初30多年的努力，元末的战争破坏，已得到治愈，社会稳定，经济复苏，永乐年间，经济得到进一步发展，呈现出繁荣景象。这时出现了大批以歌功颂德、应制颂圣为主的作品，因作者中多数为朝中高官，不少人官至大学士，故称“台阁体”。我们说一切存在，都有其原因与理由，但社会稳定与经济繁荣，并不一定要出现台阁体，譬如盛唐，虽然也有少量应制之类的作品，但形成不了主流诗风。因此，明前期出现台阁体另有原因，首先，唐代社会政治比较宽松，统治者并不太计较诗文中说了什么话；然而明代则不然，政治十分严酷，朱元璋杀了一大批颇有才华的文士，到朱棣取得了“靖难之役”的胜利后，不仅没有改变乃父严酷的政治，甚至变本加厉，更加残酷，灭方孝孺十族，这就是一个典型例子。在暴君的统治下，文士们时时心惊胆战，生命朝不保夕，更不可能有创作自由。其次，唐代三教并存，思想活跃，很少受到束缚；明代定程朱理学为一尊，定八股文取士制度，并大兴文字狱，软硬兼施，牢牢钳制士人的思想。文人士子有的完全接受理学，成为冬烘；有的虽脑后尚有“反骨”，但畏惧统治者的淫威，为保全性命，也不敢发挥自由思想。再次，唐代皇帝有纳谏的传统，后来的皇帝虽然没有李世民开明，但也能容忍不同意见，臣下也把进谏看作自己的责任，因此虽然官居相位，也不全写些应制诗之类的作品，敢于直率地抒发真性情，开元时的名相“二张”就是很好的例子。明朝皇帝大多听不进不同意见，臣下敢于进谏而违反皇帝的意志，不管是谁，都毫不留情，轻者廷杖，重则论死，那些身居高位的人，为保高官厚禄，也就不惜对皇帝吹捧；那些还没身居宰辅的人，渴望有一天能位极人臣，也就随声和附，写些“颂圣”的作品。在这样的形势下，台阁体也就应运而产生。这就是明代社会尽管还在上升时期，甚至到了全盛时期，在诗歌创作中却出现不了具有盛唐气象那样的诗，中国诗歌到明代已是西风残照，日趋衰落了。

第一节　台阁体

一、杨士奇

杨士奇（1365—1444），名寓，以字行，号东里，泰和人，与刘崧同乡。幼孤贫，一岁丧父，家境贫苦，刻苦力学。建文初，以才荐，召为翰林院编纂官，充《太祖实录》编纂官。永乐初，改编修，入直文阁，辅佐太子。仁宗即位，擢礼部侍郎，兼华盖殿大学士，进少傅。宣宗即位，为首辅，与杨荣（1371—1440）、杨溥（1372—1446）同掌国政，时号称“三杨”。“三杨”之中，杨士奇文学成就最高，他少时从江西派梁兰学诗文，为台阁体作家的代表，有《东里全集》。他的诗，后世论者大致贬之者为多，钱谦益在《列朝诗集》中说：“江西之派，中降而归东里，步趋台阁，其流也卑冗而不振。”还说：“今所传《东里全集》，大都词气安闲，首尾停稳，不尚藻辞，不矜丽句，太平宰相之风度，可以想见，以词章取之则末矣。”这后一段话，从前面几句话看来，似乎有所肯定，但最后一句一出，把他的词章彻底否定了。其应制一类诗无足取，也不在这里浪费篇幅了，看一首他的写景诗《高邮》：

四顾无山色，苍茫极远天。
水云涵郡郭，粳稻被湖田。
草舍津头市，菱歌柳外船。
羁愁念前路，非为别离牵。

这首诗写的是江苏高邮的农村，一片太平景象。全诗确有钱谦益说的词气安闲，首尾停稳，流畅和平，无藻辞丽句，以意境宁静优美取胜，显示了“台阁体”的特色。他间有小诗具自然清丽的特色，如《刘伯川席上作》：

飞雪初停酒未消，溪山深处踏琼瑶。
不嫌寒气侵入骨，贪看梅花过野桥。

据《明诗纪事》所载，士奇写此诗时，年仅十四五。少时之作，当然尚无台阁气度。诗中以高洁的境界反映了他高洁的品格与抱负。

二、曾棨

曾棨（1372—1432），字子棨，永丰（今江西永丰）人。永乐甲申年（1404）进士第一（状元），授翰林修撰，历侍讲，侍读学士，左春坊大学士，少詹事。死后，赠礼部侍郎，谥襄敏。有《西墅集》《巢睫集》。沈德潜在《明诗别裁集》中说：“子棨五言如‘断云京口树，残月广陵钟’，有中唐风致。”他是台阁体的重要成员，但与杨士奇等人专学杜甫不同，他的诗风比较接近李白，也有中晚唐风致的，如《维扬怀古》：

广陵城里昔繁华，炀帝行宫接紫霞。
玉树歌残犹有曲。锦帆归去已无家。

楼台处处迷芳草，风雨年年怨落花。
最是多情汴堤柳，春来依旧带栖鸦。

这首诗几乎全都化用中晚唐诗人的诗句，尤以化用李商隐的《隋宫》为多，此外还有韦庄的《台城》、许浑的《金陵怀古》等，但全诗自然流畅，用典而令人不觉有典故，明白晓畅，更有台阁体清丽工致的诗风。

第二节　不受台阁体束缚的于谦

于谦（1398—1457），字廷益，号节庵，钱塘（今浙江杭州）人。少聪敏，有文名。永乐十九年（1421）登进士第，时仅24岁。授山西道御史，迁兵部右侍郎，罢为大理寺少卿。宣德（始于1426）初，以监察御史巡抚河南、山西、江西等地，他公正清廉，刚正不阿，关心民瘼，平反冤狱，救济灾民，发展生产，颇有政声，复召为兵部右侍郎，寻迁兵部尚书。英宗即位后，太监王振执掌朝政，欺上压下，朝政日非，致有“土木堡之变”，英宗被俘，瓦剌大军包围北京。值此国家存亡之际，于谦力排众议，反对南迁，并提出“社稷为重”的口号，立英宗弟朱祁钰为帝，并领导军民奋勇杀敌，赢得京师保卫战的胜利，把明王朝从败亡的边缘挽救回来。但英宗复辟后，在石亨等的诬陷下，以“大逆不道，迎立外藩”的罪名将他杀害，成为明朝的重大冤案之一。英宗死后，至其孙孝宗即位后，在弘治二年（1489）方为之平反，追谥为肃愍，并旌其功。万历中改谥为忠肃。于谦是一代名臣，杰出的政治家与军事家，诗文创作乃其馀事，然亦能冠冕时辈，于谦之时，诗坛在台阁体安闲冲淡的诗风笼罩下，而于谦又得杨士奇赏识，但他能摆脱束缚，自成一格。大致上，台阁体诗人大多宗唐学杜，于谦也宗唐学杜，但台阁诗人学杜仅得其形，于谦学杜能得其神。有《于忠肃集》。《四库全书总目提要》称："谦遭逢厄运，独抱孤忠，忧国忘家，计安宗社。其大节炳垂竹帛，本不藉文学以传。……至其诗风格遒上，兴象深远，虽志存开济，未尝于吟咏求工，而品格乃转出文士之上，亦足见其才之无施不可矣。"其诗歌创作主要有两大类，第一类是言志抒怀，第二类是忧国忧民，另外还有不少写景诗也很出色。先看其第一类，如：

千锤万凿出深山，烈火焚烧若等闲。
粉身碎骨浑不怕，要留清白在人间。

——《石灰吟》

手帕蘑菇与线香，本资民用反为殃。
清风两袖朝天去，免得闾阎话短长。

——《无题》

第一首《石灰吟》是一首广为流传脍炙人口的好诗，与他另一首七律《咏煤炭》有异曲同工之妙，抒发了为国为民，不畏艰险，勇于牺牲的精神。第二首写于英宗朝宦官王振专权时，当时朝政黑暗，贪污腐败成风。朝中大臣求见王振要交纳白银百两。在这样的环境里，于谦能出淤泥而不染，从不行贿纳贿。他从河南巡抚任上进京时，有人劝他带些当地的特产送礼，他写这首诗以明志。再看其第二类忧国忧民的诗，例如：

村落甚荒凉，年年苦旱蝗。
老翁佣纳债，稚子卖输粮。
壁破风生屋，梁颓月堕床。
那知牧民者，不肯报灾荒。

——《荒村》

田舍翁，老更勤，种田何管苦与辛。
鸡皮鹤发十指秃，日向田间耕且劚。
雨旸时若得秋成，敢望肥甘充口腹。
但愿公家无负租，免使儿孙受凌辱。
吏不敲门犬不惊，老稚团栾贫亦足。
可怜憔悴百年身，暮暮朝朝一盂粥。
田舍翁，君莫欺，暗中朘剥民膏脂，
人虽不语天自知。

——《田舍翁》

健儿马上吹胡笳，旌旗五色如云霞。
紫髯将军挂金印，意气平吞瓦剌家。
瓦剌穷胡真犬豕，敢向边疆挠赤子。
狼贪鼠窃去复来，不解偷生求速死。
将军出塞整戎行，十万戈矛映雪霜。
左将才看收部落，前军又报缚戎王。
羽书捷奏上神州，喜动天颜宠数优。
不愿千金万户侯，凯歌但愿早回头。

——《出塞》

以上三首诗可谓得杜诗精髓，《荒村》写农村连年遭灾，农民生活苦不堪言，但地方官吏为了自己的“政绩”，不仅“不肯报灾荒”，还加紧催税赋，逼得农民卖儿鬻女交纳税赋。《田舍翁》同样写农民的艰苦生活，写得更细致深刻，这里写出了田舍翁的劳累辛勤，即使有幸收成不错，也不敢奢望“肥甘充口腹”，只求不欠公家的租税，“免使儿孙受凌辱”，但愿没有恶吏来敲门索钱，能阖家团聚。当时农民过的生活竟是“可怜憔悴百年身，暮暮朝朝一盂粥”，何等悲惨！当时，在明朝还算是“太平盛世”，农民生活就已如此苦难深重，令人惨不忍言。这是当时台阁体诗人歌功颂德掩盖下的真实现实。《出塞》是乐府古题，诗人善用旧题塑造了一位英勇豪迈的守卫边塞的将军形象，意气风发，壮志满怀，凛凛有生气。我们再来看看他的写景诗：

溪山疏雨歇，水木散清阴。
樵唱知何处？白云深更深。

——《题山水》

涌金门外柳如烟，西子湖头水拍天。
玉腕罗裙双荡桨，鸳鸯飞近采莲船。

——《夏日忆西湖风景》

雨中红绽桃千树，风外青摇柳万条。
借问春光谁管领？一双蝴蝶过溪桥。

——《暮春客途即景》

第一首《题山水》应该是一首题画诗，第二首是对家乡的思念。第三首写旅途景色，没有传统的羁旅愁思，而是旅途风光秀丽，充满诗情画意，末句尤觉别有情趣。

第三节　李东阳与茶陵派

李东阳（1447—1516），字宾之，号西涯，祖籍湖广茶陵（今湖南茶陵），生于北京。幼聪颖，4岁举神童，景泰帝抱置膝上，6岁、8岁时又有两次被皇帝召见。天顺七年（1463）登进士第，时方18岁，入翰林院，选庶吉士，次年授编修。此后历五朝，立朝

50年，官至华盖殿大学士。他以馆阁重臣为文坛领袖，奖掖后学，推挽才俊，一时学士大夫，多出其门。当时形成一个以李东阳为中心的文学群体，即所谓茶陵诗派。沈德潜在《明诗别裁集》中说：“永乐以后诗，茶陵起而振之，如老鹤一鸣，喧啾俱废。后李、何继起，廓而大之，骎骎乎称一代之盛矣。”李东阳实上承台阁体，下开前七子，是二者间的过渡。李东阳论诗，宗法杜甫，在其《麓堂诗话》中曾说：“惟杜子美顿挫起伏，变化不测，可骇可愕，盖其音响与格律正相称。回视诸作，皆在下风。”他不仅主张“诗贵意”，同时对语言艺术与格律都十分重视；反对“极力摹拟”，要求“流出肺腑”抒真情实感；他还提出“诗有别材，非关书也；诗有别趣，非关理也。然非读书之多、明理之至者，则不能作。”这是说既不要以学问为诗、以议论为诗，也不要过于俚俗与浅显，都要适度。当时诗坛笼罩在台阁体诗风下，引起很多人不满，李东阳想通过学杜，确立深厚雄浑的风格，以代替日益呆板冗沓的台阁体，也确实取得了一定的效果。但在当时的诗风影响下，在严酷的政治统治下，以及在僵死的理学思想钳制下，茶陵派诗人们仍不免要写些歌功颂德、掩盖矛盾、粉饰太平的诗，但好在他们还有不少抒写自己性情的诗，比起“三杨”的台阁体来，不能不说是前进了一步。李东阳一生中，曾有三次走出台阁，使他开阔了视野，并接触到一些下层人民的生活，看到了一些在京师无法看到的情况，因而丰富了他的创作。他的不少诗，能真实反映当时的社会现实，这比台阁体高出一筹。今录其诗三首于下：

路经白杨河，河水浅且浑。
居人蔽川下，出没无完裈。
俯首若有得，昂然共腾欢。
停舟问何为？蹙额向我言。
始知沙中蚬，可代盘中飧。

此物能几何，岁荒乃加繁。
吾人未沟壑，生意谅斯存。
仓皇为朝夕，岂不念丘园。
官河种边柳，一株费百钱。
茫茫江淮地，千里惟荒田。
十岁久不雨，摧枯固其然。
况复苦迎送，诛求到心肝。
生当要路冲，鸡狗不得安。
嗟我独何为？听之坐长叹。
微心不盈寸，引起万虑端。
民风古有赋，历历谁能宣！
悲哉《白杨行》，观者幸勿删。

——《白杨行》

南京马船大如屋，一舸能容三百斛。
高帆得势疾若风，咫尺波涛万牛足。
官家货少私货多，南来载谷北载鹾。
凭官附势如火热，逻人津吏不敢诘。
争狃斗捷转防欺，倏去忽来谁复知。
乘时射利习成俗，背面却笑他人痴。
他人虽痴病亦乐，明朝犯令尔辈缚。
官家号令时复传，津吏如今更索钱。

——《马船行》

危峰高瞰楚江干，路在羊肠第几盘？
万树松杉双径合，四山风雨一僧寒。
平沙浅草连天远，落日孤城隔水看。

蓟北湘南俱入眼，鹧鸪声里独凭栏。

——《游岳麓寺》

《白杨行》写出了在天灾人祸交加下，黎民百姓的真实生活，他们不仅缺衣少食，还有劳役之累、诛求之苦。对饥民不仅不救济，还设法盘剥，“边河种宫柳，一株费百钱”，饥民怎堪如此重负？“生当要路冲，鸡狗不得安”，写官吏在乡间横行暴敛，扰得鸡犬不宁。明朝自英宗宠信宦官王振后，朝廷内外贪污成风，《马船行》就是写当时的“官倒”，官吏利用官船大量走私，还可逃过各种检查，国家却因此流失了大量税收。为弥补财政的短缺，加重了百姓的负担。管理船舶码头的津吏，对官船上的走私物是“不敢诘”；然而敢于超越他的职权范围，对老百姓“更索钱”，社会黑暗、吏治腐败由此可见。最后一首是记游写景诗，前四句写到达山顶后，回望来时路，突出了高险、林茂、路窄。后四句写在山顶远眺，站得高看得远，境界开阔，景色壮丽。最后一结，表达了思乡之情。诗题是《游岳麓寺》，但在诗里不见一个“寺”字，只用“一僧”点出，十分巧妙。我们看到，李东阳的写景诗已不同于台阁体诗人的写景诗那样清丽平和，代之以奇丽雄伟与开阔，颇得少陵山水诗的遗韵。

第三章　明中期诗人

明诗经过明初的流派纷呈，到永乐后台阁体独尊，诗歌发展出现深重危机。文人之作，内容贫乏，篇章冗赘，文风颓弱。有识之士，于心不满，竭力求变求新，渴求出现新风，以“扬治世之体，文运之盛”，前、后七子，应运而生。

第一节　前七子

在弘治、正德时，文坛上出现了以李梦阳、何景明为首，以徐祯卿、边贡、王廷相、康海、王九思为羽翼的七人集团，世称“前七子”。他们锐意改变当时为台阁体笼罩下的文风，于是“倡言复古，文自西京，诗自中唐而下，一切吐弃”，得到“操觚谈艺之士，翕然宗之”（《明史·文苑传序》）。他们打出复古的旗帜，提出“文必秦汉，诗必盛唐”的口号，互相唱和，推波助澜，形成了一个声势浩大的文学运动，很快取代了台阁体在文坛上的统治地位。他们的诗文超越宋代而直奔汉唐，批判的矛头直指理学，形成对八股文的冲击力量，这在当时有一定的积极作用。但他们过分强调对汉文唐诗的摹拟，极力推崇秦汉散文、汉魏古诗和盛唐近体诗，视之为绝对完美，后学者只需如法炮制，所谓“尺寸古法”，甚至拿学书法来作比：“夫文与字一也。今人模临古帖，即太似不嫌，反曰能书。何独至于文而欲自立一门户邪？”（李梦阳《再与何氏书》）只跟在古人身后，亦步亦趋，找不到新路，也不需要找新路。这就决定了他们不会有多大成就，更不可能有多大的发展前途。

一、李梦阳

李梦阳（1473—1530），字献吉，号空同子，原籍庆阳（今甘肃庆阳），后徙居开封（今河南开封）。弘治六年（1493）举陕西乡试第一（解元），翌年登进士第。弘治十一年授户部主事，后迁户部郎中。为人刚毅，几次触犯权豪势要，曾被捕下狱。正德元年（1506）替尚书韩文起草弹劾专权的太监刘瑾，下狱几乎被杀，幸得康海为之说情，才得以释放。刘瑾被诛后，官复原职。康海因此坐瑾党被黜，他却坐视不救，时人非之，目为中山狼，康海著杂剧《中山狼》，据说就是影射李梦阳。然纵观李梦阳一生为人，基本上刚毅正直，因此连陷刑狱，一生坎坷。他写诗重视情韵与和谐，著有《空同集》。《四库全书总目提要》说：“成化以后，安享太平，多台阁雍容之制作，愈久愈弊，陈陈相因，遂至啴缓冗沓，千篇一律。梦阳振起痿痹，使天下复知有古书，不可谓之无功。”又说：“平心而论，其诗才力富健，实足以笼罩一时，而古体必汉魏，近体必盛唐，句拟字摹，食古不化，亦往往有之。”这些评论较为公允地说出了李梦阳的得失。其诗如《艳歌行》对古乐府“句拟字摹”，有的竟至整句抄录，但也有不少写得不错的诗，不一味摹拟古人，而能反映当时的现实。如：

豫章城楼饥啄乌，黄狐跳踉追赤狐。
北风北来江怒涌，土兵攫人人叫呼。
城外之民徙城内，尘埃不见章江途。
花裙蛮奴逐妇女，白夺钗镮换酒沽。
父老向前语蛮奴，慎勿横行王法诛。
华林桃源诸贼徒，金帛子女山不如。
汝能破之惟汝欲，犒赏有酒牛羊猪，
大者升官佩绶趋。
蛮奴怒言万里入尔都，尔生我生屠我屠。
劲弓毒矢莫敢何，意气似欲无彭湖。
彭湖翩翩飘白旟，轻舸蔽水陆走车。
黄云卷地春草死，烈火谁分瓦与珠。
寒崖日月岂尽照，大邦鬼魅难久居。
天下有道四夷守，此辈可使亦可虞。
何况土官妻妾俱，美酒大肉吹笙竽。

——《土兵行》

天设居庸百二关，祁连更隔万重山。
不知谁放呼延入，昨日杨河大战还。

——《塞上》

俯首无齐鲁，东瞻海似杯。
斗然一峰上，不信万山开。
日抱扶桑跃，天横碣石来。
且看秦始后，仍有汉皇台。

——《泰山》

黄河水绕汉边墙，河上秋风雁几行。
客子过壕追野马，将军韬箭射天狼。
黄尘古渡迷飞挽，白日横空冷战场。
闻道朔方多勇略，只今谁道郭汾阳！

——《秋望》

以上四首诗，第一首是歌行体，不完全是拟古，而是写实。沈德潜《明诗别裁集》中，在这首诗的题下注曰："乾州贼作乱，都御史陈金奏调广西狼兵征之。《土兵行》所由作也。"正德四年，湖广、江西、四川连年灾荒，饥民得不到救济，扰乱与起义时有发生。官军征讨不力，竟杀良民以为功。御史陈金总制江西军务，征讨屡次失利，于是奏请征调广西土司狼兵平之。"然土兵贪残嗜杀，剽掠甚于贼。金方倚其力，不为禁，士民深怨焉。"（《明通鉴》卷五）当时有民谣曰："贼如梳，军如篦，土兵如剃。"这首诗形象地反映了当时的情况。第二首《塞上》，也不是一首平常的边塞诗，而是有所指。明武宗是一位好游幸贪美色的荡子型皇帝，据《明通鉴》载，江彬以"宣府乐工多美妇人，且可以观边衅"

为言，诱导他出关，至阳和。适逢鞑靼小王子犯大同，明总兵官王勋等御敌，战于应州。武宗率太监张永等自阳和往援，激战二日退敌，而武宗几至被俘。这首诗就是檃栝此事。诗的境界壮阔，气势凌厉，笔力遒劲，有雄豪气概。末句寓讽于颂，颇有深意。第三首为五律，读此诗令人不禁想起杜甫的《望岳》，此诗虽没有杜诗雄伟壮阔，但气势磅礴，沈德潜在《明诗别裁集》中评曰：“四十字，有包络乾坤之概，可以作泰山诗矣！”第四首七律，直抒爱国情怀，苍凉雄浑，气势雄壮。

二、何景明

何景明（1483—1521），字仲默，号大复山人。信阳（今河南信阳）人。8岁即能作古文，15岁举河南乡试。19岁登进士第，官至陕西副使。他为人尚节义，立朝刚正。为官之初，正值武宗嗣位，宦官刘瑾专权，朝政昏暗。他致书大臣许进等，希望抑制刘瑾。当时大学士刘健等请除刘瑾而被迫去职，李梦阳也遭罢黜。他“恐祸及，谢病归，郊居著述”。其后，父母相继病逝，居家守制。直至正德五年（1510），刘瑾被诛，次年方复职。他论诗，初与梦阳相同，后渐生分歧，时有争论，二人多次书信往来，各执己见。主要分歧点为：李主张“尺寸古法”，何则提出“舍筏登岸”，强调学古只是手段，目的在于独创。二人审美取向不同，造成意见不一，诗风各异，所谓“李以气骨胜，何以风神胜”。虽然如此，胡应麟在《诗薮续编》中，对二人一视同仁，肯定他们扫除台阁体影响的功绩，曰：“李何并作，宇宙一新矣。”《四库全书总目提要》也说：“平心而论，摹拟蹊径，二人之所短略同。至梦阳雄迈之气与景明谐雅之音亦各有所长。正不妨离之双美，不必更分左右袒也。”其诗如：

旧岁已晏新岁逼，山城雪飞北风烈。

徭夫河边行且哭，沙寒水冰冻伤骨。
长官叫号吏驰突，府帖连催筑河卒。
一年征求不少蠲，贫家卖男富卖田。
白金纵有非地产，一两已值千铜钱。
往时人家有储粟，今岁人家饭不足。
饥鹤翻飞不畏人，老鸦鸣噪日近屋。
生男长成聚比邻，生女落地思嫁人。
官家私家各有务，百岁岂止疗一身。
近闻狐兔亦征及，列网持矰遍山域。
野人知田不知猎，蓬矢桑弓射不得。
嗟吁今昔岂异情？昔时新年歌满城。
明朝亦是新年到，北舍东邻闻哭声。

——《岁晏行》

楚水滇池万里游，使车重喜过巴丘。
千家树色浮山郭，七月涛声入郡楼。
寺里池亭多旧主，城中冠盖半同游。
明朝又下章华路，江月湖烟绾别愁。

——《岳阳》

烟渺渺，碧波远。白露晞，翠莎晚。
泛绿漪，蒹葭浅。浦风吹帽寒发短。
美人立，江中流。暮雨帆樯江上舟。
夕阳帘栊江上楼。舟中采莲红藕香。
楼前踏翠芳草愁。芳草愁，西风起。
芙蓉花，落秋水。鱼初肥，酒正美。
江白如练月如洗，醉下烟波千万里。

——《秋江词》

以上三首诗，第一首《岁晏行》是一首歌行体，杜甫有《岁晏行》，写当时劳动人民的艰苦生活，特别是赋税繁重，使广大劳动人民几乎陷于绝境，“况闻处处鬻男女，割慈忍爱还租庸”，尤为沉痛。何景明这首诗深受杜甫的影响，题目相同，内容也基本一致。但杜甫写的是唐朝的事，何景明写的是明朝的事。杜诗押平声东韵，一韵到底，显得流畅而又沉痛；何诗却平仄韵交替，转了五次韵，而在仄声韵中多用入声韵，一则显得缓急有序，二则入声韵短促气急，读之令人哽咽。因此，这首诗只能说是深受杜诗影响，不能说完全摹拟杜诗。历来写岳阳，都把重点放在写岳阳楼咏洞庭湖，以境界壮丽雄阔与气象宏伟取胜，何景明这首诗却把岳阳楼与洞庭湖全避开了，目光转向城市，宏词连篇，丽句不断，绘声绘色地勾画出岳阳特别风貌，“千家”二句，妙丽入神。胡应麟在《诗薮续编》中说：“就仲默言，古诗全法汉魏，歌行短篇法杜，长篇王、杨四子；五七言律法之宏丽，而兼取王、岑、高、李之神秀，卒于自成一家，冠冕当代。”这首写《岳阳》的诗就颇具杜律的宏丽。《秋江词》一诗，大概最能体现他风神秀丽的特色。沈德潜在《明诗别裁集》中评说：“美人娟娟隔水，风度似之。”也是就此诗的秀丽圆润而言。

七子中其馀五子，成就都不如李、何。其中徐祯卿原是吴中“四才子之一”，后考取进士，与李梦阳、何景明交游，志趣相投，遂成“前七子”中的一员，可惜他只活了33岁，来不及有更大的作为。康海与王九思都是陕西人，与刘瑾同乡，刘瑾被诛后，他们都被指为刘瑾同党而被罢官回乡。王廷相见风使舵，后来官运亨通，位至二品，同时，他又是一位理学家。边贡一度官至户部尚书，但有人弹劾他纵酒废职，被罢官，远没有王廷相幸运。虽然七子的成就大小不一样，但对转变台阁体的文风都起过一定作用。

第二节　吴中四才子

在“前七子”崛起的同时，在江南出现了“吴中四才子”。四才子中的前三人（即唐、祝、文），大家都很熟悉，特别是唐寅素以风流才子闻名。他们是画家、书法家，同时又是诗人。他们反对宋儒理学，要求人性解放，并重视“古文辞”，他们在书、画、诗、文方面虽然名盛一时，但大多才高运蹇，科场蹭蹬，名位不高。在文学主张上，不像“前七子”那样矫枉过正，危言耸听。也许他们的主张更合理，虽然也形成了一定的冲击力，但力度不够，自然给人的印象不深。他们受明初吴中派影响较深，为人处世有相似之处。

“四才子”指唐寅、祝枝山、文徵明与徐祯卿。其中徐祯卿在弘治十八年（1505）考中进士后，离开吴中，在北京当官，并加入了“前七子”集团。

一、唐寅

唐寅（1470—1523），初字伯虎，后改字子畏。另有六如居士、江南第一风流才子、桃花庵主、逃禅仙吏等别号。长洲（今江苏苏州）人。其家世代经商，他是家族中第一个读书求仕的人。他从小就显露才华，为文跌宕融畅。与祝枝山等人交往唱和，被誉为“吴中四才子”。19岁娶妻徐氏，夫妻相和。25岁时，父亲去世，接着母亲与妻子相继谢世，留下年幼的弟妹。唐寅独掌门户，因不善经营，又慷慨好客，常周济他人，家道急速衰败。弘治年间，他乡试第一（解元），座主梁储奇其文，还朝示学士程敏政，程也奇其文，从此天下哄传，万人争睹。次年，他与江南富家子弟徐经进京赶考。徐经贿赂主考程敏政的僮仆，偷来试题，先请唐寅做一篇作为范本，唐寅将此事告诉了好友都穆。发榜前，都穆听说唐寅又中第一，一时嫉恨，将徐经买题的事说了出来，被给事中华昶上奏朝廷，顿起大狱。唐寅被牵连下狱，后虽出狱，但贬为吏。他耻不就，此时，第二个妻子也离他而去。阅尽世间冷暖人情险恶后，他从此放浪形骸，游戏风尘，不拘礼法，其行为常惊世骇俗，成为一名避世又骂世的狂士。宁王朱宸濠以重金聘他，在宁王幕下，他发觉朱有异志，于是佯狂使酒，幸得脱。还乡后，更加穷困潦倒，靠卖字画为生，常常三餐无继，终于在嘉靖二年（1523）贫病交加，病故于家中，卒时54岁。他的主要精力放在字画上，写诗态度不甚严谨，也不以诗闻名，但他为人颇有个性，其诗也如其人。年轻时，写诗重辞藻，所作诗秾丽绮靡；后来多历变故，看穿世态人情，一改少时作风，多悲愤凄怨之词，更有愤世嫉俗之感，或诙谐或讽刺，嬉怒哀骂无所不施，率直峭厉，直见性情。晚年更是一任性情，不计工拙，兴寄烂漫。在复古之风盛行时，他卓尔不群，纵横飘逸，潇洒自如。郑振铎在《插图本中国文学史》中评论说：他“以抒写性情为第一义，每伤绮靡，亦时杂凡俗语，却处处见出他的天真来。在群趋于虚伪的拟古运动之际而有他们的挺生于其间，实在可算沙漠中的绿洲”。他的诗都颇见真情，如：

李白前时原有月，惟有李白诗能说。
李白如今已仙去，月在青天几圆缺。
今人犹歌李白诗，明月还如李白时。
我学李白对明月，白与明月安能知。
李白能诗复能酒，我今百杯复千首。
我愧虽无李白才，料应月不嫌我丑。
我也不登天子船，我也不上长安眠。
姑苏城外一茅屋，万树梅花月满天。

——《把酒对月歌》

不炼金丹不坐禅，不为商贾不耕田。

闲来写就青山卖，不使人间造孽钱。

——《言志》

从前一首中，我们看到，唐寅对李白十分敬慕，在李白的疏狂中，他找到了知音。诗风也学李白，潇洒自如，狂放飘逸，淋漓尽致地展示自己的性情，一股傲气回荡在字里行间。第二首《言志》，“不使人间造孽钱”是核心，不仅自示清白，洁身自好，而且骂尽贪官污吏、奸商劣绅。全诗连用五个“不”字，似贯珠不断，如流水湍急，气势凌厉，虽明白如话，朴实无华，然意蕴深沉。他还有不少诗悱恻缠绵，哀怨凄婉，如《花下酌酒歌》《一年歌》等等，在这里，我们嗅到了《红楼梦》中黛玉《葬花词》的气息，从而看到唐寅诗对后世的影响。

二、祝允明

祝允明（1460—1526），字希哲，号枝山，世称“祝枝山”，长洲（今江苏苏州）人。弘治五年（1492）举人，曾七次应进士试，不第。以举人身份入仕，任广东兴宁知县，迁应天府通判，不久以病辞归。他出身官宦家庭，学问广博，能诗文，工书法。他与唐寅等志同道合，追求纯真、自由的个性，反对腐朽的传统思想，为“吴中四才子”之一。四人中，他年岁最长，但人们在称呼四才子时，他屈居第二。《四库全书总目提要》称：“允明诗取材颇富，造语颇妍，下撷晚唐，上薄六代，往往得其一体。”并引顾璘《国宝新编》的话说：“允明学务师古，吐词命意，迥绝俗界。效齐、梁月露之体，高者凌徐、庾，下亦不失皮、陆。”今录其诗二首于下：

小艇出横塘，西山晚气苍。
水车辛苦妇，山轿冶游郎。

麦响家家碓，茶提处处筐。
吴中好风景，最好是农桑。
——《暮春山行》

顽石污泥隐此身，无才无德信无伦。
无端举向人间用，从此人间无好人。
——《戏咏金银》

前一首诗写的是江南水乡暮春景色，不写湖光山色，专写劳动情景，并热情赞美。中间插入“冶游郎”，农忙季节，他却游手好闲，出游还要坐“山轿”，与辛苦踩水车的农妇形成鲜明对比，褒贬之意尽在不言中。第二首与唐寅的《言志》有异曲同工之妙，既曰“戏咏”，并非有意要把人间的一切贪鄙都归罪于作为货币流通的金银，而是讥刺那些贪官污吏、奸商劣绅对金银的贪得无厌，以致“人间无好人”。

三、文徵明

文徵明（1470—1559），初名壁，以字行，后更字徵仲，号衡山居士，长洲（今江苏苏州）人。曾参加乡试，也是七试无成。正德末，工部尚书李允嗣巡抚苏州，爱其才学，将他作贡生举荐于朝廷，经吏部试，奏授翰林院待诏，参加修撰《武宗实录》。因遭忌妒，辞职还家。家居三十多年，去世时年近九十。在唐寅、祝允明相继去世后，由他领袖吴中文坛达三十馀年之久。他是“吴中四才子”之一，号称“诗书画三绝”。他的诗歌创作从学习陆游入手，后又学习中晚唐，诗风疏淡冲和，娟秀妍雅，蕴藉不露。《四库全书总目提要》说：“徵明秉志雅洁，其画细润而潇洒，诗格亦如之。”王世贞在《艺苑卮言》中评论说：“文徵仲如仕女淡妆，维摩坐语；又如小阁疏窗，位置都雅，而眼界易穷。”这里指出了他诗的特点与不足，说得比较精确。其诗如：

三十年来麋鹿踪，若为老去入樊笼。
五湖春梦扁舟雨，万里秋风两鬓蓬。
远志出山成小草，神鱼失水困沙虫。
白头博得公车召，不满东方一笑中。

——《感怀》

酒阑客散小堂空，旋卷疏帘受晚风。
坐久忽惊凉影动，一痕新月在梧桐。

——《闲兴》

第一首是自述志向，但这里不是凭空而发。据何元朗在《四友斋丛说》中记载，文徵明以岁贡荐授翰林待诏后，由于他不是科举出身，自己是意不自得，加以又遭同僚轻视，竟说："我衙门不是画院，乃容画匠处此。"不久，他辞职还乡。这首诗就是有感于此而发，但全诗不写对诸人的不满，而由自责本不应出仕切入，表达他志本酷爱自由，不该临老入此"樊笼"，虽然身在仕途，却时时梦中泛舟五湖，言其归心之切。自己志本高洁，但一入仕途，如同"远志出山成小草，神鱼失水困沙虫"。全诗用典贴切，语气温婉，只责己而不责人，有谦谦君子之风度。后一首写闲情雅兴，确实体现了他疏淡冲和的诗风，恬淡中饶有逸趣。

第三节　唐宋派

无论是"前七子"还是"吴中四才子"，他们都有一个共同点，就是想从理学的桎梏中解放出来。但是理学毕竟是明朝皇家提倡的官学，不会轻易败下阵来。所谓"唐宋派"，实际上是宗宋派，是崇尚理学的道学派。唐顺之甚至把毫无诗意的宋代的著名道学家邵雍的诗奉为楷模，说什么“三代以下之诗，未有如康节者”（《与王遵岩参政》）。由于认识上的局限，唐宋派在诗歌创作上不可能有多大成就，但对散文创作却产生了很大的影响。复古派虽然对台阁派产生了很大冲击力，但由于一味拟古，他们的诗常常近于剽窃古人，散文则故意写得艰涩古奥，暴露出很大弊病。“吴中四才子”中的唐、祝、文的诗文虽然对他们有所冲击，但由于吴中才子们缺乏理论，同时他们的地位都不高，所谓人微言轻，所以冲击力不大。唐宋派的主要成员唐顺之、王慎中原是前七子的追随者，后来看出七子的诗文存在很大流弊，尤其是散文故作佶屈聱牙语，以艰深的文字来掩饰其内容的浅陋，因此扬弃以前的观点，主张写散文首先要“文从字顺”，反对复古派的主张，然而他们评价诗文的基准是道学，因此也显出局限性。后来茅坤也加入了反复古的阵营，但态度游移，没有死抱着道学做标准。再后来又有归有光，虽然在对复古派的某些认识上与唐、王近似，但在一些基本观点上，又与唐、王有着很大歧异，而且他与唐、王也无直接联系，他实在不能算唐宋派，而是“卓然自为一家之书”（董其昌《凤凰山房稿序》）。

唐宋派的主要成就是散文，王慎中首先提倡学习唐宋散文，接着得到唐顺之的赞同，并提出一系列主张，最后茅坤编选了著名的《唐宋八大家文钞》，对后世影响很大。其实首先提出唐宋八家的是明初朱右，他选编了《八先生文集》，但影响不大；后来唐顺之编纂《文编》，亦仅取唐宋八家，影响也不是很大。直到茅坤的《唐宋八大家文钞》问世，在社会上广为流传，唐宋八大家之名也由此确立。归有光则以自己出色的创作取胜，扩大了影响。王、唐、茅、归四人为反对复古派各自做出了贡献，王慎中有开拓之功，唐顺之有系统文论，茅坤编选了著名的选本确立了唐宋八大家，而归有光则在创作上取得了很大成就，四人组成了一个完整的体系。归有光主要成就是散文创作，也有诗作。

归有光（1507—1571），字熙甫，号震川，昆山（今江苏昆山）人。出身于寒儒之家，自幼刻苦读书，9岁能文，弱冠已尽通五经、三史诸书。嘉靖十九年（1540）中举，后应进士试，八试不第。徙居嘉定安亭江上，教书授徒为业，读书谈道，学徒常数百人，称“震川先生”。直到嘉靖四十四年（1565）始登进士第，时已60岁，授长兴知县，他为政清廉，虽然“小民安居”，但“豪宗多怨”，引起上司对他的不满，隆庆二年（1568）调任顺德府通判，专管马政。隆庆四年（1570），经大学士高洪、赵贞吉的推荐，迁南京太仆寺丞，兼职于内阁制敕房，并参与撰写《世宗实录》，次年卒于任上。著有《辰川集》。他是散文名家，尤其擅长写抒情散文，写诗无意求工，但自然纯朴，远胜那些刻意求工、精心雕琢的诗。朱彝尊在《静志居诗话》中说：“诗非兼擅，然尤胜七子成派。”这是承认他的诗在七子之上。其诗如：

经过兵燹后，焦土遍江村。
满道豺狼迹，谁家鸡犬存？
寒风吹白日，鬼火乱黄昏。
何事征科吏，犹然复到门。

——《甲寅十月纪事》二首之二

瀛州三月雪中行，千里寒风到济宁。
道上女郎斜插柳，始知今日是清明。

——《清明济上》

甲寅是嘉靖三十三年，当时东部海上倭寇猖獗，扰得苏南与浙江沿海一带几无宁日，成为朝廷一大心腹之患。这首诗记述了当年（1554）正月倭寇侵扰苏南沿海的情况，他们犯嘉定，转掠苏、淞，围困昆山，长达数十天，烧杀抢掠，无恶不作。当时的嘉靖皇帝是个昏庸的君主，一意学道修仙，宠用严嵩。严嵩父子把持朝政，党羽遍布，权倾朝野，只知横征暴敛，全不顾百姓死活。这首诗虽然朴实无华，但真实形象地记录了当时的历史事实，可补《明史》的不足。第二首诗写旅途见闻，再现了当时的气候与风俗民情，自然纯朴，却饶有韵味。

第四节　后七子

为改变台阁体笼罩下全无生气的孱弱文风，前七子应运而生，他们打出复古的旗帜来反对台阁体。在台阁体文风令人生厌的时候，复古派很快形成了一个声势浩大的文学运动。但是复古派前七子致力于摹汉拟唐，缺少新鲜的东西，也令一部分人对此生厌，为纠正复古派的弊病，出现了唐宋派。唐宋派虽然有理论、有创作，还有精选的范文，影响不小。尽管如此，唐宋派也有本身的弱点，第一，他们的影响主要在散文创作领域，在诗歌创作上没有什么成就；其次，他们在理论上，以理学为基础，夹杂着太浓厚的道学气息，而理学自明初以来就被定为国学，成为统治思想，钳制文人士子，时间一长自然而然会产生逆反心理，寻求摆脱理学的束缚，争取思想自由。前七子的理论与做法正是要摆脱理学的束缚。因此前七子之后，又有后七子继起。

后七子是以李攀龙、王世贞为首，其馀五人是谢榛、宗臣、徐中行、梁有誉和吴国伦。在理论上，他们与前七子一脉相承。嘉靖中期，李攀龙、王世贞等相继中进士，并在京师任职，他们相结交，讨论文学，志趣相投，不满唐宋派的文学倒退动向，反对所谓“文道合一”，把文学附庸于经学，为维护文学的独立地位，他们决定重揭前七子文学复古的旗帜。后几年内又有新进士加入，结成诗社，正好满七人之数，称“后七子”。后来，谢榛与李、王意见不合，被排除出去，此后称为“六子”。他们是一个比较严密的文学宗派，后来又有“后五子”、“广五子”、“末五子”等文学团体与他们同声相应，连成一气，声势十分浩大。在他们的抨击下，唐宋派迅速瓦解，竟向李、何低首，茅坤晚年致函徐中行，要求在推崇李、何的同时给唐、王以一定的承认，无复当年批判前七子的锐气，竟对“七子”俯首臣服，以求一席之地。

一、李攀龙

李攀龙（1514—1570），字于鳞，号沧溟，历城（今山东济南）人。嘉靖二十三年（1544）登进士第，授刑部主事，迁顺德知府，再迁陕西提学副使。因母老，辞归，筑白雪楼，读书著作。隆庆改元（1567）起为浙江副使，擢为河南巡按使。后因母丧，哀毁病卒。著有《沧溟先生集》。其为官有政绩，但为人“简傲”，为诗务以声调胜，摹拟太甚，其文学理论，一味标榜高古，比李梦阳走得更远。对他的诗文历来毁誉参半，《四全书总目提要》认为“誉者过情，毁者亦太甚”。其所作一味拟古，特别是文，常用先秦古文词汇和句法，生吞活剥，难以令人接受。对其诗，沈德潜在《明诗别裁集》中说：“分而观之，古乐府及五言古体临摹太过，痕迹宛然；七言律及七言绝句，高华矜贵，脱弃凡庸，去短取长，不存意见，历下之真面目出矣。”来看看他的具体诗作：

广陵秋色雨中开，系马青枫江上台。
落日千帆低不度，惊涛一片雪山来。

——《送子相归广陵》

千峰郡阁望嵯峨，此日褰帷按塞过。
落木悲风鸿雁下，白云秋色太行多。
山连大陆蟠三晋，水划中原散九河。

回首蓟门高杀气，羽林诸将在横戈。

——《登黄榆马陵诸山是太行绝顶处》

第一首送别诗，情寓景中，离情别绪全从秋雨、落日、惊涛中衬托出来，而觉蕴藉含蓄，深情无限。沈德潜称其七绝“有神无迹，语近情深”，而说其七律“已臻高格，未极变态”。第二首就是七律，境界开阔，气象恢宏，颇具高格，有唐李颀的风调。当时鞑靼不时进犯，常使京师危急，故诗意悲壮沉着，一片忧国之心蕴含其中。

二、王世贞

王世贞（1526—1590），字元美，号凤洲，又号弇州山人，太仓（今江苏太仓）人。嘉靖二十六年（1547）登进士第，时仅19岁，授刑部主事，累迁员外郎、郎中。其时严嵩父子专权，其父为严嵩构陷被杀，世贞遂辞官家居。隆庆元年（1567）严嵩父子伏法后，世贞兄弟伏阙讼父之冤，得到昭雪，世贞复出仕，后官至南京刑部尚书。他与李攀龙同为“后七子”的领袖人物，李攀龙死后，他独领文坛。在七子中，他才学最富，著作最多，成就最高，著有《弇州山人四部稿》174卷，续稿207卷，合称《前后四部稿》。《四全书总目提要》称：“考自古文集之富，未有过于世贞者。……自梦阳之说出，而学者剽窃班、马、李、杜；自世贞之集出，学者遂剽窃世贞。”又说：“世贞才学富赡，规模终大。譬诸五都列肆，百货具陈，真伪骈罗，良楛淆杂，而名材瑰玉，亦未尝不错出其中。”大约因他曾深受严嵩父子迫害有关，对现实有较深刻的认识，因此他的诗中有不少感时伤世之作：

海内兵戈遍，兹方可晏然。

生儿先共虏，与鬼不分年。

马失来时道，雕盘战后天。
城中七万户，箫鼓旧喧阗。

——《上谷杂咏》三首之三

昔闻李供奉，长啸独登楼。
此地一垂顾，高名百代留。
白云海色曙，明月天门秋。
欲觅重来者，潺湲济水流。

——《登太白楼》

第一首写北方的鞑靼不断南侵，上谷百姓奋起保卫家乡，慷慨悲壮。对这首诗的首联和尾联，人民文学出版社2003年出版的《明诗选》中的注释完全错了。首联的注释曰："说天下骚然，战事连绵，这里却是一片和平景象。"这是注释者忽略了第二句中的一个关键词"可"，这是一个疑问句，是说"这里还能平安吗"，这才能与后边两联接上，如果这里是平安的，那又怎会"生儿先共虏，与鬼不分年"？尾联的注释曰："谓民心乐观，精神昂扬。"这与首联的注释犯了同样的错误，这里忽略了关键词"旧"字，这是看到遭受战争破坏的惨景后，想到这里以往"箫鼓喧阗"的和平景象，用以做对比，愈见鞑靼入侵带来的巨大灾难，以激励人民为保卫家园而战。另外对第五句的注释也完全错了，"马失来时道"，注释说因为"道路盘折交错"造成的；其实是说战后面目全非，令识途的老马都不能辨认来时的路了。下一句明白说"战后"，连雕也迷失了方向，在空中来回盘旋，用以说明战争对那里的严重破坏。第二首是写景诗，写登山东济宁太白楼的所见所感，境界开阔，气势豪迈，笔力遒劲，沈德潜在《明诗别裁集》中评说："天空海阔，有此眼界笔力，才许作登太白楼诗。"这首诗颇有太白遗风。

三、谢榛

谢榛（1495—1575），字茂秦，号四溟山人，又号脱屣山人，临清（今山东临清）人。终身布衣。为人有侠义之气，曾只身赴京师为国子监学生卢柟申冤，使之昭雪出狱。早年工词、曲，后来折节读书，刻意为诗，他的诗歌理论形成较早，论诗取经较宽。钱谦益在《列朝诗集》中说："当七子结社之始，尚论有唐诸家，茫无适从。茂秦曰：'选李杜十四家之最佳者，熟读之以夺神气，歌咏之以求声调，玩味之以裒精华，得此三要则造乎浑沦，不必绘谪仙而画少陵也。'诸人心师其言，厥后虽争摈茂秦，而称其诗之指要，实自茂秦发之。"当后七子结社之初，榛为盟长，后论诗意见不合，为李、王排斥。有《四溟山人全集》，其诗虽不免有拟古之习，但较能熔铸变化。而且他主张广泛学习初盛唐诸家诗，汲取各家之长，他在《四溟诗话》中说："熟读初唐盛唐诸家所作，有雄浑如大海奔涛，秀拔如孤峰峭壁，壮丽如层楼叠阁，古雅如瑶瑟朱弦，老健如朔漠横雕，清逸如九皋鸣鹤，明净如乱山积雪，高远如长空片云，芳润如露蕙春兰，奇绝如鲸波蜃气，此见诸家所养之不同也。学者能集众长合而为一，若易牙以五味调和，则为全味矣。"他也不同意一味复古，食古不化，而主张"文随世变"、"有意于古，而终非古也"，其见识实在要比李、王高出一头。他尤长于五律，法度森严，颇具功力。沈德潜在《明诗别裁集》中说："四溟五言近体句烹字炼，气逸调高，七子中故推独步。"其诗如：

路出大梁城，关河开晓晴。
日翻龙窟动，风扫雁沙平。
倚剑嗟身事，张帆快旅情。
茫茫不知处，空外棹歌声。

——《渡黄河》

青海城边秋草稀，黄沙碛里夜云飞。
将军不寐听刁斗，月上辕门探马归。

——《塞下曲》

阿郎几载客三秦，好忆侬家汉水滨。
门外两株乌桕树。叮咛说向寄书人。

——《远别曲》

第一首五律，写渡黄河时的所见所感，以阔大之景，寓旷荡之情，笔力健劲，抑扬顿挫，馀音不绝。他在《四溟诗话》中说："作诗本乎情景，孤不自成，两不相背。凡登高致思，则神交古人，穷乎遐迩，系乎忧乐，此相因偶然，若形于绝迹，振响于无声也。"这首诗体现了他的这一理论，诗中第三句即由大梁城联想到南朝梁都的"龙窟"，也算是"神交古人"了。结尾情韵悠悠，馀音不绝，同时体现了他要求律诗结句"若天马行空，浑然无迹"的主张。第二首《塞下曲》颇有龙标边塞诗的韵味，其雄健恣肆，结尾戛然而止，留有馀音，一一似之。最后一首闺怨诗，不说侬思郎君，偏说郎君思侬，南朝民歌每每有此狡黠，沈德潜评说："写情极真，方之'茨菰叶烂'一篇，可云新声古意。"（按："茨菰叶烂"系指唐人张潮的《江南行》，曾被管世铭推举为唐人七绝压卷之作。）

第五节　对程朱理学与复古的抵制

在明代中叶，文坛上出现了两股势力，虽然声势大小不一，但都产生了不小的影响。一股力量是声势浩大的前、后"七子"的复古运动。复古运动所倡导的诗文到唐为止，对唐以下的诗文不屑一顾。他们这样做的最重要的意义是切断与宋代理学的联系，后来却越来越陷入摹汉拟唐乃至公然剽窃古人的泥沼中。另一股力量是所谓唐宋派，倡导宗宋，虔诚地把被复古派抛弃的理学捡回来，这是一种倒退的行为，也必然钻进死胡同。于是逐渐产生了第三股力量，那是崇尚自由、追求个性解放的思潮，在当时虽然影响并不大，但到明代后期，其影响愈来愈大，形成一股进步的文艺思潮，代表人物是徐渭和李贽。

一、徐渭

徐渭（1521—1593），字文长，号青藤道士、天池山人、白鹇山人、署田水月等，山阴（今浙江绍兴）人。他是一个多才多艺的人，曾广泛涉足文学艺术各个领域，取得了令人瞩目的成就。又好谈兵，多奇计，却屡应乡试被黜。后与沈明臣同入浙总督胡宗宪幕，预参抗倭军务，所谋多中。后胡宗宪因罪下狱，渭惊惧而致精神失常，多次自杀被救。后在发病时杀死继妻，下狱论死，赖同乡张元汴力救得免，终因潦倒抱愤而卒。徐渭在书画、诗文、戏曲方面，都有很高造诣，自认为“吾书第一，诗二，文三，画四”，虽然没有提及戏曲创作，但他的杂剧名著《四声猿》在文学史上有很高地位，是一朵奇葩。他的作品无论书画、诗文、戏曲，都能独树一帜，别开生面。他是明代第一个站在全新的立场上反对复古思潮的人，追求情感和个性的自由，稍后的公安派领袖袁宏道尊他为明代第一诗人，其实为晚明文学的先驱。其诗如：

大泽高踪不可寻，古碑祠木自阴阴。
长江万里元无尽，白日千年此一临。
我已醉中巾屡岸，谁能梦里足长禁。
一加帝腹浑闲事，何用傍人说到今。

——《严先生祠》

短剑随枪暮合围，寒风吹血着人飞。
朝来道上看归骑，一片红冰冷铁衣。

——《龛山凯歌》

千金赤兔匿宛城，一只黄羊奉老营。
自古学棋嫌尽杀，大家和局免输赢。

——《胡市》

第一首是凭吊东汉严子陵的，诗里写出了一个与凡俗迥异的不拘礼法的严光，并把世人津津乐道的严光足加帝腹说成闲事一桩，暗含对君王神圣的蔑视，对庸俗议论的批驳。识见卓越，骨力劲健，充满了反传统的精神。第二首写嘉靖三十四年（1555）龛山抗倭之役，写出了战斗的残酷，同时也歌颂了抗倭将士的英勇杀敌，抒发了胜利的豪情。由于作者参加了这次战斗，因此写得十分真切。第三首《胡市》写的是与北方游牧部落的边境贸易，这是前人未曾写过的题材。前人写边塞诗多写战争场面，这里写与鞑靼的自由贸易，作者对此十分赞赏，他主张各族人民和睦相处，友好往来，求得双赢。这首诗以下棋为喻，反对多杀，主张“和局”，这样的见识无疑是高人一筹，堪称远见卓识。

二、李贽

李贽（1527—1602），号宏甫、卓吾，又号温陵居士、龙湖叟，晋江（今福建泉州）人。26岁参加福建乡试，中举人，后未参加会试，嘉靖三十五年（1556）以举人入仕。当了二十多年的地方小官吏。万历五年（1577），升任云南姚安府知府，三年后（1581）辞官，但不回乡隐居，而是到湖北黄安与耿定理共同讲学，但和耿定理的当大官的哥哥耿定向发生冲突。在耿定理逝世后，他移居麻城龙潭芝佛院，得到周思久、周思敬的接待。他的《焚书》问世后，因书中揭露了耿定向的伪道学，受到耿定向一派迫害，说他是淫僧异道。万历二十八年（1600），他被赶出麻城，次年逃到北京附近通州马经纶家。万历三十年（1602）被左都御史温纯等奏劾下狱，终于在狱中被迫自杀。

李贽是中国封建社会中杰出的思想家，对程朱理学和一切伪道学进行猛烈抨击，提出"圣人不曾高，众人不曾低"的认识，从根本上否定了封建统治的等级制度和封建特权思想，反对宿命论。他还否定女不如男的封建男权思想，认为男女同样有智慧。同时，他还对中国封建社会历来只重农业轻视工商业的传统观念提出反对意见，充分肯定工商业对发展生产的作用。李贽思想上所以有这样强烈的叛逆性与战斗性，首先是因为当时东南沿海经济繁荣，工商业发达，资本主义生产关系已开始萌芽。其次是东南沿海交通发达，对外贸易有很大发展，受到同样处于萌芽状态的西方资本主义思想影响较深，因此思想比较开放。在对待文学艺术上，他同样提出了与传统思想根本不同的见解，这主要体现在《焚书》中的"童心"说一文，他认为"天下之至文，未必不出于童心焉者也"。"童心"就是真心，也就是真实的思想感情，无疑是对所谓"代圣立言"的毫无真实思想感情的八股文的有力一击，对那些无病呻吟、矫揉造作的诗文进行否定，对明初的台阁体及当时流行的复古派都是有力的批判。他的主张不仅影响了明代后期的公安派与竟陵派，一直影响到近代，王国维在《人间词话》中竭力倡导的"赤子之心"，其实就是"童心"的另一种说法。

此外，李贽还提高了戏曲与小说的地位，他说："诗何必古选，文何必先秦。降而为六朝，变而为近体，又变而为传奇，变而为院本，为杂剧，为《西厢记》，为《水浒传》，为今之举子业，皆古今至文，不可得而时势先后论也。"在肯定俗文学的同时，他还大胆地对"六经"、《论语》《孟子》提出非议，认为这些实在算不得“至文”，只是“其迂阔门徒，懵懂弟子，记忆师说，有头无尾，得后遗前，随其所见，笔之于书”。敢于对封建社会中奉为“圣经”的儒学经典做彻底否定，其胆识实在令人钦佩。其影响所及，清代杰出文艺评论家金圣叹把《西厢记》《水浒传》与《离骚》《庄子》《史记》、“杜诗”并列为“六才子书”，大大提高了俗文学的地位（鲁迅对金圣叹的彻底否定是不公正的，是错误的）。李贽的著作有《焚书》《续焚书》《藏书》《续藏书》等，他的主要贡献是理论，作诗不多，但很能体现其“童心”说，如：

若为追欢悦世人，空劳皮骨损精神。
年来寂寞从人谩，只有疏狂一老身。
——《石潭即事》四绝其四

名山大壑登临遍，独此垣中未入门。
病间始知身在系，几回白日几黄昏。
——《老病始苏》（《系中八绝》其一）

第一首表明他反封建的战斗精神，绝不曲意取悦世人，态度坚定，语气坚决，掷地有声。第二首是晚年被弹劾入狱后在狱中所写，平生曾遍历名山大川，但还未进过狱门，说得看似轻巧，其实悲愤。后两句尤觉沉痛，老病之身被系狱中，不知已过了多少日子，更不知还要过多少日子，是那么无助无望，由此可知他为什么最终在狱中自尽了。

第四章　明晚期诗人

从万历年（1573）开始，明代社会进入后期。万历初年，首辅张居正进行了一系列改革，明朝社会在政治、军事与经济上都有一定起色。军事上重用名将戚继光，取得了平定倭寇战争的决定性胜利，为东南沿海创造了经济繁荣的和平环境，出现了萌芽状态的资本主义生产关系，市民阶层的队伍进一步扩大，崇尚自由、追求个性解放的思潮在客观上极大地冲击了理学与复古。可惜张居正执政时间太短，只有十年。他去世后，保守派进行疯狂反扑，从此朝政日非，社会矛盾日益尖锐。

第一节　公安派

前七子的出现，原是为了反对毫无生气的台阁体，但他们在理论上以复古为宗旨，在创作上也竭力摹拟古人。后七子接过前七子的复古旗帜，在复古的泥沼中陷得更深，他们的追随者更是堕落到剽窃古人。这就必然要引起不满，出现反对者，如徐渭、李贽等人，但他们是单独行动，没有形成派系，因此冲击的力量不大。直到万历年间“公安派”的出现，才形成了一股声势浩大的强劲的冲击力，从此复古派再难以抬头。“公安派”是以湖广公安人袁氏三兄弟为核心，以及一批与他们关系密切的文人结合在一起形成的。其中袁宏道成就最大、声誉最高，是这一派的领袖。袁宗道虽然在才气与创作成就上较弱，但他首先提出反拟古的观点，对公安派的形成有独特的贡献。

一、袁宏道

袁宏道（1568—1610），字中郎，一字无学，号石公。公安

（今湖北公安）人。他自幼博览群书，年少即能文，十五六岁已显露文学才能，结社城南，自为社长。曾师事李贽，深得赞赏。万历二十年（1592）登进士第，后二年为吴县令，听断敏决，清除积弊，一县大治，时人称赞说他是多少年来没有过的好县官。但他鄙弃官场，不慕荣利，对当时的政治深感不满。两年后解官而去，遍游东南名山大川。又两年，召为礼部主事，与在京的文友结社城西，切磋诗艺。又是两年后，返回乡里，以参禅吟诗自娱。其后，曾起为故官，历迁稽勋郎中，曾赴秦中任主考，漫游华山、嵩山等。试毕返乡，数月后病逝于家，卒时53岁，时为万历三十八年。

在创作上，公安派提出的口号是“独抒性灵，不拘格套”。这出自袁宏道的《叙小修诗》，是对其弟袁中道的称赞，还说：“非从自己胸臆流出，不肯下笔。”江盈科在《敝箧集序》中引袁宏道的话说：“诗何必唐，又何必初与盛！要以出自性灵者为真诗耳。夫性灵窍于心，寓于境。境所偶触，心能摄之；心所欲吐，腕能运之。”还说：“以心摄境，以腕运心，则性灵无不毕达，是之谓真诗。”公安派的诗歌理论核心就是“性灵”二字，他们认为，好诗不是费尽心机、精雕细刻出来的，而是“任性而发”，要“一一从自己胸中流出”，这对一味拟古的复古派与倡导代圣立言的道学都是极大的冲击，在当时，起了一定的“反复古”、“反道学”作用，促使明末清初的诗歌从僵化中复苏过来。

所谓“性灵”，与李贽的“童心”说是一致的，袁宏道曾师事李贽，深受李贽的思想影响，李贽也十分赏识他，称赞他“识力胆力皆迥绝于世，真英灵男子”。当然，“性灵”二字并不是袁宏道首倡，在南北朝时就有了，庾信在《赵国公集序》中说：“含吐性灵，抑扬词气。”在袁宏道稍前的王世懋、屠隆等人的诗文评论中，更是多次出现“性灵”一词，但词义含混，影响不大。直至袁宏道接过这一词，赋予鲜明的时代内容和具体的艺术要求，才成为一个响亮的文学口号，其影响所及不仅是此后数十年的明代诗人，直至清代，袁枚论诗还特别标举“性灵”说。袁宏道写诗，主张“信心而出，信口而谈”，其优点，不假雕饰，清新明快，真率自然；其不足，有时过于草率，词语不加锻炼，浅易率直，缺乏馀味。《四库全书总目提要》把自明初以来至公安派这一段时间诗坛的递变情况，说得简单扼要而明了：“盖明自三杨倡台阁之体，递相摹仿，日就庸肤。李梦阳、何景明起而变之，李攀龙、王世贞继而和之。前后七子遂以仿汉摹唐，转移一代之风气，迨其末流，渐成伪体，涂泽字句，钩棘篇章，万喙一音，陈因生厌。于是公安‘三袁’，又乘其弊而排抵之。……其（宏道）诗文变板重为轻巧，变粉饰为本色，天下耳目于是一新，又复靡然而从之。然七子犹根于学问，三袁则惟恃聪明；学七子者不过赝古，学三袁者乃至矜其小慧，破律而坏度，名为救七子之弊，而弊又甚焉。”这里清楚地指出了公安派的优点和弊端。兹录袁宏道诗四首于下：

门有车马客，锦襕乌纱巾。
寒毛接短鬓，丝丝沙与尘。
问子何劳劳，上书西入秦。
八年始一命，官卑不救贫。
冒霜揖槐柳，望灰拜车轮。
一身百纠缚，形如一束薪。
手缠不自解，利刃寄他人。
蔗与檗同餐，虽甘亦苦辛。

——《门有车马客行》

雪里山茶取次红，白头孀妇哭春风。
自从貂虎横行后，十室金钱九室空。

——《竹枝词》十二首其二

贾客相逢倍惆然，梗楠杞梓下西川。
青天处处横珰虎，鬻女陪男偿税钱。

——《竹枝词》十二首其十二

祠前箫鼓赛如云，茹泣争劖吊古文。
一等英雄含恨死，几时论定曲将军。

——《宿朱仙镇》

一日湖上行，一日湖上坐。
一日湖上住，一日湖上卧。

——《西湖》

以上五首诗，第一首用乐府旧题，写于万历二十六年再度入京途中，历数为官的辛苦，受到种种束缚与摧残，由此可见他鄙薄功名，厌恶官场。第二、三两首是反映当时的社会现实的诗，写万历年间宦官监税，横征暴敛，恣意扰民之害。“珰虎”指宦官，诗里将宦官比作害人的恶虎，他们横行民间，逼得老百姓“鬻女陪男”，妻离子散，这是当时社会的真实写照。第四首《宿朱仙镇》是一首咏史诗，在这个小镇上，南宋时曾发生过两次大冤案，前二句写抗金名将岳飞蒙冤被害而死，后来得到昭雪，在朱仙镇上建祠刻碑纪念他；后二句写同样蒙冤而死的曲端，却得不到昭雪平反。曲端是南宋初的抗金将领，其见识与军事才能明显高于当时的抗金将领张浚、吴玠与王庶等，曾屡败金兵，使金人闻风丧胆，但遭到妒忌，吴玠诬曲端谋反，庶举曲端诗“不向关中兴事业，却来江上泛渔舟”，说这是指斥赵构。张浚则“入其罪，酷刑锻炼而死，年仅四十一”，其冤与岳飞相似，但始终未能平反昭雪，主要是张浚有子名张栻，为理学大师，与朱熹齐名，并为好友，在张浚死后，朱熹为之作行状，吹嘘标榜，元、明时理学大行，人们乃讳言此事。袁中郎对此愤愤不平，不仅为曲端鸣冤，也是对理学的委婉抨击。最后一首《西湖》，历来褒贬不一，其原因都在其“俚俗”。直到现代，提倡白话文的胡适“亟称之”，认为这是以白话形式独抒性灵，反对白话文的人说这首诗“简直没有意思”。

二、袁中道

袁中道（1570—1626），字小修，袁宏道之弟。万历四十四年（1616）登进士第，其时已47岁，授徽州府教授，迁国子博士，改南京礼部主事，擢南京吏部郎中。母早逝，少依两兄长，手足情深，诗文见解、风格都相近。史称小修早慧，十馀岁已著《黄山》《雪》二赋，五千馀言。曾随其二位兄长拜访李贽，思想开放。后因困于场屋，久不登第，“一生心血，半为举子业耗尽”。其文学成就优于长兄宗道，逊于二兄宏道。但在宗道、宏道相继逝世后，他成为公安派的主要代表。晚年看到公安派之弊，在理论上提出修正，在坚持“独持性灵”的前提下，提出“诗以三唐为的。舍唐人而别学诗，皆外道也”（《蔡不瑕诗序》）。他在论文学中，还有两点值得注意，一是他在《花雪赋引》中说：“天下无百年不变之文章，有作始，自有末流；有末流，还有作始。”这不仅否定了复古拟古，对一味追随摹拟他们的末流也是一个否定。否定一成不变，也就是主张不断变化，不断进步。二是对七子做出肯定，特别是对李攀龙的肯定，他在《阮集之诗集序》中甚至说：“国朝有功于风雅者，莫如历下。”他把复古派之病归罪于后学之人，同时说明其兄中郎并不反对李攀龙，只是起而纠后学之偏，还讲到了公安末流之弊。他这样说：“及其后，学之者浸成格套，以浮响虚声相高；凡胸中所欲言者，皆郁而不能言，而诗道病矣。先兄中郎矫之，其意以抒性灵为主，始大畅其意所欲言，极其韵致，穷其变化，谢华启秀，耳目为之一新。及其后也，学之者稍入俚易，境无不收，情无不写，未免冲口而出，不复检括，而诗道又将病矣。由此观之，凡学之者，害之者也；变之者，功之者也。中郎已不忍世之害历下也，而力变之，为历下功臣。”

袁中道的诗风与其兄大致相似，只是二人遭遇有异，对待功名富贵的态度不同，所以诗中反映出来的思想有不少差异。中郎不到25岁就已经登第，他对仕途名利看得很轻，甚至厌恶官场；小修直到47岁才登第，他较看重功名，然仕途不利，胸中难免有一股不平之气，因此其诗中不免有愤激之情，如“早知穷欲死，恨不曲如钩”（《风雨舟中示李谪星、崔晦之，时方下第》）这类怨气十足的话出现在他的诗中。他的诗优点在于直率坦诚，毫不做作；缺点在于过分轻率，缺乏诗味。今录其一首较有诗味的写景诗《枝江道中》：

楚国丹阳路未赊，峰峦断处又平沙。
溪深不障斑斓石，梅老犹馀冷澹花。
水气漾洲全似月，山岚收雨尽成霞。
风烟如此今方到，悔不从前细泛槎。

第二节　竟陵派

在公安派盛行过程中，逐渐暴露出其弊病，关于这一点，公安派的骨干袁中道在晚年已经看到了。为纠公安派之弊，“竟陵派”趁势崛起，他们既反对前后七子的复古主义，同时也反对公安派的过于俚俗。由于公安派的作品过于浅易平滑，竟陵派就反其道而行之，倡导深幽孤峭的诗体，一时赢得不少追随者。但严格说来，竟陵派并不是反公安派，只是纠其偏。竟陵派的代表人物钟惺即出于公安派，曾“入中郎之室”，因此在理论上接过“独抒性灵”的口号，同时做多方面修正。他们对诗文创作强调独创性，反对模拟，重视求变求新求异，钟惺在《问山亭诗序》中提出：“势有穷而必变，物有孤而为奇。”他们写诗重视构思和锤炼，追求含蓄美，逐渐形成了深幽孤峭的诗体。由于他们过分追求孤诣独往，致使其诗远离尘嚣之上，侧重表现内敛的心态，因此其诗远离社会现实，境界狭小，艺术上追求神秘化，语言生涩拗折，致使他们的诗出现幽塞、寒酸、尖刻的状态，终于难成大家。竟陵派在明末清初颇为流行，其影响超过公安派。钟惺与谭元春共同编选了《古诗归》《唐诗归》《明诗归》等，以倡其风，大大扩大了他们的影响，使之流传久远。《四库全书总目提要》对竟陵派采取完全否定的态度，评说：“天门钟惺更标举尖新、幽冷之词，与元春相唱和，评点诗归，流布天下，相率而趋纤仄，有明一代之诗，遂至是而极弊。”当然这评论不免偏颇，竟陵派在纠正公安派的流弊中还是有一定的功绩的，然而其缺点也是十分明显的。

一、钟惺

钟惺（1574—1624），字伯敬，号退谷，又号止公居士，晚知居士。祖籍江西永丰，迁居竟陵，遂为竟陵（今湖北天门）人。万历三十八年（1610）登进士第，授行人司行人（掌奉节、奉使之职，正九品），迁工部主事，改南京礼部仪制司郎中，擢福建提学佥事，以父丧回籍。晚年逃禅，临终受戒，法名断残。有《隐秀轩集》，人称其诗有“鬼趣”；长于五古，近体诗也有可观者。今录其《夏月宿张明府县斋，起坐大桐树下，口成》：

空庭浸琉璃，苍凉不受暑。
风檐鸣坠花，断续如残雨。
披衣惊梧月，清霁忽如午。
静夜嗒焉秋，山水作人语。
何知是严城，寒谯转三鼓。

这首诗写的是夏天月夜景色，突出其幽静凉爽，描写细致，情景真切，意境恬淡清远，呈现出夏天里的一片清凉世界。虽然颇有幽冷之感，但绝无“鬼趣”。语言自然流畅，除“嗒焉”二字配合生硬外，其馀也都符合常规语法，无生涩拗折、佶屈聱牙现象。钱谦益称其诗为“鬼趣”、“兵象”、“诗妖”，这只在部分诗中存在，不能以偏概全。

二、谭元春

谭元春（1586—1637），字友夏，号鹄湾，又号寒河。竟陵人，与钟惺同乡。天启七年（1627）乡试第一（解元），崇祯十年（1637），再次进京会试，病死途中。年轻时就与钟惺交厚，为人作诗，都深受其影响，二人共选《诗归》，流布天下，世称“钟谭”，为竟陵派代表之一。其诗也与钟惺一样幽冷孤峭，且欲矫公安派浅俗轻率之弊，遂刻意尖新，以致流于险怪晦涩。因此，他受到的抨击较钟惺更为激烈，钱谦益与张文寺对他都有十分尖刻的批评。这些意见都被《四库全书总目提要》编写者所授受，但说得比钱、张简练：“元春之才较惺为劣，而诡僻如出一手，日久论定，徒为嗤点之资，观其遗集，亦足为好行小慧之戒矣。”其实谭元春之作并非都像他们所说那样，一无是处。还是李慈铭比较公允，发现其长处：“性情所专，时有名理；山水所发，亦见清思。”我们来看他的一道较平易的诗《丁卯仲冬夜拜伯敬墓讫，过其五弟居易家》：

哭罢寻何处？宵投汝弟家。
磬声知世短，墨迹引心遐。
墓柏微微树，瓶梅渐渐花。
在时频远别，悲只似天涯。

这是钟惺逝世后两年，谭元春去墓前凭吊后所写。他们二人不仅志同道合，且元春对于钟惺可以说是亦师亦友，感情十分深厚。这首诗完全是真情流露，没有任何雕琢，用朴素、浅近的语言把真情表达，读起来备感真实亲切。再来看他的一首五绝《江行》（其二）：

盛世宽儒士，褒衣每自加。爪牙来大索，怒是一床书。

这首诗也是明白如话，但意蕴深远。前半首写盛世对儒士的宽厚；后半首掉过笔来写爪牙向客船大肆搜索，对儒士已不再宽厚，与盛世成鲜明对比，那么这是一个什么世道也就不言而喻了。最后一句写儒士并无财物，只有一床书，令爪牙们大失所望。只一个“怒”字，就把当时爪牙们不见财物只看到书时的神态写得栩栩如生，使人如见其形，如闻其声。

第三节　晚明其他诗人

明朝后期朝政腐败，社会黑暗，国势垂危，一批有血性、有社会责任感的知识分子不再“独抒性灵”了，虽然他们提出“兴复古学”、“通经学古”，但只是用以抵制公安与竟陵二派，并没有要像前后七子那样复古拟古，而是面向现实，甚至干预时政，张溥、张采组织文社就是一例。当时成就较大的有屠隆、汤显祖、张溥等人，另有范兴汭、吴鼎芳。虽然他们力主宗唐，但并不像七子那样刻意拟古，而有不少诗清新自然，饶有韵味。

一、屠隆

屠隆（1542—1605），字长卿，又字纬真，号赤水，又号鸿苞居士。鄞县（今浙江宁波）人。万历五年（1577）登进士第，除颍上知县，调青浦。随处结纳名士，流连山水，而吏事不废，士民爱戴之。迁礼部主事、员外郎，因纵情诗酒、声色，仇家俞显卿诬以罪，罢归。归益放情诗酒，好宾客，家清贫，乃卖文为生，晚年穷困以终。他异才天纵，下笔千言，长篇短什，一挥而就，但太不经意，晚作更冗长不足观。他本是“末五子”之一，但反对一味摹拟古人，主张“各极才品，各写性灵”（《论诗文》）。他写作用笔舒放，与公安派有相近之处。他出于复古派，对公安派却有先导作用，沟通二者，由此可见其诗风的演变。兹录其诗二首于下：

强兵一夜度飞狐，大雪连营照鹿卢。
明月五原容射猎，长城万里不防胡。
单于塞外输龙马，天子宫中出虎符。
独有流黄机上泪，西风吹不到征夫。

——《出塞》

彭城临广岸，俯仰霸图空。
白日照残雪，黄河多烈风。
所嗟人向北，不似水流东。
回首沧溟曲，山山云雾中。

——《彭城渡黄河》

上边第一首《出塞》，不同于一般边塞诗充满了紧张战斗的气氛，而是写战事平息后的情况，五原不再是战场，长城也不必用以防胡，单于纳贡，天子收藏调兵遣将的虎符，一片升平景象，然而谁能体恤戍边将士，他们为保卫边疆，承受着骨肉分离的痛苦。尾联犹觉沉痛，深藏作者对征夫的同情。第二首是记游诗，彭城是昔日项羽的西楚都城，所以开头就怀古，凭吊项羽霸业落空。接下来颔联写景，拈出“残雪”、“烈风”，不胜悲凉。颈联抒情，无限感慨。尾联又以写景为结，寄兴深微，馀音不尽。这两首诗，既不像复古派那样一味摹拟古人，全无生气；也不像公安派那样浅易轻率，缺乏韵致。当然，屠隆也有不少诗过于冗长，难以卒读。

二、汤显祖

汤显祖（1550—1616），字义仍，号若士、海若，又号清远道人。临川（今江西抚州）人。出身于书香门第，早年即有文名，21岁中举，由于不肯依附权贵，直到万历十一年（1583）后才登进士第，时已34岁。除南京太常博士，将征为吏部郎，上书辞免，后迁礼部主事。当时朝政黑暗，吏治腐败，民生艰苦，他终于按捺不住，在万历十九年（1591）上书弹劾辅臣申时行等，因此被贬往岭南任徐闻县典吏，后调任浙江遂昌知县，有政声。但遭地方豪绅反对，上级官吏刁难，于万历二十六年（1598）终于悲愤辞官，回故里，完成其代表作《牡丹亭》，另有《邯郸记》《南柯记》《紫钗记》，合称“临川四梦”。其于诗，少熟《文选》，中攻声律；40岁以后，变而为效香山、眉山，尝自谓三变而力穷。《四库全书总目提要》说他才学不及王世贞，“而议论识见，则较世贞为笃实。故排王、李者，亦称焉”。这是就诗而言，如果就戏曲而言，就不能说他才“不逮”世贞，《牡丹亭》在明代戏曲作品中是举世无双的。他是“排王、李”，反对复古的，其诗当然无七子之弊，但也有别于公安派，能自成一家，自由逸宕，天然孤秀，但他把主要精力用在写戏曲上，写诗有时不免草率从事，缺乏精致构思与锤炼。兹录其诗二首于下：

中涓凿空山河尽，圣主求金日夜劳。
赖是年来稀骏骨，黄金应与筑台高。

——《感事》

五风十雨亦为褒，薄夜焚香沾御袍。
当知雨亦愁抽税，笑语江南申渐高。
——《闻都城渴雨，时苦摊税》

从这二首诗中，我们看到汤显祖不仅能直面现实，而且敢于把抨击讽刺的矛头直指封建社会的最高统治者，其胆识，无论是七子还是公安派，都难以与之比拟。第一首写皇帝日夜操劳，不是为了治理国家，而是为了"求金"。为了迎合皇帝，宦官（中涓）们派人凿空山河去找寻黄金。前二句，把皇帝与其亲信的贪得无厌、诛求不息刻画得入木三分，丑态毕露。后二句以燕昭王求贤若渴，筑黄金台招贤才做对比，愈显当今"圣主"的丑恶。第二首写大旱之年，皇帝入夜焚香祈雨，装出一副关心百姓、忧心如焚的样子。但诗人却毫不客气地揭穿其横征暴敛、诛求无已的罪恶行径，剥落了皇帝伪善的外衣。"当知雨亦愁抽税"一句尤为深刻，集嬉笑怒骂、嘲笑调侃于一体，原来不下雨是因雨亦怕你皇帝向它抽税，讽刺得辛辣痛快，与杜甫的"天子多恩泽，苍生转寂寥"有异曲同工之妙。最后顺便说一句，有的书上把"薄夜"解释成"夜半"，这是不准确的。"薄"是接近的意思。（日薄西山一词，即是此义）"薄夜"是指刚入夜时，深夜才是"夜半"。

三、张溥

张溥（1602—1641），字天如，太仓（今江苏太仓）人。崇祯元年（1628）以选贡生入京，崇祯四年（1631）登进士第，授庶吉士，以葬亲故请假回乡，以后未出仕，"曾未一日服官"。在乡与张采等人结文社，名为商讨文章，实亦干预时政。张溥作为复社领袖，于崇祯五年在虎丘召集大会，会员多至数千，遍及全国各省，声势浩大，史称"四方啖名者争走其门，尽名为复社，溥亦倾身结纳。交流日广，声气通朝右。所品题甲乙，颇能为荣辱。诸奔走附丽者，辄自矜曰：‘吾以嗣东林也。’执政大僚由此恶之”。当时有名陆文声者，诣阙诬告说：“风俗之弊，皆源于士子，溥、采为主盟，倡复社，乱天下。”于是严旨穷究。崇祯十四年，张溥年未满四十而卒，此案却还未结，张采乃上疏曰：“复社一案，责张溥及臣回奏，……溥病方死，惟臣仅生，谓复社是臣事，则出处年月不符；谓复社非臣事，则溥实臣至交。生同砥砺，死避罗戈，负义图全，臣不出此。窃惟文者昭代之所重，社者古义所不废。推广博志，不过欲楷模文体，羽翼经传耳，未尝有一毫出位跃冶之思也。……独念溥日夜解经论史，矢心报称，曾未一日服官，怀忠入地。即今严纶之下，并不得泣血自明，良足哀悼。臣虽与世隔越，孤立社门，而兢勉学，颇知省察，不欲一字自欺，岂敢一字欺皇上。谨据实回奏，臣无任战兢待罪之至。”有张采这个回奏，同时又得大学士周廷儒回护，此案总算得以终结。张溥诗文，为世所重，《明史》本传称他“诗文敏捷，四方征索者，不起草，对客挥毫，俄顷立就，以故名高一时”。他与同里张采共学，齐名，号“娄东二张”。他的一生事业，主要是组织文社，虽然没有当过一日官，但在士林声望极高，影响甚大，著有《七录斋诗文集》。其文《五人墓碑记》极为人赞赏，其诗以《盂门行》最为人称赏，全诗如下：

> 双丝系玉环，宛转生光泽。本以结同心，何知反弃掷。
> 君家美酒琥珀光，红颜少年坐满堂，酒酣意气不可当。
> 君家玉堂盛盂门，盂门深谷无朝昏。
> 中有美人啸且歌，仁义结客客自多，相与醉君金叵罗。
> 黄雀衔环报旧主，畏君弹射远飞去，夜深孤栖城北树。

题名《盂门行》，但并非写古隘道盂门，而是一首寓意诗，诗人借以自述“矢心报国”的夙志。沈德潜在《明诗别裁集》里不仅选了这首诗，还评说："夜深孤栖，馀情不尽，忠爱之心，故应如是。"陈子龙也说这首诗表达了张溥的"忠爱之心"，并说因此感动了皇帝，以致"有诏征溥遗书"。

四、范汭

范汭（生卒年不详），字东生，乌程（今浙江湖州）人。出身寒门，不愿屈膝事人。后徙居吴门，凿池种竹，刻苦读书，引吴县吴鼎芳为同调，有《披荆唱和集》。曾游八闽和滇南等地。卒时仅44岁。工诗，尤擅长绝句。其活动时间，正当七子拟古之风盛行，其末流乃至剽窃古人。公安、竟陵接踵兴起，或轻率，或诡僻。范汭之诗能避时弊，自然流畅。兹录其五、七言绝句各一首于下：

春水动微茫，帆前即异乡。
鸡声残月堕，人语隔寒塘。

——《晓发》

仲冬之交气不齐，桃花李花开满溪。
行人认是二三月，只少黄鹂枝上啼。

——《仲冬》

这二首诗均属写景诗，能抓住特征，贴切清新，不事雕琢，不堆故实，音韵自然，辞清情畅，馀味不尽。

五、吴鼎芳

吴鼎芳（1582—1636），字凝父，吴县人（今江苏省苏州市）。性爱吟咏，与范汭周调，刻意宗唐。在40岁时出家为僧，法名大香，卒时55岁。有《云外集》《经律集录》等，其诗刻意求新，独辟蹊径，时有韦应物、柳宗元之遗响。长于写景，绘声摹状，精巧入神。录其诗二首于下：

残钟湖上月，杳杳落层岑。
晓色散为水，秋声聚作林。
闲来曾不惯，幽处每相寻。
从桂南山下，晴香一径深。

——《西湖晓起》

白云伴衾宿，开户云飞去。
出户寻白云，苍崖湿芒屦。
峰头异域僧，洞口先朝树。
流水带馀花，从来不知处。

——《天台山中》

写景诗不从其繁处着墨，不写秀色美景，而着眼于清幽恬淡，真有六尘不染之意。其诗淡远清奇，常即物感兴，而能摹状入神，淡中有味，静中有动，显出一种自然美。

第五章　壮烈的悲歌

明朝末年，内忧外患交加，社会动荡，灾难深重。后来清兵入关，发生了一系列屠城惨剧，如“扬州十日”、“嘉定三屠”、“江阴屠城”等等，几乎把城中百姓全部杀光。当时的汉族知识分子目睹清兵暴行，不仅奋起投身于反清斗争的行列中，还写了不少诗，其中最著名的有瞿式耜、陈子龙、张煌言与夏完淳。

一、瞿式耜

瞿式耜（1590—1651），字起田，号稼轩，常熟（今江苏常熟）人。万历四十四年（1616）登进士第，授永丰知县，改任江陵，未到任。崇祯初，擢户科给事中，坐事下狱，赎徒。南明福王时任右都御史巡抚广西。唐王立，擢兵部侍郎，不赴。隆武二年拥立桂王，官至文渊阁大学士，兼兵部尚书。次年与部将焦琏守桂林，击退清军的进攻。永历四年（1650）桂林陷落，与总督张同敞同时被俘，备受刑辱，但坚强不屈。二人在狱中唱和，题诗满壁，以抒其忠烈之志。不久，从容就义。兹录其诗《狱中》于下：

年逾六十复奚求？多难频经浑不愁。
劫运千年弹指去，纲常万古一身留。
欲坚道力凭魔力，何事俘囚学楚囚？
了却人间生死事，黄冠莫拟故乡游。

瞿式耜是明末著名的抗清烈士，不以诗名，然一腔忠爱之情发自心底，以心声为诗，自成高格，不必雕琢，无须锤炼，真诚自然，即为珍品。诗中一再表明决心以死报国，绝不苟且偷生，铁骨铮铮，义薄云天。

二、陈子龙

陈子龙（1608—1647），字人中，又字卧子，号铁符，又号大樽，华亭（今上海松江）人。出身世宦，家负清望。年轻时即有文名，与宋征舆、李雯并称“云间三子”；又与同里夏允彝等结“几社”，与张溥的复社相呼应。崇祯十年（1637）登进士第，迁兵科给事中，世称陈黄门。见朝政腐败，辞职还乡。明亡时，初以奉养祖母，隐遁为僧。顺治三年（1646），祖母卒，时清兵已攻占南京，他在故乡起兵抗清，失败后，暗中联络太湖义军继续抗清。顺治四年（1647）五月，在苏州被擒，于押解南京途中乘间投水死。乾隆时，赐谥忠裕，有《陈忠裕公全集》。其诗早年学七子，欲复兴古学以救时弊。后目睹朝政腐败，又历沧桑之变，对诗有新的认识，大体上说，对明初的诗颇为不满，他认为“诗衰于宋，而明兴尚沿馀习”。对七子复古能做客观分析，既有肯定一面，也有不满的一面，认为他们“摹拟之功多，而天然之资少”，并历数前后七子中领袖人物的优缺点，他认为“空同壮矣，而每多累句；沧溟精矣，而好袭陈华；弇州大矣，而时见卑辞。惟大复奕奕，颇能洁秀，而弱篇靡响，概乎不免”（以上引文均见其《仿佛楼诗稿序》）。对公安、竟陵之反对七子，他也颇不以为然。正因为如此清醒，他的诗才能自成高格，慷慨悲壮，雄浑激昂，而感慨良深，寓意厚重，其成就在明末各家之上。吴伟业在《梅村诗话》中说其诗“高华雄浑，睥睨一世”。他的诗风明显有个变化过程，年轻时有齐梁之艳丽，中年则具盛唐之格调，对此，陈田在《明诗纪事》中指出他“早岁少过浮艳，中年骨干老成，殿残明一代诗，当首屈一指”。明亡前，已有不少忧国忧民之作；明亡后，其诗更是慷慨苍凉，悲壮沉雄，倾吐一腔忠义之情。兹录其诗五首于下：

小车班班黄尘晚，夫为推，妇为挽。
出门茫然何所之？
青青者榆疗吾饥，愿得乐土共哺糜。
风吹黄蒿，望见墙宇，中有主人当饲汝。
叩门无人室无釜，踯躅空巷泪如雨。

——《小车行》

乌啼征马动，曙色散滹沱。
海气通三岛，天风静九河。

沙平边草断，日淡塞云多。
百里无烟火，空林枉自过。

——《交河》

满目山川极望哀，周原禾黍重徘徊。
丹树锦枫三秋丽，白雁黄云万里来。
夜雨荆榛连茂苑，夕阳麋鹿下胥台。
振衣独上要离墓，痛哭新亭一举杯。

——《秋日杂感客吴中作》十首（其一）

行吟坐啸独悲秋，海雾江云引暮愁。
不信有天常似醉，最怜无地可埋忧。
荒荒葵井多新鬼，寂寂瓜田识故侯。
见说五湖供饮马，沧浪何处着渔舟。

——《秋日杂感客吴中作》十首（其二）

故物经时尽，殊方逐态新。
恨无千日酒，真负百年身。
芝草终荣汉，桃花解避秦。
寥寥湖海外，天地一遗民。

——《避地示胜时》

以上五首诗，前二首作于明亡前，后三首作于明亡后。第一首效汉乐府民歌，但写的是眼前事。崇祯十年（1637），京师、山西大旱，山东蝗灾。时作者铨选出都，看到了饥民流离失所的悲惨景象，极为痛心，把这场景写了下来。这首诗完全采用口语，不做任何修饰，却感人至深，令人倍感沉痛。第二首写灾后的交河，交河属京师，“天子脚下”的城乡却如此荒凉破败，以至“百里无烟火”，令人触目惊心。第三、第四首是《秋日杂感客吴中作》十首中的两首。顺治二年（1645）六月，清兵下苏州，作者起兵抗清，不幸兵败。次年，他躲避到嘉兴一带，写下了这组诗。上面引录的是组诗中的前两首。第一首叹国家危亡，哀怨凄凉。第二首既悼念抗清殉难的友人，更自伤孤独无助，不过并不绝望，坚信总有击败清兵的一天，因此诗虽深沉哀楚，但哀而不伤。最后一首也是在避居嘉兴一带时所写，这是向朋友表明心志，决心坚持民族气节，誓不降清。此诗格高句响，掷地有声，丹心一片，气凌霄汉。陈子龙的诗或如李白的大气磅礴，豪宕飞扬；或如杜甫的苍茫雄浑，沉郁顿挫，预示着诗坛将打破三百年来的萧条，但是明朝亡了，诗坛复苏的迹象只能出现在清初。再看他的两首诗：

我今不乐鲁宋间，东望踯躅凋朱颜。
眼中高山与大水，古来英雄几人死。
龙腾虎啸势莫当，谁知芒砀云飞扬。
君不见项王生长下邳者，黄石却授张子房。

——《望下邳作》

江关海峤接天流，玉露商飙万里愁。
九月星河人出塞，一城砧杵客登楼。
荒原返照黄云暮，绝壁回风锦树秋。
极望苍茫寒色远，数声清角满神州。

——《晚秋杂兴》

以上两首诗，第一首诗中，奋进的激扬感情、气势磅礴的格调，腾挪跳跃的表现手法，处处有李白的影子；第二首诗中，那种笼罩宇宙、俯仰古今的气概，融情入景，妙合无垠的手法，如同杜甫《秋兴八首》的续篇，在晚明诗中罕见其匹。

三、张煌言

张煌言（1620—1664），字玄著，号苍水，鄞县（今浙江宁波市鄞州区）人。崇祯十五年（1642）举人，著名的抗清义军领袖。鲁王监国，赐进士，授翰林院编修，擢右佥都御史，进兵部右侍郎。桂王立，加兵部左侍郎，兼翰林院学士，迁兵部尚书。他以舟山为根据地，在东南沿海一带坚持抗清斗争达19年之久，“三度闽关，四入长江，两遭覆没”，始终坚持不渝。康熙三年（1664），清兵平定滇南，他见大势已去，乃遣散部曲，隐居悬岙岛，入普陀为僧。不久为叛徒出卖被捕，慷慨就义于杭州。后人把他与岳飞、于谦并称为“三忠”，在杭州建三忠祠。有《张苍水集》。他的诗风与陈子龙接近，如全祖望所说的“才笔纵横，藻采缤纷，大略出于华亭一派”。但他也有自己的特色，全祖望还说：“古来亡国之大夫，其音必凄楚郁结，独尚书之著述，噌吰博大，含钟应吕，俨然承平庙堂巨手，一洗亡国之音。岂天地间伟人，固不容以常例论耶？”（转引自《明诗纪事》卷八上）足见他思想开阔，情绪乐观，信心坚定，不然在明亡以后，怎能坚持抗清19年之久？兹录其诗四首于下：

相业封侯非我望，伯图王业向谁论？
可怜节在旄全落，独恨交亡剑尚存。
上客摄衣空有铗，孤军裹甲已无裈。
也知戈朽难回日，誓死何妨绝影奔。
——《张书绅与范子瞻论余十馀年来戎马劳苦孤危，
以诗见赠，读之怅然，因次其韵》

长驱胡骑几曾经，草木江南半带腥。
肝脑总应涂旧阙，须眉谁复叹新亭？

椎飞博浪沙先起，弩注钱塘潮亦停。
回首河山空血战，只留风雨响青萍。
——《追往》八首其三

国破家亡欲何之，西子湖头有我师。
日月双悬于氏墓，乾坤半壁岳家祠。
惭将素手分三席，拟为丹心借一枝。
他日素车东浙路，怒涛岂必属鸱夷！
——《甲辰八月辞故里》

义帜纵横二十年，岂知闰位在于阗。
桐江空系严光钓，震泽难回范蠡船。
生比鸿毛犹负国，死留碧血欲支天。
忠贞自是孤臣事，敢望千秋春史传！
——《将入武林》二首其一

以上四首诗，前两首写于抗清义军中，后两首写于被俘之后。第一首是向关心自己的友人表明心迹，说明在极其艰苦的环境中战斗十馀年，不是为了将来胜利后能封侯拜相，更不是为了图王称霸，完全出于爱国赤诚，为国家与民族，不惜牺牲一切，而且，明知成功的希望不大，完全是知其不可而为之，真是鞠躬尽瘁，死而后已。第二首追怀往事，写出清兵南下的残暴，并表达了抗清的决心。他带领义军战斗，寡不敌众，虽屡败而屡战，意志坚强，毫不动摇。第三首写被俘后告别家乡时的心情，他一直以岳飞、于谦为榜样，并表示斗志永不衰退，死后也要像伍子胥那样化为钱塘江的怒涛不停地抗争，生命虽然结束，但战斗永不停息。最后一首是被俘后押解到杭州时，清将劝他投降，他大义凛然，坚持民族气节，决不投降，并写下了这首诗，写出他苦苦奋斗近二十年而最终失败，壮志难酬，无限悲愤。

四、夏完淳

夏完淳（1631—1647），原名复，号存古，又号小隐、灵首等，华亭（今上海松江）人。夏允彝之子，陈子龙的学生，其气节文章都深受父师的影响。他是一个早熟的少年，12岁就已“博极群书，为文千言立就，如风发泉涌”（王弘《夏孝子传》）。曾随父宦游各地，有神童的美名，深得前辈学者诗人的赞赏。清兵南下，江南沦陷时，他未满14岁，即与其父投入明吴淞总兵吴志葵军中从事抗清斗争。吴志葵兵败被俘而死，其父也投水自尽，他从其师陈子龙继续抗战。失败后，又到太湖投入吴易军，任参谋，“遵父遗命，尽以家产饷军”。又败，吴易被俘而死，他屏处草野得脱，乃走湖湘谋重组义军，南明鲁王授他为中书舍人。顺治四年（1647），陈子龙被俘，投水自尽。随后他在松江被俘，解送南京，不屈而死，当时虚龄17岁。他是一个早熟的诗人，短短一生中，留下了各体诗337首，词曲40馀篇，文与赋各12篇。特别引人注目的是他投身于抗清斗争中写下的诗文，展示了他高昂的抗战激情与坚定的意志，表现了他坚贞的民族气节。沈德潜在《明诗别裁集》中说他：“生为才人，死为鬼雄，汪锜不足多也。诗格亦高古罕匹。”陈田在《明诗纪事》中说：“存古诗，趋步陈黄门，年仅十七，当其合作，与黄门并难高下。赴义之时，语气纵横淋漓，读之令人悲歌起舞。”兹录其诗三首于下：

投笔新从定远侯，登坛誓饮月氏头。
莲花剑淬胡霜重，柳叶衣轻汉月秋。
励志鸡鸣思击楫，惊心鱼服愧同舟。
一身湖海茫茫恨，缟素秦庭矢报仇。

——《鱼服》

登临泽国半荆榛，战伐年年鬼哭新。
一水晴波青翰舫，孤灯暮雨白纶巾。
何时壮志酬明主，几日浮生哭故人。
万里飞腾仍有路，莫愁四海正风尘。
——《舟中忆邵景说寄张子退》

三年羁旅客，今日又南冠。
无限河山泪，谁言天地宽！
已知泉路近，欲别故乡难。
毅魄归来日，灵旗空际看。
——《别云间》

鱼服，即白龙鱼服，比喻化装微行，诗人在这里用以指自己随陈子龙兴兵抗清，失败后亡命江湖。但诗中毫无灰心丧气之意，而是表达了处境虽然艰苦，依然斗志昂扬，矢志抗清，由此可见一位少年英雄的豪情壮志。第二首本是凭吊故国，悼念死难友人，但毫无悲戚情绪，而是充满了乐观积极的战斗精神，既激励自己，也激励友人张子退。最后一首是被清军俘获后解往南京前，辞别家乡之作，这是诗人的绝命诗。诗中表明了绝不降清的坚贞气节以及以死报国的决心。意志刚烈，豪情不减，视死如归，并表示死后为鬼也要回来杀敌，真是“生为才人，死为鬼雄”，义薄云天，光耀日月。夏完淳是天才，更是奇才，一生虽短，如同一颗流星，一瞬即逝，但放出了耀目的灿烂光辉。

第六章　备受鄙薄的明词

明词一向不被看好，在清代众多词论家中，涉及明词的人不多，而在这为数不多的人里，几乎一律用贬抑、鄙薄之辞，更有甚者竟连“明无词”的话也说出来了，这是全盘否定，一笔抹杀。说“明无词”，当然不是说明代没有人写词，而是说有明一代，没有一首像样的词。其实这话是不确切的，在明人写的词里，还是有一些好作品的，只是没有一位够得上大家的词人，从总体来说确实远不如宋词，而且在清词面前也不免逊色，但不能因此一笔抹杀。

明代的词作者和作品从数量上来看还是不少的，中华书局出版的《全明词》在“出版说明”中说“共得词家一千三百九十馀人，词作约两万首”。可见无论是作者还是作品，都略多于《全宋词》，唐圭璋先生编的《全宋词》，在“凡例”中说“全书录入词人一千三百三十馀家，词作一万九千九百馀首，残篇五百三十馀首”。可见明代无论是词的作者还是作品，在数量上还是不少的，但在质量上远不如宋代。究其原因是多方面，首先，是严酷的政治，明初大量有才华的文人都遭到朱元璋父子残酷迫害，惨死在暴君的屠刀下。其次，科举考试发生变化，钱允治在《国朝诗馀序》中说：“我朝悉屏诗赋，以经术程士。士不囿于俗，间多染指，非不斐然，求其专工称丽，千万之一耳。”弃辞赋专考经义，而且这经义还必须依照朱熹解释，美其名曰“代圣立言”，用理学来麻痹文人仕子的思想，并采用八股文，大批文人深受毒害，变成冬烘头脑，哪里还写得出诗词来。再次，明人有个通病，无论写诗填词，都喜欢摹仿前人。在上几章讲明诗时我们看到，他们时而祖唐，时而宗宋，忙得不可开交，就没有想要开创；明词也一样摹仿前人，而且所摹仿的对象还不是两宋名家，而是把《花间》《尊前》《草堂诗馀》当作“范本”，刻意摹仿，钻进了死胡同，摹仿本来就不可能有出路，何况又“托体不尊”，因此就难有好词。最后，词的曲化，词曲不分，致使词和曲都发生了变异，不免成了“非驴非马”的东西。

王国维在《人间词话（附录）》里评论明词说：“有明一代，乐府道衰。《写情》《扣舷》，尚有宋元遗响，仁宣以后，兹事几绝。独文愍以魁硕之才，起而振之。豪壮典丽，与于湖、剑南为近。”

明初，那些有成就的作者都是由元入明。元末社会大动乱，天下扰攘，风云激荡，固然使文人生活不安定、身心不宁，然而另一方面，统治者忙于收拾乱局，无暇顾及其馀，相对放松了思想统治，使文人得以发挥自由思想，写出有价值的诗词来。随着明代统者地位的巩固，一方面加紧对文人的迫害，另一方面用理学来毒害文人的思想，诗词等抒情作品也因此衰蔽。成化后期，由于经过前后七子等冲击，“台阁体”衰落，文坛出现了一些新气象，词坛也呈现出复苏迹象。弘治到嘉靖年间，涌现出一批有一定水平的词人。然而好景不长，到隆庆至万历年间，由于市民阶层壮大，适应市民需要的俗文学兴起，小说创作空前繁荣，随之戏曲创作也出现兴盛局面，词坛相对冷落。到明末，社会矛盾尖锐，统治者忙于应付内忧外患，对文人的思想统治有所放松，在大动乱大变革中，文人的思想也比较活跃，但在动乱时期，特别是外患严重，国家危亡之际，文士们顾不上写篇幅较大的小说与戏曲，而是寄情于篇幅短小的诗词，因此出现了一批有价值的诗词。

第一节　明初（永乐以前）主要词人

一、刘基

刘基（其生平已在本编第一章第一节中做过介绍，在此就不重复了），存词两百馀首，有《写情集》存世。叶蕃为之作序称：

“早蕴伊吕之志，遭时变更，命世之才，沉于下僚，浩然之气，厄于不用，因著书立言，以俟知者。……风流文采英馀，阳春白雪雅调，则发泄于长短句也。或郁乎志之弗舒，感四时景物，托风月情怀，皆所以写忧世拯民之心，……其辞藻绚烂，慷慨激烈，盎然而春温，肃然而秋清，靡不得其性情之正焉。”明词中，他的词评价最高，普遍认为他和高启、杨基的词有宋元遗响，而王国维更说：“明初诚意伯词，非季迪、孟载诸人所敢望也。”把他放在高、杨之上，原因是他在词里透露出远大的政治抱负，而高、杨是文士，因此有明显的不同。来看几首刘基的词：

鸡鸣风雨潇潇，侧身天地无刘表。鸣鹃迸泪，落花飘恨，断魂飞绕。月暗云霄，星沉烟水，角声清袅。问登楼王粲，镜中白发，今宵又添多少？　极目乡关何处？渺青山，髻螺低小。几回好梦，随风归去，被渠遮了。宝瑟弦僵，玉笙簧冷，冥鸿天杪。但侵阶莎草，满庭绿树，不知昏晓。

——《水龙吟》

问春光、尚馀几许？伤心前夜风雨。夭桃艳杏都吹尽，兰茝变成荒楚。春欲去，但渺渺、青烟白水迷津渚。多情杜宇，有恨血滋宵，哀音破晓，千叫一延伫。　蓬莱路，还是鲸涛间阻。神仙缥缈何处？琼楼玉殿深留景，不见下方尘土。谁最苦？暝色滞、双飞燕子归无主。那堪诉与。又暗壁残灯，重门转漏，呜咽梦中语。

——《摸鱼儿》

江上秋来惟有雨，江城九月犹炎暑。泉涌中庭苔上柱，深闭户，莎鸡露泣寒蛩语。　征戍诛求空轴杼，千村万落无砧杵。玉帐悠悠闲白羽，愁正聚，乱鸦啼破楼头鼓。

——《渔家傲》

这三首词反映了元末社会的黑暗，前两首说得比较隐晦，后一首说得十分明白。第一首开头化用《诗经·郑风·风雨》和王粲避乱去荆州投奔刘表，暗示当时社会动乱，时局艰危，无所依托。他的另一首词《玲珑四犯》也以王粲自比“问谁是？登楼王粲”，表达他身处乱世，怀才不遇的悲愤情怀。第二首采用传统的伤春情调，词意更浓，以鲜花芳草的凋零象征元末乱世，美好的事物惨遭破坏。面对这混浊的现实，他不禁产生了游仙和隐逸的思想，但是仙路有“鲸涛间阻”，又深感“神仙缥缈”难寻，想到了“下方尘土”，广大苍生正在受苦，连双飞燕也“归无主”，终于断绝了弃世归隐的念头。第三首直接写出了当时苍生的苦难：“征戍诛求空轴杼，千村万落无砧杵。”繁重的兵役和徭役，致使千村万落成空，无人们活动的迹象。在《沁园春·和郑德章暮春感怀，呈石末元帅》中更是说：“万里封侯，八珍鼎食，何如故乡！奈狐狸夜啸，腥风满地，蛟螭昼舞，平陆成江。中泽入号鸿，苞荆集鸨，软尽平生铁石肠。”在《浣溪沙》下片中说：“满地蓬蒿无旧陌，几家桑柘有新烟？战场开尽是何年！”战乱造成了人员大量伤亡，田园荒芜，令人悲愤难平，产生了“济弱扶倾”的志向。

刘基的词多悲秋伤春之作，与上边三首沉郁顿挫截然不同。例如《眼儿媚》：

烟草萋萋小楼西，云压雁声低。两行疏柳，一丝残照，数点鸦栖。　　春山碧树秋重绿，人在武陵溪。无情明月，有情归梦，同到幽闺。

这首词即景写情，韵格优美，颇有宋人秦观的遗韵。虽然与其主导风格不同，但不失为好词，并从中可见刘基词风格多样，不失为明初词人中的佼佼者。

二、高启

高启（其生平事迹已在本编第一章第一节中做过介绍，在此不再重复了），被公认为明代最有才华的诗人，不幸正值壮年却惨遭朱元璋杀害。《全明词》中存词35首，他的词和他的诗一样时有飘逸之气。例如：

策勋万里，笑书生骨相，有谁曾许？壮志平生还自负，羞比纷纷儿女。酒发雄谈，剑增奇气，诗吐惊人语。风云无便，未容黄鹄轻举。　何事匹马尘埃？东西南北，十载犹羁旅。只恐陈登容易笑，负却故国鸡黍。笛里关山，樽前日月，回首空凝伫。吾今未老，不须清泪如雨。

——《念奴娇·自述》

看了这首词，我们立刻会想到他那首《青丘子歌》，风格豪放，纵横恣肆，挥洒自如，表达他很想干一番事业。还有一首《沁园春·寄内兄周思谊》，也是一首述志的词，也是豪情满怀，气贯长虹。这样的词，都以“疏旷”见长。但他另有一首《石州慢·春思》呈现出他的另一面，沈雄称其“极缠绵之致”：

落了辛夷，风雨频催，庭院潇洒。春来长恁，乐章懒按，酒筹慵把。辞莺谢燕，十年梦断青楼，情随柳絮犹萦惹。难觅旧知音，把琴心重写。　妖冶，忆曾携手，斗草栏边，买花帘下。看辘轳低转，秋千高打。如今何处，纵有团扇轻衫，与谁更走章台马？回首暮山青，又离愁来也。

高启有不少咏物词，所咏之物有秋柳、芙蓉、雪等。其中以《沁园春·雁》尤为出色，素负盛名：

木落时来，花发时归，年又一年。记南楼望信，夕阳帘外，西窗惊梦，夜雨灯前。写月书斜，战霜阵整，横破潇湘万里天。风吹断，见两三低去，似落筝弦。　相呼共宿寒烟，想只在、芦花浅水边。恨呜呜戍角，忽催飞起；悠悠渔火，长照愁眠。陇塞间关，江湖冷落，莫恋遗粮犹在田。须高举，教弋人空慕，云海茫然。

这是一首具有象征意义的词，以雁况人，反映当时社会战乱，人世险恶，不要贪恋名利，应该遁世高飞，才能免遭毒手。然而他虽弃官回乡，仍逃不过朱元璋的屠刀，惨遭腰斩。

第二节　明初其他重要词人

一、杨基

杨基（其生平事迹已在本编第一章第二节中做过介绍，这里不再重复），《全明词》中存词70馀首，其词有宋代婉约派词风，也有少数豪放之作。他的词不同于刘基，而与高启一样，是典型的文人词。

瘦绿添肥，病红催老，园林昨夜春归。天气清和，轻罗试着单衣。雨馀门掩斜晖，看翻翻、乳燕交飞。荷钱犹小，芭蕉渐长，新竹成围。　何郎粉淡，荀令香销，紫鸾梦远，青鸟书稀。新愁旧恨，在他红药栏西。犹记当时，水晶帘，一架蔷薇。有谁知，千山杜鹃，无数莺啼。

——《夏初临·首夏书事》

王孙芳草生无数，渐绿遍、长干路。春色匆匆愁里度，几番风雨，霎时晴霁，又是遥山暮。　青鞋不怕春泥污，红药重教曲栏护。细数落花成独步。自缘山野，不堪廊庙，不是文章误。

——《青玉案·江上闲居写怀》

这两首词写的都是初夏景色，写得很细腻。前一首虽然有“新愁旧恨”之句，但只是轻轻一笔，是文人笔下常见的无名愁恨。后一首就不同了，最后两句明白透露出他的心意，可见他在朱元璋手下当官完全是被迫的，实在出于无奈。他没有像高启那样干脆，辞官不做，而是委曲求全，但最终还是被迫害致死。

二、张以宁

张以宁（其生平事迹已在本编第一章第二节中介绍过，在此不再重复），他存词不多，在《全明词》中仅有5首，其中3首还是残缺的，只有两首是完整的。然而一首《明月生南浦》被认为是明初词坛上的佳构：

海角亭前秋草路，榕叶风清，吹散蛮烟雾。一笑英雄曾割据，痴儿却被潘郎误。　宝气销沉无觅处，藓晕犹残，铁铸遗宫柱。千古兴亡知几度？海门依旧潮来去！

这是作者入明后任侍讲学士，奉使安南时作。前边有作者的自序：“广州南汉王刘铱故宫，铁铸四柱犹存。周览叹息之馀，夜泊三江口，梦中作一词，觉而忘之；但记二句云：‘千古兴亡多少恨，总付潮回去。’固檃栝为此词。”作者生于易代之际，故凭吊兴亡，寄慨良深，实有切身体会，非泛泛之作。全词意境高迈，苍凉雄浑，诚为明词中之珍品。

三、张肯

张肯（生卒年不详），字继梦，一字青梦，号梦庵，钱塘（今浙江省杭州市）人，为南宋抗金名将张浚之后。《吴中人物志》又称他为吴县（今江苏省苏州市）人，洪武年间在世。少从宋濂学，诗文清丽，尤长南词新声，严于律吕。有《梦庵词》传世，《全明词》存词28首。其词尚清空，有姜张遗韵，如：

冰肌莹洁，更暗香零乱，淡笼晴雪。清瘦轻盈，悄悄嫩寒犹自怯。一枕罗浮梦醒，闲纵步，风摇琼玦。向记得、此际相逢，临水半痕月。　妖艳不同桃李，凌寒又不与、众芳同歇。古驿人遥，东阁吟残，忍与何郎轻别。粉痕轻点宫妆巧，怕叶底、青圆时节。问谁人、黄鹤楼头，玉笛莫教吹彻。

——《暗香疏影》

《暗香》《疏影》本是姜夔自度的两个词牌，用以咏梅花。张肯在这里合二为一，上片用姜词暗香的上片，下片用疏影的下片，全词也是咏梅花。这里用了不少关于梅花的典故，因此全词虽不着一梅字，而句句都在写梅，蕴藉含蓄，清空有致。读了这首词，我们不仅看到了梅花，而且还似乎隐约看到了一位绝色美人。我们再来看看他的小令：

翠钿狼藉，绿圆点点浓如积，芳痕涨雨凝寒碧。一片浓荫，休扫坐来石。　径深不放残阳入，茸茸似染春红色。芳尘净洗无纤迹，吟客来时，只恐印行屐。

——《醉落魄·咏苔径》

这是“东城八咏”中的第五首，展示了一个远离尘世的幽静环境，也许过隐逸生活是张肯在元末乱世的理想选择。在他的生平事迹中，未见有入仕记载。

四、贝琼

贝琼（1314—1378），又名阙，字廷琚，一字廷臣，崇德（今浙江桐乡）人。领乡荐时已48岁。不久兵起，避乱殳山。张士诚据姑苏后，累征不起。洪武三年（1370）被荐，征修《元史》，书成受赏而归。洪武六年（1373）以荐除国子助教，九年（1376）改中都助教。十一年（1378）致仕，次年卒于家。博览经史，早年从杨维桢学诗，但不务刻峭怪险，而平易自然，丰神流丽，温雅清新。有《清江文集》31卷。《全明词》存词28首，词风与诗风近似，如：

风林初夜月轮高，鸟飞不尽楚天遥。一曲清江，恰似潇湘路，何处人家傍小桥？　十年空负归来约，已无旧杏新桃。漫思田父前时，同在鸡豚社，日相招，酒压梨花醉一瓢。

——《瑞鹧鸪》

五、刘炳

刘炳（生卒年不详），“刘”或作“镏”，字彦昺，鄱阳（今江西波阳）人。洪武初，诣朱元璋上书献策，平定江西，用为中书典签。洪武初，出为大都督府从事。阅两考，引疾告归。卒于家，年六十九。有《春雨轩集》，危素、宋濂为之作序，颇多溢美之词。《全明词》存词19首。其诗刚健磊落、豪爽俊逸，然病在过于繁艳。词风与诗风近似，而无其病。如：

帘幕楝花寒，啼鸠催春去。芳草天涯绿渐迷，烟树无重数。　老骥顿长缨，犹忆云霄路。流水孤村独掩门，白发东风暮。

——《卜算子·春晚》

六、王行

王行（1331—1395），字止仲，号淡如居士，长洲（今江苏苏州）人。博学多才，少读《论语》，隔日成诵。长于辞章，与高启等并称为“北郭十子”。能诗画，喜泼墨成山水，时人称为“王泼墨”。洪武初，为郡学训导，后受开国功臣凉国公蓝玉延聘为西席馆于家，数荐之。后朱元璋杀功臣，蓝玉被杀，王行与在京师的二子亦坐罪被杀。有《半轩集》一卷，《全明词》存词14首。《四库全书总目提要》称其词“可与《眉庵》《扣舷》相伯仲”，这评价显然过高了。如《一江春水·邹氏隐居》，充满幽兴野趣：

白云红树秋山下，一片江南画。门前流水带晴沙，更是绕篱寒菊正开花。　如何眼底逢佳处，偏许幽人住。也须来此置茅茨，莫待有人相寄草堂资。

第三节　明前期（永乐至成化末）词坛

永乐以后，词作者与作品数量不少，但佳作不多，明词进入低谷。下边我们只挑几个有一定成就的人来介绍。

一、瞿佑

瞿佑（1341—1427），佑一作祐，字宗吉，号存斋，钱塘（今浙江杭州）人。洪武元年（1368）以明经荐，初任临安教谕，升国子助教。永乐间任周王府长史。后因诗祸，编管（相当于今之劳改）保安（今陕西延安）十馀年。洪熙元年（1425）始释归，官复原职。宣德八年卒，享年八十七。有《存斋诗集》《归田诗话》《乐府遗音》及《剪灯新话》等。《全明词》存词一百馀首，但好词不多。明词曲化的始作俑者是凌云翰，而瞿佑步其后尘，且青出于蓝而胜于蓝，成为明词曲化的代表人物。瞿佑有十几首写杭州西湖景色的词，大致都不错。他用《摸鱼儿》分别写了有名的“西湖十景”，这里抄录其《两峰插云》一首：

望西湖，两峰齐耸，亭亭南北相对。玉山高并三千丈，俯视渺茫尘界。云叆叇，遮不尽、七层窗户双飞盖，经时历代。向僧定人归，铃声自语，也自说成败。　凭栏处，几度晴明阴晦。山光依旧如黛，白衣苍狗多更变，识破世间情态。君莫怪。君不见，英雄往日今何在？群仙久待。便乘此清风，问之明月，稳跨大鹏背。

二、马洪

马洪（生卒年不详），约在景泰至成化年间（1450—1487）。字浩澜，号鹤窗，仁和（今浙江杭州）人。工诗词，在当时荒芜的词坛上，他是沙漠中的一棵青草，颇为珍贵。有《花影集》。《全明词》存词16首，其中《满庭芳·落花》《凤凰台上忆吹箫·秋夜》《东风第一枝·梅花》等都有可读处。下边我们来看看其《东风第一枝·梅花》：

饵玉餐香，梦云惜月，花中无此清莹。俨然姑射仙人，华佩明珰新整。五铢衣薄，应怯瑶台凄冷。自骖鸾，来下人间，几度雪深烟暝。　　孤绝处，江波流影。憔悴也，春风销粉。相思千种闲愁，声声翠禽啼醒。西湖东阁，休说当时风景。但留取，一点芳心，他日调羹翠鼎。

咏梅不写梅花之形，只传梅花之神，境界幽静、清冷，烘托出梅花的高洁，堪称佳作。

三、李东阳

李东阳（其生平事迹已在本编第二章第三节中介绍过，在此不再重复），茶陵诗派的领袖，以馆阁重臣主持文坛数十年。他的主要精力放在诗文上，词为馀事，《全明词》存词十首，半数以上为题画词。明代以前，很少有题画词，在明朝却蔚然成风，出现了大量题画词，不少词赖画流传。让我们来看一首他的题画词：

庭下桂花如绣，门外月华如昼。云母屏开，水精帘卷，照见姮娥瘦。　　记得中秋风雨后，今夜清光依旧。怕犀箸风高，玉杯露冷，空把仙裙绉。

——《雨中花·题画四阕》其三

他的四阕题画词，分别写了四季景色，这第三首写的是秋景。上半阕写景，下半阕抒情，不拘泥于对画面的描绘，而是避实就虚，画面仅仅是作为创作的凭借，把画中景物当实景来写，并据此发挥想象，抒发感情，唐人李、杜等大家的题画诗常采用此法。

第四节 明中期（弘治至嘉靖）词坛

一、唐寅

唐寅（其生平事迹已在本编第二章第四节中介绍过，在此不再重复），吴中四才子之首，才高遭忌，一生坷坎。他的主要精力放在绘画上，诗词乃绘画之馀事。《全明词》存词23首，其《望湘人·春日花前咏怀》，吐露了满腔委屈和怨愤：

想盘铃傀儡，寒食裹蒸，曾尝少年滋味。冻勒花迟，香供酒醒，又有一番春计。镜里光阴，尊前明月，眼中时事。有许多、闲是闲非，我说与君君记。　道是荣华富贵，恁掀天气概，霎时搬戏。看今古英雄，多少葬身无地。名高惹谤，功高相忌。我且花前沈醉，管甚个、兔走乌飞，白发蒙头容易。

二、文徵明

文徵明（其生平事迹已在本编第二章第四节中介绍过，在此不再重复），吴中四才子之一，号称“诗书画三绝”。《全明词》存词46首，其中《满江红·题宋思陵与鄂王手敕墨本》一词见识甚高，远远超过封建时代一般文人的认识水平：

拂拭残碑，敕飞字、依稀堪读。慨当初、倚飞何重，后来何酷。果是功成身合死，可怜事去言难赎。最无辜、堪恨更堪悲，风波狱。　岂不念，中原蹙。岂不惜，徽钦辱。念徽钦既返，此身何属？千载休谈南渡错，当时自怕中原复。笑区区、一桧亦何能，逢其欲！

这首词朴素无华，整篇几乎全是议论，谈不上艺术技巧，但议论深刻，矛头直指赵构，慷慨激昂，痛快淋漓。在中国封建社会中，皇帝是神圣不可指责的，永远是正确的，不管有什么错误以至罪恶，都是奸臣欺瞒“圣主”所致，一切坏事都是奸臣干的勾当，应该担当起一切罪责。从这个意义上来说，秦桧之流对国家对人民是罪大恶极的大奸贼，但对皇帝来说是最忠诚的亲信，他们忠诚如犬，嗅觉灵敏。无论皇帝想干什么罪恶勾当，他们都能及时猜透，不用皇帝发话，早已迎合“上意”去办。一旦事情办妥了，君臣皆大欢喜，如秦桧替赵构害死岳飞，赵构心头落下了一块石头，不用担心父兄回来，从此可坐稳皇帝的宝座。一旦事情办砸了，为了收拾残局，皇帝可以把责任全部推给奸臣，还可以杀奸臣以谢天下，用奸臣作替罪羊，掩饰皇帝的罪恶，保全皇帝头上的光圈。这首词深刻地揭示了事情的真相。

三、陈霆

陈霆（1479—1560），字声伯，号永南，德清（今属浙江湖州）人，弘治十五年（1502）登进士第，授刑科给事中。正德初，忤宦官刘瑾，谪判六安（在今安徽省）。正德五年，刘瑾伏诛后，召还刑部。后任山西提学佥事，未老即致仕归里，嘉靖中屡荐不赴，隐居故里四十年。他博学多闻，工诗词、古文，有《水南集》《渚山堂诗话》等多种著作传世。《全明词》存词226首，词风豪放，有“苏辛遗范”，兼有白石的清空。如：

乾坤易老，叹风尘飘荡，河山分裂。名分纲常都扫地，曾有何人提挈？身翊飞龙，气吞胡马，赤手扶天阙。精忠照耀，一时名并日月。　　须信天理人心，自来不泯，千载思遗烈。庙貌燕山崇祀典，华表三忠新揭。西北中原，东南王气，回首惊风雪。伤心行路，不堪日暮时节。

——《念奴娇·三忠庙祀汉诸葛亮、宋岳武穆、文文山》

暗香浅水，被西山、扶上一痕冰月。瘦鹤伶仃人未寝，坐待茶烟清发。十五年间，四千里外，曾作罗浮客。参横斗转，不堪酒散人别。　天意放我清闲，夜寒鹤氅，重踏西湖雪。醉眼朦胧花惨惨，道是相逢愁绝。林樾闲人，水涯幽士，千古还高洁。和羹休论，笛声且为吹彻。

——《酹江月·梅》

从上边引录的两首词中，我们看到两种不同的风格，前一首豪放似苏辛，这样的词集中还有不少，有的还标明“和辛稼轩”、“和苏东坡”、“用东坡韵”，有的口气酷似辛弃疾；后一首清空近姜白石，这样的词集中也不少，一些咏花写景的词，常有白石风味。此时明词有了一定起色，出了一批较有名的作者。

四、陈铎

陈铎（约1454—1507），字大声，号秋碧，别号坐隐先生，又号七一居士。原籍下邳，后迁居金陵（今江苏南京）。正德年间，袭济州卫指挥。风流倜傥，精音律，工诗词，善绘画，尤善乐府、散曲。《全明词》存词140馀首，词多模仿前人。例如：

谁叫落、满林红雨，子规声催将春去。惜春合向花前醉，莫计酒杯行数。春不住，全不顾、绿阴冷淡城南路。问春不语，怪东风、为谁作恶，只管吹狂絮。　青楼梦，懊恨当年错误。惹教燕莺相妒。离情欲倩江淹赋，切处向人难诉。歌与舞，俱消歇、客衣蓬鬓犹尘土。何劳自苦，几欲不思量，沈吟又有，一点不忘处。

——《摸鱼儿》

显然，这是模仿辛弃疾的《摸鱼儿（更能消、几番风雨……）》，而且用了辛词的韵，但徒具形式，全无辛词的丰富内容和豪迈气魄，只有软绵绵的伤春情调，令人深感画虎不成反类犬。

五、陆深

陆深（1477—1544），初名荣，字子渊，号俨山，上海人。弘治十八年（1505）登进士第，选庶吉士，授编修。历国子监司业，升祭酒。后因事谪延平同知，迁山西提学副使，改浙江。嘉靖中任太常卿兼侍读，嘉靖帝南巡，掌行在翰林院印，进詹事府詹事。卒赠礼部侍郎，谥文裕。《全明词》存词32首。今录其词《念奴娇·秋日怀乡》，此词为我们展示了五百多年前上海的风光：

大江东去，是吾家、一段画奁中物。襟带五湖吞百渎，说甚黄州赤壁。两岸芦汀，一湾柳浪，海涌潮头雪。沧浪声里，渔翁也是豪杰。　明年准拟归来，轻舟短棹，两腋清风发。春水稳如天上坐，闲看浮沤兴灭。黄歇穿沙，袁嵩筑垒，到处堪唏发。鲈鱼莼菜，一任江天岁月。

六、夏言

夏言（1482—1548），字公谨，贵溪（今属江西省）人，正德十二年（1517）进士。嘉靖朝官至太子少师、吏部尚书、华盖殿大学士，居首辅。后为严嵩所嫉，诬陷至弃市。诗文俱佳，尤擅词曲。有《桂洲集》《近体乐府》等，《全明词》存词349首。在当时，他的词名盛一时，完全依仗官位高所致。他有太多应制、应酬的词，枯燥乏味。他有几首写景词较好，今录其《沁园春·登葛仙山飞升台作》：

万仞冈头，平临四望，人世奇观。正宿雨初收，流云散乱，浑如沧海，浪涌涛翻。时见群峰，参差隐现，仿佛蛟鼍没巨澜。太空里，长烟幕幕，积雾漫漫。　下方尘土歊烦，到此处、方知宇宙宽。看壁立中开，剑光犹迸，古苔剥落，鹤迹仍完。身在层霄，分明上界，何用凌风跨玉鸾。昨宵卧，神游八极，不觉超凡。

七、张綖

张綖（1487—约1540），字世文，一作世昌，号南湖，高邮（今属江苏省）人。少时聪明，15岁游于群学，与兄经、纮及堂弟绘，时人目为“张氏四龙”。正德八年（1513）举人，后选为武昌通判，迁光州知府。刻意于倚声，耽吟咏，为藩臬不容，罢归。《全明词》存词91首，其论词率先提出词分婉约与豪放二派，而他以婉约为正，以宋秦观为范，词作也接近秦观，如：

新阳上帘幌，东风转、又是一年华。正驼褐寒侵，燕钗春袅，句翻词客，簪斗宫娃。堪娱处，林莺啼暖树，渚鸭睡晴沙。绣阁轻烟，剪灯时候，青旗残雪，卖酒人家。

此时因重省，瑶台畔，曾遇翠盖香车。惆怅尘缘犹在，密约还赊。念鳞鸿不见，谁传芳信！潇湘人远，空采蘋花。无奈疏梅风景，碧草天涯。

——《风流子》

新草池塘烟漠漠。一夜轻雷，折破夭桃萼。骤雨隔夜时一作，馀寒犹泥罗衫薄。　　斜日高楼明锦幕，楼上佳人，痴倚栏杆角。心事不知缘底恶？对花珠泪双双落。

——《蝶恋花》

八、杨慎

杨慎（1488—1559），字用修，号升庵，新都（今属四川）人。正德六年（1511）举进士第一（状元），授翰林修撰。嘉靖初，任经筵讲官。嘉靖三年（1524）因直谏遭廷杖、下狱，不久远戍云南永昌卫（今保山），流放终身。卒后六十多年才得以平反，追谥文宪。他是一个才高而命蹇的人，生命中的一半时间在流放地，实际上是囚徒。在这样的处境中，还能不停地写作，实在难能可贵。他著作甚丰，评论多于诗词，当然他的评论也良莠不齐，如把杜甫说成“村夫子”，一直遭后人指责。他的诗也未有特别出色的，他对词学研究较深，词作也不少，《全明词》存词368首，尊之者誉为“一代词宗”，这是过誉了，他的词远没有达到粒粒珠玑的程度。在杨慎词中，传播最广的是那首被罗贯中置于《三国演义》卷首的那首《临江仙》：

滚滚长江东逝水，浪花淘尽英雄。是非成败转头空，青山依旧在，几度夕阳红。　　白发渔樵江渚上，惯看秋月春风。一壶浊酒喜相逢，古今多少事，都付笑谈中。

这首词广为流传。还有一首《渔家傲》，是戍所思家的词，写出了他愁苦的心情，写得不错：

千里有家归未得，可怜长作滇南客，愁见陌头杨柳色。伤远别，多年故国曾攀折。　　望断乡山音信绝，那堪烽火连三月。夜夜相思头欲白，心似结，五更梦破闻啼鴂。

这首词婉转缠绵，但并无新内容，未高出同类词多少。他有写景小令一首，写得很有情致，如《浣溪沙》，其中“燕子衔春入画楼”一句妙绝：

燕子衔春入画楼，猧儿撼晓动帘钩。一场残梦五更头。　彩凤琴中弹别调，锦鳞书里诉离愁。相思相忆几时休。

九、陈如纶

陈如纶（1499—1552），本姓许，字德宣，号午江，又号二馀居士，太仓（今属江苏，在与上海嘉定交界处）人。嘉靖十一年（1532）进士，授侯官县（在今福建省）知县，擢刑部主事，官至福建布政使参议，以清介著称。工诗文，有《兰舟漫稿》一卷、《二馀词》一卷。《全明词》存词115首，其中有不少写景的词，特别是其中一首《宴清都·望西湖》很见功力，值得一读，能跟上边引录的文徵明的《满江红》同读更好。文辞以见识超人、议论精辟见长，如重槌击鼓，每一下都深深敲打着读者的心弦；而陈词则以西湖周围的景物为意象，借意象来抒情，抒发岳飞被害的冤情，如春雨润物，浸润着读者的心田。全词如下：

江鸟迎津鼓，回头望、景光犹记前度。绿水周遭，青山掩映，画桥朱户。中流不断笙歌，算总是、诗俦酒侣。共指点、卖酒垆空，受羹台圮谁赋。　剧怜岭外栖霞，孤冤尚结，风酸雨苦。铁马霜嘶，银瓶露泣，英魂来去。君王无意恢复，赢住得，湖山胜处。且问取，南渡诸陵，行人辨否？

第五节　晚明（隆庆至明末）词坛

一、徐渭

徐渭（其生平事迹已在本编第三章第五节中介绍过，在此不再重复），是一位极有个性的艺术家，书画、诗文、戏曲都有很高成就，为晚明文学的先驱。《全明词》存词31首。他胸怀大志，因此其词写得很有气势，如《凤凰台上忆吹箫·剑》：

欧冶良工，风胡巧手，铸成射斗光芒。挂向床头，蛟鳞入梦生凉。枕边凛雪，匣内凄霜，英雄此际肝肠。问猿公，家山何处，在越溪旁。　　见说胡尘前几岁，秋高月黑，时犯边疆。近日称藩，一时解甲投缰。即令寸铁堪销也，又何劳、三尺提将。古人云、安处须防，但诘取，戎兵暇日，不用何妨。

二、屠隆

屠隆（其生平事迹在本编第三章第五节中介绍过，在此不再重复），著作甚丰，《全明词》存词8首。性格豪放，词如其人，如《绿水曲·西湖怀古》：

万叠青山，千层绿水，兰舟荡入凉云。鹤堕无声，鸥飞不断，歌吹隔花闻。我欲唤起琴高，邀来邢凤，借仙人玉笛，傍苍龙、叫破氤氲。　　行到湖边空阔处，画大江、吴越此中分。酒满雕觞，宾朋不减，看来只少湘裙。但醉时、微吟散发，高揖洞庭君。

三、施绍莘

施绍莘（1588—1640），字子野，号峰泖浪仙，华亭（今上海松江）人。工词曲，为晚明词曲名家，有《花影集》五卷传世，前三卷为散曲，后二卷为词，存词191首。其人风流俊雅，多才多情，跌宕不羁。今录其词二首于下：

春欲去，如梦一庭空絮。墙里秋千人笑语，花飞撩乱处。　　无计可留春住，只有断肠诗句。万种消魂多寄与，芳草斜阳树。

——《谒金门·春尽》

半是花声半雨声，夜分淅沥打窗棂。薄衾单枕一人听。　　密约不明浑梦境，住期多半待来生。凄凉情况似孤灯。

——《浣溪沙·雨夜有怀》

前一首伤春，后一首相思，体现了他“风流俊雅，蕴藉缠绵”的词风，只是内容浅薄，由此可见明词已渐趋衰落。

四、茅维

茅维（生卒年代不详），字孝若，一作孝茗，号僧昙，归安（今浙江湖州）人。他是“唐宋派”骨干茅坤的季子，万历四十三年（1615）举人，未举进士，以举人授翰林孔目。为人豪放，以诗文自负，其词见于《十赉堂丙集》卷一二，《全明词》收其词36首。其词常用宋人原韵，常不失宋人风味，如《绮罗香·闻雁。寄止生侄塞上，次史邦卿原韵》《水龙吟·春恨。寄张圣标诸公，和陈同甫韵》《醉落魄·咏佳人纳凉。次张子野韵》等。他还有一些不用宋人韵的词，也颇有些宋词风味，如：

落红如雨草如烟，空山闻杜鹃。五更叫断月沉天，纱窗人未眠。　　桑柘影，落秋千，春愁百种煎。鹧鸪声外又耕田，无心拾翠钿。

——《阮郎归·闻子规》

新荷池面试翻风，雨蒙蒙，绿摇空。五月陂塘，积水射晴虹。晓起钩帘山翠滴，云树洗，半窗中。　　画檐花压架残红，篆烟封，燕泥触。又见高高，彩月影疏桐。何事闲愁堆不扫？凭杯酒，付征鸿。

——《江神子·夏景》

这样的词，有人以为“似宋人或有宋味”，其实这与宋词相比，也许有几分形似，但绝无宋词的韵味，学宋词仅仅学到些皮毛，没有得其精神实质。

五、郑以伟

郑以伟（？—1633），字子器，上饶（今属江西省）人。万历二十九年（1601）进士，选庶吉士，授翰林院检讨。泰昌元年，授礼部右侍郎，天启初，以礼部右侍郎协理詹事府，不久为直讲筵。当时太监魏忠贤专权，他与魏意见不合，告归。崇祯二年（1629）召为礼部尚书；四年，与徐光启同时为相，任东阁大学士；六年卒，赠太子太保，谥文恪。《全明词》存词29首，他的词很有工力，如《齐天乐·端午》，为我们展示了一幅五百年前的风俗画：

黄梅雨歇江波动，凉风不多儿送。结艾成人，牵丝系臂，荆楚年年人重。家家蝇虎，更水水龙舟，少年喧哄。坐爱香荷，宝琴亲按入松弄。　　倦游情、我自拼。记归来七解，家园之粽。照人肝胆，江心百炼，慢有青铜怀贡。何须吊古，且自引蒲觞，圣贤堪中。管取酶酶，醉馀烹饼风。

六、易震吉

易震吉（生卒年不详），字起也，号月搓，上元（今江苏南京市）人。崇祯七年（1634）中进士，授刑部主事，迁郎中，出为大名知府，历嘉湖道，官至江西参政副使。大约在崇祯十四年（1641）后，辞官归隐。有《秋桂轩诗馀》十二卷，《全明词》存词1184首，为明代存词最多的人。其词多为抒发羁旅乡愁与旅途奔波的劳累以及归隐之乐，也有少数反映民生疾苦的词。如：

春信忽惊心，家信经年杳。底事阳回客未回，迢递蒲圻道。　行过野溪桥，驴背搜诗料。乍见红梅映酒旗，且共寒葩笑。

——《卜算子·长至蒲圻道中》

枫落花黄，佳哉秋色兹轩满。轩中人懒，门外将迎罕。　野客如过，薄酒篱东款。无拘管，三杯两盏，醉倒斜阳晚。

——《点绛唇·秋佳轩》

古道劣风吹，胡骑初归楚溃师。新鬼烦冤旧鬼泣，凄其，二月垂杨未挂丝。　邑吏急租时，夫苦频笞妇鬻儿。遗堞败垣随处是，何之，僮仆持钱觅马迟。

——《南乡子·道上有感》

以上三首词代表了三个方面。第一首写旅途劳累，思念家乡。

第二首写隐逸生活，突出了懒散与无拘无束，自由潇洒。第三首反映民生疾苦，一是由于战争，到处是遗堞败垣；二是由于苛捐杂税，使得百姓不断遭受鞭笞，还逼得卖儿鬻女，苦不堪言。

从永乐到明末这一段时间里，被人看好并有一定名声的词人还不少，如聂大年、史鉴、沈周、祝允明、戴冠、王九思、吴子孝、王慎中、吴承恩、王世贞、茅维、汤显祖、卓人月等等，在此不一一细说。有几位女词人，有必要介绍一下。

七、沈宜修

沈宜修（1590—1635），字宛君，吴江（在今江苏苏州市南）人，嫁同邑叶绍袁。有三个女儿，都工词，其姑母之女张倩倩也工诗词，一门女词人，旷世罕有。宜修词小令空灵委婉，清轻流丽；长调含思凄楚，抑郁悲凉。今选三首于下，以见一斑：

芳草连天不耐芟，柳丝无力系征帆，垂条空折手纤纤。　人去河梁生寂寞，燕归帘榭自呢喃，可怜对酒湿青衫。

——《浣溪沙·暮春感别》

玉树香浮，金波彩泛，细风轻送云行。桥边乌鹊，千古说多情。何事欢娱易散，空惆怅、玉镜银屏。堪怜处，年年芳草，青黛锁秋横。　盈盈。增怅望，更更漏点，处处鸡声。看疏星渐晓，珠露飞英。肠断鲛绡帕上，休回首，枉自魂惊。还须问，长河渺渺，流向几时平？

——《满庭芳·七夕》

西风冽，竹声敲雨凄寒切。凄寒切，寸心百折，回肠千结。　瑶华早逗梨花雪，疏香人远愁难说。愁难说，旧时欢笑，而今泪血。

——《忆秦娥·夜寒不眠忆亡女》

八、张倩

张倩（1594—1627），字倩倩，沈宜修姑母之女，嫁宜修弟沈自征为妻，宜修幼女叶小鸾幼时由她抚养。工诗词，然“作即弃去”。存诗词不多，现存词三首，均为小鸾记诵所得。今录其《浣溪沙》一首于下：

几日轻阴冷翠绡，起来慵把柳眉描，春情无奈困人娇。　帘外杜鹃啼血恨，天边征雁寄书劳，小窗闲拨篆烟烧。

九、叶小鸾

叶小鸾（1616—1632），字琼章，又字瑶期，沈宜修第三女，其上有两个姐姐叶纨纨和叶小纨，均工诗词，但以叶小鸾才华最高。自幼聪慧，贞静娴雅，其词多奇句，尖新韶雅，可惜天不假年，未嫁而卒，年仅十七。词中多静境，秀而不艳，例如：

门掩瑶琴静，窗消画卷闲。半庭香雾绕栏杆，一带淡烟红树，隔楼看。　云散青天瘦，风来翠袖寒。嫦娥眉又小檀弯，照得满阶花影，只难攀。

——《南柯子·秋夜》

情脉脉，帘卷西风争入。漫倚危楼窥远色，晚山留落日。　芳树重重凝碧，影浸澄波欲湿。人向暮烟深处忆，绿裙愁独立。

——《谒金门》

几日东风倚画楼，碧天清霭半空浮，韶光多半杏枝头。　　垂柳有情留夕照，飞花无计却春愁，但凭天气困人休。

——《浣溪沙·春闺》

第六节　明末英烈词

明朝末年可以说外患内忧交加，词坛却有很大起色。究其原因，首先皇帝怠政，有几十年不上朝的；有沉湎于干木工，懒理朝政的，国家大事都懒得管，对人民的统治也就放松了。其次国家一直处于动乱中，正如清代赵翼说的“国家不幸诗人幸，赋到沧桑句便工”（《题元遗山集》），那些正直的士子为国家的命运担忧，再也无心吟花弄月，在他们的诗词里，自然就少了几分脂粉气，多了几分沧桑感。

一、陈子龙

陈子龙（其生平事迹已在本编第五章中做过介绍，在此就不再重复了），在不景气的明词中，他的出现如同茫茫荒原上出现了一朵奇葩，从此明词不再一无是处。他对词，崇尚南唐、北宋，主张蕴含不露。《全明词》存词79首，主要内容有两大类，一类是有关他早年与柳如是的一段恋情，第二类是抒写他的民族危亡之恨和故国黍离之痛。如《柳梢青·春望》：

绣岭平川，汉家故垒，一抹苍烟。陌上香尘，楼前红烛，依旧金钿。　　十年梦断婵娟，回首处、离愁万千。绿柳新蒲，昏鸦春雁，芳草连天。

这首词，以伤春的形式寄寓国亡家破之痛，可参看杜甫的名篇五律《春望》，二者不只题名相同，用意也一样。后半首中的“绿柳新蒲”也出自杜诗的《哀江头》，至于“芳草连天”，实为“城春草木深”之意。再如他的《二郎神·清明感旧》：

韶光有几，催遍莺歌燕舞。酝酿一番春，秾李夭桃娇妒。东君无主。多少红颜天上落，总添了数坯系黄土。最恨你年年芳草，不管江山如许。　何处？当年此日，柳堤花墅。内家妆，搴帷生一笑，驰宝马、汉家陵墓。玉雁金鱼谁借问？空令我、伤今吊古。叹绣岭宫前，野老吞声，漫天风雨。

这首词写出了明亡前后，对明皇陵的不同态度，与杜甫的《哀江头》有异曲同工之妙。

二、孙承宗

孙承宗（1563—1638），字稚绳，高阳（今属河北）人。万历三十二年（1604）进士第二（榜眼），授翰林院编修。天启初，官至兵部尚书、东阁大学士，时后金势力迅速膨胀，占领辽阳、广宁。孙承宗自请督师，经略边境；既至修筑城堡，练兵屯垦，遣将戍锦州、松山、大小凌河，拓地四百里。不料竟遭魏忠贤排挤，乞归乡里。崇祯二年（1629）后金大举进攻，兵临京师城下，孙承宗起兵镇守通州，后移镇山海关，督师收复永平等失地。四年再度罢官，归乡里。十一年（1638）清（1636年后金改名为清）兵陷高阳，城破殉难。他是一个文武全才，非一般骚人墨客可比，《全明词》存词48首，词如其人，透出一股豪气，如《沁园春·秋思》，词风接近辛弃疾：

匹马东来，掩泪新亭，江山笑予。看诸峰罗列，霜描白发，大瀛环绕，云溅征衣。化鹤应回，凤凰何处，惟有明月依戟枝。凝望眼、叹人民城郭，何是何非。　　是谁夺却燕支？算鳞阁云台须有时。问一行直抵，黄龙痛饮，何如合坐，绿野弹棋。独上高楼，风烟欲净，遥见白云随钓矶。天恩远，念玉关人老，曰汝其归。

三、张煌言

张煌言（其生平事迹已在本编第五章中做过介绍，不再重复），《全明词》存词6首，全部作于抗清斗争中，因此战斗气息极浓，从中我们可以看到一个宁死不屈、铁骨铮铮的民族英雄。一首《满江红·步岳武王韵》，不仅步岳飞词的韵，而且大有岳飞词的气势；另一首《柳梢青》，对明末的时局吐露出他胸中的满腔悲愤：

屈指兴亡，恨南北、皇图销歇。便几个、孤忠大义，冰清玉烈。赵信城边羌笛雨，李陵台畔胡笳月。参模糊、吹出玉关情，声凄切。　　汉苑露，梁园雪。双龙游、一鸿灭。剩逋臣怒击，唾壶皆缺。豪气欲吞白凤髓，高怀肯饮黄羊血。试排云、待把捧日心，诉金阙。

——《满江红·步岳武王韵》

无数江山，何人断送？雨瘴烟蛮。故苑莺花，旧家燕子，一样阑珊。　　此身原是天顽，梦魂到处也间关。白发镜中，青萍匣里，和泪相看。（瘴：《全明词》作“晴”）

——《柳梢青》

四、吴易

吴易（1612—1646），字日生，号惕庵，又号朔清，吴江（今属江苏省）人。崇祯十六年（1643）进士。好兵法，间为诗文，传诵士林。甲申冬，谒史可法于扬州，史可法奇其才，荐于福王，授职方主事，监纪军前。次年奉命至吴江督饷，未还而扬州失守。吴江失守后，与同里志同道合者起义，出入五湖、三泖间。唐王授兵部侍郎，进尚书。鲁王监国，封长兴伯。丙戌年（1646）秋，在嘉善被清兵所执，坚贞不屈，被杀于杭州草桥门。《全明词》存词21首，其为人近似孙承宗，词风也相似，豪气中有悲壮，眼看山河破碎，自己却无力回天。且看他的《贺新郎·寄怀史弱翁、孙君昌、赵少文、吴扶九、包惊几》词：

事业那堪说，似当年、隆中过从，邺中歌答。高论兴亡先后著，从古两三豪杰。转盼里、山河横裂。独向司州深夜舞，要长驱直捣心如铁。劝杜宇，莫啼血。　树犹如此人悲切。竟何年、披榛洒扫，汉家陵阙。抛却中原浑不问，微管其如披发。叹江左、诸君英绝。惨淡鱼龙风雷怒，算神州到底难合，谁只手，补天缺。

五、夏完淳

夏完淳（其生平事迹已在本编第五章中做过介绍，在此不再重复），师承陈子龙，写诗词重含蓄，讲究寄托，不作豪言壮语，把亡国之痛、故国之思，以美人香草出之，极少数几首有“亡国”等字样。《全明词》存词41首，如《满江红》：

无限伤心，吊亡国、云山古道。蓦蓦地、杜鹃啼罢，棠梨开早。愁随花絮飞来也，四山锁尽愁难扫。叹年年、春色倍还人，谁年少。　梨花雪，丝风晓。柳枝雨，笼烟袅。禁三千白发，镜华虚照。锦袖朱颜人似玉，也应同向金樽老。想当时、罗绮少年场，生春草。

第七章　具有自身特色的明散曲

明代诗词的成就都不大。唯有散曲，由元代的北曲过渡到明代中后期的南曲，具有自家的面目。

第一节　萧条的明初曲坛

明初加强封建专制，对思想文化严加控制，文坛萎靡不振，散曲创作当然也不例外。当时仅有的一些散曲作者都是由元入明的，所以明初的散曲可以说是元散曲的延伸。此后数十年里，仍保持元曲的风貌。历经百年，才逐渐发生了变化，北曲由盛至衰，南曲兴起。这段时间，作者人数不算少，成就大的却不多。

一、汪元亨

汪元亨，号云林，别号临川佚老，饶州人，仕浙江省掾。后移居常熟。现存小令100首、套数一篇。多数小令都标明“归隐”，有20首小令标明“警世”。如【正宫·醉太平】《警世》二十首中的第二首：

憎苍蝇竞血，恶黑蚁争穴。急流中勇退是豪杰，不因循苟且。叹乌衣一日非王谢，怕青山两岸分吴越。厌红尘万丈混龙蛇，老先生去也。

二、汤式

汤式，号碧庄，元末象山人，曾补本县吏，不得志，后落魄江湖。朱棣在燕邸时，遇之甚厚。永乐间常有赏赐。所作小令套数极多，内容大多平平，几首怀古作品较好。今录其【双调·沉醉东风】《姑苏怀古》一首于下：

长洲苑花明剑戟，馆娃宫柳暗旌旗。颦眉不甚娇，尝胆何为计？等闲间麋鹿奔驰，留得荒台卧断碑，再不见黄金范蠡。

三、朱有燉

朱有燉（1379—1439），号诚斋，一号锦窠老人，朱元璋之孙，洪熙年间袭封周王，卒后谥宪，故世称周宪王。精词曲，有《诚斋乐府》二卷，又有杂剧31种。有自制新曲，【双调·扫晴娘】就是他自制新曲之一。从这首曲里，我们可以看到当时的风俗：

扫晴娘，腰身可喜好衣裳，便将云雾先除荡。尽力掀扬，扫晴天万里长。打麦场，农夫望，归来相谢救民荒，佳名百世芳。

第二节 弘治以后逐渐兴盛的曲坛

明朝从开国到弘治，历经了一百多年。沉寂了百多年的曲坛终于苏醒并喧闹起来。这时，不仅作者多，而且还出现了不同风格，同时南曲开始兴起，大有全面取代北曲之势。当然，北曲也不会轻易退出，不断涨涨消消，到嘉靖以后南曲终于取代了北曲。这时，出现了几位具有不同风格的散曲作者，都有自身的代表作。任中敏把明散曲分为三派，一为端谨，二为清丽，三为豪放。笔者认为，分为两派就可以了，即清丽与豪放，端谨一派可分别融入两派之中。当时南北分野很明显，大致上北派豪放，南派清丽。北曲的代表作家，主要有王九思和康海等；南曲的代表作家，主要有陈铎和王磐等。

（一）北派作家

一、王九思

王九思（1468—1551），字敬夫，号渼陂，别署碧山野叟，紫阁山人，户县（今属陕西省）人。弘治九年（1496）进士，由庶吉士授检讨，历吏部郎中，以附刘瑾谪为寿州同知，次年被勒令致仕。存小令448首，套数38篇。我们来看他的两首小令：

思沉沉，夜来独坐弄瑶琴。不须当世求新谱，太古有遗音。虽无彩凤云中落，且听苍龙水底吟。亭阴转，花影侵，一轮明月到天心。

——【南仙侣·傍妆台】

问花寻柳，流水孤村有几家？马系垂杨下，坐倚荼蘼架。嗏，乘兴饮流霞，低摘琵琶。嫩绿深红，一带山如画，回首东风点暮鸦。

——【南中吕·驻云飞】《春游》

二、康海

康海（1475—1540），字德涵，号对山，武功（今陕西武功西北）人。弘治十五年（1502）殿试第一（状元），授翰林院修撰，常与李梦阳辈唱和，刘瑾慕名，招致之，不往。会梦阳下狱，致书康海求救，康海乃谒瑾，明日即释梦阳。逾年，瑾败，海坐瑾党罢官，东阳却坐视不救，因写《中山狼》以刺东阳。罢官后，家居三十年，专心词曲创作。存小令250馀首，套数30馀篇，我们来看看他的具体作品：

国史院咱曾视草，奸和正不必提着。文书上恁样来，条款里偌般造。画葫芦难减分毫，但把丹心自系牢，管什么零煎细炒。

——【双调·沉醉东风】《答客》

一溪流水一重山，万缕云烟万顷滩，四时花柳皆无限。许东君随意拣，小蒲团不够三间。石鼎黄鸡馔，青篱紫芋栏，又何须画戟朱幡。

——【双调·水仙子】

三、常伦

常伦（1492—1525），字明卿，号楼居子，山西沁水人。正德六年（1511）进士，官大理寺评事。以狂放谪寿春判，复忤御史，遂弃官。过河时马惊，落水死。存小令170首，套数9篇。他在散曲中表达了他的豪情壮志，如【中吕·尧民歌】：

第一为三军受苦，第二来百姓受荼。非是俺文官好武，讲孔孟看孙吴。摆列着营前铁鼓，磨擦了靴里昆吾，他便是赤眉铜马待何如？江山社稷要人扶，英雄英雄下狠毒，杀他个片甲无归路。

四、李开先

李开先（1502—1568），字伯华，号中麓，山东章丘人。嘉靖八年（1529）进士，官至太常寺少卿。因抨击朝政腐败，被罢官。家居后，为新声小令。存小令227首，套数7篇。他的散曲不仅表达了他用世的志向，并在一定程度上反映了当时的社会现实。如【南南吕·一江风】：

病难挨，村落萧条态，府县征求债。趁熟来，背井离乡，失业抛家，免受官差派。犬豚襁负抬，鸳鸯棒打开，子妇东西在。

五、冯惟敏

冯惟敏（1511—约1580），字汝行，号海浮，山东临朐人。嘉靖时举人，出任过几任地方小官。62岁后弃官家居，过着田园生活。存小令522首，套数50篇。在明代散曲作家中，堪称巨擘。他的散曲题材广，有不少涉及社会民生，尤为可贵。如：

乌纱帽满京城日日抢，全不在贤愚上。新人换旧人，后浪催前浪，谁是谁非不用讲。

——【双调·清江引】《八不用》之一

穿和吃不索愁，愁的是遭官棒。五月半间便开仓，里正哥过堂，花户每比粮。卖田宅无买的，典儿女陪不上。

——【双调·胡十八】《刈麦有感》二首其一

（二）南派作家

一、陈铎

陈铎（其生平事迹已在本编第六章第三节中做过介绍，不再重复），存小令471首，套数99篇，其中属南曲的小令70多首，套数

30多篇，数量上远不如北曲作品，但引人关注的却是他的南曲，甚至把他列为南曲的代表作家之一。他的南曲作品温婉雅丽如词，这正是南曲的特色。如【双调·沉醉东风】《闲情》：

铺水面辉辉晚霞，点船头细细芦花。缸中酒似渑（一作“绳”，疑二者都有误），天外山如画。点秋江一片鸥沙。若问谁家是俺家，红树里柴门那搭。

二、唐寅

唐寅（其生平事迹在本编第三章第二节中已做介绍，在此不再重复），请看他的小曲【南商调·集贤宾】四阕其二：

春深小院飞细雨，杏花消息何如？报道东君连夜去，须索要圈留他住。金杯满举，怎不念红颜春树？君看取，青冢上，牛羊无主。

三、王磐

王磐（约1470—1530），字鸿渐，号西楼，江苏高邮人。家境富裕，鄙弃科举，纵情山水诗画。存小令66首，套数7篇。王磐在明代散曲作家中，声望很高，有人把他提到首位。他的散曲以【中吕·朝天子】《咏喇叭》最有名，对现实进行了辛辣讽刺和无情嘲弄：

喇叭，锁哪，曲儿小，腔儿大。官船来往乱如麻，全仗你抬声价。军听了军愁，民听了民怕，那里去辨什么真共假。眼见的吹翻了这家，吹伤了那家，只吹的水尽鹅飞罢。

四、沈仕

沈仕（1488—1565），字懋学，又字子登，号青门，仁和（今浙江杭州）人。鄙弃科举，纵情山水，诗书画皆工。存小令86首，套数10篇。专写闺情，被称为曲中香奁体，如【南商调·黄莺儿】《暮春闺思》：

> 莺懒罢调簧，柳成阴日渐长，春归有个人惆怅。诗闲锦囊，针停绣床，相思暗把浓愁酿。最心伤，随风数点，红雨静敲窗。

五、杨慎

杨慎（其生平事迹已在本编第六章第三节中介绍过，在此不再重复），存小令200馀首，套数10馀篇。他在散曲中，写出了长期流放流落他乡的情状和对故乡的思念，很感人。一些写景作品写得很优美。如：

> 远行人，何用浮名绊此身。想人生会有相逢处，南北东西若比邻。一辞故国三千里，独戍遐荒二十春。寻苍雁，觅锦鳞，相思莫厌寄书勤。
>
> ——【南仙吕·傍妆台】

> 明月中天，照见长江万里船。月光如水，江水无波，色与天连。垂杨两岸净无烟，沙禽几处惊相唤。丝缆停牵，乘风直上银河畔。
>
> ——【南中吕·驻马听】和王舜卿舟行四咏（其三）

六、黄峨

黄峨（1498—1569），“峨”一作“娥”，字秀眉，四川遂宁人，工部尚书黄珂次女。正德十四年（1519）嫁杨慎。为人贤淑，博学工诗，其寄夫之作广为传诵。存散曲约60多首，其中【南商调·黄莺儿】《寄升庵夫子》一首尤为有名：

积雨酿轻寒，看繁花树树残。泥途满眼登临倦，云山几盘，江流几湾，天涯极目空肠断。无情征雁，飞不到滇南。

第三节　散曲词化的晚明曲坛

一、梁辰鱼

梁辰鱼（1519—1591），字伯龙，号少白，别号仇池外史，江苏昆山人。鄙薄科举，连诸生试都不参加。当时尚书王世贞、大将军戚继光都曾折节登门造访，他却仰天歌啸，旁若无人。在曲坛名声很大，存小令54首，套数41篇，大多为香奁风情之曲，文辞优美，有明显的词化倾向。如【南商调·夜行船】《拟金陵怀古》：

万里涛回，看滔滔不断，古今流水。千年恨都化英雄泪。徒倚，故国秋馀，远树云中，归舟天际。山势依旧枕寒流，阅尽几多兴废。

二、张凤翼

张凤翼（1527—1613），字伯起，原有《敲月轩词稿》，已散佚，现存小令20首，套数16篇，曲风与梁辰鱼近似，也有清疏的作品，如【桂枝香】《风情》：

半天丰韵，前生缘分。蓦然间冷语三分，窣地里热心一寸。梦中蝶魂，梦中蝶魂，月中花晕，暗中思忖可怜人。不知兴庆池边树，何似风流倜傥身。

三、沈璟

沈璟（1553—1610），字伯英，一字聃和，号宁庵，别号词隐，江苏吴江（今苏州）人。万历二年（1574）进士，历任吏部员外郎，光禄寺卿，行人司司正等。因上书忤旨，壮年辞官，家居二十年，潜心创作，为吴江派领袖。反对雕琢辞藻，倡导本色，洗去浓艳脂粉，但过分重视声律，不免损害内容。存小令17首，套数43篇。其曲如【南商调·集贤宾】《伤春》：

一声杜宇落照间，又寂寞春残。杨柳帘栊长日关，正梨花院落初闲。风朝雨晚，芳径里落红千万。停画板，又早见牡丹初绽。

四、王骥德

王骥德（？—1623），字伯良，又字伯骏，号方诸生、玉阳生、秦楼外史别署方诸仙史、玉阳仙史，会稽（今浙江绍兴）人。他的《曲律》一书，影响很大。其散曲作品重视声律，风格与沈璟近似，以写艳情为多。如【南南吕·一江风】《见月》：

月华明，偏管人孤另，后会茫无定。信难凭，两处思量，今夜私相订。天边见月生，低低叫小名，我低低叫也你索频频应。

五、薛论道

薛论道（约1531—约1600），字谈德，号莲溪，别署莲溪居士，直隶定兴（今属河北省）人，博学能文，喜谈兵，从军三十年，屡建奇功，遭疑忌，以神枢参将加副将归田。存小令1000首，题材广泛，其边塞曲为散曲中的奇花异卉，如【双调·水仙子】《为将》：

朝廷拜我领元戎，授钺分符动九重。一身司命三军众，全凭着一念忠。可忘乎尽瘁鞠躬，忧社稷安危共，爱婴儿甘苦同，大将军以死为荣。

六、施绍莘

施绍莘（其生平事迹已在本编第六章第五节做过介绍，不再重复），存小令72首，套数86篇。明人中，他是存套数最多的一人，被誉为“明人散曲之集大成者”。他的散曲中，咏花的特别多，怀古之作也不少，写得很出色，如【南仙吕入双调·锦衣香】《钱塘怀古》：

问衣锦山谁荣贵？问翠微亭谁恬退？只可惜报国精忠，奉牌十二。二十年心力一朝灰。千秋切齿，磔桧分尸。笑优游人在半闲堂，身谋家计，人国同儿戏。葬身无地，如今化作业风妖气。

七、夏完淳

夏完淳，存小令3首，套数2篇，数量虽然不多，但质量极高。请看他的小令【江儿水】《金陵杂咏》：

望青烟一点，寂寞旧山河。晓角秋笳马上歌，黄花白草英雄路，闪得我对酒销魂可奈何！荧荧灯火，新愁转多。暮暮朝朝泪，恰便是长江日夜波。

第二编 馀霞散成绮

清兵入关之初，为确立他们的统治地位，首先是进行残酷的镇压，大肆屠杀，像扬州、嘉定、江阴等城市，几乎杀得鸡犬不留；其次是实行收买政策，大行招降纳叛，帮助满族统治者巩固统治地位。但在最初的年代里，主要是军事行动，还顾不上进行思想钳制，因此一批明遗民诗人比较活跃。另外，还有一批在明末已有一定名气的诗人被清廷收买后仍在继续写诗，虽然他们在思想上反映出一定的矛盾，也反映一定的现实问题，但比起遗民诗人来缺少深刻性与尖锐性。

随着清朝统治地位的巩固，社会生产得到恢复与发展，社会秩序稳定，统治者加强了思想统治。清廷统治者全盘接受了明朝统治者的统治手法，软硬兼施，对明朝的取士方法他们也全盘接收，同时大兴文字狱，对知识分子残酷镇压，其程度远远超过了明代。这种软硬兼施的两手果然奏效，把明末出现的自由思想给扼杀了，不少人虽然在写诗，但只在形式与技巧上下功夫；更有不少人干脆不写诗了，钻进考据与“小学”里去。后来虽几经变化，但也只在数量上增加，在质量上并没有大的突破。

清代诗人受到明代诗人的影响也喜欢建立宗派，而且比明代更显得流派纷呈，特别是到了所谓“康乾盛世”，此风尤盛，作者各立门户，以尊唐宗宋相标榜。而但凡胸中存有唐宋，就很难创新，正如纳兰性德在《原诗》中所说：“世道江河，动成积习，风雅之道，而有高髻广额之忧。十年前之诗人，皆唐之诗人也，必嗤点夫宋；近年来之诗人，皆宋之诗人也，必嗤点夫唐；万户同声，千车一辙。”这“万户同声，千车一辙”正是清诗的流弊。有人单从统计数量着手，指出《全唐诗》共录诗人二千二百馀家，诗四万八千九百馀首，而清代的诗人与诗都数倍于唐代。因此得出这样的结论：“如果说唐是我国诗歌史上的黄金时代，是一座高峰；那么，清诗在我国诗歌史上应该称得上复盛时代，是另一座高峰。”还说：“每一个朝代又都有它自己的高峰，总要出现几位杰出的大诗人。例如唐代最杰出的是李白、杜甫、白居易，清代又何尝没有自己最杰出的大诗人呢！”首先，这里用统计数量来证明清诗“是另一座高峰”，这样看问题似乎有些形而上学。其次，说清代“有自己最杰出的大诗人”，可惜到最后他也没有能说出谁是清代“最杰出的大诗人”。清代诗人们忽而宗唐忽而宗宋，钻进唐宋诗中出不来，自己在写诗时，胸中先横着一个“唐诗”或“宋诗”的标杆，因此也就无法突破“唐诗”或“宋诗”的框框而有长足发展。其实真正“削足适履”者，并非来自评论清诗的人，而恰恰是清诗的创作者自己。我们说一个诗人杰出，从不单看数量，而主要还是着眼于质量。否则，也就不会有“孤篇横绝，终成大家”的张若虚这样受到闻一多盛赞的杰出诗人了。

比起明诗来，清诗确实很有起色，但这只是黄昏落日前一瞬间的亮丽，是“馀霞散成绮”，虽有一时的艳丽，但随之而来的却是消亡。后来的所谓“诗界革命”，只是想挽狂澜于既倒，实在难以挽救中国旧体诗的衰亡。到晚清，中国旧体诗已走到了尽头，到“五四”时期，新诗终于代替了旧体诗。

第一章　浩气长留的遗民诗

第一节　三位著名思想家的诗

一、黄宗羲

黄宗羲（1610—1695），字太冲，号梨洲，余姚（今浙江余姚）人。其父黄尊素为东林名宿，遭魏忠贤阉党残害。崇祯改元时，他仅19岁，入都为父申冤，声名大振。崇祯十一年（1638），与周镳、吴应箕等140人草《南都防乱揭》，讨伐阉党馀孽阮大铖。顺治二年（1645），从孙嘉绩等起兵抗清，兵败后，入四明山结寨自固。不久入海从鲁王政权，任左副都御史。不时潜往内地，联络部署，清廷极畏忌之，悬赏缉拿，几濒于死。及至郑成功抗战失利，海上倾覆，他感到恢复无望，乃返回故里，奉养父母，从事著述和讲学。他为学与复社张溥等人一脉相承，是明末清初著名的思想家，著有《明夷待访录》《南雷文案》等。其《明夷待访录》中的《原君》一文尤为著名，是一篇颇具民主思想的文章，激烈地抨击封建专制统治，指出封建帝王把天下当作自己的私人产业，为了得到这份产业，他们不惜“荼毒天下之肝脑，离散天下之子女，以博我一人之产业”，得到这份产业后，他们就进行残酷的剥削，甚至“敲剥天下之骨髓，离散天下之子女，以奉我一人之淫乐，视为当然”。由此，他得出了一个在封建社会里“惊世骇俗”的结论：“然则为天下之大害者君而已矣。”还有一篇《原臣》，进一步指出封建君主专制的不合理，指明臣子“出而仕也，为天下，非为君也；为万民，非为一姓也”。还说：“盖天下之治乱，不在一姓之兴亡，而在万民之忧乐。”这些看法当时在世界范围内也是十分先进的。

黄宗羲于诗，虽非专长，但有自己独到的见解，他在《陈苇庵年伯诗序》中说："盖诗之为道，从性情而出。"显然这是针对当时盛行的拟古或故作怪僻而说的。所以他的诗在当时独具风格，正如钱锺书在《谈艺录》中说的："独梨洲欲另辟途径，尤为豪杰之士也。"他是一个富有民族气节的誓不降清的志士，所以他的诗多故国之思、怀旧之感，苍凉悲愤，沉郁情深，如：

廿年曾宿溪山路，枕上仍前彻夜风。
清风不容尘外虑，好诗多在月明中。
花前闻鸟声偏乱，兵后持杯泪易浓。
珍重西窗书甲子，续游何日剪灯红？

——《花朝宿石井》

草荒树密路三叉，下马来寻日色斜。
顽石呜呼都作字，冬青憔悴未开花。
夜台不敢留真姓，萍梗还来酹晚鸦。
牡蛎滩头当日客，茫然隔世数年华。

——《寻张司马墓》

此地那堪再度年，此身惭愧在灯前。
梦中失哭儿呼我，天末招魂鸟降筵。
好友多从忠节传，人情不尽绝交篇。
于今屈指几回死，未死犹思被病眠。

——《卧病旬日未已闲书所忆》二首其一

以上三首诗，直抒胸臆，不玩弄辞藻，不堆砌典故，明白易懂。需略做说明的是，第一首中的"书甲子"，在新朝统治下，遗民不书新朝帝王的年号"但书甲子"，这是表明不承认新朝。第二首是悼念友人的诗，情意独深，言辞沉痛，有不尽之意于言外。第三首是病中抒事，前四句写病中情况。颈联转入对故旧的思念，前句指忠烈之士，都已壮烈牺牲，后句指与那些变节之人都已绝交。尾联前句回忆进行反清战斗时几次遇险，濒于死亡；后句写今日不幸卧病，抚今思昔，不胜凄楚。

二、顾炎武

顾炎武（1613—1682），原名绛，字忠清，明亡后，更名炎武（一作炎午），字宁人，学者称亭林先生，昆山（今江苏昆山）人。早年积极参加抗清斗争，失败后，遍游山东、河北、陕西、山西等地，致力考察山川形胜，并秘密联络各处志士，试图建立抗清根据地，待时而动，未果。康熙十八年（1679），清廷诏举他博学鸿词，誓死相拒。他是明末清初著名的思想家、学者，主张博学多识，经世致用，强调“天下兴亡，匹夫有责”，反对空谈心性。他论诗主张言志为诗之本，观民风为诗之用，提倡“诗主性情，不贵奇巧”，著有《顾亭林诗文集》《日知录》等。其诗沉郁苍凉，雄健悲壮，风格接近杜甫。学杜甫，不徒袭其貌，而在于学其忧国忧民的精神实质，因此其诗多眷念故国之情与反映人民的疾苦，如：

秋山复秋山，秋雨连山殷。
昨日战江口，今日战山边。
已闻右甄溃，复见左拒残。
旌旗埋地中，梯冲舞城端。
一朝长平败，伏尸遍冈峦。
北去三百舸，舸舸好红颜。
吴口拥橐驼，鸣笳入燕关。
昔时鄢郢人，犹在城南间。

——《秋山》二首其一

十载江南事已非，与君辛苦各生归。
愁看京口三军溃，痛说扬州十日围。
碧血未消今战垒，白头相见旧征衣。
东京朱祐年犹少，莫向尊前叹式微。

——《酬朱监纪四辅》

不材聊得保天年，便可长栖一壑边。
寄语故人多自爱，但辞青紫即神仙。

——《友人来，坐中口占二绝》其一

以上三首诗，第一首《秋山》写于顺治二年（1645），是年五月，清兵陷南京；七月，苏州、昆山等地相继沦陷。江阴、嘉定、松江等地人民奋起反抗，陷落后遭到清兵残暴的屠杀与抢掠，极其惨烈。这首诗反映了当时的这种情况。前八句写清兵进军之速，后六句写清兵攻城后残酷屠杀和奸淫掳掠，无恶不作。据《嘉定屠城纪略》载："妇女寝陋者，一见辄杀；大家闺秀及民间妇女有美色者，皆生掳。白昼宣淫，不从者钉其两手于板，仍逼淫之。嘉定风俗重妇节，惨死无数。乱军中，姓氏不闻矣。七月初六日，成栋拘集民船，装载金帛子女及牛马羊豕等物三百馀艘，往娄东。"结尾二句是说城市虽然陷落，但不愿投降的人还多着呢！第二首是写给一位志同道合的抗清志士，诗中写了亡国的惨痛，但表示并不因此消沉，来日方长，勉励友人要坚定信念，抵抗到底。这里显示了顾炎武百折不挠的崇高品质。第三首诗是写给一位意志不太坚定的朋友，劝他一定要固守气节，不要贪恋"青紫"（即清廷的高官厚禄的诱惑）而丧失民族气节。顾炎武自己就是誓死拒绝清廷授予的官职，固守节操。

三、王夫之

王夫之（1619—1692），字而农，号姜斋，又有一瓢道人、双髻外史等20多个名号。衡阳（今湖南衡阳）人。崇祯十五（1642）中举人，时24岁，两年后明亡，参加抗清武装，追随明桂王在广西一带作战。失败后，窜身岩洞，其后筑土室于湘西石船山，闭门著述，学者称之为船山先生。他的著作十分丰富，凡百馀种。对“五经”、诸史都有解评，并有诗集、文集。王船山的学术思想博大精深，对诗也有独到的见解，著有《姜斋诗话》，他论诗主情重意，重视写景，主张诗歌必须以情动人，认为“诗以道情，道之为言，路也。情之所至，诗无不止；诗之所至，情以之至”，还提出“无论诗歌与长行文字，俱以意为主。意犹帅也，无帅之兵，谓之乌合。……烟云泉石，花鸟苔林，金铺锦帐，寓意则灵”。他重视写景，主张情景结合，“情、景名为二，而实不可离。神于诗者，妙合无垠”，“不能作景语，又何能作情语耶？古人绝唱多景语”。他的诗尽力体现他的诗歌理论：

弱羽殷勤亢谷风，息肩迟暮委墙东。
销魂万里生前果，化血三年死后功。
香老但邀南国颂，青留长伴小山丛。
堂堂背我随馀子，微许知音一叶桐。

——《正落花诗》十首选一

记得开时事已非，迷香逞艳炫春肥。
尽情扑翅欺蝴蝶，塞耳当头叫姊归。
桃李畦争分咫尺，松杉云冷避芳菲。
留春不稳销尘土，今日空沾客子衣。

——《补落花诗》九首选一

半岁青青半岁荒，高田草似下田黄。
埋心不死留春色，且忍罡风十日霜。

——《绝句》六首其六

在诗艺中，王夫之特别重视“兴”，以上三首诗都有兴寄，表面上是吟花咏草，但都另有寄托。第一首借以抒写自己多年来奔走抗清，虽困难重重，但抗清之志坚贞不渝。颔联中以“销魂万里”比喻作者曾为抗清斗争游离辗转于湖南、广东、云南、贵州等地；以“化血三年”表明抗清之志至死不渝。颈联自喻其志其节永不衰变，尾联则感叹不少人已变节，剩下的知音不多了。第二首是咏落花，但其拟喻意义与前一首完全不同，这是借以回顾南明小朝廷的情况。对这个不争气的小朝廷，船山“哀其不幸，怒其不争”。首联写南明开创之时局势十分危急，清兵已长驱南下，但福王昏庸无能，沉迷声色，不思振足。颔联写当时马士英专权，起用阉党馀孽阮大铖，两人互相勾结，倾陷正直之士，排斥史可法等爱国志士，堵塞言路。颈联写小朝廷中邪恶小人争权夺利，正直之士不得已只得洁身引退，在这里，桃李比喻奸邪小人，松杉比喻正直之士。尾联写南明小朝廷终于难逃灭顶之灾，化为尘土，空使遗民悲痛流泪。第三首吟咏的不是花而是草，作者以草的坚忍比喻遗民志士不屈不挠的抗争精神。王夫之的诗比起黄宗羲、顾炎武的诗来显得隐晦曲折，但其精神是一致的，浩然之气，长留天地之间。

第二节　群星璀璨（遗民诗人群）

一、林古度

林古度（1580—1666），字茂之，一字那之，福清（今福建福清）人，在明朝未有功名，为布衣，明亡后隐居南京以终。在明末遗民中，他年辈最长，早年与钟惺、谭元春为友，但其诗不受竟陵派局限，比较清新。他现存的诗大多为早年作品，入清后虽写过不少怀念故国的诗，但因清代文网严酷，很少流传下来，只有少数写得蕴含不露的才侥幸保存了下来，如：

一树古梅花数亩，城中客子乍来看。
不知花气清相逼，但觉山深春尚寒。

——《吉祥寺古梅》

老来贫困实堪嗟，寒气偏归我一家。
无被夜眠牵破絮，浑如孤鹤入芦花。

——《金陵冬夜》

以上二首诗，都是写于南京，但第一首写得较早，作者尚未决心定居南京，因此自称“客子”。写深山梅花清冷，以示不与时俗合流。第二首当写于晚年，其时生活十分艰苦，但他不改初衷，恪守民族气节，矢志不渝，同时诗中还表达了他的乐观与诙谐。

二、谈迁

谈迁（1594—1658），初名以训，字孺木，一字观若，海宁（今浙江海宁）人。明秀才，南明福王时，曾入宰相高弘图幕府。明亡，隐居故里，著述终身。他是著名的史学家，故其诗也多咏史之作，如：

大江骇浪限东南，当日降帆有旧惭。
击揖空闻多慷慨，投戈毕竟为沉酣。
龙天浩劫馀孤塔，海岳书生别旧庵。
闻道佛狸曾驻马，岂因佳味有黄柑？

——《渡江》

南朝旧事一芜城，故国飘零百感生。
柳影天涯随去辇，杨花江上变浮萍。
远山依旧横新黛，断岸还看散冷萤。
今日广陵思往事，十年前亦号承平。

——《广陵》

前一首诗借前朝旧事来隐射当时形势，首联以东吴孙皓降晋来影射南明福王降清。颔联上句以晋祖逖统兵北伐，渡江至中流击楫而誓，喻南明亦多志士；下句说纵然如此，但福王与权臣荒淫无度，大敌当前却放下武器投降。颈联写清兵南下，百姓妻离子散，镇江只存孤塔一座，无限荒凉。尾联用魏太武帝攻宋的史实，指出敌人南侵的野心。后一首专写扬州，顺治二年（1645）清兵攻入扬州，屠城十日，使得繁华的扬州城顿成一片废墟，再度来此，顿觉物是人非，结尾回想十年前，即清兵入侵前此地曾是承平世界。这里虽然不明言，但清兵的滔天罪行昭然若揭。

三、阎尔梅

阎尔梅（1603—1679），字用卿，又字调鼎，号古古，又号白耷山人，徐州沛县（今江苏沛县）人。崇祯三年（1630）举人。南明弘光时，曾劝史可法进军河南、山东，以图恢复。参与抗清义军，两度被执，皆不屈。后流亡各地，晚年归隐家乡。著《白耷山人集》，其诗多感怀时事，表现崇高的民族气节和反映人民疾苦，如：

贼臣不自量，称予是故人。
敢以书招予，冀予与同尘。
一笑置弗答，萧然湖水滨。

湖水经霜碧，树光翠初匀。
妻子甘作苦，昏晓役舂薪。
国家有废兴，吾道有诎申。
委蛇听大命，柔气转时新。
生死非我虞，但虞辱此身。

——《绝贼臣胡谦光》

种桑人家十之九，连绿不断阴千亩。
年年相戒桑熟时，畏人盗桑晨暮守。
前年灾水去年旱，私债官租如火锻。
今春差觉风雨好，可惜桑田种又少。
采桑女子智于男，晓雾浸鞋携笋篮。
幼年父母责女红，蚕事绩事兼其中。
桑有稚壮与瘦肥，亦有蚕饱与蚕饥。
忌讳时时外意生，心血耗尽茧初成。
织不及匹机上卖，急偿官租与私债。
促织在室丝已竭，机杼西邻响不绝。
残岁无米货人苦，妄意明年新丝补。

——《采桑曲》

前一首写拒绝降清官吏的招诱，他不计全家生活贫困，不顾自身生死，绝不仕清。因为他不承认清朝，所以称清朝的官吏为贼臣。后一首反映农民遭受残酷剥削之苦。两首诗都格调苍凉，沉痛深挚。

四、释函可

释函可（1610—1659），字祖心，号剩人。本姓韩，名宗，明礼部尚书韩日缵之子，广东博罗人。29岁出家于庐山，还住华首。

不久到南京，恰逢清兵渡江，占领南京等地，释函可闻诸抗清殉难者事迹，皆为文纪之。不幸被清兵查获，坐文字狱。后解送北京，流放沈阳，历主广慈、大宁、永安、慈航诸大刹。卒时49岁，葬千山双塔寺。著有《千山诗集》《千山语录》，乾隆时被毁禁。他一生既遭亡国之痛，又遭文字狱之难，所以其诗悲哀沉痛，可以说是声声血字字泪，感情真挚动人。如：

终岁愁连苦，生离且莫哀。
问人颜尚在，见影意犹猜。
佛道千秋重，汤仁一面开。
明知予未死，好去勿徘徊。

——《初释，别同难诸子》

马上催行急，欢生复自嗟。
身轻曾似叶，泪落正如麻。
计日边城近，伤心故国赊。
幸余穿布衲，犹可耐风沙。

——《初发》

几载望乡音，音来却畏真。
举家数百口，一弟独为人。
地下反相聚，天涯孰与邻？
晚风连蟋蟀，木佛共含辛。

——《沈阳杂诗》录一

大旗吹折海风寒，未了孤心骨已残。
遗训在兹宁有憾，浮沤于汝久无干。
原鸰血尽生逾苦，池草根锄梦亦乾。

见说覆巢馀卵在，呱呱何处夜漫漫。

——《闻耳弟尽节》

前两首写自己的遭遇，后两首写家人的遭遇，真是悲惨至极。第一首写他遭文字狱后，可能因为他是僧人，对他网开一面，没有被处死；但并不放过他，而是遣戍沈阳。在告别众难友时，他写下了这首诗。第二首写他遣戍沈阳出发时的心情，当时山海关外是满人的地盘，关内是明朝故土，所以出关有远离故国之感，何况释函可是广东人，两地气候大不相同，因此百感交集。这还是刚上路时的感受，原以为布衲可以耐风沙，但一到山海关才知道希望落空，“重关犹未度，破衲早生寒”（《宿山海关》），因此绝望地说“敢望能生入，回头仔细看”，他确实未能生入山海关，而是抛尸关外。第三首写发配沈阳时得到从家乡传来的噩耗，全家数百口人，除了一个名宗号耳叔的弟弟外，在城陷时全都蒙难。对此惨状，真是“晚风连蟋蟀，木佛共含辛”。第四首写的是更为悲痛的事，刚为号耳叔的弟弟庆幸免于蒙难，不想也未能躲过残暴的清兵的屠刀，所幸的是覆巢之下尚有完卵，耳叔尚有遗孤被仆人救走。但这样一个呱呱婴儿在此黑暗的时代，能躲得过清兵的杀戮吗？漫漫长夜里，他能在哪里藏身？实在令人担忧。释函可的诗大多悲痛欲绝，他用血与泪记录了那个时代的不幸。

五、杜濬

杜濬（1611—1687），字于皇，号茶村，黄冈（今湖北黄冈）人。明末副贡，明亡不仕，隐居南京，家贫，常断炊。工诗，尤擅五言律，可惜稿多散失，现存不过十之二三，有《变雅堂遗集》，其诗悲壮苍凉，清新隽永。如《晴》：

海角收残雨，楼前散夕阳。

行吟原草泽，醉卧即沙场。
骑马人如戏，呼鹰俗故狂。
白头苏属国，只合看牛羊。

这首诗看似写景，其实在写亡国之惨痛，首联点题，颔联用两个典故表达亡国之痛，前句用《楚辞·渔父》写屈原被楚王放逐后“行吟泽畔”；后句用唐代王翰《凉州词》“醉卧沙场君莫笑，古来征战几人回”。颈联写满人圈地后，以前的农田或成为牧场，或成为狩猎场，这里着重写后者，写满人在以前的农田里以骑马为戏，以呼鹰射猎取乐。尾联写苏武出使匈奴被扣留，誓不屈膝变节，持汉节牧羊19年，终于完节而归，以此自励。

六、方文

方文（1612—1669），字尔止，号嵞山。初名孔文，又名一耒，字明农，别号淮西山人、忍冬子。桐城（今安徽桐城）人。明末秀才，明亡后，绝意仕途，以行医卖卜为生。生平喜游历，交游遍天下。桐城方氏是皖中颇负盛名的世家大族，明亡后，方氏族裔中多数持反抗或不合作态度，以方以智为代表，他是“复社”骨干，以文章气节著称，与侯方域、陈贞慧、冒襄合称“四公子”，曾共同主盟“复社”，明亡后，方以智出家为僧，不与清廷合作。从名声来说，方以智的声望远远高于方文，虽然也精于诗，但主要精力投注在学术上，精通天文、地理、生物、医药之学，并工画，其天文历算之成就更为超越卓绝。而方文则专攻诗，他为人率直，严于明辨是非，尤重大节，其诗主要学杜甫、白居易，不仅敢于真实地反映现实，而且时露锋芒，关心民生疾苦，表现民族气节，语言不加雕琢、平易浅显，风格苍凉愤激、雄浑真率，如：

频年苦旱今年稔，百事支分尽在田。

岂料秋成农更苦，一担新谷粜三钱。

——《谷贱》

将近枫桥路，唯闻人语喧。
北来兵肆掠，东去艇皆奔。
震泽烟波迥，高秋风雨繁。
此时期免患，艰苦复何论。

——《太湖避兵》

里门裘马日纷纷，鸾鹤宁同鸡鹜群？
如以衣冠坐涂炭，不徒富贵等浮云。
家人愚暗还相劝，异类腥膻孰忍闻？
十世国恩蒙者众，独将破衲报明君。

——《水崖哭明圃子留》十首其四

第一首诗对农民寄予了无限同情，连年旱灾，好容易等来了一个丰收年，原以为可以过上几天好日子，哪知“谷贱”，农民的日子比荒年更苦。读了这首诗，令人不禁想起叶圣陶的短篇小说《多收了三五斗》。第二首诗毫不隐讳地写清兵肆无忌惮地抢掠。第三首是哭殉难的从侄方授，明亡时，他年仅17岁，殉难时仅27岁，明圃是方授的字，子留是其号。这是一首组诗，共10首，大多是赞扬方授的气节，这里引录的是组诗中的第四首，在赞扬方授品格的同时，对族中的变节分子进行鞭笞。对比之下，愈显方授的品格高超。

七、钱澄之

钱澄之（1612—1693），字饮光，初名秉镫，字幼光，号田间，桐城（今安徽桐城）人。明末秀才，避祸削发为僧。后入南明唐王隆武政权任漳州推官，南明桂王永历时，授庶吉士，翰林院编修，知制诰。南明亡后，归故里，隐居以终。诗学杜甫与陶渊明，反映民间疾苦、抗清斗争与田园生活。著有《藏山阁存稿》《田间诗集文集》，其诗长于白描叙事，如：

催完粮，催完粮，莫遣催粮吏下乡。
吏下乡，何太急！官家刑法禁不得。
新来官长亦爱民，哪信民家如此贫！
朝廷考课催科重，乡里小民肌肤痛。
官久渐觉民命轻，耳熟宁闻号冤声？
新增有名官有限，儿女卖成早上县。
君不见村南大姓吏催粮，夜深公然上妇床。

——《催完粮》

今年江南大造船，官捕工匠吏取钱。
吏人下乡恶颜色，不道捕匠如捕贼。
事关军务谁敢藏，搜出斧凿同贼赃。
十人捕去九人死，终朝锤斫立在水。
自腰以下尽生蛆，皮革乱挥不少纾。
官有良心无法救，掩鼻但嫌死尸臭。
昨日小匠方新婚，远出宁顾结发恩？
昼被鞭挞夜上锁，早卖新妇来救我！

——《捕匠行》

前一首写征收税赋的官吏虐害人民，逼得百姓卖儿鬻女，他们不仅刻剥百姓，晚上还奸污妇女，逼得老百姓简直没有生路了。后一首写清廷为扑灭郑成功的反清力量，在江南抓捕工匠造船，对造船工匠残酷压迫，以至“十人捕去九人死”，残暴至极。

八、归庄

归庄（1613—1673），又名祚明，字玄恭，号恒轩，昆山（今江苏昆山）人。明末秀才，与顾炎武友善，时有“归奇顾怪”之称。顺治二年（1645），清兵攻占江南，他与顾炎武起兵抗清，失败后，一度改换僧服，亡命江湖，称普明头陀。后应万寿祺之聘到江阴教书。晚年隐居乡里，以卖书画为生，终身不仕。他多才多艺，狂放不羁，有《归庄集》。其诗写家国之难，多悲怆愤激之辞：

四年绝域度新正，此夕空将两目瞠。
天下兴亡凭揲策，一身进退类悬旌。
商君法令牛毛细，王莽征徭鱼尾赪。
不信江南百万户，锄耰只向陇头耕。

——《己丑元日》四首其二

江南春老叹红稀，树底残英高下飞。
燕蹴莺衔何太急！溷多茵少竟安归？
阑干晓露芳条冷，池馆斜阳绿荫肥。
静掩蓬门独惆怅，从他江草自菲菲。

——《落花诗》十二首其一

稻香秫熟暮秋天，阡陌纵横万亩连。
五载输粮女真国，天全我志独无田。

——《观田家收获》

第一首写于抗清失败后流亡期间，一方面深感反清大业的艰难；另一方面看到清政府的残暴，坚信人民不会永远忍受下去，一定会奋起反抗。第二首借咏落花以悼明朝的灭亡，并表示自己决不随波逐流向清政府低头称臣，这里的“红稀”指朱明的衰败，菲菲江草是指变节降清之人。第三首写于顺治六年（1649），写看农民收割庄稼时的感想，这首诗构思独特，启人深思。诗里写自己没有田，只能眼睁睁看人家收获，但他不为自己的贫穷悲叹，反而以此庆幸，因为无田就不必向清政府缴赋纳粮，表明穷困饿死也誓不变节投靠清政府。

九、吴嘉纪

吴嘉纪（1618—1684），字宾贤，号野人，泰州（今江苏泰州）人，出身贫寒。明亡后，参加抗清斗争，失败后回家乡隐居。康熙中，拒绝应试博学鸿词科。晚年贫病交加，穷饿以死。因他长期生活在劳动人民中间，而且自己也参加劳动，因此熟知劳动人民的生活；又曾参加过抗清斗争，目睹清兵暴行，故其诗多揭露清兵暴行，反映民间疾苦，表现民族气节。诗风健劲，语言朴素，富有特色。有《陋轩诗》。沈德潜在《清诗别裁集》中把他与王士祯并提，颇为赞赏：“陋轩诗以性情，不须典实而胸无渣滓，故语语真朴，而越见空灵。”这正与王士祯诗爱用典成对比。并认为在当时王士祯名重一时，而吴嘉纪却默默无闻，原因在于王士祯有名位，而吴嘉纪一介布衣之故，并非诗不如，而是名位不如。其诗揭露清兵暴行极为深刻，其中《李家娘》一诗写得尤为惨烈：

（小序）乙酉夏，兵陷郡城，李氏妇被掠，掠者百计求近，不屈。越七日，夜闻其夫殁，妇哀号撞壁，颅碎脑出而死。时掠者他出，归乃怒裂妇尸，剖腹，取心肺示人。见者莫不惊悼，咸称李家娘云。

城中山白死人骨，城外水赤死人血。
杀人一百四十万，新城旧城内有几人活？

妻方对镜，夫已堕首；腥刀入鞘，红颜随走。
西家女，东家妇，如花李家娘，亦落强梁手。
手牵拽，语兜离，笳吹团团日低。归拥曼，睩蛾眉。
独有李家娘，不入穹庐栖。
岂无利刃，断人肌肤，转嗔为悦，心念彼姝。
彼姝孔多，容貌不如他。
岂是贪生，夫子昨分散，未卜存与亡。
女伴何好，发泽衣香，甘言来劝李家娘。
李家娘，肠崩摧，棰挞磨灭，珠玉成灰。
愁思结衣带，千结百结解不开。
李家娘，坐军中，夜深起望，
不见故夫子，唯闻战马嘶悲风；
又见邗沟月，清辉漾漾明心胸。
令下止杀残人生，寨外人来，殊似舅声。
云我故夫子，身没乱刀兵。恸仆厚地，哀号苍旻！
夫既殁，妻复何求？脑髓与壁，心肺与仇。
不嫌剖腹截头，俾观者觳觫若羊牛。若羊若牛何人？
东家妇，西家女。来日撤营北去，驰驱辛苦。
鸿鹄飞上天，毚兔不离土。
乡园回忆李家娘，明驼背上泪如雨！

这首诗纯用口语，叙述了一个悲惨的故事，诗中赞扬了李家娘的刚烈，同时揭露并谴责了清兵的暴行。诗写得极为沉痛，用泪与血记叙了人民遭受的苦难，可补清史之不足。吴嘉纪其他诗如：

白头灶户低草房，六月煎盐烈火旁。
走出门前炎日里，偷闲一刻是乘凉。

——《绝句》

辛丑七月十六夜，夜半飓风声怒号。
天地震动万物乱，大海吹起三丈潮。
茅屋飞翻风卷去，男妇哭泣无栖处。
潮头骤到似山摧，牵儿负女惊寻路。
四野沸腾那有路，雨洒月黑蛟龙怒；
避潮墩作波底泥，范公堤上游鱼度。
悲哉东海煮盐人，尔辈家家足苦辛。
频年多雨盐难煮，寒宿草中饥食土；
壮者流离去故乡，灰场蒿满池无卤。
招徕初蒙官长恩，稍有遗民归旧樊。
海波忽促馀生去，几千万人归九原。
极目黯然烟火绝，啾啾妖鸟叫黄昏。

——《风潮行》

朝雨下，田中水深没禾稼，饥禽聒聒啼桑柘。
暮下雨，富儿漉酒聚俦侣，酒厚只愁身醉死。
雨不休，暑天天与富家秋，檐溜淙淙凉四座，
座中轻薄已披裘。雨益大，贫家未夕关门卧，
前日昨日三日饿，至今门前无人过。

——《朝雨下》

上边第一首写煎盐工人的艰苦劳动，因为作者曾亲身参加过这项劳动，因此写得特别真切。第二首写的是顺治末年，发生在江苏南通、泰州一带水灾的惨状。当时，那一带经常发生海水倒灌，海水漫过大堤，灾民“寒宿草中饥食土”，以致“几千万人归九原”，死者无数，极目远望，看不到烟火，十分凄惨。第三首写同处灾荒年，但穷人与富人过着两种截然不同的生活。读这首诗，不

禁让人想起杜甫的名句“朱门酒肉臭，路有冻死骨”。贫富严重对立，阶级矛盾尖锐，这是阶级社会中永远无法治愈的痼疾。

十、申涵光

申涵光（1620—1677），字和孟（一作孚孟），号凫盟、聪山，永年（今河北永年）人。其父殉国难，他杜门奉母，隐居不仕。诗学盛唐，尤以杜甫为宗，功力深厚，风格多样，曾与众多遗民交游唱和，在北方影响很大，为“河朔诗派”开山祖，有《聪山诗选》。但河朔诗派较复杂，有不少人对清代统治者俯首妥协，如殷岳等接受清政府授予的官职，其中最有气节的是永年人张盖。申涵光本人虽未出仕，但对清廷态度暧昧，他的诗在一定程度上能反映当时的民生疾苦，如：

北风昨夜吹林莽，雪片朝飞大如掌。
南园老梅冻不开，饥乌啄落青苔上。
破屋寒多午未餐，拥衾对雪空长叹。
去年雨频禾烂死，冰消委巷生波澜。
吴楚井干江底坼，北方翻作蛟龙宅。
豪客椎牛昼杀人，弯弓笑入长安陌。
长安画阁压氍毹，猎罢高悬金仆姑。
歌声入夜华灯暖，不信人间有饿夫。

——《春雪歌》

这首诗写春雪中北京的贫民与权贵们过着两种截然不同的生活，贫民忍饥受冻，而满洲贵族却沉迷于声色犬马之中，生活糜烂，还“不信人间有饿夫”，让人义愤填膺。

十一、沙张白

沙张白（1625—1691），原名一卿，字介臣，号定峰，江阴（今江苏江阴）人，一生未仕。他论诗，强调社会意义与时代精神。他提出“诗乃有韵之《春秋》”的主张，要“奖正、刺邪、讽谏、箴规”。他反对把诗当作文字游戏，反对规模蹈袭，要求表达真实的思想情感，因此说诗是“匹夫匹妇之心声”。他的诗内容丰富，题材多样，多方揭露了社会问题，深刻反映了当时的民生疾苦，在当时影响很大，堪称“诗史”。著有《定峰乐府》《定峰诗钞》等。其诗现实性强，语多激越悲愤，不但写灾荒年的民生疾苦，而且写丰收年的民生疾苦，尤为深刻感人。兹录其诗五首于下：

年丰米如泥，道喜乞人少。
谁知力田家，父子苦不保。
鬻女了官逋，爷心痛如搅！
犹胜在爷傍，十旬不再饱。
涕泣别爷行，身如逐波草。
一语嘱阿兄：“焚却耒耜好！”

——《琴川女》

大麦青青小麦黄，丈夫劚场女采桑，
防营千骑早放牧，躏场龁麦如飞蝗。
男儿释劚泪如注，女子腾身上桑树。
急搴绿叶障红裙，不然抱尔跨鞍去。

——《大麦行》

二月丝，五月谷，当时百姓何多福！
已经仲夏阅新春，何妨剜却心头肉！

两年水旱膏腴芜，今年预督来年租。
可怜谷种犹在甲，可怜蚕子未成蛾。
官丝官谷犹自可，长官私派愁杀我！
锦衣玉食冠虎肥，累累沟壑良善尸，
不知长官知不知？

——《二月丝》

方塘湛湛通石渠，桔槔千亩滋沾濡。
两年大旱水有馀，塘中畜有官家鱼。
吁嗟乎！禾枯稻死不敢怼，杀鱼重等杀人罪。

——《方塘》

拆屋，拆屋，寡妇夜哭。
百金构三楹，换得十斛粟。
半入天家庾，半饱里胥腹。
明知露处不敢愁，且与孤儿解桎梏。
村村拆屋医眼前，今年屋尽奈明年！
燕巢林木百姓散，谁为天王耕石田？

——《拆屋》

显然，前两首诗写的不是灾荒年，第一首《琴川女》，明明白白地说明这事不是发生在穷乡僻壤，而是发生在富庶的江南地区的常熟境内，在向称富庶的琴川，又逢丰年，老百姓不仅仍得不到温饱，为了纳税还要卖掉女儿，那么在荒年会怎样？在穷乡僻壤会怎样？如果在穷乡僻壤的灾荒年，又会怎样？好一个“康熙盛世”，这世道哪里还有老百姓的活路！第二首写的同样是丰年，那些原本是落后的游牧民族侵占中原后，仍不改他们的旧习，任意践踏农民准备打麦的场地，让马匹吃尽麦苗，让眼看丰收在即的农民颗粒不收，第三首从另一个角度来写农民的痛苦，一开头反用了唐代聂中夷的《咏田家》。聂中夷说："二月卖新丝，五月粜新谷。医得眼前疮，剜却心头肉。"对此沙张白不仅认为"何妨剜却心头肉"，而且还说"当时百姓何多福"。下边就展示了比这更悲惨的事实，说明清政府对百姓剥削之残酷是空前的，这首诗也就具有了更深刻的意义。第四首通过一个小小的方塘，用短短的六句诗既反映了当时所遇到的天灾，又反映了比天灾更凶的人祸。在这里，应该特别注意"官家"二字，不仅指官府，在古代常用以专指皇帝，所以这首诗的矛头所指不仅仅是一般官吏，诗人的胆识令人钦佩。第五首写为了缴租纳税，老百姓不得不拆卖住房，而且这并不是个别现象，是当时普遍存在的事实，村村如此。由此可见，表面上辉煌的"康熙盛世"实际上竟如此黑暗。沙张白的诗，堪称诗史，这里有比史书更真实的历史。在史书上不敢写的，甚至被有意掩盖的事实真相，在沙张白的诗中能还其本来面目。杜甫以后，一人而已。

十二、屈大均

屈大均（1630—1696），初名绍隆，字翁山，番禺（今广州）人。曾数易其名，字号颇多。明末秀才。清兵南下广州后，他曾参加抗清队伍作战。失败后，一度削发为僧，法名今种，字一灵。北上游吴、越、燕、齐、秦、晋等地，广交顾炎武等遗民志士，秘密从事抗清活动。在吴三桂反清之役中，他曾为监军，后窥知吴三桂的个人野心后谢归，避祸江浙，晚年隐居故里。工诗，为"岭南三大家"之一，其诗以反映抗清斗争、表现民族气节为最著，也有反映人民疾苦的诗作，长于写山林边塞，尤工五言近体。艺术上师法屈原、李白，慷慨有奇气，富浪漫主义色彩，独标一格，别具特色，形成"翁山派"，得朱彝尊宣扬后，诗名远播江南。他在《屡得友朋书札感赋》中说："名因锡鬯起词场，未出梅关名已香。"他是清代"岭南诗派"的代表。兹录其诗五首于下：

牛首开天阙，龙冈抱帝宫。
六朝春草里，万井落花中。
访旧乌衣少，听歌玉树空。
如何亡国恨，尽在大江东。

——《秣陵》

白草黄羊外，空闻觱篥哀。
遥寻苏武庙，不上李陵台。
风助群鹰击，云随万马来。
关前无数柳，一夜落龙堆。

——《云州秋望》

一笑无秦帝，飘然向海东。
谁能排大难，不屑计奇功?
古戍三秋雁，高台万木风。
从来天下士，只在布衣中。

——《鲁连台》

白金乃人肉，黄金乃人膏。
使君非豺虎，为政何腥臊!

——《民谣》十首其一

朝作轻寒暮作阴，愁中不觉已春深。
落花有泪因风雨，啼鸟无情自古今。
故国江山徒梦寐，中华人物又销沉。
龙蛇四海归无所，寒食年年怆客心。

——《壬戌清明作》

秣陵是南京旧名，既是六朝故都，也是南明的都城，第一首写秣陵怀古，实际上是在悼念明朝的灭亡。第二首借对历史人物的评价来表达自己的心志，表示反清的志向，决心像苏武那样坚贞不屈，而不学李陵变节投敌。第三首中的鲁连即鲁仲连，他虽终生不仕，但干了几件非常漂亮的大事，最著名的就是《战国策》中的《鲁仲连义不帝秦》，鲁仲连也因此名垂青史。在清初的诗中，常以“秦”喻“清”，其原因大约有二：一是“秦”与“清”音相近，读者很容易推想到；其二，更重要的是清也与秦一样残暴。屈大均借赞美鲁仲连，表达了自己义不帝清的气节。第四首是模拟民歌而作，十分通俗，一看便知在是斥责清政府的横征暴敛，搜刮民脂民膏。最后一首写清明节，这本来是一个传统节日，但在当时却有特殊意义，因为这正是前后两个朝代的名称，所以很容易想起改朝换代的痛苦。壬戌是康熙二十一年（1682），诗中充满了亡国的悲痛，特别是其颔联化用杜甫《春望》中的颔联“感时花溅泪，恨别鸟惊心”，让人自然而然地联想起杜诗的首联“国破山河在，城春草木深”。再看屈诗的后半首，充满对故国的思念，亡国的悲怆。清明本是一个美好的节日，“暮春三月，江南草长。杂花生树，群莺乱飞”，但如今这大好河山已全被清兵占领，连一块干净的隐居之地都没有了，怎不让人痛彻心扉！

十三、陈恭尹

陈恭尹（1631—1700），字元孝，号半峰，又号独漉，顺德（今广东佛山市顺德区）人。顺治三年（1646）冬，清兵陷广州。次年，其父起兵抗清，家属被清军拘捕，陈恭尹只身逃脱。不久，其父殉难，全家均遇害。顺治五年（1648），即南明永历三年，其父被追赠兵部尚书，陈恭尹得世袭锦衣卫指挥佥事。顺治七年（1650），清军再度陷广州，朱由榔西奔南宁，陈恭尹避居西樵山，从此与南明失去联系。但他仍积极抗清，次年秋入闽，又由闽而赣、而浙，以图与郑成功、张煌言联系，未果。顺治十一年（1654）返粤，与湛氏完婚，并寄居何绛家。顺治十五年（1658），与何绛出崖门，渡铜鼓洋，访南澳诸岛义军残部。次年欲间道入滇，阻于兵火，北走湘、赣。后见恢复无望，于顺治十七年（1660）回岭南，此后四十年间隐居乡里，不复远游。但于康熙十七年（1678），涉嫌通三藩，入狱二百天获释，以遗民终老。工诗，为“岭南三大家”之一，著有《独漉堂集》。沈德潜在《清诗别裁集》中说他于诗“诸体兼善，七律尤矫矫不群”。其诗多抒写家国沦亡之痛和人民疾苦，诗风激昂盘郁，悲痛而不消沉，遒劲有力，多咏史之作，以古喻今。例如：

谤声易弭怨难除，秦法虽严亦甚疏。
夜半桥边呼孺子，人间犹有未烧书。

——《读〈秦纪〉》

山木萧萧风更吹，两崖波浪至今悲。
一声望帝啼荒殿，十载愁人来古祠。
海水有门分上下，江山无地限华夷。
停舟我亦艰难日，畏向苍苔读旧碑。

——《崖门谒三忠词》

海滨何遥遥，遥遥三千里。
一里一千家，家家生荆杞。
空房乳狐兔，荒沼游蛇虺。
居人去何之，散作他乡鬼。
新鬼无人葬，旧鬼无人祀。
相逢尽一哭，万事今如此。

国家启封疆，尺地千弧矢。
人民古所贵，弃之若泥滓。
大风断松根，小风落松子。
松根尚不惜，松子亦何有？

——《感怀》十七首其一

山中麋鹿若为群，岭外双鱼杳不闻。
贫甚独存冯客剑，雪深特上岳王坟。
西湖歌舞春无价，南宋楼台暮有云。
休恨议和奸相国，大江犹得百年分！

——《西湖》

文章大道以为公，今昔何能强使同！
只写性情流纸上，莫将唐宋滞胸中。
维扬不入删诗地，百战咸归霸国风。
终古常新唯日月，金乌先自海东红。

——《次韵答徐紫凝》

第一首是咏史诗，写的是下邳桥上黄石公向张良赠书的故事，抨击秦始皇“焚书坑儒”暴政，暗指书能焚禁，但民心禁不住，暴政终归要失败。然而这首诗并不是就史论史，而是借古喻今，以秦拟清。第二首写于作者与何绛出崖门山访义军残部时，这也不是一般的怀古咏史诗，这里凭吊的是宋末三位著名的民族英雄文天祥、陆秀夫、张世杰，这些都是坚决抗元以身殉国的名臣。陈恭尹坚决抗清，与“三忠”心灵相通，所以分外凄苦悲痛，尤其颈联更是沉挚入骨。张维屏在《听松庐诗话》中评这首诗说：“七律到此地步，所谓代无数人，人无数篇者也。”第三首反映“迁界”后东南的萧条景象。清廷为了防止郑成功和沿海人民结合抗清，在顺治十三年（1656）颁布了“迁界令”，勒令离海50里以内的居民全部迁走，不许商船、海船下海，沿海居民的房居及一时来不及搬走的器物全部焚烧，有误入禁区者立斩不赦。原来眼前这一片荒凉，全是由清政府的暴政造成的。第四首《西湖》，不是为了描绘西湖秀丽的景色，而是凭吊亡宋遗迹，并引发了无限感想，联想起了南明的灭亡，对南明小朝廷中的权奸批判深刻，鞭挞有力。最后一首诗是写其对诗的认识，这是针对当时复古风气盛行而提出来的见解，提出“只写性情”的主张，后来袁枚提出了有名的“性灵说”。

在前边，我们一再提到“岭南三家”，在这里我们只说了两家，还有一人就是梁佩兰，在三家中，他年龄最长，成就最小，而且在清政府恢复科举后他一直积极赴考，顺治十四年（1657）乡试夺魁，为解元。直到康熙二十七年（1688）才中进士，改庶吉士，一年后告假归。康熙四十二年（1703）被召赴翰林院供职。不久，因不通满文被开革，结束了他短暂的仕途生涯。他的仕途生涯虽短，但他确是一心仕清的，其节操与屈大均、陈恭尹截然不同，因此略去不说。

第二章　逐渐演变的清初诗坛

清初诗坛的诗人与遗民诗人是同时代的两路诗人。遗民诗人是明亡后坚持抗清斗争的诗人，至少也是与清政府不合作的人；所谓清初诗坛上的诗人，是明亡后改仕新朝的诗人，这些人的情况也不尽相同，有被迫的，也有自愿的。不管什么情况，他们既然出仕了，说明情愿与新朝合作，就获得了一定的名声与地位，在朝野之分中，他们自然代表“朝”，列为正统；遗民诗人的成就再高，也是“在野”。其实“在野”的遗民诗人的诗，远比“在朝”的臣子的诗有价值得多。但是向来论及清诗史，都以“江左三大家”冠其端，尤其是钱谦益，被推为开一代风气的先行者。因此，要了解清初诗坛，首先必须考察“江左三大家”，特别是钱谦益。

第一节　江左三大家

一、钱谦益

钱谦益（1582—1664），字受之，号牧斋，又号蒙叟，尚湖，或称绛云老人，敬他老人，最后自称东涧遗老。江南常熟（今江苏常熟）人。明万历三十八年（1610）举进士第三名（探花），官至礼部右侍郎，因与温体仁争权失败，不仅未能入阁，反被革职。明末，马士英、阮大铖在南京拥立福王，他依附马、阮，晋为礼部尚书，并为阉党阮大铖讼“冤”翻案，颇丧名节。顺治三年（1646），清兵屠扬州后渡江南下占南京，他与王铎等迎降，且为清军传檄四方以劝降。清廷授以秘书院学士兼礼部右侍郎，充修《明史》副总裁，但任期不到半年，即以老病乞归。当时著名的抗清志士瞿式耜与郑成功曾先后执贽称弟子，钱谦益告病，归乡后与他们有联系。

他是一个思想与行为较复杂的人，对清朝，他是主动迎降，并不是被迫仕清，然而晚年又写了不少反清的诗，希望恢复故国。对明朝皇帝他也有很多怨恨，他在举进士时，原拟第一，而有人以巨额贿赂抢占鳌头，抑之为第三。天启二年（1622）虽稍有升迁，但不久以东林党魁的罪名被劾革职。崇祯改元，惩治阉党，东林人士得以扬眉吐气，他被擢为礼部右侍郎，但很快罹“阁讼”，被削职归田。崇祯七年（1634），有人揭发其居乡不法事凡数十项，严旨逮问，下狱。尽管花巨金疏通关节，但仍到次年才获释。在明末，他不仅未被赏识，反而屡遭贬抑，自然心怀不满。这与他在明清易代之初的变节，恐怕不无关系。在朝代更替、民族危亡之际，短短一年中，他又连续做了两件辱没人格、丧失气节的事。东林党人本都正直之士，与邪恶阉党势不两立，但在南明时，他却谄事阉党馀孽。清兵南下，他又率先迎降，并将弘光帝原先诏选而尚未来得及入宫的美女数人献给清军首领，任其蹂躏，企图结好满人统治者，但降清后，并未得到信任和重用，官职还不如在弘光朝时，令他失望，所以不久即辞归。此后又曾两次因事被捕入狱，对清廷大失所望。恰好在其学生中，有两位著名的反清志士，其姬人柳如是，虽系秦淮名妓，但颇有骨气，是一个见识不凡的女子，反对他失节事清，因此他晚年转而参与反清活动，写反清的诗，也有想以此洗刷自身污点之意。

钱谦益在明末已有诗名，同时有一套具有独创见解的文学主张，这些主张都是针对明诗的流弊而发的。明代中后期的诗歌主流派是以前后七子为代表的复古派，同时也出现了反复古的公安派和竟陵派。钱谦益对他们都极为不满，从理论上进行分析批判，同时兼取其长，自成体系。他反对一味摹拟古人，认为时代在不断变化，诗歌应随之变化发展，即所谓“运世迁流，风雅代变”（《列朝诗集小传》丙集），“生生不穷，新新相续”（《题徐季白诗卷后》）。他主张写诗要有真性情，反对无病呻吟，认为“古人之诗文，必有为而作，或托古以讽喻，或指事而申写，精神志气，抑塞磊落，皆森然发作于行墨之间，故其诗文必传，传而可久”（《题吴太雍初集》）。他诗文兼长，著作丰富，有《初学集》，收其写于明末的诗文；入清后，先刊有《有学集》，晚年又有《投笔集》，更有《苦海集》等。单就诗而论，他博学多才，笔势恢张，善于使事用典，富于藻丽，诗风沉雄博丽，在清代颇有影响，开创了“虞山诗派”。不过因他的诗文颇多“犯禁”，为乾隆所不容，以至深恶痛绝，斥为“非复人类”，焚毁其著作，幸亏当时他早已谢世，不然难逃杀身之祸。其诗以学杜为主，而出入于中晚唐和宋元，追求“浑融流丽”。诗中颇多宋调，开清人宗宋之先河。

在钱谦益诗中，规模最大的当推《后秋兴》，杜甫有《秋兴八首》，钱谦益多次用其题步其韵，凡十三叠，共104首，兹选录三首于下：

杂虏横戈倒载斜，依然南斗是中华。
金银旧识秦淮气，云汉新通博望槎。
黑水游魂啼草地，白山新鬼哭胡笳。
十年老眼重磨洗，坐看江豚蹴浪花。

——《后秋兴》第一叠第二首

由来国手算全棋，数子抛残未足悲。
小挫我当严警候，骤骄彼是灭亡时。
中心莫为斜飞动，坚壁休论后起迟。
换步移形须着眼，棋于误后转堪思。

——《后秋兴》第二叠第四首

海角崖山一线斜，从今也不属中华。
更无鱼腹捐躯地，况有龙涎泛海槎。
望断关河非汉帜，吹残日月是胡笳。
嫦娥老大无归处，独倚银轮哭桂花。

——《后秋兴》第十三叠第二首

第一首是欢呼抗清义军取得重大胜利。本叠自注：“已亥七月初一日作”。这是顺治十六年（1659），郑成功和张煌言的军队从海上进入长江，分头攻打南京和安徽等地，连战皆捷，江南为之震动，对此作者无比喜悦。第二首用下棋来比喻当时的抗清斗争。本叠自注：“八月初二日闻警而作”。当时郑成功攻打南京失败，张煌言劝告他退守镇江，稳住阵脚，以图东山再起；但郑成功不听劝告，一直退到海上，然后去经营台湾。郑成功领兵退出大陆后，大大削弱了大陆的抗清力量，致使大陆人民失去了信心。这首诗就是劝告郑成功不要因小挫而灰心，要稳住阵脚，总结经验教训，重整旗鼓。第三首是悼念南明的灭亡。本叠自注：“自壬寅七月至癸卯五月，讹言繁兴，鼠忧泣血，感恸而作，犹冀其言之或诬也。”这是康熙元年（1662），永历帝被清兵杀害，南明灭亡。对于传来的南明灭亡的消息，他一方面希望是误传（犹冀其之或诬也），另一方面十分悲痛，心中隐忧，以致泣血（鼠忧泣血），因此赋诗哀悼，十分沉痛。以上第一、第三两首，都是步杜甫《秋兴八首》中第二首的原韵，第二首则是步杜诗第四首的原韵。杜甫的《秋兴八首》情含景中，借景传情，写得比较含蓄。钱谦益的《后秋兴》虽说是效杜甫的《秋兴》，甚至步和其韵，但写得比较显豁，实际上非唐韵而是宋调。陈寅恪在《柳如是别传》中说：“（《后秋兴》）实为明清之诗史，较杜陵尤胜一筹，乃三百年来之绝大著作也。”这段话中第一、第三两句大致不错；其中第二句，如果仅从规模来说，也是对的，钱诗是杜诗的十三倍，确是“较杜陵尤胜一筹”；但如果从别的方面说，先不说其人格高下，就诗论诗，唐韵宋调实难比较。如果从思想内容、艺术水平等方面比较，牧斋之于少陵，难望其项背。笔者以为，钱谦益的诗歌成就，确实高于大多数元、明诸诗人，但实难与唐代李、杜比肩，也无法与宋人苏、陆相颉颃。

二、吴伟业

吴伟业（1609—1672），字骏公，号梅村，亦署鹿樵生、灌隐老人，太仓（今江苏太仓）人。于崇祯四年（1631）会试夺魁（世称会元），同年殿试夺得一甲第二名进士（榜眼），授翰林院编修；崇祯十二年（1639）出为南京国子司业，翌年升为中允，南明时曾任少詹事，因与马士英、阮大铖意见不合，辞官归隐。这段时间他以复社名宿主持东南文社活动。顺治十年（1653），迫于征召，入京仕清，授弘文侍讲，迁国子监祭酒。不久，以丁忧还乡，从此不再出仕。这次失节仕清，使他一直悔恨不已，写了不少痛心忏悔的诗，真挚感人。

吴伟业早年师事复社创建人张溥，被称为“十哲”之一，也深受几社陈子龙影响。他被认为是继承复社与几社的文学传统，其诗主要是宗唐，学杜、韩二家，辅以元、白、苏、陆，其七律有李颀影响，而七言歌行则继承并发展元、白长庆体而创立“梅村体”。他还是清代“娄东诗派”的开创者。如果说钱谦益善用七律反映明末清初的历史事件，那么吴伟业则善用七言歌行体以叙事诗叙述明末清初的历史事件，也可视为诗史。他的诗最为著名的，当首推七言歌行体《圆圆曲》：

鼎湖当日弃人间，破敌收京下玉关。
恸哭六军俱缟素，冲冠一怒为红颜。
红颜流落非吾恋，逆贼天亡自荒宴。
电扫黄巾定黑山，哭罢君亲再相见。
相见初经田窦家，侯门歌舞出如花。
许将戚里箜篌伎，等取将军油壁车。
家本姑苏浣花里，圆圆小字娇罗绮。
梦向夫差苑里游，宫娥拥入君王起。
前身合是采莲人，门前一片横塘水。
横塘双桨去如飞，何处豪家强载归。
此际岂知非薄命，此时唯有泪沾衣。
熏天意气连宫掖，明眸皓齿无人惜。
夺归永巷闭良家，教就新声倾坐客。
坐客飞觞红日暮，一曲哀弦向谁诉？

白皙通侯最少年，拣取花枝屡回顾。
早携娇鸟出樊笼，待得银河几时渡？
恨杀军书抵死催，苦留后约将人误。
相约恩深相见难，一朝蚁贼满长安。
可怜思妇楼头柳，认作天边粉絮看。
遍索绿珠围内第，强呼绛树出雕阑。
若非壮士全师胜，争得蛾眉匹马还？
蛾眉马上传呼进，云鬟不整惊魂定。
蜡炬迎来在战场，啼妆满面残红印。
专征萧鼓向秦川，金牛道上车千乘。
斜谷云深起画楼，散关月落开妆镜。
传来消息满江乡，乌桕红经十度霜。
教曲伎师怜尚在，浣纱女伴忆同行。
旧巢共是衔泥燕，飞上枝头变凤凰。
长向尊前悲老大，有人夫婿擅侯王。
当时只受声名累，贵戚名豪竞延致。
一斛明珠万斛愁，关山漂泊腰肢细。
错怨狂风飏落花，无边春色来天地。
尝闻倾国与倾城，翻使周郎受重名。
妻子岂应关大计，英雄无奈是多情。
全家白骨成灰土，一代红妆照汗青。
君不见馆娃初起鸳鸯宿，越女如花看不足。
香径尘生乌自啼，屧廊人去苔空绿。
换羽移宫万里愁，珠歌翠舞古梁州。
为君别唱吴宫曲，汉水东南日夜流！

这首诗写的是明末吴三桂引清兵入关的历史事件，其中“冲冠一怒为红颜”已成名句，也是对吴三桂卖国行径的极大讽刺。诗中对陈圆圆的经历有详细的交代，陈圆圆出生于苏州，美如西施，被“豪家强载归”，献于皇帝，但入宫后未得皇帝宠爱，出宫为田贵妃父田弘遇家的歌妓，又由田弘遇赠送给吴三桂。李自成的军队攻下北京后，圆圆被掳，引出防守山海关的吴三桂引清兵入关，夺回圆圆。诗在讽刺吴三桂的同时，对圆圆颇为同情，说她受声名之累，不断漂泊，如同“狂风飏落花”。为了圆圆，吴三桂引清兵入关，招致全家被农民军所杀，吴三桂也因此在青史上遗臭万年。吴伟业反映明末清初历史事件的叙事诗还有《鸳湖曲》《临江参军》《琵琶行》《松山哀》《听女道士卞玉京弹琴歌》等。吴伟业叙事诗的优点是：描写细致、叙述详尽、辞藻优美、音节和顺。不足处则是平直铺叙，不能突出重点，也不够精练，此其一；其次是用典过多，大量堆砌，显得累赘，不够自然晓畅，正如王国维在《人间词话》中指出的“以《长恨歌》之壮采，而所隶之事，只‘小玉双成’四字，才有馀也。梅村歌行，则非隶事不办。白、吴优劣，即于此见”。吴伟业与白居易相比，在叙事诗方面，只能以数量胜，不能以质量胜，这与钱谦益跟杜甫比相似。下边我们再来看二首梅村的其他诗：

官差捉船为载兵，大船买脱中船行。
中船芦港且潜避，小船无知唱歌去。
郡符昨下吏如虎，快桨追风摇急橹。
村人露肘捉头来，背似土牛耐鞭苦。
苦辞船小要何用？争执汹汹路人拥。
前头船见不敢行，晓事篙师敛钱送。
船户家家坏十千，官司查点候如年。
发回仍索常行费，另派门摊云雇船。
君不见官舫嵬峨无用处，打鼓插旗马头住。

——《捉船行》

忍死偷生廿载馀，而今罪孽怎消除？

受恩欠债应填补，总比鸿毛也不如。

——《临终诗》四首其一

以上两首诗，可代表吴伟业在叙事诗以外的两个重要方面，第一首写清初官吏抓民船的凶暴状况，以见他关心民生、同情民瘼；第二首是对自己被迫出仕清朝的忏悔，当时他为保全性命于乱世，被迫违心仕清，但内心非常痛苦，不断自我谴责。

钱谦益和吴伟业两人，不仅是清初而是整个清代最有成就的诗人。在这里，我们发现一个极为相似的历史现象，在明代，成就最大的诗人是元末明初的高启，也许还应该算上刘基。大凡朝代末期都天下大乱，朝廷也就放松了思想控制，文士们的思想有了较大的自由，这时来自统治者与社会对人性的压制有所缓解，个性得以张扬，写诗时可以大胆剥下各种假面具，自由抒写性情。而一旦新王朝站稳了脚跟，就开始加强思想统治，加紧迫害有自由思想的文士，竭力扼杀苏醒了的人性。明朝如此，清朝更是变本加厉，除了继承明代的理学，采取八股取士外，还大兴文字狱，康雍乾三代的文字狱数以百计，杀人无数，于是文士写诗再也不敢抒写自己的性情，而是要满足统治阶级的审美需要。在这样的情况下，产生不了惊天动地的诗文。因此，清代后来的诗反而不如清初，也产生不了足以与钱谦益、吴伟业匹敌的诗人。

三、龚鼎孳

龚鼎孳（1615—1673），字孝升，号芝麓，合肥（今安徽合肥）人。崇祯七年（1634）登进士第，历官湖北蕲水令、兵科给事中。李自成攻入北京后，他归顺李自成，授直指使，巡视北城。清兵入关又降清，起为吏科给事中，后经几度升降，至康熙朝后开始腾达，历转刑、兵、礼三部任尚书，卒后谥端毅。乾隆三十四年（1769）被削去谥号，入《贰臣传》。他在任职期间常能“保护善类”、“扶掖人才”，因此还颇得人心。其诗多应酬之作，内容较贫乏，把他列入“江左三大家”之数，与钱、吴相比，远远不如，名不副实。诗学杜甫，但仅得其形而失其神，“词采有馀，而骨力不足”。他有少量反映社会现实的诗，《岁暮行》是一首比较好的诗。这首诗仿杜甫《岁晏行》，题下自注“用少陵韵”，全诗如下：

天寒鼓柁生悲风，残年白头高浪中。
地经江徼饱焚掠，夜夜防贼弯长弓。
荒村哀哀寡妇哭，山田瘦尽无耕农。
男逃女窜迫兵火，千墟万落仓箱空。
昨夜少府下急牒，军兴无策宽蜚鸿。
新粮旧税同立限，入不及格书驽庸。
有司累累罪贬削，缗钱难铸山非铜。
朝廷宽大重生息，群公固合哀愚蒙。
揭竿扶杖尽赤子，休兵薄敛恩须终。

这首诗虽然没有杜甫《岁晏行》写得深刻厚重，但也在一定程度上反映了农村的衰败，兵荒马乱给农民带来了巨大灾难，官吏的催租索税更让农民雪上加霜。但诗中所谴责的只是“少府”一类下级官吏，对朝廷却多溢美之词，使这首诗大为逊色。

第二节　南施北宋

“南施北宋”，指施闰章、宋琬二人。以年辈而论，南施北宋与“江左三大家”年岁相仿，辈分相当，属于同时代的人，但也有不同之处。“三大家”都曾仕明，而施、宋二家入清以后才中进士。虽然“二家”的成就与名声远不如“三大家”，但他们却是清王朝的第一代诗人，对亡明不存在故国之思，他们仕清也不存在变节问题。从诗学来看，他们都受到前后七子影响，以宗唐为主，但也有所变化，标志着由明诗逐渐向清诗过渡。他们与朱彝尊、王士祯以及查慎行、赵执信并称“清初六大家”。六人中，宋与施年岁最长，虽列入清诗人实受明诗的影响很深。“清初六大家”中，存在一个明显的变化轨迹，即一步步摆脱明诗影响而改造成清诗，但真正的清诗，是从王士祯开始。

一、宋琬

宋琬（1614—1674），字玉叔，号荔裳，山东莱阳人。家世官宦，父兄均出仕明朝，兄宋玫官至吏部侍郎。崇祯十六年（1643），清兵扰山东，破莱阳，阖门数十口遇难。当时，他已年近三十。翌年清兵南渡，他流亡吴江，避居于叶绍袁家，与遗民志士多有交接，但未加入反清行列。顺治四年（1647）应诏赴试，登进士第，授户部主事，出仕清廷。但他一生坎坷，厄运交加，受尽磨难。顺治七年（1650），被人诬告与当时山东栖霞一带的于七起义有关，被捕入狱，关押一个多月，查无实据，被开释，补陕西陇右道佥事。至顺治十七年（1660），累迁至浙江按察使。正当他宦途顺利时，于康熙元年（1662），再度以同一件事被诬告，在狱中关押三年，受尽荼毒，终因证据不足被释放，流寓吴越。到康熙十一年（1672），起补为四川按察使。次年入京述职，正值“三藩之乱”，成都失守，全家陷落，他在京闻讯后忧愤而卒。他一生历尽风波，他的诗也以反映自身的不幸遭遇最为突出。诗风明显受明七子影响及杜甫、韩愈、陆游诸家的影响。他的诗有杜、陆的雄浑豪宕，但他一生历尽艰辛，所以在反映自身不幸经历时多悲怆愤激之辞。有《雅安堂文集》。沈德潜在《清诗别裁集》中说：“观察天才俊上，跨越众人。中岁以非辜系狱，故时多悲愤激宕之音。”其诗如：

喙无一寸却如锥，星火西流势渐衰。
为报谗人看作例，须知利口有箝时。

——《热甚驱蚊，戏成绝句五首》其五

倒泻银河事有无，掀天浊浪只须臾。
人间更有风波险，翻说黄河是畏途。

——《渡黄河四首》其一

茅茨深处隔烟霞，鸡犬寥寥有数家。
寄语武陵仙吏道，莫将征税及桃花。

——《同欧阳令饮凤凰山下》二首其二

塞鸿犹未到芜城，载酒登楼雨乍晴。
山色浅深随夕照，江流日夜变秋声。
上方钟磬疏林满，十里笙歌画舫明。
空负黄花羞短发，寒衣三浣客心惊。

——《阁》

从以上几首诗来看，宋琬的近体诗大多比较含蓄。第一首明写蚊子，实际借喻那些好造谣生事诬陷人的小人。第二首以黄河风浪与人世相比，说明人世险恶胜于黄河风浪。第三首写杭州凤凰山下的景色，杭州自南宋以后，素有人间天堂的美誉，但作者在此时看到的却极为荒凉，为什么会这样？最后一句委婉地透露了消息，原来是由于清政府的繁重税赋、残酷搜刮造成的，诗写得含蓄蕴藉，耐人寻味。最后一首七律写边塞的荒芜秋景，颇有些杜诗的风味，沈德潜在《清诗别裁集》中评说“悲壮沉郁”。宋琬的古体诗写得比较直率，如五古《壬寅除夕作》，这首诗较长，全诗抄录也没有必要，摘录几句于下：

> 粞糠充亚饭，藁秸捋重茵。雀角无完屋，鸰原已化磷。死应为厉魄，痛欲彻高旻。邱嫂悬丝活，孤儿对簿频。踝枯还受榜，血溅不遑颦。

不仅自己在狱中受尽虐待，过着非人的生活，家眷亲属都被株连，子侄也遭到酷刑拷问，惨不忍睹，以致“隶人咸惨淡，法吏亦酸辛”。他自注说：“孤侄及同系诸人，每就讯，呼号震天，司谳为之悯默，吏卒有泪下者。”这首诗不加修饰，纯属纪实，面对酷刑逼供，难以“豪宕”，也无法“悲壮”，只有苍凉凄楚、悲怆愤激了。

二、施闰章

施闰章（1618—1683），字尚白，号愚山，又号蠖斋，晚号矩斋，安徽宣城人，生于理学世家，曾受业于金坛复社名宿周鑣。甲申鼎革之时，其时27岁，已为诸生。顺治六年（1649）登进士第，历官刑部主事、员外郎，提调山东学政，转江西布政司参议，分守湖西道。康熙六年（1667）被裁缺罢归。家居十年后，康熙十八年（1679）入京再试，后转侍读，不久逝世。其诗中有不少反映民间疾苦，诗受明七子影响，以汉魏盛唐为宗，诗风淡素高雅、温柔敦厚，接近唐代王、孟。杨际昌在《国朝诗话》中把施、宋作比较说：“施骨清，宋才俊。……施如良玉之温润而栗，宋如丰城宝剑，时露光气。”其评论大致不错，在施诗的和婉平实中，透露出诗风转变的信息。大致上，施闰章年轻时，历经战乱，目睹清兵暴行，因此其反映现实的诗虽没有宋琬那样愤激，但也不无悲怆之

感，后来却逐渐趋向平和。这不仅是个人的诗风变化，也是清代诗风演变的趋向。兹录其诗六首于下：

喔喔复喔喔，鸡鸣茅屋角。
客行千里无此声，倾耳听之惊客情。
踟蹰回劝主人翁，勿留此鸡鸣屋中。
朔方健儿如云屯，城中掠尽来山村。
山深茅屋隔松�，但闻鸡鸣知有人。
妻孥被掠鸡亦烹。空庭破壁徒酸辛。
君不见，长夜漫漫夜相续，啾啾人鬼同时哭！

——《鸡鸣曲》

涨减水逾急，秋阴未夕昏。
乱山成野戍，黄叶自江村。
带雨疏星见，回风绝岸喧。
经过多战舰，茅屋几家存？

——《泊樵舍》

斫取凝脂似泪珠，青柯才好叶先枯。
一生膏血供人尽，涓涓还留自润无。

——《漆树叹》

路回临石岸，树老出墙根。
野水合诸涧，桃花成一村。
呼鸡过篱栅，行酒尽儿孙。
去矣吾将隐，前峰恰对门。

——《过湖北山家》

溪光漠漠树冥冥，胜事犹传石上亭。
樵唱数声人静后，松风吹出片云青。

——《铁笛亭》

野寺分晴树，山亭过晚霞。
春深无客到，一路落松花。

——《山行》

以上六首诗，可分为两组，前三首反映社会现实。第一首反映清兵入关后大肆烧杀抢掠的情况，客行千里竟听不到鸡鸣，可见清兵所到之处鸡犬不留。清兵对凡有人烟的地方都不放过："城中掠尽来山村"，所以作者劝告主人，赶快把鸡宰了，因为清兵"但闻鸡鸣知有人"，会循声而至，其结果是"妻孥被掠鸡亦烹，空庭破壁徒酸辛"。在这首诗里看似平静叙述，无剑拔弩张之气，但饱含着无限悲怆辛酸。第二首看似只在客观写景，但情寓景中，反映清初天灾人祸给广大人民带来的深重苦难，然而这首诗写得比前一首更为平静，只在结尾轻轻一点，其意却十分清楚。第三首写漆树任人采割，象征劳动人民受尽剥削之苦，寓意深刻而又蕴藉含蓄。后三首为写景诗，写山居人家古朴淳厚，几成世外桃源；写古亭野寺清幽寂静，超然于尘世之外，这大约是受了王士祯的影响，诗风已接近王士祯了。

第三节　朱彝尊与清初诗风演变

朱彝尊（1629—1709），字锡鬯，号竹垞，又号金风亭长、小长芦钓师，浙江秀水（今嘉兴）梅会里（今王店镇）人。其曾祖朱国祚，仕明官至武英殿大学士兼户部尚书，至他时家道中落，但人文仍极盛，父辈中多才艺之士，对他影响很大。明清鼎革，他未满16岁，次年嘉兴城破，其从祖朱大定在家乡起兵抗清，他也参与武装斗争；失败后，朱大定被俘，慷慨就义，他避居归安县，此后积极参加文社活动，广泛结交名流俊士，并曾南游广东，与顾炎武、屈大均等人相识。归里不久，又参与浙东秘密反清团体活动。康熙改元，南明灭亡，郑成功、李定国等抗清主将先后去世，山阴秘密反清团体也遭到彻底破坏，至此，抗清斗争大势已去，为了避祸，朱彝尊开始游历，充任幕僚。虽寄人篱下，但开阔了眼界，丰富了阅历，并广泛交游，由此名声日高，被称为“江南三大名布衣”之一，也因此改变了他的生活。康熙十八年（1679），清廷首次开设博学鸿词科，他被人举荐，虽经过一番推辞，但还是“出山”应试，并踏上坎坷的仕途。这是他生活道路的一个转折点，也是创作道路上的一个转折点。仕清后授翰林院检讨，很快充日讲官，知起居注，出为典试江南，不久又入值南书房，似乎仕途顺利。但康熙二十三年（1684），据说因为二首咏史诗犯忌诲被劾谪官。这期间，他一直留居京师，编纂《日下旧闻》。此时他对自己的失节仕清进行反省，并有较深的认识。六年后，即康熙二十九年（1690），又官复原职。两年后终因遭嫉而受排挤，再度被劾谪官，于是引疾辞京归里。

朱彝尊于诗有自己的主张，力主扶“正”求“醇”，尊唐贬宋，“言志”与“缘情”并重，并主张博学取材。其诗作，仕清前后，有明显的变化。大致上，在仕清前，积极可取者较多；仕清后，特别是仕清期间，内容贫乏无聊，都无可取。在当时，其诗名与王士祯并称“南朱北王”。先看他仕清前的诗：

阴风萧萧边马鸣，健儿十万来空城。
角声呜呜满街道，县官张灯征马草。
阶前野老七十馀，身上鞭扑无完肤。
里胥扬声出官署，未明已到田家去。

横行叫骂呼盘飧，阑牢四顾搜鸡豚。
归来输官仍不足，挥金夜就倡楼宿。

——《马草行》

去岁山川缙云岭，今年雨雪白登台。
可怜日至长为客，何意天涯数举杯。
城晚角声通雁塞，关寒马色上龙堆。
故园望断江村里，愁说梅花细细开。

——《云中至日》

樯燕樯乌绕楫师，树头树底挽船丝。
村边处处围桑叶，水上家家养鸭儿。

——《鸳鸯湖棹歌》一百首之十

渡口乘潮漾北风，轻舟如马溯江东。
明朝又是山阴道，身在千岩石壑中。

——《渡钱塘》

第一首写清朝官吏横征暴敛，祸害百姓。诗中对老百姓的悲惨遭遇寄予了极大同情；对官吏把从百姓家掠夺来的财物任意挥霍，甚至用来宿娼，极为愤慨。第二首写对江南故乡的思念。冬至日，山西大同寒冷荒凉，然而江南故园这时梅花正绽放，形成鲜明对比，引起思乡愁绪。第三首写故乡风物，鸳鸯湖通常称南湖，在浙江嘉兴城南，是著名的名胜风景地。棹歌就是船歌，是竹枝词一类的民间歌谣。第四首写置身山阴道上的兴奋心情。明写山阴道上“千岩竞秀，万壑争流”的美景吸引着作者，实际上当时山阴有一个反清秘密团体，作者为能去参与其间的活动而欢欣鼓舞。

康熙十八年他失节仕清后，诗风顿时发生了剧变，由反映现实、关心民瘼变成粉饰太平、感激皇恩、歌颂圣德。倒是在谪官时写的诗较为可取，所以李良年在为其《腾笑集》题诗中说："供奉吟笺绝可师，换来风格又经时。风人不信愁偏好，才脱朝衫便有诗。"好一个"才脱朝衫便有诗"，因为穿着朝衫说的是迎合"上意"的假话；脱去朝衫后，即使是发牢骚，说的也是真话，有真情实感。在他晚年辞归后，写的诗虽没有前期的精彩，但比起出仕时写的诗来却有不少起色，不过这时即使是反映民生疾苦之诗也无复往日的激情，只做平静叙述。后期诗如：

常山至玉山，相去百里许。山行十人九商贾。
肩舆步担走不休，四月温风汗如雨。
劝君何不安坐湖口船，船容万斛稳昼眠。
答云此间苦亦乐，且免关吏横索钱。

——《常山山行》

五月新苗绿上衣，农人占雨候荆扉。
黑云合处斜光露，无赖蜻蜓千百飞。

——《夏日杂兴》二首其一

第一首着重写商贾担着沉重的货物，不乘船而艰苦步行，最后一句写出其不辞辛苦翻山越岭的原因，但只是轻轻一笔，比起前边引录的《马草行》来有明显不同。第二首诗简直像范成大的《田园杂兴》，而且专学其闲适一面。这正说明朱彝尊晚年诗风有了很大的变化，由早年的宗唐弃宋而转向学宋，但因他受唐诗的影响太深，因此骨子里仍以唐为主，兼取宋诗。这也标志着清诗的发展趋向，由宗唐转向宗宋。由于朱彝尊创作时间较长，前后生活经历也大不相同，因此前后诗风也有极大变化，用他在《荇溪诗集序》中的话来说："一变而为骚诵，再变而为关塞之音，三变而吴伧相杂，四变而为应制之体，五变而成放歌，六变而作渔师田父之语。”关于朱彝尊晚年兼取唐宋的风格，近年来有人这样说：“朱氏‘不分唐宋界限，故各体具备’。‘竹垞诗能结唐宋分驰之轨’。这也正是清诗所以被称为集大成的原因。”这样来理解“集大成”，未免太片面了。所谓“集大成”，关键在于“成”，而不应偏执于“集”，“集”只是一种手段，“成”才是最终的成果，就是要集各种事物各个方面的精华于一体，最后自成一派。譬如杜甫，他吸取了自《诗经》以来的各家之长，最后创立了沉郁顿挫的风格，他的诗受以往各种风格的影响，但不是以往各种诗的简单集合。朱彝尊可以说是集而未成，其他清代的诗人未尝不如此，都是一些“大杂烩”。更何况“集大成”不能单从风格或形式上着眼，而是从内容到形式、从风格到艺术手法等等各方面都必须兼备，然后形成自己独特的风格。

第三章　开启一代新风的王士祯

清代开国以后，在诗坛上驰骋的都是从明代过来的人，其中有的坚守节操，誓不降清，成为前朝遗民；有的变节仕清，成为新朝官吏。不管他们是遗民也好，是官吏也好，入清前都深受过明末诗坛的影响，因此在清初诗坛上纵然千岩竞秀、万壑争流，其实都是明末诗坛的继续。及至康熙二十年（1681）平定三藩后，大规模的用兵征战基本结束，新王朝由炫耀武功转向弘扬文治。整饬诗坛，为其重要内容之一。再说新王朝站稳脚跟后，注意复兴经济，经过数十年的努力，到康熙中叶，经济有了发展，出现了所谓的“熙朝盛世”，为适应新形势的需要，以往那种悲愤激荡、哀伤苍凉的诗风已不适应了，需要代之以新的格调，需要与之相适应的“盛世之音”，于是王士祯的“神韵说”便应运而生。

诗歌从明末一路走来，在内容上逐渐由现实趋向空阔，格调上逐渐由激越演变为平和，终于定格于“淳雅”。这变化，伴随着朱彝尊一生才完成；而王士祯如同接力赛接到了最后一棒，很快接近目标，登上顶峰，不但完成了演变，而且成了“盛清之音”的“正宗”，开启了有清一代的新风。

第一节　王士祯与神韵派

王士祯（1634—1711），原名士禛（雍正时，因避雍正之名胤禛讳，把在十多年前已去世了的士禛改为士正；乾隆中，又以兄弟行取名部首相同而再改为士祯），字子真，一字贻上，号阮亭，别号渔洋山人，山东新城（今桓台）人。出身仕宦世家，书香门第。幼年入塾即开始学诗，其长兄王士禄授以唐代王、孟、韦、柳诸家诗，为他日后倡导“神韵”说埋下了种子。刚满15岁，他就结成了第一个诗集《落笺堂初稿》，其长兄王士禄序而刻之。顺治十二年（1655）会试中式，为提高诗歌理论修养与创作水平，他放弃接下来的殿试机会，回家攻书。两年后，漫游济南，在大明湖畔与诸名士结社吟诗，他赋《秋柳》诗四首，博得名士们一致赞赏，顿时传遍大江南北，从此名噪天下。顺治十五年（1658）补殿试，登进士第。初授扬州推官，与诸名士“文燕无虚日”，诗益工。几经升迁，康熙十五年（1676）任户部郎中时，康熙忽问朝中大臣：“今各衙门官，读书博学善诗文者，孰为最？”这个问题，康熙问了几次，也问了好几位宰相，大臣们都回答说：“户部郎中王士禛。”康熙说：“朕亦知之。”康熙十七年正月，王士祯得以破例由部曹改词臣，以翰林官用，改为侍讲，不久转侍读。康熙十九年（1680），迁国子监祭酒。至康熙三十八年（1699），累迁至刑部尚书。康熙四十三年（1704）因事罢官，时已是71岁。后七年，病卒于家。著有《带经堂集》《带经堂诗话》。他是清代著名的诗人和诗论家，其论诗倡导“神韵”，创立“神韵诗派”。清代开国以来，诗派林立，但各派都以地域或郡邑命名，如“岭南诗派”、“河朔诗派”、“虞山诗派”、“娄东诗派”、“秀水诗派”等等，而“神韵派”则独以诗歌的风格命名。神韵派的影响遍及全国，且经久不衰，几成一统诗坛的“正宗”。

“神韵说”的内涵究竟是什么，王士祯本人也未做过系统论述，而散见于其各类序跋和晚年的几部笔记，所以在后人的理解中，难免模糊游移，甚至产生歧义，不过仔细考查，大体上还是可以说清的，主要根据宋代严羽的诗论参以唐代司空图的诗论演绎而成。严羽在《沧浪诗话·诗辨》中提出：“盛唐诗人惟在兴趣，羚羊挂角，无迹可求。故其妙处莹彻玲珑，不可凑泊，如空中之音，相中之色，水中之月，镜中之象，言有尽而意无穷。”唐代司空图的诗论分散在《二十四诗品》《与李生论诗书》和《与极浦谈诗书》等文中，提出“不着一字，尽得风流”、“韵外之致……味外之旨”、“象外之象，景外之景”等，综合这些观点，形成的“神韵说”，要求把诗写得蒙眬含蓄，令人揣摩不透其主旨含义；要吞吐不尽，似有言外之意，有所寄托，然而又无法实指，即如水中之月，若有若无，令人捉摸不定；语言力求华美，流畅清秀；风格要求冲淡清远，自然入妙。由此看来，神韵说的提出，有得有失。其所得之一，抹平了几百年来“唐宋之争”，即从王士祯本人来说早年取法唐诗，后又事两宋，及至神韵说出来后，诗不论唐宋，只取其具有神韵的；其所得之二，无论写诗还是欣赏诗，都十分重视“韵”和“味”，要求把握“神韵”进入“清远”的境界，要求诗“神韵天然”、“自然入妙”，扫除了险、怪、生、涩的诗，也杜绝了刻意雕琢的习气，使诗“清远”、“冲淡”、“自然”、“圆润”，富有韵致。其失则为，诗写得蒙眬含蓄，令人捉摸不透，这样势必使诗远离民众，成为士大夫的专利品。日益壮大的市民阶层对此越来越不感兴趣，诗一旦脱离了人民大众，也就加速了它的消亡。钱锺书在《谈艺录》中对渔洋的“神韵说”有一段很尖锐的批评，但由于钱先生只在“天赋”、“才力”方面计较，而归结“渔洋诗病在误解沧浪”。其实渔洋并没有“误解沧浪”，只是为迎合满族统治者需要有一种平和的调子来歌颂“盛世”，汉族士子也需要有一种既能显示才华，又能在文网严密的康雍乾残暴统治下避灾远祸的诗。因此“神韵说”不仅应运而生，而且风靡一时。王士祯倡导“神韵说”，不仅仅停留在理论上，而是在他的诗作中竭力贯彻，做到身体力行。他最早的“神韵”诗应该是顺治十四年（1657），在济南大明湖畔写的四首《秋柳》诗，今录其一于下：

秋来何处最销魂，残照西风白下门。
他日差池春燕影，只今憔悴晚烟痕。
愁生陌上黄骢曲，梦远江南乌夜村。
莫听临风三弄笛，玉关哀怨总难论。

《秋柳》四首，完全按照渔洋在酝酿中的“神韵”理论创作的诗，可以说是牛刀小试，或投石问路，哪知不仅初战告捷，而且大获全胜，使他声名大振，名噪天下。据说当时的诗人学士争相唱和，闺中名媛也不甘落后，以致和者“数百家”，和作“几千首”。平心而论，这组诗除了使事用典贴切，语言圆润流畅外，并无其他特别值得称赞之处，为什么会产生如此大的影响？其原因是当时文网日渐严密，人们不敢直接抒发心中的不满，但又需要发泄，《秋柳》提供了一个样板，既可发泄又可免于惹祸。关于这四首诗，作者在其《菜根堂诗集序》中说：“顺治丁酉秋，予客济南，诸名士云集明湖。一日会饮水面亭，亭下柳千馀株，披拂水际，叶始微黄，乍染秋色，若有摇落之态，予怅然有感，赋诗四章。”这里的“怅然有感”四个字，引起了读者无数猜测，或曰有关抗清斗争，凭吊故国沦亡；或曰感慨良辰易逝，好景不长；或曰叹息佳人沦落，美人迟暮……众说纷纭，莫衷一是，智者见智，仁者见仁，正因为不确定，反而引起人们的兴趣，给人以更广阔的想象空间。

明亡之时，王士祯尚在少年，因此他日后仕清，不必像他的前辈钱谦益、吴伟业那样背上“失节”的沉重包袱。但清代统治者在当时人的心目中毕竟是“夷族”，在儒家学说中，有严格的华夷之辨。何况，他的祖先中有不少是明朝的显宦，其祖父王象晋历官浙江右布政使，明亡不仕，是一个守节操的人，渔洋不得不在异族统治下求取功名。因此他的出仕并非一件十分光彩的事，而且满族统治者也不把汉人当自己人看待，处处压制，时时防备，而在这样的情况下出仕，常战战兢兢，如履薄冰。要表达这样复杂的心情，当然把诗写得越蒙眬越好，一定不能留下把柄。当时像王士祯这样心情的人当然不在少数，因此他的《秋柳》诗那么受欢迎，他的“神韵说”影响那么大，也就不难理解了。可以这样说，《秋柳》诗为人激赏，并不是这几首诗写得多么好，而纯粹是时代的需要。而“神韵说”的作用，主要是拉开了诗与现实的距离，打破了千百年来“诗言志”的教导，再不必拘泥于“文章合为时而著，歌诗合为事而作”的观念，可避免弄不好触怒皇帝，招来杀身之祸，尽可躲进虚无缥缈的境界中优哉游哉。在“神韵说”指导下写诗，可以少一分责任感，多一分安全感，因此一时趋之若鹜。这种谜一样的诗，既然缺乏社会责任感，在群众中也就丧失了亲和力，这样的诗没有社会基础，除了供王公贵族把玩外，毫无社会效益，也就失去了存在的价值，长此以往，也就只有消亡。中国旧体诗在清代晚期逐渐衰亡，是有其内在必然原因的。钱锺书《谈艺录》说：“沧浪独以神韵许李、杜，渔洋号为师法沧浪，乃仅知有王、韦，撰《唐贤三昧集》，不取李、杜，盖尽失沧浪之意矣。”盖李、杜之诗茅屋中之诗，在民众中有无限亲和力；王、韦之诗为贵族沙龙里的诗，是象牙塔中之诗，对普通民众来说如雾里看花，总隔一层。其实王士祯不是误解沧浪，而是有意这样做，把诗引入空中楼阁。如果说王士祯写《秋柳》只是为倡导“神韵说”投石问路，那么后来他又有意识地写了不少合乎“神韵”的诗，有的迫于当时现实形势，为避灾远祸，不得不写得极为蒙眬；也有为了不落俗套，别出心裁。如：

年来肠断秣陵舟，梦绕秦淮水上楼。
十日雨丝风片里，浓春艳景似残秋。

——《秦淮杂诗》二十首其一

翠羽明珰尚俨然，湖云祠树碧于烟。
行人系缆月初堕，门外野风开白莲。

——《再过露筋祠》

上边第一首是一首怀古诗，南京是个敏感的地方，不仅是六朝古都，也是南明小王朝的首都，王士祯这首诗明显是凭吊已亡的南明，借怀古抒写了故国之思和亡国之痛，末句尤觉沉痛。但扑朔迷离，吞吐不尽，令人难以捉摸，这正是“神韵”的妙用。第二首歌颂的是一个儒家迂腐的故事。露筋祠位于江苏扬州与高邮之间，据说古代有姑嫂过此地时，天色已晚，其嫂借宿田家，小姑怕有失节之嫌，宁可露宿草丛，竟至被蚊子叮死，筋露于外，当地人敬其贞操，为之建祠立祀。历来写诗颂扬的人不少，如果直接从正面歌颂，容易落入俗套，而且迂腐不堪。这首诗从对外景描写入手，创造一个凄迷的氛围，末句更有好几层意义。据说高邮一带普遍种植白莲，诗意切合当地实际情况；还可使人想起晚唐著名诗人陆龟蒙的名篇《白莲》“此花端合在瑶池”，这是一株仙葩，王士祯在《渔洋诗话》中对此诗颇为赞赏；“月晓风清欲堕时”为渔洋此诗第三句所本，传白莲之神韵；另外据说这名女子姓萧名荷花，这首诗如此写来真可谓“一石三鸟”。在“神韵”理论指导下的写景诗，景色绮丽，语言清秀，风格温婉，具有自然入妙、韵味无穷之意境。如：

山郡逢春复乍晴，陂塘分出几泉清？
郭边万户皆临水，雪后千峰半入城。

——《初春济南作》

江干多是钓人居，柳陌菱塘一带疏。
好是日斜风定后，半江红树卖鲈鱼。

——《真州绝句》六首其四

前一首写出了济南“一城山色半城湖”的景色，抓住湖光山色与泉水来写，突出了济南的特点。后一首写江苏仪征的景色，突出其在长江边上，风光旖旎，沿江多打鱼人家，鲈鱼更是吴中名菜，其味鲜美，为别处所无。

朱庭珍在《筱园诗话》中对王士祯诗的得失有一则全面评论：“王阮亭诗，为昭代雅音，执吟坛牛耳者几五十年。生平标神韵为正宗，长于用典，工于运法。如良工裁衣，不爽尺寸；老师度曲，悉协管弦。故清俊庄雅，玉润珠圆，而品复落落大方，绝无偏锋傍门之病也。然囿于奉法，未窥变化；富于取材，未知独造。能正而不能奇，能因而不能创，能清丽而不能精深，能高华而不能浑厚。无纵横飞荡、沉郁顿挫之伟观，使人目动心折。自成一家则可，未足副大家之实，为后人取法也。”

第二节 与王士祯同时的非“神韵”派诗人

在王士祯执掌诗坛时，不少写诗的人纷纷投靠其门下，写了诗请他评点或请他作序。当时有一个人离王士祯最近，投靠其门下最方便，却不投靠他，那就是赵执信。赵执信与王渔洋是亲戚，赵妻是王士祯表姐的女儿，论辈分王士祯还是赵的表舅，但赵执信自立门户，公开与王士祯唱对台戏。

一、赵执信

赵执信（1662—1744），字伸符，号秋谷，别署无想道人，饴山杲叟，山东益都人。康熙十八年（1679）登进士第，时方18岁，选庶吉士，又晋编修，可谓少年得志，春风得意。但只过了十年，康熙二十八年（1689），因在皇后丧期观看好友洪昇新编的《长生殿》的演出而被弹劾。同时观看的有好几个人，在审讯时，赵执信独以自任，因此同案诸人只受薄谴，他却被免职。从此归隐田园，未再出仕。虽曾有机会再仕，他也不愿再涉风波险恶的宦海，不愿效查慎行那样诚心“悔余”“慎行”，得皇帝宽宥，特赐进士，授翰林。赵执信潦倒终身，因此心中常有一种愤世嫉俗之慨和牢骚不平之气。在当时最有影响的诗人中，赵执信最年轻，也最长寿，去世时已83岁。在离职后五十多年中，他浪迹江湖，远至岭南，苏州、扬州、南京一带去得最多，凡五过，逗留最久。他的诗歌理论，似乎是专门针对“神韵说”。当时“神韵说”已风靡全国，王士祯执掌诗坛几十年，亦深得康熙赏识，称之为“诗文兼优”。神韵派的诗，上可满足统治者粉饰太平盛世，掩盖当时尚较尖锐的民族矛盾；下可使明末以来的士大夫走出亡国之痛、故国之思，获得心灵的休息，并在异族严酷的压迫下，免遭文字狱的迫害，几乎得到极为广泛的拥护。赵执信丢官后长期沦落，有机会广泛接近下层，深感“神韵说”的弊病，为纠偏治病，他提出了一套与虚无缥缈的“神韵说”相对立的现实主义诗论，写出了一批反映现实的诗。

赵执信的诗论集中于《谈龙录》一书，提出：“诗之为道也，非徒以风流相尚而已。”赞赏吴乔的《围炉诗话》，对其“诗之中须有人在”的提法，说：“余服膺，以为名言。”并明确指出司空图的《二十四诗品》“设格甚宽，后人得以各从其所近，非第以‘不著一字，尽得风流’为极则也”。重新强调“诗以言志”，并引《金史·文艺传》中周昂的话说：“文章工于外而拙于内者，可以警四筵而不可以适独坐，可以得口称而不可以得首肯。”“文以意为主，以言语为役，主强而役弱，则无令不从。令人往往骄其所役，至跋扈难制，甚者反役为主，虽极词语之工，而岂文之正哉？”可人说，这正是针对“神韵”派而发的，大抵神韵派的诗，内容虚无缥缈而语言华美，“工于外而拙于内”。他不满阮亭“酷不喜少陵……又薄乐天”，因此赵执信的诗也颇能继承少陵、乐天的现实主义，不像神韵派诗人们那样遮遮掩掩、吞吞吐吐，而是无所顾忌，有话明说。例如：

蝗去还复来，飞飞十日不得息。
青天无风亦簸扬，赤地有土皆涌溢。
山间晓夕相招呼，白发黄头缀行出。
拼将妇子死前身，夺取螣螟口中食。
长竿缚衣五色新，蝗落如山不畏人。
但觉齿牙挟急雨，空悲禾稼失连云。
东家田多西家少，打扑不如东家早。
岂知灾至两难凭，高原且尽油油草。
传闻北飞将入海，形势苍黄那可待？
又闻吴楚沴气同，常恐东道由此通。
蝗乎蝗乎且莫殚我谷，告尔善地栖尔族：

一为催科大吏堂，一为长安贵人屋。

——《后纪蝗》

村甿终岁不入城，入城怕逢县令行。
行逢县令犹自可，莫见当衙据案坐。
但闻坐处已惊魂，何事喧轰来向村。
锒铛杻械从青盖，狼顾狐嗥怖杀人。
鞭笞榜掠惨不止，老幼家家血相视。
官私计尽生路无，不如却就城中死。
一呼万应齐挥拳，胥隶奔散如飞烟。
可怜县令窜何处？眼望高城不敢前。
城中大官临广堂，颇知县令出赈荒。
门外甿声忽鼎沸，急传温语无张皇。
城中酒浓餺饦好，人人给钱买醉饱。
醉饱争趋县令衙，撤扉毁阁如风扫。
县令深宵匍匐归，奴颜囚首销凶威。
诘朝甿去城中定，大官咨嗟顾县令。

——《甿入城行》

道旁碑石何累累，十里五里行相追。
细观文字未磨灭，其词如出一手为。
盛称长吏有惠政，遗爱想像千秋垂。
就中文字极琐细，龃龉不顾识者嗤。
征输早毕盗终获，黉宫既葺城堞随。
先圣且为要名具，下此黎庶吁可悲！
居人过者聊借问，姓名恍惚云不知。
往者于我本无恩，去后遣我如何思？
去者不思来者怒，后车恐蹈前车危。

深山凿石秋雨滑，耕时牛力劳挽推。
里社合钱乞作记，兔园老叟颐指挥。
请看碑石俱砖甃，身及妻子无完衣。
但愿太行山上石，化为滹沱水中泥。
不然道旁隙地正无限，那得年年常立碑！
——《道旁碑》

以上三首诗，真还有些杜甫、白居易写的“乐府诗”的风格。第一首记一次蝗灾的情况，最后指出蝗虫不该吃农民的庄稼，告诉它们应该去的地方：“一为催科大吏堂，一为长安贵人屋。”表明作者对这些达官贵人的深恶痛绝。第二首更为大胆，写一次苏州郊区的农民暴动，写出了“官逼民反”的情况，作者大胆地站在农民一边，替农民说话。该诗作于康熙六十年（1721），康熙累兴文字狱时，像作者这样蔑视“王法”、敢于歌颂民众暴动，在当时的社会背景下是极为罕见的。第三首揭露地方官离任后建立“颂德碑”的虚伪性。那些对老百姓“本无恩”的离任官员，却强迫里社向“身及妻子无完衣”的民众收钱立碑。这些地方官平时作威作福、刻削百姓，离任时还强迫当地立碑“颂德”，作者对时弊的批判锋芒十分犀利。秋谷在当时也有不小影响，凡不满神韵派者，不少入秋谷之门，形成“饴山诗派”。

二、查慎行

查慎行（1650—1727），字悔余，别字悔庵，原名嗣琏，字夏重（40岁后始改今名），号他山，又号橘洲、查田、石楱居士，晚号初白翁，浙江海宁人。康熙十八年（1679）入同乡杨雍建幕，参与平定吴三桂叛乱。后游学四方，行程数万里，又北上入京，就读于太学。康熙二十八年（1689）牵连进洪昇《长生殿》演出于“国恤”期间的“大不敬”一案，遭开革学籍，幸亏赵执信承担全部责任，他也及时“悔改”，更名改字为“慎行”、“悔余”。康熙四十一年（1702），在山东德州受康熙召见，始获“睿赏”，入值南书房。次年特赐进士出身，授翰林院编修。此后曾多次跟随康熙帝出巡，得赐御“敬业堂”匾额。为官十年后（即1713），辞官归里，纵情山水。雍正四年（1726），受其弟查嗣庭“文字狱”牵连，被关押五个月，于次年放归。回家三个月后，病逝，有《敬业堂诗集》。其诗与钱谦益有相似之处，反对明七子与竟陵派，主张“写诗应唐宋互参”。强调学力、提出“静观”，主张白描、崇尚恬淡，标举“豪健”为最高境界，反对辞采艳丽，开启了清代宗宋之风。其时虽“神韵派”垄断诗坛，但其诗受神韵派影响不深。他曾遍历大江南北，行程数万里，到过湘黔等地，因此有不少写景诗，不仅描山摹水，也写了当地的风土民情。他的诗风，在当官前后有很大变化，大体上当官前“发言悲壮”，当官后“叙述温雅”（引姚鼎《方恪敏公诗后集序》）。其有价值的诗，多数作于当官之前。大体上，其诗得失正如朱庭珍在《筱园诗话》中所说的那样：“查初白诗宗苏、陆，以白描为主，气求条畅，词贵清新，工于比喻，善于形容，意婉而曲达，笔超而能空行，入深出浅，时见巧妙，卓然成一家言，唯气剽则嫌易尽，意露则嫌无馀，词旨清倩则嫌味不厚，局阵宽展则嫌诣不深，古人所谓骨重神寒者，苦未能焉。且投赠公卿，动为连章，尤好为长篇，急于求知，冗繁皆不暇烹，虽多中年以前所作，究自累诗品，为白璧一瑕矣。”其诗如：

官仓征去粒粒珠，两斛米充一斛输。
官仓发米半粞谷，一石才舂五斗粟。
然糠杂秕煮淖糜，役胥自饱民自饿。
吁嗟乎！眼前岂无乐国与乐土，
不如成群去作仓中鼠。

——《赈饥谣》

巢居风俗故依然，石穴高当万木颠。
几地流移还有伴，旧时井灶断无烟。
馀生兵革逃难稳，绝塞田畴瘠可怜。
好报长官宽赋敛，猕猿家室久如悬。
——《初入黔境，土人皆居悬崖峭壁间，缘梯上下，
与猿猱无异，睹之心恻，而作是诗》

不知淫潦啮城根，但看泥沙记水痕。
去郭几家犹傍柳，边淮一带已无村。
长堤冻裂功难就，浊浪侵南势易奔。
贱买河鱼还废箸，此中多少未招魂?
——《秦邮道中即目》

几片红旗报贩鲜，鱼苗百斛楚人船。
怜他性命如针细，也与官家办税钱。
——《鱼苗船》

晓风催我挂帆行，绿涨春芜岸欲平。
长水塘南三日雨，菜花香过秀州城。
——《晓过鸳湖》

漓江江色绿于油，百折千回到海休。
多事天公三日雨，一条罗带变黄流。
——《桂江舟行口号》十首选一

前四首都反映现实。第一首紧紧抓住官家征收粮食的情况与发放赈灾做对比，揭露统治者对老百姓的残酷剥削，而所谓赈灾则实为假仁假义的骗人把戏。第二首写入黔时所见当地百姓的悲

惨生活，即便如此，政府的赋税却不曾减免。第三首写江苏高邮的一次水灾，即是天灾，也由于人祸，是因为没有修好防洪堤才招致损失如此惨重。第四首诗紧紧抓住“如针细”的鱼苗“也与官家办税钱”这一细节来写，深刻揭露了当时刻剥之严酷。后两首是写景诗，第五首写浙江嘉兴南湖的风光，最后一首写广西桂林一带景物。这两首诗都具有以白描为主、流畅清新、工于比喻、善于形容等特点。

第四章 后神韵派时期

第一节 格调派与沈德潜

康熙五十年（1711），王士祯去世。虽然他执掌诗坛近50年，弟子遍天下，但他去世后，在他的诸弟子中没有一人能接替他，继续树起“神韵说”的大旗。当时产生了很多诗派，其中以“格调派”产生最早，历时也最长。其主帅沈德潜活了93岁，且受知于乾隆，影响较大。

沈德潜（1673—1769），字确士，号归愚，江苏长洲（今江苏苏州）人。早年有诗名，但屡试不第，直至乾隆三年（1738），始中举，次年登进士第，时已67岁。此后，以诗受知于乾隆，官运亨通，不到十年，由翰林院编修一直仕至礼部侍郎。乾隆十四年（1749）辞官归里，加赠礼部尚书及太子太傅衔，死后追赠太子太师，赐祭葬，谥文悫。

归愚的诗较平庸，影响诗坛的是他的诗歌理论，著有《说诗晬语》《沈归愚诗文全集》，并编选《古诗源》以及唐、明、清三朝诗“别裁集”。他的诗论一般归结为“格调说”，即注重诗歌的格律、声调，重视由“格调”表现出来的高华雄壮、富于变化的美感。论诗主要宗唐，推崇明七子，排斥公安、竟陵。其实，专门标举唐诗的“格调”、强调“温柔敦厚，斯为极则”。他的“格调说”虽跟“神韵说”提法不同，但目的相同，即都想打造一种既能适应康雍乾时代文网密布、文字狱频发的残暴的思想统治，又能点缀“盛世气象”的诗风。因此，在不会招灾惹祸的情况下，也会写一些反映现实的诗。兹录其诗三首于下：

制府来，热炎赫。上者罪监司，下者罪二千石。

属吏驱使如牛羊，千里辇重来奔忙，鞠跽上寿登公堂。

制府赐颜色，属吏贴席眠。破得百家产，博得制府欢。

制府之乐千万年。

扬旌旗，麾三军，制府航海清海氛。声名所到，步步生风云。居者阖户，行者侧足。但称制府来，小儿不敢哭。军中队队唱凯还，内实百货装楼船。文武郊迎，次且不得近前。制府之乐千万年。

制府第，神仙宅。夜光锦，披墙壁。明月珠，饰履舄。猫儿睛、鸦鹘石，儿童戏弄当路掷。平头奴子珊瑚鞭，妖姬日夕舞绮筵。赏赐百万黄金钱，天长地久雨露偏。制府之乐千万年。

太阳照，冰山倾。黄纸收制府，片刻不得暂停。轺车一两，千里无人送迎。妇女戟手詈，童稚呼其名。爰书定在旦夕，求为厮养，厮养不可得。盘水加剑请室间，从前荣盛如云烟。制府之乐千万年。

——《制府来》

晓经平江路，相遇逃亡民。
非人亦非鬼，匍匐泥涂间。
老翁拄竹杖，老妻相牵攀。
病妇布裹头，双足亦不缠。
儿女盛竹筐，其父担道边。
行李芦叶席，坐卧无冬春。
十十与五五，邻里兼姻亲。
问从何方来，云是衢州人。
比年遭大水，甽亩连通津。
秋成乏籽粒，正课不得完。
天高官长酷，已令骨髓干。
苟能免征求，岂辞行路难？
去住总一死，宁作他乡魂。
闻之黯然悲，此邦亦无年。
昨者罹水灾，蔀屋少炊烟。
强梁肆攫夺，礼让徒云云。
今岁滋多雨，复恐伤平田。
公门贵仁恕，扑抶岂所先？
勿使怀乡民，胥效轻转迁。
此意竟谁陈？气结不能言。

——《晓经平江路》

到处陂塘决决流，垂杨百里罨平畴。
行人便觉须眉绿，一路蝉声过许州。

——《过许州》

归愚的古诗摹汉魏，同时兼学杜甫、白居易的乐府诗，所以在一定程度上能反映客观现实。上边第一首揭露当时一个所谓“封疆大吏”的总督，在位时贪婪奢侈，作威作福，气焰嚣张，不可一世，最后却落得被收捕入狱。这首诗不如杜诗的地方是，其揭露抨击的矛头仅指到了制府，最后还要加上皇帝下诏书收捕恶吏，以显示皇帝的正确与所谓的“皇恩浩荡”。而杜甫却直言“天子多恩泽，苍生转寂寥”，大胆揭露“皇恩”的虚伪。第二首写衢州连年遭受水灾，官府不仅不救济，反而勒索赋税，当地百姓不得不逃亡他乡，其状惨不忍睹。最后一首七绝，颇有“神韵派”的风味。归愚原是渔洋的再传弟子，而且“格调说”与“神韵说”并无本质上的抵牾，可以说是殊途同归。对于沈德潜，朱庭珍在《筱园诗话》中有一段评论，较为客观：“沈归愚先生持论极正，持法极严，便于初学。所为诗，平正而乏精警，有规格法度而少真气，袭盛唐之面目，绝无出奇生新，略加变化处，殊无谓也。”这里指出沈德潜在当时产生影响的是其论，并非其诗。沈德潜晚年与乾隆时相唱和，写了大量歌功颂德的诗，成了御用文人，深得皇帝宠幸。其弟子中所谓“吴门七子”，其诗也都平庸无奇。

第二节　浙派与厉鹗

几乎与沈德潜同时活跃在诗坛的有浙派厉鹗。浙派的始祖有人定为黄宗羲，但他主要是以思想家与抗清志士闻名，其诗影响不大，难以创派。其实历经朱彝尊与查慎行，逐步向浙派的形成跨进，到厉鹗正式形成浙派。

厉鹗（1692—1752），字太鸿，号樊榭，别署南湖花隐、西溪渔者，浙江钱塘（今杭州）人。康熙五十九年（1720）中举，此后却屡试不第。乾隆元年（1736）荐举博学鸿词，又因答卷不合规格而被黜。后十二年，依例待选县令，入京途中，路过天津，旧友查为仁留他在水西庄，“咏数月，不就选而归。”终生未仕。生平纵情山水，又精研宋代文化。其诗宗宋，以模山范水、描写风景见长，尤以刻画杭州自然风光最著，格局较小，但境界幽远。主张以学问为诗，强调诗必近理，崇尚宋诗的瘦劲清切。因其追求尖新、独造，难免陷于生涩。其诗如：

入山已三日，登顿遂真赏。
霜磴滑难践，阴若曦乍晃。
穿漏深竹光，冷翠引孤往。
冥搜灭众闻，百泉同一响。
蔽谷境尽幽，跻巅瞩始爽。
小阁俯江湖，目极但莽苍。
坐深香出院，青霭落池上。
永怀白侍郎，愿言脱尘鞅。

——《晓登韬光绝顶》

富春县前江势奔，危楼如画俯山根。
林林人影向沙市，叶叶风帆下海门。
秋入遥空无寸翳，旱经焦土有千村。
田家正堕忧时泪，安得新醅倒瓦盆？

——《富春》

北来始作泛槎游，晚色苍苍望里收。
一线黄流奔禹甸，两涯残雪接徐州。
古今沉璧知无限，天地浮萍各自谋。
明日轻装又驴背，风前惭愧白沙鸥。

——《渡河》

石势浑如掠水飞，渔罾绝壁挂清晖。

俯江亭上何人坐，看我扁舟望翠微？

——《归舟江行望燕子矶作》

水落山寒处，盈盈记踏春。

朱拦今已朽，何况倚栏人？

——《湖楼题壁》

第一首诗显示他宗宋走陈与义一路，一味求新，过分炼字，不怕生涩，像“登顿”、“真赏”、“霜磴”、“尘鞅”等等生硬艰涩。第二首写富春江美景，又夹杂写秋旱，农民愁苦，写得不痛不痒，也许这就是“孤淡”的特色。结果富春江美景没有写好，农民的愁苦也没有表达出来。第三首写黄河景色，本来可以写得气势磅礴，这首诗却很平淡，甚至有些纤巧，其实并非“惭愧白沙鸥”，而是把黄河写成了农家门前的小泥沟。第四首构思比较独特，不写我眼中所见，而是想象别人在看我来写。吴应和对此颇为赞赏，在《浙西六家诗钞》中评说：“过燕子矶，率多巨制，此则略不经意，二十八字竟成绝唱。”“绝唱”云云，有些过分，换一个角度来写，唐人诗中不乏此类作品，王维、杜甫、白居易等都有类似作品，对后世确有一定影响。最后一首是悼亡诗，悼念亡妾朱满娘，后二句虽本苏轼《法惠寺横翠阁》诗中“雕阑能得几时好，不独凭阑人易老”，这里采用推进一层的写法，更觉沉痛，确有点铁成金之妙。

第三节　翁方纲和肌理派

翁方纲（1733—1818），字正三，号覃溪，又号苏斋，直隶大兴（今北京大兴）人。乾隆十七年（1752）登进士第，授翰林院编修。曾督广东、江西、山东学政，累官至内阁学士。他与沈德潜一样，是王士祯的再传弟子。其创“肌理说”，目的在于补充完善“神韵说”与“格调说”，用“以实救虚”来加以改造。何谓“肌理”？他在《复初斋文集·志言集序》中说：“士生今日，经籍之光盈溢于世宙，为学必以考证为准，为诗必以肌理为准。”又说：“义理之理，即文理之理，即肌理之理。”所谓“义理”，实际上是指儒家典籍的“经义”，而且这“经义”需经考证方可“为准”。考证什么？用他的话来说：“士生此日，宜博精经史考订，而后其诗大醇。”（《粤东三子诗序》）翁方纲主张以学问为诗，而与宋人及宗宋派的以学问为诗有实质性的差别，宋人及宗宋派把学问作为一种修养，在写诗时没有忘却抒情与空灵，翁方纲却把经史学问直接敷衍成诗，以诗谈政治、论文化，甚至“以考据为诗”（朱庭珍《筱园诗话》），终于把诗推上了悬崖绝壁，从此，中国的旧体诗离粉身碎骨的时间不远了。尽管如此，由于他早年登科，入词坛，为学政，最后入阁，总持诗坛达数十年，影响深远，至晚清“同光诗人”中仍有承袭其衣钵者，由此可见中国旧体诗的气数已尽，翁方纲成了中国旧体诗的掘墓人。大致上，翁方纲的长诗，正如袁枚在《随园诗话·补遗》中所说“填书塞典，满纸死气”，倒是有几首小诗清丽可观。例如：

门外居然万里流，人家一带是维舟。
山水湖色相吞吐，并作浓云拥渡头。

——《韩庄闸》二首其二

只有蒙蒙意，人家与钓矶。
寺门钟乍起，樵客径犹非。
四百层泉落，三千丈翠飞。
与谁参画理，半面尽斜晖。

——《望罗浮》三首其二

驿马嘶残夜，村鸡叫曙天。
草根清露响，树杪大星悬。
戍远灯相应，林深梦尚圆。
飞霞先日出，点破一溪烟。

——《晓》

以上几首诗，有情趣，有诗味，不失为好诗，但对作为总持诗坛的领袖人物来说，仅仅有些这样的诗还是略嫌纤巧了。

第五章 “性灵”说的兴起

第一节 创始人袁枚

袁枚（1716—1798），字子才，号简斋、随园，浙江钱塘（今杭州）人。乾隆元年（1736）与沈德潜、厉鹗等人同膺博学鸿词之荐，在二百来人中，他“年最少”而“才最异”。乾隆四年（1739）登进士第，选翰林院庶吉士。这期学习满文和汉文，三年期满，举行散馆考试，他因满文成绩不好，外放江南任知县，历任溧水、江浦、沭阳、江宁知县。乾隆十三年（1748）购得江宁（今江苏南京）小仓山随氏的旧织造园，改治为随园。翌年春，他托病辞去县令，居园中，自称随园山人、仓山居士。此后再未出仕，过了四十多年名士风流的生活。他酷爱自由，贪恋女色，迷恋山水。他既是诗人，又是诗论家。著《小仓山房集》与《随园诗话》。论诗倡导“性灵”说，强调性情要真，笔性要灵，主张自写性灵、自由独创。他反对矫饰虚伪的假道学，要求尊重人欲，实际上这是当时日益高涨的市民思想的反映，因此受到正统文人的批判。“性灵”与当时流行的“神韵”说、“格调”说、“肌理”说都格格不入，甚至针锋相对，“神韵”说、“格调”说，都宗唐，主模仿。他跟沈德潜公然争论，在《答沈大宗伯论诗书》中说：“性情遭遇，人人有我在焉，不可貌古人而袭之，畏古人而拘之也。”他反对模仿古人，但并不否定向古人学习，而是主张要“善学”。他在《随园诗话》中提出：“后之人未有不学古人而能为诗者也；然而，善学者得鱼忘筌，不善学者刻舟求剑。”他对翁方纲的“肌理”说也极为不满，翁尊奉六经，强调“义理”，袁极贬六经，甚至说：“六经尽糟粕”（《偶然作》）。明确针对翁方纲抄书卷为诗，以考据为诗，在《随园诗话》中提出：“人有满腔书卷，无处张皇，当为考据之学，自成一家；其次则骈体文，尽可铺排，何必借诗为卖弄！自‘三百篇’至今日，凡诗之传者，都是性灵，不关堆垛。”这话明显是说给翁方纲听的。这无异于对被翁方纲们折腾得休克了的诗，进行一次人工呼吸。他还有一段话是对元明以来一直争论不休的宗唐宗宋进行了有力的驳斥：“诗分唐、宋，至今，人犹恪守。不知诗者，人之性情；唐、宋者，帝王之国号。人之性情，岂因国号而转移哉！”他把诗定位于自由抒写性灵，把诗从种种束缚中解救了出来，只要抒写自己的真性情，思想内容上可以不受封建正统思想和伦理道德的限制，也不必去为统治者歌功颂德，粉饰太平盛世；在艺术形式上也不受汉、晋、唐、宋束缚，更不必局限于“神韵”一格，尽可以畅所欲言，充分发挥自己的天分，无所顾忌。其诗以白描见长，反对雕琢，反对深奥，即使用典也要求做到“人习而不察，譬如盐在水中，食者但知盐味，不见有盐也”（《随园诗话·补遗》引其女弟子严蕊珠语）。在封建社会中，袁枚可以说是“另类”，虽然他的朋友、门生不少，但反对他、攻击他的人也不少。无论赞同还是反对，人多，正好说明其社会反响大。其诗如：

结绮楼边花怨春，青溪栅上月伤神。
可怜褒妲逢君子，都是周南传里人。

——《张丽华》二首其一

莫唱当年《长恨歌》，人间亦是有银河。
石壕村里夫妻别，泪比长生殿上多。

——《马嵬》四首其二

六千里外一奴星，送我依依远出城。
知己那须分贵贱，穷途容易感心情。
漓江此后何年到？别泪临岐为汝倾。
但听郎君消息好，早持僮约赴神京。

——《别常宁》

人生薪水寻常事，动辄烦君我亦愁。
解用何尝非俊物，不谈未必定清流。
空劳姹女千回数，屡见铜山一夕休。
拟把婆心向天诉，九州添设富民侯。

——《咏钱》六首其三

养鸡纵鸡食，鸡肥乃烹之。
主人计固佳，不可使鸡知。

——《鸡》

渔翁底事不归家？细雨蒙蒙立浅沙。
生怕鱼惊竿不动，蓑衣吹满碧桃花。

——《从绵津至赣州储潭，得绝句五首》其四以上引录袁枚的六首诗，第一首是在翻案，历来帝王荒淫亡国，常常归罪于他所宠幸的妃子，妲己、褒姒被说成是商与西周灭亡的罪魁祸首，张丽华也成为陈朝灭亡的罪魁，所谓“红颜祸水”。袁枚明确指出如果褒姒、妲己、张丽华遇到励精图治的明君，她们都会成为《诗经·周南》中所赞美的“后妃之德”的好后妃。很明显，这是指出亡国的责任应该由那些荒淫昏庸的帝王自己来负，与几个女子无关。这样的认识，在当时无疑是进步的，具有超前意识。在以前也有人为女子抱不平，如唐代崔道融的《西施滩》说：“宰嚭亡吴国，西施陷恶名。浣纱春水急，似有不平声。”这里把亡国的责任完全归罪于奸佞，为西施开脱。但袁枚在这首诗把矛头直指帝王，其胆识、其魄力确实超人一等。第二首更是把目光投向寻常百姓，《长恨歌》虽动人，但同情的目光专注于帝王后妃，而袁枚一反常态，把同情的目光转移到社会的下层普通的劳动人民身上，这在当时是难能可贵的。第三首诗是写给他叔叔家的僮仆，把被人轻视的奴仆说成是“知己”，打破封建秩序，具有一定的民主平等思想。第四首写对待钱的态度，首联指出钱是有用之物，日常生活离不开钱。颔联说如果懂得合理用钱，用得得当，钱未尝不是好东西；口不言钱的未必就高尚。颈联说对钱又不能贪得无厌，不能像汉灵帝的母亲永乐太后那样“以钱为室金为堂”，也不要像汉文帝宠臣邓通那样拥有铜山，任意铸钱，结果为钱丧命。尾联说但愿老天有眼，让普天之下人人富足。在当时，能有这样的思想，实在了不起，这是把儒家“天下大同”的理想具体化了。全社会共同富裕，直到今天仍然是我们奋斗的目标。第五首可以说是一首寓言诗，用养鸡人与鸡的关系来隐射当时的统治者和人民的关系，所谓“皇恩浩荡”，其目的无非是待其肥而烹之，而且还“不可使鸡知”，实行愚民政策，即儒家所谓“民可使由之，不可使知之”，豢养的目的是为了更多榨取，并非天良发现而施恩于人。最后一首是写景诗，诗中有画，静中有动，最后一句更是巧妙地烘托出渔翁静待的时间之长，地点在江边桃树下，季节在暮春三月，充满诗情画意。在当时，袁枚可以说是一个专业诗人，虽然曾当过官，但官不大，时间短（不满十年），辞官后专门从事写诗教诗却有四十多年。其弟子中还有不少女弟子，不算他的子侄姐妹，外姓的就有数十人之多，刻有《随园女弟子诗选》，其中不乏大家闺秀、士人的妻子，如严蕊珠、席佩兰、孙云凤、金逸、骆绮兰等，“有教无类”，一律平等。袁枚是一个具有平民意识，或者更具体一些说是具有新兴的市民意识的专业诗人。

第二节　袁枚的朋友、门生及同路

一、郑燮

郑燮（1693—1765），字克柔，号板桥，江苏兴化人，乾隆元年（1736）登进士第，在山东范县、潍县做了几任知事，乾隆十八年（1753），因岁饥，为民请赈，忤大吏，以病乞归，寄居扬州，为“扬州八怪”的代表。能诗工书画，被称为“三绝”，晚年以卖书画为生。与袁枚友善，两人对诗歌的观点也近似，强调“板桥诗文，自出己意”，反对摹唐拟宋。因他出身贫苦，又久居民间，同情民间疾苦，在前代诗人中，他十分推崇杜甫，钦佩杜甫的“爱国爱民”。其诗也学杜甫反映社会现实，关心民瘼。如：

十日卖一儿，五日卖一妇。
来日剩一身，茫茫即长路。
长路迂以远，关山杂豺虎。
天荒虎不饥，奸人伺岩阻。
豺狼白昼出，诸村乱击鼓。
嗟予皮发焦，骨断折腰膂。

见人目光瞪，得食咽还吐。
不堪充虎饿，虎亦弃不取。
道旁见遗婴，怜拾置担釜。
卖尽自家儿，反为他人抚。
路妇有同伴，怜而与之乳。
咽咽怀中声，咿咿口中语。
似欲呼爷娘，言笑令人楚。
千里山海关，万里辽阳戍。
严城啮夜星，村灯照秋浒。
长桥浮水面，风号浪偏怒。
欲渡不敢撄，桥滑足无屦。
前牵复后曳，一跌不复举。
过桥歇古庙，聒耳闻乡语。
妇人叙亲姻，男儿说门户。
欢言夜不眠，似欲忘愁苦。
未明复起行，霞光影踽踽。
边墙渐以南，黄沙浩无宇。
或云薛白衣，征辽从此去；
或云隋炀皇，高丽拜雄武。
初到若夙经，艰辛更谈古。
幸遇新主人，瓯脱与眠处。
长犁开古碛，春田耕细雨。
字牧马牛羊，斜阳谷量数。
身安心转悲，天南渺何许。
万事不可言，临风泪如注。

——《逃荒行》

死者葬沙漠，生者还旧乡。

遥闻齐鲁郊，谷黍等人长。
目营青岱云，足辞辽海霜。
拜坟一痛哭，永别无相望。
春秋社燕雁，封泪远寄将。
归来何所有，兀然空四墙。
井蛙跳我灶，狐狸据我床。
驱狐窒鼯鼠，扫径开堂皇。
湿泥涂四壁，嫩草覆新黄。
桃花知我至，屋角舒红芳。
旧燕喜我归，呢喃话空梁。
蒲塘春水暖，飞出双鸳鸯。
念我故妻子，羁卖东南庄。
圣恩许赎归，携钱负橐囊。
其妻闻夫至，且喜且徬徨。
大义归故夫，新夫非不良。
摘下乳下儿，抽刀割我肠。
其儿知永绝，抱颈索阿娘。
堕地几翻覆，泪面涂泥浆。
上堂辞舅姑，舅姑泪浪浪。
赠我菱花镜，遗我泥金箱。
赐我旧簪珥，包并罗衣裳。
好好作家去，永永无相忘。
后夫年正少，惭惨难禁当。
潜身匿邻舍，背树倚斜阳。
其妻径以去，绕陇过林塘。
后夫携儿归，独夜卧空房。
儿啼父不寐，灯短夜何长。

——《还家行》

画舫乘春破晓烟，满城丝管拂榆钱。
千家养女先教曲，十里栽花算种田。
雨过隋堤原不湿，风吹红袖欲登仙。
词人久已伤头白，酒暖香温倍悄然。

——《扬州》四首其一

丞相纷纷诏敕多，绍兴天子只酣歌。
金人欲送徽钦返，其奈中原不要何。

——《绍兴》

咬定青山不放松，立根原在破岩中。
千磨万击还坚劲，任尔东西南北风。

——《竹石》

前两首是歌行体，真实反映了当时的社会现实，被封建文人吹得美好无比的“康乾盛世”，下层人民的生活原来如此悲惨！这两首诗可补史书中的缺失。第三首写当时扬州的浮华，尤其是颔联，写出了扬州的特色。第四首咏史诗，以宋高宗的年号为题，写南宋统治者赵构与秦桧为了自身的利益，根本就不想恢复中原。如果抗金胜利，徽、钦二帝回来，赵构就当不成皇帝，不能“只酣歌”了，秦桧也不能专政弄权，可惜岳飞不懂其中奥妙，白白送了性命。最后一首是题画诗，赞扬的是竹子，正是诗人自身人性的写照。诗人虽然只当过七品芝麻官，但心中想着人民，灾荒年为民请命，以致得罪大吏，但他毫不畏惧，不妥协不屈服，毅然挂冠辞归，最终以卖字画谋生。可谓一身傲骨，两袖清风。

从年龄上看，郑燮比袁枚大20岁，主张为诗文要“自出己意”，反对摹仿古人，在《潍县署中与舍弟第五书》中，批评清代的诗文“扯东补西，拖张拽李，皆拾古人之唾馀，不能贯串”。显然这正是针对“格调”派而言。又说：“文章以沉着痛快为最，左、史、庄、骚、杜诗、韩文是也。间有一二不尽之言，言外之意，以少少许胜多多许者，是他一枝一节好处，非六君子本色。而世间娓娓纤小之夫，专以此为能……王孟诗原有实落，不可磨灭处，只因务为修洁，到不得李杜沉雄。司空表圣自以为得味外味，又下王孟一二等。至今之小夫，不及王孟司空万万，专以意外言外自文，其陋可笑也！”显然，这完全是针对“神韵”说而发的议论，“今之小夫”完全是指王士祯等奉“神韵”的为至宝的诸君。在《偶然作》一诗中说：“英雄何必读书史，直摅血性为文章；不仙不佛不圣贤，笔墨之外有主张。纵横议论析时事，如医疗疾进药方……小儒之文何所长？抄经摘史饾饤强。玩其词华颇赫烁，寻其义味无毫芒。”这明显是针对“肌理”派而发的。这些对袁枚无疑有深刻影响。在《板桥集》中有断句《赠袁枚》：“室藏美妇邻夸艳，君有奇才我不贫。”可见二人交情不浅，在反“神韵派”与“肌理派”的斗争中，板桥是先行者，只是他没有形成自己的理论，袁枚接过板桥的意见加以发挥并完善，提出了“性灵”说。

二、赵翼

赵翼（1727—1814），字雲崧，一字耘松，号瓯北，江苏阳湖（今常州）人。乾隆二十六年（1761）登进士第，会试第一（会元），殿试抑置第三（探花），授翰林院编修。稍后，出为广西镇安知府，一度奉调至云南参加清廷对缅甸的军事行动，擢升贵州分巡贵西兵备道。当官仅12年，正值壮年，即辞官归里。此后基本上在家乡隐居著述。曾数次主讲于扬州安定书院。他不仅是诗人，而且还是著名历史学家，同时又长于考证。著有《瓯北全集》，其诗编年的有《瓯北集》，又分体编排为《瓯北诗钞》，并有《瓯北诗话》，史学著作有《廿二史札记》，考据著作有《陔馀丛考》。他是一位学者兼诗人，与袁枚为诗友，其诗学理论也与袁枚接近，主张独写性灵，自由创新。在明代诗人中，他独推崇高启，在《瓯北诗话》中说："高青丘后，有明一代，竟无诗人……前后七子，当时风行海内，迄今优孟衣冠，笑齿已冷。"在清代诗人中，他比较赞赏吴伟业，他说吴伟业"盖其平生，于宋以后诗，本未寓目，全濡染于唐人，而已之才情书卷，又自能澜翻不穷；故以唐人格调，写目前近事，宗派既正，词藻又丰，不得不推为近代中之大家。若论其气稍衰飒，不如青丘之健举；语多疵累，不如清丘之清隽；而感怆时事，俯仰身世，缠绵凄婉，情馀于文，则较青丘觉意味深厚也"。从瓯北对青丘与梅村的评论中，可清楚地看出他的诗歌主张。首先，他鄙视模仿古人，讥笑"优孟衣冠"；其次，要"以唐人格调，写目前近事"；再次，赞赏"健举"、"清隽"、"意味深厚"。在《瓯北诗话》中论述白居易的诗时明确提出："中唐诗以韩、孟、元、白为最。韩、孟尚奇警，务言人所不敢言；元、白尚坦易，务言人所共欲言。试平心论之，诗本性情，当以性情为主。奇警者，犹第在词句间争难斗险，使人荡心骇目，不敢逼视，而意味或少焉。但易者，多触景生情，因事起意，眼前景，口头语，自能沁人心脾，耐人咀嚼。"在这段话里，他赞赏什么，反对什么，旗帜鲜明。这里说的"性情"，亦即袁枚提倡的"性灵"。既然诗要"以性情为主"，就应该坦易自然。这些都与袁枚一致，所以他也被列入"性灵"派。他的诗歌主张，在他的一些论诗绝句中说得十分明白。如：

满眼生机转化钧，天工人巧日争新。
预支五百年新意，到了千年又觉陈。

——《论诗》四首其一

李杜文章万口传，至今已觉不新鲜。

江山代有才人出，各领风骚数百年。

——《论诗》四首其二

这两首《论诗》绝句，提出的观点就是要适应变化，不断创新。长江后浪推前浪，一切都在不停地发展，诗人在创作时一定要立志求新，“不创前未有，焉传后无穷？”（《读杜诗》）瓯北诗常常翻出新意，如：

有客忽叩门，来送润笔需。
乞我作墓志，要我工为谀。
言政必龚黄，言学必程朱。
吾聊以为戏，如其意所须。
补缀成一篇，居然君子徒；
核诸其素行，十钧无一铢。
其文倘传后，谁复知贤愚？
或且引为据，竟入史册摹。
乃知青史上，大半亦属诬。

——《后园居诗》十首其五

身阅兴亡浩劫空，两朝文献一衰翁。
无官未害餐周粟，有史深愁失楚弓。
行殿幽兰悲夜火，故都乔木泣秋风。
国家不幸诗家幸，赋到沧桑句便工。

——《题元遗山集》

六尺匡床障皂罗，偶留微罅失讥诃。
一蚊便搅一终夕，宵小原来不在多。

——《一蚊》

盈盈十五出堂时，妙转歌喉劝客卮。
也是人间生活计，老夫和泪写胭脂。

——《赠当筵索诗者》

以上四首诗，无论题材大小，都能翻出新意。第一首写有人送来重金，要求写一篇墓志铭，要求“工为谀”，结果拼凑成文，把一个毫无可取之人吹捧成君子，实际上文中所写的与其实际情况，连十万分之一的真实性都没有。联想起不少引墓志铭为据，“竟入史册”，以此推广，得出一个以前无人敢怀疑的结论：“乃知青史上，大半亦属诬。”史书所载，大半竟是不实之词。历史原是胜利的一方为自己涂脂抹粉的东西，一位西方诗人说：“历史是个娼妓，谁有权势，就倒在谁的怀里。”对历史记载的真实性，与赵翼一样，提出了质疑。第二首结尾二句十分精辟，欧阳修说“文穷而后工”，这是仅仅着眼于作家个人的穷达而论，赵翼在此基础上发展了一步，从社会变迁来说，虽然他没有能像列宁那样把文学作品明确地上升到社会的镜子的高度，但他已朦胧地意识到了这一点。第三首抓住一只小小的蚊子，从而悟出哲理。在现实生活中，“宵小”之徒总不会很多，但其活动能量常常大得惊人，破坏性极大，不能不严加防范。最后一首赠给一个向他索诗的小歌女，历来有不少文人墨客赠伎的诗，大多不是写其美貌就是写他们之间如何情深，更有甚者常夹杂调情。赵翼在这里打破了以往诗文对歌女轻薄调情的作法，而是对这个为生活所迫的小歌女给予无限同情。对当时的社会状况，瓯北诗中有真实的反映，如《所见》：

行尸谐语本荒唐，不谓相逢满道旁。
皮骨仅存人似蜡，知无粒米在他肠！

这首诗里描写的大约正是被称为“盛世”的乾隆年间的事，诗人在外边遇到了大批皮包骨头、面无血色、形同行尸的人，他们是饿成这样的（“知无粒米在他肠”），这些人的最终结果必将成为饿殍，那么，这“乾隆盛世”的真实情况就是饿殍“满道旁”，这可补史书的遗漏，可纠史书的谬诬，还历史以本来面目。总之，赵翼用诗抒写了自己的真性情，从中体现了他的反传统、反封建的民主思想，与之相适，其语言也尚平易。当时与袁枚、赵翼并称“江右三大家”的还有蒋士铨，但蒋的诗风与袁、赵二人截然不同，蒋诗的主题是大力表彰忠孝节义，如文天祥、史可法等；在艺术上，他取径北宋江西派的黄庭坚，上溯唐代韩、孟一派，追求奇险、瘦硬。蒋与袁、赵虽有许多不同处，但私人交情不浅。

三、蒋士铨

蒋士铨（1725—1785），字心馀，亦作莘畬，一字苕生，号藏园，晚年又有定甫、离垢居士等称号。祖籍浙江长兴，本姓钱，其祖父九岁时遇乱，为江西铅山蒋某收养为嗣子，遂为铅山人。幼承母教，其母钟令嘉工诗，因习诗。十岁时，随父历游燕赵、吴楚间，增加阅历。乾隆二十二年（1757）登进士第，改翰林院庶吉士，晋编修。乾隆二十七年（1762）充顺天乡试同考官，乾隆二十九年以养母乞归。他曾与赵翼共事，辞官后寓居南京时，又与袁枚一见投契。其诗风虽与袁、赵迥异，诗论却与袁、赵接近，也主张抒写性情，自由独创。但其诗作未能做到，反而留有较深的模仿痕迹。他特别崇敬忠臣义士，写了不少颂扬与怀念的诗，光是史可法一人，就写了近十首，其中以《梅花岭吊史阁部》最为著名：

号令难安四镇强，甘同马革自沉湘。
生无君相兴南国，死有衣冠葬北邙。
碧血自封心更赤，梅花人拜土俱香。

九原若遇左忠毅，相向留都哭战场。

这是一首在扬州梅花岭悼念史可法的诗，先从扬州四镇说起，他们名义上受史可法节制，但都拥兵自强，不听令于史可法，不但不积极抵御清兵，还自相攻击。次句说史可法跟屈原一样，兵败后投江自尽。第三句写南明弘光君臣，无心抗击清兵，复兴故国。第四句说史可法的衣冠葬于梅花岭。前四句用扬州四镇与南明君相两个反面材料来烘托史可法。颈联二句由衷赞颂史可法的碧血丹心，葬史可法衣冠的梅花岭上“土俱香”。尾联写史可法的老师、弹劾阉党魏忠贤而被迫害致死的左光斗，从正面烘托史可法，他不辜负老师的期望，勤于督师与清兵打仗，最终为国捐躯。在文网严密、大兴文字狱的乾隆朝，敢于写含有反清之意的诗，其胆识似乎令人肃然起敬。不过，这首诗也恰逢其时，在乾隆四十一年（1776），清王朝颁布了一个《胜朝殉国诸臣录》，表彰那些在清兵入侵时奋起反抗、不肯屈服的死难烈士，追赠谥号，乾隆还写了不少“御制”诗，予以褒奖，目的在于为当时的臣民树立榜样，让他们也能像“胜朝殉国诸臣”一样为清王朝效忠。因此蒋士铨写这样的诗，是要颂扬抗清英雄，还是为了迎合“上意”，就很难说了。他还有一组写民间技艺的诗《京师乐府词》十六首，每首前面都有小标题。我们来看其中第三首《象声》：

帷五尺广七尺长，其高六尺角四方。
植竿为柱布作墙，周遭着地无隙窗。
一人外立一中藏，藏者屏息立者神扬扬。
呼客围坐钱入囊，各各侧耳头低昂。
帷中隐隐发虚籁，正如萍末风起才悠扬。
须臾音响递变灭，人物鸟兽之声一一来相将。
儿女喁喁昵衾枕，主客剌剌喧壶觞。

乡邻诟詈杂鸡狗，市肆嘲谑兼驰骧。
方言竞作各问答，众口嘈聒无碍妨。
语入妙时却停止，事当急处偏回翔。
众心未厌钱乱撒，残局请终势更张。
雷轰炮击陆诨火，万人惊喊举国皆奔狂。
此时听者股栗欲伏地，
不知帷中一人摇唇鼓掌吐吞击拍闲耶忙？
可怜绕帷之客用耳不用目，途说道听亡何乡？
颠风忽缩土囊口，寂然六幕垂苍苍。
反舌无声笑耳食，巧言惑听真如簧。

这首诗写的是口技，绘声绘色，写得十分生动，可与林嗣环的散文《口技》媲美。我们再来看两首其他的诗：

爱子心无尽，归家喜及辰。
寒衣针线密，家信墨痕新。
见面怜清瘦，呼儿问苦辛。
低徊愧人子，不敢叹风尘。

——《岁暮到家》

桥影条条压水悬，凤山门外带城偏。
一肩书剑残冬路，犹检寒衣索税钱。

——《杭州》

前一首写母爱，深情感人。后一首反映当时苛捐杂税繁重，弄得民不聊生的现实。

四、黄景仁

黄景仁（1749—1783），字仲则，一字汉镛，自号鹿菲子，通常称黄仲则，很少称名，江苏武进（今属常州）人。幼孤贫，寡母督促他学习甚严，所学数倍于其他儿童。才高学富，但考中秀才后，屡试均未中举。遂优游四方，为稻粱谋，游于幕府。他去过的地方很多，用他的好友洪亮吉在《黄君行状》中的话来说："踪迹所至，九州历其八……"乾隆四十一年（1776）春，其诗为乾隆赏识，授武英殿签书官。他一生贫病交困，于乾隆四十八年病逝，未满35岁。金民天在《黄仲则生平及其作品》中说："薄命诗人，只有黄仲则是名副其实的，因为他的身世是这样的悲苦，他的命运又是这样的阻塞。他的天才更是这样的独厚。他的歌颂是多少的真率和伟大，毫不像一批假诗人、笨诗人一般的强颜欢笑，有意做作那般的无病的呻吟。"郁达夫在《关于黄仲则》一文中说："他的诗格，在社会繁荣的乾隆一代之中，实在是特殊得很。我们但须看看他的许多同时代的人的集子，就能够明白。他们的才能非不大，学非不博。然而和平敦厚，个个总免不了十足的头巾气味。要想在乾嘉两代的诗人之中，求一些语语沉痛，字字辛酸的真正具有诗人气质的诗，自然非黄仲则莫属了。"有《两当轩集》传世，其诗有李白的"豪气"与李商隐的"哀情"，两者融合在一起，形成仲则的特有诗风。下面让我们来看看他的具体作品：

男儿作健向沙场，自爱登台不望乡。
太白高高天尺五，宝刀明月共辉光。

——《少年行》

一滩复一滩，一滩高十丈。
三百六十滩，新安在天上。

——《新安滩》

搴帷拜母河梁去，白发愁看泪眼枯。
惨惨柴门风雪夜，此时有子不如无。

——《别老母》

五剧车声隐若雷，北邙唯见冢千堆。
夕阳劝客登楼去，山色将秋绕郭来。
寒甚更无修竹倚，愁多思买白杨栽。
全家都在风声里，九月衣裳未剪裁。

——《都门秋思》

几回花下坐吹箫，银汉红墙入望遥。
似此星辰非昨夜，为谁风露立中宵。
缠绵思尽抽残茧，宛转心伤剥后蕉。
三五年时三五月，可怜杯酒不曾消。

——《绮怀》十六首之十五

都门岁首陈百技，鱼龙怪兽罕不备。
何物市上游手儿，役使山君作儿戏。
初舁虎圈来广场，倾城观者如堵墙。
四周立栅牵虎出，毛拳耳戢气不扬。
先撩虎须虎犹帖，以棓卓地虎人立。
人呼虎吼声如雷，牙爪丛中奋身入。
虎口呀开大如斗，人转从容探以手。
更脱头颅抵虎口，以头饲虎虎不受，
虎舌舐人如舐彀。忽按虎脊叱使行，
虎便逡巡绕阑走。翻身踞地蹴冻尘，
挥身抖开花锦茵。盘回舞势学胡旋，

似张虎威实媚人。少焉仰卧若佯死，
投之以肉霍然起。观者一笑争醵钱，
人既得钱虎摇尾。仍驱入圈负以趋，
此间乐亦忘山居。依人虎任人颐使，
伴虎人皆虎唾馀。我观此状气消沮，
嗟尔斑奴亦何苦！不能决蹯尔不智，
不能破槛尔不武。此曹一生衣食汝，
彼岂有力如中黄，复似梁鸯能喜怒。
汝得残餐究奚补，伥鬼羞颜亦更主。
旧山同伴倘相逢，笑尔行藏不如鼠。

——《圈虎行》

以上六首诗前二首豪气十足，金民天评论《少年行》一诗说："这雄壮的音律，像万马奔放一般的感情，正似贝多芬的音乐一般的铿锵。"第二首咏新安江的高峻，短短20个字中用了8个数字，其中"一"重复了4次，颇有民歌风味。全诗音节嘹亮，诗意流畅轻快，有太白遗风。下边三首充满哀情，第三首写对慈母的深情，仲则4岁丧父，家道贫穷，全由母亲含辛茹苦抚养长大，因此，他对母亲的感情非同一般。为生活所迫，他不能在家奉养老母，而要出外谋生，让老母在家为自己担惊受怕，深感愧为人子，结句十分沉痛。这正是真性情的流露。第四首是叹息贫困，哀怨凄楚，令人心酸，博得不少人的同情，可见此诗感人之深。第五首是一首情诗，金民天评说："在这切贴、婉转、细腻、悱恻的《绮怀》诗中，我们不能不佩服他'艳丽不淫'的诗格。读了这首诗，一定会想起李商隐的情诗来，特别是颈联明显是从'春蚕到死丝方尽，蜡炬成灰泪始干'脱胎而来，悱恻缠绵，真有异曲同工之妙。"最后一首写北京的驯虎表演，前半首写虎戏，与蒋士铨的《象声》一样绘形绘色，具体细致，栩栩如生；后半首写感想，寓意深刻，平时威猛无比的山中王，在这里却任人摆布，一个“市上游手儿”竟能“役使山君作儿戏”，为了得些残羹，可笑堂堂老虎“行藏不如鼠”。在当时的现实社会中，有多少豪杰英才寄人篱下，任人驱使，跟这老虎一样可悲。

黄仲则的诗，可以说是“自写性情”，但他与袁枚、赵翼都无深交。与他交情最深的是同乡洪亮吉，后来黄仲则客死他乡，全靠洪亮吉从山西运城搬运回籍，还写了一篇《黄君行状》，为我们了解黄仲则提供了可靠的材料。洪亮吉也是诗人，著有《北江诗话》，论诗也主张抒写性情。从成就而言，洪亮吉远不如黄仲则。当时常州诗人不少，形成“常州四子”、“毗陵七子”等作家集团，被称为“常州诗派”，深得袁枚赏识，特别是黄仲则，袁枚称之为“今李白”，可见评价之高，只可惜他英年早逝，才能未得以尽展。

五、宋湘

宋湘（1756—1826），字焕襄，号芷湾，嘉应（今广东梅州）人。嘉庆四年（1799）登进士第，曾授翰林院编修，典试川贵。又出知云南曲靖府，官终湖北督粮道。有《红杏山房诗钞》。他于“江右三大家”是晚辈，生平也没有什么直接交往，但其诗歌理论接受袁枚的主张“写我心”，《说诗八首》表达了他的诗学观点。首先他指出：“三百诗人岂有师？都成绝唱沁心脾。今人不讲源头水，只问支流派是谁！”问题提得好，击中要害，“诗三百”篇（《诗经》的原名）的作者，都没有师，但都成“绝唱”，后世作者却只问支流，不问源头，“宗唐”、“学宋”，争论不休。其次他反对模仿，反对依傍门户，指出不要形成“邯郸学步”，失去自己的本来真面目。同时他指出学习前代诗人，只是从中借鉴，形成体势，但归根到底，必须有“自家曲子”。这些观点，与“性灵派”毫无二致，并用诗作来贯彻自己的主张。如：

笼鸟不自寂，澜翻朝暮音。
如言此间乐，难答主恩深。
侧目看云路，回头见鹤阴。
无端忽愁绝，何处旧山林。

——《笼鸟》

两日停桡鹦鹉洲，接天波浪打江楼。
灵风尚带三挝怒，芳草难消一赋愁。
从古异才无达命，惜君多难不低头。
秋坟莫厌春醪薄，何处曹黄土一抔？

——《鹦鹉洲》

朝朝课童子，朝朝起灌花。
花夭无气力，得饮滋芳华。
但得花香满，恣童饱餐饭。
童子亦何辞，忽道一声远。
昨日井汲浅，今日井汲深。
汲深忧绠短，一日短一寻。
借问远何许？桥头汲江水。
出城复入城，一花行一里。
不惜一里劳，但愿千花高。
千花主人喜，千里童何逃？
嗟哉远如此，花开人槁矣！
急收调水符，彼童亦人子。

——《灌花吟》

第一首是咏物诗，借笼鸟寄寓向往自由之意，本来鸟在笼中可避风雨，有主人喂养，免于受饥挨饿，大有“此间乐，不思蜀”之意，从“乐”开始，结尾忽然转入“愁绝”，此间虽乐，但无旧山林可以自由飞翔。这样写比一开始就写其愁，更觉委婉而深刻，也显得波澜起伏。第二首过鹦鹉洲吊念三国时的祢衡，表达了对祢衡的惋惜与仰慕，结尾则表现出对借手黄祖杀祢衡的曹操与黄祖的高度蔑视。千载以后，人们记住了祢衡而唾弃了曹、黄，越见祢衡之可敬与曹、黄之可鄙。最后一首题名《灌花吟》，实际上是写灌花童子，体现了诗人的人本思想与平等意识及其体恤下层劳动者的苦辛。结句充满对灌花童子的爱惜之情，不忍心看到“花开人槁”，所以“急收调水符”，末句更是充满人情味。

六、王昙

王昙（1760—1817），曾名良士，字仲瞿，号蠡舟，又号昭明阁外史。浙江秀水（今浙江嘉兴）人。乾隆五十九年（1794）中举。生平恃才负气，性情怪异，少时有游侠风，与江湖人物相混迹，擅长骑射，精研兵书。当时白莲教起义，左都御史吴省钦故意荐举王昙，说他能做“掌心雷”，万人辟易。这本是戏言，事涉荒诞，而朝中大臣竟以此举荐，王昙却因此为士类所不齿，终身不得进入仕途。于是他也就更加狂放不羁，悲愤哀怨，最后含恨而卒。其诗歌创作追随袁枚、赵翼，与孙原湘、舒位合称“乾隆后三家”，以对应袁枚、赵翼、蒋士铨的“前三家”。他又与黄仲则齐名，并称“王仲”。平生著述丰富，涉及经、史、子、集各个领域，兼工戏曲、骈文，但多数散佚，存世不多，有《烟霞万古楼文集》《烟霞万古楼诗选》和《残稿》。其诗内容以感慨个人身世为主，激昂慷慨，敢于嬉笑怒骂，不拘泥于格律，恣意挥洒，常常长歌当哭，吐胸中之块垒，鸣人世之不平。如：

三十韶华栩栩过，杀花声里坐消磨。

百年流水随春去，一代红颜奈老何！
天上好风君子少，世间无福美人多。
西窗一种凄凉事，灯火更深月照佗。

——《落花诗》三首其一

江东馀子老王郎，来抱琵琶哭大王。
如我文章遭鬼击，嗟渠身首竟天亡。
谁删本纪翻迁史？误读兵书负项梁。
留部瓠芦汉书在，英雄成败太凄凉。

——《住谷城之明日，谨以斗酒、牛膏和琵琶三十二弦，侑祭于西楚霸王之墓》三首其一

前一首叹落花，其同时人宋咸熙在《耐冷谭》中说：“秀水王仲瞿孝廉，脱略势利，狂语惊人，人终莫测其底蕴。尝读《落花诗》三首，全为自己写照，而格高韵远，人共谓其胜于唐六如也。”诗中借落花尽情倾吐其受压抑被扼杀的心情。后一首凭吊项羽，实际上是“王郎”自吊，把项羽的败亡与自己“文章遭鬼击”放在同等地位来感叹，为自己怀才不遇鸣不平。通篇一气贯注，慷慨苍凉，一泄胸中的悲愤不平之气。

七、孙原湘

孙原湘（1760—1829），字子潇，号心青，江苏昭文（今常熟）人，嘉庆十年（1805）登进士第，选翰林院庶吉士，充编修官。不久请假归乡，从此不再出仕，曾主讲毓文、紫琅等书院，优游以终。他与夫人席佩兰都是袁枚的“诗弟子”，有《天真阁集》。其诗“以才气写性灵，能以韵胜”（《清史稿》），风格奇俊，笔力健劲，能自成一家。如：

上牛坐，伏牛卧，牧童光阴牛背过。
牛尾秃速牛角弯，牛肥牛瘠心先关。
母呼儿饭儿不饭，人饿须知饲牛晚。
放之平泉，以宽牛劳；浴之清浅，以息牛喘。
牛能养人识人意，一牛全家命所寄。
阿爷牵牛去输租，劝爷卖牛宁卖吾。

——《牧歌》

一峰插云云不穿，云中忽漏山左肩。
一峰穿云欲上天，乱云又复蒙其巅。
峰低峰昂云作怪，云合云离变山态。
殷勤挽山入云中，倏忽推山出云外。
隔云看山山不青，入山看云云无形。
但觉雨疏疏，烟冥冥。
不知深林积翠外，白日自在空中行。
我径拨云出其顶，始觉云高不如岭。
足踏云头万朵飞，下方看作青霄影。

——《登白云栖绝顶》

一滩声过一滩催，一日舟行几百回。
郢树碧从帆底尽，楚台青向橹前来。
奔雷峡断江常怒，障日峰多雾不开。
险绝正当奇绝处，壮游毋使客心哀。

——《西陵峡》

第一首写牧童对所牧牛的深情。牛是江南农民的得力助手，“一牛全家命所寄”，农家失去牛，就濒于破产，但为了缴租纳税不得不卖掉这全家性命所系的耕牛，从侧面反映了当时农民生活的艰难困苦。后两首是纪行纪游诗，以写景见长。上一首写登临其家乡虞山所见的自然景色，语言浅显，构思新奇，着重描写山顶云气变化，往复回环，腾挪善变，具体生动，令人如见如闻，境界奇特，异常优美。下一首写长江三峡之一的西陵峡，构思独特，不从正面写来，全从旁侧着眼。颔联前一句不正写两岸树木茂盛，而着眼于两岸树木在水中的倒影；后一句不写船向前驰行，而写楚台向船靠近，并展示了西陵峡周围的地理环境与人文景观。颈联则写西陵峡上下的景观，前一句写下边江水奔腾、谷风怒号；后一句写上边重峦叠嶂、云蒸雾遮，纯属自然景色。两联写尽了西陵峡的人文景观和自然景象，展示了西陵峡的全貌。尾联抒情，“险绝正当奇绝处”，富有哲理意味，险绝之处常常展现了无限风光。

八、舒位

舒位（1765—1815），字立人，号铁云，大兴（今属北京）人。少时随父在广西永福官署，读书于官署后铁云山，遂取以为号。16岁随父出镇南关迎安南贡使，赋《铜柱诗》五律二首，名始传于外。乾隆五十三年（1788）恩科举人，但此后九次会试，均落榜。在江浙一带设馆授徒以糊口，潦倒终生。其诗内容丰富多彩，有感慨个人身世、反映民生疾苦、揭露社会黑暗、描写大西南少数民族生活习俗及海外风光等。有《瓶水斋诗集》《乾嘉诗坛点将录》。在“江左三君”中，历来对他的评价高于王与孙，龚自珍论其诗则只用“郁怒”二字。今录其诗三首于下：

杭州关吏如乞儿，昔闻斯语今见之。
果然我船来泊时，开箱倒箧靡不为。
与吏言，呼吏坐。所欲吾肯从，幸勿太琐琐。
吏言君果然，青铜白银无不可。
又言君不然，青山白水应笑我。

我转向吏白，百货我无一。
即有八斗才，量之不能盈一石。
但有万斛愁，卖之未尝逢一客。
其馀零星诸服物，例所不征君其勿。
却有一串飞青蚨，赠君小饮黄公垆。
吏睆视钱摇手呼，手招楼上之豪奴。
奴年约有三十馀，庸恶陋劣鬑有须。
不作南语作北语，所语与吏无差殊。
我且语奴休怒嗔：我非胡椒八百元宰相，
亦非牛皮十二郑商人。
且非贩茶去浮梁，更非大贾来瞿塘。
况不比西域之胡，珊瑚木难璀璨生辉光。
问我来何国？但作宾客，不作盗贼；
身行万里半天下，不记东西与南北。
问我何所有？笛一枝，剑一口，
帖十三行诗万首，尔之仇敌我之友。
我闻榷酒税，不闻搜诗囊。
又闻报船料，不闻开客箱。
请将班超所投笔，写具陆贾归时装。
看尔意气颇自豪，九牛何惜亡一毛！
尔家主人官不小，岂肯悉索容汝曹！
况今尺一除矿税，捐弃黄标复紫标。
监察御史开口椒，尔何青天白日鹿覆蕉！
奴闻我言惨不骄，吏取我钱缠在腰。
斯时吏去奴欲去，槟榔满口声咿嘈。
彼咿嘈，我欸乃，见奴见吏如见鬼。
作歌当经自忏悔，輶轩使者采不采？

——《杭州关纪事》

红丝早已系绸缪，牛酒相邀古洞幽。
底事相逢不相识，谢郎翻比谢娘羞。
——《黔苗竹枝词·东谢蛮》

不抽帆子不安桅，两桨霜花细细开。
半夜横风吹不断，青山飞过太湖来。
——《月夜出西太湖作》五首其二

第一首写杭州关卡的恶吏。杭州风光秀丽，物产富足，向有“人间天堂”之美名，然而当时在杭州设立关卡。清代杭州关吏的贪婪与恶劣一向出名，这首诗把杭州关吏的强盗行径与丑恶嘴脸刻画得淋漓尽致。在乾隆末年吏治极其腐败，社会黑暗，这里写的虽然只是冰山一角，但实际上窥一斑而可见全豹。第二首写贵州苗族的风俗习惯。诗末自注：“东谢昏（婚）姻，不避同姓，以牛酒为聘。女归夫家，夫羞涩避之，旬日乃出。”此即所谓“谢郎翻比谢娘羞”。第三首写太湖夜景。明月夜，驾一叶扁舟，任其在湖上徜徉，自由自在。湖中有小山无数，末句不说船在自由徜徉中靠近青山，却说青山飞过来，妙趣横生。

舒位虽不是袁枚弟子，但他的诗学观点接近性灵一路，故被列入“后三家”。在随园卒后七年，即嘉庆九年（1804），其时反随园之声甚高，他却访随园作三首律诗，不跟风否定随园，而说“身后文章不掩瑜”，大胆肯定随园的优点。

九、张问陶

张问陶（1764—1814），字仲冶，号船山，四川遂宁人，乾隆五十五年（1790）登进士第，曾官庶吉士，授检讨，迁御史，吏部郎中，为人刚直，敢于弹劾上官，出知莱州府，嘉庆十七年

(1812)终因与上官不合，辞官寓居苏州，两年后病逝。生平最服膺袁枚，曾将自己的诗集命名为《推袁集》。论诗强调自抒性灵，自由独创，他有《论诗十二绝句》与《论文八首》，提出了他的主张："写出此身真阅历，强于饾饤古人书"、"诗中无我不如删，万卷堆床亦等闲"、"文章体制本天生，只让通才有性情。模宋规唐徒自苦，古人已死不须争"、"天籁自鸣天趣足，好诗不过近人情"，这些论诗意见，几乎与袁枚完全一致。他多才多艺，工诗善书画。其诗风也接近袁枚，清警空灵，通俗晓畅，善于抒情言理，工于写景，也时露风趣诙谐。其诗如：

剑门倚天汉，石势俨城郭。
连峰攒雉堞，千朵芙蓉锷。
绵延忽中断，巧匠不能凿。
自古用一夫，万命系孤阁。
峨峨障三川，欲度愁雕鹗。
造物罄奇诡，英雄就羁络。
我心恋乡关，赴险忘其恶。
如将起沉疴，必投瞑眩药。
频年阅万里，何日息腰脚?
故国与故都，望之畅然乐。
况逢明盛世，大道通羌笮。
瀚海犹堂隍，兹山直帘幕。
长吟对关吏，笑傲指林壑。
西行故旧多，飞鸟渐有托。
归途老马识，所向亦踊跃。
三复杜陵诗，此笔竟难搁。

——《入剑阁》

芦沟南望尽尘埃，木脱霜寒大漠开。
天海诗情驴背得，关山秋色雨中来。
茫茫阅世无成局，碌碌因人是废才。
往日英雄呼不起，放歌空吊古金台。

——《芦沟》

瞿塘蟠大壁，巫峡削千峰。
处处奇相敌，山山妙不重。
诗随林壑变，天辟画图浓。
何日真游遍，穿云策短筇？

——《瞿塘、巫峡》

竟指秦淮作战场，美人扇上写兴亡。
两朝应举侯公子，忍对桃花说李香！

——《读〈桃花扇〉传奇偶题十绝句》其一

楚豫兼秦蜀，纵横一妇人。
是谁开杀运？何物竟天神！
剿抚功难缓，漂流气不驯。
吁嗟杜陵语：“盗贼本王臣！”

——《丁巳九月褒斜道中即事》

第一首是乾隆五十四年（1789）作者从北京回四川时途经剑阁写的。剑阁自古以险要著名，李白在《蜀道难》中写道：“剑阁峥嵘而崔嵬，一夫当关，万夫莫开。”杜甫在《剑门》中更是写道：“唯天有设险，剑门天下壮……一夫怒临关，百万未可傍。”张问陶在这首诗里，用自己的感受与语言写出了剑阁的险峻，但急于回家，因此“赴险忘其恶”，从其结尾来看，颇受杜甫《剑门》

诗的影响；但并无模仿痕迹。第二首作于乾隆四十九年（1784），写北京卢沟桥，这首诗主要写感受。当时士人谋求功名进京，大多经过卢沟桥。但当时，他连秀才都不是，进京不是赴考，而是来投靠当时任翰林院侍读学士的岳父，不免有寄人篱下之感，自叹一事无成、依靠别人，自贬为“废才”，最后想到燕昭王招募贤士的黄金台，现在“往日英雄”与黄金台已成了故事与古迹，令人无限感慨。第三首写长江三峡风光，主要写了瞿塘峡之险与巫峡之奇，写得很生动。第四首写读《桃花扇》的感受，作者旗帜鲜明，批判“两朝应举”的侯朝宗，赞扬矢志不屈的李香君，变节侯朝宗当愧对红颜。最后一首写白莲教起义，全诗写得很明白，本来无须多说，只是最后一句，在前几年出版的《清诗史》上解释不妥，想在这里提出商榷。“盗贼本王臣”一句是杜甫《有感》五首之第三首中的一句诗，张问陶在这里原文引用。《清诗史》做如此解释：“真正的盗贼当是‘王臣’。”这是对“王臣”望文生义解作“王的臣子”，即官吏，从而理解为“王臣”才是真正的盗贼。要解释这句，先要弄清“王臣”的出处与含义。这本出自《诗经·小雅·北山》：“率土之滨，莫非王臣。”显然这里的“王臣”不是指官吏，是指臣民，包括广大百姓在内，而且主要指庶民。《孟子·万章下》：“在国曰市井之臣，在野曰草莽之臣，皆谓庶人。”从甲骨文来看，低眉顺从的是臣，横眉怒对的是民。臣指的是顺民，就是说，那些在今天被斥为“盗贼”的造反者，原来都是皇家的顺民，是被朝廷与各级官员剥削压迫得生活不下去了，在忍无可忍的情况下才起来造反的。杜甫不说盗贼本平民，而说“盗贼本王臣”，有更深刻的意义：连原本是朝廷的顺民都忍无可忍，不得不铤而走险，起来造反，更见统治者压迫剥削之残酷，把百姓逼得无路可走了。

第三节　与性灵派同期的其他诗人

一、金农

金农（1687—1763），字寿门，又字司农，号冬心先生，稽留山民等。浙江仁和（今杭州）人。性喜游历，不屑仕进。擅长书画，又久寓扬州，被列入“扬州八怪”。由于他是浙江人，被划入“浙派”，但他的诗跟浙派代表人物厉鹗完全不同。当时“神韵说”尚在盛行，但他不附趋。他在《冬心先生集自序》中说：“鄙意所好，常在玉溪、天随之间。玉溪赏其窈眇之音而清艳不乏，天随标其幽遐之旨而奥衍为多。然宁必规玉溪而范天随哉？予之诗不玉溪，不天随，即玉溪，即天随耳。”他雅好唐音，但不刻板模仿。诗多自然风趣，如：

春光门外半掠过，杏靥桃绯可奈何！
莫怪撩衣懒轻出，满山荆棘较花多。

——《感春口号》

纨扇生衣捐已无，掩书不读闭精庐。
故人笑比庭中树，一日秋风一日疏。

——《秋来》

第一首写春天，结尾耐人寻味。第二首写秋景，寓世态炎凉之意。两首诗都反映了诗人不与社会同流合污的孤高品格。

二、胡天游

胡天游（1696—1758），字稚威，浙江山阴（今绍兴）人。雍正七年（1729）副榜贡生。乾隆元年（1736）荐举博学鸿词，丁忧不赴，次年补考，以病罢试。又次年中顺天副榜，考授州同衔，但未选官。乾隆十四年（1749）又经荐试“经学”，遭忌者中伤而废。终生未仕，落拓潦倒，最后客死太原。他所以遭中伤，实因“自喜特甚，时桐城方苞为古文，有重名，天游力诋之。前人如王士祯、朱彝尊诗文，遍摭其庇病无完者”。因此“士大夫皆重其才而忌其口”。他因蔑视权威，才遭到了中伤，以致终生沦落。他的遭遇造就了他的诗常有一种抑郁不平之气，愤世嫉俗之慨，在艺术上取径中唐韩孟，并加以发展，形成雄奇拗涩的风格，在当时诗坛上独树一帜，对稍后的王昙、舒位等人有不小影响。有《石笥山房集》。

江声千里带潮还，不动西湖水一湾。
欲卷波涛归大海，却愁遮断凤凰山。

——《西湖杂题》五首其三

古来驾驭非无势，后辈因依亦借妍。
名誉即须官并贵，英雄未信语堪传。

——《杂书》四首其一

梦阑莺唤穆陵西，驿吏催时雨拂衣。
行客落花心事别，无端俱趁晓风飞。

——《晓行》

第一首写杭州西湖，颇具特色。历来写西湖都着眼于其旖旎风光，即使是诗风豪放的苏轼也不例外，这首诗却从钱塘江落笔，一开头就气势非凡，写西湖不甘寂寞，思归大海，寓意深刻，体现其豪情壮志。第二首《杂书》亦即为“杂感”、“咏怀”之类，写出了社会上的不平，有些人作品本极平庸，但借助官位权势，广为延誉；然而地位低下的“英雄”，虽有“语堪传”，但无权无势，埋没不闻。一腔不平之气，愤激之情，跃然纸上。第三首写早起赶路所见的景色，结尾二句，韵味无穷，“行客”与“落花”的“心事”，虽然有别，但都趁着晓风飞扬。二者合在一起，这是想说明行客与落花有着相同的命运，还是行客有感于自己的身世飘零而发慨叹？留给读者去细细体会。

三、姚范

姚范（1702—1771），字南菁，号姜坞，安徽桐城人。乾隆七年（1742）登进士第，选翰林院庶吉士。散馆授编修，充三礼馆等处纂修官。后乞假归，卒于家。系姚鼐之伯父，生平工诗文，亦擅长考据，有《援鹑堂集》。据钱锺书《谈艺录·四二补订一》中说：“桐城亦有诗派，其端自姚南菁范发之。”桐城诗派正式形成于姚鼐，论诗兼取唐宋。其形成是为了纠当时影响极大的性灵派与浙派之弊，重点是在于矫正性灵派。他们宗程朱理学，用儒家道德标准来衡量，认为性灵派不讲道德气节。其诗“弃凡俗语”，主情实，重学力、尚气势、讲音律。桐城诗派的诗如：

百道飞泉喷雨珠，春风窈窕绿蘼芜。
山田水满秧针出，一路斜阳听鹧鸪。

——姚范《山行》

秋馆虫吟出草根，倚窗尘榻一灯昏。
潇潇半夜龙江雨，知有寒潮又到门。

——姚鼐《雨夜》

从上边二诗中，我们看到其特点是音节流畅，一气贯注，用词雅而不僻险，清新自然。姚鼐的诗更有一股阳刚之气。

四、钱载

钱载（1708—1793），字坤一，号萚石，浙江秀水（今浙江嘉兴）人。乾隆十七年（1752）登进士第，授翰林院编修，累官至礼部左侍郎。出仕前后，曾多次跟随乾隆皇帝出巡，足迹远达塞外。为乾隆重要的文学侍从之臣，因此常有歌功颂德、粉饰太平的诗。但也有不少抒写内心真实感受的诗。在艺术上取径韩愈与黄庭坚，形成拗折险怪、瘦硬生新的诗风。他是秀水派的代表诗人，对后来的宋诗运动和“同光体”诗人都有很大影响，在诗歌发展史上占有一席之地。有人把朱彝尊定为秀水派的创始人，其实这并不恰当。朱与后来的秀水派诗人不同，在对待黄山谷的态度上，二者更大相径庭：朱是力排山谷，而后起的秀水诗人则多取径山谷。钱仲联在《浙派诗论》中则说：“盖自竹垞晚年好为山谷，金桧门继之，遂变秀水之派，钱萚石出而堂庑益大……而秀水诗派盛极一时矣。”有《萚石斋诗集》。其诗曲折深邃，拗折瘦硬。如：

久失东墙绿萼梅，西墙双桂一风摧。
儿时我母教儿地，母若知儿望母来。
三十四年何限罪，百千万念不如灰。
曝檐破袄犹藏箧，明日焚黄日益哀。

——《到家作》四首其二

王师南下不多年，司理扬州句为传。
落尽春灯飞却燕，江中如画画依然。

——《观王文简公所题马士英画》二首其一

石阻溪回雪激湍，一重滩作两重滩。
可怜碧玉潇潇响，才下滩门上便难。

——《石阻》

第一首是长期宦游在外，暂时得暇还家时作，主要写对亡故多年的母亲的怀念，感情真挚深沉，极为沉痛。一般来说，一首诗里非不得已，字面尽量避免重复。而这首诗里不仅不避免，而且是有意重复。首联“东墙”、“西墙”，此呼彼应，连贯不断；颔联“儿”、“母”二字反复使用，交替成句，构成对偶，形成跌宕流走、回环往复的语势，加深了对感情的表达；颈联中的“三十四年”与“百千万念”，打破了七言诗的常规句法前四字二、二排列的传统模式。对此，朱则杰在《清诗选评》中说：“在一定程度上体现了钱载诗歌拗折险怪的艺术特征，同时也折射出诗人情感的起伏和动荡。”并引吴应和在《浙西六家诗钞》中的评论说：“如怨如慕，如泣如诉，真是血性所发，故沉痛若此。”还引张维屏在《国朝诗人征略》中的话说：“字字沉实，字字动荡。”第二首是题画诗，从马士英的画与王士祯的题画诗，产生了联翩的浮想，从南明权臣马士英想到他勾结阉党馀孽阮大铖，排挤迫害史可法等正直之士，加速了弘光小朝廷的灭亡。由阮大铖又联想到其所作的《春灯谜》与《燕子笺》传奇剧本，第三句巧妙地用一语双关，委婉地反映了南明的灭亡。末句有江山依旧如画，然而往事长已之意。第三首写旅途所见，感慨良多，末句说下滩容易上滩难，世间多少事下来容易再上便难，这是对人生的深刻体验，极富哲理。

五、洪亮吉

洪亮吉（1746—1809），字君直，又字稚存，号北江。江苏阳湖（今常州）人。乾隆五十五年（1790）登进士第，授翰林院编修。嘉庆四年（1799）上书批评朝政，忤帝怒，差一点下诏论死，后被遣戍新疆伊犁，百日后赦归，故又号更生居士。他是一位著名学者，也是比较重要的诗人。论诗反对标榜门户，主张自抒性情，各自名家。中年以后，学识渐富，论诗转为重“学”，与袁枚所见渐渐不合，赞赏钱载，但又与张船山交好。在诗学上，独树一帜，反对当时流行的神韵派、学宋派、格调派、肌理派，也不同意性灵派与浙派。他强调作者的性情、学识、品格，主张奇而入理，反对俗与滑，认为好诗应带有珠光剑气，提倡多读书，形成了常州诗派。其诗既重性情而又偏于学人倾向，因此他被称作学者型的诗人。洪氏在遣戍新疆时写的诗，显示了西北边疆的奇异景观。如：

千峰万峰同一峰，峰尽削立无蒙茸。
千松万松同一松，干悉直上无回容。
一峰云青一峰白，青尚笼烟白凝雪。
一松梢红一松墨，墨欲成霖迎赤日。
无峰无松松必奇，无松无云云必飞。
峰势南北松东西，松影向背云高低。
有时一峰承一屋，屋下一松仍覆谷。
天光云光四时绿，风声泉声一隅足。
我疑黄河瀚海地脉通，何以戈壁千里非青葱？
不尔地脉贡润合作天山松，
松干怪底一一直透星辰宫。
好奇狂客忽至此，大笑一呼忘九死。
看峰前行马蹄驶，欲到青松尽头止。

——《松树堂万松歌》

在这首诗里，出现“峰”与“松”、“千”与“万”，特别是“一”字，反复使用，形成跌宕起伏、往复回环之势，呈现出奇特的景观，“松”与“峰”不断连用，几成拗口令，别有气势。朱则杰在《清诗选评》中说：“上面这首诗描写天山松树堂的峰林松海，奇情飙发，壮采飞扬，即绝非中原内地所能见到，也绝非一般诗人所能办到。”

六、铁保

铁保（1752—1824），原姓爱新觉罗氏，后改栋鄂氏，字冶亭，一字梅庵。满洲正黄旗人。乾隆三十七年（1772）登进士第，有“满洲才子”之誉，在乾隆五十二年（1787）已官至礼部侍郎。到嘉庆三年（1798），先后充九次乡、会试考官，诗人阮元等均出其门下，对后辈颇有影响。嘉庆四年（1799）调盛京兵部侍郎兼奉天府府尹，后升漕运总督。嘉庆八年（1803）调任山东巡抚，嘉庆十年（1805）擢两江总督，加太子少保衔。两年后，因审狱不慎，革官保衔，降职留任。嘉庆十四年（1809）牵入山阴知县浮冒赈银等案，革职发遣新疆。后又起用为浙江巡抚，擢为吏部尚书。嘉庆十九年（1814）因事又革职发往吉林，四年后释回，降为洗马。道光元年（1821）以三品赏衔病休。他一再遭贬的原因，据《啸亭杂录》说是因为“颇忤宦竖，故多造蜚语上闻”。原来是宦竖作怪。他不仅能诗，且工书法。其诗以锋厉劲健见长。如：

大漠天高风已商，萧萧落木野云黄。
草深僻路客谈虎，日暮远山人牧羊。
飞瀑千寻横雪练，平沙十里走星芒。
道逢猎骑归来晚，敕勒声摇满地霜。

——《古北口道中》

满族以武力得天下，入关后仍不放弃马上骑射狩猎，这首诗写出了古北口深秋的肃杀与平沙十里的苍茫，从“谈虎”、“猎骑”中又见其尚武精神，充满阳刚之气，截然不同于汉族词臣们的柔美之作。

七、法式善

法式善（1752—1813），原名运昌，字开文，号时帆，又号梧门、陶庐。蒙古正黄旗人，汉化程度极深，有浓重的馆阁名士气，因此在汉族诗群中声誉极高。乾隆四十五年（1780）登进士第，改庶吉士，授检讨，历官庶子。他以研求文献、宏奖风流著称于世。他的“梧门书屋”及“诗龛”成为当时高层士大夫的文艺沙龙；他又养了一批落魄江湖的书画家，优渥礼遇，一时称盛。著有《存素堂文集》《陶庐杂录》等。其诗师承神韵派，所作也颇有“神韵”诗味：

> 万竹忽低池上风，水烟吹到寺门空。
> 斜阳不管花开未，一角西山各自红。
>
> ——《万寿寺》

这首诗显然与铁保的诗截然不同，多了一分雅致，少了一分野味，与汉族诗人的诗已无二致，也可见“神韵派”影响之大。

八、陈沆

陈沆（1785—1826），字太初，号秋舫，湖北蕲水（今浠水）人。嘉庆二十年（1815）中甲榜第一名进士（状元），授翰林院修撰，后转四川道监察御史，道光六年（1826）卒。其诗反映当时社会的黑暗现实，揭露封建末世的种种弊端，构思巧妙，又精于锻炼，寓幽深奇警于平淡之中，令人不觉，形成清苍幽峭的风格，对晚清“同光体”中的闽派诗产生过极大影响。其诗如：

> 汝南人瘦万狗肥，前有饿者狗后随。
> 忽然堕落沟中泥，狗来食人啮人衣。
> 顷刻血肉无留遗，残魂化作风与灰。

狗饱狗去摇尾嬉，馀者尚充鸦雀饥。
我行见之心骨悲，徒有恻怆无能为。
大官北来何光辉，清道翼以双绣旗。
从者飞语里卒知，为我亟去道旁尸，
毋使不祥触公威。

——《狗食人》

传闻南海事全非，十室炊烟九室稀。
须识治兵先治吏，自来防盗在防饥。
鳄鱼大可为文遣，沙蜮终难出水飞。
寂寞江湖风雪里，有人投笔念征衣。

——《有感》

前一首诗写于嘉庆十九年（1814），诉说河南灾荒的惨象，写野狗饱餐因饥饿而倒下的人，令人毛发耸然。结尾五句写大官前来巡视，对广大灾民的苦难视而不见，漠不关心，不设法赈灾，反而来要威风。第二首写于嘉庆十四年（1809），当时广东一带发生严重灾荒，民不聊生，许多走投无路的渔民被迫在海上劫掠为生，成为海盗，清政府屡次派兵征剿，都收效不大。诗人对此情景抒发感受。这首诗的关键全在颔联，上一句含蓄地揭露当时的吏治腐败，下一句明确指出，想要人民不起来造反，首先要保证他们不受饥寒，劳动人民起来造反完全是为生活所迫。

九、程恩泽

程恩泽（1785—1837），字云芬，号春海，安徽歙县人。嘉庆十六年（1811）登进士第，授翰林院编修，累官至户部右侍郎。他是学者兼诗人，论诗十分强调学问，主张师法前人，比较保守。对前代诗人，他推崇韩愈，特别推崇北宋黄庭坚，因此其诗也刻意在句法上求变化，以文为诗，好用虚词乃至关联词语，奇险拗折，回到宋代江西派的老路上去。其诗论与诗风虽然保守，但推动了晚清的宋诗运动，在诗歌的发展变化中有一定影响，而且他的诗在一定程度上反映了那个特定时期的社会问题。其《粤东杂感九首》，反映了当时西欧资本主义迅速发展，向外扩张，把魔爪伸向中国。特别是其中第六首，专谈鸦片问题。

天生灵草阿芙蓉，要与饔飧竞大功。
豪士万金销夜月，乞儿九死醉春风。
香飞海舶关津裕，力走天涯货贝通。
抵得瞢腾兵燹劫，半收猿鹤半沙虫。

——《粤东杂感》九首其六

这首诗告诉我们，当时在广东鸦片流毒甚广，不少人已把它当成生活必需品，上至豪士下至乞儿都乐此不疲，而且正在由关卡向内地无止境地蔓延。鸦片流毒所至之处，如同经过了一场莫名其妙的战争洗劫，无论是君子还是小人，无不为其所罗致，无人不受其毒害。由此可见，一场轰轰烈烈的禁毒运动已迫在眉睫了。

第六章 欲力挽既倒狂澜的龚自珍

自乾隆末年至嘉庆、道光年间，诗人似潮涌，诗集可充栋，但大多是滥竽充数，达官巨宦，缙绅官吏，以附庸风雅为时髦，形成一种病态的繁荣。诗歌发展至此，既往的狂澜已呈衰颓之势，一些有识之士想力挽既倒的狂澜。其中以龚自珍最为有力，赢得一片叫好之声，许以“划时代诗人”。但任何事物都有其自身发展规律，中国的旧体诗歌与政治有着密不可分的联系，特别是在儒家诗教形成后，诗被纳入了封建社会为其统治服务的工具。“诗言志”被改造为宣传儒家思想、实行儒家教化的手段；“诗缘情”也在“温柔敦厚”、“怨而不怒”等儒家教义的制约下，使个性萎缩、人性泯灭，成为封建士大夫情感心态的载体。“缘情”逐渐从属于“言志”，诗成了宣扬儒家诗教的传声筒，成为封建社会的赞歌。旧体诗与封建社会是不可分割的，由此也就不难理解，中国旧体诗为什么其高峰在唐代，因为这是中国封建社会的上升期；到宋代，已出现手工业作坊，有了商品生产，市民阶层兴起，所以旧体诗已逐渐衰落，但其时离高峰期不远，唐诗的强大影响还在，所以不致衰竭。接着落后的游牧民族入主中原，使历史倒退了百年。明代重建封建秩序，加强封建统治，但封建制度已失去了往日的风光，因此尽管在明代出现的诗人比唐代多，但没有一个能称得上“大诗人”，不仅无人能赶得上李白、杜甫，甚至连与元好问媲美的诗人都没有。明末已有资本主义萌芽，又有尚处于奴隶社会的满人入主中原，又重新进入封建社会初期，与封建社会关系密切的旧体诗也得以振起。到嘉、道时期，随着外国资本主义的渗透，封建社会进入了末世，旧体诗也随之日趋衰败。不少人企图大力挽救这颓澜，其中龚自珍不仅最为有力，而且成绩也最显著。但颓澜难挽。在龚自珍之后，虽然还有不少人在继续努力，时而宗唐，时而宗宋，更有宗汉魏的，但旧体诗歌衰败的趋势，已难以逆转。

龚自珍（1792—1841），字璱人，号定盦，又号羽琌山民，又名易简，字伯定，浙江仁和（今杭州）人。出身于世宦文士之家，外祖父段玉裁是著名的文字学家。幼年就受到良好的教育，并接触到经学。早年从外祖父治《说文解字》，28岁从刘逢禄治公羊学。但科场不利，从19岁开始，经过四次乡试，耗时八年，方得中举，又经过六次会试，直到道光九年（1829）登进士第，已是近40岁的人了。授内阁中书，迁礼部主事，祠祭司行走，主客司主事，“一生困厄下僚”，为宦十年，48岁时辞官南归，两年后暴卒于江苏丹阳云阳书院。他首先是一个思想家，是近代启蒙思想的先导，具有反对封建专制、追求民主的精神。在诗学上，他继承并发展了性灵派的优良传统。略年长于龚自珍的潘德舆对袁枚的“性灵说”做了修正，在主张抒写性情的同时，不排斥学问，只反对“积故实”，也不同意一味缠绵于个人小圈子里，“嘲风雪、寻花草”；主张要像杜甫、白居易那样抒发与国计民生息息相关的思想感情。这在一定程度上影响了龚自珍，把“性灵说”推向更高层次。在艺术上主张自由创新，不依傍前人，甚至连格律也不太顾及，天马行空，自由挥洒，意境超凡，色彩瑰丽，遣词造句也富有个性特色，对后来以黄遵宪为代表的“诗界革命”和以柳亚子为代表的“南社”都产生了巨大影响。在思想领域里，他是个启蒙者；在艺术上，他也力主创新，企图挽救日趋衰颓的旧体诗歌。有《龚自珍全集》。大型组诗《己亥杂诗》315首，可视为其代表作。今录四首于下：

浩荡离愁白日斜，吟鞭东指即天涯。
落红不是无情物，化作春泥更护花。

——其五

津梁条约遍南东，谁遣藏春深坞逢？
不枉人呼莲幕客，碧纱㡡护阿芙蓉。

——其八十五

不论盐铁不筹河，独倚东南涕泪多。
国赋三升民一斗，屠牛那不胜栽禾？

——其一百二十三

九州生气恃风雷，万马齐喑究可哀。

我劝天公重抖擞，不拘一格降人材。

——其一百二十五

第一首反映龚自珍思想上的矛盾，一方面看到清王朝已如“白日斜”，日落西山；另一方面表明自己虽已辞官归乡，如落红归根，但仍怀报效朝廷之心。这是时代与阶级的局限，我们也不必曲意为之辩解。为贤者讳，说是为了爱护，实际上是曲解。龚自珍毕竟是深受儒家经典的熏陶，难免有根深蒂固的忠君思想，他不是洪秀全，更不是孙中山。第二首反映当时朝廷虽颁布了有关禁烟条令，但鸦片走私十分猖獗，究其原因是因为衙门中吸食最多，官员至衙役层层包庇，以致有令不行，禁而不止。第三首反映江南农村税赋繁重，“国赋三升民一斗”，农民缴纳的税赋比国家规定的高出三四倍，农民无可奈何地把耕牛屠宰了来缴纳税赋。最后一首很有名，这原是诗人过镇江时应道士请求写的青词（祷祝文），诗在这里诉求的不是常人所说的福禄寿之类，而是“不拘一格降人才”。当时其实不是没有人材，而是被压抑受排挤，当时高才而不能高第的人很多，前有蒲松龄、吴敬梓等，当时有黄景仁、舒位、王昙等，郑燮、袁枚以至龚自珍虽都考中进士，但长期沉于下僚，早早退出官场。因此在当时不是没有人材，而是朝廷未能正确使用人材。只有重视人才，不拘一格选拔人才，才能打破这“万马齐喑”的局面。这是一篇要求变革不合理现实的宣言，向不合理现实宣战的檄文。龚自珍虽力挽颓澜，但最后无功而终。

第七章　末世悲歌

1840年，爆发了改变中国社会的鸦片战争，封建王国的大门被洋炮轰开，帝国主义纷至沓来，大肆掠夺，从此中国沦为半殖民地半封建的社会。中国人民在忍无可忍的情况下，终于爆发了大规模的农民起义“太平天国运动”和“义和团运动”。其时内忧外患不断，战乱频繁，诗歌的基调也由平缓变成了悲凉愤激。

一、张维屏

张维屏（1780—1859），字子树、南山，号松心，晚号珠海老渔。广东番禺（今广州）人。道光二年（1822）登进士第，历任黄梅、广济知县，曾代理过江西南康知府。道光十六年（1836）辞归，筑听松园，潜心著作，后又任学海堂山长，门下从游之诗人甚众。著有《听松庐诗钞》《松心诗录》，此外有《诗话》笔记多种。曾辑成《国朝诗人征略·初编》60卷，《国朝诗人征略·二编》64卷，为清代诗史的重要文献资料。其诗以七古《三元里行》最为人推崇：

三元里前声若雷，千众万众同时来。
因义生愤愤生勇，乡民合力强徒摧。
家室田庐须保卫，不待鼓声群作气。
妇女齐心亦健儿，犁锄在手皆兵器。
乡分远近旗斑斓，什队百队沿溪山。
众夷相视忽变色，黑旗死仗难生还。
夷兵所恃唯枪炮，人心合处天心到。
晴空骤雨忽倾盆，凶夷无所施其暴。

岂特火器无所施，夷足不惯行滑泥。
下者田塍苦踯躅，高者冈阜愁颠挤。
中有夷酋貌尤丑，象皮作甲裹身厚。
一戈已揕长狄喉，十日犹悬郅支首。
纷然欲遁无双翅，歼厥渠魁真易事。
不解何由巨网开，枯鱼竟得攸然逝。
魏绛和戎且解忧，风人慷慨赋同仇。
如何全盛金瓯日，却类金缯岁币谋。

三元里抗英斗争是有名的事件。在鸦片战争第二年（1841）二月，英国侵略军进攻虎门，提督关天培率领士兵坚守，后因无援兵，全部殉难。到五月，清将奕山无耻求和，跟英国签订休战条约，赔款六百万两白银。英国侵略军在广州奸淫掳掠，无恶不作，清朝官员丧权辱国，激起了广州人民的爱国义愤。五月三十日，人民群众以广州城西北的三元里为中心，高举“平英团”的大旗，将一千馀名英国侵略军团团围困，各地反英组织群起响应，迫使侵略军不敢在广东横行，表现了中国人民爱国爱家、抗击外国侵略斗争的巨大力量。张维屏这首诗以这一历史事件为诗题，具有史诗性质，在诗里反映了时代精神。这是一百多年来中国人民奋起反侵略的光辉开始，热情歌颂了人民的坚强意志与强大力量，并对放弃抵抗、屈膝求和的清将奕山进行强烈谴责。这首诗激情昂扬，慷慨悲愤，激励人民斗志，鼓舞不屈抗争，是当时同类题材诗中的珍品。

二、赵函

赵函（生卒年代不详），字艮甫，江苏震泽（今属苏州市）人。著有《乐潜堂诗集》《菊潜庵剩稿》。其诗以乐府体《十哀诗》最为著名，分别为《哀虎门》（吊广东诸将也）、《哀厦门》（吊福建诸将也）、《哀舟山》（吊定海三镇也）、《哀蛟门》

（吊裕节帅也）、《哀甬东》（吊宁波陷贼也）、《哀乍浦》（吊乍浦失守也）、《哀吴淞》（吊陈提军也）、《哀沪渎》（吊上海失守也）、《哀京口》（吊镇江陷贼也）、《哀金陵》（吊省城居民及沿江村落被贼蹂躏也）。这十首诗从广东、福建到江浙沿海一带，对英国侵略者的罪行和人民抗敌的英勇事迹进行系统描绘，在每首诗的前边，都附以短序，概括地叙明历史事实，帮助读者更好地理解这首诗。如其十《哀金陵》前边短序曰："夷入大江，封瓜州之渡，焚仪征之船，疾驱二百里，抵观音门，时总督已回省城，伊节相、耆将军相继至，通使议和。夷人要挟百端，忽战忽和，当事受其颠倒。忽诡言架炮钟山之顶，官民胆落，悉从其所欲而后已。八月和议成，三节使宴夷酋于静海寺，夷人亦整队伍相送。然夷船久泊江干，城外居民大受荼毒；且纵三板船游弋江浦、六合之境，所至村落一空。"其诗曰：

夷船入江来，先截瓜州渡；
真州城外生烟雾，一炬盐艘不知数。
天堑飞过蛟龙惊，扬帆直抵金陵城。
金陵城中军势涣，大府主和不主战。
伊相国来操胜算，欲以慈悲弥宿怨。
夷情贪狠唯爱钱，红旗白旗持两端。
忽然舁炮钟山顶，俯瞰石城如瞰井。
阖城恸哭潜出城，一半流亡入鱼艇。
秋风戒寒和议成，庙谟柔远思休兵。
华夷抗礼静海寺，俨然白犬丹鸡盟。
吁嗟乎！城中歌舞庆太平，城外盗贼仍纵横。
夷人中流鼓掌去，三月长江断行旅。

英国侵略者所到之处，奸淫掳掠，无恶不作，在这首的短序中写得较为概括，但曰："城外居民大受荼毒"、"所至村落一空"。在上一首《哀京口》的短序中，写得更为具体："贼据郡城两月馀，居民死者枕藉。妇女不辱，婴刃投缳入井死者，尤不可以胜计。"而清朝统治者一个个吓破了胆，不敢迎战，一味屈膝投降，签订丧权辱国的"和约"，还有脸在城中"歌舞庆太平"，殊不知侵略军在城外仍然为非作歹。诗写得悲愤至极，沉痛至极。

三、魏源

魏源（1794—1857），字默深，一字墨生，湖南邵阳人。道光二十四年（1844）登进士第，曾官至高邮知州。和龚自珍友好，是一位有见识的学者和思想家，曾受到林则徐嘱托，编纂叙述世界各国历史地理的《海国图志》，为中国认识世界放眼世界的先驱之一。书中提出"师夷长技以制夷"，代表那个时期的进步士大夫中的一种比较普遍的思想。与龚自珍齐名，有《古微堂集》。他的诗中较出色的有议论时事、抒写感愤的政治诗和描绘祖国雄壮奇伟景象的山水诗。今录其《江南吟》十章中的《阿芙蓉》于下：

> 阿芙蓉，阿芙蓉，产海西，来海东。不知何国香风过，醉我士女如醇酡，夜不见月与星兮，昼不见白日，自成长夜逍遥国。长夜国，莫愁湖，销金锅里乾坤无。混六合，迷九有，上朱邸，下黔首。彼昏自痼何足言，藩决膏殚付谁守？语君勿咎阿芙蓉，有形无形瘾则同：边臣之瘾曰养痈，枢臣之瘾曰中庸，儒臣鹦鹉巧学舌，库臣阳虎能窃弓。中朝但断大官瘾，阿芙蓉烟可立尽！

这首诗淋漓尽致地揭露鸦片对中国人民的毒害，对上层文武各级官员沉迷于鸦片的种种丑态与为害写得入木三分，愤怒谴责了英国对我国倾销鸦片的罪行。同时，对鸦片屡禁不止的原因也一语道破，结尾二句击中要害，有一语千钧之力。

四、张际亮

张际亮（1799—1843），字亨甫，别号华胥大夫。福建建宁人，道光十五年（1835）中举后，屡试春闱不第。虽负经济才，但未能一展。曾充京中“清流”领袖黄爵滋幕宾。后为姚莹下狱事，他奔走营救，积劳成疾，病死于京中。他在鸦片战争前后，全身心投入反映时势，写了不少真切揭示现实的诗，具有陆游一样的爱国主义精神，誉之者认为他可与张维屏并驾齐驱，被举为“一代奇才”，认为他是“嘉道称诗者一大宗”。他的诗也以反映鸦片战争最为著名。林昌彝在《射鹰楼诗话》中记载了一段于道光二十一年（1841）的对话：“辛丑夏，亨甫招饮道山江城如画楼，与余多所唱和。尝问余曰：‘吾诗视渭南何如？可与并传否？’余曰：‘君诗五七律胜于渭南，但渭南五七古所以绝胜者，固由忠义之气盘郁于心耳。以足下之才，充其所学，亦渭南一劲敌也。’亨甫叹服。”他以陆游为楷模，亦“忠义之气盘郁于心”。这里所强调的“忠义之气”，就是爱国精神。他写鸦片泛滥的为害与鸦片战争的诗，表现了他的一片爱国赤心，真可以与渭南争胜。且看他的诗《迁延》第三首：

百万金缯赇寇还，明州父老叹时艰。
捷书互报中朝贺，优诏仍蒙上赏颁。
浪跋鲸鱼腥壁水，血分鸩鸟污珠鬟。
舟山鬼泣君知否？无数楼船瘴海间。

这首诗写浙东定海沿线战败，生灵涂炭，驻兵苏州的扬威将军奕经拥兵自重，不去救援，还假报捷书，蒙骗朝廷，造成舟山兵败，腥风血雨，惨不忍睹。诗写得愤激沉痛。

五、姚燮

姚燮（1805—1864），字梅伯，号复庄，浙江镇海（今属宁波市）人。生有异禀，读书过人，工诗词，道光十四年（1834）中举，此后春闱失利，未中进士，终生未仕。论诗主张“自寄其性情”，反对模拟，其诗多反映民间疾苦，在鸦片战争期间，英国侵略军骚扰浙东一带，姚燮身受其苦，并目击大量人民所受的苦难，耳闻目睹敌军的残暴及清军的腐败无能，义愤填膺，写了不少表现爱国热情的诗，歌颂奋力抗敌英勇献身的民族英雄，并对清朝官吏和士兵的各种腐败和黑暗现象进行揭露和讽刺。其诗用韵较自由，也不死守格律。如：

卖菜妇，街头行。上有白发姑，下有三岁婴。
卖菜，卖菜，叫遍前街后街无一应。
昨日宜单衣，今日宜棉衣。
棉衣已典，无钱不可赎，娇儿瑟缩抱娘哭。
娘胸贴儿当儿衣，娘背风凄凄。
但愿儿暖儿勿哭，儿哭剜娘肉。
莫道赎衣无钱，床头有钱。
床头有钱三十馀，买得一升米。
煮粥供堂上姑，馀钱买麦饼为儿铺。
得过且过，明日如何？
明日天晴，卖菜街头行。
明日天雨，妾苦不足语。
姑苦儿苦。

——《卖菜妇》

漫夸十万盾成林，摩垒如何气不森。

草草军装同奕戏，啾啾战鬼哭天阴。
有门纵可求援手，在史须难避馘心。
掩路怕闻行路怨，凄于秋响促繁砧。
——《正月杪明州纪事八章》其一

前一首写卖菜妇的艰苦生活，她上有老下有小，全家都处在饥寒交迫之中；后一首写清军的腐败，练兵似儿戏，用这样的兵如何能迎战似狼如虎的英国侵略军？由此可见，鸦片战争中，清军必败无疑。

六、贝青乔

贝青乔（1810—1863），字子木，号无咎，又号木居士，江苏吴县（今属苏州市）人。道光诸生。家境清贫，鸦片战争时，从军于浙江，目睹清朝军政腐败及侵略者的凶残恶毒，写了不少爱国诗歌。后游滇黔，有不少反映民生疾苦的诗。当时吴中有一个规模与影响都不小的诗人群体，他与诗人叶廷琯、张鸿基、江湜等交往甚密，而与张鸿基关系尤深。有《咄咄吟》与《半行庵诗存》。其诗如：

四野夫如何，水至荡为薮。
浪头一丈高，漂没大堤柳。
十室仅有存，多半向城走。
汩汩鸣澌中，觳觫对鸡狗。
画船尔何人？看水到村口；
坐赏天上雨，满引杯中酒。
——《雨中作》三首其三

泪洒南枝恨莫伸，荒茔讳指贾宜人。

中朝纵道和为福，可惜金缯百万缗。

——《谒岳鄂王墓感题》

第一首写暴雨成灾，四野里原先的农田村庄都变成了一片沼泽，灾民流离失所。然而富人却在大水中乘画船来观赏大水，“坐赏天上雨，满引杯中酒”，二者形成鲜明对比。第二首借凭吊岳飞墓反映了历史的严酷事实。当年南宋的“中朝”以“和为福”，杀害抗战派名将岳飞，不惜出重金向金国求和；今日清王朝的“中朝”又以“和为福”，流放林则徐，不惜“金缯百万”拱手送与外“夷”，谋求苟安。这是多么具有讽刺意味！贝青乔的《咄咄吟》有100多首，可说是字字珠玑。今录两首，以见一斑：

铁错何堪铸六州，哗传新令下江头。
早知杀贼翻加罪，误抱雄心赴国仇。

瘾到材官定若僧，当前一任泰山崩。
铅丸如雨烟如墨，尸卧穹庐吸一灯。

这是《咄咄吟》中揭露出来的两件咄咄怪事。“杀贼翻加罪”，可见朝廷昏庸到什么程度，当权者腐败到何等地步！其实在鸦片战争中，拼死杀敌而反获罪的不仅仅是几个下级军官，像林则徐这样的大员不是被远戍新疆了吗？后一首揭露将领中的大烟鬼丑态，烟瘾发作时，竟然在面前“泰山崩”也无动于衷。大烟鬼躺在那里吸鸦片，用“尸卧”二字来形容，实在妙不可言，这些家伙真的算不得人，只是一具具尸体而已，不然怎么会“当前一任泰山崩”呢？这些“尸体”能指挥战争吗？由这些“尸体”指挥的战争岂有不败之理！

七、郑珍

郑珍（1806—1864），字子尹，号柴翁，别号五尺道人、子午山孩、且同亭长，而最为人熟知的是“巢经巢主”。贵州遵义人。道光十七年（1837）举人，曾任荔波县训导。他是著名的经学大师，为文守韩、柳家法，行文谨严。为诗则学苏轼，兼尊韩、孟，与何绍基同属宗宋一路。反对形式上摹拟古人，主张诗中有我。他的影响很大，自同、光以至民初，宗宋诗人其实都是学郑。现当代的学者胡先骕与钱仲联都十分推崇他，推郑诗为清代第一。胡氏说：“纵观历代诗人，除李、杜、苏、黄外，鲜有能远驾乎其上者。”（《读郑子尹〈巢经巢诗集〉》）钱氏在《梦苕庵诗话》中更是直截了当地说：“郑子尹诗，清代第一。不独清代，即遗山，道园亦当让出一头地。世有知音，非余一人私言。”胡、钱二人所论，仅为他们的一家之言，与实际不符，太多溢美之词，实在不可取。关于他的特点，缪钺在《读郑珍的〈巢经巢诗〉》中说得比较确切，他说：“郑珍的诗不大用典故与辞采，多是白描，有时候大量用口语白话，但是都经过提炼熔铸，使人读起来，感到清峭遒劲，生动有力。”还说郑珍“学习了韩愈、孟郊的盘曲瘦劲，白居易的平淡自然，苏轼的机趣横溢，加以浑融创造，成为自己的风格”。然而除“白描”、“口语白话”外，郑珍的诗还有“奇奥”一面，正如陈田在《黔诗纪录后编·郑征君传》中所说的“古色斑烂，如观三代彝鼎”。从内容上说，由于他一生穷愁潦倒，较多接触下层人民，因此有不少关心人民疾苦、揭露清朝官兵罪行的诗；但由于他是一位经学家，深受程朱理学毒害，思想僵化，对农民起义竭力污蔑、咒骂。今录其较好的《经死哀》于下：

虎卒未去虎隶来，催纳捐欠声如雷。
雷声不住哭声起，走报其翁已经死。
长官切齿目怒嗔，吾不要命只要银。

若图作鬼即宽减，恐此一县无生人！
促呼捉子来，且与杖一百；
陷父不义罪何极，欲解父悬速足陌。
呜呼北城卖屋虫出户，西城又报缢三五！

这首诗笔锋犀利，揭露贪官酷吏的罪恶，横征暴敛逼死了人，还不能减免赋税，反而杖其子一百，加以“陷父不义”的罪名，其真正目的就是催促迅速完税。人民被逼得走投无路，不断有人自缢身亡。在这暗无天日的封建末世，人民的生活何等悲惨！终于逼出了一场轰轰烈烈的太平天国运动。

八、金和

金和（1818—1885），字弓叔，号亚匏，江苏上元（今南京）人。诸生。太平天国攻克南京时，他举家在城。他谋求与清军联络，为内应，数次潜出南京城。清军将帅均然其计而无意于行。终于事未济而泄露，他仅以身免。后其家属虽也次第逃出，但老少颇有丧亡。最后，他也未得重用，终生以幕僚老死。有《秋蟪吟馆诗钞》，其诗不唐不宋，随心所欲，打破陈规和传统束缚，用散文体、说话体、日记体来写诗，并追求前人未辟之境，未达之意，面目一新，因此梁启超在其《诗钞序》中称之为“中国有诗以来一种大解放”，这话虽然有些夸张，但他那种打破传统束缚、随心所欲、以文为诗的做法，确实是一种革新、一种进步。且看其《烈女行记黄婉梨事》：

君不见，黄婉梨，生不甘为仇人妻；虎狼累月相提携，一夕杀之如杀犬与鸡。贞魂烈魄虽下地，浩气上与青天齐。

婉梨金陵人，儒风旧家是。癸丑陷贼中，生女五龄耳。有母有弟有兄嫂，全家种菜隐乡里。阿母教针线，阿兄授书史。门外污若尘，门内清如水。

朝朝盼官兵，十有二年久。官兵既收城，全家开笑口。叩门来一兵，状貌比贼丑。搜屋无一钱，怒掣刀在手。女前跪致词：请以身代母。兵曰不杀汝，杀汝全家人，汝能飞去否？

全家被杀时，女木然若痴。兵徐缚女出，鞭马还怒驰。江干舣有船，驱女使下之。告以归湘南，妻汝汝勿疑。女心默自计：我死宁有他！我固不惜死，全家仇则那？忍泪向仇语：我身方有疴。随汝到汝家，嫁汝缔茑萝。今有同船人，男妇数十多。汝若苦逼我，我唯沉江波。不见金家妇（自注：时有金眉姑，亦金陵人，上船时，即投江死），汝奈江波何？仇竟帖耳听，不敢相诋诃，朝朝敬事女，水程累月过。

水程累月尽，舍舟当就陆。同舟人各行，同行一仇独。女心摇摇撞小鹿：此去不知何处宿？何日诛仇死瞑目？

行未数里，横来一人。伴仇而走，甚狎且亲。数数目女道女美，彼此虐谑纷笑嗔。女闻无言眉暗颦：两恶男子竟不训，我一弱女宁其伦！事急唯有死，保我金玉身。报仇在今夕，万一沉冤伸；不报亦今夕，含悲极千春。逆旅急偷闲，留诗壁间尘。后有读之者，为我聊酸辛。

倚装几何时，白日暗平楚。两伧买酒肴，烧烛照门户。呼女陪壶觞，教女伴歌舞。鸩音恣号呶，时杂莺燕语。逆旅夫何知？夜寐各宾主。明日之日日正中，房门不启人无踪。破扃睨视生悲风，一男中鸩死，口鼻皆青红；一男毒较轻，白刃洞在胸；一女挂罗巾，遍身穷裤穷。细读壁间诗，了了陈始终。乃知女所为，辣手真从容。万口啧啧称女雄，此女毋乃人中龙。

噫吁嘻！女事虽幸成，女心尤惨凄。色身饵入饿虎蹊，一日未死忧噬脐。欲死不死呼天啼，至诚所动天听低。乃以杯酒为媒梯，仇仇刃毕月未西。青溪之水魂归兮，世无血性诸红闺，绮罗金翠真土泥。君不见，黄婉梨！

这是一首叙事诗，情节生动曲折，写出烈女的沉着机智、勇敢与贞烈，同时反映清军从太平军手中夺回南京后，不仅不安抚百姓，而是屠杀无辜，强抢民女，无恶不作。官兵的残暴丑恶远远超过他眼中的“贼”兵，这不能不说是给了金和以极大的教育，使他终于写出了这首充满悲愤的诗。更可贵的是作者原是反对太平天国、忠于清政府的人，还自觉自愿为清军当卧底，因此这首诗里写的真实性更可靠。从形式上来看，这首诗比较自由，已露出了向新诗过渡的端倪。

九、江湜

江湜（1818—1866），字持正，又字弢叔，别署龙湫院行者，江苏长洲（今苏州）人。为诸生，屡试不第，深感科举之弊，曾当过幕僚。40岁时，其表叔为他援例由诸生捐了个从九品的“贱官”（他后来曾有诗曰“失身充贱官”），在杭州都转盐运使营务处掌文书。这时正值太平军二破杭州，他差一点死在乱军中；三年后，苏州城破，其父母及一个妹妹均死。生于乱世，沉于下僚，决定了他的悲惨人生，“寿不越五旬”而亡。他有一首题名《梦归》的诗，真实地反映了当时的现实及他这一辈人的心态：

不知此去返江乡，千里须经几战场！
野是荒田稍村落，市犹焦土未垣墙。
叩门访旧应迷路，出郭闲行有废梁。
幸是梦归非实历，真归争免断人肠！

十、王闿运

王闿运（1833—1916），字壬秋，或作纫秋，又字壬甫（父），号湘绮，湖南湘潭人。咸丰三年（1853）举人，九年会试入都，“就尚书肃顺聘。肃顺奉之若师保，军事多咨而后行。”（《清史稿》本传）太平军起，他曾参与曾国藩幕，据说他曾劝曾国藩说：“与其支持此腐朽之清朝，不如代清朝而统一天下。”曾不听其劝。后又多方劝说，都未被采纳。他自负奇才，但无人用其谋划，“乃退息，无复用世之志，唯出所学以教后进。”他是近代的著名学者，有《湘绮楼诗文集》。其诗拟汉魏、六代、初唐，反对宋诗运动，力图复古以矫其弊。称“汉魏派”、“湖湘派”、“文选派”，湘绮是代表人物。被斥为复古主义与形式主义，其实这也不能一概否定。自郑珍后，掀起一股宋诗运动的风潮。宋诗运动主要学江西末流，弊端百出，湘绮的拟汉魏也是一种探索。其诗有拟乐府的，有五、七言古体诗。如：

荆钗绿鬓贫家女，浣衣向晓临江渚。
江水沉沉动远波，素环斜领相看语。
自言二十初嫁年，夫婿从军昨戍边。
新婚离别那可说，夕峰远近从人传。
揽妾嫁时衣，时浅衣尚新。
牵君别时袖，袖绽恐难纫，
江声破碎衣声软，人道洗多红色浅。
已拼衰老颜色故，何须更借青黄转。
思君不见泪沾襟，襟上愁痕入水深。
江水长流待君饮，君知妾泪在君心。

——《河畦浣衣歌》

诗写贫女新婚别，在她初嫁之时，丈夫被迫从军戍边，从此再难见面，从一个侧面反映了现实社会中人民的苦难，深情哀婉，还真有些古乐府的味道。不过，从探索来说，只能前进，不能走回头路，要重返汉魏乐府，此路不通！

十一、樊增祥

樊增祥（1846—1931），字嘉父，号云门，又号樊山、天琴，湖北恩施人。同治六年（1867）举于乡，时22岁。张之洞视学至宜昌，很赏识他，从此师事张氏。26岁时，在北京见李慈铭，李极称其才，又师事李氏。光绪三年（1877）登进士第，改庶吉士，历官至江宁布政使，诗学中晚唐，为中晚唐诗派代表作家，与易顺鼎齐名，有《樊山集》、续集与外集。今录其《闻都门消息》一首于下：

上林秋雁忽西翔，凝碧池头孰举觞。
市有醉人称异瑞，巢无完卵亦奇殃。
犬衔朱邸焚馀骨，乌啄黄骢战后疮。
满目蓬蒿人迹少，向来多是管弦场。

这首诗写八国联军占据北京后的景象，繁华的北京遭到极大的破坏，满目荒凉，“异端”横行，惨不忍睹。中晚唐诗派也是在为衰落的诗歌探索出路，不过这也与“汉魏诗派”一样，不可能找到出路。

十二、沈曾植

沈曾植（1850—1922），字子培，号乙盦，晚号寐叟，浙江嘉兴人。光绪六年（1880）进士，官至安徽布政使护理巡抚。辛亥革命后，寓居上海。他学识渊博，为晚清最后一个诗派“同光体”的主要作家，其诗颇为艰奥。有《海日楼诗集》《曼陀罗寱词》。其代表作为《西湖杂咏》十七首，还较平易。今录一首于下：

湖上波光罨雪光，张祠清绝胜刘庄。
仙人自爱楼居好，六面山屏晓镜妆。

十三、陈三立

陈三立（1852—1937），字伯严，号散原，江西义宁（今修水）人。光绪十五年（1889）登进士第，授吏部主事。光绪二十一年（1895），康有为在北京成立强学会，三立也列名会中。这一年，其父陈宝箴为湖南巡抚，创行新政，提倡新学，大力支持变法运动。三立协助其父，多所擘画。变法失败后，与其父同以“招引奸邪”罪被革职，永不叙用。侍奉其父退隐南昌西山，筑崝庐。其诗远学韩、孟与黄庭坚，近学郑珍，而诗风更像孟郊，好用僻词拗句，流于艰涩。他也是“同光体”的主要作家，有《散原精舍诗》。其诗如：

隐隐砧声落叶声，晚风墙角自凄清。
闲吟刚在啼乌外，衔去江城一片晴。
——《后园晚步》二首其二

这首诗境界苍凉凄清，写的是自然界的秋晚，其实也暗示清王朝已入残秋日暮。戊戌变法失败后，他十分沮丧，孤愤难平，看到清王朝已如残秋将尽，恰似日薄西山，已不可挽回地衰败下去。

十四、范当世

范当世（1854—1905），字无错，后改字肯堂，江苏通州（今南通）人。贡生。著有《范伯子诗集》十九卷。曾为李鸿章幕僚，落魄不得志，流落江湖。诗境苦寒，近似孟郊。兹录其《黄公度京卿由海南人境庐寄书并附近诗感赋》：

天荒地变吾仍在，花冷山深汝奈何？
万里书疑随雁鹜，几年梦欲饱蛟鼍。
孤吟自媚空阶夜，残泪犹翻大海波。
谁信钟声隔人境，还分新月到岩阿。

第八章　最后一搏

时至晚清，正如程潜在《养复园诗集自序》中说的："有清诗人，与世陵夷，末代益靡。"为了挽救这"益靡"的局面，产生了"汉魏诗派"、"中晚唐诗派"以及宗宋的"同光诗派"，五花八门，令人眼花缭乱，但他们都倒退到古代去找出路，毫无疑问，"此路不通"。于是一批接受西方资产阶级思想的知识分子，主张另谋出路，在政治上主张变法维新，在诗歌上提出"诗界革命"。据说最初由夏曾佑提出，得到谭嗣同的积极附议，而成就最大的却是黄遵宪。"诗界革命诗派"企图在旧体中注入新词语，创造新意境，以这最后一搏来挽救这已气息奄奄的旧体诗。但这无异于给病入膏肓的垂死之人输液，注射强心针，只能使其苟延残喘，难以挽救其生命。旧体诗这个形式，从最后形成的唐代算起，到晚清也已历时千年以上，这个"旧瓶"早已是伤痕累累，到处是裂纹，离完全破碎之时已不远了，再也无法承受用来装"新酒"这个任务。一切努力都只是空耗时日，枉费精力，最终必然要换用"新瓶"，用新瓶装新酒，才能出现一副全新的面貌。

第一节 “诗界革命”派

一、黄遵宪

黄遵宪（1848—1905），字公度，别号观日道人、东海公、公之宅、拜鹃人等。广东嘉应（今梅州）人。光绪二年（1876）中举。历任驻日、英使馆参赞，驻美国旧金山总领事等职。因长期在国外，他接受了不少西方民主思想。戊戌变法时，他奉命出使日本，道经上海，政变突起，被罢归。从此闭门著书，不预世事。著有《人境庐诗草》。他在早年即欲“别创诗界”，反对仿古。青年时提出“我手写吾口”的主张，要求表现“古人未有之物，未辟之境”。他的《今别离》被当时诗界推崇为“千古绝作”，如其中的第四首，咏东西半球昼夜相反：

汝魂将何之，欲与君追随。
飘然渡沧海，不畏风波危。
昨夕入君室，举手搴君帷。
披帷不见人，想君就枕迟。
君魂倘寻我，会面亦难期。
恐君魂来日，是妾不寐时。
妾睡君或醒，君睡妾岂知。
彼此不相闻，安怪常参差！
举头见明月，明月方入扉。
此时想君身，侵晓刚披衣。
君在海之角，妾在天之涯。
相去三万里，昼夜相背驰。
眠起不同时，魂梦难相依。
地长不能缩，翼短不能飞。
只有恋君心，海枯终不移。

海水深复深，难以量相思。

诗人在这组诗里用乐府形式，以传统的男女离别相思为主题，融进轮船、火车、电报、照相等当时的新生事物和科学技术以及东西半球昼夜相反等科学知识，翻出新意，构思了崭新的境界，确实表现了“古人未有之物，未辟之境”，但并无新意。再如《东沟行》：

蒙蒙北来黑烟起，将台传令敌来矣！神龙分行尾衔尾。
倭来倭来渐趋前，绵绵翼翼一字连，倏忽旋转成浑圆。
我军瞭敌遽飞炮，一弹轰雷百人扫，一弹星流药不爆。
敌军四围来环攻，使船使马旋如风，万弹如锥争凿空。
地炉煮海海波涌，海鸟绝飞伏蛟恐，人声鼓声噤不动。
漫漫昏黑飞劫灰，两军各挟攻船雷，模糊不辨莫敢来。
此船桅折彼釜破，万亿金钱纷雨堕，入水化水火化火。
火光激水水能飞，红日西斜无还时，两军各唱饶歌归。
从此华船匿不出，人言船坚不如疾，有器无人终委敌。

这首诗是写中日甲午战争，诗中描写了激烈的战斗场面，全然不同于冷兵器时代的刀光剑影，而是炮火连天，确实是一场热兵器时代的交战，充满火药味。同时揭露了清朝海军将领的腐败无能，清军内部混乱。据古直注：当时遥遥望见敌舰，“突开巨炮击之，然炮力实不能及，徒费弹药而已。”指挥不当，只能以失败告终。尤炳圻注曰：“我国于光绪十七年，立北洋海军，吨数本列世界第四，自东沟一败，海军乃一蹶不兴！”可见当时中国的海军实力不弱，但因没有优秀的海军指挥员，致使在甲午战争中一败涂地。对此，黄遵宪有清醒的认识，因此得出了“有器无人终委敌”的正确结论。

但是黄遵宪的诗有致命的弱点，在艺术上难以摆脱旧形式，有时用典过多，企图以此弥补其形象不足，岂不知这样造成晦涩难懂，拉大了与广大读者的距离。虽然他在诗中融进了“轮船、火车”等新事物，但也仅仅多了几个新名词而已，正如钱锺书在《谈艺录》中所说：“差能说西洋制度名物，掎摭声光电化学，以为点缀，而于西人风雅之妙，性理之微，实少解会。故其诗有新事物，而无新理致。”公度诗中仅有一些西方的表面上形式上的东西，只是“驱使西故”，而缺少精神实质上的东西。因此企图用“诗界革命”（实质上只是改良）来挽救垂亡的旧体诗，最后也只能以失败告终。当时在“诗界革命”的口号下，还有一批人，著名的有谭嗣同、梁启超等，但他们都不以诗名，首先是政治家，其诗歌成就也远不如公度。在公度的朋友中，成就高的当首推丘逢甲，梁启超称之为“诗界革命一巨子”（见《饮冰室诗话》）。

二、丘逢甲

丘逢甲（1864—1912），字仙根，号仲阏、蛰仙。福建彰化（今属台湾）人。幼负大志，博览群书，弱冠即以诗名。光绪年间进士，任工部主事。甲午战争时，他是台湾抗日斗争的领导人之一，极力反对清廷割让台湾给日本，先以电争，继以电骂，结果都未能挽回，遂集台人倡独立，为民主国，举清抚唐景松为大总统，守台北；刘永福为帮办，守台南；丘逢甲为大将军，守台中。防守甚严，日军不得登陆。不久，台北告急，他率所部往援，至中途，台北已被日军占领，唐已离去。日兵由铁道南下，直至新竹县，义军力御，经二十昼夜，终因枪弹太少，难以支持。于是回台中，与家人仓促内渡。安家于广东嘉应州，并往来于潮、汕之间。积极提倡教育，振兴学务，维护新学，不遗馀力。他至死不忘台湾，其诗不少为怀念台湾之作。内渡后，与黄遵宪交游，诗歌酬唱，十分密切。著有《岭云海日楼诗钞》。他有《离台诗》六首，写得都十分沉痛，倾泻出满腔悲愤。今录一首于下：

宰相有权能割地，孤臣无力可回天。
扁舟去作鸱夷子，回首河山意黯然。

这首诗的前二句，悲痛至极，愤怒至极。宰相有权不是用来保卫国家，而是一味只知赔款割地，向外屈膝投降。“孤臣”虽有爱国之心，但无权无势，无力可回天，对割台湾于日本之举，虽再三致电反对，但毫无用处。后二句写离台时的心情，悲痛与无奈交织在一起，舍不得离开，又不得不离开。回首看见的美丽的台湾岛将要从祖国分割出去，怎不黯然伤神？他的诗的基调大体都是如此：

春愁难遣强看山，往事惊心泪欲潸。
四百万人同一哭，去年今日割台湾。

——《春愁》

天涯断雁少书还，梦入虚无缥缈间。
兵火馀生心易碎，愁人未老鬓先斑。
没番亲故沦沧海，归汉郎官遁故山。
已分生离同死别，不堪挥泪说台湾。

——《天涯》

前一首是割让台湾一周年写的诗，是悼念，是彻骨之痛。后一首是说台湾已被日本帝国主义占领，虽隔海可望，却形同远在天涯；当日离开台湾，虽是生离，却如同死别一样惨痛。台湾是他的故乡，割让给日本了，他有撕心裂肺之痛；割让其他地方，他同样痛彻心扉。如《九龙有感》，便是丘逢甲为割让九龙而唱的悲歌：

群峰叠翠倚楼间，一角颓云夕照殷。
忽忆去年春色里，九龙还是汉家山。

第二节　维新派诗人

一、康有为

康有为（1858—1927），字广厦，号长素，广东南海丹灶（今属佛山市南海区）人。中举后，向光绪帝上书七次，提出他的政治主张。

光绪二十年（1894）中进士，官工部主事。他是戊戌变法（史称“百日维新”）的发动者，变法失败后，流亡国外十五年。当孙中山等人领导的反清革命起来后，他却蜕变为反对革命的保皇派。他是一个很自负的人，诗如其人，很有气势。今录其诗二首于下：

秦时城堞汉家营，匹马高秋抚旧城。
鞭石千峰上云汉，连天万里压幽并。
东穷碧海群山立，西带黄河落日明。
且勿却胡论功绩，英雄造事令人惊。

——《登万里长城》之一

秋风立马越王台，混混蛇龙最可哀。
十七史从何说起，三千劫几历轮回。
腐儒心事呼天问，大地山河跨海来。
临睨飞云横八表，岂无倚剑叹雄才。

——《秋登越王台》

二、谭嗣同

谭嗣同（1865—1898），字复生，号壮飞，湖南浏阳人。变法期间，被征召入京，任四品衔军机章京。变法失败后，拒绝出走，要以自身的死来警世，激励后人。有《狱中题壁》一首：“望门投止思张俭，忍死须臾待壮根。我自横刀向天笑，去留肝胆两昆仑。”他早年的诗就慷慨豪迈，如《潼关》：

终古高云簇此城，秋风吹散马蹄声。
河流大野犹嫌束，山入潼关不解平。

三、梁启超

梁启超（1873—1929），字卓如，号任公，又号饮冰室主人，广东新会（今江门市新会区）人。他是康有为的学生，曾与康有为一起主持戊戌变法，世称“康梁”。失败后，流亡国外，并与康有为一起组织保皇党。不过他的思想能随时代不断变化，晚年担任过清华学校、南开大学、清华研究院教授，北京图书馆馆长，并先后主编过《时务报》《新民丛报》《新小说》等多种报刊，在中国知识界有不小影响。他学识渊博，笔力纵横，著作甚丰，对我国近代的文化学术的发展有很大贡献。有《饮冰室合集》传世。他的散文很有特色，号称“新民体”，曾风靡一时。亦工诗，对前代诗人，他十分推重陆游，曾有诗曰：“诗界千载靡靡风，兵魂销尽国魂空。集中什九从军乐，亘古男儿一放翁。”我们且来看看他的《太平洋遇雨》与《双涛园读书》：

一雨纵横亘二洲，浪淘天地入东流。
劫馀人物淘难尽，又挟风雷作远游。

——《太平洋遇雨》

回风吹海水，轩然起层澜。
吾生良有涯，忧患亦以繁。

生才为世用，岂得长自闲。
何时睹澄清，一洒生民艰。
强学可终身，羁泊非所叹。

——《双涛园读书》

虽说“诗界革命”是最后一搏，未能挽救旧体诗的衰亡，但也并未就此罢休，还有未尽的馀波。嗣后，在辛亥革命前夕，由同盟会会员高旭、陈去病、柳亚子创立了“南社”，为资产阶级革命而歌，虽然他们的诗的思想内容比“诗界革命”的诗人们大大迈进了一步，然而他们舍不得放弃旧形式，也缺乏真正的新思想，因此仍然不能挽救旧体诗的衰亡。

中国旧体诗，基本上早已成为千百年来封建文人士子的情感心态的特殊载体，因此必然随着中国封建社会的荣衰而荣衰。唐代以后，中国封建社会盛极而衰，旧体诗也随之盛极而衰。鸦片战争以后，中国迅速沦为半封建半殖民地社会。随着封建社会的解体与西方新思想新技术的输入，中国读书人的思想也发生了极大变化；市民阶层迅速扩大，出现了不少工商业资本家与大量工商业工人，这些人思想活跃，特别是有一批外国留学回来的知识分子，他们多了一些自由解放的思想，那些早已成为封建文人士子情感心态特殊载体的旧体诗，再也满足不了他们抒情言志的需要。他们不愿像黄遵宪那样在诗里只是融进些“西洋制度名物，掎摭声光电化学，以为点缀”，更受不了旧体诗格律的束缚，终于在“五四”新文学运动中，新诗应运而生，取代了流行几千年的旧体诗。此后，虽然还有人写旧体诗，但只是少数人偶尔为之，不能成为主流。“五四”以后，中国诗歌的主流是新诗。尽管直到今天为止，新诗还很不完善，还在探索阶段。要知道新诗的诞生迄今为止还不满百年，而旧体诗经过千年的探索才在盛唐最后定型的。新诗要成熟，“路漫漫其修远兮”。但只要有志之士不断求索，几十年乃至几百年后，新诗总会有成熟的一天。

第九章　清代词的演变

宋代以后，词一直处于低谷，在元代还能指出一两个名家，到明代则以词闻名于世的竟一个都找不到。而到了清代，如从冬眠中醒来，突然复苏，出了好几位名家。清初的诗人，不少能词，如王夫之、屈大均、龚鼎孳、宋琬、彭孙鹬、尤侗、陈恭尹等，都有《词集》。其中尤以吴伟业的《梅村诗馀》和王士祯的《衍波词》传诵较广。《四库全书》录清初词集，独取曹贞吉的《珂雪词》，并在《四库全书总目提要》中评说："其词大抵风华掩映，寄托遥深。古调之中，纬以新意。不必模周范柳，学步邯郸，而自不失为雅制，盖其天分于是事独近也。"因此也颇有影响。但是清初名望最高、成就最大的当推陈维崧、朱彝尊与纳兰性德，号称"清初三大家"。此后又有常州派、浙西派。直至晚清，词坛一直为浙西派与常州派笼罩。

第一节　清初三大家及其同路人

一、陈维崧

陈维崧（1625—1682），字其年，号迦陵，宜兴（今属江苏）人。其父贞慧，明末以气节著称，与方以智、侯方域、冒襄称复社"四公子"。其年少负才名，落拓不羁。康熙十八年（1679）举博学鸿词，授翰林院检讨，纂修明史。善骈文，尤工词，有《陈迦陵诗文词集》。词与朱彝尊齐名，两人合刊其词集为《朱陈村词》。

词学苏、辛，有《湖海楼词集》。开创阳羡词派，其词显得悲慨多气。这是在清朝定鼎之初，从亡明过来的知识分子心态的反映这一点在陈维崧词中表现得很明显。其词如：

战舰排江口，正天边、真王拜印，蛟螭盘钮。征发棹船郎十万，列郡风驰雨骤。叹闾左骚然鸡狗。里正前团催后保，尽累累锁系空仓后。捽头去，敢摇手。　稻花恰称霜天秀，有丁男、临歧诀别，草间病妇。此去三江牵百丈，雪浪排樯夜吼。背耐得、土牛鞭否？好倚后园枫树下，向丛祠、亟请巫浇酒。神佑我，归田亩。

——《贺新郎·纤夫词》

吴苑春如绣。笑野老，花颠酒恼，百无不有。沦落半生知己少，除却吹箫屠狗，算此外谁欤吾友？忽听一声何满子，也非关泪湿青衫透。是鹃血，凝罗袖。　武昌万叠戈船吼，记当日、征帆一片，乱遮樊口。隐隐舵楼歌吹响，月下六军搔首。正乌鹊南飞时候。今日华清风景换，剩凄凉鹤发开元叟。吾亦是，中年后。

——《贺新郎·赠苏昆生》

第一首把杜甫写“三吏”“三别”的手法用于写词，打破词的传统题材与写法，这是一个开创。诗中描绘清兵入关后，强拉丁壮做纤夫，有田不能耕种，破坏生产。丁男病妇被迫忍痛告别，更是令人悲痛欲绝。雄健厚重的笔力，刻画了一幕人间悲剧。第二首是赠给一位民间艺人的，原注云：“苏固始人，南曲为当今第一。曾与说书叟柳敬亭同客左宁南幕下，梅村先生为赋《楚两生行》。”词中抒写了天涯沦落的悲痛，更有江山易主之悲，寓有故国之思，沉郁激荡，慷慨悲凉，得苏辛词的精神。

二、曹贞吉

曹贞吉（1634—1698），字升六，号实庵，山东安丘人。康熙三年（1664）登进士第，官至礼部员外郎。善诗工词，有《珂雪诗》和《珂雪词》，词风接近陈维崧。其论词主张独创，反对摹拟；宁失之粗豪，不甘于描写。其词呈现两种不同风格：一种是壮语高歌，苍凉雄浑，如怀古赠人诸作，以《满庭芳·和人潼关》为代表；另一种是刻画细密，工丽风华，如咏物诸篇，以《留客住·鹧鸪》为代表。今将两词抄录于下：

> 太华垂旒，黄河喷雪，咸秦百二重城。危楼千尺，刁斗静无声。落日红旗半卷，秋风急，牧马悲鸣。闲凭吊，兴亡满眼，衰草汉诸陵。　　泥丸封未得，渔阳鼙鼓，响入华清。早平安烽火，不到西京。自古王公设险，终难恃、带砺之形。何年月，铲平斥堠，如掌看春耕？
>
> ——《满庭芳·和人潼关》

> 瘴云苦。遍五溪，沙明水碧，声声不断，只劝行人休去。行人今古如织，正复何事关卿频寄语。空祠废驿，便征衫湿尽，马蹄难驻。　　风更雨，一发中原，杳无寻处。万里炎荒，遮莫摧残毛羽。记否越王春殿，宫女如花，只今唯剩汝？子规声续，想江深月黑，低头臣甫。
>
> ——《留客住·鹧鸪》

以上两首词，风格不一样，但真正代表《珂雪词》风格的是前者，后者只是他的拟古之作，并非其本色。

三、朱彝尊

朱彝尊（其生平事迹，已在本编第二章中做过介绍）工诗，尤长于词，标榜南宋，尊姜、张，著有《曝书亭集》等，并选辑《词综》，在发凡中云："世人言词，必称北宋，然词至南宋始极其工，至宋季而始极其变。姜尧章氏最为杰出。"又自题词集云："不师秦七，不师黄九，倚新声玉田差近。"而其渊源实出于曹溶，他年轻时曾从同乡曹溶学填词，在《清词综》中说："余壮日从先生南游岭表，西北至云中，酒阑灯灺，往往以小令慢词更迭唱和，有井水处，辄为银筝檀板所歌，念倚声虽小道，当其为之，必崇尔雅，斥淫哇，极其能事，则亦足以宣昭六义，鼓吹元音。往者明三百祀，词学失传，先生搜辑遗集，余曾表而出之，数十年来，浙西填词者家白石而户玉田，春容大雅，风气之变，实由于此。"这里一再提到的先生，就是指曹溶。可见朱彝尊开浙西词派，曹溶实为其先导。浙西词派宗姜、张，尚清空雅醇，这是新朝已站稳脚跟，并开创了所谓"康乾盛世"，汉族士人由反抗到认同。浙西词派正是这种心态的反映。其词集有《江湖载酒集》《静志居琴趣》《茶烟阁体物集》和《蕃绵集》四种，而其较好的作品都在前二集中。《静志居琴趣》多为情词，为其恋人所写；不少词写得极为宛转细致，而其所爱恋的对象则为其妻妹冯寿常。今录其抒情、怀古词各一首于下：

桥影流虹，湖光映雪，翠帘不卷春深。一寸横波，断肠人在楼阴。游丝不系羊车住，倩何人、传语青禽？最难禁，倚遍雕阑，梦遍罗衾。　　重来已是朝云散。怅明珠佩冷，紫玉烟沉。前度桃花，依然开满江浔。钟情怕到相思路，盼长堤草尽红心。动愁吟，碧落黄泉，两处谁寻？

——《高阳台》

衰柳白门湾，潮打城还。小长干接大长干。歌板酒旗零落尽，剩有渔竿。　秋草六朝寒，花雨空坛。更无人处一凭阑。燕子斜阳来又去，如此江山。

——《卖花声·雨花台》

第一首被认为是朱词的代表作。在这首词前边有一个小序，讲述了一则动人的爱情故事："吴江叶元礼，少日过流虹桥，有女子在楼上，见而慕之，竟至病死。气方绝，适元礼复过其门，女之母以女临终之言告之，元礼入哭，女目始瞑。友人为作传，予记以词。"这则故事讲述了一个痴情女子，感人至深，这首词写得深情委婉，丽而不艳，绮而不薄，即所谓春容大雅也。第二首其实是"金陵怀古"之类，这样的题材以前已有不少人写过，其中最著名的有北宋王安石的《桂枝香·金陵怀古》，被推为绝唱。此后，元人萨都剌的《满江红·金陵怀古》与《百字令·登石头城，次东坡韵》堪称双璧，可颉颃半山老人。然而介甫与天锡都有实在意象，读者容易捉摸，竹垞尊姜、张，尚清空，所以此词空灵委婉，别具风味。

四、厉鹗

厉鹗的生平事迹，已在本编第四章第二节中做过介绍。清代浙西派词朱彝尊为创始人，至厉鹗其势益盛，风行百年。厉太鸿的词过分注重技巧，重形式而轻内容，寄兴不高，蕴涵不深，不免琐屑堆砌，浮华肤浅。有《樊榭山房词》，长于怀古、咏物。今各录一首于下：

秋光今夜，向桐江，为写当年高躅。风露皆非人世有，自坐船头吹竹。万籁生山，一星在水，鹤梦疑重续。拏音遥去，西岩渔父初宿。　心忆汐社沉埋，清狂不见，使我形容独。寂寂冷萤三四点，穿过前湾茅屋。林静藏烟，峰危限月，帆影摇空绿。随流飘荡，白云还卧深谷。

——《百字令》

瘦筇如唤登临去，江平雪晴风小。湿粉楼台，酽寒城阙，不见春红吹到。微茫越峤，但半沍云根，半消沙草。为问鸥边，而今可有晋时棹？ 清愁几番自遣，故人稀笑语，相忆多少？寂寂寥寥，朝朝暮暮，吟得梅花俱恼。将花插帽，向第一峰头，倚空长啸。忽展斜阳，玉龙天际绕。

——《齐天乐·吴山望隔江霁雪》

以上二首词，前一首尤为有名，被认为是他的代表作，其友徐逢吉在《樊榭山房集外词题词》中称其词“如入空山，如闻流泉，真沐浴于白石、梅溪而出之者。”这首《百字令》，刘大杰在《中国文学发展史》中誉之曰：“字字清俊，壮浪幽奇”，“表现他的幽香冷艳的特色。”沈轶刘、富寿荪在《清词菁华》中评说：“远较张擅名之‘春水’诸作为胜。”这是说他学张炎而竟青出于蓝。然而前边摘录的评论厉词的话，全是溢美之词，不可信，更不足为凭。其实张炎的《南浦·春水》脉络清晰，读后能知道要说些什么；厉鹗这首词朦朦胧胧，实在不知道他想说什么。如果用“清空”二字来评论张炎和厉鹗的这两首词，可以说张词偏于“清”，而厉词则偏于“空”。下一首怀古也一样，空洞无物，怀古而无寄托，则纯属无病呻吟。用老百姓的话来说：“哭了半天，不知死了谁。”总之厉鹗的词只是玩弄辞藻，内容空洞，如画上美人，徒具其形，毫无生气。

五、纳兰性德

纳兰性德（1655—1685），原名成德，为避东宫嫌，遂改名性德，字容若，号楞伽山人，满洲正黄旗人，大学士明珠长子，康熙十五年（1676）登进士第，官一等侍卫。他自幼聪明，好读书，留意经学，善书法，能骑射。工诗，尤长于词。他所与交游者，皆一时名士俊彦，如顾贞观、朱彝尊、陈维崧等，与顾贞观尤为契厚。乐于助人，当时坎坷之士，矢志走京师者，生馆死殡，多得到他的资助。江南士人吴兆骞以科场事蒙冤谪戍黑龙江宁古塔，他请求其父，出资赎归。有《纳兰词》（通称《饮水词》）《通志堂集》。其论词崇尚李煜，词风清婉，善用白描手法，自然流动，不事雕琢，不大用典，情深义重，悱恻缠绵，有李煜遗风。王国维在《人间词话》中说他“北宋以来，一人而已”。其实这话可以改为“后主以后，一人而已”。他长于小令，慢词中以《金缕曲·赠顾梁汾》最为人赞赏：

> 德也狂生耳。偶然间、缁尘京国，乌衣门第。有酒唯浇赵州土，谁会成生此意？不信道，遂成知己。青眼高歌俱未老，向尊前拭尽英雄泪。君不见，月如水。　共君此夜须沉醉！且由他、蛾眉谣诼，古今同忌。身世悠悠何足问，冷笑置之而已。寻思起、从头翻悔。一日心期千劫在，后身缘、恐结他生里！然诺重，君须记！

从这首词中，可以看出性德的性情、气概与身世，以及他与顾贞观的交情，在词风上也与他的基调不同。他的词，特别是小令，都接近李煜，而这首词却有苏、辛的影子。他所擅长的还是小令，沈轶刘、富寿荪在《清词菁华》中评说他“小令为有清一代冠冕，奇情壮采，一往无前”。其言不诬。王国维在《人间词话》中也给予很高评价：“纳兰容若以自然之眼观物，以自然之舌言情。此由初入中原，未染汉人风气，故能真切如此。北宋以来一人而已。”性德词的好处，全在“自然”二字，不像厉鹗那样刻意雕琢，斧痕累累，矫揉造作，令人生厌；而容若的词纯属天籁，了无斤斧痕迹，这正是他的可爱之处。如：

山一程，水一程，身向榆关那畔行，夜深千帐灯。
风一更，雪一更，聒碎乡心梦不成，故园无此声。

——《长相思》

万帐穹庐人醉，星影摇摇欲坠。归梦隔狼河，又被河声搅碎。还睡，还睡，解道醒来无味。

——《如梦令》

这两首应是容若出使边陲时所写的词，边陲景色自然不同于内地，久居京师的人见此，真耳目一新。前一首有思念家乡之意，后一首境界开阔，十分壮丽。容若词中尤为人赞赏的还是他的悼亡词，他是一个十分重感情的人，平时多愁善感，其爱妻卢氏不幸早亡，令他哀悼不已，写了不少极为感人的悼亡词。如：

辛苦最怜天上月，一昔如环，昔昔长如玦。若似月轮终皎洁，不辞冰雪为卿热。　无奈尘缘容易绝，燕子依然、软踏帘钩说。唱罢秋坟愁未歇，春丛认取双栖蝶。

——《蝶恋花》

此恨何时已？滴空阶，寒更雨歇，葬花天气。三载悠悠魂梦杳，是梦久应醒矣。料也觉人间无味，不及夜台尘土隔，冷清清一片埋愁地。钗钿约，竟抛弃！　重泉若有双鱼寄，好知他、年来苦乐，与谁相倚？我自终宵成转侧，忍听湘弦重理。待结个、他生知己，还怕两人都薄命，再缘悭、剩月零风里。清泪尽，纸灰起。

——《金缕曲·亡妇忌日有感》

容若悼亡词一往情深，他的好友顾贞观说："容若词一种悽惋，令人不能卒读。"他的悼亡词，正是如此。容若写词不斤斤计较于所谓技巧，不精心雕琢，只倾吐一片真情，用口头语随手写来，都成好词。那些专门讲究技巧、精心雕琢的，因缺乏真情，最后写成的词全如泥塑木雕，虽绘以五彩，涂以金粉，终无生气，难以感动人。

六、顾贞观

顾贞观（1637—1714），字华峰，号梁汾，无锡（今属江苏）人。康熙五年（1666）举人。曾任国史院典籍，与纳兰性德交好，二人词风也相近，有《弹指词》。他与吴江吴兆骞为生死至交，在吴远戍宁古塔后，梁汾有《金缕曲》二首寄给容若，深情真切动人，容若读后十分感动，决意救回吴兆骞，成为一时佳话。今录其两首《金缕曲》于下：

季子平安否？便归来、平生万事，那堪回首！行路悠悠谁慰藉？母老家贫子幼。记不起从前杯酒。魑魅搏人应见惯，总输他、覆雨翻云手。冰与雪，周旋久。　泪痕莫滴牛衣透。数天涯、依然骨肉、几家能够？比似红颜多命薄，更不如今还有。只绝塞苦寒难受。廿载包胥承一诺，盼乌头马角终相救。置此札，君怀袖。

——其一

我亦飘零久，十年来、深恩负尽，死生师友。夙昔齐名非忝窃，试看杜陵消瘦，曾不减、夜郎僝僽。薄命长辞知己别，问人生、到此凄凉否？千万恨，为君剖。　兄生辛未我丁丑。共些时、冰霜摧折，早衰蒲柳。词赋从今须少作，留取心魂相守！但愿得、河清人寿。归日急翻行戍稿，把空名料理传身后。言不尽，观顿首。

——其二

这二首词，纯用口语，如话家常，一字一句，深情无限，宛转反复，绝无做作，真切动人，并因此感动容若出手相助，救友人于患难之中。词中既用明白晓畅的语言表达了深厚的友情，也反映出在这所谓的“康熙盛世”中，文人无端遭受迫害，如“魑魅搏人”，司空见惯，封建统治者个个都是“覆雨翻云手”，吐出了满腔怨气，痛快淋漓。

第二节　常州词派的兴起

自康熙年间陈维崧与朱彝尊在词坛上崛起，并形成阳羡词派与浙西词派后，清词大多受这两派影响，而浙西派的影响尤大。但浙西派一味强调清空醇雅，寄兴不高，厉鹗的词已有琐屑饾饤之习，至其末流则越演越烈，萎靡枯寂，大为时人所诟病。嘉庆年间，张惠言、周济诸人崛起，以《风》《骚》之旨相号召，病浙西派偏重形式，务穷纤巧；反其琐屑饾饤之习，改其无病呻吟之作；强调寄兴，讲究比兴，含蓄蕴藉，既厚重质实，又深美闳约，从而形成常州词派。嘉道以后，清王朝已由盛而衰，常州词派重申“意内言外”，重视比兴寄托，正是渐入衰世的士人心态的反映。

一、张惠言

张惠言（1761—1802），字皋文，江苏武进（今常州）人。嘉庆四年（1799）登进士第，官翰林院编修。著《茗柯词》并辑《词选》。在《词选序》中，提出了他的主张："其缘情造端，兴于微言，以相感动，极命风谣。里巷男女，哀乐以道。贤人君子幽约怨悱，不能自言其情，低回要眇，以喻其致。盖诗之比兴，变风之义，骚人之歌，则近之矣。然以其文小，其声哀，放者为之，或跌宕靡丽，杂以昌狂俳优。然要其至者，莫不恻隐盱愉，感物而发，触类条鬯，各有所归，非苟为雕琢曼辞而已。"很明显他主张词也要以比兴为重，缘情造端，感物而发，与《风》《骚》同类，反对雕琢、靡丽之作。这可以说是常州词派的纲领。他反对琐屑饾饤与无病呻吟，重比兴寄托，这可以从整体上提高词的质量。但他在解读前人的词时，处处找寄托，不免牵强误会，惹出不少笑话来。他自己的创作态度比较严谨，文字简洁，语言浅近，很少华丽辞藻与生僻典故，抒情咏物都疏朗有致，无绮靡秾艳、无病呻吟之病。其词如：

海风吹瘦骨，单衣冷、四月出榆关。看地尽塞垣，惊沙北走；山侵溟渤，叠嶂东还。人何在？柳柔摇不定，草短绿应难。一树桃花，向人独笑，颓垣短短，曲水弯弯。

东风知多少，帝城三月暮，芳思都删。不为寻春较远，孤负春阑。念玉容寂寞，更无人处，经他风雨，能几多番？欲附西来驿使，寄与春看。

——《风流子·出关见桃花》

尽飘零尽了，何人解，当花看？正风避重帘，雨回深幕，云护轻幡。寻他一春伴侣，只断红、相识夕阳间。未忍无声委地，将低重又飞还。　　疏狂情性，算凄凉，耐得到春阑。便月地和梅，花天伴雪，合称清寒。收将十分春恨，做一天、愁影绕云山。看取青青池畔，泪痕点点凝斑。

——《木兰花慢·杨花》

桃花在春天本是寻常之物，但在山海关外见到桃花，是另一番光景。农历四月，已到初夏，但关外寒冷，桃花才放，芳草未绿；帝城三月春意阑珊，来到关外，重见春光，忍不住要请驿使把春意寄回。词中写关外春光与此刻帝城几番风雨，春已远去，写景真实，抒情细致，形象生动，呈现出山海关内外的不同景色，至于寄托什么，全凭读者理解。北宋章质夫以一首《水龙吟》咏杨花寓闺怨出名，后东坡有《水龙吟·次韵章质夫杨花词》以杨花喻人，曲尽其妙，更胜一筹。皋文的咏杨花词，悱恻缠绵，借杨花曲曲传情，以杨花喻人，哀其飘零之苦，不甘心“无声委地”，拼命挣扎“将低重又飞还”。“月地和梅，花天伴雪”，耐得清寒，洁身自好，是一个铁骨铮铮的寒士的写照。皋文有《水龙吟·夜闻海涛声》一词，声气浩大，气壮山河，全然不同于上边二首词低回要眇，悱恻缠绵，特别与咏杨花中表露出来的“悲春意阑珊，哀物华衰残，叹漂泊不定，终归零落”情调迥异，结尾展现一片和平宁静的境界，并期待明天能够出现，这正是诗人深深向往、苦苦追求的太平世界。在那里没有污浊，没有纷扰，也没有烦恼，更没有凶险。全词如下：

梦魂快趁天风，琅然飞上三山顶。何人唤起，鱼龙叫破，一泓杯影？玉府清虚，琼楼寂历，高寒谁省？倩浮槎万里，寻侬归路，波声壮，侵山枕。　便有成连佳趣，理瑶丝、写他清冷。夜长无奈，愁深梦浅，不堪重听！料得明朝，山头应见，雪昏云醒。待扶桑净洗，冲融立马，看风帆稳。

二、周济

周济（1781—1839），字保绪，号未斋、止庵，字介存，江苏荆溪（今宜兴）人。嘉庆十年（1805）登进士第，官淮安府学教授，有《止庵词》（《介存斋词》），并有《介存斋论词杂著》，选辑《宋四家词选》。他早年曾从张惠言的外甥董士锡学词，是张惠言的再传弟子。但他论词对张惠言的词论既有继承，也有修正。首先，他把词独立出来，提出“诗有史，词亦有史，庶乎自树一帜矣”，强调词作为一种独立文体的地位。其次，他也强调寄托，在《宋四家词选目录序论》中提出“夫词非寄托不入，专寄托不出。一物一事，引而伸之，触类多通”。认为学词要能空能实，先空后实，并提出“初学词求有寄托，有寄托则表里相宣，斐然成章。既成格调，求无寄托，无寄托，则指事类情，仁者见仁，智者见智”（《介存斋论词杂著》）。不同于张惠言一味强调有寄托。再次，张惠言在宋代词人中，看不上柳永、黄庭坚、刘过、吴文英，在其《词选》中不选吴文英词，而周济却特别看好吴文英，在《宋四家词选》中把吴文英作为“领袖一代”的词人，评价也很高，说：“梦窗奇思壮采，腾天潜渊，反南宋之清泚，为北宋之秾挚。”他指出学词的深径是“问途碧山，历梦窗稼轩，以还清真之浑化”。经周济的努力，常州派的理论更简明实用，影响也更广泛深远，笼罩着清代后期的词坛。然而周济自己的词与其理论却名不副实，有“专寄托不出”之感。如其咏柳絮的《蝶恋花》：

柳絮年年三月暮，断送莺花，十里湖边路。万转千回无落处，随侬只赁低低去。　满眼颓垣攲病树，纵有馀英，不值风姨妒。烟里黄沙遮不住，河流日夜东南注。

这首词里究竟寄托什么，令人费解，词意隐晦难明：是为惜春而感叹，还是为盛衰荣枯之快而哀吟？是在悲叹当前江河日下的国运，还是只限于个人的愁怨？所以吴梅在《词学通论》中评说："止庵自作词，亦有寄托，唯能入而不能出耳。"《宋四家词选》中所定的"领袖一代"的词人，定得并不精确，例如王沂孙在宋代算不上一流词人，竟被列入"领袖一代"词人中，令人殊不可解。

第三节　浙、常两派牢笼下的晚清词坛

常州词派强调要有寄托，要寄托首先应该是大事件，就是寄寓家国之忧，只是寄寓个人身世，意义不大。前期常州所处的时代虽然已是封建社会处于江河日下，临近崩溃，但当时的词人都是一介书生，缺乏敏锐的目光，没有灵敏的政治头脑，意识不到封建社会行将就木，只看到当时社会表面上的平静。对他们来说，上无清初遗民之恨，下无道光时鸦片战争之痛，仅有一些怀才不遇、身世沦落的苦恼，然而缺乏深广的社会意义，因此词中虽有寄托，却缺乏厚重感。直到鸦片战争后，列强不断入侵，国家的危亡，民族的灾难，才使所寄托的内容充实，有了新的意境，这真是"国家不幸诗家幸"。晚清词坛，基本上为浙、常两派所牢笼。但两派词人中，直面现实的也不多。

一、庄棫

庄棫（1830—1878），字中白，江苏丹徒人。先世为盐商，后家道中落，校书淮南、江宁。有《蒿庵词》（一名《中白词》）。他是常州派的重要作家，与谭献齐名，但其成就不如谭献，而陈廷焯却对他评价极高，在《白雨斋词话》中说："蒿庵词穷源竟委，根柢槃深，而世人知之者少。余观其词，匪独一代之冠，实超越三唐、两宋，与风骚、汉乐府相表里。自词人以来，罕见其匹。而究

其得力处，则发源于国风小雅，胎息于淮海、大晟，而寝馈于碧山也。”这是言过其实的吹捧。其实说他为“一代之冠”，也担当不起。所谓“超越三唐、两宋”云云，更是不顾实际胡吹瞎捧了。如其《买陂塘》，陈廷焯评说：“骚情雅意，词品超绝。其年、竹垞，才气虽高，此境却未梦见。”其实这首词里所写的无非是男女之情、相思之意，无论是艺术技巧还是思想境界，都没有超越前人的新意。把如此平平之作捧上了天，真是盲人说瞎话，全不顾事实。其词如下：

问西风，数行新雁，故人今向何许？衔来音信从谁至，宛转似将人语。休轻顾，便拆得封时，都是伤心句。此情最苦。剩凉月三更，盈盈血泪，化作杜鹃去。　空阶外，往日佳期已误。凄凉说与迟暮。清商一曲原萧爽，消受几多霜露。情莫诉！休再望，南天渺渺衡阳浦。锦笺付与。回首绛云飞，伤心只在，一点相思处。

二、谭献

谭献（1832—1901），原名廷献，字涤生，又字仲修，号复堂，浙江仁和（今杭州）人。有《复堂词》，并辑录清人词编为《箧中词》，皆标比兴，崇体格。他论词，本于常州派的理论，加以发挥，散见于《词文辨》《箧中词》及《复堂日记》，后由其弟子徐珂辑为《复堂词话》。其词多抒写哀怨，也有感叹时政。如：

庭院深深人悄悄，埋怨鹦哥，错报韦郎到。压鬓钗梁金凤小，低头只是闲烦恼。　花发江南年正少，红袖高楼，争抵还乡好？遮断行人西去道，轻躯愿化车前草。

——《蝶恋花》六首其五

又指离亭树。赁春来、消除愁病，鬓丝非故。草绿天涯浑未遍，谁道王孙迟暮？肠断是、空楼微雨。云水荒荒人草草，听林禽、只作伤心语。行不得，总难住。　今朝滞我江头路，近篷窗、岸花自发，向人低舞。裙衩芙蓉零落尽，逝水流年轻负。渐惯了单寒羁旅。信是穷途文字贱，悔才华却受风尘误。留不得，便须去。

——《金缕曲·江干待发》

陈廷焯在《白雨斋词话》中说：“仲修《蝶恋花》六章，美人香草，寓意甚远。”对上面引录的这一首具体评论说其上阕“传神绝妙”，下阕“沉痛已极，真所谓情到海枯石烂时也”。其实除了男女之情、相思之意以外，还有什么深远的寓意，陈廷焯未说，我们也一时未发现。至于这首《金缕曲》，写的是将发未发之际这一刹那的感情，既“行不得”，又“总难住”，此行有不得已之苦衷，“留不得，便须去”，一腔无可奈何之意，宛转缠绵，深情怨断。究竟有什么难言之隐，欲吐又吞，吞吞吐吐，总不能一言道破，备觉委婉清空，颇能体现浙派的特点。叶恭绰在《广箧中词》中评说：“如此方可云清空不质实。”

三、王闿运

王闿运诗文学汉魏六朝，其词清微窅眇，独抗高音，欲作惊人之语，矜练之极，而归于自然。融前人诗句入词，极为自然，令人读后不觉。如其《一萼红·庚辰人日定王台宴集和姜白石》：

汉王宫，正良辰胜赏，荆楚岁华秾。草衬骢嘶，松留鹤守，谁道时序匆匆？入春早、商量海柳，看嫩蕊、新绿引东风。花在思前，雁归人后，酒满吟中。　怀古感时都罢，喜清时政暇，故国年丰。一水西浮，层阴北望，还

见云树重重。似今欲归归便得，休惆怅，寒涧石床东。寄
语繁花，明年更映人红！

四、冯煦

冯煦（1843—1927），字梦华，号蒿盦，江苏金坛人。光绪十二年（1886）登进士第，官至安徽巡抚。辛亥革命后，自称蒿隐公。有《蒙香室词》（一名《蒿庵词》）《蒿庵词话》，并编《宋六十一家词选》，词尚婉约，坚拒豪放。谭献在《复堂日记》中说他的词“趋向在清真、梦窗，门径甚正，心思甚邃，得涩意，惟由涩笔”，还说其“单调小令，上不侵诗，下不堕曲，高情远韵，少许胜多，残唐北宋后成罕格。梦华有意于此，深入容若、竹垞之室，此不易到”。如《南乡子》：

一叶碧云轻，建业城西雨又晴。换了罗衣无气力，
盈盈，独倚阑干听晚莺。　何处是归程？脉脉斜阳满旧
汀。双桨不来闲梦远，谁迎？自恋蘋花住一生。

五、王鹏运

王鹏运（1849—1904），字幼霞，一字佑遐，号鹜翁、半塘，广西临桂人，同治十二年（1873）举人。官至礼科掌印给事中。治词，有《半塘定稿》等。与朱孝臧、郑文焯、况周颐合称“晚清四大家”。其词多针砭时弊、悲慨政事之作。又能吸收浙、常两派之长而融合变化，自成一格。朱祖谋在《半塘定稿序》中说：“君词导源于碧山，复历稼轩、梦窗，以还清真之浑化。与周止庵氏说契若针芥。”特别值得一提的是，在光绪二十年（1894），安维峻因上书光绪，弹劾李鸿章，被慈禧发配张家口军台。他不顾自身安危，不仅为之送行，且以《满江红》词相赠。这首词虽无南宋张元干的《贺新郎·送胡邦衡赴新州》那样慷慨激昂，大义凛然，但也

表示了对安的深深赞许，称之为“真御史，奇男子”，对他的行动给予高度评价。要知道那是一个“宰相有权能割地”（其权实慈禧授予）、不准书生说话的时代，写这样的词是要冒极大风险的。今录其《满江红·送安晓峰侍御谪戍军台》一词于下：

荷到长戈，已御尽，九关魑魅。尚记得，悲歌请剑，更阑相视。惨淡风烟边塞月，蹉跎冰雪孤臣泪。算名成，终竟负初心，如何是？　天难问，忧无已；真御史，奇男子。只我怀抑塞，愧君欲死。宠辱自关天下计，荣枯休论人间世。愿无忘，珍惜百年身，君行矣。

六、郑文焯

郑文焯（1856—1918），字俊臣，号小坡、叔问，又号大鹤山人，奉天铁岭（今属辽宁）人。属汉军正黄旗，自言原籍山东高密。光绪元年（1875）举人，官内阁中书。能词，兼长金石、书画、医学。有《大鹤山房全集》。词集有《冷红词》《比竹馀音》《苕雅馀集》《瘦碧词》，晚年删定为《樵风乐府》。俞樾在《瘦碧词序》评论其词曰：“论其身世，微类玉田，其人与词，则雅近清真、白石。”又曰：“君词体洁旨远，句妍韵美。”冒广生在《三小吾亭词话》中评论其词时说：“本朝词家虽多，若能研究音律，深明管弦声数之异同，上以考古燕乐之谱者，凌次仲外，此为仅见。”由此可知其词有两大特点，一为“体洁旨远，句妍韵美”；二为“研究音律”。今以其《虞美人》为例，以见一斑：

镜屏香冷夫容荐，花趁人凝淡。问谁下马看梳头？长是画帘高卷卧清秋。　宿妆留得新眉在，人意依前改。一沟脂水绕楼东，中有几行闲泪往来红。

七、朱孝臧

朱孝臧（1857—1931），一名祖谋，字古微，号彊村，浙江归安（今湖州）人。光绪九年（1883）登进士第，二甲第一名，改庶吉士，授编修，擢侍讲学士，官至礼部侍郎。有《彊村语丛》，曾校刻唐、宋、金、元人词160馀家，不少资料赖以保存。有《宋词三百首》选本，流传颇广，几乎可与《唐诗三百首》媲美。他在这方面的贡献大于其词作。至于其词王国维在《人间词话》中说："彊村学梦窗，而情味较梦窗反胜。盖有临川、庐陵之高华，而济以白石之疏越者。学人之词，斯为极则。然古人自然神妙处，尚未见及。"其词，王国维许以"隐秀"。在浙、常两派笼罩晚清词坛时，其词不为两派所限制，"跨常迈浙，凌厉跞朱"（张尔田《彊村遗书序》）。不过两派对他还是有一定的影响。龙榆生在《忍寒词序》中说："侍郎晚年颇取法于苏。"王国维最赞赏其《浣溪沙》说："笔力峭拔，非他词可能过之。"现将二阕录于下：

独鸟冲波去意闲，坏霞如赭水如笺，为谁无尽写江天？　并舫风弦弹月上，当窗山髻挽云还。独经行地未荒寒。

——其一

翠阜红崖夹岸迎，阻风滋味暂时生，水窗官烛泪纵横。　禅悦新耽如有会，酒悲突起总无名。长川孤月向谁明？

——其二

八、况周颐

况周颐（1859—1926），原名周仪，字夔笙，号蕙风，广西临桂人，与半塘同乡。光绪五年（1879）举人，官内阁中书。工词，有《蕙风词》及《蕙风词话》。论词重气格。反对过于雕琢，同时也反对过于直率，要恰如其分。提出“能以吾言写吾心，即于吾词也……由吾心酝酿而出，即吾词之真也，非可强为，亦毋庸强求”，主张“真字是词骨。情真、景真，所作为佳”。他作为“晚清四家之一”，也跟其他三家一样，其词很少反映那个不幸时代的社会现实，多数为抒发个人哀愁。王国维在《人间词话》（附录）中评说：“蕙风词，小令似叔原，长调亦在清真、梅溪间，而沉痛过之。彊村虽富丽精工，犹逊其真挚也。天以百凶成就一词人，果何为哉！”叶恭绰在《广箧中词》中评说：“夔笙先生与幼遐翁崛起天南，各树旗鼓。半塘气势宏阔，笼罩一切，蔚为词宗；蕙风则寄兴渊微，沉思独往，足称巨匠；各有真价，固毋庸为之轩轾也。”如其《满庭芳》：

> 帘押寒轻，窗茸暝重，一庭浓绿无人。空梁旧燕，来伴倦吟身。又是荼蘼过也，铜驼陌，轧轧香轮。东风里，残花藉草，何处更飘茵？　前尘，如昨梦，金觞玉柱，鹤岭龙津。念飘零投老，惆怅逢春。便有桃源思问，不知汉、毕竟知秦。天涯路，关河寸寸，一寸一伤神。

此词抒写其身世之感。他是清朝清贵的官员，内阁中书相当于内阁中的秘书；清亡时，他52岁，在清朝尚有升迁希望，应该说他的升官梦在辛亥革命成功时，与清王朝一起彻底破灭。晚年居上海靠卖文为生，常有无米为炊之忧。此时，他不仅断了升官梦，而且生活艰辛，因此词中不免多伤心愁苦之辞，这就是他“长调亦在清真、梅溪间，而沉痛过之”的原因。

晚清四家，纯粹是着眼于艺术技巧，思想内容不仅没有新东西，而且偏于陈旧。从艺术技巧来说也就是往来于清真、白石、梦窗、梅溪、碧山数家之间，偶有学苏、辛之处。不管学得多像，说到底是模仿秀。其实不管模仿谁，模仿得再像而没有创造，也是赝品，是不会有出路的。晚清的著名词家，只在艺术技巧上下功夫，脱离时代，远离人民，因此词至晚清最终逃脱不了衰亡的命运。

九、陈廷焯

陈廷焯（1853—1892），光绪十四年（1888）举人。著有《白雨斋词钞》与《白雨斋词话》，属常州派，锐意复古，尚模拟而轻创举，其词话之名超过其词作。他评论词强调要“沉郁”，说“作词之法，首贵沉郁，沉则不浮，郁则不薄”。并对沉郁的含意做了解释：“所谓沉郁者，意在笔先，神馀言外，写怨夫思妇之怀，寓孽子孤臣之感。凡交情之冷淡，身世之飘零，皆可于一草一木发之。而发之又若隐若见，欲露不露，反复缠绵，终不许一语道破，匪独体格之高，亦见性情之厚。”在《白雨斋词话》及他的另一本词话《词坛丛话》中，对词的起源、历代著名的词作家及其重要作品，都进行了论述，几乎成了词史。但他本人词的成就不大，因为过分模拟宋人，鲜有创新。如其《鹧鸪天》：

> 一夜西风古渡头，红莲落尽使人愁。无心再续西洲曲，有恨还登舴艋舟。　残月堕，晓烟浮，一声欸乃入中流。幽怀不肯同零落，却向沧波弄素秋。

在这首词里，从六朝乐府到唐诗宋词，他大量化用前人句子，唯独没有自己的东西。

第四节　在阳羡和浙、常两大派以外的清代词人

清代还有一些词人，他们的词作也许在客观上会接近其中一派，但事实上与上述几派都没有必然联系。还有几位女词人，更与

哪一派也没有密切关系。

一、王夫之

王夫之的词与诗一样，多写亡国之恨。然写得较隐晦，常常通过写景咏物曲曲传出，风格遒劲。如：

似惜花娇，如怜柳懒，前月峭寒深护。从今追数，雨雨风风，总是被他轻误。便与挥手东风，闲愁抛向，绿阴深处。也应念、曲岸数枝新柳，不禁飞絮。　争遣不、烧烛留欢，暗邀花住？坐待啼莺催曙。怕燕子归来，定巢栖稳，不解商量细语。未拟攀留长久，乍雨乍晴，由来无据。待荷珠露满，梅丸黄熟，任伊归去。

——《惜馀春慢》

桃花红映春波水，盈盈只在沅江里。湘水下巴邛，湖西是鼎州。　停桡相借问，咫尺花源近。三户复何人，长歌扫暴秦。

——《菩萨蛮·桃源图》

向西园、花飞一片，早已伤心春去。残红落尽更如今，难把流光追数，留不住。征鸿影、黄沙紫塞秦关路。从谁寄语？道有人独对，雨打梨花，看粘泥飞絮。　倩流水、欲觅芳踪还误。津头风雨深妒。凄凉庾信江南赋，难向无情天诉。为楚舞，流不尽、楚歌血溅阴陵土，寸心知苦。望万里荒烟，一蓑渔艇，渺渺无归处。

——《摸鱼儿》（作者自注：辛词“烟雨斜阳”之句，宜其悲也。乃尤有甚于彼者，复用韵写之。）

二、毛先舒

毛先舒（1620—1688），更名骙，字驰黄，一字稚黄，浙江钱塘（今杭州市）人。明诸生。曾受知于陈子龙，为“西冷十子”之一。填词务求新意，遭甲申之变，清兵入关，眼看国土遭蹂躏，因此入清后的词多亡国之痛、黍离之悲。如《水龙吟·一夜》：

恍惚梦影楼台，花枝乱学宫腰舞。云肩辮着，微红淡绿，恹恹眉妩。明月雕阑，好风罗袖，半飘香雨。自空梁燕别，春深不见，絮帘外，双双语。　想得非关此世，饮琼浆、夙曾邀取。如何一夜，树头树底，残英无主？光景流波，此身也是西陵抔土。只钟情无奈，年华垂老，越添凄楚。

三、陆嘉淑

陆嘉淑（1619—1684），字冰修，一字孝可，号辛斋，又号射山，海宁（今属浙江省）人。入清后，隐居不仕，与曹溶及“西泠十子”等交往。工词，与弟宏定称“二陆”。有《辛斋诗馀》一卷，存词88首。词风多样，有风流缠绵的，也有豪放飘逸的。今各录一首于下：

秋风已是人憔悴，又洒孤鸿泪。看君长则抱深情，总为神伤魂断鬓华生。　当时已拟随伊侧，曲折浑难白。可怜旧事莫轻忘，且令三年无梦到高唐。

——《虞美人·纪事》

少时走马邯郸道，风扑征衣沙扑帽。归来高卧几沧桑，依然春发王孙草。　松醪冻拍浮蛆好，长啸一尊频自倒。已知一岁是平添，可能偏遣英雄老。

——《玉楼春·和先渭南立春》

四、陆宏定

陆宏定（1629—？），又名弘定，字紫度，海宁（今属浙江省）人。明亡后，其父绝食而死，其兄隐居不仕，时宏定虽尚年少，也始终不肯与清政府合作，志尚高洁，不仅自己不应试，并止子侄应试。平日多与曹溶、黄宗炎等人往来唱酬。有《凭西阁长短句》，存词61首。其写景词境界清幽，委婉缠绵，偶尔流露故国之思。如：

烧烟一带云零乱，柔橹轻舟。急涨回流，落日青山远黛收。　　如钩新月盈盈上，何处凭楼！短笛悲秋，惹着羁人一片愁。

——《罗敷媚·梅里归舟》

依旧莺花，听箫鼓，喧阗何处。正美景迁延，良宵三五。衰柳叶凋蒙宿雾，残荷香褪催今雨。是羁人、憔悴懒寻游，非无侣。　　湖畔路，长留汝；容易别，难为主。看堤外芳骢，山头神女。玉宇斜阳流彩练，金尊子夜浮红乳。怅秋风，回首少年时，曾分取。

——《满江红·西湖和庆百韵》

五、屈大均

屈大均为“岭南三大家”之首，诗词都郁勃坚拔，故国之思溢于言表。其词上承陈子龙开创变革之风，与陈维崧同为清初词坛的开创者，其慢词被认为胜于陈维崧，更为精练凝重。如《长亭怨·冬夜与李天生宿雁门关作》：

记烧烛雁门高处，积雪封城，冻云迷路。添尽香煤，紫貂相拥夜深语。苦寒如许，难和尔，凄凉句。一片望乡愁，醉不到垆头驼乳。　　何处？问长城旧主，但见武灵遗墓。沙飞似箭，乱穿向草中狐兔。那能使口北关南，更重作并州门户？且莫吊沙场，收拾秦弓归去。

六、徐灿

徐灿（约1618—1698），字湘蘋，清初长洲（今江苏苏州）人，为太子太保、弘文院大学士陈之遴之妻。善属文，精书画。其词有北宋风格，陈维崧十分赞赏其词，认为"南宋以后，闺房之秀，一人而已。其词娣视淑真，姒畜清照"。陈廷焯在《白雨斋词话》中说："国朝闺秀工词者，自以徐湘蘋为第一。"有《拙政园诗馀》。其词以《踏莎行》最为人赞赏：

芳草才芽，梨花未雨，春魂已作天涯絮。晶帘宛转为谁垂？金衣飞上樱桃树。　　故国茫茫，扁舟何许？夕阳一片江流去。碧云犹叠旧河山，月痕休到深深处。

这首词写初春月夜，景色幽深宁静，勾起一丝淡淡的乡愁，写得恰到好处。陈廷焯说这首词"既超逸，又和雅，笔意在五代北宋之间"。谭献在《箧中词》中说："兴亡之感，相国愧之。"这大约由"故国茫茫，扁舟何许"二句生发出来。不过其夫是清廷高官，她也未必思念亡明。本来"故国"也可作故园解，苏州人远在北京，思乡也是常事。究竟是"兴亡之感"还是乡愁，见智见仁，由读者自己去理解。

七、郑燮

郑燮是著名画家、书法家，填词乃是馀事。但他的词多反映民生疾苦、社会风气，很有特色。有《满江红·田家四时苦乐歌》，今录其三于下：

云淡风高，送鸿雁一声凄楚。最怕是打场天气，秋阴秋雨。霜穗未储终岁食，县符已索逃租户。更爪牙常例急于官，田家苦！　　紫蟹熟，红菱剥；桄桔响，村歌作。听喧填社鼓，漫山动郭。挟瑟灵巫传吉兆，扶藜老子持康爵。祝年年多似此丰穰，田家乐！

八、贺双卿

贺双卿（1715—1736），绡山（今江苏丹阳境内）人。负绝世才，秉绝代姿，其家世代为农。据史震林《西青散记》中记载：“其舅为塾师，邻其室，听之，悉暗记。以女红易诗词诵习之。学小楷，点画端妍，能于一桂叶写《心经》。”可惜“生农家，不能识书生面”，“山中人无有知其才者，第啧啧艳其容”。十八岁时嫁周姓农家子，“其夫长双卿十馀岁”，既贫穷且极粗陋，其姑也凶恶异常。她受尽虐待，常无端遭殴打，不给饭吃。“姑恶夫暴”，受尽折磨，“劳瘁以死”。其姑与夫连起码的人性都没有，她才貌双全，但命如秋叶，深受折磨时不为自己叫苦，却曰：“天乎！愿双卿一身代天下绝世佳人受无量苦；千秋万世后，为佳人者，无如我双卿为也。”真有些耶稣基督钉在十字架上时的襟怀，可敬可佩。其词不假雕琢，一片真情全从肺腑中流出，纯属天籁。后人编其诗词为《雪压轩集》。其《凤凰台上忆吹箫》一词，用大量叠字，远远超过李清照的《声声慢》，把叠字技巧发展到极致：

寸寸微云，丝丝残照，有无明灭难消。正断魂魂断，闪闪摇摇。望望山山水水，人去去，隐隐迢迢。从今后，酸酸楚楚，只似今宵。　青遥。问天不应，看小小双卿，袅袅无聊。更见谁谁见，谁痛花娇？谁望欢欢喜喜，偷素粉，写写描描。谁还管，生生世世，夜夜朝朝。

陈廷焯在《白雨斋词话》中不仅录下了这首词，并加评论说：“其情哀，其词苦。用双字至二十馀叠，亦可谓广大神通矣。易安见之，亦当避席。”确实在这里，双卿把叠字发展到了极致。由于不幸的遭遇，双卿的词绝大多数可用“其情哀、其词苦”来形容，例如：

已暗忘吹，欲明谁剔，向侬无焰如萤。听土阶寒雨，滴破三更。独自恹恹耿耿，难断处，也忒多情。香膏尽，芳心未冷，且伴双卿。　星星，渐微不动，还望你淹煎，有个花生。胜野塘风乱，摇曳鱼灯。辛苦秋蛾散后，人已病，病减何曾！相看久，朦胧成睡，睡去空惊！

——《凤凰台上忆吹箫·残灯词》

世间难吐只幽情，泪珠咽尽还生。手拈残花，无言倚屏。　镜里相看自惊，瘦亭亭。春容不是，秋容不是，可是双卿？

——《湿罗衣》

双卿大概是女词人中最不幸的一个。朱淑真虽说所嫁非人，其夫为市井小民，不懂诗词，但家境尚可，不愁衣食，也不用劳作不止，同时也未闻有家庭暴力。而双卿则其夫既贫穷又极粗陋，且嗜赌成性，双卿劝其戒赌，大怒，不仅拳脚相加，打完后还把她关在柴房里。她“倚薪而坐，对残灯泣焉，为《残灯词》”。其词极凄楚，读之令人肠断。又据《西青散记》记载："双卿性潇洒，而意温密，飘飘有凌云气，无女郎琐窄纤昵态，以才情自晦。"又曰双卿夙有疟疾，"体弱性柔能忍事，即甚闷，色常怡然。……一日，双卿舂谷喘，抱杵而立，夫疑其惰，推之，仆臼旁，杵压于腰，有声，忍痛起，复舂。……炊粥半而疟作，火烈粥溢，双卿急，沃之以水。姑大诟，掣其耳环，曰：'出！'耳裂环脱，血流及肩，掩之而泣。姑举杓拟之曰：哭！乃拭血毕炊。夫以其溢也，禁不与午餐。"双卿常遭受非人的待遇，其情岂有不哀，其词岂能不苦！所以陈廷焯评其词曰："缠绵凄恻，陇头流水，不如是之呜咽也。"

九、杨芳灿

杨芳灿（1753—1815），字香叔，号蓉裳，江苏金匮（今无锡）人。乾隆四十三年（1778）拔贡，官户部员外郎，有《芙蓉山馆词》。虽工词而词名不著，埋没至今，实为不公。其《摸鱼儿》，小序曰"韩景图有句云'归来坐深林，悟到秋生处'。心甚爱之，作此以寄。"全词写秋而无传统的悲秋之意，只是从"秋生处"生发，寻找秋的踪迹，立意新，构思独特，在专讲清空的浙西派与主张有寄托的常州派外，别开生面，掩映生姿，灵动有致：

据胡床、深林独坐，微茫天色催暮。碧云几叶流空影，窣地感秋无据。秋欲语，道还叩骚人，识我家何处？君应不误，想篱豆花边，凉蝉声里，依约认来路。　凄凉意，不数庾诗江赋，天然空外琴趣。伥伥我亦悲秋者，忍掐擅槽遗谱。拚睡去，枕半榻明蟾，梦与秋同住。玲珑窗户，正露沁池莲，夜深人静，花气冷如雨。

十、项鸿祚

项鸿祚（1798—1835），原名继章，改名廷纪，字莲生，浙江钱塘（今杭州）人。道光十二年（1832）举人，应进士试，不第。其词效法纳兰性德，也缘其身世作词多伤心之语、愁苦之音。有《忆云词甲乙丙丁稿》。谭献在《箧中词》中对他的词评价颇高："莲生古之伤心人也。荡气回肠，一波三折，有白石之幽涩，而去其俗。有玉田之秀折，而无其率。有梦窗之深细，而化其滞。殆欲前无古人……以成容若之贵，项莲生之富，而填词皆幽艳哀断，异曲同工，所谓别有怀抱者也。"例如其《满江红》，前边有小序云："九月十四日晚，乘月过虎跑，憩小池上，见寺门未阖，闲步近客室，有皂衣高冠者呵禁甚厉。问老僧，知当轴诸贵人宴两试官于此，始忆城中放榜又三日矣。一笑记此。"

独有嫦娥，不笑我、青衫依旧。正相伴、寺门乞茗，野桥沽酒。小隐竟成丁令鹤，学仙羞逐淮王狗。趁夜凉、来叩远公房，惊而走。　莲座倨，蛮狮吼。松径僻，骄骢骤。只维摩病瘠，见人摇首。身贱自遭奴隶薄，心闲好与溪山友。怪秋坟、鬼听忽揶揄，颜之厚。

这首词用质朴无华的语言，写出了遭受凌辱的愤恨和痛苦，情真语切，可令人感悟世态。再看其《清平乐·元夜》：

画楼吹角，酒醒灯花落。梅未开残风又恶，今日元宵过却。　更更更鼓凄凉，翠绡弹泪千行。并作一江春水，几时流到钱塘！

其实莲生之词也并非全都伤心愁苦、幽怨哀断，也有幽艳清丽、放达潇洒之词。例如《百字令·将游鸳湖，作此留别》：

啼莺催去，便轻帆东下，居然游子。我似春风无管束，何必扬舲千里。官柳初垂，野棠未落，才近清明耳。归期自问，也应芍药开矣。　　且去范蠡桥边，试盟鸥鹭，领略江湖味。须信西泠难梦到，相隔几重烟水。剪烛窗前，吹箫楼上，明日思量起。津亭回望，夕阳红在船尾。

十一、顾春

顾春（1799—约1876），号太清，满洲西林觉罗氏，贝勒奕绘室。是清代著名女词人之一，有《东海渔歌》。其词高逸，胜过徐灿，特别是其《醉翁操·题云林湖月沁琴图》，被认为“用意炼句，飘然云上，有徐灿所不能为者”。全词如下：

悠然，长天，澄渊，渺湖烟，无边。清辉灿灿兮婵娟，有美人兮飞仙。悄无言，攘袖促鸣弦。照垂杨、素蟾影偏。　　羡君志在，流水高山。问君此际，心共山闲水闲？云自行而天宽，月自明而露清。新声和且圆，轻徽徐徐弹。法曲散人间，月明风静秋夜寒。

十二、吴藻

吴藻（1800前后—1844后），字蘋香，自号玉岑子，浙江仁和（今杭州）人。幼而好学，长则肆力于词。家居城东，为厉鹗旧居，但其词明白如话，无浙派习气。后嫁黄某为妻，黄不懂音律，夫妻感情不融洽，以致郁郁而终。有《花帘词》《香南雪北词》。胡云翼、谢秋萍、罗芳洲三人编《词学小丛书》，清代女词人中只取吴藻单独编一册，并称之为“第一流女词家”。她的词，徐珂在《清代词学概论》中引黄燮清的话说：“女士工诗，善琴，娴音律，尤精倚声。初刻《花帘词》，豪俊敏妙，兼而有之。续刻《香南雪北词》，则以清微婉约为宗，亦久而愈醇也。尝与研讨词学，辄多慧解创论。时下名流，往往不逮。其名噪大江南北，信不诬也。”她的词风格多样，例如：

江南忆，最忆绿阴浓。东阁引杯看宝剑，西园联袂控花骢，儿女亦英雄。

——《忆江南·寄怀云裳妹》八首其五

珊珊琐骨，似碧城仙侣。一笑相逢淡忘语。镇拈花，倚竹翠袖生寒；空谷里，相见个侬幽绪。　兰缸低照影，赌酒评诗，便唱江南断肠句。一样扫眉才，偏我清狂，要消受玉人心许。正漠漠，烟波五湖春，待买个红船载卿同去。

——《洞仙歌·赠吴门青林校书》

燕子未随春去，飞到绣帘深处。软语话多时，莫是要和侬住？延伫，延伫，含笑回他不许！

——《如梦令·燕子》

在上边的三首词中，我们看到了三种状态。第一首中呈现出一个英气勃勃、豪情满怀的女子，大有蛾眉不让须眉之概。第二首是赠给当时的吴门名妓青林的词，显示出她风流潇洒，颇有些名士风度。第三首自是小儿女本色，天真娇憨，十分可爱。陈文述在《序》中说：“顾其豪宕，尤近苏辛。”同里魏谦升替她的《花帘词》作序说：“神情散朗，有林下风”。她确实很有一些词极为豪宕，我们再来读一首她的《金缕曲》：

生本青莲界，自翻来几重愁案，替谁交代？愿掬银河三千丈，一洗女儿故态。收拾起断脂零黛，莫学兰台愁秋语，但大言打破乾坤隘。拔长剑，倚天外。　人间不少莺花海，尽饶他旗亭画壁，双鬟低拜。酒散歌阑仍撒手，万事总归无奈。问昔日劫灰安在？识得无天真道理，便神仙也被虚空碍。尘世事，复何怪！

十三、蒋春霖

蒋春霖（1818—1868），字鹿潭，江苏江阴人。其父官荆门州时，他随侍任所。其时尚年幼，尝登黄鹤楼赋诗，使老宿敛手，一时目之为乳虎。父殁，家道中落，奉母游京师。不得志于有司，乃弃举业，就两淮鹾官，后去官居扬州东台而卒。他一生落拓，善诗，中年悉焚去，专致力于词，有《水云楼词》。谭献在《箧中词》中说："《水云楼词》，固清商变徵之声，而流别甚正，家数颇大，与成容若、项莲生，二百年中分鼎三足。咸丰兵事，天挺此才，为倚声家杜老。而晚唐两宋一唱三叹之意，则已微矣。或曰：'何以与成、项并论？'应之曰：'阮亭、葆酚一流，为才人之词。宛邻、止庵一派，为学人之词。唯三家为词人之词，与朱、厉同工异曲，其他则旁流羽翼而已。'"其词中，很少吟咏花鸟风月与应酬之作，多写身世沦落之感与伤别念乱之情。例如：

泊秦淮雨霁，又灯火，送归船。正树拥云昏，星垂野阔，暝色浮天，芦边，夜潮骤起，晕波心，月影荡江圆。梦醒谁歌楚些？泠泠霜激哀弦。　婵娟。不语对愁眠，往事恨难捐。看莽莽南徐，苍苍北固，如此山川。钩连，更无铁锁，任排空樯橹自回旋。寂寞鱼龙睡稳，伤心付与秋烟。

——《木兰花慢·江行晚过北固山》

水晶帘卷澄浓雾，夜静凉生树。病来身似瘦梧桐，觉道一枝一叶怕秋风。　银潢何日销兵气，剑指寒星碎。遥凭南斗望京华，忘却满身清露在天涯。

——《虞美人》

枫老树流丹，芦花吹又残。系扁舟、同倚朱栏。还似少年歌舞地，听落叶，忆长安。　哀角起重关，霜深水寒。背西风、归雁声酸。一片石头城上月，浑怕照，旧江山。

——《唐多令》

十四、蒋沁芳

蒋沁芳（道光年间人），字湘仙，浙江归安（今湖州）人。女词人，其词以俊迈著称。今以其《水龙吟·题谢叠山琴》为例：

携来三尺枯桐，苔痕洗尽铭辞露。当年文节，麻衣掩泣，一弹再鼓。欲愧鸥波，欲羞焦氏，壮怀如诉。任珠徽冷落，冰弦断绝，谁与奏，采薇赋？　应是天教弃赵，溺崖山、被谁轻误？半壁河山、六陵烟雨，空悲无路。茶坂风高，团湖月暗，悯忠潜赴。抛锦囊何地？延陵今得，朱弦南渡。

《清词菁华》中评说：“闺阁词自李清照破空一啸，继迹无闻。沁芳《水龙吟》后片，沉郁苍凉，可以接迹，前六句铁笔诛心，已觉横秋霜气。其下‘茶坂风高’三句，悲壮如闻楚歌。结三句沉哀刻骨，俨欲窥辛弃疾之牖矣。”这话说得虽有几分道理，但言过其实，无论其郁沉苍凉或豪宕磊落都未能超过吴藻，不能说只有沁芳才可以接迹易安。

十五、张祖同

张祖同（1835？—1905），字雨珊，号词缘。湖南长沙人。同治元年（1862）举人。有《湘雨楼词》，其词《望海潮·海上》有苏辛遗韵：

风来无地，云横有岸，中边一碧浮沉。方丈去遥，连翘舞倦，波涛终古难平，车马半空行。问枯槎羽客，几度曾经？暮色苍苍，拟将心曲托孤琴。　沧洲何处伤情？怕重闻水浅，还见尘生。青海故军，乌湖异域，唐家遗迹堪惊。西北是神京。幸中原无事，人道休兵。忽近烟台，乱鸦斜日大旗横。

《清词菁华》中评说："祖同《望海潮》豪情飙举，绝去颓丧。中原有人，神州无恙，读之奋作。"在当时一片悲歌哀叹声中，这样豪壮的词，确实难得一见。

十六、张鸿绩

张鸿绩（生卒年代不详），字药农，贵州仁怀人。同治年间，官四川候补道。有《枯桐阁词稿》。今录其《蝶恋花·登潼关城楼》于下：

浊酒难浇心上事，才说登临，又触新愁起。漠漠寒云千万里，长河落日天垂地。　醉后阑干慵更倚，冷月楼头，谁会悲来意？莫听乌乌桥下水，几多未老英雄泪！

前片结尾两句，境界开阔，气魄宏大。《清词菁华》中说："小题大做，非大手笔不能办。"又说："末结……触目惊心。"当国家多难之际，虽然英雄未老，但报国无门，只有潸然泪下！慷慨悲凉，又无可奈何。

十七、文廷式

文廷式（1856—1904），字道希，一字芸阁，号葆岩，别号纯常子，江西萍乡人。光绪十六年（1890）登进士第，官翰林院侍读学士。为赞助光绪帝亲政，支持康有为发起的强学会，触怒了慈禧太后，被参革职，戊戌政变后，东走日本。能诗词，词学苏辛，接迹陈维崧。有《云起轩词钞》。胡先骕在《评云起轩词钞》中说："云起轩词意气飙发，笔力横恣，诚可上拟苏辛，俯视龙洲。其令词秾丽婉约，则又直入《花间》之室。盖其风骨遒上，并世罕睹，故不从时贤之后，局促于南宋诸家范围之内，诚如所谓美矣善矣。"（转录自龙榆生《近三百年名家词选》）这是说他的词有豪放似苏辛，有婉约若《花间》，存在两种截然不同的风格。今各录其词两首于下：

落花飞絮茫茫，古来多少愁人意。游丝窗隙，惊飙树底，暗移人世。一梦醒来，起看明镜，二毛生矣。有葡萄美酒，芙蓉宝剑，都未称，平生志。　我是长安倦客，二十年、软红尘里。无言独对，青灯一点，神游天际。海水浮空，空中楼阁，万重苍翠。待骖鸾归去，层霄回首，又西风起。

——《水龙吟》

翠岭一千寻，岭上采云如幄。云影波光相射，荡楼台春绿。　仙鬟撩鬓倚双扉，窈窕一枝玉。日暮九疑何处？认舜祠丛竹。

——《好事近·湘舟有作》

这两首词在风格上的差别是明显的。对前一首，王瀣在手批《云起轩词钞》中说："思涩笔超，后片字字奇幻，使神寒。"叶恭绰在《广箧中词》中评说："胸襟兴象，超越凡庸。"还有一首《摸鱼儿·惜春》，王、叶二人也都有评论。王说："精粹之作，后编尤深婉。读此，觉北宋稍率，南宋稍弱矣。"把他说成超越南北宋诸公，实为溢美之词，不足为据。后一首《好事近》，是一首婉约之作，有《花间》遗风，在手批《云起轩词钞》中以"秾绝"二字来评论。这首词写湘江附近的景色，辞采秾艳华丽，但并无太深的意蕴。

十八、梁启超

梁启超（1873—1929），字卓如，号任公，广东新会人。光绪十五年（1889）举人，康有为学生。赞助康有为变法维新，人称"康梁"。变法失败后，逃往日本。晚年在清华讲学。他是政治家、学者兼诗人，其词也不同于一般文人吟花咏月或纯粹感叹身世。例如他逃亡日本15年后回国写的《金缕曲》，前有小序说："丁未（光绪三十三年，1907年）五月归国，旋复东渡，却寄沪上诸子。"词曰：

瀚海飘流燕，乍归来、依依难认，旧家庭院。唯有年时芳俦在，一例差池双翦。相对向、斜阳凄怨。欲诉奇愁无可诉，算兴亡、已惯司空见。忍抛得，泪如线。　故巢似与人留恋。最多情，欲黏还坠，落泥片片。我自殷勤衔来补，珍重断红犹软。又生恐、重帘不卷。十二曲阑春寂寂，隔蓬山、何处窥人面？休更问，恨深浅！

这首词题咏的是燕子，实际上是在为自己写照。这里写的是变法失败后的行踪和感慨。"算兴亡、已惯司空见"，国势衰败到如此程度，实在令人悲痛欲绝。这破旧的“故巢”，虽然“我自殷勤衔来补”，但修修补补已无济于事。改良派的苦恼也在于此。“故巢”虽已破烂，只知修修补补，却想不到要拆了后重垒新巢，因此改良派注定只能以失败告终。

十九、张尔田

张尔田（1874—1945），一名采田，字孟劬，浙江钱塘（今杭州）人。历任北京大学、燕京大学等教授。有《遁庵乐府》。他与邵瑞彭为清词后劲，其词游刃于浙、常二派之外。如其《木兰花慢·尧化门车中作》：

倚軨天似醉，问何地，着羁才？看乱雪荒壕，春鹃泪点，残梦楼台。低回，笛中怨语，有梅花、休傍故园开！燕外寒欺酒力，莺边暖阁吟怀。　惊猜，鬓缕霜埃。杯暗引，剑空埋。甚萧瑟兰成，江关投老，一赋谁哀？秦淮，旧时月色，带栖乌、还过女墙来。莫向危帆北睇，山青如发无涯。

二十、秋瑾

秋瑾（1875—1907），字璿卿，号竞雄，人称鉴湖女侠。浙江山阴（今绍兴市）人。留学日本，参加反清革命，殉难于绍兴。她是清末著名的女革命家，其诗词与一般女子的婉约缠绵不同。有《秋瑾遗集》，系后人编辑其遗作而成。其词充满忧国情思与英雄气概，远胜当时的大多数须眉。例如：

小住京华，早又是、中秋佳节。为篱下、黄花开遍，秋容如拭。四面歌残终破楚，八年风味徒思浙。苦将侬、强派作蛾眉，殊未屑。　身不得，男儿列；心却比，男儿烈。算平生肝胆，因人常热。俗子胸襟谁识我？英雄末路当磨折。莽红尘、何处觅知音？青衫湿。

——《满江红》

惜别多思，伤时有泪，内忧外侮交讧。世局堪惊，前车可惧，同胞何事懵懵？感此独心忡。羡中流先我，破浪乘风。半月比肩，一时分手叹匆匆。　　从今劳燕西东。算此行归国，立起疲癃。智欲萌芽，权犹未复，期君力挽颓慵！化痼学应隆，仗粲花莲舌，起瞶振聋。唤起大千姊妹，一听五更钟！

——《望海潮·送陈彦安、孙多琨二姊回国》

祖国沉沦感不禁，闲来海外觅知音。金瓯已缺终须补，为国牺牲敢惜身。　　嗟险阻，叹飘零，关山万里作雄行。休嫌女子非英物，夜夜龙泉壁上鸣。

——《鹧鸪天》

请看“身不得，男儿列；心却比，男儿烈”，这是何等气魄！“俗子胸襟谁识我？英雄末路当磨折”，在折磨面前，从容不迫，慷慨激昂，这又是何等襟怀！她还有一首题名《感愤》的诗，抒发了悲愤满怀的心情：“莽莽神州叹陆沉，救时无计愧偷生。抟沙有愿兴亡楚，博浪无椎击暴秦。国破方知人种贱，义高不碍客囊贫。经营恨未酬同志，把剑悲歌涕泪横。”她也流泪，不全是惜别，而是“金瓯已缺终须补，为国牺牲敢惜身”，以身许国，充满英雄气概，愧杀那些沉湎于浅酙低唱的须眉浊物！面对女侠，还有谁敢嫌“女子非英雄”？

二十一、王国维

王国维（1877—1927），字静安，一字伯隅，号观堂，浙江海宁人。清末以诸生留学日本，晚年主清华大学研究院。他学识丰富，著有《人间词》《人间词话》《观堂集林》等，另有《曲录》及《宋元戏曲考》等。他受西方哲学家思想影响不小，其中受叔本华影响尤深，能把中西美学思想沟通融合。他是中国古典美学的集大成者，又是中国现代美学的开拓者，其《人间词话》将中西美学思想冶于一炉，有极高的价值。他的词虽也有不少可读的佳作，但总体来说其成就不如词话高，摹拟多于创新。他的词可赞赏处是长于抒情，富有哲理，讲究修辞。且看其《临江仙》：

闻说金微郎戍处，昨宵梦向金微。不知今又过辽西。千屯沙上暗，万骑月中嘶。　　郎似梅花侬似叶，朅来手抚空枝。可怜开谢不同时，漫言花落早，只是叶生迟。

读这首词，令人有似曾相识之感，原来其中不少是从唐诗中化出。其词情调比较低沉，充满忧伤。再来读一首他的《青玉案》：

姑苏台上乌啼曙。剩霸业，今如许。醉后不堪仍吊古。月中杨柳，水边楼阁，犹自教歌舞。　　野花开遍真娘墓，绝代红颜委朝露。算是人生赢得处：千秋诗料，一抔黄土，十里寒螀语。

这首词由怀古开始，感叹吴王已逝，姑苏台荒芜，后人却在此“犹自教歌舞”。尤其是下阕，充满对人生哲理的领悟。抒情与哲理结合，加深了悲凉气氛。

二十二、吕碧城

吕碧城（1883—1943），字圣因，一字兰因，号遁天，安徽旌德人。她是学者兼诗人，精通英文、德文与梵文，尝遍历欧洲，长期寓居瑞士。有《信芳集》《哓珠词》。“学力湛深，识见广博，风度高朗。”《清词菁华》中称其词“恢奇佚荡，如空际散花，缤纷光怪，为樊增祥所激赏。清代妇女词，未有能出其右者”。当然，这是溢美之词。但其词有不少写域外风光，确能令人耳目一新。如《解连环·巴黎铁塔》：

万红深坞，怕春魂易散，九州先铸。铸千寻铁网凌空，把花气轻兜，珠光团聚。联袂人来，似宛转，蛛丝牵度。认云烟缥缈，远共海风，吹入虚步。　　年时战氛重数，记龙蛇起陆，泪血飘杵。望铜标，犹想英姿，问叱咤茵河，阿谁盟主。废苑繁华，化梦影凄凉秋雨。更低徊，绿波素月，美人甚处？

二十三、吴梅

吴梅（1884—1939），字瞿安，号霜崖，江苏长洲（今苏州）人。对南北曲研究颇深，制谱、填词、按拍，一身兼擅。历任北京、中山、中央等大学教授。著有《霜崖三剧》《霜崖诗录》《霜崖词录》《词学通论》等。夏敬观在《忍古楼词话》中说：“瞿安为曲家泰斗，其词亦不让遗山、牧庵诸公。近得其……诸词，豪宕透辟，气力可举千钧。”如《蝶恋花》：

拍案悲歌中夜起，生小吴侬，却带幽并气。汴水东奔湘水沸，人间难得埋愁地。　　又向华亭听鹤唳，烟驿灯昏，谙尽劳生计。谁解霜裘温半臂，少年结客谈何易！

二十四、邵瑞彭

邵瑞彭（1888—1938），字次公，浙江淳安人。精研齐诗、《淮南子》及古历算学。民国初被选为众议院议员，因反对曹锟贿选，著声于世。其后历任北京师范大学、河南大学等高校教授。晚年寓居开封，穷愁潦倒而卒。著有《扬荷集》《山禽馀响》等。卒后不久，日寇侵华，抗日战争爆发，遗稿散佚。词学清真，夏敬观在《忍古楼词话》中评说其词："笔力雄健，藻彩丰赡。"叶恭绰在《广箧中词》中评说："次公词清浑高雅，工于铸剪。"他与张尔田并称为"清词后劲"，他是清词殿军。《蝶恋花》四首颇为人赞赏，称其"造语融雅无迹，独能行之以气。"其实大量化用前人诗句，并无新意。今录第二首于下：

东去伯劳西去燕，织女黄姑，岁岁还相见。玉露无声银烛短，有人遥夜停针线。　　二十四阑闲倚遍，河汉盈盈，争似红墙远。井上蛛丝牵不断，中庭谁唱双蕖怨？

虽然有人称之为"清词后劲"，其实在其短短50年的生命中，有27年生活在清王朝灭亡后，而在清王朝统治期间，他只生活了23年，而且大部分是无知的童年与少年，显然说他是民国初年的词人更妥。但是清末民初的大部分词人，脱不了清真、梦窗、白石、碧山等人影响，为圈内人交口赞赏的，几乎全是模仿秀，缺少创造。这些在内容上没有新思想、在艺术上不见新突破的词作，用破嗓子唱老调，脱离现实，远离民众，听者寥寥，唱者也只好自我陶醉，最终只能偃旗息鼓，归于沉寂。

第十章　日趋衰落的清代散曲

散曲到了清代，已呈衰落之势，无论是数量还是质量，都远不如明代。作品的数量只不过是明代的三分之一，且很少有专集存世，大多散见于诗文词集和笔记、小说和曲谱、曲话一类书中。除清初有一些较好的作品外，鲜有独创。

第一节　清初遗民散曲

从顺治到康熙中，这时期的作者是从明末过来的，经过改朝换代，难免有些沧桑之感，因此他们的作品有一定的内容。

一、沈自晋

沈自晋（1583—1665），字伯明、长康，晚号鞠通生，吴江（今江苏苏州）人。是明末吴江派首领沈璟的从子，一生未仕。明亡后，隐居吴山。精音律，善度曲，存小令75首，套数32篇。其曲时有黍离之悲、兴亡之感，如【南杂调・六犯清音】《旅次怀归》：

〔梁州序〕西山薇苦，东陵瓜隽，孤竹千秋难践。青门非旧，萧条故苑依然。

〔浣溪沙〕雪径迁，云根变，望虹亭驿路谁传。

〔针线箱〕愁的我寒烟宿雨残兵燹，愁的我衰草斜阳欲暮天。

〔皂罗袍〕江山千古，波萦翠镌。兴亡一旦，歌狂酒颠，挥毫写不尽登楼怨。

〔排歌〕梅含韵，柳待妍，羁人应想旧家园。

〔桂枝香〕好倩东风便乘帆，早放船。

二、徐石麒

徐石麒（生卒年不详），字又陵，又字长公，号坦庵，别署坦庵道人。原籍湖北，一作鄞县（今浙江宁波），流寓江都（今江苏扬州）。工诗词，善画花卉，尤精度曲。明亡，不应试，以诗酒自娱。一生著作甚丰，有诗、词、文集300馀卷。今存小令52首，套数10篇。其曲外观清雅，内蕴抑郁，委婉表达了黍离悲怀。如【北正宫·醉太平】《草轩自理》：

青山乱摆，曲水通来，对虹桥柳径斜开，把桃花间栽。琅琅翠竹风声在，离离短菊天然态。老梅横影向疏斋，利名来不睬。

三、沈永隆

沈永隆（1606—1667），字治佐，号冽泉，沈自晋长子。明诸生，克绍父音，存小令3首，套数2篇。其【南正宫·双红玉】《甲申除夕咏》充满亡国之痛：

〔小桃红〕岁岁个书生老，怎蓦把愁怀吊。

〔玉芙蓉〕痛思君半载，尽此今宵。羞看旧吏颁新朔，忍见新符换旧桃！

〔红娘子〕听竹爆，声终亥交，甚玉烛千年照。

四、归庄

归庄（本编第一章第二节已做过介绍），他有套数一篇，无曲牌名，题名《万古愁》，2300馀字，从盘古一直写到明亡，着重写了明亡这一段情况。全文抄录太长，我们重点摘抄几段写明亡时的情况，以见一斑：

痛痛痛！痛的是十七载圣明天子横尸在长安道。痛痛痛！痛的是咏《关雎》颂徽音的圣母抛首在宫门没一个老宫娥私悲悼。痛痛痛！痛的是掌上珍的小公主一剑向朝阳倒。痛痛痛！痛的是有圣德的东宫砍作肉虾蟆。痛痛痛！痛的是无罪过的二王竟填了长城窖。痛痛痛！痛的是奉宝册的长信宫只身儿陷在贼营杳。

恨的是左班官平日里受皇恩，沾封诰，乌纱罩首，金带围腰，今日里向贼庭稽颡得早。那如鬼如蜮的文人，狗苟蝇营，还怀着几句劝进表。那不争气蠢公侯，如羊如豕，尽斩首在城东墺。那娇滴滴的处子，白日里恣淫奸。俊翩翩的缙绅们，牵去做供奉龙阳料。更可恨九衢万姓悲无主，三殿千官庆早朝，便万斩也难饶。

没一个建旌旄下井陉张天讨，没一个鞭铁骑渡黄河使贼胆摇，没一个痛哭秦庭学楚包，没一个洒泪新亭仿晋导，没一个击江楫风涌怒涛高，没一个舞鸡鸣云静月痕小，没一个拥孤城碎齿在睢阳庙，没一个喷贼血截舌似常山杲。大都是黑夜风声尽遁逃，把青徐兖济拱手儿送得好。

夸定策号翼戴铁券儿光耀，倚狐朋树狗党蜩蛄般喳噪。巴掌大的两淮供不起群狐吵，更半壁江南下不得诸公钓。反让那古建州做了兴义帝的隆准公军容素缟，可怜那图雪恨的将军做了绝救兵的李都尉辫发缨帽。兀的不闷杀人也么哥！兀的不闷杀人也么哥！尚敢贪天功在秦淮渡口把威耀。

五、沈谦

沈谦（1620—1670），字去矜，别号研雪子，仁和（今浙江杭州）人。6岁能辨四声，初学温、李，后学盛唐。与陈子龙、毛先舒等十人称“西泠十子”，诗文词曲俱工，尤精于音韵、戏曲，是洪昇的老师。崇祯十五年（1642）补县学生员。明亡，隐于医，有较强的民族气节。存小令75首，套数20篇。内容以写恋情居多，还有写景、旅怀、悼亡等，含情凄楚。读其散曲，不禁令人想起唐末的韩偓，善写艳情诗，但在不少诗中美人香草，另有寄托，至于去矜的散曲中，我想恐怕也另有寄托，只是我们没有能一一参透。如他有好几首悼亡的作品，写得十分悲痛，但悼的是亡人还是亡国？这人又是谁？是妻，是妾，还是暗指崇祯？不得而知。我们具体看看他的两首小令，前一首中的“风风雨雨”等，似乎有所指；后一首凭吊一位被无辜折磨而不幸夭折的才女，寄予无限同情：

暖溶溶醉乡，软那那睡乡，实恁多情况。风风雨雨太猖狂，活把蛾眉葬。绿草风低，红楼烟障，抵牙儿含泪想。千行，万行，添了西湖涨。

——【北中吕·朝天子】《湖上感怀》

〔五马江儿水〕青山夕照，芳魂何处招？只见寒烟碧树，乱水斜桥，嫩桃花风外飘。

〔金字令〕想着你听雨无聊，临波独笑。直弄得红啼绿怨，翠减香消。今来教人空泪抛！

〔桂枝香〕怪苍天恁狠，怪苍天恁狠！生他才貌，将他啰唣。漫心焦，如今几个怜文采，只是卿卿没下稍！

——【南仙吕·入双调江头金桂】《孤山吊小青墓作》

第二节　清初由明入清文士的散曲

一、尤侗

尤侗（1618—1704），字同人，又字展成，号悔庵，又号西堂老人、艮斋。长洲（今江苏苏州）人。博闻强记，工诗文，善词曲，顺治五年（1648）拔贡，除直隶永平府推官，顺治帝见其所作乐府，誉之为“真才子”。因挞旗丁罢官，至康熙十八年（1679）召试博学鸿词科，名列第二，玄烨称之为“老名士”，授翰林院检讨，与修《明史》，居三年，告归，隐居林下二十馀年，称“东南老宿”。存小令19首，套数2篇。在其散曲中，以《十空曲》最负盛名，分别说盖世功名、敌国赀财、甲第田园、绝世红颜、大地音声、饮食因缘、眷属团圞、锦绣文章、尔我恩仇和万法无常，到头“总是空”。这表明在改朝换代之际，文人思想苦闷，精神无所依托。他的【北般涉调·耍孩儿】《和高侍郎席上作》两首其二，也表达了这种思想：

叹浮生灯上花，看人情浪里舟。朝歌暮哭同何有？须知道云翻雨覆难开口，水尽山穷急转头。早参来三分透，慢钻求牧羊思马，休错认骑马寻牛。

二、吴绮

吴绮（1619—1694），字薗次，号丰南，又号听翁、葹叟，别署红豆词人，江都（今江苏扬州）人。顺治十一年（1654）拔贡，以荐授秘书院中书舍人。顺治十五年迁兵部职方司主事，后迁武选司员外郎。康熙二年（1663）升工部正郎。康熙五年出任浙江湖州知府，居官清介，不畏强悍，多惠政。因尚风雅、饶风味、多风力，时人称之为“三风太守”。后忤上官，罢归。工诗善曲，著作甚丰。今存小令4首，套数9篇。其套数《苏台怀古》《赠苏昆生》

《且歌》《江夏君五十》《旅怀》等，都透露出沧桑感，我们来具体看看【南中吕 · 尾犯序】《赠苏昆生》：

〔南中吕尾犯序〕风雪打貂裘，乡思惊梅，客心催柳。古寺栖迟，见白发苏侯，如旧。最喜是中原故老，犹记取霓裳雅奏。相怜处，把繁华往事，灯下说从头。

〔倾杯序〕风流，忆少年，不解愁，游侠争驰骤。也曾向麋鹿台前，貔貅帐里，金谷流连，玉箫迤逗。把豪情倚月，逸气干云，西第南楼，都付与漆园蝴蝶老庄周。

〔玉芙蓉〕沧桑一转眸，云雨双翻手。到如今萧萧，霜鬓如秋。那些个五侯池馆争相迓，只落得六代莺花莽不收。抛红豆，叹知音冷落，向齐廷弹瑟好谁投？

〔小桃红〕枉湿了浔江袖，还剩得兰陵酒。尽红牙拍断红珠溜，青鞋踏遍青山瘦，把黄冠撇却黄金臭。管甚么蛟龙争斗无休！

〔尾声〕狂歌一曲为君寿，同在此伤心时候，且劝你放眼乾坤做个汗漫游。

三、朱彝尊

朱彝尊（其生平事迹已在本编第二章第三节中做过介绍）存小令51首，其曲多写江浙一带的风景名胜，几乎占了一半，文辞清雅，有元人张可久的遗韵，只可惜徒有华丽的辞藻，没有深厚的思想情感。有两首【北双调 · 水仙子】、五首【北双调 · 折桂令】写他想归隐，其中流露出不平之气和愤激之情。还有两首【北正宫 · 醉太平】揭露官场上权谋奸诈、争权夺利的丑态，难能可贵。我们来具体看两首他的散曲：

散花新雨上方尊，落叶疏钟下界闻，穿石细泉中岭分。望氤氲，一半儿香烟一半儿云。

——【北仙吕·一半儿】《天竺》

瞎儿放马，纸虎张牙。寒号虫时到口吱喳，尽由他自夸。假词章赚得长门价，老面皮写入瀛州画，秃头发簪了上林花，被旁人笑杀。

——【北正宫·醉太平】两首其二

第三节　清中叶尚奇求新的散曲作家

一、金农

金农（1687—1763），字寿门，又字司农、吉金，号冬心先生、金二十六郎、稽留山民、曲江外史、昔耶居士等，浙江仁和（今杭州）人。不屑仕进，性喜游历，长期客居扬州，善书画，与郑燮、罗聘等八位书画家并称“扬州八怪”。存小令55首，全都是自度曲，清新秀丽，不落俗套。如《题自写曲江外史小像》，自我写照，写出其清高情怀：

对镜濡毫，自写侧身小像。掉头独往，免得折腰向人俯仰。天留老眼看煞隔江山，漫拖著一条藤杖。若问当年，无边风月，曾为五湖长。（自度曲）

二、郑燮

郑燮（生平事迹已在本编第五章第二节中做过介绍）存小令《道情》十首，前六首分别写了老渔翁、老樵夫、老头陀、老道人、老书生、小乞儿，后面四首就发生了变化。如其第七首：

掩柴扉，怕出头。剪西风，菊径秋，看看又是重阳后。几行衰草迷山郭，一片残阳下酒楼，栖鸦点上萧萧柳。撮几句，盲辞瞎话，交还他，铁板歌喉。

第四节　清中叶的其他散曲作家

一、厉鹗

厉鹗（其生平事迹已在本编第四章第二节中做过介绍）存小令81首，任中敏在《散曲概论·派别》评其散曲说："一味崇雅，虽未得元人真味，要得雅之真味，成所谓词人之曲。"这评论还较中肯。在他的散曲作品中，我们看到北曲全面回归，没有给南曲留下一席之地。他的不少曲中，充满世事沧桑之感。有【北双调·清江引】十一首，其中十首写了西湖十景，把西湖有名的美景展示给读者。一首【北双调·折桂令】《述怀》，展现了他独特的性格，也有异于他的大多数"词人之曲"，而是保持了曲的韵味：

问先生底事穷愁，放浪形骸，笑傲王侯。不隐终南，不官彭泽，不访丹丘。搔白发三千丈在手，算明年六十岁平头。天许奇游，弄月蛟门，看雨龙湫。

二、徐大椿

徐大椿（1693—1772），字灵胎，号洄溪老人，后更名大业，吴江人。博学多才，天文、地理、音律等，无不通晓，尤精于医术，弃举子业，行医。有《洄溪道情》三十馀首，大大发展了郑燮的"道情"，抨击了当时的世情积弊、人事恶习。例如其中的《时文叹》，对当时的举子进行了辛辣的讽刺：

读书人，最不济，烂时文，烂如泥。国家本为求才计，谁知道变作了欺人计。三句承题，两句破题，摆尾摇头，便是圣门高第。唐宗是哪朝皇帝。案头放高头讲章，店里买新科利器。读得来肩背高低，口角嘘唏，甘蔗渣儿嚼了又嚼有何滋味？辜负光阴，白白昏迷一世。就叫他骗得高官，也是百姓朝廷的晦气。

三、黄图珌

黄图珌（1700—1771），字容之，号守真子，别署蕉窗居士，峰泖（今上海市松江）人。雍正六年（1728）入都谒选，授杭州太守，不久移衢州。迁河南卫辉知府。善诗词曲，存小令90首。所作散曲，尽为南调，其风味却全类北曲，显示当时南北曲归于一体的发展趋势。多为写景、言情之作，或曰其写景曲明显优于言情之曲。但【南黄钟·风木声】《思亲》一首写得还是很感人的：

〔刮地风头〕风木闲庭不绝声，揾不住思亲泪染衣衿。想当年分甘膝下何佳境，到今日独扫坟头倍苦情。生来这孤寒命分定，直恁的无父无兄。

〔啄木儿中〕不禁人恨抱终天，却好似失哺晚乌摇影。一任你叫爹叫娘何曾应，抵多少猿啼落月归风冷。

〔双声子尾〕不忍听，不忍听，莫浪评，莫浪评，愧杀人道传家孝友，江夏声名。

四、吴锡麟

吴锡麟（1746—1818），字圣征，号縠人，别署东皋生，钱塘（今浙江杭州）人。好学不倦，吟咏不辍，善倚声，为浙西词派的殿军。乾隆四十年（1775）进士，改庶吉士，授翰林院编修，累官至国子监祭酒。乞归后，寓居扬州，历主东仪、梅花、安定、乐仪等书院讲席。存小令71首，套数13篇，曲风清雅，如【南仙吕·掉角儿序】《吴兴道中观插秧者》，写江南农民的插秧劳动，具体生动，读后令人有身临其境之感：

听田讴水乡最宜，鸣秧鼓梅天新霁。转桑阴时看笠敧，立草泥不嫌脚腻。这边抛，那边接，井字排，针尖簇，绿混东西。风来暗长，雨来更肥。娇儿比一般田稚，煞费栽培。

五、凌廷堪

凌廷堪（1755—1809），字仲子，又字次仲，歙县（今属安徽省黄山市）人。乾隆五十五年（1790）进士，授知县，自请改教职，选宁国府教授。他贯通群经，精于声律，存小令15首。他的抒情小曲，简洁清新。如【北双调·庆宣和】《送别》：

柳外春风送画桡，别意萧条。极目烟波路迢迢，去了，去了。

六、赵庆熺

赵庆熺（1792—1847），字秋舲，仁和（今浙江杭州）人。道光二年（1822）进士，选延川知县，因病辞，不赴，改任金华府教谕，以教授终其身。好文章，于词曲尤工，存小令9首，套数11篇，存曲不多，但因长于言情，为人注目。如【南中吕·驻飞云】《沈醉》，写妻子在家焦急地等待丈夫归来，好容易把他等回来，却已是酩酊大醉。妻子对这个醉醺醺的丈夫，又生气又疼爱，写得十分生动：

等得还家，淡月刚刚上碧纱。亲手递杯茶，软语呼名骂。他，只自眼昏花，脚踪儿乱蹁。问著些儿，半晌无回话，偏生要靠住侬身似柳斜。

第五节 全面衰落的晚清曲坛

时至晚清，从总体上来说，曲坛很不景气，作者少作品少，高质量的作品更少。当然也并非一无是处，仔细找，也还能找出有特色的几家来。不过这些人，有的一味模仿张、乔，毫无自身的特色，自然价值不高；还有的虽能结合时事，反映现实，只是太粗糙，艺术性不高，因此价值也不可能高，只是聊备一格而已。

一、许光治

许光治（1811—1855），字龙华，号羹梅，海昌（今浙江海宁）人。少聪慧，从兄光清学。弱冠后，以授徒为生。书画、

篆刻、音乐、医药，无所不精，尤精于词曲，存小令51首，致力于学元人清新雅丽散曲，以张小山、乔梦符楷模。其曲以写景为多，尤其写江南农村真切生动。如【北中吕·满庭芳】二首之二写江南农历初夏四月农村的繁忙情况，十分真切：

绿阴野港，黄云陇亩，红雨村庄。东风归去春无恙，未了蚕忙。连日提笼采桑，几时荷锸栽秧？连枷响，田塍夕阳，打豆好时光。

二、杨恩寿

杨恩寿（1835—1891），字鹤俦，号蓬海，又号蓬道人，湖南长沙人。同治九年（1870）举人，光绪初授盐运使，迁湖北候补知府。后游幕滇、黔，一生大部分过着幕僚生活，很不得志。多才多艺，有“长沙才子”的美称。尤善制曲，存戏曲6种，套数10篇，小令1首。套数【南北双调合套】《题钟馗拥妾踞坐小鬼唱曲图》，借鬼世界对当时腐化堕落的官场进行辛辣讽刺：

〔新水令北〕莽乾坤何处著髯豪，向花丛鬓丝吟老。燕莺催酒伴，风月挂诗瓢，清宦逍遥，画出个偃蹇名场貌。

〔步步娇南〕除魔役鬼同颠倒，袍笏排场好，狰狞面目焦。鹄立通明，密奉驱邪诏。妖氛一旦消，败蚩尤好把这露布从容草。

〔折桂令北〕记当初嫩年华短发飘萧，摘句寻章，诗癖文妖。历风檐烛尽三条，一道文光贯斗勺。试春官抽毫打稿，宴曲江曳帔扬镳。准拿定上了云霄，辞了蓬蒿。一霎时红杏绿衣，倒做了凤泊鸾飘。

〔江水儿南〕古鬼堪为伴，山魈待解嘲。鬼乜些幻出如花貌，赤发卷会订金兰好，蓝面相可鼓同心调。一任那木客胡妖，亏的闯赴阴司，陪著老阎罗谈笑。

〔雁儿落带德胜令北〕今日个退冰衔暑气消，说甚么闹幺幺时局扰。那管他抱枯枝魑魅号，那管他踞城堞狐狸跳。但徼歌吹残碧玉箫，但索醉稳睡风流觉。笥便便皤腹没人嘲，意孜孜拍手临风笑。朝朝，倚荷囊隐纱帽；宵宵，伴红妆扇绿蕉。

〔绕绕令南〕词坛开鼓吹，曲谱按笙箫。问鬼才何处来年少，浑不是五月梅花笛里飘。

〔沽美酒带太平令北〕这清福要人消，这清福要鬼消，向热中徒热恼，看他磷火青青萤火烧。浑忘了昏晓，博得个宦途豪。把玉盏醇醪且倒，试红腔宫商细调。趁凉月歌来最好，向秋坟唱来亦妙。馗呵，赏新声胡床自敲，跷赤脚皂靴暂抛，腐进士这俊风怀一些儿不老。

〔尾声〕鬼庭不恨知音少，扇底风来韵更娇，鬼门关早只春风吹度了。

三、易顺鼎

易顺鼎（1858—1920），字实甫，又字仲硕，号哭盦，龙阳（今湖南汉寿）人。幼聪慧，有“神童”之称，15岁补诸生，光绪三年（1877）19岁中举，曾分教两湖书院，出任广西右江道、广东钦廉道。诗词曲俱工，存小令7首，套数2篇。曲学乔、张，清新雅丽，如【北仙吕·一半儿】《梅意》：

翠禽无语镇惺忪，黄篾三间雪里浓，此去断桥东复东。晓云空，一半儿诗情一半儿梦。

四、凌丹陛

凌丹陛（生平事迹不详）有写鸦片害人的小令【南商调·黄莺儿】《鸦片烟词》24首，如其第1首：

鸦片广东兴，渐相沿，各处行，近来江左为尤甚。食者愈增，价值愈轻，教人都入迷魂阵。任精明，一朝上隐，万事总无成。

五、隐忧子

隐忧子（生平事迹不详）有写鸦片害人的小令【南商调·黄莺儿】《劝戒洋烟》24首，让我们来看看其中的第22首：

忍冻又挨饥，瘾来时，病已危，丑形要惹阎王气。浑身蝴蝶衣，满头虱子皮，亲朋没点哀怜意。果痴迷，莫愁无土，地狱有泥犁。

六、半觉子

半觉子（生平事迹不详）有写鸦片害人的小令【南商调·黄莺儿】《劝戒烟》小令10首，如其第9首：

此辈没人怜，瘾来时，心似煎，垂头丧气真灵验。鼻涕涟涟，眼泪涓涓，聪明人也糊涂变。被魔牵，若能转念，立地即神仙。

第十一章　明清民歌

中国的民歌，大体上说，在唐代以前很受重视，而且这些“乐府民歌”题材多样，内容丰富，在中国的诗歌发展史上占有十分重要的一席。及至唐、宋、元三代，文人的诗词散曲作品质量太高，民间作品难以与之媲美，因此民间作品很少得到关注。到了明清，文人作品日趋下坡，因此又有人关注起民歌来了，有人专门搜集，有人进行详细论述。在明代中后期，有不少文人对民歌情有独钟。像李梦阳、何景明这样在当时颇有名望的诗人对民歌也十分喜爱，认为当时的民歌《锁南枝》《傍妆台》《山坡羊》等，可以上继《国风》。著名的戏曲作家李开先在《词谑》中说：“如十五国风，出诸里巷妇女之口者，情词婉曲，自非后世诗人墨客操觚染翰刻骨流血所能及者，以其真也。”冯梦龙在《叙山歌》中则说：“山歌虽俚甚矣，独非郑卫之遗欤！且今虽季世，而但有假诗文，无假山歌，则以山歌不与诗文争名，故不屑假。”卓人月更说：“我明诗让唐，词让宋，曲让元，庶几《吴歌》《挂枝儿》《罗江怨》《打枣竿》《银绞丝》之类，为我明一绝耳。”（转引自陈弘绪《寒夜录》）话虽这样说，然而明清民歌的题材太窄，多数为写男女爱情，在表现手法上也缺乏新鲜感，远不如两汉魏晋南北朝的乐府民歌。在表现爱情的坚贞方面，有的纵然还写得很鲜活，但总觉得远逊于汉乐府民歌。当然，今天我们看到的明清两代的民歌，都是经当时的文人编选而流传下来的，远非全貌。

第一节　明代民歌

明代的民歌多数以俗曲的形式出现，当时有人给予很高评价。陈弘绪在《寒夜录》中引明人卓人月的话："我明诗让唐，词让宋，曲让元，庶几《吴歌》《挂枝儿》《罗江怨》《打枣竿》《银绞丝》之类，为我明一绝耳。"任中敏在《散曲概论》称卓人月这段话："此言大有识见；就散曲言，梁、沈之所谓南词，绝不足与元人北曲对峙，即冯、施之业，亦承元人馀绪，未足以云分庭抗礼也。若明人独创之艺为前人所无者，只此小曲耳。"关于其流行情况，沈德符在《野获编》中有较详细的记载：

> 元人小令行于燕赵，后浸淫日盛。自宣、正至成、弘后，中原又行《锁南枝》《傍妆台》《山坡羊》之属，李崆峒先生从庆阳徙居汴梁，闻之，以为可继"国风"之后。何大复继至，亦酷爱之。今所传《泥捏人》及《鞋打卦》《熬鬏髻》三阕，为三牌名之冠，故不虚也。自兹以后，又有《耍孩儿》《驻云飞》《醉太平》诸曲，然不如三曲之盛。嘉、隆间乃兴《闹五更》《寄生草》《罗江怨》《哭皇天》《干荷叶》《粉红莲》《桐城歌》《银绞丝》之属，自两淮以至江南，渐与词曲相远。不过写淫媟情态，略具抑扬而已。比年以来，又有《打枣竿》《挂枝儿》二曲，其腔调约略相似，则不问南北，不问男女，不

问老幼良贱，人人习之，亦人人喜听之，以至刊布成帙，举世传诵，沁人心腑。其谱不知从何来，真可骇叹。又《山坡羊》者，李、何二公所喜，今南北词俱有此名。但北方唯盛爱《数落山坡羊》，其曲自宣、大、辽东三镇传来。今京师妓女，惯以充弦索北调，其语秽亵鄙浅，并桑濮之音亦离去已远。而羁人游士，嗜之独深，丙夜开樽，争相招致。

最早的明代俗曲民歌，今天我们看到的有成化（1465—1487）间金台鲁氏所刊的《新编四季五更驻云飞》《新编题〈西厢记〉咏十二月赛驻云飞》《新编太平时赛赛驻云飞》《新编寡妇烈女诗曲》四种。在四种里边，以第一种最为重要。其后有正德年间刊本《盛世新声》，嘉靖年间刊本《词林摘艳》和《雍熙乐府》，万历年间刊本《玉谷调簧》《词林一枝》以及由龚正我编辑的《摘锦奇音》等。在晚明天启、崇祯年间，冯梦龙辑《挂枝儿》《山歌》为《童痴一弄》《童痴二弄》，为我们保存了大量民歌俗曲。

明代留下来的民歌俗曲数量非常大，按其不同题材分别抄录几首，以见一斑：

一案牵十起，一案飞十里。贫民供鞭棰，富有吸骨髓。案上一点墨，民间千点血。

——出自《沅湘耆旧集》

夺泥燕口，削铁针尖，刮金佛面细搜求，无中觅有。鹌鹑膆里寻豌豆，鹭鸶腿下劈精肉，蚊子腹内刳脂油，亏老先生下手！

——出自李开先《一笑散》

月子弯弯照九州，几家欢乐几家愁。几家夫妇同罗帐，几家飘散在他州。

——《月子弯弯》，出自冯梦龙编辑的《山歌》

富贵荣华，奴奴身躯错配他。有色金银价，惹的旁人骂。嗏！红粉牡丹花，绿叶青枝，又被严霜打，便做僧尼不嫁他！

——出自金台鲁氏所刊《新编四季五更驻云飞》

要分离，除非天做了地；要分离，除非东做了西；要分离，除非官做了吏。你要分时分不得我，我要离时离不得你。就死在黄泉，也做不得分离鬼。

——《挂枝儿·分离》，出自万历刊本《词林一枝》里的《劈破玉歌》

青山在，绿水在，冤家不在。风常来，雨常来，情书不来。灾不害，病不害，相思常害。春去愁不去，花开闷未开。倚定着门儿，手托着腮儿，我想我的人儿，泪珠儿汪汪滴，满了东洋海，满了东洋海。

——出自《词林一枝》里的《时尚急催玉》

傻俊角，我的哥！和块黄泥儿捏咱两个。捏一个儿你，捏一个儿我，捏的来一似活托，捏的来同在床上歇卧。将泥人儿摔破，着水儿重和过，再捏一个你，再捏一个我；哥哥身上也有妹妹，妹妹身上也有哥哥。

——《锁南枝·捏泥人》，出自陈所闻的《南宫词记》

纱窗外月正高，忽听得谁家吹玉箫。箫中吹的相思相思调，诉出他离愁多少，反添我许多烦恼。待将心事从头从头告，告苍天不肯从人，阻隔着水远山遥。忽听天外孤鸿孤鸿叫，叫得奴好心焦。进绣房泪点双抛，凄凉诉与谁知道？

——《罗江怨》，出自万历本《词林一枝》

郎上孤舟妾倚楼，东风吹水送行舟。老天若有留郎意，一夜西风水倒流，五拜拈香三叩头。

——《送郎》，出自冯梦龙编辑的《山歌》

以上九首民歌俗曲可分为两组。前四首为一组，具有深刻的社会意义。第一首反映了当时的苛政，厂卫特务到处横行，社会黑暗，人民深受迫害，人人自危，气氛十分恐怖。第二首（“夺泥燕口”）采用极度夸张的手法，写出了统治者对百姓的残酷剥削，他们无中觅有，巧取豪夺，敲骨吸髓，凶残狠毒，榨干老百姓。曲里用了一连串的比喻和大胆夸张，把统治者的凶残面目刻画得入木三分。第三首（“月子弯弯”）写当时的统治者逼得不少人长期漂泊在外，有家难归，弄得妻离子散。第四首（“富贵荣华”）强烈反对包办的封建婚姻，写出了女子反封建包办婚姻的决心。后五首为一组，是民歌中习见的情歌。第五首（“要分离”）用了三件不可能出现的事，表达了永不分离的决心，不少研究者曾盛赞此曲，不过平心而论，其实远不如汉乐府中的《上邪》，相比较，这里说的三件事，显得有些力度不足。第六首（“青山在”）用四组相反的事来衬托，相反相成，最后又采用了一个极度的夸张来加深这个女子的相思之深和相思之苦，还是能起到一定的效果的。第七首（“傻俊角”）得到很多好评，明代的沈德符在《万历野获编》中，称之为《锁南枝》一曲之冠，后来的一些文学史的编著者也都随声附和，其实这内容并不新鲜，捏泥人，“你中有我，我中有你”，在宋末元初赵孟頫的妻子管夫人的曲中已有过“你侬我侬，忒煞情多。情多处热似火。把一块泥，捏一个你，塑一个我。将咱两个，一齐打破，用水调和；再捏一个你，再塑一个我。我泥中有你，你泥中有我。与你生同一个衾，死同一个椁”（引自沈雄《古今词话》下卷《赵管唱和》条）。这首民歌显然从此脱胎而来。第八首（“纱窗外”）由听别人吹箫引起对远人的思念，更从听到孤鸿的鸣叫引起自己深感孤独的凄凉，还是挺委婉动人的。第九首，舍不得情人离去，产生了水倒流的幻想，显示了女子的痴情，真是“设想愈痴，其心愈悲”。

第二节　清代民歌

清代文人也跟明代文人一样，喜欢搜集民间歌曲，在数量上远远超过明代。据刘复、李家瑞编的《中国俗曲总目稿》所载，收各地俗曲单刊小册6044种（其中包括不少地方小戏之类），然而郑振铎在他的《中国俗文学史》中说“昔曾搜集各地单刊歌曲近一万二千馀种，也仅仅只是一斑。”数量之多，令人惊叹。今天我们能见到的清代最早的民歌俗曲集，是乾隆九年（1744）京都永魁斋梓行的《时尚南北雅调万花小曲》，收小曲100多首；其后有乾隆六十年（1795）刊行的《霓裳续谱》，其内容较前者丰富得多，共收547首；这以后直到道光八年（1828）刊行的《白雪遗音》，共收曲词700馀首。另外还有李调远编的《粤风》和无名氏编的《四川山歌》。当时城市规模扩大，城市居民增加，娱乐性消费增长，民歌俗曲是在城市酒楼、茶馆、妓院中演唱的，适应小市民的口味，因此大都为情歌，由文人编选流传下来。作者范围很广，据王廷绍在《霓裳续谱序》中说：“或撰自名公巨卿，逮诸骚客，下至衢巷之语，市井之谣。”由于其中有下层人民的作品，因此，除情歌外，还有少数反映当时社会现实的作品。如：

天上星多月不明，地下坑多路不平，河中鱼多搅浊水，世上官多不太平。

——《天上星多月不明》

春夏秋冬四季天，有人劳苦有人闲，不论好和歹，都要过一年。春日暖，有钱的，桃红柳绿常游戏；无钱的，他那里天明就起来，忙忙去种地。夏日炎，殷实人，赏玩荷花消长昼；受苦人，双眉皱，挑担沿街串，推车走不休。秋日爽，有力的，登楼饮酒赏明月；无力的，苦巴竭，庄稼收割忙，混过中秋节。冬日冷，富贵人，红炉暖阁销金帐；贫穷人，在陋巷，衣单食又缺，苦的不成样。一年到头十二月，四时共八节，苦乐不均匀，公道是谁说！世上人，唯白发，高低一样也！

——《春夏秋冬四季天》

小白菜，叶叶黄。三岁的小孩没了娘。跟着爹爹还好过，就怕爹爹娶后娘。娶个后娘三年整，添个弟弟比我强。弟弟吃面我喝汤，有心不喝饿的荒，端起碗来泪汪汪。想亲娘，亲娘想我一阵风，我想亲娘在梦中。河里开花河里落，我想亲娘谁知道？弟弟南山把书念，我在荒野去放猪；弟弟花钱如流水，我花一文万不能。白天听见蝈蝈叫，黑夜听着山水流；有心跟着山水去，又怕山水不回头。

——《小白菜》

你不必好歹跟着人家样子儿比，人有好歹物有高低。痴心的人到处里闻名深感及，负义的使尽了机关情不密。我虽然眼底下不齐后会有期，那其间上了高山你才显平地，上了高山你才显平地。

——《时尚万花小曲》

十八女儿九岁郎，晚上抱郎上牙床。不是公婆双双在，你做儿来我做娘。

——《四川山歌》

脚踏板凳手爬墙，两眼睁睁望情郎。昨日为郎挨了打，虽然挨打不丢郎！

——《四川山歌》

思想着才郎，恼恨着爹娘。脚踊着花盆，手扶着墙，两眼不住的泪汪汪。因为才郎挨了一顿打，打的奴浑身上下茄样。郎嗳！能舍这皮肉不舍亲郎。

——《时兴呀呀呦》

冤家要去难留下，满满斟上一杯茶。这杯茶，留下冤家说句话：既要去，就该留下知心话，偷偷瞒瞒不是个常法。倒不如瞒着爹妈，逃去了罢！瞒着爹妈，逃去了罢！

——《京调小曲》

从南来了一行雁，也有成双也有孤单。成双的欢天喜地声嘹亮，孤单的落在后头飞不上。不看成双只管孤单，细思量你的凄凉和我是一般样。

——《时尚万花小曲》

我为你招人怨，我为你病恹恹，我为你清减了桃红面，我为你茶饭上不得周全，我为你盼望佳期把眼望穿。

亲人若团圆净手焚香答谢天，怎能勾手搀手儿同还愿。

——《时尚万花小曲》

人儿人儿今何在？花儿花儿为谁开？雁儿雁儿因何不把书来带？心儿心儿从今又把相思害，泪儿泪儿滚将下来。天吓天吓，无限的凄凉，教奴怎么耐！

——《霓裳续谱·寄生草》

怕的是梧桐叶降，怕的是秋景儿凄凉，怕的是黄花满地桂花香，怕的是碧天云外雁成行，怕的是檐前铁马叮当响，怕的是凄凉人对秋残景，怕的是凤枕鸾孤月照满廊。

——《白雪遗音·八角鼓》

露水珠儿在荷叶转，颗颗滚圆。姐儿一见，忙用线穿，喜上眉尖。恨不能一颗一颗穿成串，排成连环。要成串，谁知水珠也会变，不似从前。这边散了，那边去团圆，改变心田。闪杀奴，偏偏又被风吹散，落在河中间。后悔迟，当初错把宝贝看，叫人心寒。

——《白雪遗音·马头调》

我今去了，你存心耐。我今去了，不用挂怀。我今去了，千般出在无其奈。我去了，千万莫把相思害。我今去了，我就回来。我回来，疼你的心肠仍然在。若不来，定是在外把相思害。

——《白雪遗音·马头调》

变一面青铜镜，常对姐儿照；变一条汗巾儿，常系姐儿腰；变一个竹夫人，常被姐儿抱；变一根紫竹箫，常对姐樱桃，到晚来品一曲，才把相思了，才把相思了。

——《白雪遗音·闲情赋》

和风阵阵蝶花飞，最苦私情要别离，才子佳人纷纷泪。姐姐哟，我与你再要相逢无会期！恨只恨月下老人真无礼，怨只怨三生石上少名题，恼只恼你家爹娘无分晓，悲只悲你的终身另改移。数载恩情成画饼，今生休想效于飞。我后来若有功名分，我把这饶舌的媒人活剥皮！姑娘听，泪悲啼；冤家呀，奴自怨红颜命运低，前番约你身早到，那知你为着功名误日期。到如今爹娘作主难更改，恩爱私情要两处离。今宵还在阳台会，只怕明日分开各惨凄；蒙君赠奴一对金事记，奴是表记留情一件贴肉衣；今晚与你来分别，以后是好比巫山云雨各东西。倘若奴家身出阁，劝君不必苦悲啼；倘若把身躯来愁坏，却不道心病还须心药医。你回家勤把书来读，自然金榜有名题；常言道书中有女颜如玉，这些粉面裙钗稀甚奇。奴奴积的银三百，赠你回家娶一位绝色妻，比若奴奴还好些。冤家哟，恩情一样的。

——《白雪遗音·南词》

以上十六首民歌俗曲，可分为两大组。前四首为一组，反映的主要是社会问题。第一首（“天上星多”）反映当时封官之滥，特别在后期，朝廷大量卖官，有钱人买官，是为了赚得更多的钱，于是就加紧剥削百姓。第二首（“春夏秋冬”）反映社会上不平等，主要是贫富不均，造成人与人之间苦乐不同。第三首（“小白菜”）反映富有人家后娘虐待前妻留下的儿子，写得十分具体生动，几乎可与汉乐府中的《孤儿行》媲美。第四首（“你不必”）劝人不要盲目跟别人攀比。后十二首为一组，都属于情诗，但又可分为三种不同情况：从第五首“十八女儿”到第八首“冤家要去”，反映对封建婚姻的反抗。第五首（“十八女儿”）写的大媳妇小丈夫，这在社会上存在不少，特别是农村里一些中产阶级，缺少劳力，娶个大媳妇作为廉价劳动力，在戏曲《双玉蝉》里反映的就是这种情况。第六首（“脚踏板凳”）和第七首（“思想着才郎”），写妇女对爱情的执着，不怕受迫害，甘愿受皮肉之苦，也决不屈服。第八首（“冤家要去”）写妇女为争取自由婚姻，决心违反封建礼教，跟情人私奔。从第九首（“从南来了”）到第十二首（“怕的是”），反映女子的相思，写得委婉动人。第十三首以下四首，比较复杂一些，因为这四首归纳不进一个类型。第十三首（“露水珠儿”）用极为婉转的手法，写出一个女子上负心汉的当的悔恨。第十四首（“我今去了”）写出一个男子在出门远行告别爱人时的深情嘱咐。第十五首（“变一面青铜镜”）写一个男子在患单相思时的种种幻想。最后一首写两个门第悬殊的青年恋人被活生生拆散、两人离别时的对话。这是富家小姐在出阁前与情人的最后一次幽会，过了这一夜，“从此萧郎是路人”。穷书生和富家小姐相爱相恋，历来少有团圆的，多数以悲剧结束。

以上民歌俗曲语言通俗，接近我们今天的口头语，表现手法上有的尖新婉转，有的直抒胸臆，从中我们可以看到由旧体诗悄悄向新诗过渡的端倪。

中国旧体诗到唐代发展到了全盛，到宋、元一再转型，由诗而词，由词而曲，苦苦挣扎了400年，到明代全面衰落，到清代虽有一定起色，但这只是日落前的馀霞，“夕阳无限好，只是近黄昏。”夕阳落山，这是不可扭转的客观规律，旧体诗（包括词曲）终究要被新诗所代替，这是诗歌发展的必然规律，是任何人都无法改变的必然趋势。

中国的诗歌发展到“五四”，进入了革新期，诞生了新诗。到目前为止，新诗还处在探索阶段，离成熟还有一段很长的路要走，也许还要经过百年以上才慢慢成熟，留给子孙后代去研究吧！

后　记

诗，是我一生至爱。我热爱诗，既有环境的影响，更有家庭教育的熏陶。记得四五岁时，父母曾带我去嘉兴曹庄镇的一个农村做客，亲戚家有位老爷爷善于"唱唐诗"，晚饭后空下来就请他唱几曲。他很乐意唱，唱起来闭着双眼，摇头晃脑，十分陶醉。这时，我母亲常常认真地跟着学唱，父亲则拿着笔和纸记下唱词。此后，母亲常用"唱唐诗"来哄我睡觉，几乎成了我童年的催眠曲。那时，我毕竟太幼小，全然不知道唱的是什么内容。直到上大学后，有一次回家偶然翻到父亲当时的记录，才明白这些所谓"唐诗"，其实是些叙事民歌，内容极为丰富，真是弥足珍贵。但不幸的是，这位老爷爷因年事太高已离世，也没有听说他有什么传人。后来，我的父母也先后去世，而我父亲当时记录的本子，也被不懂事的小外甥毁了，一切都化为了乌有。如今，这对我来说，已成了一段美好的童年记忆，一个永远消逝了的梦。

童年，除了经常听母亲"唱唐诗"外，父亲还不断教我读《千家诗》《唐诗三百首》等，并要求三会（会认字、会背、会讲解），一天一首不间断。就在不停地听"唱唐诗"和读诗背诗的过程中，我慢慢爱上了诗。稍大一些，在读完《千家诗》和《唐诗三百首》后，父亲又教我读《古文观止》。但我对古文的兴趣远没有对诗那么大。在《古文观止》里，我也就喜欢《桃花源记》《滕王阁序》《陋室铭》《岳阳楼记》《醉翁亭记》《秋声赋》和前后《赤壁赋》等少数几篇充满诗情画意的文章。对那些说理和记叙的散文，我都没有兴趣。我只爱诗和有诗意的散文。那时，我已经迷恋上诗了，不用大人催促，我会主动找些诗来阅读。在刚升入初二时的春天，我在书店里发现了一本由顾佛影编注的《作诗百日通》，如获至宝，买来认真阅读。从中了解了不少中国旧体诗的基本常识，于是就开始练习写旧体诗。那年的初夏，我终于写下了平生第一首合律的七言绝句："啼鹃声里夕阳斜，孤燕失巢逐剩霞。目断天涯无去路，晚风吹折数枝花。"当年冬天，还写了一首五言绝句《咏沙滩鲤鱼》："本是鼎湖种，驱去御长风。底事困沙滩？只缘未成龙。"大人们看后，都说大有进步。次年暑假，我结识了一位姓邹的大朋友，他是浙大中文系的学生，回家来度暑假。自打认识后，他几乎每天教我读诗词。他酷爱李煜的词，受他影响，我也爱上了李煜。这时，我在书店里又发现了一本舒梦兰选辑的《白香词谱》，买回来认真学习。经过半年的学习，在下一年春末，我填写了平生第一首合律的词《忆江南·暮春》："春去矣，花落满苍苔。怅立林间无别语，嘱春明载早归来，桃李待重开。"诗词写得都很平淡，还有语病，如"夕阳斜"之类，但这毕竟是出自一个十三四岁孩子的手，大人们看了没有挑剔，只是鼓励一番。那年秋天，又写了两首《忆江南·鸳鸯湖》，略有进步，其一："鸳湖好，最好已凉天。湖上船姑采菱芰，楼头薄暮听蝉喧，城市隔苍烟。"其二："鸳湖好，傍晚雨初停。楼沉暮色烟雾里，葱青水底玉蟾生，灯影掠波平。"

差不多同时，我也爱上了新诗。在念完初二的暑假里，在一位同学家中，我看到一套封面上印着"泥土社"的新诗集，借来一本一本认真阅读。接下来又阅读了郭沫若、艾青、闻一多、徐志摩等现代著名诗人的诗集，对新诗越发喜爱了，于是又尝试着写了不少新诗。

在念完高一那年的暑假里，我家乡嘉兴市的市图书馆筹备完毕，准备正式开馆。这第一任馆长，正是高一时教我们班语文的汪老师。平日我跟汪老师关系不错，常去他家里。开馆前一天，汪老师嘱咐我和另外两位同学说，明天在上班前一定要赶到他家。在开馆那天上午八时前，汪老师带领我们到图书馆参加完简单的开馆仪式后，从管理人员手中要来了几张“读者登记表”，看了看，顺手把编号为“001”的那张递给我。这样，我成了市图书馆的第一号读者，在上大学前，我常常以此自豪。从此，我的假日几乎全部交给了市图书馆。这期间，除了阅读各种诗集外，还读了吴梅的《曲学通论》、王易的《词曲史》以及各种版本的《中国文学史》，不仅掌握了不少知识，也发现了各家的不同观点，促使自己进行深入思考。那时，我的记忆力不错，只要上课时专心听讲，除外语以外，一般功课当堂就能掌握百分之八十以上。在考试时，除了外语需要花很多时间反复拼写单词外，其馀功课在考试前的复习，都不用看第二遍；尤其是语文和数学，在初中时基础打得扎实，考试时经常得全班最高分，因此升入高中后学得很轻松，只要在课堂上认真听讲，及时完成作业，考试时不用再花时间复习。我把大量时间都用来阅读课外书，除诗词和有关文学史方面的书外，大体上，散文学朱自清、何其芳、许地山、陆蠡、丽尼和印度文豪泰戈尔等人，杂文和政论文专学鲁迅和原苏联作家爱伦堡。为开阔眼界，我也看了不少历史书籍和自然科学的书。即使到了高三，我也不像其他同学那样一头扎进与高考有关的书堆里，更从来不“开夜车”，一直在自由阅读。听了同学们的反映，班主任老师一再提醒我，有时言辞还挺严厉，但我软硬不吃。后来老师看到我的考试成绩不比别人差，也就不再干涉了。我更加我行我素，直到参加高考，基本上不看复习资料，也不死啃课本。但我考试时从不紧张，加上课外书看得多，考试时经常能联系贯通，所以不论参加什么考试，都有意外的临场发挥。

高中毕业后，我考入了南京大学中文系。“中国文学史”是中文系的一门主要课程，也是同学们感到最困难的一门课。当时的授课老师是蜚声学术界的胡小石教授，他是浙江嘉兴人，讲课中难免带有一些家乡口音，不少同学说不能完全听懂。至于我，在高中时已认真阅读过好几部《中国文学史》，对其中的要点和各家在论述上的分歧，大体上已心中有数。小石师是我的同乡，在课上听到乡音倍感亲切，因此我几乎记下了老师讲的每句话。就这样，我的课堂笔记几乎成了同学们课下整理笔记的“范本”。当时小石师年事已高，体质较弱，为不影响老先生休息，系里指定我为这门课的课代表，系秘书徐老师还在班上宣布一条“规定”：不论谁有什么问题，都不要直接找胡老师，一律交给课代表，由课代表跟老师约定时间去请教，回来再向有关同学转达。这项“规定”，使我比其他同学有更多的机会能亲聆小石师的教导。其实同学们的问题都很简单，百分之九十五以上的问题，我都能毫不费力地当场帮助解决。这样，我在每周约定去小石师那里时，不必问那些简单问题，而是可以探讨一些较难较深的问题。小石师曾一再教导我，在学术问题上不要迷信任何权威，还对我讲了不少郭沫若在学术问题上的谬误，这大大增强了我的创新意识。时间一长，同学们有问题，就干脆直接让我解答，特别在考试前，纷纷约定时间，要求我进行辅导。以后换了授课老师，大家仍照此行事。就这样，我上了几年大学，也当了几年义务学习辅导员。

由于不必像大多数同学那样深受笔记讲义之累，我把大量时间用在阅读作家作品上。从屈原开始，凡是文学史上讲到的主要诗人的作品，我都认真地全部仔细阅读，还把学习心得记录下来，这为我日后从事研究工作打下了较为坚实的基础。不过在学生时代，我一心只想成为诗人，从来没有想过要研究什么，认真学习历代著名诗人的诗，只是为了在创作上作为借鉴。

当时在南京大学有一个课外社团——“诗社”，结集了一批爱好诗歌的同学。入学后，我与同班好友骆运启（后改名骆寒超）都报名参加了诗社。后来蒙诗友们厚爱，我被推举为诗社社长。不久为扩大影响，广招爱好文学的同学，“诗社”改组为“文学社”，下边分设诗歌、小说散文和戏剧三个组，我成了文学社社长。文学社直属学生会，还拨给活动经费。当时，决定出版一本综合性文学刊物作为同学们发表作品的阵地，由学校团委和学生会联合推举了一个由七人组成的编委会，大家推举我担任主编，并邀请中文系的陈中凡和陈瘦竹两位教授为顾问。陈瘦竹教授为创刊号写了贺词，我写了发刊词。更让大家高兴的是，老诗人郭沫若寄来了贺词，为我们的刊物增光不少，这更提高了我们对诗的兴趣。课外我们不仅读诗写诗，也时常讨论有关诗歌的问题。跟我在一起讨论得最多的是骆运启，我们不仅是同班同学，而且还一直住在同一个宿舍，随时随地都可以展开讨论，甚至争论。那时我们都太年轻，血气方刚，虽然是最好的朋友，但如有不同意见，争论起来从不相让，经常争得面红耳赤。经过一番争论，我们最终总能找到一个契合点，达到一致，同时更加深了我们的友谊。在那时，我们两人都沉迷于成为诗人，但在校期间，系主任是竭力反对学生中间有诗人作家梦的，明确表示学校的培养目标是学者，不是作家。班上的团支部书记忠实贯彻系主任的意图，只要他一了解团员中有进行文学创作的就要没完没了地批评，当然我也少不了挨批，说我醉心于写诗，必然要影响功课，我照例不予理睬。在二年级的暑假里，我在《光明日报》的“文学遗产”上发表了一篇关于评论杜诗的文章，这在班上还是第一人，我满以为以后的日子会好一些，可以自由写诗，再也不用挨批评了，哪知现状丝毫没有改变。然而后来，我还是踏上了系主任期望的道路，这倒不是我俯首听话了，而是由于客观现实的种种原因，最终断绝了我的诗人梦，把我推上了学者的道路。

纵然如此，一点也没有改变我对诗的热爱以及对新诗现状的关注。我十分重视诗的情致和韵味，诗是真情的披露，诗必须是肺腑中流出来的深情。我认为，一个国家、一个民族不能没有诗，好诗可以陶冶性情，提升素质，铸造灵魂。

为了诗歌的繁荣发展，我最想做两件事：一是总结中国诗歌的发展规律，探索一条路子；二是当一名诗坛上的清洁工，努力铲除赝品、清扫垃圾，希望当前写诗的人、评诗和选诗的人，都认真向前人学习，提高审美水平和写作水平，拿出有一定质量的诗来，贡献给广大读者。这也是我撰这部书的初衷。

这部书的顺利出版，要特别感谢河北省国学文化教育协会的名誉会长陈绍增先生和常务副会长张华国先生，由于他们的沟通，这部书稿才得以进入省委领导的视野。同时，感谢河北出版传媒集团副总经理张晨光编审，他为这部书的出版上下沟通联系，做了不少工作。

最后，要特别感谢我的同窗挚友，当代著名诗歌理论家、诗人、浙江大学的骆寒超教授，他不仅为本书写了序，还十分关心本书的出版，并为此进行了实际努力。此外，还要感谢河北省社会科学院办公室的张俊杰同志，帮助打印了大部分书稿。

在撰写这部书时，参考过的古今中外书刊数以千计，为节省篇幅，不在书后列目了，但在书中的引文后边基本上都做了注明，以示系引用别人的话，不敢对先哲今贤掠美。当然，可能会有少数遗漏，请有关人士谅解。

由于本书涉及范围太广，错讹之处在所难免，还请海内外方家不吝指教。

张国伟

2013年10月于河北省社会科学院